U0404033

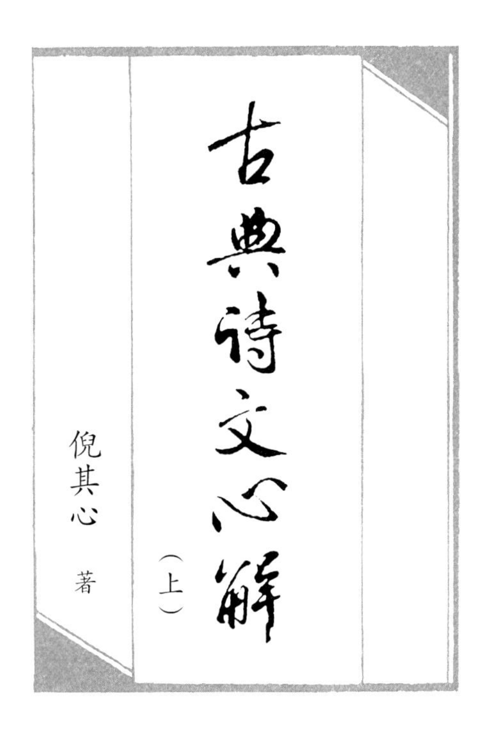

北京大学出版社
PEKING UNIVERSITY PRESS

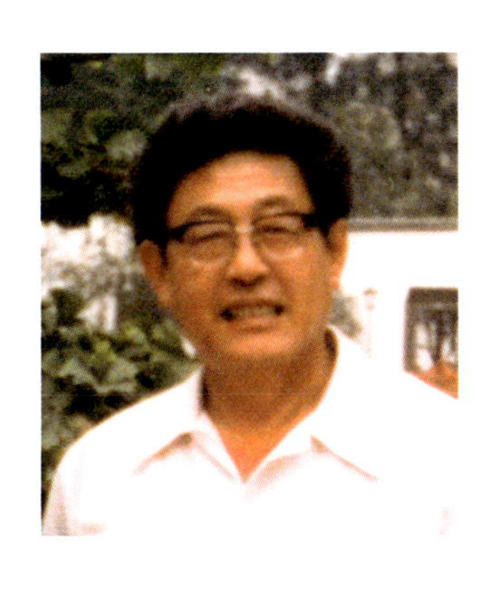

作者简介

倪其心　(1934—2002),上海人。北京大学中文系教授,博士生导师。曾任北京大学中文系古典文献专业主任、全国高等院校古籍整理研究工作委员会委员、中国古典文学普及研究会副会长等职。主要从事古代文学、中国古典文献学的教学和研究,在先秦两汉、魏晋南北朝、隋唐到两宋文学研究及相关文献整理等领域均有精深造诣,为《全宋诗》主编之一,所著有《校勘学大纲》《汉代诗歌新论》等。

目录

文史考论

随笔杂谈

文 史 考 论

在成文历史时代之前

——漫谈远古文艺史料

从原始氏族创制乐器，创作音乐、歌舞，到黄帝创作具有史诗性质的宗庙社稷祭祀乐，以及此后朝代圣王作乐的故事，具有真实性，反映着远古文化艺术发展的轮廓，是古代文学史、文化史研究中应当而且可以关注的课题。

人类社会的发展中，作为思维与交际的手段，是先有语言，后有文字。在进入成文历史之前，有着漫长的口耳相传的传说时代，记事用记号及符号，而后产生记录语言的文字。《周易·系辞》所谓“上古结绳而治，后世圣人易之以书契”，便是儒家经典对这个过程的一种说法。不难理解，古代文学发展同样经历这样的过程，从原始文艺到远古文艺，有着口头传说，没有文字记录语言艺术创作的文献的阶段。那么，我国古代典籍文献中有没有关于远古文艺的记述呢？这类文献记载可信吗？

通行的古代文学史论著，往往征引下列三个事例来说明原始及远古文艺的情形：

其一是《淮南子·道应训》中说到的“举重劝力之歌”。据载，战国时梁惠王让惠施拟订一部“国法”，然后让翟煎评议。翟煎认为它写得很好，但不可实施。他解释道：

> 今夫举大木者，前呼“邪许”，后亦应之，此举重劝力之歌

也。岂无郑卫激楚之音哉！然而不用者，不若此其宜也。治国有礼，不在文辩。

认为治理国家应当依据切实的礼法，不需文辞华丽而雄辩的法律，就像搬运大木只要朴实有效的劳动号子，用不着郑国、卫国的情歌和楚国激昂的高歌。所以《淮南子》举它来说明《老子》“法令彰滋，盗贼多有”，法令越来越多，盗贼依然很多，其原因就是这类法令华而不实，不切实际。有的学者摘取其中用作比喻的劳动号子，称为“杭育”派文艺，借以说明原始文艺，似乎并不适宜。

其二是《尚书·舜典》载夔赞颂虞舜的话：

於予击石拊石，百兽率舞。

夔是虞舜的大臣。虞舜命他主管文化教育。按照儒家的说法，三代以前贵族子弟教育的重要途径之一是乐教，通过音乐、诗歌、舞蹈的综合文艺形式，进行道德情操、语言行为的培养教育。所以夔用击石舞蹈来表示遵命与赞颂，意思是说，呵！我将敲击石磬，引导百兽齐舞，使子弟们接受教育。这个百兽舞可能是远古文艺的一种实情。因而有的学者引用这两句话作为记述远古文艺的一种文献记载。但是，《舜典》被认为是伪书，几乎公认。而虞舜时尚无文字，也是现代学者的共识。因此，夔与虞舜的问答，只能属于传说，不可能是舜的史官的记述。那么这个所谓百兽舞究竟有没有呢？大约在秦汉以前的传说中是有的，因为又载于《吕氏春秋·仲夏纪·古乐》：

帝尧立，乃命质为乐。质乃效山林溪谷之音以歌，乃以麋辂置缶而鼓之，乃拊石击石，以象上帝玉磬之音，以致舞百兽。瞽叟乃拌五弦之瑟，作以为十五弦之瑟，命之曰《大章》，以祭上帝。

这是记述唐尧命质（人名）创作的乐，题为《大章》，是祭祀上帝的大型音乐歌舞。“拊石击石”，是其中的一种器乐，而“致舞百兽”的主题则与《舜典》所记一致。因此不论它是尧时或舜时的创作，主管者是质

或夔，或说质即是夔，应当说，在有夏之前，这个乐是有的。如果从史料角度看，尽管《舜典》是伪书，然而所载史事当为传说时代曾经存在的，有一定的真实性，可以引证。

其三是《吕氏春秋》同篇记述的“葛天氏之乐”：

> 昔葛天氏之乐，三人操牛尾，投足以歌八阕：一曰载民，二曰玄鸟，三曰遂草木，四曰奋五谷，五曰敬天常，六曰建帝功，七曰依地德，八曰总禽兽之极。

据《汉书·古今人表》载，葛天氏是远古的一位氏族首领，其时代在伏羲、女娲之后，而在炎帝、黄帝之前，比较接近传说的原始时代。它记述了舞蹈动作及道具，存录八段歌的题目，没有记述乐器，也没有保存歌词，或许恰可反映它的文艺形式相当原始，也没有文字记录歌词。从歌题看，大约可以推知它的内容是关于这一氏族的始祖神话，经历畜牧、农耕社会，以及敬祀天地神鬼万物，可能是年终祝颂祭祀神鬼的仪礼所演奏的乐。这样的礼俗，在今存的氏族部落生活中时有发现，可为印证。因而它作为一个原始文艺的事例，比较容易为现代学者所接受，引证颇广。

由上举征引事例可见，从典籍文献探索远古及原始文艺，虽然相当困难，但是经过辨析考证，引用论证恰当，是可以窥测大概的。因为有了文字之后，对于从前世代相传的种种事迹，总有整理追记而保存下来的。其中背景本末，来龙去脉，未免差错矛盾，以及夹杂神秘奇异。至于后来不同学派的学者借远古传说来宣扬自己的学说，或编撰伪书，或用为例证，或演成故事，或设为寓言，都是可以理解的。关键是在辨析考证有关史料中的真实可信的本事。例如《吕氏春秋·古乐》中还有一些关于“古乐”的记述，也是有趣有益的远古及上古文艺的史料。

《古乐》首先叙述乐器“五弦瑟”创制的故事：

> 昔古朱襄氏之治天下也，多风而阳气畜积，万物散解，果实

不成。故士达作为五弦瑟，以来阴气，以定群生。

朱襄氏也是一位氏族首领，《古今人表》列在葛天氏之前的一位。士达是朱襄氏的臣下。他创制五弦瑟的原因是抗御炎热，稳定人心。其原理则是超凡的，神异的，借助弦乐引来阴凉气候，驱除炎热，救济万物，促成收获，从而消除人民恐慌情绪。如果透过它的阴阳家的神异迷雾，则可以看到它反映着初民创制乐器，弹奏音乐，是与同大自然斗争，为生存而创造，激发精神力量密切相关的。这是符合原始文艺功能的一般原理的，可以引作文献依据。

《古乐》其次记述葛天氏之乐，接着叙述初创舞蹈的故事：

昔阴康氏之始，阴多滞伏而湛积，水道壅塞，不行其原，民气郁阏而滞著，筋骨瑟缩不达，故作为舞以宣导之。

阴康氏是葛天氏后一位的氏族首领。他担任首领，正赶上阴雨水潦的灾害，天气长期阴冷，积水到处泛滥，人心抑郁，身体发抖。于是阴康氏创作舞蹈，使人民身体活动，心情活跃。显然，它与创制五弦瑟一样，反映着原始文艺是与人类同大自然斗争、为生存而活动密切相关的。比较起来，舞蹈的初创更具有朴实的道理，甚少神异色彩。

《古乐》记述朱襄氏、葛天氏、阴康氏作乐的故事，旨在证明乐的创作由来甚为久远。因而选择了传说中较为原始的氏族时代的初创，一是传说中最古的器乐，一是最朴质的歌舞，一是最初似乎只是“手之舞之足之蹈之”的原始舞蹈，从而说明构成乐的三个部分：音乐、诗歌、舞蹈，都是传说中的原始氏族就已创制了的。然后，《古乐》便叙述黄帝命令伶伦审定十二律，创作十二钟乐《咸池》。接着依次叙述颛顼创作《承云》，帝喾创制歌曲，唐尧命质创作《大章》，虞舜创作《九招》，夏禹创作《夏籥》，殷汤创作《大护》，周武王命周公创作《大武》，以及周公创作《三象》。这是传说黄帝以来历代圣人王者创作乐的大略，也是用以说明乐的创始发展是由来久远的，并非某个圣人在某个时代

的发明。那么,这样的传说可信吗?不妨参考其他文献记载。

《周礼·春官宗伯》载大司乐的职掌之一说:

> 以乐舞教国子,舞《云门》《大卷》《大咸》《大磬》《大夏》《大濩》《大武》。

据东汉郑玄注:《云门》《大卷》是黄帝的乐,《大咸》即《咸池》是唐尧的乐,《大夏》即《夏籥》是夏禹的乐,《大濩》即《大护》是商汤的乐,《大武》是周武王的乐。按《周礼》所说,在周代宗庙乐中,《云门》祭天神,《咸池》祭地祇,《大磬》祭四方之神,《大夏》祭山川之神,《大濩》祭周始祖母姜嫄,《大武》祭列祖列宗。这是汉代儒者称为"六代乐"的周代庙堂音乐,确信其事实存在,世代相传,是神圣庄严的。因而《周礼》虽然也被列入伪书,但此传说却为汉代文献屡屡述及。例如《淮南子·泛论训》:

> 尧《大章》,舜《九韶》,禹《大夏》,汤《大濩》,周《武象》,此乐之不同者也。

用来说明"因时变而制礼乐",历代圣人王者各因自己时代需要而创作自己的乐,各有变化,并不相同。可见《淮南子》是知道并承认这些圣王作乐的传说的。事实上,不但秦汉子书述及其事,《史记·乐书》说过,"昔者舜作五弦之琴,以歌《南风》;夔始作乐,以赏诸侯",也提到《大章》《咸池》《韶》《夏》《武》等乐。而《汉书·礼乐志》更归结说:

> 昔黄帝作《咸池》,颛顼作《六茎》,帝喾作《五英》,尧作《大章》,舜作《招》,禹作《夏》,汤作《濩》,武王作《武》,周公作《勺》。

大体与《吕氏春秋·古乐》一致,而且进一步指出:

> 自夏以往,其流不可闻已,殷颂犹有存者。周诗既备,而其器用张陈,《周官》具焉。

这是指汉代保存《毛诗》,其中有《商颂》和周代的《国风》、大小《雅》与

《颂》，以及《周礼》有关乐的记述。而夏代以前的乐则荡然无存，连诗即歌词也没有流传下来。也就是说，黄帝至夏禹所作的乐没有传下来，但他们创作乐的传说则是可信的，而且是神圣的。

由上可见，在先秦及秦汉文献中，不论儒、道、阴阳或杂家，不论经、史、子书，对于黄帝至三代作乐的记述，基本上都以为有其事，只是在乐的创始与发展、历代乐的创作原因与意义上，不同学派有各自的理论观点。汉武帝尊儒之后，儒家思想文化占有统治地位，于是儒家礼乐文化制度逐渐被说成自古而然的圣人王者的创造，是从黄帝开始的礼乐文明，并且把文字的发明归于黄帝的大臣仓颉，仿佛从黄帝开始就进入成文历史时代。这使历史记载增添了自相矛盾的叙述。除上引《汉书·礼乐志》所说夏代之前的乐荡然无存外，例如东汉郑玄《诗谱序》就怀疑三皇五帝时代究竟有没有文字载籍，并且断言有夏“篇章泯弃，靡有孑遗”，只字不存。东汉学者既不能否认仓颉发明文字的神圣传说，又不能无视夏代以前没有文字记载的历史事实，所以都采取了古代史官实录的传统态度，既记述黄帝以来历代创作乐的传说，又说明今存乐的歌词即诗最早是《商颂》。这一矛盾在今天看来是不难解决的。如果承认古代成文历史从商代起，则有甲骨文为证，而此前种种历史故事应当属于传说时代的事情，包括黄帝创作乐的故事，都是后来史官或学者的追记、整理，因而难免发生具体时代、作者及乐题等的混乱。但是，应当承认，从原始氏族创制乐器，创作音乐、歌舞，到黄帝创作具有史诗性质的宗庙社稷祭祀乐，以及此后朝代圣王作乐的故事，具有真实性，反映着远古文化艺术发展的轮廓，是古代文学史、文化史研究中应当而且可以关注的课题。事实上，今存传世文献中关于原始及远古文艺的史料，并不仅仅限于上面提到的这个方面及这几种文献，是大有开拓与挖掘余地的。

（《文史知识》1999年第6期）

“天不变，道亦不变”
——兼说汉武帝独尊儒家的故事

“天不变，道亦不变”，是西汉大儒董仲舒《对贤良策》中的名言。如果断章取义，并且望文生义，那么此语似乎是说，天是不变的，因此道也是不变的。它的含义就可以理解为，天地人间的万事万物的既定秩序是亘古不变的，永世长存，天经地义。因此，子民百姓应当敬天承命，随遇而安，封建帝国也就长治久安了。这无疑是封建统治的绝妙的理论观点，所以也是唯心论形而上学的典型例证。然而董仲舒的本意不尽如此，含义也有所不同。《对贤良策》中是这样说的：

> 道之大，原出于天。天不变，道亦不变。是以禹继舜，舜继尧，三圣相受而守一道，亡救弊之政也，故不言其所损益也。由是观之，继治世者，其道同；继乱世者，其道变。

这里的“道”指治世之道，即治理国家的法则，所谓“乐而不乱，复而不厌者”，是“万世无弊”的。这节是阐述孔子的言论。孔子认为，虞舜继承唐尧，“顺天命”，“循尧道”，是“无为而治者”，不必变革。而商承夏，周继商，都有所损益，是“可知”的。据此，董仲舒认为，唐尧、虞舜、夏禹三位圣君相继遵行一个治世之道，因为国家没有弊端，不须变革，所以“不言其所损益也”。但是，商汤革命，武王伐纣，接受的是前代政治混乱、弊端丛生的国家，所以商、周的治世之道都有所变革。如此说来，好像认为，变革的根据是现实国家的治乱。董仲舒指出变革的根本依据是“天”，不是国家治乱。天是有知的，并且显示着天的旨意。“天”在这里指天意，不指客观的大自然。所以“天不变”二句的确切意思是说，如果天意不要变革，那么人世的治道也就无须变革。可见它的本意不是说人间秩序亘古不变，而是说必须依据天意行事，治世之道可变可不变。实质上，这是君权神授的天命理论，唯心而且神学化。但是，董仲舒提出这一理论，并非立足于不变，恰恰相反，是为汉武帝提供变革的理论依据。

董仲舒是西汉景帝时今文经《春秋》公羊家博士，淹通五经，学识渊博，是通儒而非迂儒。他用阴阳家天人感应的学说，以《春秋》关于国家治乱与自然灾害的记载为依据，论证儒家德治仁政思想是符合天命根本法则的治世之道，主张实行儒家礼乐文化的再教育，“诸不在六艺之科、孔子之术者，皆绝其道，勿使并进。邪辟之说灭息。然后统纪可一而法度可明，民知所从矣”（《汉书·董仲舒传》）。这就是所谓汉武帝采纳的“独尊儒学、罢黜百家”的思想文化方针。历来论者或以为这一方针奠定了封建统治思想的基础和地位，束缚思想，抑制言论，导致文化僵滞，然而历史事实似乎不是这样简单。恰在武帝时代，文化学术、文化艺术都相当活跃，一股新俗的狂澜冲击着古雅的传统文化。而这位至尊皇帝俨然充当历史上一位世俗教主，祭祀天地神祇，完成《郊祀》乐舞，爱好祥瑞福应，喜欢新声俗曲，重视今文经学，欣赏辞赋创作，而且亲自从下层挑选人才，任用了一批出身低下卑贱的丞相、统帅、御史、廷尉以及吏治、经济的官员，大权独揽，专制集中，所作所为，往往与“独尊儒学、罢黜百家”方针风马牛不相及。因此，具体考察一下汉武帝怎样采纳及推行董仲舒“独尊儒学”的主张，也许不是没有意义的。

董仲舒认为，战国到秦代，教化败坏到极点。汉代立国，继承的是一个如同朽木粪墙的国家，必须实行“更化”，重新教育。他比喻说，琴瑟弦音极其不谐调，必须重新配弦调音，方可弹奏，否则“虽有良工，不能善调也”；国家人民“当更化而不更化，虽有大贤，不能善治也”。但是，汉代立国七十年来，实行黄老无为之治，固循不变，听任自然，结果造成经济发达，兼并严重，贫富不均，危害国家，“富者田连阡陌，贫者无立锥之地”，“邑有人君之尊，里有公侯之富，小民安得不困”(《乞种麦限田章》)。他认为祸根就在郡国制和吏治所造成的整个上层统治集团的政治特权，侵害百姓利益，压榨盘剥。众所周知，刘邦变秦代郡县制为郡国制，同姓封王，异姓为侯，食邑俸禄，封建藩篱，使诸侯王在领地拥有很大的政治、经济特权。同时他又因循秦代官制，实行吏治，朝廷及地方行政官长拥有实权，滋生特权，侵夺百姓。在董仲舒看来，王侯公卿及百官吏胥，凡食禄者都在害国害民。他认为，天赋予万物的生活条件是有区别的，兽类长利齿就不长角，鸟类长翅膀就只有两只脚，“是所受大者，不得取小也”(《对贤良策》)，凡食禄者就不应从事劳动生产，也不经商营利。“受禄之家，食禄而已，不与民争业。然后利可均布，而民可家足”。所以他主张“更化”的同时，要兴太学，培养儒生，选贤授能，考试尽才。实质上，他的独尊儒学、罢黜百家的“更化”的关键，就是建议武帝用儒家仁义道德来培养一支忠君爱民、实行仁政、推广德教的官吏队伍，位尊禄优，不争民利，不擅特权，“是故下高其行而从其教，民化其廉而不贪鄙”。尖锐指出：“居君子之位而为庶人之行者，其患祸必至也。”

董仲舒是明智的，他知道“更化”违反先帝祖制，冒犯权贵利益，危险莫测，前有贾谊、晁错的覆辙，近有赵绾、王臧的自杀，非同小可。因此他立论于天命，根据于经典，使儒家德治仁政的方针具有高于先帝祖制的绝对权威，申天抑祖，以儒更法。他明确指出：“天者，群物之祖也”，“圣人法天而立道”。天是造物主，是治世之道的根本依据，他还明确指出：“郊重于宗庙，天尊于人也。”(《郊祀对》)祭天比祭祖宗更重要。所以，“王者欲有所为，宜求其端于天”，应当“承天意以从事”，言外即谓不必拘泥祖宗法制，可以根据天意进行变革，他断定《春秋》是总结了“天人之征、古今之道”的；其中充满了天意的启示和人事的镜鉴。在他看来,《春秋》还满怀天对人君的关戚与警诫。在《春秋》中,天俨然一位严厉而仁慈的尊长,对人君的成败,关戚备至,体贴入微,一再显示灾异来劝诫警告人君,“自非大亡道之世者,天尽欲扶持而全安之.事在强勉而已矣”,情深意长,意旨显明。仿佛天对天子人君也是不断用灾异进行仁政德教,督促“更化”。这也就是“天不变,道亦不变”的延伸,如果天意要变,则道就必须变,再不变革,灾祸即将来临,这样,即便变革祖制也不足畏惧了。

汉武帝是英明的,采纳了董仲舒的申天抑祖的理论,解除束缚自己的祖制枷锁,但并不急于实行“更化”,也不完全任用儒者。诚如那位崇拜他的曾孙汉宣帝所说,“汉家自有制度,本以霸王道杂之”,并不“纯任德教用周政”(《汉书·元帝纪》)。一语道破曾祖汉武帝的心思。王道以仁政巩固统一,霸道用武力征服天下,要使汉家王朝长治久安,必须文武结合,“霸王道杂之”,缺一不可。事实上,武帝的列祖列宗不好儒,也不废儒,有时则用儒术。刘邦轻儒,然而叔孙通导演了一场君臣朝拜礼仪,严明君臣之别,诸侯王及文武百官“莫不震恐肃敬,至礼毕尽伏”,而且“御史执法,举不如仪者辄引去,竟朝置酒,无敢喧哗失礼者”,刘邦十分感叹道:“吾乃今日知为皇帝之贵也!”(《汉书·叔孙通传》)深深体验了礼教的妙用。但是“尚有干戈,平定四海”,他无暇顾及文化教育事宜。“孝惠、吕后时,公卿皆武力有功之臣。孝文时颇征用(儒者),然孝文帝本好刑名之言。及至孝景,不任儒者。而窦太后又好黄、老之术”(《史记·儒林传》)。他们不重用儒者,不重视礼义教化,并非不要三纲五常,厌恶君臣父子的伦理,而是由于政治斗争的需要,必须维持皇室、功臣等贵族集团的权势利益平衡,不能纯粹用儒者推行德教仁政,按礼教实行尊卑伦常。吕后意图让吕氏取代刘家,不合君臣夫妇大义;功臣反对吕后篡夺刘家天下,却有君臣名义的障碍。文、景之世,贾谊、晁错都主张削藩。文帝想重用贾谊,遭到功臣元老的强烈反对。景帝采用晁错主张,触发吴、楚七国之乱，牺牲了晁错性命。七国之乱虽然平定，封国势力有所削弱，但是皇权尚未集中强固，割据危害依然存在。武帝即位，首要大事便是完全集中强固皇权，根除分裂割据的隐患，必须改变祖宗的无为之治，使皇帝的至尊不只是朝拜礼仪形式，而切实成为天下臣民一致拥戴的最高权威。

武帝即位之初，祖母窦太后健在，宰相是表舅窦婴，太尉是舅父田蚡。窦太后好黄老，"景帝及诸窦不得不读《老子》"（《汉书·外戚传上》）。她厌恶礼法，把儒家经典斥为"司空城旦书"，像刑律责罚罪犯一般约束人们行为。然而窦婴和田蚡在朝廷执政，权势显赫，因而喜欢尊卑分明的儒术，主张仪式隆重的礼法。表面看来，武帝和两位舅父都好儒，君臣相得益彰。其实不然。汉初行黄老无为之治，在皇家传统上崇孝，强调祖宗法制。按照君臣关系，武帝当然至尊，但在皇室亲属却为儿孙小辈，既要听奶奶的，又得尊重娘舅。田蚡为相，进宫奏事，"坐语移日，所言皆听"（《史记·魏其武安侯列传》）。武帝也有沉不住气的时候。田蚧"荐人或起家至二千石，权移主上"，武帝就说话了："君除吏已尽未？吾亦欲除吏。"这等于说，"我这皇帝还有没有人事大权？"田蚡营建住宅，要占用内廷考工官署的土地，武帝激怒了："君何不遂取武库！"武库是未央宫的储藏库。这简直说，"你索性把宫里器物全拿走算了！"可见武帝对于好黄老的祖母和要尊儒的舅父，以及自己的尊位实权，都有相当清醒的认识，并不糊涂。不久，发生了儒者御史大夫赵绾、郎中令王臧请立明堂的事。论者或以为这是窦太后压制武帝好儒的事例，其实不然。

赵绾、王臧都是汉初鲁诗大师申公的弟子。申公德高望重，是楚王刘郢的同学，楚太子刘戊的师傅。窦婴、田蚡好儒，"推毂赵绾为御史大夫，王臧为郎中令"，让他们两人上奏请建立明堂，实行诸侯朝见礼制。此事没办成，就请申公来。于是武帝派使者"束帛加璧、安车驷马迎申公，弟子二人乘轺传从"。申公来到京城，已是八十多岁老者，有点卖老的架势，催促武帝建明堂，行儒教。“是时天子方好文词，见申公对，默然。然已招致，则以为太中大夫”，让他慢慢商议建明堂事。不难看到，武帝虽然隆礼迎接申公，其实对建明堂不感兴趣，对申公也是敷衍。司马迁认为原因是武帝“方好文词”，似不尽然。《魏其武安侯列传》载：

> 迎鲁申公，欲设明堂，令列侯就国，除关，以礼为服制，以兴太平。举適诸窦、宗室毋节行者，除其属籍，时诸外家为列侯，列侯多尚公主，皆不欲就国，以故毁日至窦太后。

在名义上，设明堂是实行皇帝受诸侯朝见之礼，以示尊严。而实际上，是要把窦太后的儿女孙婿统统赶出京城，各自到领地居住。虽然为了让诸侯朝见方便，进京不设关卡，但是必须严守吉凶服饰礼制，不得放任。这就限在吉庆祭日进京朝见，不许自由来往。而皇帝也要在明堂上接受朝见。这样，窦太后与诸窦宗室儿女孙婿被隔绝，武帝则拘束在尊严礼仪上。而这一切安排，不言而喻，掌握在丞相、太尉、御史大夫、郎中令手中。可谓盘算如意，一箭双雕。这就难怪窦太后十分恼怒，武帝也不感兴趣。但当时赵绾、王臧得意忘形，竟进一步“请无奏事东宫”，胆敢剥夺太后问政的权力。窦太后大怒，责备武帝：“此欲复为新垣平也！”新垣平是文帝时方士，欺诈得逞，一时颇受重用，终于骗术揭穿被诛灭。太后既然断定赵、王是骗子，欺君犯上，理当处死。武帝也就此撤销立明堂之事，“尽下赵绾、王臧吏，后皆自杀”（《史记·儒林传》），窦婴、田蚡罢官，申公病免回家。这桩公案实情如此。表面看来，好道的太后获胜，重儒的舅父失败，武帝受到压制。实际上，武帝既显出好儒礼贤，孝悌宽厚，却剥夺了窦、田的权势，牺牲了赵、王的性命，而归罪于太后的好黄老，了却一场宫廷权力斗争，可谓渔翁得利。不过，这也使武帝体验到，如果不限制皇室外戚及功臣的权势，皇帝可能成为傀儡；倘使处理不当，又会被视为秦始皇一样的暴君，专制独裁，六亲不认，落得众叛亲离，亦非儿戏。因此，必须耐心等待时机。

过了四年，时机来临。“建元六年，窦太后崩”。丞相许昌、御史大夫庄青翟“坐丧事不办，免”，以田蚡为丞相（《史记·魏其武安侯列传》）。好黄老的祖母去世，武帝不失时机地复用好儒的田蚡。明年，下《贤良诏》，号召天下贤良为恢弘帝国功业而献策，“朕亲览焉”（《汉书·武帝纪》），“于是董仲舒、公孙弘出焉”，欣赏他们的对策，似乎大有以儒变革黄老之治的势头。然而实际上却委任董仲舒为江都相，调出朝廷，去辅助武帝的兄长诸侯易王，公孙弘当时是个布衣，年已六十，就征为博士，却命他出使匈奴。公孙弘回来报命，不合意，视为无能，他便托病辞官回乡了，两人都无所作为。那么，武帝究竟欣赏董仲舒什么建议，自己到底想干什么呢？

《史记·今上本纪》已佚，但《自序》说：

> 汉兴五世，隆在建元，外攘夷狄，内修法度，封禅，改正朔，易服色。作《今上本纪》第十二。

司马迁认为，从建元开始的武帝盛世，完成了四件大功业：征服四境异族，整顿国家法制，举行封禅大典，改定律历礼仪。前两件当属霸道，后两件可称王道，但不提“独尊儒家”的大事。今本《史记·武帝本纪》是后人所补，照抄《史记·封禅书》所记武帝事迹部分，值得玩味。《封禅书》记述武帝即位“尤敬鬼神之祀”，然后简略叙述他到建元六年（前135）“征文学之士公孙弘等”，戛然而止，接着详细记载他祭祀鬼神、迷信方士、巡狩福应及封禅大典等事迹，不及其他，几乎占了《封禅书》一半篇幅，在司马迁看来，武帝祭祀天地鬼神，必须大书特书。相比起来，对他尊儒却不多费笔墨，仅在《儒林传序》中提到他向往儒学，“于是招方正贤良文学之士”。对于建元六年下《贤良诏》事未提，却载明这年推行独尊儒家、罢黜百家的是丞相田蚡，而使儒学大兴，却是从武帝重用公孙弘开始的。可见司马迁认为尊儒的主要代表人物是公孙弘，并非董仲舒。因而董仲舒传只列于《儒林传》，也不提他的《对贤良策》，仅载“为江都相”，好像没有被武帝注意似的。而公孙弘却与主父偃合为《平津侯主父列传》，并在《儒林传序》中突出他兴学重儒的功绩，与提出武帝“罢黜百家、表章六经”的《汉书》相比较，司马迁的观点甚不相同，却更近史实。

事实上，武帝采用了董仲舒献策中的两个重要建议，一是法天变道，作为变革祖制的理论根据。认为“天地不变，不成施化；阴阳不变，物不畅茂”，所以“嘉唐虞而乐殷周，据旧以鉴新”（《汉书·武帝纪》），指出：“盖受命而王，各有所由兴。殊路而同归，谓因民而作，追俗为制也。”（《史记·礼书》）所以他祭祀天地神祇，巡狩福应，立乐府而兴新声，好辞赋而厌雅乐。敢于任用“非常之人”，不计其“负俗之累”（《汉书·武帝纪》），近臣有司马相如、东方朔、严助、朱买臣、主父偃及李延年等，将帅有卫青、霍去病、李广利等，执法有张汤，经济有桑弘羊，而文化教育便用公孙弘，可谓外兴武功，内兴文化，变革法制，大有作为。二是以儒兴学，作为培养文官队伍的一项措施。元光元年（前134），田蚡征集了一百多个儒者，大多委任到地方郡国为守为傅，以兴学施教，就像董仲舒一样（事见《汉书·儒林传》）。但是总体看来，成效似不理想。元光五年，再下诏“征吏民有明当世之务、习先圣之术者”，公孙弘即在此年再次应诏，武帝又大为赏识，擢为第一。元朔元年（前128），下诏指责察举不力，“今或阖郡而不荐一人”，宣称对不贡士将严加惩处，元朔三年在《赦诏》中再次感慨“百姓之未洽于教化”。可见这批儒者官员在地方兴学育才颇不力。在这种情况下，武帝发掘了年已七十的公孙弘，加以重用。公孙弘也不负厚望，真正为尊儒兴学作出了历史性的贡献。

公孙弘在五年再度复出，又因使西南夷回报不合圣意，被冷落一阵。接着因服后母孝，居家三年，还朝后，武帝发现“其行敦厚，辩论有余，习文法吏事，而又缘饰以儒术”（《史记·平津侯主父列传》），对这样一位外儒内法、善于辞令、熟悉吏事、待人敦厚的博士，十分中意；

这位两次遇而不合的老儒,这回“遇时”了。三年内擢升中大夫、御史大夫,又三年为丞相,位至三公,爵封平津侯,成为古代历史上第一位出身布衣的宰相,传为佳话。他对董仲舒的“更化”主张,提出了一个重要措施:建立一套从上到下、从内到外、赏罚分明的任官劝学制度。“建首善自京师始,由内及外”(《史记·儒林传序》),从京城开始,从宫廷做起。“为博士官置弟子五十人,复其身”,免租免役;由太常寺“择民年十八已上,仪状端正者,补博士弟子”。地方选拔学生,经过二千石级的长官审批,到太常寺受业,享受博士弟子待遇,学习一年后考试,“能通一艺以上,补文学掌故缺;其高第可以为郎中者”,由太常寺报批。对那些“不事学若下材及不能通一艺,辄罢之”。报批中有不合格的,受罚。同时,地方选用官吏,也要“以文学礼义为官”,补左右内史、郡太守卒史及文学掌故等。“请著功令,他如律令”,武帝批“可”,定为法制。“自此以来,则公卿大夫士吏斌斌多文学之士矣”。然而司马迁为公孙弘立传,并非为他劝学兴儒,而是因为“大臣宗室以侈靡相高”,唯有公孙弘这位丞相“用节衣食,为百吏先”,以身作则,倡导廉洁。所以他认为武帝重用公孙弘是“以广儒、墨”,不仅推广儒教,而且提倡墨家,其实并未独尊儒家,更没有罢黜百家。

武帝时“独尊儒家、罢黜百家”的政策曾经有过,那是他舅父田蚡复出为相时的事情,武帝并未制止,也不会制止,因为改变黄老无为之治本来就是武帝的心意。所以他自己则祭天祀地,巡狩去了;同时筹划征伐匈奴。这也合乎传统,“国之大事,在祀与戎”。在田蚡死后,他便再下贤良诏,标准两个:“明当世之务”和“习先圣之术”,不复唯儒。总的看来,尊儒确乎从武帝时代开始的,实质是封建社会经济基础必然提出的相应的上层建筑的要求,是封建集权的一统帝国必然要求的历史使命,是一场伟大的变革。但是思想、文化的变革是从属于社会经济与政治制度的,制约于、服务于政治,因而不可能纯粹单一,也不可能不依靠国家机器,必须“霸王道杂之”,不能“纯任德教用周政”。众所周知,这精辟的总结是汉宣帝训斥他爱好儒学的儿子汉元帝的话,并且担心汉家王朝要败在元帝手里,因为元帝觉得应实行纯粹的德教仁政,反对吏治。宣帝不幸而言中,西汉衰微恰从元帝开始,大权旁落,成为弱主。书生气十足的纯儒思想是导向歧途的重要原因之一。

班固《汉书》为什么要把武帝兴儒劝学说成独尊儒家、罢黜百家呢？又为什么要突出董仲舒呢？难道他不知道这样是有违实录、有辱良史的吗？看来班固是心中有数而事出无奈,因而只得如此。班固《典引序》征引了东汉明帝永平十七年(74)的诏旨:

> 司马迁著书成一家之言,扬名后世。至以身陷刑之故,反微文刺讥,贬损当世,非谊士也。司马相如洿行无节,但有浮华之词,不周于用。至于疾病而遗忠。主上求取其书,竟得颂述功德,言封禅事,忠臣效也。至是,贤迁远矣。

明帝如此明确指责《史记》记述武帝事迹是讥刺贬损的不忠行为,不合大义地发泄私愤。试想,班固岂敢公然违反当今圣明皇帝的谕旨,怎能苟同司马迁对武帝的评述？因此不得不改为歌功颂德,为尊者讳。其次,东汉光武帝以谶纬立命,尊经重纬。天命与经典合流,儒术与方术相混,确乎开始在武帝时代,而其鼻祖大儒当数董仲舒。因而歌颂武帝“罢黜百家,表章六经”是不为无稽的,突出董仲舒也是理所当然的。虽然史实上难免含糊不清,但是迎合圣意毕竟万无一失。第三,利用史例曲笔,委婉透露一点苦衷。《汉书·董仲舒传》对董的记述,几乎全篇保存《史记·儒林传》所载董的仕履经历,主要改动就是增入武帝元光元年的贤良对策,全文录载。同时在《汉书·武帝纪》中加上“于是董仲舒、公孙弘出焉”,以相照应。耐人寻味的是班固在《董仲舒传赞》中特为说明:西汉刘向认为董仲舒有“王佐之材”,比伊尹、吕尚、管仲、晏婴等的才能都高;其子刘歆认为董仲舒不能与伊尹、吕尚相比,但可与孔子高足颜回相比,较之子游、子夏等学识天才都高。然后，班固指出，董仲舒是西汉群儒的牵头学者，并不是孔子嫡系师传，所以刘向评论错了。西汉今文经向谶纬发展，董仲舒确乎是起头人物，继起的大师便是刘向父子。所以刘向父子对董仲舒评价甚高，可以理解。班固认为董氏儒学不同于孔门，也卓有见识。但是给董仲舒作传，忽然批评刘向父子对董的评价太高，这岂非等于表白自己是客观公正的，生怕人们不理解他为董立传的本意，发生误会。应当说，《汉书》是有意突出董仲舒的，在《儒林传》外独立成传，较之《史记》的处理是明显不同的。但从汉代儒学发展看，这样处理，也合乎史实，并且保存了《对贤良策》这样的重要文献。其不足不在评价董仲舒上，而在曲意歌颂汉武帝上。

历代儒者都奉董仲舒为大儒，无多异议；而对公孙弘则颇多讥刺，不乏贬损。到了清代，桐城派大师方苞几乎指责他为玷污儒学的千古罪人。他说："由弘以前，儒之道虽郁滞而未尝亡；由弘以后，儒之途通而其道亡矣。"（《又书儒林传后》）倒是今文经学者比较开通，清末皮锡瑞指出，"案方氏持论虽高，而三代以下既不尊师"，"欲兴经学，非导以利禄不可。古今选举人才之法，至此一变，亦势之无可如何者也"（《经学历史·经学昌明时代》）。他看到了历史发展的必然，在举世以利禄为荣的时代，道德尊严的师道早已沦丧，如果不以利禄诱导，谁愿意担任经典教授的老师呢？所以必须变革，让教师和学生都成为官，有利有禄，儒也尊了，经也兴了。唱高调是不切实际的，从俗却是明智的，"亦势之无可如何者也"。比较起来，皮氏似乎更得董仲舒的真髓，"天不变，道亦不变"，天意如果要变，就必须变。当然，如果这"天意"是指社会发展的客观规律，那就合乎科学了。但是时代局限，在所难免；对封建时代的人物，不必苛求。

（《中国典籍与文化》1994年第1期）

汉武帝立乐府考

汉武帝在元狩三年(前 120)立乐府,似属定论。但是,考武帝立乐府之事,史有明文,而立于元狩三年之说,始见《资治通鉴》卷一九。其文曰:

> 是岁,得神马于渥洼水中。上方立乐府,使司马相如等造为诗赋,以宦者李延年为协律都尉,佩二千石印;弦次初诗以合八音之调。诗多《尔雅》之文,通一经之士不能独知其辞,必集会五经家相与共讲习读之,乃能通知其意。及得神马,次以为歌。汲黯曰:"凡王者作乐,上以承祖宗,下以化兆民。今陛下得马,诗以为歌,协于宗庙,先帝百姓岂能知其音邪?

"是岁"即元狩三年。"上方立乐府",则当在此年,并且任命李延年为乐府长官协律都尉,整理创作音乐歌曲。又记述此年得神马于渥洼水中,以为祥瑞,作《天马歌》为颂,而遭直臣汲黯诤谏。但据《考异》,可知《通鉴》此段的文献根据是下列两条:

1.《史记・乐书》载:

> 至今上(指汉武帝)即位,作十九章,令侍中李延年次序其声,拜为协律都尉。通一经之士不能独知其辞,皆集会五经家,相与共讲习读之,乃能通知其意,多《尔雅》之文。
>
> 汉家常以正月上辛祠太一甘泉,以昏时夜祠,到明而终。常有流星经于祠坛上。使童男童女七十人俱歌。春歌《青阳》,

夏歌《朱明》，秋歌《西暤》，冬歌《玄冥》。世多有，故不论。

又尝得神马渥洼水中，复次以为《太一之歌》，歌曲（略），后伐大宛得千里马，马名蒲梢，次作以为歌，歌诗（略）。中尉汲黯进曰："凡王者作乐，上以承祖宗，下以化兆民，今陛下得马，诗以为歌，协于宗庙，先帝、百姓岂能知其音邪！"上默然不说。丞相公孙弘曰："黯诽谤圣制，当族！"

2.《汉书·礼乐志》载：

至武帝定郊祀之礼，祠太一于甘泉，就乾位也；祭后土于汾阴，泽中方丘也。乃立乐府，采诗夜诵，有赵、代、秦、楚之讴，以李延年为协律都尉，多举司马相如等数十人造为诗赋，略论律吕，以合八音之调，作十九章之歌。以正月上辛用事甘泉圜丘，使童男女七十人俱歌，昏祠至明。夜常有神光如流星止集于祠坛，天子自竹宫而望拜，百官侍祠者数百人皆肃然动心焉。

《史记·乐书》并未明确点出立乐府之事，只记述了三件事：一是武帝即位后，创作《十九章》，任命李延年为协律都尉"次序其声"。《十九章》歌辞极为古奥难懂。二是正月上辛日在甘泉宫祭祀太一天神的情景。三是得神马与获蒲梢马，以为祥瑞，作歌演唱，遭汲黯批评。司马迁记述这三件事作为武帝在作乐方面的突出表现，笔法《春秋》，实录而有微词，借汲黯进谏点出武帝好郊祀敬神，喜歌颂祥瑞，而有悖祖宗法规。《汉书·礼乐志》显然采取《史记》所述而有所增删，以概括武帝在作乐方面的突出贡献，似无贬意。总体说，它记述了武帝在这方面的主要贡献和成就是奠定郊祀礼乐。具体说，叙述了三件事情，一是制定郊祀礼仪，二是设官采诗作乐，三是完成郊祀乐《十九章》。较之《史记》，它增添了几点重要内容：一是"定郊祀之礼"，认为郊祀礼是武帝所制定的；二是"乃立乐府"，明确指出武帝在定郊祀礼时设置了乐府官署；三是"采诗夜诵，有赵、代、秦、楚之讴"，似乎认为乐府任务是采诗；四是"多举司马相如等数十人造为诗赋"，似乎认为《十九章》有司马相如等人创作的歌辞。同时删去了《十九章》歌辞古奥及汲黯谏《天马歌》事（载于《汉书·汲黯传》）。班固这样增删概述，引出不少误会，造成许多麻烦。因为他的"至武帝"一句开始，使人理解为此下所述事情都是在"定郊祀之礼"以后发生的；又因为他记述的这些事情读来似乎依照时序先后，并且不标明年月，令人更以为这是顺时序记述的。而其实班固本意只是概括武帝时做了这些事情，并不是说在武帝定郊祀礼之后，先后做了这一件件事情。实际上，这些事情既不是一时先后完成的，也不是同一事情的发展完成的各个阶段。然而，后来学者往往误会了，并且以误会为前提进行关于乐府的种种考证。其中最主要的失误是关于乐府设立的时间、目的、任务以及《十九章》的整理创作与完成情况等问题。

《通鉴》依据《乐书》《礼乐志》的记载作了归纳概述，并且系于元狩三年，有两类失误：一是把这些并非一时发生的事情堆在同年，二是把这些事情都依据得神马的时间而系在元狩三年。《考异》对于系于元狩三年的理由，有按交代说明：

> 按《天马歌》，本志（指《礼乐志》）云"元狩三年，马生渥洼水中作"，《武纪》（指《汉书·武帝纪》）云："元鼎四年（前113）秋，马生渥洼水中"，五年十一月立泰峙于甘泉；太初四年（前119），贰师（指贰师将军李广利）获汗血马，作《西极天马之歌》。"公孙弘以元狩二年薨。汲黯以元狩三年免右内史，五年为淮阳太守，元鼎五年卒。又黯未尝为中尉。或者马生渥洼水作歌在元狩三年，汲黯为右内史而讥之。言当族者非公孙弘也。虽未立泰峙，或以歌之于郊庙。其《十九章》之歌当时未能尽备也。

这就是说，《通鉴》把立乐府及有关事情统统系在元狩三年，仅仅根据《礼乐志》一条史料，同时推测汲黯进谏在这一年发生的可能性较大。这一假设显然是不能成立的。一是《汉书》记载得神马时间原有两

说:元狩三年与元鼎四年(前 113)。汲黯卒于元鼎五年,则在死前进谏,不无可能。二是《汉书》明确记载泰畤立于元鼎五年。倘使据《礼乐志》所说"乃立乐府"云云,则立乐府当在元鼎五年以后,不应系于元狩三年。三是汲黯说《天马歌》"协于宗庙",则为宗庙乐,不属郊祀乐,而《礼乐志》明确载《天马歌》为郊祀歌。主要的问题是,《通鉴》并未考清这些事情的来龙去脉,而是据汲黯进谏一事的可资借鉴的意义,把有关乐府的事情都笼统地姑置于此。因为《通鉴》撰者知道《天马歌》可能不在泰畤演唱,《十九章》当时也"未能尽备"。为此,有必要对武帝立乐府诸事重加考辨。

首先应辨别武帝立乐府的目的和需要。有一种通行的观点以为,武帝立乐府的目的是采诗观风,继承先秦采诗优良传统。其实,武帝的目的是敬神崇祀,申天抑祖,为施展自己的政治雄图制造理论和舆论的依据。其始与采诗观风无多干系。"武帝初即位,尤敬鬼神之祀"(《汉书·郊祀志》),这是众所周知,历来共识的。而他的敬祀鬼神又与他独尊儒家的思想文化方针是相互为用的一体产物。从刘邦约法三章,萧规曹随,文景之治到窦后监政,汉家治政的基本方针是清净无为,与民休息,轻赋薄徭,发展经济,稳定秩序,不断巩固封建集权的国家统治。因而在思想文化与政治上都要求以孝治天下,恪守祖宗法规制度。武帝即位,雄心勃勃,求大作为,增强国力,发扬国威,一清天下,四海升平。所以他一登皇帝宝座,便热衷举行封禅大典,祭天告成,倾向儒家思想方针。然而窦太后反对,处理了他的谋臣,压制了他的雄心。因此,窦太后去世,他几乎急不可耐地下举贤诏,"于是董仲舒、公孙弘等出焉"(《汉书·武帝纪》)。他十分欣赏董仲舒的"更化"方针与"《春秋》大一统"思想,更懂得"天不变,道亦不变"的奥秘和天人感应的妙用,天授王命,天意可畏,用天制人,以天抑祖。崇天而敬祖,可以厚天神而薄家鬼;祥瑞与灾异,可以造天命而释天意。只要证明自己是承天命,应天意,祥瑞迭现,灾异渐少,那么祖宗法制约束是可以不拘的。因而他喜欢天神，热衷郊祀，爱好祥瑞。为此，他不但受汲黯批评，而且不断遭指责。《汉书·礼乐志》便说，“今汉郊庙诗歌，未有祖宗之事”。《宋书·乐志》也说，“汉武帝虽颇造新歌，然不以光扬祖考、崇述正德为先，但多咏祭祀见事及其祥瑞而已”。而今存《汉郊祀歌十九章》内容确乎如此。《练时日》是序曲，吉日良辰，设坛邀神，纷至沓来，敬献美酒。《帝临》颂天神泰一和地母后土的来临。《青阳》《朱明》《西暤》《玄冥》四章分别歌唱春夏秋冬之神。《惟泰元》祈祷天神地祇，赐福祛灾。《天地》向神祇献新乐。《日出入》向太阳神祝祷。《天马》两章分别咏歌神马祥瑞与良马报捷。《天门》是夜祭诸神。《景星》写汾阴获宝鼎的祥瑞。《齐房》咏灵芝的祥瑞。《后皇》是立坛祭祀后土，感谢宝鼎祥瑞。《华烨烨》歌唱众神。《五神》礼赞五位天帝。《朝陇首》写获白麟的祥瑞。《象载瑜》写获赤雁的祥瑞。《赤蛟》是礼成送神的终曲。其中不是歌颂天地诸神，便是感谢天赐祥瑞，没有一首是敬颂祖宗功德的。从高祖命叔孙通因秦制作乐，到景帝“采《武德舞》以为《昭德》，以尊大宗庙”(《汉书·礼乐志》)，汉代历世皇帝作乐都是歌颂祖宗功德的宗庙乐，唯独武帝作乐是完成了一套祭祀天地诸神的郊祀乐。正因郊祀需要乐歌，所以武帝在主管宗庙雅乐的太乐之外，又设立了负责郊祀乐歌的乐府。班固说“至武帝定郊祀之礼”，“乃立乐府”，恰是这个意思，符合史实。

太乐和乐府都是掌管音乐歌舞的机构。太乐是继承秦代而来的音乐机构，是掌管宗庙礼仪的太常下属的官署，长官为太乐令，其职责是掌管传统的祭祀宗庙的乐歌舞蹈，包括保存、排练、演出。《汉书·礼乐志》说，武帝时河间献王刘德“有雅材，亦以为治道非礼乐不成，因献所集雅乐。天子下太乐官，常存肄之，岁时以备数。然不常御，常御及郊庙皆非雅声”。这是太乐的业务。乐府是武帝设立的新的音乐机构，是掌管皇宫给养的少府下属的官署，长官为协律都尉，

其职责是掌管非宗庙乐舞以外的宫廷礼仪与郊庙祭祀所需的乐歌舞蹈，包括采集歌谣、创作乐曲以及排练演奏。《汉书·礼乐志》说，“今汉郊庙诗歌未有祖宗之事，八音调均又不协于钟律，而内有掖庭材人，外有上林乐府，皆以郑声施于朝廷”，又《汉书·艺文志》说：“自孝武立乐府而采歌谣”。这是乐府的业务。总观有关乐府活动的文献记载，可知乐府的主要业务是创作编排新的音乐歌舞，并非采诗观风的文化机构。《汉书·张放传》载，张放“知男子李游君欲献女，使乐府音监景武强求不得，使奴康等之其家，贼伤三人。又以县官事怨乐府游徼莽，而使大奴骏等四十余人群党盛兵弩，白昼入乐府攻射官寺，缚束长吏子弟，斫破器物”。据此，知乐府属吏有音监，有游徼。音监当是审音度曲的官员。游徼本是秦代乡里巡捕小吏，在乐府则当为巡察采集歌谣的官吏。又《汉书·霍光传》载，昌邑王荒淫不德，昭帝灵柩在前殿，他却“发乐府乐器，引内昌邑乐人，击鼓歌吹作俳倡。会下还，上前殿，击钟磬，召内泰一、宗庙乐人辇道牟首，鼓吹歌舞，悉奏众乐”。可见乐府乐器齐备，但主要是吹打乐，可为倡优俳乐。乐人除昌邑王府乐人外，宫廷有泰一乐人与宗庙乐人之分。而庙堂乐器主要是钟磬等传统乐器。又《汉书·李夫人传》载，李夫人死后，武帝相思悲感而作诗，“令乐府诸音家弦歌之”。则乐府有熟谙音律的作曲家，为诗谱曲。音家当属音监管辖。此外，《汉书·律历志》载，“孝武帝时，乐官考正”。《后汉书·律历志》谓“孝武正乐，置协律之官”。参之班固《两京赋》序云，“至武、宣之世”，“内设金马、石渠之署，外兴乐府协律之事”，都可说明武帝设乐府长官协律都尉是总管音乐业务的乐官。《后汉书·律历志》又载，元帝时“郎中京房知五声之音，六律之数。上使太子太傅玄成、谏议大夫章杂试问房于乐府”，也可说明乐府主要业务为音乐。

那么，应当怎样理解《礼乐志》所说“采诗夜诵”和《艺文志》所说“采歌谣”呢？其实，采歌谣当属乐府业务，其属吏有游徼可证。而且

采集范围甚广，秦、楚，赵，代之讴都有。但是，乐府采歌谣的目的不是采诗观风，而是供编创乐舞之用，所以被讥为郑声。造成乐府采诗观风的误会，大概由于班固有意无意的粉饰之辞。所谓“采诗夜诵”，唐颜师古便理解为“采诗，依古遒人徇路，采取百姓讴谣，以知政教得失也”（《汉书·礼乐志》注）。但清钱大昕便不同意颜说，认为“夜”通“掖”，指宫中“掖庭材人”“皆以郑声施于朝廷也”（《廿二史考异》）。其实乐府确有“夜诵员”。《礼乐志》载哀帝时撤销归并乐府人员中便有“兼给事雅乐用四人，夜诵员五人”，可知乐府的专业夜诵人员是为雅乐服务的一种兼职，并非乐府本职。所以班固说“采诗夜诵”，并非毫无根据，而是把兼职说成似乎乐府本职的一种含糊其词。其次是《汉书·艺文志》所说：

> 自孝武立乐府而采歌谣，于是有代、赵之讴，秦、楚之风，皆感于哀乐，缘事而发，亦可以观风俗，知薄厚云。

《艺文志》是班固整理刘歆《七略》而成的。这段《诗赋略》的歌诗小序，当是《七略》中语。《艺文志》所收歌诗都是歌辞，也有歌谱，即“声曲折”。小序的意思很明确，说明皇宫所收歌辞是从武帝立乐府开始，采集歌谣，这就有了赵、代、秦、楚各地的歌谣之辞；这些歌辞都由亲身经历的事情、体验的哀乐而创作出来的，因此它们也可以用来观察风俗，了解人情。“亦”“云”也者，“说起来也是有的”之谓，显然表明观风知政的作用是兼有的收获，并非乐府采歌谣的本旨。然而班固《礼乐志》据此概括为“采诗夜诵，有赵、代、秦、楚之讴”，容易令人误会这是继承先秦采诗制度。事实上，诚如《宋书·乐志》所说“秦、汉阙采诗之官”，并无采诗制度。如果说乐府采歌谣有先秦采诗之效，则应如《艺文志》所说“亦”“云”而已，是副产品。

其次应辨析《十九章》的创作与完成。据《乐书》所说，好像是汉武帝为了“作《十九章》”而任命李延年为协律都尉来完成其事。《礼乐志》更说“乃立乐府”，似乎立乐府也是为了完成《十九章》。然而细

辨其词，考核其事，似有不合：一是《十九章》究竟是全部新创乐曲，还是整理旧曲，逐渐更新完成一套完整的郊祀乐？二是《十九章》究竟是一时完成，还是陆续产生，最后完成？

《乐书》所说《十九章》，有四点应予注意：一是只称《十九章》，并未标题为《郊祀歌十九章》；二是说李延年"次序其声"，是调整《十九章》的乐曲，并非创作新曲；三是指出其辞极其古奥难懂，显然不是新创歌辞；四是载述武帝夜祭泰畤所奏乐曲，点出其中四时歌曲是"世多有"的流行歌曲，《礼乐志》载此四歌辞有署名为"邹子乐"，可知作曲者为"邹某人"，并非李延年。总起来看，《乐书》所说《十九章》似乎不像《礼乐志》所载《郊祀歌十九章》。因此唐司马贞《史记索隐》认为此"十九章"指《安世房中乐十九章》。其说虽然不确，但是他不认为"十九章"即《郊祀歌十九章》，却不无见地。实际上，《乐书》所说"十九章"完全可能不是《礼乐志》所载《郊祀歌十九章》这样完整的一套郊祀乐，但却完全可能就是一套郊祀乐。因为司马迁是武帝当时人，所记为当时事。倘使当时已经完成了完整的《郊祀歌十九章》，司马迁是熟知律历的史官，当然不会疏忽误记。据王国维《太史公行年考》，司马迁开始撰《史记》，当在完成太初历之后，约太初元年（前104），"盖造历事毕，述作之功乃始也"。而据《礼乐志》所载《郊祀歌十九章》，其年歌辞尚有未作者。据《汉书·武帝纪》与《礼乐志》载，《十九章》歌辞可考作年者如下：

1. 元狩元年（前122），行幸雍，获白麟，作《白麟》之歌。《礼乐志》列为《朝陇首》十七。

2. 元鼎五年（前112）六月，得宝鼎后土祠旁；秋，马生渥洼水中，作《宝鼎》《天马》之歌。《礼乐志》列为《天马》十之一，谓作于元狩三年；列《宝鼎》为《景星》十二。

3. 元封二年（前109），甘泉宫中产灵芝，九茎连叶，作《芝房》之歌。《礼乐志》列为《齐房》十三。

4. 太初四年(前101),贰师将军李广利斩大宛王首,获汗血马来,作《西极天马》之歌。《礼乐志》列为《天马》十之二。

5. 太始三年(前94)二月,行幸东海,获赤雁,作《赤雁》之歌,《礼乐志》列为《象载瑜》十八。

据上可知,《十九章》歌辞创作的开始,不晚于元狩元年,其完成则不早于太始三年。前后历三十年左右。而司马迁撰《史记》之初,《西极天马》之歌尚未创作;在《赤雁》之歌写出后,李延年也许已面临诛灭(说见下文)。又,《礼乐志》载《惟泰元》七与《天地》八都有注云,建始元年(前32)丞相匡衡上奏建议更改此二辞中的诗句各一。可见在成帝时请求修改其词,则其词在此前已经编定,而其编列先后次序,与武帝时原词创作先后次序并不一致。据上述情况,司马迁所说《十九章》与班固所见所录《郊祀歌十九章》是同一作品,又不是同一"版本"。前者是正在"次序其声"的整理中的事情,后者是已经完整编定的一套郊祀乐的歌词定本。这就是说,《十九章》是武帝时代整理创作的一个郊祀乐。其中的歌词有原有的古辞,也有新创作的歌词;有原有的郊祀乐曲,也有新编的乐曲。它们不是一时一次完成的,而是陆续积累,经过李延年整理编次的。因此,关键问题是,武帝究竟在何时立乐府,何时任命李延年为协律都尉?

第三便是李延年任协律都尉的时间问题。上文已述,倘使如《礼乐志》所说,立乐府,任命李延年,在定郊祀礼之后,则最早在元鼎五年,不可能在元狩三年。《汉书·李夫人传》载,李夫人临终前,托武帝"闵录其兄弟"。李夫人有二兄,即李广利与李延年。李夫人死后,"上以夫人兄李广利为贰师将军,封海西侯;延年为协律都尉"。则李延年为协律都尉,当与李广利封贰师将军大体同时。《汉书·李广利传》载,"太初元年,以广利为贰师将军",则李延年为协律都尉亦当在太初元年。又《武帝纪》太初元年载,"夏五月,正历,以正月为岁首,色上黄,数用五,定官名,协音律";"秋八月","遣贰师将军李广利发天下谪民，西征大宛”。据此，则在太初历造成，改元正历，同时协音律，而任李延年为协律都尉。此与《李广利传》所说相合。但应指出，《李延年传》所载不同，谓“李夫人产昌邑王，延年由是贵为协律都尉，佩二千石印绶”，“久之，延年弟季与中人乱，出入骄恣。及李夫人卒后，其爱弛。上遂诛延年兄弟宗族”。则为协律都尉应早于太初元年。不过，《李夫人传》明言“李夫人少而早卒”，并详载她病笃时嘱托武帝照顾兄弟情事，较《李延年传》似为可信。又传末说，“其后，李延年弟季坐奸乱后宫，广利降匈奴，家族灭矣”。按《匈奴传》载，征和二年(前91)，李广利出征匈奴，其妻子因宫廷巫蛊案被捕入狱，明年，李广利兵败投降匈奴。则李延年兄弟被诛，或在征和初。自太初至征和，凡十五年，亦可说是“久之”。据上，李延年为协律都尉当在太初元年。依一般常理，设官署应任命长官，有长官则官署方可建立。倘使李延年为协律都尉在太初元年，则立乐府亦当在太初元年。然而这与《礼乐志》所载“定郊祀之礼”“乃立乐府”的年代不合。因此，实际情形有可能是先立乐府，后任命协律都尉。也就是说，立乐府可能在太初元年以前。

“定郊祀之礼”当在元鼎五年。《礼乐志》所载《郊祀歌》十《天马》注得神马在元狩三年，实误。《史记・孝武本纪》载，元鼎五年，武帝因宝鼎祥瑞，采用方士公孙卿说“今年得宝鼎，其冬辛巳朔旦冬至，与黄帝时等”，在甘泉宫，“令祠官宽舒等具泰一祠坛”。在十一月冬至，“天子始郊拜泰一”。“是夜有美光，及昼，黄气上属天”。太史令司马谈与祠官宽舒认为“宜因此地光域，立泰畤坛以明应”。又《汉书・武帝纪》载其事，并引武帝诏说：“故巡祭后土，以祈丰年。冀州脽壤，乃显文鼎，获祭于庙。渥洼水出马，朕其御焉。……望见泰一，修天文禬。辛卯夜，若景光十有二明。”两纪所载均与《乐书》合。从武帝诏可以确证得宝鼎、神马都在此年。而祭后土于汾阴与祭泰一于甘泉，即班固所说“定郊祀之礼”，又可从司马迁父亲司马谈的建议得到证据，亦在此年。据此，则立乐府当在元鼎五年以后。

从《史记·孝武本纪》下列记载或可推测立乐府之年：

> 其年，既灭南越。上有嬖臣李延年以好音见。上善之，下公卿议，曰："民间祠尚有鼓舞之乐，今郊祠而无乐，岂称乎？"公卿曰："古者祀天地皆有乐，而神祇可得而礼。"或曰："泰帝使素女鼓五十弦瑟，悲，帝禁不止，故破其瑟为二十五弦。"于是塞南越，祷祠泰一、后土，始用乐舞，益召歌儿，作二十五弦及箜篌瑟，自此起。

《集解》《索隐》都引汉应劭说，"武帝令乐人侯调始造箜篌"。"其年"为元鼎六年。称李延年为"嬖臣"，则其时未为协律都尉。值得注意的是，从武帝提议看，一是在此前，汉代郊祀似乎没有乐歌；二是李延年献给武帝的好乐曲似当是南越民间祭祀乐歌；因此他认为皇家郊庙祭祀反而没有乐歌是不相称的。而且它明确记载，祭祀泰一、后土用乐舞和儿童歌唱是从这年开始，并且还由侯调创制了弦乐器箜篌。应当指出，从高祖到文帝、景帝，都不忽视祭祀神祇，但也不甚重视。秦代祭天帝为白青黄赤四帝，刘邦增添一个黑帝，凑成五帝，并诏令说："吾甚重祠而敬祭。今上帝之祭及山川诸神当祠者，各以其时礼祠之如故。"（《汉书·郊祀志》）但是他自己不参加郊祠。武帝以前，五帝及山川诸神的祭祀，一般由太祝及各地诸侯祝祷，都有祝祠而没有乐歌。各地祭神由各地沿习俗举行，"不领于天子之祝官"。因而在李延年献上民间祭神乐曲之前，武帝似乎没有领略过这般好音乐，也可见在此之前郊祀并没有一套乐歌。但是，这并不等于说宫廷在此之前没有歌颂神异的乐歌。《汉书·李延年传》载，"延年善歌，为新变声。是时上方兴天地诸祠，欲造乐，令司马相如等作诗颂。延年辄承意弦歌所造诗，为之新声曲"。武帝立泰一坛在元朔五年（前124），大兴天地诸祠从元狩元年（前122）获白麟的祥瑞开始，作甘泉宫中为台室，"画天、地、泰一诸鬼神，而置祭具，以致天神"（《汉书·郊祀志》

《史记·本孝武纪》)，在元狩二年。而司马相如去世在元狩五年(《史记集解》引徐广说)。则李延年为司马相如的颂诗谱写新曲，完全可能在元狩间司马相如暮年。如《白麟》之歌虽然未必是司马相如作词，但却是元狩元年写作的。由此可见，实际情形大约在元狩元年起，依照武帝的意旨，陆续由宫廷文人或武帝自己写作歌颂神异的歌词，命李延年或其他乐人如"邹子"谱写歌曲，配乐演唱，甚或用之于宗庙礼仪，因此招致汲黯的进谏。在元鼎五年大致制定祭祀天地泰一、后土的礼仪时，仍依旧例有祝无乐。所以在元鼎六年，受李延年献南越民间祭祀乐歌的启发，武帝意欲并决定正式整理编创一套完整的郊庙祭祀乐歌。为此，需要调集人员，配备乐器，像太乐一样建立一个音乐机构，以便集中进行创作排练。而太乐的人员乐器的编制配备，用来编创排练郊庙乐歌显然很不相应。从哀帝所撤销归并的乐府人员情形看，其中大量属于各地民间歌舞的演员，即所谓"郑声"，确乎不谐于太乐的雅乐。这也许就是武帝决定另立乐府的实际原因，而乐府的建立大概也在元鼎六年以后。从元鼎六年到太初元年，凡七年。其间武帝亲征朔方，威震匈奴；亲登嵩高，聆闻三呼万岁；敬礼泰山，完成封禅大典；然后东临沧海，北征辽东，进伐朝鲜，平西南夷，巡狩南北，再祀天地，增封泰山，迭见祥瑞，大肆庆功，歌舞升平。总之，一是征伐平定四方，二是祭祀天神地祇。可以想见，适应这些日益频繁而且规模日增的郊祀活动，一个相当规模的主管郊祀乐歌的音乐机构是日见需要的，而且业务繁忙。如果据上文所述，李延年为协律都尉在太初元年，那么立乐府机构当在元封年间(前 110—前 105)。

倘使上述考辨可以成立，那么不难理解，汉武帝立乐府是他功业鼎盛时期的文化需要和作为。随着武功的赫赫成就，武帝越发相信自己的神圣睿智，更加热衷于报答天命、证明天意的祭祀天地神鬼的活动，要使天下百官吏民、四海异域胡夷都知道、都接受这位天帝之子的英明作为，是秉承天命，体现天意的。这里不妨引用司马相如临终前留给武帝的《封禅文》中的话：

> 夫修德以锡符，奉符以行事，不为进越也。故圣王弗替，而修礼地祇，谒款天神，勒功中岳，以章至尊，舒盛德，发号荣，受厚福，以浸黎民。皇皇哉斯事，天下之壮观，王者之卒业，不可贬也。愿陛下全之。而后因杂缙绅先生之略术，使获耀日月之末光绝炎，以展采错事。犹兼正列其义，祓饰厥文，作《春秋》一艺。将袭旧六为七，摅之无穷，俾万世得激清流，扬微波，蜚英声，腾茂实。前圣之所以永保鸿名而常为称首者用此。宜命掌故悉奏其仪而览焉。

当时有人认为汉代不举行封禅大典是谦让的美德。针对这种舆论，司马相如断定举行封禅是天下最为壮观的典礼，圣王最终告成的大业，皇室受福，人民得泽，应当举行。这是天命奉行，君德报应，不是进越无礼。而且把典礼记载下来，整理发挥，将成为《春秋》所传六艺之外的第七艺，传为经典规范的礼仪，名垂青史，流惠百世。司马相如暮年十分理解武帝热衷祭祀天地神祇的意图，积极鼓动他举行封禅大典，可谓不幸而言中，仿佛预见了事态的进程。不过十年光景，武帝果然举行了封禅大典，制作了郊庙祭祀的礼乐，发展了封建盛世的文化。然而历史发展的辩证法则，却不符合武帝及司马相如的主观意志愿望。乐府的建立，郊祀乐歌及其他宴乐的流行，虽然为武帝摆脱祖宗法制约束，实施自己的雄图，起了巨大的思想文化及舆论作用，确立了天子的绝对权威，强固了封建专制集权，有效地推行了内外各项重大政治、经济、军事行动，建树宏伟，业绩辉煌；然而也促使神鬼迷信、祥瑞灾异的恶性发展，助长了封建统治阶级奢侈糜烂，声色娱乐的猖狂泛滥，加重了对人民的剥削压迫，激化了统治集团内部政治斗争，以致哀帝即位便下令撤销乐府。但在文化艺术及文学诗歌方面，乐府的建立，民间歌谣的采集，郊祀乐歌的流行，却有更为深远的历史意义。正由于至尊的皇帝陛下亲自站在向古奥的传统雅乐

挑战的前列地位，并且提出创作堪与宗庙乐相并比的郊祀乐，使生动活泼、丰富多彩的民间歌舞进入了宫廷，登上了庙堂，供帝王贵族享用，为卿士大夫欣赏，几乎如洪水猛兽般冲击着呆板僵化、古奥难懂的宗庙雅乐，使新俗取代古雅，使浅俗提高为清雅，促进文化艺术传统改造更新，推动诗歌艺术进入《诗经》、楚辞之后的一个新的阶段，开创了古代叙事诗的乐府传统，树立了古代抒情诗的古诗典范。乍想起来，这一切近乎荒诞。一位封建盛世的皇帝，居然成为一个向圣贤传统提出挑战的变革人物，而不是继承发扬先王采诗观风的优良传统的仁君明主，这确乎不合体统，有悖常理。但是历史事实如此，历史规律无情。班固要为尊者讳，所以作了自相矛盾的含糊其词的"实录"，因而造成不少误会，引出不少误证。从历史唯物主义的立场出发，不必为尊者讳，不应从误会而误证，而作不合史实的发挥。在诗歌史以及文化史上，汉武帝立乐府确是一项有深远历史意义与影响的作为。既然他本来不是为了采诗观风而立乐府，而且今存汉代乐府歌辞也并不能证明他采歌谣而来的歌辞主要反映了广大劳动人民的疾苦，那么应当实事求是地还他本来的历史面貌，作出具体切实的分析评论。本文主要考辨汉武帝立乐府的事实，希望能为治汉乐府古诗的学者提供参考。

（《北京大学学报（哲学社会科学版）》1991 年第 5 期）

典籍·天人之际·学者的困惑

——西汉学者刘向刘歆父子的故事

西汉学者刘向(前77—前6)有三个儿子。小儿子刘歆(？—23)最聪明,像乃父一样好古,学术卓有成就。汉成帝河平三年(前26)到哀帝时期(前6—前1),父子俩相继主持并完成了我国历史上第一次大规模整理皇宫藏书的工程。刘向留下了《别录》及一些子、史典籍的叙录文章,成为古代目录学的鼻祖。刘歆编撰了《七略》,基本保存于《汉书·艺文志》中,是古代第一部完整的图书分类总目。刘向还编撰了《楚辞》,就是东汉王逸注《楚辞章句》的底本,是古代第一部专体作品的总集,也是保存屈原楚辞作品的重要文献资料。他们父子二人是我国古代文献学史上划时代的代表学者,而在古代文化史上,刘向是汉代今文经《春秋穀梁传》的大师;刘歆则自称发现了古文经《周礼》《左传》《毛诗》《古文尚书》,力争为古文经立博士,成为汉代古文经学派的开创者;父子二人也都是卓有成就的经学大师。不仅如此,这父子俩都是从钻研《易经》开始,转入《春秋》传,终于研究天人之际的奥秘。刘向继承发展了董仲舒的符瑞灾异的先验学说;而刘歆则修订了《太初历》,制定了《三统历》——是我国史书上第一部完整保存的历法,而且计算圆周率精达3.15471,史称"刘歆率",在自然科学研究上有突出贡献。有趣的是,在西汉后期到王莽篡汉的历史年代里,这刘家皇室宗亲的父子俩不但在学术上分别代表对立的今文经和古文经学派,而且在政治上分道扬镳:父亲是反对外戚集团擅权的坚定代表;儿子却拥戴王莽篡汉,当了新朝国师,虽然最后因谋

诛王莽而被杀。这也许是两千年前父与子两代人的"代沟"现象。然而诚如班固所说,他们都是认真的学者,"博物洽闻,通达古今,其言有补于世"。那么他们为什么会产生如此大的距离?究竟哪位正确,谁个贤良呢?这不免使后来的学者困惑,饶有探讨的兴趣。西晋学者傅玄曾评论说:"向才学俗而志忠,歆才学通而行邪。"把才学与政治分别予以比较,似属公允。但是俗、通不是评价才学的衡准,忠、邪则以汉室正统为准,未见妥当。其实他们父子俩的异同高下,根源于当时历史社会的现实,是他们各自陷于必然困惑的结果。

西汉今文经大儒董仲舒提出《春秋》大一统理论,发明天人感应的符命灾异的法宝,意在独尊儒学,罢黜百家,统一思想,施行德教,为了巩固发展封建制度,实质是调整、改造上层建筑和意识形态。所以他主张"更化",要求有所变革。汉初七十年实行黄老之治,形成祖宗法制,渐渐束缚了封建社会进一步发展,需要变革。汉武帝和他祖母的好儒与好黄老之争,实质是上层建筑、意识形态领域的矛盾斗争,关键是祖宗法制的约束。董仲舒提出"天不变,道亦不变",要害是申天抑祖,以天赋王命、君权神授来解除祖宗法制的约束,借天意确立儒家礼乐教化的绝对合理和极端必要,从而独尊儒家,贬黜黄老及百家。为了证明天意可知,他利用阴阳五行的天人感应学说,发明了符瑞和灾异;为了证明儒家符合天意,他论证儒家经典著述具有先验的预见,对圣人孔子奉若神明。今天看来,这套神化儒学的理论虽然荒谬,但在汉武帝时代却解除了祖宗法制的束缚和压力,使武帝敢于作为,更为调整、改造上层建筑、意识形态提供了理论基础,奠定了儒家封建统治思想的地位。不过,申天可以抑祖,当然也可以抑君;王命君权既是天意所定,那么只要证明天意归属,任何人都可以为王为君。所以举出灾异,臣可以约束、压制君,而制造祥瑞,更可以应天顺运,篡位称帝,改朝换代。武帝之后,昭帝、宣帝时代,权臣压主已见端倪。宣帝中兴,原因之一是他像武帝一样深知其中奥妙,牢牢掌握皇权。在他看来，儒家德教、神仙方术及辞赋歌颂等思想文化艺术都必须维护皇权，为大汉帝国服务。他更懂得符瑞灾异的妙用，并有亲身体会。昭帝元凤三年(前 78)，泰山大石自立，昌邑枯木复生，上林苑断柳自立复生，当时今文经学者眭弘据此解释预言：这些“非人力所为”之事，“此当有从匹夫为天子者”，主张在天下“求索贤人，禅以帝位”。其时摄政的霍光听了大怒，立即处决眭弘。然而沦落民间的武帝曾孙刘询，却应验了这些灾异而兼符瑞，果然从匹夫而为天子，就是宣帝。所以宣帝即位，便封赏眭弘的儿子。而在位时，他表面优容儒者，其实任用刑法，让近侍宦官掌握中书。因而他批评好儒的儿子刘奭之：“汉家自有制度，本以霸王道杂之，奈何纯任德教，用周政乎！”认定“乱我家者，太子也”。真是不幸而言中。元帝儒雅，大权旁落，外戚与宦官勾结，灾异成为擅权的法术，严重威胁汉家皇权。生长于宣帝之时，成熟在元帝之世的刘向，坚决卫护汉家皇权。其继承发展董仲舒学说，尤其认真观察研究灾异的灵验，并不偶然。

宣帝中兴，国家稳定，经济发展，天下太平，文化显得活跃，而封建统治的痼疾也逐渐复发，皇室、外戚、宦官集团之间围绕皇权的争夺，在宣帝晚年已经展开，元帝之后，政治越来越混乱。刘向是刘家皇室宗亲，为刘邦之弟、楚元王刘交的玄孙辈。曾祖刘富、祖父刘辟疆及父亲刘德都是淡漠政治，远祸全身，“常持《老子》知足之计”，“清静少欲”，但是好读《诗》，能属文，还喜欢书法。乃父乃祖虽然都官为宗正，位列九卿，其实不预政事。刘向出生在这个诗礼知足的皇室宗亲世家，文化熏染深厚，精研儒家经典，兼通道家秘籍，而且善于赋颂，长于辞令。然而他成长在宣帝中兴之后，欣逢盛世，不甘寂寞。宣帝招选名儒俊材，青年刘向“献赋颂凡数十篇”；圣上“复兴神仙方术之事”，他献道家秘籍，自称可请“神仙使鬼物为金”，“黄金可成”。宣帝让他主持炼金，可惜秘方失灵，花费甚多，炼金不成，下狱治罪，罪当处死。气得一辈子知足谨慎的父亲不但不救这个走火入魔的孽

子，而且上书讼罪。幸亏他哥哥阳城侯刘安民贡献食邑 1140 户中的 500 户替弟弟赎罪；又幸赖宣帝欣赏这青年儒生的奇才，不但减死论处，而且请他在石渠阁教授《春秋穀梁传》，讲论五经。看来圣上确乎英明，而严父似乎昏愦。刘向从小读道家秘籍，就是刘德所藏；而大胆试验炼金术，虽然失败，未可厚非，显示了他敢想敢为的探索精神。

刘向一生在政治上并不得志。他历仕宣、元、成三帝，虽然也曾官至宗正、光禄大夫，位居九卿，但从未执政，却曾三次入狱，两度废黜，做了几十年列大夫，赋闲在家十多年。在政治斗争的漩涡中，他幸而全身寿终，确因皇帝的了解和保护，并以学者相待。宣帝的恩赦优遇，让他讲经石渠阁，视他为学者，也使他结识了两位知名学者萧望之、周堪。这两位当了太子的师傅，教得太子好儒，这位被宣帝视为败家子的太子，就是元帝。大概宣帝认为这两位学者先生可靠，所以临死前仍委任他们与外戚史高一同为托孤大臣。元帝即位，萧、周领尚书事，推荐刘向为给事中，与侍中金敞四人“同心辅政”。他们看到以史高为首的外戚集团与掌握中书的宦官弘恭、石显集团勾结，弄权擅政，奢侈腐败，便谋求向元帝揭露他们，废除他们。但是机密泄露，反而被诬告，史高等愚弄元帝，拘捕萧望之入狱，罢免周堪、刘向官职。据说，这位尊师好儒的少年皇帝，竟不知道“谒者召致廷尉”这话的意思就是拘捕大臣入狱，糊里糊涂就准了奏。事后他想见萧望之，听说下了大牢，这才大吃一惊，责问弘恭、石显。凑巧，这年春天发生地震灾异，夏天卷舌星出现在昴宿之间，象征天下有口舌之害。于是元帝感悟，下诏给萧望之赐爵复官，并且有意重用周堪、刘向。不巧，这年冬天又发生地震灾异，外戚、宦官集团借以责罪萧望之。刘向也恐慌了，托亲戚名义上书辩护，根据《春秋》指出“地震为在位执政太盛也”，是针对弘恭等，不因萧望之及自己。不幸，奏书落在弘恭手里，刘向入狱，逼供成招，牵连萧、周。结果刘向废为庶人，萧望之自杀。太傅一死，元帝悔恨，又任用周堪及其弟子张猛。刘向担心弘恭等再利用灾异诬害周、张，于是又上封事论述灾异，申诉进贤黜奸，矛头指向宦官集团。然而这封奏事又落在弘恭手里，加之这年夏天气候寒冷，太阳无光，是谓“日变”，还有几个并非外戚的朝官也批评周、张的短处，使元帝犹豫生疑，把周、张调出朝廷为地方官。从此宦官、外戚集团专权。三年后，宣帝的庙堂失火，月底又发生日食灾异，因而使元帝又怀疑三年前的日变不指周、张，于是再用周、张。但是大权旁落，擅权已成，周、张迂儒，无济于事。周堪病故，张猛被逼死，刘向依旧在家赋闲，耽搁了十多年。

成帝即位，皇太后即元帝的王皇后让娘家兄弟执政专权，一举铲除了勾结外戚史家、许家的宦官石显集团。从此，以王凤为首的外戚集团专权，直到王莽篡汉。刘向因为反对弘恭、石显等，所以被召回任职，擢升光禄大夫。他本名更生，为此改名向。成帝儒雅懦弱，爱好《诗》《书》典籍和古文，尊重刘向的学识，命他主持整理皇宫藏书。直到去世，刘向亲自经营这项文化大工程。这使刘向晚年有机会精研典籍，也有幸亲近成帝。他多次根据儒家经典和天象及灾异，面陈外戚权盛，威胁汉室，指斥王家，不畏权贵，讽喻劝谏，忠心耿耿，甚至画天象图，要求当面分析阐明天人之际的奥秘，使成帝理解晓悟。成帝虽然明白刘向的忠心，常常召见他，但是大权旁落已久，专权之势已成，终于不能采纳他的诤谏，也不能用他干政。刘向整理藏书，潜研典籍，本来可以不关心现实政治，专心纯学术研究，“一心只读圣贤书”。然而正是在整理藏书的晚年，刘向专门研究了“上古以来，历春秋六国，至秦、汉符瑞灾异之记，推迹行事，连传祸福，著其占验，比类相从，各有条目，凡十一篇，号曰《洪范五行传》”，又“采取《诗》《书》所载贤妃贞妇、兴国显家可法则，及孽嬖乱亡者，序次为《列女传》，凡八篇”；并编撰可资治政参考的传记事例如《新序》《说苑》，凡五十篇。此外，他针对成帝营建寿陵奢侈浪费，上疏直谏。为所整理的诸子史传的典籍撰写叙录，除记叙整理过程外，注重内容的概述，指出可资镜鉴的经验教训。总之，刘向整理研究典籍，并不为好古而泥古，其实是明确的古为今用，自觉为现实政治服务的。因此，从魏、晋玄学的观点看，刘向的才学太落实了，所以“俗”，不清通，也不博雅。今天看来，其实不然。

刘向观察天象，研究灾异，真知和荒谬掺杂相混，在古代封建社会都有深远的影响。作为刘家王朝的忠臣，他敏锐而忧愤地察觉、揭露、抨击了外戚、宦官的擅权篡政，指出汉室危亡，可谓尖锐切实而有惊人的预见，因而他的有关灾异的论述富有现实的政论性，但实则却是软弱而哀伤地为西汉帝国唱了一曲临终挽歌。作为忠于封建制度的儒家学者，他继承董仲舒的天人之学，引据并证明儒家经典的显示天意的先验预见，奉为万世不破的真理，以此讽劝元帝、成帝认识理解灾异所示的天意，贯彻执行天命，掌握皇权，选贤授能，罢免外戚，施行德教。他认真指出：《春秋》“二百四十二年之间，日食三十六，地震五，山陵崩弛二，彗星三见，夜常星不见，夜中星陨如雨一，火灾十四，长狄入三国，五石陨坠、六鹢退飞、多麋，有蜮蜚、鸜鹆来巢者皆一见，昼冥晦，雨木冰，李梅冬实，七月霜降草木不死，八月杀菽大雨雹，雨雪雷霆失序相乘，水旱饥蝝螽螟蜂午并起。当是时，祸乱辄应，弑君三十六，亡国五十二，诸侯奔走不得保其社稷者，不可胜数也”。以此证明，“乖气致异”，“异众者，其国危，天地之常经，古今之通义”。不仅如此，他甚至计算出现日食的频率，指出《春秋》鲁襄公时三年五个多月出现一次，对比汉初至景帝时略同，而成帝即位以来为二年六个月一次，是“古今罕有”的，以此证明汉室危亡，出现了“易姓之变”。不难看到，大自然正常和异常现象都成了神秘天帝的意志表现，《春秋》如实的记录成为天意的历史见证，科学的统计方法总结出荒谬的先验规律。归根结蒂，封建正统观念和立场使刘向以荒谬的理论对客观存在的自然现象作出了错误的判断，进入认识的误区，而在政治上敏锐察觉皇朝威胁的存在，发出了危亡的警告，成为历史的预见。

这位认真的学者一生才学与政治上的矛盾困惑，其实是社会和时代造成的必然。

刘歆恰恰出生在西汉衰乱之际，长于乱世，终于易代。与乃父一样，他少时便“通《诗》《书》，能属文”，被成帝召为黄门郎。为此，晚暮的刘向引用董仲舒的格言告诫他：“‘吊者在门，贺者在闾’，言有忧则恐惧慎事，敬事则必有善功而福至也。”劝他谨慎处世，并且精心培育他继承自己的思想学术事业。大概由于刘向让刘歆跟着整理皇宫藏书，因而临终前推荐刘歆与自己一起主持其事，以传承志业。刘向始料未及的是，他的学风竟在这乱世中造成了刘歆朝着与自己对立的方向发展。刘歆很聪明，对六艺、史传、诸子、诗赋、数学技术和方术，都有兴趣认真钻研。对《春秋》传尤其有兴趣。不过刘向精于《穀梁传》，而刘歆却对皇宫秘藏的古文《左传》深入钻研，从文字训诂到章句理义，都提出了解释《春秋》经的独到见解，认为“左丘明好恶与圣人同，亲见夫子；而《公羊》《穀梁》在七十二弟子传后，传闻之与亲见，其详略不同”。父子俩为此进行讨论，刘向往往说不过刘歆，但坚持己见，形成学术上的对立分歧。应当说，刘歆像乃父一样学风认真。他比勘古、今文《春秋》、《尚书》、逸《礼》，发现了今文经本的错讹脱乱和经师的烦琐臆解，主张重视古文经研究，设置古文经博士。哀帝让博士们讨论，这些今文经学者群起反对，刘歆置之不理。刘歆严正批评他们“专己守残，党同门，妒道真，违明诏，失圣意”，“雷同相从，随声是非”。这招致了诸儒的怨恨，激怒了权贵的儒者，上奏控告他“改乱旧章，非毁先帝”，使他孤立害怕，请求调出京城为地方官。这位认真求实的盛年学者满怀憾恨地离开了学术研究事业，感慨自己“虽穷天地之极变兮，曾何足乎留意；长恬淡以欢娱兮，固贤圣之所喜”，只得“守信保己”，养生长寿了。失意几年之后，一位为黄门郎时的同僚、当时名重一时的权臣，推荐了刘歆。此人就是王莽。

王莽从师学儒，广交名士，矫情饰行，外贤内奸，权诈阴谋，步步

为营。元寿二年(前1)哀帝去世,无子。王莽乘机依靠王室太后,迎立九岁的平帝,独揽大权。他物色心腹,扶植羽翼,结党篡政,看中了刘歆。学者刘歆是有弱点的。他起初认真钻研古文经,有“从善服义之公心”,追求“道真”,所以严正批评今文经博士抱残守缺。但他并未脱俗,同样受到谶纬迷信思想的影响,也有以学术谋名位的私心,因而就在批评博士们那年,他应“刘秀发兵捕不道”的谶言,改名为“秀”,虽然未必有政治野心,却暴露他强烈追求名位的欲望。私心使他软弱,怕权贵,不敢坚持真理。王莽了解刘歆的学识才华,抓住他的弱点。在他失意之后,王莽迎合他的学术追求,推重古文经,设古文经博士,修建明堂辟雍和学馆;支持刘歆修订《太初历》,发挥家学和所长。刘歆运用数理认真推算《春秋》年月和日月五星运行的轨迹,制订了以天人之学为指导思想的《三统历》,试图从数理自然科学上论证儒家经典所体现的天统、地统、人统的存在及法则。这就是基本保存于《汉书·律历志》的《三统历谱》,在古天文历法史上贡献突出。同时,王莽还竭力满足他的名位欲望,封官赐爵,使他高踞思想文化学术的总管要位,俨然是天下的儒林首脑、文章巨头。从感激王莽的知遇之恩,到醉心于学术名位的贪婪追求,刘歆终于甘心成为王莽的心腹羽翼,歌功颂德,大造舆论,炮制符命,为王莽篡汉称帝,效尽犬马之劳。新朝建立,刘歆列位“四辅”之一,封为国师嘉新公,富贵荣华,登峰造极。直到这群心腹与王莽争权夺利,被株连杀害,刘歆始终效忠王莽。这一位曾经认真求实地努力攀登科学高峰的优秀学者,留下了光辉足迹,却在人生曲折的道路上误入歧途,从利禄名位的巅峰,跌落深渊,粉身碎骨,千夫共指,人所不齿。乃父刘向在天有灵,大概会像刘德当年一样气愤痛心,诉讼这个孽子的罪行。然而在混乱的政治气候中坚持正确的方向,在恶浊的生活环境中保持整洁的品格,使科学研究服务于历史的进步,使文化创造成为人类文明的财富,却是刘歆一生是非曲直的值得镜鉴的教训。

封建社会本来就是自身矛盾且充斥着荒诞的。然而封建学者却曾严肃认真地探索论证封建制度及其上层建筑、意识形态的真理性、永恒性，因而科学与迷信、真理与谬误、美与丑、善与恶，一切似乎都混杂莫辨，似是而非，以致正直的学者往往临歧感伤，陷于困惑，至于迷途。刘向是位认真的学者，刘歆也曾经是认真的学者。他们都曾认真地从封建文化积累中探索科学文化的真理，认真地对自己时代的政治、文化提出严正的批评。刘向是认真吞食了努力失败的苦果，刘歆则获得了误入歧途的恶果。他们都曾经把荒谬的理论当作思想的武器，也曾充满自信地以为自己正确地解决了现实的迷惑，但却终于证明自己一生陷于困惑或者误入歧途。其中有个人认识进入误区，也有个人意识存在混浊，但更重要的是封建制度和当时政治现实使然。

（《中国典籍与文化》1992 年第 1 期）

读《城上乌童谣》

东汉谶纬盛行，利用民谣，制造谣言，成为重要的舆论手段。这是众所周知的。随之而来的困惑是后世学者往往把民间歌谣作为谶言来解释，尤其对于一些政治性民谣，不分青红皂白，一概解为预言征兆，视为先验实证。这就制造了不少混乱。《后汉书·五行志一》载“桓帝之初”的“京都童谣”，后世拟题《城上乌童谣》，可作一例。其辞曰：

> 城上乌，尾毕逋。公为吏，子为徒。一徒死，百乘车。车班班，入河间。河间姹女工数钱，以钱为室金为堂，石上慊慊舂黄粱。粱（梁）下有悬鼓，我欲击之丞卿怒。

逯钦立先生《先秦汉魏晋南北朝诗·汉诗》在首二句下有校记：“《初学记》（三十）此下有‘一年生九雏’五字。《白帖》（二十九）、《御览》（九百二十）或同，可据补。”据此，则开端当作“城上乌，尾毕逋，一年生九雏”。其校近是，说详下文。

司马彪对此谣有按语，认为“此皆谓为政贪也”，然后作疏，认为首二句比喻“处高，利独食，不与下共，谓人主多聚敛也”；三四句是说“蛮夷将畔逆，父既为军吏，其子又为卒徒，往击之也”；五六句是说“前一人往讨胡既死矣，后又遣百乘车往”；七八句是说桓帝将崩，“乘舆班班入河间，迎灵帝也”；九十句是说“灵帝既立，其母永乐太后好聚金以为堂也”；第十一句是说“永乐虽积金钱，慊慊常苦不足，使人舂黄粱而食之也”；末二句是说“永乐主教灵帝，使卖官受钱，所禄非其人。天下忠笃之士怨望，欲击悬鼓以求见；丞卿，主鼓者，亦复谄顺,怒而止我也”。不难看出,这是把童谣作为谶言来解释的。因为《志》明白记载此谣是“桓帝之初”的“京都童谣”,而句解却一一用桓帝时的史事及灵帝入嗣与永乐太后之事,加以验证。其说之牵强附会、支离破碎,显而易见。

刘昭将八志编补范书时,对司马彪之说提出了不同见解,主要认为“父为吏”四句的寓意是针对桓帝的处境。其说曰:“《志》家此释,岂未尽乎?往徒一死,何用百乘?其后验竟为灵帝作。此言一徒,似斥桓帝。帝贵任群阉,参委机政,左右前后,莫非刑人,有同囚徒之长,故言寄‘一徒’也。且又弟则废黜,身无嗣,魁然单独,非一而何?‘百乘车’者,乃国之君。解犊(指灵帝)后征,正膺斯数。继以‘班班’,尤得以类也。”较之司马彪之说,似为近是,但仍是说谶,用桓、灵史事以证其辞。

王先谦《集解》,在《校补》中又提出不同见解,指出刘昭之说在解释“徒”字上近乎迂凿,因而重作疏解。他认为:一二句是说“凭高而处,以喻人主;尾逋无后,喻皇嗣屡绝也”。三四句是说“徒常畏吏,不敢近;贵贱悬隔,喻援立疏幼,入继大统,如吏以徒为子也”。五六句是说,“天子万乘,王国千乘,诸小侯不过百乘,喻蠡吾(桓帝)、解犊相继入嗣,而清河(原讹“和”)王不得立也”。七八句是说,“班班为车行相次声,络绎不绝,喻恒、灵皆迎自河间也”。其余各句,他认为“应如《志》所释”。比较起来,王说确乎又进了一步,似更近是。然而仍不脱说谶的束缚,不过解释得更煞有介事。值得指出,他注意到此谣与顺、桓朝立嗣入统有关,点出“援立疏幼”而“清河王不得立”的要害,可谓卓见。

其实汉代民谣不都是谶言,许多民谣就不是谶言,包括一些政治性民谣。如果实事求是地客观考察有关此谣的资料,摆脱谶纬观念的束缚,那么不难发现它并非谶言,而是针对蠡吾侯刘志被立为皇帝即桓帝而发的,恰是“桓帝之初”发生在京城的帝国根本大事,不涉及

此后之事。

在有关资料中，最可重视的是南朝梁代吴均及朱超所作乐府《城上乌》。吴诗曰：

> 呜呜城上乌，翩翩尾毕逋。凡生八九子，夜夜啼相呼。质微知虑少，体贱毛衣粗。陛下三万岁，臣至执金吾。

《乐府诗集》将此诗附于《相和曲·相和歌辞》的《乌生》之下，以为“又有《城上乌》，盖出于此”。按《乌生》首句“乌生八九子”与此诗“凡生八九子”类似。但《乌生》的主题，诚如《乐府解题》所说，乃是感慨“寿命各有定分，死生何叹前后”，与此诗不相承传，并不类同。统观此诗，前四句显然出自《城上乌童谣》，同时又可与逯钦立校记相印证，童谣首三句当作“城上乌，尾毕逋，一年生九雏”。其寓意当亦相同。耐人寻味的是后四句。“质微”二句当指这窝小乌鸦，形容它们本来就是一群缺少教养、微贱粗鄙的小东西。那么这群小东西究竟喻指什么呢？诗人并未点破，而是突如其来地说到君臣之际，想起汉武帝的荒唐故事，“陛下三万岁”是用汉武帝嵩山三呼万岁的故事。《汉书·武帝纪》载，元封元年武帝“亲登嵩高，御史乘属、在庙旁吏卒咸闻呼万岁者三”，龙心大悦，随从官吏徒卒以及山神爷都因为天降福应而得了封赏。此诗的用意便是取其天意赐福，但不是指皇帝的作为，而是指小乌鸦中的一只，承天运命，当了皇帝，所以拥立的臣子理当受封，而封官“执金吾”，也是汉武帝故事。汉武帝爱好私自出宫游玩，改称近卫为“羽林”，把京城巡防军宫中尉改称“执金吾”。“金吾”原是一种鸟类，据说能辟除不祥。这就是说，臣子因为护卫小乌鸦游戏有功而升了执金吾。由此可见，吴均此诗是用《城上乌童谣》旧题而作的咏史诗，恰可作旧题本辞的注脚，认为它是讽咏蠡吾侯刘志进京即位为皇帝之事。

朱超的《城上乌》也可参考。其诗曰：

朝飞集帝城，犹带夜啼声。近日毛虽暖，闻弦心尚惊。

《乐府诗集》也列之于《乌生》之类。实际上它明显是写栖集帝城的乌鸦的声气与心态，与《乌生》不类，而与《城上乌童谣》同题。上二句的寓意是说贱类未脱野气，下二句是喻尊贵犹觉恐惧，这是像刘志这样出身皇室小侯而骤然高居帝尊的人物的精神特点，不无嘲弄意味。可见朱超对《城上乌》旧题的理解与吴均实同，不过讽咏的侧面有所不同。

吴均、朱超与刘昭都是南朝梁代的著名作者。吴均与刘昭都入《梁书·文学传》。据载，刘昭出身门阀士族，“善属文”，“集《后汉》同异以注范晔书，世称博悉”，“集注《后汉》一百八十卷”；而吴均“家世寒贱”，“文体清拔有古气”，“谓为‘吴均体’”，亦通史学，“注范晔《后汉书》九十卷”等，今存诗歌一百三十余首。可见他们两人都熟悉东汉历史，各有研究。对《城上乌童谣》的见解有相近之处，即认为主要针对桓帝；但也有不同。刘昭是对旧说提出异议，因此未免受旧说拘束，而吴均则是借题咏史，发挥己见，不拘旧说。也许由于他出身寒贱，对刘志仅凭皇室门第而即位为帝，更为敏感而反感，因而讽刺锐利，一针见血，揭露刘志门第虽高，素质却低，而且年幼无知，道破《童谣》的本意，嘲弄东汉后期这场立嗣的闹剧和丑剧。而王先谦以博洽的学识，同样敏锐觉察到《童谣》实际针对顺帝死后的围绕立嗣继统的重大政治斗争，特为点出李固推荐的清河王刘蒜不获继统的史实。但他与刘昭一样未免旧说的束缚，不能摆脱说谶的影响。总之，他们或者认识到，或者觉察到《童谣》真实是桓帝即位之初，京城反对拥立桓帝的人士制造的一种舆论，正像《五行志》所载顺帝末京都人士反对梁冀杀害李固的童谣“直如弦”一样，这是当时官僚士大夫集团在皇权控制上与外戚、宦官集团展开的尖锐激烈斗争的一个侧面，一种反映。由于它是童谣，以民意人心的代言姿态出现，因此十分质直，近乎咒骂。

汉顺帝死，外戚梁冀集团勾结宦官曹腾集团，在立帝继统即控制皇权的根本利害上，与大官僚集团李固等展开生死搏斗，极其残酷。两岁的冲帝即位五个月便夭折，清河王刘蒜被征进京，受到李固等拥护，但遭梁冀、曹腾等排斥，后者立即把渤海王刘鸿的八岁儿子刘缵接来即位为质帝，遣返刘蒜。一年后，梁冀毒杀质帝，李固等又建议刘蒜嗣立。于是梁冀等接来河间王的孙子蠡吾侯刘志即位为桓帝，同时幽禁杀害李固，引起天下公愤，京城出现童谣"直如弦，死道边"。桓帝即位时十五岁，受制于梁太后、梁冀等外戚集团。梁太后诏令追尊桓帝父亲为孝崇皇帝，桓帝生母匽明为博陵贵人。两年后，梁太后死，桓帝追尊生母为孝崇皇后，居永乐宫，仿西汉长乐宫故事。所以桓帝生母在世时亦当有"永乐太后"之称。这便是桓帝登基前后的情形，"桓帝之初"的背景。从这一背景来理解"京都童谣"，似乎较为容易可通。

据逯钦立校补，开头为三句，是比兴。城头的乌鸦高高在上，尾巴都秃了，勤于繁殖，一年生一窝小乌鸦。寓意是说，高贵的皇室子女其实很多，也很杂乱。接着是讥笑他们素质才能与他们高贵的身份地位极不相称，父辈算是可以充当下吏，听喝照办，而儿子们只能充徒卒，当差遣，一代不如一代，全然不是君临天下的器材。这显然指刘家皇室贵胄无一成器，以致大权旁落，听任权臣指使，形同吏卒。因此，死了一个儿皇帝，不过再到皇室诸侯中找个傀儡，所谓"百乘车"，当如王先谦所说"诸小侯不过百乘"，专门物色"疏远"的小侯。顺帝死后不到两年时间，接连死了两位皇帝，找第三个，这回找到了河间，所以说"车班班，入河间"，迎接皇帝的车驾不断滚动，来到了河间。河间王的孙子蠡吾侯刘志除了是疏远的皇室贵胄外，人品才器如何呢？看看养育他的生母就可以了解。

旧说"河间姹女"指汉灵帝母亲董氏，显然是受说谶的束缚而作的先验臆解。桓帝在位十三年，灵帝即位时十二岁。当桓帝之初，董

氏可能刚刚嫁到解犊亭侯刘苌家，大概还来不及贪敛到“以钱为室金为堂”的程度。《后汉书·皇后纪下》载，董氏在窦太后去世之后，“始与朝政，使帝卖官求货，自纳金钱，盈满堂室”。旧说正是用此事来证明童谣的灵验，可见荒谬。其实，“姹女”是漂亮少女的意思。桓帝生母匽明是其父刘翼的媵妾，想必是位美丽女子，但出身低微，而且贪婪，并且吝啬。此外可以指出，在河间王刘开的儿子们中，刘翼是长子，却没有继承王位，因为在汉安帝永宁元年，他被邓太后指定过继给汉和帝的儿子刘胜，封为平原王。一年后，邓太后死，他被安帝的奶妈告发图谋不轨，贬为都乡侯，遣返河间。后来，他父亲请求顺帝允许分出食邑蠡吾县给他，改封蠡吾侯。因此在刘开十五个儿子中，除继承王位的刘惠外，其余十三个都只封亭侯，食邑很小，只有刘翼独享一县，较有可能搜刮聚敛大量钱财。然而一个县的地盘也有限，所以匽明贪心不足，还要装穷吃黄米饭。这是“河间姹女”的实际所指，其寓意显然在借生母不德来披露桓帝无教，因此“忠笃之士”要击鼓告发，然而桓帝已稳坐帝位，“曲如钩，反封侯”，无处可告，便诉之民谣。

这首童谣的大意如上。其实它并不深奥，反而有点粗野，仿佛悄悄议论皇帝隐私，东拉西扯地揭老底，满腹不平地发牢骚，讽刺挖苦，近乎咒骂。但它不是灵异的咒语，预兆的谶言，而是真实的揭露，尖锐的抨击，直指祸根，显示危害。因此在历史的进程中具有一定的预见性，仿佛后来东汉皇室的丑闻恶行全被预言到了。这是民谣的特点和价值，但不能与推背图混同。

（《历史文献研究》〈北京新七辑〉，1996 年）

不悬而悬的悬案

——漫谈《古诗十九首》写作年代及五言诗体的成立

一桩公案长久解决不了，只好挂起来，是谓悬案。一旦具证了结，便不悬了。但有的悬案是以不了了之而结束的。倘要追究，其实是不悬而悬的悬案。古代文学史上也有这类悬案，看来已有似属公认的结论，然而审核其结案依据，却颇多疑点，不足论断，仍应归于悬案。《古诗十九首》的写作年代及五言诗体的成立，即其一例。

先说《古诗十九首》的写作年代。按照通行的说法，以《古诗十九首》为代表的一批五言古诗作品，是东汉后期约在安帝、顺帝、桓帝到灵帝初(约公元 120—170 年左右)的一些无名氏诗人所作。这一结论便具有模糊理论的色彩。时限较宽，便不一定；作者无名，便是待考。如果无从考证，自然也就不了了之以结案。然而查阅案卷，颠扑不破的证据和结论只有一个：西晋初诗人陆机有《拟古诗》十四首，是模拟《古诗十九首》中的作品的，因而可以确证这批古诗写作年代在三国以前。也就是说，古诗的写作年代只有最低的下限可以断定。此外，对于所谓“安、顺、桓、灵时期所作”的结论来说，在两个方面存在明显的疑点。

其一，《古诗十九首》以及其他古诗作品，其中有的作品曾经有过作者姓名的记载或提出怀疑。略举其要：

1. 刘勰《文心雕龙 · 明诗》：“古诗佳丽，或称枚叔；其《孤竹》一篇，则傅毅之词，比采而推，两汉之作乎？”“枚叔”指西汉初赋家枚乘，

"傅毅"是东汉初作家。这是说,古诗中可能有枚乘的作品,但肯定有一篇即"十九首"之八"冉冉孤生竹"是东汉傅毅所作。

2. 钟嵘《诗品上·古诗》,除"陆机所拟十四首"之外,"'去者日以疏'四十五首,虽多哀怨,颇为总杂,旧疑是建安中曹、王所制"。"曹、王"指曹植和王粲。这是说,这批古诗中有的作品可能是曹植、王粲所作。

3. 萧统《文选·杂诗上》首列《古诗十九首》。其下依次编列:李陵《与苏武诗》三首,苏武诗四首,张衡《四愁诗》四首等。李善注:"并云'古诗',盖不知作者。或云枚乘,疑不能明也。诗云:'驱马(车)上东门。'又云:'游戏宛与洛。'此则辞兼东都,非尽是乘,明矣。昭明(称萧统)以失其姓氏,故编在李陵之上。"《古诗十九首》成为代表古诗的一组诗,即由于《文选》的编列。以为作者佚名,也因为《文选》不列名以及李善的解释。但李善的看法基本与刘勰相同,认为古诗不一定或不都是枚乘所作,其中有东汉的作品,但是又不能排斥其中可能有枚乘的作品,因此萧统在编排次序时便根据有枚乘作品在内的可能,依作者时代先后列之于李陵之前。

4. 徐陵《玉台新咏》编选了枚乘《杂诗九首》。其中"西北有高楼""东城高且长""行行重行行""涉江采芙蓉""青青河畔草""庭前有奇树""迢迢牵牛星""明月何皎皎"等八首即《古诗十九首》中的作品,另有"兰若生春阳"一首不属《十九首》。这是明确认为《十九首》中有八首为枚乘所作。

总起来看,上列南朝梁及陈代人士的说法,有两点与当今通行说法明显矛盾,不可忽视。一是《十九首》中可能有或肯定有西汉初枚乘的作品,二是刘勰肯定"冉冉孤生竹"一首是东汉初傅毅的作品。如果没有充分的证据和理由来否定这两点,那就只能承认有此一说,并且只能推断这批古诗或当是两汉有名或无名作者的作品,既非一时所作,亦非一人所作,由于流传已久,"颇为总杂","疑不能明"。但

当今通行说法既然断定这批古诗写作于东汉后期，否定了这两个疑点，那么就有必要审核其说的根据和理由。

其二，断定《古诗十九首》作于东汉后期的说法，其实并无资料可作证据，而是针对南朝人的说法，提出一个假定，根据一种通例，进行一系列推论得出的结论。略述其要：

1. 一个假定。“要解决这一票诗时代，须先认一个假定，即‘古诗十九首’这票东西，虽不是一个人所作，却是一个时代——先后不过数十年间所作，断不会西汉初人有几首，东汉初人有几首，东汉末人又有几首。因为这十几首诗体格韵味都大略相同，确是一时代诗风之表现”（梁启超《中国之美文及其历史》）。这是明确针对南朝所说古诗有枚乘、傅毅及王粲、曹植之作而言的。所谓“假定”，便是无证据而先予肯定的假想事实。但这假想事实是据一种现象推想的，即《古诗十九首》“体格韵味都大略相同”。

2. 一种通例：“凡诗风之为物，未有阅数十年百年而不变者”，“两汉历四百年，万不会从景、武到灵、献（皆汉帝号），诗风始终同一。‘十九首’既风格首首相近，其出现时代，当然不能距离太远”（同上引）。这所谓“通例”，指诗歌时代风格形成变化的规律。诗歌风格随着时代推移而发展变化，每一时代的诗歌都有自己独特风格，历时数十百年而风格不变的现象是不可能发生的。显然，这是分析诗歌时代风格的一种理论观点，并非证明作品归属的事实依据。

3. 一系列推断：首先，认为西汉避讳，东汉不避西汉帝讳，以及《十九首》写到洛阳，推断《十九首》只能是东汉产品；其次，“只能以各时代别的作品旁证推论”，认为以班固《咏史》与古诗“冉冉孤生竹”相比较，“风格全别”，“其他亦更无相类之作”，断定“冉冉”篇不可能是傅毅之作；第三，“东汉之期——明（帝）、章（帝）之间，似尚未有此体”，一句话排斥了这时期写出古诗的可能性；第四，“安、顺、桓、灵以后，张衡、秦嘉、蔡邕、郦炎、赵壹、孔融各有五言作品传世，音节日趋谐畅，格律日趋严整。其时五言体制已经通行，造诣已经纯熟，非常杰作，理合应时出现”。因此，“大概在西纪一二〇至一七〇约五十年间”，《古诗十九首》便出现了。也就是说，《十九首》作为五言古诗“非常杰作”，必然定在五言诗体成立的历史年代产生，而这个年代便是安、顺、桓、灵的东汉后期。不难看到，这一系列推断中，没有一个直接证据，全都是“旁证推论”，而主要是依据上述“通例”作理论推断，认为理当如此，并未回答事实怎样的问题。

总起来看，上述论证缺乏切实依据，理论也欠周密，既不足否定古诗中有枚乘、傅毅或西汉至东汉前期作品，亦不足确定古诗必作于东汉后期。从实证方面看，所举避讳及写到洛阳两点旁证，即使成立，也只能认为“青青河畔草”等四首或是东汉作品，不能确定其为东汉前期或后期，更不能由此断定其他古诗都不是西汉作品，何况所谓“避讳”还有“临文不讳”之说。从理论方面说，根据时代风格特征以确定作品年代，虽是一种可取的辨别方法，但运用这方法仍应对具体情况进行具体分析。上述论证虽然忽视了一个重要的基本情况，即两汉尚属五言诗体发生发展阶段，有一个从俗到雅的发展过程。五言诗体源于民歌俗曲，似无异议。在民间五言俗体发展到文人创作五言雅体的过程中，有三个情况，涉及古诗写作年代的推断，似不宜忽略。一是文人对诗体雅俗的观念，二是乐府歌辞和五言诗体的关系，三是作品流传过程的集体加工。

《文心雕龙·明诗》说：“至成帝品录，三百余篇，朝章国采，亦云周备，而辞人遗翰，莫见五言，所以李陵、班婕妤（指他们的五言诗作）见疑于后代也。”这是说，西汉成帝时，刘向、刘歆父子整理皇宫藏书，没有著录西汉著名诗人所作的五言诗，因此流传为李陵和班婕妤所作的五言诗歌被后人怀疑是伪作。但是钟嵘《诗品》则承认李、班五言诗为真作，并评为上品，列在《古诗》之后。对这一问题，黄侃《诗品讲疏》指出：“五言之作，在西汉则歌谣乐府为多，而辞人文士犹未肯

相率模效。李都尉(陵)从戎之士,班婕妤宫女之流,当其感物兴歌,初不殊于谣谚","推其原始,故亦闾里之声也"。又据晋挚虞《文章流别论》指出,五言"于俳谐倡乐多用之"。他认为西汉文人不作五言诗,由于雅俗观念使然,写作"俳谐倡乐"的俗曲有失身份,但武夫、嫔妃作兴为之则无妨。这就是说,西汉五言诗歌都列入视为俗曲的乐府歌辞之中,并非没有五言创作。这就涉及乐府歌辞和五言古诗的关系。

《古诗十九首》中,"冉冉孤生竹""驱车上东门"二首,《乐府诗集》收入《杂曲歌辞》,都作"古辞"。此外,《北堂书钞》引"青青陵上柏",《文选》李善注谢灵运《道路忆山中》诗引"明月皎夜光",《玉烛宝典》引"迢迢牵牛星",《草堂诗笺》注《丽人行》引"东城高且长",及《事文类聚》《古今合璧事类备要》引"青青河畔草""去者日以疏""孟冬寒气至""客从远方来"等古诗,都标题"古乐府"。可见汉代古诗和乐府歌辞之间并无鸿沟,入乐歌唱便为乐府歌辞,歌辞抄传就可能被认为古诗。例如班固《咏史》、李善注《文选》、王融《策秀才文》便标题"歌诗",意同"乐府歌辞"。因此,这批古诗可能原先大多是可以入乐歌唱的乐府歌辞,其中也可能有西汉到东汉前期的文人创作,但出于雅俗观念,作者不愿留名或在流传中失名。据《汉书·李延年传》载,汉武帝"方兴天地诸祠,欲造乐,令司马相如等作诗颂。延年辄承意弦歌所造诗,为之新声曲"。《汉书·礼乐志》也说"以李延年为协律都尉,多举司马相如等数十人造为诗赋"。这些郊祀歌虽属庙堂音乐,却是俗曲新声,也许因此使司马相如不留姓名,而刘向父子整理皇宫藏书也不把它们入诗而入乐府。依此推想,刘勰称枚乘作古诗用或疑之词,而认为"冉冉孤生竹"为傅毅所作,则断然不疑,当非无稽之谈,应有所本。这就涉及古诗抄本流传的问题。

"古诗"原意就是古代的诗歌,是晋人对前代诗歌的一种泛称。乐府歌辞抄写在传本上,如果不标明乐曲题目,便同于五言徒诗,泛称即谓“古诗”。据《诗品上·古诗》所说，陆机所拟古诗十四首外，还有四十五首，则钟嵘所见为五十九首。萧统编《文选》时所见古诗当略同其数，而从中选出十九首，编为一组，在思想、艺术上确乎具有独特风格和成就。清朱彝尊曾怀疑文选楼学士对原诗有过加工作伪，举汉乐府《西门行》古辞与古诗“生年不满百”比较，认为是“裁剪长短句作五言，移易其前后，杂糅置十九首中”；又据《玉台新咏》以为《文选》“没枚乘等姓名，概题曰‘古诗’”（《曝书亭集·书玉台新咏后》）。这一见解近乎片面武断。但他看到了古诗在流传过程中存在集体加工的现象，则合乎实际。也就是说，有的古诗原为乐府，传唱中曾经整理，歌辞传抄中又经加工，流传到南朝，可能辑集为若干种抄本，统称古诗抄本，其中或有作者姓名。萧统等从中选出十九首，自是按照他们的选择标准和眼光，形式完整，风格相近，便是《古诗十九首》。如果采取以时代风格来辨别它们的年代，却不考虑它们在流传过程中集体加工的痕迹和成分，在理论上是不可谓周密切实的。

从上述两方面考核，显然可见《古诗十九首》写作年代的疑点依旧，论证未周，似难论断。既然如此，则随之而来的问题便是，五言诗体成立的年代是否也不一定在东汉后期呢？

所谓“五言诗体成立”，是指五言古诗这一诗歌体裁的完整成熟，取代了传统四言诗体的地位，成为文人诗歌创作的主要诗体。它的意义不指五言诗句、民歌五言歌辞和乐府五言歌辞。确定五言诗体的成立，要以一种代表作品为标志。这代表作品应是文人创作，脱离乐府歌曲而独立成体，五言体裁约束的诗歌语言、手法技巧都臻完备成熟，同时又须是较早出现的，比其前出现的同体同类作品优秀突出。据此，《古诗十九首》恰合要求，可作标志。但是，要以《古诗十九首》为五言诗体成立的标志，存在一个明显的障碍，即它的写作年代问题。依一般情况推想，一种新诗体的产生发展总有一个过程，不可能一出现就完整成熟，而且已产生优秀代表作品。如果肯定《十九

首》中有枚乘、傅毅作品，岂非不合情理？从两汉乐府发展到古诗的历程看，五言诗体成立年代在东汉后期是更为适当的。因为，一是乐府歌辞中已有许多优秀五言作品；二是文人五言体诗已陆续出现，但都不如《十九首》杰出；三是古诗总杂，作者难考，统视为无名氏作品，无可非议，又体现这一新诗体为民间下层文人首创。这些都符合新诗体产生发展的一般规律，顺理成章。这或许是《十九首》作于东汉后期这一结论之所以成为通行说法的一个重要原因，同时也是持此论者力证《十九首》无枚乘、傅毅及西汉作品的一个重要原因。正因如此，争论曾是尖锐而深入具体的。例如“明月皎夜光”一诗，由于诗中存在似乎矛盾的时令节候的描写，既说“玉衡指孟冬”，当是初冬；又说“秋蝉鸣树间”，又是秋天，究竟是写秋夜还是冬夜？从李善注起，就有不休的聚讼。又由于涉及它的写作年代，千年之后又曾引起一场争论。争论的焦点之一是这诗究竟是用汉武帝所建“太初历”之前的历法呢，还是用“太初历”，或者与“太初历”无涉？实质是争论此诗是否汉初作品，所以金克木在论证“玉衡指孟冬”“并不指月份及节候，与太初前后无关”之后，说道：“五言诗成于西汉初年的最有力的一个客观证据便瓦解了。”（《古诗“玉衡指孟冬”试解》）

但是，即使可以肯定《十九首》中没有枚乘、傅毅作品，“明月皎夜光”不用太初前的历法，五言诗体成立于东汉后期；也还有待解决另一些不悬而悬的悬案。例如，从理论上圆满解决为什么乐府五言歌辞不能算五言诗体？传为班婕妤作的《怨歌行》（《文选注》作《怨诗》），为什么不能视为五言诗体？从实证上怎么解决《文选》所载的李陵、苏武诗的真伪问题？倘使不能解决这类不悬而悬的悬案，那么认为五言诗体成立于西汉，又有何不可呢？

（《古典文学知识》1987 年第 4 期）

“礼岂为我设也!”

——阮籍为什么任放不羁

在“竹林七贤”中,论士节骨气,阮籍比嵇康软,却比山涛硬,看来似属不硬也不软的中不溜儿人物。假使只用一种尺度,不论儒家的或老庄的思想政治、伦理道德尺度来衡量阮籍的言行,都会发现他很矛盾,仿佛真是个没谱的放诞人物。的确,他说过:“礼岂为我设也!”宣称自己不守礼法。但他儿子要学他的生活态度,他却说,侄儿阮咸“已豫吾流,汝不得复尔!”明确反对子弟行为放诞。这等于说,“老子可以放诞,儿子必须规矩”,不仅自相矛盾,而且荒唐无理。然而他儿子真听了他的话,后世的士大夫也大多尊敬和称道他。那么他究竟是个什么样的人物呢?

痴乎? 异也

阮籍(210—263),字嗣宗,陈留尉氏(今属河南)人。他父亲阮瑀是著名的“建安七子”之一,为曹操丞相府僚属,擅长军书檄文和乐府歌辞。曹丕称他“书记翩翩,致足乐也”。但阮瑀在建安十七年(212)去世,阮籍仅三岁便成了孤儿。他是寡母抚养大的,对母亲感情至为淳厚。母亲去世时,他大哭吐血;灵柩下葬时,他只是说着“完了,完了”,又大哭吐血,“毁瘠骨立”,极为悲哀。史称他“性至孝”。

陈留阮氏是曹魏新兴士族。阮籍早孤,家境不富裕,但却有较高的文化修养。他相貌出众,又勤奋好学。读起书来,他关门在家,几个月也不出来活动。出门游玩,他喜欢独自登山临水,一天到晚,不

知回家。他兴趣广泛，什么书都读，“昔年十四五，志尚好《书》《诗》”（《咏怀》其十五），也爱读《老子》、《庄子》；什么技艺都学，“少年学击刺，妙伎过曲城”（其六十一），并能长啸，善弹琴，还爱喝酒。每当学有所得，心有所悟，他会高兴得忘了自己。这类表现，引人注意，世人觉得他有志气，多才艺，但是认为他独来独往，任性不羁，傲世不懂事，说他“痴”。然而当他的族兄阮文业指出，阮籍不痴，而是“异”，有不平常的才学，并说阮籍比自己强之后，人们都发现他不痴，而且越看越异，越来越摸不透他，因为他常常说话玄虚，不着边际，而且“喜怒不形于色”，显得老成，城府颇深。

魏文帝黄初年间，阮籍十几岁时，曾随叔父逛关东。在兖州（今属山东）时，刺史王昶是个大名士，听说阮籍博学多才，请来相见，面谈一天，始终没有听到阮籍说一句正经话，这位很有见识的大名士只得承认：摸不透他，评价不了。当时选举人才实行九品中正制，士人入仕必须获得士族名流的吹嘘，以求品评上等高第，由朝廷和官府征召做官。在世士看来，倘能取得王昶一句半句奖誉，正求之不得。而阮籍却不扬才露己，不争取奖誉，岂非太痴。不过，连王昶也承认摸不透，这便证明阮籍确乎奇异。所以，说他痴，说他异，说他摸不透，其实都是着眼于世俗荣禄，看他能不能做官腾达。而他异乎世俗之常，却就在不愿做官，不肯做官。

仕乎？隐也

阮籍生于曹操基本统一北方的年头，长于魏文帝、明帝朝三国鼎立、相对稳定的时代。天下尚未统一，战争并未停歇，思想比较活跃，士族迅速得势，青年阮籍有过济世的雄心壮志。“被褐怀珠玉，颜、闵相与期”，他要做个才德高尚的贤者；“英风截云霓，超世发奇声”，他要做个武艺超群的壮士；“壮士何慷慨，志欲威八荒”，“忠为百世荣，义使令名彰。垂声谢后世，气节故有常”（《咏怀》其三十九），他立志做个为国征战、统一天下的忠义爱国之士。封建志士要实现政治理想抱负,必得做官。所以阮籍初衷并非不做官。

当阮籍走进社会,接触政治,他痛心地看到曹魏集团骄奢浮华,以致“战士食糟糠,贤者处蒿莱”(《咏怀》其三十一);而敏锐地觉察以司马懿为代表的老门阀士族集团伪善阴险,高唱礼法,老谋深算,逐渐控制军政实权。因而他虽出身于新兴士族,却对曹魏统治不抱希望,不想做官;但更不肯依附司马氏集团。他感到在这腐败险恶的官场里,自己无路可走。有时,他“率意独驾,不由径路,车迹所穷,辄恸哭而反”(《晋书》本传)。这个时世没有他实现壮志的道路。他也鄙视当时的名士显达。有一次,他登上当年楚霸王项羽和汉高祖刘邦决战的广武古垒,感慨地说:“时无英雄,使竖子成名!”“竖子”是范增在鸿门宴上斥骂项羽的称呼。他觉得项羽并非英才,而获一时英名,是历史机遇。显然,这感慨来自现实感受。所以在《猕猴赋》里,他辛辣讽刺追利逐禄之辈其实是禽兽,“故近者不称岁,远者不历年,大则有称于万年,细者则为笑于目前”,其中以猴子为最可悲,“外察慧而内无度”,“性褊浅而干进”,搔首弄耳,装模作样,而实乃玩物,受制网罗。在《大人先生传》中,他更尖刻挖苦那些追求三公九州牧的礼法之士是钻进裤缝里的虱子,“行不敢离缝际,动不敢出裈裆,自以为得绳墨”,而终于不免灭亡。可见他有过壮志,因而有愤慨,有苦闷,迟迟不出仕。

阮籍三十三岁才出仕。魏正始三年(242),曹魏老臣蒋济为太尉,开府征召幕僚,头一个就请阮籍,还担心请不来,可见此前阮籍曾经辞谢征辟。不料阮籍这回亲自给蒋济送来一封委婉谢绝的奏记。大概在蒋济看来,婉辞就是半推半就,亲自送来更意味着阮籍等着挽留,因而很高兴地派人迎接阮籍,岂知阮籍送上奏记就回家了。蒋济大为恼怒,吓坏了阮籍的亲友,纷纷劝他就职。阮籍这才不得已出仕,当了蒋济僚吏,但不久便托病辞职。之后,又曾做了短期尚书郎。正始九年(248),曹爽集团和司马懿集团斗争激烈,司马懿假装老病

垂危，曹爽以为从此独揽大权，气势极盛，广招名士，请阮籍当参军。这回，阮籍托病谢绝，真的归田屏居，坚决不接受。一年后，曹爽集团便被司马懿阴谋诛灭，一网打尽。于是人们佩服阮籍大有远见，他的名望因而大增。

司马懿掌握曹魏政权，立即请阮籍入幕为从事中郎。这时阮籍已届四十不惑之年。眼见司马懿排斥异己，杀害名士，残酷无情，于是从来不肯做官的阮籍低头就范，并从此留在官场。司马懿死后，他接着当了司马昭的从事中郎，还封了关内侯，升了散骑常侍。其间，他请求出任过东平（今属山东）相及步兵校尉，所以史称阮步兵。阮籍不仅做了司马氏的官，而且凡司马府上宴集，他有请必到，到必痛快吃喝。看来，这司马氏的幕僚，他是自觉地做定了的。这就怪了，他不做曹魏的官，是料定曹爽集团必败；而司马氏一篡权，他就出仕，并且不致仕，岂非太明显地怕硬怕死，殊无士节，更有点势利了吗？难怪唐代诗僧皎然要说他是势利小人。但这是过分的苛求。硬骨头嵇康很理解阮籍，认为阮籍是位贤者，“口不论人过”，“至性过人，与物无伤”，只是喝酒过分。他说，阮籍“至为礼法之士所绳，疾之如仇雠，幸赖大将军保持之耳”（《与山巨源绝交书》）。清楚说明，阮籍是司马氏党羽即那些伪君子的对头，并非同类。只是为了避免伪君子们阴险加害，他借助司马氏来保护自己。这确属远害全身之一法，然而也确是弱者全身的一条夹缝。其实，这条路是后来王维、白居易等许多正直而软弱的士大夫都走过的，便是仕而隐，隐于朝，实际是隐，不为仕。

阮籍做了司马父子两代文官僚属，既要借以保护自己，又要保持节操，言行必须十分谨慎。“一日复一夕，一夕复一朝。颜色改平常，精神自损消”，“终身履薄冰，谁知我心焦”（《咏怀》其三十三），“曲直何所为？龙蛇为我邻”（《咏怀》其三十四），他的日子并不好过。司马父子也很了解他，司马昭便说他“至慎”。他们既要利用阮籍的名望和文才,又把握了他的软弱,所以乐得保护,显得器重,博得爱才和宽容的美誉,有利自己篡权。司马懿曾想与阮籍结为亲家,阮籍昏醉六十天,借醉表明态度,拖了过去,司马懿也不再强求。司马昭要晋爵晋王,加九锡之礼,口头上一再推辞,百官一再劝进,让阮籍写劝进表章。他也借醉拖着,等到使者来取表章,把他叫醒,他才写了一篇文辞清丽的空话,敷衍了事,司马昭并不加罪。阮籍守母丧时期,司马昭请他赴宴。宴席上,礼法名流何曾斥骂阮籍服丧大吃大喝,破坏司马昭以孝治天下的法制,要司马昭惩处他。他照吃照喝,不予理睬,倒使司马昭难堪,替他解围,说他守孝悲哀,身体很弱,应该补养。大概被礼法之士纠缠不休,他请求到东平为相。这是个穷僻小地方,他骑驴赴任,到任就把衙门官署的围墙拆掉,"内外相望",颁布了几条简单明了的法令,十天就返京。他写了篇《东平赋》说:"窃悄悄之眷贞兮,泰恬淡而永世。岂淹留以为感兮,将易貌乎殊方。乃择高以登栖兮,永欣欣而乐康。"表明本意只是想过几天清闲日子,并不真想做官。他又听说步兵营的厨师善酿酒,而且贮藏了三百斛好酒,就要求去当步兵校尉。可见他当司马氏的官,并不真心效劳,而是借以全身,实则以仕为隐。他的对付办法就是醉酒和躲避,还有放诞。

诞乎？真也

在竹林七贤中,阮籍的放诞是比较节制,相当谨慎的。对礼俗之士翻白眼,对通达之士施青眼,这样鲜明的区别对待,其实并非他一贯态度和方式。对嵇喜翻白眼,多半是他恨嵇喜不学他堂弟嵇康,偏要热衷利禄。凡俗人物,像何曾之流凶险的伪君子,他主要是不理睬,不臧否,或者说些玄而不着边际的话,万一失慎,可以解释。在他充当司马昭参军时,有一次恰遇有关司法官署报案,说有人杀母。这触动了阮籍的心绪,脱口而说:"嘻！杀父尚可,怎么至于杀母呢?"这样大逆不道的玩笑,使在座的官员都惊恐失色,司马昭立即责问:"杀父,天下极恶不赦,怎能说可以呢!"阮籍立即回答:"禽兽知母不知父。杀父是禽兽之类。杀母连禽兽都不如。"其实,阮籍聪明地把一个现实的命题,偷梁换柱,变成一个哲理的命题。在封建社会,逆子杀父,奸臣弑君,是为了夺产篡权,有功利目的,有这种理由,所以阮籍讽刺地说"还可以",而杀母就毫无理由,不可理解了。这显然是针对当时政治现实而发的一个尖锐的讽刺。但当被责问,他却用人性和兽性的类比来说明杀母连兽性也没有,便成了一个不着边际的玄理命题,仿佛真在开玩笑,似乎符合他任诞的风度。

阮籍的放诞言行主要表现于孝道和男女这两个范围,而且有个特点:能够更直接表现他正直善良的高尚品德,真正符合儒家伦理道德原则。他母亲去世时,他正在与人下棋。对手要停止,他却坚持下完,似乎没有孝心,竟不悲痛。但下完棋后,他饮酒二斗,大哭一场,吐血数升,内心的悲痛再也压抑不住。这是真孝。名士裴楷前往吊唁,阮籍"散发箕踞,醉而直视",并不哭泣答礼,完全不顾礼法,但也没有翻白眼。这是真性情,真悲哀。阮籍更突出的放诞表现在对待妇女。邻近有个酒家,美貌少妇当垆卖酒。阮籍常去买酒喝,醉了就躺在酒垆边,不嫌脏贱。少妇的丈夫经过考察,就很放心让阮籍躺在垆边。有个兵户人家的少女,有才有色,不幸未嫁夭折。阮籍听说她死了,就去吊唁,尽哀而返,但他并不认识她的父兄。当时,商贾和世代当兵的兵户都是贱民,不入士籍。阮籍不顾尊卑贵贱,躺在少妇垆边,吊唁素不相识的好女子,是不合礼法的,却表现了他的正直善良,表示对不合理的社会的一种抗议。最惹起议论的是,他的嫂嫂回娘家,他不顾内外有别、男女授受不亲的礼制,不但相见,而且送别。当人们讥笑他时,他就回敬了那句名言:"礼岂为我设也!"这似乎是他不守儒家礼教的声明,其实也是寓意嘲讽的一句玄话。如果局限于送别嫂嫂这一行为,则此语可以有两种理解:一是他原为通达之士,本来不守这种礼法;二是这礼法不是为我一人设立的,不守礼法难道只有我一人吗?后一寓意便有讽刺。假使脱离送嫂的行为条件,抽象出来，作为一种原则，那么人以群分，物以类聚，礼有不同，法不一律，你的礼不为我设，我的礼不需你守，是真是假，合礼不合礼，另当别论。而阮籍别嫂，则是家庭和睦的表现，光明磊落的行为，真心实意。所以阮籍任诞的用意在于以认真实在的行为来比照讽刺礼法之士的伪善行径。

总起来看，作为一位历史人物，阮籍的显著特点是，明哲保身，任诞全真。他处于魏、晋易代之际，经历了政治、思想从比较开明活跃到黑暗专制的变化转折年代，壮志热情被压抑了，才智胆识被压制了，道德情操被扭曲了。他是正直的，高尚的，聪明的，但是软弱。像一株在悬崖缝隙里生长的瘦弱青松，躯干虬曲，高高蹇偃，在寒风严霜里显得低了头，弯了腰，然而坚强生存下来，仍是一株青松。他希望封建一统太平，肯定礼乐："礼定其象，乐平其心；礼治其外，乐化其内，礼乐正而天下平。"（《乐论》）但时世变了，封建秩序乱了，贪欲横流，道德沦丧。尤其是权贵显达，"咸以为百年之生难致，而日月之蹉无常，皆盛仆马，修衣裳，美珠玉，饰帷墙，出媚君上，入欺父兄，矫厉才智，竞逐纵横，家以慧子残，国以才臣亡，故不终其天年，而大自割系其于世俗也"（《达〈庄〉论》）。所以他从《易经》里悟出了不变以应万变的变通之道，从《老》《庄》里汲取了无为而治的自然之理，而用来说明治国修身的根本是淡泊利禄，全形清神，"明乎天之道者不欲，审乎人之德者不忧，在上而不凌乎下，处卑而不犯乎贵"（《通〈易〉论》）。于是，他在乱世中明哲保身，在伪善前任诞全真，儒内玄外，弯而不屈，诞而不邪，是个真君子。但这是非常时期的非常处世之道，毕竟是不正常的，而且是危险的。稍一不慎，便会有杀身之祸；或不识真意，误入歧途，那就真成了放荡的不肖子孙。所以他宁愿儿子做个安分守己的老实儒生，不让儿子学他。就像嵇康把儿子托给山涛照顾，心情是一样的。而后世的士大夫都从自身的体验中，理解了阮籍这样明哲保身、任诞全真的原因，就像能理解他的语言晦涩而倾向鲜明的

《咏怀诗》一样，敬他是个真君子，赞他抒发真性情，肯定他是个真心实意要封建国家真正太平的爱国志士。从今天来看，他确是一位站在自己时代前列的作家和学者，作出了自己的历史贡献。

（《文史知识》1987年第1期）

正始之音与玄学

在中国古代文学研究的领域中，有一种长期流行的定论，在对“正始之音”给予高度评价的同时，极力贬损玄学。这是十分有趣的现象。

唐代陈子昂提倡的“正始之音”，实际上指的是以阮籍《咏怀诗》为代表的诗歌群，自然包含嵇康在内。玄学是正始时期老庄思想的主要流派，其创始人何晏遇害，王弼病故之后，继承这一流派的主要学者有阮籍、嵇康及向秀。阮籍与嵇康，以其奔放不羁且刚直闻名。他们通过言行一致的态度追求真正的人性，对抗精神欺骗。他们的诗歌创作与学术著作，有可能分别表现不同的思想吗？他们的文学与哲学，其价值有可能是天壤之别吗？

假如认为他们是言行一致的真君子、真诗人、真学者，上述定论应该需要重新讨论。这是本稿要探讨的问题。这里主要通过分析阮籍的《咏怀诗》以及其他著作，论证如下两点：一、“正始之音”与玄学，其思想本质是一致的。二、在玄学思想的观念当中，文学亦即玄学。

一

当研究《咏怀诗》的思想内容时，学者大都重视其现实价值与具体内容，往往就其每一首探索其实际背景及讽刺对象。但这样研究的结果，仍然如李善所言：“百代之下，难以情测。”因为无法确认，所以只能评论《咏怀诗》是隐晦曲折的。而且很模糊地认为《咏怀诗》有反对用阴谋篡夺帝位，讽刺礼法虚伪等优点，是反映现实，具有消极反抗的精神。然而《咏怀诗》整体的思想特色及本质，却一直被忽视，

并没有深入研究。

其实,《咏怀诗》是阮籍很成熟的诗歌作品,大体上有一贯的整体思想。《咏怀诗》以对人生的感慨、议论及探索为特色,其本质在于用玄学思想讽喻世人,换言之,用玄学思想批评各种人生活法的错误或缺憾,赞美宣扬超越现实、逍遥仙界的玄学人生观。钟嵘《诗品》对《咏怀诗》思想特色的评论是比较中肯的:"《咏怀》之作,可以陶性灵,发幽思,言在耳目之内,情寄八荒之表。洋洋乎会于《风》《雅》,使人忘其鄙近,自致远大。颇多感慨之词,厥旨渊放,归趣难求。颜延年注解,怯言其志。"可见钟嵘认为《咏怀诗》的整体思想以讽喻为特点,并非批评,其本质在于赞美隐逸、高蹈,而不在改革现实。也就是说,钟嵘认为《咏怀诗》的主旨即在讽喻世人以及自己的超脱。有些学者将"归趣难求"理解为"难以情测",误以为钟嵘在批评颜延之没有勇气指出阮籍反对用阴谋篡夺帝位。这种理解并不符合钟嵘的本意。

《咏怀诗》八十一首固非一时一地之作,而有迹象可以推测是阮籍晚年完成的作品。例如,作品中屡见"平生少年时""昔年十四五"等回忆的口气。因此,八十一首有必要作为一整体来做研究。首先,《咏怀诗》有首有尾。第一首:"夜中不能寐,起坐弹鸣琴。薄帷鉴明月,清风吹我衿。孤鸿号外野,翔鸟鸣北林。徘徊将何见?忧思独伤心。"这是恬静的秋夜,诗人孤独睡不着,弹琴求知音。然而他得到的是来自大自然的明月、清风、孤鸿号、翔鸟叫而已。无论有快乐与悲伤,正常与不正常,一切都是自然现象。人世间的知音、知己却找不到,于是诗人感到深沉的孤独寂寞,陷入忧愁苦闷之中。作者在此期待知音的出现,可以吐露自己心情。这就是他的"咏怀"。这一首作为序曲,明示整体连作的主题。接下来看最后一首:"墓前荧荧者,木槿耀朱华。荣好未终朝,连飙陨其葩。岂若西山草,琅玕与丹禾。垂影临增城,余光照九阿。宁微少年子,日久难咨嗟。"人生最后的归宿是坟墓。人已被埋葬,而目前仍有少许色彩,是一丛木槿。然而不堪风雨，一朝皆凋落，恍如虚幻，较之仙界草木，连其余光都不如，足见天上神仙生活的美好。人间不无美好时光，青春灿烂亦有纯粹无垢之美。然人必定要老，日久必不免悲叹。可见此首主旨谓人生目标莫善于神仙，因此笔者认为此首作为尾声，在提示最后的结论。如果这种看法不错的话，夹在序曲与尾声之间的七十九首应该可以对如下两个问题提供答案。一、现实世界的各种人生有怎样的错误，为何有错误？二、神仙生活如何美妙，为何美妙？

实际上，《咏怀诗》叙述人生中的各种感慨，对人生各种不合理、不公平、不完美的现象进行揭露、讽刺和攻击。《咏怀诗》也说明人们在短暂的生涯中，追求各种不合适、不恰当而且不可能实现的欲望和理想的状态，向人们提示人类在自然界当中生存发展的条件与局限。因此，《咏怀诗》作为整体，展现着令人厌恶而且稀奇古怪的人间画图。在这世界上，人们分别追求自认为美好的理想，发挥自认为拥有的才能。有的人成功发达，有的人失败没落。有些人辉煌气派，有些人阴险恶毒。有名副其实的贤人，也有无可救药的愚者。英雄确实存在，奸人也不会少。任何时代，不分贵贱正邪、老弱男女，人只能在此有限的天地之间生活，度过短暂的一生。然而究竟有多少人想过自己一生的自由与否？究竟有谁能够活得真正自由？究竟有谁真正实现了自己的大志、理想？在作者看来，几乎没有人看破这种人生真实及局限。人们受限于现成的秩序，拘泥于眼前的名声和利益，埋头从事虚妄的事业，为无益的节义忙乱。因此阮籍要揭露真实，攻击黑暗，讽刺丑陋，同情弱者，也要赞赏真正的义士仁者及英雄豪杰。

面对现实的政治黑暗，阮籍既愤慨又悲伤。《咏怀诗》其十六用象征的方法揭露当时的政治情形：“绿水扬洪波，旷野莽茫茫。走兽交横驰，飞鸟相随翔。”用洪水猛兽来描述恐怖与混乱，对此作者心存愤慨。又其十七叙述处在乱世的孤独感：“出门临永路，不见行车马。登高望九州，悠悠分旷野。孤鸟西北飞，离兽东南下。”看不到一个人，无一物可娱其心，作者感到深沉的悲伤。然而像这样明确指出现实的政治情势，诉说令人窒息的沉重心情的作品，在《咏怀诗》中并不很多。更多的是讽刺世人追求丑恶荒谬的目标。例如追求“夸誉名”的“当路子”，养尊处优的“夸毗子”，依仗美貌的“繁华子”，颠倒是非的“工言子”，荒淫作乐的“轻薄闲游子”，招摇浮夸的“妖冶闲都子”，仗势欺人的“婉娈佞邪子”，总之对芸芸众生、扰扰人世的“缤纷子”，无不嘲笑他们鄙陋浅薄，不懂得“自然有成理，生死道无常”（其五十二），不知道“高名令志惑，重利使心忧”（其七十一）。他们有的沉迷享乐，有的追求名利，有的行为都另有打算，有的耍阴谋诡计，结果是朝生夕死，乐极生悲。阮籍一一嘲笑这些人的卑鄙、肤浅，但他们可悲可笑的姿态却令他丧失愤怒的气力，“鉴兹二三者，愤懑从此舒”（其五十八）。在阮籍看来，这些人生百态，皆不过是可鄙可怜的凡人所为。

不可忽略的是，《咏怀诗》不仅揭发黑暗、丑陋，还表述赞赏、爱惜等心情。对一些真有坚持、有节义的人物、即便是儒家，阮籍还要表现自己对他们的共鸣与爱惜。《咏怀诗》其九《步出上东门》以饿死首阳山下的“采薇之士”伯夷、叔齐为主题，阮籍虽然没有正面赞扬他们的守节，但仍然寄托随着季节变换的风物，表达出自己对他们的追慕：“寒风振山冈，玄云起重阴；鸣雁飞南征，鶗鴂发哀音。”情景充满悲壮，引起读者共鸣，虽不明言，仍然令人感受到作者对伯夷、叔齐的无限哀惜。作者感叹他们的节义无法改变时局，他们的行为毕竟无意义，尽管值得尊敬。又如《咏怀诗》其五十九“儒者通六艺”以衷心信奉儒教的儒者为主题。他们“违礼不为动，非法不肯言”，处在逆境中，也不改变初衷；“信道守诗书，义不受一餐”，誓死守节。他们言行一致，而太过死板，反而可笑。但阮籍并无嘲笑他们之意，相反，此诗充满对他们的同情。所以这首结尾云：“烈烈褒贬辞，老氏用长叹。”他们严格地褒贬评论，顽固死板，不可能被老子认同，然而这些义士、儒者的人品、节操仍然值得敬重。所以他对立功的英雄豪杰、为国捐躯的忠勇义士，衷心赞赏，热情歌颂。《咏怀诗》其三十八“炎光延万里”歌咏这种“雄杰士”云：“弯弓挂扶桑，长剑倚天外；泰山成砥砺，黄河为裳带。”用夸张的词语表述其勇猛，下句还用庄子野葬的故事，突出其豪迈气概。又如其三十九“壮士何慷慨”歌咏爱国战士云“临难不顾生，身死魂飞扬”，“忠为百世荣，义使令名彰”。阮籍认为爱国志节，百世都可以传美名，可见他并非全盘否定人的本性，《咏怀诗》也并非单纯主张人生是完全黑暗的。

《咏怀诗》真正慨叹的是人们在不知不觉中误入各种歧途的情况。例如其二十云“杨朱泣岐路，墨子悲染丝”，又云“嗟嗟涂上士，何用自保持”。阮籍希望处在人生各种歧途的人们，从迷惑中觉醒，进入他认为正确的道路，亦即无为自然之道、逍遥自在之道、游仙升天之道，其本质在于追求人格的完成和精神的解放。《咏怀诗》其四十曰：“混元生两仪，四象运衡玑。曒日布炎精，素月垂景晖。晷度有昭回，哀哉人命微。飘若风尘逝，忽若庆云晞。修龄适余愿，光宠非己威。安期步天路，松子与世违。焉得凌霄翼，飘飖登云湄。嗟哉尼父志，何为居九夷。”人命无期，随时都会有不测。神仙保长寿，休养精神，委身于心中的清虚，声誉地位、美色妙音皆非所求。世人迷惑，或求长生药而不归，或谓神仙境界非己所求。阮籍无法理解世人之迷惑，又沉思如何得以开解世人迷惑。在此，阮籍犹如一个传道者，试图启蒙人们，让世人理解唯一能够逃离天网约束的道路就是成为仙人，获得长生不老。但，难道没有别的道路吗？例如创立新王朝，终结乱世，行王道之治，岂不是救济众生之道？于是《咏怀诗》其四十二曰：“王业须良辅，建功俟英雄。元凯康哉美，多士颂声隆。阴阳有舛错，日月不常融。天时有否泰，人事多盈冲。园绮遁南岳，伯阳隐西戎。保身念道真，宠耀焉足崇。人谁不善始，尠能克厥终。休哉上世士，万载垂清风。”人事如天道，自有盈亏，开国元勋也无法永保其荣耀。因此商山四皓避世于汉初，老子也遁迹西戎。开好头容易，维持

长久很难。也因此，人品高洁的上古高士永久为后世所推崇，实在值得赞赏。阮籍认为终结乱世的开国大业，也不过是一时的成功，所以贤哲不屑参与，宁愿隐遁避世，保全自己，坚守真理。反言之，功勋昭著的将军、大臣们不知治世的道理，实际上也没能实现永久的和平。当知人人必须自己认识人生，叫自己从迷惑中觉醒。正如《咏怀诗》其八十云“岂若遗世物，登明遂飘飖”，只能摆脱人世间种种束缚，自己成仙逍遥，此外别无他法。

要之，《咏怀诗》歌咏的是对人生的各种感慨，是向现实的人生发出的。然而阮籍是立足于自己的世界观与人生观发出感慨，展开论述，内容并不限于具体人事或特定时事。《咏怀诗》并非所以影射现实，以古讽今，而具有探究人生根底，追求真理的哲学意义。《咏怀诗》的本质在于用玄学思想讽喻世人，指出人生歧途，教导世人摆脱各种人为束缚，获得人格完整性，解放自我，能够过得无所拘束，自由自在。

寄托游仙的虚构世界，正是《庄子・逍遥游》的翻版，将仙界的逍遥与人生各种错误、缺憾对照，描述前者为具备合理性与完整性的人类理想状态。只要看破人生本质，达到真理，则不会追求各种不适当、不安分、无法实现的欲望或理想，各种不合理、不公正、不完整的现象自然消灭，以致世界和平，人生自由。这就是《咏怀诗》整体思想的本质，与阮籍其他哲学性著作的观点一样，是王弼、何晏玄学思想的继承发展。王弼、何晏的玄学思想以无为根本，是关于万物生存、发展的根本理论。《晋书・王衍传》云：“魏正始中，何晏、王弼等祖述《老》《庄》，立论以为天地万物皆以无为本。无也者，开物成务，无往不存者也。阴阳恃以化生，万物恃以成形，贤者恃以成德，不肖恃以免身。故无之为用。无爵而贵矣。”这是对玄学理论实质的简要概括。用王弼的说法则是：“天下之物皆以有为生。有之所始，以无为本。将欲全有，必反于无也。”（《老子》第四十章注）也就是说，有形、有名、有生的万物，皆由无形、无名、无生的混沌中自然发生、成长、发展而来，本来不具备形、名、生。因此，若欲保全有形、有名、有生之万物，必需保存混沌这一自然根本，理解生存发展根本的道理。若无生存发展所由的根本，万物不得保全；若不理解根本道理，无法治理万物。这就是所谓"玄之又玄""以无为本"的玄学的自然之道，也是所谓"玄"的核心。这种普遍法则，自然"开物成务，无往不存"，以此教导人们，在封建时代，可使贤者成就其德，非贤者也能保全其身。由于认为原本无一物存在，所以容易做到恬淡无欲，不求名利，不为外界事物所拘，至少可以避免招灾惹祸。

然而对那些心存名利、权势的人们，尤其对司马氏统治集团而言，这种迂腐理论无异于坐以待毙，自然无法接受。在正始前期的政治斗争当中，这种玄学理论有利于曹魏新兴士族集团，而不利于司马氏等名门旧家。结果曹爽、何晏被害，正始名士皆被推入恐怖与不安之中。阮籍、嵇康均属曹魏新兴士族，政治上倾向于曹魏，思想上接受了玄学。司马氏的高压恐怖政治引发他们的抵抗，最后嵇康被杀身亡。阮籍处事谨慎，免于死难，但在思想方面仍然坚持玄学，甚至有进一步发展玄学的迹象。阮籍有《通易论》《通老论》《达庄论》《乐论》《大人先生传》等文章，《通老论》中有明确论述曰："道者，法自然而为化。侯王能守之，万物将自化。《易》谓之太极，《春秋》谓之元，《老子》谓之道。"《达庄论》对礼法之士攻击《庄子・齐物论》的观点，有辨析曰："天地生于自然，万物生于天地。自然者无外，故天地名焉。天地者有内，故万物生焉。当其无外，谁谓异乎；当其有内，谁谓殊乎。"这些都是鲜明的玄学理论，而最能看到阮籍玄学思想发展轨迹的莫如《大人先生传》。

这篇充满嘲笑与谩骂的文章，寄托逍遥仙界的人生理想于虚构的大人先生，内容则批判礼法之士的虚伪，嘲弄沽名钓誉的隐者，支持看破富贵本质的负薪者。这是用赋的形式写的杂文，其实是玄学

思想的杰作。在《通易论》中，阮籍讲道："大人者何也？龙德潜达，贵贱通明，有位无称，大以行之。故大过灭，示天下幽明。大人发辉重光，继明照于四方，万物仰生，合德天地，不为而成，故大人虎变，天德兴也。"这是从玄学的角度解释《周易》"龙德潜达"的大人之德，归结为无为自然之道。至于《大人先生传》的大人先生，已经不是施德天地万物的人物，而是完全超越人世间，达到自由自在境界的神仙。他"乃与造物同体，天地并生，逍遥浮世，与道俱成。变化散聚，不常其形。天地制域于内，而浮明开达于外"。《咏怀诗》反复歌颂的逍遥仙界的人生理想，大人先生就是这种理想的化身。这种人生观的理论基础仍然是"以无为本"的玄学思想，而对现实给予更多的关注。人已从无转有，永久平安的根底已被破坏。大人先生痛批礼法之士固守的礼式制度毫无根据，指出天地开辟之初，"天尝在下，地尝在上，反复颠倒，未之安固"，怎能有固定的礼法、制度存在？又有谁能保住君臣父子之别及荣华富贵？于是大人先生将礼法之士比喻为裤缝里的虱子，"行不敢离缝际，动不敢出裈裆"，并非君子。他又指出："昔者天地开辟，万物并生，大者恬其性，细者静其形，阴藏其气，阳发其精，害无所避，利无所争，放之不失，收之不盈，亡不为夭，存不为寿，福无所得，祸无所咎，各从其命，以度相守。明者不以智胜，暗者不以愚败，弱者不以迫畏，强者不以力尽。盖无君而庶物定，无臣而万事理，保身修性，不违其纪。惟兹若然，故能长久。"然而这种从无生有的自然生存发展，已经被人为的礼法破坏了。于是大人先生严厉批评："汝君子之礼法，诚天下残贼，乱危死亡之术耳。"在这种礼法支配的世界里，人无法活得合理，只好逃脱这种世界，但实际上又无法逃脱。既然如此，只能追求精神解脱，解放自我，达到无所拘束的自由境界。因此大人先生又不取"抗志显高""禽生而兽死"的隐者之道。这些隐者其实"恶彼而好我，自是而非人，忿激以争求，贵志而贱身"，"薄安利以忘生，要求名以丧体"，想要名誉而损伤肉体，不能说是自然合理的人生。大人先生对看破贵贱的负薪者表示共鸣,评论他“虽不及大,庶免小矣”。这是因为负薪者仍然接受生死贵贱之分的存在,尚未完全超越是非、利害,脱离人世间的束缚。阮籍笔下大人先生的彻底觉悟,纯粹属于精神世界,因此他慨叹曰:“呜呼,时不若岁,岁不若天,天不若道,道不若神。神者,自然之根也。”他要求“超世而绝群,遗俗而独往”,认为“细行不足以为毁,圣贤不足以为誉”,自称“不与尧舜齐德,不与汤武并功,王、许不足以为匹,阳、丘岂能与比纵,天地且不能越其寿,广成子曾何足与并容”。大人先生既然如此,的确是“与造物同体,天地并生”的人物,是个连时间、天道的束缚都感觉不到的自由精神。

综上所述,必须承认《咏怀诗》整体思想的本质与阮籍其他玄学思想作品的观点一致。对《咏怀诗》给予高度评价,同时否定玄学,是没有道理的。这种评价,犹如不能否定《大人先生传》的价值,同时还要否定其中的玄学思想一样,都很不现实。至于玄学的历史价值及如何评价其现实意义,是超出本论文范围的问题,今不讨论。

二

《咏怀诗》的艺术价值,古来评价都很高,普遍认为是很有特色的作品。评论似乎大同小异,其实有很大的差异。首先《诗品》云“其源出于《小雅》,无雕虫之功”,而王夫之云:“远绍《国风》,近出入于《十九首》,而以高朗之怀,脱颖之气,取神似于离合之间。大要如晴云出岫,舒卷无定质。”(《古诗评选》卷四)清代陈祚明则云:“阮公《咏怀》,神至之笔。观其抒写,直取自然,初非琢炼之劳,吐以匠心之感,与《十九首》若离若合,时一冥符,但错出繁称,辞多悠谬。审其大旨,始睹厥真,悲在衷心,乃成楚调。”又云:“自学《离骚》而后人以为类《十九首》耳。”(《采菽堂古诗选》卷八)论者分别认为《咏怀诗》的艺术风格近似于《小雅》《国风》《十九首》及《离骚》,而这些都是中国古典诗歌的典范,具有明显不同的风格。此外,李善《文选注》云:“虽志在刺讥,而

文多隐蔽，百代之下，难以情测。故粗明大意，略其幽旨也。”这是认为阮籍有意写得晦涩，而清代沈德潜云“反复零乱，兴寄无端，和愉哀怨，杂集于中，令读者莫求归趣”，则认为未必针对时事。以上诸家评论，除了李善从注释家的立场解释诗作，务求实证之外，其余诸家皆根据自己创作诗歌的见识而进行评论，尽管各有可观，却并非对《咏怀诗》的全面评论。值得注意的是，诸家所论其实有明显的共同点，主要有三点：一、阮籍之意，不在雕琢语句。二、所寓何事不甚明了，艺术形象却很鲜明。三、有所寄托，有现实内容。这三点是《咏怀诗》的艺术特点，大致上也符合阮籍的诗歌创作观以及玄学思想的文学观。

阮籍是杰出的诗人和作家，他的思想体系属于玄学，其文学观根基于玄学思想，在本质上是老庄思想的发展。老子的美学体现在“大音希声，大象无形”（《老子》第四十一章）这两句，王弼玄学的解释是：“听之不闻名曰希。大音，不可得闻之音也。有声则有分，有分则不宫而商矣，分则不能统众，故有声者非大音也。”王弼又云：“有形则有分，有分者不温则凉，不炎则寒，故象而形者非大象也。”这就是玄学的美学，以无为本，有由无生的观点。得以闻见的只不过是具体有限的形态、声音，并非深远精妙的根本的形态、声音。玄学家既然有这种思想，对他们而言，诗文创作是为了提示根本的哲理，追求深远的本质。王弼用庄子“得意忘言”的思想解释《周易·系辞》“圣人立象以尽意”，实际上说明了玄学思想的文学观念：“夫象者，出意者也。言者，明象者也。尽意莫若象，尽象莫若言。言生于象，故可寻言以观象。象生于意，故可寻象以观意。意以象尽，象以言著。故言者所以明象，得象而忘言。象者所以存意，得意而忘象，犹蹄者所以在兔，得兔而忘蹄；筌者所以在鱼，得鱼而忘筌也。”（《周易略例·明象》）这本来是解释《周易》卦象的功能，但玄学家往往用来表示物象。例如王弼同时的荀粲，他解释“圣人立象以尽意”就说：“盖理之微者，非物象之所举也。今称立象以尽意,此非通于意外者也。系辞焉以尽言,此非言乎系表者也。斯则象外之意、系表之言,固蕴而不出矣。”(《三国志·魏书·荀彧传》注引何劭《荀粲传》)他们都认为语言是所以说明形象,形象是所以表述思想,都是工具、手段,并非目的。玄学的目的在体认“意”(思想、道理),只要达到了“道”,语言、形象都可以忘却。反言之,玄学家体认的“道”是深刻、精妙、普遍的哲理,因此可以用相应的具体语言、形象来表述。可见对玄学家而言,文学的语言、形象皆不过是说明玄学的工具、形式,文学的内容与本质就是玄学,至于用什么语言、形象,并不重要。玄学家的文学,就是用语言、形象来说明的玄学。

阮籍没有留下文学论方面的著作,我们可以通过《清思赋》《乐论》《达庄论》中的相关论述,了解他对美学、文学的观点。《清思赋》说:“余以为形之可见,非色之美;音之可闻,非声之善。昔黄帝登仙于荆山之上,振《咸池》于南岳之冈,鬼神其幽而夔牙不闻其章;女娃耀荣于东海之滨,而翩翻于洪西之旁,林石之陨从而瑶台不照其光。是以微妙无形,寂寞无听,然后乃可睹窈窕而淑清。故白日丽光,则季后不步其容;钟鼓閶铪,则延子不扬其声。夫清虚寥廓,则神物来集;飘飖恍忽,则洞幽贯冥;冰心玉质,则皦洁思存;恬澹无欲,则泰志适情。伊衷虑之遒好兮,又焉处而靡逞!”《清思赋》是骚体抒情赋,内容是作者恍惚如梦中逍遥,遇一美神女,在雷雨中离别,后来再也没能看到过。这实际上是寄托美丽理想的作品,所以结尾说:“既不以万物累心兮,岂一女子之足思。”然则,上引开头一段,可以视为阮籍表述其美学。阮籍认为真正的美无处不在,而目不可见,耳不可闻,只能在心中感悟,精神上相通,思想上认识。黄帝登仙的仙乐,女娃填海的容姿,具备至高的美,而没有传下来,无可见闻,只能想象,其本质即精神、思想之美,灵魂之美。容貌、音乐之美,必须由于人品、情操之美。追求、知觉、发现其美,也需要其人具备思想、精神、人品、

情操之美，而且也需要应有的条件与环境。只要如此，美无处不在，也可以知觉。这种美学很明显与“大音希声，大象无形”的思想一脉相通，而对思想、精神美的要求更高。

阮籍在《达庄论》中阐明《庄子》著作之宗旨，同时也表明自己的文学观。阮籍认为庄周看到世人不悟真理，“故述道德之妙，叙无为之本，寓言以广之，假物以延之，聊以娱无为之心，而逍遥于一世，岂将以希咸阳之门而与稷下争辩也哉！夫善接人者，导焉而已，无所逆之”。《庄子》的内容是道家思想，表述形式是寓言与比喻，也就是文学。作者的立场在于解放自我即教化世人，并不想争论，更不求爵禄。看来阮籍自己的创作也有同样的倾向，颇有夫子自道的感觉。但这样还不是最高境界。阮籍认为：“太始之论，玄古之微言”，“直能不害于物而形以生，物无所毁而神以清，形神在我而道德成，忠信不离而上下平。兹客今谈而同古，齐说而意殊，是心能守其本，而口发不相须也”。这种太始玄古之妙论，其实是以无为本的玄学，所有形神、道德、忠信、和平均由“无”亦即普遍存在而毫无形迹的“玄之又玄”之道而来。达到这种境界的人，表里、心口、言行一致，论古今，谈论任何事情都不会偏离根本，惠及万物。因此在《乐论》中，阮籍指出最高的乐是“自然之道，乐之所始”，认为“雅乐不烦，道德平淡，故无声无味。不烦则阴阳自通，无味则百物自乐。日迁善成化而不自知，风俗移易而同于是乐”。阮籍认为最高音乐的最佳效果是不让人感到声音的存在，而且是无味的。当精神达到无为境界时，音乐的教化作用也会发挥到极致。孔子闻《韶》，三月不知肉味，阮籍对此故事进行很巧妙的解释：“言至乐使人无欲，心平气定，不以肉为滋味也。以此观之，知圣人之乐和而已矣。”孔子听到最好的音乐，一切欲望荡然消失，有味也变无味了。既然如此，这个音乐本身的美不美也已经无所谓了。一旦达到音乐效果的“和”，乐曲本身可以被忘却，这正是“得意忘象”的玄学文学观。

要之,阮籍的文学观就是玄学思想的文学观。《咏怀诗》的艺术特点与上述文学观一致,创作的态度也是“导焉而已”。阮籍创作《咏怀诗》,纯粹为了表述自己的感慨,宣传自己的玄学思想,毫无雕琢文字的意思。他的所见、所思,立刻被“寓言以广之,假物以延之”,因此艺术形象鲜明,每篇所指各不相同。然而既然要赞美“道”,教化世人,必须有面对现实的态度以及现实的内容,所以看起来好像有所寄托,有所暗示。评论家皆已察觉到《咏怀诗》这种艺术特点,而他们分别都有自己的诗歌创作思想,只能据此做评论。所以才产生上文介绍的各种不同见解。

至于阮籍的文学观与他的创作之间会不会存在自我矛盾的问题,可以指出一些问题:如他的诗文非常精彩,而且有独特的构思,岂不是经过雕琢的结果?他有不少诗赋、文章,岂不都以礼法之士为论难、攻击的对象?等等。今不一一介绍。

以上,就《咏怀诗》与阮籍的玄学,略述鄙见。有错误、不恰当的地方,请大家批评指正。

(本稿内容是一九九二年五月三十日倪老师在东京大学中国学会例会上做的演讲。会后倪老师对讲稿稍作调整,三野丰浩先生据以翻成日文,刊登在中国社会文化学会一九九三年六月发行的《中国——社会与文化》第八辑。搜寻倪老师手稿未果,学生桥本秀美与其妻叶纯芳据日语译文翻译。)

方内游仙　坎壈咏怀

——如何看待郭璞《游仙诗》

西晋太康之后，八王乱起，中原沦丧，门阀政治痼症造成国家战乱衰弱。爱国的寒庶、敏感的诗人，出于关怀国家命运，关切个人前途，对门阀政治深感不平、不安和愤慨，于是继承阮籍《咏怀诗》传统的诗歌创作再度崛起，左思《咏史》、张协《情诗》和刘琨《扶风歌》以历史的、自然的、现实的题材，鲜明的个性风格，特殊的艺术形象，寄托抒发了深刻的失望和软弱的反抗，构成了这一时期诗歌发展的主流，表现了时代的情绪。东渡之后，王与马，共天下，门阀统治依然，江山半壁偏安，清德玄谈，号称“中兴”。但有识之士关心国家命运、个人前途的那种深刻失望，却变为深沉的无望。于是以虚妄为希望，赋悲哀以幻象，郭璞的《游仙诗》应运而出，以神仙的题材，奇杰的造语，寄托抒发了这种无望的深沉悲哀。《世说新语·文学》注引《续晋阳秋》说，过江以后，“佛理尤盛，故郭璞五言始会合道家之言而韵之”，认为《游仙诗》开了玄言诗的先河，以此为玄言诗增光。但历史评价公正而切实。钟嵘《诗品》指出，“《游仙》之作，辞多慷慨，乖远玄宗”，“乃是坎壈咏怀，非列仙之趣也”，成为千古不二的定论。

郭璞是位传奇人物，生于西晋盛世，长于八王乱世，卒于东晋“中兴”之初，体验了、也看惯了门阀政治的腐败动乱。“林无静树，川无停流”（《世说新语·文学》引郭璞诗），在他看来，这世界一切都在时刻变动，从未宁静，更无太平。这睿智的哲理名言出自博学。他“好经术，

博学有高才”，“好古文奇字”（《晋书》本传），注释过《尔雅》《三仓》《方言》《穆天子传》《山海经》《楚辞》及《子虚》《上林赋》。他才华横溢。诗赋“中兴第一”，今存《江赋》《游仙诗》足以为证。然而他折服当代，称奇青史，却因为“妙于阴阳历算”，卜筮尤其灵验。《晋书·郭璞传》几乎是一篇神卜灵筮的传奇，甚至有点妖术怪气。倘若透过神怪迷雾，不难看到郭璞灵验卜筮，其实大多属于洞察时势人情的敏感预测，显出他确乎聪颖过人，才思机敏，而且故弄玄虚，玩世不恭。正如他的《游仙诗》，“本以仙姿游于方内，其超越恒情，乃在造语奇杰，非关命意”（清陈祚明《采菽堂古诗选》），实则以游仙咏隐逸，借高蹈赞超脱，寄托对现实人生的悲哀，抒泄对门阀政治的无望。

《游仙诗》原作总数不详，今存完篇及残诗约 19 首。其中以萧统《文选》所载 7 首流传较广，大体可以代表《游仙诗》的整体特点和成就，不妨视为组诗。从主题思想看，其一“京华游侠窟”，略有序诗作用，申述在游侠、隐逸、仕宦、游仙四种生活中，游仙最为理想；其二“青溪千余仞”，抒写高隐和仙遇两类美妙遐想，感慨人生束缚的怅惘；其三“翡翠戏兰苕”，抒写清隐山林和高蹈游仙两类生活境界，赞美游仙无穷高大；其四“六龙安可顿”，抒写时光不尽而物化有时，感慨人生有限而仙化无望，显露坎壈情怀；其五“逸翮思拂霄”，抒写志士不遇，哀伤壮怀不展，坦露诗人初衷；其六“杂县寓鲁门”，揭露神仙生涯美妙而虚妄，讽刺帝王追求神仙长生的不智；其七“晦朔如循环”，略有终曲意味，点出人生尘世而向往游仙，真谛不在成仙，而在看破人生，摒弃仕途，隐居山林，服食养生，所以结语说：“长揖当途人，去来山林客。”总起来看，这组《游仙诗》整体思想集中表明两点：一是现实人生包括对抗现实的隐逸，都是无望的，只有彻底超脱人生的神仙生涯是美妙的，因而组诗中一再咏叹隐逸不如游仙；二是神仙生涯固然美妙，实则虚妄，根本不是人们有限人生中可望获得的，因而组诗中一再悲叹游仙无望，痛哭流涕，甚至施以讽刺。诗人思想似乎陷入一个怪圈，从现实人生到理想仙境，神游了一番，竟回到隐逸的老路，依然是现实抉择的起点。但这是螺旋上升的怪圈。诗人对隐逸的要求提高了，境界升华了，不停留在摒弃富贵、对抗仕途的思想、精神上，而要求完全超脱现实，彻底回归自然，不复关怀国家命运，不再拘束人生境遇，从而使隐逸具有仿佛美妙游仙的境界，试读其一

> 京华游侠窟，山林隐遁栖。朱门何足荣，未若托蓬莱。临源挹清波，陵冈掇丹荑。灵溪可潜盘，安事登云梯？漆园有傲吏，莱氏有逸妻。进则保龙见，退为触藩羝。高蹈风尘外，长揖谢夷、齐。

这首序诗结构类似答难小赋。首四句是论断，认为封建士人的四种人生抉择中，游仙比游侠、隐逸、仕宦都更为理想。次四句是诘难，指出清高美好的山林隐逸不比游仙差，反问何必游仙？再四句是答难，举庄子、老莱子为例，指出他们并未彻底超脱的事实，嘲弄他们尴尬的处境。庄子是个“傲吏”，居住漆园，职位小吏，身处人寰，并未遁世。他摒弃富贵，倨傲君主，揭露虚伪，讽刺污浊，可谓清隐小吏，骂世名士。隐而著名，所以楚王请他出仕为相，但名由隐来，所以他不能出仕自污清名。至于老莱子，则徒有虚名，原为避乱自全，不为清德高节，楚王一请便答应出仕。只因有个“逸妻”，坚持“不能为人所制，投畚而去”(《列女传》)，于是他跟着妻子逃逸，算是保住清名。可见他们都是困在人世藩篱中的隐士，其实并未彻底超脱现实人生。所以郭璞认为这类隐士，如果进仕，则如《易经·乾卦》所说“见龙在田，利见大人”，保准受到君主重用；而退隐的处境，恰似《易经·大壮》所说“羝羊触藩，不能退，不能遂”，圈里的壮羊想逃走，羊角卡在篱笆上，出不去，挣不脱，十分尴尬。这样的隐逸怎能与美妙的游仙相比呢？道家贤哲如此，儒家高节的隐逸更不用说了。所以末二句点明游仙的实质是“高蹈风尘外”，彻底超脱现实人生，真正逃出人世

藩篱;同时强调要与殷商遗臣伯夷、叔齐兄弟一类人分道扬镳,决不做那种愚忠高节的隐士,饿死在首阳山下。

这诗的主题着重在悲叹道家隐逸的不彻底以及儒家隐逸的不足取。前者对抗仕途而其实要求清明,并未超脱人生,只是自陷窘困;后者死抱腐朽君臣节操,更是自寻绝路。对命题"游仙",诗人只点出高蹈超脱的实质,不作形容歌颂。这显然可使主题精练集中,却也避免了进一步诘难,例如人能不能、怎样能够高蹈游仙?假使隐逸山林并在思想、精神上完全彻底超脱现实人生,那么是否可以比美游仙?等等。实际上,诗人在其他各首分别对这类难题作出了回答。例如其二:

> 青溪千余仞,中有一道士。云生梁栋间,风出窗户里。借问此何谁?云是鬼谷子。翘迹企颍阳,临河思洗耳。阊阖西南来,潜波涣鳞起。灵妃顾我笑,粲然启玉齿。蹇修时不存,要之将谁使?

这诗生动形象地抒写了两个美妙邂逅的遐想。前八句写清高超脱的隐居。有道之士鬼谷子住在高高青溪山上,生活在清风白云之中,清高超脱,赛过游仙,仰之望之,不由敬慕,向往隐逸了。因而来到青溪水边,就想起那位隐居在颍水南岸的高士许由。据说唐尧要让位给他,他以为听见脏话,跑到颍水洗耳朵。这样的隐士真是道德极其高洁。正当诗人心向往之的时刻,出现了更美妙的邂逅,后六句便写仙遇。一阵西南风从天而来,水纹像鱼鳞般波动起来。一位神女降临,回头向诗人微笑,那么欢快,露出美玉般的牙齿。然而十分遗憾,那位撮合神人好合的媒人蹇修此刻不在,没有人可以做媒。诗人怅惘了,游仙无路,黯然伤魂。

诗的鲜明形象表现了明确主题。清高超脱的隐士,道德令人崇敬,可望达到而寂寞寡情;美丽动人的神女,情谊引人爱慕,灵犀相通而无路可通。两相比较,诗人深沉的悲哀便可意会,正因现实人生无望，所以理想流于幻想。对此，诗人是清醒的，明智的。请读其六；

> 杂县寓鲁门，风暖将为灾。吞舟涌海底，高浪驾蓬莱。神仙排云出，但见金银台。陵阳挹丹溜，容成挥玉杯，姮娥扬妙音，洪崖颔其颐。升降随长烟，飘飖戏九垓。奇龄迈五龙，千岁方婴孩。燕昭无灵气，汉武非仙才。

这首仿佛游仙赋，实则寓意讽刺。它的结构奇妙，一起一结明白无误地指出虚妄，讽刺不智，而中间却是铺张形容游仙美妙，好像看西洋镜似的，告诉观众，箱子里都是幻象。首二句用典。“杂县”是海鸟名。据载春秋时鲁国大夫臧文仲执政，一年冬天，鲁国东门忽然飞来大群杂县鸟栖居。臧文仲以为神鸟祥瑞，动员全城人民隆重祭祀。贤者柳下惠批评臧文仲为政无知而不仁，指出这是由于大海冬暖多风成灾，海鸟飞来避灾。这就是说，贤知以为灾害现象，不仁视为神异征兆。然而，大海究竟发生了什么事情？诗人笔锋一转，描绘了一幅美妙的蓬莱仙岛畅游图。原来是海底涌来吞舟大鱼，穿过大风巨浪，带他到了蓬莱仙岛，只见神仙从金银台阁里排云而来，陵阳子明、容成公、嫦娥仙子、洪崖先生等知名神仙，举玉杯饮琼浆，唱仙歌听仙乐，快活自在。他们在无限空间中乘云驾雾，上下飘飖，自由行动，尽情游戏。他们惊人的长寿，超过了称号“五龙”的金木水火土五行神仙，一千岁不过是初生婴儿。多么快活的神仙生涯，仿佛目睹，活灵活现。于是诗人觉悟到，人间至尊的英主明君如燕昭王、汉武帝等，好神仙，求长生，而终于不成，原来由于他们缺少灵气，并非仙才，生就凡夫俗胎。这就是说，神仙有种，天赋气质，非其族类，无缘窥伺，无从得知虚实，无望高蹈交游，纯属彼岸。如果从人世实践看，视为虚妄，指为灾害，是明智的；盲目追求，执迷不悟，显然不智。那么诗人浪漫夸张地歌颂游仙，究竟倾向于信其有还是诞其事，寓意于嘲笑贤知还是讽刺帝王？便耐人寻味了。

上举三首，可以具体看到，郭璞讴歌游仙，浪漫想象，煞有兴味，

衷心向往，但却明知虚妄，自觉无望，实则寄托着、幻想着美妙自在的理想；他咏叹隐逸，感慨道家隐士陷于窘困，苦于冥寂，悲哀儒家高士自缚迂腐，自致绝路，因而向往一种超脱人世的游仙式隐逸。这是两晋之际的时代特产：游仙方内，隐逸世外，志士自在，智者快活，似乎是一种自觉清醒的明智抉择，实质饱含现实政治的无望和悲哀。诗人以其明确的思想倾向，洋溢的艺术才华，鲜明的抒情形象，创作了这组风格独特的《游仙诗》，是两晋诗坛的奇葩，在古代诗史上挺秀。从了解六朝门阀社会士人心态看，它至今不乏认识意义和欣赏价值。

（《文史知识》1989年第10期）

江郎才尽与才士悲剧

据说,初学创作往往从模拟开始。那么,成熟的作家竟然专心模拟,大概是一时兴之所至的游戏之举,或者是一种显露才华的恣意之作。总之,模拟的精品即使可以乱真,古今评论大约都不会奉为正宗,誉为上品的。这就难怪钟嵘《诗品》将江淹列入中品,评曰:“诗体总杂,善于模拟。”并且特为讲了一个故事:江淹晚年从宣城太守任上罢归时,做了一个梦,梦见两晋之际著名诗人郭璞向他讨还一支五色笔,梦醒后作诗,“不复成语”,所以世传“江郎才尽”。这故事另有一种说法:江淹梦见的是西晋著名诗人张协,向他讨还一匹锦缎,但他只剩几尺了,张协责备他“那得割截都尽”,把剩余几尺给了一位年轻作者丘迟。从此,江淹文章失色,而丘迟文采大增。传说两种,寓意一样,都认为江淹确有文采,但并非自己的创造,而是别人给的。如果把别人的文采归还原主,那么江淹就没有文采了,于是“才尽”。显然,这是对刻意模拟的一种批评。对此,江淹如果听到,是不会服气的。有《杂体》三十首并序为证。

《杂体》三十首精心模拟了从《古诗》、李陵、班婕妤到鲍照、汤惠休等三十家诗,其极妙如模拟陶潜《田居》一首,居然被后人误收入陶集,可谓乱真。但他有序说明模拟前贤佳作的理由:第一,诗歌创作本来就像颜色、音乐、美女、芳草一样,千变万化,各不相同,但只要美,就动人。所以“楚谣汉风既非一骨,魏制晋造固亦二体”,不应强求一律。第二,当时诗论大多各执己见,偏于一迷,而且“贵远贱近”,

"重耳轻目",其实都不是真懂艺术,结果是"邯郸托曲于李奇,士季假论于嗣宗",像邯郸乐师作曲而假冒名家李奇所作,钟会著论要请阮籍吹嘘,造成假冒名牌和滥求虚名的不良风气。第三,主张"通方广恕,好远兼爱",真正了解历代名家的特点和长处,"合其美并善",所以他要"效其文体,虽不足品藻渊流,庶亦无乖商榷云尔"。他模拟的目的不是一时兴至或扬才露己,不是博取仿古乱真的赞誉,而是用精心的模拟来表明、提倡一种诗歌创作和评论的正常风气,认真学习历代名家的作品,汲取、发扬他们的特长。他的模拟是认真而用功的,不仅注意语言风格,而且注重诗人个性,抓住特点,突出形象。例如拟曹丕则写《游宴》,表现帝王气度;拟曹植则写《赠友》,突出贤侯交义;拟刘桢则写《感遇》,抒发志士不遇;他如拟嵇康《言志》,拟阮籍《咏怀》,拟左思《咏史》等,无不为所拟诗人的代表作的主题和风格,显出特长和个性。照他的说法,这表明他是学到了历代名家的"美并善",能够博采众长了;并不如钟嵘及故事传说所评那样,只会模拟,只学一家,只有文采。

有趣的是,"江郎才尽"之说似乎并非捕风捉影,而是事出有因。齐高帝永明年间,江淹官至中书侍郎,时年三十五岁。当时宰相王俭曾说他"才学如此,何忧不至尚书金紫","但问年寿何如尔"(《南史》本传),可谓前途无量。但他自己却认为,"人生当适性为乐,安能精意苦力,求身后之名哉!"觉得自己"惟集十卷,谓如此足矣",而且表明自己"仕所望不过诸卿二千石,有耕织伏腊之资,则隐矣"(《自序传》),不再求进了。而他今存文集十卷,其中大部分诗赋文章都作于此前。虽然《南史》本传说他"自撰为前、后集",《隋书·经籍志》录为"集九卷,后集十卷",两《唐书》并作前、后集各十卷,但宋代著录则大都为十卷。而今存《江文通集》则为辑本,编卷不同,无前后集之分。看来他在永明之后虽然不无撰作,但其名篇佳作确实很少了。萧统《文选》选了江淹的《恨赋》、《别赋》、《杂体》三十首以及两首诗、一篇上

书，都是他前期之作，大致也可反映当时对江淹的评价。而在《诗品》中，钟嵘虽然说他“善于模拟”，但仍列入中品，不多贬抑。

如果《自序传》说的是心里话，那么江郎才尽并非由于他写不好了，而是不想写了，他的思想发生了转变。江淹生于刘宋文帝元嘉二十一年(444)，在梁武帝天监四年(505)去世，享年六十二岁，历仕宋、齐、梁三朝。在南朝门阀社会，他出身不是士族高门。父亲仅为县令，“雅有才思”，但在江淹十三岁时去世。所以江淹少年孤贫，却是“幼传家业，六岁能属诗”，“长遂博览群书，不事章句之学，颇留精于文章”。青年江淹自负于见识与文才，自己认为“爱奇尚异，深沉有远识”，崇拜司马相如和梁鸿，一个是汉赋大家，一个是避世高士。他念念不忘的好友袁炳，被他称为“数百年未有此人”的奇才高士，其实跟他相仿，“天下之士，幼有异才，学无不览，文章俶傥清澹出一时”(《袁友人传》)，可惜二十八岁就逝世。青年江淹是一位恃才傲世的作家学者，像鲍照一样是刘宋这个门阀动摇、寒庶渐起的时代的典型性格，因而为了生存发展，他也不得不投入皇室新门阀的门下。二十岁成人后，他为始安王刘子真讲授《五经》大义，从此开始在新安王、建平王等王府为宾客僚属，受过礼遇，更经历曲折。刘宋末，因为劝谏建平王刘景素图谋帝位，被贬为建安吴兴县令，地处岭南，僻远无事。政治失意而初衷得遂，山水草木都为所爱，读读道书，写写文章，游山逛水，“乃悠然独往，或日夕忘归”。三年后，刘景素失败，他就回京城，“守志闲居”。但当齐高帝起事，召他为官，他立刻受命。齐高帝受禅的文书大都出自他的手笔。他颇受赏识，仕途步步高升，直到中书侍郎、兼尚书左丞、御史中丞。在他为监察官长的御史中丞期间，这位自称“适性为乐”、准备退隐的知足无为者居然大胆弹劾了不少王、谢、庾、刘的新旧门阀贵官，以至被齐明帝誉为“自宋以来”“近世独步”的“严明中丞”。然后在齐末动乱之中，他又托病自守。到梁武帝崛起，他“微服来奔”，受到重用，直至去世。天监元年(502)受封临沮县伯，他对子弟说："吾本素宦，不求富贵，今之忝窃，遂至于此。平生言止足之事，亦以备矣。"还引用汉代杨恽《报孙会宗书》中的名言"人生行乐耳，须富贵何时"，重申他知足了，也看透了。纵观一生，江淹思想明显转变是从恃才自负的才识之士逐渐变为门阀官场的明智干员，而归结为明哲保身的官僚士大夫。由此看来，他的"才尽"确是不想写文章了，不再以文章卓识来追求"狂士"的天真理想。实质上，这是时代使然，并非江淹在文学上陷于困惑而不事创作，更不是他偏以模拟为能事。

东晋以来，清隐和骈雅便是士流风尚。但当真归隐的不多，文章骈丽的不少。江淹少年天真，奉为信仰，写得一手精英骈文，却养成一种扭曲性格，其实上当。在二十到三十岁的灿烂年华中，他从事于刘宋皇室诸王，虽以文才被用，却受压抑，遭诬陷，蒙冤屈，被贬黜，终于愤激而醒悟了。他认识到，即使是真正"狂士"，或寄身天地之间，"被发行歌"，或在高山深窟中，餐松求仙，或隐逸山林，杜绝宾客，但仍是要生存和礼遇的，"皆羞为西山之饿夫、东国之黜臣"(《报袁叔明书》)，不肯像伯夷、叔齐般饿死。如柳下惠般被贬。他体验到，十年文官生涯，不过是"盗窃文史之末，因循卜祝之间"，"为世俗贱事耳"。他觉察到，自己的性格不适应官场，"一则体本疲缓，卧不肯起；二则人间应修，酷懒作书；三则宾客相对，口不能言；四则性甚畏动，事绝不行；五则愚婞妄发，辄被口语；有五短而无一长，岂可处人间耶"(《与交友论隐书》)，竟然像魏晋之际的嵇康了。而最关紧要的是养家糊口。他"俯首求衣，敛眉寄食"，"而飘然十载，竟不免衣食之败"。只要全家能吃饱穿暖，他宁肯回家归隐，拒绝一切公侯的礼聘征召。所以后来他一再表明，自己的狂士之志其实"未能悉行"，"而未及也"。他变了，使扭曲了的性格再扭曲，是谓"人生当适性为乐"，不必"精意苦力"，追求什么"身后之名"，何苦呢。

江淹的诗赋、书信等创作及应用骈文都充分显示着一位富有才

华而悲观愤世的寒庶青年的性格特征。他看到了人间不平，但是无由消除怨恨。于是铺陈排比，历诉古今恨事，写尽男女离怨，情绪激动，归于悲哀。这就是他著名的代表作《恨赋》《别赋》的特点与风格。人们可以忘却他精心熔铸的许多恨事离怨的典丽骈句，然而其中的警策如“黯然销魂者，唯别而已矣”；“人生到此，天道宁论”；“自古皆有死，莫不饮恨而吞声”等，却是过去时代文士大夫熟知的名句，道破也说尽了封建社会智者才士的悲剧命运。他自负“深沉有远识”，往往如此，其实是正直单纯的青年人的敏锐直觉，未必是深思熟虑的远见卓识。例如在刘景素图谋起事之际，江淹曾作《效阮公诗十五首》，自称是“知祸机之将发”，“略明性命之理，因以为讽”，应该是“深沉有远识”的了。但实际是学阮籍《咏怀诗》用历史、神话、现实生活及自然变化来比喻说明“四时有变化，盛明不徘徊”的常理，讽劝刘景素顺从自然、保持性命，不可听信周围“不逞之徒”。其中有激愤情绪和清丽词藻，不乏可观篇什。如其九：

> 宵明辉西极，女娃映东海。佳丽多异色，芬葩有奇采。绮缟非无情，光阴命谁待？不与风雨变，长共山川在。人道则不然，消散随风改。

相传虞舜之女宵明死后化为神灵，光照西北幽寒地区；炎帝之女女娃淹死东海，化为精卫鸟衔石填海。她们生前都是美丽姑娘，如同奇葩异彩，也并非不爱绮罗衣饰，但是不能超越人生期限。而当她们化为造福人间的神灵，便不随风雨气候变化，永远与山河共存。如果她们在世间为人，那就不可避免像世人一样随着风雨而消散变化了。它用神灵的美好永恒对比人道的短暂多变，寓意明确，语言明快。一语道破，直截了当。又如其十一：

> 扰扰当途子，毁誉多尘埃。朝生舆马间，夕死衢路滨。藜藿应见弃，势位乃为亲。华屋争结绶，朱门竞弹巾。徒羡草木利，

不爱金碧身。至德所以贵，河上有丈人。

它尖锐抨击了门阀官场的追名逐利、趋炎附势、结党谋私的恶浊风气，用丑恶的门阀官场与高尚的神仙追求相对比，同样明确而明快。由此可见，青年江淹理解阮籍《咏怀诗》讽喻时世的艺术用意，因而仿其体以讽喻刘景素。尽管语言和手法与阮诗甚有相似，然而《咏怀》的隐晦曲折却消失了。这固然是时代有所不同，但诗人对时势和处境的认识、理解和态度不同是更为直接的原因。江诗的自我形象显露着矢直理想和直觉敏感，还有自负高明以及自命倜傥，透着青年的诚挚和锐气，思想单纯而并不深刻。

江淹说自己"爱奇尚异"，这是实话。他天赋较高，而且学习相当勤奋，一心想以才识杰出于当代，因而他爱好奇特的前贤文章风范，并且要发怪论。他喜欢骚体，还模拟《天问》作《遂古篇》，几乎把上古神话传说问了一遍，结论是"茫茫造化，理难循兮；圣者不测，况庸伦兮"，认为不合情理，谁也说不清楚。他常说自己学佛、学道也学儒，但当贬谪闽越时，他似乎有了深切体会，觉得人到了十分寂寞的境地，"伊日月之寂寂，无人音与马迹"，便能"耽禅情"，"守息心"，可以"长憔悴而不惜"，佛义妙在使人忘却憔悴；读道经可以令人留恋大自然山水，"荡魂兮刷气，掩忧兮静疾"，与道如一，可以忘忧养生；而钻研《论语》就不轻松了，"至游、夏以升降，幸砥心而勿夭"，要达到孔子的文学高足子游、子夏的水平，还得砥砺心志而不半途夭折。显然，这类恭敬有点诡谲，更像凡夫俗子的大实话。他其实更愿学阮籍、嵇康的诗文，可惜今存不多。他任御史中丞时弹劾了那么多门阀贵达，多少迸发了他性格正直的一面，然而却没有留下一两篇弹奏文章，这倒是颇有意味的现象，究竟是江郎才尽了呢，还是这些文章太质直激烈了呢？或者是梁朝文臣学者以及文选楼学士们宁愿看到江郎前期的文采，不愿评论他后来变得质直，变得明哲保身，不那么清德骈雅了呢？总之，不得而知了。下面是他三十岁时的一段自白：

知短而不可易者，所谓“轮推各定”也。犹如鸡鹜之有毛，不能得鸾凤之光采矣。况今年已三十，白发杂生，长夜辗转，乱忧非一，以溘至之命，如星殒天，促光半路，不攀长意，徒自欺取。筋驽髓冷，殊多灾恙。心顽质坚，偏好冥默。……今但愿拾薇藿，诵《诗》《书》，乐天理性，敛骨折步，不践过失之地耳。犹以妻孥未夺，桃李须阴，望在五亩之宅，半顷之田，鸟赴檐上，水匝阶下，则请从此隐，长谢故人。(《与交友论隐书》)

为了家庭的温饱，他不能信佛奉道，不可清高隐逸，必须谨慎从儒，只得混迹官场，认命天生无才，自觉光华已尽。这质直的文字，充满寒士的辛酸，发泄才士的悲愤，不平而软弱，终于失志屈从。这究竟是才尽的笑剧呢？还是才士的悲剧？

(《文史知识》1992年第8期)

读《文心雕龙·杂文》

《杂文》是《文心雕龙》文体论中比较特殊的一篇。

《文心雕龙》的体系结构是明确的，《序志》中说：

> 盖文心之作也，本乎道，师乎圣，体乎经，酌乎纬，变乎《骚》，文之枢纽，亦云极矣。若乃论文叙笔，则囿别区分，原始以表末，释名以章义，选文以定篇，敷理以举统，上篇以上，纲领明矣。

其中涉及、说明文体的，有四点。一是“体乎经”，认为文章体裁的本源出自《五经》，即《宗经》所说：“故论说辞序，则《易》统其首；诏策章奏，则《书》发其源；赋颂歌赞，则《诗》立其本；铭诔箴祝，则《礼》总其端；纪传盟檄，则《春秋》为根；并穷高以树表，极远以启疆，所以百家腾跃，终入环内者也。”二是“变乎《骚》”，认为文章的流变，包括文体的演变，受到以《离骚》为代表的楚辞的影响，如《诠赋》说：“及灵均唱《骚》，始广声貌。然赋也者，受命于《诗》人，拓宇于楚辞也。”又《时序》说：“爰自汉室，迄至成、哀，虽世渐百龄，辞人九变，而大抵所归，祖述楚辞，灵均余影，于是乎在。”都指出“变乎《骚》”的历史事实。三是“论文叙笔，则囿别区分”，即《总术》所说：“今之常言，有文有笔，以为无韵者笔也，有韵者文也。”把文体分为文、笔两大类来论述。四是“原始”四句，说明文体论述的规格，依次为源流、名义、代表作品与该体理论要则。例如文体论中《明诗》《乐府》《诠赋》《颂赞》《祝盟》《铭箴》《诔碑》《哀吊》等篇论述韵文正体各类，大致都按此规格撰写，大体符合“体乎经”“变乎《骚》”与区别文、笔的指导原则。但是，列于

《哀吊》之后的《杂文》则明显不同。

《杂文》开篇的“原始”,不是叙述该体出自《五经》,而是概括了“杂文”作家、作品的特点及“杂文”的作用与贡献。这显然不同于“体乎经”之体。接着列举三位代表作家的三篇“杂文”代表作,即宋玉《对问》、枚乘《七发》和扬雄《连珠》。这显然意味着他们具有首创“杂文”的“原始”地位和价值。然后分别论述这三类“杂文”的流变,用以“表末”;同时分别“选篇”“敷理”。这就是说,“杂文”这类文体既不出自五经,也不像诗、赋等体类那样具有独自典型的规范,而是由几种具有某种规范地位的文章发展而来的杂合体类。因此,“杂文”的“释名以章义”难以单纯、明确和界定。文中说:

> 详夫汉来杂文,名号多品,或典诰誓问,或览略篇章,或曲操弄引,或吟讽谣咏。总括其名,并归杂文之区;甄别其义,各入讨论之域。类聚有贯,故不曲述。

算是作了交代,却留下不少疑义。可见《杂文》从立类到撰写,都与《序志》所说的原则有所不合,因而引起后来学者专家的探讨,有精辟之见,也有一些疑议,其中主要问题是“杂文”的立类、源流、界限及《杂文》在文体论中篇次排列的意义。

刘勰所立“杂文”体类,显然不是现代“杂文”之类。他按照自己“原道”“征圣”“宗经”的指导思想,根据战国末期的楚辞及汉、魏以来的文章实际情况,汲取南朝文论相沿认同的文体观念,设立了“杂文”这一文章体类。其立类标准无他,一是“杂”,不能归入文章正体;二是“文”,包括笔、文所有文章。也就是说,凡是南朝当时认同习用的各类传统的笔、文正体之外的某些名称体式的文章,既不能归入正体各类,又未能完全确认为新的文章体类,笼统归为一大类,谓之“杂文”。

魏、晋以来,文体分类已趋细密。从曹丕《典论·论文》分为四科八体,陆机《文赋》分为十类,到挚虞《文章流别集》的分类,文章正体

的类别已形成传统认同的观念，诚如张少康、穆克宏等所论，（参见张少康《文心雕龙新探·文体论》、穆克宏《刘勰的文休论初探》）“刘勰的文体论是总结了前代有关文体论的研究成果”，“是在前人的基础上发展起来的”。与此同时，晋人又注意到汉魏以来出现了一些有别于传统正体的文章已具某种规范体式，例如傅玄《七谟序》概述了枚乘《七发》创始的“七”体，又《连珠序》概述了《连珠》的兴起与特点，以为创自班固等。其后沈约《注制旨〈连珠〉表》认为“始自子云（扬雄），放《易》像《论》，动模经诰”，具有模仿经典而又有创新的特点。这些文论成果也为刘勰所汲取，所以饶宗颐认为“《杂文》——取傅玄《七谟序》《连珠序》”（饶宗颐《文心雕龙探源·文心各篇之取材述略》）。此外，在南朝，“杂文”的文体类别观念已经出现。刘宋范晔《后汉书·文苑传》诸传有如下的载录：

> 《傅毅传》：著诗、赋、诔、颂、祝文、《七激》、连珠凡二十八篇。
>
> 《李尤传》：所著诗、赋、铭、诔、颂、《七叹》、《哀典》凡二十八篇。
>
> 《刘珍传》：著诔、颂、连珠凡七篇。
>
> 《王逸传》：其赋、诔、书、论及杂文凡二十一篇。
>
> 《赵壹传》：著赋、颂、箴、诔、书、论及杂文十六篇。
>
> 《侯瑾传》：所作杂文数十篇，多亡失。

又同书列传所载著录如：

> 《冯衍传》：所著赋、诔、铭、说、《问交》、《德诰》、《慎情》、书记说、自序、官录说、策五十篇。
>
> 《张衡传》：所著诗、赋、铭、七言、《灵宪》、《应闲》、《七辩》、《巡诰》、《悬图》凡三十二篇。
>
> 《蔡邕传》：所著诗、赋、碑、诔、铭、赞、连珠、箴、吊、论议、《独断》、《劝学》、《释诲》、《叙乐》、《女训》、《篆势》、祝文、章表、书记

凡百四篇，传于世。

上举各例，可以看到范晔的文体类别观念有三：一是凡属传统正体，如诗、赋、铭、诔、赞、颂之类，都标出文体专类的名称。二是凡非传统正体的文章著作，都标出篇章题目，如《连珠》《七激》《七叹》《七辩》《应闲》及《哀典》《问交》《德诰》《巡诰》等，其中如"连珠"与"七"体文章，已显示出某种新的体类名称的迹象。三是凡非上两类的文章，概称"杂文"。可见南朝刘宋时，"杂文"的观念与名称都已出现，其立类的特点是"杂"，是入不了正体之类，又不具某种规范体式，或者说是不伦不类的文章的杂合。显然，刘勰是取其名称而立类标准有所不同。

由于"体乎经"的明确指导思想，刘勰的"杂文"体类的"杂"是与出自经典的传统正体相对而言的。其范围包括除谐隐文章外的所有非正体的笔、文作品，"七"体、连珠都在其内。其总体特点是不合传统规范，或者说是突破了传统。凡传统形成，必树立规范，用以约束，趋于保守。因而不拘约束，不守成规，必定违反传统，显得杂乱，而有创新的趋势。文体亦然。正体便是规范约束，不正即为杂文。反过来看，创新必杂，不杂无新。但是创新取得成就，应当杂而不乱，不仅具有突破传统的胆识，而且要有才学和境遇。刘勰是从"杂"的非传统正体和开创新体这两方面来总结"杂文"的。清人孙梅认为《文心雕龙》立"杂文"类，是鉴于"能文之士，无施不可"，"虽无当于赋颂铭赞之流，亦未始非著作文章之任"（清孙梅《四六丛话·杂文类》）；张立斋认为，"杂文者，于诗、赋、箴类诸体以外之别裁"（张立斋《文心雕龙注订·雄文》注）；都是看到刘勰的这一立意。

《杂文》开篇说：

智术之子，博雅之人，藻溢于辞，辞盈乎气，苑囿文情，故日新殊致。

从三方面指出杂文的共同特点和要求。一是作家具备“智术”“博雅”的主观条件,要求才智、术艺、博学、风雅。这显然不是创作经典的神圣王者,不是学攻一经的儒家学者,不是辅君治政的公卿大臣,而是宫廷侍从的语言之臣,是擅长辞赋的学士文人。《诠赋》论“立赋之大体”是,“情以物兴,故义必明雅;物以情观,故词必巧丽。丽词雅义,符采相胜”。认为创作辞赋的情感由外物触发,辞赋内容必然表现对外物的认识,因此思想明智风雅;外物为作者满怀情感所观察,必然要精心表现,因此语言巧妙美丽。丽词与雅义结合,文章情采优越。可见在他看来,辞赋作家必须是才智博雅之士。《总术》说:“才之能通,必资晓术,自非圆鉴区域,大判条例,岂能控引情源,制胜文苑哉!”优秀作家必须通晓各种体裁和写作方法,在不同的创作情感激发时,运用相应的体裁和方法,写出好文章,优胜于文苑。可见“智术之子,博雅之人”是指造诣很高的辞赋作家,掌握创作辞赋的“丽词雅义”,通晓各类文体的写作方法。二是杂文创作的艺术特点,“藻溢乎辞,辞盈乎气”,文辞洋溢文采,文气充满文辞。这显然与《诠赋》所说“丽词雅义,符采相胜”相一致,更要求有风骨情采。《风骨》说,“风”是“化感之本源,志气之符契”,因此“怊怅述情,必始乎风;沉吟铺辞,莫先于骨。故辞之待骨,如体之树骸;情之含风,犹形之包气”。“若丰藻克赡,风骨不飞,则振采失鲜,负声无力”。其赞曰,“情与气偕,辞共体并”;“才锋峻立,符采克炳”。可见刘勰对优秀杂文的评鉴标准与诗赋文章一样,要求丽词雅义,风骨情采。三是杂文对文学发展的作用和贡献,“苑囿文情,故日新殊致”。在文苑文章的繁荣发展上,杂文使文苑日益创新前进,使文章具有不同的情致。这就明确点出了杂文的创新价值,肯定了它们的历史贡献。

楚辞之后,西汉创作非传统正体文章的优秀作家作品,影响甚大,渐具规范,并取得承认,其代表是枚乘《七发》,东方朔《客难》和扬雄《连珠》。到南朝,“七”体、“连珠”体已具独立的文体类目地位。由

于刘勰认为文学演变的“枢纽”是以《离骚》为代表的楚辞，“变乎《骚》”；同时从内容与形式结合的原则出发；因此确认东方朔《客难》来自宋玉《对问》。但是这一上溯其源，也引来后世学者对《七发》《连珠》体裁的探源。例如认为“七体之兴，舍人谓始于枚乘，章实斋谓肇自孟子之问齐王，近世章太炎独以为解散《大招》《招魂》之体而成”（刘永济《文心雕龙校释》，章实斋说见《文史通义》，章太炎说见《国故论衡》）；明代杨慎、清代章学诚都认为“连珠”体始于《韩非子》的内外《储说》（见明杨慎《丹铅总录》、清章学诚《文史通义·诗教》）；张立斋更认为“惟《对问》之体，其源最古，《尚书》《论语》正导先河”（张立斋《文心雕龙校注·杂文》注）。其论不无见地，但都脱离了《文心雕龙》的理论体系和原则观点，多从形式比较而来。其实刘勰本意不在探源，因为正体源自经典，不必探索；变化肇自楚辞，是为“枢纽”；而“七”体始自枚乘，连珠始自扬雄，在南朝已予认同；所以把汉代公认的杂文《客难》（《汉书·艺文志·诸子略》东方朔入杂家，著录“东方朔二十篇”，视为杂家文章。《客难》当在其中），上溯到宋玉《对问》，一起作为杂文代表来论述，显出“变乎《骚》”的演变创新的历史轨迹。

“杂文”实质是一个非传统正体文章的总领，其中文章应是作家独创的作品，体制各异，殊不类同。其优秀代表作品也因作家不同而有独特创造，所以刘勰先分述宋玉《对问》、枚乘《七发》、扬雄《连珠》的特点，再总述其共同特点。对宋玉《对问》，突出高才与志气，表现不遇而远大。所以说他有才而“颇亦负俗”，有志而“放怀寥廓”。对枚乘《七发》，肯定铺陈形容，归于道德教育。所以说他“腴辞”而“夸丽”，“始邪末正”，旨在劝诫。对扬雄《连珠》，赞美深思与博学，欣赏艺术的精致。所以说他“覃思”而“业深”，能用“碎文琐语”写出明润如连珠的小辞。不难看到，刘勰的评论是符合他的丽词雅义、风骨情采的衡准原则的。而值得注意的是他的结论：“凡此三者，文章之枝派，暇豫之末造也。”含蓄地点出它们是宫廷作家、语言之臣的有积极意义的创新之作。有的注释以“末造”为“末枝”，甚为未确。按“枝派”是树干的枝条，江河的支流，比喻它们不是文章的正体和主流，所以是“杂文”。“暇豫”是服侍君主在闲暇时娱乐。《国语·晋语二》载，优施请里克饮酒，中间，“优施起舞”，对里克妻说：“主孟（里克妻子）啖我，我教兹（指里克）暇豫事君。”优伶的职事就是暇豫事君，所以优施说要教里克这种本事。众所周知，汉代宫廷作家的地位形同倡优，“为赋乃俳，见视如倡”（《汉书·枚乘传附枚皋传》），“固主上所戏弄，倡优畜之，流俗之所轻也”（司马迁《报任安书》）。刘勰在这里用这个典故，显然在暗示宋玉、枚乘、扬雄等的职事，点出他们宫廷作家的身份。“末造”也是成词，指衰落的末世时的创造作为。《仪礼·士冠礼》载孔子语，“公侯之有冠礼也，夏之末造也”。郑玄注：“造，作也。”解释句意说，夏初以前，诸侯没有冠礼，五十岁之前“服士服，行士礼。五十乃命也。至其衰末，上下相乱，篡杀所由生，故作公侯冠礼，以正君臣也”。这里用它的含义，表示它们是思想内容上具有积极意义的创作。可见刘勰对三篇代表作的共同特点的结论，与开篇的概述思想一致，指出它们不合正体的非主流地位和创新的积极意义，并且点出作者的宫廷词臣的职事身份。

宋玉是楚国王宫的文学侍臣，枚乘是汉文帝、景帝时吴王、梁孝王府的上宾，扬雄则是汉成帝时宫廷辞赋作家。作为文学侍从的宫廷作家的地位职事是特殊的，亲近而卑下，荣幸而不遇。他们是帝王的宾客，内宫的近臣，不是执政的公卿，朝廷的大臣。他们的运遇遭际，取决于君主的明暗、识察与信用，可以成为心腹及智囊，可以视为词臣及倡优，也可以又用智术又用博雅。汉武帝时，严助、朱买臣、吾丘寿王、司马相如、主父偃、徐乐、严安、东方朔、枚皋、胶仓、终军、严葱奇等，“并在左右”。“朝觐奏事，因言国家便宜，上令助等与大臣辩论，中外相应以义理之文，大臣数诎。其尤亲幸者，东方朔、枚皋、严助、吾丘寿王、司马相如”（见《汉书·严助传》）。当他们以内臣身份与

朝廷大臣辩论获胜时，君臣之际可谓遇而融洽，却仍不免有倡优之叹。而宋玉、枚乘、扬雄的遭际似未见此荣幸。宋玉处于战国末，楚国垂危，楚王淫佚。所以宋玉主要以辞赋暇豫事君，颇有不遇的感慨。他既写《高唐神女赋》的诡丽云雨之作，又有《对楚王问》的曲高和寡之托，还有《风赋》的讽喻和《九辩》的悲慨。虽然司马迁说他“祖屈原之从容辞令，终莫敢直谏”（《史记·屈贾列传》），但刘勰认为他有才而且有志气，写出娱君的杂文申志放怀，可算是正体文章的流变，暇豫辞赋的佳作。枚乘生逢文、景之治，不幸遭际于不轨的吴王。他曾劝谏吴王顾全大局，效忠汉朝，但不为所用。他“久为大国上宾，与英俊并游，得其所好”（《汉书·枚乘传》），乐于写作辞赋以娱乐君王，深知“吴有诸侯之位而实富于天子，有隐匿之名而居过于中国”，衷心希望吴王改邪归正，安享长久。《七发》苦心构思，精心描写，主旨即在说明物质享受的穷奢极欲并不能令人身心健康愉快，根治之途在“要言妙道”。所以刘勰认为它虽不合文章正体，却也是词臣翻新辞赋的杰作。而扬雄恰逢西汉衰世，权臣弱君，使这位“好古而乐道”的学者，“意欲求文章成名于后世”的作家（见《汉书·扬雄传》），淡泊势利，潜心著作，学术、文章都有成就，闲思余力，创作了别具一格的《连珠》。所以刘勰颇为欣赏、归之杂文，视为“暇豫之末造”，精致的创作。总之，在刘勰看来，这三位杂文代表作家都是宫廷词臣，智术博雅之士，职事娱乐君王，擅长写作文章，有足够条件钻研辞章，不幸而遭际昏侯桀王及弱主，便写作杂体文章以托志寓意，于是在文章苑林中增添奇葩，蔚成新体。所以他赞道：“伟矣前修，学坚才饱。负文余力，飞靡弄巧。”对这三位作家来说，首创新体杂文的才学与技巧是足够有余的。

《杂文》所详论的三种代表作都属于“文”，但“杂文”这一类却包括“笔”。黄侃说：“案彦和云：文笔别目两名自近代；而其区叙众体，亦从俗而分文、笔。故自《明诗》以至《谐隐》，皆文之属；自《史传》以

至《书记》,皆笔之属。《杂文》篇末曰:汉来杂文,名号多品。《书记》篇末曰:笔札杂名,古今多品。详杂文名目猥繁,而彦和分属二篇,且一曰杂文,一曰笔札,是其论文叙笔,区别区分,疆畛昭然,非率为判析也。”(黄侃《文心雕龙札记·总术》)。刘师培也指出,“由第六迄于第十五”,“是均有韵之文也”;“由第十六迄于第二十五”,“是均无韵之笔也”,认为这是“《雕龙》隐区文、笔二体之验”(刘师培《中国中古文学史》)。应当说,从二十篇文体论的总体结构看,他们的见解是正确的。但是从《杂文》所述的具体界限,以及其后的《谐隐》所论的作品范围来看,其说有所未周。因为《杂文》中还提到了汉以来其他杂文名称,“或典、诰、誓、问,或览、略、篇、章,或曲、操、弄、引,或吟、讽、谣、咏”,所指虽未明确,但前八种或有笔类的杂体。而《谐隐》中包括谐语笑话,实有笔类。因此,范文澜认为“《杂文》《谐隐》,笔、文杂用,故列在文、笔二类之间”(范文澜《文心雕龙注释·原道》注二),自《史传》之后即属“笔类”。其后,从范说而又有申发的,周振甫认为“杂文包括各种体裁,它的特点是韵文散文混用”(周振甫《文心雕龙注释·杂文》说明);王达津认为“杂文包括对问、七体、连珠三种主要形式,又涉及‘典诰、誓、问、览、略、篇章’等小品,和‘曲、操、弄引’、‘吟讽谣咏’等诗歌”(王达津《论〈文心雕龙〉的文体论》)。他们的新见都有依据,但不无可以商榷弥补之处。

从《明诗》到《谐隐》十篇,总类属“文”,篇次排列大致按正杂雅俗的区别,诗、赋居首,先正后杂,末缀俗文。王运熙说:“在论‘文’时,又以诗赋居首。这种排列位置也显示出诗赋的重要性。还有后面《杂文》《谐隐》两篇所论述的作品,实际多数也是诗赋一类,或者说是诗赋的支流。”(王运熙《刘勰论文学作品的范围、艺术特征和艺术标准》,载《文心雕龙探索》)其说中肯。《明诗》至《哀吊》八篇是以诗赋居首的传统正体韵文雅制。《雄文》则为非正体的“文章之枝派”,列于正体之后。文中所详论的三种代表作,实为辞赋之枝派。《对问》原是楚辞。

刘勰总论其文说:“原兹文之设,乃发愤以表志。身挫凭乎道胜,时屯寄于情泰,莫不渊岳其心,麟凤其采,此立本之大要也。”显然认为此类雄文乃楚辞骚赋之流。在评论东汉桓麟至西晋左思“七”体作品时说:“观其大抵所归,莫不高谈宫馆,壮语畋猎,穷瑰奇之服馔,极蛊媚之声色,甘意摇骨体,艳词动魂识。虽始之以淫侈,而终之以居正。然讽一劝百,势不自反。”认为此类“七”体文章的特点,其实与司马相如《子虚》《上林赋》之类大赋一脉相承。又评论《连珠》说:“夫文小易周,思闲可赡,足使义明而词净,事圆而音泽,磊磊自转,可称珠耳。”正像《诠赋》评论小赋“奇巧之机要”;“触兴致情,因变取会。拟诸形容,则言务纤密;象其物宜,则理贵侧附”。在艺术特点上,两者相类,而“连珠”又有创新,也可说是辞赋之流。于此可见刘勰在韵文正体之后列论“杂文”,是有诗赋居首,次及支流的意图。但是杂文既杂又新,包罗广泛,文笔雅俗,都有杂制。另立“杂笔”“俗曲”之类,未便也没有必要。因此在详论杂文代表作之后,一并作了简括的交代,列举十六种杂文名称,以示繁杂。不难看到,这十六种名称包括了文笔诗歌的不同方面。“典诰誓问”代表用经典文章名称的杂文,“览略篇章”代表用子书章节名称的杂著,“曲操弄引”代表用琴曲笛音名称的新声,“吟讽谣咏”代表用诗歌谣词名称的歌辞。实际上几乎包括了传统正体之外的所有韵散各种文字作品。这种交代处理方法如同笔类正体的末篇《书记》说明“夫书记广大,衣被事体,笔札难名,古今多品”,罗列了“谱、籍、簿、录”等二十四种杂笔札记,表示有此种种,不予详论。当然,这众多繁杂的杂文,不免泥沙俱下,因此刘勰赞曰:“枝辞攒映,嚖若参昴。慕嚬之心,于焉只搅。”有许多一闪而过的小星,它们模仿的心思徒然令人厌烦。这似乎也表示了作者的一种态度。

至于在《杂文》之后,在文类之末,列论《谐隐》,便是由于此类文章,不仅杂,而且俗。文中所论大抵是讽嘲的笑话和寓意的谜语,“辞

浅会俗"，"本体不雅"。以今天的观点衡量，其中不少属于散体的"笔"以及叙事、韵语结合的韵散混用。而在刘勰看来，"谐辞隐言"，都属"文辞"，两者是"可相表里"的。他认为这些笑话谜语，讽刺嘲弄，"譬九流之有小说"，所以"汉世《隐书》，十有八篇，歆、固编文，录之歌末(疑当作赋末)"。也许他是仿刘歆《七略》、班固《汉书·艺文志》的先例，视俗文为小说家一样的末流，把《隐书》之类列在诗赋之流的最后，所以在"文"类之末，缀以《谐隐》，亦未可知。

《杂文》范围的作品，最难确定的是所谓"汉来杂文"中以"典、诰"等八种名称的文章，它们究竟指哪些文章，何种类型。范文澜对此有若干论证，周振甫认为"包括各种体裁"，王达津以为"小品"，似乎都可商榷。但是，论定确证是很难的。其一，这八种"杂文"的时代界限在汉代以后。也就是说，先秦经典、诸子及《吕氏春秋》等著作的文章不在其列。凡先秦著作中有用"典、诰"等名称标题的文章，大多不是名副其实的正体文章，而是"杂文"。因此，考察这些"杂文"，应当从汉代以来作者的作品中查找。第二，可以想见，刘勰当时是见到了这些杂文的。但是它们绝大多数已经佚失，今天无从看见，无法确证。不过，似乎也有蛛丝马迹可见。赘述如下。

典　东汉李尤有《哀典》(已见上引)，文佚。范注："《尚书》有《尧典》《舜典》，《周书》有《程典》《宝典》《本典》。扬雄《剧秦美新》曰：'宜命贤哲作帝典一篇，归三为一袠。(李善注：言足旧二典而成三典也。)以示来人，摛之无极。'雄以此文比二典，是为称典之始，惟未以名篇耳。班固《典引序》曰：'伏惟相如《封禅》，靡而不典；扬雄《美新》，典而无实。……窃作《典引》一篇。'李善注引蔡邕曰：'《典引》者，篇名也。典者，常也，法也；引者，申也，长也。《尚书》疏：'尧之常法，谓之《尧典》。汉绍其绪，伸而长之也。'此为以'典'名篇之始。《后汉·文苑·李尤传》，尤所著有'典'，是当时文士固有作'典'者也。"(范文澜《文心雕龙注·杂文》注二七)其说"典"的名称来自《尚书》，指出汉代有作“典”者，均是。但认为《剧秦美新》《典引》为“典“类杂文之始，似可商榷。按《文心雕龙》有《封禅》篇，列为笔类正体，认为封禅文应是“宜明大体”的“一代之典章”，自非杂文。文中举扬、班二文，认为“事非镌石，而体因纪禅”，视为封禅文的两篇代表作，并非“典”类杂文，更不是它们的开始。而且扬文标题无“典”字，班固的“典”字就是“典章”的意思，题目的含义是典章的引申发展，不是标题的名称。范注未妥。看来李尤《哀典》则似以“典”为标题名称，仿经典文章形式而文义不符经典之义，或是述哀的“杂文”。

诰　王莽有《大诰》（《汉书·翟方进传附》），文存；冯衍有《德诰》（已见上引），今存残句；张衡有《东巡诰》（已见上引），文存《艺文类聚》等唐宋类书；卫觊有《禅诰》（《三国志·魏书·文帝纪》载，“汉帝以众望在魏，乃召群公卿士，告祠高庙，使兼御史大夫张音持节奉玺绶禅位，册曰云云”。本书《诏策》称“卫觊《禅诰》”），“诰”也是经典文章的名称。《尚书》有《汤诰》《大诰》等。《诏策》指出，诏、策二类文体源自《尚书》的“诰，誓”：“其在三代，事兼诰、誓。誓以训戎，诰以敷政。”汉代以后，这类皇帝告令通称“诏”“策”（通“册”），或亦称“诰”，如卫觊《禅诰》及王莽《大诰》。此类皇帝告令文章，自非杂文，刘勰列为笔类正体。如果不是皇帝告令而题称为“诰”，不伦不类，当归杂文。卫觊《禅诰》是替汉献帝禅位曹丕而作的册文，自属正体。王莽因为翟义的讨伐，恐惧不安，整天抱着幼帝孺子对群臣声称：“自古大圣犹惧此，况臣莽之斗筲！”群臣恭维他是周公辅成王，他便仿周公《大诰》而写自己的《大诰》，自辩自颂，堪称不伦不类。但是从王莽当时身份而言，其《大诰》可视为正体劣作，却不属杂文。可作参考的是冯衍《德诰》与张衡《东巡诰》。《德诰》残句有“沉情幽思，引《六经》之精微”（《文选·蜀赋》李善注引）；“仲尼言语不习，则子贡侍”（《文选·颜延之〈皇太子释奠会诗〉》李善注引）等，玩其文辞，并非君诲臣语，未合“诰”义，或是辞赋之流，当入杂文。《东巡诰》是仿《尚书》文辞，拟汉帝东巡的文章，写皇帝敬天承命，群臣歌功颂德，有问有答有诗歌，颇具情致，不无嘲戏，显然不是皇帝的训告，却是才智博雅之士的妙辞，文非正体，应归杂文。

誓　蔡邕有《艰誓》（见任昉《文章缘起》），文佚；《尚书》有《甘誓》《汤誓》等，即刘勰认为三代“训戎”的经典文章；《艰誓》用“誓”标题，或是仿古文辞，或取“誓”之义而自为文，似乎不是正体文章，可能应入杂文。

问　冯衍有《问交》（已见上引）；班昭有《问注》（《后汉书·列女传·曹世叔妻传》）；二文均佚。案范注认为“问”指策问（见《文心雕龙注·杂文》注二七），如汉武帝元光元年“诏贤良曰，……受策察问”的“问”，又指出《文选》有“策问”类。此说似可商榷。刘勰并举“典、诰、誓、问”，则此四种都应指经典文章的标题名称。范氏所举元光元年“受策察问”，即汉武帝《贤良诏》，《文选》入“诏”类；《文心雕龙·诏策》所说“武帝崇儒，选言弘奥”，亦指此诏，文具存《汉书·武帝纪》，自属正体文章，不为杂文。如果是指贤良所作应征对议文章，则《汉书·武帝纪》云此年“董仲舒、公孙弘等出焉”，当指董、公孙之文。而刘勰在《议对》中指出，“又对策者，应诏而陈政也”，“即议之别体”，并且举“仲舒之对”“公孙之对”为名篇。因此无论所谓“策问”是指皇帝诏文或下臣对文，范氏所举都不是杂文，而是刘勰认为的笔类正体文章，不称“策问”，而称“诏”，称“对策”或“议”。此“问”当为先秦经典文章标题名称。考《礼记》有《问丧》及《曾子问》《哀公问》《服问》等，都以“问”为标题名称，或问居丧之礼，或问丧，或问政等，汉儒认为这几篇都因“善问”而著称（参见《礼记正义》之《曾子问》《哀公问》《问丧》《服问》等题的孔颖达疏）。刘勰认为“铭、诔、箴、祝，则《礼》总其端”，是韵文正体之源。疑冯衍《问交》或是问朋友交道，班昭《问注》似是问女史记载起居之义，近于铭、箴之类，可能都是用《礼记》的篇章名称，取其“善问”之意，而别有新创，所以被视为杂文，亦未可知。

览　有魏文帝曹丕署名编纂的《皇览》（《三国志·魏书·文帝纪》）。

“览”指《吕览》，即《吕氏春秋》的别名通称，因其书有“八览”而得名。按“典、诰、誓、问”四种为经典文章名称，“览、略、篇、章”则是子书的篇什章节名称。《诸子》说，“诸子者，入道见志之书”；从《荀子》《孟子》到《吕氏春秋》《淮南子》等战国、秦、汉子书，是“得百氏之华采，而辞文之大略也”。这些“博明万物”的子书，大多由若干篇章构成整体。如《吕氏春秋》共十二纪、八览、六论。其“八览”各有标题名称，如《有始览》《慎大览》等。各“览”下系八篇主题短文。如《慎大览》下系《慎大》《权勋》《下贤》《报更》等。《皇览》其实是取《吕氏春秋》篇章的名称为书题名称的一部类书。《三国志·魏书·文帝纪》载，曹丕“又使诸儒撰集经传，随类相从，凡千余篇，号曰《皇览》”。又《杨俊传》注引《魏略》载，“魏有天下”，王象“受诏选《皇览》，使象领秘书监。象从延康元年始撰集，数岁，成，藏于秘府，合四十余部，部有数十篇，通合八百余万字”。据考，《皇览》为我国古代第一部类书，在古文献史上有划时代意义。但在刘勰看来，虽然它取用《吕氏春秋》的篇章名称，却是经传的摘录汇编，已无诸子明道之义，不属诸子正体，视为杂文之流。

略 有刘歆《七略》(《汉书·艺文志序》)；汉灵帝《典略》(见任昉《文章缘起》)。“略”是概要的意思。《六韬》有《兵略》，《淮南子》有《要略》，都是它们的篇名。有的学者怀疑《六韬》是伪书，不足为据。但是《汉书·艺文志》儒家有“周史六弢(同“韬”)六篇”，《庄子·徐无鬼》有“《金版》《六弢》”语。《论说》云：“自《论语》以前，经无‘论’字，《六韬》二论，后人追题乎？”刘勰认为《六韬》中有《霸典文论》《文师武论》两篇，题中的“论”字或许是后人加的。可见他并不以为《六韬》是伪书，而是先秦的诸子书，可以为据。《诸子》说“《淮南》泛采而文丽”，是诸子的后起之秀，那么也可以为据。所以，“略”与“览”同是诸子书的篇章名称。《七略》是目录著作。《诸子》说“《七略》芬菲，九流鳞萃”，对它评价很高，但不以为诸子书，不属笔类正体，而如《皇览》

一样，可以视为杂文之流。至于《典略》，即《皇羲五十章》，是叙述古籀篆书法的撰著，更不属诸子正体，“并归杂文之区”，不可谓不当。

篇 有司马相如《凡将篇》（《凡将》《急就》《训纂》均见《汉书·艺文志》）、史游《急就篇》、扬雄《训纂篇》、班固《续苍颉篇》（见《汉书·艺文志·小学类序》）、蔡邕《劝学篇》（见《隋书·经籍志》）等。此类众多，都是字书、书法范围的启蒙歌诀韵语，用来普及识字、写字的小学知识。按这里作为名称的“篇”及“章”，就是书籍著作结构的“篇章”的意思。《章句》说：“夫人之立言，因字而生句，积句而成章，积章而成篇。”即其义。《诸子》说，上古的风后、力牧、伊尹等人物都立言以彰名德，“篇述者，盖上古遗语，而战伐所记者也”。所谓“篇述者”是指成篇记述的文章，即《汉书·艺文志》所著录的《伊尹五十一篇》《力牧二十二篇》（同书兵家载作十五篇）、《风后十三篇》。这是“篇”为诸子著述的名称，也是称“篇”的肇始。刘勰认为文章正体源于五经。凡五经文章都不称“篇”称“章”，而是以“典、诰，誓、问”所概括代表的名称。而《孝经》《论语》《孟子》及诸子书，则大多以“篇”“章”为名称。所以“篇、章”作为名称，与“览、略”一样是指构成一书的各篇各章。范注认为，“《汉书·艺文志》有《史籀篇》（周时史官教学童书），《苍颉篇》（李斯作）”，以及“《凡将篇》（司马相如作）”等，“然皆属记文字之书，似非彦和所指，当别有以篇名文者”（见《文心雕龙注·杂文》注二八）。按如上所述，“览、略、篇、章”是先秦及汉诸子用作成书分篇的标题名称，“览、略”是专著特起的名称，“篇、章”则是众书习用的通称。刘勰认为诸子书是“博明万事”之文，为笔类正体。而字书也有传播知识的用途。《汉书·扬雄传赞》说，“史篇莫善于《仓颉》，作《训纂》”，即谓扬雄认为《仓颉篇》是很好的传播历史知识的文章，所以自己创作了《训纂篇》。蔡邕《劝学篇》显然是劝导学习的启蒙读物，其残句如“木以绳直，金以淬刚，必须砥砺，就其锋芒”（见《太平御览》卷七六七），即为明理劝学的韵语，可见字书与子书有相通之处。刘勰以诸子为正体,视字书为杂文,也是可以理解的。从总体看,《文心雕龙》的“文”的观念,其外延甚广,如《章句》所述,凡积句成章、积章成篇者,都可视为文章。所以成篇的蒙学读物,也属文章,却非正体。此外,“览、略”之名,出自《吕氏春秋》与《淮南子》,都是尊者主持下成于宾客众儒之手的集体著作,而《皇览》与《典略》亦为帝王名义主持的群臣编选,《七略》则是刘向、刘歆父子二代总纂的目录选著,其实也是集体工程。而“篇、章”之名原是诸子可用通称,则汉来诸儒用作启蒙文章名称,都是个人对社会的贡献。所以“览、略”与“篇、章”并为一个方面,都是从诸子而来,从立一家言的专著到类书、目录书、蒙学读物,或集体编选,或个人著作,其中有相承正杂的轨迹,或许也是刘勰的一种思路,可作参考。

章 即上述“篇章”之意。汉时“篇”“章”二义通用。如《急就篇》又称《急就章》,《皇羲篇》又称《皇羲章》,等等,不枚举。范注以为此“章”即《章表》所论的“章”(见《文心雕龙注·杂文》注二八),与刘勰本意未合。“章”“表”即立专篇论述,即为源自《五经》的正体,不为杂文,其理自明。

综上可见,刘勰所举“典、诰”等八种标题名称,都不是文章正体,不是各种体裁名称。这八种名称概括代表取自经典篇名与取自子书篇章名称。采取这些标题名称的文章,其作者不乏名家,其体有文有笔,实则为用途各异的各式各样的体制翻新的文章书籍,所以统归于“杂”,概称为“文”,所谓“总括其名,并归杂文之区”。其中或有“小品”,但大多不属小品。至于这些“杂文”的内容有什么意义,则应予区别,在各自应属的学术领域进行讨论,所以说“甄别其义,各入讨论之域”。范注认为,“凡此十六名,虽总称杂文,然‘典’可入《封禅篇》,‘诰’可入《诏策篇》,‘誓’可入《祝盟篇》,‘问’可入《议对篇》,……‘章’可入《章表篇》,所谓‘各入讨论之域也’。‘览、略’或可入《诸子篇》”(见《文心雕龙·杂文》注三一)。李日刚也认为,“若审察区分其义类,则可分别纳入本书其他相似体类之领域中讨论”

(李日刚《文心雕龙斟诠·杂文》注)。其说似均未合刘勰本意。第一,刘勰明确指出这些名称是"汉来杂文"的名称,是文章标题名称,不是文章体裁的类名,更不是经典子书中的标题文章。如上所述,凡属各类正体的名篇,大多在各该体的论述中提到,理当为正体文章,未可视为杂文。倘使正体文章同时又视为杂文,岂非正杂相混,自相抵牾?第二,所谓"总括其名""甄别其义"的"名"与"义",是指这些名称的"汉来杂文"的名称与文义,不是指它们出自经典子书的名称与名称的涵义。在刘勰看来,用这些名称标题的汉来文章,都不是正体文章,只能统归于"杂文"这一大类。倘使这些文章可以归入正体各类,那么刘勰又何必特为另归一大类,又何必把这些名称标举出来,并说明这些文章的意义应分别在不同领域讨论呢?第三,所谓"讨论之域",当指这些名称的杂文的内容所属的领域,不指"本书其他相似体类之领域"。各类正体的名称与正体文章内容的关系,刘勰明确说"释名以章义",是相一致的,不必讨论。正因为"杂文"的标题名称与内容意义是并不一致、或无多关联的,因此只能就内容的学术、思想意义分别在各自领域进行讨论。例如《东巡诰》,其名称应入诏策类,其内容则属嘲戏文章,并非汉帝诏告;也许可入谐隐类,然而文辞、文意又都不俗,大概只可视为杂文。又如《七略》,其名称应入诸子类,其内容则是目录书。《诸子》提到《七略》说:"逮汉成留思,子政雠校,于是《七略》芬菲,九流鳞萃,杀青所编,百有八十余家矣。"高度赞美《七略》对整理诸子文献的历史功绩,但不视为诸子书。如果讨论《七略》之义,应入文献目录学,不在相似相关的诸子体类。可见刘勰的文体分类是有原则的,名义相符,贯彻一致,该入哪类就入哪类,这道理不必细说,此之谓"类聚有贯,故不曲述"。事实上,正体各类包括不了一切文章。如果不符各类正体要求,那么不论文、笔,或者雅、俗及名、义,统归另类,就是"杂文"。

(《国学研究》第二辑,1994年)

关于《文选》和文选学

《文选》的古文献价值是毋庸置疑的，历来认同。但是，研究《文选》的学术却颇遭非议，甚至斥为"谬种"。究其原因，大致有二：一是对《文选》的历史文化价值缺少整体的认识；二是对历代的文选学的学术源流缺少历史的辩证分析。凡属历史上长期存在、影响深远的文化事物现象，都有其客观的社会条件和历史作用。随着历史发展，社会变迁，过去时代的文化都不可避免地经受扬弃和淘汰，精华被汲取为新文化的滋养，糟粕被沉淀为旧传统的标本，从而使民族文化的优良传统不断改造更新，向前推进。所以，民族文化既有相承的传统精神实质和特征，又始终处于新旧文化矛盾冲突的运动发展状态，有时缓和，有时激烈，相反相成，对立统一。把《文选》和文选学置于中华民族的历史文化的传统和发展之中来考察，可以比较切实地认识其整体的价值和作用，既不夸大或缩小，也不拔高或贬低。简单的肯定和否定，都已为历史所证明是不可取的。

一、整体认识《文选》的历史文化价值

迄今为止，世所共识的《文选》历史价值主要在四个方面：一是保存了先秦至南朝齐、梁间的许多作者的重要文章，具有古文献价值；二是提供了这一时期的许多作家的重要作品，具有古代文学史料的价值；三是反映了齐、梁间一派重要的文学观点和思潮，具有古代文论的文献和史料价值；四是其中文章保存许多中古词汇，诗歌韵文可供归纳中古声韵，具有研究中古语言文字的资料价值。这是从不同

学科研究《文选》所取得的各类认识和估价，实质是对《文选》整体进行分体研究的结果。然而，整体功能大于分体功能的总和。切实而充分地认识《文选》整体的价值，可以更为确切地认识其各类分体的价值和作用。

《文选》是我国古代文化传统发展到一定历史阶段的必然产物，实质是文化艺术观念和文化传统的艺术形式即文风演变的相应反映。《文选》的“文”，其内涵是历史的文化艺术观念，其形式是有文采的文章，并非一般意义的文献，也不是严格意义的文学。清阮元说：“昭明所选，名之曰‘文’。盖必‘文’而后选也，非‘文’则不选也。经也，子也，史也，皆不可专名之为‘文’也。故《昭明文选序》后三段特明其不选之故，必‘沉思’‘翰藻’始名之为‘文’，始以入选也。”（《书梁昭明太子〈文选序〉后》）指出《文选》的“文”的观念以“沉思”“翰藻”为特征，并以此区别于经、史、子类著作。其论不为无见，也颇为后来学者所接受。而其实却失之片面，无视或忽视了《文选》的“文”的观念的内涵，有意或无意地否定了《文选》选文标准的思想内容方面的要求，曲解了其相应的对形式体制的观点。把《文选》视为一部唯艺术或形式主义的文章总集，其原因大多类此。

《文选》的“文”的观念首先是一个历史的文化观念，是有思想内容要求的，这就是“时义”观点。序的开头，萧统概述了文学的发明、文籍的产生和文化的功用，提出了“文之时义”的观点。其理论依据便是《周易·贲卦》的名言：“观乎天文，以察时变；观乎人文，以化成天下。”曹魏王弼解释说：“观天之文，则时变可知也；观人之文，则化成可为（一作‘知’）也。”这是魏、晋以来的传统理解，正可作为萧统“时义”观点的注释。在萧统看来，“文”便是与日月山川的“天文”相应的人间文字表达的“人文”，其内容与功用便是与天文“时变”相应的天下的历史变化，可借以观察天下演变而致成功的迹象和道理。简括地说，“时义”便是要求具有发展变化的历史时代意义，一要有

时代内容,二可见化成功用,三是随历史发展而变化的。因此,这“文”的观念实质是历史的文化观念。作为一种考察和选择的指导原则,在思想内容上便是要求具有“时义”,从历史发展的各个时代实际出发,选取各个时代具有“时义”的代表作品,既不从一家既定思想标准出发,也不是任何缀字成句的篇什都能符合要求。事实上,《文选》所收文章,在思想内容上,无论从历史发展的纵向或一个时代的横向来看,都无划一的思想标准。因此,持有某种执一的思想标准来要求,便可指责它驳杂无当,或者对它的思想要求讳莫如深,或者索性说它根本没有思想标准。然而应当承认,尽管限于萧统的识见,《文选》确实不免有取舍未当或当选未取等明显不足,但整体上却正因“时义”观点而取得反映七代文章发展的功用,具有较高的历史文化价值。它在文献、文学、文论及语言文学等方面的分体价值也才得以具备。

与“时义”观点相应,萧统对“文”的形式体制提出了“随时变改”的观点。他举了两个譬喻。一是人类劳动智慧创造的车轮。指出椎轮变为大辂,朴质变成华巧,运载的事功实质未改,但华巧的大辂不复具有椎轮的朴质。另一是自然气候变化导致的冰冻。指出积水变为层冰,液体变为固体,降温功能的实质不变,但本来的形体变了,功能也增强了。前例可谓物质文化,属于广义的“人文”;后者则是自然“时变”,属于“天文”。他认为“文”的形式体制也如此,“踵其事而增华,变其本而加厉”,“随时变改”。也就是说形式体制的变化是内容和功用发展的使然,是人类智慧的创造和自然规律的造化,其趋势是从朴质向华巧,其结果是功能的提高增强。由此可见,在萧统看来,“文”不但以一定时代内容与化成功用为思想内容要求,而且以一定时代的智慧创造和自然发展的形式体制为艺术形式标准,两者是相结合的,都是随历史发展而变化的。因此,他的“文”的观念是内容与形式相结合的历史发展的文化艺术观念。正是从这一观念出发,

《文选》收入七代中所出现的各种形式体制，为之分类，“类分之中，各以时代相次”，既不拘一类，又体现发展变化。

“时义”与“随时变改”的内容形式相结合的文化艺术观念，贯串于《文选序》对“文”的发展的论述，也体现于《文选》所收文章的选取和编次。在序中，萧统引用《诗序》的《诗》“六义”说，指出“今之作者异乎古昔”，表明《文选》所收作品，时限上接《诗经》，但体制名目与《诗经》作品不同，是有发展变化的。然后说明发展过程和变化特点。他认为，从战国时代到西汉前期，文的发展已与《诗经》传统有两点不同；一是“古《诗》之体，今则全取‘赋’名”；二是楚人屈原开创了“骚人之文”，表明这阶段文的起点和发展基础的特点是，以赋为主，继承了《诗经》传统体制，同时接受了屈原楚辞的影响。而在说明汉赋与楚辞的特点时，则都着眼于内容，突出了“时义”。然后，他概括论述“炎汉中叶”以后，文的传统体制逐渐突破，“厥途渐异”，诗的体制也与赋不同。所以他从“诗”这一文体开始，论列各类文体，夹叙夹议地交代了《文选》所收各体及分类原则，在指出各体职能的同时，显出各体的特点和发展。最后说：“譬陶匏异器，并为入耳之娱；黼黻不同，俱为悦目之玩。作者之致，盖云备矣。”以乐器、刺绣比喻，说明不同文体的作品都有怡悦耳目的功用，提出了文采的要求；并认为各体都具备有文采的精致之作。由此也可看到，文采的要求是踵事增华、变本加厉、随时改变的一个必然的发展结果，是文章的艺术功用的要求，因而是内容与形式相结合的文化艺术观念的一个有机方面，既非孤立的，更不是唯一的选择标准。

《文选》是一部文章总集。如果按照一般观念来选择，则凡属文章都在选择范围，显然过于广泛。而《文选》所选时限，“时更七代，数逾千祀”，则文章数量极多。为此，萧统采取一个特殊的措施，在应选可选的范围中划出几类不选的范围，所以序的后三段特予说明。对于不选的范围，历来并无异议，明确是经、史、子类著作；但对于不

选的理由却颇多误解。主要误解有二:一是认为不选的三类,都是萧统以为不属文章或文学的,反映了文学观念的深入发展;二是认为序中所说不选的理由,反证了或说明了萧统选文标准,从而断定萧统重形式或唯艺术。其实,萧统本意并非如此。第一,不选经、史、子,不等于这三类不是文章,没有好文章。恰恰相反,正因为周公、孔子的经典,老、庄、管、孟的著作,《春秋》三传及《史记》《汉书》等史传,都是传统认为的文章的典范和文体的渊薮,所以萧统要专类特为说明不收的理由。第二,不收的理由是分类说明的,各有条件限制。断章取义,以作反证或扩大,都未为合。“以立意为宗,不以能文为本”,是说明子书的著作本意和特点,也不等于断定诸子中没有好文章。用来反证《文选》选文标准以“能文为本”而不“以立意为宗”,是不合本意的。“综辑辞采”,“错比文华”,“事出于沉思,义归乎翰藻”,是说明史传中只收赞论序述的理由,与不收史传的理由相比较而言,史传对历史事件、人物言行的记载,按良史传统是要求实录而寓以褒贬的,不许增减修饰,而赞论序述则是对史事、人物的评论,作者要对史事、人物进行自己的思考,思想见解可以用有文采的文章来表达,所以说这类文章可以“与夫篇什,杂而集之”。用来扩大为《文选》选文的主要或唯一的标准,也不合本意的。第三,整体地看,萧统要说明的不收范围的原则,实则为两条:一是成书的总体结构的著作,并非独立的单篇文章,不收;二是实录记事记言的史传,并非出自己作的文章,不收。所以经典诸子都是总体著作,不宜删选剪裁,因而略之;记事记言及系年的史传都是“事异篇章”、不同“篇翰”而不取。所谓“篇章”“篇翰”“篇什”,都是就单篇文章说的。如果说序的后二段也是说明选文标准,那么这条标准是,《文选》所选以单篇好文章为限,不收好书或成书中的好文章,但史传中的赞论序述例外。实质上这只是缩小选文范围的一种处理,一个限制,并未另立一个与“时义”“随时变改”的文化艺术观念的相矛盾对立的选文标准。

不难看到，正由于按照“时义”与“随时变改”的文化艺术观念来选取有文采的单篇文章，在思想上不拘一家，在艺术上不限一体，历史纵向呈现发展变化，时代横向表现各种差别，因而尽管限于萧统的认识，不免存在若干不足，但大体做到了择优选取各个时代有代表性、有影响的好的或较好的各体文章。实质上，《文选》是以文章总集的编撰方式，反映了战国到梁初的文化历史发展，反映了文化艺术观念和文化传统的艺术形式即文风的发展变化。应当说，萧统的文化艺术观念，具有通识，比较客观，能够兼容并存，反映历史发展的实际。这也是《文选》整体所具有的历史文化价值。清孙梅评《文选》一大长处便是“通识”，认为可比美《尔雅》之通识《五经》训诂，《史记》之通述诸史纪传，概括了自周至梁千余年间的质文升降、风雅正变的源流（见《四六丛话》卷一小序）。其论不为过誉。章学诚把它视为一种历史文献总集，认为“括代总选，须以史例观之，昭明草创，与马迁略同”（《与甄秀才论〈文选〉义例书》），肯定萧统开创通代总集的历史贡献，指出它虽有“例疏而文约”的不足，却有补于历史文献的考订。《文选》这一效用显然为萧统始所未料，却来自他的文化艺术观念，也是《文选》整体功能经受历史考验而形成的分体价值之一。

周公制礼作乐之后，历代都很重视文化的统治功用，逐渐形成一个文化传统。从周代到南朝梁初，这个文化传统的实质始终是以各类精神的、物质的文化手段对社会各阶层等级的成员进行道德教化和性情陶冶，与行政的、刑律的手段相配合，要求人们自我精神约束和行为节制。其显著特点便是为国家政治服务，因而其发展也是随国家兴亡而波动，与政治治乱共消长。易代之际往往就是文化传统受到冲击之时。而经过矛盾冲突，文化传统获得改造更新，向前推进。从周到梁的漫长年代里，存在过周、汉两个长久统一的帝国，也经历了春秋战国和魏晋南北朝两个动荡分裂的阶段，在文化传统的发展中便发生两次大的冲突，经过两次大的论争。

春秋战国时期，文、武、周公神圣化，礼、乐、诗教经典化，受到了诸子异端的猛烈冲击，引起了百家学说的群起争鸣，结果是形成了以儒家为主，兼容墨、道、名、法、阴阳各家思想的汉代前期的文化传统。汉武帝独尊儒术，罢黜百家之后，发展到东汉，孔子被圣化而神化，五经为外学，谶纬术数为内学，儒家陷于荒谬的迷信泥坑。于是异端纷起，对谶纬化的儒家、天命化的名教进行冲击。魏晋之际，老、庄的道家崛起，出现了儒、玄大论争。玄学家认为“天地以自然运，圣人以自然用”（何晏《无名论》引夏侯玄语），主张“越名教而任自然”（嵇康《养生论》），提出了有生于无、才性不同、言不尽意、声无哀乐等一系列针对儒家思想的玄学命题，意图动摇儒家的理论基础，冲破思想行为的桎梏，而其实是代表寒庶下属在封建阶级内部争取生存的合理权利，虽然有时激烈地“每非汤、武而薄周、孔”（嵇康《与山巨源绝交书》）。所以争论的结果是调和折中，儒家仍居正统，道家也不为异端，承认《老子》《庄子》为道家经典，取代了东汉谶纬的内学地位，调和儒家哲理，便是以自然为道，名教为用。从而使禁锢思想的神化僵化迷信化了的儒家文化传统，增添思辨色彩，减少烦琐枷锁，有了豁口，便成活水。在东晋南朝，谈玄为名士风流，思想通达，析理精微，而且要语言简洁，声韵清朗。儒、玄合流的结果是以道内儒外取代了乐内礼外及术内儒外，文化功用虽然仍要求规范道德，陶冶性情，但崇尚自然，标榜真实，对历代兴亡治乱持自然发展观点，对国家政治实际渐渐超脱，对人们精神操守较少约束，拘执少了，放达多了。实质上，文化传统的内容与形式都有所调整，更新发展了。《文选》就是在文化传统这样发展变化的背景中产生的。

萧统《文选序》虽然没有标榜玄学，揭举自然之道。但如前所述，“时义”观念实质是与观察时变的“天文”相应的观察天下化成的“人文”。时令变化固属自然之道，则与天相应的天下代成也由于自然之道。这是用道家探索根本、考察真实、辨析变化的思辨方法，来理解儒家天人感应、天人合一的宇宙观历史观，用之于文章便是要求具有历史的时代意义的内容。所以“时义”即是“道”，不过不是拘执于圣人之道，而是可供考察兴亡治乱的历史发展的自然之道。与之相适应的形式便是“随时变改”的“文”。按照儒家传统观念，内容的朴直形式谓之“质”，修饰表现谓之“文”。所以孔子说：“质胜文则野，文胜质则史，文质彬彬，然后君子。”（《论语·雍也》）萧统“随时变改”的观念，既肯定了“文”“质”的涵义，又强调了两者的历史变化的发展运动，认为质为本始形式，文为发展表现，从朴质向华巧的变化是历史发展的必然，所以他重视“翰藻”，要求文章有文采。可见这也是用道家思辨来调整了儒家观念。正因如此，他对“文质彬彬然后君子”的理解和要求，不提“文”“质”，而改“典”“丽”。他说：“夫文典则累野，丽亦伤浮。能丽而不浮，典而不野，文质彬彬，有君子之致。”（《答湘东王求文集及〈诗苑英华〉书》）“典”指经典依据，“丽”指词藻骈丽，“野”是质直，“浮”是空洞。这是就一篇文章的内容与形式的要求说的，正可帮助理解萧统的“文”的发展观念，也可说明他的文论观点并不唯艺术。

总之，《文选》是古代文化传统发展到南朝齐、梁间的必然产物，是儒玄合流之后形成的道内儒外的文化艺术思潮的一种反映。实质是按照“时义”与“随时变改”的内容形式相结合的观念，选编战国到梁初的有代表性的有文采的各体单篇文章的总集，大体反映了这一历史时期文章写作和文风演变的情况。从这样的历史文化背景来考察和认识《文选》整体的历史文化价值，是比较切合实际的。

二、历史地辨析文选学的学术源流

一般地说，对《文选》进行评论研究，使之传播推广，便构成历代的文选学，形成其学术源流。但是，由于对《文选》整体价值的认识不同，实际上形成的文选学的学术发展，源流并非如此单纯。综观隋唐至今，就学术内容实质和特点看，其源非一，流派有三。一是传统的文选学,二是古文家的文选学,三是文论家的文选学。

传统的文选学,起于隋、唐。“文选学”之称便始于唐初李善注《文选》,讲授《文选》(见《新唐书·李邕传》)。从萧统的从弟萧该撰《文选音义》开始,经隋、唐之际曹宪撰《文选音义》,授之许淹等,至李善注《文选》,这最初阶段的文选学,实质是把《文选》作为一部七代众体的范文总集加以传播推广,所以李善认为萧统编《文选》是使“后进英髦,咸资准的”(《上〈文选〉注表》)。对萧该来说,为《文选》注音义,也许是弘扬家学;对曹宪来说,或者是阐发训诂。但在唐初得以从江淮而广传海内,则是由于《文选》恰恰适应社会政治、文化的时代需要。

隋辟科举,唐承其制,对于压抑于南朝门阀制度的广大寒庶文士无疑是大开仕路。但是,科举要考试。唐初六十年间,明经科试经,进士科试策,应试的士子必须熟读经典,贯通学识,善于作文。其时试策文是一篇回答试题的骈体论述文。虽然南北朝末至隋文帝都曾试图倡导以切于时用的古文反对浮华的骈文,但是并无成效。在文化艺术观念尚未发生实质改变之前,用行政手段强迫改变文风,都是速效而短时的。汉、魏以来,辞赋骈文的发展,既已形成一种传统观念,则以骈丽文章表达切于时用的内容,便成为唐初的文风中和雅正的要求和趋势。因此,以“时义”与“随时变改”的文化艺术观念指导编选的《文选》,以“事出于沉思,义归乎翰藻”为作文要求,又以体立类,以时编次,这样一部文章选集,便应运而受到欢迎,得到推广。而文选学也随之受到重视。

《文选》是文章总集,属于文化艺术范畴,文选学是对《文选》的评论研究,属于文化学术范畴。隋平江南,统一天下。至唐贞观年间,南北文风以中和雅正趋于一致,而学风则以崇实为主,不尚清谈。曹宪是文字训诂学者,以注《广雅》著闻,其《文选音义》亦重训诂。李善注《文选》,传自曹宪,而“弋钓书部,愿言注辑”,至于四订注稿,可见其注释力求审核,正是唐初学风崇实的表现。但是《文选》所收七代文章，诗歌辞赋骈文众体，除注音训义外，还须释事，查出典故，说明用意。这就比字典式的文字训诂的《尔雅》《广雅》扩展一步，从词入语，实际上是根据文章写作的发展而推进了汉、魏以来传统的训诂学，适应需要，以便学者。这就是说，以李善《文选》注为标志的传统文选学，实质是以训诂为主而兼及释事铨典的，基本上属于小学，不涉文体古今及声律骈偶。所以受到后来的古文家赞许，更为清代朴学家所重视。

唐高宗永隆二年(681)，进士考试作了调整，士子必须先“试杂文两首，识文律者，然后并令试策”(《唐会要·贡举上》引高宗敕语)。据清徐松考证，“杂文两首谓箴铭论表之类，开元间始以赋居其一，或以诗居其一，亦有全用诗赋者，非定制也。杂文之专用诗赋，当在天宝之间”(《登科记考》卷一)。则所谓“文律”，其初并不专指声律，而是指各类文体的功用格式，属于应用文章的写作本事。到玄宗开元、天宝年间，才发展到专试诗赋，而讲究声律。这就是说，从高宗末，经武后、中宗朝，四十年间，进士试以应用杂文为考试主要内容，促使文士不仅会写骈文，而且要熟悉各体文章功用格式。正是在这样的文风趋势中，五臣注《文选》应时而出。开元六年(718)，吕延祚上五臣注《文选》表中，指责李善注“忽发章句，是征载籍，述作之由，何尝措翰？使复精核注引，则陷于末学；质访指趣，则岿然旧文”；而自诩五臣注为“目无全文，心无留义，作者为志，森乎可观”。这是从写作文章的角度出发的，重在“述作之由”，要求注出“作者为志”，便于学者揣摩。因而五臣注不求训诂精确、释事翔实，不多征引，而以疏通文义为主。既要疏通文义，又轻视训诂，便不免以意释词，甚至对不知者作臆解。实质上这是文人作注，与学者李善作注迥不相同。但是对于学习写作、揣摩文章的士子来说，五臣注的简注详疏，比较便宜。所以尽管在唐代就颇遭呵斥，但直到北宋，五臣注仍较李善注为士子欢迎。大约为了两全其美，南宋以后便合二为一，出了六臣注，流传更广，以至

于李善注本、五臣注本都失传。于是文选学便多了一个课题,以李还李,以五臣还五臣,从六臣注中把它们分辨出来。

传统的文选学从李善注及五臣注发展起来。实际上李善和五臣都肯定《文选》是一部堪为典范的七代文章总集,因而都不评论研究《文选》整体的"选",而是注解其中一篇篇具体的"文"。初唐学者李善继承汉儒注经的传统,主要注释《文选》所收文章的读音、词义及典故,其学术性质属于文字、音韵、训诂的小学范围。所以宋、元以后一部分文选学者继承李善注的传统,深入于音韵训诂、校订补正的研究。到了清代"以小学校经"的朴学昌盛年代,李善注获得高度评价,跃居传统文选学的主流地位。盛唐学者吕延祚率领了五位词臣,采取近乎魏、晋名士注经的精神,主要为了阐明述作之由,便于习文,利于科试,所以简注详疏,而有普及意义。其学术性质属于讲解文章的辞章范围。所以宋、元也有学者继续走这条道路,出现了专供写作骈文用的《文选》词、句分类摘编,士子便读用的删注、简疏的《文选》以及《文选》选本。而随古文运动的深入,骈文的衰落,又出现了增广《文选》的风气。到明代,科试八股时文,于是这路文选学便从辞章转向评点,在文章鉴赏方面寻找出路,也曾泛滥一时。但真知灼见无多,支离破碎,不成其流,反而拖累五臣注更遭贬薄。

古文家的文选学从唐、宋古文运动中来。唐代自安、史乱后,虽有宪宗"中兴",但衰势已成,难以挽回,终于覆灭。而古代封建制度也从此开始了它的衰落时期。中唐韩愈倡导古文,鼓吹"道统",排斥佛、老,复兴儒学,便是在思想文化领域产生的图谋振兴大唐的运动,而实质是维护、巩固封建制度。因此,到宋代,古文运动随着政治革新思潮发展而深入,从反对僵化的骈文而对《文选》的整体提出批评指责。陆游《老学庵笔记》说,"国初尚《文选》,当时文人专意此书","至庆历后,恶其陈腐,诸作者始一洗之"。王应麟《困学纪闻》说,李善文选学"自成一家",但"熙、丰之后,士以穿凿谈经,而选学废矣"。

正说明批评《文选》从仁宗庆历间范仲淹革新开始，而到神宗熙宁、元丰时期，王安石变法，因推行王安石对儒家经典新说及其《字说》，便连李善注一起否定。显然，否定李善注是不符合儒学传统的，但整体否定《文选》却符合古文家思想。在这方面，苏轼是唐、宋八大家中最突出的一位。

苏轼贬薄《文选》是整体否定。元丰七年《题〈文选〉》中说："舟中读《文选》，恨其编次无法，去取失当。齐、梁文章衰陋，而萧统尤为卑弱，《文选引》斯可见矣。"在《答刘沔书》中说："拙于文而陋于识者，莫统若也。"指出《文选》中存在误赋为序、真伪不辨等错误。但他对李善注十分赞赏，认为"本末详备，极可喜"；而斥五臣注为"真俚儒之荒陋者"(《书谢瞻诗》)，"荒陋愚儒"(《书〈文选〉后》)，并认为"萧统亦其流耳"。在苏轼看来，萧统学识文才都不可取，所编《文选》必然亦无可取，选也不好，编也不好。值得注意的是，他认为萧统只是"齐、梁文章衰陋"之尤者，体现了时代文风衰弱。这是古文家否定《文选》及五臣注的根本原因和原则观点。苏轼论赞韩愈有两句名言："文起八代之衰，道济天下之溺。"(《潮州韩文公庙碑》)而萧统《文选》恰是汇编这"八代"中的七代文，并且是按"时义"而不据儒学来编选的。苏轼又说："自汉以来，道术不出于孔氏，而乱天下者多矣。晋以老、庄亡，梁以佛亡，莫或正之。"(《六一居士集叙》)而萧统"时义"与"随时变改"的观点又恰是魏、晋以来儒、玄合流在文化艺术上的产物，这就与古文家的观点不仅分歧，而且对立。因为古文家要求以儒家"道统"贯串于文，应以孔、孟之道为选文的思想政治标准，而"时义"观点只要求反映历史时代，并不要求划一思想；古文家倡导古文；而"随时变改"观点肯定骈丽翰藻是历史发展的必然，肯定了骈文。所以苏轼既要否定《文选》整体的"选"，还要否定萧统的学识和文才。而因为唐代文选学实质是文章注疏，所以他肯定了继承汉学传统的李善注而否定具有魏晋名士色彩的五臣注，并且视萧统与五臣同流。

以苏轼为代表的古文家，其实未必认真系统地研究过《文选》。但他们对《文选》整体提出批评，对《文选》及五臣注都是猛烈冲击，有深远影响，以至于后来的文选学往往带有古文、骈文之争的味道。大概地看，古文家直接造成文选学的主要变化有二：一是推重李善注，贬薄五臣注，使李善注渐居传统文选学主流地位。到清代，与朴学结合，几乎造成文选学主要研究李善注的趋势。二是否定萧统的“选”，直接导致元、明产生对《文选》选目的具体批评，对《文选》进行补遗广续的编选刊行。到清代骈文复兴，文论发展，引起了对《文选》整体评价的争论，逐渐形成文论家的文选学。此外，应当指出，由于苏轼指责萧统不辨真伪，选择不当，因而也引出了一些魏、晋以来文学悬案如苏、李诗，蔡琰《悲愤诗》以及五言古诗成立时代等的考辨；加上对骈文的否定，更对汉魏六朝的文学发展的认识和研究，产生很大的影响，直到于今。

文论家的文选学是指对《文选》的整体研究评论。古文家的文选学实质亦属此类。例如苏轼批评《文选》，南宋张戒便有不同见解，其《岁寒堂诗话》中说：“近时士大夫以苏子瞻讥《文选》去取之谬，遂不复留意。殊不知《文选》虽昭明所集，非昭明所作。秦汉魏晋奇丽之文尽在，所失虽多，所得不少。作诗赋四六，此其大法，安可以昭明去取一失而忽之！”便是从《文选》整体价值出发，反对否定《文选》的倾向。但是这样的整体论争，在元、明并未深入展开，其原因在于封建制度日趋下坡，封建文化传统日趋封闭。程、朱理学兴起，文化传统从道内儒外变为理内儒外。理学家把封建礼法制度的外在约束说成是人的天赋本性需要，是天然正常的性情理气，从哲理上论证三纲五常、仁义道德就是“道”，是根本法则。用之于文化艺术，便是“文所以载道也”（周敦颐《通书·文辞》），只是运载手段，不是内容所决定的形式。所以朱熹认为“学者之害莫大于时文（指骈文）”，“然论其极，则古文之与时文，其使学者弃本逐末，为害等尔”（《答徐载叔赓》），连骈文带古文一概视为有害理学，予以否定。这种思想文化统治下，明代时文便从骈文变为八股，文风复古拟古，而文选学则从注疏转向评点，更不留意《文选》的整体研究。

封建制度在清代进入解体阶段，加上民族统治的矛盾，封建文化传统既面临日益发展的市民思想意识潮流的根本矛盾和猛烈冲击，更以保守中华民族传统的顽强要求，努力恢复在文化艺术和学术领域里的统治，所以小学治经的朴学昌盛，古文振兴，骈文也随之复兴。到清代中叶，出于维护封建文化传统，桐城派调和融合程朱理学和唐宋古文以及清初朴学，提出了“义理、考证、文章”（姚鼐《述庵文集序》）的主张，批评《文选》“分体碎杂，其立名多可笑者”（《古文辞类纂序》），重新分体设类，编选古文总集。与此同时，从清初骈文复兴中涌现的骈文家则为骈文申辩，批驳桐城派搬用宋代古文家所谓“散文多适用，骈体多无用”和“《文选》不是学”之说。袁枚认为，“古圣人以文明道，而不讳修词。骈体者，修词之尤工者也。六经滥觞，汉魏延其绪，六朝畅其流”；并认为“骈文必征典，骈文废则悦学者少”（胡稚威《骈体文序》）。其后，史学家章学诚认为文章“源皆出于六艺”，“文体备于战国”，《文选》诸体“皆备于战国”，所以肯定《文选》为“辞章之圭臬，集部之准绳”，但批评《文选》义例“淆乱芜秽，不可殚诘”（《文史通义·诗教》）。经学家阮元则认为“万世文章之祖”的《周易·文言》原是“奇偶相生，音韵相和”的。古文、骈文只是“分于奇偶之间”，唐、宋古文是经、史、子类文章，“多奇而少偶”；《文选》则是“沉思”“翰藻”的骈文，“多偶而少奇”；各有所尚。如果以古文为正而以骈文为卑，则《文言》“偶句凡四十有八，韵语凡三十有五，岂可以为非文之正体而卑之乎”（《书梁昭明太子〈文选序〉后》）。而李兆洛则编《骈体文钞》以对抗《古文辞类纂》。他们其实都不薄古文，而是从文的艺术形式的历史发展和骈文的形式特点及写作要求上，肯定骈文的历史地位和形式功用，因而是从文论的角度和“选”的整体来为骈文和《文选》争

辩的。从此，从整体评论研究《文选》的文选学在古、骈之争中逐渐展开，而同时作为文选学的一种发展，或者说是派生物，便是产生了一批“八代文”“八代诗”的选本和一批六朝骈文选本，也是以“选”为学术的。实质上，这些都属于文论家的文选学范围。于此可见，桐城派恰恰是排斥《文选》，也不重传统文选学的，所以视选学为桐城妖孽的谬种，其实是一种笼统的误解。

从近代到现代，新、旧文化经历激烈斗争，文化传统改造更新，历史文化遗产受到淘汰扬弃的考验。《文选》和文选学虽然颇遭冷遇，但是经受考验而日益显示出自身的历史文化价值。尤其在经历那场浩劫之后，六臣注《文选》和胡刻本李善注《文选》先后影印出版，高步瀛《文选李注义疏》已由曹道衡、沈玉成校点问世，正表明《文选》和传统文选学对于建设社会主义精神文明仍然有着一定价值。大概地看，近一个半世纪中，对《文选》的整体研究日益开展，对传统文选学的研究则趋向小学发展。在整体研究方面，出现了骆鸿凯《文选学》，将《文选》和传统文选结合一体，进行全面归纳。它“首叙《文选》之义例，以及往昔治斯学者之涂辙，明选学之源流也。末篇所述，则以文史、文体、文术诸方，析观斯集，为研习《文选》者导之津梁也”（《文选学序》）。这是把《文选》作为一部七代文章总集，继承清代文论家、史学家重视《文选》的义例和选学家、朴学家重视传统文选学的学术，同时吸取了现代分析归纳方法进行全面总结研究。应当承认，它在搜集归纳前人成果的基础上，对《文选》和文选学的整体研究做出了显著的贡献。与此同时出现的高步瀛《文选李注义疏》则是传统文选学的继承发展，可惜并未完成。

现代的文选学研究，主要是从文论角度对《文选》进行整体研究。这无疑是正确的方向。但也毋庸讳言，曾经出现过否定过多，甚至根本否定的偏向。从文论看，产生这类偏向的原因主要有二。一是用现代的文学理论观念，简单地套用于《文选》，要求萧统具备现代先进的文论观念，选择符合现代标准的文学作品，提出了超越历史条件的苛求。齐、梁时代“文”的观念，没有也不可能达到今天对“文学”的认识，因而只应把《文选》的“文”的观念和选择标准，与它的前代相比较，鉴别它是否有新的进步的认识。二是用现代的文学历史发展的进步主流观念，要求汉魏六朝文学应当这样那样的发展，实际是无视历史客观的臆想。汉魏六朝文学的发展，实际上是以辞赋诗歌骈文为主的，《文选》大体上也选入许多好的或基本好的文章。然而由于历史形成的种种偏见，几乎要否定骈文的合理存在，却并未切实研究《文选》的整体价值，也未分析产生《文选》的历史必然。所以，深入开展《文选》的整体研究，充分认识它的历史文化价值，是发挥它的各类分体功能的必要前提，看来也是当前整理研究《文选》的关键。

三、关于《文选》和文选学的整理研究

《文选》只有一部，而历代的文选学著述评论浩瀚。说到底，《文选》是一部七代各体文章的选集，文选学是研究评论《文选》的“选”，注疏《文选》所收文章，以及对注疏的辨正。不言而喻，今天整理研究《文选》，已不复具有唐、宋揣摩骈文以应科试的意义，也不再存在宋、元以来围绕骈、古文之争的需要，而是作为中华民族文化艺术的一份可贵遗产，使之为中外学者和读者了解、比较、研究及鉴赏。隋唐至今一千五百年，《文选》所经历的可谓坎坷的遭遇，有着历史必然的经验和教训，应当成为镜鉴。今天整理研究历代的文选学著述，也同样需要摒弃种种历史成见，而把它们作为中华民族文化学术的一笔可观遗产，从中汲取切实有用、可资借鉴的成果，使之为今日注疏《文选》及为有关的各学科研究发挥效用。不论李善注或五臣注，小学或辞章学，汉学或宋学，凡属正确有用的学术和知识，都应珍视和汲取。全面整理《文选》，深入研究《文选》，此其时矣。

整理《文选》，有几项基础工作似应首先完成。一是影印六臣注《文选》和胡刻李善注《文选》以供学者研究的基本资料，也可供高层

次读者阅读，这已由中华书局做了。二是整理出比较完整的《文选》校本，汇集异文资料，审慎订正勘讹，保存疑伪辨正，以为研究基础。三是撰著今语注疏及译的《文选》读本，准确注音，精要注词，注出典故，疏通句意，也可进行准确的今译，以供学者研读及不同层次读者阅读。四是编纂《文选》词典，以便查检考索。《文选》索引已有，进而编纂词典是更为适用的。进行这几项基础工作的必要性无须多说。应当说，其有利条件是前所未备的。除了良好的学术气氛和环境外，更有现代先进的科学技术可以利用，大量的抄录分类编制工作，可以也应当使用计算机进行。而以《文选》为整理研究古文献的一种开发项目也许较之单一体裁的总集和某一作家的别集更为合适而有益，更显出计算机的优点和特点。

开展《文选》的学术研究，应当多方鼓励进行整体及分体的专题研究，可以采取各种新旧方法深入传统课题，开拓新的领域。但是当前比较重要的问题是缺少组织、规划和交流。在重视信息、讲究效益的现代社会，在进入社会主义初级阶段的我国，在许多新学科勃起的今天，即使仅数十百人从事《文选》和文选学研究，如果各自埋头钻研，而不注意学术交流和信息沟通，更缺少组织和规划，则不免课题重复，前后撞车，也不能互补长短，集腋成裘。其结果可以想象，效益不难预料。所以，在中华人民共和国成立以来首届《文选》学术会议召开之际，愿向有关领导和从事《文选》整理研究工作的同志建议：组织起来，同心协力，规划安排，深入研究，交流学术，沟通信息，互补长短，增进效益，使《文选》真正成为一份可贵的文化艺术遗产，使文学切实成为有关各学科互有效用的文化学术，为建设社会主义精神文明作出自己的贡献。

1987 年 12 月北京大学燕东园

（《昭明文选研究论文集》，吉林文史出版社，1988 年）

关于卢思道及其诗歌

卢思道是北朝入隋的诗人，《隋书》为之立传。张溥《百三名家集》、严可均《全隋文》、丁福保《全隋诗》，都把他编入隋代。游国恩先生等主编的《中国文学史》举为隋代主要代表诗人之一，认为“隋朝前期，有一些原是北朝的诗人如卢思道、杨素、薛道衡等，曾经写了一些较好的边塞诗”；指出“卢思道(约530—582)，主要生活在北朝。他的诗曾得庾信的赞美。《从军行》是他的代表作”。其论述有根据，也比较谨慎。但是，这里有个问题似可讨论：卢思道究竟应入北朝，还是属于隋代？

卢思道在世五十二岁，史无异说。但他的卒年，记载不同。唐张说《齐黄门侍郎卢思道碑》明确记载：

> 隋开皇六年(586)，春秋五十有二，终于长安，反葬故里。(见《张说之文集》，《全唐文》同)

此碑是卢思道的玄孙卢藏用所立，碑文是张说应请而作，距卢思道去世约一百三十年。唐重谱牒，卢藏用为初唐名士，记其祖上的生卒年月，似当不误。但考之《北史·卢思道传》(《隋书》本传略同)所载，则显然不合。

《北史》本传载：

> 隋文帝为丞相，迁武阳太守。位下，不得志，为《孤鸿赋》以寄其情。其序曰……开皇初，以母老，表请解职，优诏许之。思

道恃才地，多所陵轹，由是宦途沦滞。既而又著《劳生论》，指切当世。岁余，奉诏郊劳陈使。顷之，遭母忧。未几，起为散骑侍郎，参内史侍郎事。于时，议置六卿，将除大理。思道上奏曰："省有驾部，寺留太仆；省有刑部，寺除大理。斯则重畜产而贱刑名，诚为不可。"又陈殿庭非杖罚之所，朝臣犯笞罪，请以赎论。上悉嘉纳之。是岁，卒于京师。(《隋书》云："时年五十二。")

按隋文帝为丞相在北周大象二年(580)五月。卢思道任太守的武阳郡即魏州，也是在大象二年析相州而置(见《唐书·地理志》)。因此，卢任武阳守，实在大象二年。其《孤鸿赋序》说："年登弱冠，甫就朝列。……虽笼绊朝市且三十载，而独往之心未始去怀抱也。摄生舛和，有少气疾。分符坐啸，作守东原。……余五十之年，忽焉已至。"则这年已临近五十岁，或已五十岁。明年(581)二月，隋文帝受禅，改元"开皇"，卢"表请解职"。在"罢郡屏居"期间，著《劳生论》，有引云："余年五十，羸老云至。"论中又说："余年在秋方，已迫知命。"可知这年他已实至五十岁。此后，本传云："岁余，奉诏郊劳陈使。"约略计算，当在开皇二年(582)。但是，考卢思道有《为隋檄陈文》《为高仆射与司马消难书》《祭漅湖文》，都是在开皇元年九月后在尚书左仆射高颎幕、并随军伐陈时所作。

按《文苑英华》载《檄陈文》，题作《北齐檄陈文》。张溥说："檄中有'齐之季世，实多凉德'及'周宣驭历'等语，明是隋檄，今正之。"(《百三名家集·卢武阳集》按语)其说是。考此次伐陈，在开皇元年九月开始部署，隋文帝"以薛公长孙览、宋安公元景山并为行军元帅"，"仍令尚书左仆射高颎节度诸军"(《北史·隋本纪上》)。所以檄中说："今荆门锐卒，致命前驱；淮南义师，贾勇竞入。"即谓元景山部在江陵，长孙览部驻淮南。但此次伐陈，未战而返。《北史·长孙览传》载，开皇二年，长孙览"统八总管出寿阳，水陆俱进。师临江，陈人大骇。会陈宣帝殂，览欲乘衅灭之，监军高颎以礼不伐丧，乃还"。可知高颎在开皇元年九月奉诏自长安赴淮南节度伐陈诸军,于二年二月班师还朝(见《北史·隋本纪上》)。卢思道《为隋檄陈文》当即作于开皇元年九月后。其《为高仆射与司马消难书》是替高颎代笔劝司马消难归降的信。司马消难是隋文帝父亲杨忠的把兄弟,在大象二年隋文帝为丞相时作乱失败奔陈(见《北史·司马消难传》及《隋本纪上》)。据信中说:"今元戎启行,易为去就,承眷有素,敢布腹心。"则此信作于开皇元年九月后,约为《檄陈文》同时之作。其《祭漅湖文》则为开皇元年十二月所作。漅湖即巢湖,在寿阳南。长孙览水师出寿阳,临大江,必经巢湖。大概渡湖之际,天气阴雨,"涂泥已甚,轨躅不通,有稽天罚,用沮元戎",所以祭巢湖水神以祈祷保佑顺利伐陈。显然,这三篇文章都作于此次伐陈之行,属于军中书记职责。由此可见,卢思道在开皇元年解武阳守后,似屏退不过半年左右,约于高颎伐陈启程前,已在高幕操翰。然后随高颎至淮南,出寿阳,渡巢湖。

卢思道入高颎幕及随军事,本传不载,或有隐讳。按本传在叙述诏许解职及著《劳生论》之间,插入说:"思道恃才地,多所陵轹,由是宦途沦滞。"依史传叙例,则在解职屏居期间,似有政治活动,而遭遇或不顺利。此时所著《劳生论》,主要内容虽在指切当世,但结尾却是歌颂隋文帝力扫颓风,说:"曩之扇俗搅时,骇耳秽目,今悉不闻不见,莫予敢侮。《易》曰:'圣人作而万物睹。'斯之谓乎!"亦可见其本意仍在期望任用,有所作为。又考《北史·刘臻传》载,"隋文帝受禅,进位仪同三司。左仆射高颎之伐陈也,以臻随军主文翰,进爵为伯"。则知卢思道在高颎幕,实居下僚,地位不高,仍不得志。本传不载其事,而含糊地说:"岁余,奉诏郊劳陈使。"似乎卢在屏退中突然受到隋文帝青睐,诏命起用。但这与上文所考卢随军时间发生矛盾。史载隋文帝即位后,陈使首次聘隋在开皇二年正月,即陈宣帝去世,陈后主即位后遣使请和;然后至三年(583)十月又有陈使聘隋。卢思道郊劳陈使,当即在二年正月。因此,据《祭漅湖文》,元年十二月,卢在淮

南。而二年正月,据本传则已在长安郊劳陈使。这只能说明卢思道并未随高颎一起在二年二月班师还朝,而是在二年正月因事先陈使抵京,然后才可能奉诏郊劳陈使。卢因何先返长安,史籍无载。依常情推测,这不外因私中途折返或因公被遣还京。倘是后一种情况,似有蛛丝可寻。据上引《长孙览传》载,可知由于陈宣帝去世,高颎与长孙览在是否坚持伐陈的问题上发生分歧。据《高颎传》载,“会陈宣帝殂,颎以礼不伐丧,奏请班师”。《隋本纪上》载,“二月己丑,诏以陈有丧,命高颎等班师”。则知高颎为此奏请隋文帝,经隋文帝下诏,然后在二月班师。由此推知,高颎于正月曾遣使还京奏请诏许不伐陈。因疑高颎所遣使者,或即卢思道。若然,则当陈使至长安,卢已先抵京,或因卢恰为伐陈事返京,比较熟悉其事,隋文帝便命卢接待陈使。此或即“奉诏郊劳陈使”的缘由。其时卢思道已实至五十一岁。

本传接着说:“顷之,遭母忧”;“未几,起为散骑侍郎”;“于时,议置六卿,将除大理”,“是岁,卒于京师”。依所叙语气,上述遭遇似都是年内之事,则卢思道的卒年当即为开皇二年(582)。但是,考所谓“议置六卿,将除大理”事,其处置实在开皇三年(583)。按隋文帝即位后,便改革北周六官,恢复汉、魏旧制。而实则多用北齐官制。杜佑说:“后周依周礼置六官,而年代短促,人情相习已久,不能革其视听,故隋氏复废六官,多依北齐之制。官职重设,庶务烦滞,加六尚书似周之六卿,又更别立寺监,则户部与太府分地官司徒职事,礼部与太常分春官宗伯职事,刑部与大理分秋官司寇职事,工部与将作分冬官司空职事。自余百司之任,多类于斯。欲求理要,实在简省。”(《通典·职官》注)说明了隋文帝改革官制的实质和作用,也说到了所谓“议置六卿,将除大理”的情况和原因。原来在开皇元年废除北周六官,设置尚书等五省、御史等二台、太常等十一寺监,由于省台与寺监间“官职重设,庶务烦滞”,因而约在开皇二年、三年间又考虑加以合并精简,曾拟议把十一寺监并为六寺,以与省台协调。据《通典·职官》

载,开皇三年,“废卫尉寺,入太常及尚书省,十三年复置”;“废光禄寺,入司农,十二年复置”,“废鸿胪寺,入太常,十二年复置”;又罢大理监、廷尉平二监。这就是说,“议置六卿”完成于开皇三年,原置十一寺监经精简后,保存了太常寺、宗正寺、太仆寺、大理寺、司农寺、太府寺等六寺,其长官称正卿,故合称“六卿”。而原曾拟议取消大理寺,经卢思道反对,为隋文帝嘉纳,得以保留。据此,本传云“是岁”,很可能就是开皇三年。其时卢思道春秋实至五十有二。当然,“议置六卿”也可能在开皇二年开始讨论酝酿,卢思道或者只提出了意见,未及见到处置结果,即于是岁去世。所以游先生等定其生卒为“约530—582”,亦属稳妥。而张碑所载“开皇六年”去世,显然不合事实。

如果卢思道卒年为开皇三年或约为开皇二年,则他应是北朝作家,不宜为隋朝代表诗人。理由显然:第一,他入隋不到两年或三年,活动时间太短;第二,这时南北朝尚未统一,南朝陈后主刚刚即位一两年,隋在开皇九年灭陈之前,实属北朝最后阶段;第三,与他同代的诗人,北朝庾信在前二年去世,南朝徐陵则卒于同一年,而庾、徐代表南北朝,卢却代表隋代,殊为未妥。因此,这里又涉及另一问题:卢思道的诗歌,应代表北朝诗歌成就,还是代表隋代诗歌成就?

史载卢思道有集三十卷,但早已散佚。据《全隋诗》,今存其诗二十五首:乐府十一首,古诗十四首。其写作时间略可考知者如下:

《彭城王挽歌》《北史·彭城王浟传》载,彭城王高浟在河清三年(564)被刺,“朝野痛惜焉”。诗当作于其时。

《乐平长公主挽歌》 “乐平”即北齐武成帝庶子乐平王高仁邕(见《北史·武成诸子传》),“长公主”即其长女。此诗确切时间未详,但当作于北齐。

《赠别司马幼之南聘》 司马幼之为北齐名士。《北史·司马膺之传》说他“清贞有行,武平末为大理卿”。“南聘”谓聘陈。《北史·齐本纪下》载,天统三年(567)夏四月,武成帝“诏兼散骑常侍司马幼

之使于陈”。诗当作于其时。

《赠刘仪同西聘》 “刘仪同”指刘逖,“西聘”谓聘北周。《北史·齐本纪下》载,天统四年(568)秋九月,“周人来通和”,武成帝“诏侍中斛斯文略报聘于周”。《刘逖传》载,其年,刘逖“加散骑常侍,除假仪同三司,聘周使副”。“使还,拜仪同三司”。诗当作于其时。

《从驾经大慈照寺》 题下有注:“北齐时作。”

《仰赠特进阳休之》 序云:“大齐武平之五载(574),……敬赠是诗。”

《后园宴》 诗云:“常闻昆阆有神仙”,“不如邺园佳丽所”。当指北齐邺都皇宫后园。魏收有《后园宴乐》诗。北齐诸帝多诏文官词臣入后园娱乐。武成帝曾“于后园讲武”,令李若“为吴将,皇后皆出,引若当前,观其进止俯仰”(见《北史·李若传》),即其例。李若为卢思道僚友,有《赠李若》诗(见下文)。此诗写后园歌伎舞女,当作于北齐。

乐府《有所思》 词曰:“长门与长信,忧思并难任。洞房明月下,空庭绿草深。怨歌裁纨素,能赋受黄金。复闻隔湘水,犹言恨桂林。凄凄日已暮,谁见此时心。”按本传说,卢思道在武成朝,曾“以擅用库钱,免归家。尝于蓟北,怅然感慨,为五言诗见意,世以为工”。疑即此诗。

乐府《河曲游》 题下有注:“魏文帝《与吴质书》曰:‘时驾而游,北遵河曲。’”又,《城南隅宴》题下有注:“曹子建《赠丁翼诗》曰:‘吾与二三子,曲宴此城隅。’”此二首皆当作于北齐邺都。

此外,乐府《日出东南隅行》《棹歌行》《美女篇》《采莲曲》等,多属风流艳词,疑皆卢思道早年在邺都时所作。

《听鸣蝉篇》(一作《听蝉鸣篇》) 本传载,周武帝建德六年(577)平齐,授卢思道仪同三司,“追赴长安。与同辈阳休之等数人作《听蝉鸣篇》。思道所为,词意清切,为时人所重。新野庾信遍览诸同作者,而深叹美之”。其同作者,今存颜之推残篇,见《全北齐诗》。

《赠李若》 词曰:“初发清漳浦,春草正萋萋。今留素浐曲,夏木已成蹊。尘起星桥外，日落宝坛西。庭空野烟合,巢深夕羽迷。短歌虽制素,长吟当执珪。寄语当窗妇,非关惜马蹄。”按《北史・阳休之传》载,周武帝平齐,阳休之等十八个北齐著名文官同时被征,“令随驾后赴长安”,卢思道、李若都在其列。考《北史・周本纪下》载,周武在建德六年正月攻陷邺城,二月“车驾发自邺”,夏四月至长安。此诗首四句所云,正与破邺后被征随驾至长安的时节相合。其末四句所云,似即谓以文官被征及受封仪同三司事,有解嘲意味。此诗或即作于建德六年夏四月至长安后,赠李若以抒感慨。

《上巳禊饮》 词曰:“山泉好风日,城市厌嚣尘。聊持一樽酒,共寻千里春。余光下幽桂,夕吹舞青苹。何言出关后,重有入林人。”据末二句所云,似是开皇元年三月上巳在武阳任所作。诗中情怀,恰同《孤鸿赋》所说:“虽笼绊朝市且三十载,而独往之心未始去怀抱也。”

《游梁城》 词曰:“扬镳历汴浦，回扈入梁墟。汉藩文雅地,清尘暖有余。宾游多任侠，台苑盛簪裾。叹息徐公剑，悲凉邹子书。亭皋落照尽,原野沍寒初。鸟散空城久,烟销古树疏。东越严子陵,西蜀马相如。修名窃所慕，长谣独课虚。“梁城”谓睢阳城。《史记・梁孝王世家》载，梁孝王“筑东苑，方三百余里。广睢阳城七十里。大治宫室,为复道，自宫连属于平台三十余里”。诗云“梁墟”,即谓其地。首二句言随从南行,经游梁城。按魏晋以后，自关中通往东南的水道,主要是沿黄河至浚仪县北的狼荡渠,入汳水、获水,至徐州彭城县北入泗水。“汴浦”即谓黄河入狼荡渠水口。狼荡渠即古鸿沟,后汉称汴渠,魏晋后通称狼荡渠连汳水、获水为汴水,隋炀帝时疏通为通济渠。汳水“东径梁国睢阳县故城北”(《水经・汳水注》)。“回扈”即谓随从转入睢阳故城。此诗写从游梁城,怀古以寄感慨。“叹息”二句用季札挂剑徐公墓和邹阳狱中上书梁孝王故事,以感慨知已难逢。末四句咏严子陵和司马相如的志遇，以感慨自己仕隐矛盾,都无所成。据"原野沍寒初",知其时已入冬。按本传并无南游记载。从诗中所叙游梁城缘由、路程、时节及诗中感慨,疑此诗或即在开皇元年九月后随高颎南下淮南途中所作。

《春夕经行留侯墓》 词曰:"少小期黄石,晚年游赤松。应成羽人去,何忽掩高封?疏芜枕绝野,逦迤带斜峰。坟荒隧草没,碑碎石苔浓。狙秦怀猛气,师汉挺柔容。盛烈芳千祀,深泉闭九重。夕风吟宰树,迟光落下舂。遂令怀古客,挥泪独无踪。"按《史记·留侯世家》载,"留侯死,并葬黄石冢"。注引《括地志》说:"汉张良墓在徐州沛县东六十五里,与留城相近也。"则墓地正处于自关中往返淮南途中。上文已考,卢思道在开皇元年十二月已至淮南,于二年正月返至长安。疑此诗或即在开皇正月返长安途经留侯墓时所作。此诗赞美张良狙秦师汉,功成游仙;感慨游仙虚无,难免身死;借以寄托自己遭遇坎坷、志业无成的感慨。按卢思道历仕北齐、北周及隋三朝,而深情知遇,实在北齐。《孤鸿赋序》说:"年登弱冠,甫就朝列,谈者过误,遂窃虚名。通人杨令君(杨愔)、邢特进(邢邵)已下,皆分庭致礼,倒屣相接,翦拂吹嘘,长其光价。"其得意之情,不由自已。仕北齐二十六年中,虽曾被笞遭免,而常在朝廷。北齐末,任给事黄门侍郎,待诏文林馆,职位清要,光宠俱至。武平七年(576)十二月,北齐灭亡前夕,卢与李德林等被引进宫中议论禅位皇太子事(见《北史·齐本纪下》)。此举虽属仓促,而于卢则已蒙受重臣待遇。因此,北周宣政元年(578),卢以母病辞官还乡,随即参与同郡祖英伯及从兄昌期拥齐范阳王绍义起兵反周,几乎处死,这并非偶然或"胁从"。观其入隋后所撰《北齐兴亡论》《后周兴亡论》,于北齐褒多于贬,于北周贬多于褒,对周武帝虽加赞扬,但责备他"天性严忍,果于杀戮",评价说"虽有武功,未遑文德,彝章礼教,盖阙如也",俨然视以秦皇一流。可见卢在北齐亡后,虽仕北周,而情系故国,心怀二意。反周失败,幸免于死。入隋后,位下不得志。因而他经过张良墓,有此感慨,也是发自胸襟,抒其衷情。

综上所述，可知今存卢思道诗歌，大多作于北齐，少数作于北周及隋。而其传诵当时的名篇，也都是北齐及北周时的作品，而非入隋后所作。

在文学史上，卢思道应属于北朝后期作家，也是一位颇具北朝文学特色的代表诗人。他是“北朝三才”之一邢邵的学生，在北齐文宣帝天保年间登上文坛，初露头角。他一生政治遭遇不很顺利，“凡更臣三代，易官十七，再降一免，二去职，八平除，擢迁者四而已”（张说语）。《北史》本传论曰：“思道一代俊伟，而宦途寥落。虽曰穷通有命，抑亦不护细行之所致乎！”所谓“不护细行”，实则是说他的思想行为傲岸不羁，自行其是，侮弄人物，多所陵轹。这种思想性格和行为表现，究其实质，是北朝土著门阀士族对北朝后期政治混乱、风气恶浊的强烈不满。卢思道的父亲虽然隐居不仕，但范阳卢氏却是北朝著名的门阀士族，所以他自负“生于右地，九叶卿族，天授俊才，万夫所仰”（《劳生论》），有强烈的门阀士族优越感。由于自觉地卫护门阀的声望，他年轻时曾和卢斐、李庶等一起攻击魏收所编《魏史》，因而遭笞辱，“落泊不调”。他与宗人卢询祖是知交，同被誉为“北州人俊”，而卢询祖也“好臧否人物”，时论说：“询祖有规检祢衡，思道无冰棱文举。”（见《北史·卢询祖传》）可见北齐当时就觉得卢思道的思想行为类似汉末的孔融，才学出众而不合潮流。这较能说明他的思想行为的特点和原因。用卢思道自己的话来说：“在余之生，劳亦勤止。纨绮之年，服膺教义，规行矩步，从善而登。巾冠之后，濯缨受署，缰锁仁义，笼绊朝市。失翘陆之本性，丧江湖之远情，沦此风波，溺于倒踬。”（《劳生论》）这就是说，这个混乱恶浊的时代，没有规矩，丧失仁义，使他这个守规矩、行仁义的清流之辈沉沦倒踬。由于这种愤世嫉俗的情绪，因而他也有不趋附世俗，不畏惧权贵的一面，甚至激烈揭露批判某些黑暗。《劳生论》激愤揭露当时世俗是“居家则人面兽心，

不孝不义，出门则谄谀谗佞，无愧无耻”；尖锐批判官场是“范卿㧑让之风，搢绅不嗣，《夏书》昏垫之罪，执政所安”；辛辣嘲骂“衣冠士族”无耻媚时求荣，反复无常，其嘴脸和伎俩“千变万化，鬼出神入”。正是由于卢思道有这样的思想性格，因而他在诗歌创作上，较其师辈北朝三才，显得更有北朝的特点。

卢思道在天保间始以文章著名，当时南朝齐梁诗风已成，北朝则三才主持文坛。《北史·文苑传序》概括这一时期南北文风异同说：“暨永明、天监之际，太和、天保之间，洛阳、江左，文雅尤盛，彼此好尚，互有异同。江左宫商发越，贵于清绮；河朔词义贞刚，重乎气质。气质则理胜其词，清绮则文过其意。理深者便于时用，文华者宜于咏歌。此其南北词人得失之大较也。”其说对北朝文学评价嫌高，但大致指出了南北的特点。卢思道在这个时期初登文坛，自然会接受当时北朝文风的熏陶和影响。较之南朝偏重音律，追求清绮，北朝的特点是讲究用事，见出才学。本传载，卢思道十六岁读刘松所作碑铭，“多所不解。乃感激读书，师事河间邢子才。后复为文示松，松不能甚解。乃喟然叹曰：‘学之有益，岂徒然哉！’因就魏收借异书。数年间，才学兼著”。又《颜氏家训·文章》载，“沈隐侯(约)曰：‘文章当从三易：易见事，一也；易识字，二也；易读诵，三也。’邢子才常曰：‘沈侯文章，用事不使人觉，若胸臆语也。’深以此服之”。这种讲究用事、表现才学的文风和主张，为卢思道所接受，在诗文中有显著表现，在评论上也有表现。《颜氏家训·文章》又载二事：一是卢询祖批评梁诗人王籍《入若耶溪》的名句“蝉噪林逾静，鸟鸣山更幽”，说“此不成语，何事于能”，另一是对萧悫《秋诗》“芙蓉露下落，杨柳月中疏”二句，颜之推“爱其萧散，宛然在目”，“而卢思道之徒，雅所不惬”。卢询祖与卢思道“美言俱赞，阙行同箴”(《卢记室诔》)，文学见解自然同调。这两则评论，正表明他们在诗歌语言、创作才能、欣赏趣味上已持北朝成见，对南朝梁、陈间流行的清绮巧构、浅显单薄的诗风，心怀反感。结合卢思道的诗歌来看,其特点是在艺术形式上始终比较注重用事,在思想内容上则从表现才学向抒写胸襟发展,有北朝后期诗歌的特色,而较少受到南朝绮靡诗风的影响。

众所周知,庾信被留北周后,成为北朝最有成就的诗人,对北朝文学发展起着促进作用。卢思道是受到庾信赞赏的少数北朝诗人之一。《朝野佥载》说:“梁庾信从南朝初至北方,文士多轻之。信将《枯树赋》以示之,于后无敢言者。时温子升作《韩陵山寺碑》,信读而写其本。南人问信曰:‘北方文士何如?’信曰:‘唯有韩陵一片石堪共语。薛道衡、卢思道少解把笔。自余驴鸣狗吠,聒耳而已。’”这显然是贬薄北朝文坛的逸闻小说,但多少也反映出南北朝文学有交流,也有对抗,并非一味倾倒。庾信出示《枯树赋》,而不以宫体诗;欣赏温子升、薛道衡、卢思道,而不提魏收、邢邵,也多少透露出当时北朝文学自有特点、趋势和代表作家。庾信特别欣赏卢思道的《听鸣蝉篇》。这件事更能说明北朝后期诗歌的成就。按本传载此诗为卢思道在齐亡后至长安时所作,同作者有阳休之等人。今存颜之推所作,题为《和阳纳言听鸣蝉篇》,体制、题材同卢作,可知此次诗会以阳休之首唱,卢思道、颜之推等和作。阳、卢、颜等都是原北齐文林馆同僚,其实也是北朝后期一些主要诗人作家。因此,庾信“遍览诸同作者”,而对卢作“深叹美之”,无异于北朝诗坛标举出最佳作品。试观其词:

听鸣蝉,此听悲无极。群嘶玉树里,回噪金门侧。长风送晚声,清露供朝食。晚风朝露实多宜,秋日高鸣独见知。轻身蔽数叶,哀鸣抱一枝。流乱罢还续,酸伤合更离。暂听别人心即断,才闻客子泪先垂。故乡已超忽,空庭正芜没。一夕复一朝,坐见凉秋月。河流带地从来险,峭路干天不可越。红尘早蔽陆生衣,明镜空悲潘掾发。长安城里帝王州,鸣钟列鼎自相求。西望渐台临太液,东瞻甲观距龙楼。说客恒持小冠出,越使常怀宝剑游。学仙未成便尚主,寻源不见已封侯。富贵功名本多豫,繁华

> 轻薄尽无忧。讵念嫖姚嗟木梗，谁忆田单倦土牛。归去来，青山下，秋菊离离日堪把，独焚枯鱼宴林野。终成独校子云书，何如还驱少游马。

它以听蝉鸣起兴，借秋蝉清高以寄怀。前半叙客愁乡思，流露着士族流散的悲哀；后半讥长安权贵，揭露出北周政治的浑浊。最后以归耕田园作结，暗寓厌恶新朝的情绪。艺术上，它讲究骈偶，注重用事，而气势刚直，语言流畅。不惟技巧熟练，用事若出胸臆；而且确实见出诗人思想性格，怀抱胸襟。所以不难了解，“暮年诗赋动江关”的庾信，特别欣赏这诗，不仅由于它的艺术，更由于自己的故国之思、身世之悲被触动，激发同情共鸣。这里，还可以见到一点，即庾信欣赏卢诗，恰好说明北朝诗歌的发展，虽然受到南朝诗歌的影响，但仍保持自己的特点，有着自己的成就。这正如庾信晚年诗风大变，成就很高，主要原因是故国灭亡，被羁北朝，思想感情发生变化；卢思道诗歌创作的发展，取得成就，主要原因也是北朝政治现实和他的政治遭遇决定了他的思想感情日益不满和不平。从文学史看，南北朝前期文学风貌各有特点，发展到后期，也仍有各自的特色。如果说从南朝来的庾信足以代表北朝的成就，并且高于南朝梁、陈；那么生长于北朝的卢思道的成就似亦未便忽视，并且应当看到他的诗歌更有北朝的特色，《听鸣蝉篇》即其代表作。

与《听鸣蝉篇》相比较，卢思道的另一名篇《从军行》显然具有同样的艺术特点，通篇用事，对仗工整，气势质直，语言流畅。其思想内容，主要借远征造成征人思妇的离别怨伤，以抒写厌战情绪，讽刺武将邀功求赏。应当说这是卢诗中较好的作品，也可以代表他的诗歌特点和成就。但是说它代表隋代前期诗歌的成就，似为未妥。一是这诗的写作时间难以确考，不能证明它是入隋后的作品。二是就题材而论，这诗实属拟古乐府而写边塞，当时南北朝诗人写作这样的边塞诗歌，并不少见。如果说这是一种新风气，那么这种新风气也是在南北朝后期已经出现,未便把它推到隋代始予承认。三是就卢诗而论,今存二十五首诗中,仅此一首所谓“边塞诗”,因此,说卢思道有这类题材作品则可;如果以此概括代表卢思道诗歌成就,并推而置于隋代诗歌代表作的地位,则失之片面,似未属实。至于说《从军行》有早期七言歌行的特色,当然是对的。但是,卢思道的《听鸣蝉篇》《后园宴》已具此特色,南北朝后期不少诗人也都有此种形式的作品。只就这一点说,似乎也没有必要归功于隋。

总之,结论是简单的:卢思道应属北朝,其诗歌具有北朝诗歌的特点,他是北朝后期的一位代表诗人。研究总结文学发展的历史,评价古代作家及其历史贡献,应当根据历史的基本事实,根据作家本人的历史事实。这是本文的出发点。由于学识有限,上述论证不免有所错讹,希望得到指正。

(《文学遗产》1981 年第 2 期)

隋代的诗歌

隋代总共三十六年，只有文帝杨坚、炀帝杨广两世皇帝。但它在政治历史和文学历史上都是重要的朝代，结束前一个历史阶段，开始一个新的历史阶段。南北朝诗歌创作的形式主义思潮，齐、梁的绮丽和梁、陈的宫体，都在隋代回光返照，再度泛滥；而光辉灿烂的盛唐诗歌，也是在隋代开始萌生出新的发展趋势。

公元581年，杨坚即位称帝，建立隋朝，改年号为“开皇”。开皇九年(589)，隋军渡江，俘虏陈后主，消灭南朝，结束了近三百年南北分裂局面，开始了真正一统的隋家王朝。

隋初的八年，即开皇元年(581)到八年(588)，实际上是南北朝的最后阶段。这期间，南朝陈后主在位七年，在宫廷里搞“狎客”文学，宫体诗泛滥，文风堕落不堪。在北朝，隋文帝下令改革文风，抵制南朝的颓风，一时有所振足；同时，北朝也有了能够抗衡南朝的作家。总起来看，文学发展的趋势是中心逐渐北移。

南北朝文学历来有交流，也有对抗。但是文学中心长期在南朝，南朝成就高于北朝，因而南朝作家一向轻视北朝文学。北朝最有成就的诗人庾信是从南朝梁代宫廷来的。据说，庾信刚来北朝时，北朝作家很轻视他。他拿出自己的作品《枯树赋》给大家看，北朝作家才服了他。那时，他也很欣赏北朝老作家温子升的《韩陵山寺碑》，亲手抄了一本。南朝有人问他：“北方文士何如？”他说：“唯有韩陵一片石(指温碑文)堪共语。薛道衡、卢思道少解把笔。自余驴鸣狗吠，聒耳而已。”在庾信眼里，当时北朝几乎没有可称道的作家。他在北朝生活、创作了二十八年，恰在隋朝开国的开皇元年去世。从前受他称赞的薛道衡、卢思道，入隋时也都四五十岁了，早已是南北闻名的诗人。卢思道在开皇三年(583)去世。于是，薛道衡独享盛名。开皇四年(584)旧历十一月，薛道衡出使陈朝，进行礼节性访问。他在陈朝过了年，新年正月初七作了一首《人日》诗：

入春才七日，离家已二年。人归落雁后，思发在花前。

南朝人听了前两句，嗤笑说：“是底言！谁谓此虏(对北朝人的蔑称)解作诗?”但听了后两句，南朝人就服气了，笑嘻嘻地说：“名下固无虚士!”薛道衡这首小诗清新有致，含蓄不尽，巧妙地运用刚刚过年的时间感觉和北雁春归、春花待发的物候特征，委婉地表现出思归北朝的深切心情。跟陈朝当时泛滥的宫体诗相比较，这首小诗以及这则逸闻，可以反映出隋初有了足以代表北朝抗衡南朝的诗人。当时，北朝诗歌成就正逐渐高过南朝，文学中心确实在向北朝转移。

隋文帝是一位励精图治、雄心勃勃的开国皇帝。他虽然奉佛崇儒，但改革制度、厉行法治的作风，倒有点像秦始皇。他改革文风是出于政治上的考虑，所以采用行政手段强制推行。开皇四年，他下令“公私文翰，并宜实录”。北朝名士司马幼之，当时任泗州刺史，向朝廷上表，堆砌词藻，华而不实。隋文帝下令把司马幼之交付司法机关治罪。北周老臣李谔，在隋任治书侍御史，拥护隋文帝改革文风的诏令，上书指出自北魏以来，“崇尚文词，遂成风俗”，而南朝齐、梁文风更为恶劣，“竞一韵之奇，争一字之巧，连篇累牍不出月露之形，积案盈箱唯是风云之状”，为害极大；揭发各地执行改革文风诏令很不得力，要求对各地推选的人才严加考核。隋文帝立即把李谔这篇奏书颁发全国。这些雷厉风行的行政措施，虽然取得一时的效果，但并不能铲除北朝多年形成的积习，也还不能推行到当时尚存江南的陈朝。到了开皇九年，陈朝灭亡，江总等大批陈朝文官归隋，受到优容。全

国统一,文学中心随着转移到长安。隋文帝为了严正表明改革文风的方针政策,防止陈朝旧官带来旧习,特地惩处了陈后主的主要"狎客"孔范等四人,判为"四罪",流放边远。这种杀鸡儆猴的办法,虽然能使陈朝旧官文人感到威慑,有所顾忌,但还不能改变他们根深蒂固的恶习。

事实上,隋文帝不懂也不爱好文学艺术。他在二儿子杨广(即隋炀帝)住处发现乐器的弦断了,积有灰尘,好像不用已久,便认为杨广不喜欢音乐和歌伎,对他很满意。他常常称赞薛道衡.说薛"作文书,称我意",可见他只要求这位著名诗人当个称心的秘书就行了。在晚年,他甚至厌恶文化教育,下令各地停办学校,京城里废除太学,只留下一所国子学,接受正三品以上大官的子女七十二名入学。所以在他的宫廷里,倒没有下流的宫体诗,但也缺乏正常的文艺活动和创作气氛。他的亲近和臣下,对他改革文风的方针,往往当面奉承,背后则另一样。杨广尚未谋得皇太子位时,也曾假正经地批评轻薄不正的文风,以取悦父皇;杨素领会到隋文帝的旨意,就提出废除学校的建议,以迎合圣心;而监察机构则把改革文风当作门面,做做官样文章,以表示尽职。其实,在私下里,他们各有所好,甚至根本违背改革文风的要求。在这种情况下,天下虽然一统,政治比较安定,经济有所发展,但文学却缺少生气,显得寥落。

在隋文帝统治全国的十六年里,即从开皇九年到仁寿四年(604),文坛上大致有三种流派在活动。一是以薛道衡为代表,主要是一些原北朝诗人作家,受执政大臣高颎、杨素的器重,在朝廷臣僚间开展一点诗赋创作。一是晋王杨广招揽了一百多个学士,主要是柳䛒、庾自直、诸葛颍、虞世南等梁、陈旧官文人,名曰帮助杨广学文作诗,实则暗自形成一个宫廷外的宫体诗坛。此外是一个在野的文化学术集团,由后起的大儒王通主持,尊儒复古,讲经著述,广收门徒,独树一帜。他们大多是北朝士族世家子弟,是一些在隋文帝后期崛起的青年学者。他们对当时实际流行的绮丽文风持批评态度,但创作不多,作用不显,却对初唐反对齐、梁余风的斗争很有影响,被奉为先驱。所以这时期的文学创作,其实是前八年既成趋势的曲折延续:一方面是薛道衡等老诗人继续走自己的创作道路,在诗歌形式技巧上有所贡献;另一方面是杨广和他的学士们偷偷搬弄陈后主的"狎客"文学宫体待,终于导致恶风再起,蔓延至初唐不歇。

薛道衡(539—609)是隋代资历最老、名望最高的诗人。他在北齐已是著名诗人,做了大官,曾参与执政。北周至隋初,他的仕途不大顺利。开皇九年,他受到宰相高颎的赏识,推荐当吏部侍郎。此后虽有挫折,曾贬官岭南,调离长安,最后还惨遭缢杀,但由于他的文才,文帝欣赏他起草的文书,杨广也一再想招揽他,后来又与杨素成为知己和诗友,因而他实际上是隋代朝廷器重的大手笔,是在朝的主要代表作家,并且受到文坛各派的尊重。据说,他曾对王通说:"吾文章可谓淫溺矣。"王通听了,离席下拜说:"敢贺丈人之知过也。"他握着王通的手,喟叹地吟咏道:"老夫亦何冀,之子振颓纲。"显然,这故事是王通门徒编造的,借薛道衡的声望来抬高王通。又传说隋炀帝杀害薛道衡的原因是嫉恨他的文才,所以杀他时还说:"看你还能写出'空梁落燕泥'(薛诗名句,见下文)吗!"这个传说多少反映出杨广一伙也承认薛道衡的文学才能和诗歌技巧很高。这两个不同派别的传说,事实未必确凿,但恰好反映出薛道衡在隋代文坛的地位,也表明他的诗歌达到隋代最高成就。

北朝诗歌本来比较注重学问,讲究用典故,情韵质直,失于呆板,音律、技巧不如南朝。自从庾信、王褒等南朝诗人来到北朝,北朝诗人在吸取南朝诗歌音律、技巧方面发展较快,南北诗歌逐渐合流。卢思道、薛道衡都是北朝后期代表这一发展趋势的诗人。薛道衡入隋后继续这样的创作道路,也就代表着隋代诗歌的成就。他的诗歌今存二十一首,内容主要写闺怨、边塞、友情,思想性一般,现实性也不

强，但在艺术上有所独创，善于用精巧的诗歌语言表现细致的感情活动。除上引《人日》诗外，《昔昔盐》是他最著名的代表作：

> 垂柳覆金堤，蘼芜叶复齐。水溢芙蓉沼，花飞桃李蹊。采桑秦氏女，织锦窦家妻。关山别荡子，风月守空闺。恒敛千金笑，长垂双玉啼。盘龙随镜隐，彩凤逐帷低。飞魂同夜鹊，倦寝忆晨鸡。暗牖悬蛛网，空梁落燕泥。前年过代北，今岁往辽西。一去无消息，那能惜马蹄。

它写独守空闺的少妇思春。每四句一节，结构完整，语言绮丽，通篇对仗，一韵到底，形式相当精致，既保持了北朝讲究用典的特色，又具有南朝细于韵律、技巧的长处，正体现了南北诗歌艺术合流的发展趋势，大体上具有初唐排律的规模。

薛道衡对七言歌行的发展和边塞主题的写作，也有所贡献。他的《豫章行》写思妇对征人的缠绵悱恻的感情，诗说"不畏将军成久别，只恐封侯心更移"，点出诗的主题。这首诗和卢思道的《从军行》一样，语言骈丽，巧于用典，都是初唐以前七言歌行的名篇，标志着七言诗体渐趋成熟。他的《出塞》是酬和杨素同题的作品。杨素是隋代名帅，开国功臣，执政大臣，但也能写诗，和薛道衡常有唱和，在文坛上颇有影响。他们在《出塞》中关于北方边塞风光的描写，较有实感，如杨诗"荒塞空千里，孤城绝四邻；树寒偏易古，草衰恒不春"；薛诗"绝漠三秋暮，穷阴万里生；寒夜哀笳曲，霜天断雁声"。这是南朝诗歌缺乏的，也是隋代诗歌的一点生气。

隋炀帝是个荒淫无道的皇帝。他一即位，就把他背着隋文帝搞的那套宫体诗、"狎客"活动，公开搬进宫廷。他的亲信学士柳䛒、诸葛颍等，经常在宫中陪他寻欢作乐，与嫔妃连席共榻。柳䛒插科打诨，形同小丑。请葛颍外号就叫"冶葛"，"冶"即"艳"，讽刺他妖里妖气。炀帝自己在宴会上公然写宫体诗，叫臣下应和。虞世南随从炀帝南游江都，炀帝身边一个捧花的宫女看了虞世南一眼，炀帝发觉后，就叫虞写诗嘲弄她。在炀帝带头下，一时有所收敛的梁、陈旧官的积习重发，宫体诗再度泛滥，文风又趋堕落。隋炀帝继续了陈后主的道路，自己成为亡国之君，给初唐文风也留下极为恶劣的影响。

隋炀帝时期，随着政治上暴虐败坏，民生凋敝，民怨沸腾，纷纷起义，在民间草野涌现出一些反映人民痛苦、反抗暴虐统治的诗歌作品。其中有人民群众的歌谣，也有无名氏文人之作。隋炀帝三征高丽，三下江都，给人民带来深重的灾难。大业七年（611），王薄在今山东邹平的长白山聚众起义，曾作《无向辽东浪死歌》，号召人民抗拒远征高丽。王歌已佚，但当时人民热情赞扬王薄起义军的《长白山谣》，流传于今。大业十二年（616），炀帝第三次下江都时，流传着一首挽龙船的纤夫所唱的歌谣《挽舟者歌》：

> 我儿征辽东，饿死青山下。今我挽龙舟，又困隋堤道。方今天下饥，路粮无些小。前去三千程，此身安可保。寒骨枕荒沙，幽魂泣烟草。悲损门内妻，望断吾家老。安得义男儿，焚此无主尸。引其孤魂回，负其白骨归！

极其痛苦地唱出了一家老小的悲惨遭遇，反映了炀帝暴政下的人民生活苦难和怨恨情绪。大约与此同时，民间流传着一首无名氏的《送别歌》：

> 杨柳青青着地垂，杨花漫漫搅天飞。柳条折尽花飞尽，借问行人归不归。

它以鲜明的暮春恼人景色，兴起春尽而行人无归的不尽怨恨，语言流畅，声调悠扬。它思想上反映着人民对行役繁重的怨恨情绪，艺术上宛然有似唐人绝句。古代有人把它解释为影射讽刺隋炀帝下江都的诗，显然牵强附会。但这首杰出的小诗创自民间，广泛流传，却并不是偶然的，而是文学发展的一种必然现象。

显然，较之隋代统治阶级文人的作品，这首无名氏小诗在思想、

艺术上都更为优秀特出。这正说明，从齐、梁以来，统治阶级上层虽然在诗歌形式、技巧上，尤其在五七言近体诗的发展上作出了贡献，但在思想内容上日益远离社会现实生活，软弱、空虚，至于堕落下流，因而使诗歌艺术陷于困境。隋文帝用行政手段强制推行文风改革，违反文学特点和规律，并未触及根本。隋炀帝再掀恶浪，一发不可收拾，波及初唐近百年。在这种情况下，从社会下层，从现实生活的深处，涌现出表现时代脉搏、反映人民情绪的优秀作品，往往代表着文学发展的健康有力的潮流，预示着一种新趋势的萌芽。这首七言绝句《送别诗》的出现，正代表着这样的趋势。从后来的发展情况看，隋亡之后，在唐代建国的最初年代里，文坛依旧充斥齐，梁遗风，而散发出清新气息的王绩和魏征，一个就是隋代在野大儒王通之弟，另一个则是参加了农民起义的穷道士。他们的好作品的倾向，正与《送别诗》一致，而与陈、隋颓风分道。由此可见，在文学史上，隋代是一个新旧创作思潮开始交替的过渡时期。南北文风虽然合流，而齐、梁以及梁、陈的宫廷文学的影响仍很严重；不及根本的粗暴改革，反而导致变本加厉的恶果；但是文学不会停滞不前，必定会从人民群众中涌现出新鲜有生命力的优秀作品，推动文学创作朝着正确方向前进。这就是隋代诗歌发展的基本情况和它所提供的有益经验。

（《文史知识》1982 年第 1 期）

五岳寻仙不辞远

——漫谈李白的山水诗

李白一生的大半岁月是在隐逸漫游中度过的。他说："我本楚狂人，凤歌笑孔丘。……五岳寻仙不辞远，一生好入名山游。"（《庐山谣寄卢侍御虚舟》）他不慕儒家圣人，愿为道教信徒，志在求仙，迹同隐游，所以"心爱名山游，身随名山远"（《金陵江上遇蓬池隐者》）。然而他是一位天才诗人，傲岸不羁，蔑视权贵，"兴酣落笔摇五岳，诗成笑傲凌沧洲"（《江上吟》）。所以在他创作的许多惊天动地的诗歌中，也有不少山水篇章，把山水诗推向一个新的高度，开拓了一个新的境界。

"庄老告退，山水方滋"（《文心雕龙·明诗》）。寒门庶族的刘裕当了皇帝，王谢大家的门阀受到打击，诗人谢灵运愤愤然遨游山水，却体会到大自然山水之美是具体的实在的。他说："夫衣食，人生之所资；山水，性分之所适。"（《游名山志序》）就像人生必需衣食一样，大自然山水是适合人们憩息游赏的对象和环境。在观念上摆脱了汉代礼教化了的、魏晋玄虚化了的山水观，他发现了浙东山水绚丽多姿的自然美，大量创作了以欣赏山水为主题的诗歌。因此，他的山水诗虽然有明显不足，但却使大自然山水从古来神化、礼教化而玄虚化的观念束缚中解放出来，变为造化的艺术品，焕发光彩，供人游赏，人化了。从此，诗中游子增添一类新的活动，便是宦游；诗中隐士也多了一种新的乐趣，便是隐游。但南北分裂对峙，政治动荡多变，宦游得意者少，隐游情真者寡，诗人胸怀不广，志向不高，眼界趋窄，情趣转细。

因而不论宦游隐游，山水诗的思想境界有限，却使艺术表现精致纤巧，出现许多形象生动有致的观赏名句。其代表诗人便是李白深为感佩的谢朓："月下沉吟久不归，古来相接眼中稀。解道'澄江净如练'，令人长忆谢玄晖。"(《金陵城西楼月下吟》)可见李白山水诗接受了谢灵运、谢朓的艺术滋养，继承发展了大、小谢山水诗歌艺术传统。

随着隋代的统一，大唐的昌盛，诗人们经历观望徘徊，增长着人生的乐观，扩充着前途的展望，在宦游中开阔眼界，在山水里抒发激情。山水诗的思想境界逐渐高远阔大，艺术表现由形似趋向神似，而诗里的山水形象也从纤巧变为雄壮，从观赏自然形态变为表现诗人自我。王勃《送杜少府之任蜀川》抒写朋友宦游离别情谊，以山水起兴："城阙辅三秦，风烟望五津。"这前途的展望虽然迷茫，但胸怀开阔，情感悲壮。而在杜审言《和晋陵陆丞早春游望》中，这位从中原宦游江南充当县丞的诗人却感到江南早春物候景色的新鲜："云霞出海曙，梅柳渡江春。淑气催黄鸟，晴光转绿蘋。"洋溢着温暖美好的春意，流露着诗人乐观的情绪。到了大唐鼎盛伊始，约在唐玄宗开元初，出现了王湾《次北固山下》："潮平两岸阔，风正一帆悬。海日生残夜，江春入旧年。"这位宦游诗人的眼里展现出一望开阔、前景灿烂的壮美气象，敏锐地预见到一个光辉年代的来临，显示出诗人对太平昌盛的乐观信心和舒畅情怀。所以当时文宗张说对此诗大为赞誉，"手题政事堂，每示能文，令为楷式"(殷璠《河岳英灵集》载)。明代胡应麟则评为"形容景物，妙绝千古"，显示了初唐与盛唐诗的"界限斩然"(《诗薮·内编》)。这是抒写宦游生活的山水诗的崭新特点，是李白少年时代的诗坛所达到的一种高度。

与此同时，出现了一类新型隐士。他们有志济世而不慕荣禄，自负才智而不愿科试，表现为不仕而其实不避世，并且也不拒绝做官，只是不附权势，不受束缚。这使他们博得清高德望，隐士声誉，实则为大名士。他们并不消极隐逸，而常常远游，踪迹甚广，交往甚众，三教九流，贵贱不拘。他们的隐游便与南朝大不相同。广阔天地恰如其胸怀，清明景物正可作寄托，放声歌唱于名山大川、五湖四海，倾诉衷情于明月清风、松间花下。开元年间的山水诗人孟浩然便是这类盛世隐士而名士的一个代表。他虽曾归隐鹿门山，吟唱“岩扉松径长寂寥，唯有幽人自来去”（《夜归鹿门歌》），但他更有慷慨的高歌：“八月湖水平，涵虚混太清。气蒸云梦泽，波撼岳阳城。”（《望洞庭湖赠张丞相》）水天相连，波涛汹涌，正见出诗人的胸怀和气势。他也有亲切的抒情：“野旷天低树，江清月近人。”旅途客愁，从开阔天地和江水月影中得到解慰。而青年李白深深景慕的就是这位声闻天下的孟夫子：“红颜弃轩冕，白首卧松云。醉月频中圣，迷花不事君。”（《赠孟浩然》）赞美他不慕荣禄、不事君王的清德风流。可见这时的隐游山水诗也呈现崭新特点。而比较起来，这类山水诗对李白的熏陶更为深切。

成长于开元盛世的李白，由于家庭和社会原因，名不隶士籍，从小在山林隐居环境中博览道家及诸子百家“奇书”，爱好辞赋，学会剑术，更浸染道教，总之是受到奇而不正的教化，培养了一种实质为神仙世界的太平社会的理想和狂想，形成了一种不受封建儒家思想束缚的傲岸性格和反抗精神。这注定了他不走科试正途，而要走隐士兼侠士而名士以成志士的独特道路。结果他虽然被唐玄宗诏命进京，当了两年多翰林供奉，荣耀一时，扬名四海，却不得不辞官出家为道士；虽然被永王李璘请下庐山，进入军幕，似乎得以一遂爱国壮志，却陷入皇权斗争，换来锒铛入狱，流放夜郎，差点送了老命。政治上的挫折碰壁，使他把赤子般天真情谊奉献给同道和纯朴善良的下层人民，倾诉于无私无猜的大自然。所以他寄情清风明月，漫游名山大川，留下许多山水名篇。

李白山水诗的突出特点是大自然山水形象的理想化、狂想化和个性化。在王湾、孟浩然诗里，山水虽已表现诗人自我，但在诗人意识中，人和山水之间主客观界限仍是清楚的，并不把山水形象融化为

诗人自我形象,只是用作表现或寄托诗人情怀的客观对象。而在李白观念里,人和大自然的关系有了变化。他在《日出入行》中说,太阳的运行,“其始与终古不息,人非元气,安得与之久徘徊?草不谢荣于春风,木不怨落于秋天,谁挥鞭策驱四运?万物兴歇皆自然”,“吾将囊括大块,浩然与溟涬同科”。道家的自然思想使他对人生抱有一种朴素的唯物观念。人的生死荣衰如同万物,“兴歇皆自然”,无须感恩,不必抱怨,因为都是元气的构成,同属大自然,同有大自然。所以他要拥抱大自然,与之化为一体。在《山中问答》中,他诡秘地说:“问余何意栖碧山?笑而不答心自闲。桃花流水窅然去,别有天地非人间。”世俗不会理解他,他也不属于世俗的人间。他的神秘的桃花源,就是从碧山通往梦想的神仙世界,生活在“大块”中,与大自然元气混沌一片。这种道家、道教的思想观念随他的社会生活、政治遭际而日益加深,使他日益爱好大自然山水,也使他的山水诗里的山水形象不仅表现自我形象,而且融化为自我形象,使山水形象理想化、狂想化、个性化了。

李白在天宝元年(742)奉诏进京后,拿给贺知章看的《蜀道难》(事见孟棨《本事诗》),当是此前不太久的作品。这首乐府旧题翻新的山水诗,主题单纯,就是“蜀道之难难于上青天”。而主题思想复杂,表面是承袭旧题而劝诫寻求安乐的游子不要冒险入蜀,实际是在言表象外歌唱敢于攀越蜀道的大无畏壮志豪情。换句话说,蜀道是寻常游子的畏途,却是豪壮之士的无限风光的征途。诗里表现三个形象:蜀道、游子和诗人自我。对游子,劝其三思:一是“问君西游何时还?”有没有长期远游的思想准备?二是“嗟尔远道之人胡为乎来哉?”究竟抱什么目的远途入蜀?三是“锦城虽云乐,不如早还家”,如果没有远大理想,只为寻求安乐,则不如趁早回家。对蜀道山水,则倾注了雄放壮烈的感情,以极端夸张和非凡想象来表现。开辟这条沟通秦中与蜀中的高山栈道,付出了壮烈牺牲。它“上有六龙回日之高标,下有冲波逆折之回川,黄鹤之飞尚不得过,猿猱欲度愁攀援”,

高峻惊险，神兽敬畏，正是诗人独特生活道路的象征，理想事业的化身。而登途攀越，高可触摸星辰，孤寂凄厉可怖，一旦困顿，则“磨牙吮血，杀人如麻”的猛虎长蛇时刻威胁。这进一步渲染衬托出蜀道的形象特征，显示出诗人的胸襟情怀。敢登蜀道者须有大无畏的意志、毅力和气概，绝非凡夫庸人所为。而诗人自我形象既显露于劝诫游子的悲天悯人之情，更融化于蜀道高险而雄壮的形象之中。

李白有不少短小精美的山水律绝，山水具体形象不一，手法技巧各异，看来似乎理想化、狂想化、个性化的特点不明显，而其实相同。例如《清溪行》写清溪感受：“人行明镜中，鸟度屏风里。向晚猩猩啼，空悲远游子。”前两句看来只是以镜比水、以屏比山的修辞精巧，而诗人用意实为将水作明镜，山作屏风，以清水秀山为家。所以末两句说猿啼徒使游子伤感，而言外显示他这位谪仙则清心自在，怡然自适，因为山水就是他的家，合乎理想，恰同仙境。再如《独坐敬亭山》：“众鸟高飞尽，孤云独去闲。相看两不厌，唯有敬亭山。”鸟儿飞尽，一朵白云悠然离去，始终相伴在一起的只有诗人和敬亭山，所以“相看两不厌”。这明白如话的大实话，作用与极端夸张同。而山拟人，人同山，有心与无生相知音，便是一种狂想，却也合乎他“浩然与溟涬同科”的观念。至于他的名篇《望天门山》“两岸青山相对出，孤帆一片日边来”；《早发白帝城》“两岸猿声啼不住，轻舟已过万重山”等，不论表现手法是拟人化或反衬法，都是观念上把大自然与自我混同一体，视万物为同类，或一起兴奋鼓舞，或以为留难阻挡，山水形象都理想化、狂想化、个性化了。

李白有一些山水诗直接写了向往仙境，交往神仙，自是理想的追求，狂想的表现，显出谪仙的不凡。但天宝之后，国家政治昏乱，个人遭际失意，随着年事阅历的增长，使他对人间权贵更为激愤，对天上神仙亦感梦幻，于是怀着美好梦想广游名山。这种变化在《梦游天姥吟留别》中有集中典型的表现。它写夜梦中游天姥山仙境和觉醒。诗一开始便断定海中蓬莱仙岛不可信，但高高天姥山却可望可游。

于是夜里梦中“飞度镜湖月”，到剡溪，凭吊谢灵运遗迹。然后“脚着谢公屐，身登青云梯”，攀登山巅，领略了大海高峰的奇壮胜观。而在云烟迷雾之中，忽然“洞天石扉，訇然中开”，竟来到了金碧琳琅的神仙世界，霓衣风马，虎鼓瑟，鸾驾车，列仙拥簇，纷纷来了。但就在此刻，梦醒了，天姥仙境不见了，只有诗人自己在枕席之间。于是他深深感慨：“世间行乐亦如此，古来万事东流水！”人世荣乐原是一场梦，人间万事都是不断流逝的江河水，无可挽，不足惜。因而他要骑鹿访名山，寻求那梦想的美妙仙境。并大声宣布：“安能摧眉折腰事权贵，使我不得开心颜！”他要与权贵统治的人间决裂。这里，现实世界中受束缚的诗人在梦想中自由飞向理想的仙境，客观的大自然山水在梦幻中变成了神仙世界，理想以狂想的形式表现出来，鲜明显示出反抗权贵统治的诗人性格。显然，屈原《九歌》的幻丽，郭璞《游仙》的清逸，南朝山水诗的秀美，初盛唐山水诗的雄壮，在这里融化为一种新的境界，表现出一个新的高度。

狂想逍遥在梦幻山水里的谪仙人，终于在冷酷的政治现实中觉醒。晚年他从流放夜郎途中遇赦回来，在江夏相逢故人，他悲愤了：“头陀云月多僧气，山水何曾称人意！不然鸣笳按鼓戏沧流，呼取江南女儿歌棹讴。我且为君槌碎黄鹤楼，君亦为吾倒却鹦鹉洲。赤壁争雄如梦里，且须歌舞宽离忧。”(《江夏赠韦南陵冰》)称意的山水，升天的山神，傲岸的狂生，英雄的争斗，诗人曾经向往追求的目标都被粉碎了，狂想的理想都幻灭了，索性纵情于世俗的歌舞行乐。反过来看，从这暮年悲愤狂歌之中，恰可见出这位傲岸不羁的天才诗人，在往昔漫游山水的岁月中，始终怀有济世的英雄抱负，从未放弃崇高理想，因而他的山水诗也大多豪情奔放，仙姿倜傥，融化于山水形象，表现为一种理想化、狂想化、个性化的新的特点和成就。

(《文史知识》1986 年第 7 期)

古谪仙人的梦幻曲：
——漫谈李白诗歌的一种特色

天上的神仙大概是不做梦的，也无须幻想，因为人间一切美丽的梦幻在天上自然是寻常生活。超逸不群的唐代诗人李白，生就一副仙风道骨，以致初到长安，贺知章一见他就惊叹道："天上谪仙人也！"而李白似乎在后来生涯中也越来越觉得自己是"三十六帝之外臣"，认为"四明逸老贺知章，呼余为谪仙人，盖实录耳"（《金陵与诸贤送权十一序》），仿佛他确乎是一位贬到人间的天上神仙。这就难怪他抒写神仙生涯，往往挥洒自如，显得非常熟悉。同时他的游仙讴歌以及人生咏叹，又总是透着一种美妙迷人而悲凄伤感的梦幻色彩，清醒地知道天堂美境不过是人间的梦，伤感地发现人间理想其实是种种梦幻，因为这位神仙毕竟贬到人间来过了一辈子。他深深感慨地说："夫天地者，万物之逆旅也。光阴者，百代之过客也。而浮生若梦，为欢几何？古人秉烛夜游，良有以也。况阳春召我以烟景，大块假我以文章。"（《春夜宴从弟桃花园序》）看来这位谪仙人自觉一生充满了梦幻，自觉在梦幻中度过了一生，而且自觉创作了若干梦幻曲，因为他觉得上帝赋予他天才与职责。

李白当然不是神仙，却也不是庸夫俗子，而是古代封建社会发展到巅峰阶段、大唐帝国最为繁荣鼎盛时代的一位充满传奇经历的浪漫诗人。时代造就了这位天才，给他独特无二的生长条件，赋以自命不凡的思想性格与理想抱负。那是个太平盛世，粮食多得烂掉，财帛富得没用，生活安逸得不知战争。生长在这个时代的青年，满怀壮志豪情，不尽理想抱负，展望前程，乐观自信。而李白更与众不同。他出身并不高贵，而且来历不明。父亲李客。“客”者，作客他乡的外来户也，并非大名雅号。据考，李家是丝绸之路的富庶地区西域中发了大财的富商。李白的出生地在西域碎叶，或说条支，也不大清楚。总之，在李白五岁那年，唐中宗神龙元年(705)，李客带着儿子从侨商西域回到内地，客居蜀中，落户今四川江油，“高卧云林，不求禄仕”(范传正《唐左拾遗翰林学士李公新墓碑》)，成为高雅的隐居专业户。然而众所周知，封建社会里，商乃末业，籍非良民，虽然或者抗礼秦廷，却是不得为官的。也许因此之故，李客有心培养儿子，使李白受到一种不正规而大有益的教育，仿佛在绝尘无菌的实验室里培育特殊精品。

在蜀中偏僻小邑的山庄里，在这个商而后隐、富而不贵的家庭里，李白“五岁诵六甲，十岁观百家，轩辕以来，颇得闻矣。常横经籍书，制作不倦”(《上安州裴长史书》)。他读书不唯经典，博览广涉异端，努力学习写作，而且学武练剑术。青年李白养成一种独特的思想和理想，杂有儒者志士、道家隐士、侠客义士及布衣处士的各种优良品质和杰出才能。他“虽长不满七尺，而心雄万夫”(《与韩荆州书》)，并且自命“天为容，道为貌，不屈己，不干人，巢、由以来，一人而已”(《代寿山答孟少府移文书》)，雄心壮志，傲视帝王。他的理想抱负是救世济时，排难解危，“寰区大定，海县清一，事君之道成，荣亲之义毕”，功成身退，复归江湖。他关心国家人民，然而情怀博爱，心系人间，不拘于一朝一代的一姓帝国，而以这片天空之下、这块土地之上的万民百姓为怀。因而文武周公、孔孟圣贤并非他的理想人物。他最为景仰追慕的是为帝王师的越国范蠡和汉初张良，称高义士的段干木和鲁仲连。他又极其自信，以为凭着自己的天赋和才识，实现自己的理想，追步自己的楷模，是自然而然，“不足为难矣”。青少年李白似乎真的成长在红尘中的一片净土，生活于人世间的一角天堂，好像神仙一般

自由自在，毫无污染。他驳杂思想的实质是单纯，崇高理想的内涵却天真，七尺躯体蕴藏着一颗赤子之心。在他看来，善良与美好，合理与正义，都是天然存在发展的，没有障碍，也阻挡不了的。

李白辞亲远游，离开家乡，确乎曾经有过一段任性惬意的传奇生涯，更助长了他自命不凡的天真自信。他曾与隐者栖宿山林，与禽鸟相处得“了无惊猜”，仿佛真的与大自然同化。他的同伴好友去世，不但为之恸哭，予以安置，当他发现尸体不幸腐烂，还亲自洗净，“裹骨徒步”，择地安葬。在人间任侠行义，他甚至“手刃数人”；而为了救济落魄公子，他可以“散金三十余万”。这类侠行义举是李白思想性格的行为表现，然而是他个人力量能够做到的，有心有闲，有钱有胆，不冒犯州县，也不涉及大事，其实都不是他的雄心壮志。而当他出蜀壮游，满怀豪情和信心，意图一飞冲天，大济寰宇，却立刻体会到人间道路并不平坦，对他尤其困难，故激愤惊呼，“大道如青天，我独不得出！”（《行路难》之二）他这位当代第一高士竟毫无知名度，只能跟长安城里少儿一起“赤鸡白狗赌梨栗”，在豪门权贵眼里不过一名门客下士，“弹剑作歌奏苦声”。从《蜀道难》到《行路难》，他越发体验了自己立志实现的理想，其实是人生道路上一场悲壮的梦想。《行路难》之一写道：

> 金樽清酒斗十千，玉盘珍羞直万钱。停杯投箸不能食，拔剑四顾心茫然。欲渡黄河冰塞川，将登太行雪满山。闲来垂钓碧溪上，忽复乘舟梦日边。行路难，行路难，多歧路，今安在？长风破浪会有时，直挂云帆济沧海。

虽然他依旧相信自己终有一天实现雄伟的理想抱负，但是人间生活和前进道路却使他茫然悲哀。名酒珍味不使他觉得快意，反而引起烦恼，触动惆怅。这人间山河充塞冰雪，道路阻难不通。于是，周文王梦见那位垂钓磻溪的太公望，变成了李白企望帝王求贤的美妙梦想。人间毕竟不是天上，充满艰难，太难了。逐渐地，尤其是经历了

金銮殿上荣耀的翰林供奉的遭际，李白一天天清醒，认识到“浮生若梦”，整个人生似乎都是梦幻。

其实，李白写梦的诗歌甚少，最著名的就是《梦游天姥吟留别》。这是一首名副其实的梦幻曲。诗人清醒地把梦游天姥山的神仙世界当作虚无的幻象来写。梦里李白是那么自由自在，飞上天空，越过镜湖，攀登青云梯，进入洞天府，来到金银台，会见众神仙。正当最美妙的境界达到的时刻，梦醒了，魂魄悸动，惊起长叹，不见云霞和神仙，只有枕头和床席。诗人觉悟了，“世间行乐亦如此，古来万事东流水”，人生的追求就像这游仙的梦，存在于幻想，消失于觉醒。而他更进一步认识到，人间其实没有美梦可做，因为在那个权贵控制的世俗人寰中，追求荣华富贵的人只能低头哈腰、卑躬屈膝地生活，不可能自由自在的。所以他写出了不朽的名句：“安能摧眉折腰事权贵，使我不得开心颜！”因而他要告别这人间，回归山水江湖，摆脱权贵的束缚，恢复迷失的自我，在隐逸生涯中寻求精神上的神仙天堂。有趣的是，这位谪仙来到人间一遭，既看破了人间的梦，也识透了天上的幻，于是他那颗天真单纯的赤子之心只能变为天地间一枚自由的元素，真个像他自己所说：“吾将囊括大块，浩然与溟涬同科。”(《日出入行》)与大自然同化同在了。

李白以庄子的“物化”观点来阐发人生与梦，晓喻追求富贵的世人。《古风》其九写道：

> 庄周梦胡蝶，胡蝶为庄周。一体更变易，万事良悠悠。乃知蓬莱水，复作清浅流。青门种瓜人，旧日东陵侯。富贵固如此，营营何所求。

庄子在梦里变为蝴蝶，梦里庄子以为自己就是蝴蝶。梦醒了，梦里蝴蝶又成为人间庄子，而且认为自己就是庄子。究竟是庄子做梦变蝴蝶，还是蝴蝶做梦变庄子？从人间庄子和梦里蝴蝶看，各自一定分得清楚。而这实际是物的变化现象。李白以为人生追求富贵的梦，和

获得富贵的人生如梦，都是客观物体的变化现象，天上人间皆然。所以即使是蓬莱仙岛的水，也有潮涨水浅的变化，何况人间万物的变化呢？就像那个秦朝的东陵侯邵平，在秦亡之后沦为种瓜卖瓜的布衣。从侯爵变为庶民，还是这一邵平。对他来说，富贵为侯是往昔的梦，失去的天堂；而自食其力则是人生如梦，回到了人间。假使认识到人生不过是自然万物的一个瞬间的小小的变化现象，那么浮生本来就是梦幻，又何必去营营追求什么富贵呢？所以李白终于出家做了道士，看破了人生也识透了梦，似乎真如神仙一般，不做梦，也不幻想。然而，这却是谪仙遭际人间、看遍人世的一种结果，一种悲哀，一种反抗。

睡眠的人做梦，觉醒的人破梦，创作梦幻曲的诗人是清醒的。李白怀着天真单纯的英雄梦想来到人间，步入社会，看见了也理解了人间男女众生、各色人等的美好梦想；然后有幸闯入了人间天堂的封建殿堂，以为帝王师的抱负有望施展，济苍生的理想得以实现，但他终于发现自己不过充当了辞赋弄臣，还陷入了争斗倾轧的漩涡，更察觉了帝国堂奥的糜烂。梦想破灭了，更深切地认识了自己以及人间种种美好的愿望理想几乎都是梦幻。“桃李务青春，谁能贳白日？富贵与神仙，蹉跎成两失”（《长歌行》），短促的人生，永恒的变化，在瞬息即逝的美好青春年华中追求人世美梦的“富贵与神仙”终将失落。于是他以天赋的文章，生花的妙笔，以一首首现实生活的歌，一支支人生如梦的曲，晓谕人们从梦幻中醒来，惊醒人们正视这封建统治的人世。

李白曾经以大鹏自喻，自豪为逍遥天地之间的自在伟物。然而当他贬谪人间后，经历困难，大鹏变为天马，以《汉郊祀歌·天马歌》旧题翻新，创作了一首慷慨悲壮的《天马歌》，发尽天才的哀伤。这匹来自西域月支的虎文龙骨的天马，“腾昆仑，历西极”，“神行电迈蹑恍惚”，曾经那样英姿勃发。它“曾陪时龙跃天衢，羁金络月照皇都”，

“回头笑紫燕，但觉尔辈愚”，多么得意非凡。然而到头来它冲破不了人间良马的悲剧命运，诗人写下了它的结局：

> 白云在青天，丘陵远崔嵬。盐车上峻坂，倒行逆施畏日晚。伯乐剪拂中道遗，少尽其力老弃之。愿逢田子方，恻然为我悲。虽有玉山禾，不能疗苦饥。严霜五月凋桂枝，伏枥衔冤摧两眉。请君赎献穆天子，犹堪弄影舞瑶池。

天高路远，这匹天马沦落为拉盐车、上高坡的老马，多么希望识马的伯乐来识拔洗刷，乞求贤侯田子方来施行仁义，终于体验到道术不能代替粮草，贫困埋没不堪忍受，因而只求充当周穆王遨游八荒的一匹御马，到西王母瑶池再献马技。天马的如梦生涯结束了，人间良马的梦幻破灭了。马就是马。马的命运不由自己品质能力决定，而取决于相马人和马主人，所以马的最好运遇是充当御马，效弄马技，供奉帝王嫔妃娱乐享受。这是一首天马梦幻曲，融入了谪仙人自身在人间的遭际，更咏叹了世上“逸群绝伦之士不遇知己者”的悲哀，其实乃是封建社会的一首天才梦幻曲。

李白热爱祖国，始终期待着为国家贡献自己的才智学识。尽管几遭叵测，晚年贬斥夜郎，但他在蒙赦放还后，仍不顾垂老之年，要求从军平叛。正因为壮志爱国而失志不遇，他深深体验了爱国志士的梦想和郁愤，推陈出新地写了一首汉乐府旧题《独漉》的新歌辞，将为父报仇的主题改为为国雪耻的壮志梦想。而在艺术表现上，更独创地发挥比兴手法，使抒情形象“峰断云连，似离似合”（王琦《李太白全集》按语），令读者如见梦幻。它以独漉起兴。独漉是一种小网。一个小网淘河泥，搅浑了河水，不见了月影，使行人不测河水深浅，以致惨遭淹没的祸殃。这形象显然意味着混浊的世道，不测的尘网。在这人生旅途上，一位壮士望着天空南来北归的候鸟，张弓搭箭，欲射又止，因为他发现自己加害候鸟的行为，正像自己随时有遭遇中伤的处境一样。他感到悲哀，更觉得自己像树木掉下的落叶，随风飘零，孤

单无依。这位他乡游子在秋夜不寐时刻，忽然感觉“罗帷舒卷，似有人开。明月直入，无心可猜”，只有大自然的清风明月如此温柔纯洁，没有心机，亲切可爱，给人慰藉。这使他越发激愤不平；

> 雄剑挂壁，时时龙鸣。不断犀象，绣涩苔生。国耻未雪，何由成名！神鹰梦泽，不顾鸱鸢。为君一击，鹏抟九天！

如果自己不能为国雪耻而成就功名，那就像墙上挂着的宝剑，不用来击刺犀牛大象，任随剑鞘剥落，剑锋绿锈，愤愤不平。这位爱国壮士多么希望有朝一日能够施展抱负，像楚文王养的那头神鹰一样，在云梦泽的围猎中，直飞九天，搏斗大鹏，一显神通，成就殊功。它通过断续离合的比喻形象来抒发层次叠进的感情，就像一幅幅无声形象展现着有心梦想，构成了一部深沉悲壮的梦幻曲，交响轰鸣着古来志士不遇的抑郁悲愤。

李白关心民众，同情天下一切不幸的人们，甘愿为人民和平幸福而奉献自己。从青年时天真地行侠仗义，到老来冤屈地贬斥流放，以至死无余财，子女清贫，他始终不疲倦地写作醒世的歌曲，要为人们指破迷津。汉魏晋南北朝乐府的种种人生歌唱，他几乎把它们都翻新了一遍，对它们的人生短促、及时行乐的思想主题，注入了深刻的现实内容，指出短促的人生由于不合理的现实世界，因而使美好的人生成为一场梦幻。在李白看来，如果人们看不透这封建权贵统治的世界，而信天命，守本分，那么“天命有定端，守分绝所欲”(《空城雀》)，人们只能像在空城里饿得嗷嗷叫的麻雀一样，养不活子女，穷困一辈子了。然而世人往往困惑于此，男子梦想富贵与神仙，女子梦想爱情与团圆，四海梦想太平与清明，人类似乎都生活在梦想中，偏独看不见这权贵统治的世道是不会有合理的美好幸福的。因而他要为世人揭破迷梦，揭露真实。但他并不否定人生和人们合理的幸福追求。相反，他希望人们长寿，歌唱生活美好，只是要告诫人们：在这不合理的封建统治下，美好的愿望往往终于幻灭，因而他的许多人生歌唱，大多流露着梦幻曲的色彩。

除了才士、志士，节士、侠士、隐士等男士的人生歌咏外，李白对妇女的人生命运也给予深深的同情。《子夜吴歌四首》抒写妇女一年四季的生活情思境遇，优美动人，悱恻感人，深意在于感伤妇女世代不破的迷梦。春天，美丽的姑娘采桑，“素手青条上，红妆白日鲜”，光彩迷人。然而美招来了豪贵的侮辱，“蚕饥妾欲去，五马莫留连”。汉乐府《陌上桑》罗敷智斥太守的喜剧，李白却指出了妇女在古代社会的悲剧命运，美使妇女人生如噩梦。夏天，美丽的越女在镜湖里采莲，“五月西施采，人看隘若耶”，世人是爱美的。然而美属于帝王权贵，“回舟不待月，归去越王家”。美女西施的故事，在李白看来是妇女的悲剧，世人的迷梦，爱而不得的。秋天，家家户户都在捣衣，“秋风吹不尽，总是玉关情”，多么动人的思妇深情。然而丈夫的命运取决于帝国的边塞政策，“何日平胡虏，良人罢远征”。思妇总是在做着团圆的美梦，无望地盼望着。冬天，使者要出塞了，思妇连夜赶制絮衣，“素手抽针冷，那堪把剪刀”，多么感人的笃爱挚情。然而，爱情的温暖是否披覆在丈夫身心，取决于絮衣能否送到，“裁缝寄远道，几日到临洮”。夫妻总是在做着恩爱的美梦，哪怕相隔遥远。不难看出，诗人的构思是春夏二首写美，秋冬二首写情。他歌唱女子的美，悲哀红颜如花，遭豪贵帝王占有损害；他赞美妇女的情，感伤夫妻离散，人间恩爱团圆如同梦幻。李白为天下妇女一年四季、岁岁月月生活在噩梦中，盼望在美梦中而哀伤，因而这四首的结构都是先赞美妇女品质情愫，在结尾含蓄而警醒地指出她们悲剧命运的症结，针对帝王豪贵，破除迷梦幻想。许多咏叹妇女人生如梦的诗歌，李白总是这样赞扬她们的美好善良，同情她们的幸福追求，然而以无限的感叹，点破她们在封建社会里的悲剧命运和梦想幻灭。他为青梅竹马的江南水乡少妇悲叹“那作商人妇，愁水复愁风”（《长干行》）；为金屋藏娇的深宫闺阁贵妇哀伤“以色事他人，能得几时好”（《妾薄命》）；谴责男子变

心而愤慨“古来得意不相负，只今唯有青陵台”（《白头吟》）；对幽州思妇的忠贞爱情和悲惨运遇发出痛心的长叹，“黄河捧土尚可塞，北风雨雪恨难裁”（《北风行》），难道是天意让天下妇女生活在痛苦的梦幻中？

在古代封建社会，摒弃富贵与神仙，揭穿人生如梦幻，不可避免流于逃避现实，甚至颓放享乐，因而既有软弱反抗的意义，也有消极逃世的影响。倘若诗人的心与祖国人民的命运休戚相连，那么他终于不能真正彻底地从人间溜到世外去逍遥的。当安史乱起，李白曾经避地庐山，企图“西上莲花山”，“虚步蹑太清”，追随天上神仙，“驾鸿凌紫冥”（《古诗》其十九）。然而他心系祖国人民，不能忘却人间：

俯视洛阳川，茫茫走胡兵。流血涂野草，豺狼尽冠缨。

他不忍豺狼横行祖国大地，禽兽吞噬天下人民，终于从山上下来，投入永王李璘的抗战幕府。虽然他不幸卷入皇室争斗的漩涡，不白地锒铛入狱，但他本心是爱国为民的。谪仙毕竟是凡人，李白终究是封建时代的诗人。理解了他对祖国人民的爱心，理解了他对人世社会的天真理想，就能理解他不遗余力揭穿浮生如梦，其积极意义在于揭露那个不合理的封建社会，虽然他更侧重于抨击封建权贵统治的丑恶，并未深入认识封建制度的本质，但他体验到了束缚和压迫。因而这位谪仙人的人生梦幻曲其实大多不做梦也不幻想的，却有一种冲破封建藩篱的精神力量，激励人们寻找美好的生活，这也许是他成为古代积极浪漫诗人的一位伟大代表的原因之一。

（《文史知识》1991 年第 7 期）

古典诗歌的新鲜感

——读李白《蜀道难》和袁枚《游栖霞寺望桂林诸山》

清代赵翼的名篇《论诗之二》曰：

李杜诗篇万口传，至今已觉不新鲜。

江山代有才人出，各领风骚数百年。

认为古典诗歌，即使像唐代伟大诗人李白、杜甫的作品，虽然至今传诵不衰，但是读来已经觉得不新鲜了。在他看来，诗歌创作不断向前发展，人才辈出，新陈代谢，历代的代表诗人主导诗歌创作思潮是有一定时限的，大致数百年，并不永恒。显然，赵翼旨在号召当代杰出的诗人大胆创新，敢于超越前人的成就，创作出具有新鲜感的作品，领导创作思潮向前发展。然而这里要谈的是，李、杜诗篇初出时具有怎样的新鲜感？到清代为什么会觉得不新鲜？

赵翼所谓“不新鲜”，显然不指古近体诗歌格律与语言。宋、明以来，文人士子出于科举考试、官场应酬、文坛交际等需要，这套格律与语言都已烂熟，可谓“入芝兰之室，久而不闻其臭”，不辨新鲜与否。其次，他也不会指吟咏主题的开拓创新。清初虽然已有资本主义萌生，但大清帝国仍是封建统治，儒家思想仍居主导地位，文人士子生活基本上仍束缚于出、处二途，仍与诗圣杜甫“奉儒守官”、诗仙李白“天上谪仙”两相适应，其歌咏主题依然在传统范围之内，诸如游子、思妇、游宦、旷怨；田园、山水、隐逸、游仙；咏怀、咏史、感遇、即事；从军、边塞、岁时、悯农；以及拟古、杂诗等。清初吟咏赋诗，大抵不出这一套，难得新鲜。说穿了，诗是“正声”“雅体”，论新求俗，则是词、曲、小令了。赵翼不会要求在格律、语言及吟咏主题上的“新鲜”的。

诗歌创作的新鲜感，其实与饮食品味的新鲜与否一样，并不要求烹调手艺及拼装技巧的翻新，而在于品尝其原料的生新活鲜，毫不陈腐，所以是指以诗歌形式创造出当代生活特征的艺术形象，而不是反映过去时代的。众所周知，封建社会制度尚未发生根本变革之前，它的社会生活变化是十分缓慢的，迹象细微，不易觉察。但是，封建制度也有自己的产生、发展、繁荣、衰落及解体过程，有一定的阶段。在各个阶段递进之际，相对地说，它的社会生活变化大些快些，迹象比较明显。所谓“各领风骚数百年”，是与封建制度发展阶段有关的。李白、杜甫的时代正是古代封建制度的鼎盛之际，也是大唐帝国的盛世顶峰。李白可谓走向顶峰的代表诗人，杜甫则处于从巅峰开始下坡，因而他们的作品反映社会生活变化是敏锐的，现实生活特征是明显的。而赵翼的时代，封建制度正处衰落走向解体之际。虽然大清帝国处于盛世，赵翼并未意识到封建制度的根本衰落，但是对李、杜诗篇所反映的盛唐社会生活特征的艺术形象，却已见惯，不再觉得新鲜了。试举一例。

李白《蜀道难》脍炙人口，至今传诵不衰。说诗家对它的思想内容可以作种种政治寓意的比附，对它的艺术成就进行各自成说的独到鉴赏，然而在它初出的当时，李白的同时读者及论者是否觉得它新鲜？怎样的新鲜呢？据载，李白在唐玄宗天宝初年到京城长安，曾拿着《蜀道难》去见著名诗人贺知章，获得赞赏，被称为“天上谪仙人”。同时人殷璠编选《河岳英灵集》选入《蜀道难》，评曰：“奇之又奇，然自骚人以还，鲜有此体调。”可以想见，当时京城文坛也曾为此轰动，觉得十分独特新鲜。显然，论者并不以为它的乐府体裁新鲜，也不觉得它吟咏游子入蜀道路艰险的主题有什么新鲜，而是由于它的诗人形象与风格情调是前所未见或罕见的。所谓“谪仙”，是天上神仙贬谪

到人间，在尘世是民，却又不同于凡夫俗子；所谓“体调”，是风格情调，作品中诗人形象的体现，而“骚人”即谓《离骚》作者屈原，在《离骚》里是位上天下地、谒天帝、求美女而忠贞无悔的贬臣形象，也是从贵族大臣流放为民的超凡脱俗的人。“谪仙”与“骚人”之间的共同特点是，介乎天人之际、仙俗之间的人，超凡脱俗，洞察人情，而无所拘束，自由自在。这就是《蜀道难》在盛唐时代引起轰动、觉得新鲜的原因。

《蜀道难》其实是游子诗，不过是以蜀道过来的游子，奉劝入蜀谋求安乐的游子不要抱幻想，不必冒险入蜀，以免进去出不来，回不了家乡。它确乎不同于以往的游子诗，并非埋怨山高翻不过去，也不悲伤水阔没有渡船，而是说蜀道可通，然而“蜀道之难难于上青天”，告诫后来游子务须面对这些客观艰难。在诗人看来，蜀地闭塞，自古而然；蜀道高险，辟自天堑；深山老林，情景可怖；关隘难通，禽兽凶猛；这一切都是天意的安排，大自然造化，可谓“万物兴歇皆自然”（《日出入行》），难以改变，无可避免。凡出入蜀中，都须通过蜀道，顺受这份天意，接受这一考验。其思想特点实为道家人生观，万物归于自然，超脱尘世俗缘，则蜀道高险别有奇趣，游子拘束亦自摆脱。从而使这首诗歌的艺术表现仿佛浪漫、夸张而壮美，其实它描写蜀道高险是客观而真实的，不过写其极端而已；它劝诫入蜀游子是诚恳而切实的，都从世俗人情着想。所以诗中游子不是以往的游子，不是游宦，不是游仙，也不是隐者逸士，而是洞察世情的“谪仙”，体贴人民的“骚人”，超脱自在，无所牵累，讽世劝俗，恳切坦然。这样的游子形象具有盛世气象，更有盛唐特点，显示着封建统治下的宽松，表露着中下层士人的向往。前此未见，所以“新鲜”；此后少有，所以“万口传”。

随着历史前进，封建制度从盛入衰，文人士子对游子生涯及谋取功名，都有日益深刻的体验与认识；而文明进化，交通发达，对入蜀及赴边的旅途困难，也不再像先唐时代那样愈益望而生畏。到了清代，像《蜀道难》这般开导游子成了老生常谈，而蜀道高险艰难早已不复当年，因而作为一种社会生活的艺术形象，不论是以过来人的坦诚开导，或是被劝诫的世俗畏难，都是过去的历史，不再觉得新鲜了。事实上，直到今日，《蜀道难》仍是古典诗歌艺术的瑰宝，放射着迷人的光华，但不是因为它体现着“谪仙”的形象，也不由于它具有超人的风格情调，而是由于它对人民的挚诚的情怀，对祖国山水的幻丽的歌唱。如果以它的主题来说，到了清代，则表现为另一种艺术形象。亦举一例。

与赵翼同时的著名诗人袁枚的名篇《同金十一沛恩游栖霞寺望桂林诸山》：

> 奇山不入中原界，走入穷边才逞怪。桂林天小青山大，山山都立青天外。我来六月游栖霞，天风拂面吹霜花。一轮白日忽不见，高空都被芙蓉遮。山腰有洞五里许，秉火直入冲乌鸦。怪石成形千百种，见人欲动争谽谺。万古不知风雨色，一群仙鼠依为家。出穴登高望众山，茫茫云海坠眼前。疑是盘古死后不肯化，头目手足节骨相钩连。又疑女娲氏，一日七十有二变，青红隐现随云烟。蚩尤喷妖雾，尸罗袒右肩。猛士植竿发，鬼母戏青莲。我知混沌以前乾坤毁，水沙激荡风轮颠。山川人物熔在一炉内，精灵腾踔有万千，彼此游戏相爱怜。忽然刚风一吹化为石，清气既散浊气坚。至今欲活不得，欲去不能，只得奇形诡状蹲人间。不然造物纵有千手眼，亦难一一施雕镌。而况唐突真宰岂无罪，何以耿耿群飞欲刺天。金台公子酌我酒，听我狂言呼否否。更指奇峰印证之，出入白云乱招手。几阵南风吹落日，骑马同归醉兀兀。我本天涯万里人，愁心忽挂西斜月。

这是一首旅游诗，诗人以为是游子诗，所以末二句用了两个典故。一是《古诗十九首》之一“相去万余里，各在天一涯”，表示自己是作客他乡的游子；二是李白《金乡送韦八之西京》“狂风吹我心，西挂咸阳

月”，表示自己惜别主人的心情。不难见到，袁枚此诗是有意继承李白的浪漫想象的诗歌艺术，也不无创新的追求和意图。《蜀道难》的浪漫想象是形容蜀道高险，其特点不是夸张想象，而是描写极端。开辟蜀道的神话传说是远古历史；“上有六龙回日之高标，下有冲波逆折之回川”，是形容道路极其高而危险；黄鹤飞不过去，猿猴攀不上去，然而人可以登上山顶，摸着星星，是形容翻山极其艰难；至于鸟叫月照，绝壁枯树，瀑布轰响，渲染山途经历的极其恐怖；以及“一夫当关，万夫莫开”，则是古来周知的关隘险阻，也是举其极端，言其极端。总之，诗中所写都是实有艰难的情景，也是入蜀游子无可避免的艰难险阻。而袁枚此诗的浪漫想象，其特点不是描写桂林众山的实有景观，而是夸张地描写诗人主观的想象。

桂林栖霞寺栖霞洞即今广西桂林郊外名胜七星岩。从传统的中原观点看，桂林与成都一样属于边远地区。然而昔日旅途险阻，袁诗中毫不涉及；古来做客为难，此时已为上宾；同属登山，高险变为奇观；总之，《蜀道难》是过来人，此诗却是欣赏山水的“游子”，因而诗人不是劝诫世俗的“谪仙”，而是高谈阔论的上宾。全诗首尾点出旅游桂林，感激东道；中间记叙从栖霞洞到栖霞山上观赏洞中及众山景观，都是才学焕发的主观想象。诗人不是复归自然的道家信徒，而是博学多才的大自然鉴赏家、人世间议论者。栖霞洞中所见，在构思上是出洞后观赏众山的铺垫，也是想象洞中景观仿佛创世前的混沌初辟状态。其主要描写是在出洞登高，观望众山。即“疑是盘古死后不肯化”至“何以耿耿群飞欲刺天”23 句，以淹博的学识，用比兴的手法，写众山的姿态，驰骋主观的想象，大发人间的议论，读来气势充沛，形象突出，仿佛脱口而出，一气呵成。诗中不再一味散发道家气息，而是神话传说、佛道故事以及古代斗士的“山川人物”，从盘古氏、女娲氏、炎帝蚩尤、清凉佛尊、格斗勇士、鬼母青莲到破妖除魔的道家罡风等，似乎见到创世以来种种人物与精灵，仿佛感到他们束缚于天的僵化而不平的气势，实质在抒发自己的名士情怀，显露才学，高谈阔论。

李、袁相距千年，时代不同了。封建制度极盛阶段的蓬勃与宽松，导致李白这样仿佛不属人间的天才诗人、自在游子的出现，恰如昙花一现，因而也被叹为谪仙。袁枚则是盛清的大才子、大诗人，备受敬重，供为上宾，实为养尊处优，并不自在。袁诗虽然才气横溢，却是未免客气；尽管谈天说怪，毕竟为臣为宾。正因他不掩饰自己的束缚，也不强压自己的不平，所以他大发这番“狂言”，仿佛要一吐“欲活不得，欲去不能”的满腔不平，似乎自己便是这“耿耿群飞欲刺天”中的一个，然而被束缚、被僵化了。“谪仙”好像变成僵化的“山川人物”及“精灵”，是诗中艺术形象的不同，是历史时代的现实生活变化的反映，是时代的使然。从风格情调看，《蜀道难》的李白天真而诚恳，逗人喜爱，使人感动，有浪漫风格，有幻丽魅力；此诗的袁枚则淹通而不平，令人钦佩，让人同情，有学识才华，有激情气势，却不浪漫，也不幻丽。不同时代的诗人，写出不同风格的诗篇，自然而然。在它们各自初出之时，都是自己时代社会生活的特征反映，真实而新鲜独特。倘使让后世诗人再来追步前人，要袁枚吟咏蜀道艰难，讽世醒时，则不仅落套，也显得幼稚了，并非新鲜与否的感觉。

（《文史知识》1999 年第 8 期）

天宝诗风的演变

很久以来，评述盛唐的诗歌，几乎形成一种公认的框架和模式：王、孟山水诗派和高、岑边塞诗派，浪漫主义诗人李白和现实主义诗人杜甫，概括地代表了整个盛唐诗歌的发展、特点和成就，其他的一些诗人则分别纳入这两大诗派、两大诗人的范围及影响之中。应当说，这一流行的模式是有缺陷的，缺陷的主要点是把复杂的文学现象简单化。现实生活是丰富多彩，而又矛盾复杂的，文学现象也同样如此。古代社会生活的节奏没有我们今天的快，古代文学的发展变化也没有现当代文学那样的多层次多结构，但在历史发展的某些重大的关键性时刻，社会生活和文学的发展，也会出现惊人的飞跃和似乎令人捉摸不定的流向。天宝时期的诗风，就有这样一种历史倾向。

上面所说的模式，既不适用于天宝，也概括不了开元时期诗歌发展的特点和成就。除了孟浩然确属开元时期代表诗人之一以外，高、岑、李、杜和王维的主要成就并不在开元时期；而把王昌龄、常建、储光羲、李颀及王之涣、王翰、王湾等著名诗人列入两大诗派，显然存在许多不相适合的问题；同时像萧颖士、李华、贾至、元结等当时有论有诗的作家仅仅视为古文运动的先驱，摒除在外，甚至列入中唐诗人，也是未为妥当的。倘使横向地看，则似乎除了李、杜交谊的佳话外，盛唐诗人之间似乎甚少联系，很少互相影响。复杂而生动的历史内容被简单化了，丰富可贵的历史经验也只剩下若干抽象的概念。

丹麦文学史家格奥尔格·勃兰兑斯的《十九世纪文学主流》有一

句名言："文学史，就其最深刻的意义来说，是一种心理学，研究人的灵魂，是灵魂的历史。"（第一分册《流亡文学》，张道真译，人民文学出版社1980年）按照作者的意图，他这个六卷本的巨著，就是想通过对欧洲文学中某些主要作家集团和运动的探讨，"勾画出十九世纪上半叶的心理轮廓"。勃兰兑斯注意于社会生活与文学流派的多样化联系，并努力从整体上来把握作家群的时代情绪和心理活动，这种研究方法，我们还是可以借鉴的。

纵观天宝时期的诗坛，我们感觉到不少诗人似乎从开元盛世的光圈中走了出来，他们慢慢驱散笼罩着他们的幻想式的雾气，而逐渐学会用一双清醒的眼睛来看现实，我们发现他们饱含诗意的眼神中竟如此的忧郁，人们可以感觉到一种深刻的不安。

是不是可以说，深刻的不安，是那个时期社会上的带有普遍性的情绪，而在文学上，这种诗化了的深刻的不安，则是天宝诗风的基调。

这种深刻的不安，在不同作家群中有不同的反映，下面让我们来作一些具体的分析：

一

站在时代前列的诗人感觉是敏锐的，他们的诗歌传达时代脉搏是灵敏的，反映现实矛盾是迅速的。但是，在古代金字塔结构的封建社会里，处于不同阶层和地位的诗人，生活感受和体验并不等同。又由于古代社会经济发展缓慢，社会信息传递滞留，因而他们的创作在反映时代变化的敏捷和步调上并不一致，表现在创作趋势上便显得错综起伏。这种现象，看起来似乎是不同流派的结果，其实并非如此。唐玄宗天宝年间的诗风演变，便是这样。

唐玄宗开元年间太平鼎盛，天宝政治黑暗腐败。这一历史现实在诗人创作中普遍得到反映，也是决定诗歌创作趋势发生变化的主要原因。从开元末到天宝年间，至安史之乱爆发之前，诗歌创作有三个趋势是明显的：一是超脱现实，清高隐逸；一是正视现实，抨击黑

暗；一是愤世嫉俗，崇儒复古。这三个诗歌创作趋势先后起伏，错综发展，而随着政治现实日益腐败黑暗，正视现实的趋势迅速扩大，鲜明突出，成为主导的创作思潮，直接启发和哺育着中唐诗人。

开元二十四年(736)，以正直著称的贤相张九龄罢政，口蜜腹剑的权奸李林甫执政。次年，张九龄贬任荆州长史。调动执宰，原是玄宗朝常有的事。但这次变动不同往常，“自是朝廷之士皆容身保位，无复直言”(《资治通鉴》卷二一四)。张九龄不仅是宰相，而且是开元间继张说而为词宗的大手笔，在文坛甚有声望。因此这一变动在他和接近他的诗人创作中迅速得到反映。他在荆州创作的一组《感遇》诗，以五古的形式，兴寄的手法，朴质的语言，抒写坚守志操、不苟污浊、避祸自全的情怀，便是针对李林甫黑暗专政的。他讽劝朝士不要贪恋高位，要提防暗算：“矫矫珍木颠，得无金丸惧。美服患人指，高明逼神恶。”而庆幸于“今我游冥冥，弋者何所慕”。他赞美江南丹橘经冬不凋，“自有岁寒心”，同时感慨“运命唯所遇”，寄托了深沉的不平。这组诗保持着盛世志士风度，同时又有着一种预感到不祥变化的不安情绪，尽管这种情绪还是很朦胧的，但却正是盛唐诗人从理想的追求转变为对现实的不平的表现，既表明诗人清高超脱的政治态度，也体现诗风转变的最初趋势。

大约在开元二十三年(735)张九龄为相之际，襄州刺史韩朝宗偕本州名士兼隐士孟浩然入京，要为孟的入仕延誉。韩的好意虽因孟的狂狷失约而扫兴，但孟浩然却在长安结识了张九龄，成为“忘形之交”(见王士源《孟浩然集序》)。两年后，张九龄在荆州召浩然入幕，两人又在一起吟咏了几个月，然后再度分别。可以想见，这几年涉历仕途和结交张九龄，孟浩然多少了解到朝政的实情，因而这位以平淡冲和著称的布衣诗人在创作中，增添了惋惜和惆怅，而终于潜心归隐，超脱现实。他在《岁暮归南山》中唱道：“北阙休上书，南山归敝庐。不才明主弃，多病故人疏。”感到失志蹉跎，为此长夜难眠。而在辞别荆州幕府的那首《望洞庭湖赠张丞相》中，他激愤了：“气蒸云梦泽，波撼岳阳城。”心潮汹涌不平，如浩渺波涛，震撼天地。然而他理解、同情张九龄的处境和心情，想到古谚所云“临渊羡鱼，不如退而结网”。在李林甫专政下，张九龄也是徒有荐贤之心，已无举能之力了。因而也可以理解那首著名五绝《春晓》，诗人从甜睡的觉醒中感到盎然的春意，却更敏锐地觉察到美好的春天在风雨声中渐渐消逝。在这惜春的咏歌里，蕴含着盛世的喟叹和惆怅，表达了一部分士人的情绪。他终于在《夜归鹿门歌》中，听着醒世的“山寺钟鸣”，望着争喧的“鱼梁渡头”，与世人分道扬镳，独自走向“唯有幽人自来去”的归宿，超脱隐逸。从诗歌的创作趋势看，这正表现一部分诗人从宫阙朝廷渐渐走向江湖山林。

张九龄和孟浩然都在开元二十八年(740)去世。这似乎是文学历史的一个转折点，因而也是一个分界线。在这以后，文学活动就向多样化发展。

把张、孟开端的清高超脱的诗歌趋势进一步推进发展的代表诗人是王维。开元二十二年，张九龄为中书令，二十三年擢升王维为右拾遗。王维和孟浩然结识，大约就在孟进京那一年。张九龄贬荆州时，王维为监察御史。当时他虽是三十几岁的成名诗人，却是开元时年辈较小的作家。由于这几年任职御史台，又受张的赏识，他是比较了解朝政内情的。他正直，因而对张九龄说：“方将与农圃，艺植老丘园。”想要归隐。但他软弱，“恐招负时累”(《赠从弟司库员外絿》)，怕得罪李林甫，终于没有辞官。于是他选择了一条半官半隐，“无可无不可”的生活道路。他认为“君子以布仁施义，活国济人为适意；纵其道不行，亦无意为不适意也”(《与魏居士书》)，清高超脱，适意自在。晚年更好禅理，虔信佛教。众所周知，在张九龄被贬以前，王维诗的主要倾向是积极开朗的，富有理想和展望，洋溢热忱和激情。此后他先后常住于终南别业和辋川别业。“兴来每独往，胜事空自知。行到水

穷处，坐看云起时”（《终南别业》），悠闲优隐，独乐自适；“空山不见人，但闻人语响。返景入深林，复照青苔上”（《辋川集·鹿柴》），醉心空寂，胜似遁世。他不辞官而归隐，改大隐为中隐，从躲避客观污浊变为追求内心清静，悟禅理，得禅悦。他为天宝年间一部分正直而软弱的士大夫开辟了一条容身保位的便道，把清高超脱的诗歌创作趋势引向更加脱离现实的自我精神满足，使山水田园的自然美也在他的诗歌中变成“色相俱泯”的空寂意境，甚至“读之身世两忘，万念皆寂”（胡应麟《诗薮·内编》）。

我们可以注意到这一个现实，就是王维是怎样在“适时”的外表下掩饰内心的不安。张九龄在开元二十四年十一月罢相，开元二十五年正月朝廷就设置玄学博士，以《老》《庄》作为科试的内容，并且任命道士尹愔为谏议大夫、集贤学士、兼知史馆事，王维在此后就写有《和尹谏议史馆山池》诗，说“君恩深汉帝，且莫上空虚”，把诗歌作为崇道活动的粉饰。更有甚者，王维在天宝初还直接称颂过李林甫，说“长吟吉甫颂，朝夕仰清风”（《和仆射晋公扈从温汤》）。他又与李林甫的得力文臣苑咸过往很密，苑咸称他为“当代诗匠”，王维奉和苑咸的诗歌一并也称颂了李林甫：“仙郎有意怜同舍，丞相无私断扫门。”（《重酬苑郎中》。又可参见《旧唐书·李林甫传》：“自无学术，仅能秉笔，有才名于时者尤忌之。而郭慎微、苑咸文士之阘茸者，代为题尺。”）但是尽管如此，他作为中上层的官员，对于朝政的恶化，终于不能无动于衷，他在诗中说：“寂寞掩柴扉，苍茫对落晖。”（《山居即事》）这里面蕴含着诗人很深的意绪，他所钦仰的贤相张九龄和诗友孟浩然去世了，时世是无可挽回地向坏的方向发展，而自己又无能为力，他感到深深的寂寞，这寂寞中又透露出一种不安。

从开元末到天宝年间出现的超脱现实、清高隐逸的诗歌创作趋势，首先来自统治阶级上层比较正直的士大夫，他们比较了解朝政形势，一方面敏锐觉察，迅速反映，为之忧愤，而同时又受上层士大夫固有局限，往往从不苟污浊，洁身自好而清高超脱，反抗软弱。从这一趋势的作品看，大体从关心政治到超脱现实而追求内心满足，从讽刺朝政的兴寄到歌咏隐逸田园的写意，从五古到律绝，而以抒情诗为主。在一个时期内，这一趋势适应中下层士大夫的情绪意愿，反响较广，发展较快。但随着李林甫以及杨国忠专政的罪恶暴露于天下，这类超脱现实的山水田园诗逐渐势弱，而为正视现实及愤世嫉俗的创作潮流所取代。

二

事实上，当张九龄罢相、李林甫执政之际，文坛上还有两类诗人活跃着。一类如王昌龄、常建、李颀等久已入仕或刚刚擢第的诗人，他们关心政治，并不超脱现实。另一类如李白、高适、杜甫及岑参等尚未入仕、犹属布衣的诗人，他们还都满怀壮志豪情，展望远大前程。而使天宝年间诗歌波澜起伏、绚烂壮观的，恰是他们的创作，尤其是李白等人。

王昌龄和常建是开元十五年(727)同榜进士擢第的，李颀则在开元二十三年(735)进士及第。王昌龄曾任校书郎，两为丞尉，两度贬谪南荒。常建和李颀则都是一尉之后，久不调迁，弃官归隐。他们的经历归宿并不相同，但都属于下层士大夫，中年擢第，仕途不达，接触社会现实，生活体验和思想倾向有相近之处，诗歌创作上有共同特点和趋势。就主题而言，他们的边塞诗和山水诗比较突出地表现出：热切关心国力的强弱，朝政的得失；对个人出处虽然消极，但并不追求内心满足，而是显示出与世俗的对抗。

王昌龄早年到过边塞，写了许多满怀爱国豪情、歌唱边塞将士、感慨边愁不解的优秀诗篇，对边塞问题有切实了解和明确见解。到天宝中，他的认识更为清晰。在贬龙标尉时所作的《箜篌引》中，通过叙述一个从西北边塞远流南边的胡族“迁客”的悲愤控诉，揭露唐朝边帅穷兵黩武，邀功求赏，背信弃义，残害世代归唐的胡族部落，破坏

边塞民族和睦,挑起战争,制造仇恨;同时明确主张"紫宸诏发远怀柔",要求"怜爱苍生比蚍蜉",以期"海内休戈矛,何用班超定远侯"。诗人以前主张良将镇边,如今主张怀柔政策,反对开边黩武,同情胡族人民,这个转变显然针对天宝间边政腐败,是切实而进步的。而这诗用乐府旧题叙事,描述典型而如实。比较起来,常建、李颀的边塞诗则具有以古讽今的咏史特点,思想则与王昌龄一致。常建《塞下曲四首》之一,咏叹汉代西域乌孙玉帛朝回的历史,赞美怀柔政策的功泽:"天涯静处无征战,兵气销为日月光。"其三云:"龙斗雌雄势已分,山崩鬼哭恨将军。黄河直北千余里,冤气苍茫成黑云。"则明显抨击边将黩武扩边所造成的祸患。李颀《古从军行》则借汉武帝故事,讽刺唐朝扩边之患,造成汉军士兵牺牲,"胡儿眼泪双双落",而结果只是"空见蒲桃入汉家",点缀了汉家宫苑。不难看到,这些边塞诗的锋芒已从反对异族侵扰变为反对唐玄宗扩边祸害汉胡各族人民,是天宝间边塞诗的一种明显的变化趋势。

在李林甫专政下,正直士大夫仕途不平,容易产生归隐之想。王昌龄曾经隐居,常建、李颀都一尉即隐。他们都有山水诗。开元末,王昌龄因事被谪岭南,路过荆州,有诗赠张九龄说:"邑西有路缘石壁,我欲从之卧穹嵌。鱼有心兮脱网罟,江无人兮鸣枫杉。"明白表示有心摆脱网罗而隐逸,清高自适,但他更关心国家运遇,感慨地想起《招魂》的名句,体验到屈原流放的心情。他曾从钓鱼体会到仕隐不同境遇,"手携双鲤鱼,目送千里雁。悟彼飞有适,知此罹忧患",理解隐士必须"神超物无违,岂系名与宦"(《独游》),从生活到思想都彻底摆脱名宦束缚,做个真隐士。但他终于没有隐逸,也没有逃脱罗网,而是在"寒雨连江夜入吴"的宦途中,吟赏着"一片冰心在玉壶"(《芙蓉楼送辛渐之二》),磊落正直,坚持志节,不羁不屈,显示出反抗精神。比较起来,常建、李颀的田园山水诗是直截歌咏隐逸情怀的。王昌龄遭贬时,常建有《鄂渚招王昌龄张偾》,劝他归隐,指出"世上徒纷纷”，认为“翻覆古共然，宦宦安足云。贫士任枯槁，捕鱼清江渍”，表明对时世的深刻失望和对历史的清醒认识。他是要真隐的，做个“别家投钓翁，今世沧浪情”，断绝官宦，存真无名，“碧水月自阔，安流净而平。扁舟与天际，独往谁能名”（《渔浦》）。正是这种情操，使他写出著名的《题破山寺后禅院》，深情赞美这山林禅房环境幽深优美，令人清净自在，“山光悦鸟性，潭影空人心”，既有禅悦，更见真隐，寄托清高志趣，与尘世喧杂相对。而善写人物神情的李颀，其山水诗显得清新活跃，但思想实质与常建相近。《渔父歌》写一位“避世长不仕，钓鱼清江滨”的隐者，他“浦沙明濯足，山月静垂纶。寓宿湍与濑，行歌秋复春”，竹竿芦薪，水饭荷鳞，自乐全真，“而笑独醒者，临流多苦辛”，对奔波仕途的轗轲志士施以同情的微笑，显示出诗人对时世的清醒而失望的认识。在一个秋天早晨，他远望京畿秦川的壮观景象，“远近山河净，逶迤城阙重。秋声万户竹，寒色五陵松”（《望秦川》），敏感到秋寒严霜笼罩大地，发出岁暮归去的感叹，有盛世的忧患和失时的慷慨。因而他们歌咏隐逸的山水诗，更接近孟浩然，而与王维不同。他们心里关切现实。

总起来看，王昌龄等代表着一部分下层士大夫的思想情绪和创作趋势。他们关心国家命运，反对腐败政治，认识清醒，态度不苟，逐渐转向正视现实，揭露黑暗，但对底层人民生活和情绪则较少了解，也少反映，艺术上仍有盛世气派，多用兴寄的抒情诗和讽今的咏史诗，但已有写实的趋势。如果以张九龄《感遇》作为诗风转变的开端标志，则可以看到以京洛为中心的诗坛出现了两个趋势，一部分比较软弱的诗人日益脱离现实，一部分比较坚强的诗人则逐渐正视现实。后一种趋势显然符合时代进程，因而随之而来的是一些下层布衣诗人，大步走向诗坛中心，站在时代前列。

三

李林甫专政之初，朝政腐败黑暗尚未充分暴露，大唐帝国表面依

然繁荣昌盛。许多尚未入仕的下层布衣之士，远离政治中心，并不了解朝政实情，还没有体验政治黑暗，因而仍自胸怀壮志，充满展望，歌唱理想，情调高扬。开元后期，中年李白在武昌曾结交孟浩然，“吾爱孟夫子，风流天下闻”（《赠孟浩然》），热情赞美孟浩然清高隐逸、傲视王侯的品性风度，寄托他自己“不屈己、不干人”的志趣情怀，信心充沛。高适当时正在浪游宋中，穷困而不消沉。他对朋友说：“惆怅春光里，蹉跎柳色前。逢时当自取，看尔欲先鞭。”（《别韦兵曹》）志向依然，待时进取。开元二十六年（738）写的《燕歌行》，在思想上仍属讽喻朝廷任用边帅不当，具有开元边塞诗的特点。青年杜甫在开元二十三年（735）应试不第，便“放荡齐赵间，裘马颇清狂”（《壮游》），路过泰山，“会当凌绝顶，一览众山小”（《望岳》），宏愿豪迈，壮心可观。还有那位宰执后世的青年岑参，这几年来往京洛，远游河朔，“酩酊醉时月正午，一曲狂歌垆上眠”（《邯郸客舍歌》）；对贬官江宁的王昌龄诚挚慰勉，“潜虬且深蟠，黄鹄举未晚”（《送王大昌龄赴江宁》），满腔热情，一片任真。尽管他们年龄大小、出身经历、思想性格并不相同，但朝士“皆容身保位，无复直言”的那种政治气氛，显然还没有传染到他们身上。然而恰是他们的诗歌，在天宝年间发出激发人心的力量。

历史的安排是偶然的，但似乎也有意。开元二十三年，张九龄、孟浩然和王维的相遇结交，成为诗风转变趋势的前奏。十年以后，天宝三载（744），李白、杜甫和高适的梁宋之游，历来传为诗史佳话，在诗歌发展中，其实也具有一个新的创作趋势开端的意义。众所周知，李白在天宝元年（742）应诏进京，当了两年御用文人，光宠而不遇，得意而失望，终于在天宝三载辞官离京。他深感朝政黑暗，“却忆蓬池阮公咏，因吟渌水扬洪波”，竟觉得有魏、晋之际那样形势严峻；但他不学伯夷、叔齐，而是“东山高卧时起来，欲济苍生未应晚”（《梁园吟》），壮志不灭，要待时而起。在这样的思想状况下，遇见杜甫、高适。当时高适长期浪游，深感压抑，牢骚不平。“燕雀满檐楹，鸿鹄抟扶摇。物性各自得,我心在渔樵”(《同群公秋登琴台》),似乎甘于浪迹,而其实埋怨得志的朋友不相提携,“京洛多知己,谁能忆左思”(《宋中别周梁李三子》),正表明他渴望“铅刀贵一割”(左思《咏史》之一)。杜甫这时三十三岁,比李、高小十岁左右。他与李白在一起,快意之中不免受到影响,“向来吟《橘颂》,谁与讨莼羹?不愿论簪笏,悠悠沧海情”(《与李十二白同寻范十隐居》),也有过逍遥之想。但他毕竟要奉儒守官,并不愿意“痛饮狂歌空度日”(《赠李白》)。正因为他们对政治黑暗、仕途险阻都有了不同程度的体验和认识,所以先后相遇于梁宋,酣歌射猎,访古论文,痛快一时,长怀慷慨。此后他们的经历表现各不相同,李白在新的思想基础上重新漫游待时,高适登科不得意而改投军幕,杜甫则在长安度过十个辛酸屈辱的年头。但他们的诗歌创作则有明显的变化,对朝政无多幻想,把眼光从注视上层转为正视国家人民的现实和前途,胸怀日益博大,思想日益深刻,感情日益激愤,倾向日益鲜明,体现了一个新的趋势。

李白是伟大的浪漫主义诗人。从辞别长安到安史乱起的十年之间,他漫游南北,不涉仕途,依然那样傲岸不羁,颖脱不群,诗歌充满浪漫精神。但这位“谪仙”却日益把眼光投向现实。值得注意的是,这位伟大的浪漫主义诗人的创作中,出现了具有现实主义色彩的作品。《古风》三十四“羽檄如流星”,批评天宝十载(751)征伐南诏的不义战争及其祸害。诗中设问作答,夹叙夹议,叙事如史,笔法《春秋》,同情人民,指斥朝廷,深为国家担忧。在严峻的事实面前,诗人的自我形象是清醒的,沉重的,认真思索国家大事和人民苦难,毫不狂放。《丁都护歌》写纤夫劳役艰苦,诗人看到交通发达、商业繁荣的景象中,包含劳动人民的血汗,想到开凿运河的苦难。对人民苦难的同情,对人民创造的崇敬,使诗人陷于历史的沉思悲慨。因而这诗没有神奇的幻想、惊人的夸张,而是使艺术的夸张从属于如实的描写,让浪漫的想象含蓄于不尽的言外。应当说,诸如此类的作品在李白诗

中不占多数，但在这样一位伟大的浪漫主义诗人创作中出现如此明显的现实主义色彩的作品，恰可说明，是黑暗的政治、灾难的现实使他的创作方法有所变化，是时代的使然、现实的需要使现实主义创作趋势必定要发展壮大。

高适在天宝八载(749)应试中第，得了个封丘县尉。任满后转入哥舒翰幕府任掌书记。在安史乱起之际才拜为左拾遗，转监察御史，算成了正式朝士。在与李、杜分别后的十年中，前四年依然混迹渔樵，后六年仕途并不平坦。就在天宝四载(745)秋天，他在河南遭遇大水灾，作《东平路中遇大水》，记述了骇闻的天灾，“虫蛇拥独树，麋鹿奔行舟。稼穑随波澜，西成不可求。室居相枕藉，蛙黾声啾啾”，表达了深切的同情，“农夫无倚着，野老生殷忧”，发为民请命的慷慨，有怀才不遇的忧伤。这首平铺直叙、朴实明快的古诗，出自亲历，发自肺腑，真切中肯。稍后，他有《自淇涉黄河途中作十三首》，其中“朝从北岸来”一首记述“农夫苦”，“耕耘日勤劳，租税兼舄卤”，连不收的盐碱地都要征收租税，可见苛政甚于天灾。这诗明白如话，深中要害，朴实感人。在任职封丘尉中，他体验到“拜迎长官心欲碎，鞭挞黎庶令人悲”(《封丘作》)，道尽一个正直有为的封建小官的矛盾痛苦。而在河西幕府时，他更深刻感到边塞形势严峻，国家前途可危，借西晋故事叹古讽今，认为“晋武轻后事，惠皇终已昏”，指出“而今白庭路，犹对青阳门。朝市不足问，君臣随草根”(《登百丈峰二首》之一，题一作《武威作二首》)，语重心长，忧心如焚。在直接反映劳动人民生活苦难方面，高适是盛唐诗人较早而突出的一位。

杜甫这十年是在京城长安度过的。在这繁华的都城，帝国的中心，他处于封建阶级的下层。为了仕进与生存，他受尽屈辱，饱尝辛酸，到天宝十四载才得到一个卑微官职。他奉儒守官之性不渝，忠君报国之心未泯，但日益深切看到帝国的腐败黑暗，更为国家前途忧虑。针对征伐南诏的不义战争，他写了《兵车行》，用即事名篇的乐府体咏古讽今，锋芒直指当今皇帝，深刻揭露穷兵黩武的开边战争，大胆表达了老百姓和普通士兵的反战情绪。针对杨贵妃、杨国忠擅政专权，写了《丽人行》，用即事名篇的乐府体直写时事，借三月三日上巳节修禊游春情景，揭露讽刺宫廷和朝廷淫奢糜烂，皮里阳秋地嘲弄唐玄宗昏庸。这类诗在艺术上都融化《春秋》笔法和乐府技巧，继承发展了古代现实主义的精神和特点。而最能代表他在天宝时期成就的，便是天宝十四载冬写的《自京赴奉先县咏怀五百字》。在这篇叙事咏怀的长篇政治抒情诗中，他慷慨坦荡地披露了失志不遇的窘困处境、思想斗争和守志不移；悲愤激烈地叙述了夜过骊山脚下想到皇帝昏庸，外戚骄宠，宫廷淫佚，朝政黑暗，人民遭殃；忧心如焚地陈诉了渡过渭河桥时的感触，回家遇见幼子饿死的悲凄，想到国家人民危难的形势，心潮如涌。诗中不仅写出了千古名句“朱门酒肉臭，路有冻死骨”，反映了封建社会阶级剥削的真实面貌，而且从自己“生常免租税，名不隶征伐”，想到没有特权的平民百姓，“默思失业徒，因念远戍卒”，充分理解广大人民的不安不满，深刻看到帝国失去人心而基础动摇，忧虑至极。大约就在这诗写成之际，安禄山叛军已从蓟城出发，帝国动乱从此开始。杜甫也许并没有料到这一点，然而历史进程却证明诗人思想认识的敏锐深刻，表现出的惊人预见。他深为忧虑的大不幸，竟迅速成为灾难的现实。如果结合这诗明显的现实主义精神和特点来看，那么它不仅足以在思想性、艺术性、现实性上代表天宝诗歌创作的最高成就，而且表明诗歌创作的发展，现实主义已在事实上居于主流地位。从这个意义上说，盛唐诗歌的最后一幕就在这首忧国忧民的咏叹调中渐渐落下帷幕了。

四

唐玄宗在开元前期励精图治，尊儒崇礼，整顿佛道；约奢节俭，恶华好朴；也曾使风气“翕然尊古”，使一部分士大夫欣然古道。元德秀苦行僧似地遵行儒家道德，奉母尽孝而终身不娶，刻板地恪守先秦辞章，依照商周经典重作唐代乐舞《破阵乐》的歌词，被敬为一代贤者，名高望重。实际上，有相当一部分青年士子便是在道德文章并重的儒家教养熏陶下成长的。但当他们登上仕途或者正要踏上仕途，却碰上开元末的转折年头，唐玄宗昏庸，李林甫执政，政治黑暗，风气败坏，与他们的抱负、理想发生抵牾，仕途当然也不顺利。他们具体的经历各有不同，但他们共同的思想要求则是崇儒复古。这一股愤世嫉俗、崇儒复古的思潮不仅表现在文章写作上，也代表着一种诗歌创作的趋势。

开元二十三年同榜进士中，除李颀外，有萧颖士、李华和贾至三个著名作家诗人。他们当时都是二三十岁的青年儒生，风华正茂，却在登第的次年就赶上李林甫执政，都未获官职。状元贾至在天宝二年再由明经擢第而为校书郎，萧颖士又经制科对策第一而在天宝初授秘书正宗，李华也在天宝二年举博学宏词科而任南和尉。可以想见，进士擢第后的五六年间，他们在长安谋仕，对朝政黑暗是有所体会的。因而萧颖士奉命至赵、卫间搜集图书，因拖延而被弹劾免官，就留在濮阳招收门生。“萧夫子”之名扬声海内外。而他也一再讽刺、顶撞李林甫，以致坎坷仕途。贾至做了几年校书郎后，迁单父尉。在单父，他高唱崇儒复古，“誓将以儒，训齐斯民”，“复雕为朴，正始是崇”（独孤及《祭贾尚书文》）。李华比较软弱，仕途也比较平稳，但在天宝十一载(752)任监察御史时，却曾弹劾杨国忠党羽而被降职。他们在天宝年间以文章著称，但也都有诗歌创作体现他们崇儒复古的主张。

萧颖士今存诗二十首，其中十四首五古，还有四首仿《诗经》的四言五首二十六章，表现出明显的复古倾向。其内容则多以兴寄手法抒写复古志向和遭际，语言典雅明畅。如《菊荣五章》有小序说明“酬赠离，且申志也”。其末章写岁暮残促中菊花傲霜的形象，蕴含时代感慨和诗人自况，鲜明抒写正直不屈的志向，“人之侮我，混于薪棘。

诗人有言，好是正直”。李华今存诗二十九首，大多为古诗及绝句。其中《咏史十一首》《杂诗六首》显然继承阮籍《咏怀》、陈子昂《感遇》传统，借古讽今，针对时政，大抵为天宝时作。其特点是所谓“吟咏情性，达于事变”（独孤及《检校尚书吏部员外郎赵郡李公〈中集〉序》），思想敏锐，指向分明，感情激愤，语言质直。如《咏史》之一“昂藏獬豸兽”，咏传说神兽獬豸明断是非，感慨“乱代乃潜伏，纵人为祸愆”；赞汉代诤臣朱云请斩佞臣故事，“身死名不灭，寒风吹墓田。精灵如有在，幽愤满松烟”。又如《杂诗》之六“结交得书生”，比较历史上“书生”和“纵横者”两类人在政治斗争中的表现，揭露“纵横者”不仁不义，得意时“相旋如疾风，并命趋紫极”，失势后则“风火何相逼”，“肝胆反为贼”，奉劝主上“勿嫌书生直，钝直深可忆”；显然针对当时士大夫中倾轧争夺、趋炎附势之风而发。比较起来，贾至诗多即兴感怀的绝句，但几首天宝间作品则为五言古诗，如天宝八载在单父所作《闲居秋怀寄阳翟陆赞府封丘高少府》，抒发“秋风吹二毛，烈士加慷慨”的不遇情怀；天宝十五载所作《自蜀奉册命往朔方途中呈韦左相文部房尚书门下崔侍郎》，陈述从成都到灵武奉送唐玄宗让位册命途中感慨，更被称为“直叙时事，煌煌大文”（沈德潜《唐诗别裁集》），而《寓言二首》之一“春草纷碧色”，别以香草美人的传统比兴，熔炼黄鹤千里、商山四皓两个隐而择时的典故，抒写不遇感慨，“叹息良会晚，如何桃李时”；表述忠悃忧思，“怀君晴川上，伫立夏云滋”；颇有风骨，富于情思。诚如独孤及所说，天宝中，李华、萧颖士、贾至，“勃焉复起，振中古之风”，复古思潮是从天宝年间兴起的，并且指出“二十年间，学者稍厌《折杨》《皇华》，而窥《咸池》之音者什五六”，他们的复古思潮不仅针对文章，也包括诗歌。

比较起来，另一些在天宝年间出来谋仕的下层儒生，遭际感受要更为激切。元德秀的族弟、学生元结二十八岁前在家乡学习道德文章。天宝五载(746)离家出游，一接触社会现实便激烈不平，愤世嫉

俗。他沿运河到淮阴,遇见“水坏河防”,托言“得隋人冤歌五篇”,作《闵荒诗》,觉得这些冤歌充满“怨气”,感慨“奈何昏王心,不觉此怨尤。遂令一夫唱,四海欣提矛”,借隋炀帝亡国教训,对天宝奢华腐败进行讽刺。明年他以布衣之士进京应试,结果等于被李林甫捉弄一番,所谓“征天下通一艺以上者”的考试是做给唐玄宗看的戏。这使他写了仿《诗经》的四言诗《补乐歌十首》和《二风诗》,要“极帝王理乱之道,系古人规讽之流”(《二风诗论》),歌颂上古三皇五帝至夏禹商汤的历史功德,概括古来治君和乱君的各种表现和功过。这两组诗内容明白,语言古朴,但缺乏个性,说教味重,显然受他族兄元德秀的影响。然后他便回家闭门著作。天宝十载(751),他又托于“前世尝可称叹者”,作《系乐府十二首》,揭露时政世风腐败,抒发崇儒复古、愤世嫉俗情绪,感慨“吾行遍九州,此风皆已无。吁嗟圣贤教,不觉久踟蹰”(《思太古》),厌恶“谄竞实多路,苟邪皆共求”(《贱士吟》)。其中也有反映民生疾苦之作,如《贫妇词》《农臣怨》等,旨在批评吏治暴政,要求施行仁政。可见元结在天宝年间诗歌创作,几乎都是追随元德秀,以拟古补亡而叹古讽今之作。

元结在乾元三年(760)撰辑《箧中集》,所收七人,都是天宝年间穷困诗人,“名位不显,年寿不终,独无知音,不见称显”(《箧中集序》)。其实,以沈千运为首的这批诗人在天宝诗坛上并非无名,对后世也不无影响。沈千运在天宝中数举不第,游河南一带,年已五十,于是归隐。唐肃宗曾拟礼征,但他已去世。元结说他“独挺于流俗之中,强攘于已溺之后”,“凡所为文,皆与时异,故朋友后生稍见师效”。可见在他周围也有一批同情共鸣的诗人。高适任封丘尉时,曾与他来往,称他“沈四逸士”“沈四山人”。商仲武《中兴间气集》评孟云卿曰:“祝述沈千运,渔猎陈拾遗。”还认为“虽效于沈、陈,才得升堂,犹未入室”(引见孙毓修《中兴间集气集校文》)。而孟云卿是元结二十年同州里的诗友,“声名满天下,知己在朝廷”(元结《送孟校书往南海序》)。还有王季友，博学通经，穷困不遇，老暮甚至卖履为生，但在天宝至大历初也颇有文名，与沈千运、杜甫、岑参、郎士元、戎昱、独孤及等都有往来。《河岳英灵集》收其诗六首，可见他在天宝十二载前已有诗名。《箧中集》诗人今存诗不多，总的看来，这是一部分穷困的下层士大夫的呼声。他们从儒家思想教养出发，在生活经历中体验到天宝政治、道德上的某些弊败，时有真切痛心的愤懑，如"咳唾矜崇华，迂俯相屈伸。如何巢与由，天子不得臣"（沈千运《山中作》），又如"虎豹不相食，哀哉人食人。岂伊逢世运，天道亮云云"（孟云卿《伤时二首》之一）；时有透辟入里的精警讽喻，如"昔时闻远路，谓是等闲行。及到求人地，始知为客情"（孟云卿《途中寄友人》），又如"雀鼠昼夜无，知我厨廪贫。有情尽捐弃，土石为周身"（王季友《赠韦子春》）；也有哀叹人生的苦难写照，如孤苦少年他乡做客，"朝亦常苦饥，暮亦常苦饥。飘飘万余里，贫贱多是非"（孟云卿《悲哉行》）；又如戍边老兵残废回乡，"一枝假枯木，步步向南行"，"所愿死乡里，到日不愿生"（赵微明《回军跛者》）。他们的诗歌内容是针对现实的，形式则要求直接明了，浅显易晓，多用乐府古体。应当说，他们的显著缺点是流于议论说教，失于质直枯燥，因而经过历史淘汰而留传的作品很少。但在当时却有相当广泛的社会影响，反映着下层人民的一种情绪。

综上可见，从天宝中到天宝末的十年中，与正视现实、抨击黑暗的趋势相随出现的这一崇儒复古、愤世嫉俗趋势，倡导者实际上也是一批在开元盛世熏陶培育出来的中青年诗人作家。不过，他们的思想和理想有着较深固的儒家传统基础，比较正经而耿直，也比较拘谨而刻板，思想行为都要求以儒家经典为准则，因而诗文创作在语言和体裁上都要求复古，对近体几乎完全否定，而内容上则更侧重于伦理道德的教化。但由于萧颖士及元结等人正好碰上天宝腐败黑暗的年代，因而便表现为崇儒复古，愤世嫉俗，从而在创作上成为现实主义思潮的一个组成部分。事实上，在安史乱后，到肃宗、代宗朝，元结便

和“致君尧舜上”的杜甫一起走在时代的前列,成为代表创作思潮主流的现实主义诗人。

天宝十一载秋,几位诗人同登长安慈恩寺塔(即今西安大雁塔),他们是那一时期的代表诗人:杜甫、高适、岑参、储光羲、薛据。值得思索的一个文学事实是,这几位的诗风各有不同,但他们除了薛据所作已佚,储光羲意别有指外,杜、高、岑在登塔时所作的诗,都蕴含有一种共同的时代情绪,这种情绪,概括起来,就是本文开头所说的“深刻的不安”。杜甫诗中说:“秦山忽破碎,泾渭不可求”,“回首叫虞舜,苍梧云正愁”。岑参:“秋色从西来,苍然满关中。五陵北原上,万古青濛濛。”高适:“秋风昨夜至,秦塞多清旷。千里何苍苍,五陵郁相望。”薛据的和作没有传下来,天宝时期的诗评家殷璠说“据为人骨鲠有气魄”,“怨愤颇深”,并且特地举出他的“寒风吹长林,白日原上没”“孟冬时短晷,日尽西南天”,称赞其为“旷代之佳句”(《河岳英灵集》卷中)。这些诗句有一个共同的艺术特色,就是自然景色深深为作家的忧郁与不安所浸染,使人感到一个大的变乱就要到来,而这个变乱究竟如何到来,如何发展,人们又应如何采取对策,这几位作家却又对此茫然。——整个天宝诗风似乎都带有这种时代心理。《封氏闻见记》卷五《第宅》有一个很好的描述:“则天以后,王侯妃主,京城第宅,日加崇丽。至天宝中,御史大夫王𫓧,有罪赐死,县官簿录𫓧太平坊宅,数日不能遍。宅内有自雨亭子,檐上飞流四注,当夏处之,凛若高秋。又有宝钿井栏,不知其价。他物称是。安禄山初承宠遇,敕营甲第,瑰材之美,为京城第一。太真妃诸姊妹第宅,竞为宏壮。曾不十年,皆相次覆灭。”天宝时期,统治集团上层的追求享乐生活,已到了病态的程度,这表明这个社会行将有大的变动。天宝时期的诗作,当然不可能像安史之乱时期那样对现实作深刻的揭发,因为实际生活还未能提供矛盾充分展开的素材,他们只能表现出不安,但这种不安却是宝贵的,它们表现了诗人们对时代、对人民的责任感,使诗风有多样化的发展,也预示我国古典诗歌一个更伟大的发展(即产生《三吏》《三别》《北征》的诗的高峰)即将到来。

(与傅璇琮合著。《唐代文学论丛》总第八辑,陕西人民出版社,1986 年)

徘徊山水　犹忧人间

——谈大历山水诗的特色

安、史之乱结束了大唐帝国的鼎盛年代。唐朝国势一天天走下坡路了。代宗大历三年(768),诗人杜甫出蜀漂泊到湖南,登岳阳楼,望洞庭湖,唱出“吴楚东南坼,乾坤日夜浮”(《登岳阳楼》),为国家分裂动荡的形势深深忧虑。山水的壮丽景象,在诗人眼底笔下,却表现出国家动乱的形象。曾经反映“盛唐气象”、构成“盛唐之音”的一个重要方面的山水诗,在盛唐诗人的晚暮之作中,出现了如此深刻的时代性、现实性的变化。到中唐,这一变化逐渐成为山水诗发展的主流。

史称“中唐前期”的诗人,是指创作活动主要在代宗朝的诗人,所以通常用代宗主要年号“大历”,概称之为大历诗人。他们当中的老辈诗人元结、刘长卿、张继、顾况、李嘉祐、皇甫冉、钱起等,实际上和杜甫年龄相仿或小十岁左右;小辈诗人戴叔伦、戎昱、韦应物、李益、卢纶等,则多生长于天宝年间,经安、史之乱,而入大历时期。当杜甫在大历五年(770)去世,大历诗人有的卓然名家,有的活跃诗坛,各以自己的诗歌创作继承盛唐的传统,反映自己的时代,唐诗发展开始进入一个新的阶段。作为一个重要方面,山水诗也出现显著的变化。大历诗人们在宦游或隐游的生涯中,当离别或聚会时,赋诗述志咏怀,唱和赠答,山水是一种便用而适用的题材或素材。所以大历诗人大多有山水诗作品,而山水诗在大历时期是作者普遍,应用广泛,颇有发展的。

安、史之乱平定之后，大唐王朝获得喘息和恢复的时机。朝政虽然混乱，但是京、洛、中原地区得以控制，显得相对安定。而在东北、西北地区，则吐蕃、回纥崛起，边塞战争不歇；东南、西南地区，由于军阀割据，赋税苛重，阶级矛盾、民族矛盾发展，军阀战乱、农民起义和蛮族反抗，不时发生。表现于诗歌创作，总的趋势是以抨击弊政战乱、反映民生疾苦的现实主义思潮为主流。边塞诗则多来自西北地区的战乱苦难，山水诗却突出表现东南以及西南地区的景物气象。恰恰是政治中心的京、洛地区，诗歌创作呈现出粉饰太平、脱离现实的庸俗不良倾向。大历诗人现存的山水诗，优秀作品多数出自长期生活于江南地区的诗人之手，有的是从江南生活经历中感受较深的一时产品。秀丽的江南山水，曾经成就了山水诗人谢灵运，也曾使"吴中四士"扬名京、洛；这时，又好像重新被发现似的。其实动乱的国家和苦难的现实，使富庶的江南负担沉重，使明媚的山水笼罩迷雾。当失志失意的诗人们生活在这里，或者从京、洛来到这里，深深为之感慨，忧伤，凄楚，悲叹。而如果说，山水有所发现，那就是江东以远的南荒，在湘、鄂、黔、桂的深山僻水之中，失志的诗人找到了几处平静的归隐胜地。

白居易说谢灵运"壮志郁不用"，"泄为山水诗"（《读谢灵运诗》），指出了中唐以前山水诗的一个传统特点。从东晋、南朝到初、盛唐，从谢灵运到孟浩然、王维，尽管有时代特色和个人风格的不同和发展，但山水之作莫不借山水以抒泄失志不遇，歌咏清高隐逸。诗人们是从仕途走向山水，抒情述志的锋芒指向朝廷执政，态度不合作甚至对立。到大历时期，这类山水诗依然存在，但逐渐出现了一个深刻的变化：诗人们因为失志失意而徘徊山水，但不能忘情国家和人民，往往借山水以表现动乱和苦难，抒发忧伤和失望，期待从山水再返仕途；他们的根本立场站在封建国家一边，但眼睛向下看，态度是为民请命

的。大历山水诗一般都比较含蓄温和，感慨深沉，技巧熟练，而个性不甚突出，在艺术上创新无多，成就并未超越盛唐。但是，其优秀作品富于现实性，具有自己时代的特点，使山水形象从表现个人变为表现国家人民，从寄托个人理想抱负变为反映现实生活真实。应当说，在古代山水诗发展中，这是一个历史性的变化。同时，也是在大历时期，开始出现了类似游记散文的搜奇赏胜的山水诗。总的说来，大历山水诗的历史地位和作用，是显著的，未可低估。

在老辈大历诗人中，刘长卿堪称山水诗代表作家。他一生主要活动于江南，踪迹广及吴、楚、岭南。他忠厚大度，正直能干，久为僚吏，两度被诬贬谪，晚年始获一州。虽然遭遇坎坷，蒙受冤屈，但他始终关心国家，注视现实，同情人民。他的许多山水诗，在思想艺术上都足以代表同时代诗人的山水诗成就。从内容看，主要有两方面。其一是痛心国家动荡，悲叹盛世衰落，同情人民苦难。例如《岳阳馆中望洞庭湖》：

> 万古巴丘戍，平湖此望长。问人何淼淼，愁暮更苍苍。叠浪浮元气，中流没太阳。孤舟有归客，早晚达潇湘。

宦游孤独的诗人，在这自古江东雄镇的岳阳，望着波澜壮阔的洞庭湖，却无豪情，反而感到格外苍茫忧伤。整个天空仿佛在汹涌浪涛中动荡，一轮夕阳在湖水当中沉没。遥见风浪中孤零零的归舟，诗人祝愿他们一路平安。这里，孟浩然那种“气蒸云梦泽，波撼岳阳城”（《望洞庭湖赠张丞相》）的气势消失了，杜甫那样的深深忧虑也变为对无情现实的无可奈何的失望。“叠浪”二句显然是国家动荡、盛世衰落的形象。又如《穆陵关北逢人归渔阳》：

> 逢君穆陵路，匹马向桑干。楚国苍山古，幽州白日寒。城池百战后，耆旧几家残？处处蓬蒿遍，归人掩泪看。

诗人在穆陵关（在今湖北麻城北）遇见一位归心似箭的幽州客人，触

发他对国家人民的感慨凄怆。“楚国”二句简括而有特征地写出南北山河风光景象，凝聚着诗人对古老而广阔的祖国的沉痛，所以传为千古名句，也突出地表现出大历山水诗的时代特点。

其二是失意徘徊于山水，而心系念于国家，不能忘情人间，把个人失志和国家前途融为一种痛心忧伤。例如《登余干古县城》：

> 孤城上与白云齐，万古荒凉楚水西。官舍已空秋草绿，女墙犹在夜乌啼。平江渺渺来人远，落日亭亭向客低。沙鸟不知陵谷变，朝飞暮去弋阳溪。

一个秋天傍晚，诗人登临坐落高山之上的汉代余干(今属江西)废城，引发历史兴亡的深沉感慨。这里空无一人，秋草丛生，鸟雀群栖，而昔日盛况，依稀可见。它是一个灭亡了的王朝曾经兴盛的见证，也是一个繁荣的城邑随着国家沦亡而荒芜的镜鉴。时至今日，远望处那茫茫鄱阳湖水也好像在召唤旅人远离，而孤悬高空的夕阳更对着诗人渐渐低落。历史遗迹和自然风光都令人凄楚迷茫。但是，人有知而有情，只有不懂沧桑变迁的鸟儿，才能自在地飞来飞去，栖落在城边溪水上。不言而喻，正因为诗人深切关怀国家命运前途，才对历史沦亡的遗迹发出如此深沉的感慨，而个人不遇与国家衰落在这里融为一种痛心忧伤。在这高山芜城上独立苍茫的，就是这样一位诗人。

像刘长卿这样的山水诗，在老辈大历诗人中时时可见，也不乏名篇。例如张继的两首七绝：

> 耕夫召募逐楼船，春草青青万顷田。试上吴门窥郡郭，清明几处有新烟。(《阊门即事》)
>
> 月落乌啼霜满天，江枫渔火对愁眠。姑苏城外寒山寺，夜半钟声到客船。(《枫桥夜泊》)

由于战争征丁，缺乏劳力，富庶的苏州竟满目荒凉，缺粮断炊。春到江南大地，而人间天堂毫无生气。旅经苏州的诗人为此心情沉重，春夜难眠，觉得国家人民都处在黑暗之中。皓月西沉，乌鸦夜啼，凉气满天，阳春却似寒秋。点点渔火闪照两岸枫树，令人更伤春心。此刻，恰从超脱人世的佛寺传来一阵钟声，特为告诉世人：这是长夜最黑暗的时候。这里没有孟浩然“春眠不觉晓，处处闻啼鸟”(《春晓》)的欣喜，也没有杜甫“晓看红湿处，花重锦官城”(《春夜喜雨》)的热望。失志不遇、忧国忧民的诗人，满怀清醒的愁绪，无望的苦闷。

小辈大历诗人中的山水诗代表作家是韦应物。他“生长太平日，不知太平欢”(《广德中洛阳作》)，安、史乱起，刚刚成人。肃宗、代宗朝，他从青年入中年，痛感“山河长郁盘”，曾经激烈抨击政治腐败。他多年在京、洛地区供职，到德宗朝出任滁州、江州、苏州刺史时，已从中年进入晚暮。他的山水诗较少盛世衰落的沉痛，更多现实危难的忧伤，尤其在中年之后，他看到国家动乱，同情人民苦难，但觉得积重难返，感到矛盾和内疚，流露一种无力而无望的情绪，故他的山水诗具有不同于老辈诗人的特点，反映着大历末到德宗朝的真实现实。例如《自巩洛舟行入黄河即事寄府县僚友》：

> 夹水苍山路向东，东南山豁大河通。寒树依微远天外，夕阳明灭乱流中。孤村几岁临伊岸，一雁初晴下朔风。为报洛桥游宦侣，扁舟不系与心同。

诗人把大自然肃杀的图画清晰地勾勒出来，他那淡漠的情怀，自若的风姿，也悠然可见。诗末用《庄子·列御寇》语：“巧者劳而知者忧。无能者无所求，饱食而遨游。泛若不系之舟，虚而遨游者也。”表面上似乎在说自己无所牵挂，听任自然。但他这位逍遥游者，其实是赴任的官长，理当治政，责无旁贷。所以实际上，他是借庄子语来表示自己虽非饱食的庸人，但面对积重难返的现实，情怀忧伤。而“寒树”四句显然借山水肃杀以状现实危难。又如《滁州西涧》：

> 独怜幽草涧边生，上有黄鹂深树鸣。春潮带雨晚来急，野渡

无人舟自横。

春天的傍晚，诗人漫赏于滁州郊野西涧。尽管乔木深处，黄鹂鸟喧闹鸣春，但诗人却喜爱涧水边上幽静的小草。春潮涌泻，又刚下了雨，西涧水流更急。而这里的渡口地处郊野，不属要津，无人摆渡，连船夫也不在。渡船听任急流冲击，自在地横泊水中。居上媚时不如清贫守节，不居要津只能闲适自在，是这帧西涧春景的意境，也是诗人所寄托的情怀。这就更明显表露诗人的听任自然的实质，是对现实危难的无奈而无望的深深忧伤。

像韦应物这样的山水诗，同时诗人中也是不无佳作的。例如皇甫曾《玉山岭上作》，诗人观赏了秋气高爽、秋色缤纷的山水景象之后，却写出“秋花偏似雪，枫叶不禁霜。愁见前程远，空郊下夕阳”的句子，从秋天，想到严冬将临，于是，他遥望前途，不胜愁伤。感伤大自然的无情，正是诗人无奈而无望情怀的寄托。又如戴叔伦《苏溪亭》：

苏溪亭上草漫漫，谁倚东风十二阑。燕子不归春事晚，一汀烟雨杏花寒。

苏溪在浙江义乌。诗人在苏溪踏青，溪岸长亭上春草漫长，荒落已久，只有诗人独自在春风中倚栏凭眺。天上不见春燕飞来，田里没有农民春耕，河滩上烟雨迷蒙，雪白的杏花开了，反而令人感觉寒意，益发荒凉。这帧没有春意的江南春景，显然反映着战乱创伤，农事凋敝，寄托着诗人的怅惘忧伤。

除了上述主要特点和成就外，大历山水诗还有一些值得注意的地方。其一是逐渐出现一种搜奇赏胜的旅游诗。如韦应物《游琅琊山寺》即是一例。这类诗的主题仍属南朝至盛唐山水诗的传统主题，但较少傲骨仙气，抒怀直率，写景如实，虽不乏豪气，却是常人情味。而结构则随游程而次第陈述，类似于一般游记散文。其二是像盛唐

山水诗那样个性风格鲜明突出的作品较少。但这是时代使然，并非诗人缺乏个性。其三是大历时期还有许多歌咏隐逸清高和赠答唱和的山水诗，其中不少作品的思想性、现实性差，而艺术性较高。如史称“大历十才子”代表诗人钱起的《蓝田溪杂咏二十二首》中的《窗里山》，便是如此：

远岫见如近，千重一窗里。坐来石上云，乍谓壶中起。

纤思巧构，更失天然，近乎小摆设，恰可说明这类山水诗的弱点在于生活空虚，脱离现实，因而虽有艺术，而不免居于次流。

总起来看，大历山水诗的成就和特点，与盛唐山水诗颇不相同。它既不在艺术创新，亦不在歌唱祖国壮丽秀美的山水，而是在于用熟练的艺术技巧和精练的诗歌语言，描写了美好山水中的动乱荒凉的人间，反映了现实的面貌，表达了时代的情绪，因而作出了独特的贡献，也体现着古代山水诗发展过程中的一个历史性的变化。诗歌创作总是通过诗人头脑的折光来反映社会现实的，诗歌里的山水景象毕竟是诗人摄取映出的艺术形象。盛世山水光彩焕发，绚烂多姿，而乱世山水则往往笼罩愁云惨雾，其原因就在于关心国家人民命运的诗人们“感时花溅泪”。繁荣昌盛的大唐帝国在安、史之乱之后，走向衰落。老辈大历诗人经历从盛向衰的转折，深感盛世的衰落；小辈诗人们更多感受到现实的危难；他们都为国家动乱和人民苦难而忧伤，为国家人民的命运前途而凄怆。这是唐诗在大历时期开始全面转向现实主义的主要原因，也是大历山水诗取得自己特点和成就的主要原因。

（《文史知识》1983 年第 10 期）

关于唐诗的分期

唐诗分为初、盛、中、晚四个时期，一般以为定论。其实，不但清人曾有异议，近人著作已作调整，即便在提出四唐分期说的论述中，也早就留有余地，说明仅为“略而论之”的大概说法，并提出了具体的“详而分之”的见解。所以关于唐诗的分期问题，尚可研究探讨。

一、四唐分期说的形成及其理论缺陷

唐诗是古代诗歌发展过程中的一个阶段。这一阶段中，诗歌又经历一个怎样的发展过程，形成几个发展阶段，这是唐诗分期的实质。分期只是在时间上标定发展阶段。切实恰当的分期，取决于对唐诗发展过程的确切了解、分析和总结。应当而且可以这样提出问题：魏晋南北朝隋代为唐诗的发展提供了怎样的基础？又留下哪些障碍？唐代历朝诗人在推动诗歌创作和理论方面，先后产生了哪些矛盾和障碍？又怎样逐步解决矛盾、克服障碍而前进？如果对唐诗发展过程中先后存在的矛盾，予以具体切实的了解和归结，则可对发展过程中各个阶段获得切实的认识。发展过程中的先后相继的各个阶段，就是由先后产生并解决矛盾而形成的。矛盾解决了，障碍克服了，创作前进了，理论深入了，便表现为阶段的推进。这样来考察唐诗发展阶段，就要求对唐诗发展过程进行整体的系统的分析研究，把诗人和作品、创作实践和诗歌理论、思想内容和艺术形式等各方面联系起来，置于整个唐代政治、社会的历史时代，进行系统研究。既要注意诗歌与政治的密切联系，又要看到两者的发展并不一致。盛世

作品未必杰出，衰朝诗篇可以优秀。政治历史不等于诗歌发展，历史分期不能取代诗歌发展阶段。同样，诗歌体裁或艺术形式的发展不等于诗歌的发展，不能单纯以体裁的发展来划分诗歌发展的阶段。然而四唐分期说恰恰在这两方面都存在必须重加探讨的观点和方法。

四唐分期说始起于宋严羽《沧浪诗话》，奠定于元杨士弘《唐音》，完成于明高棅《唐诗品汇》。其后渐为定论。但四唐分期说的实质是，时间区划上采取唐代政治历史发展阶段，所以概称为初唐、盛唐、中唐、晚唐；理论和方法上运用古代传统的诗歌艺术品评、鉴赏和正变观点，以此分析诗歌体裁、风格的发展变化，确定初、盛、中、晚四个时期的体裁成就和风格特点，所以标榜“变体”“正音”。大体看来，四唐分期说偏重形式的片面性是明显的。

严羽在论诗中表露出他对唐诗分期的时限的看法大体是：初唐自唐初至景云；盛唐为开元、天宝；大历时期；元和时期；元和以后为晚唐。其实他分了五个时期。后人把大历、元和两期合为中唐，或者又把中唐分为前、后两期，都由此而来。应当看到，他区分为五期是有理论的，即所谓“以时为体”，认为不同时期的诗歌“直是气象不同”，“分明别是一副言语”；指出各个时期的时代精神和语言风格各不相同，由此形成了诗歌体制特点各异。但是，《沧浪诗话》目的是指导作诗，教习作者“须辨尽诸家体制，然后不为旁门所惑”(《答吴景仙书》)。而他以为辨体的方法是“熟参”。他只是指出不同时期、不同诗人具有不同的风格体制，有不同的高下成就，并不对各时期众诗人的风格体制特点作具体论述，更不探究其形成的原因。实质上这是一种直观的、感性的比较认识，并未提出科学的论证。

杨士弘《唐音》是一种唐诗选集，由“始音”“正音”“遗响”三部分组成。其编选原则是“审其音律之正变，而择其精粹”。杨士弘认为，音律的纯驳正变取决于政治的盛衰兴亡，并表现着政治的盛衰兴亡，因而盛唐作品的音律最为纯正。出于这一观点，在“正音”部分，他便以唐代政治盛衰发展阶段为唐诗发展阶段，分为：唐初、盛唐诗，自武德至天宝末；中唐诗，自天宝至元和间；晚唐诗，自元和至唐末。这就奠定了四唐分期说的基础。显然，杨氏四唐分期说继承并发展了严羽的五期说，比较明确而具体。一是明确以政治盛衰阶段为诗歌发展阶段，把大历、元和两期合为中唐一期；二是明确以唐诗为五七言古律绝的诗歌体裁发展完备阶段，并以各体的音律作为分析、比较、审定作品高下、诗歌发展的依据，较之严羽以“气象”“语言”“熟参”为依据的方法要具体得多，也容易把握；三是明确地把传统的正变观点运用于五七言古律绝的诗歌发展演变，试图说明唐诗各阶段的特点和原因。同时，由于他编选了作品集，使读者可以通过所选各时期作家作品的阅读，对他的理论观点有具体了解和印证。因此，《唐音》获得明初诗人学者的好评，影响较大，也使四唐分期说得到承认和传播。但是，音律毕竟是诗歌艺术的一个构成部分，为什么音律的发展和政治的盛衰一致，又何以表现出诗歌正变的发展等一系列理论问题并未得到具体深入的阐述。所以他的四唐分期说在理论上显得简单化，在方法上仍不免导致形而上学。

高棅《唐诗品汇》是一部唐诗总集，标榜以“声律、兴象、文词、理致”为品评诗歌作品的依据。根据他所鉴定的唐代各时期诗人作品的艺术成就和风格特征，贯串以他所辨别的唐诗五七言古近体的发展流变，他对唐诗分期提出了详、略两种区划。“略而言之，则有初唐、盛唐、中唐、晚唐之不同”。“详而分之”，则以贞观、永徽之时为“初唐之始制”；神龙至开元初为“初唐之渐盛”；开元、天宝间为“盛唐之盛者”；大历、贞元为“中唐之再盛”；元和之际为“晚唐之变”；开成以后为“晚唐变态之极，而遗风余韵犹有存者”：大致为六个时期。但实际上，他所归纳论证的，对后世影响大的，仍是四唐分期。这部总集是按五七言古近各体分类编选的。在各体中，又各立“正始”“正

宗”“大家”“名家”“羽翼”“接武”“正变”“余响”“旁流”等九个品目，“大略以初唐为正始；盛唐为正宗、大家、名家、羽翼；中唐为接武；晚唐为正变、余响；方外、异人等诗为旁流”。但由于诗人作品的成就未必与所属时期先后一致，因而实际上只能以艺术成就为主，而不依时期先后。如五古一体以初唐陈子昂、盛唐李白并列正宗，又把中唐钱起、刘长卿、韦应物、柳宗元与盛唐高适、岑参并列为名家。虽有这类特例打乱了流变世次，但总体说来，他以唐诗古近各体的流变、各时期诗人艺术成就和地位、主要代表诗人风格特征等方面的论列，充实了四唐分期说，使之自成体系，因而影响深远，直至于今。

高棅所完成的四唐分期说，虽然标称以“声律、兴象、文词、理致”为品鉴依据，但实则以五七言古近体的体裁声律和各体作品的艺术风格作为评论基础，以盛唐诗歌作品成就作为固定的典范标准，在理论上以艺术形式为主，在方法上流于标本分类比较。因而在唐诗艺术品鉴和流变归纳上，时有灼见，但也不可避免地存在自相矛盾和不切实际的种种问题。就其主要缺陷而言：一是分期自相矛盾。依诗人生平，他的分期是：“自武德至开元初”为初唐，“自开元至大历初”为盛唐，“自大历至元和末”为中唐，“自开成至五季”为晚唐。但依品目区划，即所谓“详而分之”，则“元和之际”为“晚唐之变”，并在《五古·正变序》中明确把韩愈、柳宗元、白居易、张籍、王建等统入晚唐的“正变”“余响”，这就把元和列入晚唐。二是分体流变淆乱了唐诗整体的流变。初唐诗人忽而归入盛唐列为正宗，中唐诗人可以挤入盛唐成为名家，同一诗人可随其各体作品成就不同而分割数节。诗人作品就像古董似的，依据一定的特征来归并入类，而不顾这一诗人这一作品的实际年代。这就把唐诗整体的发展流变搅得相当混乱。可见简单地以政治盛衰阶段作为诗歌发展阶段，虽然标定时间明确，沿用似也方便，却存在矛盾抵牾；片面地以诗歌艺术形式的体裁、风格作为评论创作、归纳流变的依据，看来似乎突出诗歌艺术特征方面，考察也许简明，却不切实际。因此。现代学者虽然大多采取四唐分期，但都根据各自研究，实际上作了不同的调整，或如严羽分列大历、元和两期，把中唐分为前期后期；或如高棅详分初唐为“始制”“渐盛”时期，分初唐为前、后两期。同时，现代学者大都从时代、社会方面探讨唐诗思想内容发展阶段和形成原因，以补充单纯形式论述之不足。因而也有学者在思想内容方面采取四唐分期，但论艺术发展却分为八个阶段。当然也有学者采取高棅的观点和方法，如把陈子昂列为盛唐代表诗人。凡此，都可见出，突破四唐分期，探讨唐诗发展阶段，似为必要。

二、唐代诗人学者对于唐诗发展的见解

唐代诗人是重视诗歌艺术的。但终唐一代，以声律为艺术特征的思潮却并未居于诗歌发展主流地位，也从未采取标本分类比较方法，把唐诗发展流变视为机械推移和形式系列。在唐代诗人学者看来，自己时代的诗歌发展是生动具体的运动和新陈代谢的演变，有时甚至是激烈的斗争。考察一下唐代诗人学者对于唐诗发展的见解，也许有助于了解唐诗发展中存在的主要矛盾，以利认识由此形成的发展阶段。

对南北朝诗歌的评价，唐初贞观年间主要有两种看法。一是魏征等撰《隋书·文学传序》所代表的宫廷观点，主要有两个方面：一方面认为南朝梁以前南北诗歌发展倾向各有短长：“江左宫商发越，贵于清绮；河朔词义贞刚，重乎气质。气质则理胜其词，清绮则文过其意。理深者便于时用，文华者宜于咏歌。”指出南朝讲究声律，艺术有创新，但内容软弱；北朝注重气质，作品有内容，但艺术停滞。另一方面认为梁、陈诗歌走向极端追求形式，并漫衍北朝，“雅道沦缺，渐乖典则，争驰新巧”；徐陵、庾信虽然分道扬镳，但其共同特点是“其意浅而繁，其文匿而彩，词尚轻险，情多哀思。格以延陵之听，盖亦亡国之音”。指出梁、陈及北周诗歌背离传统，单纯追求形式新巧，内容颓

伤。总结这两方面经验，魏征等提出了折中的改良方针：各取其长，各去其短，“文质斌斌，尽善尽美”。要求好的内容和好的形式相结合，实则就是主张发挥南朝艺术创新之长，表现合乎时势的内容，改掉颓伤情调。

另一种评价可以刘孝孙的观点为代表。刘孝孙曾与虞世南、孔德绍、庾自直等隋代文官“登临山水，结为文会”（《旧唐书·褚亮传》），在贞观六年编过《古今类序诗苑》。约在贞观十五年后，释慧净编《续古今诗苑英华集》，他为之序，不但肯定南朝颜延之、谢灵运、沈约、任昉“足以理会八音，言谐四始，咸递相祖述，郁为龟镜”，而且高度评价北朝温子升、邢邵和南朝徐陵、庾信。实际上这是一种全面肯定南朝包括梁、陈宫体在内的诗歌发展的观点，与魏征等所代表的宫廷观点明显分歧。显然，他们的分歧，根源于政治地位遭际的不同。魏征等代表唐王朝统治者的立场，从史官总结历史经验的角度，着眼于政治现实的需要，考虑到有利于团结南北系统的各方面人才，适宜于引导诗歌朝着重视内容的健康方向发展，因而显得比较客观。刘孝孙则代表陈、隋旧官中不甚得意的一部分文士，所以借一位“僧徒之领袖”编选的诗集，申述全面肯定南朝诗歌艺术的观点，其不重内容的倾向是不言自明的。其实他们对南朝近体艺术都予肯定，并无分歧。说穿了，魏征等要求歌颂大唐帝国，而刘孝孙则以为不须提出内容的要求。他们对诗歌发展的矛盾焦点在写什么内容上，并不在用什么体裁上。只不过从现象上看，似乎分歧在评价近体声律而已。

贞观以后，在高宗、武后朝出现两次文学运动，即以王勃为首的“初唐四杰”反对上官仪的“上官体”，以及陈子昂高唱汉魏风骨的诗歌复古运动。其实这两次运动都是贞观间诗歌发展矛盾的继续，但是持不同观点的双方却发生戏剧性的对换。宫廷诗人从歌颂帝国功德发展到对帝王歌功颂德，粉饰太平，吟风弄月；而下层诗人则要求抒写国计民生大事和建功立业抱负。也就是说，宫廷诗歌创作趋向不重内容的形式主义，而由下层诗人提出了重视内容和效用的诗歌创作要求。

王勃在龙朔初发动反对“上官体”的诗歌运动，主要反对“争构纤微，竞为雕刻；糅之金玉龙凤，乱之朱紫青黄；影带以徇其功，假对以称其美；骨气都尽，刚健不闻”（杨炯《王勃集序》），即指“以绮错婉媚为本”（《旧唐书·上官仪传》）的“上官体”作品内容琐屑，有富贵气，堆砌词藻，炫弄对偶。王勃正面要求的“骨气”“刚健”，实即坚持《诗经》言志、建安风骨的传统。他接受曹丕“文章经国之大业，不朽之盛事”（《典论·论文》）的原则，坚持诗言志的传统，认为“文章之道”，“圣人以开物成务，君子以立言见志”，其效用是“甄明大义，矫正末流，俗化资以兴衰，国家由其轻重”（《上吏部裴侍郎启》），所以“宜于大者远者，非缘情体物，雕虫小技而已”（《平台秘略论·文艺》）。正是从这一原则出发，他指出，“虽沈、谢争骛，适足兆齐、梁之危；徐、庾并驰，不能止周、陈之祸”，不重内容而追求形式，其后果必将危害国家。但王勃与魏征一样并不否定形式，反而要求更精更美。杨炯评述王勃反“上官体”的声势和成绩曰：“鼓舞其心，发泄其用。八纮驰骋于思绪，万代出没于毫端。契将往而必融，防未来而先制。动摇文律，宫商有奔命之劳；沃荡词源，河海无息肩之地。以兹伟鉴，取其雄伯，壮而不虚，刚而能润，雕而不碎，按而弥坚。大则用之以时，小则施之有序。”要求以融会古今的博学卓识，效命思绪的声律文采，创作内容、形式完美结合的诗歌，来压倒、取代“上官体”，发挥有益国家社会的作用。可见四杰的诗论，其实与魏征等一脉相承，但政治地位恰恰两相转换。

陈子昂高唱“汉魏风骨”，感慨“齐、梁间诗彩丽竞繁，而兴寄都绝”，忧虑唐代诗歌“风雅不作”（《修竹篇序》），而以五古《感遇诗》三十八首影响深远。卢藏用推崇他是南朝以来唯一继承风雅传统的诗人。称其伟绩为，宋、齐以来，五百年中，“卓立千古，横制颓波，天下

翕然,质文一变”(《右拾遗陈子昂文集序》),一笔否定了南朝近体诗歌艺术,把徐、庾及上官仪概指为风雅罪人。这种偏激的鼓吹,造成一种误会,似乎陈子昂是反对近体的。因而颜真卿曾批评卢藏用此论过正,“伤于厚诬”(《孙逖文公集序》)。其实陈子昂倡导《诗经》风雅、汉魏风骨的传统,主要强调诗歌创作必须重视内容和效用,但并不反对近体艺术。他的政治抱负和写作目的都在用世济时,“以为得失在人,欲揭闻见,抗衡当代之士”(《与韦五虚己书》),所以他写政论用古文,作宴序为骈文,抒胸怀遭际多古体,赠别励志则多近体,只是各应其用,并无厚薄。因而《感遇诗》固然为其代表作,但其律诗也不乏佳作,并为世公认。同样,他也高度评价擅长近体的杜审言,说“徐、陈、应、刘,不得劘其垒;何、王、沈、谢,适足靡其旗”(《送吉州杜司户审言序》),正是用建安诸子的古体和南朝诗人的近体以相评比。可见陈子昂的诗论观点原不偏激,实质与王勃、与魏征等都相承一致。比较起来,他的态度不如王勃激烈,更多是担忧不重内容的不良倾向对于诗歌健康发展的危害,这在《修竹篇序》中有清楚的表明。

近体律诗成熟定型于沈佺期、宋之问,在唐代已属定论,也为历来学者所接受。但有两点值得注意。第一,“文章四友”、沈宋都与陈子昂基本同时。他们都是在武后朝从下层涌现出来的一批有才能的文士,而宦途都有不等的沉沦下僚的经历,彼此有过往来,互相能够理解。陈子昂说杜审言“载笔下寮三十余载,秉不羁之操,物莫同尘;合绝唱之音,人皆寡和”,正是他们共同的遭际和感慨。而他们之中如崔融、杜审言、沈、宋等,后来都出入宫廷,为宫廷诗人作者。应当看到,武后笼络人才是颇有成效的。张说曾说,“自则天久视之后,中宗景龙之际,十数年间”,“搜英猎俊,野无遗才。右职以精学为先,大臣以无文为耻”,“雅颂之盛,与三代同风”(《上官昭容集序》)。这就是说,事实上,魏征等从上,王勃等自下,相继反对不重内容的诗歌倾向,到武后朝及中宗朝由于一批诗人相继进入宫廷而趋于一致。这批诗人情怀舒畅，而促成近体五七言律绝诸体定型完备，其代表便是沈、宋。第二，唐代后来诗人学者评论沈、宋的艺术成就，都予肯定，而不贬薄。认为“缘情绮靡之功，至是乃备。虽去雅寖远，其丽有过于古者，亦犹路鼗出于土鼓，篆籀生于鸟迹”（独孤及《安定皇甫公集序》）；指出“由是而后，文变之体极焉”（元稹《唐故工部员外郎杜君墓系铭序》）。这就是说，沈、宋之流发展完备近体形式，与上官仪之流鼓吹形式主义是不同的。

唐代的诗论文论，几乎都承认唐玄宗开元年间是诗文鼎盛年代。殷璠说“景云中颇通远调；开元十五年后，声律风骨始备”（《河岳英灵集序》）。杜确说“开元之际”，“作者凡十数辈，颇能以雅参丽，以古杂今，彬彬然，灿灿然，近建安之遗范”（《岑嘉州集序》）。梁肃则认为唐代“文章三变”，“初则广汉陈子昂以风雅革浮侈；次则燕国张公说以宏茂广波澜；天宝已还，则李员外（华）、萧功曹（颖士）、贾常侍（至）、独孤常州（及）比肩而出”（《补阙李君前集序》）。这些评论的共同点有二：一是指出开元文学鼎盛表现为内容和形式的协调发展，即所谓“声律风骨始备”“彬彬然”及“以宏茂广波澜”。可见开元时期克服了不重内容的不良倾向，同时又使艺术形式得到很好的发展。二是肯定张说的领导推动文学发展繁荣的作用。张说从政四十一年，三登左右丞相，三作中书令，逝世于开元十八年。张九龄说，张说从政之始，“实以懿文”，而“时多吏议，摈落文人”；“及公大用，激昂后来，天将以公为木铎矣”（《故开府仪同三司行尚书左丞相燕国公赠太师张公墓志铭序》）。事实上，张说确乎奖掖提拔了一批文士，当时居有文宗地位。可见贞观时期提出的“文质斌斌、尽善尽美”的方针，经过曲折回旋，解决了矛盾障碍，到武后后期及开元前期，由于宫廷执政的贯彻，造成了一种政治开明、文学繁荣的局面。但应看到，这个政治与文学协调一致的鼎盛，是唐代人，而且主要是当时前后的一部分士大夫观念中的繁荣，并非现代学术评论所说的那种繁荣，因为列为盛唐最杰出

的诗人如李白、杜甫、王维、高适等，开元时期都尚未站在前列。

天宝时期，玄宗沉湎太平歌舞。李林甫、杨国忠相继执政，政治上出现转折，文坛出现复古思潮，诗歌发展也出现重大变化。继张说而为开元文宗、并登相位的张九龄被李林甫排挤出朝廷，于开元二十八年去世。名闻天下的盛世隐士、田园诗人孟浩然也于同年逝世。此后主盟文坛的便是梁肃所谓文风“三变”的萧颖士、李华、贾至、独孤及。权德舆也说，“自天宝已还，操文柄而爵位不称者”，是李华和其后的独孤及(《兵部郎中杨君集序》)。事实是从天宝以后，文学创作和思潮的主导，再也没有复归宫廷，而一直操于下层诗人作者。从文坛看，萧颖士等倡导复兴儒教古文，是针对时政，出于忧国，谋求挽救局势，意图端正教化，因而在诗歌上也强调兴寄讽喻，立足国家安危存亡，并相应在形式上多取不拘声律的古体。陈子昂便成为复古思潮的旗帜。李华在天宝间所作的《咏史》《杂诗》也都拟陈子昂《感遇》之体，“抒情性以托讽”(独孤及《检校尚书吏部员外郎赵郡李公中集序》)。贾至详述三代以下文学正变发展，强调“昔延陵听乐，知诸侯之兴亡；览数代述作，固足验夫理乱之源”(《工部侍郎李公集序》)。而元结更自觉地以诗歌“极帝王理乱之道，系古人规讽之流”(《二风诗论》)。他在天宝年间创作的《补乐歌十首》《二风诗》《闵荒诗》《系乐府十二首》，或拟上古乐歌，或仿《诗经》体制，或为乐府歌辞，都属古体。而他所编《箧中集》中的代表诗人沈千运，便是“渔猎陈拾遗”(《中兴间气集·孟云卿诗评》)的复古诗人，其主要创作活动也在天宝时期。可见在唐人看来，今称“古文运动先驱”的一批作家，恰是天宝时期的前列诗人作者。

应当看到，历来称为盛唐主要代表诗人的李白、杜甫，就其主要成就而言，都属于天宝诗人，不代表开元诗歌。众所周知，李白扬名天下在天宝以后，大部分作品也写于天宝以后。杜甫天宝中尚为青年诗人，其杰作多作于天宝后期及安、史乱后。《本事诗》所载李白自

命复古之论，也许为小说家言，但他擅长乐府歌行，多作古体，则为事实。杜甫在天宝中开创新题乐府，“率皆即事名篇，无复倚傍”（元稹《乐府古题序》），则已为史定论。而主要的是，李白悲天悯人的“万古愁”，杜甫忧国忧民的“苍茫”歌，都显然属“风”属“雅”，而不是“颂”，于开元盛世的雅颂为变调。所以在元稹、白居易看来，杜甫是风雅比兴最多，是“贯穿今古，𫜗缕格律，尽工尽善”的典范诗人（《与元九书》），是继陈子昂后的一座里程碑。与此同时，唐人又称王维、崔颢、卢象等为开元中到天宝间以声律词章的艺术成就高的代表诗人。独孤及说：“沈、宋既殁，而崔司勋颢、王右丞维复崛起于开元、天宝之间。”（《唐故左补阙安定皇甫公集序》）刘禹锡说，卢象“始以章句振起于开元中，与王维、崔颢比肩骧首，鼓行于时，妍词一发，乐府传贵”，“丞相曲江公方执文衡，揣摩后进，得公，深器之”（《唐故尚书主客员外郎卢公集序》）。这也可见，王维、卢象在开元中崛起时的诗风较重艺术。而这两位诗人在天宝时期的诗歌趋于清高超脱，“白眼看他世上人”（王维《与卢员外象过崔处士兴宗林亭》），多山水田园之作。这也表现出天宝时期诗歌发展的转折，对后来的大历诗风有较大影响。

安、史乱起，经肃宗朝至代宗朝，“属方隅叛涣，戎事纷纶，业文之人，述作中废”（高仲武《中兴间气集序》），“右武尚功，公卿大夫以忧济为任，不暇器人于文什之间”（刘禹锡《董氏武陵集序》），朝廷不重视文学，诗坛不再以上层为中心，诗歌主要活跃于下层文人士大夫。事实上，肃宗朝诗歌继续天宝的转折方向发展。但在进入代宗大历间，出现了江东诗坛活跃和京、洛的“大历十才子”。释皎然说：“大历中，词人多在江外，皇甫冉、严维、张继素、刘长卿，李嘉祐、朱放窃占青山白云、春风芳草，以为已有。”（《诗式·齐梁诗》）评论未必恰当，但指出了诗人活跃江东的事实。姚合《极玄集》李端下注云卢纶、钱起等十人唱和，号“十才子”，是指京、洛中心说的。在唐人看来，江东诗人和十才子所形成的大历诗风都是继承王维诗风而趋向山水清丽的。独孤

及便认为皇甫冉是继承沈、宋、崔、王一路诗歌的“数人之一”。权德舆说秦公绪诗“宅遐心于事外，得佳句于物表”，而刘长卿“尝自以为五言长城”，与秦唱和（《秦征君校书与刘随州唱和诗序》），则刘诗与秦诗同调。高仲武列钱起诗为《中兴间气集》首位，说：“文宗右丞，许以高格；右丞没后，员外为雄。”《极玄集》首列王维，而把江东诗人及“十才子”中六人都入其选。司空图推崇王维、韦应物，认为“大历十数公，抑又其次焉”（《与王驾评诗书》）。可见对大历诗风的看法，唐人大体相似。

从德宗贞元年间到宪宗元和“中兴”，出现了“古文运动”和“新乐府运动”。这两个运动的倡导者韩愈、柳宗元和元稹、白居易都出自中下层，举的旗帜都是陈子昂和杜甫。韩、柳虽以古文为文宗，但他们的诗歌有独特成就，诗论亦有自己观点。韩愈以为好诗都是鸣不平的，并指出：“夫和平之音淡薄，而愁思之声要妙；欢愉之辞难工，而穷苦之言易好也。是故文章之作，恒发于羁旅草野。至若王公贵人，气满志得，非性能而好之，则不暇以为。”这是针对政治现实的一种诗论观点。柳宗元则持传统观点，认为诗歌属于“导扬讽谕，本乎比兴者”，“其要在于丽则清越，言畅而意美”（《杨评事文集后序》）。所以后来皮日休强调韩诗的内容，认为韩诗“无不裨造化，补时政，系公之力”（《请韩文公配飨太学书》）。司空图则高度评价韩诗的气势，认为“韩吏部歌诗数百首．其驱驾气势，若掀雷扶电，撑抉于天地之间，物状奇怪，不得不鼓舞而徇其呼吸也”；指出柳诗“味其深、搜之致，亦深远矣”（《题柳柳州集后》）。这类评论虽然各取所需，但都肯定和尊重韩、柳诗歌。

元稹、白居易在元和年间倡导新乐府，旨在“救济人病，裨补时阙”（《与元九书》），主张“文章合为时而著，歌诗合为事而作”，要求创作为现实政治服务。但他们也写了不少“感伤诗”“闲适诗”，如《长恨歌》《琵琶引》及《连昌宫词》等，广为传播，影响很大，时称“元白体”

或“元和体”。对“元白体”，唐人评论分歧至于对立。杜牧极予抨击，借李戡之口，指斥“自元和以来，有元、白诗者，纤艳不逞，非庄士雅人，多为其所破坏”（《唐故平卢军节度巡官陇西李府君墓志铭》）。司空图也贬薄元、白诗“力勍而气孱，乃都市豪估耳”。但皮日休则认为元、白的乐府、讽喻、闲适诗，“本乎立教”，但时人学他们，“师其词，失其旨，凡言之浮靡艳丽者，谓之元白体”（《论白居易荐徐凝、屈张祜》）；为元、白辩护。黄滔更认为“大唐前有李杜，后有元白，信若沧溟无际，华岳干天”（《答陈磻隐论诗书》），推崇之极。这类对立的评论，正反映元、白诗歌从内容到形式都显示着唐诗发展的转折性变化。同样，杜牧认为李贺诗歌“盖骚之苗裔，理虽不及，辞或过之”（《李贺歌诗集序》）；黄滔批评贾岛诗引起脱离现实的倾向，指责学贾岛“诸贤搜九仞之泉，唯掬片冰；倾五音之府，只求孤竹”，都反映元和诗歌发展面临思想内容、艺术形式转折，因而引起尖锐的纷争。

元和以后，大唐帝国从垂危到覆亡，诗歌创作和理论都沿着前阶段而朝着深入的方向发展。顾陶《唐诗类选》先后编选了唐初至武宗朝的诗歌作品。并作《序》《后序》概括其间诗歌发展，认为在元和以前存在两大流派：一是继承汉魏风骨的“反古”即复古的主流，以杜甫、李白为代表，从陈子昂至韩愈，“多为清德之所讽览，乃能抑退浮伪流艳之辞”；一是讲究声律章句艺术的支流，从沈、宋到大历十才子之流，“爰有律体，祖尚清巧，以切语对为工，以绝声病为能”，“可谓守章句之范，不失其正”。对元和诗歌的叙述，则突出了元、白。顾陶这一概括并未标明唐诗发展阶段，但大致总结了唐代诗人学者相沿而来的见解，指出了唐人对于诗歌发展的两种基本思潮和趋势的理解。这对于认识唐诗发展过程中的基本矛盾，对于从整体来了解研究唐诗发展过程，都是有益的。总起来看，唐人并未像宋、元以来诗论家那样，把诗歌艺术形式或体裁作为分析归纳诗歌发展流变的依据。恰恰相反，唐人首先看重的是继承风雅传统，发扬汉魏风骨，要

求艺术形式、诗歌体裁为表现内容服务，甚至要求为现实政治服务。在他们看来，文风诗风的正变发展，始终围绕着创作的思想内容，并且反对单纯追求形式的倾向。

三、对唐诗发展阶段的再探讨

每个时代的诗人都是以前代的思想、艺术创作为自己前进的基础的，但以自己时代的生活、思想为诗歌创作内容，并为表现思想内容而追求新的探索创造。每个时代都会推举出自己的代表诗人，代表着不同思想愿望、不同艺术探索的倾向和成就。但推动整个诗歌前进发展的，并非只是居于主流的诗人和流派，而是所有不同倾向不同成就的诗人流派的运动结果。整个诗歌发展和成就，又并非各个诗人流派运动和成就的简单总和，而是一个矛盾冲突、此起彼伏、互补长短、消长融化的发展过程。唐代人对于唐诗发展的见解，有助于了解唐诗发展过程，但他们大多受儒家诗教的束缚，往往举复古旗帜，以维护封建制度及大唐帝国的利益。因此对唐诗发展过程进行整体的系统的分析探讨，不仅须突破四唐分期说的框限，也不可为唐人见解所束缚。

整体地考察唐诗发展过程，应从三个基本历史事实出发：一、大唐王朝是古代封建社会顶峰，封建制度的功能得到充分的发挥；二、唐代是古代诗歌艺术发展到以五七言古近诸体为主要形式的阶段，古近体形式技巧充分发展，并已陷于停滞；三、唐代诗人都把自己的命运与这个帝国、与封建制度联系在一起，在思想上受到束缚。正因为唐代处于封建社会的顶峰阶段，所以唐诗表现、反映的时代精神、风格和面貌，呈现着从空前高涨的乐观展望到相当深刻的揭露抨击的发展状态；正因为唐诗处于五七言古近体的阶段，所以唐诗艺术的形式技巧的发展，表现为从完善近体律诗到突破近体格律束缚的转折；正因为唐代诗人系命运于封建的大唐帝国，所以贯穿唐诗的中心主题思想始终围绕这个帝国的命运，而随着政治治乱，以各种题材表现各种态度、愿望和情绪。但是这三方面的发展变化并非并行的，而是错综复杂、互相关联的。这样来考察，唐诗发展可分三个阶段。

第一阶段从高祖至玄宗开元年间，诗歌拨乱反正，走向繁荣。在诗歌形式方面，五言近体的声律和对偶，尚未约句成篇、切对谐律，格律有待完备；七古及七律更处在形成阶段；五七言古近体的形式技巧都有发展的可能和必要。因而一些诗人注重形式技巧的钻研创新，是诗歌艺术发展的必然。从诗人的思想状况看，对唐王朝立国兴国，中下层有个认识过程，经历观望、徘徊而拥护的转变。他们关心帝国政治和边塞战争，提过谏议，做过努力，但遭遇不如意，感到失志。在相当长的时间里，有相当一部分文士彷徨不满。因而诗歌创作形成两种势力，一以宫廷为中心，一以下层文士为核心。这两种势力时或并行，时或交错，时或对立，而在开元时期趋向融合。他们的矛盾焦点是写什么的问题，不是怎么写、用什么体裁之争；主要任务是扫除齐梁余波，反对形式主义倾向，并不否定形式，反对声律骈偶。到开元盛世，政治清明，仕路通达，矛盾缓和，上下同心，写什么的问题解决，风骨声律齐备，终于拨乱反正，走向繁荣。

从整个唐诗发展看，武德到开元的一百多年中，主要是在思想、政治、艺术以及心理、气质上为唐诗蓬勃繁荣做好充分准备，开辟道路。在唐人眼里，这阶段诗史的主要代表人物是陈子昂、沈佺期和宋之问、张说。但他们都不是唐诗最杰出的代表，不足以成为唐诗高峰的标志。像陈子昂《感遇》那样广泛接触政治现实、关心士兵人民疾苦的作品甚少。大量创作的中心主题思想是不满上层权贵骄佚豪奢，感慨下层志士不遇，以及感伤人生短促、富贵无常。诗人们大多把建功立业的理想抱负寄托于朝廷，瞩目于上层，视野其实不广，对社会生活实际的了解不多。诗歌的艺术形式技巧，经过沈、宋为代表的一批诗人以及上官仪等人的钻研，近体律诗定型，七古、七绝也趋成熟，对偶、用典、词藻等技巧手法都有发展，为后来诗人做了全面的

艺术准备。同时,在理论上,从贞观时期提出"文质斌斌、尽善尽美"方针,经四杰、陈子昂倡导风骨,到张说大力奖掖诱导,"风骨声律始备",指导思想解决,良好诗风树立,为后来诗人做好理论准备。所以总的看来,这阶段在唐诗发展过程中是准备和走向繁荣阶段。

第二阶段从开元末到宪宗元和时期,诗歌掀起高潮,趋向创新。诗歌艺术在表现深广的主题和题材上尚有充分发展余地;突破程式化技巧,直接从现实生活中摄取思想、形象,探索创作方法和表现手法,尚需作持久的努力;文学语言、诗歌语言随着生活的发展而要求改革的历史任务,也提到诗人面前。诗人们在这八十多年从鼎盛到战乱分裂的局面中,经历战乱,遭遇贬谪,体验了政治紊乱,了解到人民疾苦,胸怀宽广,志识深远,不耿耿于个人失意,更执着谋求改革。即便在赋闲山水之际,许多诗人仍寄忧国家。宫廷诗坛不再有力,主盟的宗师都出自下层,活动中心也随之移动,长安、洛阳和江东、西南,都可为聚散之所。改革思潮涌来,诗歌流派纷起。这阶段诗歌发展的主要矛盾不再是反对形式主义,而是反对脱离现实。矛盾的焦点仍是写什么的问题,明确要求关心国家命运和民生疾苦,创作有现实政治内容的诗歌。所以陈子昂成为高举的旗帜,杜甫、李白相继成为典范,而王维被奉为沈、宋以后的艺术大师。到元和中,韩愈"古文运动"已见成效,元、白"新乐府运动"应运而起,提出"文章合为时而著,诗歌合为事而作"的为现实政治服务的口号,"元白体"流行为"元和体",反对脱离现实大有成就,从一个高潮到一个高潮,同时也产生了新的矛盾,提出了创新的要求。

这阶段是唐诗发展的顶峰,也是转折。优秀诗人辈出,诗歌巨匠耸立。李、杜而下,如浪逐涛,一批批诗人涌现,走向时代前列。他们的诗歌思想内容的突出成就是,广泛的现实性,强烈的政治性,深厚的人民性,具有鲜明的时代特色,反映真实的历史面貌;其共同特点是爱国爱民,忧国忧民,正视现实,谋求改革。诗人们大多眼睛向下,为民请命。对上层的不满,不停留于不遇,而是为了国家人民;揭露上层腐败,不只是抒发愤慨,而是为了改革弊政。题材的多样,生活面的广阔,思想感情的深化,不但在优秀作品的总汇上显示出来,而且在一批代表诗人的创作中表现出来。杜甫、白居易的诗歌都成诗史实录和时代镜子,李白、韩愈的诗歌则有时代的情绪、气势和形象。五七言古近体发展完备,并适应内容而充分发挥各体之长,律绝用以抒情寄慨,歌行用以叙事讽喻,都有很高成就。在反映自已时代的新的形象、意境、题材、语言上,不仅结构和手法有创新,而且出现散文化倾向、形象性探索以及民歌体、曲子词的尝试,表现出艺术创新的各种努力和新的诗歌形式萌生的趋势。因而这阶段在理论的深入上有所突破,并形成不同的艺术流派。除了对传统的风雅比兴、言志美刺的理论有深入具体的阐发,出现了对"文气"的新见,提出了"意境"的新观念,并作了初步的探讨。从天宝后出现李白、王维、杜甫、元结等各有独特方法和风格的典范之后,经大历、贞元到元和,形成了各具特色的艺术流派,呈现出空前活跃的局面。总起来看,这是一个从繁荣到顶峰,又走向新的发展的转折阶段。

第三阶段是穆宗长庆以后,到唐王朝覆灭,诗歌走向新形式创造道路。诗歌艺术形式,五七言古近体已无发展余地,具体形象的表现手法也无多可探索,因而寻找新的诗歌形式,探索通向具体形象之外的艺术空间的创作道路,成为艺术发展的必由途径。面对千疮百孔的帝国,诗人们仅有的希望、微弱的努力都陷于失望而终成绝望,从亡国之忧而痛心弃绝,至于期望新王朝。这阶段诗歌发展的矛盾仍是写什么的问题,但不再反对形式主义,也不须反对脱离现实,而是反对浮浅,反对停留于表面现象,要求深入,要求揭示历史兴亡的原因和教训。因而怎么写、艺术形式创新的问题也相应出现,促进了理论的深入。但是历史的限制使这一矛盾不可能解决。五代的并立以现实回答了诗人的探讨;西蜀、南唐词的兴盛以实践显示了诗歌发

展的趋势，这就是走向新的诗歌形式的创作道路。

这阶段主要是诗歌走向新形式发展时期。优秀的作品多于杰出诗人，没有足以成为旗帜和典范的代表诗人。杜牧、李商隐之外，皮日休、陆龟蒙、杜荀鹤、聂夷中和罗隐在诗歌上以现实性、政治性著称，以揭露抨击、讥刺鞭挞见长；温庭筠、韦庄主要贡献在词的兴起。但许多诗人都有优秀作品，其思想性、现实性继续向深广发展。李商隐、杜牧以古讽今，探讨前代兴亡，以为当代镜鉴；皮、陆等人抨击时政，议论深刻，势必导致散文化。他们的作品都不复有展望和信心，或忧伤沉思，或激愤疾呼，或弃时遁世，流露着悲观情绪。优秀者深切同情人民苦难，猛烈鞭挞官府暴政；杰出者触及阶级剥削，稍涉封建制度弊病。但对大唐帝国无望而绝望，因而有灰心的，有逍遥的，也有放荡的。为排遣这种种缭乱心绪，李商隐创《无题》另辟蹊径，司空图探索山水诗象外之境，温庭筠成为花间词的鼻祖。诗歌艺术的成就，主要表现在突破具体形象的拘束。《无题》及《锦瑟》之类准无题诗是一种创新，其特点是形象地表现某种思想情绪、内心感受及感觉印象，但却不借助于具体事实所构成的具体形象，以求给人以更多启发和联想。司空图《二十四诗品》概括各类意境和风格，旨在阐明这样的艺术创作的方法和效果。同时，诗歌理论也多述“意”与“境”“象”“气”的关系，探讨“情”“理”与“景”“辞”的主从、交融关系，显示着创作实践的趋势。总之，思想上突破李姓一家王朝的束缚，着眼于历史盛衰兴亡变迁；艺术上从古近体走向词的发展，是这阶段明显的发展趋向。

显然，从分期时限看，上述三阶段的归结与四唐分期的主要不同是把四唐说中的“盛唐”一分为二，开元入第一阶段，天宝入第二阶段。这就与宋代以来诗崇盛唐的传统观念发生严重冲突，势必对“盛唐气象”“盛唐之音”的典范模式提出异议。但从唐诗发展整体的系统分析看，开元、天宝确乎为发展的转折点，似应分列两阶段。至于

“盛唐气象”“盛唐之音”,似亦可再作探讨。本文不过是引玉之砖,以就教唐诗研究的专家学者,以引起对唐诗的深入探讨。

(《文学遗产》1986 年第 4 期)

读《唐诗选》

唐诗是我国古代文学遗产中最灿烂、最珍贵的部分之一，现存作品五万多首，其中堪称精华的珍品数以千计，历来为人们喜爱，各种各样的选本也为数甚多。旧选中有一本清人孙洙（蘅塘退士）编的《唐诗三百首》，原是供童蒙学习写诗的一个范本，但由于它选取的是唐诗中久为当时人们喜爱的浅显易诵的好诗，因而能取得雅俗共赏的效果，受到当时读者的欢迎。然而《唐诗三百首》毕竟是过去时代的一个“家塾课本”，终究不能适应今天广大读者的需要，应当而且必须有更多更好的新的唐诗读本取而代之。

今年五月，中国社会科学院文学研究所编的《唐诗选》正式出版发行了。这是一件令人释然兴奋的快事。《唐诗选》是一个唐诗文学读本。编者说：“本书努力遵循毛主席关于批判地继承文化遗产、古为今用、推陈出新的教导，选择唐诗中一些较好的作品向读者介绍。”总观全书所选一百三十余家、六百三十多首诗，可以说，上述要求大体上是努力达到了。编者按照政治标准第一、艺术标准第二的原则，选取了能代表唐诗特点的思想性艺术性结合较好的作品，还选取了一些思想平庸而艺术上可资借鉴的作品，为读者提供了一个能比较全面地了解到唐诗文学成就的读本。它不仅使读者阅读欣赏许多优秀的唐诗作品，得到艺术享受，可作学诗借鉴，还有助于了解历史，提高文化素养，增强民族自豪，激励爱国情操。

《唐诗选》选目的显著特点是广收名篇而有所突破。具体地说，中

华人民共和国成立以来许多为人们喜爱的脍炙人口的唐诗，它大都选录；同时，唐诗中一些以前不甚为人注意而思想性艺术性确有特色的作品，它重予评价，择尤介绍。显然，这是一个适应今天读者需要的优点。一种断代的选本，如果不收名篇，将难以流传，生命力也不长；倘使只收名篇，不作发掘，无所突破，则缺少生气和新意。随着历史的前进，研究的深入，人们的文化水平和鉴赏能力的不断提高，传统的名篇也必然要求有所更新。传统的名篇是一些思想性艺术性较好的作品。它们经受了历史的考验，为人民喜爱，传诵不衰，生命力较强。但是，历史上各个阶级评价文学作品的政治标准和艺术标准，都不相同，也有变化，而且都以政治标准为第一位。因此，传统的名篇其实也是时有淘汰、代有更新的。尤其在 1949 年以后，社会制度与过去时代根本不同，那些歌颂封建统治的名篇必然要淘汰，许多富有民主性的名篇更加受重视，得到正确的评价。同时也一定会逐渐发掘一些过去时代不受重视的作品，经过正确评价和介绍，为人们喜爱而成为名篇。李白的《丁都护歌》《宿五松山荀媪家》即是其例。因此，以正确的观点和严谨的态度，深入研究，细心发掘，敢于突破，促进更新，即使有所未妥，其精神也是可贵的。《唐诗选》编者在这方面所作的努力是明显的。

首先，《唐诗选》对中晚唐小家的作品发掘较多。一般唐诗选本常见的小家选目，它有所更新；一般选本不常收、一般读者较陌生的小家，它选入二十余人。其中都有佳作。前一类如贾岛的《题兴化寺园亭》，是一首讽喻诗，它语言平淡，寓意显然，句句是刺，用传统比兴手法而另有一工。又如皮日休的《钓侣》“严陵滩势似云崩”一章，写渔隐生活的凄寒情景，感慨不平，含蓄深沉，与一般歌咏隐逸的作品颇不同调，反而显得真实。后一类如钱珝的咏物诗《未展芭蕉》，“抒写了前人诗中未曾有过的境界”，颇有特色。又如唐末和尚贯休的《少年行》《题某公宅》，直率而激愤地讽刺当时统治者的骄奢淫逸，倾向鲜明，通俗生动，也是可以发人深省的作品。以上两类作品数量不多，但是较为突出地表现出选目的更新。其次，对唐代著名大诗人的作品，《唐诗选》能在公认的名篇之外，介绍一二确有特色的作品。例如杜甫的《短歌行赠王郎司直》，对一位青年热情表示期望和鼓励，奖掖人才之心腾然，叮咛努力之情深切，豪放与感慨交织，是一首好诗。又如白居易《放言五首》的"朝真暮伪何人辨""赠君一法决狐疑"二首，概括封建时代政治斗争中辨别圣愚真伪的体验，警世意深，愤俗情长，值得一读。再如韩愈的两首绝句《晚春》和《早春呈水部张十八员外》，写早春、晚春的典型景色，发人情世态的独到议论，赋而比兴，自然呵成。诸如此类的作品，倘若选一家诗，可能入选；如果编断代集，则往往落选。这固然由于篇幅多少有限，也是选家眼光不同之故。正因为《唐诗选》编者对唐诗有较深入的研究，所以能对小家不拘成见，于大匠别具只眼，而使选目有所突破和更新。这也将使读者扩大眼界，锻炼鉴赏能力，更有兴味，很有益处。

《唐诗选》有作家小传和作品注释。编者要求自己在注释中"努力多注意解决疑难和关键的问题"，在小传中"扼要叙述作家的生平之外也能扼要地说明他们的创作特点"。这两方面都很必要。作为一个文学读本，作品注释更其必要，因为首先要帮助读者读懂。《唐诗选》的注释，虽然各首之间还有不甚平衡的现象，某些注释也有粗疏错讹可以商榷之处，但就绝大多数注释来说，做到了对生字难词注音释义，疑难句疏通大意，成语典故笺明用意，同时还注意在作品思想内容或艺术形式上的关键问题，予以点到注出，有好处扼要阐发，有缺点适当指明。这种不避疑难、抓住关键的注释，便于阅读，也有助欣赏。许多作品的第一条注释是题解，但并不一律，而是从被注作品的实际情况出发，有的是解释主题思想，有的是阐发艺术特点，有的是介绍具体背景，有的是辨明作者是谁等，有话则长，无话则短，或者不说。在题解和注释中，编者根据自己的研究，汲取其他学者的成果，为读者提供一些切实有意义的具体知识。这样，可以丰富读者知识，有利读者分析思考。总起来看，它的作者小传和作品注释，观点大体稳妥，材料比较充实，阐明思想多忠于作者，评述艺术则出自己见，对古代的作者和今天的读者都抱较为谨严负责的态度。但它的体例有个显著的缺点，就是注音只用同音字而不附汉语拼音。此外，《前言》与各作家小传的评论，其间颇有不相一贯之处。如《前言》论述唐诗繁荣的原因，十分强调“诗赋取士”的作用，而在一些大诗人的小传中则更重视当时阶级斗争、民族斗争以及统治阶级内部斗争对诗人创作的影响。比较起来，《前言》在这一点上强调过多，似未为妥。

《唐诗选》的初稿完成于一九六六年，修订开始于一九七五年。修订期间，经历了“四人帮”疯狂挣扎反扑的日子。编者对于“四人帮”杜撰的用心恶毒的“儒法斗争”谬论，采取了抵制的态度。但在那种乌云翻滚的气压之下，难免有所影响，因而在个别选目和注释中还可看到“四人帮”流毒的残余痕迹。例如刘禹锡《平蔡州》三首，如果全面介绍刘诗，自可入选，但在这个读本中，似可不必。又如《酬乐天扬州初逢席上有赠》的名句“沉舟侧畔千帆过，病树前头万木春”，较之白居易诗“举眼风光长寂寞，满朝官职独蹉跎”，确实乐观得多，但是说作者原意包含着“世界还是要向前发展，新陈代谢总是要继续下去”的思想，联系全诗来看，实在太高了。又如李商隐《初食笋呈座中》，诗意似是希望奖掖扶助，气度其实不高，在李诗中并不见佳；而注中以为“暗示对于青年有志的人，应该扶植，不应该挫伤他”，也有拔高之嫌。凡此，可斟酌，或不选。但并非说，被“四人帮"曲解利用过的古代作品都不可选，也不是说选了就是余毒未清；而是说那些被曲解或被拔高的作品，其曲解或拔高之处，宜予消除。

今天《唐诗选》受到热烈的欢迎，表现着广大读者对祖国文学遗产的热爱，也是对编者以及广大古典文学研究工作者的支持和期望。

按：《唐诗选》，中国社会科学院文学研究所编，人民文学出版社 1978 年版。

（《光明日报》1978 年 9 月 5 日第 4 版）

读近人注释唐诗志疑

近年来，由于工作关系，参考了近人注释的几种唐诗选本，遇有异同或是之说，往往记以存疑，期以求教，得若干条。兹择录于下。

一、异文

唐诗名篇，异文颇多。近人对此多持谨慎而积极的态度，凡足资参考的异文，每每两存。但在取舍定夺之间，或容商榷。

请缨繫南越，凭轼下东藩。（魏征《述怀》）

"繫"，唐人《搜玉小集》同；《唐文粹》题《出关作》，同；《唐诗纪事》题《出关作》，作"係"；《乐府诗集》题《出关》，作"羁"。近人选录皆作"繫"。

按，《汉书·终军传》载，终军"自请愿受长缨，必羁南越王而致之阙下"。颜师古注："言如马羁也。"是以羁马为喻。则此"长缨"非泛指绳索，当指马具。《周礼·春官·巾车》："王之五路，一曰玉路，钖樊缨十有再就。"郑注："郑司农云，缨谓当胸。《士丧礼》下篇曰：马缨三就。礼家说曰：缨，当胸，以削革为之。三就，三重三匝也。玄谓缨，今马鞅。"贾疏："贾、马亦云，鞶缨，马饰，在膺前，十有二匝，以毛牛尾金涂十二重。后郑皆不从之者，以鞶为马大带，明缨是夹马颈，故以今马鞅解之也。"孙诒让《周礼正义》云："今考马鞁具之有大带与当胸，贵贱所同。而樊缨为诸侯以上之盛饰，则不可并为一，明矣。……盖缨虽即胸膺之革，而繁则当于马鞁具之外，别为盛饰。"其考

“缨”为当胸或马鞅，虽有异议，但为马具，以革为之，则同。故终军语云“受长缨”“必羁”，而诗用其语，则作“羁”，或近是。作“繫”，解“缨”为绳索，谓“只要一根绳索就把南越王牵来”（中国社会科学院文学研究所编《唐诗选》，下简称“院选”），亦通，似未切；又不存“羁”字，亦欠妥。

既伤千里目，还惊九逝魂。（同上）

“九逝”，《唐诗纪事》同；《唐文粹》作“久逝”；《乐府诗集》作“九折”；《搜玉小集》作“九死”。近人选录，或作“九逝”，或作“九折”，但皆两存。

按，作“九逝”，未为无据。《楚辞·招魂》：“目极千里兮伤春心，魂兮归来哀江南。”为上句所本。屈原《九章·抽思》“惟郢路之辽远兮，魂一夕而九逝”可为下句所本。（“院选”注引此语，题误作《哀郢》。）二句皆用《楚辞》语，上下一贯，于义亦通。但绎诗意，则似作“九折”为近是。此二句之上文云：“郁纡陟高岫，出没望平原。古木鸣寒鸟，空山啼夜猿。”写经越山路，心情悲凉。其下文云：“岂不惮艰险？深怀国士恩。”写不畏艰险．以报知遇，仍由山路而来。则此二句，上句承“出没望平原”及悲凉心情，下句仍当写山路艰险以起下文。马茂元先生说：“‘九折’，指山路的艰险难行。句意谓因艰险而心惊。”（见其编注《唐诗选》，下简称“马选”。）其说较合，但未注出“九折魂”用汉王尊事，稍有欠缺。“院选”作“九逝”，但注云：“‘逝’一作‘折’。汉代益州有险地名九折坂（见《汉书·王尊传》）。‘九折’言道路曲折迂回。”提到“九折”出处，但未引其事，不解用意。《汉书·王尊传》载，王尊“迁益州刺史。先是琅邪王阳为益州刺史，行部至邛郲九折坂，叹曰：‘奉先人遗体，奈何数乘此险！’后以病去。及尊为刺史，至其坂，问吏曰：‘此非王阳所畏道邪？’吏对曰：‘是。’尊叱其驭曰：‘驱之！王阳为孝子，王尊为忠臣。’”明唐汝询《唐诗解》引此事以解下句，较合。“九折坂”以艰险称，故诗人借以喻己所历；又王尊以忠臣而无畏，故诗人借以表示自己志意，并以起下文“不惮艰险”“国士恩”。据此，则“九折”较之“九逝”，似更合作者心思。

明朝望乡处，应见陇头梅。（宋之问《题大庾岭北驿》）

“陇”，辑本同；《全唐诗》同；唐人《国秀集》题为《题大庾岭》，作“岭”。近人选录皆作“陇”。

按，沈德潜说：“‘陇头’疑是‘岭头’。”（《唐诗别裁集》）喻守真《唐诗三百首详析》注引《荆州记》：“陆凯与范晔相善，自江南寄梅花一枝，诣长安与晔，并赠诗曰：‘折梅逢驿使，寄与陇头人。江南无所有，聊赠一枝春。’”其说曰：“‘陇头梅’照注释讲，用在驿站，是再贴切没有了。但庾岭本来有梅，那沈氏所疑作‘岭头梅’，也是本地风光的典故，愈见其用事的巧合。不过就事实讲，登了庾岭，才可看见梅花，在驿却无梅可寄赠，所以比较沈氏所疑来得自然。”又，“院选”注以为“望乡处”指岭上高处，即“陇头”。并引作者《度大庾岭》“度岭方辞国，停轺一望家”，说“作者后来曾在此高处回望北方家乡”。二本皆作“陇头”，而注解不同。“院选”未解“陇头”的具体意义，仅指出其即“望乡处”，则与“岭头”义同，谓大庾岭头。据《舆地纪胜》引《南康记》云，大庾岭“以其多梅”。亦曰“梅岭”。又，《白氏六帖》载，“大庾岭上梅，南枝落，北枝开”。再，上引《度大庾岭》“度岭”二句下接云：“魂随南翥鸟，泪尽北枝花。”“北枝花”即谓岭上梅，亦即所谓“北枝开”。据此，则作“岭头”较作“陇头”自然，似当从沈说而以《国秀集》作“岭头”近是。但“陇”“岭”于义皆通，可两存。

谁为含愁独不见，更教明月照流黄。（沈佺期《古意》）

“为”，《搜玉小集》）同；《才调集》题《古意呈补阙乔知之》，作“知”；《乐府诗集》题《独不见》，作“知”；明高棅《唐诗品汇》作“谓”。近人选录皆作“为”，注或存“谓”。

按，题曰“古意”，托古讽今，拟古寄意之谓。据《才调集》题意，其有寄托可知。《乐府诗集》引《乐府解题》曰：“《独不见》，伤思而不得

见也。”则此诗当是借闺妇离愁以寄知己怨思。《乐府诗集》于《独不见》曲题，首录柳恽诗，或是旧辞。其末二句云：“奉帚长信宫，谁知独不见。”桂馥认为“沈诗正用其语”，并指出“《唐诗品汇》改作‘谁谓’”。(见《札朴・览古》；纪昀《删正二冯评阅〈才调集〉》亦有此说。)其说是，“为”当作“知”。柳恽诗原为宫人怨语，沈诗化用作怨天语，以寄怨思，句意谓谁知老天偏不见自己满含离愁，不但不见，还要教明月来撩起愁思。“院选”解此二句说：“无人能见少妇的独处含愁，是谁教明月来相照呢?”谓“无人能见”，则原文似当作“谁知”为顺；又下句未注“更”字意思。“马选”注“谁为”即“为谁”，解句意云：“这两句是承(上文)‘秋夜长’而言，意谓含愁不寐，明月照床，更增相思之感。”大意亦通，但似未切。而“院选”不录异文，“马选”注存“谓”而不录“知”，皆未妥。

洛阳女儿对门居，才可容颜十五余。(王维《洛阳女儿行》)

“容颜”，《乐府诗集》、刘须溪校《王右丞集》、赵殿成《王右丞集笺注》皆作“颜容”。近人选录，或作“容颜”。

按，“颜容”为成语，《子夜四时歌・冬歌》：“为欢憔悴尽，那得好颜容。”《阿子歌》：“阿子复阿子，念汝好颜容。”可证。“院选”作“容颜”，或有所本，但不录异文，未注明，欠妥。

昔时飞箭无全目，今日垂杨生左肘。(王维《老将行》)

“箭”，《文苑英华》《唐文粹》《乐府诗集》、须溪本、赵殿成笺注本，皆同。近人选录或作“雀”。

按，鲍照《拟古》：“惊雀无全目。”《文选》李善注引《帝王世纪》曰：“帝羿有穷氏与吴贺北游。贺使羿射雀，羿曰：‘生之乎？杀之乎?’贺曰：‘射其左目。’羿引弓射之，误中右目。羿抑首而愧，终身不忘。故羿之善射，至今称之。”此用鲍诗语。赵殿成注：“‘箭’，当作‘雀’。”然因各本无作“雀”字者，故未改字，有待考意。《中国历代诗歌选》(上

编)作“雀”,或有所本,但不存“箭”字,不加说明,似未妥。

出塞入塞寒,处处黄芦草。从来幽并客,皆共沙尘老。(王昌龄《塞下曲》)

第一句,《全唐诗》《唐诗品汇》《唐诗别裁集》同;《国秀集》作“出塞复入塞”;《文苑英华》“寒”作“云”;《乐府诗集》题《塞上曲》,“寒”作“云”。近人选录,或作“出塞入塞寒”,或作“出塞复入塞”。第四句,《唐诗品汇》《唐诗别裁集》同;《全唐诗》“沙尘”作“尘沙”;《国秀集》《乐府诗集》作“皆向沙场老”;《文苑英华》作“皆共沙场老”。

按,《国秀集》载此诗,与他本颇不同,故多异文。兹录其全诗:“蝉鸣空桑林(他本作“桑树间”),八月萧关道。出塞复入塞(异文见上),处处黄芦草。从来幽并客,皆向沙场老(异文见上)。莫作游侠儿(他本“作”作“学”),矜夸紫骝好。”从诗旨咏叹塞上生涯及莫学游侠矜夸来看,《国秀集》《文苑英华》《乐府诗集》虽多异文,但大意一致。“出塞复入塞”者,表示戍边频繁,故下云幽并客“皆向沙场老”。“出塞入塞云”者,写“大漠风烟”“青海长云”一类塞外风光,亦显出戍边频繁,故下亦云“沙场老”。作者《塞下曲》其四云:“边头何惨惨,已葬霍将军。部曲皆相吊,燕南代北闻。功勋多被黜,兵马亦寻分。更遣黄龙戍,唯当哭塞云。”此“塞云”含意,与“出塞入塞云”略同,可参看。《全唐诗》及《唐诗别裁》作“出塞入塞寒”,“皆共沙尘老”,则仅叹边塞生涯荒寒悲苦,无戍边御敌的悲凉慷慨,与末二句莫学游侠矜夸语,颇不洽,而全诗情调迥异。且从字句提炼来看,“处处黄芦草”已有“寒”意,上句无须先点出“寒”字,作“寒”字并未见佳。据此,则似以《国秀集》及《文苑英华》《乐府诗集》所载为好,其异文宜两存。而《全唐诗》及《唐诗别裁》所载.作“寒”、作“尘沙”或“沙尘”,疑皆非是。故“马选”取《国秀集》本,注存异文,较妥。“院选”所载,与《唐诗品汇》同,又不录异文,似为未妥。

筑室既相邻，向田复同道。（储光羲《田家杂兴》）

“向”，本集、《文苑英华》《全唐诗》同；《唐诗纪事》《唐诗品汇》《唐诗解》《唐诗别裁集》作“同”。近人选录，或作“向”，或作“同”。

按，“向”“同”于义皆通，可两存。但绎诗意，似以“向”字近是。“筑室”与“向田”为对，“既”与“复”为连接词。且“向田”语意双关，既谓去田间耕作，又有走向田园、暗示方向意思，故云“复同道”。“同道”亦双关同路和同志。“马选”作“同田”，注云：“‘同田同道’，意指共劳作，同出入。‘道’，是道路的道。”其说似稍狭隘；又以“复”为“同田”“同道”的连词，似未是；且不录“向”字，亦未妥。

贵有风云兴，富无饥寒忧。（白居易《秦中吟·歌舞》）

“云”，《白氏长庆集》《唐文粹》同；《才调集》题《伤阌乡县囚》，作“雪”；《全唐诗》、汪立名《白香山集》作“雪”。近人选录，或作“云”，或作“雪”。

按，“云”“雪”皆有所本，俱通，可两存。顾肇仓、周汝昌先生选注《白居易诗选》作“云”，注云：“汪本作‘雪’。按‘风云’包纳风雪，又双关‘风云际会’一义。”从上文“秦城岁云暮，大雪满皇州。雪中退朝者，朱紫尽公侯”来看，“风云”语承“公侯”来，故顾、周说近是。“院选”作“雪”，注云：“一作‘云’，今从《才调集》。当时那些富贵的人无‘饥寒’之忧而有赏雪的所谓‘闲情逸致’。”“马选”作“雪”，注云：“句意谓寒风大雪，对贵人来说，更增加了他们生活中享乐的兴趣。”马说较活，但不存“云”字，欠妥。

二、注疏

“诗无达诂”，自古而然。训诂名物，注疏字句，由于时隔久远，难免发生分歧。但歧说之间，当有所准，或可求其近是。

妖童宝马铁连钱，娼妇盘龙金屈膝。（卢照邻《长安古意》）

“马选”注“妖童”云:“泛指市井间的轻薄少年。”认为“盘”是“钗名”,引《古今注》:“蟠龙钗,梁冀妇所制。”并附“一说,谓蟠龙镜”。其注“金屈膝”云:“同‘金屈戌’。‘屈戌’是门窗和屏风等物每扇相连处的铰,普通是用铜或铁做的。《邺中记》:‘石季伦作金钿屈膝屏风。’这里是指用金铰做成的屏风。”“院选”注释与此甚异,认为此连上二句“鸦黄粉白车中出,含娇含态情非一”,是“写贵家的歌童舞女,作为主人的随从,宝马香车,穷极奢丽”(《后汉书·梁冀传》写梁冀夫妇游览时,“多从倡伎,鸣钟吹管,酣讴竞路”,就是这种情况)。又云“娼妇”是“那一群豪贵之家的歌舞女,和下文的娼家稍异”。其注“盘龙”云:“即屈膝上的雕纹。”并说:“‘娼妇’句是‘鸦黄’二句的补笔,‘车中出’已经让读者联想到车门,这里就将车门上的屈膝描写一笔,使人想见车子的华美奢侈。”

按,此二句即写长安游侠少年和倡楼妓女,与下二句“御史府中乌夜啼,廷尉门前雀欲栖”成对照。梁元帝《紫骝马》:“长安美少年,金络铁连钱。宛转青丝鞚,照耀珊瑚鞭。依槐复依柳,躞蹀复随前。方逐幽并去,西北共连翩。”(《乐府诗集》载前四句,“铁”作“锦”。)“妖童”句即化用其语,当指长安游侠少年而言。梁简文帝《乌栖曲四首》第三首:“青牛丹毂七香车,可怜今夜宿倡家。倡家高树乌欲栖,罗帷翠帐向君低。”第四首:“织成屏风金屈膝,朱唇玉面灯前出。相看气息望君怜,谁能含羞不自前。”“娼妇”句即化用其语,亦指长安倡家妇女而言。此二句实为诗中写游侠、娼伎一段的开头二句。其下“御史府中”二句似亦受梁简文帝诗中“倡家高树乌欲栖”语意的启发,而化用庾信《乌夜啼》“御史府中何处宿,洛阳城头那得栖”语。“院选”主解与上文二句相连,谓指贵家歌童舞女,并特别指出此“娼妇”与下文“倡家”不同,疑皆未合。又,“盘龙”是图纹,用于服饰。庾信《燕歌行》:“盘龙明镜饷秦嘉。”谓镜纹。又《谢滕王赉巾启》:“盘龙之刀既剪。”谓剪纹。梁元帝《春别应令》:“试看机上交龙锦。”则盘龙图纹亦可织成，未必雕饰。故此“盘龙金屈膝”当即谓以金属铰链相连接，织成盘龙图纹的屏风，句意不过谓倡家生活情景而已，似无其他深意。其谓“车门上的屈膝”“钗”“镜”等，疑皆非是。

> 北堂夜夜人如月，南陌朝朝骑似云。南陌北堂连北里，五剧三条控三市。（同上）

“院选”注：“北堂”，指娼家内部。“南陌”，指娼家门外。“人如月”，形容娼女貌美。“骑似云”，形容马多，也就是客多。“马选”则认为“隋秘书省的后堂称为‘北堂’。唐代长安，宫廷在城北，这里是泛指宫廷附近的繁华热闹地带，故与‘南陌’为对文，而下云‘连北里’”。

按，二说皆自成理。但“北堂”“南陌”“如月”“似云”，皆六朝常用词语。“北堂”多指闺中，如陆机《拟明月何皎皎》：“安寝北堂上，明月照我牖。”戴暠《月重轮行》：“北堂岂盈手，西园偏照人。”皆其义。“南陌”一词来自《陌上桑》“采桑城南隅”，齐梁时多用于艳诗，指陌路冶游，如梁简文帝《乌栖曲》第二首：“浮云似帐月如钩，那能夜夜南陌头。宜城投泊今行熟，停鞍系马暂栖宿。”刘邈《采桑》：“倡妾不胜愁，结束下青楼。逐伴西城路，相携南陌头。”陈后主《采桑》：“春楼髻梳罢，南陌竞相随。”皆其义。“人如月”似当喻常缺不满。齐梁诗以“如月”喻美，常以残月喻眉，如梁武帝《游女曲》：“容色玉耀眉如月。”吴均《楚妃曲》：“春妆约春黛，如月复如蛾。”皆此义。“夜夜人如月”正喻闺中人常守空房。此“月”仍当以残月为合。“骑似云”，“骑”字当从《陌上桑》“东方千余骑，夫婿居上头”来，“似云”当喻其多。“朝朝骑似云”，正显出长安冶游特点。倘使不求深解，则此二句仅谓长安妇女常守空闺，而冶游之风盛行。从上下文看，其上文云：“娼家日暮紫罗裙，清歌一啭口氛氲。”写娼家活跃。其下文云：“南陌北堂连北里，五剧三条控三市。”正指出娼妓冶游是长安都市繁华的关键和纽带。故诗中转入写游侠、娼妓生涯之后，即写娼家活跃，不仅由于游侠，而且由于统治阶级各种人物的冶游，因而从一般官员写起，接着写“金吾”而至“将相”。《北里志·海论三曲中事》载:“平康里入北门,东回三曲,即诸妓所居之聚也。……其南曲、中曲,门前通十字街。初登馆阁者多于此窃游焉。”“北里之妓,则公卿与举子,其自在一也。朝士金章者始有参礼。大京兆但能制其异夫,或可驱其去耳。”其记长安冶游之盛,可资参看。据此,则“北堂”二句解为“娼家内部”、“门外”活动或“隋代秘书省”等,似较勉强。

那堪玄鬓影,来对白头吟。(骆宾王《在狱咏蝉》)

“院选”注:“玄鬓”,指蝉。“白头”,指作者自己。汉乐府《杂曲歌辞·古歌》:“座中何人,谁不怀忧?令我白头。”作者忧心深重,所以自谓“白头”,并不是以老人自居(时作者不足四十岁)。“吟”,谓蝉鸣。“马选”则谓:“玄鬓影”“白头吟”均有双关义:“玄”,黑色;“玄鬓”,指盛年。“白头吟”,是乐府《相和歌》的曲调。旧说古辞为卓文君所作,不可靠。但它的内容是表现人生的哀怨的。这里系借用,意思是慨叹自己当壮盛之年,遭遇沉冤之狱。又,“玄”谐“蝉”声,上句用“蝉鬓”故事(《古今注》载魏文帝宫人“莫琼树乃制蝉鬓,缥缈如蝉”),谓对蝉影之缥缈;下句言听蝉声之悲哀。

按,其疏通句意,二说略同。但对作者遣词用事的理解,则不同。疑马说近是。“玄鬓”是成语,喻青春盛年。王粲《七释》:“鬒发玄鬓,修项秀颈,红颜熙耀,晔若苕荣。”何承天《上陵者篇》:“嗟岁聿,逝不还,志气衰沮玄鬓斑。”皆其义。此处指蝉,正反用“蝉鬓”故事,取其缥缈之意。故“玄鬓影”不仅指蝉影,亦以喻己青春盛年之身影。相对自己陷狱,蝉声在树上高唱,不由悲哀,故云“那堪”“来对”。“白头吟”恰用乐府旧题字面,亦非偶然,当是作者巧构,亦由于《白头吟》旧题本意与作者当时情境相合。《乐府诗集》引《西京杂记》曰:“司马相如将聘茂陵人女为妾,卓文君作《白头吟》以自绝,相如乃止。”又《乐府解题》曰:“古辞云‘皑如山上雪,皎若云间月。’又云:‘愿得一心人,白头不相离。’始言良人有两意,故来与之相决绝。次言别于沟水之上,叙其本情。终言男儿重意气,何用于钱刀。若宋鲍照‘直如朱丝绳’,陈张正见‘平生怀直道’,唐虞世南‘气如幽径兰’,皆自伤清直芬馥而遭铄金玷玉之谤,君恩似薄,与古文近焉。”则《白头吟》古辞主题本有卓文君自绝及自伤遭谤两说,其与上句“玄鬓”暗用“蝉鬓”故事以双关,用意正相一致,皆有夫妇以比君臣之义。此种巧构文字,亦齐梁以来一种风气。故用《白头吟》事以解下句,较之用《古歌》贴切。所谓“作者忧心深重,所以自谓‘白头’,并不是以人自居(时作者不足四十岁)”云云。则作者《萤火赋》云:“嗟乎,绨袍匪旧,白首如新。谁明公冶之非,孰辨臧仓之愬。”《畴昔篇》云:“邹衍衔悲系燕狱,李斯抱怨拘秦桎。不应白发顿成丝,直为黄沙暗如漆。”其意恰谓自己在“白头”之年横遭不白之冤。据清陈熙晋考证,诗人入狱在仪凤三年(678)。(见其所撰《续补唐书骆侍御传》)倘依“院选”假定诗人生于约 640 年,则其时已近四十岁,正可充老。故“院选”此说,似与作者本意未合。

公子南桥应尽兴,将军西第几留宾。(杜审言《春日京中有怀》)

“马选”上句未注。下句注云:“将军”,泛指长安城中的贵人。“第”,第宅。东汉马融有《梁大将军西第颂》,梁大将军即梁冀,字伯车,东汉顺帝梁皇后兄。永和初年任河南尹,后来代他的父亲梁商做大将军。这里是借用。“几留宾”,“几”,几曾,何曾。意谓贵人不重文士,自伤客游落拓。

按,此二句实写怀念洛阳。沈佺期《和上巳连寒食有怀京洛》:“天津御柳碧遥遥,轩骑相从半下朝。行乐光晖寒食借,太平歌舞晚春饶。红妆楼下东回辇,青草洲边南渡桥。坐见司空扫西第,看君侍从落花朝。”可作此二句注解。“公子南桥”即唐河南道河南府洛水上的天津桥。《元和郡县志》载,“天津桥在县北四里,隋炀帝大业元年(605)初造此桥,以架洛水,用大缆维舟,皆以铁锁钩连之,南北夹路,

对起四楼，其楼为日月表胜之象”。又载“咸亨三年(672)造”中桥，“累石为脚，如天津桥之制”。《清一统志》载天津桥在洛阳县西南二十里，“旧志：有上浮桥在县西南，即天津桥故处，又中浮桥在县正南，即唐洛桥故处”。唐初天津桥在中桥南，故诗中或称“南桥”，为公子王孙、娼妇美女春日游玩之处。刘希夷《公子行》：“天津桥下阳春水，天津桥上繁华子。马声回合青云外，人影动摇绿波里。绿波荡漾玉为砂，青云离披锦作霞。可怜杨柳伤心树，可怜桃李断肠花。此日遨游邀美女，此时歌舞入娼家。娼家美女郁金香，飞来飞去公子傍。”骆宾王《咏美人在天津桥》：“美女出东邻，容与上天津。”皆记天津桥春游情事。岑参《春寻河阳陶处士别业》：“南桥车马客，何事苦喧喧？”徐知仁《奉和圣制送张说巡边》：“北阙纡宸藻，南桥列祖筵。”张籍《寄洛阳孙明府》：“常思从省连归马，乍觉同班少旧人。遥爱南桥秋日晚，雨边杨柳映天津。”皆可证当时称“天津桥”为“南桥”。“将军西第”即用后汉梁冀西第事。但其址不在长安，亦在河南县，即东京畿辅地区。《后汉书·梁冀传》载梁冀夫妇广修台苑，“又多拓林苑，禁同王家，西至弘农，东界荥阳，南极鲁阳，北达河淇”；“又起菟苑于河南城西，经亘数十里，发属县卒徒，缮修楼观，数年乃成”；“又起别第于城西，以纳奸亡”。“西第”当即谓河南城西而言。据此，可知此诗前四句：“今年游寓独游秦，愁思看春不当春。上林苑里花徒发，细柳营前叶漫新。”即写春日长安情景。后四句：“公子南桥应尽兴，将军西第几留宾？寄语洛城风日道，明年春色倍还人。”乃怀念洛阳附近家乡春游情意。马说谓“将军”是“泛指长安城中贵人”云云，疑未合其事，非作者本意。清黄生曰：“三、四承上，五、六起下。”朱之荆曰：“秦西京，洛东京，此在西京而怀东京也。”(均见《增订唐诗摘钞》)似为近是。

> 昨夜闲潭梦落花，可怜春半不还家。江水流春去欲尽，江潭落月复西斜。(张若虚《春江花月夜》)

“院选”注上二句曰：“这句说昨夜梦见花落江潭，感到一番春事又将过去，引逗下文‘江水流春去欲尽’。”“马选”云：“花落则春色将残，‘梦落花’，意谓春光即将逝去。”认为第一句“是象征”，第二句“是实写”。

按，“闲潭”“江潭”，二家均未注。“院选”云“昨夜梦见花落江潭”，则以为“闲潭”即“江潭”之义。其说是，但应注明“江潭”意义。“潭”“浔”古通。《淮南子·原道训》：“以曲隈深潭相予。”高诱注：“深潭，回流饶鱼之处。‘潭’读‘葛覃’之‘覃’。”又“故虽游于江浔海裔”，高诱注：“浔，涯也。……‘浔’读‘葛覃’之‘覃’也。”屈原《九章·抽思》：“长濑湍流，泝江潭兮。”王逸注：“潭，渊也。楚人名渊曰潭。”又《渔父》：“屈原既放，游于江潭。”王逸注：“戏水侧也。”扬雄《反离骚》：“因江潭而淮记兮。”《汉书》颜师古注引苏林曰：“潭，水边也。”又颜注音曰：“潭，音寻。”又“驰江潭之泛溢兮”，颜注音同。据此，则此“潭”通“浔”，当作“水边”解。此四句写游子乡愁，“闲潭”是寂静的水边，“江潭”即谓江边，皆春江客旅情景，似宜注明。

楚山有高士，梁国有遗老。（储光羲《田家杂兴》）

“院选”注：“‘楚山’，即商山。汉代商山有四隐士，人称‘商山四皓’。‘梁国遗老’，似指枚乘。《汉书·枚乘传》：‘(梁)孝王薨。乘归淮阴。’作者借汉代有名的老人比诗中村居的老人。”“马选”则谓“楚山”“梁国”，“当是用典，出处未详”，并认为指“四皓”及“枚乘”之说“很嫌牵强”，“这里一个是作者自指，另一个是指一位和他志同道合的邻居。下面是写彼此间深厚的友情”。

按，二说疑皆未是。此二句似用“四皓”和应曜故事。《天中记》载，“汉有应曜隐于淮阳山中，与四皓俱征，曜独不至，时人谓之曰：‘商山四皓，不如淮阳一老。’”汉淮阳国，古陈国地，战国时曾属楚，又为魏国所有。故此云“梁国”，即指应曜隐居淮阳而言。据诗意，实即咏其事，大旨在感慨四皓虽曾隐居，有高士之名，但终于应召；而应曜

坚持隐居，不免贫寒。故诗末四句云："蟪蛄鸣空泽，鶗鴂伤秋草。日夕寒风来，衣裳苦不早。""蟪蛄"二句写秋季物候，显然有所寄托。《楚辞·招隐士》："王孙游兮不归，春草生兮萋萋。岁暮兮不自聊，蟪蛄鸣兮啾啾。"又屈原《离骚》："及年岁之未晏兮，时亦犹其未央。恐鹈鴂之先鸣兮，使夫百草为之不芳。"为此二句用语所本，亦用其意，借以感慨四皓终于不能坚持隐居。"马选"认为"这四句写秋天季节的感伤情绪，是用以象征时代没落的悲哀的。寒冷的气候随着秋天以俱来，山中最先感受，所以要及早准备寒衣；大变乱即将到来的前夕，知机的人也有所预感"，似未为合。"院选"注以为仅"说明季节的变化"，亦未洽。至于"四皓"指谁，"遗老"是否自指，则未详此诗本事，不宜臆测，阙以待考。

即此羡闲逸，怅然歌式微。（王维《渭川田家》）

"院选"注云："这两句写诗人羡慕农村生活安闲，有归耕之意。"并批判说："他的所谓'歌式微'，也只是一种粉饰词句，他是不会真正归耕的。"又引《诗经·邶风·式微》："式微，式微，胡不归。"认为这里只用"胡不归"之意。"马选""歌"作"吟"，其疏云："这两句是说，就这偶然看到的情景，已羡田家的安闲，想到自己生活的忙碌，不禁为之怅然兴感，因而吟诗寄意，作归隐之想。"

按，"歌式微"，二选皆引《诗经·邶风·式微》，但疏解不尽相同，似以马说近是。"闲逸"是成语。《南史·张讥传》："讥性恬静，不求荣利，常慕闲逸。所居宅营山池，植花果，讲《周易》《老》《庄》而教授焉。"陶弘景《肘后百一方序》："今缙绅君子，若常处闲佚，乃可披览方书。"骆宾王《夏日游德州赠高四》："牙弦忘道术，漳滨恣闲逸。"皆指摆脱仕宦荣利的闲散不拘生活。故"即此羡闲逸"，并非泛指"农村生活安闲"，乃是就自己羁于仕宦而发感慨. 其意略谓像田家这样日暮归来淳朴和睦的生活情景（指上八句所写），自己就很羡慕，因为毕竟比做官闲逸。然而作者是朝廷命官，王事在身，应忠于君国，不能归隐,因此“怅然歌式微”。“歌式微”或“吟式微”,当就《式微》主旨而有感。《式微》共二章,其一曰:“式微式微,胡不归!微君之故,胡为乎中露!”(二章“故”改“躬”,“中露”改“泥中”,余同。)《小序》曰:“《式微》,黎侯寓于卫,其臣劝以归也。”毛传:“黎侯为狄人所逐,弃其国而寄于卫。卫处之以二邑,因安之,可以归而不归。故其臣劝之。”赵殿成注引《子贡诗传》:“狄侵黎,黎侯出奔卫,卫穆公不礼焉。黎人怨之,赋《旄丘》。黎大夫劝其君以归国,赋《式微》。”据此,则“胡不归”本意是大夫劝君归国,大夫之所以羁旅他乡,正因国君之故。故“歌式微”当是有感于大夫忠于君国而不能脱离王事,不得闲逸。“院选”所谓“只用‘胡不归’之意”,既非《式微》本意,亦不合作者心思,疑未是。马说“想到自己生活的忙碌”,倘若是指王命在身而言,则似较近是。

青海长云暗雪山,孤城遥望玉门关。(王昌龄《从军行》)

“院选”注:“‘孤城’,即指玉门关。这两句写在玉门关上东望,只见青海地区上空层云遮住雪山。”“马选”则谓“上句是向前极目,下句是回望故乡”。

按,“青海”即今青海省青海湖,“玉门关”在今甘肃省敦煌市西,“雪山”指祁连山。从地理位置看,青海在玉门关东南,中隔祁连山,“院选”注或亦成理。但从全诗看,其三四句曰:“黄沙百战穿金甲,不破楼兰终不还。”则征战在玉门关外的西域,“还”者,当是入玉门关还乡之谓。倘使“孤城”即玉门关,谓“在玉门关东望”,则三四句无着落,似不可通。且玉门关并非“孤城”。《汉书·西域传》载,西域“东则接汉,阸以玉门、阳关”。注引孟康曰:“二关皆在敦煌西界。”阳关即在玉门关东南,共守出入西域要道,似非“孤城”。班超说:“不敢望到酒泉郡,但愿生入玉门关。”(《后汉书·班超传》)王维说:“西出阳关无故人。”(《渭城曲》)皆以“玉门、阳关”为出入西域之界,亦即“终不还”之义。其实此“孤城”似不必深究。王之涣《凉州词》:“黄河远上

白云间，一片孤城万仞山。”王维《送韦评事》：“遥知汉使萧关外，愁见孤城落日边。”皆取其城孤立荒远之意，非必特指。从表现手法上看，此二句与“秦时明月汉时关”（《出塞》）略同，都要活看。“秦时”句固不能将“秦时明月”与“汉时关”截成两句理解，此二句实则亦是自玉门关外向东遥望所见所想的西北塞外景象。倘使确考其地理位置，则无论青海望玉门关，或玉门关望青海，都不可见，亦不成理。如马说“上句是向前极目”，则玉门关还在青海湖、祁连山以远，下句不可谓“回望故乡”。反之亦然。故疑其说未合。

都护行营大白西，角声一动胡天晓。（岑参《武威送刘判官赴碛西行军》）

“马选”注云，“太白”即终南山的太乙峰，在长安之西。“这句以太白为长安的标志，暗示刘来自京城”。

按，“太白”即太乙峰。用指终南山，唐诗中屡见。“马选”中高适《送李侍御赴安西》：“虏障燕支北，秦城太白东。”王维《投道一师兰若宿》：“一公栖太白，高顶出云烟。”皆其例。但此处似非其意，疑当指太白星。《史记·天官书》：“察日行以处位太白。”《索隐》：“《韩诗》云，太白晨出东方为启明，昏见西方为长庚。”《天官书》又曰：“其出西失行，外国败；其出东失行，中国败。”诗云“太白西”，似即谓都护行营远处碛西，又兼用“昏见西方”及“其出西失行，外国败”之义，故下句曰：“角声一动胡天晓。”有表示夜行赶路及祝捷意。以太白观兵象，唐诗中亦屡见。王涯《平戎辞》：“太白秋高助汉兵，长风夜卷虏尘清。”（一作王维诗）与此用意略同。王维《陇头吟》：“长城少年游侠客，夜上戍楼看太白。”亦其例。但马云“暗示刘来自京城”，或别有根据，亦未可知。

三、笺证

诗有本事，讽有所指，其或未详，则知人论诗，求其大致。故近人

重求实,多笺证,有益后学。但比兴讽托,容易理解不一。故其异同之间,似可商榷。

相顾无相识,长歌怀采薇。(王绩《野望》)

"马选"注引《史记·伯夷叔齐列传》:"武王已平殷乱,天下宗周。而伯夷、叔齐耻之,义不食周粟,隐于首阳山,采薇而食之。及饿且死,作歌,其辞曰:'登彼西山兮,采其薇矣。以暴易暴兮,不知其非矣。神农、虞、夏忽焉没兮,我安适归矣!于嗟徂兮,命之衰矣!'"谓"'怀采薇',借用典故,表示避世隐身之意"。"院选"注以为此说"似未切合诗意",引《诗经·召南·草虫》末章:"陟彼南山,言采其薇,未见君子,我心伤悲。"又《诗经·小雅·采薇》首章:"采薇采薇,薇亦作止。曰归曰归,岁亦莫止。靡室靡家,猃狁之故;不遑启居,猃狁之故。"认为"本篇'长歌怀采薇'是联想到《诗经》中关于'采薇'的片段,借以抒发他的苦闷"。

按,"怀采薇"的含意,历来有不同理解。唐汝询认为"此感隋之将亡也",注引伯夷、叔齐《采薇歌》,解句意谓"彼牧人猎骑,懵然各事其事。谁为我之相识者?惟有长歌以怀采薇之士耳"。屈复认为"'怀采薇'三字要活看,不是自己要学夷、齐饿死首阳山,是说炀帝终须到商纣之白旗悬首之日。后无功仕唐,所谓知人论世也。"(《唐诗成法》)其解句意有所不同,但都主感慨隋亡之说。沈德潜则认为"通首只'无相识'意。'怀采薇',偶然兴寄古人也。说诗家谓'感隋之将亡',毋乃穿凿"。吴昌祺也认为"王尝仕唐,则通首只'无相识'之意。元人曰:'下拜南官墓,地下有知音。'与此意同"。(见《删订唐诗解》引《樊桐说诗》)皆主世无知音之说。"马选"略同唐说,"院选"则引《诗经》有关"采薇"片段,以助沈说。然考此诗作于隋末,诸说俱同,则知人论诗,唐说似较近是。王绩《北山赋》写其凭吊王通讲学遗迹云:"临故墟而掩抑,指归途而叹惜。往往溪横,时时路塞。忽登崇岫,依然旧识。地回心遥,山高视直。望烟火于桑梓,辨沟塍于乡国。前临

姑射之西，正是河汾之北。怅矣怀抱，悠哉川域。”其情怀可与“相顾无相识”相参看。又叙己在王通死后情形云：“天未悔祸，遭家不秩。子敬先亡，公明早卒。余自此而浩荡，又逢时之不仁。天地遂闭，云雷渐屯。与沮、溺而同趣，共夷、齐而隐身。”则又可为“长歌怀采薇”作注。王通在大业十三年(617)去世，明年唐立。赋中所叙，正是作诗之时，其情怀当一致，故“长歌怀采薇”实即“共夷、齐而隐身”之意。又“院选”引《召南·草虫》末章前四句及《小雅·采薇》章，虽有“采薇”字样，但其诗旨似与“无相识”无干，故疑皆未合。

苍苍丁零塞，今古缅荒途。(陈子昂《盛遇》其三)

“马选”题解谓此诗作于“武后垂拱二年(686)，作者随左补阙乔知之及护左豹韬卫将军刘敬同北征金微州都督仆固始，历居延海、张掖河、同城等地。这诗写他所看到的西北边区战争以后荒凉悲惨的景象”。其注“丁零”云：“种族名，其所居在今苏联西伯利亚叶尼塞河上游至贝加尔湖以南一带地。”“院选”则云：“万岁登封元年(696)曹仁师等二十八将攻契丹，全军覆没，大将都成了俘虏。诗中所谓‘汉甲三十万，曾以事匈奴’，‘暴骨无全躯’，‘谁怜塞上孤’等语都为此事而发。”

按，“马选”系本罗庸先生《陈子昂年谱》。陈子昂随乔知之北征事，新、旧《唐书》本传及《旧唐书·乔知之传》皆失载，故罗谱详为考证，其说可信(文长不录)。《新唐书·地理志》载羁縻州“金微都督府以仆固部置”，属安北都护府。其地汉属北匈奴。《后汉书·耿夔传》载，永元三年(91)，耿夔“将精骑八百出居延，直奔北单于廷，于金微山”，“去塞五千余里而还，自汉出师所未尝至也”。陈子昂北征与此经途略同。其《燕然军人画像铭序》曰：“龙集丙戌(即垂拱二年)，有唐制匈奴五十六载。盖署其君长，以郡县畜之，荒服赖宁，古所莫记。是岁也，金微州都督仆固始桀骜，惑乱其人。天子命左豹韬卫将军刘敬同(集作“周”)发河西骑士，自居延海入以讨之。特敕左补阙乔知之摄侍御史护其军事。夏五月，师舍于同城，方绝大漠，以临瀚海。”燕然山在居延北，燕然山北即汉丁零部居住地区。《史记·匈奴传》载，汉初、匈奴冒顿部强大，“后北服浑庾、屈射、丁零、鬲昆、薪犁之国”。注引《魏略》云：“丁零在康居北，去匈奴庭接习水七千里。”陈子昂是否已至丁零，较难确定。《感遇》其三十四：“本为贵公子，平生实爱才。感时思报国，拔剑起蒿莱。西驰丁零塞，北上单于台。登山见千里，怀古心悠哉！谁言未忘祸，磨灭成尘埃。”可见其两至塞外，皆曾登山怀古，“西驰丁零塞”即指此次北征而言。据上所述，则此诗或是登山遥望而兴寄怀古之作。“苍苍丁零塞，今古缅荒途”，或是所望景象。下文“汉甲三十万，曾以事匈奴”，即所谓“怀古心悠哉”。故“马选”取罗说是。“院选”注本陈沆《诗比兴笺》。陈沆据作者《上军国机要事》中语以为证。但《上军国机要事》引作者随武攸宜东征契丹时所作，即所谓“北上单于台”时事。其时并未“西驰丁零塞”。又罗庸先生指出此文是“初出师时，为建安王作”，文中“皆建安语气，非子昂自作也”。故亦未足为证据。“院选”取陈说，似未稳。

好衣美食来何处？亦须惭愧桑弘羊。（白居易《新乐府·盐商妇》）

“马选”注“桑弘羊”云：“是历史上以剥削敛财著名的人物，这里借指当时的盐铁使。句意谓在中央理财机构中有了像桑弘羊那样的贪污大臣，盐商才能利用盐价不稳定的机会，从中获得暴利，这是他们致富的根本原因。”顾肇仓、周汝昌先生则认为桑弘羊“采取由国家直接掌握物资和市价的办法，废除富商大贾的中间剥削，不加重人民的赋税，国家收入却增加很多。这里引来讽刺当时的盐铁使，有愧于桑弘羊”。“院选”注与顾、周同。

按：白居易引桑弘羊为典型以讽当时盐铁使，二说一致。但以桑为正面典型或反面典型，则二说截然相反。陈寅恪先生《元白诗笺证稿》引作者《策林》“议盐法之弊，论盐商之幸”条：“臣又见自关以

东，上农大贾，易其资产，入为盐商，率皆多藏私财，别营稗贩，少出官利，唯求隶名，居无征徭，行无榷税，身则庇于盐籍，利尽入于私室，此乃下有耗于农商，上无益于筦榷明矣。盖山海之饶，盐铁之利，利归于人，政之上也，利归于国，政之次也。若上既不归于人，次又不归于国，使幸人奸党，得以自资，此乃政之疵，国之蠹也。今若刬革弊法，沙汰奸商，使下无侥幸之人，上得析毫之计，斯又去弊兴利之一端也。”又引《策林》“不夺人利”条：“唐尧、夏禹、汉文之代……弃山海之饶，散盐铁之利。”陈氏指出“乐天此篇之意旨，与其前数年所拟《策林》之言殊无差异”。并批评作者之论为“儒生之腐论”。据此，则作者主张“弃山海之饶，散盐铁之利”，恰与桑弘羊盐铁政策相反对，而与《盐铁论》中文学儒生者言同。故作者以桑弘羊为反面典型，于此可证。顾、周二先生以为作者“讽刺当时的盐铁使，有愧于桑弘羊”，似未合作者本意。至于“马选”以为桑弘羊是“贪污大臣”云云，则是历史人物评价问题，与作者本意无涉。

紫衣挟刀斧？草草十余人。（白居易《宿紫阁山北村》）

“院选”注：“‘紫衣’，此处指唐代低级官吏的粗紫布服色而言。《唐会要》卷三十一《杂录》：‘通引官许依前粗紫絁及紫布充衫袍，……其行官门子等，请许依前服紫粗絁充衫袄。’与‘朱紫尽公侯’（《歌舞》）之紫服不同。”顾、周注“紫衣”云：“唐制，三品以上文武高级官员穿紫色公服，是服制中最高级的一级。这时期宦官带三品将军职衔的人数非常多；这里所说的‘紫衣’，当指这类宦官。”“马选”则谓“紫衣”是“神策军的军服”。

按，“院选”所引《唐会要》“杂录”所载，系唐文宗太和六年（832）七月度支户部盐铁三司奏请许其属下官吏服色车马制度上得便宜行事。所引“通引官”及“行官门子等”，皆指盐铁三司官典及诸色场库所由等，“其孔目、句检、句覆、支对、句押、权遣、指引进库官、门官等”。“院选”注云“指唐代低级官吏的粗紫布服色而言”，则据此以为唐代服色的一种通例，故神策军下级官吏亦可服粗紫布衣。疑其说未是。即以"院选"所引而言，其文曰："通引官许依前粗紫絁及紫布充衫袍，蓝铁腰带，乘小马，鞍用乌漆铁踏镫。其行官门子等，请许依前服紫粗絁充衫袄，蓝铁腰带，仍不许乘马。其骡纲、车纲等，缘常押驴骡于诸州府搬运，及送远军衣赐，须应程期，请许依前粗紫絁充袄，蓝铁腰带，乘驴车，出塞即请许乘粗牡马。余并不得违元敕。"此明显承认盐铁三司下属官吏为便宜行事，已有违制服紫情事，并非唐代制度允许低级官吏可服粗紫布衣。故其年六月朝廷重申车马服色制度，盐铁三司随即上奏请求宽许，以便行事。且诗中明言"暴卒来入门"，"身属神策军"，其非盐铁下吏可知。顾、周据唐代服色常制以解"紫衣"，谓指带三品将军衔的宦官。其说似较近是。但唐代服朱紫者，未必三品以上，因为有"赏朱紫者"，有"许借紫"者，以及假冒者。而赏朱紫者，军中为盛。《新唐书·车服志》载："唐初，赏朱紫者服于军中。其后军将亦赏以假绯紫，有从戎缺胯之服。不在军者服长袍，或无官而冒衣绿，有诏殿中侍御史纠察。"《通典》载此作"开元四年二月制"，谓"军将在阵，赏借绯紫，本是从戎缺胯之服。一得之后，遂别造长袍，递相仿效"。故实际情况大概是服色在中唐滥已甚久，盐铁下吏可服粗紫，则军中滥服紫衣可想而知，至于神策军更甚，亦自必然。据此，则此诗所谓"紫衣"，既非唐代低级官吏服色常制，亦不必确定其为带三品将军衔的宦官，主要在于表示当时服色已滥，亦反映神策军仗势猖狂。至于"马选"注云神策军服如此，或有根据，亦未可知。

几处吹笳明月夜，何人倚剑白云天。从来冻合关山路，今日分流汉使前。（李益《过五原胡儿饮马泉》）

"马选"注云，"几处"句"写戍卒思归之苦"。"何人"句化用宋玉《大言赋》"长剑耿介，倚天之外"语，"慨叹于在这国防要地，并没有一个真正能够捍卫祖国、雄镇边塞的英雄"。"从来"二句"写由冬入春

旅行的过程”,“意思谓在旅行中,不觉已到了春深的时候。‘汉使’,自指”。“院选”则谓“吹笳明月夜”用晋刘琨故事。《晋书·刘琨传》载,刘琨“在晋阳,尝为胡骑所围数重,城中窘迫无计,琨乃乘月登楼清啸,贼闻之,皆凄然长叹;中夜奏胡笳,贼又流涕嘘欷,有怀土之切。向晓复吹之,贼并弃围而走”。“几处”二句是“慨叹当时边防不固,形势紧张”。“从来”二句“说昔时水尚冻合,现已解冻分流于汉使之前,呼应第一句(“绿杨着水草如烟”)所写春景,同时寓有失地已收复的意思”。

按,二说疏通句意颇不同。考此诗约作于贞元初作者在幽州节度使刘济幕府期间。作者《从军诗序》云:“贞元初,又忝令尚书之命,从此出上郡、五原四五年。”“尚书”即谓刘济。《旧唐书》本传云,“益不得意,北游河朔,幽州刘济辟为从事”。《新唐书》本传谓“刘济辟置为幕府,进为营田副使”。据两《唐书》刘济传载,刘济于贞元元年(785)九月继任其父刘怦为幽州节度使,“累加至检校兵部尚书,贞元五年(789)迁左仆射,充幽州节度使”。故作者写《从军诗序》时以“尚书”称刘济。作者此行赶边入幕,恰处失意之际,故感刘济知遇之恩。《将赴朔方早发汉武泉》:“弭盖出故关,穷秋首边路。……去矣勿复言,所酬知音遇。”《献刘济》:“草绿古燕州,莺声引独游。雁归天北畔,春尽海西头。向日花偏落,驰年水自流。感恩知有地,不上望京楼。”皆于感刘知遇之同时,有怨望朝廷、自伤年华消逝之意。又,作者为幕僚期间,刘济颇著边功。《旧唐书·刘济传》:“载时乌桓、鲜卑数寇边。济率军击走之,深入千余里,虏获不可胜纪,东北晏然。”《新唐书》谓刘击奚“至青都山,斩首二万级。其后又掠檀、蓟北鄙,济率军会室韦破之”。又《旧唐书·地理志》载关内道盐州五原郡“贞元三年(787)没吐蕃,九年复城之”。可见刘济自贞元元年继任幽州节度使后,虽雄踞二十五年,但其地边事不断。据以上数端,疑此诗或是贞元四、五年时,作者已进为营田副使,奉命赴五原,诗旨大意在感慨边防未固，自伤憔悴，但又有赞美刘济收复失土之意。故马说似失之空泛，而以“院选”注为近是。其一二句云：“绿杨着水草如烟，旧是胡儿饮马泉。”显然一片春意，且暗示其地当时已复归唐所有，故云“旧是”。“几处”句解为“戍卒思归之苦”亦可，解为胡人“怀土之切”亦可，因此地收复未久，又是胡汉杂居地区。但引刘琨故事，谓“形势紧张”，似较深曲。“何人”句固然是感慨，但亦可理解为赞叹。因“何人”既可解释为责问语气，也可理解为感叹语气，此处似当活看。故下二句“从来冻合关山路，今日分流汉使前”，一则以写自己此次旅程经冬入春，故末句云“恐惊憔悴入新年”；一则以见此地已收复解冻，故自己可以过往。其时作者当已为营田副使，故自称“汉使”。总之，此诗思想感情较为复杂，其背景似又有线索可考，或对诗的理解稍有帮助，故志疑如上。

（《文史》第八辑，1980年）

诗人事迹的考证和唐诗研究的深入

——读《唐代诗人丛考》

傅璇琮同志所著《唐代诗人丛考》(以下简称《丛考》)问世之后，受到学界的重视和读者的好评。这部著作主要对唐高宗至唐德宗前期中的二十八位诗人事迹作了审慎翔实的考证和辨正，补充了不足，订正了错讹，贡献出可观的成果。诚如著者所序，“这本书偏重于资料的辑集和考证”，提供了一部经过审核、整理的唐诗研究资料。这对于深入研究唐诗，很有学术价值。显然，著者治学谨严，造诣较高，功力较深，是《丛考》取得成就的重要原因。它的成就表明，著者对唐代历史情况有着比较全面而深入的了解，对初唐至中唐前期的诗坛活动掌握得相当具体，所以能够在详尽占有资料的基础上，指出疑点或欠缺，作出辨正或考补，有理有据，可信可观。例如《丛考》辨正了关于中唐诗人刘长卿传记资料中相沿甚久的基本仕履的错误，便是这样。史载刘长卿生平事迹的资料，较早的有三条：一是高仲武《中兴间气集》所说：“长卿有吏干，刚而犯上，两遭迁谪。”二是姚合《极玄集》所载：“字文房。宣城人。开元二十一年进士。历监察御史，终随州刺史。”三是《新唐书・艺文志》所注：“字文房。至德监察御史。以检校祠部员外郎为转运使判官，知淮西鄂岳转运留后。鄂岳观察使吴仲孺诬奏，贬潘州南巴尉。会有为辨之者，除睦州司马，终随州刺史。”此后所见的刘长卿传记资料，都是综合这三条记载而编写的，并且相沿习用，未予考核，不曾置疑。然而《丛考》除指出某些专著对

《新唐书·艺文志》一条有误读的错讹外,更重要的是指出这三条记载存在着矛盾和疑问,并以确凿的史料辨正和考补了事实情况。其主要成果是:第一,“刘长卿曾有两次贬谪,第一次在肃宗时,至德三年(乾元元年),公元 758 年,因某事而由苏州长洲尉贬为潘州南巴尉,时节是在春天。第二次是在代宗时,大历八年至十二年间,公元 773—777 年,因吴仲孺的诬害而由淮西鄂岳转运留后贬为睦州司马,时节是在秋冬之际”。从而肯定了高仲武的记述正确,指出了《新唐书·艺文志》撰次错误。第二,刘长卿进士及第当在“天宝中”,指出姚合所说“开元二十一年”不可信。第三,刘长卿在兴元元年(784)、贞元元年(785)间离开随州任所,卒于贞元七年(791)以前,较姚说“终随州刺史”更为切实。即此三点,便解决了旧载的矛盾,澄清了相沿的传讹,考得了刘长卿的基本仕履,从而有必要对他的思想和创作的评论,再行斟酌。应当说,像这样很有学术价值的考辨,并非一时的偶然发现,而是精治功到的结果。纵观《丛考》全书,其所考虽非李、杜、韩、白一流大诗人,但都是初、盛、中唐间有成就的著名诗人,其成果有多有少,或大或小,有的是生平事迹得到充实或澄清,有的是生卒籍贯得到确定或订正,有的被忽视的诗人得到应有的重视,有的被疏略的创作得到适当的地位,以及有的名篇的写作年代、背景得到具体说明,等等。这些具体成果的取得和所具有的学术价值,大略都是如此。

《丛考》在贡献上述考辨成果的同时,还“从文学艺术的整体出发”,对所考诗人的创作在文学史上的地位和影响,对当时诗坛的创作、评论及流派活动情况,间有论述,稍作探讨,指出了某些文学现象,提出了若干唐诗论题,具有促进研究深入的意义。这方面,著者虽未予以展开论证,却体现着他从事诗人事迹考辨的目的和他所希望的深入研究唐诗的方向。应当说,这也是很有学术价值的。众所周知,诗歌作品是以社会生活为素材,通过诗人的加工而创造出来

的。诗人则是生活于一定历史阶段的具体社会。论诗须要知人,论人须要知世。评论一位诗人应如此,研究一个时期的诗歌发展也这样。但由于我国历史悠久,文学遗产极其丰富,而于诗人作家的事迹,又多所失传,加之失实传讹等复杂情况,以致年代久远的诗人作家的生平事迹,往往知之甚少。因此,辑集和考证古代诗人作家的传记资料,是研究古典文学必不可少的重要工作环节。研究唐诗亦然。历代学者,尤其是近代到中华人民共和国成立以来许多学者为此付出了辛勤的劳动,作出了重要的贡献。但由于种种历史条件的局限,这方面确乎还存在着显然的欠缺不足、未详待考的情况,对于深入研究、总结唐诗发展过程及其规律,造成不少毋庸讳言的脱节和困难。著者在序中深有感触地提出了这样一系列问题:"为什么我们不能以某一发展阶段为单元,叙述这一时期的经济和政治,这一时期的群众生活和风俗特色呢?为什么我们不能这样来叙述;在哪几年中,有哪些作家离开了人世,或离开了文坛,而又有哪些年轻的作家兴起;在哪几年中,这一作家在做什么,那一作家又在做什么,他们有哪些交往,这些交往对当时及后来的文学具有哪些影响;在哪一年或哪几年中,创作的收获特别丰硕,而在另一些年中,文学创作又是那样的枯槁和停滞,这些又都是因为什么?"其实,原因是显然的,答案是明确的:资料准备不足,不少诗人待考,需要认真踏实地进行辑集和考证工作。而经过认真的辑集和考证,如《丛考》所作的这样,倘使对某一时期的某位有成就的诗人事迹有所辨正考补,难免会对既有的评论提出若干异议,从而涉及有关诗人及流派的了解和评价,甚而可能要求对这一时期的诗歌发展情况再作全面考查。《丛考》就是这样进入了有关的唐诗各时期发展情况的初步探讨。就治学而言,这是符合历史唯物主义的原则和方法的,具体切实,不致空泛。所以,《丛考》所体现的、著者所希望的这一途径和方法,对深入研究唐诗是有益的,必要的,正确的,当然不是唯一的。

《丛考》所论涉的初、盛、中唐的诗坛和流派活动的一些问题，是值得重视的。它所考“初唐四杰”之一的杨炯和“文章四友”之一的杜审言，是初唐诗坛两个主要流派的两个代表诗人。因而涉及这两个流派的其他代表诗人和对立派别的情况。例如著者详考了裴行俭和“四杰”的关系，对旧载裴行俭从“士先器识而后文艺”的观点出发，批评“四杰”“浮躁浅露”一事的真实性提出疑难，认为事实可能恰恰相反，裴不但没有贬薄“四杰”，反而是相当看重他们的才器的。这一异议是有根据的。除了著者引用王勃、骆宾王的第一手材料外，还可以看到史载裴行俭的行为也表明他和“四杰”是有共同思想基础的。当唐高宗废王皇后，立武则天时，裴行俭一开头就“以为国家忧患必从此始”(《旧唐书·裴行俭传》)，并因此遭贬。后来他任职安西大都护颇有政绩，主持吏部也“甚有能名”。所以当他在咸亨年间(670—674)主持吏部，四杰先后来到长安，王勃、骆宾王都求他延誉引荐，似非偶然，而是如《丛考》所说，由于他们是有“十分相似”“如出一辙”的思想见解的。这就是说，倘使这一疑议得以成立，则不仅否定了一条相沿用作朝士贬薄四杰的重要论据，而且提供了一条了解四杰政治思想、考查他们与朝廷政治斗争联系的重要材料和线索。同时，由于杨炯是四杰中唯一生活到武后朝的诗人，杜审言是在武后朝从下僚升上来的，他们都与崔融、宋之问等来往相当密切，因此考证杨炯后期事迹和杜审言一生事迹，对于具体了解武后朝诗坛情况及杨、杜所代表的两个流派的演变，对于研究初唐诗歌发展过程，都是很有价值、富于启发的。

按照有的文学史论著的见解，盛唐诗坛存在边塞诗和田园山水诗两大流派，除李、杜两大家外，其余大小著名诗人都分属其派。这是一种依主题分类、从横断剖视的平面论述。其优点是抓住一个时期诗歌创作的重要主题，突出某一诗人创作成就的一个重点方面，论述条理比较清楚，也便于结合作品分析，宜于课堂教学和一般阅读。

但是这种见解的明显缺陷是对一位诗人的评论难免失于片面，对一个时期诗歌发展的阐述则往往忽视整个诗坛活动，缺少文学史的具体陈述。而《丛考》由于比较全面地考查一位诗人的事迹及其创作活动，因此它虽然只考了十来位盛唐诗人，但所涉及诗坛和流派的方面，恰可见出其弥补不足的学术意义。不言而喻，像高适、王昌龄这样的大家，简单划归边塞派是显然不妥的。但有的以名篇传世的小家，则很容易据名篇主题划派，而且每每相沿不疑。如李颀以《古从军行》入边塞诗派，常建以《题破山寺后禅院》入山水诗派，便都不合他们的实际情况，也会导致对盛唐诗坛的粗率误解。《丛考》在考证了李颀事迹后，论及李颀诗最可以肯定的大致有三方面，“一是边塞诗”，“二是描写音乐的一些诗篇”，“三是寄赠其友人之作”，而强调了第三方面作品“写出了当时一些社会人物的风貌和性格，用诗歌着重叙述和描写人物，这是李颀诗歌的一个特色”。同时，它还略考李颀诗中写到的人物如陈章甫、梁锽、康洽等的事迹，指出“李颀所着力描叙的，就是这样一些有才能、有抱负而在当时条件下受压制、不得施展其抱负的人物”。这就比较全面切实地概括了李颀诗歌的思想、艺术特点，同时也等于批评了那种以孤篇划类的粗率结论，同样，《丛考》既考及《题破山寺后禅院》，也考证了常建在唐代甚受称道的名篇《吊王将军墓》的本事，并指出他另有《塞上曲》等以边塞为题材的诗作“大多有较强的现实性”。这也显然说明了常建诗歌成就并不止于山水诗。诸如此类的论述，必然会引导读者要求全面切实了解盛唐诗歌发展情况，从而对这一时期诗歌流派的错综分合情况再作探索。

《丛考》对大历时期诗人的考辨，用力最多。著者在序中说，“过去对大历时期诗歌的研究是不够的，一说到大历诗风，往往作为形式主义加以批判。这样作未免有些简单化”。因此，《丛考》对大历时期主要诗人，除元结、李益外，几乎考遍，实际上近乎重新研究，再作估价。应当说，这是抓住了唐诗研究中一个显著薄弱而其实重要的环节。从整个唐诗发展过程看，大历时期是开元、天宝时期和贞元、元和时期这两个唐诗高峰之间的过渡阶段，其总的成就虽然不及高峰，却起着承前启后、推波助澜的重要作用，应当认真地予以全面研究，不可割断历史的联系，也不应低估它自身应有的成就。《丛考》对肃宗、代宗时期诗坛有一个综合叙述，认为“在当时众多的诗人中，除了李白、杜甫、高适、岑参、元结少数杰出的以外，大致可以分为两大群，一是以长安和洛阳为中心，那就是钱起、卢纶、韩翃等大历十才子诗人，他们的作品较多地呈献当时的达官贵人。一是以江东吴越为中心，那就是……刘长卿、李嘉祐等人，他们的作品大多描写风景山水。当然，其间也有交错，如卢纶、司空曙等也写过南方景色，皇甫冉、严维等也曾在洛阳做过官。但据诗歌史的材料，大致可以分为这两大群，两个地区，诗歌的内容和风格也有所不同”。这当然不是一个全面的概括，而是一种大体的综述，但却如实地提供了当时诗坛活动地区和流派情况，也可作为进一步研究的一个角度。当《丛考》考辨这些诗人的事迹和创作活动时，则分别就各人创作的思想内容作出比较全面切实的论涉。例如对一般认为“新乐府运动”先驱者的戴叔伦、戎昱，《丛考》充分肯定他们反映人民深受战乱祸害的作品，但指出这类作品为数不多，并适当肯定他们的其他主题的作品。而对大历十才子的创作，则指出他们在代宗广德至大历年间所作的呈献或赠送达官贵人的许多作品存在着庸俗粉饰、曲意奉承的作风，是他们“一个带根本性的普遍弱点”，在一定程度上代表了所谓的“大历诗风”。同时也肯定他们有少数作品反映了人民的苦难生活和下层士子的不平情绪，存在着继承杜甫传统的方面。这类论点是符合这些诗人的实际情况的，也是符合历史唯物主义的原则的。一个时代的诗歌潮流的发展，归根结蒂是由社会生活现实所决定的。安、史乱后的动荡苦难的社会现实决定了整个时代的创作潮流朝着反映人民苦难的写实方向发展。像大历十才子这样有脱离现实倾向的诗人也写

出了一些反映现实的作品，正表现出大历时期诗歌创作潮流全面转向写实的时代特点，符合诗歌发展的进程。由此可见，《丛考》要求对大历时期的诗歌流派进行全面切实的研究，是必要的，应予重视的。

除了上述一些关于唐代诗坛、流派的论涉外，《丛考》还提出了不少很有意思、值得探讨的研究线索和论题。有的是从诗人在当时文坛上的地位、作用、影响来考察文学潮流的。例如《丛考》述及唐玄宗时的大手笔张说，指出“张说当时不但在政治上任宰相之尊，在文坛上也俨然是一宗主”；“唐玄宗前期注意革新吏治，提倡经术，在文学上主张革旧变新，改革江左浮艳的余风，这与张说是有密切关联的”。实质上，这里提出了一个相当重要的关于唐诗发展的研究线索。一般论述唐诗繁荣的原因时，较多从社会政治、经济方面考察，尤其强调“诗赋取士”，偏重于论述唐太宗至武后时期所建立的基础，恰恰对唐诗最繁荣的开元、天宝时期的当代具体原因不多探讨，对盛唐诗坛的实际活动情况不甚重视，对当时创作思潮的动向和创作流派的实际不太了解。事实上，像张说、张九龄以及太宗时期的魏征、高宗后期的薛元超等宰相兼作家一流人物在当时文坛的地位、作用和影响都是十分重要，客观存在的，是深入研究唐诗发展及其原因所无可回避的线索和论题。有的是从艺术发展的角度来考察诗歌作品的成就和意义。例如《丛考》大致考出王湾名篇《次北固山下》当作于先天年间或开元初年，然后指出这时初唐诗人相继去世或离开诗坛，而盛唐诗人大都尚未成长或成熟，“正是在这样一种新旧诗风交替而暂时形成空隙之际，王湾唱出了‘潮平两岸阔，风正一帆悬；海日生残夜，江春入旧年’那样风格壮美而又富于展望的诗句，一扫武、韦时期绮丽不振的诗风，这就不能不使人们一新耳目，预示着盛唐诗歌健康发展的康庄大道”。这一分析和评论切合历史实际，令人容易理解，有说服力。应当说，这样具体从艺术发展过程来考察那些具有代表地位的名篇的出现、成就、影响及其原因，在古典文学研究中不算多见，却

是不可忽视的。有的是对所考诗人的创作特点提出新见，从而提供了有助全面研究唐诗发展的新的环节。例如对中唐诗人顾况创作的评论，一般论者多举其《上古之什补亡训传十三章》的《囝》《采蜡》等章，认为他的诗歌主要特点是在思想内容上关心人民疾苦，有现实性，而较少注意其艺术特点。《丛考》则指出顾况有相当数量的诗篇"想象奇特，写得富有浪漫色彩"；认为"在大历年间的诗人中，顾况诗歌的风格是最接近李贺了"。又据史载顾况"不能慕顺，为众所排"，"傲毁朝列"，"尤多轻薄"，以及他能作画，画法甚怪等行迹，从思想性格方面说明他的诗歌形式不拘、艺术风格独特的原因。这个新见似可启发研究唐诗浪漫主义发展中的一个未受注意的问题，这就是从盛唐到中唐，从李白到李贺，其间的继承发展似有中断，少一环节。倘使对顾况诗歌艺术进一步探讨，也许能切实抓住这个被忽略了的环节，而对唐诗浪漫主义的发展过程的认识会更全面些。《丛考》中这类论涉，其实是给唐诗研究提出了一些论题。正如著者在考辨贾至、李嘉祐等人的事迹时，明确提出要求正视这些诗人在文学史上应有的地位一样，希望研究这些诗人和论题，以促进唐诗研究的深入。

《丛考》在考辨诗人事迹中，对不少诗人的作品有所考证和论涉。有的是关于写作时期的。例如它大致考得王昌龄素负盛誉的边塞诗是诗人早期作品，约为开元中期或中期以前的作品。正如著者所说，"确定了这个时期，对于我们结合当时的背景来研究他的作品，是会有帮助的"。有的是关于诗风转变的。例如它考得崔颢在开元后期任职于河东节度使幕中，有机会出使所管辖的州县，因而有了从军和边塞生活的经历"，因而使他的诗歌创作"忽变常体，风骨凛然"。作为一个事例，这也有助于具体考察盛唐边塞诗的发展原因。有的是关于作品思想内容的评价的。例如它具体确凿地考证高适在授封丘尉时所作的歌颂李林甫的《留上李右相》及《飞龙曲留上陈左相》，把它们跟同时其他作家的言论相比较，指出"高适思想中是存在矛盾的”,“有着强烈的挤入封建统治集团上层的欲望”。从而指出他的名篇《封丘作》虽然抒写了“拜迎官长心欲碎,鞭挞黎庶令人悲”的苦闷和不平,是诗人思想的积极方面,但不应以此概括全面,而忽视他思想的矛盾和消极方面。凡此等等,都可见到《丛考》从考证诗人事迹而论涉诗人创作,既有评论又提出异议,或有所补充,其目的都在于希望对唐诗作深入的研究。

总之,《丛考》虽然主要是一部考辨唐代诗人事迹的研究资料,但它的学术价值不止于此。著者是为了深入研究唐诗而从事这样浩繁的辑集、考证工作的。在已贡献于世的这部分成果中,可以看到,一方面他十分尊重前人的成果,同时也进行了审慎的考核,因而发现了旧史所载的若干错讹,补充了前人疏忽的某些不足,从而觉察到唐诗研究中存在着各种相沿而来的文学史论方面的问题,也须探讨。这就不仅直接为研究唐代诗人及其创作提供了相当信实的传记资料,而且直接促进着对唐诗发展的历史研究。就著者所持的具体见解而言,自非定论,有待研讨;但从他指出的现象、提出的论题来看,都有根据,并非空论,可以经受考核。所以,在重视著者考得的许多关于唐代诗人事迹的信实资料的同时,应当看到《丛考》中论涉的唐诗史论方面的探讨,对于促进唐诗的深入研究,是有意义的。也许,这更符合著者的初衷,切合当前唐诗研究的状况。说到底,考证从来不是目的,研究诗人及其创作的特点和成就,总结唐诗发展过程及其规律,这才是著者和唐诗研究者们的主要任务。

（《文学评论》1982 年第 4 期）

简谈近几年出版的唐诗读本

从文学研究所选注的《唐诗选》和《唐诗选注》在 1978 年相继问世之后,80 年以来,各种类型的唐诗选本的出版,呈现出 1949 年以来最为活跃的景象。据不完全统计,有新选注的唐诗选本五种,《唐诗三百首》的新注本、新评本三种,唐宋诗合选本四种,唐人绝句选本八种,唐宋律诗选本一种,共二十一种。与此同时,1949 年后至"文革"前的十七年中所出版的新选注的唐诗选本,大部分也都重印了,计有新选注唐诗选本一种,《唐诗三百首》新注本一种,唐宋诗合选本一种;其未予再版者为三种。倘使不计旧选,把上述新选、新注的各种类型唐诗选本的总数加以比较,则十七年与近几年的比数为六比二十一,翻了三番又半,成绩不可谓不显著。当然,成绩的大小,不能单看数量。但是,没有品种数量,便无从比较;没有比较,也无从见出差别。

一般地说,唐诗选本的主要作用在于普及。但是,唐诗的普及不同于幼学的启蒙,而属于在较高基础上的普及。一种好的唐诗选本,能使具有相应文化水平的读者得以阅读了解、欣赏唐诗的若干优秀作品,受到高尚的思想情操的陶冶,增加形象的历史知识,获得健康的艺术享受,以及汲取宝贵的创作经验。做好唐诗的选注评析工作,要有较高的学力和较强的毅力,要作出认真的努力和付出艰辛的劳动,事实上,近几年问世的有些选本,就是多年努力的成果。文研所选注 的《唐诗选》和《唐诗选注》,众所周知,是经过多年集体努力完成的。而刘永济先生则是在患病不便行动的情况下,谨慎确定了取舍的具体标准,从万首绝句中选注了七百八十八首,留下了《唐人绝句精华》;沈祖棻先生的《唐人七绝诗浅释》更是她多年教学研究的心血。不幸,她生前未能完成定稿。程千帆先生替她实现了遗愿,为读者提供了一种很好的唐诗读本。

作为全面介绍唐诗的断代选本,十七年中唯一的也是获得好评的一种,就是马茂元先生选注的《唐诗选》。它比较全面地反映了唐诗艺术的成就和面貌,注意到题材和风格的多样;突出了大家,兼顾到小家和孤篇。既有不少现实性较强的作品,也能反映唐诗发展的历史流变。而在近几年出的唐诗选本中,这类断代选本恰巧也只有一种,便是文研所选注的《唐诗选》。两相比较,各有其长。如果说马先生的选本对于了解唐代诗歌的纵的发展和唐代的历史面貌,有较大帮助,那么文研所的选本对于介绍唐诗艺术的横的表现和唐诗各派的代表作品,更有可取。后者选目的显著特点是在突出大家的同时,对有成就的各流派作品的选择和所占比重较为适当,在广收名篇之中较多包罗小家的作品。有些思想平庸但确有艺术特色,有一定借鉴作用的作品,也酌量选录。因而它对中、晚唐诗人作品的发掘较多,也较全面。归根到底,这两种选本的成就和特点,都取决于成书时的唐诗研究思潮和成绩。马先生的选本大致反映了五十年代的成果,文研所的选本所反映的主要是六七十年代的研究状况。从这个意义看,它们不仅是当前读者全面了解唐诗的良好读本,而且是1949年以来两个历史时期中具有代表性的唐诗选本。前两个历史时期各有一种,也许是历史巧合,但取彼之长,合其两美,广收唐诗研究的新的成果,编选一种新的唐诗断代选本,此其时矣。

清人孙洙选的《唐诗三百首》原是为儿童编的家塾读本。由于它汲取了《千家诗》易诵的优点,又"专就唐诗中脍炙人口之作,择其尤要者",因而成为一种长幼可读、雅俗共赏的读本,流广传远,至今不

衰。这就使当代的唐诗学者产生了两种意愿:有的觉得它在今天仍不失为一种可用读本,便为它作新注或新评,以帮助今天的读者阅读和欣赏;有的认为它毕竟是过去时代的产品,不足以适应今天读者的需要,就立志要用新编来取代它的流传。在十七年中,这两类工作都有过尝试,而为读者所接受的一种,便是近几年重印的喻守真先生新注的《唐诗三百首详析》。应当说,《详析》的显著特点和成功之处,并不在于作品思想、艺术的详尽分析方面,而是较详地分析了所选古近各体唐诗作品的结构布局,声韵格律,对仗用事,炼字造句等形式技巧方面。这倒是相当忠实于原选者的意图,偏重于帮助不熟悉旧体诗歌格律、也不会吟咏的读者自觉习作吟咏旧体诗。今天多数读者对旧体诗歌的声韵格律缺少了解,因此《详析》的工作是有补益的,适应一定需要。相对来说,在诗人介绍、字句注释和作品思想、艺术评析上,它显得较为简略。而近几年中问世的金性尧先生的《唐诗三百首新注》,恰在《详析》所不详的方面见长,更适合今天读者对于了解作品思想、艺术特点的需要,其注确有新意。《新注》对诗人介绍具体扼要,多所评论,也是必要的。它的注释简明易懂,不避疑难,注意点出比兴的寓意和典故的用意,绎出诗人的本意或寄托,大体可谓深入浅出,适中得当。尤其是每首诗的"说明",吸取前人和今人的研究成果,广征博引;针对作品思想或艺术的独到之处,指要见微;有的阐明内容,有的简析形式,有的提供背景,有的比较风格,有的指出局限,等等不一,不求全备,意尽则止。这样的说明,既有助于阅读欣赏,又可弥补原选因历史局限而存在的不足,兼有积极辅导和正确引导的作用。也许可以说,《新注》的成功恰在今天的历史条件和读者对象的需要上,使原选保持了雅俗共赏之趣,起到了古为今用的作用。比较起来,近几年出的同类注本或评本,都具有《详析》所不详的不同长处,大致看来,黄雨的《新评》时有新见,发人兴味;陶令雁的《详注》则便于初读,利于普及。

文研所的《唐诗选》,实际上和武汉大学中文系古典文学教研室选注的《新选唐诗三百首》一样,是旨在取代《唐诗三百首》而作出的努力。一九五八年所出的《新编唐诗三百首》未能流传的主要原因是选诗失于片面追求为当前现实政治服务。而《唐诗选注》的选者则承认《唐诗三百首》“在选目上比较注意作家作品的广泛性和代表性”,中肯地指出其缺陷是“排斥了许多具有民主性精华的优秀名篇”。因而《选注》的特点首先在坚持运用马克思列宁主义、毛泽东思想的文艺观点和标准,选取思想内容和艺术形式结合得比较完整的优秀名篇,同时又很注意作家作品的广泛性和代表性。全书共选录三百六十七首诗,而诗人多达一百零七人,较之《唐诗三百首》的三百十来首七十七人,显然入选诗人更为广泛。在大、中、小家入选作品数量比例上,李杜共选八十三首,占总数四分之一弱,有八十来位诗人都只选一两首,处于两端之中的诗人如王孟、高岑、元白、刘柳、韩孟、小李杜等不同时期不同流派的代表诗人便都有一二十首入选,有显著地位。应当说,这样的比例既合入选诗人的历史地位,也更能显出诗人们的代表性。对于每个诗人的入选作品,《选注》显然有个倾向:在同一诗人的有代表性的名篇中,更多录取思想性较强的篇什。可以理解,作为一种普及性的唐诗读本,应当注重社会影响和效果。但也毋庸讳言,这一倾向有得有失。其突出优点是,它的选目虽有不少作品与旧选同,但称颂圣德、宣扬儒教之作绝迹,消极颓伤、庸俗酬世之什亦无,大观确有一新之感。而同时,某些流派具有代表性的名篇,甚至是《选注》在作者介绍中已经明确提到了的,却未获入选,这不能不说是一种缺憾。相对地看,《新选》则较多顾全流派名篇,而入选的小家名篇就少一些。不难看到,两全其美的关键在于精益求精。《选注》和《新选》各有发掘和突破,作出了努力和贡献,所选都属精品。因此,在公认适中的“三百”之数内,在迄今为止的旧选、新编都录取的优秀名篇的常数之外,入选哪些精品来充实可变数,只能是精益求精。而这需要一个过程，有待于唐诗研究的进一步深入和唐诗的进一步普及，要进一步经受时间的考验和历史的淘汰，现在来断定入选具体篇目的得失长短为时尚早。

唐人绝句选本，是近几年出的唐诗选本中的大宗和热门。造成这种现象的原因，当然不是像古人分体选编以供揣摩吟咏，满足习作应用的需要。从绝句选本多而律诗选本仅一种的情况来看，显然由于绝句这一诗歌体裁的特点和唐代诗人绝句作品所取得的成就，都具有更易为今天广大读者接受和喜爱的因素。而从已出的绝句选本的情况来看，作为一种趋势和倾向，也是正常的，健康的，有利于唐诗的进一步普及和读者阅读鉴赏能力的逐步提高。十七年中，分体选编的唐诗选本，可以高步瀛先生《唐宋诗举要》为一种。《举要》只选大家名篇，精注详考，广征博引，虽有助鉴赏，其实是学问之注，《阳春》之编，不适于普及之需。如果说十七年中，唐诗已有一定的普及基础，需要相应的提高性的普及读本，则从马先生的《唐诗选》到高先生的《举要》之间，应有一些过渡性的选本出现。实际上，刘永济先生的《唐人绝句精华》和沈祖棻先生的《唐人七绝诗浅释》恰属这样的提高性的普及读本。它们被推迟到近几年问世，是历史的偶然；而这样的选本迟早要涌现，却是历史的必然，是唐诗普及到一定阶段必定要出现的一种突破和前进。

绝句短小精悍，“字少而意多，言近而旨远”，易于诵读，便于流传。五七言绝句，尤其是七绝，在唐代已是遍受喜爱、广为流行的一种诗歌体裁，以至于称为“自帝王公卿、名流方外以及妇人女子，佳作累累”。所以古来习作旧诗者有主张古体入手和律诗入手两说，而推广普及唐诗，提高分析鉴赏能力，则往往着眼于绝句。宋代洪迈编《唐人万首绝句》，清代王士禛删为《唐人万首绝句选》，至刘永济先生又厘定为《唐人绝句精华》，虽然取舍标准有所不同，而其社会效用则相一贯。因而万首之与千来首，数量大相径庭，而对于读者，则千首

之与三百，仍属数量较大之类。其优点自在包罗稍广，便于读者选读，因而读者对象的相应水平也自要求稍高。以刘先生所定“取的标准”十类而言，读者显然要对唐代社会生活有相当了解，方能理会这十条标准的具体内容和范围。而且《精华》注简而释精，在阐明诗意，分析艺术，评论诗风，辨证歧说等方面，有许多自己的精辟见解，更多择取“宋贤以后诗话家、诗选家论绝句之语”，对于相当水平的读者分析鉴赏作品有较多便宜，而对于一般读者则显然较为吃力。从这方面看，近来新出的黄肃秋选、陈新注的《唐人绝句选》，在选和注方面似更适合今天读者的实际情况，选广而精，注简而明，指点不繁，给读者留有较多思索提高的天地。房开江等的《唐人绝句五百首》大致亦属此类。

近几年来，普及古典文学的一种普遍趋势是通过名篇的具体分析评论，提高广大读者的阅读欣赏能力。唐诗选本同样出现这一趋势。刘逸生《唐诗小札（修订本）》以及《唐诗鉴赏集》等，都是这种有益的努力和贡献。其中较有开创性和启发性的一种，便是沈祖棻先生的《唐人七绝诗浅释》。沈先生运用前人诗话评论中往往可见的同类比较的方法，“挑出了若干首作为正文，按时代先后排列，而把另外一些在某一方面或几个方面可以与正文进行比较的作为附录。在分析时，先正后附，连类而及”。其所比较，或题材，或主题，或语言风格，或写作技巧；有的是正比，有的是反衬，有的都是唐人作品，有的比及宋以至清代的作品，总计分析了二百二十多首诗，作了六十多类比较（附录旧释部分不在内）。较之一般地引用前人诗话中的摘句品评，《浅释》这样广泛地引用全诗进行具体切实地分析比较，不仅使读者对所释作品的思想或艺术的特点有较深入的了解，还可以让读者对正附作品自行分析比较。这对于开阔眼界，启发思路，培养读者分析鉴赏能力，以及汲取写作经验，都更有益处，由于《浅释》是在讲稿基础上编成的，因而文中时有注释串讲，又着重分析评论，熔以研

究心得,这就便于读者各得所需。应当说,这在普及唐诗、介绍祖国文学遗产、提高读者文化素养和艺术鉴赏方面,是一种有启发性的路数。在这方面,刘学锴先生等的《唐代绝句赏析》,简注而详赏析,也是较多运用比较分析方法,而在所选作品的意境阐析上时有精到之见。虽然它的体例不属分类比较,其实路数相同,效益相仿,也受读者欢迎。

唐诗是祖国文学遗产中一大瑰宝,也是人类精神文明的十分珍贵的财富。通过多种方式和路数,普及推广唐诗精华,无疑是一项很有意义的工作。历代以来都有许多不同类型的唐诗选本,对于保存和流传唐诗,对于发挥唐诗的社会作用和发扬唐诗的优良传统,都曾作出贡献。近几年出版的唐诗选本,确实成绩显著,趋势较好,但似也有不少可以改进和开拓的余地。例如从诗歌创作方法的角度编选一种,以重大主题为类别编选一种,也可以专选一种流派的典型代表作品,还可以选一种专讲诗歌格律的典型作品,等等。此外,像近几年已较重视的专供儿童诵读的唐诗选本,或者像《唐诗故事》一类别有趣味的尝试,其实都可酌情适量予以编选出版。同时,也应看到,选本的注释工作,由于涉及的知识面很广,确实存在许多未妥以及错讹之处,注者和读者也时有发现和指导,因而再版的修订工作是应予足够重视的,尤其是获得好评、受到欢迎的畅销读本,更应及时订正,以免传讹。

(《文学评论》1983 年第 2 期)

历代的唐诗选本述略

从唐人选唐诗到《唐诗三百首》,历代编撰的唐诗选本,种类纷繁,数量众多。经过历史的淘汰,在今存数十百种历代的唐诗选本中,有一些在历史上曾有较大影响的选本,以及少量至今仍为读者接受的读本,应当说是一份可观的遗产。整理和研究这份遗产,不仅对于今天编撰一部精约备要的唐诗选本,可供借鉴有益的历史经验,对于整理唐诗作品校勘、辨伪等工作,可以提供有价值的资料,而且对于了解唐诗的理论、批评、创作的发展,对于了解唐诗在宋代以后诗歌发展中的作用和影响,对于了解宋以后历代诗人学者评论研究唐诗的变迁情况等,都有未可忽视的意义。因此在唐诗研究中,这方面工作,应予一席之地。

某一文学样式的总集性的作品选本,实质是关于这一文学样式的某种理论观点的具体运用,是把这一理论贯彻于作家作品批评的具体成果,是按照这一理论要求而选取出来的优秀或典范作品的汇总。历代的各种唐诗选本,也是如此。从唐到清,凡属当时有较大影响、后来又流传于世的唐诗选本,无不是从唐诗这一宝库中选择符合选家要求的优秀作品,以宣扬选家所主张的某种理论观点。《四库总目提要·总集·〈御选唐诗〉》条云:“诗至唐,无体不备,亦无派不有。撰录总集者,或得其性情之所近,或因乎风气之所趋,随所撰录,无不可各成一家。故元结尚古淡,《箧中集》所录皆古谈;令狐楚尚富赡,《御览诗》所录皆富赡;方回尚生拗,《瀛奎律髓》所录即多生拗之篇;元好问尚高华,《唐诗鼓吹》所录即多高华之制。盖求诗于唐,如求材入山海,随取皆给。而所取之当否,则如影随形,各肖其人之学识。自明以来,诗派屡变,论唐诗者亦屡变。"其论大体中肯。

从诗歌艺术上看,唐诗实则是古代诗歌发展中的一种诗歌样式,即五七言古近体诗的成熟、完备的阶段。一般地说,它成熟于初唐,完备于盛唐,以李白、杜甫为集大成者。明胡应麟说:"太白五言沿洄魏、晋,乐府出入齐、梁,近体周旋开、宝,独绝句超然自得,冠古绝今。子美五言《北征》《咏怀》,乐府《新婚》《垂老》等作,虽格本前朝,而调出己创;五七言律,广大悉备,上自垂拱,下逮元和,宋人之苍,元人之绮,靡不兼总。故古体则脱弃陈规,近体则兼该总善,此杜所独长也。"(《诗薮·内编》卷四)其论符合实际。中、晚唐虽然诗人辈出,大家卓然,杰作泉涌,但在古近体诗歌艺术形式上,其实各自成派,而都无多突破。宋代以后,词、曲已为新体,古近体诗发展情况略同中、晚唐,主要以反映各自时代现实的思想内容取胜,艺术形式更无新创。因而从诗论、批评上看,初、盛唐大体处于总结、发展前代传统,创造成果经验的阶段,高唱风骨,注重声律;中、晚唐更多总结当代创作经验,探索创新途径,诗论兴起,诗派明显;宋代以后则主要总结唐诗经验,发展各派诗论,诗话大兴,诗派屡变;相应地,各种唐诗选本便在历代日益纷繁地问世。当然,不论因性情或因风气,凡足以成一家言的一种唐诗选本的出现,归根结蒂是取决于各自时代的社会政治发展的。

唐人所选诗歌总集,已有中华书局辑印《唐人选唐诗(十种)》。除敦煌写本残卷二十叶外,其余九种都是有影响、有意义的选本。倘使从诗论倾向和发展脉络看,则大致可分三类,各具特点和影响。

第一类为佚名撰《搜玉小集》一卷,殷璠撰《河岳英灵集》三卷,高仲武撰《中兴间气集》二卷。这三种持论都倾向于注重风骨而不薄声律,多录古体而亦备近体。而其所选录分别为初唐、盛唐和中唐前

期，前后相承，脉络可见。今本（指中华排印本，下同）《搜玉小集》收魏征至王冷然等三十六人，诗六十一首。据其收魏征《述怀》，可知上自武德初；而王冷然在景云二年为二十岁，开元元年始举进士，开元五年及第，则知名当在开元后，可知本书当撰成于开元初期。因此它虽是一种初唐诗歌选本，其实反映开元初期的一种诗论观点。初唐代表诗人魏征、四杰、四友、沈宋、陈子昂及刘希夷等都在其选，但不选虞世南等陈隋旧官、上官仪等绮婉诗人和王绩等隐逸之士。所选作品虽然不尽是入选诗人的主要代表作，但大多是有代表性的名篇。其内容主要围绕边塞和仕宦，述志抒怀，写忧寄慨，有现实政治性，不尚敷衍升平，甚少高蹈情趣。其形式则有乐府古体，也有律绝近体，而以五七言排律的歌行较为突出。殷璠《河岳英灵集序》说："自萧氏以还，尤增矫饰。武德初，微波尚在。贞观末，标格渐高。景云中，颇通远调。开元十五年后，声律风骨始备矣。"本书所体现的选取标准，虽倾向于声律风骨并重，然大致与殷论相合。因此它虽然撰者佚名，体例未备，却是唐人所选初唐诗歌的一种较好选本，对于了解初唐诗歌创作思潮颇有价值。又据《新唐书·艺文志》载，"《搜玉集》，十卷"。《通志》载同，并注云"唐人集当时诗"。则《小集》或选自《搜玉集》。但今本亦非旧本，较于"旧目题凡三十七人，诗六十三首"，《总目提要》所录汲古阁本三十四人，诗六十二首，都有小异。

《河岳英灵集》殷璠自序说："粤若王维、昌龄、储光羲等二十四人，皆河岳英灵也。此集便以河岳英灵为号。诗二百三十四首，分为上下卷。起甲寅，终癸巳。伦次于叙，品藻各冠篇额。如名不副实，才不合道，纵权压梁、窦，终无取焉。"说明本书选取二十四位当时杰出诗人在开元二年到天宝十二载之间的二百三十四首优秀作品，可以见出本书的突出特点是精益求精。这一方面由于殷璠编撰态度认真严正，坚持名实相符，不畏势要，不受贿赂，唯"河岳英灵"的高度是求。但更重要的是他具有进步的诗论，力求精辟和审鉴，终于选出一批当时的杰出诗人和优秀作品。他的诗论重视风骨神情，提倡自然音律，要求体现风骨的“调”和表现音律的“词”两者的和谐完整，明确反对拘于声病的形式主义。由于他贯彻了自己的主张，因而所选诗人作品，个性鲜明，风格独特，盛唐大家除杜甫外，全部入选，基本反映当时风貌，而诗体亦备。其所评论，大多能结合诗人遭际，抓住特点，作出不易之论，因而有助于了解诗人独特风格的成因，并提供了解诗人生平的一些重要线索。《新唐书·文艺传》《唐才子传》等书多采录其言，可见为后世所重。总之，在盛唐人选盛唐诗的各本中，在历代的唐诗选本中，本书都属杰出的选本。但今本似已非旧本。一是自序明曰“分为上下卷”，《新唐书·艺文志》《通志》等均录为二卷，而今本分为三卷；二是序曰“二百三十四首”，今本实共二百二十八首，岑仲勉先生已指出，明本卷目共二百二十九首，编录则同今本，以孙毓修校文增入两首，“数亦不符”（《唐集质疑》）；三是张谓评语标举其《代北州老翁答》，而集中未录其诗，似为佚失，凡此都可见其已非旧本。

《中兴间气集》自序云：“起自至德元年首，终于大历末年，作者数千，选者二十六人，五言诗总一百三十二首，分为两卷，七言附之。略叙品汇人伦，命曰《中兴间气集》。”虽然高仲武批评殷璠《丹阳集》“止录吴人”，但本书则明显继步《河岳英灵集》而撰。由于安史乱后，内外战乱未歇，诗歌风气演变，本书体例虽然略同殷编，而持论则稍有未及。高仲武反对“苟悦权右，取媚薄俗”，主张“兼包众善”，“但使体格风雅，理致清新，期观者易心，听者竦耳，则朝野通载，格律兼收”。本书大体贯彻这一主张。其所收至德到大历的二十六人一百三十二首诗，虽然未能包括全部主要代表诗人主要代表作品，但顾及中唐前期不同流派，收入不少诗人的代表作或名篇，如山水诗有刘长卿、章八元，专古体者有孟云卿，反映现实的有刘湾、戴叔伦，大历十才子有钱起、韩翃、崔峒，以及肃、代两朝著名诗人郎士元、张继、李嘉

祐、皇甫冉、皇甫曾等。而收入“跛扈交广”的“不平者”苏涣《变律格诗》三首，“华胜于实”而“才力不足”的诗人李希仲诗三首等，显然以示“兼包众善”。他的评论虽然要求“略述品汇人伦”，但在知人和论诗两方面缺少内在联系，不如殷评的完整一致，因此对诗人的评述更多事迹考证价值，而对作品的评论又偏重艺术表现特点，未能准确概括诗人风格的独特之处。例如评刘长卿云：“长卿有吏干，刚而犯上，两遭迁谪，皆自取之。诗体虽不新奇，甚能炼饰。大抵十首以上，语意稍同，于落句尤甚，思锐才窄也。”述人和评诗，截然两个角度，并未抓住刘诗特点。难怪晚唐郑谷说：“殷璠裁鉴《英灵集》，颇觉同才得旨深。何事后来高仲武，品题《间气》未公心？”（《读前集二首》之一）造成这类评论偏颇的原因，确如胡震亨所说，殷璠在陈、隋、初唐之后，“专重风骨裁甄”，以“净涤余疵，肇成一代雅体”，而高仲武在盛唐之后，“逮乎肄习既一，多乃征贱，自复华硕谢旺，闲婉代兴，不得不移风骨之赏于情致，衡韵调为去取”，“亦时运为之”（《唐音癸签》）。实质是论诗偏重情致韵调而不专重风骨所造成的。但是，比较起来，本书仍不失为中唐人选中唐诗以及历代唐诗选本中的一种优秀选本。不过今本亦非其旧。卷目为二十六人一百三十四首，而实录二十五人一百三十二首，缺郑常一人诗三首，而李希仲多一首。又缺自序及张众甫、章八元、戴叔伦、孟云卿，刘湾五人评语。今本附孙毓修校文，据云何焯据述古堂影宋钞本有自序及五人评语，且录诗颇有异同。又自序云“七言附之”，而今本及孙校所据本中七言诗编次大多混杂而不分列附末。可见今存诸本均非旧本。

第二类是芮挺章撰《国秀集》三卷，元结撰《箧中集》一卷。这两种选本持论对立，各偏一端，都非佳选，而有助于了解天宝间诗风、流派情况。

《国秀集》是一种初、盛唐诗歌合选本。据楼颖序，本书原是“秘书监陈公、国子司业苏公”授意国子监进士芮挺章搜集的。由于芮挺

章搜罗弥广，唯恐遗漏，迟迟未竟，以至陈公死后，选稿“堆案飒然，无与乐成，遂因绝笔”。然后把已选“凡九十人，诗二百二十首”略作编次，“为之小集，成一家之言”。可见本书其实是仓促编成的未定稿，取舍未严，体例草草，缺陷明显。据楼序所引陈、苏二公之论，原意在编选一种从开元到天宝三载之间的优秀诗歌选集，所谓“披林撷秀”、“登纳菁英，可披管弦者，都为一集”，所以集名“国秀”。其目的是反对一种忽视诗歌艺术性的倾向，所谓“务以声折为宏壮，势奔为清逸，此蒿视者之目，聒听者之耳”。但是由于芮挺章扩大了选录范围，上及初唐；又由于楼颖理解有所偏颇，因而作序首先引用陆机《文赋》“诗缘情而绮靡”，片面突出了形式要求，又援引孔子删诗的范例以解释本书采自初唐的原因，勉强提出所谓“顺泽”的观点；这就使本书持论仿佛在提倡绮靡，这既不尽符合陈、苏原意，也与入选作品不协。本书目录也颇凌乱。上中下三卷似含品第，又各卷以诗人时序编次，但都不明确。所列诗人职衔大致是初唐名宦以终官职称，但开元诗人则似随所知而列。如祖咏及第于开元十二年，称之“进士”；常建在开元十五年及第，却称之“前进士”；而李颀及第于开元二十三年，又以官职“新乡尉”相称；至于称王维为“尚书右丞”，或后人所改。再从入选诗人看，初唐不选四杰、陈子昂，开、天不选李白、刘慎虚，却较多选入诗名不著的下层士大夫，并且自选二首，作序人楼颖五首，因而不仅显出选取未精，也难免互相标榜之嫌。总之，本书其实不算一种好的选本。大约当时影响不大，后来也湮没无闻，所以《新唐书·艺文志》及《崇文总目》都不载录，“殆三馆所无”，到宋代才从古书商手中传出。但作为一种唐诗资料，“以唐人旧本，所选尚有可采”（《四库总目提要》），颇存开、天名篇，又存一些当时不著名诗人作品，有助了解当时诗风一面。目录所载诗人职衔，有的可能抄自当时其他传本，也可作考证诗人仕履和作品写作时间的资料。此外如王湾《次北固山下》的异文，王之涣《登鹳雀楼》在本书作朱斌《登楼》，等等，可资校勘、辨伪之用。但是宋曾彦和所见抄本已云“名欠一士，而诗增一篇”，明毛晋校本云“虚列三人”，《总目提要》按云毛校本“实八十五人，诗二百十一首”，都与今本八十七人二百一十八首不同，可见久已残佚。

《箧中集》撰于唐肃宗乾元三年，其实是一种兼寓倡导和纪念两重意义的小集。所选沈千运、王季友、于逖、孟云卿、张彪、赵微明、元季川等七人，都是元结亲友，元季川即元融，为其胞弟。所收诗二十四首，都是五言古诗，主要抒写愤世嫉俗、励志守节的感时之情。据自序，编撰大旨有三：一是反对“拘限声病，喜尚形似，且以流易为辞”的时行诗风；二是表彰以沈千运为首的一个坚持风雅传统的小小流派；三是感慨这派诗人志节高尚而仕途不遇的命运。但由于安、史乱后，“已长逝者，遗文散失；方阻绝者，不见近作”，因而元结将“箧中所有，总编次之，命曰《箧中集》”。不难看到，本书持论和选录恰与《国秀集》相反，激烈反对专重声律的近体，极端强调诗歌的思想性。如果参照殷璠称王季友“自首短褐，良可悲乎”，高仲武评孟云卿诗“祖述沈千运，渔猎陈拾遗”的评论，结合元结在天宝年间的诗论和创作来考察，可以看到当时不仅有以萧颖士为代表的文章复古思潮，还出现了以沈千运为代表的诗歌复古思潮，并渐成流派。到中唐前期，元结、王季友、孟云卿等人的诗歌都有一定影响。从这个角度看，本书的意义不惟表现“元结尚古淡”，更有助于全面了解天宝至中唐前期的诗风演变和诗歌流派的情况。

第三类是令狐楚撰《御览诗》二卷，姚合撰《极玄集》一卷，韦庄撰《又玄集》三卷和韦縠撰《才调集》十卷。前两种为中唐后期诗人选中唐前期诗歌，后两种为晚唐、五代人选有唐一代诗歌，其共同特点是旨在赏鉴而偏重艺术性。《御览诗》是令狐楚为中书舍人时奉诏采当时名家诗以供唐宪宗欣赏的，成书当在元和十二年前。今本已非其旧，计选三十人二百八十六首，都是五七言近体，情调温柔委婉，乃至轻艳。它选自皇甫冉、顾况、刘方平、韦应物，讫张籍、杨巨源，而以李益、卢纶、杨凝为最，但不选元、白、韩、柳。《极玄集》原选王维、祖咏以及中唐前期李嘉祐、刘长卿、戴叔伦及大历十才子等二十一人一百首诗，今本存二十人九十九首诗。自序云是从“众集中更选其极玄者”，“此皆诗家射雕之手也”。所选除韩翃有两首七绝外，余皆五言近体，而多五律；内容以赠答之制为主，而尚才华，贵精巧，体现着姚合的诗歌艺术观点，开晚唐以后选本偏重近体技艺之风，并对南宋后期诗歌发展有明显影响，对了解中、晚唐之际诗风的一种演变较有意义。又本书入选者除僧人外，都简注诗人仕履，间或略述当时诗风情况，提供了一些考证诗人事迹及流派情况的有用资料。《又玄集》撰成于唐僖宗光启三年(887)，为追步《极玄集》之撰。其显著特点是广收名家而精选作品，除初唐仅宋之问一首外，盛唐、中唐及晚唐名家几无不取，而最多不过杜甫七首，大多只录一首。因此缺点亦显，大家不突出，名篇多落选。本书似在元代已佚失，今本传自日本(详见夏承焘《又玄集后记》)。自序约举成数云“才子一百五十人”，“名诗三百首”，今本实为二百四十二人三百零三首诗。其中错乱颇见，如孟郊一首实为孟浩然《岁暮归南山》；武瓘二首，其《劝酒》一作于武陵诗，《感事》一作于濆《对花》；下卷目录徐振、许棠、赵氏三人，集中无诗，而张乔四首，其中二首一作徐振诗；又集中载宋若昭、宋若茵、田娥各一首，而目录失载。凡此可见今本似非原本。撰成于五代的《才调集》，其实是一种“自乐所好”、殊无体例的选本。虽然自序云“因阅李杜集、元白诗”而产生编撰动机，但其实不收杜甫诗，也不甚突出李白、白居易，大部分作品为晚唐诗歌。其编次大致是随手抄录，每满百首，即为一卷，总成十卷。因而前、后卷重出、再出者十余人，以赋、词抄作诗歌，诗题、作者舛乱等也不时可见。但本书较多保存晚唐作品，对了解中唐后期到晚唐五代的诗风演变，以及整理晚唐诗歌，都有一定价值。清初冯舒、冯班评点本书，以反对崇宋诗之风，因而本书在清代颇有影响。

宋、元、明三代的唐诗选本,大致有下述几类。一是各种大型总集,如宋王安石撰《唐百家诗选》二十卷,宋洪迈撰《万首唐人绝句选》九十一卷,明张之象撰《唐诗类苑》二百卷,明吴琯《唐诗纪》一百七十卷,明臧懋循撰《唐诗所》四十七卷等。二是沿《极玄集》而来,讲究近体法度,探讨形式技巧,如宋赵师秀撰《众妙集》一卷,宋周弼撰《三体唐诗》六卷,金元好问撰《唐诗鼓吹》十卷,元方回撰《瀛奎律髓》四十九卷(唐宋诗合选),以及专供学习诗韵的选本如明康麟撰《雅音会编》十二卷,明施端教撰《唐诗韵汇》等。三是总结唐诗发展,区别各体流变,如元杨士弘撰《唐音》十五卷,明高棅撰《唐诗品汇》九十卷、《拾遗》十卷及《唐诗正声》二十二卷等。四是明代诗派纷起,借唐诗以成一家诗论,如截取李攀龙撰《古今诗删》而成的《唐诗选》,钟惺、谭元春撰《唐诗归》三十六卷,陆时雍撰《唐诗镜》五十四卷等。不难看到,第一类具有资料价值。第二类有助作诗,在清代以前颇有影响。除《众妙集》在明末传出外,《三体唐诗》《唐诗鼓吹》《瀛奎律髓》等,元代以来各有注释本、评点本或补正本。比较起来,第三类以及第四类选本似更有意义。

《唐音》自序云,杨士弘总结了唐、宋、元三代的唐诗选本的经验,认为从《极玄集》以下各种选本"大抵多略于盛唐而详于晚唐"。他后来有机会读到许多唐初、盛唐诗,"手自抄录,日夕涵泳。于是审其音律之正变,而择其精粹,分为始音、正音、遗响,总名曰《唐音》,凡十五卷,共诗一千三百四十一首。始于乙亥(元顺帝元统三年),成于甲申(至正四年)"。据《湖北先正遗书》刊明顾璘批本,计"始音"一卷,专选初唐四杰诗;"正音"十三卷,以五七言古近体分类,附五七言排律及六言绝句,又以武德至天宝末为唐初、盛唐,天宝至元和间为中唐,元和至唐末为晚唐的分期先后编次,五古二卷收盛唐诗,七古二卷、五律三卷、五绝三卷兼收初、盛、中唐诗,七律三卷、七绝二卷收及晚唐诗；“遗响”一卷杂收四唐诗，不分体。除无名氏外，总收诗人及方外、闺秀等一百七十四人，但因李、杜、韩三家“世多全集”，故不录其诗。总的看来，本书显著特点是注重辨别唐诗各体不同时期、流派的风格和变化，而以盛唐为唐诗各体艺术成就的典范，纠正了偏重晚唐近体技巧的倾向，从而比较切实地以选本形式总结了唐诗各体的发展流变。从南宋严羽《沧浪诗话》以讲禅悟、辨气象提出初、盛、中、晚的四唐说之后，《唐音》是第一种体现其说的唐诗选本，因而对后世影响明显。

但是，完成四唐说体系的唐诗选本是《唐诗品汇》。高棅为闽中十才子之一。十才子首领林鸿明确认为诗歌“唯李唐作者可谓大成”，“开元、天宝间神秀声律，灿然大备，故学者当以是为楷式”（《唐诗品汇·凡例》）。高棅接受林鸿的观点，又吸取“古今诸贤”、严羽及《唐音》的诗论，在明洪武二十六年撰成本书九十卷，收六百二十五人五千七百六十九首诗，五年后又成《补遗》十卷，收六十一人九百五十四首诗。显然，本书特点和成就不在“选”，而在“品汇”。他把数以百千的唐代诗人作品“校其体裁，分体从类，随类定其品目，因目别其上下、始终、正变，各立序论”。他明确划分初、盛、中、晚四个时期；设立九个品目，“大略以初唐为正始，盛唐为正宗、大家、名家、羽翼，中唐为接武，晚唐为正变、余响，方外、异人等诗为旁流，间有一二成家特立与时异者，则不以世次拘之”。这样，从唐诗各体流变看，大体可“观诗以求其人，因人以知其时，因时以辩其文章之高下，词气之盛衰”。诚如胡震亨所说，“斯则流委既复不紊，条理亦得全该，求大成于唐调，此其克集之者矣”。而本书缺点也如胡所指出，“大谬在选中、晚，必绳以盛唐格调，概取其肤立仅似之篇，而晚末人真正本色，一无所收”。尽管如此，本书用总集把唐以来关于唐诗各体流变的种种论述作了一个小结，使宗奉盛唐的四唐说形成一个体系，因而在历代的唐诗选本中仍居重要地位，具有深远影响。但本书毕竟繁杂，因此高棅又从《品汇》精选一百三十二人九百三十三首诗，撰《唐诗正声》二十二卷。

明代中叶以后，古今体诗已趋末流，陷于穷途，因而出现前后七子、公安、竟陵等诗论派别纷争。李攀龙《古今诗删》，钟惺、谭元春《诗归》，陆时雍《诗镜》等都是从汉魏到唐的历代总集，目的都是借以宣扬一家诗论，贯彻作品批评。这类选本的价值主要不在选，而在评点，对于古代文论、古代诗论的研究，更有意义。从唐诗选本方面看，它们与其他一些评点注释的选本，如周珽撰《唐诗选脉会通评林》六十卷，唐汝询撰《唐诗解》五十卷等，以及明代书商截取《古今诗删》而成的《唐诗选》《唐诗广选》等评注本，一起汇成一种读本化的发展趋势，在解释、赏析唐诗方面更多普及作用。而与此同时，有鉴于《唐诗品汇》的不足，全面整理唐诗的要求应时而起，其突出表现和成就，便是胡震亨撰《唐音统签》一千零二十七卷，为清代编撰《全唐诗》打下基础。

有清初叶是整理研究唐诗的盛时。康熙四十二年撰《御定全唐诗》九百卷，五十二年撰《御选唐诗》三十二卷、附录三卷，乾隆十五年撰《御选唐宋诗醇》四十七卷，这些都可以看到清初统治集团爱好并重视唐诗这份珍贵遗产。但从唐诗选本的发展情况看，其实清初各类唐诗选本都是在明代已有基础和已成趋势上出现的。《全唐诗》即以《唐音统签》为基础而增益、旁采撰成，而在《全唐诗》撰成的前一年即康熙四十五年，徐倬已撰成大型总集《全唐诗录》一百卷。可见整理集结全部唐诗作品，是一种必然的历史要求和趋势。清初的唐诗选本大体上也是如此，有的随诗派而出，有的补充发展前人选本，有的详点解释作品，而总的趋势是向提高性或普及性的读本发展。正如《总目提要》评《唐贤三昧集》所说，“诗自太仓、历下以雄浑博丽为主，其失也肤；公安、竟陵以清新幽渺为宗，其失也诡。学者两途并穷，不得不折而入宋，其弊也，滞而不灵，直而好尽，语录史论，皆可成篇。于是士祯等重申严羽之说，独主神韵以矫之，盖亦救弊补偏，各明一义”。中肯指出清初从诗派而出的《唐贤三昧集》，其理论不过重申前人旧说。而这一类唐诗选本中影响较大的，实际上都不以一派诗论见长，而是以有助赏鉴而流行于世。

《唐贤三昧集》自序云：“不录李、杜二公者，仿王介甫《百家》例也。张曲江开盛唐之始，韦苏州殿盛唐之终，皆不录者，已入予五言选诗（指其所撰《古诗选》），故不重出也。”上卷选王维、储光羲等九人一百五十四首诗，中卷选孟浩然、王昌龄、李颀等九人一百八十五首诗，下卷选高适、岑参等二十五人一百三十首诗。大致以诗人气质、诗歌韵调相类分卷，各卷以诗人编次，作品不分体。它虽然标榜神韵，选诗偏重神似含蓄的艺术方面，但入选大多确属盛唐精品，并且顾及不同流派，包括元结、沈千运、孟云卿一派古朴作品也在其选。实际上，本书特点是以精选取胜，加上后来为之评点笺注，因而它广为流传、甚受推誉的一个重要原因就是有助于赏鉴，成为一种有特色的提高性的唐诗选本。正因如此，其后沈德潜撰《唐诗别裁集》时还特为说明自已兼收《三昧集》之长。

《唐诗别裁集》是清初格调派的一种唐诗选本。其重订序言说明，“诗教之尊，可以和性情、厚人伦、匡政治，感神明”，作诗必须“先审宗指，继论体裁，继论音节，继论神韵，而一归于中正和平”。《凡例》说，“裒成是编，为学诗者发轫之助焉”。可见这是一种供初学者研读的选本。它借唐诗以推行“诗教”，强调诗歌的思想内容和教育作用，引导初学者从思想入手，然后学习形式技巧，形成自已风格。在诗论上则公开申明“未尝立异，不求苟同”。显然，从政治上看，本书是适应清初封建统治者需要的，其所标榜的“诗教”也属儒家“温柔敦厚”说教。不过，从选本来说，它摆脱了诗派纷争，避免了片面极端。它所选一千九百二十八首诗，包括初、盛、中、晚唐各体不同流派的许多代表作品；因而确如中华书局缩印本《出版说明》所云，它“注

意尽可能选入多种类型的作家作品”，“还能反映唐诗的基本面貌，不失为一部取材比较全面、分量比较适中的唐诗选本”。同时，由于“此书不废评点，间存笺释，略示轨途，俾读者知所从入”，因而本书的诗论和评语虽然是研究清代诗论的一种资料，但实际上它的流行至今，主要因为它是有助阅读、欣赏和了解唐诗面貌的一种较好的提高性的读本。

与上述提高性读本出现的同时，下层民间出现了一些普及性的说唐诗的读本。有的是以分析为主的。如金圣叹在顺治十七年给他儿子金雍讲解了五百九十五首七言律诗，后来撰成《贯华堂选批唐才子诗甲集》；他的朋友徐增说了二十年唐诗，在康熙元年撰成《而庵说唐诗》，共分析了三百十九首诗，分体编卷；以及王尧衢撰《古唐诗合解》。这类选本实际是沿袭明唐汝询《唐诗解》的说诗路数而来，但没有像《唐诗解》那样注重字句出处的引证，而着重在诗的主题和结构的分析，更多作诗意的疏通阐述。其具体见解时有可取，也多怪论，但从选本看，则开辟了一种以讲解分析为主的路数，于普及唐诗不无有益。有的是以分析近体格律技巧为主的。如黄生撰《唐诗摘抄》，便是具体批点和诠释五七言律绝的各种格式的，有助于了解唐诗近体的结构、手法、技巧，在清代较为流行。而影响最大、流行最广的普及性选本便是《唐诗三百首》。这是一种供童蒙学习的家塾读本，是汲取明代广泛流行的一种童蒙读本《千家诗》(唐宋诗选)的经验而撰成的。自序云“专就唐诗中脍炙人口之作，择其尤要者，每体得数十首，共三百余首，录成一编，为家塾课本，俾童而习之，白首亦莫能废”。显然，它流传不衰的成功原因，除了少而精之外，选诗大多为浅显易懂的作品，是很重要的，也是值得今天汲取的经验。

此外，清初还有一些有影响的唐诗选本，属于补正前人选本不足性质的。如高士奇撰《续三体唐诗》是因为周弼《三体唐诗》只选五律、七律、七绝三体，所以为之补充五古、七古、五言排律三体。杜诏、

杜庭珠合撰《唐诗叩弹集》一名《中晚唐诗叩弹集》，是因为高棅《唐诗品汇》“详初、盛而略中、晚，中、晚则详贞元以前而略元和以后”，所以补选“长庆以下，得三十有七人，凡一千六百十四篇，取平原‘抱景咸叩，怀响毕弹’之意，名之曰《叩弹集》”。钱良择（木庵）撰《唐音审体》是因为要“辨正体裁，剖析谬误”，所以“是编以辨体为先”，“以分体为先后，不论时代先后”，并在“各体之前皆有总论一则”。其所辨诗体，计古题乐府、新乐府、古诗四言、五言、七言，及齐梁体，律诗五七言的四韵（律体）、长韵（排律）和五七言绝句、六言绝句，末附古赋、律赋。这类选本对于了解清代学者诗论和研究唐诗的情况，有一定价值。作为一种唐诗选本，它们当时影响有限，今天更不合适了。

总的看来，历代的唐诗选本是适应历代的社会政治和诗歌艺术发展需要而出现并流传的，各种诗歌理论观点和选取标准是不同的探索和尝试，经过曲折多变的路程，提供成功或失败的经验，发展到清初，确乎进入可以而且应当予以总结的阶段了。俞南史、汪森撰《唐诗正》的《凡例》中说：“若唐人之选《极玄》《英灵》，能知其所崇尚矣，而嫌其太少；杨伯谦之《唐音》，能辨其体制矣，而惜其未全；高廷礼之《品汇》，能别其气类矣，而苦其太杂；《济南》之《选》（指《唐诗选》），能取其声调矣，而厌其太拘；竟陵之《诗归》，能得其性灵矣，而失于太纤。”因此他们要编一个“总欲归于大雅”的《唐诗正》。他们和沈德潜一样，都认识到时代需要而且可以编撰一部总结唐诗优良传统和高度成就的选本，并且努力于这一工作。沈德潜的高明在于抓住“诗教”，强调思想内容和教育作用，同时重视不同流派的艺术特点，指出“有唐一代诗，凡流传至今者，自大家、名家而外，即旁蹊曲径，亦各有精神面目流行其间，不得谓正变盛衰不同，而变者、衰者可尽废也”（《唐诗别裁集原序》）。因而《唐诗别裁集》取得较大的成就。但是，从唐人选唐诗到《唐诗三百首》，毕竟是漫长的封建社会的产物，不可避免地受到时代和阶级的局限。而近代的民族资产阶级又因历史的限制，并未对封建时代的历史资料进行充分地整理和研究。因而，整理和研究历代的唐诗选本，编撰一部完整而适合我们时代需要的唐诗选本，是摆在眼前的历史任务。建国以来，已有许多同志为此付出辛勤劳动，作出可观的贡献。我们希望这方面工作更有组织地统筹规划，适当安排，在已有基础上，编选出各有不同特色的唐诗选本。

（《唐代文学研究年鉴（一九八四）》，陕西人民出版社，1985 年）

谈古典文学研究的结构问题

最近几年，关于文学研究中观念更新、方法更新的探讨，正以“五四”以后所仅见的规模在深入展开。这场讨论开始于理论和当代文学的领域里，对古典文学研究者来说，由于传统的包袱比较沉重，再加上某些特殊的情况，反应并不是那么迅捷，然而几乎每一个人都感觉到了冲击波的震荡。理论上的是非得失，最终要由社会实践来做出结论，而且说来为时尚远。不过至少多数人都可以同意一点，即新观念和新方法的冲击使三十多年来古典文学研究工作中的缺陷暴露得更加明显，从而可以促使我们去更加认真地反思内省。

有些重大的问题是在党的十一届三中全会以后就被提出来了，比如庸俗社会学的倾向，把复杂的精神产品的研究硬塞进几个简单的理论模式里，五十年代前期讲“人民性”，后期讲“红线、黑线”“民间文学主流”，六十年代讲“阶级性”，这些都是我们亲身经历过来的。更为严重的，文艺既然是政治的风信鸽，势必就要随政治风向甚至个别领导人的意志而转动，这就更把古典文学的研究搞得不成样子了。目前，在大学里讲授古典文学的同志纷纷反映古典文学的课难教，不受青年学生的欢迎。这种情形的出现，自然不能归于八十年代的青年受了诸如新三论、文学主体性之类“异端”的“诱惑”，而恰恰是对我们过去研究工作中存在着的缺陷的逆反和抗议的某种表现。

有责任感的研究者对此表示焦虑并正在做各方面的探索。如何在马克思主义的指导下，在古典文学研究中引进新观念、新方法，以期拓开新的局面，是这种探索之一。我们以为这种探索无疑是有益的。但是长期以来，我们同样痛切地感到，古典文学研究中除了观念、方法上的问题以外，还有一个问题必须重视和解决。简要地说，就是古典文学研究工作的结构存在着不合理的现象，极为严重地影响了研究水平的总体提高。

前一时期有的同志已提出要重视社会科学学的研究。这是一个极有价值的建议。单就古典文学研究来说，对这一整体的结构，即各分支学科之间的内在联系以及由此而产生的如何进行有效配置等问题，过去就很少做宏观的审视。正像一项重大工程，如果没有全面切实地对工程整体结构进行了解、分析和设计，只顾分体和部件的施工，整个工程的最终效果必然不容乐观。

结构不当，配置不调，和上述把科研工作简单化以及驱使科研工作为现实政治甚至为运动服务是密切相关的。三十多年来，一种最常见的现象是，凡合于时势、顺乎风气的课题，会有许多人一拥而上，而精神生产的一窝蜂往往造成低水平。《红楼梦》固然伟大，然而前些年“红学”的繁荣多少有一点畸形。与之相反，有不少值得研究的分支学科和课题却几乎无人问津，缺乏有分量的论著。学科和课题的价值有大小之分，但不应该有行情冷热之别，“××热”之类的现象必须排除在严肃的科学态度之外。偏食有碍于身体健康，这个道理在古典文学研究中同样适用。不论辩证法还是系统论，都要求对各种现象作多角度、多方位、多层次的研究。今天我们对某一专题研究往往陷于人云亦云，苦于无法开拓，原因之一就是对于和该专题有关现象的研究知之甚少。比如研究唐代文学，如果不了解六朝文学，就不易于深入腠理，而六朝文学在相当长时期内由于被判定为形式主义而曾使研究者望而却步；又如元、明、清，似乎除了戏曲、小说之外再无别的文学现象可供研究。对这五百多年间的诗、词、文，除了极少数的专家不肯随俗浮沉，做出了难能可贵的成绩，其他不要说鸿篇巨制，就是单篇论文也很少见到。

结构配置失调的另一种现象是在同一学科或课题中，一般性的论述过多，通过大量搜集资料、深入钻研而使结论跨越前人的著作较少。从表面上看，“下里巴人”多于“阳春白雪”，应当是正常的。然而稍一分析，就涉及出版体制、稿酬标准以及知识分子待遇等极为难办的普遍性问题。由于一般性的论著读者多，销路广，出版周期短，就使不少真正有能力探索未知的研究者转而以不同的方式在阐述已知，而且这种阐述还有相当明显的重复劳动。这种使人不能满意的现象，读者只要翻检一下古典文学研究的论著索引，就可以相信我们不是在有意夸大事实。

观念和方法的探讨是重要的，但不是唯一的。有的同志自觉不自觉地认为，观念、方法一旦更新，就如同获得了一把万用钥匙，科学殿堂的千门万户可以在顷刻间豁然开启。这种看法是难以令人同意的，因为它忽视了研究工作的复杂性与艰苦性，会重犯我们过去的错误，所不同的只是想用新的模式来取代旧的模式。历史的经验值得借鉴。刘师培的《中国中古文学史讲义》之于汉魏六朝文学，王国维《宋元戏曲史》之于戏曲，鲁迅《中国小说史略》之于小说，陈寅恪《元白诗笺证稿》之于中唐诗歌，郭绍虞《中国文学批评史》《宋诗话考》之于文论，钱钟书《谈艺录》《管锥编》之于诗文艺术，至今仍然是上述不同领域中研究工作的基础和支撑点。这些学者各自使用了不同的理论和方法，但他们并没有以理论和方法相标榜，他们的成就和贡献在于脚踏在大量材料的坚实基础上，使用各自的理论和方法为古典文学研究开辟了新领域，创建了得以进一步发展的基地。后来的学者在这些领域里继续研究开拓，自然会同时接受或吸收他们的理论和方法。可见，理论和方法的探讨应该和研究的实践密切结合，通过有价值的实践来推广，就更易于令人信服，乐于学习运用。

那么怎样使古典文学研究的实践更具有科学价值呢？根据当前

研究的实际状况，如上面所说，我们认为，应当郑重地提出研究工作的结构配置问题。

古典文学研究的结构，大体如同建筑工程，可分为基础工程和上层结构两个方面。基础工程是各类专题研究赖以进行的基本条件，具有相对的、长期稳定的特点和要求，其具体内容，主要有下述四个范围：

1. 古典文学基本资料的整理：包括文学作品总集、历代作家别集的校点、笺注、辑佚、新编。

2. 作家、作品基本史料的整理研究：包括作家传记、文学活动编年、作品系年、写作本事、流派演变的记述和考证等。

3. 基本工具书的编纂：包括古代文学家辞典、文学书录、提要、诗词曲语词辞典、戏曲小说俗语辞典、文学典籍专书辞典或索引、断代文学语言辞典等。

4. 文学通史、专史的撰著：包括断代专史、分体专史等。

如果说基础工程是基本建设，关系到古典文学研究的发展方向，具有长远效益，那么在这个基础上建筑的上层结构，便应有直接为现实社会服务的特点和要求，发扬古典文学的精华，总结其创作经验，探索其艺术规律，促进当代创作，繁荣学术研究，为建设精神文明作出贡献。应当发挥众长，鼓励独创，奖掖新进，不拘一格。凡以古典文学为对象的科学研究，在选题、领域、方法以及组织上，力求突破传统观念和界限，广开门路，另出新裁；与有关学科交叉渗透，创新学科，别开生面；大胆引进现代科学的新方法，并结合古典文学的民族风格、民族形式摸索新方法；充分挖掘、发挥各种学术力量，进行灵活有效的组合。因此，上层结构的范围宜广，例如下列几方面：

1. 作家、作品的专题研究，文学流派的专题研究。

2. 古典文学样式如诗歌、散文、戏剧、小说的专题研究，古代文学体裁如诗歌的古近体、辞赋骈文、词曲等专题研究。

3. 作品的批评鉴赏，包括古典文学的普及工作。

4. 古典文学与其他学科的交叉研究。如与音乐、美术、建筑、宗教、民俗、服饰以及自然科学的交叉渗透，都可进行探索。

5. 古典文学比较研究。如中外文学的比较研究，汉民族与兄弟民族文学比较研究，以及古今文学比较、同一主题创作的历史比较等。

6. 新分支学科的开辟。如充分利用 1949 年以来的考古成果，从文学研究角度来从事考古成果的分析研究，开辟一门文学考古学。又如搜集古典作家作品的图录、碑刻、手迹等文物，分析它们在作家创作、作品传播、文学发展中的作用和价值，以及它们自身的特点等，开辟一门古典文学的文物研究。

7. 方法论的研究，包括传统的、现代的、一般的及具体方法的研究。

8. 学科史的研究，包括古典文学研究学术史以及杰出学者的研究。

不难看出，上举前三个方面属于传统的研究范围，要求研究者深入探索，并于其中有新的发现和独创的见地；后五个方面则为初辟或尚待开拓的领域，更多要求学识、胆略和毅力，也更需要倡导、鼓励和支持。令人鼓舞的是，不论基础工程或上层结构，都已有一些重大的项目和重要的课题在有关领导的支持下，或已作规划，或已在进行。有所不足的是，由于对古典文学研究的结构未作探讨，因而难于做到宏观的考察以驾驭全局，不免信息滞塞，交流分散，投入与增值失衡，高质量成果难产。为此，我们认为，现在提出古典文学研究的结构问题，是适时的，希望引起众多研究者的注意和关心，共同来探讨这一与大家都有关系的问题。

全面切实探讨古典文学研究的结构，取得整体了解和认识，是进行宏观控制、微观审视的依据。有了整体结构观念，便可真切了解近

十年来古典文学研究在基础工程和上层结构各方面,有哪些成果和成就,还有哪些薄弱环节和空白领域,哪些方面应当突破和开拓,哪些门类可开辟新分支,等等,从而可以更科学地择定重点项目和课题。有了整体结构观念,便可充分发挥各方面的积极性,根据研究机构、高等院校、出版部门(包括出版社、报刊编辑部)的研究力量,分析各自现有的特点和优势,了解各自未来发展的趋向,予以适当规划,使之积极交流,沟通信息,彼此配合,相互促进,从而可以更合理地投入力量,安排布局。有了整体结构观念,也可使各种理论和方法能更加有效地引进和运用。例如传统的考证方法可在基础工程范围起较大作用,现代科学的各种新理论新方法则在上层结构范围中进行大胆开创,勇敢探索。可以相信,无论传统的或现代的理论方法,都会在整体结构中找到自己适当的领域和课题,在促进古典文学研究新局面中发挥作用,也将在研究实践中日趋多样,日趋精密,终将形成一个具有我们时代和民族特色的理论、方法体系。

（本文与傅璇琮、沈玉成合写,《文学评论》1987年第5期）

汉诗精华二百首·前言

在中国古代诗歌史上,《诗经》、楚辞之后，以乐府、古诗为代表的汉代诗歌,开始了一个新的发展阶段，继承发展优良传统，以新的诗歌形式,表现新的时代,推动诗歌的前进,促进社会的发展。

周代的“诗”是“乐”的一个组成部分。“乐”是音乐歌舞的综合艺术创作，“歌”为声乐即歌曲,“诗”为歌辞。《诗经》是春秋以前两周及商代、鲁国的歌辞总集。楚辞是楚国的文艺创作，以屈原《离骚》为代表的辞赋属于朗诵文字，以《九歌》为代表的楚歌为歌舞艺术，楚歌也是歌辞。西汉前期,楚歌、楚辞作为一种新的文艺创作十分活跃,发展为一个新的文学品种辞赋,介乎韵文、散文之间，是朗诵文学作品。《诗经》则为儒家经典，成为思想政治、文化教育的教科书。《诗经》作品虽然仍居典雅的规范地位,但在诗歌创作中影响渐弱。这时期诗歌创作仍与歌唱紧密相连，主要是按楚声歌曲与各地民歌来创作歌辞，并未脱离歌曲而独立成为语言艺术的诗歌。但也有文人学者用《诗经》四言雅体创作吟诵的诗,流传不广,今存甚少。

汉武帝爱好祭祀天地山川诸神，四出巡狩,喜欢各地出现顺天运命的祥瑞福应。与尊经用儒一样，汉武帝尊天崇祀,是摆脱祖宗法制的约束，改变七十年不变的黄老无为之治，利用天意来实行自己的宏图大略。而他又欣赏新声俗曲、民间歌舞，厌烦庙堂传统的古奥的雅乐。为此,他对宫廷主管音乐歌舞的机构进行改革调整。秦始皇创立百官，宫廷有两个主管音乐歌舞的官署:一个是太常卿属下的太乐，设令、丞各一人；一个是少府属下的乐府，也设令、丞各一人。汉代沿承秦制，保持太乐和乐府，有所分工。太乐主管庙堂祭祀礼仪的雅乐，乐府则提供宫廷饮宴娱乐的歌舞。到文帝、景帝时，重视祖宗祭祀，推崇雅乐，所以太乐为主，乐府比较冷落。武帝不好雅乐，庙堂祭祀成为例行公事，平时搁置不管。他大大发挥乐府的功能，起用倡家出身的音乐家李延年为乐府总管协律都尉，扩大业务范围，扩充人员编制，搜集整理各地民歌，改编创作音乐歌曲，排练演出歌舞杂技，并且主持编创祭祀天地诸神的大型乐歌《郊祀歌十九章》。这些举措使民间歌舞、新声俗曲通过乐府而公然登临庙堂，流行宫闱，泛滥王府侯门，活跃朝野街陌，形成强大文化思潮，促进新的诗歌创作。因此，乐府机构虽在哀帝时撤销，音乐业务统归太乐，人员分别编入宫廷总务勤杂部门，东汉太乐改称“太予乐”，也没有恢复乐府。但是没有乐府的乐府文化艺术思潮一发不可收，深入人心，影响深远，成为民歌谣谚的统称，形成古代诗歌的一个体裁。直到近代，凡与歌唱结合的文学创作，诸如宋词、元曲、明清散曲小令，都可以“乐府”代称。

上古乐歌作者都是王者圣人，贤明只是述者。天子采诗，卿大夫士献诗，诗歌作者并无黎庶贱民。汉代宫廷王府有文学侍从，荣宠而不用，娱乐升平，视同倡优。公卿大臣、五经博士的地位高于辞赋作家，四言雅诗仍为规范，乐府歌辞视为郑声，诗人不受尊重，没有桂冠。虽然今存汉诗作者不乏帝王将相，学者名流，却是伟人名人的雅兴，都不以诗人著称。东汉后期，渐见诗人，但郦炎实为狷士，秦嘉只是小吏，都属下层文人。因而西晋以后盛传一批汉代五言佳作，称为“古诗”，但都不知作者，或者不能确定作者，其中曾被推测为作者的有西汉枚乘、东汉傅毅以及建安时代曹植、王粲，都是两汉文学大家，一流高手。但这可以反映西晋以后对这批“古诗”的评价甚高，并无确凿证据可以把创作权断归他们。于是汉代诗歌产生一些悬案，或者真伪莫辨，或者归属不定，争论直到于今。其实这与汉代诗人地位、诗歌价值有关，有的五言歌辞本来是文人戏作，有的可能是作者不愿署名，不肯承认创作权。

《诗经》典雅而古奥，楚辞瑰丽而难懂。战国以来社会发生了根本的变动，汉代需要当代新鲜活泼的语言来表现自己时代的新的生活和风貌，培育繁殖新的文艺之花。诗歌面临新的发展阶段，完成历史的使命，是必然的，无可阻挡。但是从粗到精，由俗而雅，进而取代传统规范的雅体，成为文人作者抒情述怀的主要诗歌体裁，其道路并不平坦，而轨迹则大体明显。首先是从民间到乐府，进入上层，从而为文人学士接受；其次是民歌歌辞经过乐府及宫廷词臣加工整理，从取决于歌曲的杂言歌词逐渐变为整齐的三、四、五、六、七言歌辞，进而脱离歌曲流传，不断加工润色，形成以五言为主的“古诗”形式；然后是下层文人及中上层作者逐渐运用五言“古诗”体创作脱离歌曲而以语言艺术为主的徒诗创作，可以歌唱，也可以吟诵；最后是在乐府歌辞的流传加工中，在文人创作徒诗中，逐渐从叙事为主变为言志抒情为主，从而形成乐府的叙事诗体和“古诗”的抒情诗体，同时在诗歌表现艺术和诗歌语言上不断汲取《诗经》、楚辞以及民歌的丰富手法技巧，不断提炼生动的口语而成为清丽的诗歌语言，终于完成了五言雅体和乐府歌行体，奠定了魏晋南朝以至唐代五七言古近体诗歌发展的基础，开始了诗歌发展的新的蓬勃进程。

以乐府歌辞及古诗为代表的两汉诗歌的思想特点是寻常，以常人常事常情常理为主，实质是下层人民尤其是封建都邑人民的现实生活、情绪愿望和人生理想的反映，封建社会兴起上升阶段的时代精神、生活脉搏的表现。经过秦代的暴力法治和秦末汉初的长期战争，封建社会和帝国制度趋于统一、安定与巩固，社会生活发生深刻的变化，黎民百姓获得前所未有的人身自由和发展机遇，既希望和平统一，更希望经济繁荣，生活富裕，因而大量人口流向城邑都会，

产生了许多离乡背井的游子，造成了许多空闺怨望的思妇，形成了活跃在都邑下层的各行各业的群体。他们从亲身生活体验提出了各自不同的愿望和要求，揭露社会不平的丑恶与黑暗，探索人生道路，追求社会理想，"感于哀乐，缘事而发"（《汉书·艺文志》）。因此，两汉诗歌的主角不是帝王将相、英雄豪杰，而是游子、思妇与广大下层人民；普遍的主题是离别和不遇，要求合理的生存发展，向往社会稳定，国家太平，政治清明，官吏廉洁，夫妻恩爱，家庭团聚，家家安居乐业，人人长命百岁。由于封建社会虽然比奴隶社会进步，但却仍属于私有制为基础的等级统治制度，根本上是不合理、不平等、不自由的。因而两汉诗歌虽然表现出文化下移、人民地位上升的历史趋势和时代精神，但其基调不是歌功颂德，而是不平与伤感，在反抗黑暗丑恶中赞扬光明美好，在倾诉忧愁伤感中表现理想愿望，同时不免产生一些消极的人生态度及颓伤情绪。

两汉诗歌中也有少量反映政治生活重大事件及直接针对政治的作品。除了《安世房中歌》与《郊祀歌》两部庙堂乐歌中的部分歌辞之外，主要是一些署名作者的作品，如刘邦《大风歌》、刘彻《瓠子歌》《秋风辞》、韦孟《讽谏诗》、梁鸿《五噫歌》、张衡《四愁诗》、郦炎《见志诗》及蔡琰《悲愤诗》等。此外在乐府歌谣中也有不少政治性作品。作为具体的诗歌作品，它们各有自己的思想意义和历史价值，可以代表两汉诗歌创作在思想上达到的某些方面的成就。但是在两汉诗歌发展的整体中，它们有重要的地位，却不居主要的地位，也不完全可以代表两汉诗歌的思想特点和主要成就。

两汉诗歌的艺术特点是俗，其成就是新，其历史贡献是从俗而雅，确立了乐府和古诗两种新的诗歌形式。乐府歌辞原是民间歌唱艺术，通过叙事抒发哀乐，议论是非，具有讽世劝善的社会功能。因此它的艺术特点是用通俗的口语，通过歌唱表演，使听众观众直接听到歌唱，见到表演，并非单纯以语言为艺术媒介。这就使歌辞写作具有类似戏曲的特点,既要叙述事情,又要受歌曲约束,并且为歌者留下表演空间。所以乐府歌辞的常用表现手法是,夸张的形容,排比的铺叙,传神的对话,以及幻丽的神异草木的拟人化,而其共同的要求是表现真实的特征和鲜明的性格。比较起来,从乐府歌辞发展而来的古诗,更多言志抒情的特点,主要以语言为艺术媒介,通过情理的抒写,使读者及听众理解共鸣,激发各自生活经验和认知。所以古诗更多汲取《诗经》、楚辞的赋比兴的艺术经验和规范模式,注重语言的精练,讲究诗句的整饬,主题比较集中,构思比较自如,感情恳切婉转,语言清丽如话。其共同的要求是抒写心里话,但是注意身份尺寸,讲究方式方法,因而整体精致,风格文雅,实际上是以语言为单纯媒介的新的诗歌雅体。《文心雕龙·明诗》说:"观其结体散文,直而不野,婉转附物,怊怅切情,实五言之冠冕也。"评价甚高,却颇中肯。

今存两汉诗歌作品的体裁多样,主要有四言、五言、七言、杂言以及三言与楚歌体。但实际上属于歌辞和徒诗,即乐府歌辞和古诗两大类。因此大多数作品,不论有名作者或无名氏,都总归乐府,依照乐府歌曲分类,并且大多采取宋代郭茂倩《乐府诗集》的分类。它共分十二类:1.郊庙歌辞;2.燕射歌辞;3.鼓吹曲辞;4.横吹曲辞;5.相和歌辞;6.清商曲辞;7.舞曲歌辞;8.琴曲歌辞;9.杂曲歌辞;10.近代曲辞;11.杂歌谣辞;12.新乐府辞。其中10、12两类收隋唐歌辞,2、9两类无汉代歌辞,其余八类都有汉代歌辞,但数量不一,而以5相和歌辞、8琴曲歌辞、9杂曲歌辞、11杂歌谣辞等四类居大宗。但琴曲歌辞所载作品大多托名先秦圣贤,或说为汉人伪作,疑莫能明。因此,今存汉代作品除五言徒诗的古诗外,主要是《郊祀歌十九章》《安世房中歌十七章》《铙歌十八首》三大庙堂乐章和相和歌、杂曲歌、杂歌谣三类歌辞。由于郭茂倩分类是承袭文献记载而考证归纳出来的,未必符合汉代实际情况。因此,现代学者逯钦立编《先秦汉魏晋

南北朝诗》便依时代先后重加分别归类。凡有署名作者及时代可考的杂歌谣辞按西汉、东汉时代先后编次,其余歌辞总分郊庙歌辞、鼓吹曲辞、相和歌辞、舞曲歌辞、杂曲歌辞、琴曲歌辞，最后为古诗。这一分类编次较为切实清楚。本书所选汉代诗歌的编次,即从其例。先依署名作者的作品编列为“诗歌”，次依乐府歌辞编列为“乐府”，末为“古诗”。

今存两汉诗歌作品本来不多,本书主要选录其中历来传诵的名篇及比较完整的作品,希望能大体概括地体现出汉代诗歌的思想、艺术的特点和成就，显示出汉代诗歌发展的轨迹，以供了解、阅读及品赏。乐府歌辞中未选横吹曲、舞曲与琴曲的歌辞，古诗不选伪苏武、李陵诗。入选作品的正文基本依据《先秦汉魏晋南北朝诗·汉诗》所录,个别异文在注释中列出。本书体例不繁。凡有作者的作品,简介作者生平主要经历，不做评论。凡乐府歌辞,简述所属类别。古诗则简述来历及情况。每篇作品都做了注释,对难词难句加以解释,比较注意全诗的疏通;遇有重要的异说歧解,摘要录存，以供参考。每篇作品都附有简析,主要说明选者的见解,有话则长,无话则短,不拘一律,也是仅供参考而已。由于选注者水平有限,本书必定存在许多错误缺点，恳请学者与读者批评指正,俾获改进。

1996年2月10日于北京大学承泽园

(《汉诗精华二百首》,倪其心编著,陕西人民出版社,1998年)

杜甫诗选译·前言

唐代诗人杜甫,字子美,祖籍襄阳(今湖北襄樊),后迁巩县(在今河南巩义市西),唐睿宗景云三年(712)在巩县诞生。他居住长安(今陕西西安)南郊少陵时,曾自称“少陵野老”;晚年在成都(今四川成都)时曾被荐举为节度参谋、检校工部员外郎,因此后世多称他为杜少陵、杜工部。唐代宗大历五年(770)冬天,在长沙、岳阳之间的湘江旅船上逝世,享年五十九岁。杜甫是一位伟大的现实主义诗人,被尊为诗圣,作品被誉为诗史。杜甫所留下来的诗歌计一千四百多首。他的诗博大精深,沉郁顿挫,思想和艺术都有很高的成就。

杜甫的祖父杜审言曾任膳部员外郎,是武则天朝的著名诗人,所以杜甫对儿子说“诗是吾家事”(《宗武生日》)。父亲杜闲曾任兖州司马、奉天县令。杜甫幼年丧母,由姑母扶养,七岁开始学诗,十五岁便小有诗名。唐玄宗开元十九年(731),青年杜甫开始“壮游”。他到过金陵(今江苏南京)、姑苏(今江苏苏州),渡过浙江,荡漾剡溪,远涉天姥山。开元二十三年他二十四岁时,被推荐到京城长安应进士科考试,虽然没有考上,仍壮心不减,又到齐、赵(今河南、河北、山东一带)之间漫游。开元二十八年,他到兖州探亲之后,由齐入鲁。翌年,他在洛阳、偃师之间的首阳山下定居,大约在这里与杨氏夫人结婚。天宝三载(744),他在洛阳遇见了辞官离京的大诗人李白,结交相知,共游齐鲁,并在汴州结识了诗人高适,一起饮酒游猎,赋诗论文。次年秋天,李、杜在兖州分别,再也没有重逢。李、杜之游,是杜甫壮

游生涯的终曲。此后，他西往长安，谋官求职。

天宝五载到十四载，杜甫在长安生活了十个年头，杜甫原是怀着“致君尧舜上，再使风俗淳”（《奉赠韦左丞丈二十二韵》）的政治抱负，意在登上仕途，一展宏图，但总是事与愿违。如天宝六载，唐玄宗下令召集天下有一艺之士进京考试，宰相李林甫却命考官一个不取，然后向玄宗祝贺天子圣明，野无遗贤。致使参加了这次考试的杜甫上当受骗。天宝十载，玄宗举行祭祀玄元皇帝老子、太庙、天地三大盛典，杜甫进献三大礼赋，居然得到玄宗欣赏，命宰相对他进行考试，在集贤院等候分配。但是等了一年，还是不了了之。压抑使他觉悟，贫困使他清醒。天宝十一载以后，他用诗歌来讽谏时政，写出了《兵车行》《丽人行》、前后《出塞》等一系列名篇。天宝十三载秋天，关中霖雨成灾，他一再向玄宗献赋，同时诉说自己“衣不盖体”（《进雕赋表》），“常有肺气之疾”（《进封西岳赋表》），“只恐转死沟壑”。他四处求助，但仍不获一官半职，只得把妻儿送往奉先县（今陕西蒲城），委托任县令的亲戚照顾，以便度过饥荒。而他自己，则仍到京城谋官。过了年，政府让他到河西（当今甘肃河西走廊）去充当一个县尉，他没有接受，于是改任右卫率府胄曹参军，当个看守兵甲器仗、管理门禁锁钥的正八品下的小京官。这年初冬十月，他到奉先探望妻儿，写下了划时代的杰作《自京赴奉先县咏怀五百字》，总结了自己长安十年的生活。该诗反映了安禄山乱前的社会政治现实，揭露“朱门酒肉臭，路有冻死骨”的严酷不平的事实。天宝十四载十一月，兼任范阳、平卢、河东三节度使的安禄山率领二十万军队发动叛乱。杜甫匆忙再赴奉先，携带家小逃难，开始了艰难曲折的坎坷生涯。

安禄山叛军只用一个月就从范阳攻到洛阳，半年攻破潼关，占据长安，唐玄宗仓皇逃蜀。天宝十五载七月，太子李亨在灵武（今甘肃灵武）自行即位，改元至德，是为肃宗。杜甫在这年五月从长安再到奉先，带着妻儿先到白水暂住。潼关失守后，随着难民一起向北流

亡，经过华原、三川，来到鄜州（今陕西富县），把家小安置在鄜州西北三十里的羌村。八月间，他便只身奔赴灵武，投向肃宗。不幸中途被安禄山部俘获，押解长安，困陷了半年多。在困陷长安期间，他写出了《悲陈陶》《悲青坂》《塞芦子》《春望》《月夜》《哀江头》等许多名篇。至德二年（757）四月，杜甫脱身逃出长安。这时唐肃宗已到凤翔（今陕西凤翔），杜甫"麻鞋见天子"（《述怀》），被授为左拾遗，官阶从八品，充任了皇帝的谏官。不久后，发生了宰相房琯被罢免的事件。杜甫上疏认为不当轻易罢免大臣，这就得罪了肃宗。幸亏新任宰相张镐为他说情，才得免罪。但仍奉命回鄜州探家。八月初一杜甫离开凤翔，来到鄜州羌村，在家里写了著名的长诗《北征》。

这年九月，长安收复。十月，洛阳收复。十月底，肃宗回长安，杜甫赶来扈从。已为太上皇的玄宗在十二月也回到长安。这时宫廷内有太上皇、皇帝及太子之间的明争暗斗，朝廷上由于肃宗妻张皇后与宦官李辅国勾结，擅权干政，加上平叛的将领拥兵割据，回纥、吐蕃等异族乘机扩张。同时，安禄山虽然死了，一度归降的史思明又叛变称帝，战乱继续蔓延。黄河流域天灾不绝，农业萧条，百姓流亡，人口锐减。杜甫以诗讽谏，写了《洗兵马》（一作《洗兵行》）、《留花门》等名篇。乾元元年（758）五月，杜甫出为华州司功参军，从此不再在朝，永别长安。第二年初，他探视了河南陆浑庄旧居，然后经洛阳回华州任所。这时郭子仪等九个节度使率军六十万围攻安庆绪盘踞的邺城，被史思明五万兵击破溃败。郭子仪被迫退守河阳。杜甫途经新安、石壕、潼关等地，写了著名的"三吏三别"，即《新安吏》《潼关吏》《石壕吏》和《新婚别》《垂老别》《无家别》。杜甫回到华州已值初夏，关中京畿地区饥荒，生活困难。杜甫在七月弃官率家流亡，西去秦州（今甘肃天水）。客居四月，谋筑草堂不成，于初冬十月，前往同谷（今甘肃成县），无亲无故，靠挖野菜充饥。一月后，他登上蜀道，在年底到达成都。从此开始了所谓"漂泊西南天地间"（《咏怀古迹五首》之一）的

颠沛流离。

上元元年(760),杜甫到成都第二年的春天,在成都城西三里的浣花溪畔修筑了几间茅屋,便是草堂,结束流亡生活,暂时有了栖身之所。这年他四十九岁。十年长安的辛酸屈辱,三年从政的艰难曲折,两年的颠沛流离,来到这田园草堂,自然深深感受和平生活的美好,体会朋友情谊的珍贵,更加关心天下寒士的命运,写出了《春夜喜雨》《不见》《蜀相》《茅屋为秋风所破歌》等名篇。第二年,旧友严武出任成都尹,对他颇为照顾,他算过了两年安定生活。唐代宗即位,宝应元年(762)严武回朝述职,成都少尹徐知道叛变,杜甫又流亡梓州一年多。此后,即转往阆州。在梓州,他听说八年安、史之乱终于平息,欣喜欲狂,写了《闻官军收河南河北》,觉得"青春作伴好还乡",快要"便下襄阳向洛阳"了。但不到半年,他又为吐蕃进攻长安而忧心如焚。直到广德二年(764)春天,严武回到成都,再镇蜀中,杜甫才回到成都,并且接受严武召请,入幕为节度参军。严武举他得了个从六品官衔检校工部员外郎。他在严武幕府住了几个月,便回草堂。过了年,永泰元年(765)四月,严武突然去世,杜甫失去依靠,只得离开成都,携家乘舟东下,结束了"五载客蜀郡,一年居梓州"(《去蜀》)的成都客居生涯。

永泰元年九月,杜甫在云安病倒,住了半年。次年三月迁往夔州(治所在今重庆奉节),在白帝城下,大江岸边,居住约两年。这时他年老多病,患有肺病、风湿、糖尿病及疟疾。他越来越思忆故国家乡,挂念亲朋故友,关心穷苦人民,忧虑国家前途。其间,杜甫抒情写怀,咏古讽今,感慨激扬,不能自已,所作诗篇,约占今存作品总数三分之一。大历三年(768)初,他离开夔州,乘舟出峡。三月到达湖北江陵。由于河南兵变战乱,杜甫在江陵耽搁了半年。然后,经公安县,到湖南岳阳,时已在年底。他一生最后两年,主要是在旅船上度过的。这时的杜甫来往于岳阳、长沙、衡州、耒阳之间,生活贫困,渴念家乡，身体愈益衰弱，忧国忧民愈切，终于怀着对国家人民的深切关切，在湘江旅船上告别人世。他的灵柩安置在岳阳。四十三年后，唐宪宗元和八年(813)，他的孙子杜嗣业把他移葬在河南首阳山下。

诗人杜甫生活在大唐帝国从鼎盛向衰落的历史转折年代，历经唐玄宗、肃宗及代宗三朝。他接受儒家思想熏陶，爱好诗歌创作。开元盛世在他青少年的心灵中塑造了政治开明、国强民富的帝国伟大形象，使他怀有治国济民的远大抱负，积极求进，乐观展望，培养了执着高尚的爱国主义情操，奠定了杜诗坦荡博大、浩然高歌的风格。在天宝以后，安、史乱起，国家动荡，人民苦难；他与天下寒士一样备受压抑沉沦，饱尝屈辱辛酸；跟广大人民一起经受战乱苦难，忍饥挨饿，逃难流亡。但他始终怀念开元盛世，希望国家中兴，慷慨陈述自己的辛酸，人民的苦难，沉痛讽喻皇帝的失误，大臣的失职；愤怒揭露政治腐朽，无情鞭挞奸佞权贵。随着国家战乱动荡，政治恶性发展，他对皇帝失望，对朝廷无望，却又更深沉地热爱自己的国家。仕途坎坷，生活贫穷，使他更接近人民，更走向下层，因而更热忱地关心人民。在他从一位忠君爱国、仁政爱民的封建士大夫转变为一位爱国爱民、忧国忧民的伟大爱国主义诗人的历程中，他的政治理想依然是“贞观之治”和“开元盛世”，但他的希望所在最终不是皇帝和朝廷，他的心深深和天下寒士、各族劳苦人民联系在一起。他以全部身心来讴歌国家的危难、人民的苦难和美好的山川风物、史事古迹及习俗人情。“诗史”之誉，杜诗当之无愧；“时代的镜子”，对之更为恰当。他今存一千四百多首诗篇，全面、深刻而真实地反映了他的时代的整个社会现实和历史进程。杜诗伟大成就首先在于思想内容具有高度真实的现实性，崇高的爱国主义精神，深厚的人道主义思想，政治倾向鲜明，反映生活深广。

杜甫写了许多政治诗。有的陈情述怀，如《自京赴奉先县咏怀五百字》《北征》及《茅屋为秋风所破歌》等；有的评论时事，如《悲陈陶》

《洗兵马》等；有的回忆往事，如《壮游》《秋兴八首》等；有的反映民情，如《兵车行》、“三吏三别”等；有的咏古讽今，如《蜀相》《咏怀古迹五首》等；有的寓言讽刺，如《枯棕》等。杜诗题材多样，内容广泛，手法各别，兴寄有异，但都出自深切的体验，饱含激情，是非分明，因而褒扬贬斥，真实深刻。创作于安禄山叛乱前后的两首著名政治抒情长诗《自京赴奉先县咏怀五百字》和《北征》都是坦露胸襟，剖析自己；指陈事实，针砭时政；爱国爱民，忧国忧民；忠心耿耿，忧心忡忡；出自体验，发自肺腑；因而真知灼见，证验历史，卓立千古。前诗在抒写经过骊山脚下，感愤唐玄宗在华清宫荒淫作乐的一段，指出：

彤庭所分帛，本自寒女出。鞭挞其夫家，聚敛贡城阙。

直言道尽封建剥削的残酷事实。因而写出了贫富贵贱命运悬殊的鲜明对比：

朱门酒肉臭，路有冻死骨。

成为千古警句名言。而他途过桥梁的即兴寄忧：

群水从西下，极目高崒兀。疑是崆峒来，恐触天柱折。河梁幸未坼，枝撑声窸窣。行旅相攀援，川广不可越。

在生动如见的艰难行旅体验的描述中，诗人忧虑国家形势、人民处境的悲切，自然流露，似在言里。他因幼儿饿死而想到民心不安：

生常免租税，名不隶征伐。抚迹犹酸辛，平人固骚屑。默思失业徒，因念远戍卒。忧端齐终南，澒洞不可掇。

得以免租免役的官吏尚且不免饿死儿子，则天下为重赋徭役所迫的平民百姓，家破人亡的悲惨命运也就可想而知了。儒家仁政爱民，由己及人，被严酷的生活体验引导到与被剥削压迫人民息息相通，反过来又更深切感到人心不安，国家不稳。因而杜甫敏锐感觉到、预见到国家动乱即将来临，虽然他不知道事实上已经发生。

在平叛战争形势已见好转之际创作的《北征》中，杜甫作为一位在职谏官，因为已有亲身干预朝政的体验，忧国更为焦急真切，见识也深刻切实。他并不计较唐肃宗无视他的忠诚将他查办，对他嫌弃，依然忠心耿耿，因为：

乾坤含疮痍，忧虞何时毕！

他关切的是国家人民的安危。因而当他为秋天勃发隐逸雅兴时，他更关切今日危难和昨天悲剧。眼前看见的是：

靡靡逾阡陌，人烟渺萧瑟。所遇多被伤，呻吟更流血。

田野荒凉，战士流血，触目惊心。昨天留下的是：

夜深经战场，寒月照白骨。潼关百万师，往者散何卒！遂令半秦民，残害为异物。

白骨遍野，惨不忍睹。正是广大爱国士民为帝国付出如此惨重的牺牲，才换来形势好转的趋势。理当树立起以民为本、以官军为主力的必胜信心，然而唐肃宗却倾向于依靠回纥骑兵平叛，这不仅本末颠倒，而且有失国体，损伤民族自尊，因而杜甫为此不满而深忧：

仰观天色改，坐觉妖氛豁。阴风西北来，惨淡随回纥。

他担心即将晴朗的帝国天空，由于回纥参战而会变得阴云再涌。因而他吁请唐肃宗抓紧好转的时机，发动官军全面反攻，一举收复洛阳、长安，再一气攻克山东、河北。他的估计虽然过分乐观，但一腔爱国激情却溢于言表。

从至德元年被困长安，到乾元元年出为华州司功参军，他处于政治动乱的中心，对国家危难、人民苦难切肤关心，几乎对每一重大时事及社会动向，他都有诗篇评述反映。著名者如《哀王孙》《悲陈陶》《悲青坂》《塞芦子》《哀江头》《自京窜至凤翔喜达行在所三首》《奉送郭中丞三十韵》《北征》《喜闻官军已临贼境》《收京三首》《观兵》《洗

兵马》、“三吏三别”、《留花门》等。从王子公孙沦落长安、官军兵败、叛军动向、长安人心、将帅出征、胜利进军、人民情绪到宫廷斗争，都从自己亲身见闻观感的各个角度作了不同程度的歌咏，至今仍可与史实记载相互印证，连贯起来，仿佛大事年表，堪称“诗史”。

杜甫有大量思念赠送妻儿亲朋故友的诗篇，真情实意，亲切感人。其中有三类最为传诵：一是思恋妻儿；二是想念李白；三是感赠患难相遇的故交新识。

杜甫思恋妻儿的名篇是《月夜》。该诗抒写困陷长安时对寄居鄜州的妻子的怀思，前半则设想妻子在鄜州望月思念自己的情景：

今夜鄜州月，闺中只独看。遥怜小儿女，未解忆长安。

字里行间，表现出妻子的爱情和理解。后半抒写对妻子的慰恤体贴和对团聚的苦涩想望：

香雾云鬟湿，清辉玉臂寒。何时倚虚幌，双照泪痕干。

更在他妻子美好形象的描绘中表现出自己一往情深和夫妻俩伉俪情笃。至于患难夫妻的劫后团聚，杜诗中时有感人抒写。除《自京赴奉先县咏怀五百字》和《北征》中著名片段外，他如《述怀》《羌村》，用笔真实感人，道尽乱世情味。

杜甫思念李白诗篇的价值不仅在于歌咏了珍贵的友谊，更在于慷慨悲歌一个真诚爱国的文人、一位天才横溢的诗人竟不容于帝国，横遭诽谤，至于沦落。他思念李白的名篇大多在李白流放之后所作。当他听说李白由于永王李璘事件牵连而被流放、生死不明时，写了《梦李白》二首。他梦见李白，醒来更加为李白的命运担忧。对于李白的不幸，杜甫不尽悲慨：

出门搔白首，若负平生志。冠盖满京华，斯人独憔悴。孰云网恢恢？将老身反累。千秋万岁名，寂寞身后事。

世道混浊,斯人憔悴;天道不公,一生坎坷。但是他相信李白将名垂青史,终于不朽。在《天末怀李白》中,他将李白与屈原比美,他为李白写了《不见》一诗,他以“不见李生久,佯狂真可哀。世人皆欲杀,吾意独怜才。敏捷诗千首,飘零酒一杯。匡山读书处,头白好归来”等八句,概括了李白一生的特点,总结了一代天才的性格、心态、遭遇和归宿。这是李白的,也是杜甫的,更是封建制度束缚下的才士一般命运。因此,千百年来激动着文人士大夫,回响共鸣。

患难见真情,是杜甫赠亲别友诗中相当突出的强音。至德元年(756)六月,杜甫全家逃难路过彭衙,受到故友孙宰热情款待。次年从凤翔回鄜州经过彭衙西面,回想去年情景,激情感动,追写了《彭衙行》赠给孙宰。其中描写逃难途中:

> 痴女饥咬我,啼畏虎狼闻。怀中掩其口,反侧声愈嗔。小儿强解事,故索苦李餐。

一派饥寒逼迫,辛酸悲恻。天黑投宿孙宰家,孙宰为他们张灯开门,暖汤洗脚,剪纸招魂,烧饭煮菜,并且要结拜兄弟,挽留安居,使诗人无限感激:

> 谁肯艰难际,豁达露心肝!

他如抒写故友久别重逢的《赠卫八处士》,寒暄慰问,情热意伤,读来亲切,想来悲切。“人生不相见,动如参与商”,“昔别君未婚,儿女忽成行”,“夜雨剪春韭,新炊间黄粱”;名言佳句,脍炙人口。

杜甫歌咏山水景物及风土人情,凝聚着对祖国人民深沉的挚爱。早年遥望泰山的《望岳》,可以见其远大抱负。晚年从流亡到漂泊西南,无论即兴和感讽,无不见出博大胸怀。例如《春夜喜雨》:

> 好雨知时节,当春乃发生。随风潜入夜,润物细无声。野径云俱黑,江船火独明。晓看红湿处,花重锦官城。

春夜一场细雨，激发诗人对造化滋润万物的无限欣喜，仿佛在黑夜见到了光明，想望着明天的繁花似锦。显然，诗人心里想到的是危难的国家和苦难的人民。再如《登楼》，诗人登楼看见春花繁荣，心中想到国家多难。"锦江春色来天地，玉垒浮云变古今"，深感山河古今存在，风景从未变化。于是即景变为感时：

> 北极朝廷终不改，西山寇盗莫相侵。可怜后主还祠庙，日暮聊为《梁父吟》。

坚信国家永存，警告外敌莫侵，感慨亡蜀阿斗居然享受国君祭祀，悲伤诸葛亮一生艰难忠诚。白帝城下，长江水上，一场暴雨，"高江急峡雷霆斗，古木苍藤日月昏"（《白帝》），他感受到了天下战乱动荡，到处家破人亡，"哀哀寡妇诛求尽，痛哭秋原何处村?"夔州风俗，女大当家，丈夫侍候，但是战争征丁，男子一空，"四十五十无夫家"，"一生抱恨长咨嗟"。夔州妇女艰苦劳动，然而"至老双鬟只垂颈，野花山叶银钗并"，几处寡妇终老。诗人愤怒指责：

> 若道巫山女粗丑，何得此有昭君村！

对人民的深挚同情，突破了儒家华夷之辨和歧视妇女的偏见，发出了人道的呼声。因而当一个年轻主人修篱笆禁止贫穷邻居老妇来屋前打枣充饥时，他诚恳告诫这位青年应当体贴老妇的苦难，深思苦难的根源："不为困穷宁有此，只缘恐惧转须亲"，"已诉征求贫到骨，正思戎马泪盈巾"。从大自然造化，到人事的细微，都流露着诗人爱国爱民、忧国忧民的深情厚谊。他也有一些即景咏怀的诗篇，抒发了不遇的悲愤。例如《旅夜书怀》《江汉》等。此外，他还写了不少题画赞书、咏舞叹乐、讴歌建筑以及农具器物的诗篇，优美生动，各有兴寄，同样可见胸怀，并有文化史料文献价值。

杜诗的艺术，总体来说，以如实反映社会典型的现实主义为主。在创作思想上，以儒家风雅传统为基本出发点，"法自儒家有，心从弱

岁疲”(《偶题》),从青年起就辛勤钻研儒家诗法。同时不断总结诗歌创作的经验体会,“文章千古事,得失寸心知”。他要求内容真实有针砭,形式精美合体制,因而高度评价同时诗人元结《舂陵行》,称之“知民疾苦”,使“万物吐气,天下少安”,誉为“两章对秋月,一字偕华星”,“见比兴体制、微婉顿挫之词”(《同元使君舂陵行》及序)。他自评一生创作是“漫作《潜夫论》,虚传幼妇碑”(《偶题》),认为大体可比汉代王符《潜夫论》讥刺时政,可及汉末蔡邕赞赏邯郸淳《曹娥碑》所谓“绝妙好辞”。他主张学习前人诗歌应当“别裁伪体亲风雅”(《戏为六绝句》);认为宋玉《九辩》同样值得学习,“风流儒雅亦吾师”(《咏怀古迹五首》)。但他并不贬薄山水田园诗,而是充分理解它们的意义和价值。觉得战乱时世,“稼穑分诗兴,柴荆学土宜”(《偶题》),是必然的;“焉得思如陶(渊明)、谢(灵运)手,令渠述作与同游”(《江上值水如海势聊短述》),亦属自然。认为清高隐逸,“礼乐攻吾短,山林引兴长”(《秋野五首》),自有高兴;“登临多物色,陶冶赖诗篇”(《秋日夔府咏怀奉寄郑监李宾客一百韵》),可以陶冶性情。因而他肯定谢灵运、谢朓等南朝山水诗人的“能事”和“用心”,钦佩孟浩然、王维等同代田园诗人的“清诗”“秀句”,称为“高人”。他重视诗歌艺术,强调多方面学习,他严肃执着地追求精湛艺术,“语不惊人死不休”,“新诗改罢自长吟”,而且“晚节渐于诗律细”(《遣闷戏呈路十九曹长》)。要求读书增长知识,提高理解水平和创作能力,“读书破万卷,下笔如有神”(《奉赠韦左丞丈二十二韵》),教导儿子要“熟精《文选》理”(《宗武生日》)。对于青年文士一度轻薄议论庾信及初唐四杰的诗歌,他诚恳劝导他们要正确对待,指出“庾信文章老更成”,晚年成就很高;“王、杨、卢、骆当时体”,代表初唐艺术成就;“或看翡翠兰苕上,未掣鲸鱼碧海中”,应当看到他们雄厚的才力;“清词丽句必为邻”,至少可以学习语言艺术;所以应当“转益多师是汝师”,必须学习前代诗人的各种长处。此外,他还重视书画歌舞艺术,注意多方面吸取艺术营养。总之,杜甫创作思想继承发展了《诗经》以来古典诗歌现实主义的优良传统，力求思想与形式的完全结合，达到讽喻教化的社会作用。

具体地说，杜诗各类主题的作品具有不同艺术特点。政治诗多叙事而有浓厚抒情，大多采取五七言乐府古体，韵律较自由，适于慷慨陈事，淋漓尽致。思恋家室亲朋的抒情诗和歌咏山川风物人情的即兴咏怀诗，则据题材和情思，或用古体陈述，或用近体沉思，或作古体而有排对，或作近体而如流水，不以格律束缚思想，而从感情择取形式，并不一律。从不同时期作品的特点看，杜诗艺术风格也有发展变化，晚年漂泊西南的诗篇明显比以前的创作更为锤炼老到，艺术精美。但总体地看，贯彻始终的共同特点是，鲜明的个性风格，精心的艺术表现，精练的形象语言以及精致的声韵格律。

无论鸿篇巨制或绝句小诗，重大主题或即兴偶思，主观抒情或客观叙事，杜甫的自我形象都是鲜明突出，从不隐蔽的。比较起来，长诗的诗人形象充实完整，小诗也一斑可见。例如《自京赴奉先县咏怀五百字》通过披露胸襟，申斥贵倖，描述气象，寓意形势，哀痛丧子，同情人民等一系列具体事情，体现出一种磊落书生气概，浩然志士情操。《北征》则生动表现为忠君守职的谏官，爱妻怜儿的家长，融合为一个乱世忧国忧民的寒士小臣，字字见情，句句传神。而在《江畔独步寻花》的绝句里，锦江岸边的春花，触发诗人雅兴，却引来许多人生苦涩的感慨。有的有人照料，“留连戏蝶时时舞，自在娇莺恰恰啼”（其六），招来许多爱怜；有的却无依归，“桃花一簇开无主，可爱深红爱浅红”（其五），深浅由她冷落。老诗人希望爱惜春花，珍惜青年，“繁枝容易纷纷落，嫩蕊商量细细开”（其七）。前后《出塞》拟从军战士自述，然而诗人往往化为自我，议论军事，发挥己见。即使像《石壕吏》那样叙述投宿石壕村遇见官吏抓丁的悲剧，也仿佛摆客观事实，并未插入主观评论，但这恰是传统史笔，一字褒贬，倾向鲜明，无意隐蔽。其实，杜甫诗歌艺术的这一特点，正是继承发展了儒家传统诗法,充分见出中国古典诗歌现实主义优良传统的特色。

杜诗叙事作品多于抒情篇什,但是叙事饱含激情,抒情常发议论。从表现手法看,多用赋而比兴,不少兴寄而赋。但是表现上的更重要的特点是深挖主题,用心谋篇,以多种手法表现主题思想。诗人敏锐地抓住现实的特征现象,发掘其深刻的思想内涵,力求形象的表现,实质是现实主义创作的典型化。例如《兵车行》是依据当时事实写作的,但诗人并不停留在送别战士的悲痛情绪和号哭场面上,而是通过一位老兵陈述经历,揭示皇帝黩武开边,战争不义,兵役频仍,家庭离散,劳力缺乏,农事荒废,祸国殃民。这就使事件、人物具有典型意义,而构思独到,不同一般;借汉讽唐, 问答议论,手法灵活,推陈出新。又如《丽人行》借曲江修禊盛会,集中批判杨贵妃姊妹及杨国忠,铺陈形容,明讽暗刺,曲折有致。他如《月夜》从设想妻子独望构思,《梦李白》写李白梦中来访,《春夜喜雨》的即景寄兴,《枯棕》的借物刺时,《洗兵马》的见美见刺,《茅屋为秋风所破歌》的大声疾呼,等等,都可以见出杜甫精心构思与多样表现,无不从属于深挖主题、加强典型的努力,不过当时主观上是出于对国家人民的深切关心,对社会现实的真切体验,对诗歌艺术的精湛追求,不必具有现代理论观念。正如杨伦在《杜诗镜铨》中所评:“自六朝以来,乐府题率多模拟剽窃,陈陈相因,最为可厌。子美出而独就当时所感触,上悯国难,下痛民穷,随意立题,尽脱去前人窠臼。”

杜甫精炼诗歌语言与讲究诗歌格律是统一的,注重语言雅俗与格律古近的谐调,要求思想感情和艺术构思的整体完美。大体地看,叙事诗继承汉乐府古诗的传统,注意提炼生动的口语,深入浅出,明白如话,传神见形,气势充沛;抒情咏怀之作则多采取近体格律,讲究典雅的书面语言, 形象性强,音乐感美,凝练概括,警策突出,发人思索,给人启迪。但是杜诗语言格律最富独创、最见功力的是,口语俗词入近体,典故雅言作歌行,近体有古风,古体见清丽,被宋代诗人苏

轼、黄庭坚概括为“以俗为雅，以故为新”，开辟了诗歌语言与格律体裁融为一体的灵活运用的广阔途径。例如《洗兵马》，属于“即事命题”的新题乐府，是七言歌行古体，然而由于诗人旨在歌颂而寓讽刺，因此气势浩大，通篇排对，雅词俗句，实同长律。而如七律《登高》中二联“无边落木萧萧下，不尽长江滚滚来。万里悲秋常作客，百年多病独登台”，《登岳阳楼》“吴楚东南坼，乾坤日夜浮。亲朋无一字，老病有孤舟”等，都是精炼常语为雅韵，善用陈词说新意，语言格律，自然融合，抑扬顿挫，老到圆熟，读来如话，听觉优美，推敲有味，分析合律。因而宋人尊杜甫为五七言古近体诗之集大成者，认为“学诗当以子美为师，有规矩法度，故可学”，“学杜不成，不失为工”（陈师道《后山诗话》）。

杜甫生前，其诗并无洛阳纸贵的轰动效应，不甚为世重视。四十年后，适应封建社会政治革新的需要，“古文”运动、“新乐府”运动兴起，杜甫为人和杜诗价值开始被发现，受推崇，韩愈称“李杜文章在，光焰万丈长”（《调张籍》），元稹认为“诗人以来，未有如子美者”（《唐故工部员外郎杜君墓系铭》），白居易更扬杜抑李，以为杜诗“可传者千余首，至于贯穿今古，𫖮缕格律，尽工尽善，又过于李”（《与元九书》）。北宋以后，志士忧患意识深重，对杜诗评价日高，杜甫的历史地位愈显，王安石、苏轼、黄庭坚、陆游等都极予尊崇。元代方回归结宋代江西诗派，更尊杜甫为其祖师。随着南宋衰弱，北方金、元相继兴起，杜诗爱国主义光辉更加焕发，宋末民族英雄文天祥在元人监狱中集杜句成诗二百首，觉得“凡吾意所欲言者，子美先为代言之”（《集杜诗自序》）。直到今日，杜诗爱国主义精神仍有伟大感召力和教育意义。

杜甫诗集，旧史所载原为六十卷，但已散佚。今存杜集大都以北宋王洙辑集、王琪重编《杜工部集》为基础，各种辑集增补本、注释本，种类甚多。清代以来，通行的有钱谦益《笺注杜工部集》，仇兆鳌《杜诗详注》（又名《杜少陵集详注》），浦起龙《读杜心解》，杨伦《杜诗镜

铨》等。这里选择杜诗名篇中的一部分,依写作时序编次,注释今译,以便阅读。

(《杜甫诗选译》,倪其心、吴鸥译注,巴蜀书社,1990 年)

中国古代游记选·前言

在我国古代散文发展的过程中，独立的完整的游记散文是比较晚出的。

先秦两汉是我国古代散文发达、成就辉煌的时代。先秦诸子、两汉政论和《左传》《战国策》《史记》《汉书》等史传,都有许多优秀的典范的散文作品。但是,这个时代并没有留下可以称为“游记散文”的作品。我们可以读到这样的小品文字：

> 又西六十里：曰太华之山，削成而四方，其高五千仞，其广十里，鸟兽莫居。有蛇焉，名曰“肥𧔥”，六足四翼，见则天下大旱。
>
> ——《山海经·西山经》

> 暮春者，春服既成，冠者五六人，童子六七人，浴乎沂，风乎舞雩，咏而归。
>
> ——《论语·先进》

前者大概是我国古代最早的描述西岳华山的文字,虽然它有着神话的色彩。后者可谓是我国古代最早的抒写春游的精彩片段，虽然它是孔子的学生曾皙的一种志趣。也许可以把它们剪截出来成为一则山水小品,视为古代游记散文的某种萌芽状态的作品。但它们毕竟不是独立的,完整的。我们还可以看到这样生动的描述：

> 到天关，自以已至也。问道中人，言尚十余里。其道旁山

胁大者广八九尺，狭者五六尺。仰视岩石，松树郁郁苍苍，若在云中。俯视溪谷，碌碌不可见丈尺。遂至天门之下。仰视天门，窔辽如从穴中视天窗矣，直上七里。赖其羊肠逶迤，名曰环道，往往有絙索，可得而登也。两从者扶掖，前人相牵。后人见前人履底，前人见后人顶，如画重累人矣，所谓磨胸捏石扪天之难也。

——东汉马第伯《封禅仪记》

这大概是我国古代最早的记述攀登东岳泰山的文字，但却不是独立的完整的游记散文，而是记录皇帝登泰山祭天礼仪的著述中的一节。诸如此类，在先秦两汉的散文著作中还可以列举。这种现象表明，先秦两汉没有游记散文，但这并非当时作者没有写作这类散文的能力，而是由于他们不写这类作品。

从先秦到两汉，人们对大自然山水的认识具有两重性。一方面，九州山水是人类生活的物质资源，具有社会经济作用，十分重要，因此产生了《尚书·禹贡》《汉书·地理志》这类重要的地理文献著作。另一方面，在人们的思想上、精神上，大自然山水是神祇的化身、君子的寄托，是思想统治、道德教化的象征物，具有超经济的约束作用。众所周知，在远古时代，日月山川都是神。到唐尧、虞舜、夏、商、周代，九州的名山大川、五岳四渎，都是天帝神祇的所在。新年开岁，帝王既祭上帝，便"望于山川，遍于群神"(《尚书·舜典》)。此外还有巡视四方，登五岳，祭五帝的礼仪制度。相沿而至秦皇汉武，都曾登泰山，行封禅，祭祀天地神祇。正由于山水自然的神化，产生了《山海经》这样神怪而荒诞的山川记述，也留下了《封禅仪记》这种登山探路的工作记录。在春秋战国时期，在百家争鸣的活跃的思想探索中，大自然山水渐渐人化，变成了文质彬彬的仁人君子品德的寄托。孔子说："知者乐水，仁者乐山。知者动，仁者静。知者乐，仁者寿。"(《论语·雍也》)有一次，"孔子观于东流之水"。他的学生子贡问他："君子之所见大水必观焉者,何也?”孔子说:“夫水大,遍于诸生而无为也,似德;其流也,埤下裾拘必循其理,似义;其洸洸乎不淈尽,似道;若有决行之,其应佚若声响,其赴百仞之谷不惧,似勇;主量必平,似法;盈不求概,似正;淖约微达,似察;以出以入,以就鲜絜,似善化;其万折也必东,似志。是故君子见大水,必观焉。”(《荀子·宥坐》)大自然的流水在孔子的心目中,具备君子一切美好的品德。因此,当他的学生曾皙表示自己的志趣,乐于“浴乎沂,风乎舞雩,咏而归”,他便欣然赞同,誉为知礼。这样,在先秦时代,大自然山水虽然由神祇而为君子,却始终保持着神秘的、尊严的、崇高的品格特性,令人敬畏爱慕,而不视为游乐的对象,不描摹山水的自然形态。因而不仅散文中没有山水游记,而且《诗经》也只有用作比兴的山水诗句,没有山水诗。

但是,在战国末到两汉的诗歌辞赋的创作里,有山水的形象的描绘。在屈原的《九歌》中,山水自然被赋予神奇美妙的形象,用来渲染烘托诗中主人公的抒情形象。宋玉《高唐神女赋》中的巫山神女,便是巫山云雨时幻丽迷人的形象。淮南小山《招隐士》里的阴森可怖的山中节物描绘,更是用作召唤公子归来的反面手段。而枚乘《七发》中“曲江观涛”的描述,司马相如《上林赋》中铺张的地理物产的形容,也都显示着山水自然进入了文学创作。但是,在这时期的散文作品中,以山水自然为抒情手段或描写对象的文字,仍然罕见。这种现象显然表明,在先秦两汉的文化观念里,诗歌韵文与散文的功用不同,有着相应的分工。这就是,以《诗经》为经典代表的诗歌韵文,主要用于述志抒情,与音乐舞蹈相结合,属于今天所谓文学艺术范畴。以《尚书》为经典代表的散文,主要用于记事论理,只用语言文字作手段,属于今天所谓社会科学范畴。因此,在汉代人的观念里,《楚辞》是《诗经》的变体,汉赋是《诗经》的支流,而先秦诸子、历史传记、两汉政论等散文著述,都归源于《尚书》。简截地说,诗歌韵文属于语言艺术,散文则属于应用文章。由此可见,先秦两汉作者不写游记散文,既有社会思想的原因,更有文学观念的原因。

从汉末建安时期开始,到魏晋南北朝,相当完整的骈文游记出现了,但是独立的完整的散文游记却仍未出现,其主要原因在于文学观念和文学语言的发展上,这是一个诗赋骈文兴盛的时代,散文显得格外沉寂。

在这个时代,随着社会政治历史的发展变动,儒家思想的绝对统治地位动摇,异端思想源源而出,老庄思想格外活跃,大自然山水在人们思想上精神上所具有的那种神秘、尊严、崇高的品格特性和那种统治、教化的象征物的约束作用,也渐渐削弱而至于消失。高于人们之上的大自然山水,渐渐变成人们憩息的场所,游赏的对象,抒情的凭借,吟咏的题材,并且日益成为政治态度和生活道路的一种表现方式,日益具有阶级社会的具体人物的性格面貌。在建安时期,我们看到了古代较早较完整的一首山水诗,就是曹操的《步出夏门行·观沧海》,大海的气势表现着曹操自己的胸襟,大海具有这位叱咤风云、吞吐日月的一代豪杰的性格特征。还可以看到王粲的《登楼赋》,湖北江南的风物景象,触发这位中原有志青年的一腔慷慨,山水平原是他的抒情手段,表现着志士不遇的情怀。在魏晋之际,可以看到嵇康诗歌里那种领略山水乐趣的自得情景:"流磻平皋,垂纶长川。目送归鸿,手挥五弦。俯仰自得,游心太玄。"(《四言赠兄秀才入军诗》之十四)也可以看到赵至骈文里那种悲愤不遇、山川凄怆的失志情景:"寻历曲阻,则沉思纡结;乘高远眺,则山川悠隔。或乃回飙狂厉,白日寝光;崎岖交错,陵隰相望。徘徊九皋之内,慷慨重阜之巅,进无所依,退无所据。"(《与嵇茂齐书》)山水自然随着人们的遭际境遇而变化着它们的精神面貌。显然,从人们接受大自然山水的思想统治、精神教化,变为人们按照自己的思想感情来认识、领略大自然山水,反过来使大自然山水具有相应的精神面貌,这是一个重要的社会思想观念的变化。事实上,从汉末建安时期到魏晋之际,在诗赋中已经相当

多地写作山水自然题材。换句话说,作为山水游记的内容,虽然还没有以散文形式表现出来,但是在诗赋创作中已经有了相当的表现。

两晋从一统天下到苟安江东,门阀统治巩固,政治混乱,玄谈风行,名士优游岁月,恣情山水。寒门庶族压抑不平,清高不苟,隐逸山林。于是山水自然既披名士风流,又有隐士品格。一方面在门阀文士诗赋中充斥玄理说教的苍白文字;同时也听到了“振衣千仞冈,濯足万里流”(左思《咏史》之五)、“山水有清音,何必丝与竹”(左思《招隐》)的寒士不平,山水成为对抗门阀的一种依据和标志。而木华《海赋》和郭璞《江赋》更使长江大海得到气势壮阔、形象瑰丽的表现,充分显示着大自然山水成为歌咏的主题。到东晋,玄谈和佛理结合,名士和高僧合流,山水和寺庙一体,自然和空门同归。于是我们看到了庐山诸道人《石门诗序》那样富有玄佛气味、结构相当完整的骈文游记,还可以看到著名玄言文学家孙绰自诩为“掷地作金石声”的《游天台山赋》。前者是亲临其地的实游,后者是观图神往的卧游。这一实一虚,一序一赋,显然不属散文游记。但是,如果从主题和结构来看,它们实质上是“游记”作品。这就是说,山水主题的文学创作,辞赋骈文的游记作品,在东晋已经正式出现,虽然它们蒙着玄佛的迷雾,带着格律的束缚,山水自然的形象显得苍白。但是,产生的条件既经具备,山水主题的文学创作便蓬勃发展起来。

南朝四代,政治上寒庶地主有所抬头,门阀统治开始衰落;文学上“有文有笔,以为无韵者笔也,有韵者文也”(《文心雕龙·总术》),诗赋骈文兴盛。由于这两方面缘故,诗赋骈文作品的山水主题空前活跃。王谢大家因为政治上受到打击而愤愤遨游山水,于是“庄老告退,山水方滋”(《文心雕龙·明诗》),我们看到了谢灵运大量创作山水诗,开拓了诗歌史上一片新的领域。寒门庶族急切要求政治上改变压抑地位,于是“饥鹰独出,奇矫无前”(敖陶孙《诗评》),我们看到了鲍照的《芜城赋》《登大雷岸与妹书》这样的山水辞赋骈文。而当晋、宋

易代的政治动荡渐趋平静，新、旧门阀习惯于频繁而混乱的政变，仍旧安于半壁江山的苟安，于是隐士和寒士在山水骈文中突出了起来，我们看到了“山中宰相”陶弘景的《答谢中书书》和失志俊才吴均的《与朱元思书》。除了诗歌辞赋，南朝山水骈文以书信的形式为多，成就也最为突出。不论鸿篇巨制的《登大雷岸与妹书》，还是短小精致的《答谢中书书》《与朱元思书》，作者们都在描述山水中熔铸着自己人生仕途中的体验，表现独特的个性和风格，反映社会现实生活的侧面。它们的手法、技巧也都汲取了诗歌辞赋的艺术经验。实质上，这些都是书信体的骈文“游记”。可见从南朝人的文学观念看，“游记”已经涌现。只是今天称为“游记”的散文作品则尚未独立出现。

魏、晋以后，属于学术性质的地理著述除记载山川物产外，多述人物古迹、风土习俗，其中颇多生动描述，文笔优美。这类著述不属文学，所以都用散文。可惜南朝这类著述都已散佚。从残存片段，可见其一斑。例如《水经注》引述的下述两则：

> 江水又东径西陵峡。《宜都记》曰，自黄牛滩东入西陵界，至峡口百许里，山水纡曲，而两岸高山重障，非日中夜半，不见日月。绝壁或千许丈。其石彩色，形容多所像类。林木高茂，略尽冬春。猿鸣至清，山谷传响，泠泠不绝。所谓三峡，此其一也。
>
> ——《江水注》

> 浦阳江又东北径始宁县嶀山之成功峤。峤壁立临江，欹路峻狭，不得并行。行者牵木稍进，不敢俯视。峤西有山，孤峰特上，飞禽罕至。尝有采药者，沿山见通溪，寻上于山顶。树下有十二方石，地甚光洁。还复更寻，遂迷前路，言诸仙之所憩宴，故以“坛宴”名山。峤北有嶀浦。浦口有庙，庙甚灵验。行人及樵伐者，皆先敬焉。若相侵窃，必为蛇虎所伤。北则嶀山与嵊山接。二山虽曰异县，而峰岭相连。其间倾涧怀烟，泉溪引雾，吹

畦风馨，触岫延赏。是以王元琳谓之“神明境”。事备谢康乐《山居记》。

——《渐江水注》

郦道元谓《宜都记》为西晋袁山松所著（按，《新唐书·文艺志》载录为李氏《宜都山川记》）。“谢康乐”即谓山水诗人谢灵运，其《山居记》已佚。这类文字虽可视作游记小品，而在当时却是应用文字。这种现象又可在其他应用文字中看到。例如，谢灵运有《山居赋》，并自己作注加以说明，而其注文也有近似游记的片段。试读下引一段：

南山，是开创卜居之处也。从江楼步路，跨越山岭；绵亘田野，或升或降，当三里许。途路所经见也，则乔木茂竹，缘畛弥阜，横波疏石，侧道飞流，以为寓目之美观。及至所居之处，自西山开道，迄于东山，二里有余。南悉连岭叠障，青翠相接，云烟霄路，殆无倪际。从径入谷，凡有三口，……缘路初入，行于竹径，半路阔，以竹渠涧。既入，东南傍山渠，展转幽奇，异处同美，路北东西路因山为障。正北狭处，践湖为池。南山相对，皆有崖岩。东北枕壑，下则清川如境，倾柯盘石，被隩映渚。西岩带林，去潭可二十丈许。葺基构宇，在岩林之中。水卫石阶，开窗对山；仰眺层峰，俯镜浚壑。去岩半岭，复得一楼。回望周眺，既得远趣；还顾西馆，望对窗户。缘崖下者，密竹蒙径，从北直南，悉是竹园，东西百丈，南北百五十五丈。北倚近峰，南眺远岭，四山周回，溪涧交过。水石林竹之美，岩岫隈曲之好，备尽之矣。

记叙浙东山林庄园的建筑，写景优美，情趣盎然。它虽是注释文字，而骈散间杂，清丽可玩。谢灵运又有《游名山志》（今佚），则纯属散文，其残文如：

破石溪南二百余里，又有石帆。修广与破石等度，质色亦同。传云，古有人以破石之半为石帆，故名彼为“石帆”，此名“破石”。

比较起来，它的应用文字性质更为明显。上述情况也可表明，两晋南朝虽然已成熟地涌现出骈文“游记”，但散文中却没有独立的完整的游记作品，主要原因已非社会思想上的山水自然观的作用，而是由于文学观念上不以散文为文学艺术，不认为散文语言是文学语言。正是由于同样的原因，北朝的两种散文巨著，郦道元《水经注》和杨衒之《洛阳伽蓝记》，其中许多记述山水名胜、风土人情的精彩篇章，历来读作游记散文，实则都不是文学作品，而是地理人文的专著。当然，应当看到南北朝上述地理著述中许多富有文学价值的片段，对于后来出现成熟的游记散文，也是肥沃的艺术土壤，提供了艺术滋养，其作用和影响是深远的。

总之，魏晋南北朝中，山水自然已渐渐失去对人们的思想约束作用，正如谢灵运所说：“夫衣食，人生之所资；山水，性分之所适。”(《游名山志》)山水自然只是人们按照自己性情兴趣来游赏憩息的对象和环境，已经成为文学创作中抒情述志的题材和表现。而由于当时的文学观念，因而艺术地表现山水主题，主要用诗赋骈文，不用散文。这就是说，独立的、完整的游记散文作品的产生，关键在于文学观念、文学语言上的一种转变，就是需要以散文取代骈文的文风改革。

隋代到唐玄宗开元盛世，文风大体沿袭南朝，仍旧盛行骈文。一方面在山水宴游中，文人士大夫往往以咏诗为主，用骈文作序以说明宴游时地及感慨，其名篇如初唐王勃的《滕王阁序》；在书信中，以山水主题来寄慨述意，仍不乏佳作，其名篇如盛唐王维的《山中与裴迪书》。另一方面，在应用的专著中，仍可读到精彩的山水记述片段，玄奘的《大唐西域记》即是用散文记述西行求经的旅途经历观感，颇有具体生动的描写。这种情况显然与南北朝一脉相承。到唐玄宗天宝年间，由于政治日趋腐败，从封建阶级下层渐渐出现一股以复古求改革的思潮，思想上要求遵循儒家思想传统，文学上主张运用“古

文”，即以先秦诸子为典范的散文和散文语言。在天宝末，安禄山叛乱爆发以后，由于战乱现实表明政治改革的亟需，因而这一复古思潮的影响渐渐扩大。到唐肃宗、代宗朝，这一思潮的代表作家之一元结，用古文即散文写作了许多山水主题的铭文题记，实际上已开游记散文的先河。因而他在文学史上既是“古文运动”的先驱者，又是游记散文的始作者。元结的游记散文，一方面显示着文风的改革，同时又表现出过渡的痕迹。从内容看，他的游记散文大都是借山水以抒感慨，以发议论，具有较高的现实性和政治性，是从改革出发的。例如《右溪记》记叙发现、兴修道州城西附近一条无名小溪，而主题思想则在议论朝廷用人不当，感慨名位和才用不符。文中明确写道：“此溪若在山野，则宜逸民退士之所游。处在人间，则可为都邑之胜境，静者之林亭。而置州已来，无人赏爱。徘徊溪上，为之怅然。”所以前人评论其文，“大约抗节励志，不可规随。读其书，可以想见其人”（章学诚《元次山集书后》）。从形式看，他的游记散文大多为铭序，以四言韵文的铭为主，小序为说明作铭情由，所以十分精短，但也表明这类游记散文其实尚未完全独立，不免拘于传统文学观念和习惯。

完整的游记散文的独立出现，在唐德宗贞元年间到唐宪宗元和年间，是韩愈、柳宗元“古文运动”的一项成果。安、史乱后，大唐帝国从鼎盛转向衰落，封建制度也从巅峰走向下坡。宦官擅权，军阀割据，东北为安、史余党控制，西北吐蕃、回纥势力强大。朝政混乱，姑息妥协。到唐德宗贞元年间，朝野改革要求强烈。这种政治形势下，韩愈以复古求改革的“古文运动”应运而起。他努力复兴儒学，鼓吹道统，排斥老庄思想、道教、佛教的异端，提倡以先秦两汉散文为典范的“古文”，反对讲究声韵对偶、堆砌辞藻典故的骈文，从思想上文化上为巩固大唐统一、维护封建统治而谋求改革。柳宗元则注重实际的政治改革，积极参加王叔文集团的激进的改革斗争。他与韩愈的政见并不一致，但根本目的相同。因此在改革失败，遭遇挫折之后，他也用古文从事著述和写作。在倡导古文、反对骈文上，他与韩愈一起作出重大贡献。从唐代活的语言中提炼出新的书面散文语言，用大量优秀的散文作品，取代了日趋僵化的骈文语言和空洞浮华的骈文作品，从而使散文从应用范围进入文学领域，改变了传统的文学观念，解决了关键的散文的文学语言问题。正是在这样的改革思潮的浪涛中，独立的完整的游记散文的涌现，恰同六朝游记骈文的出现形成对照，带着改革的生气，冲破骈文的束缚，山水自然的形象显得充实有力。这是时代的使然，因而也有鲜明的时代特点。

爱国壮志的追求和遭际不遇的悲慨，是这时涌现的游记散文在思想内容上的共同特点。作者们多为谋求改革的志士，又多遭挫折，因而他们的游记散文多属谪迁宦游的产物。韩愈很少游记散文，而其《燕喜亭记》为早年贬官阳山时的作品，《记宜城驿》为晚年谪迁潮州途中的产物。前者写替友人筑亭取名的事由，以寄不遇感慨，以励志节操守。后者叙述宜城驿、楚昭王庙的沿革和习俗，抒发国家衰落、军阀割据的悲慨。大诗人白居易在元和以后也颇有游记作品。其《草堂记》作于贬官江州司马期间，以正面记叙筑室庐山、归隐山林的志趣，反衬厌恶混乱政治于言外。《三游洞序》是在江州司马调任忠州刺史途中产物，记述作者兄弟巧遇元稹，同游三游洞的过程，借这一胜境处于交通要道而长期不为人知的遭际，抒泄怀才不遇的感慨。而最足以代表这时期游记散文成就的作家，是柳宗元。

柳宗元的游记散文都是在元和间贬谪永州、柳州的十四年中写作的，具有高度的思想性、现实性和政治性，鲜明表现出他身处逆境而壮怀不懈的爱国志士的思想性格，形成雄健雅深的独特风格。而在艺术上则继承发展了先秦两汉散文的优良传统，融会诗歌的比兴、史笔的褒贬、寓言的讽喻、政论的犀利，又汲取辞赋骈文描写山水的艺术经验，使游记散文的文学价值空前提高，奇葩盛开，芳馨永播。他的《愚溪诗序》记叙构筑冉溪宅园和以“愚”命名的情由，原是说明写作《八愚诗》的序文，因而有诗序的一般结构，但精心构思，精当剪裁，取法寓言，抒泄孤愤，讥刺世俗，确为山水主题散文中别开生面之作。《游黄溪记》允称完整的游记作品，写景如绘，状貌可见，清丽省净，而叙述传闻，议论隐沦，委婉深微。最代表柳宗元山水游记的成就和特点的是“永州八记”。首篇《始得西山宴游记》其实总结了两种游玩山水的态度和体会，生动而深刻地说明在身处逆境时应当坚持崇高理想，胸怀开阔，目光远大，从思想上解除挫折忧烦的束缚，不应生活闲散，逃避现实，追求一时的自我麻醉。它有浓厚的抒情性、高度的哲理性和美妙的象征性。《钴鉧潭西小丘记》在记叙小丘的遭际中，寄托了下层才俊的压抑愤懑。它赋小丘以生气勃发的形象，用史笔写小丘弃置不遇的境况，以拟人的诗情写小丘购得致用的惬意，发明快的议论来阐述小丘前后遭际的政治含义。《至小丘西小石潭记》是小品游记的杰作。在幽隔澄净的小石潭景物描写中，显示出坦荡磊落的清高君子的胸襟情怀；而在探望源头的回顾中，寄托着志士仁者离群索居的凄怆感慨；作者终于“以其境过清，不可久居”，离开了小石潭，正意味着作者的志士胸怀，在进取和退隐的抉择中，不能超脱现实，不甘清高隐逸。总之，柳宗元山水游记具有鲜明的时代特征，开创了游记散文以山水抒写政治感怀的一种优良传统，影响深远，直至于今。他的“永州八记”已经完全不附属于诗赋韵文，表明游记散文作为文学作品而独立发展起来。因此，在古代游记散文的发展过程中，柳宗元“永州八记”具有划时代的开创意义。

从元结到柳宗元，是古代游记散文独立开创的阶段。如果从今天称为“游记”的观点看，事实上其中相当一部分作品是以山水为主题的题记散文，是作者们各自仕途宦游中观赏山水、凭吊古迹以及修筑园林，兴办德政的各种题名作记文章。因此，在这一时期，既可看到散文游记，也可看到骈文游记，其名篇如韩愈的同榜及第的朋友冯宿的《兰溪县灵隐寺东峰新亭记》，便是游东峰亭，赞亭主，美德政的题记骈文。同时还可看到游记散文相当活跃,形式上也有所创造。例如韩愈的门生李翱的《来南录》,便是古代最早的一个旅游日记,简略而不无描述地记录了从今陕西西安市到今广东广州市的旅行,行程长达数千里,经过今陕西、河南、江苏、浙江、江西、广西六省,历时半年。它有实录地理著述的文献价值,也有相当文学价值,开创了古代游记散文的一种体裁,宋元以后继续发展,日趋完备,多所采用,颇有佳作。

宋代是古代游记散文巩固、发展阶段,成就突出,贡献巨大。北宋立国,先天不足,国力衰弱,基础未稳。外有辽国,内有割据,兼并剧烈,民怨沸腾。因此开国初期即发生农民起义,阶级矛盾尖锐;辽和西夏强大,民族矛盾突出;在封建阶级内部,则忧国的激愤,改革的思潮,迸发涌起,到宋仁宗、神宗朝,便先后出现范仲淹改革和王安石变法,从温和到激进,愈演愈烈,引起封建统治集团内部斗争尖锐,形成以王安石变法为界的新旧党争。这种形势下,北宋散文一开始就直接继承韩愈、柳宗元"古文运动"的传统,以散文为政治改革的武器和工具,发起文学革新,反对"西昆体"的形式主义。而游记散文也成为抒情述志的一种重要方式和手段。因此,仿佛历史的重演,我们看到北宋游记散文的优秀作品大多是作者们政治挫折、仕途贬谪生涯的产物。但由于北宋中叶的政治现实比中唐更为腐败,封建制度益发衰落,因此作者们以山水主题抒发的政治感慨和思想情绪更接近柳宗元,但孤愤渐淡,清高趋浓,山水的形象日益突出,游记的特色更加显著。苏舜钦《苏州洞庭山水月禅院记》是作者遭诬撤职期间所作,原为应请而作的水月寺的题记,但他却把它写成一篇追忆昔游的游记,借以抒泄心中抑郁,而寄托清高超脱情怀。欧阳修《醉翁亭记》作于贬官滁州期间,也是为琅琊寺的一座亭子而作的题记,但作者借山水以寄慨,寄托与民同乐的仁恻,蕴藉太平逸豫的忧虑。苏轼、苏辙兄弟的游记名篇大多是在"乌台诗案"后分别贬谪黄州、筠

州期间的作品。苏轼《后赤壁赋》中写夜游赤壁,既生动如实地描述赋闲自在的黄州生活情景,又用象征手法形容独自攀登赤壁的奋勇无畏而震恐的过程,再以奇幻的遇鹤梦鹤结束,显然寄托着他政治遭遇的孤愤,而终于只能用超脱自适来解决矛盾,排遣苦闷。正如他在《记承天夜游》中描述月夜散步庭院后的感慨所说:“何夜无月,何处无松柏,但少闲人如吾两人耳。”理解、欣赏月的清明、松柏的高洁的人,却是闲暇无可作为的人。苏辙《武昌九曲亭记》更借记述苏轼修筑九曲亭的情由,直截议论苏轼“以适意为悦”的思想,明确指出其实质是“无愧于中,无责于外”。这不仅是苏辙对他哥哥清高超脱思想倾向的一种确切阐明,也有助于了解北宋游记散文思想内容的一个重要特点。

北宋游记散文在思想内容上的另一个比较重要的特点是抒写一种注重实际的进取精神。比较起来,这类作品却是更为完整的游记。作者们当时处境一般比较顺利,或者有所转机,思想情绪比较开朗乐观。因而这类作品大多是名副其实的记游,以记述山水名胜、文物古迹为主,描写比较生动活泼。只是他们的游后感触则往往属于“百闻不如一见”,发挥求实和进取的议论。有的议论比较一般;有的则是立意于议论,构思更为完整。柳开《游天平山记》生动记述游赏故乡名山的过程,而游览原因却是由于认为和尚惟深夸奖天平山是为了讨好自己,而结果证明“惟深之言不妄”。谢绛《游嵩山寄梅殿丞书》是因作者游嵩山之前,他的妹夫梅尧臣曾先游嵩山,并且有所评论,而作者游嵩山时看到梅尧臣的题记,也产生一些不同观感,因此兴致勃勃地写了这封信告诉梅尧臣。曾巩早年所作的《游信州玉山小岩记》以丰富的想象描述了游览玉山岩洞的奇丽景象,而在说明写作此文缘由时,则发感慨说,“乌乎,自古述山水者多矣”,但是有的把山水美“诿之神明”,“怪诞迂谲”;有的更弄神弄鬼,“羁于流俗”;他都不取。他是“实其事为记”的。至于王安石《游褒禅山记》和苏轼

《石钟山记》,都是脍炙人口的以山水说理的游记名篇。前者借深入华山后洞游览的体会,发挥学习、立业必须坚持不懈、知难愈进的道理;后者借夜游石钟山的实地考察,说明“凡事都不可臆断”的道理。它们都是开创游记说理一体的典范作品。

北宋游记散文一般都短小精悍,平易流畅。由于多用以抒情寄慨,因而作者多熔取诗赋创作的艺术经验,用心立意,追求境界,个性突出,风格各异,而手法灵活,形式多样,勇于探索,富于创新。《醉翁亭记》《黄州快哉亭记》之类题记型的游记散文,或构成深远意境,耐人寻味;或重在议论,发人思索;都显出作者自我形象,表现独特风格,突破题记的俗套。《游褒禅山记》和《石钟山记》都是说理性游记,但并不脱离山水形象,而且结构、手法各有特点。前者以游洞为譬喻,立意于理,情从理出;后者对声响作描述,情重于理,理从情出。《游嵩山寄梅殿丞书》显然保存六朝以来书信体游记的形式,而又有日记体游记的结构,不拘一格。《东坡志林》用笔记体写山水,小品精妙,富有诗意,开创后来笔记体游记一体。前、后《赤壁赋》则是传统的游记文学创作,有虚有实,形象生动,对文赋即散文赋的发展作出了贡献。而王得臣(一作柳公权)《登莲花峰记》更是游记中的传奇,传奇体的游记,形式介乎唐人传奇和宋人笔记之间,内容则为亦道亦佛的民间登险访道故事,新颖奇特,别有趣味。

南宋苟安,国力衰弱。在爱国精神高涨的时代里,山水游记却颇为发展。爱国的志士仁人、学者诗人,在苟且求和的朝廷压制下,不得志而寄情山水,排遣忧愤。到南宋末年,节士遗民更遁迹山水,坚守志操。他们游踪几遍江东西南,而思想情绪却越发忧郁感伤。北宋游记那种清高超脱,“适意为悦”,在南宋游记中渐渐发展为世无知音的感伤,超然物外的惆怅。因而游记中山水描写趋向具体而形象,精美而有致;对历史文物、先贤遗迹有着深情的关注,执着的怀念。在形式上也渐多随感漫想式的短小杂文,无多拘束,而有所创

新。陆游在乾道六年(1170)入蜀任夔州通判,从山阴到任所,旅行四个月,逐日记叙见闻观感,成《入蜀记》。这部旅行日记,写法似笔记,内容则近游记。如其中记叙长江三峡见闻,有活泼的景物描写,而更多诗文名物的评论考订。范成大在淳熙四年(1177)从成都返杭州,沿江东下,成《吴船录》,也是一部旅行日记,有不少精彩的游记篇章。例如他泊舟嘉州,登临峨眉,记叙五日游程,细心观察,真切描述,把"大峨峰顶,天下绝观"的各处名胜,诸般"佛光",再现出来,虽不免宗教色彩,却使峨眉山水具有真实的浓厚的历史美感。这类日记体游记,合之为专著,节录亦成篇。南宋更多的是把数日游程贯串记叙为一篇完整的游记。张栻《南岳唱酬序》为作者与朱熹等人同游南岳衡山所作唱和诗集的序,但已毫无诗序旧套,而是可以独立完整的游记,文中具体记叙同游七日经过和观感。王质《游东林山水记》、邓牧《雪窦游志》都是依次记述两三日游程的完整游记。这类游记以及朱熹《百丈山记》、谢翱《月泉游记》等,都以游程为结构,具体记述名胜古迹和游者活动,作者的思想情怀、感慨议论大多随时结合具体见闻而抒写出来。同时,笔记体的游记小品也有所发展。罗大经《鹤林玉露》中《南中岩洞》,周密《武林旧事》中的《观潮》,都是笔记专著中的一则,而在山水的描写或习俗的记述上渐趋充实,较多铺陈,篇幅稍增,可以独立。同时,张孝祥《金沙堆观月记》则在写作上更接近《东坡志林》似的笔记体游记小品,重在抒情,构成意境。总之,南宋游记散文发展的趋势是名实相符的记游作品大量涌现,在内容和形式上已与今日所称"游记散文"的含义相合,巩固了游记散文在文学领域中的地位。

元代历时较短,政治混乱,民族矛盾尖锐,民族融合进展,都市经济畸形繁荣,封建制度解体渐速。反映市民意识的戏曲小说兴起,正统的诗文显得寥落。而游记散文却不萧条,各族都有作者,也不乏可观的作品。但发展趋势却不稳定,呈现一种过渡状态。有的作者

继承唐宋传统，寄慨山水，思想性艺术性结合较好，有时代特征。虞集《小孤山新修一柱峰亭记》是题记体游记，即事寄慨，融情于景，赋长江小孤山以中流砥柱形象，赞扬李维肃修固一柱亭的当为必为、敢作敢为精神，允称佳作。麻革《游龙山记》记游山西深源的龙山，惊叹于塞外胜概，觉悟于因循成见，巧于构思，妙于写景，而夹叙夹议，亦有理趣，不失为元代精品。杨维祯《干山志》记松江干山两日游程，通过船行纡绕显出水乡游趣，多叙山中相遇隐遁方外之士的情景，勾勒渲染，传神写意，生动反映元、明之际士大夫情绪。但较多作品则显示出另一种趋向，游踪广了，文章长了，思想杂了，艺术粗了。金代诗人元好问《东游略记》记述金亡之后陪伴县令从冠氏到泰安的旅途见闻，主要考证古迹，记述寺庙，列举碑刻，内容求实，文字朴质，可谓考察性游记，显然上承《水经注》《洛阳伽蓝记》一路，以学识见长。但结构松散，不免拖沓。揭傒斯《陟亭记》以游记形式而作题记，点出陟亭地点环境，显出幽僻风水，而旨在表彰孝行，感慨失时，情挚意婉，章法活络，技巧浑熟，但失之深微，稍有芜杂。许有壬《林虑记游》记游河南林虑山，访古观胜，随游随记，不乏情趣，描写水帘，尤为奇观，但官气颇存，文章冗长。萨都剌《龙门记》述洛阳龙门石窟，记载具体，无多形容，但讥刺佞佛，精辟严峻，不失为游记说理一格，而议论过多，却是缺陷。这类作品的涌现，反映着社会思想的动荡，也表明游记艺术渐陷困顿，徘徊过渡。

明代社会政治、经济、文化都力图以加固封建专制使帝国长存，但朝政黑暗，官僚腐败，兼并残酷，思想动荡，反而加速封建制度的解体。到中叶便萌生资本主义因素，商品经济活跃，市民意识发展。文学上，戏曲小说繁荣，正统诗文陷入拟古复古的泥坑，但游记散文却取得相当重要的突破，在思想和艺术上都出现了新的发展趋势。

从明初到明世宗嘉靖年间，游记依旧徘徊于唐宋传统的寄慨、说理、记游各体之间。思想上既有清醒的忧虑，冷静的不满，也有盛世

的期望，进取的慷慨。作品中的山水描述，古迹记叙，都相当突出地体现作者的政治倾向，艺术各臻其妙，风格鲜明独特。但是在思想和艺术上都尚未突破传统的束缚。宋濂《游钟山记》和高启《游灵岩记》都是借记述游山以寄托元、明易代之际厌乱疾俗的感慨，表现出名士的清高情怀，立意基本相同。但宋濂是应明太祖朱元璋的召请而到南京任职的，游钟山的同伴恰是忠心辅佐朱元璋的刘基。因此游记中突出写他一人独游，具体描述名胜古迹的观感，显出与刘基志趣不同，风格含蓄婉转。高启则是被迫陪伴张士诚属下的新贵大员游山，内心实则厌恶。因此游记中佯称灵岩胜概，实则不多描述，而推托自己对家乡山水无知，恭维大员雅赡，笔端明褒暗贬，风格诡谲机智。刘基《松风阁记》作于元末，记述游宿浙东会稽山顶、古松荫下一座楼阁的观感体会。前篇着重渲染说明风“附于物而有声”，松可使风有“自然之音”，因而观松听松令人耳目舒适。后篇集中描述位在群峰之顶的松树，更可令人耳目清明。贯串前后的是一种洒脱不群、清醒不羁的名士，在为志士的情怀，议论风发，状物取神，语言清丽，风格明快。薛瑄《游龙门记》、乔宇《游恒山记》和张居正《游衡岳记》其实是台阁体游记的佳作。虽然作者性情遭际并不相同，游赏地点也不一样，但都是恪守正统，敬天尊岳，立意宏大，谋篇谨严，气度庄重，文辞典雅，含蓄赞颂帝王功德，俨然具有大臣胸襟。而程敏政《夜渡两关记》叙述两夜惊虎的遭遇，发挥处事审慎的议论；王世贞《游张公洞记》描述道教洞天福地的游历，却立意驱除仙佛尊神的迷雾：都是游记说理的生动作品。至于杨慎《游点苍山记》、程启充《游千山记》都是遭贬远荒的产物，却留下了南北边疆胜概的可观作品。

从明神宗万历年间到明代灭亡，随着文学上反对拟古主义思潮的出现，公安派、竟陵派都主张抒写“性灵”，游记散文有一种突破传统束缚的发展趋势。其特点是把山水名胜视为个人的审美对象，表现个人的审美情趣，不仅有不苟流俗的清高格调，更有不拘封建传统

束缚的自发倾向。公安派袁氏三兄弟中的袁宏道(中郎),是体现游记这一发展趋势的代表作家。他的游记虽然很有名士风度,也似乎颇有超逸神气,而其自我形象却是广游名山大川的旅行家,鉴赏造物艺术的批评家。他不仅能用清丽文字巧作形似的描画,而且把视听直觉的山水景物写得传神;不仅把每一处山水看作一个完整的艺术创造,而且能鉴定这一处山水的独到的艺术成就。《天目》中,他既指出天目山的特点是“幽邃奇古”,又指出一般“幽邃奇古”的山的通病,然后概括出天目山独具的“七绝”。《由水溪至水心崖记》叙述游程中所见七处形胜,各有特点;最后总结观感,把桃花源一带视作一个完整的园林构造,而把穿石山、水心崖的奇峭比作“文中之有波澜,诗中之有警策”,更显出整个桃源山水的秀雅清丽。《游盘山记》一开头便指出盘山的特点是“外骨而中肤”,并分析评论了构成这一特点的山石奔泉的具体形态和美妙效果,然后“述其最者”,重点描述了盘泉、悬空石和盘顶的胜概和奇趣。他的游记甚少政治寄托,很少历史感慨,却有不少轻松诙谐的妙语。他对天目山和尚说:“天目山某等亦有些子分。”大自然山水的美,人人有份。他欣赏桃源山水的美,叹息古人不早发现,否则“遂使官奴(晋王献之小字)息誉于山阴,梦得(唐刘禹锡字)悼言于九子”,幽默揶揄古人。他登临盘顶,体会到“世上无判命人,恶得有此奇观”,不花大力气,看不到好景色。诸如此类的妙语,虽有点名士派头,但并不清高,而多快感。大自然天工神斧创造的美妙山水,从先秦两汉的神化而君子化,经过魏晋的玄虚化,南朝的隐逸化,唐宋的志士、仁人、学者化,到这时期,明显地变为欣赏艺术美而呈现旅游化。应当说,这是古代游记发展的一个突破性的变化,为游记发展开辟一条新的宽广的途径。而此后这类游记便不断涌现。

王思任及姚希孟的游记都表现出旅游化倾向,但各有特点。王思任以愤世嫉俗的情绪旅游山水,借天工化成的山水艺术美来嘲弄

抨击封建现实社会的不美，他的游记抒发着浪漫的快意，不平的激情。《剡溪》记述浙东曹娥江至剡溪的游程，摇舟水行，边看边议。他觉得贞女曹娥的懿德使曹娥江变得“铁面横波，终不快意”，认为名士王子猷的雅兴只是“文人薄行，往往借他人爽厉心脾”，厌恶夹江山壑阻挡视野如“群诸侯敲玉鸣裾”。而对江色渔火，静山鸟鸣，月光溪水，则深为赞美，甚至冒着凉风，登上壮台，感受水口砥柱的痛快。不难看到，他把封建传统的贞女、名士、诸侯的美德、雅行、礼节，都视为束缚，以为可厌，这种思想情绪同以往的寄情山水、清高超脱的隐士、名士的内容实质，显然有了区别。在《小洋》中，更把小洋傍晚日照的山水景物描绘得五光十色，灿烂夺目；借以大胆发出变革的壮怀，“使观其时变乎，何所遘之奇也”；激烈愤慨人间的不平，“不观天地之富，岂知人间之贫哉”。王思任游记中这种借山水美以抨击封建现实的创作特点，在姚希孟的《游洞庭诸刹记》中则以“思古之幽情”的方式表现出来。他历记西洞庭山的古庙，认为古庙大都是“制度古雅，前朝遗式”，可供观赏凭吊，但如果不是“借荫于叠岫，而贷色于崇柯”，则这些古庙并不吸引人们。因而他着力描绘湖光山色和古树风姿，写出“山同树，树同时，而借朝暾夕曛之态，各自为姿容”。他观赏比较，间发议论，勾勒出一幅幽雅古朴的西洞庭山水画卷，而有厌恶“嚣垢”“靡侈”于言外。

传统各体游记，在晚明以小品最为出色。张岱《陶庵梦忆》中颇有精短佳作。如《西湖七月半》追忆明代杭州人七月半游西湖的习俗风气，勾画出达官贵人、名娃闺秀、妓女方外、无赖子弟及风雅文士等五类人的庸俗情态，而以人散后独赏西湖月色之美，寄托高洁情怀，抒泄愤世情绪。朱国祯《涌幢小品》中的《普陀游记》，多述游普陀途中所见舟山群岛一带山水人情、寺庙香火及与沿海各地来往情形，近乎考察报告。刘侗《水尽头》则记述北京卧佛寺、樱桃沟一带景致，而以辨别声响、考察泉水源流为主题，寓意于格物致知、穷探究竟，讽喻浅尝辄止、一知半解。它构思精巧，写景优美，说理含蓄，属于说理游记一体。

明代的游记巨著徐弘祖的《徐霞客游记》，其实是具有高度文学性的地理专著，是著者一生实地考察自然地理、地貌的资料整编。这部日记体的巨著，由于旨在进行科学考察，因而不多寄托感慨，却有深入虎穴而得虎子的科学家的快意，也有不畏艰险而得奇观的旅行家的乐趣。其书于名山考察，不仅记述详尽具体，凡经历路程无不实录，而且对地形地貌的记述更有十分精彩的描写，加上节气变化的记录，随时调查的探询，间有议论的辨析，其结构虽由旅程而自然形成，但凡遇奇特，必探究竟，因此重点突出，更觉完整。而著者有高度文学素养，文字省净，风格清雅，殊无雕凿，故往往情景交融，意境高远。尤其是著者不畏艰险、攀登绝顶的崇高志向和勇敢精神，至为感人。如前后两度游黄山的日记，十分形象地显现出"黄山之松无一不妙，黄山之石无一不奇"的黄山独特胜概，充分体现出奋力攀登天都峰、莲花峰的快意和见到"秀绝人区"的美景的乐趣。初游雁荡山的日记，记述寻觅雁湖的历程，锲而不舍，一往直前，无所畏惧，惊险动人，不但景观奇妙，更见出一位科学家、旅行家、探险家的意志胆略。这类脍炙人口的篇章，确属科学和文学的高度结合的杰作，是《水经注》以来的新的地理专著的高峰，也是古代游记的硕果。

清代是我国古代漫长封建社会最后解体阶段，资本主义在封建桎梏中生长发展。中叶以后，帝国主义列强入侵。到鸦片战争爆发，历史便进入近代。清初统一，专制集权，国力强大，经济发展，因而垂亡的封建社会呈现出回光返照的繁荣。文学上相当活跃，正统的诗词歌赋和散文，元明新兴的戏曲小说，都有振兴和发展。游记散文也进入全面发展的阶段。此时的社会正值明、清易代和两种社会制度交替的动荡变革时期，因而作者们的思想复杂，倾向错综，游记作品内容也表现出各种倾向和特点。在艺术形式上，则传统的各体

皆备，唐、宋以来游记散文艺术的积累，使清代游记写作拥有肥沃土壤和丰富滋养，精品累累，琳琅满目。但总的趋势则是不论述怀寄慨，或者说理记游，大多通过山水艺术美的鉴赏而表现出来，各展其长，各具风格。

明、清易代之际，由于民族矛盾，南明遗士崇尚气节，顺清文人不无感愧，因而游记多寄慨之作。顾炎武《五台山记》和王夫之《小云山记》都是明亡后的作品。前者可谓是学者的游记，调查五台方位，记述风土人情，辨别兴佛沿革，驳斥失实传说，广征博引，考证议论，在总结排佛不力的历史教训中，感慨封建统治思想的衰落，指出“当人心沉溺之久，虽圣人复生，而将有所不能骤革”，有深沉的亡国之痛。后者则是遗民的游记，记述从小云山观赏湘西山水自然风光，在连绵不断的重山复水和四季变迁的自然风光的描绘中，表现出作者热爱祖国家乡的深情。钱谦益《游黄山记》在刻画欣赏山水景物之中抒泄自身的遭际和内心的苦闷。例如他生动描写了黄山云海的奇观，忽发出世之想；在精彩刻画了黄山奇松的千姿百态，借雷劈仆地而如卧龙的长松，感慨“其亦造物之折枝也与”，显然是作者曾折节仕清的苦笑自辩。这些游记的突出特点是各自面目清楚，风格迥别，鲜明反映动荡时代士大夫的复杂思想情绪。

康熙至乾隆年间，清王朝巩固强盛，经过恐怖高压的思想统治，士大夫抗清情绪薄弱，而民族意识不绝，与维护封建传统观念相结合，在文学创作中复杂微妙地表现出来，古文、骈文都呈现复兴的状态。推崇唐宋古文传统，提倡“神理气味”，贬薄“格律声律”，主张“义理、考据、辞章”并重的桐城派崛起；而独抒性灵的写作思潮也续有发展。这种形势下，游记散文在思想内容上微妙地突出了热爱祖国优美山水和发扬传统高尚精神的主题，而在艺术表现上则精益求精，颇有创新。从古代游记发展看，这一时期的游记作品对于近代游记写作有着更为直接的影响，也更符合今天所谓“游记”的观念。郑日

奎《游钓台记》以对汉代隐士严子陵的崇敬心情，记述舟旅经过严子陵遗迹钓台的观感。其实他并未亲临钓台凭吊，只是“奉檄北上，草草行道中耳”。而他特为叮嘱船夫经过七里滩时提醒他，生动具体地描绘经过钓台时的所见所感，并且极力渲染自己对严子陵致礼的敬意，近乎异想地以“目游”“鼻游”“舌游”“神游”“梦游”以至“耳游”来表示自己的快意。作者一再声明“非游也，然以为游，则亦游矣”，精心构思这种身在此行而心游钓台的两全两难的凭吊致礼，显然是思想矛盾的表露，却在艺术上独辟蹊径。朱彝尊《游晋祠记》记述游山西太原晋祠的感触，概述晋祠沿革，感慨塞外古迹，触发江南乡思，而都历尽沧桑，山水依然，“理有固然”，激励热爱祖国的情操。邵长蘅《夜游孤山记》则以夜游杭州西湖孤山，抒情写景，凭吊古迹，抒发清贫节义的情怀，感慨富贵不义的世俗，在清静高朗的意境中蕴含着现实的喟然不平。而成就比较突出的游记作品，主要出自桐城派作家。

桐城派散文往往宣扬理学，而游记作品却颇可观，较有山水情趣。方苞《游雁荡记》实则是游山后的感想，并不描摹山水，而是抓住雁荡山“独完其太古之容色”的宏观特色，议论发挥理学家修身养性、格物致知的道理，显然保有桐城派的特色，但也颇有理趣。姚鼐是桐城派的代表作家，游记作品更属佼佼者。《登泰山记》记述寒冬腊月登临泰山、除夕拂晓坐观日出的情景，结构简洁，笔调雅淡，而记事切实，写景有神，抒情言表，自然流露一种豪气壮怀，朴实见出泰山尊严自若，意境含蓄，风采清扬，可谓融会“义理、考据、辞章”于一体，耐人寻味。《游媚笔泉记》叙述游桐城媚笔泉的经历观感，探幽搜奇，情趣盎然，而日暮山风，扫兴而归。它不著议论，意蕴不尽，显然与柳宗元《至小丘西小石潭记》的构思一脉相承，而有所发展。阳湖派代表作家恽敬《游庐山记》叙述游庐山六天的观感，对路程、名胜、古迹都作简略纪实，“而于云独记其诡变足以娱性逸情如是”，重点描述

了鄱阳湖上的云障奇景和香炉峰下的云海壮观，生动有致，饶有情趣。可见从桐城派发展出来的阳湖派，在游记写作上更注重山水情趣，这也是清代游记发展的一种趋势。

清代性灵派代表作家袁枚的游记，对山水造物艺术的鉴赏品评不如明代袁宏道精到，却把诙谐的妙语变为辛辣的讥刺，有着更多的要求摆脱束缚的激愤情绪，在他晚年重游桂林时所作的《游桂林诸山记》中尤其表露得鲜明突出。他登独秀峰顶，“望七星岩如七穹龟团伏地上”；游栖霞寺洞，厌恶洞中漆黑，觉得洞口一堵，等于活活殉葬，即使有一点白色，却是绝壁的反光，就像“世有自谓明于理，行乎义，而终身面墙者”；评论桂林山姿仿佛“前无来龙，后无去踪，突然而起，戛然而止，西南无朋，东北丧偶”，也都像世俗责怪为“孤峭自喜，独成一家者”。他在山水的描画、鉴赏中发泄着激愤，其锋芒显然指向封建黑暗、卑屑、迂腐的卫道者，而有一种追求个性自由的倾向，较之王思任的浪漫不平更进一步。

这时期游记十分活跃，也表现在各体皆备上。田雯《游嵩山记》具有台阁体格调，张道浚《游崂山记》极力渲染这处洞天福地的神奇奥妙，王昶《游珍珠泉记》是记述泉城山东济南的精美小品，李调元《西樵》《霍山》是记述岭南山水的笔记，而洪亮吉《游天台山记》则是一时盛传的骈文游记名篇。这时期作者游踪之广，也反映着国家强盛、国土广阔的气象，宦游西及西藏高原，开发东到台湾宝岛，都留有可观的著述，其中不乏游记篇章。

嘉庆、道光年间，鸦片战争前夕，封建制度日薄西山，逐渐瓦解；资本主义发展成长，尚未坚强；而帝国主义已在经济上大肆侵略，日益猖獗。整个社会笼罩在黑暗中，沉闷而窒息。封建文坛上，桐城派、阳湖派诗文创作盛行，散发着怀古恋旧的情绪，夹杂着没落垂亡的怨毒。就在这样的形势下，进步的思想家、文学家龚自珍像阴霾中的闪电，黑夜里的明星，划破长空，冲破黑暗，出现了。他抨击时

政，主张变革，要求个性解放，宣传爱国思想，反对桐城派的保守。他的游记的突出特点便是政论性强，现实意义深刻，形式类似杂感，艺术富于独创。《己亥六月重过扬州记》作于鸦片战争爆发前一年。他因支持林则徐禁烟而为执政忌恨，被迫辞官回家，路过扬州，对扬州官场世俗日益堕落的生活状态和精神面貌深感厌烦，激起对国家前途的深深忧虑，便以记游述感的方式予以揭露鞭挞，而借"六月"酷暑天气寄喻恶浊风气，用渴望清凉秋风以寄托变革的要求。《说京师翠微山》用"说"的体裁、拟人的手法来写游记，把北京西郊一座小山写得富有人情，惟妙惟肖地刻画出晚清居官于朝、隐闲于仕的一些庸碌官僚形象，而借邓尉四松、翠微四松的顶天立地的形象，抒发作者蔑视腐败的封建天地的胸怀气概。显然，龚自珍杂感式游记的出现，是社会变革时代的需要，也是游记艺术创新的必须。唐、宋以来游记散文的优良传统精神得到继承发扬，明、清以来出现的突破传统束缚的趋势也日益自觉地向前发展。龚自珍的游记像他的诗歌一样，开辟了近代游记的新的阶段。此后，桐城派的影响仍然不绝，也颇多赏心悦目的山水游记，如张裕钊《游虞山记》。但是，各种杂感、随笔式的小品游记却不断涌现。如吴敏树《君山月夜泛舟记》虽然颇受桐城派称道，却是东拉西扯，亲切有趣，有似杂感。赵坦《烟霞岭游记》虽然清词丽句，精细斟酌，却是立意"精进"，诱导上进，近乎随笔。

总起来看，我们伟大祖国历史悠久，古迹丰美，疆域辽阔，山河壮丽。文学创作源远流长，游记散文这一支派同样浪起潮涌，奔腾前进，有着自己的发展过程，创作出许多优秀作品，留下了十分珍贵的文学遗产和精神财富。古代游记可以使我们卧游祖国山水，神吊历史古迹，了解风土人情，欣赏散文艺术，受到爱国教育，熏陶美的情操，增长史地知识，汲取写作滋养。为此，我们编选了这部《中国古代游记选》，企图为广大游记爱好者提供一点方便。其中选入了东汉至晚清的各种类型的游记作品，包括东汉马第伯《封禅仪记》的片段

和六朝骈文游记，而以唐宋以后的游记散文为主。我们希望能使读者不仅阅读、欣赏我国古代游记的优秀作品，而且对古代游记的发展轮廓有所了解。由于我们的水平有限，在编选注释以及其他方面都一定存在不少错误不当之处，请学者专家和广大读者批评指教，帮助我们改正和提高。

一九八三年十二月

（《中国古代游记选》，倪其心、费振刚、胡双宝、顾国瑞、王春茂选注，中国旅游出版社，1985年）

校勘学

“校勘学”是研究文章书籍的校勘规律和法则的一门学问。这里的文章书籍，主要是指古典文献和古籍。因此，我们所说的校勘学，主要是指古籍校勘学。中国的古籍是通过抄写、刻板或排版印刷来传播的，其中难免都有讹错；同一个文本经过不同的抄写刻印，往往又形成不同的版本；同时，由于人们不断对文献典籍进行整理研究，又产生了不少新的分歧理解和不同文本。这就使后来的学者和读者产生了疑问：究竟哪个本子是正确的文本？根据什么原则来确定不同本子中不同文句的正误？用什么方法来分析、归纳、判断它们的正误？如此等等。作为一项考订正误的具体工作，这便是校勘。把校勘工作中的一般规律和法则总结起来，抽象出来，系统归纳，条理表述，用以指导具体书籍的校勘工作，就是校勘学。换句话说，校勘的对象是具体的文章书籍的文字正误，校勘学的研究对象是文章书籍的校勘问题。不加区分地把校勘和校勘学说成“治书之事”和“治书之学”，显然是不妥当的。

文章书籍是著作者用当时的文字写出来的，那么在历史时空中传播的一切抄本、刻本、版本都理当从著作者原稿或原抄、原刻、原版而来。因此原稿当然是最权威的正确文本和判断文字正误的权威依据；其次当数原抄、原刻、原版为最接近原稿的可信文本和判断正误的可靠依据。譬如今日出版过程中的校对工作，便是依据原稿来订正校样的错误，要求印刷出版的书籍与原稿完全一样，这种单向的订正勘误,就因为有原稿在。然而对于过去时代流传下来的古籍,距今越是久远,它们的原稿、原抄、原刻或原版越是难以寻觅,往往荡然无存。没有权威的或可信的文本依据,这使得不同版本的不同文句的正误判断工作,变得复杂而困难,对于文献典籍的整理与校勘来说,尤其错综复杂,头绪纷繁。因为年代久远,各式各样的版本众多,无论官刻和塾本,注疏和笺证,几乎没有一种版本不宣称自己是嫡传正宗,校勘无误。然而实际上众多版本之间存在着众多的文句差异,必须进行校勘、比较、分析、考证,研究其中哪一种版本、哪一个异文最接近原稿本来面貌;种种错误的异文是从哪一个版本、由于什么具体原因造成的。从这个意义上说,校勘学的主要任务是研究古籍和古典文献的校勘规律和法则,校勘的根本原则或者说根本出发点是恢复它们的原稿本来面貌。用校勘学术语来说,就叫作"存真复原"。"存真"是就一种古籍中的每一处具体异文的正误判断来说的,要求保存符合原稿的真文句;"复原"是就一种古籍的全书整体来说的,要求恢复原稿整体结构的本来面貌。

在古籍校勘中有一个似乎不成文的原则,叫作"择善而从",其实并不确切。如果"善"的标准是"真",那么这就符合存真复原的根本原则。倘使"善"的标准是校者个人的某种理解或者欣赏之类的见解,那就违反校勘的根本原则,可能越校越乱。说到底,整理古籍不是替古人修改文章,更不是藻饰润色。清代学者顾广圻对妄改和臆改深恶痛绝,指出:"校书之弊有二:一则性庸识暗,强预此事,本未窥述作大意,道听而途说,下笔不休,徒增芜累;一则才高意广,易言此事,凡遇其所未通,必更张以从我,时时有失,遂成疮痏。二者殊途,至于诬古人,惑来者,同归而已矣"(《礼记考异跋》)。甚至认为"书籍之讹,实由于校"(《书〈文苑英华辨证〉后》)。由于不少校者不顾校勘的根本任务和原则,胡校乱改,还不如"不校校之"(《思适斋图自记》)。

有文字,便有记述,产生著作,形成书籍,需要传播,同时会发生各式各样的错讹，就需要校勘。所以古籍校勘的历史悠久。但是，总结校勘经验为校勘学的理论方法，则是渐进发展的，自觉形成校勘学的时间要晚得多。大概地说，中国古籍校勘学在清代形成，而正式建立为专门学术，则在近代。

清代乾嘉朴学的突出成就，主要在三方面：小学、考据和校勘。这三者的学术是相互关系、密切难分的。从校勘学看，标志着这一学术理论方法形成的成就约为三个方面：一是出现了具有自觉理论主张的不同校勘学派，即以卢文弨、顾广圻为代表的对校学派和以戴震、段玉裁、王念孙、王引之父子为代表的理论学派，展开争论，促进了校勘学的形成；二是整理校勘了一大批经子典籍，具体贯彻了各自的校勘理论主张，巩固了校勘的理论成就；三是总结归纳了许多具有一定概括性的校勘通例，并且进行了理论方法的阐述，相当程度上奠定了校勘学的基础。如果从理论方法上进一步具体归结他们的贡献，那就是明确要求用小学知识进行校勘，强调正误判断的版本依据，具体分析造成文字错误的原因，提出用考据方法搜索可靠的依据，从而切实引导古籍校勘朝着正确方向前进，坚持了校勘的根据原则，纠正了不少妄改、臆改的错误和混乱。

中国古籍主要是汉文古籍。汉文是字形、词义、语音结合在一起的方块文字，不是拼音文字，也不完全是象形文字，而是形、音、义矛盾统一的结合符合。汉字与汉语词的关系不是用拼音符号记录口语的词语，而是一种若即若离的关系，有的字就是词，有的字只是表音，有的字同音而异形，有的字同形而异义，有的字同义而异形，有的字异形而音义相同，错综复杂。而在语言发展的漫长历史中，汉语从单音词向双音、多音词发展，文章从文言向白话演变，书体从甲骨金文向楷、行、草书变化，汉字的形、音、义的矛盾更加复杂，同一字的字形几经变化，读音屡有不同，词义互有交叉，不一而足。简单地说，如果不了解古籍中的字与词语的复杂关系，不知道一个字可能在不同时代有不同意义，不明白一个词在过去时代可以有多种文字形体，难免会读别字，乱改字，望文生义，从而可能以正为误，以误改正，越校越乱。包括文字学、音韵学、训诂学的小学，其实是中国传统语言学理论方法。校勘中国古籍，而不懂中国传统语言学，显然不行。所以顾炎武说："考文自知音始"（《答李子德书》），王引之要"用小学校经"（见龚自珍《高邮王文简公墓表》），从这个意义来说，校勘学应正名为中国古籍校勘学。

中国文化典籍的时代往往较古远，原稿原抄无存。一般地说，距离原著年代近的版本，传抄、整理较少，应当错误、更改较少，比较接近原稿。清代对校学派重视旧本、古本、宋本、善本，主张改字慎重，注意校存异文。这是吸取了妄改臆改、越校越错的负面教训，又没有十分把握和可信证据来断定异文的正误。表面看来，理校学派似乎不看重宋本，而更注意搜集异文材料，并且主张判断是非，大胆改字，与对校学派的观点针锋相对。其实不然，应当看到，两派的校勘主张不同，主要在整理先秦两汉的经典古籍方面，并不泛指一般古籍，不多涉及六朝及唐人著作。对于先秦两汉典籍来说，宋本不是最近的版本，宋代以前已有许多注疏整理的不同版本，异文和错误已经积累不少，所以宋本未必是善本。理校学派的学者除了"用小学校经"外，更注意搜集从本书以外的其他书籍中所保存的异文材料。这类异文材料的来源往往是宋人以前的著作，年代应当早于宋代，同样具有旧本、古本的文献校勘价值。也就是说，理校学者把校勘材料依据从版本扩大到散见于版本以外的范围，把校勘方法从版本对版本的比较分析方法扩展为一种版本对各种来源的分散异文材料的比较分析方法，首先要进行异文材料的搜集、分析、考证，然后再与版本文字比较。例如《诗经》在秦始皇焚书后散失，汉代有齐、鲁、韩、毛四家传本，东汉郑玄注《毛诗》已经吸收保存了三家诗的若干异文，因为当时他有幸能看到三家传本。魏晋南北朝时，《毛诗》又有一些学者注疏，三家诗逐渐散亡，隋代陆德明撰《经典释文》，其中《诗经释文》汇集了许多当时所见的异文材料。唐代孔颖达等撰《毛诗正义》，在疏解《毛诗》文句意义中引用分析了不少前代学者的注疏见解，又保存了若干异文材料。虽然《毛诗正义》出后，前代许多注疏散之殆尽，但是从郑笺、陆释、孔疏中还可以汇集不少其他旧注旧疏，从旧注旧疏中可以辨析得到这些注疏所用的《诗经》文字与《毛诗》通行本不相同，其中有三家诗的异文和《毛诗》其他传本的异文。从这些异文产生年代来说，当然在唐代以前，属于远早于宋的旧本、古本。又如唐代、宋代都编纂过一些大型类书，这些类书搜集了各种文献资料。这些文献资料当然出于类书编纂年代及此前传存的抄本，版本一定早于唐或宋。唐初魏征编纂《群书治要》，其中摘引的诸子史传文字应当出于初唐以前的抄本；宋初《太平御览》的引用文字同样应是宋初以前的版本所载。因此唐、宋类书中的有关文献资料，对于校勘有关典籍来说，其价值与早于宋本的旧本、古本略同。再如南朝刘义庆为《世说新语》作注，唐代李善为《昭明文选》作注，都在注中引用了许多典籍文字，同样可以成为校勘有关典籍的旧本、古本。总之，理校学派强调他书异文材料的校勘价值，实质与对校学派重视版本依据是一致的，不过要求校者具有更多的学识和更深入谨严的治学态度。也许正因如此，理校学者更显出学术胆识，有把握确定“底本之是非”和“立说之是非”(段玉裁《与诸同志书论校书之难》)，果断提出改字的见解，明确主张校勘应改字。正因为清代两派学者在重视版本依据上理论实质一致，所以基本上奠定了古籍校勘的科学基础，既要重视旧本、古本、宋本、善本，又应广泛搜集、仔细辨析他书资料的异文。这就要求从事校勘工作的人，必须了解、掌握目录学和版本学的基本知识、理论和方法，了解古代典籍的流传情况，整理有关的版本源流和系统，进行辑佚和辨伪。

清代校勘学的另一贡献是归纳。总结了若干校勘通例。校勘古

籍最终必定落实到文句的勘误订正。不同版本中存在异文,那就肯定应当有正有误。即使像王安石名句“春风又绿江南岸”,据说,其原稿上有修改手迹,或作“过”“满”等字,最后改定为“绿”(见洪迈《容斋续笔》),则从定稿说,“绿”为正字,其他当为误字。如果能在异文中确定其中的错误文字,并且分析出造成错误的具体原因,那么可以减少妄改、臆改的错误。古籍中许多错误字句,总括起来,不外两类:一类是有意识地更改文句,即整理者擅自替原作者修改文字,甚至删改,这类错误往往没有留下造成错误的痕迹,也难以说清致误的具体原因。例如清代四库馆臣把“胡”字改成“清”字之类,是有意识篡改,出于政治原因,并非文字形音义方面造成的错误,也不是抄错刻错的。另一类是无意识造成的错误,由于无知或粗疏,书体隶定错了,读别了,抄脱了,等等,如“王”抄成“玉”,因为字形近似致误,一看便知是错别字,是有形迹的。把无意有迹的错误进行归类,说明错误的具体原因,便是校勘通例,对后来校勘工作者具有指导作用,利于发现错误,分析原因,防止臆断。这样的通例归类工作,其实从汉代刘向、刘歆父子整理皇宫藏书起已有发现,初步归类,到东汉郑玄注经已积累了一些通例,而自觉系统地进行全面概括分类,则以清代王念孙《读〈淮南内篇〉后序》和王引之《经义述闻・通说下》为代表性理论著作。

从发现错误来说,古籍中有两种情况:一是有形的,一是无形的。用不同版本及他书资料进行比较,两相对照,如有不同,一看便知。这就是“异文”,包括“误字”,即各种原因造成的错别字;“脱文”,即种种脱字漏句;“衍文”,即增多了原稿没有的字句;“倒文”,即文字次序颠倒;“错简”,即简书、帛书的编次错乱及刻本书籍出现错页。异文都是有形的。但是也会遇见这样的情况,各本及他书资料文句相同,并无差异,然而存在疑问,例如文法不同,语义抵牾,上下文有矛盾,以及明显的历史文化知识错误,等等,令人怀疑其中有误,这可称为“疑误”,因没有异文,所以是无形的。不论有形的异文和无形的疑误，都表明其中有错误或者可能有错误，都是校勘应予解决的问题。但是怎样解决问题呢？如前所述，校勘的根本原则是存真复原，但是许多古籍的原稿或原版不存，缺乏权威的确凿的真讹是非的依据。用小学的知识和方法，可以分析判断具体的错误现象和归纳其致误原因，但不能证明异文中的正确文句一定是原稿文句。古代学者从丰富的校勘经验中不断总结探索，提出许多有益的原则和方法，归结到一点，必须有证据。因此考证方法成为校勘的一种重要方法。宋代周必大说过："校书之法，实事是正，多闻阙疑。"便是体会到必须有事实证据，否则不可轻下结论。同时，学者彭叔夏举了自己的经验，说他少年时抄《太祖实录》时，有一句"兴衰论□之源"，缺一字，认为这一定是"乱"字，后来获得善本，才知道正文为"忽"字。由此他体会到："三折肱为良医，信知书不可以意轻改"（彭叔夏《文苑类华辨证序》）。王引之总结自己用小学校经的经验是"有所改，有所不改"。他说："若夫周之没，汉之初，经师无竹帛，异字博矣，吾不能择一以定，吾不改。假借之法，由来旧矣，其本字什八可求，什二不可求。必求本字以改假借字，则考文之圣之任也，吾不改。写官椠工误矣，吾疑之且思而得之矣，但群书无佐证，吾惧来者之滋口也，吾又不改。"即使在小学上可以肯定是错字，但如果没有文献提供可作为版本依据的文字证据，他主张不改。这就是说，古籍校勘的考证方法之所以必需，就因为在判断正误时必须提出证据，而这个证据就是除既存版本外，从其他书籍中搜寻可作古本、旧本依据的异文资料。王念孙有个校勘考证的著名范例。今本《史记·周本纪》载："（周武五）命南宫括散鹿台之财，发巨桥之粟，以振贫弱萌隶。"王念孙指出，"散鹿台之财"的"财"，古本作"钱"，"财"是错字。他举出十条证据：

1. 晚出《尚书·武威》注引《周本纪》为："命南宫括散鹿台之钱。"注曰："言鹿台之财，则非一物也。《史记》作'钱'，后世追论以钱为主耳。"

2.《群书治要》引《史记》亦作“散鹿台之钱”。

3.《史记·齐世家》作“散鹿台之钱”。

4.《史记·留侯世家》作“散鹿台之钱”。

5.《逸周书·克殷》曰:“乃命南官忽振鹿台之钱。”

6.《管子·版法解》作“散鹿台之钱”。

7.《淮南子·主术》作“散鹿台之钱”。

8.《史记·殷本纪》曰:“帝纣厚赋税以实鹿台之钱。”可见鹿台是商纣聚钱的财库。

9.《吕氏春秋·慎大》作“赋鹿台之钱”,高诱注:“鹿台,纣钱府。”

10.《说苑·指武》载,武王“发巨桥之粟,散鹿台之金钱”。

以上十条,主要从两方面证明《史记》古本作“钱”。一是史实,鹿台是商纣钱库,武王发放的是钱,其5、6、7、8、9、10,六条可证;二是版本《史记》古本与《史记》他篇记载都作“钱”,不作“财”,1至4条可证。应当承认,这样的证据是有说服力的,因为这十条记载都出自唐代以前的古本,而证明史实的书籍都是汉以前的著作和《史记》的记述。但从方法上看,其中可作为古本依据的资料都不是某一完整的《史记》古本,而是散见的片段;用来说明史实的记载也不出自某一专门叙述商纣史事的著作,而是散见各书的。所以说,这实质上是考据方法,只是考证校勘所需的版本依据和史实记载。

清代校勘学理论方法主要总结古代典籍校勘经验,成就很高,但也有局限。近代到现代,殷墟甲骨的发现,敦煌藏经洞的发现,文物考古的发掘,以及清宫藏书的清理,等等,对校勘古籍起着很大的促进作用,开辟了新的领域,提出了新的问题。在这种新的广泛的发展中,1931年陈垣《元典章校补释例》即《校勘学释例》问世,初步建立了校勘学的理论体系。

“元典章”是指元代皇帝、朝廷及各部颁布的法令、文件、条例等正式刑律。但陈垣整理的是元代地方官吏编纂的一种便用的刑律分类汇编，并非元代朝廷正式编定颁发的，所以编制粗糙，体例混乱，错误很多，加上元代文件条令多用白话写作，借字、俗字也很多。这一汇编在明、清有过几种刻本，多有欠缺，更添错误。陈氏在清宫藏书中发现了这一汇编的原刻本，参校了明清五种版本，据以校补了沈家本的精刻本。后来他从中归纳了一部分校例，编著了《校勘学释例》。其自序说，《元典章》一书"沈刻雕板之精，舛误之多，从未经人整理，亦为他书所未有。今幸发见元本，利用此以为校勘学之资，可于此得一代语言特例，并古籍窜乱通弊"。其特点是以沈刻《元典章》为典型资料，全面而具体地通过归纳和解释各类通例，阐述校勘学的理论和方法。《校勘学释例》共六卷 50 类通例，其中时有进行理论方法的阐述。总起来看，陈氏有三方面突出贡献：一是注意到一种古籍的整体结构的校勘。其卷一"行款误例"收条目、类目等十一类行款错误通例，如"有目无书、有书无目例""条目讹为子目例""非目录误为子目例"等，都是以目校书，发现全书自身结构上的错乱，不仅限于本文字句的校勘。二是根据元代和《元典章》的语言文字特点，具体分析归纳了一些具有时代语言文字特点的新的通例。这类通例不仅是"元代语言特例"，而且提出了校勘中古汉语的白话著译的若干通例，理论方法上突破了传统典籍范围。例如注意到"方音相似者""希图省笔者"，新的书写符号，"元时译音同字""不谙元时语法"等元代出现的新的致误现象，即方言语音相同而致误，同音字乱取笔画少的字。蒙古语译音字误成实词，不懂蒙古语法而误译致误，等等，诸如此类的白话、方言、简字、俗字、译语等非经典雅语的通例，显然把传统校勘的理论方法扩展到了包括话本、戏曲在内的古籍范围，使校勘学更具有普遍性，更为全面切实。三是相当全面系统地阐述了校勘学理论方法。卷六"校勘"总结了校勘方法和改字原则，便是突出贡献。陈氏概括的"校法四例"，实质上是四项具体校勘方法的概括，即对校

法、本校法、他校法、理校法，至今成为校勘习用的四种方法。同时他又概括了一些说明校改原则的通例。总之，陈氏《释例》通过一种专书的典型校例，比较全面、具体、深入地概括阐述了校勘学的理论方法，是标志校勘学建立的里程碑。如果说它有所局限，是由于只取一种古籍的校例，选例不够广泛，影响了理论观点的充分阐述论证。

古籍整理中有两项专门业务，即辑佚和辨伪，与校勘有密切关系。辑佚工作实质上可分两类：一是辑佚，全书或全文亡失，从他书中搜集其中单篇断章及残句，例如汉代纬书都已亡失，今存《易纬》是从《永乐大典》中辑得的，其他《尚书纬》《诗纬》等七纬则从散见诸经注疏及他书中的引文辑集，都属断章残句。二是补遗，旧编全书或全文基本留存，但有遗编残缺，后人从他书或新发现版本中辑集补充，例如唐代诗人白居易自编文集，今存南宋绍兴七十卷刻本大体存原书，但有遗缺，清代汪立名、现代顾学颉重编白氏文集都有所补遗。辑佚补遗部分的校勘并不复杂。从哪本书找到的，就用哪本书的版本和异文作为校勘材料，校勘方法与一般校勘相同。比较复杂的是这些辑补的佚文往往属于断章残句，必须先查核本书是否确实遗漏，是哪类情况的佚文，如是否摘录、节录，是在哪篇哪章的佚文，是否类似文句的述意而并非佚文，等等。如果不查实确为佚文，则这些断章残句就没有价值。其次是用这些佚文来校勘他书。假使这些佚文没有真伪孱杂的问题，当然与其他异文材料一样可以用作有关古籍的校勘材料和证据。但是由于佚文往往存在节引、摘录、述意、改作及误题等情况，因而引用佚文材料来校勘古籍，尤其需要审慎，除查实佚文本身的真伪信实外，更应注意佚文出处的书籍的著作年代问题，以免发生用后出书的佚文来校勘先代著作的错误。

古籍辨伪的实质就是考证。对于校勘来说，如果不辨真伪，用伪书来校勘真书，当然越校越乱。但是，一种古籍的真伪已辨，并确定为伪书，那么作为伪书疏证，以真勘伪，以伪勘伪，也是古籍校勘的一种方法，与一般校勘无异。同样，如果确定为伪书，并论定其时代和作者，辨伪其中的材料出处，那么引用伪书材料来校勘有关古籍，仍是可行的。比较复杂的是半真半伪的伪书，其中有的是真中有伪，有的是伪中有真。在引用这类真真假假的伪书材料作校勘材料时，必须考定所用材料的原来出处，并且只能用作校勘的外证旁引，不宜用作有关古籍本书的内证。这与辑佚补遗一样，未经考定的佚文和伪文，在考定其佚文归属和辨伪过程中，一般不涉校勘。对于校勘来说，直接有关的是考定了的佚文和伪文。既然已经考定，那么佚文便属于一种古籍的补遗，伪书便成为一种古籍，伪文成为一种古籍的衍误文句，因此它们的校勘和用作校勘材料就与一般古籍性质相同，分别予以具体分析和具体估价。就原则和方法来说，它们不再具有特殊性了。

对整理一种古籍来说，校勘是全部整理工作的最后完成阶段。全面、系统、准确、扼要地完成全书校勘工作，这一古籍应当达到或接近恢复原稿面貌，为学者提供一个可信的文本，不曲解著作者，也不愚弄后来人。为了科学地进行古籍整理工作，校勘学的深入研究和不断提高是很重要的。中华人民共和国建立以来，尤其从 1979 年以来，古籍整理与出版业绩辉煌。但是应当说，校勘学的研究还有待深入。这一方面由于古籍整理迅速进展，整理队伍准备不足，一部分古籍的校勘存在着混乱现象。而更主要的是，古籍整理原是一种综合性学术，古籍校勘学的深入与其他有关学术的发展密切相关，发现了新的材料，提出了新的问题。例如考古发掘的发展，不仅从文物上提出了某些历史文化的新探索，也出现了一些帛本、简本的古本，直接要求古籍校勘学作出理论的总结与回答。事实上已经有学者对校勘学提出了新的理论观点，值得探讨；也有一些古籍整理校勘，实际上并不依循传统校勘学原则方法，等于提出了新的观点；还有一些由于文字改革进展和普及需要而提出来的新问题。

在校勘学基本理论方面，近些年来提出了“非底本校勘”的原则观点。所谓“非底本校勘”是针对传统的“底本校勘”而言的。如上所述，由于典籍多经整理，版本众多，而原版阙如，因而在整理时往往从众多版本中确定一个较好的版本作为底本，再选择其他若干这种较好的版本为参校本，进行比勘审定。这就是底本校勘。底本的选择原则，一般是取古本、善本、足本，以避免许多不必要的校勘，也不至增添了一些不该有的疑误。比较起来，在原版不存的情况下，底本校勘是一种便宜稳妥的方法。但是，在一些事实记载的文献中会遇见一种情况，如人名、地名、官名、物名及行为记述中有明显不合事实的错误，也提不出合理的解释，从史实考证上应予以改正，却又缺乏版本依据。尤其在历史典籍的校勘中，往往会发现几种善本各有的优点，较难确定底本。因此，“非底本校勘”的原则方法便提了出来，即另备一本作为工作本，将各本异文汇集在工作本上，校定时只说明根据某本，不必说明据某本改底本某字。这样，实际上并无一个固定的底本，而整理校勘出来的是一个取各家之长的新本子，不属于过去任何一个版本系统，是一个自领祖本的新版本，所以叫作“非底本”。看来这是一个有益的探索，据说在史籍整理中已有尝试。但是从校勘学理论和实践上都还有必须研究的问题，主要关键在根本原则上。从史实考证看，凡历史文献上存在不合史实的文字记述应予澄清纠正，这是理所当然的。但从文献整理校勘上看，就应当根据原著作者的原稿文字。如果有证据证明原稿就是错的，那么不应改字，只能说明原著作者出于某种原因而致误。底本校勘可以从版本源流上提供一种较接近原版的限制，而非底本校勘有可能把后人考证纠正原著错误当作一种版本依据。也就是说，不论底本校勘或非底本校勘，都必须坚持存真复原的根本原则，不可纯客观地将依据史实考证来作为校勘原则。显然，这是值得深入探讨的校勘原则方法问题，它的提出正说明校勘学面临深入探讨的任务。

俗文学、俗小说的古籍整理，近代古籍的亟须整理，同样提出了校勘学的新课题。一般地说，俗文学、近代古籍文献的时代较近，接近原版的较早版本可能较易发现获得。除了俗字、简字、别字等通例的归纳外，它们的校勘原则方法也遇见了新情况，不同于古代典籍，俗文学由于历史形成的雅俗观念束缚及思想政治禁锢等原因，除了作者往往佚名待考等疑案外，涉及校勘的重要问题是版本情况复杂，有些明显属于有意删改，有的已知是他人润色或续作，有的从题材到创作经历集体加工的复杂成书过程，等等不一。因此，俗文学作品的校勘，从原则到方法都有应予研究的问题。如果不把复杂的版本情况区别开来，把删改本或续作本等不同版本进行互校，极有可能越校越乱；如果按照学者研究的某一见解，例如认定著作者应具有什么思想，以此作为审定正误依据，则可能结果是将原作进行修改或再创作，或者说是继续集体加工过程，并非整理校勘古籍。应当看到，这样的现象已经存在。因此，对俗文学古籍整理校勘的理论方法研究，也是当前面临的校勘学任务。

在弘扬民族优秀传统文化的历史任务中，古籍整理还面临一个普及的问题，例如选注今译，都涉及文字校勘问题。对专门工作者来说，原文用繁体汉字及各种古今字、通假字、异体字都不构成阅读使用的困难，但对于广大读者来说，都成了必须解决的问题。如何处理好普及所必需的便读问题，又符合古籍校勘的原则方法，事实上是校勘学已经不可回避的课题。尤其是在古典名著的今译工作中，既要使读者阅读可信的原文，又要能够提供信达雅的今译，势必会遇见不少校勘上的难题。这既要依靠今译工作者努力提供成功的经验，也须校勘学进行理论的总结研究。从发展前景看，中国古籍校勘学所遇到的更为重要的任务，与其说将古代经典校勘的经验进一步总结提高。不如说应正视简本、帛本等古本的不断出现，俗文学和近代古籍的整理，以及普及优秀传统文化需要而提出的许多新问题。坚持

校勘学的根本原则，总结合乎实际的原则方法，以便更好地整理文献典籍，提供可信的文本，把校勘学发展到一个新的水平。

（《中国学术通览》，北京语言学院出版社，1995 年）

随笔杂谈

读三曹的诗

曹操父子三人是建安文学的代表作家,建安(196—220)前后三十多年,文学的面貌有了新的变化,以充满激情的抒情诗代替了冗长死板的汉赋,文坛重新显出蓬勃的生气。三曹是建安政治上的领袖人物,他们爱好文学和音乐,也从事文学创作。这对文学发展很有影响。他们的文学才能和实际成就都是当时最高的。而且曹丕、曹植还有较进步的文学见解,懂得文学的价值,主张文学作品应有作者独特的个性和风格。这就使他们足以领导当时的文学思潮,成为一代文学巨匠。建安诗作留传的不足三百篇,其中三曹的几乎占去一半。读了三曹的诗,大体上可以了解建安文学。

曹操生在汉桓帝永寿元年(155),死在献帝建安二十五年(220)。他的一生正是东汉最动乱的末叶。农民除受统治者的剥削外,还不断受到天灾的破坏,又有大规模的流行病。农民大量饿死,病死。流亡在路上的甚至达几十万户。小股的农民起义已屡见不鲜。曹操是桓帝的宦官曹腾的养子,不属于士族,社会地位并不高,但他竟然成了建安年间的实际统治者,这是经历和克服许多艰险斗争而得来的。他的诗反映出他的时代和个人经历的特点,贯串着"慷慨悲凉"的情感。

曹操著名的《短歌行》就非常典型地反映了他的慷慨悲凉的情感。诗的起句:"对酒当歌,人生几何? 譬如朝露,去日苦多!"这种由年寿有限引起的人生无常的感慨并非一定是消极的。死亡是自然法

则,而感到生时不足,应当看他为什么感到不足。如果是因此感到无聊,那是消极的。这诗显然不是这样。在以下28句诗中,感情是起伏的。“人生几何”的感慨引起他难忘的忧思,在无奈中他写道:“何以解忧?唯有杜康(指酒)。”他的难忘的忧思是什么呢?诗人并未直接回答。他写到了友情的渴望和朋友宴游的喜悦。然而诗人并不满足于朋友的宴游,他的忧思似乎是难以根绝的。诗人写到和远道而来的知友,亲密地谈谈旧日的情谊。但这也不能使诗人满意。最后,他以一连串的比喻道出心愿:“月明星稀,乌鹊南飞。绕树三匝,何枝可依?山不厌高,海不厌深。周公吐哺,天下归心。”原来他希望天下所有的贤才都到他的幕下来,言外也就是说他要完成的是周公那样的统一天下的事业。要完成这样的事业自然会感到“去日苦多“,所引起的意思也确是难忘的。这诗的情感是悲喜回旋而到达慷慨的。这也正是曹操一生经历中反复回旋的思想感情。

曹操的《薤露行》《蒿里行》是被誉为“诗史”“汉末实录”的名篇。两首诗都是五言十六句,然而却概括了非常多的历史内容:何进召董卓,引起董卓之乱;关东联军讨伐董卓,董卓烧洛阳,迁都长安;关东联军内部争势夺利,袁绍、袁术心怀异志等。曹操批评了这一系列的混乱和祸害,最后他悲凉地写道:“铠甲生虮虱,万姓以死亡。白骨露于野,千里无鸡鸣。生民百遗一,念之断人肠。”军阀间争势夺利的混战,给人民的正是这样的灾难:由于战争,人民流散,田地荒废,灾害不绝,当兵的也只能吃桑椹,百姓甚至“人相食”。“生民百遗一”是断人肠的惨事,也是当时实情。可见曹操虽然身为“逐鹿中原”的群雄之一,但对现实中人民的苦难是有理解的。他的《苦寒行》相传是建安十一年正月翻越太行山征高干时所作。诗中充满同情地描写了兵士在寒天行军的痛苦,如“行行日已远,人马同时饥。担囊行取薪,斧冰持作糜。”他的《却东西门行》也是抒情名篇,写的是兵士离乡和思乡的心情。如他用飞蓬长离本根来形容离乡的痛苦是很真切的。诗

末的“故乡安可忘”正是兵士的内心实感。曹操这些诗很真实地反映了当时的现实和人民的思想愿望。从他一生的经历和成功的原因来看,由于他对现实的深刻认识,对农民思想感情的了解,他能写出这样的名篇是可以理解的。

曹丕(187—226)和曹植(192—232)都成长在建安年间。官渡大战时曹丕13岁,曹植仅8岁。虽说他们“生于乱,长于军”,但是成长的环境不同于曹操。曹操的“唯才是举”开放了天下士人的仕路,许多人才集中在曹操幕下。这些人大多有自己的政治抱负,以才能来取得地位和成就。这是他们两人成长的主要环境。曹操对他们的教育和影响也是要求他们成才有大志。曹植23岁时,曹操对他说:“吾昔为顿丘令,年二十三,思此时所行,无悔于今。今汝年亦二十三矣,可不勉与?”(《三国志·陈思王传》)在这样的环境和教育的熏陶下,他们所追求的首先就是个人的政治成就。但是两人情况不同。曹丕是曹操的次子,他哥哥曹昂死后,爵位就应当由他继承,但曹操更爱曹植的才能,原希望曹植继承爵位。所以曹氏兄弟间曾为继承爵位而展开过斗争。最后曹植因为“以才见异”,而“任性而行,不自雕励,饮酒不节”(同前),终于引起曹操及其亲信的反感。建安二十二年,曹丕立为魏太子。二十五年,曹操死。同年,曹丕就水到渠成地使献帝让位,自己做了皇帝。而曹植就开始了晚年的被压抑和不自由的生活。曹丕铲除了他的党羽亲信,贬低他的爵位,派人监视他。曹植有名的《赠白马王篇》就是因为他和白马王曹彪从洛阳返回自己的领地去时,“监国使者”(曹丕派的监使诸侯的人)不准他们两人同路走,“植发愤告离而作诗”(同前)。这诗共有七章,主要内容有两方面,一是通过对播弄是非、离间骨肉的小人的咒骂来发泄对朝廷的不满;一是由分离而想到曹彰(曹操养子,此次洛阳朝会中得“暴疾”死)之死,进而想到自己的处境和前途。这诗是曹植晚年生活的反映;也是曹丕执政时,统治者内部斗争的反映。曹植晚年生活就是这样:没有参与政治的机会,兄弟亲友间不准来往,周围只是些老弱残兵,“块然独处”,交谈的人也没有,而且他的领地多是贫瘠的。所以,他们两人的诗,曹丕多是写离人思妇的感情,较少像曹植那样慷慨的激情。曹植的诗也可清楚感到两种不同的思想情绪,一种是充满信心的乐观而高昂的感情,一种是悲愤的被压抑的不平的感情。这种区别显然是由于生活中的转折而来的,但他的自信,他的要求垂辉千春的建功立业的思想则是始终不变。他的不平由此而来。

曹植早年的诗有些是写他的理想和抱负的,如《白马篇》。诗人带着巨大的热情歌颂扬声边塞、为国捐躯的少年游侠儿。高昂的歌声中,诗人那颗英雄的心几乎是剧动在你的耳边。试看:“弃身锋刃端,性命安可怀?父母且不顾,何言子与妻?名在壮士籍,不得中顾私。捐躯赴国难,视死忽如归。”这种少年豪侠的精神,完全和他的建功立业的抱负合拍的。

曹植在政治上失意后的诗篇,大多是写他被压抑的不平,写他不懈地要求实现英雄抱负。由于处境不同,这些诗的表现方式比以前曲折些,多是以比兴寄托的方法来抒写内心的苦闷。如《七哀诗》《浮萍篇》《杂诗》等以夫妇间的恩怨来表现他要求曹丕开放一条路,让他参与政治的愿望。《七步诗》以萁豆相煎来比喻曹丕对他的催逼。《吁嗟篇》是用转蓬长离本根写他十一年中三迁的生活,最后也是用草依本根来表现在朝中任职的要求。《七哀诗》是被誉为“建安绝唱”的名篇。诗中曹植自托为“客子妻”,将曹丕比为“客子”,他形容两人的关系是“君若清路尘,妾若浊水泥。浮沉各异势,会合何时谐?”他用这来表示他政治上被遗弃的悲哀。这种悲哀的产生,首先是因为他有理想,有抱负,其次是他有政治才能上的自信,因此他才会感到被遗弃。然而最悲哀的还在于:他自知他的任何请求都不会使他改变被遗弃的地位,但是他还是要求朝廷鉴于他的忠诚和才能而试用他。他曾经上过《求自试表》,但是仍不见效。所以这诗的末句:“愿为西南风,长逝入君怀。君怀良不开,贱妾当何依?”确是末年经常在他心中回旋激荡的思想感情。他深知自己的处境的悲哀是因为没有权势。在《野田黄雀行》中,他曾用童话的境界描述它。有人说这诗是因为他的好友丁氏兄弟被杀,自己没有权势,不能救他们,所以无限愤激而又无奈而写成的。他把权势比为“利剑”。他写道:“利剑不在掌,结友何须多?不见篱间雀,见鹞自投罗?罗家得雀喜,少年见雀悲。拔剑捎罗网,黄雀得飞飞。飞飞摩苍天,来下谢少年。”贯串这首诗的感情是慷慨不平的。这是因为“利剑不在掌”,否则他就能少年豪侠地来一番“拔剑捎罗网”了。曹植另有不少游仙诗,也多是寄托理想的。这类曲折地表现自己慷慨不平的诗篇,一方面可以见到曹植的后期的思想生活,另一面也是深刻地反映了统治者内部矛盾和封建专制对于个性的摧残和压抑。

三曹的诗在艺术上,在文学传统上,最大的成就和特点是继承了《诗经》、乐府的传统,提高了乐府民歌的地位,创立和巩固了五言诗在文人创作中的地位。这首先是由于这动荡的时代使诗人们胸中激动着对人民的苦难的同情和富有理想的情感。他们不能再受汉赋的束缚,而必须寻找更灵活而有生气的形式来表现。他们的诗作都具有鲜明的个性,前人说“曹操诗若燕幽老将,曹植诗若三河少年”,这也因为他们写诗是为了抒发思想感情,而不是像汉赋家只是歌功颂德的缘故。东汉乐府是最富有社会内容、最富有生气的诗篇。三曹都是喜爱音乐的,因此他们在乐府中找到了不受拘束的表现形式。《薤露行》《蒿里行》是挽歌,曹操用来写时事,曹植用来写壮志。《诗经》以后的四言诗很少动人之作,但曹操的《短歌行》《龟虽寿》《观沧海》都是四言的,却很能感动人。曹丕的诗在内容上也有一些较充实的作品,如《上留田》写贫富不均,《燕歌行》《陌上桑》《善哉行》《杂诗》是写游子、思妇、行役的,但他的诗篇更可用来说明从“乐府”中探索新形式的过程。《燕歌行》是诗史上第一篇完整的七言诗。它以柔和的音响，一连串勾人情思的情景——秋、燕、鹄、游子、思妇、琴声、月光，最后是天河两岸的牛郎织女——传颂出思念游子的缠绵之情。他又有一首长句长篇的开山祖的作品《大墙上蒿行》，长 364 字，句子从 3 个字到 13 个字几乎都有。此外，四言、五言、六言、七言的诗，他都有。除了句式多变，他的诗的语言通俗也是明显的特色。这些形式的特色是民歌具有的，再加以内容多是游子思妇，就可见到他的诗作受乐府民歌的影响。但是，在艺术上提高乐府，从而使五言诗成为文人创作的重要形式，这却要首先归功于曹植。曹植的诗，最多的是五言，最好的也是五言。五言诗在他以前似乎地位不高，不被人重视。曹植以巨大的文学才能进行大量的创作，证明了五言诗的灵活、优美及和谐。只要把《美女篇》和汉乐府中的《陌上桑》这两篇内容几乎相同的作品对照着读，就会发现曹植是怎样学习乐府，从而又如何在语言的琢磨上、表现形象的集中上提高了它。曹植在三曹中，在政治上是失意无闻的，但文学的成就却是最高的。这一方面是诗的思想内容的充实，另一方面也因为他的文学才能和诗歌艺术的优秀。他是很重视自己的文学活动的，他是文学史上第一个自己编集的诗人。在政治失意后，他原是希望“骋我径寸翰，流藻垂华芬”的。因此，在捉摸如何表现思想感情时，他不仅因为后来处境不佳而注意到委婉曲折，而且还着力在语言上加工提炼。他的诗歌艺术的成就也是有艰苦的劳动在内的。

总之，三曹的诗在思想内容上具有建安文学的两个突出的共同点，即反映当时社会的人民苦难和追求名垂竹帛的慷慨之音。这是建安文学的普遍性主题。除三曹外，当时其他文人也有这样的代表作。前者如王粲的《七哀诗》，陈琳的《饮马长城窟行》，蔡琰的《悲愤诗》；后者如刘桢的《赠从弟》，应玚的《建章台集诗》。在艺术上，三曹的诗从乐府找到了灵活的抒情诗体，创立和巩固了五言诗。这些特点对后来的文学发展有很大的影响。唐初的诗人陈子昂就高唱“建

安风骨”,反对齐梁的靡丽的诗风。这“建安风骨”的主要内容也就是上面说的建安诗的思想内容。所以称之“风骨”就是因为建安的诗富有现实性和反抗性。这现实性和反抗性原是《诗经》《楚辞》以来文学传统的重要特色之一。

附:关于三曹诗的集子近来出版的有《三曹诗选》,余冠英选注,作家出版社出版。前人编的有:明张溥编《汉魏六朝百三名家集》收有三曹全集:《魏武帝集》《魏文帝集》《陈思王集》,集前各附传。清丁晏编《曹集诠评》,附有传、前人评语、年谱。民国黄节编著《魏文武帝诗注》《曹子建诗注》,附传,民国古直著《层冰堂五种》,其中有《曹子建诗笺定本》。

(《读书月报》1957 年 6 月)

韩　愈

韩愈，字退之，祖籍孟州河阳(今河南孟县)，郡望河北昌黎(今辽宁义县)。唐代宗大历三年(768)出生在洛阳(今属河南)，唐穆宗长庆四年十二月初三(825年1月25日)去世。谥号“文”，世称韩文公。又用韩氏郡望敬称韩昌黎，或用他最后官职吏部侍郎称为韩吏部。

韩愈是唐代文豪，继承发扬传统文化的一代伟人。后世学者敬崇他，好像瞻仰泰斗，高如东岳泰山，灿似夜空北斗。北宋之后，更称颂他的文化业绩可以比美孔子、孟子，是中古时代继往开来的先哲良师。北宋文学家欧阳修深情赞叹他像“孔、孟惶惶于一时，而师法于千万世”，他们生前虽然不能实现理想，但却是千年万代的学习典范。同时的文学家苏轼更热烈赞扬他的文化业绩和爱国精神：

> 文起八代之衰，而道济天下之溺，忠犯人主之怒，而勇夺三军之帅。

认为韩愈振兴了东汉、魏、两晋及南朝四代文章的衰落形势，挽救了中唐社会道德的没落风气；他的忠诚使他不怕冒犯皇帝的悖怒，他的勇敢使他能够慑服军阀的权威。这一评论，概括了韩愈倡导的“古文运动”的价值和成就，显示了这位文化伟人的精神和风貌，精辟而得当，久已成为共识，传为名论。

韩愈生活在大唐帝国从战乱到中兴的时代，鼎盛的太平年代已经过去，全国的军阀混战基本缓解，局势比较稳定，国力有所恢复，皇权逐渐集中，出现了振兴帝国、谋求革新的时机和思潮。但是军阀割

据势力并未根除，地方贪官污吏到处都有，士流追求利禄，佛道迷信盛行，道德堕落，风气败坏。统一与分裂，革新与因循，仁与不仁，义与不义，有道无道，有德缺德，是非真伪，善恶美丑，在帝国政治和社会生活中处处碰撞，时时冲突。韩愈一生对此深有体验。

韩愈出生在一个衰落的士大夫家庭，三岁亡父，十二岁失去大哥，由大嫂抚养成人。他从小饱尝离乱，七岁随大哥贬官到韶关（今属广东），十二岁随大嫂回老家河阳，又逃难到宣州（今属安徽），发愤刻苦读书。十九岁被宣州举为进士到长安（今陕西西安）考试，连考三年不中。第四年赶上主张改革的宰相陆贽主考，选取一批优秀人才，称为“天下选”“龙虎榜”，韩愈考中了。为了求得委任理想的官职，他接着再考吏部“博学宏辞”科，又是连考三年不中。在又一个第四年的正月、二月、三月，他连着给新任宰相上书三封，都没有被理睬。于是他愤然离开长安，不得一官半职就回家了。这年，他大嫂去世。

已是文坛知名作家的韩愈，再次离家不是赶考，而是被军阀邀请入幕。他的第一个官衔秘书省校书郎，便是驻守洛阳的汴州军阀请朝廷颁发的虚衔，实际是军阀的办事文官。三年后，汴州军阀老死，韩愈投奔徐州军阀。徐州军乱，他带着一家老小到洛阳郊区居住，同时到长安活动谋官。过了两年，总算得到他一生第一次的朝廷正式任命，为国子监四门馆博士，相当于今天国立高等院校的教授。此后，他做过监察官、县官、史官、起草文件的朝廷手笔，两度贬官到岭南（今广东），曾经参与平定淮西（今河南汝州）军阀，代表朝廷安抚镇州（今河北正定）军阀，最后当过短期的刑部、兵部、吏部的大臣。而在任最长的还是国子监，又为太学博士、洛阳国子学博士，还当了一年祭酒，即大学校长。

从长安考试到投身幕府的十多年中，韩愈目睹官场腐败，身受舞弊打击，体验贫困煎熬，深深感到军阀势力危害国家，更加觉得士大夫道德堕落,社会风气每下愈况。他曾经狂放,但更为激愤。既然进不能做官报国,便退而著书立说,“发潜德之幽光”,“回狂澜于既倒”。他立志振兴国家,坚持统一与改革,投身文化教育与文学创作,致力倡导古文与复兴儒学;继承发扬先秦诸子散文的精神,反对束缚思想的四六骈文;宣传仁义道德,鼓动身体力行,要求士大夫爱国爱民,无私无畏,反对追名逐利,激烈排斥佛、老。从此开始历史上称道的“古文运动”。他自豪地宣称:

> 如使兹人有知乎,非我其谁哉!其行道,其为书,其化今,其传后,必有在矣。

表明自己这一辈已经觉察肩负的历史使命,当仁不让,非我莫属,而且已经在行道,在著作,在教化当代,在传授后世,在努力奋斗了。“古文运动”实质是通过革新的文学创作来进行社会思想教育的文化运动,目的是振兴国家。

韩愈是一位教师。

传统的继承发扬,仿佛一部历史剧目不断重演,演员换了一代又一代,角色还是这一个。从万世师表孔子开始,孟子、荀子及两汉名儒,都是教师,都当老师。韩愈复兴儒学,也当了老师。他结纳的弟子很多,而且“有教无类”。有志同道合、师友之间的张籍、李翱等知名作家,有远近慕名而来投师的知识青年,也有名士、隐士及高官子弟,还有折节从文的侠客和后来还俗的和尚。在当了国子监博士之后,他的学生就更多了,声望日增。“名之所存,谤之所归”,他被耻笑为“好为人师”。为此,他写《师说》阐明师道。文章指出,“师者,所以传道、受业、解惑也”。教师是传授道义、教学业务、解答疑问的人。知识不是天生就有的,谁都会产生疑问,都要请教老师。教师没有身份贵贱、年龄大小之分,“道之所存,师之所存也”。孔子说过,“三人行,必有吾师”,可见圣人也请教老师。因此他作出著名的论断:

弟子不必不如师，师不必贤于弟子。闻道有先后，术业有专攻。如是而已。

在他看来，师生关系就是这样，应当平等相待，教学相长。由于他循循善诱，诲人不倦，鼓励学生努力钻研，超过老师，因而门人李汉说他“教人自为”，深受爱戴。他晚年出任国子监祭酒，大受学生欢迎，奔走相告：“韩公来为祭酒，国子监不寂寞矣！”

韩愈传授的道，是孔孟之道，儒家学术，就是仁义道德。他的《原道》开宗明义就说：

博爱之谓仁，行而宜之之谓义，由是而之焉之谓道，足乎己无待于外之谓德。仁与义为定名，道与德为虚位。

解释简明扼要，认为“仁”就是博爱，有广泛的爱心；“义”就是施行博爱，而且要适当；“道”就是在仁义的道路上前进，始终施行博爱；“德”就是自己觉得充实满足，没有身外的需求和欲望。因此仁与义是确定的名分，必须坚持的思想行为的原则；道与德是空虚的位置，必须用仁义的思想行为来充实。他特别强调他所说的道德是与仁义结合在一起的，不可分割。同时指出，道家的道德是抛弃仁义的，佛教的道德则抹杀君臣父子的伦理，也是不合仁义的，所以必须排斥。他把儒家宗奉的尧、舜、三代的“先王之道”简括为“仁义道德”，便于宣传，利于教育，容易懂，很好记。至今一说儒学，都知道是仁义道德，不过韩愈当时这样概括提炼，则是针对中唐社会现实的症结和弊端，认真从儒家思想武库挑选的利器良方。

韩愈痛感中唐国家、社会的症结在于统治者尤其是士大夫思想混乱，道德堕落，贪污腐化，欺压百姓。如果士大夫以及青年学生都读《五经》，尊圣贤，讲仁义道德，思想一致，行为廉洁，正心诚意，修身齐家治国平天下，那么士农工商安居乐业，不迷信佛、道，不事生产的僧侣道徒不需要社会供养，国家可以富强，天下可以太平。为此，他不仅写《原道》阐述仁义道德，还分别写《原性》分析人的性情，写《原人》强调天地之间人最可贵，写《原鬼》辨析神鬼与妖怪的区别，而且特为针对嫉贤害能、无中生有的造谣诽谤，写了《原毁》，弘扬严于律己、宽以待人的君子作风，消除“事修而谤兴，德高而毁来”的恶浊风气。实际上，韩愈提出“古道”“先王之道”的仁义道德，主要目的是倡导士大夫修身律己，爱国爱民，从自己做起，人人都做到。

对于投师学文的青年，韩愈首先授之以道，要求立志养气，端正思想。他生动地把志气比作水，文辞就像水面浮起的东西，“水大而物之浮者大小毕浮”，“气盛则言之短长与声之高下者皆宜”。他教导弟子“行之乎仁义之途，游之乎《诗》《书》之源”，不要迷路，不要断源；告诫学生“无望其速成，无诱于势利”，培养根本，加足油脂，然后期望结果放光。有了正确的思想和坚实的根基，也就能“识古书之正伪”，“惟陈言之务去”，做到“文从字顺”，“词必己出”，像先秦诸子那样不说老话、空话，假话，写作有用的文章，实实在在，新鲜活泼。他也常常提醒青年：“古之道不足以取于今。”仁义道德的价值取向，并不投合官场口味，要准备失意不遇，过穷日子。对此，韩愈是过来人了。

教师是崇高的职业，但从孔子开始平民教育，不再专门培养贵族子弟以来，教师往往穷困。韩愈也一样。私授弟子不收费，给老师做事，老师管吃住。国子监博士的俸禄不高，不够他接济穷学生的。所以他常常叫穷。他写过《送穷文》，埋怨“智穷”“学穷”“文穷”“命穷”“交穷”，这五个穷鬼一直纠缠自己不放；好不容易送它们出门，结果还是自己把它们请了回来，因为他的智慧、学问、文章、命运和交朋友，都不合时宜，但又不肯改。当他得知自己又被任命为太学博士，还是当教师，他写了一篇奇文《进学解》，解释学生为什么进学校。文章先写一位博士先生告诫学生有幸生活在圣明时代，有司公正，应当一心用功学习；鼓励学生勤奋钻研，独立思考。写出著名的格言：

业精于勤荒于嬉，行成于思毁于随。

不料有个老学生站出来说:“老师,您骗我们呀!”接着,他充满同情而不无挖苦地用这位博士先生的遭遇,来揭露时世未必圣明,有司不见公正。他说,老师有道德,有学问,文章做得很好。但是您不幸也没用。朝廷不信任,朋友不帮助,不断跌跤,常常得罪。做了几个月监察官,就贬到岭南;当了三年国子博士,也一事无成。命运作对,很快失败。即使冬天暖和,年成丰收,妻儿仍叫冻喊饿。显然,这是韩愈借学生之口,倾诉自己的不平。然而,博士先生仍然耐心开导,自我检讨,忍辱负重,鼓励学生安心乐观,坚持学习。这诡谲的讽刺,现身的说法,自嘲以醒世,语重而心长,道尽千古教师的艰难辛酸,更见出教师的任重道远。

韩愈是一位文学家。

韩愈的文学成就,卓越而广泛。散文、诗歌、小说、传记、寓言、政论、杂文,各体都有杰作。他把文学当做“贯道之器”,用来宣传仁义道德。但在艺术上,他却是以复古求革新,用更新传统来继承发扬传统,“师其意,不师其辞”,从唐代活的语言提炼新的文学语言。他倡导的“古文”即文言文,流行千年。他的古文成就,位居唐宋八大家之首。他将俚言俗语入诗,用诗歌大发议论,突破格律的形式束缚,“以文为诗”,形成以他为核心的中唐一个新的诗歌流派。他作品中许多形象,不论真人真事或虚构创作,可谓“周情孔思,千态万貌”,都用仁义道德教育人们。晚唐作家孙樵更赞美韩愈诗文的修辞技巧“莫不拔地倚天,句句欲活”,创作艺术像空手捉长蛇,光背骑野马,叫人着急,而结局总是捉住蛇,驯服马,令人钦佩。

中唐出现振兴帝国的有利时机,激发爱国志士的革新追求,有希望,有信心,更有愤慨,充满深刻的不平情绪。韩愈诗文大多谱写这个主旋律,往往倾吐不平,气势充沛而又诡谲跌宕。《送孟东野序》便是一篇大鸣不平的杰作。这年他正到长安奔走谋官,遇见好友孟郊在长安苦苦候选了四年,才得了个溧阳县尉,被打发到江南一个小县充当副职，很不得意。同病相怜，同情不平，韩愈就写序送别。文章开头说：

> 大凡物不得其平则鸣。

然后就从大自然说到人世间，从上古说到唐代，不论金石风雷、草木鸟虫，或者圣贤仁哲、作家诗人；不分春夏秋冬，各行各业；不管繁荣零落，歌哭哀乐；凡有不平，必发鸣声，并且尤“择其善鸣者而假之鸣”，会特别推举善鸣者来鸣叫，说得有理有据，广征博引，铺陈排比，汹涌而来，令人非信服不可。最后说到孟郊和张籍、李翱，认为都是善鸣者。忽然笔调一转，明知故问：不知道老天要他们声音和谐地鸣唱国家的兴旺呢？还是让他们穷饿发愁而鸣叫自己的不幸呢？这真是无言问苍天，有心讽朝廷。明明是朝廷的谬误，压抑人才，却故意让老天承担责任，天命注定。但是韩愈并不想替朝廷开脱罪责，也不会让朋友背上发牢骚的黑锅。因此又提问题：如果让人才都听天由命，那么“其在上也奚以喜？其在下也奚以悲？”朝廷掌握不了人才，有什么可以高兴的？天下贤才会听从天命，安贫乐道，他们有什么可以悲哀的呢？其实真正不幸的是国家。人不得尽其才，国家不能安享太平，是最大的不平。所以韩愈是指着老天问朝廷，为国家不幸而大鸣不平。而在《杂说四》中，他用伯乐识马的故事，以千里马比喻贤才，将执鞭选马人比作朝廷执政，写选马人不识马而叫嚷“天下无马”，韩愈愤慨地说：“呜呼！其真无马邪？其真不知马也！”这几乎是直指执政，尖锐批评：你们真是不识人才，埋没了天下人才！可见韩愈的不平是爱国的深忧和义愤，绝非穷愁牢骚。

生活中到处有是非善恶的碰撞，韩愈往往忍不住要仗义执言，辨别是非，扬善抑恶，一诉不平。读了前人写的中唐名将张巡传记，他发现“不为许远立传，又不载雷万春事首尾”，是非不明，抹杀忠勇爱国将领的功绩，深为不平；又不揭露军阀贺兰进明不发援军，行径卑劣；也不载南霁云断指怒斥贺兰，射塔誓灭贺兰，大义凛然。于是他

写了《张中丞传后叙》。老友崔斯立在蓝田县(今属陕西)充当县丞,闲散无所作为,压抑不得志,把办公厅墙壁上前任题写的文辞统统抹掉,请韩愈重写记文。他就借题发挥,针对虚设闲职、应付差事的积弊,责问道:“设立县丞,就让它这样吗?”写下崔斯立的感慨,“丞哉,丞哉! 余不负丞,而丞负余!”对闲职束缚人才,大为不平。他为一位泥瓦匠立传,欣赏他甘心劳力,独善其身,虽然不及君子劳心为人,但比那些贪邪无道而丧生灭族的富贵人好多了(《圬者王承福传》)。他又给毛笔写了一篇寓言传记,为毛笔评功摆好,异想天开地讽刺秦始皇“赏不酬劳,以老见疏”,刻薄寡恩,为年老退休的士大夫的待遇抱不平(《毛颖传》)。作家韩愈几乎成了一位路见不平、拔刀相助的侠客,但是不用刀。

诗歌是言志抒情的。韩愈满腔不平情绪,一触即发,不能斟酌声调韵律,所以就像写散文一样写诗,“以文为诗”,发议论。抒不平。他喜欢写长篇古诗,也爱写即兴发挥的绝句小诗,很少律诗。杰作《南山》是长 102 韵、204 句、1020 字的五言古诗。南山是终南山,是横贯陕南的秦岭山脉的一个主峰,在长安西南面。这首长诗是他第一次贬官岭南后,重返长安时的作品。当初贬官,在风雪严寒中翻越秦岭;如今重返长安,再过南山,恰逢晴朗天气。他思绪纷繁,感慨万千,不禁一吐豪情。诗中抒写南山灵秀奇幻的远景,四季早晚不同的风光,雄伟宏大的连绵山体,当年冬越南山的痛苦心情,如今攀登绝顶、俯览众山的兴奋激情,不由放声赞颂天地造物的神功。其中最为卓越的绝顶俯览的一段,一气连写五十多个“或”字形容句,排比铺陈,就像散文,再比兴寄托,诗情激荡。试读其中几句:

或妥若弭伏,或竦若惊雊;
或散若瓦解,或赴若辐凑;
或翩若船游,或决若马骤;
或背若相恶,或向若相佑;

…………

或如贲育伦，赌勇胜前购，

先强势已出，后钝嗔逗譳；

或如帝王尊，丛集朝贱幼，

虽亲不亵狎，虽远不悖谬。……

请看：

有的很安稳，好像趴着休息，

有的耸起来，好像野鸡惊叫；

有的很分散，好像土崩瓦解，

有的往前赶，好像车条向轴；

有的飘飘然，好像乘船游荡，

有的猛冲着，好像惊马狂奔；

有的背对背，好像彼此厌恶，

有的面对面，好像互相保佑。

……

有的像古代勇士孟贲、夏育那伙人，

为了决斗胜利，奋勇向前夺奖，

争先的强者占有优势，

落后的傻冒吵吵嚷嚷；

有的像帝王一样尊贵，

围着一群群朝拜的低贱小辈，

有的显得亲近，但不轻薄嘻笑，

有的虽然疏远，但不胡作非为。……

仿佛是人生仕途的画卷。世态人情，尽在眼底；善恶美丑，看在心里；千姿百态，生动有味，在诗人指点下，一一展现。暮年的诗人写过一首隽永的小诗《早春呈水部张十八员外》：

天街小雨润如酥，草色遥看近却无。

最是一年春好处，绝胜烟柳满皇都。

早春二月，长安一场小雨，道路滋润。远望前景，草色青青；走近一看，寸草不见。诗人觉得这是春天里最美好的光景，比起暮春三月来，满城柳絮烟花，纷乱飞舞，早春绝对优美多了。诗人敏锐地把握住时代的脉搏，关切着国家的前途，期待着、向往着清新美好的春天，厌恶那看来繁荣而行将衰落的暮春景气，在深深的希望中，怀有深深的忧虑。

韩愈是一位爱国爱民的士大夫。

在教学生涯中，在文学作品中，在政治活动中，韩愈都是一位君子，一位士大夫，谨记圣贤的教诲，恪守仁义道德的准则，但不注重进退揖让的礼节，不是慢条斯理的夫子，不是老练能干的官吏。他自信而倔强，性急好激动，说话缺少顾忌，遇事奋不顾身。他做官办了不少好事，留下许多佳话。虽然没有办成几件大事，甚至得罪皇帝，几乎丧命，但他也有过辉煌、得意、痛快、神奇的功德纪录。

韩愈爱国，坚持统一，反对分裂。他曾经随从宰相参加并平定淮西军阀凯旋，分享了统一大业胜利的欢乐和光荣，兴奋地唱出气势磅礴的名句："荆山已去华山来，日出潼关四扇开。"几乎觉得整个世界都在欢庆胜利，功绩辉煌。他曾经不顾生命危险，代表朝廷到镇州安抚对抗朝廷的军阀，劝他停止战争，只身面对剑拔弩张的士兵包围，大义从容地说服了士兵，使那个军阀害怕军心动摇，答应撤军，还请韩愈喝酒言欢。这就是"勇夺三军之帅"的故事。回京报命后，他写诗抒怀说："别来杨柳街头树，摆弄春风只欲飞。"感到春风杨柳都来欢迎他，十分得意。

韩愈忠君，但敢于诤谏，不怕杀头。

中兴皇帝唐宪宗，晚年骄傲奢侈，迷信佛道，追求长生不老。朝政松懈，佞幸猖狂，诳言的方士做了地方官，弄神的女道士轰动长安

城，迷信盛行，乌烟瘴气。长安西南的凤翔(今陕西宝鸡)有座法门寺，寺里有座供奉佛祖指骨的护国真身塔，每30年开放一回，让信徒瞻仰礼拜。元和十四年(819)是这塔开放的年头。唐宪宗派宦官率领30个宫女，捧香持花，恭敬迎接佛骨进宫供奉三天，然后挨个送到长安各寺庙供奉。皇帝带头敬佛骨，一路上王公士民争相瞻仰，舍身舍财，顶礼膜拜，风靡长安。兴儒排佛的韩愈就急了，不顾触怒皇帝，上疏劝阻迎佛骨。疏中特别强调东汉传入佛教以后。“亡乱相继”，国运不长；佛教日盛，国运日短，最短命就是最信佛的梁朝。这不等于说，唐宪宗信佛要断送国家会短命吗？气得唐宪宗声言用极刑处死韩愈。幸亏有宰相裴度等人说情，才改为贬官潮州(今属广东)，立即执行，而且要全家赶出长安，害得患病的小女儿死在路上。这就是“忠犯人主之怒”的故事。当韩愈路过蓝田城关时，侄孙韩湘即八仙中的韩湘子在城门口等着。韩愈悲从中来，浩歌长叹：“一封朝奏九重天，夕贬潮州路八千。欲为圣明除弊事，肯将衰朽惜残年。”再次袒露不惜牺牲的爱国忠心。而民间也增添了韩湘子引渡韩文公的绝妙传说。

韩愈爱民，甚至感化了异类。

据说潮州有条恶溪，水里有鳄鱼祸害人民。韩愈到潮州后，决心除害，他把一猪一羊投入恶溪，写一篇《祭鳄鱼文》，以朝廷命官身份，限令鳄鱼在三至七日内统统转移到大海去，否则就用强弓毒箭全部处死。奇迹出现了，恶溪鳄鱼从此绝迹，祸害根除。这或者像苏东坡所说，“惟天不容伪”，上天明察韩愈一片爱民的诚心。而事实是韩愈在潮州深得民心，人民为他立庙，世代祭祀。

韩愈从潮州调任袁州(治所在今江西宜春)，做了一件痛快的大好事。他了解并查到袁州有731个奴婢原是良家男女，“或因水旱不熟，或因公私债负”，被迫典押抵债，沦为奴婢，“鞭笞奴役，至死乃休”。韩愈替他们计算给债主做工应得的工钱，足够偿还欠债，全部

得到释放，恢复良民身份。看来这事颇得人心，所以他回京后专递一本，建议朝廷普查天下债奴，释放他们，使“四海苍生，孰不感荷圣德”。这一建议的结果如何，不得而知。但是可以想见，韩愈爱国爱民的仁义之心，得到自我满足，做到有道有德了。

李汉为老师编辑文集，在序中写到当时对古文运动的态度说：“时人始而惊，中而笑且排，先生志益坚，其终人亦翕然而随以定。”提出一种耐人思索的历史现象。继承发扬民族文化传统，必须从发展了的现实社会需要出发，发扬其民主性的精华，汲取真正优秀的传统文化。中唐人士惊讶、嘲笑、排斥韩愈古文运动，显然认为他迂腐可笑，不识时务。而终于接受而且拥护，也显然不只是由于韩愈的坚持，而主要因为他倡导的古文，实质是中古的新的文学语言；他讲的仁义道德，实质是要求劳心治人的士大夫君子们怀有博爱的仁义之心，修身律己，廉洁奉公，无私爱民，忠诚爱国，并且坚持不渝。这样的道德情操和精神文明是不可抛弃，更不能败坏的。其实韩愈是识时务的，并不食古不化，迂腐可笑。他扬弃了三代贵族领主世袭制度的文化糟粕。如果他的古文是主张恢复《尚书》的散文语言，《诗经》的诗歌模式；倘使他的仁义道德是要求恢复世袭贵族等级统治，坚持培养贵族的文化教育，遵循《仪礼》的进退揖让；可以断言，注定以失败告终。所以弘扬民族优秀传统文化，光大中华文明，必须扬弃封建性的糟粕，当然不应提倡“之乎者也”的文言文，更不能继承劳心劳力、君子小人的仁义道德，而是用社会主义的仁义，充实社会主义的道德，怀有为社会主义服务、为人民服务的博爱之心，爱祖国，爱人民。

（《中华文明之光》第二辑“唐宋元”，北京大学出版社，1999 年）

从“不着一字，尽得风流”说起

“不着一字，尽得风流”，是晚唐诗论家司空图的名言，见于《二十四诗品·含蓄》，意思是说，诗歌的含蓄是以具体的形象表现思想感情，无须用抽象的语言加以任何说明。这是对诗歌要求含蓄的一种精巧的阐释，强调诗歌的艺术形象，讲究诗歌要发人兴味。司空图曾引用中唐诗人戴叔伦的名言“诗家之景，如蓝田日暖，良玉生烟，可望而不可置于眉睫之前也”，议论说：“象外之象，景外之景，岂容易可谈哉！”(《与极浦书》)可见他要求的艺术形象是写意的神似，而不是真切的形似。神似则得神遗形，“此外千变万状，不知所以神而自神也”(《与李生论诗书》)，因而蕴含着种种“象外之象，景外之景”，引起人们无穷的兴味。应当说，司空图这一诗歌艺术观点，确有合理的内容，也有片面的错误，而产生于晚唐，更有诗歌艺术发展的必然原因。

要求诗歌通过艺术形象表现思想感情，发人兴味，动人心弦，无疑是合理的，正确的。但是，无论是叙事诗、抒情诗或哲理诗中的艺术形象，都是诗人从客观世界摄取、经过诗人头脑加工而成的，总是表现诗人的思想认识、生活趣味和艺术观点的。企图摆脱思想的约束，单纯追求某种超脱现实的艺术形象，是一种片面的错误的观点，实质上是不可能的。因此，关键在于司空图追求的是什么样的“神”和“味”。如果是反映生活本质真实的“神”和关心现实、热爱生活的“味”，自属可贵。但司空图的“神”“味”，却要求超脱，接近禅悟，其实是寻求思想上的宁静，达到一种空寂的境界。体现于诗歌，则大多

表现一种内心的感觉、感受以及朦胧的印象。所以他十分推崇晚年奉佛的王维和韦应物，认为“王右丞、韦苏州澄澹精致，格在其中”，“趣味澄夐，若清风之出岫”。王维的《辋川集》绝句二十首应当是其典范，不妨举其中《鹿柴》为例：

空山不见人，但闻人语响。返景入深林，复照青苔上。

“鹿柴”是王维隐居的辋川别墅中的一处胜景。这首小诗歌咏鹿柴的山林幽僻空旷，抒发的便是空寂境界。它用闻声不见人表现山的空旷，借夕阳光照青苔显示林的幽深，人迹罕到，真是遁世无闷的隐逸佳境。诗人精致地运用音响反衬手法写轮廓，利用光照对比效果写细部，都求其神而不摹其形，含蓄其意而不予点破，这类诗可谓“澄澹精致”，艺术性很高。但也可见出诗人着力表现的是内心感受，并不追求客观实体的美。这就是司空图所欣赏的“神”“味”，所要求的“不着一字，尽得风流”的含蓄。

司空图“善论诗而自作不逮”（潘德舆《养一斋诗话》）。事实上，他只是总结了盛唐以来、王维所代表的一个诗歌艺术流派的创作经验。值得探索的是，在盛唐已达到很高艺术成就的这一流派，为什么直到晚唐才出现理论的总结，并且在宋代以后不断得到发展，成为我国古代文学批评史上一种很有影响的诗歌理论？这不是偶然的，除了社会历史原因外，还有诗歌艺术自身的原因，似属文学发展的一种规律性现象。

我国古代正统的五七言古近体诗歌艺术，从汉末兴起后，经过魏晋南北朝诗人们的努力，发展到盛唐，在形式方面，包括诗歌体裁、表现手法、语言技巧以及声调格律等，都已达到成熟完备的程度，显出某种饱和的状态，逐渐出现了一些套式。宋代苏轼曾说，杜甫的诗是集大成者，“学诗当以子美（杜甫字）为师，有规矩，故可学”，“学杜不成，不失为工”（见陈师道《后山诗话》）。正可说明这种情况。在这种情况下，诗歌创作如果不是从现实生活中取得新的内容，新的思想，新

的形象以及新的语言，如果仍然企图单纯从诗歌艺术形式方面追求创新，势必停滞不前，陷于困境。当这位集大成的诗人杜甫自己对现实失望，企图从精神上解脱苦闷时，他曾体会到这种创作困难。他说："陶冶性灵存底物，新诗改罢自长吟。熟知二谢(谢灵运、谢朓)将能事，颇学阴何(阴铿、何逊)苦用心。"(《解闷》其七)写诗只是为了陶冶性灵，那就只能从山水自然寻求寄托，而在诗歌形式技巧上用心。因此他又感慨自己"晚节渐于诗律细"(《遣闷戏呈路十九曹长》)，对自己的这种倾向并不满意。同时，他看到元结批评弊政、关心民生疾苦的诗歌《舂陵行》《贼退示官吏》，极为赞赏，大受鼓舞。杜甫晚年的这种创作体会，不仅是个人的经验，更预示着唐诗的发展进入了一个转折时期：一方面，诗歌将以表现安史之乱以后的战乱苦难的社会现实为自己的任务，继续向前发展；另一方面，诗人们将为了摆脱诗歌艺术形式的困境，努力探索创新的道路。

中唐诗歌的发展历史，正是如此。在史称中唐后期的唐宪宗元和时期，诗坛十分活跃，白居易、元稹的新乐府运动，韩愈的以文为诗，刘禹锡、柳宗元的政治诗，李贺的奇丽想象，以及孟郊、贾岛的苦吟等，诗人辈出，杰作泉涌，流派众多，百花竞开，形成盛唐之后的又一诗歌创作的高潮。他们的优秀作品各从不同方面表现了中唐时代的真实面貌，成就很高。他们大多是站在时代前列的代表作家，但诗歌创作的主张和创作方法各不相同。白居易创作新乐府诗，直接继承杜甫的创作精神，目的是改革弊政，反映民情，公开申明"不为文而作"(《新乐府序》)；刘禹锡积极参与政治改革，他翻新民歌，是旧瓶装新酒；他们都要求诗歌为政治改革服务，因而主要从思想方面促进诗歌发展，并不追求诗歌艺术的改革。韩愈倡导古文运动，是为了鼓吹儒学复兴，因而要求词必己出，务去陈言，所以他以文为诗，追求诗歌艺术创新。但是，以文为诗的实质是散文化倾向，其发展方向必然导致文体的变革，产生某种新的体裁。因此，他体会到，在既有的五七言古近体诗歌形式框框里，要超越盛唐诗歌艺术成就而有所创新，是困难的。在《调张籍》中，他盛赞“李、杜文章在，光焰万丈长”，批评那贬薄李、杜者是“蚍蜉撼大树，可笑不自量”，表示应当学习李、杜的诗歌创作艺术。上述情况表明，中唐后期的主要流派的代表作家，在艺术上主要是选取既有的各种诗歌体裁，运用前人积累的丰富的手法、技巧，成功地表现了他们从现实生活中捕捉住的新的题材、新的意境、新的形象。实质上，这都是以思想内容取胜，并非艺术形式的创新。

看来，在中唐，似乎只有年轻的诗人李贺独辟蹊径，在诗歌艺术创新上取得突出的成就。晚唐诗人杜牧极其赞扬李贺诗歌所表露出来的艺术才华，认为李贺诗歌“盖《骚》之苗裔，理虽不及，辞或过之”；“能探寻前事，所以深叹恨古今未尝经道者”；“求取情状，离绝远去笔墨畦径间”（《太常寺奉礼郎李贺歌诗集序》）。李贺诗歌主要是选取历史的、神鬼的、传奇的非凡题材，运用奇特诡丽的想象和富有特征的夸张，抒写一种理想、抱负不获施展的郁愤情绪，艺术上显然继承了屈原以来的浪漫主义的传统。较之白居易摆事实，韩愈发议论，刘禹锡谈见解，李贺则主要是写情绪。他的作品表现出青年人敏锐的感觉和强烈的感情，而思想内容不如白、韩、刘深广。白、韩、刘是表现现实生活所提供的新的题材、新的形象，李贺则呕心沥血地寻找前人没有写过的素材，捕捉前人没有写过的“情状”，借以表现他心中的郁愤情绪。换言之，白、韩、刘诗中的艺术形象就是诗的思想内容，而李贺诗中的艺术形象则是表现情绪的凭借。因此李贺诗以艺术取胜，以感情动人，而不以思想见长。试以《苏小小墓》为例：

> 幽兰露，如啼眼。无物结同心，烟花不堪剪。
> 草如茵，松如盖，风为裳，水为佩。
> 油壁车，夕相待。冷翠烛，劳光彩。
> 西陵下，风吹雨。

苏小小是南朝名妓，人去世，墓犹存，且颇传风流韵事。这诗想象她

的幽灵孤独凄冷地在墓地徒然等待，极力渲染一种绝望了的美好希望情绪，充满惆怅和迷惘。这种情绪实质上就是诗人在《致酒行》说的“我有迷魂招不得，雄鸡一声天下白”，所以苏小小的幽灵形象只是诗人迷魂的又一化身，是这种情绪的一种形象的表现。这种情绪来自诗人亲身的政治失意的遭遇，更多是一种强烈的感受，较少深刻的思想认识，这倒促使他致力于搜索新奇独特的艺术形象以表现这种情绪和感受。李贺走上这样的创作道路，从个人看是偶然的。但从诗歌艺术发展看，在摆脱艺术困境、力求探索创新的趋势下，出现以思想取胜的同时，必然要出现以艺术取胜的创新探索。而以艺术取胜的结果，最终必然归结于诗歌艺术的特征，即形象。所以李贺虽然过早去世，但他的创作道路必定会有人继续走下去。晚唐诗人李商隐，实质上是走上了李贺的道路的。

综上可见，中唐后期诗坛虽然活跃，总的成就也很高，但在诗歌艺术上并未超越盛唐的高度，并未真正闯出一条崭新的道路。因此，到了晚唐，诗人们依然朝着中唐的几个流派发展下去，诗歌艺术实际上依然徘徊不前。这种情况下，追求艺术创新的诗人势必像李贺一样，致力于诗歌的形象性，努力搜索新的艺术形象以表现思想感情。由于晚唐的政治、经济、文化一片混乱，唐朝危机四伏，社会动荡，战争纷起，因而有一些中下层诗人由失意、失望而濒于绝望，有的伤感颓唐，有的逃避隐逸。他们的诗歌的思想内容和倾向不尽相同，但在艺术上却殊途同归，趋向于用艺术形象表现一种感觉、感受以及朦胧的印象。李商隐的名篇《锦瑟》或可作为典型：

> 锦瑟无端五十弦，一弦一柱思华年。
> 庄生晓梦迷蝴蝶，望帝春心托杜鹃。
> 沧海月明珠有泪，蓝田日暖玉生烟。
> 此情可待成追忆，只是当时已惘然。

这诗究竟写什么主题，众说纷纭。但是诗人十分形象地表现的这种情绪,显然能令人具体地感受到的。这种没来由的情绪,针对某种绝望了的美好希望,疑似恍惚地存在着,朦胧仿佛地遥望着,却始终像梦幻似地令人迷惘。李贺通过具体艺术形象表现情绪,李商隐这类诗则发展为直接描写情绪,使情绪具有艺术形象。李商隐有许多优秀的政治诗,但像《锦瑟》及《无题》一类抒写感伤情绪的诗,却是内容晦涩,而情绪的形象性很强,艺术性较高。而由于这种情绪的形象容易引起人们生活中各种类似的共鸣,可谓有种种"景外之景,象外之象",因而其艺术效果与"不着一字,尽得风流"一致。李商隐不是逃避现实的诗人,几乎没有寄情山水的隐逸诗歌,但当他在失意、失望而濒于绝望的情绪支配时,写出了这一类晦涩朦胧的作品,在思想上是一种退步,在艺术上则力求形象突出。这种情况正可说明,正统的五七言诗歌艺术从中唐发展到晚唐,如果不是从表现变化发展的社会现实生活方面谋求前进,如果不是从人民的文学创作中汲取提炼新的诗歌体裁,如果单纯从艺术形式方面探索创新,其结果便是思想上停滞、退步或者逃避现实,片面地追求诗歌的形象性,流入唯艺术或称唯美的创作道路。这是诗歌艺术发展的一种必然结果,但并非唯一的结果。明乎此,也就可以了解为什么到晚唐才出现司空图总结王维一派的创作经验,提出追求形象,讲究"神味"的诗歌理论。简言之,就因为五七言诗歌艺术发展到了抉择前进方向的历史关头,各种倾向的代表人物要提出自己的理论。

(《诗探索》1981 年第 3 期)

漫话“以文为诗”

唐代韩愈“以文为诗”，却在宋代引起热烈的争论。争论之激烈，有时近乎抬杠。例如，沈括说：“退之诗，押韵之文耳。虽健美富赡，然终不是诗。”吕惠卿争论道：“诗正当如是，吾谓诗人亦未有如退之者。”（惠洪《冷斋夜话》）一个要把韩诗压入地下，一个索性捧上了天。这一争论，不但热烈，而且没完没了，从北宋一直争到近代。

韩愈“以文为诗”，实质是指他的诗歌中存在散文化的现象。具体地说，有三多：“赋”多，议论多，散文句式多。如果这样概括大体不错，那么这种“以文为诗”的现象，倒是诗歌史上屡见不鲜的。其显著者，屈原、曹操、杜甫的代表作中就有。一篇《离骚》，铺陈其词，不乏议论，散文句式开头就是；《天问》更是通篇发问，处处议论。曹操的《薤露行》《蒿里行》，誉为“诗史”，确属“直说”。杜甫在“安史之乱”前后慷慨悲歌，《自京赴奉先县咏怀五百字》，虽然不乏比兴，却是以赋为主；而《北征》则就像在职官员左拾遗“臣甫”用诗歌写的一篇陈情表，既用赋法，又多议论，也不嫌散文句式，出口就是“皇帝二载秋，闰八月初吉”。这类事例，前人早已指出。如果只为挑剔，那么在许多诗人作品中都不难找到“以文为诗”的现象。但是，这种现象，在某一时代突出地在某些诗人的代表作中表现出来，则不只是个别诗人的一个艺术特点，而且是一种有必然原因的文学史现象。韩愈“以文为诗”就是典型例子。

屈原、曹操、杜甫和韩愈所处的具体时代不同，他们的诗歌成就、

创作方法、艺术风格也不一样。但是,透过现象看本质,他们却有相同之处。他们都处于历史发展的一个动荡的转折时代,都站在自己时代的前列,都用自己的作品发出时代的呼声,表达人民的情绪和愿望。正是各个时代激烈的阶级斗争、民族斗争的历史内容,促使自己的代表诗人寻找相适合的形式。在太平年头、小康时代,诗人们可以字斟句酌地推敲典雅细致的情韵格调;但是,在剧烈动荡的转折年代,诗人们就大胆地采用并变化创造既有的各种诗歌形式,力求把时代的呼声、人民的情绪充分表达出来。这种突破是多方面的,例如,屈原把三三对称的楚谣形式发展为“骚体”,是体裁的变化和创新;屈原的《天问》,曹操的《短歌行》,用简洁明快的当代语句来写传统的典雅的四言诗,可谓叫“旧瓶装新酒”的推陈出新。而更多的表现则是叙述多,议论多,还用了散文句式。按照传统的诗歌要求,这是出格乖律的。用宋人的说法,称之“以文为诗”,认为是用写文章的方法来作诗。用现在的术语说,或称不合诗歌艺术特点,是散文化的现象。但这并非他们个人的爱好,却是时代的使然,进步的趋势。

中唐时期,律诗通行于官场应酬,内容形成俗套,格律日益森严,字句典雅工巧,诗歌艺术陷入困境,不适合表现这个动荡不安时代的丰富的历史内容。因此,中唐代表诗人韩愈、白居易、李贺等各辟蹊径,为诗歌艺术寻找出路。虽然韩愈好发议论,白居易多摆事实,年轻的李贺则大胆驰骋想象,各擅其胜;但他们在艺术上的共同趋势是少用律体,多作歌行,摆脱格律束缚,以鲜明的形象和饱满的感情激动人们,要把诗歌从一味讲究字句的困境引向注重表现内容的道路上去。这个趋势无疑是进步的。韩愈“以文为诗”,实则是他倡导的“古文运动”在诗歌上的实践。但这并非说他主张用写古文的方法来作诗,而是说他写诗也是要求“文以载道”,“因事陈词”,“唯陈言之务去”,“不袭蹈前人一言一句”,既要注重内容,又要语言新鲜。比较起来,韩诗更注意用新鲜的语言明确地表达思想感情,诗人自我形象更为鲜明突出，而不甚在字句上斟酌用功。因此韩诗气势阔大，而散文化现象也显然存在。但恰如清人叶燮所说：“韩愈为唐诗之一大变，其力大，其思雄。”(《原诗》)韩愈“以文为诗”，便是这个“大变”的一种表现。

宋代把韩愈“以文为诗”作为问题提出来讨论，也不偶然。历史似乎在重演。诗歌艺术发展到宋代，又陷入困境。宋初盛行的“西昆体”，实质是中唐官场律诗的变种；而大力反对“西昆体”的欧阳修，在理论和实践上都继承着韩愈的“古文运动”。然而，韩愈在中唐与官场应酬的律诗斗了一通。到宋初，“西昆体”接中唐应酬诗的余绪，余烬复炽，欧阳修又斗了一通。历史经验和现实情况都使进步的诗人们在反对“西昆体”的同时，对韩诗的路子产生怀疑，要求重新讨论韩诗在艺术形式、方法、技巧方面的经验。人们看到，“西昆体”一类形式主义作品，虽然内容空洞，形式僵化，却是有格律，有技巧，有一套艺术形式的，因而仍是余风袅袅、遗响犹存。如果忽视这一套，只以内容取胜，求得一时成效，根除不了形式主义的影响。诗歌艺术发展方向和出路的问题，由于韩愈的经验被实践所动摇，因此又提了出来。这就是宋代讨论韩愈“以文为诗”问题的实质和原因。

“江西诗派”创始人黄庭坚说：“诗文各有体，韩以文为诗，……故不工尔。”(陈师道《后山诗话》)这是拘囿于传统诗歌观念的框子，而得出的片面结论，反而导致自己走向另一种形式主义，并且造成没完没了的争论。其实，从发展观点看，韩诗的趋势是创新。这样看是体现着辩证法的。

(《光明日报》1979年5月15日第4版)

宋诗有味多哲理

巨人身边多矮子，绝顶四周无高峰，是极而言之的。倘使衡量高度，置之众人群峰，则人未必矮，峰竟自高。古代诗歌以唐诗为高峰，宋代诗人创作古近体诗是在唐代诗歌成就的基础之上的。从诗歌形式技巧方面看，宋诗不可谓不普遍熟练，但却确实较少突破翻新唐诗的创纪录。难怪清代诗人蒋士铨深为感慨，“宋人生唐后，开辟真难为”(《辨诗》)。确乎难为宋人了，因为他们终究有所开辟，而且不乏名家巨子，颇多隽永佳制。近读张高评先生《宋诗之传承与开拓》，其《提要》开宗明义指出：“由于江西诗风太过强调艺术技巧，忽略诗歌之内容思想”，“流弊所及”，“流风所及”，“遂开启明清人菲薄宋诗之偏见”，以至于“所谓有宗一代无诗云云”。其论颇中肯。

诗歌毕竟是表现诗人对社会现实认识的一种特殊的思维方式，格律形式、语言技巧与表现手法等都是用来构成诗人表达认识的特殊方式即艺术形象。任何类型的艺术形象都是寓有、包孕思想内容的。宋诗在唐诗辉煌成就之后，形式技巧方面处于困境，难为创新。但是社会历史的发展，现实生活的变化，提供了新的认识、新的素材、新的形象的土壤和源泉。从这方面看，诚如钱钟书先生所指出的，诗歌河流延长加深了，多了血汗气与泥土气，是宋诗显著成就和特点(见《宋诗选注序》)。在《谈艺录》中，他曾指出唐、宋诗风格之分：“唐诗、宋诗亦非仅朝代之别，乃体格性分之殊。天下有两种人，斯分两种诗。唐诗多以丰神情韵擅长，宋诗多以筋骨思理见胜。”正是不同时代环境养成各自的诗人和独特的风格。宋代社会、政治大不如唐代，国力不足，国土不完，国政不妥，国运不济，人民生活多艰，诗人忧患始终。因而从艺术上比较，宋诗之与唐诗，确有严羽所说倾向，“以文字为诗，以才学为诗，以议论为诗”(《沧浪诗话》)，但从思想、艺术结合的整体看，较之唐诗，在筋骨思理方面更为突出。而其中最可称道、耐人寻味者，当为诗寓哲理。

苏东坡名言云：“出新意于法度之中，寄妙理于豪放之外。”(《书吴道子画后》)可谓宋诗于难为困境中造新的一条重要途径。法度无变而须出新意，风格独特而寓有妙理。事实上宋诗情味隽永的名篇中，不论题画、山水、咏史、写怀等各类诗，艺术效果往往不以形象取胜，而是令人思理有味，每至得意忘言。即以苏轼名篇《题西林壁》为例：

横看成岭侧成峰，远近高低各不同。
不识庐山真面目，只缘身在此山中。

前两句写庐山远望整体景观，准确而抽象，但却极尽人们想象，庐山的多姿多态是说不尽的。后两句写感想体会，换了一个角度，人在山中一处，自然不见整体，不识真面目。它的诗味不在形象的生动具体，而在启发思索，体会哲理。其丰富在于深刻，其形象尽在象外，而其实并未给人以庐山具体形象，又如《饮湖上初晴后雨》：

水光潋滟晴方好，山色空濛雨亦奇。
欲把西湖比西子，淡妆浓抹总相宜。

它只写一种感受，西湖的水光山色，不论晴雨都美，根本原因在于天生丽质，本质美，整体美。较之上诗，它是有形象描写的，但是读后的感受却并不构成具体的美的形象，只用美女典型西施打个比喻，令人寻味，使人思索它的寓意，而不沉醉于西湖美景。应当说，这类诗不具丰神情韵，形象不丰满完美，而有筋骨思理，概括却深入本质。比较

起来,读唐诗往往令人动情赞赏,而宋诗每每促人深思感叹。这也许是宋人诗的一个特点和突破。当然,宋诗的成就不仅于此。

(《群言》1990 年第 11 期)

典义与诗情

诗人作诗用典故，是根据他对所用典故含义的理解，按照他所抒写思想感情的需要，灵活地运用的。用法各不相同，或正用，或反用，或显或暗，但大多是用其一点，用其所需。因此，理解诗中用典的含义，要把典故本身含义和诗歌作品思想感情两方面的理解结合起来，使典义和诗情相一致，这样才较为切合诗人的用心。当然，诗人误用、混用典故的情形，往往有之。从创作可以虚构来说，只要合乎艺术的真实，也无可非议。但是一般地说，诗人们是不愿误用、混用典故的。

读诗遇见典故，当然先要掌握典故本来含义，再分析诗人用典的含义。了解一首诗的思想感情，较为可靠的办法是知人论诗，具体作品具体分析。但是，古代诗歌流传久远，有的诗人的生平失传或不详，有的作品写作背景无考或难以确考。因此，往往有这样的情形：因对作品写作年时和具体背景的看法不同，造成对作品的思想感情的理解不同，从而对作品中典故用意的解释不同；反过来，又根据对作品中典故用意的解释，证明作品的思想感情应当如何理解。例如对盛唐诗人孟浩然的名篇《望洞庭湖赠张丞相》的理解和解释，便有这样的情形。其诗曰：

八月湖水平，涵虚混太清。气蒸云梦泽，波撼岳阳城。

欲济无舟楫，端居耻圣明。坐观垂钓者，徒有羡鱼情。

“张丞相”指唐玄宗开元年间名相之一的张九龄。这诗历来理解为干

乞诗,诗旨是希望张九龄引荐入仕。清人纪昀认为它"以望洞庭托意,不露干乞之痕"。吴汝纶以为"唐人上达官诗文,多干乞之意。此诗收句亦然,而词意则超绝矣"。这就是说,本诗末联所用典故可以证明它是干乞诗。这一说法流行已久,几乎成为定论。但是,知人论诗,考察背景,则在诗情和典义两方面,都还可再作探讨。

诗题表明,本诗是在到达洞庭湖畔时写的,又是在张九龄为相后的年代写的。因此,对本诗的写作时间,有的说是大约在孟浩然四十岁应举赴长安之前;有的说可能是在张九龄为相后,孟浩然西游长安时;有的则以为在张九龄贬为荆州长史后,孟浩然被召入幕之际。这些推测,都有一定道理。其共同前提便是,首先肯定这诗是干乞之作,再依据孟浩然行迹和张九龄为相以后的事迹而斟酌参订。但是由于孟浩然生平事迹记载本来甚少,因而确证本诗写作时间就较困难,不免产生分歧而各有偏颇。例如,说这诗作于孟浩然四十岁前,便不符事实。因为张九龄为相从开元二十一年(733)起,这年孟四十五岁;当孟四十岁时,张尚未为相。又如说当时孟浩然曾西游长安,这在事实上也似难成立。据王士源《孟浩然集序》及《新唐书·文艺传》载,襄州刺史韩朝宗曾约孟浩然一起进京,把他推荐给朝廷。到了约定日期,孟浩然与朋友欢饮,没有赴约。韩朝宗就自己进京了。事后,孟浩然是否独自西游长安,则并无证据。何况本诗写于洞庭湖畔,这就更难理解了。长安在襄州西北,洞庭湖在襄州以南颇远,孟浩然西游长安,为什么要绕道南下洞庭湖,然后再北返往长安?可见此说也不妥。再如说这诗作于应召赴张九龄荆州幕之际,这在事实上也许可通,因为两《唐书》都说孟浩然确曾入张九龄幕,诗人也有在荆州陪张九龄巡游唱和之作可证,所以,不妨假设他在赴荆州时是由吴越到荆门的,这也有《荆门上张丞相》诗为佐证。但是,如果把本诗解为干谒之作,在情理上似有欠通。因为既然张九龄已征召他入幕,已表明要用他,又何必再惴惴不安地写诗给张九龄要求引荐呢?

那么,这诗究竟在什么时候写的?它的主旨是否希望张九龄引荐,表示自己决心从政?它到底是否干谒诗?以及它末联的含意是否表露干乞?这些问题,都值得再作探讨。

孟浩然到洞庭湖畔及渡洞庭湖时,还写了两首诗。一是《洞庭湖寄阎九》:“洞庭秋正阔,余欲泛归船。莫辨荆、吴地,唯余水共天。渺㳽江树没,合沓海湖连。迟尔为舟楫,相将济巨川。”另一是《湖中旅泊寄阎九司户》:“桂水通百越,扁舟期晓发。荆云蔽三巴,夕望不见家。襄王梦行雨,才子谪长沙。长沙饶瘴疠,胡为苦留滞。久别思款颜,承欢怀接袂。接袂杳无由,徒增旅泊愁。清猿不可听,沿月下湘流。”阎防当是孟浩然在京结识的朋友,当时大概充任长沙司户,据说也是一位“魂清魄爽,放旷山水”(《唐才子传》)的人物。从这两首诗可看到,前诗所写季节、情景和“赠张丞相”诗相同,当是同时之作,两诗都抒发因遭际不遇而产生归隐的情怀;后诗表明诗人从西岸东渡洞庭湖,准备取道回襄阳家乡,所以题一作“襄阳旅泊寄阎九司户”。这就是说,诗人这次到洞庭湖畔,既不是绕远道到长安,也不是朝荆州方向,相反,是离开荆州东下的方向。按照当时的水道,从荆州沿松滋江南下到洞庭湖西岸,再渡洞庭湖到岳州,沿湘水东行,正合后诗所写的想往路线。据此,本诗的写作时间很可能是在诗人辞别荆州以后,旅途经过洞庭湖时。张九龄贬荆州在开元二十五年(737)四月,这年冬天,孟浩然在荆州陪张九龄游松滋江。因此,本诗可能是在开元二十六年(738)秋天八月写的。假使这个说法可以成立,那么随之而来的结论便是,本诗不可能是干谒诗,诗旨不是要求张九龄引荐。这就必须具体分析诗意。

这诗结构很明确,前半写“望洞庭湖”,后半写“赠张丞相”。首联写秋天八月的洞庭湖景,一望开阔,水天相连,显出诗人胸襟宽广,情怀博大,而它的景象其实与《寄阎九》“洞庭秋正阔”“唯余水共天”相同。次联是想象顾望之词,渲染洞庭湖波澜壮阔的气势,概括诗人此

行来去的征途，而它的景象其实也与“渺㳽江树没，合沓海湖连”一样。如上所说，诗人大约从荆州沿松滋江南下，来到洞庭湖西岸。此刻，他回头看来路，想象着湖北的云梦泽；隔湖望前途，恍惚见湖南的岳阳城；而其实都是望焉不见的。他眼前的景象就是茫茫大水。而由于诗人心中充满激动不平的思想感情，因而觉得弥漫的水汽蒸腾着云梦泽，汹涌的波涛撼动着岳阳城。这思想感情是复杂的，矛盾的。一方面显示着诗人有这样的胸怀和气势，大可奋发作为一番；另一方面又流露着惆怅和感慨之情，只是望洋兴叹，不能有所作为。因而自然地转入三联的哀叹。三联明确地以无舟渡湖比喻无人引荐，表示不获知遇，不得任用，只能羞耻地在这圣明的时世里闲耽着，点出前半的兴寄寓意。然后紧接着以末联结出本诗的主旨，用古谚语“临渊羡鱼，不如退而结网”的寓意，含蓄地讽刺唐玄宗空有爱贤的愿望，但并不实行，反而抛弃贤才，实则不圣不明。言外即谓，诗人虽有壮志，因而也只能归隐了。换句话说，他告诉张九龄，他决心归隐了。“赠张丞相”的主旨即在此。

显然，对上述简析中关于末联的解释是分歧的关键。因为一般都把末联的“垂钓者”解为诗人自喻，把末句所用古谚语“临渊羡鱼，不如退而结网”的寓意解释为诗人准备出仕从政的表示，所以这诗主旨也就成为向张九龄求援。那么本文这样解释末联，有没有根据呢？这是必须具体回答的。

光从字句注疏说。“坐”是“因此”的意思。“观”在这里非自观之意，而是旁观，看别人行为。所以“垂钓者”不是诗人自指，也不指张九龄，而是指第三者。究竟指何许人，须从下句求解。下句“徒有羡鱼情”是用古谚语“临渊羡鱼，不如退而结网”。只就字面意义而言，这谚语的寓意就是说空有愿望，不如切实准备行动，方可实现愿望。但是，查考汉代人引用这一谚语，都有一个特点，即用于批评朝政，讽劝帝王。例如《淮南子·说林训》引这则古谚以比喻说明“是而行之，故谓之断；非而行之，必谓之乱”，要求帝王治理政事英明果断。董仲舒《对策》引这则古谚后说：“今临政而愿治七十余岁矣，不如退而更化。”要求汉武帝不再像他以前诸帝那样空有治理愿望，而应实际进行变革教化。《汉书·扬雄传》载，汉成帝登华山“以望八荒，迹殷周之虚，眇然以思唐虞之风。雄以为，临川羡鱼，不如归而结网，还，上《河东赋》以劝”。这也是要求汉成帝不要限于愿望，而要切实兴修政治。根据这样的约定俗成的习惯用法，不难理解诗人在这里的用意实则相同，也是指皇帝而言，那“垂钓者”当指唐玄宗。这两句大意是紧承上联说的：你看那个放线钓鱼人，实际并不真在钓鱼，只是空有获鱼的愿望而已，所以钓不着鱼。其寓意即谓唐玄宗只是口头说爱贤，心里并不真想求贤，也不要得贤。

再从诗人境遇说。孟浩然的思想性格是矛盾的。王士源说他“文不为仕，伫兴而作，故或迟；行不为饰，动以求真，故似诞；游不为利，期以放性，故常贫；名不继于选部，聚不盈于担石，虽屡空不给，而自若也”，这评论恰中其性格的主要方面。而从次要方面说，他不仅要当名士兼隐士，而且要做有为的志士，“忠欲事明主，孝思侍老亲”（《仲夏归汉南园寄京邑耆旧》），常为“三十犹未遇”（《田园作》）发牢骚，甚至激愤地说：“用贤遭圣日，羁旅属秋霖。岂直昏垫苦，亦为权势沉。……跃马非吾事，狎鸥宜我心。寄言当路者，去矣北山岑。”（《秦中苦雨思归赠袁左丞贺侍郎》）尖锐指责当权执政，直率披露自己志向。正因他有这样两方面的思想性格，所以他不但会对韩朝宗作出那样“好乐忘名”的失约行为，而且传说他竟会直截了当地当面埋怨唐玄宗“不才明主弃”，以至唐玄宗生气地下令放他回山隐居（事见《唐摭言》卷一一）。这事可能属于佳话性质，但都相当生动地表现了孟浩然的思想性格。从这方面看，像本诗这样对他的“忘形之交”张九龄表明归志，讥讽唐玄宗，同样符合他的思想性格。

值得注意的是，为什么孟浩然在四十岁西游长安不遇，愤而归隐

十来年后，当张九龄被权奸李林甫排挤贬官为荆州长史时，偏又欣然接受征召而来从仕了呢？为什么又终于失志不平地辞别了呢？因为，在初、盛唐时，丞相出任大都督府长史，虽或降职，但出镇入相也是常事，未必无所作为。而当时荆州都督是永王李璘遥领的，并在开元二十年(732)后加开府仪同三司，因此张九龄以右丞相出为荆州长史，权位仍然很高。孟浩然是张九龄故交，襄阳又属荆州都督管辖，因此，孟浩然欣然受召入幕，并且抱有希望。所以他在《荆门上张丞相》中说："共理分荆国，招贤愧不材。召南风更阐，丞相阁还开。……坐登徐孺榻，频接李膺杯。"又说："伫闻宣室召，星象列三台。"坦露他的欣慰和希望。甚至当张九龄在祭祠紫盖山时表示："焚香忏在昔，礼足誓来今。灵异若有对，神仙真可寻。高僧闻逝者，远俗是初心。"(《祠紫盖山经玉泉山寺》)他却表示异议："欲就终焉志，恭闻智者名。人随逝水没，波逐覆舟倾。想像若在眼，周流空复情。谢公还欲卧，谁与济苍生！"(《陪张丞相祠紫盖山途经玉泉寺》)可见他入幕时是对张抱有期望，自己也颇想有所作为的，曾天真地相信张会东山再起。然而事实使他理解了张的失志不平的心情和避害自全的态度，他自己欲有所为的希望也是渺茫的，无望的。《新唐书》本传载他入幕事云："张九龄为荆州，辟置于府，府罢。"则他辞别荆州或是由于唐玄宗撤掉了他荆州都督开府的待遇。因此当他离开荆州东游时，不由得要把自己这一次入幕从仕的不平情怀，把自己对张九龄的理解和同情，对唐玄宗的不满和失望，一起表达出来。从这方面看，便比较可以理解本诗所蕴含的复杂矛盾的激动不平的思想感情，也可以理解末联的寓意是讽刺唐玄宗，并非表露干乞，更不是要求张九龄引荐。

总之，这诗大约作于开元二十六年(738)秋天八月。诗人离开荆州以后，途经洞庭湖，面对波澜壮阔而又浩渺迷茫的湖水，触发了在荆州入幕从仕到失望辞归的无限惆怅和感慨，即景抒情，比兴寄托，写了这首赠给张九龄的诗。它不是干谒诗，恰恰相反，它是诗人宣告决心退隐之作。

（《字词天地》（总第3期），湖北人民出版社，1984年2月）

谈谈唐宋散文

我国古代散文在先秦两汉曾经达到一个高潮。然后，骈文兴起，散文沉寂。直到唐代中叶，韩愈、柳宗元的“古文运动”才使“文起八代之衰”（苏轼《潮州韩文公庙碑》），又经过北宋欧阳修、王安石、苏轼等的“诗文革新运动”，终于使中古散文取得辉煌的成就，其影响直达明、清、近代。所以，在文学史上，以唐宋八大家韩愈、柳宗元、欧阳修、王安石、苏洵、苏轼、苏辙、曾巩为代表的唐宋散文，就成为创造性地继承和发展先秦两汉散文优良传统的又一个高潮。

唐代散文的发展，韩愈、柳宗元“古文运动”的出现，决定于唐代社会政治历史的进程。从唐朝开国到唐玄宗开元年间(618—741)，是大唐帝国走向极盛的阶段，也是古代封建社会达到顶峰的阶段。在这阶段中，偶词俪句的骈文依然盛行，是文人士大夫观念中与诗、赋并重的一种文学样式。而奇句单行的“古文”即散文则属于实际应用的文学手段，较多运用于政论、史传范围，虽不偏废，却不受重视。唐太宗朝的魏征，武则天朝的陈子昂，都有一些著名的谏议奏章，以思想内容见称，而文章质朴，文采稍逊。唐玄宗朝几位大手笔张说、苏颋、张九龄等，虽有古文奏议，但他们主要写作骈文。总的说来，骈文清绮，颇见才致，古文质朴，切于实用；唐太宗提出的中和雅正的文风要求，大体上沿袭至唐玄宗开元年间，古文写作并无大的突破，仍旧较为寂寞。

唐玄宗天宝年间(742—756)，到安禄山叛乱战争爆发，进入唐肃

宗朝，是大唐帝国从鼎盛到战乱的转折阶段，也是古代封建社会从顶峰走向下坡的转折阶段。在天宝年间，由于朝廷政治日益腐败，在封建阶级上层出现一种清高自全、明哲保身的政治冷淡风气，在下层则渐渐出现一种愤世嫉俗、以复古求改革的思潮。而在安禄山战乱爆发之后，一方面在举国同仇的形势下，士大夫爱国热情高涨，另一方面也由于朝廷政治紊乱，忧愤和超脱，出仕和隐退，积极的和消极的思想情绪也都存在。这种情况下，古文使用范围渐见扩大，影响也日趋增强。诗人王维的名篇《山中与裴秀才迪书》，情谊真挚，意境优雅，而旨在清高超脱，文字骈散兼行，可以视为天宝间散文的一种倾向。"古文运动"先驱作家元结的名篇《右溪记》，借山水以寄慨，忧道悯世，义深辞约，已开韩愈、柳宗元古文的先河，代表着唐肃宗朝散文发展的趋势。

从唐代宗、唐德宗朝到唐宪宗朝，是大唐帝国姑息因循、酝酿改革到"中兴"的阶段，也是古代封建社会走向下坡的回旋阶段。安禄山叛乱战争最后结束了，但是大唐帝国内外战乱并未停歇。封建国家集权削弱，政治腐败混乱。朝廷有宦官擅权，地方有军阀割据，东北为安禄山余党所控制，西北的回纥、吐蕃势力强大，土地兼并剧烈，人民负担苛重，封建统治阶级内部矛盾和社会阶级矛盾都日益激化。与此相应，思想文化上儒家统治地位愈发动摇，老庄思想、道教、佛教盛行。因此，到唐德宗贞元后期，统治阶级内部要求改革的思潮便应运而生，蓬勃发展。韩愈发起"古文运动"，努力复兴儒学，恢复"道统"，坚决排斥老庄、道教、佛教思想影响，以求从思想文化上巩固封建制度及儒家礼教统治，达到封建国家的集权和统一。柳宗元积极参加王叔文集团推行激进的政治改革，以求革除现实政治的弊病和危害，达到封建国家政治基础的加强和政治措施的清明。他们的具体政见虽然并不一致，但是根本目的却是相同的，都是为了挽救大唐帝国的衰落，维护封建统治的长存。正因如此，他们在文学上的主张

趋于一致,反对骈文,倡导古文。

骈文发展到中唐,实际上已成为一种脱离活的语言的僵化形式,讲究对偶和声律,堆砌辞藻和典故,空洞俗套,束缚思想,不适应改革思潮的内容需要。“古文”的意思是古代的文章,指先秦两汉的散文形式,其特点便是与骈文相对立的奇句单行,不受对偶声律的约束。韩愈、柳宗元倡导的“古文”,实质也是以复古求改革。他们并不要求模仿先秦两汉散文,而是要求学习先秦两汉作者的精神,要求从唐代活的语言中提炼出一种新的书面散文语言,用自己的语言,发表自己的见解,写自己的文章。韩愈说,写文章“宜师古圣贤人”,但是“师其意,不师其辞”,要学古圣贤人的思想,不要光学文辞,还要有独创性,“能自树立,不因循”(《答刘岩夫书》)。他明确认为,写文章既要“词必己出”,又要“文从字顺”(《南阳樊绍述墓志铭》),“唯陈言之务去”(《答李翊书》)。柳宗元说,他写作文章不是为了博取名誉,而是“意欲施之事实,以辅时及物为道”,是为了帮助朝廷把政治改革的道理贯彻于实际。在贬官以后,他写文章是为了把“辅时及物之道”流传于后代。因此,他写作不但注重内容,并且重视艺术性。他说:“言而不文则泥,然则文者,固不可少耶!”(《答吴武陵论非国语书》)没有艺术性的文章,像没有思想性的文章一样是不能流传久远的。正是由于这种明确的进步的思想指导,韩愈、柳宗元的散文作品在思想和艺术上都取得了很高成就。

热爱祖国,同情人民,正视现实政治,要求改革腐败,是韩柳散文在思想内容上的共同特点。比较起来,韩文更多要求平定割据,巩固国家统一的主题,激烈抨击朝廷压制人才,揭露封建官场污浊,以及鼓励奖掖后进努力奋斗的深长期望。《张中丞传后序》歌颂张巡、许远的英勇忠烈的爱国精神,凛然为许远洗刷不实的诽谤,热烈给南霁云补立英烈传状,显然寄托着韩愈自己一腔的爱国慷慨之情。《送李愿归盘谷序》,勾勒出封建官场三类士大夫的面目,权贵们骄奢淫逸,官僚们钻营苟且，洁身自好者终于只得清高归隐。以诡谲恢宏著称的奇文《进学解》，旨在抒泄怀才不遇、饱经坎坷的愤慨。以精辟阐述师道而传诵不衰的名篇《师说》，则对迂腐保守的封建师承关系进行严正的批判。它们从不同侧面反映当时政治现实，而眼光注视着封建上层。柳文的优秀作品大多写于他贬官永州以后，因而题材较韩文广，眼光也往往向下，更多从下层的社会实际出发，反映民生疾苦，抨击上层腐朽统治。《段太尉逸事状》，写唐代宗、德宗间的忠臣清官段秀实的事迹，题材与韩愈《张中丞传后序》相仿，主题思想也一样在于表彰贤良，而且也有驳斥对段秀实的不实之词的目的。但作者在描述段秀实事迹时，明显突出他爱国、爱民的精神品质。《童区寄传》，更以表扬唐代西南越族少年区寄智勇抗暴的事迹，语重心长地揭露唐王朝边政的黑暗腐败，表现出作者对落后的兄弟民族的深刻关切和同情。著名的“永州八记”是古代山水散文的杰作，而其思想实质则在抒发政治的感慨，寄托理想的追求，抨击弊政。《始得西山宴游记》描述了两种游山的心情、态度和思想收获，抒发身处逆境而坚持理想的高尚情操，对庸碌官场和腐败政治施以轻蔑。《至小丘西小石潭记》则借游历小石潭的观感，寄托仕隐的矛盾心情，但终于不能脱离现实而抛弃隐逸道路，表现出作者坚持理想、正视现实的积极态度。总起来说，韩柳散文的题材和内容，相当广泛而深刻地反映了自己时代的社会政治的现实面貌。

韩柳散文不但在提炼新的书面散文语言上，在作品构思、结构、手法、技巧上，都有卓越的创造和贡献，而且使散文的文学性空前提高，突破应用文的范围，取代了骈文的地位。他们的作品既有高度的典型性，又有个性鲜明的独特风格。在纪实的散文中，他们注意选择典型情节，表现人物性格或思想感情；在虚构的作品中，他们也按照塑造典型形象的要求，构思出寓有典型特征的情节或场景。他们的作品使一些历史人物的形象至今仍栩栩如生，使一些文学典型形象

在今天仍不乏教益。他们的作品，不论是议论、叙事或抒情，也不论是历史、政治、日常交往或山水游览等，作者自我形象都是突出的，作品风格特征都是鲜明的。气势磅礴，奇谲激荡，是韩愈思想性格在散文中体现出来的独特风格。雄健深峻，寄慨高远，是柳宗元贬官后的胸襟情怀在散文中体现出来的独特风格。

晚唐政治一败涂地，大唐帝国终于灭亡。骈文虽然依然流行，但古文渐渐成为进步文人抨击黑暗腐朽的锐利武器。杂感式的政论短文、讽刺小品，脱颖而出，十分活跃。自承为韩愈再传弟子的古文作家孙樵，对大唐王朝不抱幻想的一批下层士大夫陆龟蒙、聂夷中、杜荀鹤、皮日休以及进入五代的罗隐，都有一些尖锐的精短散文作品。孙樵的《书褒城驿壁》痛心地揭露贪官污吏遍天下，人民受压榨，大唐国家被糟蹋，危在旦夕的黑暗现实。陆龟蒙的《野庙碑》则对腐朽的大唐帝国冷眼相向，讽刺它像一所乡野神庙，而痛心于愚昧善良的百姓甘愿接受那些穿着官服的神鬼偶像的欺诈压榨。他们的作品深受鲁迅赞赏，称之为晚唐“一塌糊涂的泥塘里的光彩和锋芒”(《小品文的危机》)。

北宋王朝立国之初，便显出先天不足。为了集中力量巩固政权，朝廷采取“虚外守内”的方针，同北方辽王朝纳贡求和，对内则大量养兵，厚禄养官，放任大地主大商人的兼并。因此在开国承平气象之下，民族矛盾、阶级矛盾迅速发展，辽及西夏不断侵扰，北宋初期就爆发农民起义。在这种形势下，北宋文学从一开始就表现出沉重的忧国情调和激愤的改革要求，积极提倡韩柳古文。宋初作者柳开大声疾呼：“吾之道，孔子、孟轲、扬雄、韩愈之道；吾之文，孔子、孟轲、扬雄、韩愈之文也。”(《应责》)宋初优秀诗人王禹偁的散文作品大多为古文，名篇《唐河店妪传》《黄州新建小竹楼记》显然继承韩柳散文的传统。他是以自己的写作实践为诗文革新开路的。

从宋仁宗庆历年间到宋神宗元丰年间(1041—1085)，封建统治

阶级内部先后出现两次改革变法，即范仲淹改革和王安石变法。由于改革愈演愈烈，触犯了大官僚、大地主、大商人的利益，触及封建法制和理论，因而引起统治阶级内部的矛盾，形成了以王安石新法划界的“新旧党争”。北宋主要作家大多是这两次改革和斗争的主要人物和重要人物，在政治上都经历挫折和打击，产生复杂的思想变化。但是他们和唐代的韩柳一样，尽管彼此存在不同甚至对立的政见，而他们的根本立场却是一致的，都是为了巩固帝国统治和改善封建制度，因此在文学上也都继承韩愈“古文运动”的传统，积极倡导革新。欧阳修从中举以后，就反对风靡几十年的“西昆派”，反对浮夸艳丽的形式主义文风。他亲自编校韩愈文集，写作平实古文，渐渐掀起诗文革新运动。经过三十多年努力，得到王安石、苏轼等人的积极支持，终于取得胜利。他们的文学主张比韩柳更为直截明了。欧阳修说：“道胜者，文不难而自至。”认为只要思想内容好，艺术形式是容易达到相应的美的。王安石说：“所谓文者，务为有补于世而已。”更认为好文章必须有益社会。显然，他们明确要求文章要直接为政治改革服务，要求散文成为改革的快当工具和锋利武器。正因如此，他们更重视文风通畅易晓，而摒弃了韩愈散文奇谲的一面，使古文语言更易为广大读者接受。

比较起来，北宋主要作家投身政治改革更为深入持久。他们的许多优秀作品都具有高度的思想性、政治性和现实性。范仲淹《岳阳楼记》的名言，“先天下之忧而忧，后天下之乐而乐”，道出了他们的博大胸怀和豪迈气概。尽管他们在尖锐复杂的政治斗争中，有的激进，有的徘徊，有的保守了，但大体上都坚持了爱国爱民、忧国忧民的思想志节，并未灰心丧气。王安石《祭欧阳文忠公文》深情赞美欧阳修“仕宦四十年，上下往复”，“既压复起，遂显于世。果敢之气，刚正之节，至晚而不衰”，显然也在抒发自己胸襟，激励自己志操。苏轼《潮州韩文公庙碑》热烈歌颂韩愈“文起八代之衰，而道济天下之溺；忠犯

人主之怒，而勇夺三军之帅”，同样寄托着自己的磊落胸怀和浩然志气。长期政治改革的亲身体会，更使他们的思想在不同程度上趋向注重人事的努力，对传统的天命论有所突破。欧阳修《五代史・伶官传序》说：“呜呼！盛衰之理，虽曰天命，岂非人事哉！”王安石断然指出：“天变不足畏，祖宗不足法，人言不足恤。”因此他们的优秀作品不但切中时弊，而且往往包含历史的总结，具有哲理的意蕴，名言警语，往往可见，至今不乏教益。

北宋主要作家的优秀作品大多短小精悍。由于“文以载道”的思想指导，要求立意明确，辞以达意，因此他们的各种题材、各类体裁的散文，也都具有个性鲜明的独特风格和高度的典型化艺术特点。范仲淹《岳阳楼记》表现出一位以天下为己任的爱国政治家形象，心胸开阔，气势浩荡。欧阳修散文则表现出他胸怀大志、博学厚道的士大夫形象，而又性情真挚，处事踏实，兼有长者和学者之风。《与高司谏书》指斥卑劣，态度坚决；《五代史・伶官传序》议论切实，情怀感慨。在《醉翁亭记》里，他与民同乐；在《梅圣俞诗集序》里，他敬贤重才；在《泷冈阡表》里，他恪守儒教；在《秋声赋》里，他饱赏忧患。汇集起来，便形成他那委婉平易又真切动人的独特风格。同样，王安石作品体现出一位刚毅果敢、无所畏惧的爱国政治家形象；苏轼散文则体现出他那豪放的志士、洒脱的名士、渊博的学者、不羁的才子形象。而曾巩《墨池记》平易古雅，自有一种夫子气；周敦颐《爱莲说》清雅省净，不免有点理学味。较之韩柳散文，他们的写作领域大为扩展，文章体裁更为灵活变通，艺术上更为着意经营，典型化更为普遍。欧阳修《梅圣俞诗集序》是为亡友梅尧臣编辑诗集而写的序言，但立意却在于指出诗“穷而后工”的历史现象，以梅尧臣为被压抑的人才的典型。王安石《游褒禅山记》和苏轼《石钟山记》的主题思想不同，但艺术构思都汲取了柳宗元“永州八记”的经验，寄慨山水，借题发挥，喻作典型，重在说理。《游褒禅山记》把游洞当作比喻，突出“愈深”“愈难”

“愈奇”而后“极夫游之乐也”，贵在坚持到底。它寓分析于叙事，理胜于情。《石钟山记》则生动如实地描写月夜泛舟石钟山间的情景，极力渲染水石相搏的声响奇趣，以切身体验说明调查研究的重要性。它摆事实，说道理，理从情出，情重于理。此外，像欧阳修《秋声赋》和苏轼前后《赤壁赋》都是用古文写作的抒情小赋，对于辞赋发展为散文赋作出了重要的贡献。总起来说，北宋主要作家的优秀作品都是力求用精美的艺术来表达思想感情的。因此他们继承发展了韩柳古文的优良传统，完成了文章的革新，使古文成就达到散文历史上又一个高峰。

北宋神宗朝以后，国势日下。金代崛起，南宋偏安。在国难临头士民义愤的形势下，散文大声疾呼，发出了抗敌号召和痛心疾首的救国策论。岳飞的《五岳祠盟记》和胡诠的《戊午上高宗封事》就是这样的爱国名篇。辛弃疾《祭陈同甫文》满腔悲愤地抗议腐败的朝廷压制人才，不用爱国志士，声情夺纸，撼天地，感人心。女诗人李清照《金石录后序》充满了国破家亡的沉痛，蕴含着政败世乱的悲愤，动人心弦，发人深省。然而在苟安的南宋，这样继承古文优良传统的作品少了，时代的强音衰弱了，现实的写照也稀疏了。直到南宋王朝沦亡关头，至于覆灭之后，爱国抗敌战鼓擂起，志士气节坚守不渝，于是又涌现出文天祥《指南录后序》这样的爱国名篇，以及谢翱《登西山恸哭记》那样的饮恨之作。而在南宋苟安的一百多年中，排遣抑郁、寄情山水的游记散文则有了较大发展。陆游《入蜀记》和范成大《吴船录》都是失意宦游之作，其中颇有精彩篇章。即如理学家朱熹，也有引人入胜的《百丈山记》。总之，南宋散文成就显然不如北宋，但在山水游记的发展上，在散文艺术的丰富上，南宋散文也是有所贡献的。

综上可见，唐宋散文在文学史上是继先秦两汉散文后的又一高峰，在散文发展过程中具有开创新纪元的划时代意义。唐宋两代有成就的散文作家大都怀抱进步思想、爱国精神、高尚情操和坚强意

志，也有丰富的学识和很深的文学造诣。他们的优秀作品是古代文学遗产中珍贵的一部分，是精神文明的一种有益养分，能够使人增长历史知识，取得写作经验，欣赏优美艺术，更能开阔心胸，陶冶情操，加强爱国主义教育。

（《中国历代文学名篇欣赏》，贵州人民出版社，1985年）

小品文古今谈

二十世纪三十年代，有些资产阶级文人簇拥着写作一种“低诉或微吟”的小品文，力求写得雍容、漂亮、缜密，供人欣赏，消磨意志。鲁迅讽刺这种小品文是“文学上的小摆设”，认为这是小品文的危机。他指出，五四运动时，散文小品萌芽于“文学革命”以至“思想革命”，其成功“几乎在小说戏曲和诗歌之上”。鲁迅还说过：“生存的小品文，必须是匕首，是投枪，能和读者一同杀出一条生存的血路的东西。但自然，它也能给人愉快和休息，然而这并不是‘小摆设’，更不是抚慰和麻痹，它给人的愉快和休息是休养，是劳作和战斗之前的准备。”(《小品文的危机》)鲁迅对于小品文的这些见解，是精辟的，符合小品文的历史。

“小品”一词原是佛经体制的一个名称。《释氏辨空经》说，佛经“详者为大品，略者为小品”。如《大品般若经》有二十七卷，《小品般若经》则仅十卷。“大品经”为全本；“小品经”为简本，便于揣摩讲习。所以“小品”的意思就是精短的作品。小品经在东晋南朝很流行。那时门阀士族统治，苟安江南，谈玄风盛，佛教勃兴。谈玄讲究析理清晰，言辞清爽，名士和高僧每每以精短的小品经为谈据，手边案头常备小品经。在这样的风气影响下，那时流行的骈文也出现一种精短的趋向，篇幅短小，结构简洁，文辞骈丽，追求理趣。那时还没有“小品文”的名目，不过“小品”一词的由来及含义，短文的写作风气与当时谈玄和流行小品经有关，却是显然的。

其实，把“小品文”列为文体的一类，是一种很不严格的分类方法。如果严格按照内容要求、形式特点进行分类，则所谓“小品文”的作品，大多可入各种专类。但实际上凡精短有趣的文章都可称为“小品文”。现在通行的“小品文”概念即如此。它既可用于社会科学，也可用于自然科学。有以学科标目的文学小品、哲学小品、历史小品、科学小品等，也有以题材标目的山水小品、生活小品、知识小品、讽刺小品等；本属短文的杂文、随笔、笔记等类作品可称“小品”，短信、日记片段、论著摘录等也常被视为“小品”；等等不一，统统包容。从历史情况看，它在古代是有实而无名，到现代方始立名而责实。自有文章，便有长有短；有短文，必有精短之作，就有“小品文”。从先秦诸子到西汉以后历代作家的作品，都不难见到精短有趣的作品，即所谓“小品文”。但是，从先秦到清末，却没有一家文论把“小品文”列为文体的一个类别。其原因在于历史上形成的各类文章体裁，都有相沿的内容要求、形式特点和应用范围，各有具体特点可言；凡不合既成类别的文章，另立一个“杂类”，即“杂文”“杂记”“杂感”之类。而所谓“小品文”的作品，则大多本自有类，或入“杂”类。所以古无“小品”之类而有小品文之作，是谓有其实而无其名。到了近代，尤其在五四运动时期，由于文学革命、思想革命的需要，在传播新思想、新文化的同时，短文又吸收了欧美“随笔”“杂感”“速写”一类形式，一时形成潮流，蔚为风气。其时有人把这一类短文统称为“小品”。在三十年代，即鲁迅称为“小品文危机”的时期，一些资产阶级文人及封建遗老遗少，企图抵消以鲁迅杂文为代表的战斗的小品文的作用，提倡、写作那种“小摆设”的小品文，编选古今各种小品文集，更试图从历史发展和写作实践上进行理论探讨和总结。于是，“小品文”才在文章和文学理论中占有一席地位，立为一种文体，广泛应用于社会，逐渐形成今天通行的小品文概念。所以说小品文是到现代方才立其名而后责其实的。综上所述，简言之，小品文的历史也就是各种各类短文在不同时期兴起流变的历史。

小品文的短小，是一个特点和优点。在古代书写、印刷不便的条件下，短小利于用，也便于传抄。在现代，则更有迅速、及时之长，适于期刊报章之需。较之长篇巨著，小品文往往与当时社会现实、政治形势的关系更为密切，从我国历史上几个短文成就突出的时期看，莫不如此。例如从春秋战国到西汉初年，从鸦片战争到五四运动，这是我国社会制度发生根本变动的两个历史时期，政治形势复杂，变化迅疾，思潮纷起，各种短文应运而出，而都以思想、政治及历史小品最有特色，也最出色。先秦及汉初，儒家和诸子百家，以及《国语》《战国策》，虽是经过整理编辑为成部的著作，似是“大品”，实则多属“小品”缀集，或者说，其中有许多可以独立成章的短文即小品文。至于近代到现代，从龚自珍到鲁迅，散文小品成就之辉煌，则已是众所周知了。又如晚唐和晚明这样的历史转折时期，小品文颇有光辉，每受称道。纵观这几个时期的小品文，都富有现实内容，各有时代特点，而集中涌现于一时，成就突出于众体，则显然由于小品文更利于当时思想、政治斗争的需要。然而在漫长的封建社会里，封建思想的统治，文人生活的悠闲，确实也在更多的历史时期里提供了“休养的”及“小摆设”的小品文写作条件。但从小品文历史发展的角度看，则在题材的开拓，应用的扩大，技巧的翻新，语言的锤炼等方面，都有所创造，有所丰富，提供了许多可资借鉴的写作经验。应当说，其中有许多小品文属于“休养”的一类，是有益于“劳作和战斗的准备”的。

小品文的短小，便于用，而其有力则在于精。短不一定就精，精则可达到内容和形式一致的短。精而短是有力的，短而不精必无力。任何一种文体，没有优秀作品加以体现，难以生存发展。小品文尤其如此。因为它除了“精短有趣”的一般性要求外，并无不可代替的独特要求。短文发展成为一统的小品文，包容众体而抗衡“大品”，遍受欢迎，其自身原因就在历代作者写出了许多精美的作品。所以从

写作上说，精是小品文最主要的特点和要求。战斗的小品文要精锐，思想进步，见解透辟，笔锋犀利；休养的小品文要精妙，内容健康有益，知识明确扼要，文笔洗练生动；即使是“小摆设”的小品文，也得确有精致巧妙的艺术，方能迷人。古今脍炙人口的优秀小品，无不是作者精心写作出来的。先秦诸子及历史散文中的小品精作，如《孟子》中的《齐人有一妻一妾》，《庄子》中的《庖丁解牛》，《战国策》中的《邹忌讽齐王纳谏》等，或叙事，或讽刺，或议论，或劝谏，都仅数百字，而主题明确，结构完整，布局得当，剪裁妥帖，手法高明，语言生动，读来有趣，耐人寻味。至于游山水以寄慨的小品，如柳宗元“永州八记”，白居易《三游洞序》，苏轼《石钟山记》等，几为古文选本必选的范作，其精美都有定评。还应当提到古代笔记、札记、日记等著作中的学术、科学、知识、风俗等小品文，例如宋代沈括《梦溪笔谈》，清初顾炎武《日知录》等，其中有的条目不仅提供了学术史、科学史的宝贵资料，也是谨严翔实的小品文。又如明代徐宏祖《徐霞客游记》本是考察祖国地质地貌的笔记，经他的学生整理成为巨著，其中有许多片段就是精彩的山水小品和地理小品。总之，古代小品文本无专类，而能传诵于今不衰，皆因其写作精美。因此，当现代小品文形成专类，势必首先要求内容精，形式精，写作精。否则，即使因短而便于用，也一定行之不远的。

最后应说到，小品文还要求有趣。其实文章的趣味，是文章的思想内容和艺术形式所产生的。不同的文章有不同的趣味。小品文亦然。思想、政治小品激发志趣，山水、抒情小品陶冶情趣，哲学、历史小品重在理趣，科学、知识小品导致学趣，等等。从作品看，小品文的思想内容和具体题材决定各有不同性质的兴趣，写作艺术则通过表达、表现内容而使读者发生兴趣。从读者看，则各人有自己的爱好，趣味各不相同，有高尚，有庸俗，应以思想、艺术论优劣。所以小品文同样是首先看思想性，其次看艺术性。趣味性来自思想性、艺术性，不是外加的。古今小品文历史表明:凡优秀的小品文都有趣,但趣味不是作者追求的写作目的,也不是衡量标准;相反,那种“小摆设”的小品文却往往标榜趣味,追求趣味,结果不免“走到了危机”,正如鲁迅深刻指出的,这类“麻醉性的作品,是将与麻醉者和被麻醉者同归于尽的”。

(《科普创作》1981 年 5 月)

知人论文　具体分析

——谈谈怎样分析古代散文

一般地说，从先秦到明清，依照作品内容和形式特点来区分，古代散文大体可简括为两类：应用散文和创作散文。应用散文要求内容切实，不能虚构；创作散文则恣意为文，有意虚构。中唐作家柳宗元说："文有二道：辞令褒贬，本乎著述者也；导扬讽喻，本乎比兴者也。著述者流，盖出于《书》之谟、训，《易》之象、系，《春秋》之笔削，其要在于高壮广厚，词正而理备，谓宜藏于简册也。比兴者流，盖出于虞、夏之咏歌，殷、周之《风》《雅》，其要在于丽则清越，言畅而意美，谓宜流于谣诵也。"(《杨评事文集后序》)大致概括了中唐以前的文学观念：散文著述属于应用范围，诗歌韵文则属创作系统。所以诸子百家、《左传》、《史记》、《汉书》、两汉政论、魏晋文章，以及《水经注》、《颜氏家训》等，都为散文之列，其中或有神话传说、寓言故事，但都是著述的例证，并非独立的创作。而楚辞为《诗》的变体，汉赋是古《诗》之流，六朝骈文讲究情韵骈丽，乃至韩愈《进学解》、欧阳修《秋声赋》、苏轼前后《赤壁赋》等，都是辞赋骈文的流变。中唐出现了韩愈、柳宗元倡导的"古文运动"，散文语言发生划时代的变化，独立的创作散文作品出现了。但是，严格地说，真正可称为文学创作的散文，其实是用散文语言创作的别种样式，例如韩愈《毛颖传》应属寓言性传奇，柳宗元"永州三戒"实属寓言作品，而大量出现的散文创作是传奇小说。一般的散文作品，大多仍属应用散文，如序跋题记、史论传赞之类，都是“著述者流”，切实而不虚构。但是由于中唐以后，散文取代了流行的骈文，作家刻意为文，各种各样应用散文的文学性较高，因此就视为文学散文。实际上，宋元至于明清，在传统的文学观念里，散文作品仍属应用范围，因此朱熹说，作文“大率要七分实，只二三分文”，明吴讷以为“文辞宜以体制为先”(《文章辨体凡例》)，而传统的文体分类仍以“诗”“文”为两大类。所以，本文所谈的“古代散文”，实际是指古代的应用散文中文学性较高的作品。

古代散文当然也是古代作家依照他对自己时代的社会生活的认识而创作出来的，那么后世的读者应该可以把它分析开来，以便了解、认识、评论作家的这一作品写什么，为什么写和怎么写，也就是分析它的主题、主题思想和艺术表现形式。由于古今语言的距离，我们今天阅读古代散文，首先要克服语言困难，弄懂每字每句的意思。其次要切实掌握作品的主题和主题思想，能够中肯得当地说出作品的艺术特点和成就，也就是能确切回答：这一作品写什么、为什么写和怎么写。这就必须进行分析。分析作品是阅读和欣赏作品之间的必不可少的环节。它既不同于阅读，也不同于欣赏。而分析与欣赏的区别更为微妙。分析作品要求符合作品的客观实际和作者的本来意图，而欣赏作品则主要是读者的审美观念起主导作用。分析作品不应有读者的主观成分，不可把自己的主观感受和认识强加给作者和作品。而欣赏则只能由读者的审美感受和审美观念作出自己的审美判断。因此，分析可以加深对作品的欣赏，但不等于欣赏。同样，欣赏也有助于理解和分析作品，但不能取代分析。对直观艺术来说，观与赏之间的分析过程，也许会被忽略，产生“一见钟情”的直接效果。但对于语言艺术来说，无论古今，阅读与欣赏之间的分析过程是无从回避和忽略的。当读者把语言构成的艺术作品在自己头脑中变成具体的艺术形象时，实际上是经过分析、综合而达到的。如果能够自觉地对一篇古代散文进行实事求是的具体分析，则既可加深理解，也

有助于欣赏。

一、知人论文，具体分析

历史唯物论要求认识客观事物，一切以时间、地点、条件为转移。用之于认识一篇古代作品，那就应当是知人论文，具体分析。古代散文既然是古代作家的作品，当然是依据他自己的思想和生活而创作出来的。因此，分析一篇古代散文，必须了解作家和他的时代的社会生活。即便是同一时代的作家，他们也有不同的遭遇、思想历程和艺术道路，因而他们的作品也就各有自己的思想和艺术特点。再进一步说，一个作家一生的创作是随着他的思想、艺术的发展而变化着的，不可能一成不变，因而同一作家不同时期的作品也必然具有思想、艺术上的差异。因此，分析一篇古代散文，应当而且必须具体了解这一作品是作家在什么时期创作的，具体了解这一时期的社会生活情况，这一作家的一般作品的思想、艺术特点，这一作家在这一时期的生活遭遇、思想状况及艺术进展，等等。这就是知人论文。如果分析作品仅限于就事论事，就作品分析作品，那是很难认识这一作品的特点，更难作出恰当的历史评价的。

二、从分析结构入手

知人论文，具体分析，是分析一篇古代散文的一般方法。那么，具体地说，作品读懂了，从哪里入手分析呢？从分析结构入手。古代散文结构一般都有三个层次：一是文体结构，二是思想内容结构，三是艺术形式结构。所谓文体结构，就是看它属于哪种文体。自从魏文帝曹丕《典论·论文》把文章分为奏议、书论、铭诔、诗赋的四科八体之后，文体分类日益繁细。中唐以后，骈散分道，宋代应用文体已多达几十种。而到了明代徐师曾《文体明辨》则仅正统的文体就近八十种，可见文体在古代很受重视。古代散文大多遵循传统文体，所以我们分析作品便应看清题目，辨明文体。古代散文的题目，有自拟的，也有后人代拟的，但都标明文体，例如元结《右溪记》、欧阳修《醉

翁亭记》和曾巩《墨池记》，都是“记”体。按照“记”体的格式，一般要求记叙何时何地何事，当事人，事情经过，作记缘由，等等。这三篇记对这些格式要求都是遵循并达到了的。它们都是先记地点，次写景物或传说，再写事情，然后写功用或影响，最后说明作记缘由。可见文体格式是根据这一文体的应用需要而确定的，实质是一种抽象的一般的公式化的结构形式，对应写的内容具有框架作用。文体既然有格式要求和框架作用，就会在作品的结构形式上体现出来，因此分析古代散文结构便应看清题目，辨明文体，了解它的文体结构。

优秀的古代散文通常是作者按照自己确定的主题思想，即所谓“立意”，来写某一件事或某一问题的一个方面，也就是所谓“谋篇”。因此，一篇散文的具体结构首先取决于它的主题思想的逻辑结构。为了把握思想内容的逻辑结构，就要在弄懂字句、疏通章节之后，再进行抽象的逻辑分析，以便把握全篇思想内容的内在联系。比较而言，叙事文、说理文的内容结构容易分析和把握，写景文、抒情文则要困难一些。因为前者直接表现为逻辑结构，而后者则往往以具体形象或形象性手法来表达思想，并且常常具有古代抒情诗的特点，即形象的跳跃性和逻辑省略，如寓情于景、用典喻理、比兴寄托等，这就必须分析具体形象的含意，把握它们的逻辑联系。试举一例：

唐代王维《山中与裴秀才迪书》是抒情散文的名篇。王维写此文是为了约请好友裴迪在明年春天科试之后，来自己的山中别墅一游。主题思想是劝诫裴迪不要热衷功名、留恋仕途，希望裴迪在仕隐的抉择上保持清醒的认识和超脱的态度。这一主题思想决定这封信的内容结构：第一段说明作者了解裴迪在这年冬天忙于温经，准备投身明年春天科试，因而不便邀请裴迪今冬同去山中别墅，只能独自归山；第二段描述自己到达山中别墅时十分想念裴迪；第三段约请裴迪在明年春天务必来山中同游。它的第二段和第三段，都是著名的写景抒情文字：

北涉玄灞，清月映郭。夜登华子冈，辋水沦涟，与月上下；寒山远火，明灭林外；深巷寒犬，吠声如豹；村墟夜舂，复与疏钟相间。此时独坐，僮仆静默，多思曩昔携手赋诗，步仄径，临清流也。

当待春中，草木蔓发，春山可望；轻鲦出水，白鸥矫翼；露湿青皋，麦陇朝雊；斯之不远，傥能从我游乎？非予天机清妙者，岂能以此不急之务相邀？然是中有深趣矣！无忽。……

第二段分三个层次。“北涉”二句概括途中情景，突出明月，寓有兴意，显出清高独往。“夜登华子冈”九句，即景抒情。登华子冈，便到达此行归宿的目的地，也就是本来希望裴迪同来的山中别墅所在地。登冈夜望，一派冬天月夜的山村景象。寒冬天气，山里更冷，作者点出“寒山”“寒犬”，但主要却不写冷。“辋水”四句写山水夜景，显示出一种空旷寂静的意境；“深巷”四句写山村田园，渲染一种单纯朴素的情调。作者对这惬意的环境和理想的归宿，内心满足，精神怡悦。“此时”五句写沉思和回忆。点出“独坐”，说明僮仆并不理解他此时心情；而曾经与他一起在此地同游赋诗的好友裴迪，此时却不能同来，要忙于温经科试。在这缺少知己的孤独惆怅之中，既有对好友的思念和关切，也有不同道的遗憾。因此，第三段便以暂时的遗憾心情写明春邀请的希望，所以说“当待春中”。“草木”六句是描写山中春天景象，生气蓬勃，自由自在。然而这只是作者所喜爱的山中春色，对于裴迪则未必如此。所以反问一句：“到那时候，你果真能来山中共游吗？”这就是说，明春科试你榜上有名也罢，不幸名落孙山也罢，你还会有兴致来欣赏山中春色吗？其含意是希望裴迪摆脱仕途功名的束缚，无论考中考不中都一定来山里共游，所以说裴迪是“天机清妙”，能够理解山中闲游的“不急之务”的“深趣”。可见这段的邀约，实质是希望裴迪隐逸超脱。总起来看，此信主题思想的逻辑结构是，因为裴迪要温经考试，与自己志趣发生分歧，使自己失去一位同道好

友，自己感到孤独，深为思念，更觉抱憾，但希望裴迪终于能对仕途清醒超脱，重归清高隐逸的道路。但由于作者以独归和邀约同游山中为主题，态度委婉，表现含蓄，不直接以逻辑语言表达，因此必须分析它的具体写景抒情的形象，把握它的逻辑联系。由此也可看到，它的思想内容结构决定它的艺术形式结构，而它的艺术形式结构是它的思想内容结构的具体表现。

一篇散文的艺术形式结构是由作者依据主题思想的需要，进行选材、剪裁和安排而完成的。分析一篇散文的艺术形式结构，实质是具体分析它的选材、剪裁和安排。例如上述王维的信，选材是裴迪温经，自己独归，途中所见，山中所见，思念裴迪，想象春景，提出邀约。其中着力加工的题材是山中所见和想象春景。但是，凡所选材，都作详略曲直的适当处理，置于恰当地位，结合成思想清楚、重点突出的层次段落，而完成整体结构。试再比较下列三文：

《右溪记》

主　　题：　记叙修筑右溪

主题思想：　批评埋没才用

　　　　　　呼吁发挥才用

首段（所在）：　点出右溪无名

次段（景观）：　重在泉石幽趣

三段（功用）：　感慨无人赏爱

末段（缘由）：　作记以示来人

《醉翁亭记》

主　　题：　记述亭名“醉翁”用意

主题思想：　发挥与民同乐思想

　　　　　　寄托乐而无逸情怀

首段（所在）：　点出取名用意

次段（景观）：　概写四时景观

三段(功用)：　可供官民同乐

末段(缘由)：　点出醒时作记

《墨池记》

主　　题：　记述古迹墨池

主题思想：　批评虚夸作风

　　　　　　倡导踏实学风

首段(所在)：　直接说明所在

次段(景观)：　指出古迹不实

三段(功用)：　强调不由天成

末段(缘由)：　讽喻宣扬不当

上文说过,这三篇都是“记”体,文体结构大致类同。但由于主题和主题思想不同,它们的侧重不同,选材、剪裁、安排便也不同。《右溪记》借修筑右溪以感慨卑微良材埋没不用,因此记其所在时,点出右溪原是道州城西近边一条无名小溪;描写景观,则着重写小溪水石的自然形态,表现天然情趣,突出素质优美。《醉翁亭记》借为亭取名而抒写与民同乐、乐而无逸的志士仁者胸襟,因此记其所在之后,直接说明自己当地太守的身份和取名“醉翁”的用意;描写景观,则着重写亭中所获山水乐趣,表现亭的位置适当,突出朝暮四时的自然变化的景象。而《墨池记》则借抚州学校修筑相传为东晋王羲之学书的墨池古迹,批评这种虚夸作风,倡导儒家道德文章并重的踏实致成的学风,因而记明所在之后,并不写景,直截指出墨池传说荒诞不经,不符史实,重在事理考证,进行议论发挥。它们剪裁题材各按主题思想需要,一在突出素质优美,一在写出乐趣,一在议论事理。而安排则由上表可见,既符合记体格式框架,更各有自己的主题思想逻辑,而落实于选材、剪裁、安排所结合成的整体结构。

三、对古代散文艺术形象的分析

古代散文的艺术形象,实质是作者按照自己的认识,用形象化手

法技巧表现的客观事物。因此，一篇散文的艺术形象是由作品所写客观事物形象和作者在作品中表现出来的自我形象交融而成的。凡优秀的散文作品，不但客观形象生动，而且作者自我形象鲜明，跃然欲出。而正由于不同作者的思想认识和艺术素养不同，同一作者在不同时期的思想、艺术有变化，因而每篇优秀散文各有独特的艺术形象，既表现于客观事物，也表现于自我形象。一般地说，客观形象通常是由作品具体题材综合而成的主题的形象性，自我形象则是作者对主题的认识、感情、态度、倾向的特征表现或流露的总和。因而具体分析一篇散文的艺术形象，其实就是要求回答：是什么样的形象？有什么特点？用什么手法技巧表现的？表现或流露着作者怎样的思想感情和倾向？把全篇的具体题材一一分析，然后加以综合归纳，便较确切地了解、把握全篇主题的形象性和作者自我形象的表现，从而认识这一作品的艺术特点。

具体地说，分析说理文的形象性，就是分析其中例证的特点和表述；分析叙事文的形象性，就是分析其细节的特点和描述；分析抒情文的形象性，就是分析借以抒情的具体事物的特点和表现。例如韩愈的《原毁》是说理文，其客观形象就是文中用形象化方式表述的例证。它的正面例证是那种见贤思齐的人物类型，思想明确，神气活现；它的反面例证便是几种妒贤嫉能、党同伐异的人物嘴脸，特征鲜明，丑态毕露；正反对照，反复比较，从而具体生动地说明了诽谤的缘由和丑恶。又如欧阳修《与高司谏书》是一封批评信，也是说理文。信中正面批评揭露谏官高若讷文过饰非，颠倒是非，“不复知人间有羞耻事”。但它并不具体描绘高若讷的丑恶嘴脸，而是反复论述高的行为动机和后果，论证高不是真君子、好谏官，揭露他品质卑劣，内心肮脏，令人感觉此人形象丑恶。显然，韩文是概括说理，欧文是具体批驳，因而构成其客观艺术形象性的特点和表现较易区别。而抒情文多用比兴手法技巧，就比较不易把握。例如上文引到的王维那封信中“夜登华子冈”一节,全是优美生动的写景。那就必须先抓住这些景象的特点,指出它是空旷寂静、单纯朴素的山中村落的冬夜景象,然后分析它运用光照、音响比衬的表现技巧,动中见静、象外有神的表现手法,以及由远而近的层次结构,出色地完成融情于景的艺术形象表现。

一篇散文中的作者自我形象,通常并不是通过自我描写刻画而表现出来的。在第一人称散文中,是通过所述主题形象而显示出来;在第三人称散文中,是通过被写人事而流露出来。读者感觉和了解作者自我形象,其实是以读者自己的理解,用自己的生活经验加以充实而想象完成的。因此,分析散文作品的自我形象,实际上是在分析题材形象性的同时取得的。应当指出,一篇散文中的自我形象是作者在所写的主题中表现出来的思想感情和倾向,并非作者个人的整体形象,因而实质上与主题形象一样,只是形象性的表现。正因如此,所以同一作者的不同作品中所表现的自我形象可能颇不相似。例如欧阳修的《与高司谏书》和《醉翁亭记》两文所表现的作者自我形象几乎是两个人。《书》中的自我形象显得尖锐激烈,斩钉截铁;而《记》中的自我形象则是那样忠厚坦荡,自乐乐人。《书》是抨击不正直的丑恶的东西,所以是非分明,针锋相对;《记》是赞美与民同乐的善举,所以情畅意悦,徐徐说来。这是由于不同的主题和主题思想而带来的作者不同的形象表现。可见分析散文作品的自我形象,实际上是分析作者对所写主题的是非、爱憎、好恶的思想感情和倾向,综合归纳起来,便形成读者头脑中的作者形象。

四、对古代散文语言的分析

最后,简单谈谈散文语言的分析。作为一种文艺样式,散文的物质手段只有一个,就是语言。它既不如诗歌有声韵格律,更比不上戏曲有音乐、舞台和演员。因此,散文可谓最单纯的语言艺术。作家用语言进行艺术创作,读者从弄懂字句开始接触作品,而最后要归结到欣赏它的语言艺术。由于古代散文大多属于文学性强的应用散文，因而语言的技术和技巧就显得更为重要而突出。韩愈倡导古文的基本要求之一，就是“文从字顺各识职，有欲求之此其躅”（《南阳樊绍述墓志铭》），认为写作古文必须以此为起点。也就是说，首先要求准确掌握词汇意义，正确运用语法规律，恰当利用修辞技巧。因而分析古代散文语言也就必须熟悉古代汉语的基本知识。其次，古代散文作品语言的一个优良传统是“唯陈言之务去”（韩愈《答李翊书》），不断从生活中汲取新鲜口语，提炼成为生动的书面语言。因此，分析古代散文语言应当注意到语言的时代特点，从而了解和掌握作品语言的时代风格。第三，每一位优秀作家的散文作品都有自己独特的语言风格，这也是分析语言艺术时应当注意到的。总起来说，古代散文作品的语言分析，实质上是古代汉语语法修辞的技术技巧的分析，是文学表现手法技巧赖以实行的工具手段的分析，并非文学性的分析。因此，这里就不多谈了。

（《文史知识》1985 年第 5 期）

流传最广的古代文选——《古文观止》

《古文观止》是清朝康熙年间选注刊行的一部古代文章读本，共12卷，选注先秦至明末的文章222篇。选注者是清朝浙江山阴（今绍兴）人吴乘权（字楚材）和他的侄子吴大职（字调侯）。他们都是山阴著名的教书先生，一生在家乡开馆教授弟子。《古文观止》就是他们教授古文写作的范文教材，选文中的评注便是他们的讲解评论。吴楚材的伯父吴兴祚，字伯成，号留村，官职升到两广总督。康熙三十四年（1695）春，吴兴祚在归化（今内蒙古呼和浩特）担任右翼汉军副都统，收到吴楚材、吴调侯寄来的《古文观止》稿本，翻阅后认为“其选简而赅，评注详而不繁，其审音辨字无不精切而恰当”，决定予以刻板印行，并且写了序言。所以后来有的翻刻本标作“吴留村先生鉴定”。

《古文观止》“杂选古文，原为初学设也”（《例言》），其实是与《唐诗三百首》类似的童蒙课本。它所收文章，不是直接从古代经典原著及历代作家文集中挑选出来的，而是从此前的古文选本中挑选的。本书选者二吴认为，“古文至今日，操选政者代有其人”，选本“美不胜收”，所以他们不必重新选择，只须从中搜集，“集古人之文，集古今人之选，而略者详之，繁者简之，散者合之，舛错者厘定之。差讹者校正之云尔”（二吴《序》）。所谓“略”“繁”“舛错”“差讹”，是指各种选本的注释校评。也就是说，他们是按照教学要求，从前人选本中选取他们认为符合要求的文章，作为教材，同时也汲取了前人选择讲解的成果。这样的选编，便形成了“杂选古文”的选目特点。

“古文”有两类含义。一是“古人之文”，泛指古人的文章；二是唐代韩愈倡导的“古文”，即明代选家推崇如唐、宋八大家的“古文”，专指与骈文相对立的奇句单行的散文。《序言》自称“集古人之文”，并且不宣称承袭唐、宋“古文”，可见二吴所选“古文”泛指古人的文章，不专指散文。然而实际上，二吴是清初人，所接触的选本主要是推崇唐、宋八大家的明代选本，其再选文章不免受到唐宋古文观念的影响。因此，本书选目的总体特点有四：一是以周至明的历史顺序选编。但突出周、汉及唐、宋；二是以散文为主，但兼收少量六朝及唐的骈文、韵文；三是以独立单篇为主，但上溯先秦经典中的选段；四是以选文章为准，但突出了古文作家选家推崇的先秦史传记叙、西汉司马迁及两汉名家，以及唐、宋八大家。具体地说，全书 12 卷，其中先秦文《左传》选段占 2 卷，《国语》《战国策》及《礼记·檀弓》《公羊传》《穀梁传》选段约占 2 卷；汉文《史记》选文及司马迁文占 1 卷，两汉名家名篇占 1 卷；三国、六朝文仅 8 篇，不足半卷，加上唐朝韩愈、柳宗元之外的名家名篇 8 篇，共 16 篇，主要是骈文、韵文，如陶渊明《归去来辞》、孔稚珪《北山移文》、骆宾王《为徐敬业讨武曌檄》、王勃《滕王阁序》、李白《春夜宴桃李园序》、刘禹锡《陋室铭》、杜牧《阿房宫赋》等；唐代韩、柳两大家约占 2 卷；宋代文约占 2 卷半，而欧阳修、苏洵、苏轼、苏辙、曾巩、王安石等六大家文共占 2 卷；明文 1 卷。显然，这样的选目，其结构未免显得“杂”，既非单纯“古文”即散文，也不像《昭明文选》那样专收单篇文章，也不完全是着眼于代表作家的代表作品。书名“观止”是用《左传》的典故。鲁襄公三十九年，吴国公子季札来到鲁国观赏古典音乐歌舞，看了传为虞舜的乐舞《韶箾》后，赞叹道：“观止矣！若有他乐，吾不敢请已。”表示所观音乐歌舞，尽善尽美，无以复加。本书用作书名，形容其书尽收古代最佳文章，此外古代文章不必再读。所以在《序言》中假托同乡士绅的赞美说：“诸选之美者毕集，其缺者无不备，而讹者无不正，是集古文之成者，观止矣！”

所谓“诸选”即指古今选家的选本，而“美者”“缺者”“讹者”则指各选本中的好文章、未收的好文章，及注解评校有错误的。但是，二吴宣称此选为古代文章最好的集成，实质是就其作为青少年学习古文写作的课本而言的。包括所选的范文及其讲解评论，并不泛指。

封建教育的培养方针是“学而优则仕”。读书识字写文章的目的是考试做官。二吴的编选讲解原则便是根据他们多年从事童蒙教育的经验，熟悉学生心理及科试要求，汲取诸家选本的长处：“兢兢焉一义之未合于古，勿敢登也；一理之未慊于心，勿敢载也；一段落、一勾勒之不轨于法度，勿敢袭也；一声音、一点画之不协于正韵，勿敢书也。”(《序言》)他们根据“义理”即以儒家经典为指导的理学思想来选择范文，根据“法度”即文章写作法则来讲解，根据“正韵”即文字读写标准来订正。而所选范文则着重于记言记事的传统，在先秦经典史籍中选录《左传》《国语》《战国策》《礼记·檀弓》等著作中的精彩篇章；秦汉以后则广泛选录史论记叙各体的名家名篇，所涉文体计有：传赞、表序、传序、史传、自序、书、诏、论、策、疏、上书、笺、表、集序、辞、寓记、寓传、移、檄、吊、铭、赋、原论、解、说、杂说、传记、赠序、祭、墓志铭、驳议、辨、碑、诗序、游记、记后、札子、读后、碑记等。顺便指出，其所选六朝及唐的少量骈文、韵文，是由于这一历史阶段中官场文坛的应用文章主要用骈文，而在清初，官场骈文出现过复兴的风气，因此酌选少量骈韵名篇，并且主要选择写感慨、发议论的骈文，以供学生学习，是有必要的。总之，二吴以为他们集中了此前千挑万选的名篇中的名篇，又是他们多年讲解的心得总结，所以说它们“原为初学设也”，是初学为文者必读的范文，应当可以“观止矣”。

《古文观止》刊印以来，刻本众多，流传广泛，影响甚远。其主要原因便是选录名篇繁简适中，注疏简明扼要，评点时见精彩，不仅在清初至近代，可作童蒙习作课本，更可供青年士子揣摩官场应用文章的技巧，至于现代及当代通行白话，无须用以学习文言文写作，但是它却依旧颇受欢迎，排印本、新注本、今译本层出不穷，则主要是由于它的选文及原注与新注，对于提高青少年及广大读者的古代文学及历史文化的知识与素养，是十分有用、有益与有趣的。

阅读与欣赏《古文观止》中的篇章，可以提高古代散文及骈文的文学知识及素养。中国古代散文的发展，从史官记事记言的传统及诸侯国使者交际的辞令、说客策士的纵横家言，到秦、汉以后适应封建官僚制度、官场礼仪及应酬交往的各种文体的文章，历来重视文章的内容与表达的形式技巧，具有实际的应用特点与有效的写作艺术，在记叙、议论、描写的修辞技巧与表现艺术上都有高超的成就。《古文观止》不收《诗经》《尚书》及诸子的篇章，如前所述，其重点所收录的史籍及名家也是古代散文史中的主要代表著述及代表作家，因此其中选段与选篇既然是历来公认的著名篇章，也就具备了代表作品的特点与成就。实际上，它们大多是《中国文学史》著述中经常引用的代表篇章。例如《左传》的“郑伯克段于鄢”“曹刿论战”“烛之武退秦师”“宫之奇谏假道”“蹇叔哭师”等；《国语》的“召公止谤”等；《礼记·檀弓》的“曾子易箦”“有子之言似夫子“等；《战国策》的“苏秦以连横说秦”“邹忌讽齐王”“冯谖客孟尝君”等；以及秦代李斯《谏逐客书》，汉代贾谊《过秦论》、晁错《论贵粟疏》、司马迁《报任安书》以及三国诸葛亮前后《出师表》等；至于韩愈文选录 24 篇，从《原道》到《柳子厚墓志铭》，几乎篇篇被文学史列举为代表作；而柳宗元“永州八记”、范仲淹《岳阳楼记》、欧阳修《醉翁亭记》、苏轼前后《赤壁赋》、王安石《游褒禅山记》等千古名篇，久已脍炙人口。至于所录骈文，已如前列，皆为代表作家的代表作品。因此，阅读《古文观止》恰如学习散文史作家作品选，足以了解先秦至明代的古代散文发展概况。

二吴对选文的注疏评点，以及新注本的评析之类，对于读者学习文章写作是有益的，而且可以提高散文艺术的欣赏素养。本书选文虽有少量长篇大论，但主要是长短适中、主题突出的文章。对《左传》

等史籍选段,也以事以言的明确完整,加以归并,如同完篇。二吴的注疏点评的重点在疏解文义,点出关键,引导读者学习为文要诀。他们对于词义、典故,不作烦琐考论,简明扼要,说通便了。但对于行文关键处与要妙处,则必加点评,帮助理解。大体上每段作大意小结,全篇总作评论结语,但不求面面俱到,而在申发重点要点。由于它是随文注疏评点,因而读文章时参考注评,如同在上讲解课,不仅层次自然清楚,而且随时可见精彩。二吴注疏体例略同,但各篇评点则重点不同,讲出各篇文章的特点。例如《春秋》记郑庄公征服其弟共叔段之事,本书同时选了《左传》与《穀梁传》所载。《左传》评叙其事,从庄公封段于京,记到庄公接受考叔的建议,挖隧道,见黄泉,与母亲在隧道相会,母子和好。而《穀梁传》则不记其事,主要是分析《春秋》用字的褒贬,评论庄公与段的行为。因而二吴总评《左传》此文,主要指出《左传》记事特点是揭露"郑庄志欲杀弟","是以兵机施于骨肉,真残忍之尤。幸良心发现,又被考叔一番救正,得母子如初"。而评《穀梁传》此文,则指出"《穀梁》只'处心积虑'四字,已发透经义,核于他传"。又如同属抒写生死感慨的主题,其评王羲之《兰亭集序》,指出"通篇着眼在'死生'二字",认为作者是针对东晋文士"一死生而齐彭、殇,无经济大略"的风气而发;而评李白《春夜宴桃李园序》,则认为李白对"浮生若梦"的感慨,是"已见潇洒风光之外",肯定为一种超脱世俗的高士风度。两者由于时代与风气不同而造成的思想情操及文风的差异,从二吴评点可获启发。因此,读《古文观止》,有时类同听文章剖析,对写作与欣赏都可激发兴趣。

《古文观止》所收名篇,其内容多属于古代历史文化知识,涉及许多掌故与典章;其语言则有许多修辞精练而含义精警的词语,形成传习至今的成语格言。前一方面除《左传》等史籍所载即为历史及文化知识外,如从《史记》所选录的《五帝本纪赞》《秦楚之际月表》《高祖功臣侯者年表》及世家、列传序之类文章,也都直接叙史事典章,读之可增加历史知识。而后一方面更是增加读者汉语知识素养的很好途径,因为本书所收篇章,几乎都有成语格言。例如“多行不义必自毙”“其乐融融”“骄奢淫逸”“度德而处”“量力而行”“昭德塞违”“一鼓作气”“风马牛不相及”“唇亡齿寒”“贪天之功以为己力”“恃而不恐”“老而无能”“东道主”“师劳力竭”,等等,都出于其第一卷所选《左传》诸章。而以单篇所见,如其所录韩愈《进学解》一篇,便有成语格言:“业精于勤荒于嬉,行成于思毁于随”“贪多务得”“障百川而东之,回狂澜于既倒”“含英咀华”“佶屈聱牙”“头童齿豁”“动辄得咎”“爬罗剔抉”“刮垢磨光”,等等,诸如此类。可见多读《古文观止》,恰如孔子劝弟子读《诗三百》一样,“多识于鸟兽草木”,对于增加历史文化与语言知识十分有益。

古人云:“开卷有益。”读选本总集,如《唐诗三百首》与《古文观止》,由于它们主要选取历代著名诗人作家的著名篇章,大多是历经古今选家的筛选淘汰,又以教授童蒙为主,辅以浅显有趣的注解评点,因此对于希望提升自身人文修养的读者来说,利用业余时间,时时翻阅,持之以恒,是可以获得并积累许多中国古代文史哲方面知识的。

(《与名家一起读经典(人文卷)》,中国纺织出版社,2003 年)

庄周梦蝶　苏轼梦仙

——漫谈用典艺术

古代诗文里常见用典。这是一种很好的修辞方式,积累了许多成功的经验。如果从文学创作艺术角度看,那么用典的情况就不限于修辞,有时是一种表现手法,有时是一个创作题材;有时表现作者自我形象,有时表现客观描写对象;有时实用,有时虚用;有时只用一个典故,有时错综运用;总之,比修辞要复杂微妙一些。

《庄子·齐物》中的《庄周梦蝶》是一则著名寓言:

> 昔者,庄周梦为胡蝶,栩栩然胡蝶也,自喻适志与?不知周也,俄然觉,则蘧蘧然周也。不知周之梦为胡蝶与?胡蝶之梦为周与?周与胡蝶,则必有分矣。此之谓"物化"。

庄子的意思是说,人的生死就像睡梦中化蝶,觉醒时为人一样,只要高兴自在,不论人变蝴蝶,或者蝴蝶变人,都不过是一种自在物变成另一种自在物,并无本质区别。想通了这个物化道理,人对生死问题就会大彻大悟,达观不烦了。这显然是一种唯心观点。但在古代封建社会里,这个物化玄理却为士大夫们提供了一种自我解脱矛盾苦闷的妙法,这则生动的寓言也常被用作典故。

南朝诗人庾信被扣留在北朝做御用文人,给了高官厚禄。而他耻于屈节,却未能死节;思念故国,却回不了南朝;他还得在北朝做官,过着悠闲而庸碌的生活。因此他心里很矛盾,很苦闷。《拟咏怀诗二十七首》便是他抒泄这种矛盾苦闷的一组诗。其十八首中写道:

寻思万户侯，中夜忽然愁。琴声遍屋里，书卷满床头。虽言梦胡蝶，定自非庄周。

诗人在梦中追寻着思念着昔日在南朝为国建功立业的努力，直到惨败。半夜里，这场美梦醒了，满怀愁闷。他发现自己确实无奈地在北朝过着悠闲无聊的生活。于是，他体会到了庄周蝴蝶梦的滋味。那梦中昔日的庾信多么高兴自在，就像庄周梦中变成的那只活生生的蝴蝶。这醒来此刻的庾信满怀愁闷，暗自吃惊，就像庄周梦醒后怀疑自己是否梦里蝴蝶变的一样。庾信心里很明白，梦里蝴蝶是庄周变的，梦里庾信就是醒时庾信。但是，他宁肯相信梦里蝴蝶就是蝴蝶，绝非庄周这个人，因为他宁愿是梦里庾信，不愿做醒时生活在北朝的这个庾信。从修辞方式看，庄周梦蝶的典故在这诗里是用作复杂的比喻，却很贴切，含蓄有味。从表现艺术看，用这个典故是一种表现手法，晦涩地曲折地表现诗人的内心矛盾苦闷，表现诗人自我形象。这典故用得单纯，比较直截，因而也比较容易理解。

然而古代诗文用典，并不总是这样单纯。有时，看起来似乎并未用典，或者不分析所用典故也可阅读、理解和欣赏。但其实作者是把所用典故作为一种题材，或者汲取其表现方法，融化在作品的构思之中。倘使能够分析其中所用典故和用典艺术，则可能对作品的阅读、理解和欣赏，更有帮助。

苏轼名篇《后赤壁赋》中也写过一个梦：

时夜将半，四顾寂寥。适有孤鹤，横江东来，翅如车轮，玄裳缟衣？戛然长鸣，掠予舟而西也。

须臾客去，予亦就睡。梦一道士，羽衣翩跹，过临皋之下，揖予而言曰："赤壁之游，乐乎？"问其姓名，俯而不答。呜呼噫嘻，我知之矣："畴昔之夜，飞鸣而过我者，非子也耶？"道士顾笑，予亦惊悟。开户视之，不见其处。

这里写得明白，江上飞鸣而过的孤鹤，在梦里来访苏轼，变为一位道家神仙，当苏轼觉悟这位道士就是孤鹤，梦醒了，道士也不见了。读来似无典故，也不须有典故，而其实不然。

鹤变道士，显然有寓意，是一个创作题材；通过梦境和觉醒表现出来，则是一种表现手法。这当然是苏轼的艺术创作，但却不完全是凭空想出来的，而是有典故为依据的。

江上飞鸣而过的这只孤鹤的寓意，是通过融化典故和特征描写来表现的。第一，鹤象征隐士而为名士。《诗经·小雅·鹤鸣》：

> 鹤鸣于九皋，声闻于野。
> 鹤鸣于九皋，声闻于天。

毛注："兴也。皋，泽也。言身隐而名著也。"郑笺："兴者，喻贤者虽隐居，人咸知之。"孔疏毛注曰："以兴贤者隐于幽远之处，其名闻于朝之间。贤者虽隐，人咸知之，王何以不求而置之于朝廷乎？"这是儒家经典的传统寓意。本文的这只孤鹤，其实喻指这类著名的隐士。

第二，"翅如车轮，玄裳缟衣"，是一语双关的特征描写。一方面是形容仙鹤飞舞双翅的神气和白体黑羽的形体。另一方面却是特为用高车朝服来形容飞鹤，寓有显示这个隐士而名士的应征赴朝的得意荣遇。"车轮"显然暗示像坐着高车。"玄裳"是周礼的一种变通的朝服。《尚书·顾命》载，"卿士邦君，麻冕蚁裳，入即位"。这"蚁裳"便是"玄裳"，孔颖达以为冕服通常是"玄衣纁裳"，服"玄裳"是"以示变于常也"，是特殊情况下变通的服色。"缟衣"是白色素衣，原为处士服色。本文因鹤的白体黑羽，便以上衣素服，下裙朝服的得体权宜的服色来显示隐士的布衣赴朝，不伦不类，略含嘲弄，却也不无依据。

第三，"戛然长鸣，掠予舟而西也"，便是化用诸子书里记载的那只南方大鸟的隐语。《韩非子·喻老》载，楚庄王的右司马出了一个隐语："有鸟止南方之阜，三年不翅，不飞不鸣，嘿然无声，此为何名？"楚庄王说："三年不翅，将以长羽翼；不飞不鸣，将以观民则。虽无飞，飞必冲天；虽无鸣，鸣必惊人。”这则隐语就是《史记·滑稽列传》里淳于髡说齐威王的“不飞则已，一飞冲天；不鸣则已，一鸣惊人”。本文所写的这只孤鹤显然正在冲天地飞，惊人地鸣了，与“翅如车轮，玄裳缟衣”的寓意正相一致。

由此可见，苏轼在半夜里放舟江流时遇见的这只飞鸣的孤鹤，实则是象征性地描写了一位待时而隐的名士正在得意洋洋地辞隐出仕，荣耀赴朝。这与苏轼当时贬谪黄州的境遇恰成鲜明对照，不过所用表现手法是浪漫的象征性的寓言式的，而所用题材则是古代士大夫所熟悉的传统典故，因此它的寓意是不言自明的。

但是，苏轼梦里出现的却是一位“羽衣翩跹”的道家神仙之流，显然与江上所见那只孤鹤并不同类。这就是说，在现实生活中见到的那类“一鸣惊人”的隐士而为名士的儒者，在梦境里变成神仙人物，逍遥自在，并且无所不知地来问苏轼：“赤壁之游，乐乎？”不但知道苏轼夜登赤壁之游，而且理解攀登赤壁并不愉快。当苏轼认出这位神仙就是那只孤鹤，“道士顾笑”，默认而微笑，有一种当在意料之中的意味。当苏轼觉悟而惊醒，“开户视之，不见其处”，这位神仙早已无影无踪，使觉醒了的苏轼茫然惘然，若有所失。这梦境遭遇显然也有寓意，这梦与庄周蝴蝶梦既不同，却又相似。

庄周梦蝶是自己在梦里醒时发生变化，引起惊悟。苏轼梦仙是发现别人在梦里醒时发生变化，引起自己惊悟。发现自身变化和发现别人变化，这是两个梦的差别。但是，倘使从发现变化这一点看，则这两个梦是相似的。因而苏轼采取梦境来表现思想内容，应当说汲取了《庄子》的表现手法，或者说受到启发。而从思想内容看，苏轼实则吸收和运用着庄子的物化思想。

在《前赤壁赋》中，苏轼以流水和明月为例，发表了一段哲理议论：

> 逝者如斯（指流水），而未尝往也；盈虚者如彼（指明月），而

卒莫消长也。盖将自其变者而观之，则天地曾不能以一瞬；自其不变者而观之，则物与我皆无尽也。而又何羡乎？且夫天地之间，物各有主，苟非吾之所有，虽一毫而莫取。

意思是说，从现象看，天地万物无时不在变化；但从实质看，则天地万物始终保持各自的完整存在。既然如此，那就无须羡慕他人所有，更不必占有非己所有。把天地万物视为变化的自在物，这正是庄子的物化思想。但苏轼不但用之于自我解脱，而且用来解决人与人之间的矛盾差别。既然人人都是变化自主的自在物，那就不但不必为自身变化而烦闷，也不必对他人变化而产生不满。不难看到，这是苏轼贬谪黄州时悟得的一种人生哲理，为他遭受挫折，身处逆境，坚持志节，排除烦闷，提供了一种理论依据，一个精神支柱。他不但对自己不遇的处境坦然夷然，达观自适，而且对某些人荣遇的遭际淡然漠然，达观视之。正是这样的思想情怀，在《后赤壁赋》里构思了这样一个梦，特征地表现他人的物化，而苏轼仍是苏轼。

如果进一步分析这个江上鹤而为梦中仙的出现情景，不难看到苏轼的构思意图。这位神仙之流是主动进入苏轼的梦境的，并且不无奚落地探问苏轼登赤壁有什么乐趣。而上文所写的赤壁攀登其实是抒泄着苏轼政治生涯的悲慨孤愤。他独自披荆斩棘，登上赤壁之顶，但当他“划然长啸，草木震动，山鸣谷应，风起水涌”，那种“高处不胜寒”的极端孤独寂寞，使他“悄然而悲，肃然而恐”，只得下来，而放舟江流，听任自然。就在此刻，孤鹤长鸣而过。这一声惊人的长鸣，恰与苏轼震惊悲怆的长啸形成对照，不无自鸣得意的神气。然而苏轼淡然视之，不介于怀。当苏轼安然就睡后，这自鸣得意的鹤却变成一个逍遥自在的道士来奚落苏轼的攀登。但恰是这奚落使苏轼认出这位一身仙气的道士就是那只鹤，所以他不无揶揄讥刺地说：“呵呀呀，夜晚长叫着飞了过去的，不就是您吗？”道士默认了，苏轼惊悟了。他“惊”的是江上鹤原来是梦中仙，“悟”的是这类鹤形仙气人物原来对他的攀登早就不以为然，等着幸灾乐祸。然而，觉悟了，梦醒了，神仙及其奚落都消失了，一场攀登之后的余波也平静了，苏轼还是苏轼，不为所动，也无所变化。由此可见，梦是遇鹤引起的，梦境是道士来访构成的，梦醒是由于苏轼认出道士即鹤，而梦醒之后，一切乌有。事实上，这个梦虽然是苏轼做的，但真正梦想破灭的却不是苏轼，而是这类鹤形仙气人物。他们企图利用苏轼的贬谪挫折，诱使他改志易节，结果落空了。所以遇鹤梦仙的构思意图，主要在于抒写自己坚持志节的坦荡胸怀，不为挫折而易节，不羡慕他人得意，不受诱惑和奚落，不沽名钓誉地追求利禄，也不逍遥自在地隐逸高蹈。正因如此，他汲取了庄周蝴蝶梦的表现手法，但主要写他人的变化；也运用了庄子的物化思想，但用于解决与他人的矛盾。在苏轼看来，各有各的本质，各有各的自在变化，彼此无须强求，因而他虽然对这类人物鄙夷，却不激烈指斥，而是淡漠视之，戏笑处之。

显然，从修辞的用典看，遇鹤可谓用了典故，而梦仙则不属用典。但是，从文学创作艺术看，用典故实则属于艺术继承的范畴。不论用作修辞，或者用作题材，或者取其手法，或者把各种前人的艺术创造综合汲取，融化在作品的艺术构思之中，其实都是继承发挥前人成果和经验。

后人的艺术创造无不是在前人的艺术土壤上生长壮大而推陈出新的。历史上创造的许多典故、典型，一般都具有传统形成的特定含义。如果在阅读欣赏古代诗文作品时，注意和分析到这一点，实际上就需要分析和了解有关的典故或典型的传统含义，从而能够较为切实地了解作品的构思和作者的意图，也就能更好地理解欣赏作品的艺术特点和成就。所以苏轼《后赤壁赋》中梦仙之类，虽然不属修辞的用典，但是无妨称之用典的艺术，换个角度来分析研究一下。

（《字词天地》〈总第六期〉，湖北人民出版社，1985 年 1 月）

从元白体说到方法论

“元、白”讨论的意义并不在于得出不易的历史结论，而是开拓了思路，促进了研究。譬如元白体是一个历史现象，即唐宪宗元和时期出现并流行的一种诗歌创作思潮、风格和体制，代表诗人是元、白。至于“元白体”这名称先元后白，则表现着当时的一种见解和评价。后人完全可以不同意这一见解，但无须否认这个历史现象的客观存在。事实上，扬白抑元的见解早就有了；到近代，白优于元的评价几为定论；至于现在，大多数文学史论著已以白为主，附元于白。倘使以此来正名，则确乎应当改称“白元体”。这就难怪有些青年学生要提出疑问：究竟是历史记载失实呢？还是现代评论失当？其实，历史上确有元白体，现代评论也有道理，两者都不错。问题似在方法论上。

倘使研究元白体，则应了解清楚三个基本情况：一是元和间所称的“元白体”究竟指元、白的哪类作品？什么样的作品？典型的代表作是哪些？二是元和间为什么称这类诗歌为“元白体”，而不叫它“白元体”？三是从宋元到现代，为什么对元、白诗歌的评价越来越趋于白优于元，恰和元和间见解相反？换句话说，应当把元白体这一历史现象的基本事实以及后来对它的认识发生演变的情况调查明白。如果基本情况不明，却要作出评论，则其含糊是难免的，还不如避而不谈较为明智。这就涉及方法论。

科学研究必须有明确的研究对象，并且必须从调查对象的基本

情况入手，这是任何研究课题都不例外的。倘使研究元白体，却不明白它是什么样的作品，则不论用什么方法来研究，恐怕都很难得出科学的结论。但是元白体是历史的产物，而历史的记载又不详尽，因而调查它的基本情况就要搜集有关资料，采取传统的考证辨析方法。应当说，从方法论看，这样为了调查基本事实情况而进行考证辨析，是科学的，不可因其“旧”而或废。如果学生们读的那本文学史，明白交代了元白体是怎么一回事，那么他们大概就不会提出那样的问题了。

历史现象从不孤立存在，横向有联系，纵向有发展，始终处于运动变化状态。古典文学现象亦然。在元和时期的同一历史背景下，既出现元白体，又产生、流行着韩孟、刘柳、李贺以及令狐楚《御览诗》所代表的近体律诗等不同诗歌流派，元白体只是“元和体”中一体。这种流派竞生的现象正说明元白体并不孤立存在，更非单线发展。同时，元、白自己的诗歌创作也有发展变化，并不只限于元白体一种类型作品。这是不少著述都指出过的，但往往只作平面的平行的单个流派的评论，较少切实分析各派之间的横向联系，更少深入揭示这一时期诗歌发展的规律性实质。毋庸讳言，造成这一不足的重要原因之一是在运用历史唯物论的辩证方法过程中发生过简单化和万能症的偏颇。把一种科学方法简单搬用或笼统套用，其结果必然是使这一方法变为不科学；把一种科学方法当作万能钥匙，而不熟悉各种锁的机关结构，其结果可能是折断了钥匙也开不了一把锁。如果以为有了一种新的科学方法，便须把此前一切方法都视为朽物而予以贬弃，这种态度和方法肯定是不符合科学的。不明白元白体为何物，不理解后人对元、白诗评价的演变，甚或渐渐以为后人评述便是历史事实，便是古典文学研究的应予正视的历史经验。

应当提倡、鼓励运用新方法来研究古典文学，但要坚持实事求是的科学作风。系统方法是研究自然科学行之有效的一般方法论，用

之于社会科学和古典文学研究仍须谨慎。因为一般方法论不等于具体方法,自然科学与社会科学的研究对象并不相同。列宁有句名言:“马克思主义之所以万能,因为它正确。”重要的是经过实践证明的正确。倘使把“万能”当作“正确”的根据。便是荒谬。

(《光明日报》1986年2月25日第3版)

从知识竞赛谈查书

读书活动知识竞赛开展以来,除了促进广大职工广泛读书兴趣之外,还出现了一种有益活动,就是查书。为了寻找答案,许多同志钻进图书馆查阅有关书籍。结果是有查到答案的,也有查不到的。按理说,竞赛题出自书籍,那就应当查得到。查不到的原因很多,其中有个得法与否的问题。下面就是结合《工人日报》1984 年知识竞赛试题谈谈这个问题。

既然查书是为了找答案,那么首先要看清题目。竞赛题目要求的答案,大多是明确的具体知识。大多数题目都已提供了查书的范围或线索,有的题目甚至已经指明了出处,如 85 题问的是现代天文学家,只需找《中国大百科全书》天文卷。因此,遇到疑难题目,必须仔细分析题目,确定查书范围,抓住查找线索。例如 31 题是关于我国水资源的题目,说明“根据 1982 年的资料”,这就是明确的查找范围和线索。又如 83 题是关于一首作品的题目,其中说明要回答“曲集”“曲牌名”,这就指明这首作品是曲,提供了查书范围。

看清题目,确定范围,抓住线索,就要考虑查什么书。一般地说,可供查阅的书籍大致有三类:一是百科知识性工具书,如《辞海》《辞源》《百科年鉴》以及地名辞典、人名辞典等;二是专科知识性工具书,如各种专科辞典、手册、年鉴等;三是专业知识综述性、普及性著作,如中外通史、分科或断代的历史,各科的概论概况、选读解题等。在考虑查哪一类、哪一种书时,除了根据题目提供的范围和线索外,还要看题目要求的答案是否属于百科性的，专科性程度如何。例如35题(史籍)、60题(历史人物)都是中国古代历史范围题目，而且是重要历史著作和帝王，显然是百科和专科工具书都必收的条目，因而可以直接查检工具书。但是如37题、61题是具体作品的题目，50题、79题是古代名论的题目，专科知识程度高，而且具有资料特点，百科和专科工具书一般不收这种条目，因此要查专业著作，如文学史、哲学史、经济思想史以及各科名著选集、题解等。而如31题(水资源)、76题(工农业产品)，是反映近两年成就的题目，有时间限制，则只能从最近的专科年鉴、手册、著述或者新闻年鉴、月报中查找。简单地说，查什么书，必须和题目提供的范围线索、要求的答案对上口径。

在查书时，要区别情况，采取相应的查法。有的题目提供范围窄或线索明确，只要找到对口书籍，几乎一查便得。而疑难题目则往往提供范围较宽，或者头绪较多，所以查找起来较难。例如83题是曲的作品题，但没有时限，因而范围广，凡元以后的曲都在其内。除了普查之外，可以有下列查法：先查《全元散曲》，排除元曲，缩小范围；然后根据曲谱，先查找这曲的曲牌名，排除其他曲牌作品，再缩小范围；然后从文学史和散曲集及选集中查找。一般说，知识题所出作品题应是名篇或名家作品。因此在文学史著作中查不到作品，但可了解明代散曲名家。然后再从名家曲集和曲选中查找。如果图书资料不缺，那么最后可以在陈铎的全集或路工编《明代歌曲选》中找到答案。这例说明，遇到查找范围广的题目，查书时要集中目标，多方缩小范围。

有的题目提供的线索复杂，就要理出头绪，分头查找。例如46题关于元明戏曲作品的题材来源的题目。前半题的线索是元曲作家及其作品，后半题的线索是唐传奇小说作家及其作品。这就可以从古代文学史元曲和唐传奇部分，从元曲选集和唐传奇集中查阅。从唐传奇对后世影响中可能找到答案，同时可以找到线索。然后再查阅明代传奇戏曲作家部分,找到后半题的答案。这就是说,遇到线索复杂的题目,查书时要抓住每条线索,跟踪追击。

查书时,常常发现这种情况,几种书籍的记述是互为补充的。因此,查找难题的答案,最好同时查阅几种书籍。例如37题是宋词作品题,可以从文学史宋词部分和宋词选本中查找。但有的引用或选了这首词,有的未引或未选,有的文学史引例不引全文,有的选本选而未加评论。这题范围窄,只限宋词,容易找到作者和这词的标点本。倘若查阅文学史时,恰恰没有查其中既引全文、且作评论的一种,就可能功亏一篑。因此,查书时,既要抓住重点,也要顾及全面,多找几本同类内容的书查阅。

查书是读书的一种必不可少的补充,也是学习知识的一种必须具备的技能。爱好读书,就要学会查书。为此,一要在读书和学习中经常查,经常用;二要在平时多留意各种工具书的知识和使用方法。有一句老话,叫作"熟能生巧",关键在于"熟",就是要多查书,多用工具书。

(《知识竞赛题集》,浙江人民出版社,1985年)

知识竞赛试题中的异文

由工人日报社、中国大百科全书出版社等单位联合举办的知识竞赛中出了几个查考名言名句或词曲作品出处的题目。许多同志在查到出处的同时，还发现了一个问题：试题所引的文字与所查到的文字有点出入。这是一个很普遍的问题，许多地方的报纸、刊物所搞的知识竞赛都遇到此种情况，给竞赛试题的阅卷评分带来困难；也使有些参加竞赛的同志对公布的所谓“标准答案”不满意，认为“标准答案”并不标准。其实，这种情况是很正常的，在古籍的校勘学里称之为“异文”。现在，我仅以工人日报社等单位联合举办的1984年知识竞赛为例，对“异文”现象作一解释，或许对同志们参加其他单位举办的知识竞赛有所帮助。

例如33题“不汲汲于富贵”，在你查的那本书上或许不是“汲汲”，而作“忻忻”。又如37题宋代张孝祥的《念奴娇·过洞庭》，文字出入就更多了，像“玉鉴”作“玉界”，“悠然”作“怡然”，“岭表”作“岭海”，等等。这类文字不同的现象，在古书里是常见的。校勘学里，把这类现象专称为“异文”。

简单地说，古书里的异文，其实就存在错字和别字。因此异文中必定有正有误。但是由于古书的年代距今久远，许多书早已没有原稿和原版。今存的版本，有的是后人搜集整理的；有的是从其他书中辑录而成的；有的虽是从原版翻刻的，但一再翻刻，也增加了各种错讹。因此，判断异文的正误，便成为一种专门学问，就是校勘学。一般地说，明显的错字并不属于异文之列。凡属异文，大多有保存的原因和理由。例如50题引了柳宗元《天对》“厖(庞)昧革化”，为了便于查找出处，注明了异文。如果从版本和词义来分析，则“厖(音盲)”应是正字，而“庞”应是通假的别字。因为“厖昧革化”是用《易经·屯卦》“天造草昧”的典故，魏晋时王弼注曰：“造物之始，始于冥昧，故曰草昧也。”“厖昧”是“冥昧”的通假。但是在唐代，“厖”字已与“庞”字通假，成语“厖眉皓发”大多写为“庞眉皓发”。因此柳宗元把“厖”字写了通假字“庞”未始不可能。而今天有的本子为了简化方便，便采用“庞”而不取“厖”，就不可断定是误字。反之亦然。正因如此，学者们对异文的取舍定夺，都比较谨慎，凡遇有争议或有参考价值的异文，通常都择善而从，同时注明异文。

对于查找出处来说，异文不影响答案。因为异文只是个别词语的文字不同，从整个作品或断章成句看，文字基本相同，可以肯定是同一作者的同一作品，不致发生误会。而从知识竞赛出题的角度看，则以采取通行本文字为宜，一般也无须注明异文。例如33题引黔娄妻两句话，作“汲汲”而不取“忻忻”，显然是因为陶渊明的名篇《五柳先生传》引用这两句话作“汲汲”。对广大读者来说，陶渊明的引文是这两句话的通行文本。至于说这一异文的正误，则未便论断。因为今存《列女传》是古人辑本，而陶渊明是东晋人，他的引文可能记误，但也可用作校勘《列女传》的一个资料，理当两存。所以题目取“汲汲”是较为妥当的。

(《知识竞赛题集》，浙江人民出版社，1985年)

传统文化与国学

在弘扬传统文化的热潮中，“国学”复出，引起不同议论，可以理解。“国学”始于清末，再兴于民国。中华人民共和国建立以来，学界正式开展“国学”研究，初呈复兴之势，却是近代历史上第三回。

鸦片战争后，清政府谋求改良，维新变法的思想家建议兴学育才，主张仿日本、欧洲教育，改科举为学校，张之洞提出“中学为体，西学为用”的教育方针，要求各地兴办小、中学堂及省立高等学校，京城创办京师大学堂(即今北京大学)。其与“西学”相对的“中学”，实即后来所称“国学”。当时总理衙门《奏拟京师大学堂章程》说，“考东西各国，无论何等学校，断未有尽舍本国之学而徒讲他国之学者”，认为“夫中学，体也；西学，用也。二者相需，缺一不可，体用不备，安能成才”。“中学”即指“本国之学”，即中国之学。而确定“中学为体”方针的出发点有二：其一是巩固人才的根本，认为“中华之所以立教，我朝之所以立国者，不过二帝三王之心法，周、孔之学术”，小、中、高、大学堂都要以读经为主，“宗旨不悖经书”，所以明白道破“看似无事非新，实则无法非旧”，旨在维护清帝国封建统治。其二是主要取法日本明治维新的教育改革经验，重视“国教”，指出日本“无论大小学堂，皆有讲国教一门”，而“日本之教科，名曰伦理科，所讲皆人伦道理之事，其大义皆本《五经》《四书》”。所以名为变法维新，实则变相崇儒，也是为了封建统治，挽救垂亡的清帝国。可见“国学”始出，其名“中学”，实为经学，并非“中国学”，也不是“汉学”，而是尊孔读经的思想文化、道德伦理教育。至于“国学”所涵的经学学术，则如章太炎所说，“清末诸儒，若曾国藩、张之洞辈都以为一切学问已被前人说尽，到了清代可说是登峰造极，后人只好追随其后，决不能再超过了”(《国学讲义》)，无须研究，只要恭读即可。显然，晚清维新思潮中出现的“中学”“国学”，实质是为悠久的封建传统和文化所谱唱的一曲挽歌。维新思想家是爱国的，坚持了民族立场，然而错爱了注定灭亡的封建帝国。

“国学”再度兴起，在二十世纪一十年代中至二十年代。封建帝国覆没，中华民国成立，“革命尚未成功”，中国沦为半殖民地半封建社会。而“十月革命”的胜利，中国共产党的诞生，资产阶级领导的旧民主主义革命开始变为无产阶级领导的新民主主义革命，要求彻底反帝反封建。从高唱“民主与科学”到以马克思主义为指导的新文化运动，激烈主张“破坏孔教，破坏礼法，破坏国粹，破坏贞节，破坏旧伦理(忠、孝、节)，破坏旧艺术(中国戏)，破坏旧宗教(鬼神)，破坏旧文学，破坏旧政治(特权人治)”(陈独秀《〈新青年〉罪案之答辩书》)，向封建传统与文化发动猛烈冲击，彻底决裂，甚至鼓吹“将中国书籍一概束之高阁”，认为其中“万分之九千九百九十九”都是必须废绝的“孔学”与“道教”之书，因而连汉字也须尽废(钱玄同《与陈独秀书》)。在这社会变革的伟大转折之际，面临彻底反帝反封建的锐不可当之势，一些曾经站在时代前列的维新人物、旧民主革命志士及胸怀救国的有识之士，困惑了，彷徨了，停滞了，倒退了。“整理国故”的“国学”应运而起，其始便处于落伍、对立的历史地位，但却不是尊孔读经的“国学”复辟，而是变为重新整理研究。“倡明中国固有之学术”(刘师培《国故月刊》发刊辞)的一门学科。

整理国故的“国学”，其主要代表学者是章太炎、梁启超和胡适。梁启超曾与其师康有为一起“公车上书”，是戊戌维新的著名人物。章太炎曾与革命马前卒邹容一起鼓吹反清而入狱，主编同盟会《民

报》宣传革命,反对改良,是旧民主主义革命的斗士。胡适也曾与陈独秀一起倡导新文化运动。他们也都是学有根柢、成就卓越的学者,对古代学术源流甚有了解,对封建传统和文化各有已见,并都认为应予重新认识,重新整理,有所评判。只是他们依旧站在旧民主主义或者维新改良的立场,按照统治阶级的世界观来重新认识封建传统和文化。章太炎明白指出,“把古人的道德比做日月经天,江河行地,墨守而不敢违背”,“永久不变”,是一种“谬误的观念”(《国学概论》)。相对于封建传统和文化,相对清代经学学术,他们并不“率由旧章”,不肯故步自封,而是追求进步的。综合地看,较之尊孔读经的“国学”,二十年代整理国故的“国学”有进步,有不同。除了主张重新整理研究外,在理论观点和研究方法上也有明显的改变。

其一,以历史的观点总结研究古代思想文化,把读经的“国学”变为研究历史文化的科学。章太炎发挥章学诚“六经皆史”(《文史通义》)的观点,提出“把经看作古代的历史,用以参考后世种种的变迁,于其中看明古今变迁的中心”,主张“以比类知原求进步”。梁启超总结清代学术成就的经验,“一言以蔽之曰,以复古为解放”(《清代学术概论》),认为恢复历史本来面貌,必定破除迷信的束缚,获得思想的解放,“则科学的研究精神实启之”。而胡适推崇杜威实验主义,第十步便是“历史的方法”,认为“这是一切带有评判精神的运动的一个重要武器”(《杜威先生与中国》)。显然,较之读经的“国学”,把经典视为历史,承认发展演变,经典不复神圣,否定了封建传统和文化不可变动,突破旧传统的束缚,是一大进步。

其二,汲取外国的理论、方法,总结清代的学术成就。章太炎“少时治经,谨守朴学”(《菿汉微言·自述治学变迁之迹》),由于救国,研究《荀子》《韩非子》,从经入子。被捕出狱后到日本,接触希腊、德意志、印度的古典哲学,用来比较印证诸子学说,融会贯通,成《国故论衡》,认为“自揣生平学术,始则转俗成真,终乃回真向俗”,乃是突破经典与门户的束缚，借鉴了异国的学术。梁启超从康有为治今文学，推崇康有为《孔子改制考》是“一种政治革命，社会改造的意味”，为维新变法的理论，学术思想原来比较通脱，因而不拘今古文经门户之见，充分肯定朴学“凡立一义，必凭证据”。而胡适推崇实验主义的第二步“实验的方法”，注重“从具体事实与境地下手”，一切学说“都只是待证的假设”，“都须用实行来试验过，实验是真理的唯一试金石”。所以他认为重考证的清代朴学，“确有科学的精神”，而且认为朴学方法“大胆的假设，小心的求证”，与杜威实验的方法实质相同。应当说，他们引进的外国理论和总结的清代方法，未必全都正确，但是与一味读经相比较，确乎是离经叛道的变化。

其三，扩大了“国学”的范围，区别了不同的学科。章太炎 1922 年讲演“国学”，便把国学分为经学即史学、哲学、文学三个派别。认为经学要“以比类知原求进步”，哲学要“以直观自得求进步”，文学要“以发情止义求进步”，显然扩大了“国学”读经为主的范围，而且根据研究对象不同，将“国学”实际上分别了学科。胡适在《国学季刊发刊宣言》中提出，“提倡古学研究，应该注意(一)扩大研究范围，(二)注意系统的整理，(三)博采参考比较的资料”。实际上，他们都把“国学”变为一个包括中国古代历史文化的大的总类，再据不同研究对象分为若干子类科目。正因对子类科目有不同认识，所以其后讲授“国学”的结构体系产生了不同。例如钱穆先生《国学概论》采取梁启超《清代学术概论》的“大意”，依照历史时代顺序，论述“学术思想主要潮流所在，略加阐发”(《弁言》)，实际上使“国学”概论成为文化学术史略。而如谭正璧先生《国学概论》则采取章太炎主张，但区分派别即子类更为详细。这种情况正表明“国学”从整理国故逐渐走向历史文化的研究领域，变为科学研究的学科，不再是封建传统思想文化的教育。

“国学”从尊孔读经到整理国故，是时代性的发展变化。如钱穆

先生所说,“清儒尊孔崇经之风,实自三人之说而变;学术思想之途,因此而广”。此后,适应蒋介石国民党统治的需要,国学在三十年代一度蓬勃,大小国学丛书纷出,经史子集无所不包,儒学出新,法家独钟。应当承认,在“国学”的旗帜下,文献典籍的整理,历史文化的研究,半个多世纪来是有可观成绩的。但也无可否认,整理国故的“国学”兴起,确乎抗拒新民主主义革命,抵制马克思主义指导的新文化思潮,引导青年埋头故纸,脱离现实,在社会变革的过程中起着消极作用。不过,整理国故的“国学”实为新学,“是西方资产阶级民主主义的文化”,“和中国封建主义的文化即所谓旧学是对立的”(毛泽东《论人民民主专政》)。“学了这些新学的人们,在很长的时期内产生了一种信心,认为这些很可以救中国,除了旧学派,新学派自己表示怀疑的很少”。他们做着学西方以救中国的迷梦,认真汲取西方的理论方法来整理国故,确实怀有一片爱国之心。然而他们错爱了在半殖民地半封建中国走不通的旧民主国家,既抵抗不了帝国主义侵略,也解除不了封建传统束缚。其结果是亡羊歧路,忽东忽西。梁启超晚年欧游归来,“科学万能”梦醒,重唱我国固有文化的高调(见梁启超《欧游心影录·科学万能之梦》)。走了回头路。胡适在三十年代索性从“全盘西化”走到“充分世界化”(《充分世界化与全盘西化》),越走越远了。

新民主主义革命胜利,中华人民共和国建立,确立马克思主义、毛泽东思想的理论指导,进行社会主义新文化建设。“国学”旗号悄然收起,研究古代历史文化却从未停止。“清理古代文化的发展过程,剔除其封建性的糟粕,吸收其民主性的精华,是发展民族新文化提高民族自信心的必要条件;但是决不能无批判地兼收并蓄”(毛泽东《新民主主义论》),在这一正确方针指导下,古代历史文化学术受到重视,展开不少工作,培养专家学者,取得可观成绩。众所周知,六十年代陷入封闭自守,从批判“封、资、修”到“横扫一切牛鬼蛇神”,发生了那场毁灭文化的十年浩劫。党的十一届三中全会后,开始社会主义建设新时期，以经济建设为中心，坚持四项基本原则，改革开放，禁锢的思想获得解放，优秀传统文化渐渐复兴，趋于热潮，凝聚民族团结，激励爱国情操。随着海峡两岸同胞的来往频繁，四海炎黄子孙的寻根情浓，久违的“国学”捎带回来，有意无意之间，“传统文化”“中华文化”与“国学”仿佛是同一主题的同义语，成了一种纽带。然而历史喜剧的重演，从来不是人物台词的简单重复，也不是周而复始的怪圈。

发展是硬道理。文化随着社会政治、经济而发展，同时受制于民族的历史传统。“任何一个民族的文化都是萌生于特定的历史环境与条件中，并随着社会变迁、历史的发展而不断演进、延续，逐渐积淀成具有一个民族特色的稳态因素。”(李修生主编《古籍整理与传统文化》)这其实是民族的历史文化传统。凡传统既经形成，便具规范，用于约束，要求稳定，趋于保守，所谓“不愆不忘，率由旧章”。实质上，这样在一定历史条件下形成的文化传统，是国家思想准则、社会行为规范的总体，即所谓“纲常伦理”，也就是恩格斯所说的“那些存在于人们头脑中的传统”，“起着一定作用，虽然不是决定性的作用”(《致约·布洛赫的信》)。而传统文化便是这样的历史传统所产生的文化形态，存在于社会生活的方方面面、层次角落，有精神形态的，也有物质形态的，智慧与愚蠢，文明与野蛮，合理与荒谬，真善美与假恶丑，相反相成，对立统一，历史地辩证地结合在一起，形成情操习俗，变为准则规范，言传身教，世代承袭，潜移默化，刻骨铭心，引导人们自觉遵守，以求社会稳定有序，国家长治久安。但是人类社会不断发展前进，社会制度、国家体制不断变革完善，传统和传统文化也不断调整更新，演变进步。不过传统和传统文化的演进，不是你死我活的强者生存，而是新陈代谢的根深叶茂。传统与民族同在，文化不断更新。智慧、文明、合理、真善美的精华被传承，愚蠢、野蛮、荒谬，假恶丑的糟粕被扬弃，民族优秀传统文化在扬弃糟粕、传承精华的过程中发展，世世代代，日新又新。

中华民族优秀传统文化的生命力在于新陈代谢。在社会制度不

发生根本变革时，传统文化的总体相对稳定，不觉其变；但在社会矛盾严重时期，传统和传统文化需要调整改良，往往有文化思潮涌起。秦、汉到清的封建社会发展过程中，汉初的黄老，盛汉的尊儒，东汉的谶纬，魏晋的玄学名教，南北朝的佛禅道教，中唐的古文运动，宋明的理学兴盛，以及清代的朴学与今文学等，其实都是古代封建社会各个时期调整传统的文化思潮，以适应社会政治、经济的发展变化，保持相对稳定。当社会制度发生根本性变革时，传统和传统文化的调整更新，则是激进的，全面的。社会动荡，国家分裂，传统崩溃，新文化向旧文化猛烈冲击，而以新国家统治、新社会建立，实现传统和传统文化的全面更新，达到新陈代谢。春秋礼崩乐坏，战国诸子蜂起，到秦始皇以暴力征服六国，建立专制统一的封建帝国，焚书坑儒，厉行法治，完成了社会制度变革，传统和传统文化经历了激烈的全面更新，历时两个多世纪。近代中国经历戊戌维新、辛亥革命、五四运动、北伐战争，到中国共产党领导各族人民进行新民主主义革命，又经抗日战争、解放战争，建立中华人民共和国，实行社会主义改造和建设。在大半个世纪中，中国从封建社会、半殖民地半封建社会、新民主主义社会到社会主义社会，其间新旧文化思潮汹涌迭起，激烈冲撞，殊有生死搏斗之势，传统和传统文化历经激变，获得全面更新。由此可见，“中学”“国学”“国故”以及“国粹”等以中国固有文化学术标称的“国学”，是其中两个时期的文化思潮，是社会制度根本变革过程中的文化思潮。而近十年涌现的传统文化热，则是社会主义社会初级阶段的文化思潮，而弘扬民族优秀文化更是党的社会主义文化建设的重要组成部分。显然，它们是不同的文化思潮，却有着历史的辩证的内在联系。弘扬民族优秀传统文化的“国学”复出，是历史的必然。

历史现象一再出现，其间必有内在联系。清末到民国的“国学”，其内涵主要指古代封建传统和文化，核心为儒家思想文化。二十世纪二十年代围绕整理国故的论争，实质便在如何对待封建传统和文

化。又由于“国学”的基础是建筑在清代学术成就上的，而乾嘉朴学的卓越成就主要在整理研究经学，即儒学思想文化，因此相当长时期来，存在着“传统的误读”（刘梦溪先生语），把封建传统文化或儒家思想文化误作中华民族的传统文化，以偏概全。应当看到，“国学”之一再兴起，有着其必然产生的历史条件。一是国际上存在着资本主义、帝国主义的欺凌侵略；二是中国处于落后、贫穷的地位。面对严酷的现实，社会各阶级、集团的有志有识之士都怀有变革救国之心，都是爱我中华的。因此在思想上、精神上，都要激励中华民族传统的爱国精神、自信心和自豪感。只因社会理想和政治方向不同，所以维新思想家把封建传统和文化当作根本，旧民主主义者要求保存其适用于资产阶级统治需要的基础。新民主主义者正确认识封建传统和文化的实质，坚决粉碎这一精神枷锁，其时有过一些过激的观点和言论，是可以理解的。然而由此而遗留一种偏向，进入一个误区，错把封建传统和文化当作中华民族的传统和文化，或者把儒家思想文化视为传统。正因如此，大陆学者曾经忌讳“国学”，而对待传统文化也往往把握未准，摇摆不定。然而，只要中国的落后贫穷地位尚未完全改变，只要外部欺压我中华民族势力依然存在，那么弘扬民族优秀传统文化，激励爱国主义传统精神，始终需要，迟早会涌现热潮。正视落后，所以振兴中华；承认差距，所以改革开放。如今，东方巨龙腾飞，中华民族振奋，传统精神焕发，传统文化复兴。于是“国学”又一回应运而出，但绝非尊孔读经，也不是“整理国故”，而是认真地科学地辩证地整理、研究、总结中华民族优良传统和优秀传统文化，辨析中华民族精神的实质，辨明传统文化精华的所在，发扬光大，增强团结，坚定民族自尊、自信、自豪，促进社会主义祖国的四个现代化建设。这是发展的需要，历史的必然。

（《文史知识》1994年第8期）

旅游文化与儒家思想

旅游文化,上溯传统,一说归之老、庄的道家思想。旅游者在大自然的美妙山水中,心旷神怡,忘怀世俗烦恼,获得精神享受。于是,有人把山水旅游文化与老、庄的"众妙之门","道法自然",返璞归真的道家思想联系起来,认为中国的旅游文化,其源盖出于此。

其实不然。这里有误区:旅游不是隐逸;旅游者心目中的山水不等于老、庄哲学所说的"自然"。老子出关,一去不返,高蹈了,是人生归宿的抉择,并非游山玩水。庄子隐居,逍遥自在,超脱了,在人间自我隔绝,无意游山玩水。他们没有旅游的兴趣和行为,怎么会产生旅游的文化及效用呢?

事实上,旅游文化传统溯自孔、孟儒家思想,更为切合。

春秋战国时代,天下动荡,礼崩乐坏,政出多门,霸主争雄,百家争鸣,异端蜂起。孔子、孟子继承和发展宗周文化,主张德治礼教,王道仁政,是传统文化救世论者。他们要求实现仁政,以王道统一天下,其关键在于国家必须建立一支教化人的骨干队伍,使统治者成为仁人君子,具备"修身、齐家、治国、平天下"的素质和本事,教化人民自觉遵守三纲五常的行为准则,使井然有序,驯顺和睦,安居乐业,天下太平。因此,他们积极推行教育,鼓励"学而优则仕",并且要活动,要知名,不能离群索居,不能没世无闻,故孔孟及其弟子周游列国,游说诸侯。儒家君子是积极入世、大任自命的,跟老庄信徒的与物同化、高蹈隐逸根本不同。

游学游宦，须跋山涉水，不免艰难险阻，但也可以锻炼意志，陶冶性情，养育品德。在儒家更是一种传统的教育方式，利用山水施教，把山水当作课堂。

上古文化是神圣王者的文化，敬天信命，日月山川都是神。五岳四海，名山大川，都是天帝神祇所在。在先民观念中，山水是神祇的化身，教化的依据。孔子继承宗周文化，但有所更新。他把神化的山水变为君子的品格德性，成为德治礼教的依据，使山水人格化了。他说：

> 知者乐水，仁者乐山。知者动，仁者静。知者乐，仁者寿。（《论语·雍也》）

流动的水合乎智者性格，爱好活动，生活快乐；屹立的山有似仁者品德，行为文静，健康长寿。君子文质彬彬，有才有德，融合了山水的品性。因而山水成了君子的象征和寄托。儒家是使山水升华为人的精神素养，与道家要求人把自己视同山水，精神上超离世界，是恰恰相反的。

山水既是君子的象征和寄托，因而，旅途观览山水也就成了良好的教材和课堂。有一次，孔子在河岸上观览东流大水，学生子贡问道："君子经过大河，都要观看一番，为什么？"孔子回答：

> 夫水大，遍与诸生而无为也，似德；其流也，埤下裾拘必循其理，似义；其洸洸乎不淈尽，似道；若有决行之，其应佚若声响，其赴百仞之谷不惧，似勇；主量必平，似法；盈不求概，似正；淖约微达，似察；以出以入，以就鲜絜，似善化；其万折也必东，似志。是故君子见大水，必观焉。（《荀子·宥坐》）

这一堂大水东流的品德课，可谓循循善诱，娓娓动听，析理入微，启人心智。孔子用东流的大水教导学生积极进取，学习大水普惠众生的德行，谦谨合理的仗义，博大无尽的道理，奋然前行的勇气，持平执法，适中公正，明察细微，改恶从善，而且有百折不挠、一往无前的坚

定志向。这样的山水教化,培养君子品德性格,显然是积极入世,勇于任事。《老子》也说过"上善若水",但他要人们学习"水善利万物而不争","唯不争,故无尤",退让容忍,一了百了。两相比照,鲜明对立,儒家依据天理自然,着眼人事文化,以为旅游文化传统的滥觞,也许较之道家更为切合实际。

古今山水旅游有种种不同情怀,但大多是积极的休息,精神的调整,热爱生活的行为,开阔胸襟的追求,获得游的乐趣,美的享受,情操的熏陶,志节的冶炼。儒家进取求仕,但是能不能被君主所用,却看机遇和命运。所谓"达则兼济天下,穷则独善其身",便是儒家君子在不同际遇的志节情操,要坚持爱国爱民的理想,力行以身作则的教化。有一次,孔子问几个学生:"如果得到君主的知遇,你们想做什么?"子路说他要使一个被大国压迫而战乱饥荒交加的中等国家振兴起来,冉有说他可以使一个小国经济富足,公西华说他有志于当一个国家内外大事的礼仪官。他们都符合"达则兼济"的要求,做官从政,有所作为。而曾皙却说:

> 暮春者,春服既成,冠者五六人,童子六七人,浴乎沂,风乎舞雩,咏而归。(《论语·先进》)

阳春三月,穿上新制的春衣,邀几位成年朋友,带几个天真儿童,在沂水洗个澡,春风里跳跳舞,祈求风调雨顺,然后一路吟诗唱歌回家。这是多么愉快的春游,在今天也可说潇洒了一回。然而这是曾皙的政治理想,最为孔子赞赏。原来曾皙所描绘的这幅春游图,是太平生活景象。衣食足而知礼义,天时人和,春风化雨,礼乐化成,恰是孔子终身追求的理想和怀抱。从这个意义看,孔孟儒家思想是把节沐休适的闲游山水视为政治清明、经济富足、文化发达的一种结果和表现。人们心情舒畅,知礼明义,文质彬彬,优哉游哉,在节假的"良辰",

看山水的“美景”,欣然“赏心”, 自为“乐事”,这样的旅游文化传统是合情合理的,健康有益,应当继承发扬。所以,山水旅游文化传统溯之儒家,或者较为切实合理。

(《东方文化》1995 年 6 月)

季师轶事记趣

季镇淮老师性情质直，作风认真，不善应变，近乎迂，却不腐，甚有雅趣。在那史无前例的年代里，往往处惊不慌，本色依然，颇见豁达。

先生曾任民盟领导，所以其党员身份并不公开。60年代后，在中文系教员中，这已不属机密，因为每月公布交纳党费的名单，先生大名，赫然其中。而在“横扫”之后，这却成了问题。那时，凡党员都称黑帮及爪牙，而民主党派群众则属反动学术权威及一切牛鬼蛇神。起初，先生当然归于反动权威。忽一日，大喇叭狂叫“紧急集合”，勒令党群分别列队，不得有误。先生与我都排在群众队列里，但我觉得这样不妥，万一抓住先生党员身份纠缠不放，后果不妙。于是小心地对先生说：“先生，您是不是排到党员那队去为好？现在学生都知道您是党员了。”先生仿佛一愣，接着点头称是，念叨着“我是党员”，走了过去。可是不一会儿，他又回来了。我便问道：“先生，怎么了？”他一笑：“不行，我还得在这里。这是纪律，必须遵守。”他见我困惑，便亲切地说：“我是党员，遵守党的纪律。不论什么情况，党组织没有正式决定公开我的身份，我就不能以党员身份公开活动。”我听了，不由点头称是，深深敬佩先生的党性和精神，不愧为一位中国共产党的党员。

先生治学严谨，求知认真，知之为知之，不知为不知，绝不肯不懂装懂。由于公务繁忙，先生常常感慨缺少埋头攻读的工夫，往往抱憾

不能执着到底地钻研，他深于司马迁、韩愈及近代文学的研究，积累了许多真知灼见，却未能获得足够的时间和精力来集中深入总结。那个百事俱废的年代里，他似乎觉悟到反其道而行之，利用这段时间来埋头攻读，自找苦吃。有一段日子，他忽然不厌其烦地啃起英文本的天文学，津津有味。我不能理解这股傻劲，曾经脱口而出地问他："先生，读原文难吗？读得懂吗？"他哈哈一笑，说道："难极了！得查字典读。现在有工夫，这样读，值得。"然后，他慢条斯理地谈论起来。

先生治《史记》多年，却有一憾：不通《天官书》。他不是指依据旧注，疏通文义，而是要求确切明了《天官书》所记述的天文现象，从现代天文科学来看，是指什么现象，有何功用，具有多少科学价值。他说："古人本来难免迷信，有许多不科学的观点。司马迁的可贵在于尊重事实，力求忠实保存史料和史实。如果能从现代天文科学观点来辨明《天官书》记载的星象，给以评论，可能比较正确。"这其实是他一贯的学术观点之一。他认为，研究古代的学术，必须以现代科学观点认识历史现象，抓住其本质，总结其规律，就像读《天官书》，应当懂点现代天文学。因此，他曾对"古为今用"发过议论，指出真正做到"古为今用"，应当是科学地懂古，又切实地通今，把握住古代知识中的科学内容，确实有效地为现实服务，而不是说故事，打譬喻，以古讽今，甚至含沙射影。

先生很重视古籍整理工作，认为这是学术研究的基础和功底，不可轻视，更不能忽视。他认为点校、注释，都是很难的。有时他现身说法，竟然承认自己不识字，读不了古书，似乎故作惊人语。其实不然。他说自己读音不准，简化字不标准。如果做选注工作，只能老老实实查《新华字典》，丝毫不得偷懒。古书的错字很多，自己并不都知道。要想不以讹传讹，必须查版本，读校记，汲取前人成果，非认真不可，一点不能作伪。他这样说，也确实这样做。为了编选一本古代作品的教材，他毅然投身选注工作，知难而上，真的一个字一个字地查字典辞书，先解决选文的底本和规范字体，以及准确注音。可以想见，一位花甲之年的老学者，埋头查小学生字书，孜孜不倦，这是多么认真的精神。他以为这是自己的责任。当我接过他注释的草稿，不禁傻了，怎么都是单个字及注音？先生自己也笑了，解释道："这是我的难点，得认真查，一个个记下来。"当时我觉得十分有趣，大学者甘当小学生，而且十分用功，完全出自本性，实在天真。

灾难10年过去。中文系也面临拨乱反正的关头。当时正酝酿系主任人选，先生亦其中之一，呼声不低。我曾在聊天中试探过先生的想法，原以为他未必愿意接受这个确实繁难的重担。然而先生的态度不但出我意料，而且使我震惊。他说了三句话。对于当不当系主任，他说："当仁不让。"对于怎样治理中文系，他说："快刀斩乱麻。"对于当系主任的思想准备，他说："我是共产党员。"这三句掷地作金石声的回答，使我顿时明白先生在那10年中的趣事，实质并非文儒风雅，而是一位共产党员在非常时期坚持党性的生动体现，是一位真正学者在黑白颠倒年代保持节操的坚贞行为。上述言行，确实有趣，而内含真谛，耐人寻味。

（《季镇淮先生纪念集》，北京大学出版社，1999年）

工作和治学

三十多年来，我一直在学校担任资料员、教员。论专门的学术成就，我无所足道。如果说曾经治学，那就是我在完成工作任务过程中，在师长的教诲指导下，接触了有关的学术课题，略有摸索，稍有体会。大概地说，在工作中钻研涉及的学术课题，无论巨细，都需要踏实态度，认真精神，深入思考，经受考验。

假如本职工作就是自己志趣向往的学术课题，当然理想而幸运，但这样的机遇并不甚多。一般地说，对于初涉学术、志趣未定的青年来说，在工作的具体任务中积累知识，发现课题，培养志趣，确定方向，则更为实际。大学毕业后，我最初接受的具体工作是协助老师编写先秦、两汉文学史参考资料，任务是搜集图书资料，注释古诗初稿。当时我年轻，以为钻研专题，撰写论文，方属学术，这类资料和注释只是具体工作。然而着手工作后，却体会到这项具体工作是从事学术钻研的基础和起点。搜集是占有资料的第一步，注释则是切实吸取前人成果的必经步骤，读懂前人著述，然后才有可能发现、探索课题。当年，吴小如老师注释汉赋作品，开列一张涉及汉赋注释的《史记》《汉书》《文选》的注疏札记著作目录，指导我翻阅搜集有关资料。这项工作使我很受教益。在借阅这些图书的过程中，我具体接触了《史》《汉》《选》学的著述目录；在翻阅搜集有关汉赋材料时，我初步了解了前人关于论述、注疏汉赋的大概情况和存在的争议。这不仅充实了我的汉赋知识，而且培养了我的志趣，并使我体会到占有资料的

重要和必要,从而对发现、探索课题的途径与方法也有了比较深刻的认识。不久,当我着手注释古诗时,便从目录入手,搜集查阅汉诗研究及《选》学撰著,努力占有资料,尽量吸收前人和师辈成果,较好地完成了注释初稿,同时也积累了汉诗和《选》学的目录知识,了解了其学术概况,为日后涉足其中课题研究获得了有益的基础和起点。做过几番此类工作任务后,回头一想,工作任务往往不由个人治学志趣抉择,难免抵牾,与其心态失衡而耗费时光,不如踏实工作,在任务中培养志趣,积累知识,充实自己,打下扎实基础,为深入专门课题创造条件,这同样可以治学,不失为其中一途。我是从这条路上走过来的。

工作有范围,任务有要求。在工作任务中研究涉及的课题,不免杂碎,较难专一,日久会滋生烦恼,往往不能坚持,因而更需要认真精神。具体地说,工作中所涉学术有两类,一是遇见疑难,二是发现课题。疑难是完成任务中常有的,具体而且细小,往往不成课题,却耗费精力,但必须认真对待,问个明白,查个究竟。我曾长期从事注释教材的工作,涉及古代文学和古典文献两个学科,遇见不少具体疑难,有时为了求得比较确切的解释,花费许多时间查找一个恰切的典故,或者始终不得其解,也产生过厌烦情绪。但是,不畏疑难,不嫌烦琐,寻根究底,认真求解,涓涓成流,沟通江河,使我受益匪浅。唐代诗人储光羲《田家杂兴》之六曰:“楚山有高士,梁国有遗老。”旧注或以为上句指商山四皓,据《水经注》“四皓隐于楚山”;下句指汉代赋家枚乘,因枚乘曾为梁孝王“梁园宾客”,梁孝王卒,枚乘归隐淮阴。马茂元先生《唐诗选》指出其说牵强,甚是。但究竟用何典,便须查找。既然上句指四皓,则下句用典当与四皓有关,便从《汉书》关于四皓记述的注疏中查找,在《张良传》王先谦补注中查得一条记载引孙愐注言:“汉有应曜,隐于淮阳山中,与四皓俱征,曜独不至,时人语之曰:‘南山四皓,不如淮阳一老。’”(《广韵》十六蒸)应曜与四皓同为秦末遗老，汉初隐士，用来比兴“相邻”“同道”的隐士，显然较为贴切。此事又见《白帖》，可知为唐人习用常典。不过，这里还有一个问题：应曜是淮阳老，并非梁国老。西汉淮阳与梁国相近，梁国治所在淮阳。诗用应曜事，大致不误。但改“淮阳”为“梁国”，究竟是诗人误用误记，还是因声病而故意混用，则无从确考了。诸如此类，就事论事，收获细小，但积少成多，却使我比较广泛地接触了文史文献，逐渐学得查阅文献、索解疑难的方法途径，积累了古代作品、古典文献方面的知识，举一反三，触类旁通，有助于课题的发现和钻研。

具体疑难不等于学术课题。学术意义的评估是衡量课题的依据。发现课题需要对这一课题所属学科的学术研究有相当的了解。在成长过程中，师长的指导是不可或缺的；但自觉认真地培养自己发现、鉴别课题的能力则更为重要。从这角度看，工作任务接触知识面较广，积累资料幅度较宽，虽然不如钻研课题深入，但只要认真、踏实，却是学习发现课题的有利条件。林庚老师主编《魏晋南北朝文学史参考资料》时，我曾在他指导下搜集附录评论资料。这是一项资料工作，但我得到两个长久受益的收获。一是比较广泛查阅、接触了有关这一阶段主要作家作品的原始资料和历代比较重要的评论著述；二是从老师对所搜集资料的取舍审定中，领会、学习了衡鉴前人评论的学术价值的方法和依据，从而受到发现、鉴别课题的启发教育。我搜集的评论资料是芜杂的，经老师筛选审定，留取的是最有代表性、具有历史价值的历代有关评论，数量由多变少，质量去芜存精。从广泛搜集到全面占有，并非靠死记硬背，而是掌握其重点要点。这需要全面的学识和明确的见解。观点从材料中来，没有材料依据的观点是无根的；材料因观点而见，没有观点指导的材料是无用的。力求以正确的观点掌握重要的材料，是达到全面占有资料的有效途径，也是发现课题的正确方法。这样的认识使我在工作中逐渐学会发现、积累课题，减少盲目和偏见。有时从材料中发现有意义的课题，有时因

观点而发现可探讨的课题，无论资料辨析、史实考证、理论探讨、方法研究等，都有不可取代、互相补充的价值。在搜集核查隋代作家卢思道传记资料的过程中，我发现张说《齐黄门侍郎卢思道碑》明确记载："隋开皇六年，春秋五十有二，终于长安。"与通行文学史据《隋书》《北史》本传推算的卒年有出入。这便是一个应予辨析考证的课题。在查考过程中，我又发现卢思道一生主要活动于北周，隋初已去世，作为隋代主要代表作家来论述，似为未妥，值得探讨。这又是一个史论课题，涉及南北文风比较和交流。与此相关，我发现了一些有意义的课题，如隋文帝改革文风与隋炀帝爱好宫体对隋代文学发展的作用；薛道衡应是隋代文学主要代表作家；虞世南在隋、唐之际的地位作用，等等，这些前人已多评论的课题，都还存在一些史实、评论上可以再予探讨的问题。综合起来，也许会对整个隋代文学的论述有所推进。

材料和观点的辩证关系中，一般情况下，正确的观点是重要的，往往属于主导。在完成具体工作中，往往由于任务既定明确，因而我们容易有意无意地满足于既定观点的指导，流于被动，不多思索。实际上，正因为工作任务是具体的，更要求具体问题具体分析，更须深入思索。这样可以更好地完成任务，同时也更能发现、积累、钻研所涉的学术课题，培养、锻炼、提高自己治学的基础和知能。我曾讲授北宋文学和宋代诗歌。起初因为满足于完成教学任务，主要是概括通行的史论评述进行讲授。在讲授过程中，我核查了部分原始记载和作家作品，发现通行史论宋初文学发展存在一个"时间差"，认为宋初数十年中，西昆体形式主义诗赋流行，占有统治地位，所以接着发生了欧阳修领导的北宋诗文革新运动，或称北宋古文运动。然而事实是西昆体主要代表作家杨亿出生在宋太祖开宝七年(974)，到宋太宗朝不过从童年步入青年，而《西昆酬唱集》的诗歌唱和发生在宋真宗景德年中，编集刊行于大中祥符后，距宋太祖立国的建隆元年近半个世纪。也就是说,西昆体的流行至早在宋初三十年后,恰恰不在宋初三十年间,这是明显的“时间差”。指出这一事实出入并不困难,值得思考的是这三十年的文学并不是空白,究竟是怎样的?为什么发展到西昆体?又为什么学者会出现这样明显的误差?后来我又发现,前两个问题在前人著述中不乏如实评述,但往往不受重视,或不予正视,似属故意忽略含糊。因而我体会到,对于治学来说,后一个问题更有意义,应当忠于史实,用正确的观点深入思索,不宜拘于某种既定观点来简单套用。实际上,任何学术成果都是一定观点和相应材料结合的产物。考据可以验证史实,探索原因则主要依靠观点和方法。随着知能学识的增长,观点方法的主导作用日益显示出来,更加需要深入思考。

在工作任务中钻研的课题,一般是层次不高的具体课题。在本职工作业务比较熟练后,会有较多时间精力来治学,在具体课题接触、积累较多后,会进一步对较高层次的课题有兴趣,试图探讨。步入这一阶段之后,治学的自主幅度大了,但新的矛盾产生了。例如任务和志趣在高层次上再度碰撞,需要安排;高层次课题要求更加深广的学识知能,需要提高;有兴趣的课题不止一个,需要选择,等等。这些处置不当,便有苦恼。归结起来,主要一个苦恼是感到身不由己。这是一种考验。首先,治学如为人,应实事求是地认识自己,要从苦恼中总结自己,有自知之明,须量力而行,知不能而知能,有不为而有为,做努力可及的事情。如果从已有知能基础出发选择有兴趣的课题,在工作任务中不断扩充提高自己,改善主观条件,则会变不利为有利,水涨船高,轻舟前进,自主自由,无可烦恼。在发现高层次课题后,有志深入探讨之前,不妨自己做一番可行性鉴定,不要“跟着感觉走”,不要凭空构想空中楼阁。其次,文史学科是社会科学,高层次课题是一定范围和条件下的规律性研究。恩格斯说过,“在理论上推进一步,没有几年冷静的研究功夫是不行的”。从根本上说,文史学科

的规律性研究,必须经受历史社会实践的严峻考验,主观功夫到未必就成,功夫不到是肯定不成的。在探索未知领域的道路上,没有驾轻就熟,无缘轰动效应,有风险,没有承受考验的志气胆识是不行的。而正因有志气,有胆识,所以自觉自在,充满治学乐趣。有志治学,并且决心坚持下去,就要准备接受考验。对于在工作中治学者亦然,或者更为重要。

治学其实各有其道。我是个教员,教过古代文学、古代汉语、古籍整理等不同专业课程。对工作还算守职,论学术都不专深,贬称“万金油”,过誉谓“杂家”,当之不妨,亦自有道。其特点便是“杂”,但不是杂七杂八,而是杂中求一,寻找求解之道。从疑难到课题,从具体到理论,从低层次到高层次,虽因工作变动,任务不同,涉及多而探索浅,但我都希望解决问题,切合实际。当今时代,新思维、新观点、新方法纷至沓来,应接不暇,相信各有道理,但正确与否,则都需经受实践的检验。曾经有过一种时髦观念,似乎有了某种新方法,便有新发现,取得新成就。其实不然。有问题,才需要解决问题的方法,并且以是否得到正确答案为检验方法的标准。用新方法试解老问题,当然应当倡导,但并不等于肯定新方法一定正确,更不是新方法发现了老问题。发现问题后还是要老老实实进行调查研究,从实际出发。不切合实际,再新的方法也是无效的。理论上说,正确的一般方法论能够指导认识,改造世界,但解决具体问题还得用具体方法。钻研各类课题,都不是用某种万验的方法可以一套便得的,而需要综合运用各种具体方法,解决不同层面的具体问题。我从不同工作任务中学得了一些具体方法,体会到一个不深奥的道理:从实际出发,具体问题具体分析,采取不同的具体方法。宏观指导的方法论是必要而重要的,但应以正确为准,而不以新旧论,更非万能钥匙。具体的方法技能是必须学会的,因为锁是一把一把开的。文史学科的迷宫里千门万户,如果有一把钥匙可以打开每扇幽闭的门锁,当然很好,但是实际上大概不行。治学是有方法的,但万验的灵方是没有的。学者专家提供许多治学方法的见解,都是宝贵的实践经验的总结,但并不都适合于志趣不同的后学者的具体课题。我体会到,更重要的是学习师辈学者的精神,自己总结经验,自行探索切实有效的方法,不断深入寻找求解之道。至于是否取得成就,可否作出贡献,我觉得有两句老话值得铭记:一句是“有志者,事竟成”,关键在有志;另一句是“失败乃成功之母”,这较之“天才加勤奋”的成功格言,更为实际,因为并非人人都是天才。

(《文史知识》1990 年第 2 期)

古典诗文心解

（下）

倪其心 著

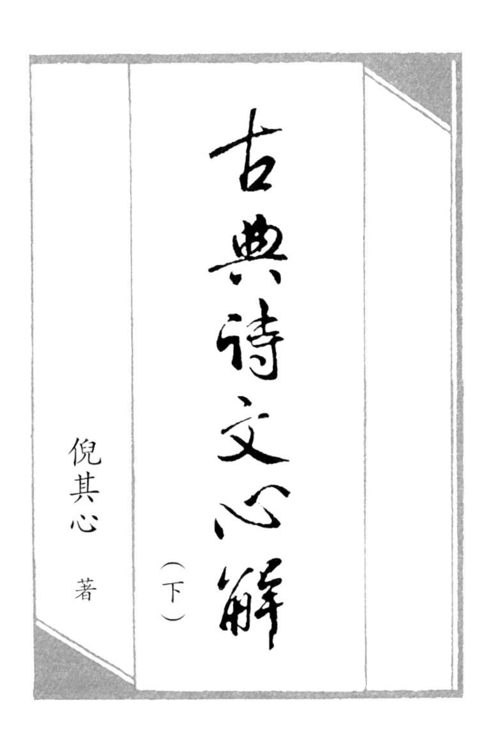

北京大学出版社
PEKING UNIVERSITY PRESS

目录

名作品鉴

名作品鉴

古诗十九首

引　言

在两汉时代,“诗”与“歌”有别:“诗”指歌词,“歌”指歌曲。“古诗”的本义是指古代的诗,即从前的歌词。大约在魏晋时代,“古诗”成了一个专门名称,专指两汉流传下来的一批优秀的五言歌词。从两晋到南朝,经过历史的考验和淘汰,这批歌词存下来六七十首,据说其中有西汉枚乘、东汉傅毅以及建安时代的曹植、王粲的作品,总之被认为是两汉第一流大作家的作品。人们视这些歌词为典范,竞相模拟,著名诗人西晋陆机、东晋陶潜以及南朝刘宋鲍照等都有《拟古诗》。但是在当时的古诗传抄本中,有的有作者署名,但不一样;有的则没有作者署名。所以它们各篇的作者不能确定,创作的年代也不能断定究竟在西汉还是东汉。于是南朝梁代昭明太子萧统选编后《诗经》文章总集《文选》时,从这批“古诗”中选了十九首,题为《古诗十九首》,以为无名氏作品,列在“诗”类“杂诗”目的首位,确定为两汉的作品。从此,《古诗十九首》就随着《文选》而广为传播,直到于今,被视为两汉五言诗的代表作,有“千古五言之祖”(明王世贞《艺苑卮言》)之誉。

《十九首》确属两汉时代的创作,代表两汉诗歌的一方面成就,但不是全面的,更不是唯一的。因为它们的原作者已无从断定,而今存文本则是传抄中经过集体加工的。它们不是歌词抄本,而是作为五言徒诗即不唱的文本定型的;它们是按照《文选》编者的标准与眼光

选择与编排次序的，甚或是经过他们加工润色的。其中即使有所传枚乘、傅毅等的作品，也已不复是创作伊始的原来面貌。最可说明这种演变的例证是，其十五“生年不满百”是从乐府《西门行》的晋代唱词删改而成的（详见其十五的“讲解”）。而在唐、宋编纂的类书或乐府总集中，十九首中总共有十一首被引用或被载录为“古乐府”或“乐府古辞”，可见直到唐宋时代，它们多半仍被视为乐府歌辞。事实上，《十九首》的思想、艺术虽然都表现为文人徒诗的总体特色，却仍留着乐府歌辞的胎记和骨骼。

《十九首》全是五言徒诗。它们的主题主要有三类：思妇怀远，游子思乡，人生仕途的种种感慨。诗中抒情说理主人公则为二类，即思妇与游子。其中思妇诗七首，有成婚的主妇、订婚的闺女以及倡女出身的主妇。游子诗十二首，而单纯抒写乡愁室思的仅三首，其他都是游子离家所遭遇的人生仕途的体验和感慨，是下层文士追求前程的种种不满与不平，归结到人生态度和抉择归宿上。总起来说，它们大体反映了东汉以及魏晋时代下层文士及其家庭的生活状况、命运遭遇和思想情绪，触及封建社会政治及道德风气的污浊腐败，流露着下层人民安于本分的合理愿望和软弱追求。它们是自己时代的曲折透镜，并未爆发出时代的强音。

感伤哀怨，惆怅不满及气愤不平，是《十九首》思想感情的总体特点。封建下层文士为了改善自己的地位和待遇，不得不背井离乡，奔走仕途，追求功名，谋取富贵，使这一阶层充斥游子思归，触处离愁别绪。然而仕途坎坷，游子往往滞留异乡，困顿他方，沉沦潦倒，发不了家也回不了乡。他们饱尝辛酸，备受屈辱，看遍世态，识透人生，发觉自身无力，痛感现实无情。于是退避者、超脱者、随波者、愤世者不乏其人，而唯独缺少谋求革新者。因而有牢骚不满，有愤愤不平，有哀怨，有悲伤，有讽世警语，有醒世哲理，有冷嘲热讽，有自笑笑人，有真性情真悲哀，有肺腑语感人心，也有悲观失望、无望及濒于绝望，宣扬

人生短促,富贵无常,及时行乐,恣情放荡;恰恰发不出豪言壮语,看不见远大理想。显然,这并非两汉文士的全部状况,但却是汉魏及六朝下层文士的一种真实的思想情绪,一种确实存在的处境,具有现实的真实性和历史的时代性。

从整体的艺术特色看,《十九首》是清丽如话的抒情诗哲理诗。由于多半来自乐府歌辞,它们的抒情说理往往保持着叙事方式。有的在叙事中抒情,其实是诗人用第三人称叙述所见所闻,而其动人处却在诗人情怀,例如其二“青青河畔草”、其十“迢迢牵牛星”都是这样。而大多是抒情如同叙事,其实是诗人拟诗中思妇或游子,自叙遭遇,即事抒怀,或者叙述自己人生经验的哲理。例如其一“行行重行行”是思妇自述对远出未归的丈夫的思念、忧伤、担心和希望,絮叨反复,断断续续,欲罢不能。又如其十九“明月何皎皎”是游子自叙其客游不欢,欲归不能,以致忧愁不眠、悲伤流泪的境况。它们都是其事其情说完,诗也结束了。再如其四“今日良宴会”、其十一“回车驾言迈”的议论和哲理,嘲讽和悲哀,都从事理中来,对事理而发,如同叙事一样。它们的共同特点就是以事情或事理为抒写的依托。

诗中主人公形象生动,性格鲜明突出,神情毕露,活灵活现,是《十九首》的又一艺术特点。不论第三人称、第一人称,他或她大都不作静止的表白,更像舞台主角的独白。例如其六“涉江采芙蓉”、其九“庭中有奇树”,都只有八句,主题单纯,较难形容,但其六通过游子采荷花,其九通过思妇攀枝摘花,显示出怅然若失的神情,显露着痴情失落的现象,都很生动,含蓄丰满。又如其十一“回车驾言迈”发挥人生哲理,构思一位游子仿佛回乡的旅行,叙述漫长人生征程的见闻,触发人生的哲理和议论,显出一个归来游子及醒世哲人的感受与领悟,形象亲切,耐人寻味。

清丽如同说话,温文尔雅,是《十九首》的诗歌语言特点与风格。在两汉,乐府歌辞是新鲜活泼的通俗形式,用它们来抒写心中委屈、牢骚、不平，像朋友恳谈知心话，如夫妻倾吐体贴语，讽刺杂以自嘲，说理旨在摆脱，利落自然，快当不拘。经过下层文人的集体加工，主题趋于明确，结构、手法、语言也日益精练，不拖沓，不敷衍，不芜杂。然而较之乐府语言，古诗显属文雅，注意身份尺寸，讲究方式方法，并且力求规范，甚至被誉为“五言之《诗经》”（明王世懋《艺圃撷余》）。诗歌艺术的历史发展，从《诗经》、楚辞、两汉乐府到五言古诗，经历了三个阶段。从诗歌语言发展看，《诗经》、楚辞以后，乐府作为叙事诗的文体，古诗作为抒情的文体，在汉魏渐趋规范。《十九首》正是被奉为一种新的诗体的范作而挑选出来的。不过在《文选》编选的年代，“古诗”作为一种诗体，其实已被视为五言的传统典型形式，不属南朝齐、梁时代的新诗体，因为那时讲究声韵骈俪的“今体”“近体”诗已经兴起了。

其一　行行重行行

行行重行行，① 与君生别离。② 相去万余里，③ 各在天一涯。④ 道路阻且长，⑤ 会面安可知？⑥ 胡马依北风，越鸟巢南枝。⑦ 相去日已远，衣带日已缓。⑧ 浮云蔽白日，游子不顾返。⑨ 思君令人老，⑩ 岁月忽已晚。⑪ 弃捐不复道，努力加餐饭。⑫

〔注释〕

①行行：等于说“走啊走啊”。重：还是，加上。②君：第二人称尊称代词，这里指称丈夫。生：活生生地。③去：距离。万余里：形容相距遥远。④天一涯：天的一头，形容相隔极远。⑤阻：指山水关隘的阻难，道路艰险。⑥安：怎能。⑦“胡马”二句：是汉代通行的成语，亦作“代马依北风，越鸟翔故巢”。“代”指代郡，举作北方边塞地区。这里“胡”指胡族，概指北方少数民族地区；“越”指百越，概指南方少数

民族地区。这个成语的意思是说，北方的马依恋北风，南方的鸟在向南的树上筑巢，连鸟兽都眷恋故乡，何况人呢。⑧“相去”二句：形容相距日远，团聚无望，思念日甚，身体消瘦。缓：松宽。⑨“浮云”二句：首句是汉代常用的比喻，寓意是贤良被奸邪陷害，就像太阳被浮云遮住。《古杨柳行》说：“谗邪害公正，浮云蔽白日。”即其用意。这里用来抒写心中的担忧，料想丈夫在异乡遭遇奸邪的陷害，脱不了身，顾不到回家了。言外是说，如果不发生意外，丈夫一定会回家的。游子：指出门离家的丈夫。⑩老：容颜显老，神态变老。⑪忽：很快。晚：岁暮、年末。这句是说，一年很快过去。⑫“弃捐”二句：意思是说，一切不幸都撇开不说，身体保重最要紧，多吃饭，活下去。这是勉励丈夫的话，也是自勉。弃捐，抛开、丢掉。道：说。加餐饭：多吃饭。

【赏析】

丈夫远游不归，有年头了。妻子在家守着，等着，盼望着，从失望到无望，濒于绝望。人消瘦了，而丈夫仍然杳无音讯。妻子焦急，担心丈夫陷入灾祸，回不了家乡。然而一切都没有着落，心里却仍抱着希望，割不断的思念，拦不住的岁月，依旧不知丈夫何日归来，夫妻哪年会面。无可奈何中迸出一句伤心话：身体保重，活着就好。这就是诗中主人公——这位思妇对她丈夫倾诉的衷情，是独白，仿佛歌剧舞台上女主角独唱咏叹调，明显地保留着汉代乐府相和歌曲的结构和演唱的痕迹，四句一解，即每四句一节歌辞，歌唱一遍。但它不再是歌辞，而是整齐的五言诗，汲取了《诗经》、楚辞的艺术经验，表现出诗歌语言艺术的特点，语言省净，善用比兴，形象生动，意蕴委婉。例如“各在天一涯”极喻相隔遥远，“胡马”二句兴起丈夫必恋故乡之情，“浮云蔽白日”极尽体贴丈夫之心，而“衣带日已缓”“岁月忽已晚“修辞精巧，久已脍炙人口。如果从整体看，则“女为悦已者容，士为知已者用”，古代士人将妇节比士节，以男女喻君臣，视夫妻离别犹如君臣隔离，这诗的“与君生别离”“思君令人老”的“君”，不无双关君主之意，寄托着不遇的下层士人一片忠君之心。这大概不为今日读者所理解，但却是古代封建士人的心态，或许还是《文选》编者首选此诗的主要原因。南朝梁时徐陵编《玉台新咏》，以此首为枚乘《杂诗九首》之一。

其二　青青河畔草

青青河畔草，郁郁园中柳。[①]盈盈楼上女，[②]皎皎当窗牖。[③]娥娥红粉妆，[④]纤纤出素手。[⑤]昔为倡家女，[⑥]今为荡子妇。[⑦]荡子行不归，空床难独守。[⑧]

【注释】

①郁郁：茂盛的样子。②盈盈：形容妇女体态丰满。③皎皎：形容少妇肌肤白皙，容光焕发。窗牖(yǒu)：窗户、窗口。④娥(é)娥：娇美的样子。红粉妆：涂脂抹粉、化妆打扮。红粉，女子化妆用的胭脂和铅粉。⑤纤纤：形容妇女手指细长。素手：洁白的手。⑥倡家女：出身倡伎人家的女子。汉代倡会是乐工艺伎，地位低贱，但献艺不卖身，不同于后世的妓女。⑦荡子：离家游荡不归的人。⑧空床难独守：是说这位少妇很难守活寡。

【赏析】

倡家女嫁了浪荡子。丈夫离家不回来了，妻子虚度青春，寂寞空闺。假如她不甘独守空床，世人将会怎样看待她呢？也许会指责她出身低贱，不守妇节。但是这位诗人或歌手却以热情的惊叹、清丽的语言写出这位少女春日凝妆凭窗的美艳，明显流露着惋惜与同情。它其实是用第三人称叙述所见所闻的少妇及其身世，在叙事中抒发

自己的激动与感慨，更像一首乐府。宋代类书《事文类聚》和《古今合璧事类备要》都引作“古乐府”。

其三　青青陵上柏

青青陵上柏，磊磊涧中石。[①]人生天地间，忽如远行客。[②]斗酒相娱乐，聊厚不为薄。[③]驱车策驽马，[④]游戏宛与洛。[⑤]洛中何郁郁，[⑥]冠带自相索。[⑦]长衢罗夹巷，[⑧]王侯多第宅。[⑨]两宫遥相望，[⑩]双阙百余尺。[⑪]极宴娱心意，戚戚何所迫！[⑫]

【注释】

①“青青”二句：是比兴，意思说，埋葬死人的坟墓上松柏常青，山涧流水中的石块永存，引出下两句人生短促如旅意。陵：坟墓，古代坟地多种植松柏。磊磊：石块突出的样子。②忽：飞快的。远行客：离家远出的旅客。③“斗酒”二句：意思是说，在世上，人间交游，彼此喝杯酒，舒心快乐，就是交情深厚，不算浅薄。斗：酒器。聊：姑且。④驱车：赶车。策：竹制的马鞭，这里是鞭策的意思。驽(nú)马：跑不快的劣马。此句既表示不求高头大马，也表示不必快跑，适意即可。⑤宛：汉代南阳郡宛县，今河南南阳，汉代著名都市，东汉号称“南都”。洛：今河南洛阳，东汉京都。⑥何：一何、多么。郁郁：形容繁华。⑦冠带：顶戴冠帽，腰束衣带，是富贵人的服饰。自相索：是说富贵人找富贵人交往。⑧长衢(qú)：长长的大道。衢，四通八达的道路。罗：罗列。夹巷：大道两边的小巷。⑨第宅：府第住宅。汉代封赏王侯住宅分甲乙等级。⑩两宫：指皇帝的宫殿与太后的宫殿。遥相望：据载，两宫南北相对，故云。⑪双阙(què)：皇宫前的两座望楼。阙：皇宫前面两边的楼台。百余尺：形容很高。⑫“极宴”二句：意思是说，这些王侯贵官尽可以极其奢侈地宴会娱乐，满足欲望，但是他

们怎么都愁眉苦脸，究竟受到什么逼迫呢？

【赏析】

人生短促，怎样的活法好些呢？诗人以为恪守本分，适意行乐，便活得自在；追求功名富贵，钻营高官厚爵，结党谋私，勾心斗角，过着奢华的生活，却是惶惶不可终日。这是本诗的主题思想。它的构思颇为别致。如同其一“行行重行行”四句一解，它每四句一节，一节一层意思。先是简括人生如旅；其次自述情怀淡泊，引出游戏京城都市；再次形容京都官僚碌碌，豪宅罗列；结尾感慨帝王所在辉煌，生活奢华，却是忧心忡忡，不堪逼迫。读来仿佛诗人在游戏人生的旅途中，经过京城都会，冷眼观赏王公大臣的贵奢生活，点破其束缚于利禄的实质，具有醒世意义。唐代类书《北堂书钞》引此诗作“古乐府”。

其四　今日良宴会

今日良宴会，[①]欢乐难具陈。[②]弹筝奋逸响，[③]新声妙入神。[④]令德唱高言，[⑤]识曲听其真。[⑥]齐心同所愿，含意俱未申。[⑦]人生寄一世，奄忽若飙尘。[⑧]何不策高足，先据要路津！[⑨]无为守穷贱，轗轲长苦辛[⑩]。

【注释】

①良：好的。②具陈：一一叙述。③筝：古代弹拨弦乐器，即今称“古筝”之类。奋：发出。逸响：奔放的乐音。④新声：新俗歌声，指汉代流行歌曲。⑤令德：美德，指德高望重的人。唱高言：略等“唱高调”的意思。高言，高明的言论。⑥识曲：懂歌曲。真：指“高言”所含的真意。⑦“齐心”二句：是说在座的人们心中都有相同的愿望，但是都没有把心里想法说出来。⑧“人生”二句：是说人生在世，不过像旅客一辈子寄宿旅店一样，极其短促不定，仿佛暴风中的尘土。奄忽：

形容极快。飙(biāo):暴风。⑨“何不”二句:是说人应当做官,并且要抢占要职,就像赶路似的,鞭打快马,抢先占据重要道路的码头,保证自己道路畅通,掌握他人交通关口,有权势,得富贵。策:这里是鞭策的意思。高足:比喻快马。津:渡口、码头。⑩“无为”二句:是说人不要一辈子守着贫穷生活和低贱地位,坎坷不得志,总是活得很辛苦。轗(kǎn)轲:通“坎坷”,道路不平,比喻仕途失意。

【赏析】

举行了一个很好的宴会,听到了美妙的古典音乐和流行歌曲,最痛快的是一位德高望重的人物,唱出了大家的心里话:人生短促,应当做大官,据要职,掌权势,取富贵,不必死守贫贱,坎坷终生。一语道破封建官场的奥秘,但却被誉为“高言”,奉为真谛,可谓热讽,嬉笑而不怒骂,玩世不恭,是智者醒者,而非强者勇者。它其实是第一人称陈述赞叹自己所参加的一个宴会见闻,用反面话正面说的手法进行讽刺挖苦,类似近代的道情,指时事,发议论,使听众读者心里有一阵快意,嘴里发几声苦笑。《北堂书钞》引其中“弹筝”二句,作“曹植诗”。

其五　西北有高楼

西北有高楼,上与浮云齐。①交疏结绮窗,②阿阁三重阶。③上有弦歌声,④音响一何悲!⑤谁能为此曲,无乃杞梁妻。⑥清商随风发,⑦中曲正徘徊。⑧一弹再三叹,慷慨有余哀。⑨不惜歌者苦,但伤知音稀。⑩愿为双鸿鹄,奋翅起高飞。⑪

【注释】

①上与浮云齐:这句形容极高。上:高耸向上。②交疏:窗户格子交错镂空。结绮窗:结构成图案美观的窗户。③阿阁:四角有飞檐

的楼阁。三重阶:三层楼。④上:楼上。弦歌声:弹琴唱歌声。⑤一何:多么。⑥"谁能"二句:是说如此悲伤的歌曲只有杞梁妻般的贞烈妇女能够唱出来。无乃:岂不是。杞梁:春秋时齐国大夫杞殖,字梁,战死。其妻即"杞梁妻"痛哭十日后自杀。《琴曲》有《杞梁妻叹》。⑦清商:清商乐,汉代相和曲各调的总称。相和曲有平调、清调、瑟调,即宫调、商调、角调三类音调,称清商三调,简称清商。随风发:随风传来。⑧中曲:全曲的中段。一说是"曲中",即指这歌曲的内容。正徘徊:形容正是歌曲中段反复奏鸣主旋律。⑨"一弹"二句:是说楼上妇女弹奏一段就不断长叹,有失意的慷慨,不尽的悲哀。一说此二句仍指乐曲基调及和声。再:又。三叹:多次叹息。⑩"不惜"二句:意思是说诗人自己并不怜惜她的遭遇痛苦,只是为她悲伤,她很难遇到那样理解她的知己丈夫了。知音:用俞伯牙、钟子期听曲知音的故事,比喻知己的伴侣、朋友,这里指妇女失去丈夫,诗人缺乏知己。⑪"愿为"二句:表示祝愿楼上妇女和自己像一双鸿鹄,展翅高飞,追求各自的理想。鸿鹄:鸿雁与黄鹄,都是高飞远行的大鸟。《史记·高祖本纪》有《鸿鹄歌》:"鸿鹄高飞,一举千里。"含着追求实现远大理想的寓意。

【赏析】

富贵人家的高楼,传来异常悲恸的弹琴唱歌声,震撼了作客他乡的诗人,他倾耳聆听。听出来了,这是一首清商曲的中段,正围绕主旋律一再奏鸣,激昂慷慨,不尽悲伤。体会到了,歌者不是为自己生活的穷苦而悲伤,只是由于从此失去体贴知己的丈夫,正像诗人自己难遇知音一样。因此,诗人衷心祝愿歌者能与自己一样,都成为鸿鹄,展翅高飞,追求光明与温暖。在古代士人看来,志士与节妇一样,身不由己,知音难遇。所以,诗中歌者失偶的悲哀激发了诗人不遇的共鸣,失落与追求在精神上相通,在实际上相似,都取决于命运,祈求于理想。《玉台新咏》载作枚乘《杂诗九首》之一。

其六 涉江采芙蓉

涉江采芙蓉，[1]兰泽多芳草。[2]采之欲遗谁？[3]所思在远道。[4]还顾望旧乡，[5]长路漫浩浩。[6]同心而离居，[7]忧伤以终老。[8]

【注释】

①涉江：渡水过江。芙蓉：莲花。②兰泽：生长兰花的沼泽地。芳草：香草，即指兰花。③之：指莲花、兰花。遗（wèi）：赠送。④所思：心中思念的人。远道：远方。⑤还顾：回头看。⑥漫浩浩：茫茫无边。⑦同心：指夫妻，用《易经·系辞上》"二人同心，其利断金"语意。离居：分住两地。⑧以：因此、就此。这句是说，因此就只能忧伤到老死。言外是说自己无望在有生之年就回家了。

【赏析】

游子客居江南久了，习惯水乡风俗，采花赠远，以结恩情。然而他思念的亲人是远在北方家乡的妻子，距离实在太遥远了，不可能送到，反而触发心中更悲伤的忧愁，甚至觉得这辈子也回不了故乡，永远见不着妻子了。究竟是什么缘故使他陷入如此沉重而无望的处境呢？诗中没有点破。有的学者认为这诗的构思及用词造语都汲取了屈原《九章·涉江》及《招魂》的意境，可能寄托了贬谪流放的遭际与哀伤。应当看到，较之其他古诗作品，这诗明显继承着楚辞传统，更具有文人诗的风格。《玉台新咏》载作枚乘《杂诗九首》之一。

其七 明月皎夜光

明月皎夜光，[1]促织鸣东壁。[2]玉衡指孟冬，[3]众星何历历！[4]

白露沾野草,[5]时节忽复易。[6]秋蝉鸣树间,玄鸟逝安适?[7]昔我同门友,[8]高举振六翮。[9]不念携手好,[10]弃我如遗迹。[11]南箕北有斗,[12]牵牛不负轭[13]。良无盘石固,[14]虚名复何益!

【注释】

①明月皎夜光:用《诗经·陈风·月出》"月出皎兮,……劳心悄兮"语意,是说皎洁的明月照亮黑夜,流露着满怀忧愁的心态。②促织:蟋蟀。鸣东壁:躲进屋里向阳的东墙下,以蟋蟀避寒趋暖,喻季节变化。③玉衡:北斗七星,第五至第七星排列似斗柄,称"杓",又称"玉衡",俗称斗柄。北斗一年四季、一夜到天亮的运行转动方位,是古人观察季节和时辰的一种指示标志。孟冬:初冬,指农历十月。这句是说,半夜里,斗柄已指在初冬的方位。④历历:明亮清晰的样子。⑤白露:农历节气,在中秋八月,夜露凝结,称"白露"。⑥时节:季节。忽:很快。易:改变。⑦"秋蝉"二句:是说深秋知了还在树上叫,燕子早就飞走了。玄鸟:燕子,春天北来,秋天南去。⑧昔:从前。同门友:同一师门学习的朋友,等于说"老同学"。⑨高举:高飞。振:展开。六翮(hé):鸟翅膀上的翎管。这句是说老同学都展翅高飞,升官得意了。⑩念:惦记。携手好:用《诗经·邶风·北风》"惠而好我,携手同行"语意,指当年同学的交情。⑪遗迹:走路留下的脚印。语出《国语·楚语下》:楚灵王"不顾其民,一国弃之如遗迹焉",形容极其鄙弃。⑫南箕:古天文观念的二十八宿,分东南西北四方,各七宿。箕宿属于南方七宿之一,它的布列像簸箕。北有斗:此指北斗星。⑬牵牛:指牵牛星。负轭(è):套轭干活拉东西。轭:牛拉车、拖犁时套在肩胛上的曲木。此连上句是说夜空的箕宿、北斗星、牵牛星都是只有虚名,无其实的。⑭良:确实。盘石:大石。固:指牢固。

【赏析】

一个深秋入冬的夜晚，这位游子失眠了。月夜，繁星，虫鸣，北斗的斗柄指着初冬方位；黎明，白露，蝉鸣，燕子被秋寒赶走去寻找温暖。时令变迁，岁月无情，奔走仕途的游子最需要人情的温暖和朋友的帮助。然而沦落异乡的游子，孤单无援，那些得意的同窗老友竟然也抛弃了他。交情丧亡，友谊泯灭，他悲哀而有点愤懑了，觉得这一切都是空话。《文选·谢灵运〈道路忆山中〉》李善注以为这诗是"古乐府"。从结构看，它显然保持着乐府四句一解的程式。但是从艺术风格看，它明显表现出《诗经》的影响，并经过文人们的精心加工润色。

其八　冉冉孤生竹

冉冉孤生竹，结根泰山阿。[1]与君为新婚，[2]兔丝附女萝。[3]兔丝生有时，[4]夫妇会有宜。[5]千里远结婚，悠悠隔山陂。[6]思君令人老，[7]轩车来何迟！[8]伤彼蕙兰花，[9]含英扬光辉。[10]过时而不采，[11]将随秋草萎。[12]君亮执高节，[13]贱妾亦何为！[14]

【注释】

①"冉冉"二句：是比兴，寓意是说，孤单的家庭愿意与高门大家结亲，就像孤立软弱的竹子要在大山山角扎根一样。冉冉：柔弱的样子。泰山：大山。阿：曲处。②君：您，敬称未婚夫。为新婚：指订立婚约，确定婚姻关系，但尚未成婚。一说是指结婚为夫妻。③兔丝：即菟丝。一种细长的蔓生植物，开白色小花，此为女子自喻。附：依附。女萝：松萝，一种地衣类蔓生植物，茎干生细枝，不开花，此喻未婚夫。这句比喻两家都是孤门单族，不是孤单攀结大家的婚姻关系。④生有时：生长有一定的季节，指开花结子的时节。⑤夫妇会有宜：

是说夫妻会合有适宜的时间，指应当在青春盛年。⑥“千里”二句：是说两家不在一地，距离遥远，相隔高山，结婚很不容易。千里：喻距离遥远。悠悠：长远的样子。⑦令人老：是说自己相思得人也老了。⑧轩车：有车厢的马车，指迎亲的婚车。⑨彼：那些。蕙兰花：蕙花、兰花。⑩含英：已开而未怒放的花。英，不结籽的花。扬光辉：形容花朵光艳。⑪过时：过了开花的季节。⑫以上四句是比喻说，自己正处鲜花盛开之时，结婚的年龄，错过了，就老了。⑬亮：诚然，确实。执高节：坚持高尚的志节，此指延迟婚姻的原因。⑭贱妾：女子自称。亦何为：又是为了什么。这句是说自己正因爱慕男子高节，所以愿意订婚，等待结婚；但是你也不能因为坚持高节而总是拖延。

【赏析】

这位女子订了婚，可是未婚夫却迟迟不来迎娶。对于拖延婚姻的原因，她其实是理解的。由于两家门第都不高，家境也不富裕，她的未婚夫立志取得功名富贵之后，再结婚成家。然而生死有命，富贵在天，不知道何时得以功成名就。如此等待下去，青春蹉跎，又会有什么结果呢？所以她有点埋怨了。但她委婉表达的衷心愿望是，未婚夫能够理解她不攀高门、不图富贵，只求及时成嫁、夫妻恩爱、家庭美满的心思。说穿了，这诗叙述的是我国古代下层男女一个古老故事：贫贱夫妻百年恩。不过，它是由订婚而未婚的女子叙述而已。《文心雕龙·明诗》说它是东汉傅毅作的歌辞。《乐府诗集》载作乐府古辞；《事文类聚》《古今合璧事类备要》引作“古乐府”。

其九　庭中有奇树

庭中有奇树，[①]绿叶发华滋。[②]攀条折其荣，[③]将以遗所思。[④]
馨香盈怀袖，[⑤]路远莫致之。[⑥]此物何足贵，[⑦]但感别经时。[⑧]

【注释】

①庭中:院子里。奇树:等于说“佳树”“好树”。②发华滋:花儿开放茂盛。华,同“花”。③攀条:攀着树枝。荣:花。④将:拿来。以:用来。遗(wèi):赠送。所思:思念的人,指远出在外的丈夫。⑤馨香:折下花朵的芳香。盈怀袖:怀里衣袖里搁满折来的花。这句显示出花香人也香。⑥莫致之:不能把花送给丈夫,自己也见不到丈夫。⑦此物:指花。何足贵:不值得珍贵。贵,一作“贡”,献。⑧别经时:离别很久。经时,历久。

【赏析】

堂屋前,院子里,那棵枝叶成荫的大树又开花了。这家主妇不由走到树下,攀着枝条,折下花朵。她的怀里,衣袖里,搁满了花,全身散发着芳香。她却茫然了,有所失落。这鲜花,这一身芳香,送给谁?让谁喜欢?丈夫出门了,那么远,怎么送?送得到吗?鲜花和芳香都失去意义,然而它们对年轻的主妇仍可珍贵,触发她对丈夫的思恋,发觉自己青春在消逝。丈夫离家又一年了,何时归来?仿佛这春天不来,花儿不开,她已经不觉得丈夫不在家,习惯了,麻木了,可见她丈夫出门很久了,而且没有音信。不难看到,这诗的结构与风格,类似其六“涉江采芙蓉”,精练省净,简洁明了,而含蓄伤感,只是它抒写的是思妇春闺幽怨。

其十　迢迢牵牛星

迢迢牵牛星,[①]皎皎河汉女。[②]纤纤擢素手,[③]札札弄机杼。[④]终日不成章,[⑤]泣涕零如雨。[⑥]河汉清且浅,相去复几许?[⑦]盈盈一水间,[⑧]脉脉不得语。[⑨]

【注释】

①迢迢：很远的样子。②皎皎：洁白明亮。河汉：银河。女：指织女星，与牵牛星隔银河相对。③纤纤：柔细的样子。擢：摆动。④札札：织机声。杼(zhù)：织布机上的梭子。⑤终日不成章：用《诗经·小雅·大东》"跂彼织女，终日七襄(形容劳碌繁忙)。虽则七襄，不成报章(织成锦缎)"语意，是说织女因思恋牛郎，无心织锦，所以整天忙碌也织不成锦缎。⑥零：落。⑦相去：两岸的距离。几许：多远，即是不过的意思。⑧盈盈：这里形容河水平稳。间：间隔。⑨脉脉：默默相视的样子。语：说话。

【赏析】

诗人遥望星空，瞩目银河两岸的织女星和牛郎星，联想起凄迷幻丽的牛郎织女神话传说，满怀同情地遐想织女思恋忧伤、无心织锦的神情，为这对恋人相望而不可即的境遇深深感慨。显然，这诗的艺术特点类似其二"青青河畔草"，都是用第三人称的叙述来抒情，善于用叠词来渲染形容，并且都在末尾发议论，表明歌者的态度和倾向。虽然倡家女与织女星有身份的不同，有现实典型与神话形象的不同，但是从表现手法与语言风格看，这两首诗其实很近似，都是精心提炼，清新优美。也许由于神话传说本身的迷人，它显得异常的生动含蓄。

其十一　回车驾言迈

回车驾言迈，[①]悠悠涉长道。[②]四顾何茫茫，[③]东风摇百草。[④]所遇无故物，焉得不速老！[⑤]盛衰各有时，立身苦不早。[⑥]人生非金石，岂能长寿考？[⑦]奄忽随物化，荣名以为宝。[⑧]

【注释】

①回车:车掉转头。驾言迈:驱车前进。言,语气词。②悠悠:长远的样子。涉:经历。长道:长途。③四顾:回头看望四方。茫茫:无边无际。④东风:春风。摇:吹动。百草:泛指各种花草。⑤“所遇”二句:是说百草都是春天新生的,没有陈旧的,因而想到人生也是这样,人总是要死的,一生很短促,所以觉得老得很快。故物:旧东西。焉得:怎能。速老:很快变老。⑥“盛衰”二句:是说人生如同百草,青春盛年和衰老暮年也是有一定时候的,一个人觉得苦恼的是不能及早取得事业成功。时:一定的时候。立身:使自己有所建树。古人以为人生事业成功有“三不朽”,即立德,立功,立言。⑦长寿考:长寿的意思。考,老。⑧“奄忽”二句:是说人生短促,而人的荣誉却是长存的,应当珍惜荣誉。奄忽:一会儿。随物化:人的肉体随着万物一起消亡。荣名:荣耀名誉。

【赏析】

“人生如旅”是汉代相当流行的一种人生观念,这诗其实就是对这一观念的一种生动切实而积极的诠释。诗的前半以过来人的体验,指出回顾以往的岁月,仿佛在茫茫草原上旅行,看惯了“东风摇百草”,就像后来唐代诗人白居易说的:“离离原上草,一岁一枯荣。野火烧不尽,春风吹又生。”在大自然和人世中,普遍法则便是新陈代谢,没有长生永存的。如果只见人生必死这一面,因为无法抗拒自然无情,而消沉,而“速老”,是可以理解的,然而并不正确。所以后半仍以切身体验,讽劝后生应当认识客观法则,人生从青少年到老大去世是无可避免的,但是一个人的功名荣誉却可以永垂不朽,超越死亡的时限。所以一是要及早抓住机遇,建功立业,争取荣誉;二是不要消沉悲观,不要盲目追求长生。这诗完全在发议论,然而读来有味,因为它恳切实在,道理浅显,说到心里,就像汉乐府说的“少壮不努力,

老大徒伤悲”一样。

其十二　东城高且长

东城高且长，[1]逶迤自相属。[2]回风动地起，[3]秋草萋已绿。[4]四时更变化，[5]岁暮一何速！[6]《晨风》怀苦心，《蟋蟀》伤局促。[7]荡涤放情志，何为自结束？[8]燕赵多佳人，[9]美者颜如玉。[10]被服罗裳衣，当户理清曲。[11]音响一何悲，弦急知柱促。[12]驰情整中带，[13]沉吟聊踯躅。[14]思为双飞燕，衔泥巢君屋。[15]

【注释】

①东城：此指东面城墙建筑。②逶迤（wēiyí）：绵延不绝的样子。属（zhǔ）：连接。③回风：旋风。动地起：卷地而起。④萋：茂盛。一说通“凄”。绿：黄绿色。这句是说，秋草虽然还茂盛，但草色由青变黄绿。⑤四时：四季。更：替换。⑥岁暮：年末。⑦“《晨风》”二句：用《诗经》名篇主题来抒写自己的心情。《晨风》：《诗经·秦风》的篇名。怀苦心：《晨风》说：“鴥彼晨风（鸟名），郁彼北林。未见君子，忧心钦钦（忧愁的样子）。”抒写不遇的愁伤。《蟋蟀》：《诗经·唐风》的篇名。伤局促：《蟋蟀》说：“蟋蟀在堂，岁聿其莫（同“暮”）。今我不乐，日月其除。无已大康，职思其居。好乐无荒，良士瞿瞿（警惕的样子）。”大意是说，岁末将到，应当及时行乐，但不能荒废事业，应当约束自己。⑧“荡涤”二句：是说自己想清除约束，尽情放纵行乐，不再束缚自己。荡涤：冲洗掉。放情志：放纵自己的感情意志。结束：束缚、拘束。⑨燕赵：指春秋战国时代的燕国、赵国，今河北、山西一带。佳人：美女，指乐伎，史载赵国女子多学习歌舞，为乐伎。这里说“燕赵”，是连类而举。⑩颜如玉：用《诗经·召南·野有死麕》“白茅纯束，有女如玉”语意，形容女子美丽洁白，含有求欢的用意。⑪当户：对着窗户。

理：练习。清曲：相和曲的一类，这里是泛举。⑫柱促：指琴柱之间的距离短窄，属高音部。⑬驰情：被情感驱驰，激动起来。整：整理。中带：单衫。一作“巾带”。⑭沉吟：沉思吟咏，形容思虑深沉。聊：姑且。踯躅：徘徊，形容犹豫。⑮“思为”二句：是说自己很想与美女成双成对，快乐地生活在一起。巢：筑巢。君屋：字面指佳人的闺房，即乐伎所在的青楼，实际双关“君王的堂屋”，暗指被帝王任用为官。

【赏析】

士子游学求仕，失意无成，滞留都会，每当秋冬时节，不免感伤光阴流逝，青春蹉跎，思想矛盾，感情波动，甚至想放弃前程，索性放纵。然而真要抛弃十年寒窗苦，只求一时放荡，他们往往不愿也不敢。所以矛盾波动的结果，还是理智约束行为，感情流为梦想。假如青楼佳人钟情，失意士子中榜，双双衣锦荣归，感谢皇恩，那是最美妙了。这就是本诗的主题，抒写士子在仕途、在都会、在岁末的失意彷徨以及遐思梦想。明代以来，有的学者认为这首诗是两首误合而成，从“燕赵多佳人”句起，别为一首。其说有趣，但只是自圆其说，并无证据。这里录供参考。

其十三　驱车上东门

驱车上东门，[1] 遥望郭北墓。[2] 白杨何萧萧，[3] 松柏夹广路。[4] 下有陈死人，[5] 杳杳即长暮。[6] 潜寐黄泉下，[7] 千载永不寤。[8] 浩浩阴阳移，[9] 年命如朝露。[10] 人生忽如寄，[11] 寿无金石固。万岁更相送，贤圣莫能度。[12] 服食求神仙，[13] 多为药所误。不如饮美酒，被服纨与素。[14]

【注释】

①上东门：汉代洛阳城东面有三个城门，靠北的叫上东门。②郭

北墓：汉代以前的习俗，墓葬多在城北郊区，认为向北是通往冥府的道路。洛阳城北有北邙山，是汉代王公贵族的墓地，这里可能指北邙，所以说“遥望”。郭：外城。③萧萧：这里形容风吹树叶声。④松柏夹广路：说大路两旁种植许多松柏，可见此地坟墓很多。古代习俗，墓地多种松、柏、梧桐树。⑤下：地下。陈死人：指墓主死了很久。⑥杳（yǎo）杳：极其遥远。一说是幽暗的样子。即：走向，登赴。长暮：长夜，喻指埋葬。⑦潜寐：沉睡。黄泉下：即地下。黄泉，古以为地下有黄泉。此指埋葬死者的地穴，即指阴间。⑧寤：觉醒。⑨浩浩：广大无垠，这里形容天地宇宙。阴阳：指四季变化，春夏为阳，秋冬为阴。移：运转。⑩年命：人的寿命。如朝露：像早晨的露水一样短促。⑪忽：很快。寄：寄宿，指旅客借住旅馆。⑫“万岁”二句：是说从远古以来，人类生生死死，代代相替，圣贤也不能例外。万岁：一万年，喻远古以来。迭：替代。一作“送”。度：同“渡”，越过。⑬服食：指服用丹药，古代相信方士求仙之说的人，依其言服用丹药，以求长生或成仙。求神仙：追求成为神仙。⑭被服：穿着。纨与素：指丝绸衣服。

【赏析】

在科学发达的今天，读这首人生哲理诗，别有一番情味。人生短促，生必有死，是自然法则，也是客观事实，似乎不必大事宣传。但在汉代以及魏晋南北朝，企求长生不老，梦想神仙生涯，却是相当流行的，有吃药的，有求仙的，往往执迷不悟。这诗便是以严肃认真的态度，庄重简练的语言，摆事实，讲道理，证明人生如寄，人寿有限，吃药求仙都不能获得长生，仍然不免一死，所以不如在世时讲究吃穿为好。这似乎在宣扬及时行乐观念，有点庸俗放纵。其实，讲大实话，说小道理，机智诙谐，却一语中的，恰是民间文艺的特色，此诗亦然。《艺文类聚》载此诗，题为《古驱车上东门行》，《乐府诗集》载作《驱车上东门行》,可见它最初是乐府歌辞。

其十四　去者日以疏

去者日以疏,来者日以亲。[①]出郭门直视,[②]但见丘与坟。[③]古墓犁为田,松柏摧为薪。[④]白杨多悲风,萧萧愁杀人。[⑤]思还故里闾,欲归道无因。[⑥]

【注释】

①“去者”二句:是说人死了,越来越被疏远;活着,就越来越在亲近,这是人之常情,自然的趋势。去者:离世的、死去的。来者:相对“去者”而言,前来的、出生的。一作“生者”,即指活着的。日:一天天。以:因而。一说此二句的意思是,青春日远一日,衰老日近一日,录供参考。②郭门:外城门。③但:只。丘:大坟。④“古墓”二句:是说年代久了,墓铲平了,树砍掉了,死者也被遗忘了。松柏:种植在墓地的树木。摧:折。薪:柴。⑤“白杨”二句:意思是说,道路两旁的白杨树依然生长,秋风吹来,树叶瑟瑟响,让游子听了就忧伤。⑥“思还”二句:意思是说,游子心里想回家乡,但是真要回去,却连回家的路也说不出在哪里。还:回来。一说通“环”,环绕。故里闾:故乡老家的邻里乡亲。道:指回家的路。无因:没有凭据,指老家不一定还在,道路也许没有了。

【赏析】

这位游子久离家乡,欲归不能,看来只得终老他乡了。这是古代游子往往遭遇的一种悲哀命运,也是他们不得不面临人生归宿的一种痛苦抉择。是追求归乡、悲愁到死呢,还是识破命运、亲近人生?实际上,这位游子倾向后者,含蓄地讽劝游子们摆脱乡愁,落地生根,

坚强地生活下去。所以他先指出一种人生事实,显示人生的一种必然趋向:死者日益被疏远,生者日益在亲近。对于儒家传统的亲疏贵贱的观念来说,以生活、生存为亲疏的界定,是大不韪的崭新观念。因此,后八句以事实来说明。先说人生必死,久而连坟墓也不见了;再说离乡必愁,久而连回乡道路都没有了。既然如此,应当听任自然,适者生存,在他乡活下去。

其十五　生年不满百

生年不满百,[①]常怀千岁忧。[②]昼短苦夜长,[③]何不秉烛游![④]为乐当及时,何能待来兹。[⑤]愚者爱惜费,[⑥]但为后世嗤。[⑦]仙人王子乔,[⑧]难可与等期。[⑨]

【注释】

①生年:活着的年龄,寿限。②千岁忧:忧愁活不了一千岁,指追求长生不老。③昼短苦夜长:睡眠时间太多,玩乐时间太少。④秉:拿着。⑤来兹:来年、明年。⑥爱:吝惜。惜费:舍不得花费。⑦但为:只能被。嗤:嘲笑。⑧王子乔:传说是周灵王的太子,名晋,字乔,被浮丘公接引到嵩山修道成仙。⑨与:跟王子乔相比较。等期:同样的期望,指修道成仙。

【赏析】

这诗是从汉代乐府《西门行》的歌辞演变而来的。《西门行》的古辞如下:

出西门,步念之,今日不作乐,当待何时?逮为乐,逮为乐,当及时。何能愁怫郁,当复待来兹。酿美酒,炙肥牛,请呼心所欢,可用解忧愁。人生不满百,常怀千岁忧。昼短苦夜长,何不

秉烛游？游行去去如云除，弊车羸马为自储。

到了晋代，它的末二句改成这样：

（何不秉烛游）自非仙人王子乔，计会寿命难与期？（重唱一遍）人寿非金石，年命安可期。贪财爱惜费，但为后世嗤。

与这诗相比较：删去“出西门”四句，“酿美酒”四句，“游行”二句；修改、润色“何能”二句、“贪财”二句等；调整了“为乐”二句及末四句的次序。这样删改的结果是，把原来嘲弄小有产者吝惜钱财、节俭生活的主题，改为一般地讽劝及时纵情行乐，批评吝啬及求仙长生；把原有形容具体情态、愿望的可供表演的歌辞，改为抽象说理的可以吟咏的徒诗；因而使原是小有产者的生动形象，变为通脱文人的说教形象，长短句歌辞变成五言徒诗。显然，较之《西门行》的通俗口语，此诗语言精整，风格雅致，但是它的基本思想却仍保持乐府的印记，朴实快当。从这个角度看，不但可以理解此诗的思想特点，而且可以增添阅读和欣赏的乐趣。

其十六　凛凛岁云暮

凛凛岁云暮，[①]蝼蛄夕鸣悲。[②]凉风率已厉，[③]游子寒无衣。[④]锦衾遗洛浦，[⑤]同袍与我违。[⑥]独宿累长夜，[⑦]梦想见容辉。[⑧]良人惟古欢，枉驾惠前绥。愿得长巧笑，携手同车归。[⑨]既来不须臾，又不处重闱。[⑩]亮无晨风翼，焉能凌风飞？[⑪]眄睐以适意，引领遥相睎。[⑫]徙倚怀感伤，[⑬]垂涕沾双扉。[⑭]

【注释】

①凛凛：寒冷的样子。云：语助词。岁云暮：一年又到岁末了。《诗经·小雅·小明》：“曷云其还，岁聿云莫。”此用其意，暗示盼望丈

夫归来。②蝼蛄：虫名，俗称土狗子、拉拉蛄，天寒夜鸣。③率：都、大概。厉：猛烈。④游子：指出门的丈夫。⑤锦衾遗洛浦：用洛水神女的传说。有个士子在洛水遇见一位美丽的神女，情意眷恋，但不能结合，互赠纪念物而别。这里用来说丈夫或许在外面有艳遇。锦衾：锦被，指自己给丈夫缝制的铺盖。遗(wèi)：赠送。洛浦：洛河水口。⑥同袍：用《诗经·秦风·无衣》“与子同袍”语意，指同伴，同伙。与我违：用丈夫口气，指丈夫与同伴不合。⑦独宿：独守空房。累：一连、多少个。⑧梦想见容辉：是说梦中见了丈夫。容辉，指丈夫的容貌神采。⑨“良人”四句：《礼记·昏义》载结婚礼俗，丈夫迎娶时，扶新娘子上车前，先授给一条绳索，一起拉车，车轮转动三圈，然而同车到家，行婚礼，结为夫妻。这里是写梦里情景，丈夫还是爱自己，驾车仍拿着新婚时那根绳索，表示夫妻仍然恩爱，手拉手一起回家团聚。良人：称呼丈夫。惟：想。古欢：以前的恩爱。枉驾：劳驾，指丈夫乘车来。惠：给。绥：绳索。巧笑：用《诗经·卫风·硕人》“巧笑倩兮，美目盼兮”语意，指丈夫希望获得自己的爱情。携手同车归：用《诗经·邶风·北风》“惠而好我，携手同归”语意，表示结为恩爱夫妻。⑩“既来”二句：是说梦见丈夫的时间很短暂，又没有在闺房住宿。须臾：一会儿。处：居住。重闱：深闺。⑪“亮无”二句：是说自己想去追梦里的丈夫也不可能，因为自己不是鸟，不会飞。亮：确实。晨风：鸟名。凌风：乘风。⑫“眄睐(miànlài)”二句：是说自己只能伸长脖子四处远望，聊以宽解思念。引领：伸长脖子。睎：望。⑬徙倚：徘徊一会儿，靠着歇会儿。⑭双扉：一双门扉。

【赏析】

深秋天凉，又到年末，出门的丈夫还是没有回来，也没有音信，空闺的思妇又开始担忧，梦想，盼望，苦苦等待。这几乎是思妇诗的共同主题，结构公式。但异曲同工，各有巧妙。如果把这诗与其一“行行重行行”相比较,则一眼便看到两位思妇虽然都在诉说思恋丈夫的愁怨,但是神情体态、举动风度以及诉说的事情、语言,明显不同。其一的那位虽然反复絮叨自己的思想,却只是说情话,说苦语,没有一件具体事情,仿佛脱口而出,实话实说。而这位思妇显得文雅稳重,诉情事,抒愁情,一件件,一层层,慢慢说来,娓娓动听,语言典丽,感情含蓄。天冷了,该给丈夫寄寒衣了,但他在哪里呢?既不回家,又不来信,是在外地有了新欢,还是有麻烦了?越担心越想念,睡不着,做梦了。梦里丈夫还像新婚那样恩爱。然而梦醒了,这么快就不见丈夫了,追也追不上。于是依然彷徨徘徊,望穿秋水。事情说完了,诗也结束了。

其十七　孟冬寒气至

孟冬寒气至,[①]北风何惨栗。[②]愁多知夜长,仰观众星列。[③]三五明月满,[④]四五蟾兔缺。[⑤]客从远方来,[⑥]遗我一书札。[⑦]上言长相思,下言久离别。[⑧]置书怀袖中,[⑨]三岁字不灭。[⑩]一心抱区区,[⑪]惧君不识察。[⑫]

【注释】

①孟冬:初冬,指农历十月。②惨栗:冷得发抖。③众星列:夜空布列的繁星。④三五:农历十五日。⑤四五:农历二十日。蟾兔缺:传说月宫里有蟾蜍和玉兔,兔子捣药,蟾蜍捏药丸。农历二十是下半月,月残,看不见兔子和蟾蜍。⑥客:指为丈夫捎信来的客人。远方:指丈夫所在的地方。⑦遗(wèi):赠送。书札:书信,汉代书信写在木简上。⑧“上言”二句:是丈夫信里说的话。⑨置书怀袖中:把书信放在襟怀衣袖中,这里形容贴身珍藏。⑩三岁字不灭:是说贴身珍藏丈夫的信,三年了,字迹仍像当年一样真切。⑪抱:怀抱。区区:形容这一点心意,指珍藏书信的深情。⑫君:您,敬称丈夫。

【赏析】

这首思妇诗仍然抒写岁末对出门的丈夫的思念愁怨，但神情姿态不同，具体事情独特，别有一种痴情，仿佛空闺独诉，喃喃低语，只说与远方的丈夫听。冬天到了，格外寒冷，更不能入睡，黑夜显得特别长。空闺里，没人说得上话，看着天空，数星星了。就像唐代诗人说的那样："天阶夜色凉如水，卧看牵牛织女星。"但那是贵妇人。这位思妇没那份闲情，已经有点麻木，只记得十五月圆，二十月缺，年年月月，不会错的。还记得三年前，也是这时节，远方来了一位客人，你托他带来一封信，信里叫我常想着你，埋怨说离别太久了。我记得呢，这不是吗，信就搁在怀里，三年了，字迹还真切，一点不变。你瞧，就怕你不信。可以想象，她双手护着胸怀，痴痴地，望眼欲穿，等待着丈夫回来。《古今合璧事类备要续集》引此诗作"古乐府"。

其十八　客从远方来

客从远方来，[①]遗我一端绮。[②]相去万余里，故人心尚尔。[③]文彩双鸳鸯，[④]裁为合欢被。[⑤]著以长相思，[⑥]缘以结不解。[⑦]以胶投漆中，谁能别离此。[⑧]

【注释】

①客：指为丈夫捎信来的客人。远方：丈夫所在的地方。②遗(wèi)：赠送。一端：半匹，长二丈。绮：带花纹的丝织品。③故人：指丈夫。心尚尔：心里仍是如此恩爱。尚，依然、还是。尔，如此、这样。④文彩：刺绣花纹图案。⑤合欢：指被上的鸳鸯花纹，寓指所制为双人被。⑥著：充实，指被套里装被胎。长相思：指丝绵被胎。思，谐音"丝"，双关语。⑦缘：缝被幅。结不解：指丝缕结花的被幅，取其结合而解不开的谐义，是双关语。⑧"以胶"二句：是说我们夫妻的爱情就

像胶和漆结合在一起，谁也分不开。胶、漆，都是黏性物。投：加入。此：喻指夫妻恩爱。

【赏析】

这位思妇收到半匹绮罗，是出远门的丈夫托人捎来的。在汉代，绢帛绮罗也是用作货币的财帛，捎来绮罗等于寄来钱财，以供家用。这固然表明丈夫关心家小，但也不一定是异常恩爱的表现。然而这位思妇却为之喜出望外，欢欣鼓舞，把这二丈绮罗视为丈夫深挚爱情的体现，精心地用来缝制丝被，把夫妻恩爱融入设计剪裁之中，真情迸发，神姿跃然，逗人喜爱。然而细加品味，这番狂喜，一腔挚爱，似乎不是对丈夫倾诉，也不是毫无离愁别怨，而是解除了心中长久的担心和憋气，证明丈夫在外没有新欢，没有变心，没有什么能够挑拨、拆散他俩，放心了，出了怨气，更多的是针对世俗的议论。《古今合璧事类备要外集》引作“古乐府”。

其十九　明月何皎皎

明月何皎皎，[①]照我罗床帏。[②]忧愁不能寐，[③]揽衣起徘徊。[④]客行虽云乐，不如早旋归。[⑤]出户独彷徨，[⑥]愁思当告谁？引领还入房，[⑦]泪下沾裳衣。

【注释】

①皎皎：形容洁白明亮。②床帏：床帐。③寐：入睡。④揽衣：走路撩起衣裳。⑤“客行”二句：是说旅行他乡做客，虽然自有乐趣，终究比不上早点儿回家快乐。旋归：转身回家。⑥彷徨：徘徊不安。⑦引领：伸长脖子，表示望乡。

【赏析】

这是一首游子诗还是思妇诗，历来见仁见智。关键在于其中"客行虽云乐，不如早旋归"二句，解作游子自言自语或内心独白，自属游子诗；以为思妇讽劝丈夫的话，则是思妇诗。而这两说的根据都是说诗者的品味体会，觉得像思妇或像游子，并无实证，而都可说通。其实，抒情主人公缺乏个性特征，身份不明确，恰是这诗的艺术特点。作者通过行为动作和神情姿态，突出表现主人公的离愁别绪，而不注重游子乡愁和思妇闺怨的具体细致的区别，不多描写外在环境旅居或闺房的具体特点，因而造成抒情形象的个性模糊，却令人黯然情伤。唐代大诗人李白《蜀道难》有"锦城虽云乐，不如早还家"，显然从本诗"客行"二句而来，是写游子离愁。也许可供参考。

附录

历代评《古诗十九首》选辑

《古诗》佳丽，或称枚叔。其《孤竹》一篇，则傅毅之词。比采而推，两汉之作乎！观其结体散文，直而不野，婉转附物，怊怅切情，实五言之冠冕也。

——〔南朝梁〕刘勰《文心雕龙·明诗》

《古诗》其体源出于《国风》。陆机所拟十四首，文温以丽，意悲而远，惊心动魄，可谓几乎一字千金。其外，"去者日以疏"四十五首，虽多哀怨，颇为总杂。旧疑是建安中曹、王所制。"客从远方来""橘柚垂华实"，亦为惊绝矣。人代冥灭，而清音独远，悲夫！

——〔南朝梁〕钟嵘《诗品上·古诗》

言"古诗"，不知作者姓名，他皆类此。

——〔唐〕李善《文选·乐府"古辞"》注

并云“古诗”，盖不知作者。或云枚乘，疑不能明也。诗云“驱马(一作车)上东门”，又云“游戏宛与洛”，此则辞兼东都，非尽是乘，明矣。昭明以失其姓氏，故编在李陵之上。

——〔唐〕李善《文选·古诗十九首》注

钟嵘言“行行重行行”十四首“文温以丽，意悲而远，惊心动魄，几乎一字千金”。后并“去者日以疏”五首为十九首，为枚乘作。或以“洛中何郁郁”“游戏宛与洛”为咏东京，“盈盈楼上女”为犯惠帝讳。按临文不讳，如“总齐群邦”，故犯高讳无妨。宛、洛为故周都会，但“王侯多第宅”，周世王侯不言“第宅”。“两宫”“双阙”亦似东京语。意者，中间杂有枚生或张衡、蔡邕作，未可知。谈理不如“三百篇”，而微词婉旨，遂足并驾，是千古五言之祖。

——〔明〕王世贞《艺苑卮言》

原题：千古五言之祖——《古诗十九首》释读

《中华活页文选》，1998年第21期

孔　融

论盛孝章书

岁月不居，时节如流，五十之年，忽焉已至；公为始满，融又过二；海内知识，零落殆尽，惟会稽盛孝章尚存。其人困于孙氏，妻孥湮没，单孑独立，孤危愁苦。若使忧能伤人，此子不得永年矣。

《春秋传》曰：诸侯有相灭亡者，桓公不能救，则桓公耻之。今孝章，实丈夫之雄也，天下谈士，依以扬声，而身不免于幽絷，命不期于旦夕，吾祖不当复论损益之友，而朱穆所以绝交也。公诚能驰一介之使，加咫尺之书，则孝章可致，友道可弘矣。

今之少年，喜谤前辈，或能讥评孝章。孝章要为有天下大名，九牧之人，所共称叹。燕君市骏马之骨，非欲以骋道里，乃当以招绝足也。惟公匡复汉室，宗社将绝，又能正之。正之术，实须得贤。珠玉无胫而自至者，以人好之也，况贤者之有足乎？昭王筑台以尊郭隗，隗虽小才，而逢大遇，竟能发明主之至心，故乐毅自魏往，剧辛自赵往，邹衍自齐往。向使郭隗倒悬而王不解，临难而王不拯，则士亦将高翔远引，莫有北首燕路者矣。

凡所称引，自公所知，而复有云者，欲公崇笃斯义也。因表不悉。

（胡刻本《文选》）

建安七子之一的孔融，鲁国人，是东汉末年声望甚高的大名士，老作家。《论盛孝章书》是他写给曹操的一封信。信的内容是要求并说服曹操解救盛孝章。它写于汉献帝建安九年（204），当时的情况是这样的：

黄巾农民起义被镇压了，但东汉王朝也在军阀割据战争中徒存虚名。在黄河流域，曹操把汉献帝安置在许昌，挟天子以令诸侯，大权独揽，打败了中原最大的军阀袁绍，成为北方的实际统治者。建安九年，他整年都在追歼袁绍余党，攻克了邺城，并准备向乌桓进军。而在长江流域，孙权继承了孙策所开辟的江东基业，进一步肃清了江、浙的反抗势力，巩固了自己的政权。刘备则依附荆州的刘表，屯兵樊城，待机而动。

这时，孔融在许昌，名义上是九卿之一的少府，位次三公，在朝廷上颇有影响，“每朝会访对，融辄引正定议，公卿大夫皆隶名而已”。（《后汉书·孔融传》）实际上，他深知实权在曹操手里，朝廷的“引正定议”，不经曹操同意，等于一纸空文。他“既见操雄诈渐著，数不能堪，故发辞偏宕，多致乖忤”。例如，就在这年，曹操攻克邺城，他儿子曹丕竟占了袁绍的儿媳甄氏。孔融听说后，写信挖苦曹操纵容儿子放荡不韪，说这一行为好比“武王伐纣，以妲己赐周公”。由于孔融“名重天下”，曹操对他的嬉笑侮慢，表面上容忍，内心是忌恨的。他们之间在政治、思想上的抵牾，已相当明显。

盛孝章，名宪，会稽（今浙江绍兴）人，是孔融的知己好友，也是孝廉出身的清流名士。他在兴平元年（194）出任吴郡太守。建安四年（199），孙策平定吴郡、会稽时，他去官避难，到余杭投奔结营反抗孙策的许昭。约在建安八年（203），孙权平定山越反抗时，将盛宪下狱处死。大概由于兵荒马乱，消息不通，孔融只听到了盛宪入狱的传闻，深为担心，便写信给曹操求救，而不知道其时盛宪已死。

从上述形势和背景，可以看到，出于友谊和爱才，孔融急切地要

写这封信，因为当时只有曹操最具权威，最可能把盛宪从危难处境中解救出来。但是，由于他与曹操对立，由于他以清流自傲，以重望自负，又不愿去求曹操，也无把握一定可得到曹操的允诺，因而这封信又很难写。然而，孔融是忠于汉室、显扬名教的大名士，为国家，为知己，为贤才，他经过审慎的考虑斟酌，终于写了这封信。一纸信文，情深义正，委婉得体，是思想、艺术都颇具特色的绝妙文字。

全文总共三百五十余字，可分为四段。第一段从感慨年迈，悲伤凋零，引出盛宪的遭遇处境。第二段从道义上说明曹操有解救盛宪的职责，自己有引救朋友的义务，明确提出要求。第三段从利害上说明曹操救不救盛宪的不同后果，强调解救盛宪的意义在于为国家纳贤。末段用合乎礼节的谦逊和恭维，重申旨在崇义。显然，这四段的结构安排是先动以情，次喻以理，再晓以利，终结以礼。其起承转合，层次清楚，逻辑周密，引证得当。从表达主题看，这样的安排是紧凑而妥帖的，结构也很完整。

立意高妙，措辞稳当，委婉得体，有说服力，是本文的显著特点。为了解救盛宪，孔融对曹操不作讽刺挖苦，不用辛辣言词，而是恳切谨严地从正面抒情叙事，说大道理，却又巧妙地顾及曹操的公职和私衷。作者既坚持了自己维护国家、忠于名教的原则立场，又在情理上使曹操处于不得不接受他的要求的地位，可谓是有理、有利、有节、有礼。

盛宪是孔融的知己好友，士流同志。但对曹操来说，盛宪不过是一个无须忌畏的思想、政治上的敌对人物，一个不识时务的卸职地方官。孔融看清了曹操的野心和雄诈，懂得他既以匡复汉室为名，要“挟天子以令诸侯”，一时还必须容忍和争取清流士族势力，而最终是要使之就范，或予以排除的。因此，对于盛宪的危难，孔融深为着急，而曹操则可能幸灾乐祸。但孔融看到了事情的另一种可能，即曹操也会愿意乘盛宪之危，使之就范，借以争取更多的清流名士的支持。

正是出于这种估计，孔融高明而巧妙地构思，审慎而恰当地措辞，从人情、道理、利害三个方面去打动曹操，说服曹操。

信的主题是为朋友求救，所以先抒人情，讲友道。作者得体地跟曹操叙年辈，叹老迈，伤凋零，显出悲凉慷慨的仁人志士的情怀。接着，他不写盛宪的道德才学，而是把盛宪作为彼此共知的一个同辈朋友，哀悯地叙述盛宪及其妻子的不幸遭遇，担心盛宪将被折磨而死。这不但抒发着作者自己的深深忧伤，还为了激发曹操的恻隐之心和济危之意。这样，不论曹操有意无意，孔融都把他放在与自己同样的地位，把他看作一个济危的志士，仁恻的君子，使他不能对朋友见危不救。换言之，倘使不救盛宪，则孔融固然有愧名教，而曹操不仁不义的伪善面貌也就因此而暴露无遗。作者在下文特地抬出他老祖宗孔子论友道以及朱穆论绝交作为根据，实是为了点出这层言外之意。

接着是就名分，讲道理。曹操身任司空，朝廷执宰，实为当时的霸主；盛宪则是一郡刺史，地方长官，略同先秦诸侯。曹操既以匡复汉室为名，就对解救地方危难、维护汉朝权威负有职务和道义上的责任。盛宪以弱小州官，不怕危险，敢于反抗江东最大的割据军阀，确有大丈夫气概。所以作者引用《春秋传》语，将曹操比作春秋霸主齐桓公，用“丈夫之雄”来称赞盛宪，指出孙氏兼并江东的实质是“诸侯相灭亡”。这就以经典和事实为根据，委婉而有力地说明了曹操负有解救盛宪的责任，同时又把曹操推到汉室的忠臣、平乱的霸主的地位，使他不得不救盛宪。倘使不救，则曹操不但在人情上不仁不义，而且于国家不忠不贤。信写到这里，人情道理都已说透，作者也明确提出了希望曹操出面解救盛宪的要求，并且总结了此举的好处：“孝章可致，友道可弘。”文章似乎已可结束。

但是，如前所述，盛宪的名士地位不高，声望不大，又属曹操的敌对人物，招来也可能无用，所以在曹操看来，既无须忌畏，也未必救他，更不值得亲自出马。如果这样，则孔融说了一套人情道理，如同废话。因此，他把话题一转，借口“少年喜谤前辈”，提出盛宪的评价问题，亦即其名士声望高下、才用大小的问题，谈王霸大略，讲利害所在。首先，他不无夸大地强调“孝章要为有天下大名，九牧之人，所共称叹”，极其肯定盛宪的声望和影响。然后针对曹操的心思，微妙贴切地引用燕昭王千金购买骏马尸骨的故事，比喻说明盛宪本人也许对曹操无用，但曹操救了盛宪，却可博得爱才的美名，招来四方有用的贤才。接着就直截把曹操抬到汉室的忠臣、平乱的霸主的崇高地位，指出曹操成就志业的关键在于“得贤”。再用“珠玉无胫而自至”的比喻，强调贤才自会寻找明主的道理。作者还引燕昭王师事郭隗而招来许多英才的故事，退一步说明盛宪即使才小，如果曹操救了他，并予以隆遇，则更能证明曹操虚心待士，从而大有得益。反之，假使嫌弃盛宪才小无用，则将令人寒心，使士人他奔，从而失去人才。实质上，孔融在这里反复论述的要点，就是“得士者昌，失士者亡”，抛弃一个名士，失去所有人才。不言而喻，也包括孔融自己在内。这就把救不救盛宪，提到要不要争取士族的高度，使之成为曹操实现志业的一个棘手问题。利害攸关，必须重视。对具有雄才大略的曹操说来，仁义道德、经典高论是无多约束的，而晓以现实的政治利害，则更有说服力。他并不无知，亦非不能，而是欲为与不欲为也。因而孔融在篇末申明“凡所称引，自公所知”，既表尊重，亦属实情，谦谦有礼，套而不俗。

孔融是博学君子，文章老手。在信的落笔措辞之间，有分寸，讲技巧，无论叙事议论，引经据典，都注意态度委婉得体，修辞简洁生动，剪裁省净，语不繁复，而文气充沛，意思明确。例如称曹操为“公”，于同僚中见出崇敬，却又保持自重；而叙年齿则先叹曹操，次及自己，行文之中隐然自居年长，不为职低而自卑。又如叙述盛宪遭遇之后，依一般推理，自当借以发挥友道，提出求救。但作者却戛然而止，叙事已是，含意自见，便另起一头，引《春秋传》语以论名分和职责。然后，再把两头总结起来，提出求救。在引《春秋传》语之后，一般写法大多紧接着便指出用意，说明曹操职责和志业。但作者却不是这样，而是直接用称赞盛宪“实丈夫之雄”来表示不救则耻的含意，把指明曹操职责、志业的论述留到下文再写。这类布局中的精心剪裁，不但删去繁复，而且使语言精练生动，留有回味。就以所引《春秋传》语为例，这一引证担负着多种修辞职能：一是说理的经典根据；二是比喻曹操与盛宪之间的名分及盛宪危难的性质；三是表示结构上另起一段；四是由上三项而来的修辞效果，语言精练，含蓄隽永。类似的技巧，在第三段的援古证今中，一再发挥了效用，使抽象的议论变成历史的叙述，显得具体而形象，文采丰赡，兴味倍增。不言而喻，之所以能够这样鲜明、准确、生动地引经据典，只有熟悉经典，了解情况，并且掌握高度的写作修辞技巧才能做到。而这正是作者的擅长，本文的特色。

前人对孔融文章的评价大都很高，但着眼点并不相同。同时代的曹丕说他“体气高妙，有过人者，然不能持论，理不胜词”（《典论·论文》），欣赏他文章的风格和词采，但否定思想内容。明代的张溥说：“东汉词章拘密，独少府（孔融）诗文，豪气直上。孟子所谓‘浩然’，非邪？”（《孔少府集题辞》）则敬佩他的文章气节昂扬，忠君守儒，不屈权势。曹丕是曹操的儿子，新朝的皇帝，当然不能肯定孔融的理论；张溥是明末的志士，自然要强调孔融的节操。两相参照，正可见孔融在政治上倾向于保守，而写作的才学技巧则为大家所公认。其文章最为突出的特点是具有一种凛然而豪宕的独特风格，鲜明而突出的个性特征，读其文如见其人。这篇《论盛孝章书》也有这一特点。宋朝大作家苏轼晚年贬谪儋州（治所在今海南儋州西北）时，听到好友同志先后遭到当时的新党的排挤谪迁，十分感慨地写了一首律诗，其末联是：“遥知鲁国真男子，独忆平生盛孝章。”他用孔融、盛宪来比喻同党好友，正可见出他心目中孔融、盛宪的形象，恰如苏轼自已和他的同党好友一样，自觉在道德情操上是高尚、正直、自豪的，具有富贵不移、威武不屈的大丈夫气概，为国家担忧，替朋友仗义。而这种崇尚名教士节的思想性格，这个正义凛然的鲁国真男子的名士形象，也正是《论盛孝章书》所体现的作者形象和作品风格。如果不嫌稍有断章取义，那么，正可借用苏轼这两句诗来概括这篇文章的特点和成就。

原题："遥知鲁国真男子，独忆平生盛孝章"——说孔融《论盛孝章书》

（《阅读和欣赏（古典文学部分四）》，北京出版社，1982年）

曹丕

燕歌行

秋风萧瑟天气凉，草木摇落露为霜。群燕辞归雁南翔，念君客游思断肠。慊慊思归恋故乡，何为淹留寄他方？贱妾茕茕守空房，忧来思君不敢忘，不觉泪下沾衣裳。援琴鸣弦发清商，短歌微吟不能长。明月皎皎照我床，星汉西流夜未央。牵牛织女遥相望，尔独何辜限河梁！

（胡刻本《文选》）

《燕歌行》是汉代乐府歌曲的题目，属于相和歌平调曲。此曲早已失传。曲题“燕歌行”的解释不一，或说是“从役于燕”，或说原指燕地民歌。对汉曲旧辞（已佚），则大致都认为抒写离别。曹丕这首《燕歌行》是旧曲填新词，依照旧辞离别主题而创作的新歌词，也是现存较早较完整的一首七言古诗。

这诗的主题是拟闺中思妇在秋夜思念出门未归的丈夫，用第一人称写法。不难看到，诗人努力用婉转的情调、清丽的语言和直诉的铺叙，表现出思妇的深情思念和缠绵怨望。有趣的是，凡属思妇该想的、该说的，都想到说到，但这诗却不甚动人。究其原因，是才与情的矛盾，也是这诗的艺术特点。

曹丕所写的这位思妇，就其生活情况和思想感情的特征看，该是一位通情达理而守礼的闺妇。她空房独守，秋夜思夫，深情

而怨，怨而不怒，既有人情，又合礼教。秋深了，天冷了，思妇想到丈夫的寒暖，是深情；也感到年华的消逝，是怨望。所以一则说候鸟都知道追求温暖，丈夫也该回家了，他乡总不如家里好；一则又埋怨丈夫久久不归，怎么就不思恋家乡，不想念妻子？这里有一点担心。因而思妇不禁要感伤，须表白。虽然空房独守，埋怨担忧，但一刻也没有忘怀丈夫，常常伤心落泪。有时，就像这秋夜此刻，就弹琴遣发思愁，但也常常弹不下去，吟唱不了。大概是琴音会使空房更空虚，歌声会让思妇更孤独，丈夫毕竟不在身边，也不回来。夜深了，只有月光多情，还有那显眼的银河，活生生隔开牛郎织女，为什么就不能搭一座桥让你们相会呢？有什么罪孽不能团聚呢？这就是诗人所写的思妇思怨。

显然，诗人写的是闺怨，看来似乎深入细致，缠绵悱恻。然而稍加咀嚼，总有一种理性的逻辑在驱使这位思妇的感情活动，合乎规矩，不失分寸。秋深天寒，游子该回家，思妇要想念。游子不回来，思妇该埋怨。可以埋怨独守空房，但不可忘丈夫；可以弹琴歌唱遣愁，但不可放声唱。总之，可以怨天尤人，但必须自觉约束在妇德的规矩之内。诗人对思妇的同情不过是一般的理解，并且主要抒写对思妇的思怨的合乎情理的设想，其实欠缺真切的体验，显得空泛，流于概念。换句话说，诗人只是写了一般设想的应该写的思妇的思想感情活动，有骨架脉络而血肉不充，所以苍白无力，不动人，经不起咀嚼。

但是，乍一读来，这诗仿佛也给人以某种真实感以及艺术的美感。他能够用清丽流畅的语言，巧妙地发挥言不尽意的暗示作用，使读者以自己的生活经验和联想来丰富诗的含意。例如开头“秋风”二句是提炼宋玉《九辩》的语句而来，简洁流畅，朗朗上口，兴起秋凉，又仿佛用典，暗示思妇的丈夫大概是失志的贫士，甚至令人以为暗示有政治寄托。又如“慊慊”二句，写常情思归，埋怨丈夫迟迟不归。用一个疑问句，表示丈夫不归是异常，而这异常既表示思妇担忧丈夫遭遇

意外，也流露她担心丈夫迷恋外遇，等等忧虑，都在疑问中，由读者理解。再如末二句怨天，借牛郎织女来抒泄自己的怨恨，既可理解为思妇不忍责备丈夫而怨天，也可理解为思妇深信夫妻恩爱而怨天造成分离。这类不失含蓄的诗句，实际是技巧的发挥，聪明的藏拙，并非真正熟悉生活而深入细致的抒情。

应当看到，曹丕注重诗歌艺术，大胆运用通俗灵活的诗歌形式，善于提炼口语为清丽的诗歌语言，确实使这诗具有一种新鲜活泼的气息，增强了它的艺术效果。这首七言诗一韵到底，句句押韵，本来易于造成重复拖沓的声韵节奏。但是曹丕以其才思技巧，却能使它适合于婉转抒情的舒缓旋律，并以流畅的语言、抑扬的节奏，使它产生一种感伤的情调，从而使读者获得一种声韵和谐的美感。这也是它的成功处。所以说，这诗的特点是才胜于情；艺术技巧的出色，掩盖了思想和生活的不足，恰如纸花一般，美而缺少生气。

（《诗词曲赋名作鉴赏大辞典》，北岳文艺出版社，1989 年）

嵇 康

与山巨源绝交书

康白：足下昔称吾于颍川，吾常谓之知言。然经怪此意，尚未熟悉于足下，何从便得之也？前年从河东还，显宗、阿都说足下议以吾自代，事虽不行，知足下故不知之。足下傍通，多可而少怪。吾直性狭中，多所不堪，偶与足下相知耳。间闻足下迁，惕然不喜，恐足下羞庖人之独割，引尸祝以自助，手荐鸾刀，漫之膻腥，故具为足下陈其可否。

吾昔读书，得并介之人，或谓无之，今乃信其真有耳。性有所不堪，真不可强。今空语同知有达人，无所不堪，外不殊俗而内不失正，与一世同其波流而悔吝不生耳。老子、庄周，吾之师也，亲居贱职；柳下惠、东方朔，达人也，安乎卑位，吾岂敢短之哉？又仲尼兼爱，不羞执鞭；子文无欲卿相，而三登令尹，是乃君子思济物之意也。所谓达能兼善而不渝，穷则自得而无闷。以此观之，故尧、舜之君世，许由之岩栖，子房之佐汉，接舆之行歌，其揆一也。仰瞻数君，可谓能遂其志者也。故君子百行，殊途而同致，循性而动，各附所安。故有处朝廷而不出，入山林而不反之论。且延陵高子臧之风，长卿慕相如之节，志气所托，不可夺也。

吾每读尚子平、台孝威传，慨然慕之，想其为人。少加孤露，母兄见骄，不涉经学，性复疏懒，筋驽肉缓，头面常一月十五日不洗，不大闷痒，不能沐也。每常小便而忍不起，令胞中略转

乃起耳。又纵逸来久，情意傲散，简与礼相背，懒与慢相成，而为侪类见宽，不攻其过；又读庄、老，重增其放；故使荣进之心日颓，任实之情转笃。此由禽鹿少见驯育，则服从教制；长而见羁，则狂顾顿缨，赴蹈汤火；虽饰以金镳，飨以嘉肴，逾思长林而志在丰草也。

阮嗣宗口不论人过，吾每师之，而未能及。至性过人，与物无伤，唯饮酒过差耳，至为礼法之士所绳，疾之如仇，幸赖大将军保持之耳。吾不如嗣宗之贤，而有慢弛之阙，又不识人情，暗于机宜，无万石之慎，而有好尽之累，久与事接，疵衅日兴，虽欲无患，其可得乎？

又人伦有礼，朝廷有法，自惟至熟，有必不堪者七，甚不可者二。卧喜晚起，而当关呼之不置，一不堪也。抱琴行吟，弋钓草野，而吏卒守之，不得妄动，二不堪也。危坐一时，痹不得摇，性复多虱，把搔无已，而当裹以章服，揖拜上官，三不堪也。素不便书，又不喜作书，而人间多事，堆案盈几，不相酬答，则犯教伤义；欲自勉强，则不能久，四不堪也。不喜吊丧，而人道以此为重，已为未见恕者所怨，至欲见中伤者；虽瞿然自责，然性不可化；欲降心顺俗，则诡故不情，亦终不能获无咎无誉；如此，五不堪也。不喜俗人，而当与之共事，或宾客盈坐，鸣声聒耳，嚣尘臭处，千变百伎，在人目前，六不堪也。心不耐烦，而官事鞅掌，机务缠其心，世故繁其虑，七不堪也。又每非汤、武而薄周、孔，在人间不止，此事会显，世教所不容，此甚不可一也。刚肠疾恶，轻肆直言，遇事便发，此甚不可二也。以促中小心之性，统此九患，不有外难，当有内病，宁可久处人间耶？

又闻道士遗言，饵术黄精，令人久寿，意甚信之。游山泽，观鱼鸟，心甚乐之。一行作吏，此事便废，安能舍其所乐，而从其所惧哉？

夫人之相知，贵识其天性，因而济之。禹不逼伯成子高，全其节也；仲尼不假盖于子夏，护其短也。近诸葛孔明不逼元直以入蜀，华子鱼不强幼安以卿相，此可谓能相终始，真相知者也。足下见直木必不可以为轮，曲者必不可以为桷，盖不欲以枉其天才，令得其所也。故四民有业，各以得志为乐，唯达者为能通之，此足下度内耳。不可自见好章甫，强越人以文冕也；己嗜臭腐，养鸳雏以死鼠也。吾顷学养生之术，方外荣华，去滋味，游心于寂寞，以无为为贵；纵无九患，尚不顾足下所好者。又有心闷疾，顷转增笃，私意自试，不能堪其所不乐；自卜已审，若道尽途穷则已耳。足下无事冤之，令转于沟壑也。

吾新失母兄之欢，意常凄切！女年十三，男年八岁，未及成人，况复多病。顾此悢悢，如何可言！今但愿守陋巷，教养子孙，时与亲旧叙阔，陈说平生；浊酒一杯，弹琴一曲，志愿毕矣。足下若嬲之不置，不过欲为官得人，以益时用耳。足下旧知吾潦倒粗疏，不切事情，自惟亦皆不如今日之贤能也。若以俗人皆喜荣华，独能离之，以此为快，此最近之，可得言耳。然使长才广度，无所不淹，而能不营，乃可贵耳。若吾多病困，欲离事自全，以保余年，此真所乏耳，岂可见黄门而称贞哉？若趣欲共登王途，期于相致，时为欢益，一旦迫之，必发其狂疾，自非重怨，不至于此也。

野人有快炙背而美芹子者，欲献之至尊，虽有区区之意，亦已疏矣。愿足下勿似之！其意如此，既以解足下，并以为别！嵇康白。

嵇康是魏、晋之际的思想家、作家。这封绝交信是他写给好友山涛的。“巨源”是山涛的字。他们两人本来都是当时著名的“竹林七贤”中人，标榜老、庄，狂放不仕，不满司马昭集团的擅权篡政和虚伪礼法。后来，在司马昭排斥异己的高压政治下，山涛终于屈节做官，

而嵇康则依然不屈不仕。曹魏景元二年(261),山涛被举为吏部郎,他却推荐嵇康代替自己,因司马昭集团不采纳而作罢。当时嵇康不在家,后来从河东(今山西夏县一带)回来,听说山涛竟曾作过这样的建议,又得知山涛升了官,既气恼于山涛太不了解自己的性情志节,更为了避免纠缠不休,就写了这封信给山涛,宣称分手绝交。这是写作此信的具体背景和直接原因。

表面看来,嵇康在信中似乎只是峻直痛快地责备山涛太不了解自己的性情志节,历数自己不能做官的种种原因,告诫山涛不要缠住自己不放,嘲骂山涛做了一件极不得体的蠢事。然而实际上,这信的主题是说明自己绝对不能做官,锋芒指向司马昭集团的黑暗朝廷和虚伪礼法,揭露其丑恶,鞭挞其奸阴,嬉笑怒骂,淋漓尽致,尖锐犀利,击中要害。因而嵇康真正与之绝交的是司马昭集团,真正被刺痛的也恰是司马昭集团。司马昭的爪牙抓住此信,罗织告发,使司马昭大为恼怒。景元三年(262),嵇康即遭杀害。可见这封信所具有的巨大战斗力量和卓绝的讽刺艺术,在魏、晋文章中堪称杰作,历来为人们所推崇。《文心雕龙·书记》说:“嵇康《绝交》,实志高而文伟。”江进之更说:“此等文字,终晋之世不多见,即终古亦不多见。彼其情真语真,句句都从肺肠流出,自然高古,自然绝特,所以难及。”(载《亘史·外纪》)

从思想内容看,这信其实是一篇论辩文章。嵇康作为一个思想家,他是非明辨,见解深刻,思路清晰,论证周密。虽然信中情绪激愤,字里行间不无嬉笑怒骂,但仍是摆事实,讲道理,显示出一位思想家的特点。从论文构思角度看,其特点是:立论有根据,推理合逻辑,区别对象,斟酌分寸,安排得当,层次清楚。

全文可分九段。

第一段是个小序,说明写信的缘由。作者明白告诉山涛:你一不了解我,二与我思想性情不同,三不要缠住我出丑。这就表明态度,

指出要害。你山涛尽可以做官升官,我嵇康绝不能做这个官,各走各的路。下文便以这样鲜明的态度,申述不能做官的种种理由。

第二段是立论,提出辨别君子真伪的理论原则。作者指出,历史上有一种“性有所不堪”的“并介之人”是确实存在的。“并介”是志节专一的意思。另一种所谓“无所不堪”、随波逐流的“达人”,其实是不存在的。他举出古来各类圣哲贤明、节义高隐,证明“君子百行,殊途而同致,循性而动,各附所安”,其“志气所托,不可夺也”。这就是说,君子可以做官,也可以不做官。无论老庄或儒家,穷通与否,遂志与否,是皇帝、大臣、小吏、处士或隐者,凡属真正的君子,都循性守志,顺其性情,守其志节。顺性情,则必有所不堪;守志节,自是“并介之人”。可见君子是不能“无所不堪”、随波逐流的。这就提出了一条确定真君子、同时也是辨别伪君子的理论原则。按照这一原则,君子的准则不在做不做官,而在顺不顺性情,守不守志节。

第三段叙述自己的性情志节,进一步说明儒家做官的君子和老庄不仕的君子的区别。作者首先表明自己敬慕不仕的高士逸民,志节就是不做官。然后说明他的志节的形成,是由于从小养成的疏懒性情和后来接受并信仰的老庄思想。最后比喻说明,做官君子好像自幼被擒的驯鹿,经过驯育教化而具有甘于束缚的性情志节;自己则是野鹿,天性爱好自由生活于山林草野,如果长大被擒,再受教化约束,是必定反抗、不改志节的。这就明确区别,儒生受礼教法制驯育,已经改变了固有的天性,甘受约束,而其志节就是守礼法,求荣禄;而老庄之徒主张放任自然,保持自然的天性,不受束缚,则其志节必然不合礼法,不慕荣禄。也就是说,虽然做不做官都可以是君子,但做官君子属儒家,不仕君子归老庄,前者受教化而矫情,后者顺自然而任实,性情志节根本不同,也各不相容。显然,作者在这里标榜老庄,对儒家有所非薄,但他强调的是性情真实,并不以为放任可取。

第四段引阮籍作比较,说明自己的性情与司马昭的朝廷礼法根

本不能相容,开始把锋芒转向司马昭集团。阮籍也是"竹林七贤"中人,为作者同志好友。但在高压政治下,阮籍对司马昭的黑暗丑恶,不采取直接对抗态度,而是不说好也不说坏,用生活放诞以怠慢礼法,以醉酒来躲避正面与朝廷冲突。即使如此,司马昭集团的伪君子们仍然十分仇视他。在阮籍母死服丧期间,司马昭曾请他赴宴。按礼法,孝子服丧不能饮酒食荤,但阮籍居然在司马昭宴席上大吃大喝。这让礼法之士们抓住把柄,立刻斥之为"伤化败俗",并用心险恶地指责他公然以不孝行为来对抗司马昭"以孝治天下",挑动司马昭对他严加惩处。而阮籍仍旧一言不发,照样吃喝。幸亏司马昭说:"他身体虚弱,你们容忍些吧!"就此放过了他。这就是信中所说"幸赖大将军保持"之事。显然,阮籍在政治上以谨慎求自全,可以谅解,但毕竟有所容让。嵇康放任自然,强调真实,不但不谨慎,而且有"好尽之累",直言不讳,不留余地。倘使做官,势必和朝廷礼法针锋相对,水火不容,后果不难想见。

第五段就具体叙述自己为朝廷礼法不容的"七不堪"和"二甚不可",针对朝廷礼法的虚伪丑恶,全面划清界限。简括地说,"七不堪"是说不能接受官场恶俗的约束。做了官,从起卧、游憩、办公、书信来往、婚丧应酬、侍从待客到处理公务,无不受约束,处处赔小心,虚情假意,强作奉承。这是嵇康无法忍受的。"二甚不可"是说朝廷礼法绝不容许自己思想政治上的异端。一是"每非汤、武而薄周、孔"。商汤和周武王是改朝换代的开国皇帝,周公和孔子是制定礼法的儒家先圣,非薄他们,就是反对改朝换代和朝廷礼法。这在思想上是异端,在政治上则是直接针对司马昭篡魏的阴谋和为之服务的虚伪礼法。这一条尖锐击中司马昭集团的痛处。二是"刚肠疾恶,轻肆直言"。这实际上是指斥朝廷礼法为邪恶,并宣布一定要和它斗争。所以他明确道破,"统此九患,不有外难,当有内病",不是受伪君子们责难,就是矫情折节而得心病。也就是说,做了官,不战斗,便投降,一无生路。

第六段是补充和缓转。较之上述种种不做官的理由，说明因为信奉道家服药长生之术，所以不能做官。这显然是次要的，补充性的。同时，也借以缓和愤激之情，转过来对山涛提意见。既以起下文，亦示以朋友待山涛。

第七段即谈交道的相知。根据上文提出君子的准则是顺天性，守志节。所以这里指出，朋友相互了解，“贵识其天性，因而济之”，应当帮助朋友顺其天性，全其志节。即使明知不合，也应当不逼不强。嵇康以为山涛是懂这个道理的，不应以己所好而强人所恶。然后再以好友恳谈态度，向山涛解释自己学养生术；“以无为为贵”，原不好仕；加上心脏有病，实在是“道尽途穷”了。责备山涛太不了解自己，推荐做官就是把自己挤入沟壑，逼进死路。

第八段告诉山涛以后不要纠缠不休。作者先以家境近况不幸和多累，说明此生志愿仅是养生自全而已。然后指出山涛推荐自己出仕是极不得当的蠢举，因为自己既无能，又不慕荣华，且多病困，并非有才能而不做官的高士，所以从选人当官的角度看，山涛也找错了人。这就从自己的情况和山涛的职责两方面说明，山涛不应再逼自己做官。这样，嵇康又从朋友的关系上论辩了山涛的错误，说明了后果，坚决而善意地请山涛终止此举。

第九段举一则寓言作小结。这寓言说，宋国有个忠心的农夫，从自己贫穷生活中体验到晒太阳的温暖和吃野芹菜的鲜美，就推荐给他尊贵的主人，岂不知主人有高楼大厦、棉袄皮袍和山珍海味，根本不需要晒太阳，更不吃野芹菜，结果这位农夫的一片忠诚只获得了无情的嘲笑，显得愚昧无知。嵇康劝山涛不要学这位农夫，不要再用好心做蠢事。这就把山涛和司马昭集团区别开来，分清敌友，点出主旨。所以最后说，这封信“既以解足下，并以为别”，一方面是要使你了解我，同时也是向你告别，从此分手。

从以上分析，可以看到，如果从主要论题着眼，则全文结构明显

是一起一结加上两大部分。从第二段到第五段，主要论辩君子的真伪，说明自己和司马昭集团的尖锐对立；第六段到第八段则主要论说君子的相知，要求山涛真正了解自己，不要强迫自己做司马昭的官。除起结外，这两部分的写法、态度和情绪都有不同。前一部分是论战的姿态，激愤的情绪；后一部分是谈心的态度，责备的情调。同时，在行文修辞中，这种分敌友、讲分寸的用意，也是不难见到的。因此，总的说来，虽然对山涛和司马昭集团都采取否定态度，都施以讽刺嘲骂，但是对山涛是有情的，对司马昭集团则是无情的。正由于作者是非明确，敌友分清，思想深刻，见解全面，因而这篇论辩文章在抒愤泄怒、讽刺嘲骂时，不仅痛快淋漓，而且切中要害，尖锐有力，在艺术上有着卓越的成就。

讽刺的生命在于真实，其艺术则是以典型的夸张来揭露矛盾。因此，必须辨别真伪善恶美丑，区别不同对象，针对不同矛盾，采取不同态度，选择典型现象，通过恰当的艺术夸张来加以表现。本文在这方面，最为突出的成就，正在于其讽刺不仅对敌，而且对友，对己；无情打击敌人，辛辣讽刺朋友的错误，同时也坦率嘲弄自己的弱点。因而，它严肃、全面、真实、有力；它有愤怒，有批评，也有同情和痛苦。具体地说，大致如下：

首先，作者敢于坦率解剖自己，既肯定自己的优点，也不掩饰自己的弱点。他虽然标榜老庄，崇尚自然，强调真实，但并不美化性情疏懒，行为放诞。对此，他是嬉笑自嘲的，不但说自己懒散到不沐洗，甚至憋着小便也不愿动弹，自出其丑，令人绝倒；并且明确指出这种纵逸傲散，其实是“过”，并不正常，只是比之虚伪做作，则以真实而有可取之处。他虽然坚贞不阿，不屈不仕，但是他承认在司马昭集团高压下，自己也是弱者，只能以不做官求养生自全，实质上是处于无力反抗的“道尽途穷”境地，甘于寂寞，无所作为，“浊酒一杯，弹琴一曲，志愿毕矣”。因此，他满腔激愤，也有深沉痛苦。正是这样坦率诚恳而切实的自剖，使他对他人的讽刺更有力量,在发噱中令人深思。

其次,嵇康对山涛仍以好友相待。他认为山涛对自己有所了解,但并不真正了解。山涛的错误是企图用他的好心来解除嵇康的困苦,既不合嵇康的性情志节,也不合司马昭集团的心意。其实质是好人做蠢事。因而对事分清是非,对人则有以谅解,讽刺辛辣而无恶意,挖苦不饶而不刻毒,往往杂以嬉笑自嘲。例如说山涛推荐自己,就像厨师请司仪来帮助宰割,既不称职,又不得体,更惹人一身腥臊,叫人哭笑不得,比喻生动,尖锐,而含善意。又如劝山涛不要以自己的爱好强加于人,比之以不要强使山野越民戴汉家礼帽,不要用死老鼠喂凤凰,以及篇末引用田父曝背美芹的寓言,都是一针见血而意在劝喻的讽刺挖苦。最为尖刻的是说山涛把无能多病、只求自全的嵇康看作长才广度而不慕荣华的高士,看错了人;竟挖苦山涛是"见黄门而称贞",比喻极端,近乎荒诞,却有嬉笑怒骂之妙。而在信中,嵇康对山涛更多是说理和谈心。说理不拘一家,不持偏见,从三代到三国,各家贤良圣哲的美德懿行,都援作典范,力求全面而有说服力。谈及自己的境况和心情时,诚恳坦率,真切动人,无所掩饰。正因如此,所以他对山涛的讽刺挖苦有针砭之效,无哗众之意,令山涛自见唐突而苦笑,使读者从可笑中见真实,有理而有力,有情而有益。

第三,嵇康对司马昭集团则直截勾勒其虚伪恶浊,无情揭露其阴险奸邪,笔锋犀利,语言尖刻,极尽嬉笑怒骂之能事。他在第四段中,先以阮籍为例,明确指出"为礼法之士所绳,疾之如仇"。接着就以自嘲语调,冷言讥刺,说自己散漫粗疏,又"不识人情",不通世故,无谨慎,好直言,可以想见更不容于"礼法之士"了。然后便针锋相对,挑明"人伦有礼,朝廷有法",这是自己不可忍受的。第五段写"七不堪"和"二甚不可",不用比喻,不作形容,直陈其事,简洁明了,一一指出,层层剥皮,从生活到政治,由嬉笑而怒骂。始而白眼冷嘲,继而侧目讥刺,终于怒目直斥,风姿傲岸,感情激愤,声容若见。有时反话正

说，嬉笑嘲弄。实际上，吏卒管不了长官，但礼法却让当关小吏来叫醒长官起床，由随从吏卒来约束长官遨游，显然是虚伪做作。接待上级长官，礼法要求官服整饬，毕恭毕敬，但端坐久了发麻，虱子多了发痒，穿着笔挺，不便揖拜。强求恭敬，违性矫情，其实作假。有时议论分析，讥笑恶俗。书信来往，纯属应酬，虽合礼貌，毫无真情实意。婚丧贺吊，礼法所重，形成俗套，便不真实，也是恶习。有时就直斥污浊，表示厌烦。他不爱与庸俗的官僚共事，讨厌嘈杂的官场宴会，只觉得闹、臭、丑。对官场世故权术，他更是"心不耐烦"。而说到思想和政治，他就怒不可遏，单刀直入，斩钉截铁，表明他不能做官的主要原因，就是"每非汤、武而薄周、孔"的立场不变，"刚肠疾恶，轻肆直言"的态度不改。这就是说，对司马昭集团的黑暗丑恶，他要揭露和痛斥。正因为他如此坚定、鲜明、透彻，所以当他对敌讽刺时，嬉笑怒骂，皆成文章，都是匕首、利剑和投枪，准确有力，击中要害，酣畅淋漓，令人解恨。清人何焯评曰："意谓不肯仕耳。然全是愤激，并非恬淡，宜为司马昭所忌也。"(《文选评》)其论中肯。

总之，从思想上看，这是一篇战斗的论辩文章；从艺术上看，则是一篇卓越的讽刺作品。论辩要求周密说理，讽刺则需典型夸张。由于嵇康是一位进步的思想家，又是一位优秀的作家，因此能够全面而深刻地抓住实质，又善于灵活而恰当地予以讽刺，使讽刺艺术很好地起着战斗作用，确实是嬉笑怒骂，皆成文章。由于这封信是与一位政治、思想上有分歧认识的朋友论辩对敌的是非，更由于当时历史的特殊条件，嵇康在真理面前是强者，但有弱点；而实力对比则属弱者，却持正义。因此，严肃峻直的嵇康才用讽刺的艺术武器，嬉笑怒骂的态度，对敌人白眼冷笑，愤怒嘲骂，而对朋友的错误，嬉笑挖苦，同时痛苦地自嘲弱点。明人王世贞说："嵇叔夜土木形骸，不事雕饰，想于文亦尔。如《养生论》《绝交书》，类信笔成者，或遂重犯，或不相续。然独造之语，自是奇丽超逸，览之跃然而醒。"(《艺苑卮言》)近人刘师培以为“嵇文长于辩难，文如剥茧，无不尽之意”（《中国中古文学史》），指出嵇文风格和特点，都较有见地。

原题：嬉笑怒骂　皆成文章——说嵇康《与山巨源绝交书》

（《阅读和欣赏（古典文学部分）》（八），北京出版社，1984 年）

潘　岳

秋兴赋并序

晋十有四年，[①]余春秋三十有二，[②]始见二毛。[③]以太尉掾兼虎贲中郎将，[④]寓直于散骑之省。[⑤]高阁连云，阳景罕曜，[⑥]珥蝉冕而袭纨绮之士，[⑦]此焉游处。仆野人也，[⑧]偃息不过茅屋茂林之下，[⑨]谈话不过农夫田父之客；摄官承乏，[⑩]猥厕朝列，[⑪]夙兴晏寝，[⑫]匪遑底宁。[⑬]譬犹池鱼笼鸟，有江湖山薮之思。于是染翰操纸，[⑭]慨然而赋。于时秋也，故以“秋兴”命篇。其辞曰：

四时忽其代序兮，[⑮]万物纷以回薄。[⑯]览花莳之时育兮，[⑰]察盛衰之所托。感冬索而春敷兮，[⑱]嗟夏茂而秋落。虽末士之荣悴兮，[⑲]伊人情之美恶。[⑳]善乎宋玉之言曰：[㉑]“悲哉秋之为气也！萧瑟兮草木摇落而变衰，憀栗兮若在远行，[㉒]登山临水送将归。”

夫送归怀慕徒之恋兮，[㉓]远行有羁旅之愤。[㉔]临川感流以叹逝兮，[㉕]登山怀远而悼近。[㉖]彼四戚之疚心兮，[㉗]遭一涂而难忍。[㉘]嗟秋日之可哀兮，谅无愁而不尽[㉙]。野有归燕，隰有翔隼[㉚]。游氛朝兴，槁叶夕殒。[㉛]于是乃屏轻箑，[㉜]释纤絺，[㉝]藉莞蒻，[㉞]御袷衣。[㉟]庭树槭以洒落兮，[㊱]劲风戾而吹帷。[㊲]蝉嘒嘒而寒吟兮，[㊳]雁飘飘而南飞。天晃朗以弥高兮，[㊴]日悠扬而浸微。[㊵]何微阳之短晷兮，[㊶]觉凉夜之方永。[㊷]月曈胧以含光兮，[㊸]露凄清以凝冷。熠燿粲于阶闼兮，[㊹]蟋蟀鸣乎轩屏。[㊺]听离鸿之晨吟兮，望流火之余景。[㊻]宵耿介而不寐兮，独展转于华省。[㊼]悟时岁之遒尽兮，[㊽]慨俯

首而自省。斑鬓髟以承弁兮,[49]素发飒以垂领。[50]仰群俊之逸轨兮,[51]攀云汉以游骋。[52]登春台之熙熙兮,[53]珥金貂之炯炯。[54]苟趣舍之殊涂兮,[55]庸讵识其躁静。[56]闻至人之休风兮,[57]齐天地于一指。[58]彼知安而忘危兮,[59]故出生而入死。[60]行投趾于容迹兮,[61]殆不践而获底。[62]阙侧足以及泉兮,[63]虽猴猿而不履。[64]龟祀骨于宗祧兮,[65]思反身于绿水。[66]

且敛衽以归来兮,[67]忽投绂以高厉。[68]耕东皋之沃壤兮,[69]输黍稷之余税。[70]泉涌湍于石间兮,菊扬芳于崖澨。[71]澡秋水之涓涓兮,[72]玩游鲦之澈澈。[73]逍遥乎山川之阿,[74]放旷乎人间之世。优哉游哉,聊以卒岁![75]

〔注释〕

①晋十有四年:晋武帝咸宁四年,公元278年。②春秋:指年龄。③二毛:头发黑白相间。④太尉掾:太尉贾充的幕府僚属。虎贲中郎将:掌握皇宫出入仪仗的军官。这里是潘岳的官衔,不是实职。⑤寓直:值班的地方。直,通“值”。散骑之省:皇帝侍从散官的官署。实际上,散骑没有专门的官署。⑥阳景:阳光。⑦珥(ěr):像耳饰似地插戴。蝉冕:汉代近臣显贵官帽,上插蝉纹貂皮。袭纨绮:穿着素绢罗绸衣服。这句指世袭的大官僚子弟。⑧仆:自称谦词。野人:在野的庶民。⑨偃息:躺卧休息。⑩摄官:代理职官,表示暂时做官。承乏:恰逢缺乏适当人选。⑪猥:表示粗陋的谦词。厕:侧身。⑫夙:早。晏:晚。⑬匪遑:如果不忙碌。厎(zhǐ)宁:取得安宁。⑭染翰:毛笔蘸墨。⑮代序:按次序更替。⑯回薄:循环变化。⑰花莳:花的栽种。时育:及时养育。⑱索:萧索。敷:衍生。⑲末士:指下层士大夫。《文选》五臣注作“末事”。⑳伊:发语词,有转折语气。㉑宋玉:战国时楚国大夫,辞赋作家,相传是屈原弟子。下引四句出自宋玉《九辩》。㉒憀栗:(liáolì):形容心情悲凉凄楚。㉓徒:服役的人。

㉔羁旅：旅途困顿束缚。㉕叹逝：感叹时光流逝。㉖怀远：指缅怀先辈。悼近：指哀悼近人。㉗四戚：指上述四类愁伤的事情：送归怀慕，远行羁旅，临水叹逝，登山怀悼。㉘一涂：指上述四类中的一类。涂，通“途”，途径、道路。㉙无愁而不尽：没有一种忧愁是不到极端的，意即全都极其令人愁伤。㉚隰（xí）：低湿的地方。隼（sǔn）：鹗，猛禽。㉛槁：枯。㉜箑（shà）：扇子。㉝纤絺（chī）：指细麻布衣裳。㉞藉：铺垫。莞蒻（guānruò）：指蒲草床垫。㉟御：穿。袷（jiá）衣：夹衣。㊱槭（sè）：树叶光秃。㊲戾：形容风猛。㊳嘒嘒（huì）：虫鸣声。㊴晃朗：宽敞明亮。㊵悠扬：形容悠闲高远。《文选》李善注作“悠阳”，据五臣注改。㊶晷（guǐ）：日影。短晷：指白天短促。此句“兮”字原脱。㊷方永：正在变长。㊸曈昽：形容月亮迷蒙。㊹熠燿（yìyào）：萤火。粲：鲜明。阶闼：台阶门洞。㊺轩屏：走廊与屏风。㊻流火：火，星名，或称大火星，即心宿。《诗经·豳风·七月》：“七月流火”。夏历七月，心宿从夜空正南向西低降，标志秋天来临。㊼华省：华丽的官署。㊽时岁：季节年岁，指一年。遒尽：逼近结束。㊾斑：须发花白。鬓彪（biāo）：鬓发长而飘拂。承弁（biàn）：头戴皮弁。皮弁是武官的冠冕。㊿飒：形容头发脱落稀疏。垂领：挂到脖子上。51群隽：俊杰们，指居高位的门阀子弟们。逸轨：洒脱的行为。52云汉：银河，形容极高贵荣耀。53春台：春天游览的高台。熙熙：形容热闹欢乐。这句用《老子》“众人熙熙，如享太牢，如登春台”语意。54炯炯：形容光彩神气。55趣：通“趋”。涂：通“途”。56庸讵：何用，岂用。躁静：浮躁和沉静，指选择不同道路的人们具有不同的本性。57至人：这里指道家认为道德品性最高尚完美的人。《庄子·逍遥游》：“至人无己，神人无功，圣人无名。”休风：美好的风范。58齐天地于一指：用《庄子·齐物论》“天地一指也，万物一马也”语意，是说天地万物在本质上是一样的，没有区别，所以天地之大与一个指头之小，其实相同。59彼知安而忘危：用《周易·乾卦》“知进而不知退，知存而不知亡，知得而不

知丧，其唯圣人乎”语意，是说圣人的境界造诣。⑥⓪故出生而入死：用《老子》“出生入死”语意，是说人一生本来就是从出生开始进入死亡的变化过程。⑥①投趾：落脚。容迹：容纳脚迹大小的地方。⑥②殆：恐怕，几乎。践：踏实。获底：获得底下这点地方。这句是说极易获得。⑥③阙：空缺，指空地。侧足：插脚进去。泉：指黄泉，意思是死亡之地。⑥④履：走路。以上四句用《庄子·外物》一则语意：庄子认为只有懂得无用，方能知道有用。他举例说，大地极其广大，但对于人有用的只是“容足”而已；如果插脚到黄泉去，就无用了。⑥⑤龟：指神龟。祀骨：尸骨被祭祀。宗祧(tiāo)：宗庙。⑥⑥反身：使自己返回。以上二句用《庄子·秋水》一则寓言的涵义：楚王派两个大夫去请庄子从政治国，庄子说，楚国有只神龟，死了三千年。楚王把它的尸骨收拾去供在宗庙。这只神龟是愿意死后富贵呢，还是活在泥途上摇曳尾巴呢？两个大夫说当然是活着。庄子说他就在泥途上摇曳尾巴，叫他们离开。⑥⑦敛衽(rèn)：收束衣襟。⑥⑧投绂(fú)：丢掉官印绶带，指辞官。高厉：以高节激励自己。⑥⑨东皋：指田地。⑦⓪输：交纳。⑦①崖澨(shì)：山崖水边。⑦②澡：洗涤。⑦③游鲦：(tiáo)：指游鱼。鲦是白鱼。潎潎(pì)：鱼游水声。⑦④阿：角落。⑦⑤卒岁：过完一年，意思是生存下去。

此赋有序有辞。序为古文，辞乃骚赋，均属精品。序很短，一百二十余字，说明本赋写作年时、境遇心情及主旨，清词丽句，委婉有致。东晋玄言大师孙绰曾说：“潘文浅而净。”(《世说新语·文学》)此序恰具这一特点。“浅”是浅显，不深奥；“净”是省净，不芜杂。这原是说明文字应有的要求。但是达到这一要求，可以是简明扼要，一目了然，不一定有情采神韵。显然，此序有情采，有神韵，所以浅而不薄，净而不枯，耐读有味。

情采来自笔墨含情，神韵由于个性鲜明。此序可分三节，先交代本赋写作在晋武帝咸宁四年(278)，晋朝立国第十四年，作者三十二岁，时为太尉贾充府幕僚，职衔虎贲中郎将，是个侍从官衔，所以没有值班办公的官署。不言而喻，这是个闲官，然而它的地位不低，陪游于深宫高阁之内，近侍在帝王显贵之侧，因而是世袭门阀子弟的适宜差使。这节开门见山，明白无误，交代了写作本赋时的境遇：三十二岁做了这么一个清贵的闲官。读来似乎客观介绍，其实笔下有激情，含微词。一曰“始见二毛”，头发开始花白了；二曰“阳景罕曜”，见不到阳光；三曰“此焉游处”，是世袭纨绔子弟玩儿的地方。这就是说，作者不适合充当这类角色。所以次节直截了当地表明“仆野人也”，跟门阀子弟是两个阶层的人，住不惯高阁，也谈不到一起，至于做了这个官，则是由于恰逢缺人，马虎凑数，因而自己只得早起晚睡，忙忙碌碌，闲官不闲，以求心情安宁，而其实像池中之鱼、笼中之鸟一样，被拘羁，失自由，不合本性，心中始终思恋江湖山林。这节毫不含糊，直抒胸怀，表明自己本性不合于门阀官场。言辞委婉，饱含激情，失志不遇的不平，自然流露，见出个性，所以有情采，有神韵。最后点出作赋命题的缘由，结束小序。

序的主题是说明作赋缘由及赋的主旨，实则是抒发不遇的感慨，要发牢骚。因而赋用骚体写作，是合乎魏晋文人的文章观念的。汉魏以来，辞赋的体裁运用，大体形成一种自然分类：铺叙咏物的大赋，沿袭古赋、汉赋体裁；抒情述怀的小赋，较多采用楚歌、骚体流变而来的骚赋，并且大多抒发失志不遇的牢骚。此赋亦然。但是辞赋与其他叙述文体还有所不同，要在抒情中寄寓哲理。因此，本赋与小序的主题实质相同，而侧重点明显不同，主要从人生哲理上抒写失志不遇的必然与觉悟了的抉择，因而它的结构是层次清楚、顺理成章的，但并无特色；它的表现是抒写感受和体会，也不追求艺术创新，咏物则形容，议论则析理。刘勰说：“安仁（潘岳字）轻敏，故锋发而韵流。”（《文心雕龙·体性》）此赋与序一样富有个性且有情采神韵。

萧统《文选》把此赋列入《物色》类。李善注：“四时所观之物色而

为之赋。”这是从题材和表现上分类的。按照《文选》以“时义”与“能文”为选择标准，要求“事出于沉思，义归乎翰藻”（《〈文选〉序》），此赋符合要求，确乎具有两个特点和成就，思想上有西晋时代特征，艺术上讲究用事和辞藻。

西晋立国，门阀士族专政，用人依据官僚世家的地位高低，实质是保证大官僚世袭特权，门阀子弟养尊处优，享有富贵，而不必有真才实学。门阀制度堵塞了广大中下层士大夫的仕途，加之以高压手段排斥异己，所以西晋虽然结束了鼎立割据，统一了天下，却在立国之初，盛世之际，便有一种不平、不满的压抑情绪弥漫于朝野，抒发为悲秋，升华为谈玄，继承正始时代嵇康、阮籍的悲慨曲折而为感伤超脱，以哀怨泄幽愤，将无奈化超脱。潘岳的祖、父都是州郡长官，到中央则仅属中层官僚，因而潘岳从小被乡里誉为神童，拥有才名，较早被征辟为太尉幕僚，然而一蹲十年，未获晋升，不受重用。《晋书》本传说他“才名冠世，为众所疾，遂栖迟十年，出为河阳令，负其才而郁郁不得志”。与父祖相比，官位反而降为县级，当然愤愤不平。但是对于这样的运遇，他无可奈何，所以就写出了这篇抒泄时代不平的《秋兴赋》，前半悲秋，后半谈玄。

悲秋的实质是感伤士大夫的命运。自从西周的武士变成战国的游说之士，出现了依靠才智谋取出路的文士，便有宋玉《九辩》这样悲秋的杰作，并且成为士大夫抒情吟咏的一个传统主题，下层才士的命运归宿就像万物在四时运转到了秋天一样，不可避免地趋于寥落，终于沉沦。潘岳也体会到了：“虽末士之荣悴兮，伊人情之美恶。”从下层士大夫的运遇，可以看到时代人情好恶的变化。这是说，末士的命运历来相同，但是各代的具体情况却不尽相同，所以作者首先引用宋玉悲秋的名言，议论、抒写自己的感受，其思想实质并无新意，只是从失志思乡、时光蹉跎来写秋天节物光景，情重于理，词工于义，婉转细致，哀伤不尽。作者集中抒写秋天生活的典型感受：更衣换席，风吹

落叶，蝉吟雁飞，天高日远，昼短夜长，月清露冷，萤灿虫鸣，离鸿深夜，孤独不寐。几乎从白天到黑夜，只是在落寞无聊中度过时光，充满失志蹉跎的哀伤。

谈玄的实质是人生道路归宿的抉择。自从正始名士被司马氏集团恐怖高压之后，入晋门阀士族统治巩固，名教流于空谈，士风趋于庸俗，清议不及政治，谈玄只是析理，潘岳也体验到了："苟趣舍之殊涂兮，庸讵识其躁静。"既然选择了不同的道路，就不必计较人们本性的浮躁与沉静。这是说，仕途官场虽然有两种人，或者像自己一样哀伤失志蹉跎，或者是门阀子弟优游富贵，其实都没有认识到合乎人的本性的根本道路，都没有觉悟。因此作者阐述了老庄齐物论的自然人生观，忘却得失，以求合本性的自然生活归宿，引典析理，情从理出，含蓄深微，感慨不已。他是把天地之大与一指之小视为同等的，既然空间的大小是无区别的，那么时间的长短亦不存在。"至人"能达到知安忘危的境界，是因为他们能把生命看作是一个生生死死的自然过程。俯仰天地，出入人间，每个人在广袤的世界中都有自己的容身之地，不用争取就可得到，就好比走路，每个人身下都有一足的空间，你不去踩它，它也属于你。至于侧足踏空命赴黄泉，这是猿猴都不会干的蠢事，更何况人呢？所以我们应该安分守己，随缘乘化，在自然中求得自由。至于人为求得富贵而受到种种束缚，就像把神龟的尸骨供奉在宗庙里享受祭祀，虽尊贵却不自由，不如回到泥滩里自在地生活，更加合乎自然本性。显然，作者是以道家思想来解脱现实中无法克服的矛盾苦闷，看透人生，超脱现实，复归自然，抛弃富贵，因而其必然的抉择与归宿是逍遥山水，放旷人间，优哉游哉，聊以卒岁。然而用抹杀差别来化解矛盾，将主观思想代替客观存在，以逃避为清高，慰失志于自在，其实蕴含着无奈与无聊，压抑着不平与哀伤。这种玄虚的思想有着西晋时代特色。

思想内容的玄虚及平庸，不是作者的过失，恰是这个时代的特

点。抒发感情的压抑而真实，却是本文的成就，确乎表现作者的个性。因此这篇赋，正文与序一样，具有浅而净的艺术特点，词采清丽，笔调流畅，用典精要，析理清简，显出了作者的文学造诣，在西晋抒情小赋中占有一席之地。

（《古文鉴赏辞典》，上海古籍出版社，1997 年）

石　崇

思归引并序

余少有大志，夸迈流俗。弱冠登朝，历位二十五。年五十以事去官。晚节更乐放逸，笃好林薮，遂肥遁于河阳别业。其制宅也，却阻长堤，前临清渠，柏木几于万株，江水周于舍下。有观阁池沼，多养鱼鸟。家素习技，颇有秦、赵之声。出则以游目弋钓为事，入则有琴书之娱。又好服食咽气，志在不朽，傲然有凌云之操，欻复见牵羁。婆娑于九列，困于人间烦黩，常思归而永叹。寻览乐篇有《思归引》。傥古人之心有同于今，故制此曲。此曲有弦无歌。今为作歌辞，以述余怀。恨时无知音者，令造新声而播于丝竹也。

思归引，归河阳，假余翼，鸿鹤高飞翔。经芒阜，济河梁，望我旧馆心悦康。清渠激，鱼彷徨，雁惊溯波群相将，终日周览乐无方。登云阁，列姬姜；拊丝竹，叩宫商；宴华池，酌玉觞。

《思归引》相传是周代的琴曲。《琴操》说，邵王娶卫国一位贤女，迎娶途中，邵王死了。邵太子要娶她。她不答应，被拘深宫，“思归不得，遂援琴而作歌。曲终，缢而死”(《乐府诗集》卷五八引)，因此它又名《离拘操》。到西晋，歌词已佚。所以石崇序中说，“乐篇有《思归引》”，“此曲有弦无歌”，“今为作歌辞”以抒其怀。

石崇是西晋开国功臣石苞的小儿子，门阀士族的大富豪，也是著

名文士，与陆机、左思等一起活动在权贵贾谧周围，世称“二十四友”。从序中可以看出，他是西晋典型的门阀世家的名士。凭借门阀政治特权，他20岁就做朝官，此后30年中历任25个官位，最后做了卫尉，位列九卿。50岁时，贾谧被诛，石崇因被列为贾党而遭罢官，归居河阳别墅，就是著名的金谷园。表面看来，他对罢官似不在意，仿佛无官一身轻，摆脱官场杂事，“肥遁”了。《易经·遁卦》上九说，“肥遁无不利”。旧疏认为，“肥，饶裕也，上九最在外极，无应于内，心无疑顾，是遁之最优，故曰肥遁。”本义是说，心无牵挂，彻底避世，所以是隐逸中最好的一等。对石崇来说，资财豪富，歌伎成群，药石齐备，金谷园尽有山水之美和林薮之趣，罢官正好摆脱流俗，声色娱乐，服食养生，在人间过神仙生涯，做风流名士，享清德美誉，好像真心“更乐放逸”。其实不尽然，石崇是以放逸的豪气来发泄他心中的气愤。

《思归引》或名《离拘操》的本事便是一曲违志而死的悲歌。石崇借古曲填新词，寓意相承。序中一再说明他平生志向不在做官，但却违反志操做了这么多年的许多官，而且做了大官，直到这回罢官，才算得以归隐，摆脱束缚，顺遂本志。耐人寻味的是，他几乎不把国家朝廷放在眼里，笔墨之中往往施以鄙夷。小序开头就说，“少有大志，夸迈流俗”，把做官视为世俗之事。文中又说，“又好服食咽气，志在不朽，傲然有凌云之操”，这是用汉武帝故事。《汉书·司马相如传》载，汉武帝读了司马相如《大人赋》后，“飘飘有陵云气、游天地之间意”。石崇的用意相当显豁，一是表示神仙长生原是帝王之志，二是暗示自己的大志就像汉武帝一样，尽有人间富贵，所以不屑做官，而追求长生。这就是说，他根本不稀罕做官，然而他又做了大半辈子官，并且明确说做官是被“牵羁”，做大官是逢场作戏，并且感到烦人。这等于公开声明，他的官位是国家朝廷勉强给的，他是勉强接受的，罢官正合心愿，对他毫无损害，没有什么了不起。这话的潜台词就是宣告诀别，此后再请他做官是决不出山了。这就是小序的中心意思，

充分显示这位门阀豪富的门阀豪气，以神仙为大志，使自己凌驾于国家之上。这与寒士蔑视富贵的豪放是有实质区别的。

由于小序说明了主题思想，因而诗歌便不须交代归隐的缘由，只抒写归隐的快意。比较起来，小序写作颇费曲笔，绕了两个弯子；诗歌的艺术特点则是痛快地一气呵成，形式也是采取流畅不拘的七言歌行。但是正因为石崇心里气愤，所以在快意的豪放情调之中，仍不时地夹杂讥刺嘲弄。全诗以离开洛阳来到河阳的归程为结构。开头用鸿鹤高飞形容离开洛阳，既表现了自己的愉快心情，同时暗用黄鹤仙去的故事表示自己高蹈的志趣。接着写归路，点出“芒阜”即北邙山，相传是古来王公贵官的墓葬所在，《古诗十九首》所说“下有陈死人”的“北郭墓”就是此地；又说渡过河梁，这是游子思归常悲阻隔的难题，所谓“我欲渡河水，河水深无梁”（《古诗十九首》“步出城东门”），但他都无阻而渡，所以回到“旧馆”即金谷园，心情十分愉快。然后写来到金谷园，在清清水边，欣赏水中游鱼在急流里徘徊彷徨，观看成群大雁被涨潮波浪惊飞，领略山水鱼鸟的自然动态，仿佛冷眼旁观人情世态，饶有兴趣。最后写金谷园里奢华的声色娱乐，在高楼里听听华贵歌伎演唱，在水池边举行宴会，畅饮美酒。人间富贵享受，他一应都有，毫不逊色，然而丢掉了官宦束缚，不再有生死的忧患，思乡的忧伤，急流的冲击和惊浪的恐惧，自由自在了。显而易见，在歌唱快意归隐的同时，他对困于官宦的人情世态不无嘲弄，一泄气愤。正是这样以快意来泄愤，形成了这诗的明快豪放的风格；而又由于实质上是门阀豪贵的豪情，因而诗的明快豪放并不痛切有力，流于浅薄，不动人，也无启迪。今天读来，别有一种认识意义，可以了解西晋诗歌有此一格，古代封建门阀豪贵也有这样一种隐逸的歌唱。

（《汉魏六朝诗歌鉴赏辞典》，中国和平出版社，1990 年）

左　思

招　隐

杖策招隐士，荒途横古今。岩穴无结构，丘中有鸣琴。白云停阴冈，丹葩曜阳林。石泉漱琼瑶，纤鳞或浮沉。非必丝与竹，山水有清音。何事待啸歌，灌木自悲吟。秋菊兼糇粮，幽兰间重襟。踌躇足力烦，聊欲投吾簪。

汉代淮南小山《招隐士》是召唤隐逸山林的公子王孙回到人间社会。这诗的题目也是召唤隐士回来的意思，而内容写招隐士的结果反而是被山林美景吸引了，招隐的诗人自己要隐居山林了。实际上，这是一首反招隐诗，一首山林隐居生活的赞美诗。由于它是通过招隐变为归隐这一过程来表现的，因此显得清新别致，饶有情趣。

诗分四节，每节四句。第一节写进山招寻隐士。既然是招隐士回来，当然是抱着世俗观念进山的。因此，诗人情绪并不愉快。为了招隐士，他得拄着拐棍爬山路。而且是从古到今都荒凉的道路。山里只有洞穴，没有房屋，但却听见了山上有弹琴的声音。想来是有隐士居住的，也许不虚此行，会找到隐士。第二节便写寻找隐士。登上山冈探望，并未见有弹琴的隐士，却发现了一个美好的天地。洁白的云彩停留在北面背阴的山冈上空，分外鲜明；红艳的花朵映照在南边向阳的山林之中，美妍夺目；山石间的泉水在洗漱着美玉般的山石，那么清白；溪水里游来游去的小鱼，有的浮上水面，有的沉在水底，如

此自在。这是一个鲜明美妍、清洁自在的天地。诗人因这意外的发现兴奋感动,终于恍然大悟。第三节就写自己的体验和觉悟。原来进山来听到的琴音,就是这美妙的大自然山水林木之音,不必是人为弹奏乐器的声响。而且还领会到,也不须再等待那隐士发出高歌长啸,然后再循声寻找,因为这风吹丛丛灌木的声响就是一种悲哀吟咏。诗人没有找到隐士,然而隐士的情操,隐士的音容,隐士的形象,已经在他心中涌现出来,并且融化在他的思想感受之中,仿佛不知不觉地变为他所要寻找的隐士。所以末节就写他自己的变化。他进山带来的干粮加进了隐士服食养生的菊花,他那身士大夫穿戴,佩带了隐士标扬清高的兰花。他变成一个吃穿都隐士化了的招隐者。于是,他对这招隐任务厌烦了,对这世俗服饰嫌恶了,走得也累了,负担累赘了,索性丢掉这束缚的发簪,就在这美好山林当个隐士,轻松自在地过清高隐逸的生活。

招隐变为归隐,畏惧山林变为爱好山林,这转变出自体验,有个比较。招隐使诗人从门阀官场和繁华城邑,来到隐士栖居的荒凉山林,从熟悉的生活来到陌生的环境,实际上是经历了一个将隐比仕、将山林比都邑、将淡泊清静比荣华富贵的比较过程,结果是作出新的抉择,弃仕归隐,爱山林而恶都邑,取清高而舍荣贵。实质上,这是两种生活理想和道德情操的比较抉择,山林作为清高的精神寄托和生活归宿,仕途作为污浊的物质追求和道德沦落,诗人选择了前者。因此它的艺术特点是明显的。除了结构上以首尾点出从招隐到弃仕的转变,显示中间经历转变过程,以及在遣词造句中注意点出仕隐对比之外,它最主要的特点是抒情性、议论性和概括性三者的融会一体,饱满地表现出诗人的自我形象,个性风格突出,形成前人评论所说的"风力"或"风骨",在精神上、气概上有一种动人的力量,并不以山水自然的客观形象的美妙迷人和精致的描写艺术取胜。

首先是抒情。它每一句每一节都饱含真情。开始视山林为"荒

途”,山中无住房,明显流露厌烦情绪。然后发现美妙景观,兴奋喜悦,不能自已。之后恍然有悟,感慨不已。最后爱此舍彼,情不自禁。通首贯串诗人起伏变化的真实饱满的感情。其次是议论。开始指点“横古今”的“荒途”,嫌恶只有“岩穴”而“无结构”,便是发议论;然后惊喜于“白云”与“阴冈”相映,“丹葩”共“阳林”齐辉,泉清石洁,小鱼自在,也是指点评论;之后自责自笑,更属议论;最后是夹叙夹议发感慨。通首贯彻议论。第三是概括。诗歌形式要求内容必须加以艺术概括。诗人的确做到以精练的语言,构成艺术形象,表现概括内容。正因如此,第二节山水描写,其实是高度概括的景观,并不具体;第三节写体会觉悟,其实兼用比兴,概括对比世俗遭遇,富有感慨。总起来看,这首山水诗,实质是歌咏隐逸清高之作,具有魏、晋山水诗的时代特征。魏、晋以前,山水对隐士主要是与世俗隔绝的地理条件,并不作为精神寄托对象;东晋、南朝,山水已经成为隐逸清德的标榜,因而进一步成为具体欣赏对象,并不单纯是清高精神的体现。恰在西晋,出于对门阀士族统治的反抗,山水从避世处所变为消极对抗的手段,成为清高情操的寄托,因而诗人对山水充满热情,借题发挥,而表现出个性,具有高于世俗的气概。正如《招隐》第二首所说:“惠连非吾屈,首阳非吾仁。相与观所尚,逍遥撰良辰。”诗人隐逸山林,既不像柳下惠那样降志辱身,也不是伯夷、叔齐那样求仁得仁,而是因为自己的志趣和习尚,因为自己认为这是一条逍遥自在的道路,比世俗高尚。

（《中国古代山水诗鉴赏辞典》,江苏古籍出版社,1989 年）

从军行

苦哉远征人，飘飘穷四遐。南陟五岭巅，北戍长城阿。深谷邈无底，崇山郁嵯峨。奋臂攀乔木，振迹涉流沙。隆暑固已惨，凉风严且苛。夏条集鲜藻，寒冰结冲波。胡马如云屯，越旗亦星罗。飞锋无绝影，鸣镝自相和。朝食不免胄，夕息常负戈。苦哉远征人，抚心悲如何。

《从军行》是汉、魏乐府歌曲旧题，属《相和歌·平调曲》。《乐府解题》说："《从军行》皆军旅苦辛之辞。"陆机这首乐府诗也是写同一主题。它的首句"苦哉远征人"翻用汉末左延年《从军行》的首句"苦哉边地人"，把"边地人"改为"远征人"，便点出诗的主题是歌咏从军远征士卒的艰苦。

这是一首精心写作的诗歌，然而并不动人。主要原因是诗人极力描写，甚至夸张表现远征士卒所经受的外部条件的艰苦，并未表现出他们的内心活动和精神状态，结果却产生了奇特的矛盾的艺术效果，或是思想变成艺术，或是悲伤化为豪壮，见仁见智，都在读者自己领会，已非诗人主观表现的目的和效果。

诗的构思出于理智，并非来自生活体验的激动。诗人确定的主题是远征，主题思想是士卒远征生涯极其艰苦。因此，他努力表现的是如何艰苦。于是形成了诗的结构安排。全诗十韵二十句，如乐府

歌曲要求，每二韵四句为一节，共五节。第一节写征途极远，南过五岭到闽粤，北守长城在塞下。第二节写行军极难，穿过望不到头的深谷，翻越起伏重重的高山，攀树爬高，跋涉瀚海。第三节写气候剧变，经历酷暑炎热，忍受寒冬凛冽，潮湿的南方夏树生菌，干寒的北方大河结冰。第四节写战争激烈，北方战马如云纠结，南方战旗星罗密集，刀光剑影纷纷，响箭劲射飕飕。末节以营地日夜紧张备战作结，不胜悲伤，上应首句。显然，按照远征的戍所、征程的地势和气候、战争及营地生活等方面，凡属远征主要生涯，都予集中描写。也就是说，该写的都写了，没有遗漏重要方面，也没有突出哪个重点。整体地看，它仿佛一组屏风画，分开是一个个独立画面，合起来便见全貌。每幅画面都是风光景象的场面，表现远征士卒群体活动状态，没有完整情节，也无抒情主人，诗人是个画外的旁白者。

这诗在艺术表现上的显著特点是，采用咏物辞赋的铺陈排比，概括描写从军远征艰难的场面。具体地说，诗人是以对偶工整的语言，作对比鲜明的描写，表现极端艰难的状态，因而形成典丽而铺张的风格。以岭南和长城为远征的南北戍所，便是一种极端状态的设想。从这一点入手，便可以把远征全过程的各个方面都安排在极端艰难状态，便于对此描写，利于骈偶锤炼。诗中除起结二节外，中间六韵都是以南北不同自然地理气候及战争特点为骈对的诗句。通篇骈对，形成典重雅丽的风格；而一律采用上二下三的陈述描写句式，不免平板单调。但是一气铺陈排比极端艰难的状态，便是夸张地表现客观真实，又有铺张扬厉的气势，使骈对的单调句式有所冲淡。实际上，诗人构思创作，不多重视主题思想的深掘，更精心于艺术手法的运用和诗歌语言的提炼。因而读者在欣赏此诗时，与其说被艺术地表现出来的思想内容所激动，毋宁承认是一个平常的思想认识被如此精心艺术地表现出来。而由于它的艺术并非浑然一体的天衣无缝，因而读者也就更容易发现诗人剪裁经营的针线痕迹，别有一种欣

赏趣味。给陆机扣上形式主义帽子，大可不必，但是诗人过分注重艺术表现，以致本来动人的主题也变成了平淡无奇的思想，就像用魔术来表演神圣主题，而观众欣赏的仍是魔术的奇幻。

诗人毕竟描写了远征士卒的种种极端艰难的状态，而且是客观存在的真实的艰难。诗人的本意十分清楚："苦哉远征人，拊心悲如何！"请读者扪心自问，远征士卒这样艰难的从军生涯苦不苦？令人悲伤不悲伤？然而由于诗人几乎不触及远征士卒对艰难的内心反应，读者只读到士卒所经历的种种极端的艰难，因而对于后世读者来说，必然会引起因时因人而异的艺术效果。除去首尾四句的诗人旁白，中间十六句确实描写了中华祖国大地的疆域辽阔，山川雄壮，地貌变化，气候各异。因而驻守边塞，征途遥远，备历艰难，保卫祖国，任务艰巨，战争激烈。如果从这个角度欣赏，则读者对远征士卒默默承受艰难，甘心保卫祖国，不禁由衷敬仰，于是悲伤同情将变为悲壮激扬，读者也许感受到的是一首慷慨报国的庄重赞歌。倘使将士卒视为封建帝国奴役驱使的人民，被迫承受艰难，则读者或许会深深悲慨于人民默默忍受历史重负的命运，于是同情会引起思索。显然，这类艺术效果都不是诗人创作本意所求的。正因如此，前人评论陆机乐府诗，赞赏者以为"金石之音，风云之气，能令读者惊心动魄"（清刘熙载《艺概·诗概》），贬薄者斥为"一味排比敷衍，间多硬句，且踵前人步伐，不能流露性情，均无足观"（清黄子云《野鸿诗的》）。见仁见智，大相径庭。今日欣赏此诗，不妨超脱具体作品拘限，从骈俪排比的具体特点深入一步，探讨它的艺术形象所产生的艺术效果，思索造成见仁见智的评论的原因，也许更有意义，更有趣味。

（《汉魏六朝诗歌鉴赏辞典》，中国和平出版社，1990 年）

陆 机

悲哉行

> 游客芳春林，春芳伤客心。和风飞清响，鲜云垂薄阴。蕙草饶淑气，时鸟多好音。翩翩鸣鸠羽，喈喈仓庚吟。幽兰盈通谷，长秀被高岑。女萝亦有托，蔓葛亦有寻。伤哉客游士，忧思一何深！目感随气草，耳悲咏时禽。寤寐多远念，缅然若飞沉。愿托归风响，寄言遗所钦。

《悲哉行》是杂曲旧题，相传是魏明帝创作的歌曲。《乐府解题》说，陆机这首歌词尾“言客游感物忧思而作也”。它抒写不遇知己的孤独感和失落感，兴寄委婉，情思怨伤，即景写怀，含蓄有余。它的丽词藻饰，已少汉魏乐府风骨，铺叙述意，未及盛唐近体意境。陆机在《文赋》中说：“诗缘情而绮靡，……要辞达而理举，故无取乎冗长。”此诗正可作为他的诗论实践来欣赏。

这诗写春天客游他乡的淡淡哀伤。每四句一节，共五节，是依照乐府歌词四句一解的体制。首节破题，点明主题。诗人客游他乡，美好的春光引起了忧伤，有一种淡淡的哀愁，恰似眼前暖和的春风吹来清新的声响，而鲜明的白云却留下薄薄的阴影。第二节写春天的物候。芳草散发香气，时鸟鸣声动听，布谷鸟飞翔歌唱，黄莺儿吟声喈喈。应时宜人，多么美妙。第三节写草木和藤蔓。幽雅的兰草长满山谷，树木的花朵开遍高高山冈，依攀松柏的女萝也有依托，蔓延生长的葛条也有目标。各种花草都有了自己的托身之所。大自然安排得当,但是人间却不尽惬意,引起了诗人的孤独无依、惘然若失的伤感。第四节就写自己的哀伤。“游客士”指诗人自己。原来他从大自然的美好和谐中发现了自己深深忧思的原因,眼里看见的花草是应顺气节的,耳中听到的鸟鸣是依从时令的,那么世人理当像花草禽鸟一般随气咏时。如果跟着时世气候来调整自己的言行,他就能心满意足,无所哀伤了。但他不愿改操易弦以适应时世,因而淡淡的哀伤变为深深的愁思,陷于孤独,失落自我。末节便写思念知己。消除孤独,须有知己,找到自我,须能自识。诗人恍然觉悟,日夜思念知己朋友,深感知己与自己相隔遥远,仿佛天上泉下,因而写诗托回乡的风带给知己,让知己知道他是自己钦佩的朋友。也就是说,他乡不如家乡,出仕不如归隐,他的知己,他的归宿,就在家乡。这就归结出诗的主题思想。显然,这诗有身世之托。

陆机出身东吴世族显宦,祖父陆逊为东吴丞相,父亲陆抗是东吴名将,官至大司马。东吴灭亡,在晋武帝太康末,他与弟弟陆云离别东吴,来到洛阳谋仕,但以文才做了清要文官,不见重用,颇不得意。实际上,这诗便是抒发这种不遇的哀怨。但是西晋初建,正当盛时,他以亡国名宦之后,“余生之遭难,畏出口以招尤,故抑志就平,意满不叙”(清陈祚明《采菽堂古诗选》)。正因如此,这诗的构思的明显特点便是造意取喻力求委婉,抒情述志避免明确,可谓“思无越畔,语无溢幅”(同上)。他选择游春伤心作主题,便于讽颂盛世,显得怨而不怒,合乎雅颂之义。诗的开头便定了基调,“春芳伤客心”,是美好春光引起客子哀伤,皇恩有所不到;也暗示原因,“鲜云垂薄阴”,一片鲜明的云彩遮了一点阳光,留下薄薄阴影。二、三两节便有盛世歌颂,一切都美好,微弱有庇托。这就使哀怨在言外,有含蓄意味,也有含糊妙用,十分委婉。第四节虽然点明深忧,但“目感”二句似乎明确,其实两可。承上文来理解,草木禽鸟随气咏时是美好现象,则自己不能,责由自取;而从末节看,诗意在暗示自己宁愿归乡而不应合时世，则在抒泄不满。但末节虽然用赋，而修辞曲折，思念极深而又相隔遥远，归意已甚却只寄相思，言外便有不得归去之意。然而不得归是由于依恋盛世，还是别有难言之隐，便含糊不说了。这种含蓄而其实含糊的特点，诚如刘勰所论，是“矜重，故情繁而词隐”(《文心雕龙·体性》)。但更多是受到指责，批评他不合封建士节。清沈德潜说他是“名将之后，破国亡家，称情而言，必多哀怨，乃词旨敷浅，但工涂泽，复何贵乎”(《古诗源》)，甚至连陆机造意取喻的巧思委婉也予以否定。其论显然不允。

从艺术方面看，仍是刘勰说得好：“陆机才欲窥深，辞务索广，故思能入巧，而不制繁。”(《文心雕龙·才略》)他要写得深入些，全面些，所以有时构思比较精巧，但是考虑太多，虽有才情，却不免烦。这与他的诗论主张有关。他要求诗歌创作，既“缘情”，又“绮靡”，还要“辞达”，且须“理举”。以此诗而言，不但要抒写这难以遣发的客愁，而且要说明这客愁不得排遣的原因，还要用比兴以求雅颂，并且用骈丽词句表达出来。要求太多，束缚便多，负担也重，不免产生整体不谐调的破绽。首节破题，两句用赋，比较直露，前人评为“硬句”；两句比兴，兴象华美，词语骈丽，与前二句相比，前人讥为“轻句”。显然，“硬句”是为了“辞达而理举”，“轻句”大致体现“缘情而靡丽”，两相凑合，不免抵牾。第二节全用比兴。第三节又露出破绽，两句描写句是赋而比兴，两句议论句便是理举的达辞，目的是点出“亦有托”“亦有寻”，使读者明白寓意。第四、五节几乎全用赋体，意在暗示哀愁原因和表明自己觉悟。也就是说，诗人主观上要求情、理、意、辞面面俱到，结果陷入不谐调的凑合，情也不深，理也不透，意不全新，辞不尽美，各有可读的片段，却失去了整体的和谐。这就难怪他同代的前辈作家张华批评他的毛病患在文才太多(见《世说新语·文学》注引《续文章志》)。

(《汉魏六朝诗歌鉴赏辞典》，中国和平出版社，1990 年)

刘 琨

扶风歌

朝发广莫门，暮宿丹水山。左手弯繁弱，右手挥龙渊。顾瞻望宫阙，俯仰御飞轩。据鞍长叹息，泪下如流泉。系马长松下，发鞍高岳头。烈烈悲风起，泠泠涧水流。挥手长相谢，哽咽不能言。浮云为我结，归鸟为我旋。去家日已远，安知存与亡。慷慨穷林中，抱膝独摧藏。麋鹿游我前，猿猴戏我侧。资粮既乏尽，薇蕨安可食。揽辔命徒侣，吟啸绝岩中。君子道微矣，夫子故有穷。惟昔李骞期，寄在匈奴庭。忠信反获罪，汉武不见明。我欲竟此曲，此曲悲且长。弃置勿重陈，重陈令心伤。

刘琨出身西晋门阀大家，青壮年时期，豪奢放诞，爱好诗赋，与石崇、陆机等同为权贵贾谧周围的“二十四友”之一，颇有文名。八王乱起，他投笔从戎，带兵作战，成为一名忠于晋王朝的将领。晋惠帝末年，中原诸王混战，北方刘渊建汉，西蜀李雄称王，西晋王朝濒危。刘琨奋起投入保卫国家的战争，在永兴二年(305)受命出任并州太守，秋天募军千人赴任，一路辗转战斗，于次年到达并州治所晋阳(在今山西太原)，迎接他的是“府寺焚毁，僵尸蔽地，其有存者，饥羸无复人色。荆棘成林，豺狼满道”(《晋书·刘琨传》)。这首《扶风歌》便是抒写从洛阳赴晋阳征途的经历和心情。清陈祚明说，此诗由于“英雄失路，满衷悲愤，即是佳诗”(《采菽堂古诗选》)，沈德潜认为“其诗随笔倾吐，哀音无次”（《古诗源》），都是比较中肯的评论。

“扶风歌”是乐府曲题，属于杂歌谣辞。“扶风”是汉代郡名，治所在今陕西泾阳。这歌曲大约原为陕西民歌。刘琨此歌每四句一节，或说原为每四句一首，大致保持乐府歌辞四句一解的形式。全诗共九节，可分四个段落。一二节写誓志赴任的情怀。诗人报国心切，赴任似箭，弯弓挥剑，激昂慷慨，但依恋朝廷，顾望宫阙，据鞍长叹，伤心流泪。三四节写途中情景。遥望家乡，悲风流水，凄怆之情弥深；挥手长别，云结鸟旋，无归之感弥真。五六节写进退维谷。边塞荒远，前途不测，资粮乏尽，归路已断。所以七八节写激励伙伴，表明志节。诗人用孔子在陈国被困绝粮时教导子路的话，激励伙伴，“君子固穷，小人穷斯滥矣！”（《论语·卫灵公》）发扬爱国气节，准备长期艰苦奋斗。同时他深刻认识到，自己作为一个封疆长官和前敌将领，在进入四面异族割据的处境，将面临严峻复杂的考验，想到了汉武帝名将李陵被迫投降匈奴的历史悲剧。他认为李陵当时，兵寡粮绝，陷入重围，被迫屈降，是企图苟生以求待机报汉。但这一片忠信不为汉武帝理解。诗人此时虽未如李陵当年形势严重，但处境有相似之处，“恐旷日持久，讨贼不效，区区孤忠，不获见谅于朝廷”（陈沆《诗比兴笺》）。所以，“此曲悲且长”，这一支表明忠信的悲歌，须待胜利完成克敌复土的任务之时，才能唱完，方得证明。显然，这诗并非即兴之作，而是愁思悲愤，不可抑制，浩然长歌，倾吐激情。这是一首忠悃悲愤的长歌。

诗人受命于国家危难之时，奔赴于异族割据之所，孤军深入，转战前进，经历艰难，终于坚持下来，抵达晋阳。面对废墟，满目疮痍，遥想前景，愁绪万千。此时此刻，他最需要的不是物质支持，也无从获得这样的支援，而是精神上的强大支持，对他爱国忠忱的充分理解，完全信任，从而能激励鼓舞自己来克服困难，恢复、整顿、坚持晋王朝在这边远地区的统治。然而经历了从洛阳到晋阳的征程体验和考验，他深刻而强烈地感到，指望混乱的朝廷的理解和信任是很难的。因而他悲愤激

越，准备在这四面异族威胁的严酷处境中，接受更为严峻的考验，作出更为壮烈的牺牲。这就是此诗的主题思想，基调忠悃悲愤，凄怆壮烈。“弃置勿复陈，重陈令心伤”，然而他还是把这尚未完成、难以完成的悲歌写了出来，就是要倾吐他的忠悃悲愤，诉诸人民，倾向历史。

清人成书（字倬云）认为此诗“苍苍茫茫，一气直达”，“作者一生气象，于此亦可见一斑”（《多岁堂古诗存》），指出了它主要的艺术特色和成就。欣赏此诗，确乎“不必问其字句之工拙”，而首先会被诗人英雄的形象和悲壮的感情所激动，然后被启发而思索。真实、深刻的体验，使诗人能够自如地运用恰当的表现手法，如简括描述、情景衬托、气氛渲染等，也做到诗歌语言的精练、朴实、生动而准确，从而通过征程的经历和心情的抒写，显示出诗人的英雄报国的形象，令人感动而敬佩。但是随着诗歌抒情的进展，随着读者理解的深入，不难发现，诗人其实是对着读者叙述他忠于晋室而产生的忧愤悲伤：朝廷会理解和信任他的忠忱吗？这就是成倬云所说的“苍苍茫茫”之气，实质是在“苍茫问苍天”。因此，今天读这首诗，可以取得更深一层的理解和鉴赏。封建士大夫忠于一姓王朝的爱国感情，在王朝腐朽危亡之际，不可避免地会发生信任危机。而民族矛盾往往更触发他们产生忠于民族、国家而又难以信赖腐朽王朝的内心矛盾苦闷。刘琨正是在这样的历史条件下产生了痛苦愤懑，他深切期望朝廷的理解和信任，却又深刻认识到西晋王朝腐朽混乱而不可信赖，因而他只能长歌以叙其爱国之行，悲歌以明其忠贞之志。在诗人心中，多少还有眷恋晋室的情谊，而实际上几乎不抱希望，所以“英雄失路”，“哀音无次”，他是在向苍天，向人民，向历史倾吐。因此，本诗的爱国激情具有一种历史色彩的悲壮之美，以高扬的壮别开始，而以沉重的长叹留下不绝的哀音。

（《汉魏六朝诗歌鉴赏辞典》，中国和平出版社，1990 年）

刘琨

答卢谌诗并序

琨顿首。损书及诗，备辛酸之苦言，畅经通之远旨，执玩反覆，不能释手。慨然以悲，欢然以喜。昔在少壮，未尝检括，远慕老、庄之齐物，近嘉阮生之放旷，怪厚薄何从而生，哀乐何由而至。自顷辀张。困于逆乱，国破家亡，亲友凋残，块然独坐，则哀愤两集；负杖行吟，则百忧俱至。时复相与举觞对膝，破涕为笑，排终身之积惨，求数刻之暂欢。譬由疾疢弥年，而欲一丸销之，其可得乎？夫才生于世，世实须才。和氏之璧，焉得独曜于郢握；夜光之珠，何得专玩于随掌。天下之宝，固当与天下共之。但分析之日，不能不怅恨尔。然后知聃、周之为虚诞，嗣宗之为妄作也。昔騄骥倚辀于吴坂，长鸣于良、乐，知与不知也。百里奚愚于虞而知于秦，遇与不遇也。今君遇之矣，勖之而已。不复属意于文，二十余年矣。久废则无次，想必欲其一反，故称指送一篇，适足以彰来诗之益美耳。琨顿首顿首。

厄运初构，阳爻在六。乾象栋倾，坤仪舟覆。横厉纠纷，群妖竞逐。火燎神州，洪流华域。彼黍离离，彼稷育育。哀我皇晋，痛心在目。

天地无心，万物同途。祸淫莫验，福善则虚。逆有全邑，义无完都。英蕊夏落，毒卉冬敷。如彼龟玉，韫椟毁诸。刍狗之

谈，其最得乎。

咨余软弱，弗克负荷。愆衅仍彰，荣宠屡加。威之不建，祸延凶播。忠陨于国，孝愆于家。斯罪之积，如彼山河。斯衅之深，终莫能磨。

郁穆旧姻，嬿婉新婚。不虑其败，唯义是敦。裹粮携弱，匍匐星奔。未辍尔驾，已隳我门。二族偕覆，三孽并根。长惭旧孤，永负冤魂。

亭亭孤干，独生无伴。绿叶繁缛，柔条修罕。朝采尔实，夕捋尔竿。竿翠丰寻，逸珠盈椀。实消我忧，忧急用缓。逝将去矣，庭虚情满。

虚满伊何，兰桂移植。茂彼春林，瘁此秋棘。有鸟翻飞，不遑休息。匪桐不栖，匪竹不食。永戢东羽，翰抚西翼。我之敬之，废欢辍职。

音以赏奏，味以殊珍。文以明言，言以畅神。之子之往，四美不臻。澄醪覆觞，丝竹生尘。素卷莫启，幄无谈宾。既孤我德，又阙我邻。

光光段生，出幽迁乔。资忠履信，武烈文昭。旌弓骍骍，舆马翘翘。乃奋长縻，是辔是镳。何以赠子，竭心公朝。何以叙怀，引领长谣。

卢谌是刘琨的堂外甥。刘琨在并州与鲜卑族军阀幽州太守段匹磾结盟，抵抗石勒，巩固了他所代表的西晋王朝对并州、冀州、幽州的软弱统治，成为都督三州军事的名义上的统帅。卢谌在战乱中率家投奔刘琨，为幕府从事中郎五年，相处亲密。刘琨与段匹磾结盟后，卢谌改任幽州别驾，为太守副职，虽属迁升，却与鲜卑军阀为伍，所以卢谌并不愿意。在就任别驾前，卢谌给刘琨写了一封告别信，献四言诗二十章，委婉表明新职“事与愿违”，自己不能胜任这一“外役”，将以超脱态度服事，“有愧高旨”。因此，刘琨写了这封回信，并赠四言诗八章，婉转而诚恳地勉励卢谌就任别驾，与段匹磾合作，发挥才用，以报知遇，为国为家，作出贡献。

刘琨的信和诗，在内容和写法上各有侧重，而配合一体。信重在议论。前半针对卢谌将以谈言放论的超脱态度任职，自述少壮时爱好老、庄，赞赏阮籍的教训，痛诉国破家亡对自己思想的教育，以及回忆两人相处时暂缓国忧家愁的情形，对卢谌进行委婉批评。后半指出当时国家需要人才，自己不能专有卢谌之才，卢谌也不必因分别伤感，相信段匹磾识才，而卢谌也能施展才智，说明自己让卢谌任幽州别驾的原因，恳切劝勉。诗则重在叙事抒情，晓以大义，动以深情，诉以雅言，而情真事实，出自体验，发自肺腑，所以诚恳感人，义正服人，典而不奥，是西晋末不可多得的一篇四言雅诗。

全诗八章，每章六句，围绕劝勉卢谌的主旨，从各个方面叙述诱导。它结构完整，面面俱到，见出郑重，稍失平板。但诗人从各方面情理的性质轻重，构思措辞，字斟句酌，采取不同手法，表现出情感起伏转折，韵调顿挫抑扬，各见特点，而一气贯通，使整体风格谐调，从而冲淡了结构平板的不足。从艺术构思和表现特点看，全诗八章可归为四个层次。一二章写国家厄运和人民灾难，是晓以大义。所以起兴于乾坤天地，愤慨外敌，痛心亡国，指责天道不分，哀伤百姓遭殃。其特点是引经据典，兴象博大，义正词厉，警句迭出；神情悲慨，心态沉重，而扼腕拭目，惊心动魄。令人不得不深思自责，同仇敌忾，挺身奋起，勇赴国难。三四章便深自谴责，身负重任而辜负信任，镇守边疆而军威不立，以致当卢谌来奔，亲见刘琨父母子侄被敌人杀害，而自己被围，无力救援，是动以深情。所以诚恳自责，深情倾诉。其特点是朴实陈述，都用赋而少比兴，流水排句，一气直下，如对亲友，倾吐衷情，而不胜内疚，切望知心，这正因为卢谌是自己的外甥、幕僚和知己，所以毫无掩饰，坦诚相见，字里行间，推心置腹。五六章便转到卢谌身上，写卢谌的才和用，是信任和期望。所以热情赞美，衷心祝愿。其特点是比兴寄托，略无铺叙，词采华茂，形象高扬，以孤竹、凤凰比喻卢谌，目睹其成长，亲送其高翔，显出卢谌的性格和志向，洋溢诗人的信心和展望。所以“庭虚情满”，甚至“废欢辍职”，才当其用，国家得力，最合诗人深心所愿，极其高兴。然而卢谌离去，毕竟使诗人少了一个亲人、幕僚、知己和人才，毕竟是卢谌并不情愿的调动，因此七八章便回过来叙述自己的遗憾和段匹磾的可信，是慰己和慰人。所以坦率陈诉，谨慎介绍。其特点是以议论来减少离忧，仿佛客观评论知己离别的必然后果；以赞扬来增长信赖，似乎诗人鉴定段匹磾品德功业；然后断然用两句临别赠言结束。“竭心公朝”，既是总结全诗主旨，也有其他一切不论的含意。“引领长谣”，既是希望以后诗歌来往，也有其他将来再说的含意。所以这结束其实是言不尽意的，也是诗人主旨的斩截表示：卢谌必须就任段匹磾别驾。

就在这诗写作的几乎同时，晋元帝建立东晋，西晋覆亡，北方开始进入十六国纷战割据的混乱。实际上，刘琨当时处在四面围困的严酷形势，切实认识到北方江山不保的现实，而依然坚持保卫国家的战斗，努力联合可以联合的异族军阀抵抗石勒的扩张，遏制其他势力的发展。从这样的历史背景来理解刘琨要求卢谌就任段匹磾别驾，来评鉴这篇四言雅诗的思想内容和艺术价值，便不难领会诗人用心构思的原因和由此而来的艺术特点。

（《汉魏六朝诗歌鉴赏辞典》，中国和平出版社，1990 年）

刘 琨

重赠卢谌

握中有玄璧，本自荆山璆。惟彼太公望，昔在渭滨叟。邓生何感激，千里来相求。白登幸曲逆，鸿门赖留侯。重耳任五贤，小白相射钩。苟能隆二伯，安问党与仇！中夜抚枕叹，相与数子游。吾衰久矣夫，何其不梦周！谁云圣达节，知命故不忧？宣尼悲获麟，西狩涕孔丘。功业未及建，夕阳忽西流。时哉不我与，去乎若云浮。朱实陨劲风，繁英落素秋。狭路倾华盖，骇驷摧双辀。何意百炼刚，化为绕指柔。

建武元年(317)，刘琨和他儿子刘群陷入鲜卑族内部斗争，被段匹磾囚禁。明年五月，东晋王敦密使段匹磾杀害刘琨，段匹磾便矫诏处死了刘琨。这诗是刘琨在狱中写给卢谌的，当时卢谌已在段匹磾幕府任职(参看《答卢谌诗》)。《晋书·刘琨传》说，刘琨被囚后，“自知必死，神色怡如也”，写了这诗赠给卢谌。本传认为，“琨诗托意非常，摅畅幽愤，远想张(良)、陈(平)，感鸿门、白登之事，用以激谌。谌素无奇略，以常词酬和，殊乖琨心，重以诗赠之，乃谓琨曰：‘前篇帝王大志，非人臣所言矣。’”诗题“重赠卢谌”是萧统《文选》所拟，列之于《答卢谌诗》后，则所谓“重赠”，乃是相对于《答卢谌诗》之为初赠而言，并非别有诗赠卢谌，再有此诗。今存刘琨诗仅三首，因此一般认为此诗是刘琨绝笔之作。

这诗主题思想明确，希望、激励卢谌继续完成自己的志业，在异族盘踞的北方，坚持恢复晋王朝统治的斗争。由于当时处境特殊，诗人被囚，卢谌为段匹磾副官，未便直抒诗旨，所以采取咏怀诗体，多用典故，咏史抒怀，诗情激越慷慨，意向相当鲜明，但指事用意则比较隐晦，尤其是寄托希望于卢谌的旨意，更有意以用事不点破用意的手法，替卢谌留下回旋余地，而使读者稍费捉摸。

全诗十五韵，三十句，可分四段。首段八句，用一系列典故回忆与卢谌共事的情谊，以赞美来激励卢谌。卢谌原为刘琨幕府从事中郎，所以喻之著名美玉和氏璧，曾为自己帐幄所有，表示自己因此自豪，而赞扬了卢谌才质之美。但卢谌曾长期不遇，未获信用，所以比之周文王的太师姜尚，未遇前亦曾为渭河边上一寻常老叟，赞赏卢谌有姜尚之才，但须知遇，而同时显露自己对卢谌有知遇之情。卢谌在战乱中投奔刘琨，所以把他比喻东汉初的邓禹，为汉光武帝刘秀的事业感奋激发，北渡黄河，远投刘秀，共谋大业，称赞卢谌抓住时机，志在报国，同时表示自己的志业是在北方恢复晋王朝统治。卢谌在刘琨幕中从事五年，共度艰难，解围脱险，所以说他有似汉初曲逆侯陈平奇计解除刘邦白登之围，好像留侯张良策划刘邦逃脱鸿门宴的暗算，以此感佩卢谌施展才智，帮助自己。这些典故，除首二句“和氏璧”故事外，都是周、汉开国君臣之际的故事，比卢谌为姜尚、邓禹、陈平、张良，未免过誉，却是人臣之类；而自居于周文王、汉高祖、东汉光武，则有失人臣之伦，竟僭帝王之尊。所以卢谌说此诗是“帝王大志，非人臣所言”，不敢赞同。其实卢谌此语未必由衷，而刘琨这样用史都有时代和个性特点。魏、晋立国，都是臣夺君位，而且玄谈风流，西晋帝尊观念已趋淡薄，加上八王之乱乃是皇室争位，其时挟天子以令天下都成惯技。所以在北方异族纷立的形势下，刘琨实际是晋王朝唯一代表，自命为兴废继绝的霸主，替天子行使权威，拨乱世以反正统，恰是民族英雄气节的本色。在刘琨看来，从这样的高度来表述他和卢谌的共同志业，更能激励卢谌的志节和决心。

次段八句是对卢谌倾诉自己的怀抱、策略和梦想。春秋时代，晋文公重耳回国后不计亲信和仇敌，重用五位大臣，终于在他们辅助下完成霸业；齐桓公小白不讨一箭之仇，重用仇人管仲，终于在他辅助下完成霸业。刘琨正是以这样的胸怀和策略来对待段匹磾等异族军阀，目的在完成收复，重整北方领土。因此他衷心向往能与姜尚等志士贤者交游，共同完成志业。然而他感到衰老，梦想难以实现，就像孔子说的："甚矣，吾衰也。久矣，吾不复梦见周公。"（《论语·述而》）不难看到，诗人这样慷慨述怀，悲叹梦想，就希望卢谌理解自己的心情，希望能诱导激发他来完成未了事业。

第三段十句便抒写自己被拘，自知必死，悲慨志业不就，悲愤天意不平。他激愤地指责圣训。孔子教导人们，要学习圣人通达节操，要"乐天知命故不忧"（《易经·系辞》）。但是孔子见到麒麟被猎获，却以为道穷而死期临近，悲哀得痛哭流涕。可见圣人虽然达节知命，却不乐天命，而为志业忧痛。他无奈地指控天命，在自己功业未成的时候，要夺去他的宝贵生命，使他只得像浮云般飘离人世。他痛切觉得，正当他成熟的时刻，正当他收获的季节，老天却刮起秋风，摧折他的花果，这就等于说，天命也许注定我不能完成功业，并且要摧残他奋斗的业绩，使他极为气愤，至为遗憾。言外即是更为明确地要求卢谌不畏天意，来完成志业。

所以末段四句用鲜明的比喻，抒发对自己横遭不测的满腔愤怒和无限悲痛。窄路上翻了车，惊马飞跑拉断了车轴。这鲜明形象的比喻，是横遭不测之祸的描述，意料不及，又骤然失控，虽然不无怒愤，却更多自责。所以诗人悲痛自伤，想不到自己身经百炼，铸成钢铁意志，却经受不住这一打击，变得软弱优柔，任人捉弄。反过来说，如果要完成志业，需要比百炼钢铁更加坚强的意志和毅力，进行更加韧性的战斗。这也就是诗人以自身惨痛教训，对卢谌表示激励、嘱咐和期望。张玉榖说，末二句“语似自嘲，而意则讽卢，当早树功”（《古诗赏析》），其论大致中肯。

总起来看，这是一首在民族斗争中从容就义的英雄悲歌。诗人悲伤于爱国壮志未就，愤慨于天命无情不公，但自豪于献身国家的战斗，切望于共同奋斗的志士，因而语重心长，慷慨悲凉，气势激越，情调壮烈。由于胸怀坦荡，因而豪放不拘，敢作帝王之言而不减忠义之情；恰因志节高尚，所以桀骜不驯，指责圣训天命而无损志士风雅。虽然用典颇多，不无隐晦，但意旨清楚，倾向明朗，更增添情绪的感染，令人吟叹，耐人咀嚼。所以千百年来，它传诵不衰，深受景仰。

（《汉魏六朝诗歌鉴赏辞典》，中国和平出版社，1990年）

郭 璞

游仙诗

其一

京华游侠窟，山林隐遁栖。朱门何足荣，未若托蓬莱。临源挹清波，陵冈掇丹荑。灵溪可潜盘，安事登云梯。漆园有傲吏，莱氏有逸妻。进则保龙见，退为触藩羝。高蹈风尘外，长揖谢夷齐。

郭璞《游仙诗》今存十四首，“游仙”主题的诗歌，由来已久，不自郭璞始。发展到魏、晋，所谓“游仙”，其实是高唱隐逸的玄谈。所以梁钟嵘认为，郭璞《游仙诗》“词多慷慨，乖远玄宗”(《诗品中》)。唐李善说：“凡游仙之篇，皆所以滓秽尘网，锱铢缨绂，餐霞倒景，饵玉玄都。而璞之制，文多自叙。虽志狭中区，而辞无俗累。见非前识，良有以哉。”(《文选·游仙诗》注)指出郭璞《游仙诗》的创新特点是借隐逸游仙以抒写自己生活遭际的体验，并非玄唱。他们的评论中肯地指出了组诗《游仙诗》的整体特点和价值。

郭璞(276—324)是西晋末、东晋初的著名学者、文学家。但他还是一位著名的灵验的占卜家，一生充满传奇。他确实博学多识，聪慧过人。他的神机妙算，显示着对时势世情的洞察；他的足智多谋，表现出对顺时处世的机敏。他对晋王朝统治集团的腐败，门阀政治的黑暗，以及历史兴衰、人生荣枯等社会现象，有深切的体察，甚为不

满,但却无奈。他预见北方将遭乱沦亡,感慨“黔黎将湮于异类”(《晋书·郭璞传》),便率家先行南渡;他行卜筮,却反对妖术;他赞祥瑞,而提出谏议;他终于因不愿丧失士节,反对王敦谋反,占卜虽灵,而被杀害。他智足以明察时势,但身却不能断绝世俗;他心向往正直,但行却往往逃避;身心违离,行志脱节,故他有时陷入矛盾苦闷,于是托以游仙,歌咏隐逸,抒泄愁闷,排遣不满。这是一种独特的抒情创作:清醒明察的思想认识,愁伤苦闷的内心感情,虚幻美妙的理想追求,结合在一起,浪漫而消极,幻丽而真实。《游仙诗》近似阮籍《咏怀诗》,但政治斗争色彩淡薄,人生哲理的意味较多,不烦猜测,却耐品赏。

这是《游仙诗》第一首。顾名思义,“游仙”自当歌咏神仙生涯。然而历来却有颇多学者认为此诗赞美隐逸,或者折中理解为隐逸高蹈即游仙。产生这类分歧的原因是拘泥于字句训诂,例如诗中说“安事登云梯”,明是不必成仙之意;“进则保龙见,退为触藩羝”,显然指进仕隐退,不涉游仙,因而清代学者王念孙更凭空提出“蓬莱”是“蓬藜”之误(见《读书杂志》),断定此诗歌咏隐逸。其实,从整体看,这诗是《游仙诗》的序曲,主题既为游仙,主题思想便是说明游仙是彻底超脱,高于隐逸,是最美妙的理想生活道路。它的构思侧重于辩明隐逸虽美,却在风尘之中。因而它似属抒情,却在议论,仿佛自述,其实是冷眼旁观,对西晋门阀社会的种种世态,尤其对誉为清德的隐逸,作了清醒的剖析,施以同情的讽喻。

诗的结构是论证性的逻辑结构。全诗十四句,前六句立论,中六句答难,末二句结论。诗人首先概括了封建士人的四条可供选择的生活道路:游侠,隐遁,做官,游仙。倾向鲜明地予以评述:游侠是非法的,窝藏在繁华都城;隐遁是避世的,栖宿在幽僻山林;做官显达,朱门大宅,荣华富贵,不值得荣耀;都比不上游仙,托身蓬莱仙岛,喝着源头清水,服食山上灵芝,最为美妙。这就明确肯定人生最理想的道路是游仙,既是本诗主题,也交代了《游仙诗》组诗的中心思想。

然而，游侠和做官都是入世浮华的，固不足取；隐遁与游仙却都是避世清高的，而魏、晋以来，谈玄风流，隐为清德，高尚其事，相沿成习，何必游仙，又有什么区别？这是诗人必须回答的。所以诗人接着设难作答：如果只是饮清泉，服灵芝，到灵溪水边隐居即可，何必费事去攀登云梯，上天游仙呢？诗人举了两个著名隐逸事例，引了《易经》两句名言，作为回答。庄子原为漆园小吏，贤名在外，楚威王慕名来聘，庄周以为玷污，拒绝了。老莱子隐居躬耕，楚王也慕名来聘，他答应了，但他妻子认为"居乱世为人所制"，不能免患，坚持隐逸，老莱子也只得随妻而去。这表明，隐士进仕可以得到重用，退则继续隐逸，躬耕自给，清苦艰难。所以诗人引《易经·乾卦》"九二，见龙在田，利见大人"，认为隐士出仕，将受君王重用。又引《易经·大壮》"上六，羝羊触藩，不能退，不能遂，无攸利，艰则吉"，认为隐士坚持隐逸，其实窘困，就像一头壮羊撞了篱笆，卡住犄角，进退两难，但比较起来，挣出篱笆，退而过艰难生活，要顺当些，所以说"无攸利，艰则吉"。由此可见，诗人认为隐逸其实并未逃出尘世罗网。顺便提到，如果诗人本意如有的学者所说，这二句是指进而后退则成"触藩羝"，虽较费解，说也可通，但实际意思则仍指隐士并未超脱世网。

因此，诗人得出结论：只有高蹈游仙，才能彻底超脱尘世罗网，高风亮节的隐逸贤人伯夷、叔齐虽然可敬可佩，但他们的道路是绝不可取的。实际上，诗人概举三类隐士。庄周傲世，拒不做官，其实并未避世。老莱妻逸世，避进山林，躬耕自给，仍食人间烟火。伯夷、叔齐一拒二避，终于义不食周粟，彻底脱离周世，却饿死在首阳山下。在诗人看来，隐逸根本是风尘里的生活道路，观念上看不破红尘，实践上躲不开风波，只有前往那个完全脱离人间的神仙世界，摆脱一切世俗观念，抛弃一切凡人生活，这才是最理想的生活道路。所以，把夷、齐放在结论中列出，诗人是有进一步的含意的，暗示隐逸终究是一条死路。

值得玩味的是，诗人虽然肯定游仙最为美妙，却并未着重描述游仙生涯，而是嘲弄了隐逸道路。这仿佛是用了反衬手法，实则正是诗人清醒明察而苦闷愁伤的巧妙表现。人们视隐逸为清高超脱的出路和归宿，诗人透彻认识到隐逸只能使高士陷入困境，走上死路。假隐士可以用作捷径，真隐士则穷困而至于自尽。诗人深刻的悲哀，就在于他认识到晋代恶浊的门阀社会里，并没有真正可以保持清洁高尚的自在之地，所以只能企望于虚无缥缈的蓬莱仙岛。诗人是清醒而哀伤的，清醒地假托虚幻的游仙，哀伤地观察恶浊的人间，所以诗里浪漫遐想无多，现实概括深刻。在艺术上，明显的特点便是，诗歌语言形象而精确，高度概括了事类物象，几乎每一诗句都是一个类型，特征鲜明，概括准确，形象突出。这也可说明，这首组诗的序曲，诗人意在开宗明义，所以理性多于抒情，论列答难，力求准确，交代清楚。而清词丽句，文采雅赡，正表明诗人高度的文学造诣。

其二

> 青溪千余仞，中有一道士。云生梁栋间，风出窗户里。借问此何谁？云是鬼谷子。翘迹企颍阳，临河思洗耳。阊阖西南来，潜波涣鳞起。灵妃顾我笑，粲然启玉齿。蹇修时不存，要之将谁使？

这是《游仙诗》的第二首。它语言清丽，典故翻新，构思巧妙，形象浪漫，抒发了对隐逸的仰慕和对游仙的神往，饶有情趣，更富意蕴，是《游仙诗》最为情采激扬的篇章。

诗人叙述了一次仙遇。他来到青溪山，高山上住着一位有道之士，住宅里风吹行云。听说此人就是号称鬼谷子的隐士，诗人肃然起敬。他翘首仰望，想起了上古隐士许由辞绝唐尧禅位而隐居颍水边上的故事；漫步水滨，更想起了许由因为听见不义言辞而洗耳的故

事。正当他幽思缅怀之时，一阵西南风吹来，水面漾起微波，仿佛鱼鳞闪闪。忽然，他看见了女神宓妃回头对他微笑，神情欢快，展露玉齿。多么遗憾，那位通神的媒人蹇修此刻不在，诗人不知道派谁去邀请她。诗到此结束，留下诗人邂逅仙遇的无尽怅惘。不难理解，这浪漫遭遇其实是《庄子》的“卮言”，推陈以出新，荒诞有真实，诗人的构思是巧妙而精心的。

隐逸实有其事，隐士不乏其人，道德崇高，言行清高，所以诗人以崇敬心情极言其高其清。然而颇有意味的是，诗人故意设问作答，突出了据说而未必的语气，并且举了一位周代隐居的人物鬼谷子。此人是苏秦的老师，纵横家的祖师，虽隐居鬼谷，却关切世事，研究策略，招纳门徒，传授学术。所以诗人其实对真隐假隐是暗含微词的。因而他转而举出一位上古真隐的许由，并不高居山林，也不高尚其事，而近居颍水之阳，却行真言实，甚至过迂。可见诗人仰慕的是真隐士。正是从这样衷心敬慕真隐的心情出发，诗人再举出神仙来作比较。

神话古来相传，神仙诚信则灵，其实虚妄。水上邂逅女神故事，从屈原以来，久已成为理想的寄托，形容不遇的怅惘。曹植赋洛神，阮籍咏二女，都是魏、晋名作，为士大夫所熟悉。所以诗人用邂逅宓妃故事，寄托理想，怅惘不遇，用典不觉新鲜，意在比较，比美，比动人，是隐逸呢，还是游仙？因此诗人用骤来风波，惊醒幽思缅想；以宓妃粲然微笑，显示她美丽动人；然后以无媒不通而自作反问，更衬出诗人深为动情。从而微妙有趣地表现出诗人的倾向，游仙比真隐都美，都动人，这才是诗人的理想，但却无路可通。

真诚探索道路，热情追求理想，使诗歌洋溢着生活情趣。鬼谷高隐风雅，遥想许由真迂，宓妃回头一笑，诗人惊艳动情。这些出色的艺术表现，无不反映生活的真实，透露诗人的心灵，形成浪漫的风格。然而，现实的清高并不可爱，理想的美妙却不现实，诗人是清醒认识

的。一个直截了当的反问,充分显示诗人是清醒地遐想着美妙的游仙遭遇,正像他清楚地看透隐逸的甘苦真伪。所以这诗的基调比较高扬,有激情,有展望,不低沉而陷入苦闷惆怅,有点愤然,显得傲岸,独放异彩。

其四

> 六龙安可顿,运流有代谢。时变感人思,已秋复愿夏。淮海变微禽,吾生独不化。虽欲腾丹溪,云螭非我驾。愧无鲁阳德,回日向三舍。临川哀年迈,抚心独悲吒。

这是《游仙诗》的第四首,看来似乎在嗟时悲老,叹息游仙不能,长生无望,实质却是一首自伤回日无能的悲歌,蕴含志士的忧愤,寓有讽刺,颇露锋芒。

诗的结构简洁明了,每四句一节,共三节。首节写痴心妄想,自笑笑人。“六龙”是神话中给太阳拉车的灵物,喻指时光运行。时光不停运行,四季年年代谢,是人所共知的常识。然而诗人开门见山,明知故问,答以常识,便见可笑。接着是更可笑的愿望:每逢时节代谢,气候变化,总有人希望气候不变,但愿变了的时节再变回来。这显然是并无恶意的痴心妄想。字面上,诗人似乎自嗤妄想时光停驶而得以长生不老;实际上,暗寓讽意,劝世人不必痴心挽回“时变”。这“时变”双关时季和时世的变化。时世已变,正像时节一样是不可挽回,不必作痴人梦想。重要的是怎样做人。所以次节写人的本性反游仙愿望。古人以为,禽兽会随境遇变移而变种,“雀入于海为蛤,雉入于淮为蜃,鼋鼍鱼鳖,莫不能化,唯人不能”(《国语·晋语》)。人不同于禽兽,就在本性不化,任何境遇下都是人,不化为异类。人也有脱离人境、升天成仙的愿望,但是没有腾云驾雾的龙来拉车,是升不了天,成不了仙,也就不能彻底改换人的境遇。在诗的含义上,

这节同样承上文双关。人毕竟是人，不是禽兽，不是神仙，不会变异，不能升天。这既可理解为人的本性和本事决定了人不能长生不老，而实际上也富有讽刺，并且颇露锋芒。如果有人因境遇改换而变化本性，则实同禽兽；因为身遇乱世而一心逃避，则终为梦想。所以应当始终坚持为人，即使境遇剧改，也只能艰难为人。因此末节自抒悲哀。传说，鲁阳公与韩国交战，酣战到日落时，他挥戈一指，太阳便倒退了三个星宿的位次（见《淮南子·览冥训》）。诗人认为，鲁阳公有回日的神奇本领，因为他有大功德，而自己则很惭愧，无此功德，也无此神技。但他想到孔子也曾对着日夜奔流不停的河水，叹息时光消逝，感伤年迈衰老（见《论语·子罕》）。诗人扪心自问，自己不比圣人，就更只好独自哀伤了。这就是说，即便是圣人，倘使无德无能，也只得听任无所作为地年迈衰老。显然，这结束在字面上仍归于悲叹老迈，而实际上深深悲哀自己无德无能，年迈衰老，志业无成。总起来看，这诗是用虚实双关的手法技巧，借嗟时叹老以抒发志业无成的悲哀。

但是，诗人自悲而并不自贬，悲忧中有激愤。他悲哀于无成，但无愧于为人。在西晋门阀社会里，倘非上品世族高门，即使有德有能，也是无可作为的。郭璞对此深有体验。《晋书》本传载，西晋末，八王乱起，江淮太平，北方边塞异族起义，郭璞占了一卦，叹息道，“嗟乎！黔黎将湮于异类，桑梓其翦为龙荒乎！”预见到北方人民将沦于异族统治，乡土将为匈奴占有。不久。时势发展果如郭璞所料，江淮沦陷，晋室东渡。但郭璞虽有预见，却无力保卫国家，只是先计东渡，自保不湮异类，不为异类。他认识到，晋王朝自取败亡，人民惨遭祸害，智者无由施展，志士爱莫能助，回天乏力，逃脱无途，只能在这黑暗混乱的人间家国中艰难为人。所以他敢于断定，这种形势下，试图挽回颓流，即使是圣人，也只得自笑痴心妄想，自叹无德无能，而士庶百姓能坚持为人，不变异类，即可问心无愧。这正是这个时代的特点，志士的忧愤针对门阀黑暗腐败的统治。正因如此，这诗在艺术表

现上,一方面多用熟典,比较质直;另一方面暗用双关,闪烁其词;这就便于自抒忧伤而不时讽刺,形成近似阮籍《咏怀诗》的艺术风格,倾向鲜明,感情强烈,而诗意隐晦,指事不定。

其五

逸翮思拂霄,迅足羡远游。清源无增澜,安得运吞舟?珪璋虽特达,明月难暗投。潜颖怨青阳,陵苕哀素秋。悲来恻丹心,零泪缘缨流。

这是《游仙诗》的第五首。诗人引用一连串典故和比喻,抒写才德之士向往游仙,由于不容人间,备受压抑。它壮思悲绪,幽愤深哀,而典雅清丽,音韵悠扬,独具悲放哀婉的风格。

诗以高举远游开头,显出游仙实怀壮思,如同大鸟骏马,向往高远,出于本性素愿。而人间狭小,就像清清源泉,掀不起波澜,吞舟的大鱼不能在这小水里容身游泳。显然,这“清源”喻指隐士栖居的山林,表示无意隐逸。再说做官富贵,手拿珪璋朝见王后,固然不错,然而即使是珍贵的明珠,如果在黑暗中投送给人,也难免遭到拒绝,甚至仇视,不得知遇。所以在人间追求富贵,是有识之士不为的。因此,就像潜生结实的小草埋怨春天阳光照耀不到,攀缘爬生的陵苕就怕秋天寒气一旦来到,人间隐沦和富贵都各有哀怨。想到这一切,诗人赤诚的心里涌起悲哀恻隐之情,眼泪止不住流了下来。不计典故,诗的大意如此,已经相当明显地表露出诗的主题思想是悲伤人间仕隐二途都是坎坷不平,狭窄不容的,因而志向远大之士便向往游仙。

但是,这诗是用了一系列成语典故的,尤其是中间六句。如果了解它们所用典故,可以进一步欣赏它的艺术特色。“清源”二句用了两个典故。楚辞《招隐士》说,“山气巃嵸兮石嵯峨,溪谷崭岩兮水曾波。”原是形容隐居的山水景象,山高水险,非人住处。这里引申发

挥,以为最好隐居处所是最清洁的泉水源头,但那里却没有足以掀起波澜的大水。《韩诗外传》卷六第十四章引用孟子说,“吞舟之鱼不居潜泽,度量之士不居污世”。这里也作了发挥,认为“吞舟之鱼”“度量之士”不但不居“潜泽”“污世”,以免困顿失意,而且无从隐逸,这就突出了人间无容身之地,只得另找出路,归趋游仙。“珪璋”二句也用了两个典故。“珪璋”是玉制礼器,士大夫执以朝见天子、皇后的。孔子说:“珪璋特达,德也。”(《礼记·聘义》)认为珪璋具有非常通达的效用,因为它显示执珪璋者的品德。这里用意有两层:一是圣人说过,通达显贵的大官是有德的;二是有的贵达显宦虽然有德,但是,实际却往往别样。汉初邹阳投奔梁孝王,被嫉才者诬陷入狱。邹阳在狱中上书自明,其中说:“臣闻明月之珠,夜光之璧,以暗投人于道,众莫不按剑相眄者,何则?无因而至前也。”有才而无路,其实坎坷,做官并不通达。这里用意也有两层:一是邹阳被诬即为一例;二是邹阳的比喻有一般意义。这就既否定了圣人训导,又否定了人间仕途。“潜颖”二句是化用晋初邹湛《游仙诗》的名句:“潜颖隐九泉,女萝缘高松。”原意是形容寒士或埋没,或高攀。这里改“女萝”为“陵苕”,不用木本藤萝,而用攀缘小草突出寒门庶族的低微软弱;同时强调对大自然的哀怨,寄托皇恩不到寒庶,高攀不免摧折的感慨。这就更为鲜明地讽刺了门阀统治下的人间,寒彦绝无通途。由此可见,诗人用典故不仅是精炼语言,更含有历史的感慨和激愤的议论,既暗示人间仕隐古来都非坦途,又委婉讥刺儒家圣训,还突出了西晋门阀统治的黑暗。而用典的手法不一,正用反用,活用化用,得心应手,各臻其妙,引申发挥,恰到好处。所以它使悲放的情思表现得委曲婉转,而诗歌语言也因此显出典雅清丽,形成一种独特的风格。

其六

杂县寓鲁门,风暖将为灾。吞舟涌海底,高浪驾蓬莱。神仙

排云出，但见金银台。陵阳挹丹溜，容成挥玉杯。姮娥扬妙音，洪崖颔其颐。升降随长烟，飘飖戏九垓。奇龄迈五龙，千岁方婴孩。燕昭无灵气，汉武非仙才。

郭璞《游仙诗》中，以这第六首最富游仙味，最有浪漫色彩，也最见才思和锋芒，嬉笑怒骂，极尽荒诞，倾泻郁愤，无所顾忌。令人于虚妄见真实，因荒诞而深省。

诗从一个历史故事写起。《国语·鲁语》载，鲁国东郊，飞来一群海鸟，名叫“杂县”，又称“于爰”。鲁国执政臧文仲愚昧无知，以为灵物来降，组织人民祭拜它们。大夫展禽批评臧文仲祭海鸟便是不仁无知，指出水鸟知风避灾，如今海鸟来栖，可能是海上将发生灾异。果然，这年“海多大风，冬暖”。臧文仲后来也承认了错误。这个生动故事，本来很好说明真知可以避灾，愚昧导致荒谬，展禽的判断正确，为事实验证。但是，诗人却别出心裁，认为海风冬暖并非灾异，恰是神异，为游仙大好时机，写了这首游仙诗。诗人把这桩公案翻了过来，借题发挥，嘲笑臧文仲、展禽以及战国豪雄燕昭王，西汉英主汉武帝统统都是凡夫俗子，既不识神异，更没有仙缘，把神异误认为灾异，坐失成仙良机。

诗是以咏史抒怀的方式写的，所以首二句先写杂县鸟来栖鲁国东门，世以为海风冬暖是灾异。诗人不以为然，便在三四句一转，把所谓灾异写成神奇飞动的景象，冬暖恰使吞舟大鱼从海底涌现游来，风大浪高正好驾驭大浪通往蓬莱仙岛，这是游仙的大好时机。接着八句写神仙生涯。神仙们从云雾中出现，仙国中只见辉煌灿烂的金银楼台，有的神仙在玩仙水，有的举杯畅饮，女神妙歌动人，长老点头微笑，乘云驾雾，逍遥自在，空间无限，极其自由。这是人间最美好的理想生活，豪华而清雅，尽性而融洽，毫无拘束，更无灾难。最后便写神仙不老，一千岁不过是婴孩年龄。因而又嘲笑了历史上追求长生不老的两位帝王，认为燕昭王、汉武帝终于求仙无成，是由于他们天生不是神仙材料，既无灵气，亦非仙才。显然，末二句的讥笑，与首二句的咏史相应，点破主题，世人不得游仙，不能成仙，不获长生，不曾享受极乐的神仙生活，由于人们都是凡夫俗子，没有仙缘，不识神异，竟视为灾异，也就坐失良机。

显然，这是一首虚妄荒诞的游仙诗。然而诗人是严肃认真的。他明确无误地引述历史记载的结论，“凤暖将为灾”，毫不含糊地讥笑两个雄霸英主求仙不成是“无灵气”“非仙才”；仿佛身临仙境似地描述了神仙生活，极写人间追求的种种美妙的生活幸福。因而诗人也是清楚自觉的。他实际上在告诉世人，人间的灾异其实就是神异
凡夫俗子的灾难开辟了通往神仙极乐世界的道路，神仙们享尽凡夫俗子所不可想象的富贵荣耀的乐趣，然而即使是战国之雄燕昭王和一代英主汉武帝都无比见识神仙，更无论成为神仙。那么，燕昭王、汉武帝以下的世人无望结缘神仙，便自不言而喻。也就是说，神仙就是神仙，世人就是世人，各自天生，无望交游。由此可见，诗人是以极端夸张的手法，故意将真知斥为谬误，把虚妄说成真实，其实与显微镜放大丑恶相同，指丑恶而夸其美妙，不露讽刺而自有揭露功效在。

其七

> 晦朔如循环，月盈已见魄。蓐收清西陆，朱羲将由白。寒露拂陵苕，女萝辞松柏。蕣荣不终朝，蜉蝣岂见夕。圆丘有奇草，钟山出灵液。王孙列八珍，安期炼五石。长揖当途人，去来山林客。

这是《游仙诗》的第七首。它从自然常理的角度，抒写悲秋情怀，感伤人生，讥刺荣贵，感叹长生，而申明无意仕进求荣，但愿保持志趣，栖居山林。它富情于理，讽托象外，同情弱小，鄙夷权贵，因而理

常而不贫，味淡而不枯，谈玄而不虚，自有意趣，更有机锋，耐人吟味。

诗的首四句写日月运行，四时代谢，循环无穷，天道分明。时光日夜无情流逝，秋神蓐收届时来临，日神羲和秋分改途，天气从此寒凉。在自然常理的抒写中，诗人悲秋之情不能自已。次四句写两类弱小生物的命运。陵苕是攀缘蔓生的小花，女萝是攀依松柏的藤类植物。秋寒一来，陵苕凋谢，女萝也不能因依靠松柏而常青。攀附并不能使它们获得所攀物的本性和命运，依然软弱微贱。这就像蕣华和蜉蝣的命运一样。蕣华是早晨开花、中午枯萎的小花，蜉蝣是早晨生长、傍晚死亡的小虫。它们天生微贱的性命不会延长，运遇不会改变。从道家自然的观念看，它们获得了天赋生存发展的待遇，无可抱怨，也不会悲哀。同样，从道家齐物的观念看，万物命运其实与它们一样，任何攀附都改变不了本性，任何荣华活跃都只是自生自灭的短暂存在，生命不永，荣耀不长。因此在抒写弱小生物的命运之中，诗人对它们满怀同情，同时以道家通达的观念予以解慰，并且对高贵品族施以含蓄的鞭辟。所以接着就写富贵和长生。传说海外有服食长生的仙草灵液，所以富贵的公子王孙便讲究膳食，每餐都是山珍海味，而神仙安期生则炼石成丹，服食以求长生。显然，仙草灵液，非凡夫俗子可得；八珍五石，亦非寒门庶族可望；而诗人将豪门与神仙并比，视为祈求长生同类，恰可见天上神仙乃是人间豪贵的追求，都不知自然性命之道，最害怕富贵不长，人生不永。在抒写豪门与神仙的长生祈求之中，诗人实用史笔，施以皮里阳秋的揭露讽刺。因此，最后明确表示，告辞当权的达官贵人，自己不过是人生旅途的过客，生死来去，都将栖居在山林之中。庄子有言："大林丘山之善于人也，亦神者不胜。"（《庄子·外物》）大自然山林容纳万物众生，也是人生最适意的居处，即使神仙也比不过。这就从开头的日月四时运行的自然常理，归结到万物同类、生死物化的自然之道。

如果从思想内容的实质看，那么这诗当属谈玄的玄言诗。它以

老、庄的自然观、生死观来剖析游仙长生的追求，恰是魏、晋玄学的一个命题，而且针对魏晋服食养生的风气。实际上，首四句写天行自然之道，次四句写性命自然之道，再四句写不合自然之道的追求，末二句申明自己履行自然之道，自始至终，谈论玄学，探索和阐发人生的根本途径。但是正因为诗人是针对门阀贵族追求富贵长生的现实而发的，所以在构思上明显突出了对富贵长生的揭露讽刺。在写日月四时运行时，突出显示了不可逆转的严正无情；在写弱小生物命运时，突出表现了自然性命的严酷不苟，强调了万物同命、无可依赖及荣华短促的特征，意味着高贵生物毫无例外；在写豪贵与神仙时，突出点到他们依赖山珍海味和灵丹妙药，显示出他们的追求是企图超越自然常理；所以在申明己志时，划清界限，决不苟同。这就使诗的艺术形象不是哲理的图解，而是蕴藉丰富的社会生活内容，激发人们的种种感情共鸣和生活联想，具有富情于理、讽托象外的特点。

（《汉魏六朝诗歌鉴赏辞典》，中国和平出版社，1990 年）

张 翰

思吴江歌

秋风起兮佳景时，吴江水兮鲈鱼肥。三千里兮家未归，恨难得兮仰天悲。

张翰是江东士族出身的名士。他为人不拘形迹，时称“江东步兵”，把他比作魏、晋之际的阮籍。有人问他：“卿乃可纵适一时，独不为身后名邪？”他回答说：“使我有身后名，不如即时一杯酒。”（《世说新语·任诞》）风度确乎近似阮籍。但是阮籍在曹魏正始年间，以酒全身有反对司马氏篡魏的政治用意；而张翰在西晋八王乱起之后出仕，逃名全身则是看透门阀政治腐败黑暗，厌弃人间名利，所以沉湎于酒，放诞于行，自败清名，最后被当地政府革除吏职，病死在家乡。

这首《思吴江歌》又题作《秋风歌》，都是后人拟题。它广泛流传，主要由于它的本事即创作背景脍炙人口。《世说新语·识鉴》载，张翰被大司马齐王司马冏请去充当幕僚，从江西来到洛阳。“在洛，见秋风起，因思吴中菰菜羹、鲈鱼脍”，他说：“人生贵得适意尔，何能羁宦数千里以要名爵！”于是就乘车回家乡去了。不久，司马冏被杀，“时人皆谓为见机”。据说，这首歌就是在他挂冠离洛时吟唱的。

西晋惠帝朝，八王乱起，皇室内战，争夺政权，互相残杀，政局混乱，名士惶惑，趋势者往往失德，自全者各自隐退。张翰便是属于清醒隐退之类。但是他公开明确提出“人生贵得适意”，主张按照自己的人生观生

活，实质摒弃了儒家以功名富贵为人生得意的传统观念，同时又提出不要名而要“即时一杯酒”，宁可回家吃乡土美味而不要名爵，强调个人的性格爱好，实质是继承了道家传统观念，发扬了魏、晋“竹林七贤”的人生观念。从魏、晋以来形成的清德玄风来衡量，张翰的行为值得嘉许，所以传为美谈。而司马冏败亡又证明他有明察的预见，也就更增添了他贤智的名望，所以这首歌也随之而广为流传。

这是一首楚歌体小诗，一气呵成，明快而慷慨，辞尽而意味不尽。从字面看，基调就是不如归去。诗人在洛阳，一阵秋风吹来，引起他思乡之情，以家乡水产美味形容家乡生活之美，乡情殷切，馋涎欲滴；激起他羁宦之悲，离家太远，欲归不得，美食无途，不禁遗憾，仰天长叹。因此，这官做不得，太不适意了。从这一层含义看，诗的感情真实，而诗人形象确乎放诞，为了不获家乡美食而长吁短叹，未见其品格之高。但是从言外看，主题思想便是如此人生太不适意了，秋风佳景也许是洛阳的好时节，但不是诗人所爱好的；吴江鲈鱼是诗人所爱好的，但是眼前却不可得。诗人远离家乡而不获所愿，恨的是“难得”，悲怆问苍天，所以他要回家。鱼与熊掌，不可兼得；仕进与隐退，不得兼有。在抉择人生道路的严重时刻，他遗憾地选择了退隐作为归宿。他不远三千里而来，如今决心跋涉三千里而归，体验了官场生活，看透了名利实质，抛弃生前身后名，只求即时人生适意。在看来快意的放诞言行中，蕴含着、流露着诗人的悲怆慷慨，所以意味不尽，耐人咀嚼。据载，当时张翰曾对同乡名士顾荣说：“天下纷纷未已。夫有四海之名者，求退良难，吾本山林间人，无望于时久矣。子善以明防前，以智虑后。”然后，“翰以疾归”(《世说新语·识鉴》注引《文士传》)。可见张翰其实是明智的，逃名求退是由于无望乱世，辞官或托病退，未必因为鲈鱼肥美。这正可作为欣赏此歌的一个注解。

(《汉魏六朝诗歌鉴赏辞典》，中国和平出版社，1990 年)

张 协

杂 诗

其一

秋夜凉风起，清气荡暄浊。蜻蛚吟阶下，飞蛾拂明烛。君子从远役，佳人守茕独。离居几何时，钻燧忽改木。房栊无行迹，庭草萋以绿。青苔依空墙，蜘蛛网四屋。感物多所怀，沉忧结心曲。

张协《杂诗》共十首，这是第一首，即时咏物，吟叹闺愁，而有君子情，忧世意。它取景摄象，鲜明简洁；清词丽句，生动省净；含蓄兴奇，耐人寻味。

诗从时令物候写起。这是临近仲秋的夜晚，一阵凉风吹来，清爽快意，荡涤白天暑余的闷热浊气。诗人自己的感受如此。然而他听到了、看到了大自然气候变动中的另一番鸣声动向。“蜻蛚”就是蟋蟀。“七月在野，八月在宇”（《诗经·豳风·七月》）。出于生存的驱使，它们本能地敏感到寒冷的侵袭，从田野躲往宅院的台阶下来，发出向往温暖的呻吟。“飞蛾”就是灯蛾，有翅能飞，夜出爱亮。夏秋之际，“天地郁蒸，日月昏茫，烛耀庭宇，灯朗幽房，纷纷群飞，翩翩来翔”（晋支昙谛《扑火蛾赋》）。由于理想的追求，它们本能地扑向灯烛，不顾身死，意图博得黑夜里一点光明。诗人耳闻目睹了这类遭际，由己及物，两相比较，同一时令运迁，气候变化，不同生活处境，向往追求，使

诗人的仁者之情，志士之忧，蕴藉言外，心曲自见。所以起四句写时令物，仿佛如常，却用比兴，有寄托，含蓄深长。于是引出了君子、佳人的离愁的咏叹。

“君子”即谓游子，“佳人”泛指思妇。从首四句的兴寄，不难理解，诗人关心的是那些像蜻蛚、飞蛾一样向往温暖、追求光明的下层人们，那些在时势变动中依然要为生存发展而奔波奋斗的人们，也就是西晋门阀制度统治下的寒门庶族之家。他们被遣服役远方，丈夫离家，妻子独宿，家室不完，团聚无期，命运不由自主。他们希望过，盼望过，然而“离居几何时？”分离了多少时间？还要分离几多日月？他们无望而且习于无望。“钻燧”是钻木取火。据说，不同时节取火是钻不同的树木的。取火为了生活，意味着生活只是习常度日，不复期待。所以不是长夜如年，日子难过，而是在不知不觉中，时光流逝。只不过在钻木取不得火时，佳人才发觉时光过得太快了，又得换种树木取火了。希望的追求被无望的习惯取代，沉闷而麻木，甚至没有蜻蛚的哀鸣，更没有飞蛾的奋斗。所以诗人由物及人，感叹的不止于游子思妇的离愁，而是更进一层，感慨远役无归所造成的沉闷无望的社会心理和情绪。从而把世乱的忧伤凝结其中，令人吟味，发人深思。

佳人无望，心灰意懒，不再料理，不复企盼，几乎不见活动的迹象。然而大自然照常运行，草木昆虫仍自生长，秋草茂密繁荣，青苔滋生蔓延，蜘蛛四处结网，于是好端端的夫妻欢聚的人家，仿佛变成寂寥荒芜的废弃宅园，变成草木昆虫的自由天地。人的活动消失了，大自然的恩赐便从草木昆虫的活动中体现出来。所以诗人写佳人懒散无聊，仿佛用草苔蜘蛛来渲染，而其实深有感慨。这家园荒芜，不难令人想见国家不振，想到世乱不治，感到人民无望，人心涣散。这就是诗人再由人及物，而发出“感物多所怀，沉忧结心曲”的深沉的忧伤，点明诗人从物候想到的是人民的生活和国家的治乱，不仅仅是一

般的离愁。

《晋书》本传(附见《张载传》)说,“于时天下已乱,所在寇盗。协遂弃绝人事,屏居草泽,守道不竞,以属咏自娱”。《杂诗》当是归隐后所作。从上述分析,亦可见这诗的明显特点是清醒的思想认识和精心的艺术提炼。它的艺术构思是从明确的主题思想出发,采用传统的比兴寄托的表现手法,以形象而精练的诗歌语言表达出来。因而它的结构齐整简洁;每四句一个层次,前四句与后四句衔接自然,而留有余地;最后二句点出主题思想。它的比兴运用,也随诗情而适意自如。全诗以君子佳人即男女之情以寄君国之愁,有楚辞传统意味;而首四句的兴起,又用时令物候,有《诗经·国风》的传统手法,兼有楚辞悲秋的情调。因此,全诗既有佳人离愁的完整抒情形象,又有时令物候、居室环境的一系列具体情景,从而使整首诗具有丰富而鲜明的形象性和抒情性,读来意蕴不尽。此外值得一提的是,这诗的语言和声韵上也有突出的特色。其一是动词的使用,精确而富情态,如“吟阶下”,“拂明烛”,“几何时”,“忽改木”,“依空墙”,“网四屋”,动词“吟”“拂”“几”“忽”“依”“网”都充分发挥了古汉语词性灵活的特点,兼具形容表情的作用。其二是全诗用仄韵,顿促而低落,使全诗的情韵显得自然沉郁,十分谐调。

其四

朝霞迎白日,丹气临汤谷。翳翳结繁云,森森散雨足。轻风摧劲草,凝霜竦高木。密叶日夜疏,丛林森如束。畴昔叹时迟,晚节悲年促。岁暮怀百忧,将从季主卜。

这是《杂诗》第四首,抒写时光流逝,年迈无成,世乱不遇,怀忧隐避。在时节光阴的鲜明形象的赋咏中,志士慷慨情怀化作感时不遇的情绪,清醒而无奈,激越而无望,含蓄深沉,感慨不尽。

诗的前八句写四季变化，时光消逝。首二句写日出，光辉灿烂，朝气蓬勃，意味着美好的春天，表示着一天的开始，令人兴奋，引人展望。三四句写阵雨，阴云骤结，雨水充足，是夏天的气候，是白天的景象，有忧有喜，或疑或夷。五六句写风霜，寒凉渐起，折磨草木，显示出秋天的来临，表现出晚暮的趋势，物候敏感，察时知微。七八句写凋落，树叶零落，树枝瑟缩，是寒冬的气象，是光景的结束，一年将尽，无可挽回。春夏秋冬就这样朝朝暮暮地不停消逝，大自然在春光夏雨秋风冬残中无尽循环，人生也就在这有情无意、从盛到衰的时光节物中不知不觉度过。诗人对这自然规律的运转，有清醒的认识，更有深沉的感慨。"畴昔叹时迟，晚节悲年促"，从前年少时常常感叹时光过得太慢，盼望自己成长快些，期望干一番事业；如今到了老暮之年，却在为年岁老得太快而悲伤，希望时光过得慢些，要求在有生之年多作贡献。这是全诗的警策，也是诗的主题思想，对自己是悔之晚矣，对世人是告诫及时。为什么？因为"岁暮怀百忧，将从季主卜"。待到自己认识到、觉悟到这个自然规律，人老了，国家也衰乱了，时光和时机都蹉跎了。此时此刻，只能像汉代那位青年政治家贾谊那样，向那位著名的卖卦的相士宋忠求教："何居之卑，何行之污？"回答是："贤者亦不与不肖者同列，故君子处卑隐以辟众。"（《史记·日者列传》）不遇其时，只得隐避。所以诗人感到"天下已乱"，"遂弃绝人事，屏居草泽"。

不难看到，这诗的精彩在前八句。后四句的警策和慷慨，都以前八句为依据。所以诗人用心铸造了前八句四时光景的艺术形象，力求特征准确鲜明，取得意蕴丰富的艺术效果。如上所述，前八句思想内容其实有三层：一是春夏秋冬的四季运转；二是从早到晚的一天光景；三是兴盛衰落的自然法则。诗人意图以此三层内容来启发人们对人生国家命运的关切和思索。为此，诗人采取了虚实结合的比兴手法，精炼出形象性强的诗歌语言。它每两句写一季，有虚有实，以实带虚，寓有兴象。首二句实写一天开始，兼示一岁之始，而有兴起之象。三四句实写夏季特征，以阴雨显出白天，而有润泽繁盛之象。五六句实写秋季特征，以风霜显出夜晚，而有草木衰弱之象。七八句实写冬季特征，带出“日夜疏”的双关含义，树叶日夜稀疏，时光日夜消逝，而有结束之象。八句总起来，构成四季光景形象，具有全诗兴起作用。它的语言提炼和运用，精确而具有动态实感，使无知的自然物仿佛拟人似地有知有觉，形象生动如见。除了诗人善于运用动词外，语法的灵活和韵调的谐情，也是它的明显特点。例如“翳翳”二句，用叠字形容词作前置状语，使声韵舒缓悠扬；而“密叶”二句则用流水假对，上下句语法结构不同，使语调情韵产生骤然急转而下的效用，与上二句“轻风”“凝霜”的逐渐摧折的情调相承相比，更显出寒冬的严重迫临。钟嵘《诗品》说张协诗“巧构形似之言”，从这方面看，确实如此。

其九

结宇穷冈曲，耦耕幽薮阴。荒庭寂以闲，幽岫峭且深。凄风起东谷，有渰兴南岑。虽无箕毕期，肤寸自成霖。泽雉登垄雊，寒猿拥条吟。溪壑无人迹，荒楚郁萧森。投耒循岸垂，时闻樵采音。重基可拟志，回渊可比心。养真尚无为，道胜贵陆沉。游思竹素园，寄辞翰墨林。

这是《杂诗》第九首，自抒“弃绝人事，屏居草泽，守道不竞，以属咏自娱”的志趣。它坦露胸襟，直抒归趣，以情述景，以境明志，典雅凝重，别具风格。

这诗结构简洁齐整，每四句一节。首节开宗明义，志在避世。在穷山沟里筑屋，在草泽地边耕种，荒凉的庭院因寂寞而闲静，冷落的小山却显出陡峭而且深邃。这地点环境便显出诗人避世的志趣。但其中还有一个点明避世的成语典故,便是“耦耕”。《论语·微子》载,隐士“长沮、桀溺耦而耕”。孔子乘车路过,让子路向他们打听渡口。他们听说车上坐着孔子,便对子路说:“滔滔者,天下皆是也,而谁与易之?”天下都乱,谁也改变不了,劝子路与其跟着孔子“辟人”,不如隐居“避世”。孔子听子路回报后,生气地说:“鸟兽不可与同群。”认为隐士避世是与鸟兽生活在一起,而他要和人类在一起。并且表示,正因世乱,所以他要参与政治,改变混乱。诗人用这典故,显然表明避世之志,走隐士道路,而在修辞表意上又有质而不露的效用,情词清雅。

第二节写山居气候,称心如意。这四句用了四个典故。首句“凄风”,是西南风(见《吕氏春秋·有始》),但这里《诗经·邶风·绿衣》末章:“絺兮绤兮,凄其以风。我思古人,实获我心。”次句“有渰”是云起的意思,但这里用《诗经·大雅·太阳》三章:“有渰萋萋,兴雨祈祈。雨我公田,遂及找私。”三句“箕毕”是二十八宿中的箕宿和毕宿。“箕毕期”用《尚书·洪范》:“庶民惟星,星有好风,星有好雨。”旧注:“箕星,好风;毕星,好雨。”原意是箕星出现有好风,毕星出现有好雨。这里的用意是风调雨顺,符合民心。四句“肤寸”是用五指度量,虎口张开,四指合并,拇指与小指间长度为一肤寸。“霖”是三日以上的连绵雨。这里用《公羊传》僖公三十一年解释天子望祭泰山的原因是,“触石而出,肤寸而合,不崇朝而遍雨乎天下者,唯泰山尔”。所以总起来看,这四句字面意思是说,山谷里气候凉爽湿润,风起云兴,雨量充足,虽然没有期望星宿带来风调雨顺,却有大自然的恩泽。而从典故的用意来理解,则还寓有思古之幽情,“我思古人,实获我情”,衷心的祝愿,“雨我公田,遂及我私”,而满意于大自然的天利,不出自天子的恩泽,没有祈求,更无望祭。这就不仅在自然气候上,并且在摆脱世情上,感到称心如意,悠然自得。而以纯熟老到的语言技巧,熔铸士大夫熟悉的经典故事,风格高雅,气势自然,凝重不累,咀嚼

有味。

第三节写禽兽自在，生趣天然。草泽的野鸡飞跃到土丘上鸣叫，寒天里猿猴拥抱着树枝吟唱；溪水边，山沟里，从来无人住过，荒凉的荆杞丛丛，郁郁葱葱，倒是个很好的射雉隐蔽点，但并没有人要利用它。这四句有一个典故。“泽雉”用《庄子·养生主》：“泽雉十步一啄，百步一饮，不蕲（祈求）畜乎樊中。神虽王，不善也。”认为沼泽的野鸡自由自在，不求做笼中的畜养物，它们神气虽然自若为王，但并不自觉这种处境很好。其寓意是，天然自在而不自觉其生存处境的善恶，是养生的根本要道。还有一个西晋常用语：“萧森”。与形容草木繁荣的词结合，如“郁萧森”“萧森繁茂”（潘岳《射雉赋》），便成为形容射猎隐蔽地方的用语。因此这四句深一层的含义是，在抒写山居见闻，咏叹禽兽天然自在的生活乐趣之中，感受着、领会着老庄养生之道，赞赏着、珍惜着这毫无机心的山林生活。而用典于即景，形容以常语，仿佛随手拈来，自然成章，殊无痕迹，更添诗意。

第四节写漫步闲游，寄情山水。“重基”是高山，“回渊”指水潭。诗人在耕作之余，沿着山涧溪边漫步，听着不时传来打柴摘果声响，觉着重重山峦可以表达自己志向，回旋潭水可以表现自己心态。这四句没有直接用典故，只是叙述和表白。但是以山水比拟心志，却有传统道德情操的寄托。孔子说：“知者乐水，仁者乐山。知者动，仁者静。知者乐，仁者寿。”（《论语·雍也》）而诗人隐居于山林草泽，摆脱了乱世和荣辱，保持了清高的情操，兼有着知者和仁者的乐趣，所以怡然适意。然而拟志于“重基”，固合仁者本色，乐山、安静而颐年；比心于“回渊”则为变通，不合知者本意，实属道家行为，因为潭水回旋而不流，动也有限，乐也不快。这里，透露出诗人内心的一点微澜，不遇而辞世的无奈。

因此，最后一节明确表示走辞世的路，而以吟咏为娱。自然无为，归璞返真，是道家的思想。诗人本来做官，是儒家入世的道路。但是世乱无奈，既不肯随波逐流，便只能辞官弃世，保持了清高情操，却对国家人民无所作为。所以说“养真尚无为”。其实这是道家的外壳，儒家的内涵。“养真”不是颐养天赋性命，而指保持君子情操；“无为”也不是信奉自然无为，而是不遇而不得有为。为什么？因为“道胜贵陆沉”。《庄子·则阳》载孔子赞美隐士熊宜僚，认为他“是圣人仆也。是自埋于民，自藏于畔，其声销，其志无穷，其口虽言，其心未尝言。方且与世违，而心不屑与之俱，是陆沉者也”。旧注“陆沉”是“人中隐者，譬无水而沉也”。诗人用这故事，正是为了表明自己隐居，是由于“方且与世违，而心不屑与之居”，是不遇而避世。所以这“道胜”也不指诗人信奉道家，而是要坚守君子之道。这就是说，诗人正因乱世不道，所以弃仕而隐，走了辞世的路。但这并不等于信奉道家思想，而是为了保持君子清高道德。正因如此，他不像道家弃绝六艺，而仍要读书吟诗作文。“竹素园”指古籍藏书，用汉代东观藏书都是竹简帛书的故事。“翰墨林”便指写作文章。顺便指出，《晋书》本传说他隐居后“守道不竞，以属咏自娱”，并不认为他隐逸独行，便是据此而言。

综上可见，由于时代的隔阂，欣赏这诗必须克服较多的历史文化及语言知识的困难。从古人看，这诗用的许多典故都是熟悉的，因而容易理解它的艺术特点，以典雅的诗歌语言来披露辞世的胸襟志趣，情景交融，词采丰茂，文质彬彬，史而不野，写隐居生活，有君子之风。而在今天读来，则别有一种情趣，仿佛多了一点婉转曲折的诗味，好像是诗人故意用典以求含蓄的效果，或者会感到典奥。其实，这是历史的妙用，文化的发展，从诗歌艺术看，古视为必然者，今则未必然。但是，应当理解诗人的旨趣，则是古今相间的。

（《汉魏六朝诗歌鉴赏辞典》，中国和平出版社，1990 年）

王　赞

杂　诗

朔风动秋草，边马有归心。胡宁久分析，靡靡忽至今。王事离我志，殊隔过商参。昔往鸧鹒鸣，今来蟋蟀吟。人情怀旧乡，客鸟思故林。师涓久不奏，谁能宣我心。

古今都有一些诗人留名青史，只是由于一首诗，甚至是一句诗的出色。王赞就是这样。《宋书·谢灵运传论》把这首《杂诗》首句“朔风动秋草”举为“直举胸情，非傍诗史”的名句。钟嵘《诗品》便把王赞评为以一首诗名世的诗人之一，列入中品。而王赞今存五首诗，也确以此诗为佳。那么这诗究竟好在哪里？齐、梁人为什么特别欣赏“朔风”句呢？

这诗的主题是北方边塞战士的乡愁，取材则集中于战士服役归乡途中的感慨。全诗采取战士第一人称的自叙，可分三节，每节四句。首节写役满放归，叙述离家长久，思归之极，这个秋天才得以回乡。次节写来到家乡，叙述为国守边，戍地遥远，当年春天赴役，今年秋季回来。末节写感慨讽喻，指出朝廷漠视人情，不了解也不关切戍边战士的心情，而将由此产生的政治后果置于言外。不难看到，这诗的艺术构思汲取了《诗经·小雅·采薇》的一些经验，例如取材于战士归途的思想感情活动，交织乡情与追叙的结构安排，采用对比、夹叙的表现手法等。

但是《采薇》的主题思想侧重于褒扬战士的爱国精神，所以战士的内心矛盾主要是“靡室靡家，猃狁之故”，矛头指向外敌。而这首《杂诗》的主题思想则是讽喻朝廷不恤边卒，批评边塞政治不当，所以诗中不多涉及边塞民族矛盾和军事情形，集中抒发“人情怀旧乡”和“胡宁久分析”，突出久戍不归的乡愁归思。由于主题思想比《采薇》单纯明确，因此它抒情性强，讽喻性突出，基本上不作叙事，从而使诗的旋律明快，节奏强烈，形成一种富有激情的基调，感讽弥深而气势充沛，动人心弦，促人省醒。钟嵘论诗，要求综合运用赋、比、兴的手法，“干之以风力，润之以丹采，使味之者无极，闻之者动心，是诗之至也”(《诗品序》)。可见这诗基本上是符合他的评论要求的。所以据这一首诗，他把王赞评为中品。

从诗句看，起结两联都堪称佳句。“朔风”二句是赋而兴。开篇点明时节、地点，点出主题“归心”，这是“赋”的要求。但诗句意思是说，北风吹动秋草，引起边塞的战马产生回家的心思。这并非直接的“赋”，而是一种能引起战士思归的物象，所以实质是“兴”。对全诗来说，这二句起兴，以鲜明形象、无尽感慨和充沛气势奠定了基调，成为贯穿全诗的主旋律，因而是风力挺起的佳句。“师涓”二句是用典故的赋而比，实质是事比。“师涓”是春秋时代卫灵公的乐师。《韩非子·十过》载，卫灵公经过濮水时，夜闻一种“其状似鬼神”的新的音乐，他命令师涓记录下来，整理演奏。后来他带师涓到晋国，让师涓演奏此曲。演奏未终，晋国乐师师旷就予以制止，指出这是“亡国之音”，为商纣的乐师师延所作的“靡靡之音”，凡“先闻此声者，其国必削”。诗人用这故事，态度比较婉转，讽喻却很尖锐，旨在提醒朝廷长久不闻警诫亡国的声音，不察觉在戍卒乡愁思归之音中的不满与不安，其实关系国家的安危。因此，从讽喻美刺看，末二句亦是结得有力的。两相比较，各有特点。然而从南朝以来，评论都更欣赏“朔风”句，这与诗歌艺术思潮发展有关。

东晋到南朝刘宋，炫耀学问，堆砌典故，成为一时风尚，诗赋亦

然,以致“文章殆同书钞”(《诗品序》)。为了纠正这种倾向,一方面提出用事自然,同时更强调“直举胸情”。齐、梁间,钟嵘更明确认为“至乎吟咏情性,亦何贵乎用事”,“观古今胜语,多非补假,皆由直寻”,要求诗歌创作从大自然和社会生活直接寻找“胜语”,反对用典故作为艺术表现的中介。正因如此,符合“直寻”的“朔风”句就比依靠“补假”的“师涓”句更受欣赏,屡受称道。应当说,钟嵘“直寻”的观点是体现诗歌艺术的本质要求的,因而他对“朔风”句的鉴赏也经受了历史的考验,至今仍可接受。

(《汉魏六朝诗歌鉴赏辞典》,中国和平出版社,1990 年)

孙　绰

秋　日

萧瑟仲秋日，飙戾风云高。山居感时变，远客兴长谣。疏林积凉风，虚岫结凝霄。湛露洒庭林，密叶辞荣条。抚菌悲先落，攀松羡后凋。垂纶在林野，交情远市朝。澹然古怀心，濠上岂伊遥。

孙绰和许询是东晋玄言诗代表诗人，“世称孙、许，弥善恬淡之词”(《诗品下》)。但孙绰却自以为“一吟一咏，许将北面”(《世说新语·品藻》)，并且对简文帝说，论时务比不了别人，创作玄言诗则“此心无与让也”，当仁不让，居当世之冠。可惜他的五言玄诗仅存一首完篇，即这首《秋日》。他对自己的诗歌，有相当确切的自评：“托怀玄胜，远咏老、庄，萧条高寄，不与时务经怀”(同上)。如果不存成见，而是从东晋历史实际出发，则可以发现，此诗并非“平典似道德论”，毫无诗味，而且也不是没有社会内容，只是不关心现实政治。

孙绰爱在山里住，“山居”的“远客”就是他。首四句点题。仲秋天气寒凉，山里风大，季节变化特别敏感，激发了诗人的诗兴。次四句写景观。山居即使无风，也是凉飕飕的，令人觉得秋深了。树林变得稀疏，树荫少了，但却仿佛贮存凉风似的，充满寒意；山峰显得光秃，翠微消失，看去好像粘在冰冻的天宫上，分外寂冷。庭院里，树木上，露水滴落，犹如天公洒扫，似为有情；而繁荣的枝条上，茂密的树

叶纷纷脱落,恰是天命辞别,方觉无情。这一派秋景,满目都作情态,静中见动,物外有人,是一幅相当可观的山水写意图画。末六句写情怀。在这仲秋萧瑟时节,从一般士大夫常情来看,未免引起身世遭际的感慨。坐在郊野,抚摸如茵秋草,会悲哀自己如弱草般最早枯萎;倚立林中,则攀援常青松树,羡慕世家大族总是那样不见衰落。而诗人情怀不同一般。他的乐趣是在山林草野过着自在钓鱼的生活,他的交情不在市井朝廷,要远远离开那种富贵的追逐。他所追求的理想生活,他所心交神往的朋友,就是古代的庄子和他游观濠上的生活情趣。《庄子·秋水》载,庄子和惠施在濠水的石桥上游览。庄子说:"鯈鱼出游从容,是鱼之乐也。"惠子说:"子非鱼,安知鱼之乐?"庄子说:"子非我,安知我不知鱼之乐?"经过辩论,庄子告诉他:"我知之濠上也。"意思是说,鱼在水里自由自在游泳,庄子在濠上自由自在游览,都是各得其所、自由自在的,这样的生活乐趣是相同的。诗人认为自己淡泊富贵,远离市朝,摆脱世俗名利的束缚,在山林过自在生死,其乐趣与庄子相通,濠上之乐并不只在遥远古代,就在这山林隐逸之中。

由此可见,孙绰自评己作并不自吹。他是以老、庄的思想和理想来对待人生处世的。因而他以超脱时务的态度,在远离现实的山林,用老、庄的情趣来领略自然风景,是谓"托怀玄胜,远咏老、庄"。也正因如此,大自然的萧条与人世间的衰落,在他看来都一样不足挂怀,反而可以使他更加认识老、庄的自然之道,体会自由自在的自然生活乐趣,是谓"萧条高寄,不与时务经怀",这诗确乎体现了这样的意图和特色。然而,诗人既然要逃避现实,淡泊富贵,便表明他是经过比较的,对世俗追求名利富贵的风气是了解而且有认识的,所以这诗不可避免地流露出他对名缰利锁的鄙夷,是有社会生活内容的。但是由于他主要抒发人生的自然乐趣,寓以老、庄的人生哲理,因而这诗不涉现实政治,确乎脱离现实。倘使从人生哲理探索角度,来欣赏这首山水诗,则不难发现它别有一种情趣,不无滋味。譬如欣赏盆景,明知是人造山水,只体现作者审美情趣,却自有一种艺术美在,不必因其非真山水而大加贬薄。对所谓玄言诗,亦当如是观。

(《汉魏六朝诗歌鉴赏辞典》,中国和平出版社,1990年)

袁　宏

咏史二首

其一

周昌梗概臣，辞达不为讷。汲黯社稷器，栋梁表天骨。陆贾厌解纷，时与酒梼杌。婉转将相门，一言和平勃。趋舍各有之，俱令道不没。

东晋诗人袁宏的《咏史二首》是历来传颂的名篇。然而更为传颂的却是袁宏由于这两首诗而幸遇知音的故事。《世说新语·文学》载，袁宏青年时贫穷，曾当过运租船的雇工。有一夜，船泊牛头山，他吟诵了这两首《咏史》诗。恰逢镇西将军谢尚在江边散步，听见咏诗声，“甚有情致。所诵五言，又其所未尝闻，叹美不能已”，便派人探问，邀请交谈，“大相赏得”。谢尚便征袁宏为幕府参军，从此进入仕途。唐代大诗人李白有一回旅经牛头山，有感于谢尚赏识袁宏，写了《夜泊牛渚怀古》，其中说：“登舟望秋月，空忆谢将军。余亦能高咏，斯人不可闻。”感慨自己无幸知遇，不得任用，而对袁宏诗则未予称道。可见其事比其诗更令封建士人动心。事实上，这两首《咏史》以思想和激情见长，艺术上并不出色。

题为《咏史》，便与西晋左思《咏史八首》同类，借历史人物遭际以抒发自己胸怀。第一首便是举两类三个西汉人物，虽然性格、风度和处事方式不同，但都是忠心为国、扶持正道的。它结构

简洁，安排紧凑，咏史取材，突出一点，相互比衬，构成整体。首四句赞两位直臣。周昌是一位口吃而直言敢谏的忠臣。汉高祖刘邦要废太子，改立戚姬之子为太子，他在朝廷力争，坚决反对，情怒气急，更加口吃，说："臣口不能言，然臣心期期（口吃语状）知其不可。陛下欲废太子，臣期期不奉诏。"（《汉书·周昌传》）这里就指出周昌不善言辞，只能粗略表达大概，但是他毕竟表达了自己的见解，并非笨拙到不能言辞。那种只见其口吃而无视其本质的偏见是不公正的。汲黯是历汉景帝、武帝两朝的直臣，也是武帝承认的"社稷之臣"（《汉书·汲黯传》）。但他虽是公认的国家栋梁，却一身傲骨，敢于顶撞皇帝，简直高傲到了捅破天的程度。诗人的用意是说，即使这样一位已有定论的国家重臣，也会由于耿直而被认为倨傲不恭，有很突出的缺点。显然，诗人举出这两位忠直贤臣，旨在批评时世品评人才不公，专攻缺点，歪曲优点，以偏概全，无视本质。

次四句咏汉高祖谋臣智士陆贾，举他两个突出表现。天下一统后，刘邦派陆贾出使南越。当时南越内乱也刚平定，纠纷颇多。陆贾的使命是封尉佗为南越王，他不愿陷入南越内部纠纷，因而滞留数月，常与尉佗饮酒聊天。尉佗对他说："越中无足与语，至生来，令我日闻所不闻。"（《汉书·陆贾传》）最后拜尉佗为南越王，使之归臣汉朝。这是说陆贾对待这样重要的使命竟然不大在乎，漫不经心，成天与凶顽不化、语言不通的梼杌一样的异族首领饮宴，看来不像忠贞爱国之辈。然而也就是这位陆贾，当刘邦死后，吕后擅政，诸吕谋汉的危急之际，却挺身而出，策划了保汉除吕的大计。当时，丞相陈平害怕吕氏集团的权势，正愁于缺乏保汉全身的两全之策，居家苦思。陆贾主动到陈平家里，指出"天下安，注意相；天下危，注意将。将相和，则权不分"（《汉纪·高后纪》），建议陈平深交大将武臣周勃，掌握军权，保障政权，便可瓦解诸吕阴谋。陈平采纳他的谋略，团结周勃，果然见效。这是说,陆贾在国家危急时刻,并无委任的情况下,却自觉主动地出谋划策,为国家解危排难,可见他本质是一位忠贞爱国的智士贤臣,确乎是危难见忠臣。显然,诗人举出陆贾两类表现,也是针对时世品评人才的偏颇的,同样认为应当全面考察人才的本质,不可片面执着人才的一时一事的表现。

所以最后总结说,周昌等的行为表明他们各有自己的处世之道,各有自己的取舍原则,但却都扶持正道,能使正道不致沦亡。表面看来,这似乎点出主题思想,而实际上,只是完成主题,说明他们的本质相同,只是表现不同,它的主题思想在言外,即谓品评人物,选拔人才,应当区别现象,考察本质。不难理解,出身贫寒的袁宏对于用门阀偏见的品评选拔制度是深有体会和不满的,因而这诗以古讽今的指向是不言而喻的。但是由于诗人比较软弱,不如左思《咏史》那样显得激烈,时露锋芒,而是力求掩蔽锋芒,尽量客观公正,所以讽刺委曲婉转,以至于在艺术表现上十分审慎简练,近于《春秋》的一字褒贬,过分的微言大义。因而也就需要作传以为充实发挥,否则便有基干而无枝叶,费解而不甚可读。

钟嵘《诗品》列袁宏于中品,评曰:"彦伯(袁宏字)《咏史》,虽文体未遒,而鲜明紧健,去凡俗远矣。"其论中肯,但须作历史的了解。从南朝诗歌创作风气来比较,这诗的确有相当鲜明的观点和比较充实的内容,而且结构紧凑,语言省净,高出当时一般水平。尤其在空虚软弱、矫饰花巧的诗歌充斥泛滥之时,更显突出,可谓"去凡俗远矣"。正因如此,虽然钟嵘也看到了它在艺术上不够坚实有力,但仍列入中品。今天来评赏这首诗,就不免更明显地感到它们的不足了。

其二

无名困蝼蚁,有名世所疑。中庸难为体,狂狷不及时。杨恽非忌贵,知及有余辞。躬耕南山下,芜秽不遑治。赵瑟奏哀音,

秦声歌新诗。吐音非凡唱，负此欲何之。

这是袁宏《咏史》第二首。它吟咏汉宣帝时杨恽的遭际，悲慨才智之士处世遭忌，都无出路，不获知遇，不得容身。诗人体会深切，认识深刻，表现含蓄深微，意味深长。较第一首有激情，富启迪。

杨恽出身世族，因才见用。宣帝时，霍光家族谋反，杨恽事先得知，告发有功，封平通侯。后因事获罪，免为庶人。他自知过大行亏，便率家回乡，务农经商，治产致富，诗酒自娱。他说："田家作苦，岁时伏腊，烹羊炮羔，斗酒自劳，家本秦也，能为秦声，妇赵女也，雅善鼓琴，奴婢歌者数人，酒后耳热，仰天抚缶，而呼乌乌。"他唱歌道："田彼南山，芜秽不治。种一顷豆，落而为萁。人生行乐耳，须富贵何时！"他的朋友孙会宗劝他不要治产，言行收敛，以免招惹。他写信回答孙会宗，说明自己这样生活，正是知罪而经营庶人之事。不久，他果然被诬告，抄出这封《报孙会宗书》，惨遭腰斩。袁宏这诗便是借此事而发自己心中郁愤。

诗以议论发端，感慨才士遭忌：如果没有名位，就像蝼蚁一般困顿尘埃，卑微低贱，无从施展才智；倘使有了名位，却又容易被世俗猜疑，坎坷绊绁，横遭不测；假使违心地充当一个中等平庸之辈，实际行为很难做到恰当得体，事事别扭，不免破绽；索性做个隐士，清高正直，对抗时世，但又觉悟晚了，已经扬才知名，再辞世高蹈，反而会被认为矫隐伪清，更加招惹，所以赶不上时机了。总之，有才有智，便遭忌恨，处处为难，事事不容，只有死路一条。接着便举杨恽为例。诗人认为，杨恽其实不忌恨权贵，不过就其所知多说了一些话，结果遭罪革职，回乡种田。他知过认罪，努力耕种，又不过是在农余多说了一些话，用乡乐民歌抒发劳动辛苦，说说心中感想，及时行乐，不须富贵，虽有牢骚，夹杂情绪，原也是知识所及、亲身体验的，结果竟送了命。所以诗人深为悲慨，认为杨恽的歌确属不同凡响，唱出了真知实情;如果不唱这样的歌,那么他该唱什么,又要他说什么呢!不难体会,末二句实际是袁宏自己深切体会,表明他自身遭际、处境以及他的诗歌也是这样的。所以清人闻人倓对此笺注说:“此彦伯自悲无知音也。”(《古诗笺》)

然而,这诗的深刻意义不限于自悲不获知音,更在于揭露打击了门阀统治的黑暗虚伪。不论有名无名,自甘平庸或者清高隐逸,凡有真才实学,不作虚伪言辞,都不为世所容,很难获得知音。诗中吟咏的人物是有名的杨恽,吟咏其事的诗人是无名的袁宏,自汉至晋,运遇实同。曾经富贵的才士被扼杀,不获知遇的诗人被埋没,真才不得施展,真情不许歌唱。因此,诗人虽然力求咏史而不涉时世,但却不能抑制悲慨,字里行间充满悲愤,自我形象夺纸而出,随声而现。不难想象,贫穷的雇工袁宏在估客船上朗诵此诗,声情悲愤激扬,难怪那位不乏才情的将军谢尚闻“其所未尝闻”,这样的激情,这样的悲声,是门阀世俗文人根本无由发生的。难能可贵的是这位权贵将军居然“叹美不能已”,“大相赏得”,因而几个世纪之后,使唐代大诗人李白深深遗憾“斯人不可闻”。

(《汉魏六朝诗歌鉴赏辞典》,中国和平出版社,1990 年)

谢道韫

泰山吟

峨峨东岳高，秀极冲青天。岩中间虚宇，寂寞幽以玄。非工复非匠，云构发自然。器象尔何物？遂令我屡迁。逝将宅斯宇，可以尽天年。

谢道韫是东晋谢奕的女儿，王羲之的儿媳，王凝之的妻子。东晋王、谢两家的女辈中，她是最有才华的作家，能诗善赋，而且精通玄理，自负才辩，往往折服谈玄名士，颇有男子气。今存其诗二首，都不作呢喃语，而有谈玄气。

《泰山吟》又题作《登山》，仿佛登临泰山之作，其实谢道韫从未到过泰山。这首咏泰山诗，乃是一首玄言诗，多半是如同孙绰《游天台山赋》一般的卧游遥想之作，赞叹自然造化的杰作，抒情隐逸山林的志趣，颇合时人评她的风度之语："王夫人神情散朗，故有林下风气。"（《晋书·谢道韫传》）

诗的前六句赞美泰山。诗人并不对东岳岱宗的神圣尊严进行儒家传统的礼唱，而是以道家观念赞叹泰山的自然完美。雄伟高大的泰山，以极其清秀的灵气直冲青天；它的山岩洞穴仿佛天然间隔的空虚宅院，寂寞无声，幽静深邃；它绝非人间工匠的制造，而是大自然造物所开发的高楼大厦。庄子有言，"夫虚静恬淡，寂寞无为者，天地之平而道德之至"，"万物之本也"（《庄子·天道》）。可见这座天工神斧的

自然大厦十分符合老、庄的审美理想，也恰是魏、晋玄谈名士的绝妙林下佳境，气质投合，心灵融合。因此诗人深为感慨，恍然大悟，对天发问，自叹波动，于是决心隐居山林，以为归宿。后四句便是以泰山的寂寞虚静与风云气象的万千变化对比，责问变幻莫测的风云气象究竟是什么东西，竟然这样使她的思想波动不定，迷失了根本大道。《易经·系辞》说，《易经》概括了一切变化，“为道也屡迁”，“唯变所适”。这是相传为圣人孔子的训诫。诗人从泰山所获的启示，发现圣训不对了，有点激愤。于是她决心走老、庄的道路，离开这变化多端的人境，搬到泰山这样美妙的寂寞幽静的环境中生活，恬然无为，达到“天地之平而道德之至”，安享天赋的自然寿命。看来诗人厌烦了人间滋事多端，实在难以适应，所以体会到道家思想的好处，希望过清静的生活，延年益寿。

实际上，这是一首赞美泰山而抒发人生根本途径和归宿的哲理诗，而明确的好道非儒，便使之属于论者往往贬薄的玄言诗。但它颇有激情，并不“平典似道德论”（《诗品序》），虽非上乘佳品，却也不“淡乎寡味”。它的明显特点是以理观景，以情写境，理以情出，情归于理。所以写景不多描摹自然形态的具体美感，而只见泰山雄伟清秀的气质，眼底一座寂寞虚静的高楼大厦，深为钟情，理想归宿，恰可委托终身，寄寓此生。这是以道家思想来感受泰山的清高优美所在，把泰山视为自己的理想化身和精神寄托，所以重在内心的表现，意趣的表述。客观对象的虚化，却突出了主观形象的实体，读者会感觉到诗人卧游泰山、神往隐逸的情态，理解她对人间多端的厌烦，而泰山的具体形象令人难以想象。这是此诗的艺术特色，也是它的诗意情趣，颇可一读。

（《汉魏六朝诗歌鉴赏辞典》，中国和平出版社，1990 年）

谢道韫

拟嵇中散咏松诗

遥望山上松，隆冬不能凋。愿想游下憩，瞻彼万仞条。腾跃未能升，顿足俟王乔。时哉不我与，大运所飘摇！

嵇中散指魏、晋之际的嵇康，曾任中散大夫，称官表示尊敬。所谓《咏松诗》，即今传嵇康的《游仙诗》，其前半云：

遥望山上松，隆谷郁青葱。自遇一何高，独立迥无双。愿想游其下，蹊路绝不通。王乔弃我去，乘云驾六龙，飘飖戏玄圃，黄老路相逢。授我自然道，旷若发童蒙。采药钟山隅，服食改姿容。……

其后半略云，从此服食养真，隐游避俗，即同游仙。可见谢道韫这首拟作，其实据嵇康《游仙诗》，模拟其自抒情怀，却开了个玩笑，嘲弄他时运不佳，游仙不成，浪费光阴，颇为气恼。它亦庄亦谐，毫无闺秀倩影；不恭前贤，却有竹林遗风。

诗的前半即用嵇康诗句，节其大意。遥望常青，瞻仰高姿，显示嵇康游仙之想，原为追慕情操贞节，挺秀千古，基本体现嵇康胸怀，而且保持清峻风格。但后半却陡然一变，仿佛嵇康性急，折腾跳跃，而未升天，以至顿足踏地，等待仙人王子乔接引，甚不耐烦，懊恼地埋怨老天，不给时机，耗散运气，放任生活，浪费光阴。显然，诗人故意曲

解嵇诗，把不遇神仙而幸逢黄帝、老子，接受自然之道的启蒙，改从服食隐游之途，写成求仙不成而怨天尤仙，进而放诞不羁。这样的歪曲，颇不恭敬，却也并无恶意，反映了东晋门阀对嵇康的一种折中评价，赞赏嵇康高风亮节，却不以为嵇康真正理解自然之道，急于有成，便是有为，违离寂寞无为的根本。

谢道韫对嵇康的理解和评价，未必正确。然而在东晋，一位妇女敢于大胆而近乎放肆地评论一位颇有争议的近代历史人物，并且总的倾向是肯定的，尊敬的，这一点便是很有历史意义的。正像她敢于与名士辩论玄理，而且能够折服男士，她对嵇康的亦庄亦谐的吟咏，恰可见出魏、晋玄学及玄谈风气对于传统儒家思想束缚的冲击，具有解放思想的积极意义。从这方面来理解、欣赏这位女诗人的这首评价历史人物的诗歌，也许更有兴味。

（《汉魏六朝诗歌鉴赏辞典》，中国和平出版社，1990 年）

王献之

桃叶歌(三首)

其一

桃叶映红花,无风自婀娜。春花映何限,感郎独采我。

其二

桃叶复桃叶,桃树连桃根。相怜两乐事,独使我殷勤。

其三

桃叶复桃叶,渡江不用楫。但渡无所苦,我自来迎接。

王献之是大书法家王羲之的儿子,也是著名书法家。今存其诗仅四首,却有三首在东晋、南朝十分流行。《桃叶歌》的歌曲属于南朝乐府《清商曲·吴声歌曲》,歌词也极富江南民歌风味。它从东晋一直传唱到陈后主亡国之际,以至于被附会成灵验的政治谶言。据说,隋朝杨广灭陈,渡江前扎营在江北的桃叶山,渡江是由隋将攻克江南前沿后征用陈朝的船来迎接的(见《南史·陈后主纪》《隋书·五行志》)。这正符合《桃叶歌》所说的"渡江不用楫""我自来迎接"。当然,《桃叶歌》的流行不衰,并非这个原因,而是由于它真实抒写了当时一种非分的爱情,以及关于它的爱情传说。

《古今乐录》载,王献之有个爱妾,名叫桃叶。她的妹妹叫桃根。

王献之很爱桃叶，有一次在秦淮河口送别桃叶，唱了这三首歌。这个渡口因此也被称为桃叶渡。倘使确有其事，则歌词内容主要是离别叙情，叮咛相约，表现出王献之对桃叶的深厚爱情，同时也显示他们的爱情结合其实并不平等，也不正常，笼罩着那个不合理的门阀社会的阴影。即使未必有其事，这一组情歌也真实而生动地反映出，在当时门阀社会，门户不当的男女爱情受限制，有束缚，波澜曲折，缠绵悱恻，完全取决于门阀贵族男子的爱情观念、忠实程度以及冲破门户束缚的勇气，其实仍是不平等、不正常、不合理的。这是一组富有时代特征的爱情歌曲，今天读来，别有动人情致，不无苦涩情味。

这三首歌的排列次序和诗句文字，各种传本不尽相同，这里全录《乐府诗集》所载。第一首是拟桃叶自抒。也许桃叶只是自况的比喻，但这女子身份地位卑微于男子，则显而易见。她是衬托桃花的绿叶，居于陪从地位。然而桃叶衬托出桃花的红艳，却也在桃花相映之下显示了自身的优美，朴素柔静，风姿婀娜，虽有自卑自伤之情，更见自重自怜之态。这正是一个朴素文雅的小家碧玉形象。然而常人心里毕竟爱着桃花，不多注意桃叶，更何况一个高门大家的风流才子。尤其在春花竞妍时节，万紫千红之中，这个高贵男子偏独采撷一枝桃叶，王献之竟然钟情一个小家碧玉。这就更显出他的品性不俗，真情相爱，使她深深感激，衷心相委。显然，这是自知门户不当，感激知己钟情，实质上并非平等互爱，而是知遇报恩，具有传统节操的特征，所谓“士为知己者死，女为悦己者容”。在当时社会，这种不平等的爱情结合中的女子，产生这样的心情是真实的，但也蕴含着、流露出一种忧虑：男子的爱情是否真心？会不会变心？这也正是诗人所以在第一首先拟女子自抒的构思原因，表示对于女子的担心是充分了解的。因此，第二、三首便表明自己心迹，解除女子忧虑。

第二首是表明心迹，真情相爱，不存门户之见，全无贵贱之分。开头重复“桃叶”，兼有两层含意：一是加强恳切语气，略有埋怨成分，等于说“桃叶啊桃叶，你还不了解我吗？”二是以桃叶比兴，意思是说“桃叶还是桃叶，我爱的就是桃叶”。接着以“桃树连桃根”来比喻，强调桃叶和桃花一样是从桃树长的，连着桃根生的，表示他不认为桃叶与桃花有根本的差别，表明他没有门户贵贱的偏见。因此，接着就直率地说，相爱是两个人乐意的事情，只有你桃叶使我爱恋之情殷切而笃诚。言外是说，桃花再好，但诗人并不乐意。这样直率大胆的表白，既显出情深委屈的急切，可笑亦复可爱，也表现出爱情真切给诗人以冲破门户束缚的勇气，动人而且感人。这也使此诗增添许多民歌的情调，相当泼辣。

第三首是约定相迎，保证不渝，要桃叶放心，轻松愉快渡江。他们两人相爱，此刻似乎必须分别，总有不得不如此波折的缘故。具体事由，无须猜测，但桃叶的担心并非无端，离别的心情并不轻松。因此诗人再以重复“桃叶”兴起，却用了不同的语气和寓意，说了两句俏皮话，使情绪气氛轻松些。意思说，桃叶就是轻巧的叶子，就像一叶轻快的小船，渡江不用划船桨就过去了。所以接着就说，你就渡江去吧，不要有什么苦恼，我自会迎接你回来的。不难理解，对这一双恋人来说，这样的俏皮话和定心丸，其潜在的含义是心领神会，不用点破的。而对读者来说，这类不无勉强的俏皮和宽慰，则更多缠绵悱恻之感，自可吟味其中隐隐流露的苦涩。

总起来看，这是一组民歌风味相当浓厚的文人创作的情歌。它所抒写的爱情虽然流露出传统的男子中心的节操观念，却相当大胆地冲击着封建门户偏见和婚姻束缚，追求真实的爱情，因而诗中男女的爱情结合，既不平等，又属非分，不合礼法。尤其是诗中男子直抒爱情，无所顾忌，更不符温柔敦厚的风雅。所以诗人采取民歌俗曲的诗歌语言和表现手法，显得相当谐调，恰到好处，既有民歌风味，又有文人情趣，形成独特的艺术风格。

（《汉魏六朝诗歌鉴赏辞典》，中国和平出版社，1990 年）

吴隐之

酌贪泉赋诗

石门有贪泉，一歃怀千金。试使夷齐饮，终当不易心。

贪泉在今广东佛山市，“世传饮之者其心无厌”(《世说新语·德行》注引《晋安帝纪》)。吴隐之任广州刺史时，游览贪泉所在的石门胜概，便到贪泉，喝了泉水，题了这诗。贪泉的神怪作用当然不足置信。吴隐之作为当地长官，仁人君子，饮泉题诗自可表明廉洁，倡导节操，激励教化吏民。这诗也显示了他君子自任、廉洁自持的情怀和信心。而作为一种喻世励俗的诗歌，深入浅出，警醒明快，反怪为训，化异为贤，读来不无趣味。

诗的首句一作“古人云此水”，文异义同。前二句说贪泉的怪异。人饮用此泉会变得贪财，眼里只看重黄金，越多越好。对此是否灵验，诗人未置可否。后二句一转，却说贪泉对伯夷、叔齐那样的廉洁高节之士不起作用，即使喝了，他们也不会变成贪夫。这就是说，有人喝了变贪，有人喝了不贪，就看他自己的品性节操怎样。这么一解释，怪异变为神奇，贪泉成了试剂，是天所设置的对人的品性节操的考验和测定，变和不变都是灵验的。所以诗人是聪明的，这诗富有智趣。而更为聪明的是，这位长官当场饮用，现身说法，更能收到揽誉的效果,君子和清官的名声会不胫而走。试读后二句,诗人自信自得的形象跃然如见。所以今天读来,可以理解它在历史上的作用,更有可以会意的趣味。

(《汉魏六朝诗歌鉴赏辞典》,中国和平出版社,1990 年)

陶渊明

拟古九首

其七

日暮天无云，春风扇微和。[1]佳人美清夜，[2]达曙酣且歌。[3]歌竟长叹息，[4]持此感人多。[5]皎皎云间月，[6]灼灼叶中华。[7]岂无一时好？[8]不久当如何！

〔注释〕

①微和：略微有点暖意，觉得舒服。②佳人：美女子，喻指志士仁者。美：赞美。③达曙：直到天亮。④竟：完毕。⑤持此：意思是春夜酣歌达曙的这种情景。一说"此"指下文"皎皎"四句，并认为"皎皎"四句即佳人所唱的歌词。⑥皎皎：洁白明亮。⑦灼灼：光彩耀眼。华：同"花"。⑧一时好：指"云间月""叶中华"都是美好的，但这美好为时短暂，并不长久。

这首"日暮天无云"跟整个《拟古》组诗一样，大约是陶渊明晚年的作品，但确切的写作年代无考。它也像《拟古》组诗一样，被宋、明不少学者认为是寄托晋、宋易代的感慨之作，并且在诗里颇找出了一些"微言大义"，例如首二句，元代刘履认为"以喻恭帝暂遇开明温煦之象"（《选诗补注》），明代黄文焕体会它的寓意是"已坏之世界尚冀一

脉之或回，寄托最深”(《陶诗析义》)，等等。但这类发现显然牵强附会，已为今日大多学者弃置勿论。不过，对于封建时代的志士仁人来说，撇开易代之论，这诗仍是激动人心、容易引起共鸣的。清初思想家王夫之就认为此诗“端委纡夷，五十字耳，而有万言之势”(《古诗评选》)，觉得这首不过五十字的委婉平易的古诗，却蓄有万言宏文的势头，思想内容深刻，给人以丰富的启迪。其论并不为过。

这是一首感叹人生的哲理诗。它的思想内容深刻，甚至严峻，但不深奥。前四句说春天的一个黄昏到夜晚，晴朗无云，晚风微暖，气候宜人，所以佳人高兴地酣歌达旦。这可以说是一种及时行乐。应当说，士君子之类佳人这样的及时行乐是可以理解的。所以诗人心平气和地叙写这种情景。但是接着两句诗却来个转折。天亮了，歌尽了，酒也醒了，佳人却长叹起来，陡起许多感慨。末四句就写感慨。原来是因为这良夜酣歌，虽然高兴痛快，却是暂时而短促的。就像行云映衬的洁白明亮的月亮，绿叶拥簇的光彩艳丽的鲜花。月有圆缺，花有开落，它们的美好都不长久。人生其实也一样。如果在美好的时光只顾高兴痛快，那么过了这一刻，又该怎样生活呢？换句话说，人的一生遭遇，美好快意的时刻总是短促的，相反，处境恶劣，穷困失志，却总是免不了。对封建时代的志士仁人来说，人生顺逆的遭遇主要是政治治乱使然，所以清代马璞说：“此首言千古之世，乱世常多而久，治世常少而不久也。”(《陶诗本义》)而温汝能更把这一点提到哲理高度，体会到“宇宙间固有可久者，惟其不久，是以可叹。读末二语，不觉百感交集”(《陶诗汇评》)。他们的体会，正可见出这首拟古诗何以激动千百年来的志士仁人，而诗人说出来的，则是封建时代志士仁人们的一种共同的体验，一个普遍的哲理。

这诗显著的艺术特色是心平气和，朴实自然，如话家常，毫不惊人。这正是汉代古诗艺术的传统本色，也体现出作家“拟古”的功力。诗用第三人称写作，佳人是诗中主人公。前四句是写佳人良夜酣歌；

诗人显得心平气和,可以理解。中二句是佳人叹息感慨;诗人显然赞同,颔首称是。末四句是佳人的体会感慨。把这四句理解为佳人唱的歌词,也可通。但这不是酣歌的歌词,而应当是天亮酒醒之后的歌,是觉悟了的歌。诗人对此不但称是,而且仿佛深受启发。不难体会,诗人始终处于佳人的知音地位,与读者作亲切交谈,说这么一件事,讲这么一个理。他对佳人的深切理解同情,正因自己也有同样的深切体验。所以诗人说来亲切,说得清楚;人们读来有味,读得明白。这就显出陶诗艺术的独创特色:深入浅出,朴实自然。

这诗最受称道的是首二句和末二句。一般地说,首二句可谓情景交融,末二句确为喻世警句。但王夫之认为,首二句"摘出作景语,自是佳胜。然此又非景语。雅人胸中胜概,天地山川无不自我而成其荣观,故知诗非行墨埋头人所办也"(《古诗评选》)。他精辟地指出了首二句艺术形象的出色,主要是表现出诗人独特的生活感受和审美观点,是诗人自我化了的自然景象。这便说到了陶诗艺术的要点。对末二句,清代有个惊人的评语,认为"'云间月''叶中华'借以兴一时之好,而着'岂无'字、'当如何'字,冷语刺骨"(吴瞻泰辑《陶诗汇注》)。"岂无一时好? 不久当如何"确是针对严酷的封建社会现实提出了一个严峻的人生哲理问题。诗人提出这样的问题,半是哀叹,半是讽喻,显然希望人们正视现实,而含蓄地讽喻人们不要一味快意,应当冷静而明智。诗人的心情是诚恳热忱的,但他启发人们思想的这个问题的答案却是严峻的,无情的。因而,生活在封建社会的士人读者,从自己的体验中理会到这一问题的实质,觉得不寒而栗,正说明陶诗的深刻有力。这也就是王夫之所说的"有万言之势"。当然,这样的理解和体会,是清代以来才出现的,是封建社会趋于没落时期的进步者的一种体会,是读者再创造的一种产物。这一点,自为陶渊明始料不及。

其八

少时壮且厉，[1]抚剑独行游。谁言行游近？张掖至幽州。[2]饥食首阳薇，[3]渴饮易水流。[4]不见相知人，惟见古时丘。[5]路边两高坟，伯牙与庄周。[6]此士难再得，[7]吾行欲何求！

〔**注释**〕

①壮且厉：体格强壮，性格刚烈。②张掖：汉代郡名，治所在今甘肃张掖西北。幽州：汉代州名，治所在今北京市西南郊县一带，这句极言行游之远，从西北边郡到东北边州。③首阳薇：商代孤竹君之子伯夷、叔齐，在周灭商纣后，他们义不食周粟，隐居首阳，采薇（一种野菜）充饥。古代以为是忠义的节士。④易水流：战国游侠荆轲，为报燕国太子丹的知遇之恩，赴秦行刺秦王。燕丹在易水（在今河北）河边送行，荆轲唱道："风萧萧兮易水寒，壮士一去兮不复还。"后来行刺失败，被秦王杀死。古代以为是节义的侠士。⑤丘：坟山。⑥伯牙：古代音乐家俞伯牙，擅长弹琴。他的知己朋友钟子期，善于知音。钟死后，伯牙因为无人理解他的琴音，不再弹琴。庄周：即庄子，善辩论。他的知心朋友惠施是他辩难的对手。惠施死后，庄子不再论辩。此用其事，喻指知己。⑦此士：指伯牙、庄周一样的知己。

这首拟古诗的内容表面上看是悲愤世无知己，但主题思想是什么，历来议论纷纷。有的说"此晋亡以后愤世之辞"（明何孟春《陶靖节集》注），"为晋一明大义，少泄忿心矣"（明黄文焕《陶诗析义》）；有的说是"忠君报国之念隐然发露，绝非隐逸忘世者"（清吴菘《论陶》）；有的索性认为"篇中寄托遥深，只可为知者道尔"（清温汝能《陶诗汇评》）。这些分歧的关键是对诗中提到的四个古人的理解。而这类说诗家的一个共同缺点是对全诗不作整体分析，只是把这四个古人从诗中割裂出来，一个个分析陶渊明的用意。

这诗有完整的构思。它的主题明确，回忆青年时远游无成的经历，悲愤世无知己，只能罢游不求。围绕这一主题，全诗结构层次都安排得很清楚。全诗十二句。前六句写远游，每两句一层意思。先说刚毅独游，次说远到北边，再说坚守节义。“首阳薇”“易水流”在这里是用典故，表明以古代义士侠客精神来砥砺意志，表示自己坚守士节的决心。后六句写无成，先说不遇知己，次说古贤长逝，再说悲怆罢游。“伯牙与庄周”在这里也是用典故，表示追求知音、忠诚知己的古贤长逝，朋友相知的友道已绝。诗人既不以伯牙、庄周自比，亦不以钟子期、惠施自比，只说是“相知人不见”，“此士难再得”，风气既绝，世无其人。由此可见，在诗的整体结构中，这四个古人只是用作全诗内容的构成部分，其中任何一个层次所用的典故，实际上是题材，不是主题思想。理解这诗的构思，分析它的主题，更为重要的是应正视它的创作方法的特征。

这首诗的创作方法不是写实的，而是浪漫的。写作年代大约在诗人的晚年。老年回忆青年生活经历固然有浪漫寄托的情味，但并不就一定是浪漫的。这诗所写回忆青年经历，就表现手法来说，是虚构的，非事实的；虽然不是神奇非凡的，却是浪漫想象的。诗人生当东晋，卒于宋初，不可能有出游张掖、幽州的实际经历。但诗中明确强调远到北方边塞，显然只是表明他青年时曾经怀抱远大的爱国壮志，要求收复北方失土，有过恢复国家统一的理想，并且十分坚定激烈。所以他以节义自持，砥砺意志。从这个意义来理解，“饥食”两句是从精神上说的，表现的是反抗北方异族王朝强暴统治压迫的一种精神气节。如果离开远游北边的背景，忽视东晋苟安的现实，孤立地理解“首阳薇”“易水流”，那就容易误解成陶渊明似乎忠于东晋而仇恨刘裕，并囿于成见而越看越像，实质上这只是对诗的一种曲解。同样，青年远游北边的经历既属浪漫想象，则经历中“不见相知人”，只见“伯牙与庄周”的坟，自然也是一种有意的虚构和浪漫的手法。其寓意只是特指有共同的爱国壮志、统一理想和反抗精神的“相知人”，在当世几乎绝迹。既然无人理解这样远大的爱国壮志和抱负，没有人来从事这样的壮烈斗争，只有他一个人“抚剑独行游”，他的理想自然是无望实现的，所以“吾行欲何求”，实际上讲的是只好罢游，不再作无望的努力。总的说来，诗人是用浪漫的创作方法，以完整的结构，通过明确的主题，来抒写统一的爱国理想抱负无望实现的悲愤，发泄对东晋苟安江南的深刻不满。这就是本诗的主题思想。

清代吴瞻泰说：“此篇无伦无次，章法奇奥。始而张掖、幽州，悲壮游也；忽而首阳、易水，伤志士之无人；忽而伯牙、庄周，叹知音之不再而避世之难得也。公生平志节，亦尽流露矣。”（《陶诗汇注》）其论中肯。正因为这诗的创作方法是浪漫的，所以不合一般的章法，但这并不妨碍读者对它完整的结构层次和明确深刻的主题思想的理解。这首诗最显著的艺术特点就是“生平志节，亦尽流露”，诗人的抒情形象鲜明突出。字里行间，相当完整地表现出一位刚强激扬的爱国青年，在苟且沉沦的时代，由失望、无望而终于成为一位心情郁愤的隐世老人。事实上，这诗有两个形象，一个是在回忆中出现的诗人青年时的形象，一个是写回忆的诗人老年时的抒情形象。回忆中的青年陶渊明是个爱国志士，刚强奋发，天真无畏，激昂慷慨，追求理想。写回忆中的老年陶渊明则是个隐世之士，爱国之志不泯，忧世之情未忘，愤世嫉俗，与世决不苟合。因而当他回忆当年，激情迸发，自信自豪，述志陈情，磊落坦荡，虽浪漫夸张而真实不伪。同时，一生志节，白首无成，郁愤之气，时时流露，又是他晚年心境的真实写照。正是这样鲜明突出的诗人的双重形象，形成了这首诗的独特风格，在回忆往事如道家常的语调中，确乎有金刚怒目式的情绪，气格平易而慷慨，委婉而凄清。因此，读来动人，寻思有味，语言质直，而意蕴深长。难怪王

夫之极其赞叹地评曰:“神骏不可方物,而固不出于圜中。陶公高音亮节自有如此者,孟浩然一流亦曾梦见一斑否?”(《古诗评选》)

(《陶渊明诗文赏析集》,巴蜀书社,1988 年)

陶渊明

咏荆轲

燕丹善养士，志在报强嬴。招集百夫良，岁暮得荆卿。君子死知己，提剑出燕京。素骥鸣广陌，慷慨送我行。雄发指危冠，猛气冲长缨。饮饯易水上，四座列群英。渐离击悲筑，宋意唱高声。萧萧哀风逝，淡淡寒波生。商音更流涕，羽奏壮士惊。心知去不归，且有后世名。登车何时顾，飞盖入秦庭。凌厉越万里，逶迤过千城。图穷事自至，豪主正怔营。惜哉剑术疏，奇功遂不成。其人虽已没，千载有余情。

卫国侠士荆轲来到燕国做客。燕国太子丹在秦国作人质，秦王嬴政即后来的秦始皇待他不好，逃回燕国，招募勇士刺杀秦王以报仇。荆轲被选中，受到太子丹的优待。经过策划计谋，让荆轲以献出秦国地图为事由，求见秦王，而在地图中暗藏匕首，乘接近秦王之机，刺杀秦王。荆轲离别燕国时，太子丹率领宾客在易水河畔送行，高渐离击筑，宋意唱歌，音乐歌唱先作变徵的乐调，大家悲伤落泪，又高唱："风萧萧兮易水寒，壮士一去兮不复还！"乐调再提高到羽声，武士们都"瞋目，发尽上指冠"，于是荆轲上车离去，头也不回顾一下。到了秦国，见了秦王，献上地图，"图穷而匕首见"，可惜没有刺成，自己被杀。这就是历史记载的荆轲刺秦王的故事，也是陶潜这首《咏荆轲》所歌咏的本事。

田园诗人陶潜深情赞叹战国末的一个刺客,似乎不合隐士清高的常情,因而引出纷纷议论。南宋理学大师朱熹说:“渊明诗,人皆说平淡,余看他自豪放,但豪放得来不觉耳,其露出本相者,是《咏荆轲》一篇,平淡底人如何说得这样言语出来。”(《朱子语类》卷一三六)认为这诗显露了陶潜本来豪放的性格。但是更多论者以为,这诗当是陶潜晚年之作,刘宋代晋,陶潜哀悼晋亡,遗憾当时缺乏荆轲这样的侠义之士,或者可惜当时节士没有高明谋术,甚至认为陶潜大有自己追慕荆轲壮举之想,等等不一。这类评论大抵出自对陶潜其人其诗的某种成见,以为这位田园诗人一生思想与创作都必定这样那样,所以对此诗作了种种曲解。其实,具体分析此诗,全面理解诗人,便可切实了解、恰当欣赏陶诗的这首奇作。

这是一首叙事诗。它所叙事迹基本上是史籍所载的荆轲本事,只略去了一个行刺伙伴少年秦舞阳,这可能出于集中表现主题的考虑。这诗结构简洁,层次清楚,主题思想明确。起四句是个小引,交代燕丹为了报仇,招募到最优秀的侠士荆轲,引起下文荆轲事迹。但这四句同时表明,燕丹善于养士,而且善于识人,因此对荆轲来说,获得知遇。然后便写易水送行和荆轲刺秦王两件事。从“君子死知己”到“羽奏壮士惊”十四句,写易水送行。这一节的要领便是“君子死知己”。荆轲离别燕国,替燕丹刺杀秦王,是士为知己者死的慷慨死节的壮举。送行者都视其为赴死战斗的英雄,敬佩他的情操,悲哀他的牺牲。一个个同仇敌忾,义愤填膺,气氛庄重而紧张,好像决战前的誓师;老伙伴奏乐唱歌,悲亢激越,音调越来越哀厉,不禁落下死别的眼泪,在萧瑟秋风里,在惨淡寒波前,那待发的白马长鸣,与悲歌慷慨一起构成了壮烈诀别的场面,惊心动魄。这一切都为了报答知遇,自觉自愿,慷慨从容。接着,从“心知去不归”到“奇功遂不成”十句,写远赴秦廷刺秦王。这一节的要领是“且有后世名”。身入秦廷,事成与否,都难免牺牲。但是,于个人可报知己,于世运可除暴君,成败生死都可留下节义的美名,所以征程万里,一往无前,英雄气概,不可一世。最后虽因剑术不高,功亏一篑,不无遗憾,但荆轲事迹与名声却从此永垂青史,留下了“后世名”。末二句是小结,是赞叹。所谓“千载有余情”,就是荆轲不死,千古有名,动人到于今。

总上可见,诗人赞叹荆轲,不唯赞扬其人是侠义之士,其事为英烈壮举,更在咏叹其人其事表明了士的一种运遇遭际,倘使能获知遇,事死节,报知遇,立奇名,从而不朽,于愿足矣。这是荆轲故事最为陶潜所动情处,也就是此诗的主题思想。应当指出,这样的思想感情在陶潜作品中是有过明白的表露的。在《感士不遇赋》中,他说:

> 何旷世之无才,罕无路之不涩。伊古人之慷慨,病奇名之不立。广结发以从政,不愧赏于万邑;屈雄志于戚、竖,竟尺土之莫及。留诚信于身后,动众人之悲泣。

认为才志之士的悲剧在于不遇知己,不立奇名,李广、屈原的生前遭际便是如此,使后人想起他们便悲哀。比之李广功高不赏和屈原志雄不成,则荆轲恰恰相反,生前获知遇,死节报知己,身后留奇名,就值得庆幸和羡慕了。正是出于这样的主题思想,这诗的构思并不着眼于刺秦王的意义,也不多写奇功不成的遗憾,而是深情描述“君子死知己”的易水诀别的悲壮情景,豪放表现“且有后世名”的征赴秦廷的英雄气概。如果从这样理解出发,认为陶潜此诗也表现了希望获得荆轲那样的知遇和机缘,愿意为知己者死而立不朽奇名,则是符合诗意和诗人思想的,所以,比较起来,朱熹的见解有可取之处,其他论者所谓忠于晋室的种种说法都不可取。

陶诗艺术的总体特色是平淡自然,深入浅出,白描如话,真情实意。这诗看来,颇有不同,气势慷慨,风格豪放,渲染形容,时见整饬。事实上,正如鲁迅曾经指出的那样,陶诗既有浑身静穆的,也有金刚怒目式的,并不限于一面。这诗恰如朱熹所说,乃是陶诗中比较豪放的一首。一位形成自己艺术总体风格的诗人,在表现不同主题和不

同思想感情时，每一首诗的艺术特色必然会有所不同。这就是说，总体是一致的，分体是多样的。此诗亦然。倘使细加吟味，不难体会，此诗其实与《饮酒》《读山海经》《咏贫士》等组诗所体现的诗人自我形象是一致的，只是自然地叙述自己真实的思想感情，发自肺腑，诚恳动听。不过，这诗的主题是写侠义刺客，诗人的感怀系于士的知遇，因而诗人自然而然地随着英雄事迹的悲凉慷慨而流露出自己的激扬豪放，深情贯注，由衷爱慕。同时，《史记·刺客列传》记载荆轲事迹本来就是文采激扬，陶潜拿来写成诗歌，不免受其影响而注意文字整饬，着意表现气势。这就令人觉得仿佛陶潜风格变得豪放。如果单从诗歌形式技巧及表现手法看，则此诗主要采取乐府叙事的形式和手法，以叙为主，夹叙夹议，叙则以诗中主人为中心，议则往往是诗人的评论，因而叙事完整，议论分明。在欣赏这首陶诗中的奇作时，无妨多读几遍，诗人叙述荆轲事迹的思想感情是可以领味的，并非如朱熹所说“平淡底人如何说得这样言语出来”，而恰恰就是这位平淡的诗人说出了这样的言语，因为他真实自然，知道什么说什么，感受什么写什么，思想和艺术是浑然一体的。

（《汉魏六朝诗歌鉴赏辞典》，中国和平出版社，1990 年）

陶渊明

五柳先生传

先生不知何许人也,[1]亦不详其姓字。宅边有五柳树,因以为号焉。闲静少言,不慕荣利。好读书,不求甚解。[2]每有会意,[3]便欣然忘食。性嗜酒,家贫,不能常得。亲旧知其如此,或置酒而招之。造饮辄尽,[4]期在必醉。既醉而退,曾不吝情去留。[5]环堵萧然,[6]不蔽风日。短褐穿结,[7]箪瓢屡空,[8]晏如也。[9]常著文章自娱,颇示己志。忘怀得失,以此自终。[10]

赞曰:[11]黔娄之妻有言:[12]“不戚戚于贫贱,[13]不汲汲于富贵。”[14]极其言兹若人之俦乎?酣觞赋诗,[15]以乐其志,无怀氏之民欤?葛天氏之民欤?[16]

〔注释〕

①何许:何处。②甚解:太深刻的理解。③会意:心得体会。陶渊明《与子俨等疏》说:“开卷有得,便欣然忘食。”与此同义。④造:来到。⑤吝情:感情上计较。⑥环堵:四周墙壁。萧然:空空无物。⑦褐:粗麻布。穿结:衣服穿孔补绽。⑧箪(dān):竹制食器。瓢:饮器。⑨晏如:安然。⑩自终:自己过完一辈子。⑪赞:史传体例,是史官评论传主的结语。⑫黔娄之妻:黔娄:春秋时鲁国的高士,不求仕进,独善其身。下引两句,各本都作黔娄的话,无“之妻”二字。按此二句见《列女传》,是黔娄妻所说,应作“黔娄之妻”。⑬戚戚:忧愁。

⑭汲汲：竭力求取。⑮酣觞：一作“酬觞”，指饮酒。⑯无怀氏、葛天氏：传说是上古帝王，当为原始氏族部落首领。这里指上古原始纯朴社会阶段，是作者的社会理想寄托。

《五柳先生传》是晋末宋初大诗人陶渊明的散文杰作。梁代萧统说，陶渊明“少有高趣，博学善属文，颖脱不群，任真自得。尝著《五柳先生传》以自况……时人谓之实录”（《陶渊明传》）。可见陶渊明写作本文是一身而二任焉，传记作者陶渊明为自号五柳先生的隐士陶渊明立传，并作出历史评价，确为古代散文史上的创举，堪称值得共赏的奇文。

这是陶渊明弃官归隐以后的晚年作品。在归隐之前，陶渊明断续做过十来年官吏。谈玄奉佛的门阀王凝之，篡晋失败的门阀桓玄，野心勃勃的军阀刘裕，都曾是主管他的长官。孙恩起义的影响，也曾波及他家乡地区。东晋门阀的腐朽，政治的混乱，道德的败坏，风气的恶浊，他都看到了，体验了。“嗟乎！雷同毁异，物恶其上。妙算者谓迷，直道者云妄。坦至公而无猜，卒蒙耻以受谤。虽怀琼而握兰，徒芳洁而谁亮！”（《感士不遇赋》）他痛感这个时代是“真风告逝，大伪斯兴”，而他自己是“性刚才拙，与物多忤”（《与子俨等疏》），因此必须与门阀仕途决裂，宁愿潜玉没世，做个“怀正志道之士”，“洁己清操之人”。归隐之后，他的生活日益贫困，“夏日抱长饥，寒夜无被眠”（《怨诗楚调示庞主簿邓治中》）。其实他当时已是颇有声誉的名士，只要他肯出仕，荣利唾手可得，朝廷也请他做官。他思想上有过斗争，“岂不实辛苦？所惧非饥寒。贫富常交战，道胜无戚颜”（《咏贫士》之五）。他看到、听到、想到门阀充斥虚伪，政治触处险恶，他就越发坚定地安贫乐道，任真自得，过清贫的隐士生活，守高洁的志士节操。本文就是在这样的时代背景和个人处境下写作的。

作者虽然假托为“五柳先生”立传，但谁都知道这是陶渊明在写

自己。隐士给自己立传，此举便异常。彻底的隐士，隐名逸行，躬耕自力，遁世无闷，原无可传。倘有可传，未许彻底。即便立传，也是后人所为，没有自我作古的。其实陶渊明写这篇自况的五柳先生传记，旨在认真地公开声明：他陶渊明是个真正的隐士，不要世俗荣利，不受伪善约束，甘心于贫穷生活，立志做正直文士。从体裁看，这是人物史传，由传记正文和传赞评论两部分组成。从内容看，它的主题是介绍评论五柳先生这个隐士，而主题思想则是通过述评五柳先生来表明陶渊明自己的情怀志节：

先生不知何许人也，亦不详其姓字。宅边有五柳树，因以为号焉。

文章首先介绍了五柳先生的姓名爵里。在“上品无寒门，下品无世族”的门阀社会里，姓氏表明门第阀阅，是富贵荣华的特权标志和政治依据。对姓氏爵里的漠然无视，表现着五柳先生的隐士特点，显示出对门阀特权和世俗虚荣的傲然鄙夷。但这位先生不仅佚姓氏，而且无名字，这就更进一层，含有突出他真正隐士品格的意味。东晋门阀盛行玄谈，标榜清德，士流以隐求名的假隐士甚多。这类假隐士实质是利禄之徒，一旦成名而为名士，往往更见其庸俗无聊。东晋门阀权贵王恭也很看不惯这类假隐的名士。他说：“名士不必须奇才。但使常得无事，痛饮酒，熟读《离骚》，便可称名士。”(《世说新语·任诞》)挖苦他们懒散，放诞，做作，无聊。可见当时隐士风行，而多以无事、饮酒，吟咏为清德逸韵，以博取名声。而这位先生连姓带名都不要，足见其为真隐而非求名。但从表面看，这类标志隐士清德的行为现象似乎也差不多，一时难辨真假。所以陶渊明在下文就叙述五柳先生这类行为的特征。

五柳先生的禀性志趣：

闲静少言，不慕荣利。好读书，不求甚解，每有会意，便欣然

忘食。

陶渊明说过自己“少来好书(一作“少学琴书”),偶爱闲静,开卷有得,便欣然忘食”(《与子俨等疏》),与此语仿,可见这是从小养成的性格和志趣,用以说明他为隐士的原因和根据,也用以为区别假隐士的根本特征。值得注意的是,这节正面叙述的文辞中,使用了几个醒目的比较性或否定性的判断语句。介绍他闲静的性格,指明“少言”“不慕荣利”;介绍他好读书的志趣,指出“不求甚解”。“少言”是不爱多说话;“不慕荣利”是不爱富贵,不愿做官;“不求甚解”是指读书不要求过分透彻的理解,不要深文周纳,不要钻牛角尖。但他并非说读书不必读懂。相反,他要求在读懂的基础上,有自己的心得体会,即所谓“会意”“有得”。显然,这几个判断语句是有所针对,有所比较的。乍一读,也许会觉得五柳先生好读书而不愿仕,似与子曰“学而优则仕”的遗训相违。其实这是针对东晋士流颓风作出的比较。东晋士流进仕虽然依仗阀阅,但也看文才。不过他们崇尚的文才,主要是清言析理的谈玄本领。东晋名相王导就是个谈玄大家。有一次他和名士殷浩“共谈析理。既共清言,遂达三更”(《世说新语·文学》),结果王导很佩服殷浩的玄辩。显然,谈到半夜,话不能少说,反复答难,理必定辨析,极其透彻。丞相所尚,荣利所在,士流趋骛,蔚为风气。而五柳先生的禀性志趣,恰与这种空谈玄学的时尚完全相反。“少言”不利辩,“不求甚解”则析理必不能极其透彻,再加上禀性“不慕荣利”,这位先生就更不合于门阀仕途要求了。再从陶渊明的实际情况看,他读书广泛,而心得体会却多针对时世。例如他读《穆天子传》《山海经》,觉得“俯仰终宇宙,不乐复何如”(《读山海经》之一)。但从这些荒诞的神话传说中,他却会意到“明明上天鉴,为恶不可履”(同上之十一)。“岩岩显朝市,帝者慎用才”(同上之十三)这类严峻的历史镜鉴;有得于夸父“余迹寄邓林,功竟在身后”(同上之九),精卫“猛志故常在”“化去不复悔”(同上之十)这样不懈的斗争精神。可见他虽然好学而不仕，却不违圣人遗训；虽然归隐而僻居，却不忘情于现实。他所反对的，就是门阀空谈玄学，追逐名利的污浊风气。

五柳先生的嗜好：

> 性嗜酒，家贫，不能常得。亲旧知其如此，或置酒而招之。造饮辄尽，期在必醉。既醉而退，曾不吝情去留。

王恭曾指斥名士的"痛饮酒"的行径。但五柳先生与当时的所谓"名士"不同，他爱喝酒是一种天性的嗜好，属于饮食之欲，并非清德风韵之事。然而他却因为贫穷而不能常常满足这种嗜好。反过来说，倘使要满足这种嗜好，就必须摆脱贫穷，去追求富贵荣华。但他不慕荣利，就"不能常得"。不言而喻，他对嗜酒是有清醒的认识和自觉的约束的，不致失志损节。然后，写亲友请他喝酒。这在亲友是照顾他的好意，但对他自己却是穷措大的见绌。不过，五柳先生是坦率任真的。嗜酒既是天性，家贫又是实际，何况圣人有言："唯酒无量，不及乱。"(《论语·乡党》)喝喝无妨。所以他就领情应邀，一去就喝，喝足喝醉，一醉就走，不管主人挽留与否，态度如何。可见五柳先生嗜酒，只是一个贫寒隐士的饮食爱好，未见特别高雅，也无可厚责，其可贵在真，可爱在直。魏、晋之际，阮籍等人以任真对虚伪，借酣醉以避害，有反抗精神。但到东晋，门阀名士风流的饮酒早已从放达而放诞，以纵酒自我麻醉，填补精神空虚。门阀酒徒王忱说："三日不饮酒，觉形神不复相亲。"(《世说新语·任诞》)便是醉生梦死的生动自白。陶渊明则不然。他对以酒浇愁有清醒的认识。在《形影神》这组诗里，他借"形"说"得酒莫苟辞"，让"影"说"酒云能消忧"，表示酣醉可使人的形影一时消愁。但是"神"却指出："日醉或能忘，将非促龄具。"酒醉不能消除人生愁闷，而且伤身。事实上，他是形影酣醉而心神清醒，借酒以吐不快，以任其真。正如萧统所说："其意不在酒，亦寄酒为迹焉。"(《陶渊明集序》)陶渊明饮酒有德，正在借以反对门阀统治的虚伪欺诈，是继承了阮籍的反抗精神的。所以他写五柳先生嗜酒,有似当年阮籍风度,不过更加贫穷,而与门阀名士放荡纵酒,矫情饰诈,恰成鲜明对照。

> 环堵萧然,不蔽风日;短褐穿结,箪瓢屡空;晏如也。常著文章自娱,颇示己志,忘怀得失,以此自终。

这是传记正文的最后一节,介绍五柳先生的日常生活和情怀。前五句写他居住破陋,衣食拮据,却安然自得。这显然在描述他安贫乐道的精神,媲美于孔子那位好学生颜回:“一箪食,一瓢饮,在陋巷,人不堪其忧,回也不改其乐。”(《论语·雍也》)但是,五柳先生比颜回更穷。后四句写他著作言志,情怀坦荡,终生不渝。这更点出他恪守圣人遗训:“鄙夫可与事君也与哉!其未得之也,患得之。既得之,患失之。苟患失之,无所不至矣!”(《论语·阳货》)卑鄙的人追求荣华富贵,患得患失,贪婪无厌,无所不为,但精神空虚,浮躁不安。五柳先生则从容持志,忘怀得失,精神充实而乐观,一辈子也不会与那些鄙夫共事的。显而易见,这是针对门阀腐朽和易代篡乱的现实而发的,含蓄而明确地表示这位隐士的情怀,就是要坚持儒家志士的节操。用陶渊明的话来说,就是“先师有遗训,忧道不忧贫”(《癸卯岁始春怀古田舍二首》之二)。而这篇传记正文,也就以概括描述五柳先生的生活境况和情怀,点明矢志终生,而告结束。最后陶渊明用“赞”来评论五柳先生的主要功德。

> 赞曰:黔娄之妻有言:“不戚戚于贫贱,不汲汲于富贵。”极其言兹若人之俦乎?酣觞赋诗,以乐其志,无怀氏之民欤?葛天氏之民欤?

隐士无功可言,所以只论其德。但隐德的一般意义,经典早已论过,“遁之时义大矣哉”(《易经·遁卦》),“不事王侯,高尚其事”(同上《蛊卦》)。倘使自己评论自己,也引经据典,不仅枯燥说教,而且是自我标榜。所以他只是心平气和地用商榷语调指出五柳先生两个主要特

点。首先,他说五柳先生看来大概是个真正的隐士。有趣的是他引用了一个隐士的妻子的话。黔娄是春秋时鲁国的隐士,屡辞征辟,终身不仕。死后,他妻子认为可以给他的谥号是“康”。但孔子的贤弟子曾晳以为不妥,指出黔娄生前不得其贵,死后不得其荣,其遇未“康”。黔娄妻说:“彼先生者,甘天下之淡味,安天下之卑位,不戚戚于贫贱,不忻忻于富贵,求仁而得仁,求义而得义,其谥为‘康’,不亦宜乎?”(《列女传》)显然,曾晳是为朋友一生不遇而不平,着眼于时世不合理;黔娄妻可谓知音,了解丈夫的志趣节操,认为丈夫在乱世坚持志节,生活道路坦荡。所以陶渊明引用她的话,不仅指出五柳先生“不慕荣利”的禀性志趣,更暗示他是一位乱世归隐以求仁义的志士,而恰是这一点,连贤人曾晳这样的朋友甚至也不理解。这就突出了真隐士的志士节操。可以提到的是,这也许是陶渊明的亲切体验,他的续弦夫人翟氏就是这样一位知音:“志趣亦同,能安苦节,夫耕于前,妻锄于后。”(《南史·陶渊明传》)其次,他说五柳先生好像是远古时代的人民。无怀氏、葛天氏都是传说的创世年代的氏族,远在传说的伏羲氏、神农氏之前,这是陶渊明心驰神往的美妙年代和理想社会。但到晚年,他已觉悟这是不能实现的空想,“缅求在昔,眇然如何”。然而这一辈子养成的思想志趣、理想情怀,他是不愿也不能改变的。他甘愿弃官归隐,躬耕自力。生活虽然贫苦,精神却充实愉快。当他酣饮畅怀,赋诗言志时,神往于理想的远古时代,欣然于自己的内心世界,仿佛自觉成为那个空想社会的人民,而不属于这个门阀社会。他指出五柳先生这一特点,也就是要进一步表明他隐居的目的是坚持自己的理想志向,是一位怀有美好光明理想的志士,绝非那类无聊的假隐士可比。

综上可见,这篇自况的人物史传,其实是明志的战斗杂文。它主题思想明确,锋芒指向黑暗,而艺术表现则平淡含蓄,却富于独创。作者通过虚拟人物以自传自赞,是它的构思特点,也是散文艺术的一

个创造。其目的是大胆地申述自己的隐士情怀和志士节操，勇敢地肯定自己的理想追求和生活道路，同时也借以反衬出晋、宋易代之际的门阀社会现实的污浊黑暗。由于作者以自己的生活、思想的体验为素材，又针对作者所熟悉而深恶的门阀社会现实，因而能够抓住传记人物的主要特点，对准社会黑暗的症结所在。又由于假托为虚拟人物立传评赞，作者可以摆脱自我拘谨的束缚，能够比较自由地选材剪裁，突出典型，也能够不拘地加以评论，突出主旨。因而这一构思既出于主题思想的需要，也便于表达主题思想。同时，用史传人物的体裁来写，更能显示作者在晋、宋之际的混乱年代里，处污泥而不染的志趣。应当看到，历史的限制使诗人的理想陷于空想，在现实中表现软弱而无可作为。但是在诗人的时代，在封建社会，这篇拟史传散文杰作却是活跃着生活气息，表现着反抗精神。因而它不仅在思想上为历代封建文士所赞许，在艺术上也出现了不少仿作。初唐诗人王绩《五斗先生传》，中唐诗人白居易《醉吟先生传》，便是仿作中的突出篇章。

原题：隐士情怀　志士节操——析《五柳先生传》

（《文史知识》1984 年第 10 期）

鲍　照

代放歌行

蓼虫避葵堇，习苦不言非。小人自龌龊，安知旷士怀。鸡鸣洛城里，禁门平旦开。冠盖纵横至，车骑四方来。素带曳长飙，华缨结远埃。日中安能止，钟鸣犹未归。夷世不可逢，贤君信爱才。明虑自天断，不受外嫌猜。一言分珪爵，片善辞草莱。岂伊白璧赐，将起黄金台。今君有何疾，临路独迟回？

（胡刻本《文选》）

《放歌行》是汉代乐府相和歌的曲题。“代”是拟的意思，就是给《放歌行》拟作一首新的歌词。《歌录》说：“《孤子生行》（即《孤儿行》），亦曰《放歌行》。”《孤儿行》古辞叙述孤儿放声痛哭，倾诉痛苦。则“放歌”是放声纵歌的意思，鲍照此诗却有大胆放肆的含意，实则是一首讽刺诗，风格诡谲，别有情趣。

诗的结构简洁明了，诗人以习苦的蓼虫自况，以龌龊小人自居，向清高不仕的旷达之士放肆进言，然后歌颂时世、仕路宽广，贵贱都来，皇帝英明，广收贤才，最后质疑，问旷士为什么不做官。通篇读来，似乎这是卑微的诗人对太平盛世的歌功颂德，称扬皇帝尊贤重才。但是稍加分析，便可发现诗人其实是抒写寒士的郁愤，讽刺门阀垄断仕路，其艺术特点是精心构思，字斟句酌，一本正经说反话，拐弯抹角发牢骚。这“放歌行”并不放开喉咙喊叫，也不是尖锐深刻地放肆议论，而有潜台词。说穿了，就是说寒士根本没有做官资格，想也不必想，所以对旷达之士有资格做官而不愿做官，觉得不可理解。

构思精心巧妙，是这诗的主要特点。诗的主题思想是郁愤讽刺，而构思却要求从反面表现出来，似乎在放声歌唱，努力赞颂。为此，诗人明明心中不平，却承认而且摆正自己作为寒士在门阀统治下的地位，显得心安理得。所以自况蓼虫，自居龌龊，自甘卑贱，慨不如人。这样，诗人便可在肯定门阀统治一切都好的前提下，以愚昧无知的姿态，仿佛天真可笑地提出难以置信的疑问：居然有人在如此清明盛世不愿做官？为了说明自己无法理解，于是便对盛世明主尊贤，四方人才来归，进行铺叙歌颂。这就是说，在寒士看来，时世好不好，本来是清楚的、肯定的，但被旷士的态度给弄糊涂了，怎会有人不承认这清明盛世呢？那么旷士究竟对不对？寒士也不知道。因为寒士没有资格做官，从未做过官，不知个中真情。于是，绕了一圈，又回到开头明确交代过的寒士身份地位心境，“习苦不言非”，“小人自龌龊”。正因为如此，所以还得请旷士来回答，为什么不肯仕进？答案只有两个：或者是旷士不对，或者是时世并非如小人所看到的、所猜想的那样好。这就在言外了。

寓讽刺于歌颂，一本正经说反话，是皮里阳秋，绵里藏针，需要高度语言技巧，且须字斟句酌。这诗第一出色的成就便是语言准确，语调明快，而耐人寻味，显示出诗人高度的技巧和造诣。首四句是全篇要领。一二句比兴，三四句赋志，概括了诗人实即寒士的地位境遇，字字精练，形象鲜明。蓼虫只知吃苦，不近甘甜。一个“避”字表示了自觉主动。“习苦”出于本性，“不言非”是说一切都好。十个字道尽门阀统治下寒士的辛酸苦涩。然后明确自居“小人”，承认当然“龌龊”，因而也就坦然不知旷士胸怀，而同时便巧妙显出这“旷士”其实不属“蓼虫”“小人”之类，理当是可以为官的“君子”，有资格食用“葵堇”，不必“习苦”，也可“言非”。这就划出高门旷士与庶族寒士的界限，也点出题意“放歌”是寒士大胆向旷士放肆妄言。

接着十六句是歌颂清明盛世，说明不理解旷士的原因。这一大段铺陈排比，以赋入诗，而话里有刺，言外有声。前八句形容人才毕采，从早到晚，远近贵贱，络绎不绝，扰扰不止，可谓一派兴旺的气象。但是仔细一看，这成群进得京城和宫禁的人才，原来都是“冠盖”“车骑”，虽有“素带”“华缨”之分，却都是衣冠楚楚的人物，绝无龌龊小人。而且从中午到夜晚都可以畅通无阻，甚至留宿宫禁，自非等闲之辈，更非小人所敢奢望。那么这群人物是否确属贤才？后八句便歌颂皇帝英明的重贤。难逢的盛世，爱才的皇帝，英明独断，不容置疑。这就是说，在皇帝看来，这群人物都是人才，实际上究竟怎样，小人不得而知，不敢怀疑。但从皇帝对待他们的重视厚遇看，凡有一言片语被皇帝赞赏，便可封爵授官，甚至奉为帝王师，登上黄金台，可见皇帝是真心爱才，这群人物大概也真有其才。人才获得高贵固然无疑，但是那“一言”“片善”究竟怎样，小人不得而知，想来不错。总起来看，这段铺陈排比、骈对流走、气象万千的歌颂，实际上是自居其外的客观描述；看起来热闹，想起来很好，因为人才都进京做官，皇帝都封官赐爵。而在言外，留有余地，究竟如何，不得而知。因此，最后一结的提问便很有力而有味，等于是说，你旷士不愿做官，不求富贵，不与他们走一条路，是否认为他们并非人才，难道英明皇帝未必英明？而正由于诗人一开头就把自己排除在外，表明自己不知情，因此可以用大胆妄言的语调，明快地描述和提问，却不露锋芒。

清代学者方东树评论鲍照诗，认为他“字字炼，步步留，以涩为厚”；“凡太练涩则伤气”，而鲍诗“独俊逸，又时出奇警，所以独步千秋，衣被百世”。(《昭昧詹言》卷六)其论中肯。这首《放歌行》便可作为一个生动例证。

(《诗词曲赋名作鉴赏大辞典》，北岳文艺出版社，1989 年)

江　淹

别　赋

黯然销魂者,[①]唯别而已矣。况秦吴兮绝国,[②]复燕宋兮千里。[③]或春苔兮始生,乍秋风兮暂起。是以行子肠断,[④]百感凄恻。风萧萧而异响,云漫漫而奇色。舟凝滞于水滨,[⑤]车逶迟于山侧。[⑥]棹容与而讵前,[⑦]马寒鸣而不息。[⑧]掩金觞而谁御,[⑨]横玉柱而沾轼。[⑩]居人愁卧,[⑪]怳若有亡。日下壁而沉彩,月上轩而飞光。[⑫]见红兰之受露,望青楸之罹霜。[⑬]巡曾楹而空掩,[⑭]抚锦幕而虚凉。知离梦之踯躅,意别魂之飞扬。[⑮]

故别虽一绪,[⑯]事乃万族。[⑰]至若龙马银鞍,朱轩绣轴,[⑱]帐饮东都,[⑲]送客金谷。[⑳]琴羽张兮箫鼓陈,[㉑]燕赵歌兮伤美人。[㉒]珠与玉兮艳暮秋,罗与绮兮娇上春。惊驷马之仰秣,耸渊鱼之赤鳞。[㉓]造分手而衔涕,[㉔]感寂漠而伤神。

乃有剑客惭恩,[㉕]少年报士。[㉖]韩国赵厕,[㉗]吴宫燕市。[㉘]割慈忍爱,[㉙]离邦去里。[㉚]沥泣共诀,[㉛]抆血相视。[㉜]驱征马而不顾,见行尘之时起。方衔感于一剑,[㉝]非买价于泉里。[㉞]金石震而色变,骨肉悲而心死。

或乃边郡未和,负羽从军。[㉟]辽水无极,[㊱]雁山参云。[㊲]闺中风暖,陌上草薰。[㊳]日出天而耀景,[㊴]露下地而腾文。[㊵]镜朱尘之照烂,[㊶]袭青气之烟煴。[㊷]攀桃李兮不忍别,送爱子兮沾罗裙。

至如一赴绝国,[㊸]讵相见期。[㊹]视乔木兮故里,[㊺]决北梁兮永

辞。[46]左右兮魂动，[47]亲宾兮泪滋。可班荆兮赠恨，[48]唯樽酒兮叙悲。值秋雁兮飞日，当白露兮下时。怨复怨兮远山曲，[49]去复去兮长河湄。[50]

又若君居淄右，[51]妾家河阳。[52]同琼珮之晨照，[53]共金炉之夕香。[54]君结绶兮千里，[55]惜瑶草之徒芳。[56]惭幽闺之琴瑟，[57]晦高台之流黄。[58]春宫闷此青苔色，[59]秋帐含兹明月光，夏簟清兮昼不暮，[60]冬釭凝兮夜何长。[61]织锦曲兮泣已尽，[62]回文诗兮影独伤。[63]

傥有华阴上士，[64]服食还山。[65]术既妙而犹学，道已寂而未传。[66]守丹灶而不顾，[67]炼金鼎而方坚。[68]驾鹤上汉，[69]骖鸾腾天。[70]暂游万里，少别千年。惟世间兮重别，谢主人兮依然。[71]

下有芍药之诗，[72]佳人之歌，[73]桑中卫女，[74]上宫陈娥。[75]春草碧色，春水渌波，[76]送君南浦，[77]伤如之何！至乃秋露如珠，秋月如珪，[78]明月白露，光阴往来，与子之别，思心徘徊。

是以别方不定，[79]别理千名，[80]有别必怨，有怨必盈。[81]使人意夺神骇，心折骨惊。虽渊、云之墨妙，[82]严、乐之笔精，[83]金闺之诸彦，[84]兰台之群英，[85]赋有凌云之称，[86]辩有雕龙之声，[87]谁能摹暂离之状，[88]写永诀之情者乎？

（胡刻本《文选》）

〔注释〕

①黯然：神情忧伤，容颜失色。销魂：失魂落魄，精神涣散。②秦吴：指周代秦国和吴国，一在今陕西，一在今江浙，故云“绝国”，谓隔绝不通的国家。③燕宋：周代燕国在今河北北部，宋国在今河南东部，相距遥远。④行子：离家外出的游子、旅人，指丈夫。⑤凝滞：遇阻困顿。⑥逶迟：行缓慢貌。⑦棹：船桨，指行船。容与：形容行进徐缓。讵前：怎么前进，意即前进很慢。⑧不息：不能喘息，呼吸困难。⑨御：用，指饮酒。⑩横：横放，意为搁置不弹。玉柱：琴柱，指琴。沾轼：泪

落在车前横木上。⑪居人:指在家的妻室。⑫轩:门窗。⑬楸:楸树,落叶乔木。罹:遭受。⑭楹:厅堂前部的柱子。曾楹,即层楹,指一间间高楼。⑮意:想。⑯一绪:同一情绪。⑰事:指离别的具体现象。万族:万类,指各种各样的情况。⑱朱轩:指贵官所乘红色车厢。绣轴:指有锦绣帷幕的车子。⑲帐饮:古时贵官显达出行,送别时在城郊水边设帐饯饮,敬酒祝行。这句用典故。汉宣帝时,太子太傅疏广和侄子疏受一起告老还乡,公卿大夫为他们在长安城东门外设帐饯饮,送行车辆数百。东都:《汉书·疏广传》云"设祖道供张东都门外",注引苏林曰:"长安东郭门也。"实指长安城东门,并非长安城有"东都门",也不指东汉都城洛阳的"东都"。⑳金谷:指晋石崇在洛阳西北金谷涧的别墅金谷园。晋惠帝元康六年(296),石崇在金谷园送王诩回长安,举行盛大宴会。㉑ 羽:舞者所执鸟羽,为舞具,与琴为乐器相对,琴、羽为二物。张,亦如下文之"陈"。陈,陈列,也指演奏。㉒燕赵歌:古时传言燕国、赵国多出歌舞乐伎美女。这句是说燕赵乐妓美女歌唱悲伤动人。㉓"惊驷马"二句:《韩诗外传》载,"昔瓠巴鼓瑟而渊鱼出听,伯牙鼓琴而六马仰秣",是说古代音乐家俞伯牙、瓠巴二人演奏琴瑟超妙,使深潜的鱼浮出水面来听,吃着草料的马仰头欣赏。此用来形容音乐动听。惊,惊动。耸,耸起。秣,马料。赤鳞,鱼鳞变红,夸张形容鱼激动。㉔造:临,到。㉕惭恩:受恩未报,感到惭愧。㉖报士:替人报仇之士。㉗ 韩国:齐国侠士聂政,受韩国严仲子百金结交,感知遇而替他到韩国去刺杀仇人侠累后自尽。赵厕:战国时,豫让受晋国智伯礼遇,智伯被赵襄子灭亡,豫让改名换姓,装成罪奴,隐藏在赵国宫中厕所,伺机行刺赵襄子,为智伯报仇。㉘吴宫:春秋时,刺客专诸为吴国公子光在宴会上,用藏在鱼腹中的匕首刺杀吴王僚,自己当场被杀。燕市:战国时卫国荆轲在燕国街市上与朋友饮宴歌唱,后受燕太子丹的厚遇,受遣刺杀秦王不成,被秦王杀死。㉙割慈:割断父母慈爱。忍爱:忍心离别妻子儿女。㉚邦:国家。里:乡里。㉛

沥泣：流泪哭泣。㉜抆血：眼泪流尽，继之以血，所以擦血。形容极度悲伤。㉝衔感：满含感激之情。一剑：指以剑术为恩人报仇，以报答恩情。㉞买价：买取声价。泉里：黄泉下，指赴死地。㉟负羽：背着弓箭。㊱辽水：即今辽河，在辽宁省。㊲雁山：指今山西北部雁门山。辽水、雁山都喻指从军出征的北方边塞。㊳陌上：指家乡田野小道。薰：散发香气。以上二句形容家乡和平光景。㊴耀景：光辉照耀。景：日光。㊵腾文：形容露珠依附草木闪烁光彩。㊶镜：映照。朱尘：尘土。照烂：明亮。㊷袭：笼罩。青气：春天雾气。烟煴：迷漫貌。㊸绝国：隔绝遥远的国家，指远方异国。㊹讵相见期：哪会有重逢再见的日期。以上二句用战国时音乐家雍门周说孟尝君的话："臣之所能令悲者，无故生离，远赴绝国，无相见期。"㊺乔木：古以乔木为故乡标志。王充《论衡·佚文》："睹乔木知旧都。"㊻北梁：指诀别地点。李善《文选注》引《楚辞》："济江海兮蝉蜕，决北梁兮永辞。"㊼左右：指仆从。㊽班荆：荆草铺地，席荆而坐。《左传·襄公二十六年》载，楚国伍举与声子友好，伍举离郑奔晋，在郑国郊外遇见声子也前往晋国，两人"班荆相与食"，商谈归楚之事。这里是说可以席荆相谈，但只会增添伤感。赠：通"增"。㊾曲：山角。㊿湄：水边。51君：尊称丈夫。淄右：淄水西边。淄水在今山东省。52妾：妻子自称。河阳：黄河北面。53琼珮：美玉的佩饰。54金炉：指熏香的铜香炉。55结绶：佩结绶带官印，指做官。56瑶草：一种香草，妻子自喻青春年华。徒芳：白白浪费芳香。57惭：指对琴有愧，无心弹琴。58晦：使帐帷减色变灰暗。高台：指闺楼。流黄：指黄色绢丝的帐帷。59春宫：义同"春闺"，五臣本作"春闺"。閟：关闭。青苔色：无人来往，台阶一片青苔颜色，即谓长满青苔。60簟(diàn)：竹席。61釭(gāng)：灯。62织锦曲：前秦苻坚时，秦州刺史窦滔被流放流沙，他的妻子苏蕙把思念之情织锦为回文旋图诗寄给他。63回文诗：一种诗体，排列文字，正反竖横斜读，都成诗章，故称"回文"。此即指苏蕙诗。64傥：倘使。华阴：华阴山，

即华山，在今陕西华阴南。上士：得道之士。⑥⑤服食：吃丹药。还山：一作“还仙”。⑥⑥寂：寂静无声，道家悟道的境界。《老子》二十五章：“寂兮寥兮，独立而不改。”未传：未获真传。⑥⑦丹灶：道家炼丹的炉灶。不顾：专心不旁顾。⑥⑧金鼎：炼金为丹的鼎。⑥⑨汉：云汉，银河，指天上。相传仙人王子乔驾鹤上天。⑦⓪骖（cān）：原为拉车的骖马，此用作动词，拉车。骖鸾：鸾拉的乘车。相传神仙洪崖先生乘鸾车。⑦①谢：辞别。依然：依恋不舍貌。⑦②芍药之诗：指《诗经·郑风·溱洧》。其中说：“维士与女，伊其相谑，赠之以芍药。”是男女相爱的情歌。⑦③佳人之歌：指汉代李延年诗：“北方有佳人，绝世而独立，一顾倾人城，再顾倾人国。”赞美绝代佳人，此用以表示爱慕美人的情恋。⑦④桑中：指《诗经·鄘风·桑中》。诗中“期我乎桑中，要我乎上宫，送我乎淇之上矣”之语，写男女约会。卫女：卫国女子，指《桑中》的女主人公。鄘与卫相近，故称。⑦⑤上宫：即《桑中》所说上宫，是约会地点。陈娥：陈国美女子。陈与卫亦邻近，故称。⑦⑥渌波：清澈的水波。⑦⑦南浦：南边水口。《九歌·河伯》：“子交手兮东行，送美人兮南浦。”后用作男女送别之处。⑦⑧珪：古代玉制礼器，圆形。⑦⑨别方：离别的地方去向。⑧⓪别理：离别的原因道理。千名：繁多名目。⑧①必盈：指伤怨发展到极点才完结。⑧②渊：汉代赋家王褒，字子渊。云：汉代赋家扬雄，字子云。⑧③严：汉代作家严安。乐：汉代作家徐乐。⑧④金闺：指汉代皇宫的金马门，是文臣学士待诏的地方。彦：俊才。⑧⑤兰台：汉代皇宫藏书处。⑧⑥凌云之称：汉武帝读司马相如的《大人赋》，赞赏“飘飘有陵云之气”。此用其事，表示写赋才能极高。⑧⑦雕龙之声：战国时驺衍、驺奭善辩，有“谈天衍、雕龙奭”之称。此用其事，形容词令如辩，声誉甚高。⑧⑧谁：一作“讵”。摹：描写。

《别赋》与《恨赋》一样是江淹赋的代表作，也是南朝齐、梁间抒情赋的代表作。不难看到，它的特点不是作者抒发自己的离愁别绪，而

是描写人间种种离别的情景。实际上，它的写法是铺陈离别其事其情的咏物赋，不仅描写，而且议论。作者的情感，与其说是伤感的同情，不如说是无奈的感慨，而且相当清醒。所以在思想上，作者把人间离别悲伤作为一种普遍存在的人之常情，叙述不同的离别现象，描写不同离别悲伤的感情特色、气氛及程度，并不对离别原因、背景及结果作出政治、社会的褒贬。在这方面，它具有齐、梁时代的一般特点，感慨多于不平，议论止于人情，比较委婉，比较软弱。而在艺术上，则力求精湛，讲究骈俪、融典、声韵和辞藻，正是在这方面它足以代表齐、梁时代的特点和成就。

本赋的结构类似议论文。开宗明义，点出题目，列出论点："黯然销魂者，唯别而已矣！"指出离别的距离远、时间长，更加悲伤。然后概述一般离别的双方，游子和思妇的处境与心情。接着便列举公卿、侠士、从军、去国、宦游、成仙、情恋等各类离别悲伤情景，最后归结到离别悲伤的深重，以至难以形容。显然，这是从一般到特殊的列论，结构简明，层次清楚，在写作上便于对具体的类型进行具体描写，而本文的精彩恰在于此。

作者善于从不同方面对各类离别悲伤进行特征的描写。一般离别发生在游子离家、思妇空闺的情境。"行子肠断"是离开亲爱者与熟悉的生活环境，登上旅程，涉水越山，暑夏寒冬，一切陌生、奇异、无聊，引起孤独落寞的思念，"百感凄恻"。"居人愁卧"是生活环境依旧，丈夫离开了，忍受孤独空虚的煎熬，时光消逝，朝思梦想，一切熟悉、感伤、思愁，百无聊赖，"恍若有亡"。对行居双方的心理描写都采取人物对处境及时令光景的感受。旅途山水是变动的，空闺光景是习常的。变动有新鲜感，习常有亲切感，然而因为离别的失落感，全都变得黯然失色，无精打采。这样的描写是细致的，表现是富有特征的。

同样，对各类特殊的离别情境，作者也分别其各自特点，突出描写某一侧面，表现富有特征的离情。公卿饯别，设帐祖饮，贵客群集，歌舞绮丽，“惊驷马之仰秣，耸渊鱼之赤鳞”，音乐十分动人，几乎成了盛大宴会娱乐。只是到了临别一刻，才悲伤地“感寂寞而伤神”。剑客侠士的复仇诀别，则是风云变色的慷慨赴义，不顾亲情与生死，呈现一种悲壮气氛。从军卫国的离别，则是另一番笔墨，只用两句写北边山水，在阻远隔绝中显得阔大；又用两句写攀桃李，送爱子，泪沾罗裙，仍然是写送“爱人”即征夫，不是母亲送子之词。《吴声歌曲·懊侬歌》有“爱子好情怀”句，正用“情人”之意。而中间六句写景物，渲染出家乡和乐，风光绚烂，充满温情，避开正面描写离别悲伤，更不触及慷慨赴死的爱国壮心，而委婉显出从军保卫家乡和乐生活的意义，突出家人的理解和爱心。他如出使异国，突出故国乡亲的思愁悲绪；宦游离别，侧重于闺妇的寂寞蹉跎及无望期盼；修道成仙的长逝，不无诙谐地点出凡心的依恋；私情苦恋则以春情秋思衬托。作者力求写出不同离怨的不同特征，不仅事不同，而且情不同，境不同，因而读来不雷同，不重复，各有一种滋味，也有不同启迪。

善于抓住特征，善于选择素材，还必须有相应的语言艺术技巧，方可描写出色。这是一篇骈赋，首先要求通篇骈对精巧整饬，又必须运用参差灵活的句法使文章语调句序活泼不呆板。同时，由于类型描写，集中一点，字句不宜多，选词必须精练，含意才能丰富，而又要传声绘色的文采，因此要有辞藻又不要堆砌，要用典故又不可艰僻。应当说，作者的语言艺术造诣使本文成功地做到了骈对精整，文句活泼，词采绚丽，用典得当，而且声韵铿锵，和谐动听。

齐、梁骈文基本形成四六句的格式。本文除通篇四六为主的骈对句之外，很注意四六句的搭配运用、虚词和语气词的调节作用以及句子的语法结构变化。例如“况秦吴兮绝国”四句，去掉虚词、语气词，便是四言四句：“秦吴绝国，燕宋千里，春苔始生，秋风暂起。”加了“况”“复”“或”“乍”及“兮”字，主要不是句意明确与否，而是语气情调明显了，变得舒缓沉重，抒情色彩浓厚了。一般地说，四言句在中古汉语中结构紧凑，比较简洁斩截，本文多用于论叙；六言句则多转折，比较舒缓流走。本文主要是描述，所以用六言句多，并且句子结构灵活变化，造成语调抑扬、节奏活泼的艺术效果。如“日下壁而沉彩”二句是主谓结构，语调是“日下壁——而——沉彩”；下接“见红兰之受露”二句是省略主语的动宾结构，语调是“见——红兰——之——受露”；两两相对而语调抑扬，效果显然。正因注重效果，本文起结用散句以增强气势，中间也屡用楚歌的三三兮字句，而且在四六搭配上，不拘泥于固定的四四六六或四六四六的格式，因情取式，因势造句，往往连用六字对句而变化句式，需要时也用一色的排句。

词采绚丽是本文的显著特色和成就。词汇丰富是写作骈文必需的条件，无论顺对逆对，正对反对，都要求适当的词汇，并且在对仗中显出文采。本文并不堆砌辞藻，而是准确使用适当的词语进行叙事述情，传声绘色，因而在描写不同特征的离别情景中，自然而然地显出丰富多彩的辞藻。如写行子居人的离愁，一是旅途山水，一是闺中光景，各用清词丽语描述出来，便形成两相衬对的画幅。词语是构成形象的材料和手段，其功能如同颜色、音响及光线，不在多，而在恰当。事实上，本文有不少词语是重复的，屡次出现，但由于使用得当，各尽其职，令人不觉重复，却有文采。例如日、月，有“日下壁而沉彩，月上轩而飞光”；“日出天而耀景，露下地而腾文”；“值秋雁兮飞日，当白露兮下时”；“春宫閟此青苔色，秋帐含兹明月光”；“秋月如珪，明月白露”等，写时令光景，词语、材料不免相同，关键在于使用恰当。其他传声绘色的词语也这样。

用词语熔铸典故，是使文学语言精练的重要修辞手段。本文用典同样显示了作者的语言修养。本文用典很多，方式不同，但很少用僻典，不用生典，也不追求旧典翻新。作者只是要求精练和适当。有的运用熟典，一读便知，而熔炼精当。如“惊驷马之仰秣，耸渊鱼之赤鳞”，用“瓠巴鼓瑟而渊鱼出听，伯牙鼓琴而六马仰秣”的故事，见于《韩诗外传》《荀子》及《淮南子》等典籍，是熟典，含义是形容音乐动听，这里同其含义，而以“惊”“耸”二字突现动听的用意，避免直用形容音乐动听的词语，使文章词采丰富而表现生动。有的熟典只是点出即止，例如“韩国赵厕，吴宫燕市”，分别指春秋战国的刺客聂政、豫让、专诸、荆轲，其人其事久传习知，所以点出其事发生场所，不予陈述，读者从上下文联系便明白。再如“织锦曲兮泣已尽，回文诗兮影独伤”，以及“芍药之诗，佳人之歌，桑中卫女，上宫陈娥，春草碧色，春水渌波，送君南浦，伤如之何”等，都是点出典故，化于文章，用意明显，却使文采增辉，形象鲜明。

在南朝文坛，在古代文学史上，齐、梁是诗赋艺术跃进的时代。江淹是以善于模拟和艺术出色著称的代表作家。虽然历来评论都对江淹善于模拟不无微词，甚至有嘲弄他“江郎才尽”的传说，说他的文采是从郭璞或张华那里得来的，自己并无才华和创造，没有独特的风格；但是江淹自己则申明，模拟是学习前人艺术的一条途径，一种方法，应当学习前人各种艺术经验，吸取不同风格（见《杂体诗三十首序》）。他对于诗赋语言艺术技巧确乎认真钻研，造诣很高。《别赋》及《恨赋》其实就是显示他艺术素养和才华的文章，应当说，本文也的确是一篇文采焕发的好作品。

（《古文鉴赏辞典》，上海古籍出版社，1997 年）

祖君彦

为李密檄洛州文(节选)

自元气肇改,厥初生人。[1]树之帝王,以为司牧。[2]是以羲、农、轩、顼之后,[3]尧、舜、禹、汤之君,靡不祇畏上玄,爱育黔庶。[4]乾乾终日,[5]翼翼小心,驭朽索以同危,[6]履薄冰而为惧。故一物失所,若纳隍而愧之;[7]一夫有罪,遂下车而泣之。[8]谦德轸于责躬,忧劳切于罪己。[9]普天之下,率土之滨,蟠木距于流沙,瀚海穷于丹穴,[10]莫不鼓腹击壤,[11]凿井耕田,致之升平,驱之仁寿。[12]所以爱之如父母,敬之若神明,固能享国多年,祚延长久。[13]未有暴虐临人,克终天位者也。

隋氏往因周末,预奉缀衣。[14]狐媚而图圣宝,胠箧而取神器。[15]及缵戎负扆,狼虎其心。[16]始暗明两之晖,终干少阳之位。[17]先皇大渐,侍疾禁中,遂为枭獍,便行鸩毒。[18]于是罪深于莒仆,[19]衅酷于商臣,[20]天地之所不容,神明之所嗟愤。加以州吁安忍,[21]阏伯日寻。[22]剑阁所以怀凶,[23]晋阳于焉起乱。[24]甸人为罄,淫刑斯逞。[25]夫"九族既睦",唐帝阐其钦明;[26]"百世本枝",文王表其光大。[27]况乃隳坏盘石,剿绝维城,唇亡齿寒,宁止虞、虢,[28]欲其长久,其可得乎!其罪一也。

禽兽之行,在于聚麀;[29]人伦之礼,别于内外。而兰陵公主,逼幸告终。[30]谁谓敤首之贤,翻见齐襄之耻。[31]逮于先皇嫔御,并进银环;[32]诸王子女,咸贮金屋。[33]牝鸡鸣于诘旦,[34]雄雉恣其于飞。[35]袓服戏陈侯之朝，[36]穹庐同冒顿之寝。[37]爵赏之出，女谒遽成；[38]公卿宣淫，无复纲纪。其罪二也。

"平章百姓"，[39]"一日万机"。[40]未晓求衣，[41]昃晷忘食。[42]是以大禹不重于尺璧，[43]光武无隔于反支。[44]体此忧勤，深虑幽枉。[45]而荒湎于酒，俾昼作夜。或号或呼，酣嗜声伎。[46]常居窟室，每藉糟丘。[47]朝谒罕见其身，群臣希睹其面。断决自尔不行，敷奏于焉停拥。[48]中山千日之酒，酩酊无知；襄阳三雅之杯，留连讵比。[49]又广召良家，充选宫掖。潜为九市，亲驾四驴，自比商人，见邀逆旅。[50]殷纣之譴为小，汉灵之罪更轻。内外惊心，遐迩失望。其罪三也。

"上栋下宇"，著于《易》爻；[51]"茅茨采椽"，陈诸史籍。[52]圣人本意，唯避风雨。讵待珠玉之华？[53]宁须绨锦之丽？故琼宫崇构，商辛以之灭亡；[54]阿房崛起，秦族以之倾覆。而不遵古典，不念前车，广立池台，多为宫观。金铺玉户，[55]青琐丹墀，[56]蔽亏日月，隔阂寒暑。穷生人之筋力，罄天下之资财。使鬼尚难为之，劳人固知不可。[57]其罪四也。

公田所彻，[58]不过十亩；人力所供，[59]才止三日。是以轻徭薄赋，不夺农时，"宁积于人，不藏府库"。[60]而课税繁猥，不知纪极；猛火屡烧，[61]漏卮难满。头会箕敛，[62]逆折十年之租；[63]杼轴其空，日有万金之用。父母不保其赤子，夫妻相弃于匡床。[64]万邦则城郭空虚，千室则烟火断绝。西蜀王孙之室，翻同原宪之贫；东海糜竺之家，俄成邓通之鬼。[65]其罪五也。

古先哲王，卜征巡狩，唐、虞五载，周则一纪。[66]本欲亲问疾苦，观省风俗。乃复广积薪刍，多聚饔饩，[67]年年历览，处处登临。从臣疲弊，供顿辛苦。而飘风冻雨，聊窃比于前驱；[68]车辙马踪，遂周行于天下。[69]秦皇之心未已，周穆之意难穷。宴西母以歌云，浮东海以观日。[70]家苦纳秸之勤，人阻来苏之望。[71]且夫天子有道,守在海外;夷不乱华,在德非险。长城之固,战国所为,乃是狙诈之风,非关稽古之法。[72]而乃追踪秦代,板筑更兴,[73]广营基址,延袤万里。遂使尸骸遍野,血流成川;积怨比于丘山,号哭动于天地。其罪六也。

辽水之东,朝鲜之地,《禹贡》以为荒服,周王弃而不臣。[74]示以羁縻,达其声教。[75]苟欲爱人,非求拓土。[76]又强弩末矢,不能穿于鲁缟;冲风余力,非敢动于鸿毛。[77]石田得而无堪,鸡肋食而何用?[78]而恃众怙强,穷兵黩武,务在吞并,不思长策。夫兵犹火也,不戢则自焚。[79]遂使亿兆夷人,只轮莫返。[80]夫差丧国,实为黄池之盟;[81]苻坚灭身,良由寿阳之役。[82]欲捕鸣蝉于前,不知黄雀于后。[83]复矢相顾,髽吊成行;义夫切齿,壮士扼腕。[84]其罪七也。

直言启沃,[85]王臣匪躬,[86]惟木从绳,若金须砺。[87]唐尧建鼓,思闻献替之言;[88]夏禹悬鞀,时听箴规之美。[89]而乃愎谏违卜,[90]妒贤嫉能,直士正人,皆由屠戮。左仆射齐国公高颎,[91]上柱国宋国公贺若弼,[92]或文昌上相,[93]或细柳功臣,[94]暂吐良药之言,翻加属镂之赐。[95]龙逄无罪,遂遭夏癸之诛;[96]王子何辜,滥被商辛之戮。[97]遂令君子结舌,贤人钳口,指白日而为盛,射苍天而敢欺,[98]不悟国之将亡,不知死之将至。其罪八也。

设官分职,贵在铨衡;察狱问刑,无闻贿鬻。[99]而钱神起论,[100]铜臭为公。[101]梁冀受黄金之蛇,[102]孟佗荐蒲萄之酒。[103]遂使彝伦攸致,[104]政以贿成,[105]君子在野,小人在位。积薪居上,验汲黯之言;[106]囊钱不如,伤赵壹之赋。[107]其罪九也。

宣尼有言:无信不立。[108]用命赏祖,义岂食言。[109]自独夫嗣位,每岁行幸,[110]南北巡狩,东西征伐。至于浩亹陪跸,[111]东都固守,[112]阌乡野战,[113]雁门被围,[114]自外征伐,不可胜纪。既立功勋,须酬爵赏。而志怀翻覆,言行浮诡。[115]临危则勋赏悬授,克定则丝纶不行。[116]异商鞅之赉金,[117]同项王之刓印。[118]芳饵之下,必有悬鱼。惜

其重赏，求其死力，走丸逆坂，譬此非难。[119] 凡百骁雄，莫不仇怨。[120] 至于匹夫蕞尔，[121] 宿诺不亏，[122] 况在乘舆，二三其德。[123] 其罪十也。

有一于此，未或不亡。况四维不张，[124] 三空总萃，[125] 无小无大，愚夫愚妇，共识殷亡，咸知夏灭。罄南山之竹，书罪未穷；决东海之波，流恶难尽。是以穷奇灾于上国，猰貐暴于中原，三河纵封豕之贪，四海被长蛇之毒。[126] 百姓歼亡，殆无遗类，十分之计，才一而已。[127] 苍生凛凛，咸忧杞国之崩；[128] 赤县嗷嗷，俱愁历阳之陷。[129]

——选自《文苑英华》卷六四六

〔注释〕

①“自元气”句：古代认为，天地开辟之前，宇宙充斥原始气体，混沌一片，后来变化，其中的清气上升为天，浊气下沉为地，精气凝聚为人。肇：开始。厥：加强语气词。

②“树之”二句：是说天给人类设立帝王，让帝王执掌管理人类。语出《左传》襄公十四年，“天生民而立之君，使司牧之”。司牧：管理、统治。

③羲：伏羲氏。农：神农氏。轩：轩辕氏，即黄帝。项：颛项(ZhuānXū)氏。后：上古对帝王的称呼。

④祇(zhī)：恭敬。上玄：上天。黔庶：黔首、庶人，平民百姓。

⑤乾乾：形容君子自强不息，语出《易经·乾卦》。

⑥驭朽索：用朽了的缰绳驾驭马车，比喻帝王统治人民，极其危险。语意出自《尚书》伪篇《五子之歌》。

⑦“故一物”二句：是说圣明帝王如果对一人一物处理失误，不得其所，就感到惭愧，好像自己把他推落壕沟。语出张衡《东京赋》。隍：护城的壕沟。

⑧“一夫”二句:《说苑·君道》载,夏禹看见罪人,便下车询问,并为他哭泣。此用其事。

⑨“谦德”二句:谦恭的美德使他们痛心而责备自己,忧思人民劳累使他们关切而归罪自己。轸(zhěn),伤痛。躬:自身。

⑩“蟠木”二句:无论从东海山岛到西部流沙,从北方的瀚海到南方的丹穴。蟠木:一名度索,传说是东海中的山名,上有大桃树,屈蟠三千里(见《史记集解》引《山海经·海外经》)。流沙:即居延海,在今甘肃额济纳旗北境。瀚海:古时北方海名,当在今蒙古高原东北境内。丹穴:古地名,一说山名,在南方边远处。

⑪ 鼓腹击壤:《帝王世纪》载,唐尧时,天下太平,有个八十岁老人在路边击壤游戏,并唱歌道:“日出而作,日入而息,凿井而饮,耕田而食,帝力何有于我哉!”壤:古时一种玩具,一式两个,一个定位,一个投掷,击中为胜,所以叫“击壤”。

⑫ 驱:促使。之:指代百姓。仁寿:仁爱长寿。这句语意出自《汉书·礼乐志》载王吉上疏,“驱一世之民,济之仁寿之域”。

⑬ 祚(zuò):福气。祚延:传福子孙。

⑭“隋氏”二句:是说隋文帝杨坚从前由于北周末年的时机,参与侍奉于宫闱内廷。这是指北周大象二年(580),周宣帝病危之际,杨坚假借诏命进宫侍奉宣帝,以此执掌内外兵马,辅助朝政,进而篡位。缀衣:皇帝居处所设的帐幄。《尚书·顾命》载,周成王病危,召公、毕公在寝宫受命辅助康王之后,“出缀衣于庭”,在朝廷设帐幄,表示准备后事。此用其事,以喻杨坚。

⑮“狐媚”二句:杨坚长女是北周宣帝皇后。所以说杨坚利用女儿谄媚迷惑,图谋皇位,用偷窃手段取得政权。狐媚:像狐狸似的谄媚惑人。胠(qū)箧:撬开箱子偷东西。圣宝、神器:都指皇位、国家政权。

⑯“及缵戎”二句:是说等到杨广继立为帝,他的心肠就像虎狼般暴虐。缵(zuǎn):继承。戎:发扬光大。“缵戎”是用《诗经·大雅·

烝民》"缵戎祖考"语意，即谓继承父业。扆(yǐ)：画有斧形图案的屏风。"负扆"指周朝制度规定，皇帝宝座背后，树立扆的屏风，后来用作皇帝即位的典故。

⑰"始曀"二句：杨广是杨坚的次子。原来他哥哥杨勇是太子。所以这里说杨广先谗言诽谤太子杨勇，终于夺取了太子之位。曀(yì)：天色阴沉。明两：喻称太子；语出《易经·离卦》，"明两作，离"。原意是说一个光明接着一个光明，所以说"明两"。干：侵占。少阳：天子是太阳，太子为少阳。

⑱"先皇"四句：隋文帝病危，杨广在宫中侍奉，毒死父亲。大渐：病危。枭(xiāo)：古以为食母的恶鸟。獍(jìng)：古以为食父的恶兽。鸩(zhèn)：鸩鸟羽毛有毒，古用作毒药。

⑲莒(jǔ)：周代诸侯国名，在今山东莒县一带。莒仆：春秋时莒纪公之子，杀父自立。

⑳衅：罪恶。商臣：春秋时楚成王的太子。杀父自立，即楚穆王。

㉑州吁：春秋时卫庄公的庶子。《左传》隐公四年载，卫庄公死，太子继位为卫桓公，州吁杀桓公自立，后被卫国人处死。鲁公大夫众仲说州吁篡位是"阻兵而安忍"，即依仗兵力而安于残忍。此喻指隋炀帝害兄事。

㉒阏(è)伯：上古高辛氏的长子，其弟名叫实沉，兄弟不和。春秋时郑国大夫子产说他们"日寻干戈，以相征讨"(见《左传》昭公元年)。此喻指隋炀帝与兄弟间自相残杀。

㉓剑阁：指剑阁栈道，在今四川剑阁东北大、小剑山之间，古来为关中到蜀中的交通要道。这里指隋文帝第四子杨秀，封蜀王，出镇蜀中。怀凶：指杨秀对杨广心怀不平。后废为庶人，长期幽禁。

㉔晋阳：今山西太原市，隋代为并州治所。这里指隋文帝第五子杨谅，封汉王，出镇并州。起乱：杨勇被废后，杨谅在并州大整军备，暗中准备对付杨广。隋文帝死，他就起兵作乱。兵败投降，废为庶

人，幽禁而死。

㉕“甸人”二句：是说执行皇室死刑的官吏替杨广杀尽他的兄弟，滥用刑罚就这样得逞。甸人：周代掌管王田的官吏，也负责执行天子同姓罪犯的死刑。罄：尽。

㉖“夫九族”二句：是说“九族达到和睦”这一教诲，唐尧阐发了它的恭敬、光明的美德。九族：上至高祖，下至玄孙，合称九族。唐帝：唐尧。钦：敬。明：光明远大。“九族既睦”及唐尧的教诲，见《尚书·尧典》。

㉗“百世”二句：是说一族宗主和支裔都能相传百代这一训诫，周文王以自己为表率，使它发扬光大。本：一族的本宗，即宗主。枝：同“支”，一族的支裔。“百世本枝”，语本《诗经·大雅·文王》。

㉘隳(huī)：毁。盘石：比喻开国皇帝封建子弟为诸侯王，是维护封建帝国的基础大石，语出《汉书·文帝纪》。剿(jiǎo)绝：灭绝。维城：用《诗经·大雅·板》“宗子维城”语，比喻皇室同姓子孙的诸侯国应像城池般坚固。虞、虢：均周代诸侯国。《左传》僖公五年载，晋国假道虞国以征伐虢国，大夫宫之奇劝阻，指出虞、虢是“唇亡齿寒”的关系，虞侯不听，结果两国都被晋所灭。

㉙聚麀(yōu)：是说两代公鹿都与一只母鹿交配，是禽兽行为。“麀”是母鹿。以上二句用《曲礼》语，指责隋炀帝奸淫其父文帝的嫔妃。

㉚兰陵公主：隋文帝第五女，炀帝之妹。这句指斥炀帝逼奸其妹兰陵公主，因而致死。按，此事不载《隋书·列女·兰陵公主传》。

㉛“谁谓”二句：意思是说，兰陵公主被奸致死，并不说明她是贤女，反而暴露炀帝奸淫的可耻。敤首：一作“敤手”，传说是虞舜之妹，是位贤女，这里用以喻指兰陵公主。翻：反而。齐襄：春秋时齐国诸侯襄公，与其妹鲁国桓公夫人通奸，这里喻指隋炀帝。

㉜进银环：据载，周代天子的嫔妃侍寝，由内官女史安排次序日

期。侍寝当天,侍寝嫔妃左手戴银环,送进寝宫。事后,银环戴在右手上,出宫。这句是说隋炀帝让他父亲的嫔妃侍寝。

㉝“诸王”二句:是说隋炀帝兄弟诸王的女儿,都被霸占。子女:指女儿。贮金屋:用汉武帝娶阿娇事,此喻炀帝霸占诸王之女。

㉞“牝鸡”句:是说母鸡在清晨报晓,寓意是女代男职,亡国之征。牝鸡:母鸡。诘旦:清晨。《尚书・牧誓》载,周武王引古人格言:“牝鸡无晨。牝鸡之晨,惟家之索(尽)。”认为商纣宠用妲己,导致亡国,此用其语。

㉟“雄雉”句:是说雄雉恣意飞到雌雉身边,寓意是恣意淫乱。《诗经・邶风・雄雉》:“雄雉于飞,泄泄其羽。”《毛诗小序》认为这诗讽刺卫宣公淫乱。此用以刺炀帝。

㊱衵(rì)服:内衣。陈侯:指春秋时陈灵公。《左传》宣公九年载,他与佞臣一起私通夏姬,穿着内衣,在朝廷淫戏。

㊲穹(qióng)庐:毡帐,俗称蒙古包。冒顿(MòDú):古匈奴部族姓氏,用指匈奴族。据载,古匈奴习俗,父死,子以后母为妻;兄弟死,取嫂、姨为妻。这句是说炀帝淫乱如同匈奴。

㊳女谒:向皇帝宠幸的妇女干谒乞求,从而取得爵禄恩赏。遽成:很快就成。

㊴“平章百姓”:引用《尚书・尧典》载唐尧的教诫。意思是皇帝应教导百官,使他们和谐相处,卓守礼法。“百姓”,这里指百官。

㊵“一日万机”:引自《尚书・皋陶谟》,意思是皇帝每天要处理许多机宜事项。

㊶未晓求衣:邹阳《上吴王书》说,汉文帝“不明求衣”,天不亮就穿衣起床,操心政事。

㊷昃晷忘食:《尚书・无逸》说周文王从早晨到太阳偏西,忙得没时间吃饭。昃(zè):太阳偏西,午后时分。晷(guǐ):日影。

㊸“是以”句:因此夏禹不看重珍贵玉器,而珍惜光明。

㊹"光武"句:汉代谶纬术数认为,根据每月初一的干支推算,当月有一天的干支违反术数,是犯忌的凶日,不宜上书,违者遭灾。这天叫"反支日"。据王符《潜夫论·爱日》载,下令上书不避反支日,是东汉明帝,不是汉光武帝。

㊺"体此"二句:凡帝王应体会这样的忧思勤劳,深入考虑吏民被压制的冤枉。

㊻"而荒缅"四句:说隋炀帝却荒淫沉湎于酒,使白天成为黑夜,狂喊乱叫,酒酣寻欢,爱好声色。这四句化用《诗经·大雅·荡》中假托周文王斥责商纣荒淫作乐的话。俾:使。声伎:指声色歌舞。

㊼每藉糟丘:常常醉卧在山丘般的酒糟堆上。藉:以为卧具。糟丘:相传夏桀曾辟酒,堆糟丘。

㊽"断决"二句:是说隋炀帝从此就不亲自批阅奏章,决定大事,百官面陈奏议也就此不再涌现。敷奏:面君陈诉奏议。停拥:皇帝不上朝,百官也就不可能拥身向朝廷面诉。

㊾"中山"四句:意思是说,隋炀帝好酒远远超过前人。中山:古郡国名。《搜神记》载,中山人狄希能造千日酒,饮后醉千日。酩酊:大醉的样子。曹丕《典论·酒诲》说,汉末荆州刘表,坐镇襄阳,子弟好酒,专门制作大小三个酒杯,依次称为"伯雅""仲雅""季雅"。留连:同"流连",缅恋不舍。讵比:怎能相比。

㊿"潜为"四句:《续汉书·五行志》载,东汉灵帝在宫中设市场,自己驾着四条白驴套的车,身穿商人衣服,装作商人,让宫女装作旅馆主人,邀他住宿。潜:偷偷地,指在宫中偷学民间集市为游戏。九市:汉代长安市场依行业分九个市集,路西六市,路东三市,故称市场为九市。

(51)"上栋"二句:《易经·系辞下》说:"上古穴居而野处,后世圣人易之以宫室,上栋下宇,以待风雨。"这里节引其语。栋:房屋主梁。宇:四面墙壁。爻(yáo):组成卦符的长短横画。

(52)“茅茨”二句：《韩非子·五蠹》：“尧之王天下也，茅茨不翦，采椽不斫。”是说唐尧时宫室是草屋，盖顶的茅草不修剪，采来树木作椽子，不加雕凿。茨(cí)：茅草盖屋顶。翦：通“剪”。

(53)讵待：哪能需要。珠玉之华：珍珠、美玉这样华贵。

(54) 琼宫崇构：美玉建造的高大宫殿。据载，商纣建宫室瑶台，饰以美玉，大三里，高千丈。商辛：即商纣。

(55)铺：铺首，宫门上的门环。

(56)青琐：门窗上雕镂的连环图纹，漆青色。丹墀(chí)：红漆台阶。

(57)“使鬼”二句：是说这样的宫殿，神鬼都造不了，更应该知道不可劳役人民。

(58)彻：周代赋税制度，耕田百亩，取十亩收成交赋税，称“百亩而彻”(《孟子·滕文公上》)。

(59)“人力”二句：是说周代服劳役，每人一年三天。见《礼记·王制》。

(60)“宁积”二句：是说宁愿让钱粮积蓄在人民家里，不准藏在政府国库。这原是隋文帝在开皇十二年(592)诏书中的话，见《隋书·食货志》。

(61)猥：杂乱繁多。纪极：法度和限止。

(62)“猛火”二句：形容苛税酷烈贪婪。漏卮(zhī)：漏了的酒杯。

(63)头会(kuài)箕敛：指出身下层的人。秦时按照人头数纳税，以箕盛之。语出《汉书·陈余传》。逆折：提前征税。

(64)杼轴：同“杼柚”，织布的意思。《诗经·小雅·大东》：“小东大东，杼轴其空。”意谓东方大小诸侯国纺织的布帛被搜刮一空。此用其语，指责炀帝残酷剥夺。匡床：安稳的方床。

(65)“西蜀”四句：意思是说，豪富之家都变成贫户饿鬼。西蜀王孙，指汉代蜀中临邛的卓王孙，富比人君。原宪：字子思，孔子弟子，

敝衣穷居。东海糜竺：三国时蜀汉富商，祖籍朐(qú)，在今山东省，所以称“东海”。邓通：西汉文帝宠臣。赐铜山铸钱遍天下。文帝死后，景帝籍没其家财，“一簪不得着身”，最后饿死。“邓通之鬼”：意即饿鬼。

(66)“唐、虞”二句：据载，唐尧、虞舜时，五年巡狩一次；周代天子十二年一次。纪：十二年。

(67)饔：熟食。饩(xì)：食品。

(68)“飘风”二句：屈原《九歌·大司命》写大司命出天门后，“令飘风兮先驱，使冻雨兮洒尘”，先下一阵旋风暴雨，作为前驱。这里用以形容隋炀帝出游，与大司命相仿。飘风：旋风。冻雨：暴雨。聊：姑且。窃比：私自用来比喻，因大司命是天神，故云。

(69)“车辙”二句：《左传》昭公十二年，“昔(周)穆王欲肆其心，周行天下，将皆必有车辙马迹焉”。此用其语，比喻隋炀帝意图追踪周穆王，周游天下。

(70)“秦皇”四句：据载，秦始皇到山东海边，修筑石桥，想过海观看日出；周穆王曾到西王母瑶池做客，饮宴唱歌，有“白云在天”之辞。此喻隋炀帝肆游。

(71)纳秸(jiē)：交纳禾秸草料，运输服劳役。语出《尚书·禹贡》。阻：断绝。来苏：《孟子·梁惠王下》引《尚书》逸篇说，“徯我后，后来其苏”，意思是等待商汤，商汤来了，百姓就死而复生了。此指人们断绝了活命的希望。

(72)“长城”四句：修筑长城以巩固国防，是战国时期的作为；究其原因，乃是起于诸侯国伺机欺诈成风，作此防备，与考据古道的法度无关。狙诈：狡猾奸诈。

(73)板筑：古代筑城，搭起墙板，垒土夯实。此谓筑城劳役。

(74)荒服：《尚书·禹贡》以京城为中心，分天下地域为五服，每远五百里为一服，第五服为“荒服”，属于最边荒地区。弃而不臣：放弃、不要求他臣服。

(75)羁縻：与宗主国保持联系，但行政独立，就像马笼头、牛绳拴住马牛似的。声教：声威和教化。

(76)“苟欲”二句：这样做的目的是只要爱护人民，并非要开拓领土。

(77)“又强弩”四句：形容朝鲜国力微弱，无害且不敢妄动。这四句语出《汉书·韩安国传》。弩(nǔ)：机械射箭的弓。末矢：箭的射力只剩最后一点点。鲁缟：据说古时鲁地产的缟素极为轻细。冲风余力：强风袭击之后余下的风力。

(78)“石田”二句：是说石田不能耕种，鸡肋不值得吃，比喻侵略朝鲜无益。

(79)“夫兵”二句：语出《左传》隐公四年。戢(jí)：收藏。

(80)亿兆夷人：语出《尚书·泰誓》，此指异族人民。只轮莫返：喻全军覆没。

(81)“夫差”二句：春秋时，吴王夫差伐齐，在黄池(在今河南封丘)会盟时企图称霸，结果被越王勾践灭亡。

(82)“苻坚”二句：东晋孝武帝太元八年(383)，前秦苻坚东下攻克寿阳，在淝水被东晋谢玄大败。后被姚苌缢死。寿阳：在今安徽寿县。

(83)“欲捕”二句：《韩诗外传》载，楚庄王想伐晋，孙叔敖以寓言劝谏：螳螂袭蝉，不知黄雀在后。这里喻隋炀帝一味扩张，不知自己危亡。

(84)“复矢”句：复矢：用箭为死亡战士招魂。古礼招魂用死者衣服，因战死众多，无衣可用，便用箭招魂。相顾：指招魂者互相看望，表示死伤极多。髽(zhuā)：古代妇女平常用黑纱包裹发髻，遇有丧事则去掉黑纱，改用麻线扎发髻，叫髽。髽吊：妇女扎好丧髻，到丧家吊唁。扼腕：表示悲壮义愤。

(85)启沃：向帝王进谏。语出《尚书·说命上》。

(86)匪躬：不是为了自己。语出《易经·蹇卦》。

(87)“惟木”二句：是说皇帝从谏，才能英明正确，就像木料要用墨线来画出正直，金属要用磨石来砥砺锋锐。二句语意出自《尚书·说命上》。

(88)“唐尧”二句：据载，唐尧设立谏鼓，进谏者可击鼓以闻。献替：臣下对帝王的意见提出补充纠正。语出《左传》昭公二十年。替：取代。

(89)“夏禹”二句：《淮南子·泛论训》载，夏禹“以五音听治，悬钟、鼓、磬、铎，置鞀，以待四方之士”。是说进谏者可敲击乐器，以表达意向态度。鞀(táo)：有柄的小鼓。箴规：劝诫。

(90)愎谏违卜：任意拒谏，违反神意。语出《左传》僖公十五年。愎(bì)：一意孤行。

(91)高颎(jiǒng)：隋文帝开国功臣，炀帝时，为太常卿，因直言被害。

(92)贺若弼：因平陈有功，封宋国公。炀帝时，与高颎一起被害。

(93)文昌：古星象以文昌六星的一、二星象征武将。相：相星，象征宰相。这句指高颎。

(94)细柳：西汉名将周亚夫，曾驻军细柳营。此喻贺若弼。

(95)属镂：剑名。史载，春秋时，伍子胥仕吴，劝阻吴王夫差伐齐，得罪，被赐属镂剑自杀。

(96)龙逄(páng)：姓关，名龙逄，夏桀时大夫。夏癸：夏桀，名癸。

(97)王子：指比干，因进谏被商纣挑心残害。

(98)指白日：《韩诗外传》载，夏桀自比太阳，说：“日有亡乎？日亡，吾亦亡也。”自以为极盛，而夏终于亡。射苍天：《史记·殷本纪》载，殷王武乙无道，用皮囊盛血，“仰而射之”，称之“射天”。后为暴雷击死。

⑨⑨铨衡：衡量轻重。赂馨：花钱买通。

⑩⓪钱神：晋鲁褒《钱神论》说，钱"为世神宝"，"可谓神物"。钱神可以决断一切是非得失。所以说"起论"。论：决断。

⑩①铜臭为公：东汉灵帝卖官，崔烈用钱五百万买得司徒，为三公之位。他儿子告诉他："论者嫌其铜臭。"公：指三公的高官。

⑩②"梁冀"句：梁冀是东汉末年外戚，专权二十余年。《后汉书·种暠传》载，永昌太守用黄金铸成纹蛇送给梁冀。

⑩③"孟佗"句：东汉灵帝时，宦官张让擅权，扶风富豪孟佗送张让珍玩和葡萄酒一斗，张让即拜孟佗为梁州刺史。"佗"原作"他"，据《旧唐书·李密传》改。

⑩④彝伦攸斁(dù)：语出《尚书·洪范》，是说正常的伦理由此败坏。

⑩⑤政以贿成：语出《左传》襄公十年，是说政事靠贿赂办成。

⑩⑥"积薪"二句：《史记·汲黯传》载，汲黯对汉武帝说："陛下用群臣，如积薪耳，后来者居上。"意谓用人不量才论德，像堆柴，后来的柴自然放在上面。这句是说隋炀帝用人也这样。验：证实。

⑩⑦"囊钱"二句：汉末赵壹作《刺世疾邪赋》说，"文籍虽满腹，不如一囊钱"。这句是说隋炀帝弃才重财，令人悲伤想到赵壹的赋。

⑩⑧宣尼：即孔子。汉平帝追封为褒成宣尼公。无信不立：语见《论语·颜渊》。

⑩⑨"用命"二句：《尚书·甘誓》载，夏启出征有扈氏，对将士说："用命赏于祖。"意谓完成使命便在祖宗神位前行赏，表示信守祖宗规矩。

⑪⓪独夫：指隋炀帝。行幸：古时皇帝来到，以为有幸，故云。

⑪①浩亹(gǎomén)：河名，即大通河，自青海经甘肃入黄河。陪跸(bì)：侍从皇帝出入。跸：皇帝外出，清道禁行。大业五年(609)夏，隋炀帝西征吐谷(yù)浑，建桥浩亹河，故云。

⑫东都：洛阳，今河南洛阳市。大业九年(613)夏，隋炀帝再征高丽，礼部尚书杨玄感反，围攻洛阳。洛阳固守，炀帝从高丽返回。

⑬阌(wén)乡：县名，今属河南灵宝。隋炀帝与杨玄感决战于阌乡，破杨玄感。

⑭雁门：郡名，治所在今山西代县西。大业十一年(615)，突厥包围炀帝于雁门，诏天下兵来救，始获解围。以上四事，都说明炀帝"东西征伐"，同时又说明依赖将士成功或脱险。

⑮浮诡：虚伪狡诈。

⑯"临危"二句：是说隋炀帝面临危难时，就以功勋赏赐挂出来，表示要授给有功之臣；待到事态平定，却不颁布诏书论功行赏。丝纶：喻称帝王诏令文书。

⑰"商鞅"句：史载，商鞅变法，为了立信于民，在南门立三丈大木，有搬到北门者赏十金。人不信，加赏至五十金。有一人搬了，立给五十金，表示不欺。此用其事，说隋炀帝与商鞅不同。

⑱"同项王"句：《史记·郦食其(Yìjī)传》，郦食其说，项羽"为人刻印，刓而不能授"，封了官，刻了印，又舍不得给人。刓(wán)：通"玩"，玩弄。

⑲"惜其"四句：说隋炀帝又吝惜重赏，又要求将士拼命效力，这跟想使弹丸从下坡往上滚走一样，正好譬喻说明其中的自相矛盾。坂(bǎn)：山坡。非难：诘责事理不通，存在矛盾。

⑳骁(xiāo)雄：勇健英雄的将士。忿(fèn)：又气又恨。

㉑蕞(zuì)尔：小小的，此指微不足道的小人物。

㉒宿诺不亏：老早的诺言都不违背。

㉓乘舆：皇帝的代称。二三其德：言行不一，三心二意，语出《诗经·卫风·氓》。

㉔四维：指礼、义、廉、耻，是治国的四根精神支柱，像张网的四条纲绳。语本《管子·牧民》。

⑫5三空：指田野空、朝廷空、仓库空，见《后汉书·陈蕃传》。总萃：汇集在一起。

⑫6“足以穷奇”四句：写天下大乱，灾祸像毒蛇猛兽在朝野上下、全国各地蜂起横行。穷奇、猰貐（yàyǔ）都是神话中的食人恶兽。封豕：大野猪。上国：指京畿地区。三河：指汉代河南、河东、河内三郡，今河洛地区。

⑫7“十分”二句：是说活下来的人民仅十分之一。

⑫8苍生：人民。凛凛：恐惧寒心。杞国之崩：用“杞人忧天”故事，忧愁天崩地裂，见《列子·天瑞》。

⑫9赤县：中国。嗷嗷：哀号声。历阳之陷：汉代淮南国历阳县（今安徽和县境）的县城忽沉陷没，“一夕反而为湖”（《淮南子·俶真训》）。

【简析】

本文作者祖君彦（？—618），范阳遒县（今河北定兴）人，以文才著称，但仕途失意。隋文帝因其父祖珽曾作歌谣陷害斛律光，不予录用；炀帝则嫉其文名而不予重用，仅授官东平郡书佐、检校宿城县令。大业十三年（617），他投奔李密义军，拜为记室，撰写军书檄文。明年，李密被王世充击败，祖君彦被俘并遭害。

本文作于大业十三年四月。当时，李密已自立为魏公，建元永平，正以洛阳附近粮库回洛仓为据点，部署进攻洛阳。这篇檄文便是为了配合这一部署而作舆论动员，通告洛阳所在的洛州各郡县官吏，揭露隋炀帝十大罪状和必亡命运，阐述李密顺天合时的必胜前途，晓谕洛州官吏弃隋投魏。题目是后人拟的，因此又作《为李密移郡县文》。

本篇全文可分两大部分，前半揭露论证隋炀帝罪恶和隋朝必亡，后半阐述李密起义必胜及晓谕隋官。这里节选前半部分开头一段说明立国的根本和兴亡的原因，是理论和原则；以下各段列举炀帝十大罪状，是摆明事实依据；最末一段说明隋朝必然灭亡。其结构特点是有理有据，层次清楚，逻辑性强。

这篇檄文最有力的部分便是揭露炀帝十大罪状：陷兄弑父，残害兄弟；奸妹淫亲，形同禽兽；酗酒作乐，荒废朝政；大造宫室，劳民伤财；赋税苛重，盘剥残酷；穷奢远游，扩建长城；征伐高丽，穷兵黩武；拒谏忌言，妒贤害能；政以贿成，疏贤亲佞；言行不一，功勋不赏。作者义正词严，列举罪证，揭露炀帝所作所为，犯尽天条，丧尽人性，十恶不赦，确属人人可得而诛之，隋家王朝必须灭亡。这就形成本文在思想内容上的主要特点，便是对炀帝罪恶了解全面，认识深刻，极其愤慨，针针见血，击中要害，而且具有高度的概括性。

檄文是一种有针对性的特定公文告示。既是文告，便须让人明白告示内容，事理都要说清楚。它又是揭露特定对象的罪恶，所以又要立场鲜明，爱憎分明，事实确凿，义愤刚烈。它又是写给一定的读者对象阅读的，既有时机性，又有高度的政策性，所以还要求对读者对象相当了解，要求作者才思敏捷，头脑清醒。《文心雕龙·檄移》总结檄文的基本要求是“宣露于外，皦然明白”；写作要领是“事昭而理辨，气盛而辞断”。本文在写作上很好地达到了这些要求。作者突出了理论根据，除第一段予以简要说明外，在揭露每一罪状时，都列出正面事理的典范作为具体论据和对比，所举正面典范都是封建时代公认而且熟悉的三代圣君名言。在揭露罪行事例时，既注意罪例的典型性、尖锐性，又往往用夏桀、商纣这两个妇孺皆知的暴君作比喻，倾向鲜明，不容置疑。而在行文措辞中，作者义愤激扬，时时可见。其名句“罄南山之竹，书罪未穷；决东海之波，流恶难尽”传为成语，便是其例。

南朝以来，官场文书，盛行骈文。本文既为文告，又主要通告隋官，因此采用了骈体。它通篇对偶，并以四字、六字句对句为主，在遣词造句上注意通畅，多用白描叙述词句；在运用典故时注意采用经史熟典，字面明确，用意明显；同时在声律上，虽然不违声病，但主要在

于音节铿锵，朗朗上口，声气高扬，情调慷慨。加上上述思想内容和表达技巧的特点，所以这篇檄文历来被誉为隋朝骈文杰作之一，唐代骈体檄文之祖，传诵直到清代。

（《历代骈文名篇注析》〈谭家健主编〉，黄山书社，1988年）

上官仪

入朝洛堤步月

脉脉广川流，驱马历长洲。鹊飞山月曙，蝉噪野风秋。

上官仪是初唐宫廷作家，齐梁余风的代表诗人，其词绮错婉媚，有“上官体”之称。

刘𫗧《隋唐嘉话》载，唐高宗“承贞观之后，天下无事。上官侍郎仪独持国政。尝凌晨入朝，巡洛水堤，步月徐辔”，即兴吟咏了这首诗。当时一起等候入朝的官僚们，觉得“音韵清亮”，“望之犹神仙焉”。可知这诗是上官仪为宰相时所作，在唐高宗龙朔年间(661－663)，正是他最得意之际。

这首诗是写他在东都洛阳皇城外等候入宫朝见时的情怀。唐初，百官上早朝并没有待漏院可供休息，必须在破晓前赶到皇城外等着。东都洛阳的皇城，傍洛水，城门外便是天津桥。唐代宫禁戒严，天津桥入夜落锁，断绝交通，到天明才开锁放行。所以上早朝的百官都在桥下洛堤上隔水等候放行入宫，宰相亦然。不过宰相毕竟是百官之首，虽然一例等候洛堤，但气派自非他官可比。

诗的前二句写驱马沿洛堤来到皇城外等候。“广川”指洛水，“长洲”谓洛堤。洛堤是官道，路面铺沙，以便车马通行，故喻称“长洲”。首句不仅以洛水即景起兴，谓洛水含情不语地流着，更是化用《古诗》(迢迢牵牛星)“盈盈一水间，脉脉不得语”，以男女喻君臣，暗示皇帝

对自己的信任，流露着承恩得意的神气。因而接着写驱马洛堤，用一个“历”字，表现出一种心意悠然、镇定自若的风度。

后二句是即景抒怀。这是秋天的一个凌晨，曙光已见，月挂西山，宿鸟出林，寒蝉嘶鸣，野外晨风吹来，秋意更盛。在写景中，这位宰相巧用了两个前人的诗意。第三句写凌晨，用了曹操《短歌行》：“月明星稀，乌鹊南飞，绕树三匝，何枝可依。山不厌高，海不厌深，周公吐哺，天下归心。”原意是借夜景以忧虑天下士人不安，要礼贤下士以揽人心。这里取其意而谓曙光已见，鹊飞报喜，见出天下太平景象，又流露着自己执政治世的气魄。末句写秋意，用了陈朝张正见《赋得寒树晚蝉疏》：“寒蝉噪杨柳，朔吹犯梧桐。……还因摇落处，寂寞尽秋风。”原意讽喻寒士失意不平，这里借以暗示在野失意者的不平之鸣，为这太平盛世带来噪音，而令这位宰相略有不安，稍露不悦。

总起来看，这诗确属上官仪得意时的精心之作。它的意境和情调都不高，在得意倨傲、自尊自贵之中，于帝王婉转献媚，对贫寒作势利眼。不过，它也有认识意义，倒是真实地为这类得势当权的宫廷文人留下一幅生动写照。从艺术上看，这寥寥二十字，不只是“音韵清亮”，谐律上口，而且巧于构思，善于用事，精心修辞，把当时的得意神气表现得相当突出，难怪那些有幸亲聆的官僚们“望之犹神仙焉”。

（《唐诗鉴赏辞典》，上海辞书出版社，1983年）

杜审言

和晋陵陆丞早春游望

独有宦游人，偏惊物候新。云霞出海曙，梅柳渡江春。淑气催黄鸟，晴光转绿苹。忽闻歌古调，归思欲沾巾。

这是一首和诗。原唱是晋陵陆丞作的《早春游望》。晋陵即今江苏常州，唐代属江南东道毗陵郡。陆丞，作者的友人，不详其名，时在晋陵任县丞。大约武则天永昌元年(689)前后，杜审言在江阴县(今江苏江阴)任职，与陆某是同郡邻县的僚友。他们同游唱和，可能即在其时。陆某原唱已不可知。杜审言这首和诗是用原唱同题抒发自己宦游江南的感慨和归思。

诗人在唐高宗咸亨元年(670)中进士后，仕途失意，一直充任县丞、县尉之类小官。到永昌元年，他宦游已近二十年，诗名甚高，却仍然远离京洛，在江阴这个小县当小官，心情很不高兴。江南早春天气，和朋友一起游览风景，本是赏心乐事，但他却像王粲登楼那样，“虽信美而非吾土”，不如归去。所以这首和诗写得别有情致，惊新而不快，赏心而不乐，感受新鲜而思绪凄清，景色优美而情调淡然，甚至于伤感，有满腹牢骚在言外。

诗一开头就发感慨，说只有离别家乡、奔走仕途的游子，才会对异乡的节物气候感到新奇而大惊小怪。言外即谓，如果在家乡，或是当地人，则习见而不怪。在这“独有”“偏惊”的强调语气中，生动表现

出诗人宦游江南的矛盾心情:这一开头相当别致,很有个性特点。

中间二联即写“惊新”。表面看,这两联写江南新春伊始至仲春二月的物候变化特点,表现出江南春光明媚、鸟语花香的水乡景色;实际上,诗人是从比较故乡中原物候来写异乡江南的新奇的,在江南仲春的新鲜风光里有着诗人怀念中原暮春的故土情意,句句惊新而处处怀乡。

“云霞”句是写新春伊始。在古人观念中,春神东帝,方位在东,日出于东,春来自东。但在中原,新春伊始的物候是“东风解冻,蛰虫始振,鱼上冰”(《礼记·月令》),风已暖而水犹寒。而江南水乡近海,春风春水都暖,并且多云。所以诗人突出地写江南的新春是与太阳一起从东方的大海升临人间的,像曙光一样映照着满天云霞。

“梅柳”句是写初春正月的花木。同是梅花柳树,同属初春正月,在北方是雪里寻梅,遥看柳色,残冬未消;而江南已经梅花缤纷,柳叶翩翩,春意盎然,正如诗人在同年正月作的《大酺》中所形容的:“梅花落处疑残雪,柳叶开时任好风。”所以这句说梅柳渡过江来,江南就完全是花发木荣的春天了。

接着,写春鸟。“淑气”谓春天温暖气候。“黄鸟”即黄莺,又名仓庚。仲春二月“仓庚鸣”(《礼记·月令》),南北皆然,但江南的黄莺叫得更欢。西晋诗人陆机说:“蕙草饶淑气,时鸟多好音。”(《悲哉行》)“淑气催黄鸟”,便是化用陆诗,而以一个“催”字,突出了江南二月春鸟更其欢鸣的特点。

然后,写水草。“晴光”即谓春光。“绿苹”是浮萍。在中原,季春三月“萍始生”(《礼记·月令》);在江南,梁代诗人江淹说:“江南二月春,东风转绿苹。”(《咏美人春游》)这句说“晴光转绿苹”,便是化用江诗,也就暗示出江南二月仲春的物候,恰同中原三月暮春,整整早了一个月。

总之,新因旧而见奇,景因情而方惊。惊新由于怀旧,思乡情切,

更觉异乡新奇。这两联写眼中所见江南物候，也寓含着心中怀念中原故乡之情，与首联的矛盾心情正相一贯，同时也自然地转到末联。

“古调”是尊重陆丞原唱的用语。诗人用“忽闻”以示意外语气，巧妙地表现出陆丞的诗在无意中触到诗人心中思乡之痛，因而诗人感伤流泪。反过来看，正因为诗人本来思乡情切，所以一经触发，便伤心流泪。这个结尾，既点明归思，又点出和意，结构谨严缜密。

前人欣赏这首诗，往往偏爱首、尾二联，而略过中间二联。其实，它的构思是完整而有独创的。起结固然别致，但是如果没有中间两联独特的情景描写，整首诗就不会如此丰满、贯通而别有情趣，也不切题意。从这个意义上说，这首诗的精彩处，恰在中间二联。

（《唐诗鉴赏辞典》，上海辞书出版社，1983 年）

张若虚

春江花月夜

春江潮水连海平，海上明月共潮生。滟滟随波千万里，何处春江无月明。江流宛转绕芳甸，月照花林皆似霰。空里流霜不觉飞，汀上白沙看不见。江天一色无纤尘，皎皎空中孤月轮。江畔何人初见月？江月何年初照人？人生代代无穷已，江月年年只相似。不知江月待何人，但见长江送流水。白云一片去悠悠，青枫浦上不胜愁。谁家今夜扁舟子？何处相思明月楼？可怜楼上月徘徊，应照离人妆镜台。玉户帘中卷不去，捣衣砧上拂还来。此时相望不相闻，愿逐月华流照君。鸿雁长飞光不度，鱼龙潜跃水成文。昨夜闲潭梦落花，可怜春半不还家。江水流春去欲尽，江潭落月复西斜。斜月沉沉藏海雾，碣石潇湘无限路。不知乘月几人归，落月摇情满江树。

唐代诗人张若虚留世有两首诗，其中一首七言古诗《春江花月夜》，以其明丽晓畅、优美动人而至今为人喜爱。

张若虚是初、盛唐之际的诗人，当时与贺知章、张旭、包融三人齐名，世称“吴中四士”（见《旧唐书·包信传》）。他的生平失传。但《旧唐书·贺知章传》中说到他跟贺知章、包融等人在唐中宗神龙（705—707）中，“俱以吴、越之士，文词俊秀，名扬于上京（指唐都长安）”，而且“人间往往传其文”。可见他是当时颇负才名的诗人。

《春江花月夜》是一首精心构思、着意经营的作品。有人说它是通过思妇的感触写出的，有人说它是从游子的角度来写的。其实，诗人是站在第三者立场，把人生离别作为一个社会问题，抱着同情游子、思妇的态度，通过对春江花月夜良辰美景的描绘，来抒发自己的感慨的。

全诗三十六句，可分五节。第一、二节各八句，第三节仅四句，第四、五节也是各八句。

第一节写春江花月夜的美景。它从春江晚潮、月亮初升写起，随着月光照着江水流过花林，写到月光下、江水边、花林中的美丽景色。

第二节写望月兴叹，抒发岁月无情、人生短促的感慨。诗人把月亮当作大自然的象征和历史的见证，以一种向历史探索、对现实迷惘的感情，望月发问，借以感慨大自然美丽、永恒而无情，喟叹人类虽然代代相传无穷，但人的一生却短促而无力。

第三节是过渡，从大自然转向现实的人生，引出游子、思妇的离别。

第四节承上节"何处相思明月楼"，写思妇闺中烦愁情景。它从月光照入闺楼写起，月光照得思妇愁绪缭乱，写到思妇愿随月光去见丈夫，而月光却办不了。

第五节承第三节"谁家今夜扁舟子"，写游子夜泊思归情景。它直截写游子思归心切，从夜梦落花，春将去而人不归，引出日月流逝、归路遥远的无限伤感。同时，借以结束全诗。

由上可见，这诗的结构，层次清楚，安排齐整，恰如明代钟惺所说，"浅浅说去，节节相生，使人伤感，未免有情"(《唐诗归》)。前人评论此诗，往往特别欣赏它写春江花月夜的自然变移，认为扣住了题目"春江花月夜"五字，"各各照顾有情"(清徐增《而庵说唐诗》)。清吴昌祺更指出此五字"以'月'为主，'江'次之，而'春'与'花'则带入也。'夜'则不必言而无非'夜'也"(《删订唐诗解・樊桐说诗》)。这些见解都

有道理，但是偏于形式分析而忽视思想作用。应当看到，诗人之所以采取上述结构，首先出于主题思想的需要。

这首诗的结构由两条线索交织而成。一条是从自然美景写到人生离别，这是主线，“节节相生”，合乎逻辑，顺理成章。另一条是从春江晚潮、月出花开写到春去潮退、月没花落：潮水和月亮的起落，两者相应，诗中可以实写一夜到天亮的变移；春天来去，春花开谢，原自相随，但这是一个季节的物候变化，不能在一夜间完成，诗中只是实写其来，而借游子夜梦虚写其去。这是辅线，交织写入，有实有虚，想象为主。诗人把这二线巧妙地交织在一起，其目的是要把游子、思妇的离别哀伤放在这个十分美好而正在消逝的春江花月夜之中来写，使春光美好、岁月无情、夫妻恩爱、人生短促这些错综的矛盾方面，集中在离别这一焦点上得到充分的恰当的表现。这就可以把游子、思妇的离别，提到现实社会的人生问题的高度来写，使之具有哲学意蕴，不仅引人同情，而且令人深思。因此，诗人首先着力于写出春江花月夜的美，并且不是静止地写，而是写出它整个自然变移的过程。其用意无疑是要引人入胜，如临其境，喜爱它，珍惜它；同时使人体会到它不是永存的，而是短促人生中的短暂一刻，从而令人格外依恋、惋惜，以至于伤感而抱憾。的确，这诗的艺术效果是达到了“使人伤感，未免有情”。

《春江花月夜》在语言运用方面，不但音韵铿锵，和谐优美，而且简练明晰，玲珑剔透，把人们常见的情景描写得别有情致。在古人离别生涯中，一轮明月往往是客旅孤宿时的知友良伴，相与寄思解愁。这是古人甚为熟悉的情景。诗从月出开始，到月落结束。在这一夜到天明之间，诗人让读者跟着这一轮明月随晚潮过花林，到江边，望月兴叹，俯瞰天下扁舟漂泊的游子和空闺独宿的思妇，看着思妇心烦意乱和游子惜春思归，然后让月亮悄然沉没，给读者留下一片惆怅。诗人笔下的这轮明月那么美妙可人，又那样冷漠无情。它照遍世界，无所不在。它使花林沙岸洁净闪光，却带来一种寒意。它是历史的见证,崇高而永恒,但麻木不仁。它逗弄思妇愁绪缭乱,而不成人之美;引惹游子归心急切,又竟自沉藏海雾。这样一轮明月,真使人又喜爱又怨恨,只能望月兴叹,感慨不已。而正是这一轮玲珑剔透的明月,如穿针引线,把这诗的主辅二线引来交织成章,使整首诗笼罩在月光之下,弥漫着令人爱恨交加、矛盾不解的感伤情绪。全诗虽然讲究排偶,但是骈而不奥,丽而不拗,词气流畅,情韵谐调,摆脱了齐、梁浮艳绮靡的诗风。例如其中写景一节:“江流宛转绕芳甸,月照花林皆似霰。空里流霜不觉飞,汀上白沙看不见。”第一句用“宛转”二字带出江水曲折有情地流过芳草水滩之后,接着三句便着力于写月光有意却无情地照耀着花林沙汀:月光映照花林,好像下雪珠,洁白闪光;照在汀洲沙滩上,远看一片白色,宛如凝霜。取喻霜霰,暗发凉气,用诗歌语言摄取形象,形乱真而神如生。又如写思妇烦愁一节,其写愁绪缭乱:“玉户帘中卷不去,捣衣砧上拂还来。”月如人有意,人见月心烦,生动有致。其写怨月无情:“鸿雁长飞光不度,鱼龙潜跃水成文。”以鸿雁鱼龙比衬月光神通广大,然而不帮助思妇、游子传信见面,手法别致。凡此都可见出诗人运用诗歌语言的艺术才能,不惟善于巧构形似之言,且能写出神似的意境,传情写物,细致动人。这些,对于我们今天的艺术创作来说也仍有可以借鉴之处。

(《陕西教育》,1980年第9期)

刘希夷

代悲白头翁

洛阳城东桃李花，飞来飞去落谁家？洛阳女儿惜颜色，坐见落花长叹息。今年花落颜色改，明年花开复谁在？已见松柏摧为薪，更闻桑田变成海。古人无复洛城东，今人还对落花风。年年岁岁花相似，岁岁年年人不同。寄言全盛红颜子，应怜半死白头翁。此翁白头真可怜，伊昔红颜美少年。公子王孙芳树下，清歌妙舞落花前。光禄池台文锦绣，将军楼阁画神仙。一朝卧病无相识，三春行乐在谁边？宛转蛾眉能几时？须臾鹤发乱如丝。但看古来歌舞地，惟有黄昏鸟雀悲。

这是一首拟古乐府，题又作《代白头吟》。《白头吟》是汉乐府相和歌楚调曲旧题，古辞写女子毅然与负心男子决裂。刘希夷这首诗则从女子写到老翁，咏叹青春易逝、富贵无常。构思独创，抒情宛转，语言优美，音韵和谐，艺术性较高，在初唐即受推崇，历来传为名篇。

诗的前半写洛阳女子感伤落花，抒发人生短促、红颜易老的感慨；后半写白头老翁遭遇沦落，抒发世事变迁、富贵无常的感慨，以“但看古来歌舞地，惟有黄昏鸟雀悲”总结全篇意旨。在前后的过渡，以“寄言全盛红颜子，应怜半死白头翁”二句，点出红颜女子的未来不免是白头老翁的今日，白头老翁的往昔实即是红颜女子的今日。诗人把红颜女子和白头老翁的具体命运加以典型化，表现出这是一大

群处于封建社会下层的男女老少的共同命运,因而提出应该同病相怜,具有“醒世”的作用。

诗的前半首化自东汉宋子侯的乐府歌辞《董娇娆》,但经过刘希夷的再创作,更为概括典型。作为前半的结语,“年年岁岁”二句是精警的名句,比喻精当,语言精粹,令人警省。“年年岁岁”“岁岁年年”的颠倒重复,不仅排沓回荡,音韵优美,更在于强调了时光流逝的无情事实和听天由命的无奈情绪,真实动情。“花相似”“人不同”的形象比喻,突出了花卉盛衰有时而人生青春不再的对比,耐人寻味。结合后半写白头老翁的遭遇,可以体会到,诗人不用”女子”和“春花”对比,而用泛指名词“人”和“花”对比,不仅是由于七言诗字数的限制,更由于要包括所有不能掌握自己命运的可怜人,其中也包括了诗人自己。也许,因此产生了不少关于这诗的附会传说。如唐刘肃《大唐新语》、唐孟棨《本事诗》所云:诗人自己也觉得这两句诗是一种不祥的预兆,即所谓“诗谶”,一年后,诗人果然被害。这类无稽之谈的产生与流传,既反映人们爱惜诗人的才华,同情他的不幸,也表明这诗情调也过于伤感了。

此诗融会汉魏歌行、南朝近体及梁、陈宫体的艺术经验,而自成一种清丽婉转的风格。它还汲取乐府诗的叙事间发议论、古诗的以叙事方式抒情的手法,又能巧妙交织运用各种对比,发挥对偶、用典的长处,这些都是这诗艺术上的突出成就。刘希夷生前似未成名,而在死后,孙季良编选《正声集》,“以刘希夷诗为集中之最,由是大为时人所称”(《大唐新语》)。可见他一生遭遇压抑,是他产生消极感伤情绪的思想根源。这诗浓厚的感伤情绪,反映了封建制度束缚戕害人才的事实。

(《唐诗鉴赏辞典》,上海辞书出版社,1983 年)

沈佺期

夜宿七盘岭

独游千里外，高卧七盘西。山月临窗近，天河入户低。芳春平仲绿，清夜子规啼。浮客空留听，褒城闻曙鸡。

“七盘岭”在今四川广元东北，又名五盘岭，有石磴七盘而上，岭上有七盘关。沈佺期这首五律写旅途夜宿七盘岭上的情景，抒发惆怅不寐的愁绪。据本诗末句“褒城闻曙鸡”，褒城在今陕西汉中北，七盘岭在其西南。夜宿七盘岭，则已过褒城，离开关中，而入蜀境。这诗或作于诗人此次入蜀之初。

首联破题，说自己将作远游，此刻夜宿七盘岭。“独游”显出无限失意的情绪，而“高卧”则不仅点出住宿高山，更有谢安“高卧东山”的意味，表示将“独游”聊作隐游，进一步点出失意的境遇。次联即写夜宿所见的远景，生动地表现出“高卧”的情趣，月亮仿佛就在窗前，银河好像要流进房门那样低。三联是写夜宿的节物观感，纤巧地抒发了“独游”的愁思。“平仲”是银杏的别称。左思《吴都赋》写江南四种特产树木说：“平仲君迁，松梓古度。”旧注说：“平仲之实，其白如银。”这里即用以写南方异乡树木，兼有寄托自己清白之意。“子规”即杜鹃鸟，相传是古蜀王望帝杜宇之魂化成，暮春鸣声悲哀如唤“不如归去”，古以为蜀鸟的代表，多用作离愁的寄托。这里，诗人望着浓绿的银杏树，听见悲啼的杜鹃声，春夜独宿异乡的愁思和惆怅，油然弥漫。

末联承“子规啼”,写自己正沉浸在杜鹃悲啼声中,鸡叫了,快要上路了,这七盘岭上不寐的一夜,更加引起对关中故乡的不胜依恋。“浮客”即游子,诗人自指。谢惠连《西陵遇风献康乐》说:“凄凄留子言,眷眷浮客心。……靡靡即长路,戚戚抱遥悲。”此化用其意。“空留听”是指杜鹃催归,而自己不能归去。过“褒城”便是入蜀境,虽在七盘岭还可闻见褒城鸡鸣,但诗人已经入蜀远别关中了。

这首诗是初唐五律的名篇,格律已臻严密,但显然尚留发展痕迹。通首对仗,力求工巧,有齐梁余风。它表现出诗人有较高的艺术才能,巧于构思,善于描写,工于骈偶,精于声律。诗人抓住夜宿七盘岭这一题材的特点,巧妙地在“独游”“高卧”上做文章。首联点出“独游”“高卧”;中间两联即写“高卧”“独游”的情趣和愁思,写景象显出“高卧”,写节物衬托“独游”;末联以“浮客”应“独游”,以“褒城”应“高卧”作结。结构完整,针迹细密。同时,它通篇对仗,铿锵协律,而文气流畅,写景抒怀,富有情趣和意境。在初唐宫廷诗坛上,沈佺期是以工诗著名的,张说曾夸奖他说:“沈三兄诗,直须还他第一!”(见刘悚《隋唐嘉话》)这未免过奖,但也可说明,沈诗确有较高的艺术技巧。这首诗也可作一例。

(《唐诗鉴赏辞典》,上海辞书出版社,1983 年)

郭　震

古剑篇

君不见昆吾铁冶飞炎烟，[1]红光紫气俱赫然。良工锻炼凡几年，铸得宝剑名龙泉。龙泉颜色如霜雪，良工咨嗟叹奇绝。琉璃玉匣吐莲花，[2]错镂金环映明月。正逢天下无风尘，[3]幸得周防君子身。精光黯黯青蛇色，文章片片绿龟鳞。[4]非直结交游侠子，亦曾亲近英雄人。何言中路遭弃捐，零落漂沦古狱边。虽复沉埋无所用，犹能夜夜气冲天。

〔注释〕

①昆吾：传说中的山名。相传山有积石，冶炼成铁，铸出宝剑光如水精，削玉如泥。②琉璃玉匣：《西京杂记》载汉高祖斩白蛇剑以五色琉璃为匣。③风尘：指战争。④文章：指剑上花纹。

这是一首咏物言志诗。相传是郭震受武则天召见时写的，“则天览而佳之，令写数十本，遍赐学士李峤、阎朝隐等”（张说《兵部尚书代国公赠少保郭公行状》）。从此，这首诗广传于世。

“古剑”是指古代著名的龙泉宝剑。据传是吴国干将和越国欧冶子二人，用昆吾所产精矿，冶炼多年而铸成，备受时人赞赏。但后来沦落埋没在丰城的一个古牢狱的废墟下，直到晋朝宰相张华夜观天象，发现在斗宿、牛宿之间有紫气上冲于天，后经雷焕判断是“宝剑之

精上彻于天”，这才重新被发掘出来。这首诗就是化用上述传说，借歌咏龙泉剑以寄托自己的理想和抱负，抒发不遇的感慨。

诗人用古代造就的宝剑比喻当时沦没的人才，贴切而易晓。从托物言志看，诗的开头借干将铸剑故事以喻自己素质优秀，陶冶不凡；其次赞美宝剑的形制和品格，以自显其一表人才，风华并茂；再次称道宝剑在太平年代虽乏用武之地，也曾为君子佩用，助英雄行侠，以显示自己操守端正，行为侠义；最后用宝剑沦落的故事，以自信终究不会埋没，吐露不平。显然，作者这番夫子自道，理直气壮地表明：人才早已造就，存在，起过作用，可惜被埋没了，必须正视这一现实，应当珍惜、辨识、发现人才，把埋没的人才挖掘出来。这就是它的主题思想，也是它的社会意义。不难理解，在封建社会，面对至高至尊的皇帝陛下，敢于写出这样寓意显豁、思想尖锐、态度严正的诗歌，其见识、胆略、豪气是可贵可敬的。压抑于下层的士子，更会深受感奋。这首诗的意义和影响由此，成功也由此。

张说评述郭震“文章有逸气，为世所重”。所谓“逸气”，即指其作品气势不羁，风格豪放。《古剑篇》的艺术特点，正如此评，其突出处恰在气势和风格。由于这诗是借咏剑以发议论，吐不平，因而求鲜明，任奔放，不求技巧，不受拘束。诗人所注重的是比喻贴切，意思显豁，主题明确。诗中化用传说，不乏想象，颇有夸张，富于浪漫色彩，例如赞美宝剑冶炼，称道宝剑品格，形容宝剑埋没等，都有想象和夸张，且笔触所到，议论即见，形象鲜明，思想犀利，感情奔放，气势充沛，往往从剑中见人，达到见人而略剑的艺术效果。实际上，这首诗在艺术上的成就，主要不在形式技巧，而在丰满地表现出诗人的形象，体现为一种典型，一种精神，因而能打动人。“文以气为主”，“风格即人”，此诗可作一例。

（《唐诗鉴赏辞典》，上海辞书出版社，1983 年）

陈子昂

感遇

其三十四

朔风吹海树,[①]萧条边已秋。亭上谁家子?哀哀明月楼。自言幽燕客,[②]结发事远游。[③]赤丸杀公吏,[④]白刃报私仇。避仇至海上,被役此边州。[⑤]故乡三千里,辽水复悠悠。[⑥]每愤胡兵入,常为汉国羞。何知七十战,白首未封侯![⑦]

〔注释〕

①海:与下文所称"避仇至海上"之海,泛指今辽河流域以东至海地区。②幽:古九州之一,战国时为燕国领地。《尔雅·释地》:"燕曰幽州。"故又通称"幽燕"。其地当今河北北部及辽宁一带。③结发:即束发。古代礼俗,男子二十岁束发加冠,表示成人。④赤丸:《汉书·尹赏传》载,汉代京城长安,少年结伙游侠,杀死官吏,替人报仇,约定抓摸弹丸来分配任务,抓到赤色弹丸杀武官,黑丸杀文官,白丸则料理后事。此用其事,表示曾为游侠,杀过人,有仇家。⑤边州:指营州,唐代最北边疆州郡,当时与契丹相接,州治所在今辽宁朝阳。⑥辽水:即辽河。上游分东辽河、西辽河,在辽宁吕图合流,称辽河,南流至营口西南汤池入海。⑦此二句:《史记·李将军列传》载,汉武帝时名将李广,从征匈奴,身经七十余战,屡建功绩,但终生不得功赏

封侯。此用其事,悲愤朝廷不公。

这诗主要通过一位边塞战士的自述,揭露边塞军队里有功不得赏的不平,压抑了战士的爱国豪情和立功雄心,破坏了边军的战斗力和边防的安全稳定。同时也通过这位战士曾为游侠杀人、因避仇而到辽海的经历,含蓄批评朝廷不善于利用和调动这类游侠出身的健儿的积极性以充实边防战斗力。武则天万岁通天元年(696)九月,陈子昂随从建安王武攸宜出征营州契丹,出师初曾为武攸宜作《上军国机要事》,建议武则天派遣使臣“与州县相知,仔细采访,有粗豪游侠、亡命奸盗、失业浮浪、富族强宗者,并稍优与赐物,悉募从军”,此举“一者以僭奸豪异心,二者搏精兵讨残”;同时批评“比来将军不明赏罚,所以兵不齐心”,要求武则天批给“袍带、告身、器物”等,以便“高爵重赏”,“以励勇使贪”。这两点政策建议,正与本诗自叙内容相合,可见本诗是针对当时边政现实而发,也可能就是在出征前后写的。

北风吹来,大海汹涌,树木呼啸,
边塞已经是满目萧条的秋天景象。
请问,戍楼上是哪家的健儿?
为何在明月高照的楼上叹息哀伤?
他说:“我是侨居幽州的客户,
自从束发成人,就离家远游四方。
我曾在京城游侠,抓赤丸,杀官吏,
也曾为私家报仇,亮白刃,动刀枪。
为了躲避仇家,才来到辽海之上,
官府征兵服役,我又来戍守边疆。
我的故乡呵,路程遥远三千里,
这条辽河呵,流水不尽长又长!

每一次胡兵来侵扰，我义愤填膺，
汉朝的软弱，常常使我羞耻忧伤。
哪知道我奋勇投身七十多次战斗，
到如今满头白发还没有封侯得赏！”

（《唐诗今译集》，人民文学出版社，1987 年）

苏　颋

奉和春日幸望春宫应制

> 东望望春春可怜，更逢晴日柳含烟。宫中下见南山尽，城上平临北斗悬。细草偏承回辇处，飞花故落舞觞前。宸游对此欢无极，鸟弄歌声杂管弦。

这是一首奉和应制诗，是臣下奉命应和皇帝陛下首唱之作。这类诗的思想内容大抵是歌功颂德，粉饰太平，几无可取。但是要写得冠冕华贵，雍容典丽，得体而不作寒乞相，缜密而有诗趣，却也不大容易。

原唱题曰“春日幸望春宫”。皇帝驾临其处叫作“幸”。“望春宫”是唐代京城长安郊外的行宫，有南、北两处，此指南望春宫，在东郊万年县（今陕西西安东），南对终南山。这诗便是歌咏皇帝春游望春宫，颂圣德，美升平。它紧扣主题，构思精巧，堂皇得体，颇费工夫，也见出诗人的才能技巧。

首联点出“春日幸望春宫”。“望望”“春春”，不连而叠，音节响亮。“东望望春”，既说“向东眺望望春宫”，又谓“向东眺望，望见春光”，一词兼语，语意双关。而春光可爱，打动圣上游兴，接着便说更逢天气晴朗，春色含情，恰好出游，如合圣意。这一开头，点题破题，便显出诗人的才思和技巧。

次联写望春宫所见。从望春宫南望，终南山尽在眼前；而回望长

安城，皇都与北斗相应展现。这似乎在写即日实景，很有气派。但造意铸词中，有实有虚，巧用典故，旨在祝颂，却显而不露。“南山”“北斗”，词意双关。“南山”用《诗经·小雅·天保》：“如南山之寿，不骞不崩。”原意即谓祝祷国家“基业长久，且又坚固，如南山之寿，不骞亏，不崩坏”。此写终南山，兼用《天保》语意，以寓祝祷。“北斗”用《三辅黄图》所载，汉长安城，“南为南斗形，北为北斗形”，故有“斗城”之称。长安北城即皇城，故“北斗”实则皇帝所居皇城。“晴日”是看不见北斗星的。此言“北斗悬”，是实指皇城，虚拟天象，意在歌颂，而运词巧妙。

三联写望春宫中饮宴歌舞，承恩祝酒。诗人随从皇帝入宫饮宴，观赏歌舞，自须感恩戴德，献杯祝颂。倘使直白写出，便有寒乞气。因此诗人巧妙地就“望春”做文章，用花草作比喻，既切题，又得体。“回辇处”即谓进望春宫，“舞觞前”是说饮宴和祝酒。“细草”显然自比，见得清微；“飞花”则喻歌姬舞女，显出花容娇姿；而“偏承”点出“独蒙恩遇”之意，“故落”点明“故意求宠”之态。细草以清德独承，飞花恃美色故落，臣、姬有别，德、色殊遇，以见自重，以颂圣明。其取喻用词，各有分寸，生动妥帖，不乞不谀，而又渲染出一派君臣欢宴的游春气氛。所以末联便以明确的歌颂结束。“宸游”即谓天游，指皇帝此次春游。君臣同乐，圣心欢喜无比，人间万物欢唱，天下歌舞升平。

这是一首盛世的歌功颂德之作，多少见出一些开明政治的气氛，情调比较自然欢畅，语言典丽而明快。虽然浮华夸张的粉饰不多，但思想内容也实无可取。并且由于是奉和应制之作，拘于君臣名分，终究不免感恩承欢，因此诗人的才能技巧，主要用于追求艺术形式的精美得当，实质上这是一首精巧的形式主义作品。不过，唐诗有此一种，不妨一读，以赏奇，以广见。

（《唐诗鉴赏辞典》，上海辞书出版社，1983 年）

苏　颋

汾上惊秋

北风吹白云，万里渡河汾。心绪逢摇落，秋声不可闻。

按照题目的标示，这首五绝大概是写诗人在汾水上惊觉秋天的来临，抒发岁暮时迈之类的感慨。诗的内容似乎也即如此。其实它有兴寄，有深意，是一首颇具特色的即兴咏史诗。

汾水在今山西省。这诗所说的“河汾”，是指汾水流入黄河的一段。这河、汾沿岸，便是汉、唐的河东郡。河东郡有个汾阴县(今山西万荣南)。汉武帝元鼎四年(前 113)夏天，方士奏报祥瑞，在汾阴掘获黄帝铸造的宝鼎。武帝大喜，秋天亲自来到汾阴，祭祀土神后土，还和群臣在船中饮宴赋诗，作《秋风辞》。

开元时期的唐玄宗雄心勃勃，大有追步汉武帝之意。开元十一年(723)三月，玄宗来到汾阴祭祀后土，并下令改称汾阴县为宝鼎县。苏颋其时正在礼部尚书任上，当也从驾参加了这个祭祀盛典。苏颋长期充任中枢要职，甚受玄宗器重。大概就在从驾祭祀后土之后，忽然被调离朝廷，出京入蜀，任益州大都督府长史，到开元十三年才又调回长安。外放的两年，是他一生仕履中最感失意的时期，这诗可能就是这一两年中的一个秋天所作的。

明了上述背景，就较易切实地理解这诗所蕴含的复杂心情，也可以体会诗人所以采取这种虚虚实实、若即若离、似明而晦、欲言而咽

的表现手法的用意。前二句显然化用了《秋风辞》的诗意，首句即“秋风起兮白云飞”，次句为“泛楼船兮济河汾”，从而概括地暗示着当年汉武帝到汾阴祭后土的历史往事，同时也不难令人联想到唐玄宗欲效汉武帝的作为。两者何其相似，历史仿佛重演，这意味着什么，又启示些什么，诗人并不予点破，留给读者自行理会。然而题目却点出了一个“惊”字，表明诗人的思绪是受了震惊的。难道是由于个人遭遇而被震惊了吗？就字面意思看，似乎有点像是即景自况。他在汾水上被北风一吹，一阵寒意使他惊觉到秋天来临；而他当时正处于一生最感失意的境地，出京放任外省，恰如一阵北风把他这朵白云吹得老远，来到了这汾水上。这也合乎题目标示的“汾上惊秋”。因此，前二句的含意是复杂的。总的来说，是在即景起兴中抒发着历史的联想和感慨，在关切国家的隐忧中交织着个人失意的哀愁。可谓百感交集，愁绪纷乱。

为了使读者体会这种心情，诗人在后二句便明确加以说穿了。“心绪”此处谓愁绪纷乱。“摇落”用《秋风辞》中“草木黄落”句意，又同本于宋玉《九辩》语“悲哉秋之为气也，萧瑟兮草木摇落而变衰”。这里用以指萧瑟天气，也以喻指自己暮年失意的境遇，所以说“逢”。“逢”者，愁绪又加上挫折之谓，暗示出“心绪”并非只是个人的失意。“秋声”即谓北风，其声肃杀，所以“不可闻”。听了这肃杀之声，只会使愁绪更纷乱，心情更悲伤。这就清楚地表明了前二句所蕴含的复杂心情的性质和倾向。

实际上，这诗的表现手法和抒情特点，都比较接近阮籍的《咏怀诗》。读者从它的抒情形象中感觉到诗人有寄托，有忧虑，有感伤；但究竟为什么，是难以确切肯定的。他采用这种手法，可能是以久与政事的经验，熟悉历史的知识，意识到汉、唐两代的两个盛世皇帝之间有某种相似，仿佛受到历史的某种启示，隐约感到某种忧虑，然而他还说不清楚,也无可奈何,因此只能写出这种感觉和情绪。而恰是这一点,却构成了一种独有的艺术特点:以形象来表示,让读者去理会。

(《唐诗鉴赏辞典》,上海辞书出版社,1983 年)

张九龄

湖口望庐山瀑布水

万丈红泉落，迢迢半紫氛。奔流下杂树，洒落出重云。日照虹霓似，天清风雨闻。灵山多秀色，空水共氤氲。

湖口即鄱阳湖口，唐为江州戍镇，归洪州大都督府统辖。这诗约为张九龄出任洪州都督转桂州都督前后所作。

张九龄在此之前，有一段曲折的经历。开元十一年(723)，张说为宰相，张九龄深受器重，引为本家，擢任中书舍人。开元十四年，张说被劾罢相，他也贬为太常少卿。不久，出为冀州刺史。他上疏固请改授江南一州，以便照顾家乡年老的母亲。唐玄宗“优制许之，改为洪州都督，俄转桂州都督，仍充岭南道按察使”(《旧唐书·张九龄传》)。这是一段使他对朝廷深为感戴的曲折遭遇。骤失宰相的依靠，却获皇帝的恩遇，说明他的才德经受了考验。为此，他踌躇满志，在诗中微妙地表达了这种情怀。

这诗描写的是庐山瀑布水的远景，从不同角度，以不同手法，取大略细，写貌求神，重彩浓墨，渲染烘托，以山相衬，与天相映，写出了一幅雄奇绚丽的庐山瀑布远景图；而寓比寄兴，景中有人，象外有音，节奏舒展，情调悠扬，赏风景而自怜，写山水以抒怀，又处处显示着诗人为自己写照。

诗人欣赏瀑布，突出赞叹它的气势、风姿、神采和境界。首联写

瀑布从高高的庐山落下，远望仿佛来自半天之上。“万丈”指山高，“迢迢”谓天远，从天而降，气势不凡，而“红泉”“紫氛”相映，光彩夺目。次联写瀑布的风姿：青翠高耸的庐山，杂树丛生，云气缭绕。远望瀑布，或为杂树遮断，或被云气掩住，不能看清全貌。但诗人以其神写其貌，形容瀑布是奔腾流过杂树，潇洒脱出云气，其风姿多么豪放有力，泰然自若。三联写瀑布的神采声威。阳光照耀，远望瀑布，若彩虹当空，神采高瞻；天气晴朗，又似闻其响若风雨，声威远播。末联赞叹瀑布的境界：庐山本属仙境，原多秀丽景色，而以瀑布最为特出。它与天空连成一气。真是天地和谐化成的精醇，境界何等恢宏阔大。《易·系辞》：“天地氤氲，万物化醇。”此用其词，显然寄托着诗人的理想境界和政治抱负。

总起来看，诗中所写瀑布水，来自高远，穿过阻碍，摆脱迷雾，得到光照，更闻其声，积天地化成之功，不愧为秀中之杰。这不正是诗人遭遇和情怀的绝妙的形象比喻吗？所以他摄取瀑布水什么景象，采用什么手法，选择什么语言，表现什么特点，实则都依照自己的遭遇和情怀来取舍的。这也是本诗具有独特的艺术成就的主要原因。既然瀑布景象就是诗人自我化身，则比喻与被比者一体，其比兴寄托也就易于不露斧凿痕迹。

作为一首山水诗，它的艺术是独特而成功的。乍一读，它好像只是在描写、赞美瀑布景象，有一种欣赏风景、吟咏山水的名士气度。稍加吟味，则可感觉其中蕴激情，怀壮志，显出诗人胸襟开阔，风度豪放，豪情满怀，其艺术效果是奇妙有味的。“诗言志”，山水即人，这首山水诗是一个成功的例证。

（《唐诗鉴赏辞典》，上海辞书出版社，1983 年）

王之涣

凉州词

盛唐诗人王之涣以其绝句雄视当时，可惜作品留存不多。《集异记》载，他曾和另外两位诗人王昌龄、高适在旗亭小饮，遇见一帮梨园伶官也来会宴，其中有几位著名歌伎。于是这三位诗人约定：静听歌伎演唱，看谁的诗被唱得多，多者为优，以见诗名高低。只听得歌伎们先唱王昌龄诗，继唱高适诗，然后又唱王昌龄诗。这时，王之涣沉不住气了，指着一位最佳歌伎对王昌龄、高适说："待此子所唱，如非我诗，吾即终身不敢与子争衡矣。"轮到那位最佳歌伎唱时，她果然唱了王之涣的《凉州词》，使得这三位诗人欢然大笑。这当然是一则轶闻佳话，但多少也显出王之涣负才自信，倜傥豪放，而且颇为尊重群众的评鉴。用现在的话来说，他的《凉州词》或可称作当时最佳流行歌曲之一，并且流传于今，仍然脍炙人口。

这是一首七言绝句：

黄河远上白云间，一片孤城万仞山。
羌笛何须怨杨柳，春风不度玉门关。

玉门关故址在今甘肃敦煌西北小方盘城，与阳关并为古代通往西域的门户，出玉门关即入西域。前二句便是写远望关山景象，从近处、低处向远处、高处眺望，看黄河逆流上溯，远远地没入白云萦绕的高山峻岭，而在绵延重叠的群山之上，一座座孤零零的城堡错落其间。黄河与白云相映，一片孤城与万仞重山比衬，色彩鲜明，线条粗

放，勾勒出广阔的塞外河山，雄浑壮观，而又苍凉。这是写景，但景中有人，恰似“空山不见人，但闻人语响”。诗人礼赞这源远流长的黄河，更歌唱那驻守孤城的战士。他们远离家乡，来到荒寒的塞上捍卫祖国，职责光荣，生活艰苦。然而在古代封建社会，戍边士卒“被驱不异犬与鸡”，非人的待遇使他们更加怀恋家乡。那时，哀怨离别的《折杨柳歌》流行边塞，撩起战士们的乡愁归思，引来难解的怨伤。诗人熟悉这种矛盾，也深知症结在朝廷的边政不振，那么，该怎么对待呢？

诗人的回答是聪明的，豪壮的，更是激愤的：“羌笛何须怨杨柳，春风不度玉门关。”不要唱哀伤的歌，无须怨天尤人，因为塞外本来就是荒远苦寒的地方。“春风”的寓意指皇恩，不言而喻。前人说：“此诗言恩泽不及于边塞，所谓君门远于万里也。”对诗意作了怨而不怒的解释，意谓天高皇帝远，所以皇恩不到。这近乎买椟还珠，殊不知诗意高妙恰在怒而不怨。因为怨望早已存在，所以诗人断然指出，春风不度，皇恩不到，既然如此，怨望无济于事，不如置之不顾。这已是怒气冲天，又“何须怨”？可见诗人是要引导人们蔑视皇恩，激励壮志，克服荒寒和乡愁，坚守祖国广阔河山。换句话说，诗人满怀同情地鼓励战士们发愤图强，只是这愤怒不来自强敌凌辱，而是对当时封建统治者的强烈失望。无疑，这一主题思想具有高昂的爱国精神，符合历史的真实，也富有历史的特点。而诗人又善于选取典型的情景，精美的语言，巧妙的手法，把这样复杂矛盾的思想感情表现得如此鲜明突出，饱满动人。因此这诗深得当时人民的喜爱，并且传诵不衰。

原题：愿君“更上一层楼”(上)——谈王之涣的两首绝句

(《光明日报》1980年6月22日第4版)

王之涣

登鹳雀楼

王之涣的思想境界和艺术才能，也表现在他的另一名作《登鹳雀楼》中。这是一首五绝：

白日依山尽，黄河入海流。
欲穷千里目，更上一层楼。

寥寥二十字，把登楼望远的胸襟和祖国山河的壮丽，写得气派恢宏，神采斐然，而意境高远，哲理隽永，明白如话，铸成格言，发人深省。

唐代鹳雀楼筑在河东道蒲州(今山西永济)城西南“黄河中高阜处。时有鹳雀栖其上，遂名”。其楼今已湮没。但在唐代却是一处著名的游览胜地。宋代沈括说它“前瞻中条(山名)，下瞰大河。唐人留诗者甚多”。王之涣这诗即其中的杰作。前二句是写登楼所见山河景象。“白日”句不是写夕阳西下，而是说前瞻中条山，只见太阳好像依傍着绵亘起伏的山势升起，运行，直到落下，极言山的气势高大，故云“白日”，而不说是“红日”。“黄河”句即谓下瞰河水一泻千里，奔流入海，极言河的趋向远大。这两句诗把登楼所见所感，祖国山河的壮丽，诗人胸怀的开阔，写得至高至大，几臻完境，似乎话已说尽。

然而，鹳雀楼仅三层。对寻常游客来说，登楼见到山河如此壮丽的景象，或许会惊叹，满足，甚至陶醉。但对志向远大的志士仁人来说，登泰山而小天下，临沧海而指日月，区区三层楼所见有限，不足惊叹观止。因此，诗人平静地说：“欲穷千里目，更上一层楼。”希望人

们的思想不断向上，目光才能真正远大，提醒人们不要拘囿于有限的高度，满足于眼前的收获。这两句诗平常无奇，如说白话，然而正如王维《渭城曲》“劝君更尽一杯酒，西出阳关无故人”一样，惟其出真情于平常，引眼前向将来，所以动人肺腑，发人深省。它恰如惊木拍案一般，使陶醉于一时成绩的人震惊，思索，恍然，奋发而难忘，以为铭箴，用作格言。显然，这诗的艺术力量来自高度的思想境界，并不以辞藻、技巧取胜。

宋代司马光读了《登鹳雀楼》，极为赞赏，并为王之涣感慨不平，说他为“当时贤士所不数”，而其作品却远非“后人擅诗名者”所能及。这当是有感而发，但其实不必不平。因为“诗卷长留天地间”，诗人生前身后名，正如旗亭赛诗，有群众公断在；王之涣仅存绝句数首而不磨灭，经得起历史考验。所以有志者当铭记诗人忠告：“欲穷千里目，更上一层楼。”在思想上、艺术上不断努力提高，大有裨益。

原题：愿君“更上一层楼”（下）——谈王之涣的两首绝句

（《光明日报·东风副刊》1980年6月29日第4版）

“孤城”即指“玉门关”补证

《文史知识》第四期“青年园地”载陈植锷同志《一片·孤城·玉门关》一文，论证“一片”是一座的意思，“孤城”即指玉门关，并指出我曾误将“一片”解释为“一座座”。他的见解及批评都是正确的。傅璇琮同志《唐代诗人丛考》中《靳能所作王之涣墓志铭跋》一文，有一段关于王之涣《凉州词》的论述，可为陈说补证。兹节录下：

> 《唐语林》卷五载：“天宝中，乐章多以边地为名，如《凉州》、《甘州》、《伊州》之类是也。”（《新唐书·乐志》所载略同）据岑仲勉先生《唐人行第录》王七之涣条，云：“全诗三函高适四《和王七听玉门关吹笛》云：‘胡人吹笛戍楼间，楼上萧条海月闲。借问落梅凡几曲，从风一夜满关山。’押间、山二韵，同之涣诗，余认为此王七即之涣。”……岑仲勉先生意在考行第，他的这一立论不为无见，由此则使我们知道，王之涣这首诗又题作《听玉门关吹笛》，大约以“凉州”为题者乃以乐曲命名，而所谓“听玉门关吹笛”，则叙其作诗时情景。

据此，则知诗题又作《听玉门关吹笛》，而“一片”当是“一座”，“孤城”即指玉门关，更为确凿无疑。欣逢指正，借花以志感谢。

（《文史知识》1982年第1期）

孟浩然

夜归鹿门歌

> 山寺钟鸣昼已昏，渔梁渡头争渡喧。人随沙岸向江村，余亦乘舟归鹿门。鹿门月照开烟树，忽到庞公栖隐处。岩扉松径长寂寥，惟有幽人夜来去。

孟浩然家在襄阳城南郊外，岘山附近，汉江西岸，名曰“南园”或“涧南园”。题中鹿门山则在汉江东岸，沔水南畔与岘山隔江相望，距离不远，乘船前往，数时可达。汉末著名隐士庞德公，因拒绝征辟，携家隐居鹿门山，从此鹿门山就成了隐逸圣地。孟浩然早先一直隐居岘山南园的家里，四十岁赴长安谋仕不遇，游历吴、越数年后返乡，决心追步乡先贤庞德公的行迹，特为在鹿门山辟一住处。偶尔也去住住，其实是个标榜归隐性质的别业，所以题曰“夜归鹿门”，虽有纪实之意，而主旨却在标明这首诗是歌咏归隐的情怀志趣。

“渔梁”是地名，诗人从岘山南园渡汉江往鹿门，途经沔水口，可以望见渔梁渡头。首二句即写傍晚江行见闻，听着山寺传来黄昏报时的钟响，望见渡口人们抢渡回家的喧闹。这悠然的钟声和尘杂的人声，显出山寺的僻静和世俗的喧闹，两相对照，唤起联想；诗人在船上闲望沉思的神情，潇洒超脱的襟怀，隐然可见。三、四句就说世人回家，自己离家去鹿门，两样心情，两种归途，表明自己隐逸的志趣，怡然自得。五、六句是写夜晚攀登鹿门山山路，“鹿门月照开烟树”，

朦胧的山树被月光映照得格外美妙，诗人陶醉了。忽然，很快地，仿佛在不知不觉中就到了归宿地，原来庞德公就是隐居在这里，诗人恍然了。这微妙的感受，亲切的体验，表现出隐逸的情趣和意境，隐者为大自然所融化，至于忘乎所以。末二句便写“庞公栖隐处”的境况，点破隐逸的真谛。这“幽人”，既指庞德公，也是自况，因为诗人彻底领悟了“遁世无闷”的妙趣和真谛，躬身实践了庞德公“采药不返”的道路和归宿。在这个天地里，与尘世隔绝，惟山林是伴，只有他孤独一人寂寞地生活着。

显然，这首诗的题材是写“夜归鹿门”，读来颇像一则随笔素描的山水小记。但它的主题是抒写清高隐逸的情怀志趣和道路归宿。诗中所写从日落黄昏到月悬夜空，从汉江舟行到鹿门山途，实质上是从尘杂世俗到寂寥自然的隐逸道路。诗人以谈心的语调，自然的结构，省净的笔墨，疏豁的点染，真实地表现出自己内心的体验和感受，动人地显现出恬然超脱的隐士形象，形成一种独到的意境和风格。前人说孟浩然诗“气象清远，心悰孤寂”，而“出语洒落，洗脱凡近”（《唐音癸签》引徐献忠语）。这首七古倒很能代表这些特点。从艺术上看，诗人把自己内心体验感受，表现得平淡自然，优美真实，技巧老到，深入浅出，是成功的，也是和谐的。也正因为诗人真实地抒写出隐逸情趣，脱尽尘世烟火，因而表现出消极避世的孤独寂寞的情绪。

（《唐诗鉴赏辞典》，上海辞书出版社，1983 年）

孟浩然

题义公禅房

义公习禅寂，结宇依空林。户外一峰秀，阶前众壑深。夕阳连雨足，空翠落庭阴。看取莲花净，方知不染心。

这是一首题赞诗，也是一首山水诗。义公是位高僧，禅房是他坐禅修行的屋宇。这诗通过描写义公禅房的山水环境，衬托出义公的清德高风，情调古雅，潇洒物外，而表现自然明快，词句清淡秀丽，是孟诗艺术的代表作之一。

“禅寂”是佛家语，佛教徒坐禅入定，惟思寂静，所谓“一心禅寂，摄诸乱意”(《维摩经·方便品》)。义公为了“习禅寂”，在空寂的山林里修筑禅房，“依空林”点出禅房的背景，以便自如地转向中间两联描写禅房前景。

禅房的前面是高雅深邃的山景。开门正望见一座挺拔秀美的山峰，台阶前便与一片深深的山谷相连。人到此地，瞻仰高峰，注目深壑，自有一种断绝尘想的意绪，神往物外的志趣。而当雨过天晴之际，夕阳徐下时分，天宇方沐，山峦清净，晚霞夕岚，相映绚烂。此刻，几缕未尽的雨丝拂来，一派空翠的水气飘落，禅房庭上，和润阴凉，人立其间，更见出风姿情采，方能体味义公的高超眼界和绝俗襟怀。

描写至此，禅房山水环境的美妙，义公眼界襟怀的清高，都已到好处。然而实际上，中间二联只是描写赞美山水，无一字赞人。因

此，诗人再用一笔点破，说明写景是写人，赞景以赞人。不过诗人不是直白道破，而是巧用佛家语。“莲花”指通常所说的“青莲”，是佛家语。其梵语音译为“优钵罗”。青莲花清净香洁，不染纤尘，佛家用它比喻佛眼，所谓菩萨“目如广大青莲华叶”（《法华经·妙音品》）。这两句的含意是说，义公选取了这样美妙的山水环境来修筑禅房，可见他具有佛眼般清净的眼界，方知他怀有青莲花一样纤尘不染的胸襟。这就点破了写景的用意，结出了本诗的主题。

作为一首题赞诗，诗人深情赞美了一位虔诚的和尚，也有以寄托诗人自己的隐逸情怀。作为一首山水诗，诗人以清词丽句，素描淡抹，写出了一帧诗意浓厚的山林晚晴图。空林一屋，远峰近壑，晚霞披洒，空翠迷蒙，自然幽雅，风光闲适，别有一种生意，引人入胜，至今仍不失为精品。

（《唐诗鉴赏辞典》，上海辞书出版社，1983年）

孟浩然

过故人庄

故人具鸡黍，邀我至田家。绿树村边合，青山郭外斜。开轩面场圃，把酒话桑麻。待到重阳日，还来就菊花。

这首《过故人庄》是盛唐田园诗的名篇，诗人孟浩然也是盛唐著名的隐士。一般地说，封建士人出仕到官场，退隐归田园，是政治态度和生活道路的一种重大抉择。隐士歌咏田园，往往与政治失志相联系，意味着对现实政治不满或不合，蕴含着不遇或不平的情怀。即使是隐逸诗人之宗、田园诗的鼻祖陶渊明，也在所难免。孟浩然这首田园诗却一味赞美友情，欣赏田园，显得兴高采烈，志满意惬，似乎不涉时事，未见骚屑。乍一读来，好像只是扣紧题目，首联写应邀赴约，次联写农庄风光，三联写田园情趣，末联写再约后期，完整地写了这次访问老朋友农庄的经过；仿佛诚恳地说了一通辞别道谢的家常话，朴实无华，毫不惊人，话说完了，诗也结束了，真是"淡到看不见诗"。然而知人论诗，稍加咀嚼，便可体会到这一番确乎出于肺腑的家常话，却是经过深思熟虑的构思和提炼，其中也蕴含着诗人不遇的感慨，只是表现得泰然自若，不介于怀，很有盛世隐士的风度。

先说诗。

诗的首联是说老朋友杀鸡煮饭，邀请诗人到他的农庄做客，流露着朋友的盛情和诗人的欣悦。但这两句化用了一个典故。《论语·

微子》载，孔子的门徒子路曾向一位荷蓧丈人探问孔子的行踪，丈人说："四体不勤，五谷不分，孰为夫子(指孔子)！"说罢径自锄草，不睬子路了。子路呆立一旁，不知所措。当晚，丈人留宿子路，并且"杀鸡为黍而食之"。次日，子路见了孔子，把这件事告诉他。孔子说："隐者也。"叫子路返回去解释一下。子路再到丈人家，丈人不在。他就对丈人的儿子说，"不仕无义"，孔子谋仕是"行其义也"，因此，虽然"道之不行也，已知之矣"，但孔子仍要谋仕。这是古代士人十分熟悉的典故，诗人的用意也显而易见：一是表示他的老朋友像荷蓧丈人一样是个躬耕田园的隐者；二是暗示自己也像孔子那样是为了行义而谋仕，并且认识到当时也是"道之不行"的形势。了解诗人的用意，便可理解这两句诗不只写应邀赴约，更表现出主客的身份不同，存在着微妙的志趣不同，还包含着一个问题：既然认识到"道之不行"，那么，诗人是像孔子那样坚持谋仕行义呢，还是跟主人一起像荷蓧丈人那样躬耕归隐？实际上，全诗就是通过抒写这次访问的体会，回答这一问题。

次联是说农庄坐落在一围绿树里，背景是一溜青山斜去，绵延至城郭之外，显示出农庄地处郊野，僻静幽雅，绿树成荫，举目青山，一派大自然欣欣气象，恰是躬耕隐居的大好处所。这是写临近农庄所见田园风光，表现出主人隐居的环境，同时流露着诗人情不自禁的欣赏和爱慕。三联是说在农庄里，老朋友和诗人对着菜园场地，畅饮欢谈农事，洋溢着宾主情投意合的乐趣。这两句用了两个成词，也化用了两个前人的诗意。上句是用阮籍《咏怀诗》"开轩临四野，登高望所思"的语意。阮诗是咏叹一个被褐怀玉、安贫乐道的儒生，由于"开轩"正视现实政治，觉悟到历史兴亡的严酷和人生荣名的虚无，因而"登高"遥望，羡慕高蹈隐逸。这里说"开轩面场圃"，是用阮诗从现实政治中有所觉悟的含意，表示诗人从仕途来访田园，深深领会田园生活乐趣，很羡慕躬耕隐居道路。下句是用陶渊明《归田园居》"相见无杂言,但道桑麻长”的语意。陶诗是歌咏田园邻里间,日常只关心农事,不涉世俗杂念。这里说“把酒话桑麻”,就是表示赞赏主人隐居躬耕,心无杂念,情操清高。因此,这两句诗也不只写宾主欢晤,更表现着诗人倾心于隐逸田园的生活情趣,赞赏老朋友断绝尘想的清高情操,显示着主客间志趣愈益接近,诗人有意于改弦易辙了。

末联是说诗人将在秋高气爽的重阳佳节,再来农庄,届时可望像陶渊明那样兴致高雅地就着盛开的菊花痛饮一番,表示对这次访问十分满意,深为留恋,并以此辞别。这两句又用了陶渊明的一个故事。萧统《陶渊明传》载,陶渊明曾在九月九日重阳节,“出宅边菊丛中坐,久之,满手把菊”,忽然见到江州刺史王弘送酒来,他“即便就酌,醉而归”。诗人用这个故事,有双重含意:既赞美主人具有陶渊明的节操风度,也表露自己很有追慕陶渊明的意向。这两句诗不仅以再约后期结束了这次访问,更是明白地回答了首联提出的问题,诗人有意要归耕田园。这样,通过这次访问,谋仕行义的诗人转向了躬耕归隐的道路,首联所表现的微妙的志趣不同,在末联便以殊途同归结束。

总起来说,这首诗的结构层次是扣住题目来安排的,因而具有访问辞别的如话家常的结构形式,但是它的主题思想却是赞美友情和田园,抒发诗人从仕途欣然转向归隐的情怀,同时也淡然地蕴含着不遇的感慨。正是出于这一主题思想的需要,诗人在这个访问的结构形式中,巧妙地交织抒写了“故人”和“我”两个人物,在正面赞美“故人”的同时,处处表露着诗人自己的思想感情,形成诗人自我的生动形象。换句话说,全诗始终如影伴形似地同时出现“故人”和“我”两个形象,被赞美者和赞美者一起浮现在人们眼前。故人隐者的情操,农庄田园的情趣,固然朴质而典型地表现了出来,但这首诗更为动人处,却是诗人坦白诚恳的胸襟和情怀。因此,从艺术上看,它虽是律诗,却像古体;虽然对仗工稳,却很自然活泼;虽然用典不少,却是深

入浅出；虽然描写景致，却是浑然见意。这些朴质的写法，是和诗人情怀一致的。清人黄生说："全诗俱以信口道出，笔尖几不着点墨。浅之至而深，淡之至而浓，老之至而媚，火候至此，并烹炼之绩俱化矣。"（《唐诗摘钞》）就艺术特点而言，这一评论是中肯的。但应当看到，诗人所以采取这样平淡质朴的写法，更为重要的原因是他对于这一主题思想的认识和提炼。

因此，必须再说到诗人。

孟浩然生活在武则天执政时期到唐玄宗开元末，正是唐朝极盛的年代，国家富强，天下太平。那时，优裕闲适的风气弥漫朝野，隐居是清高的名士风流，也是仕进的一条捷径和通途，隐与仕并不尖锐对立，在野者可以隐而仕，在朝者也可隐于仕。隐士或有不遇的感慨，但不必是政治上的对抗。孟浩然一生五十一岁，大部分岁月隐居在家乡襄阳（今湖北襄阳），仅在四十岁时曾应举到长安谋仕不遇，然后赴荆州在张九龄幕下当过短期僚属，随即到吴、越游历了几年。他没有正式做过官，终身布衣，可以说是个洁身自好的实在的隐士。

李白《赠孟浩然》说："吾爱孟夫子，风流天下闻。红颜弃轩冕，白首卧松云。醉月频中圣，迷花不事君。高山安可仰，徒此揖清芬。"生动地表现出孟浩然的隐士形象，也反映出开元盛世隐士的特点。孟浩然不做官，不事君，不涉世，不求名，却以其才学品德，情操风度，博得举世景仰，名扬天下。本来，他隐居攻读三十年，确实胸怀大志，以求一举成功，所以他在四十岁出山谋仕，并取得颇高的文名。但朝廷执政不赏识，不获施展的机遇，使他激愤不平，幻想破灭，头脑变得清醒，性格变得刚强，志向也转变了。而当他坚决走向隐逸道路，却得到了更多的尊重，更高的声誉。政治不遇的挫折，获取了精神补偿和满足，反而砥砺了他隐居的志节，增强了他对田园的喜爱，还使他结识了许多同道和知音，加深了对友谊的珍惜，因而在游历吴、越后他重返家园隐居。他是隐士兼名士，田园加知音，清白而傲岸，悠闲以恬适,自可心安理得,志满意足了。那曾经使他激愤的不遇失意,也化作人生的插曲,溅飞的浪花,虽然不能泯灭,却已淡然了。《过故人庄》所抒发的就是这样的胸襟和情怀,所表现的就是这样的盛世隐士形象。

从思想上说,《过故人庄》主要歌颂隐士清高的情操和田园恬适的情趣,对当时政治不过稍含不满,其实并不深刻,对今天更无多教益。但它真实地表现出开元盛世隐士典型的思想性格,反映出盛唐时代风貌的一个侧面,有一定的认识意义。它的主要成就在诗歌艺术方面。苏轼曾评论孟浩然的诗歌特点是“韵高而才短”(见《后山诗话》)。“韵高”指诗歌的思想情调,“才短”指诗人的艺术才华。这一评论是允当的,也适用于《过故人庄》。这首诗显然不以出众的艺术才华惊人,而以情深意浓、思真词实动人。它如话家常,但并非客套,而是一片真心。它深入浅出,故并不浅薄,而是淡而有味。它技巧老到,却并无造作,而是浑熟自然。诗人是懂得诗歌艺术的,也是认真创作的。但他更注重于追求高尚的思想情操和表现真实的生活感受,因而虽然有“才短”之嫌,但无害其“韵高”之优,故他的诗歌独创平淡清腴的风格,而为人们喜爱。

(《文史知识》1981年第2期)

李　颀

送陈章甫

四月南风大麦黄，枣花未落桐阴长。青山朝别暮还见，嘶马出门思旧乡。陈侯立身何坦荡，[1]虬须虎眉仍大颡。[2]腹中贮书一万卷，不肯低头在草莽。东门酤酒饮我曹，心轻万事如鸿毛。醉卧不知白日暮，有时空望孤云高。长河浪头连天黑，津吏停舟渡不得。郑国游人未及家，洛阳行子空叹息。闻道故林相识多，罢官昨日今如何？

〔注释〕

①陈侯：对陈章甫的尊称。②虬：蜷曲。大颡（sǎng）：宽脑门。

李颀的送别诗，以善于描述人物著称。本诗即为一首代表作。

陈章甫是个很有才学的人，原籍不在河南，不过长期隐居嵩山。他曾应制科及第，但因没有登记户籍，吏部不予录用。经他上书力争，吏部辩驳不了，特为请示执政，破例录用。这事受到天下士子的赞美，使他名扬天下。然其仕途并不通达，因此无意官事，仍然经常住在寺院郊外，活动于洛阳一带。这首诗大约作于陈章甫罢官后登程返乡之际，李颀送他到渡口，以诗赠别。前人多以为陈章甫此次返乡是回原籍江陵老家，但据诗中所云"旧乡""故林"，似指河南嵩山而言。诗中称陈章甫为"郑国游人"，自称"洛阳行子"，可见双方同为天

涯沦落人，情意是很密切的。

诗的开头四句，轻快舒坦，充满乡情。入夏，天气晴和，田野麦黄，道路荫长，骑马出门，一路青山做伴，更怀念往日隐居旧乡山林的悠闲生活。这里有一种旷达的情怀，显出隐士的本色，不介意仕途得失。然后八句诗，用生动的细节描绘，高度的艺术概括，赞美陈章甫的志节操守，见出他坦荡无羁、清高自重的思想性格。前四句写他的品德、容貌、才学和志节。说他有君子坦荡的品德，仪表堂堂，满腹经纶，不甘沦落草野，倔强地要出山入仕。“不肯低头在草莽”，显然指他抗议无籍不被录用一事。后四句写他的形迹脱略，胸襟清高，概括他仕而实隐的情形，说他与同僚畅饮，轻视世事，醉卧避官，寄托孤云，显出他入仕后与官场污浊不合，因而借酒隐德，自持清高。不言而喻，这样的思想性格和行为，注定他迟早要离开官场。这八句是全诗最精彩的笔墨，诗人首先突出陈的立身坦荡，然后写容貌抓住特征，又能表现性格；写才学强调志节，又能显出神态；写行为则点明处世态度；写遭遇就侧重思想倾向，既扣住送别，又表明罢官返乡的情由。“长河”二句是赋而比兴，既实记渡口适遇风浪，暂停摆渡，又暗喻仕途险恶，无人援济。因此，行者和送者，罢官者和留官者，陈章甫和诗人，都在渡口等候，都没有着落。一个“未及家”，一个“空叹息”，都有一种惆怅。面对这种失意的惆怅，诗人以为无须介意，因此，末二句以试问语气写世态炎凉，料想陈返乡后的境况，显出一种泰然处之的豁达态度，轻松地结出送别。

就全篇而言，诗人以旷达的情怀，知己的情谊，艺术的概括，生动的描写，表现出陈章甫的思想性格和遭遇，令人同情，深为不满。而诗的笔调轻松，风格豪爽，不为失意作苦语，不因离别写愁思，在送别诗中确属别具一格。

（《唐诗鉴赏辞典》，上海辞书出版社，1983 年）

李适之

罢　相

避贤初罢相，乐圣且衔杯。为问门前客，今朝几个来？

这是一首因事而写的讽刺诗。

李适之从天宝元年(742)至五载担任左相。他是皇室后裔，入相前长期担任刺史、都督的州职，是一位“以强干见称”的能臣干员。而他性情简率，不务苛细，待人随和，雅好宾客，“饮酒一斗不乱，夜则宴赏，昼决公务，庭无留事”，又是一位分公私、别是非、宽严得当的长官。为相五年中，他与权奸李林甫“争权不叶”，而与清流名臣韩朝宗、韦坚等交好，所以“时誉美之”。但他清醒了解朝廷尖锐复杂的政治斗争和自己所处的地位，只自忠诚治理事务，不充诤臣，不为强者。因此，当他的好友韦坚等先后被李林甫诬陷构罪，他就“惧自不安，求为散职”。而在天宝五载，当获准免去左相职务，改任清要的太子少保时，他感到异常高兴而庆幸，“遽命亲故欢会”，并写了这首诗。

就诗而论，表现曲折，但诗旨可知，含讥刺，有机趣，允称佳作。作者要求罢相，原为畏惧权奸，躲避斗争，远祸求安。而今如愿以偿，自感庆幸。倘使诗里直截把这样的心情写出来，势必更加得罪李林甫。所以作者设遁辞，用隐喻，曲折表达。“避贤”是成语，意思是给贤者让路。“乐圣”是双关语，“圣”即圣人，但这里兼用两个代称，一是唐人称皇帝为“圣人”，二是沿用曹操的臣僚的隐语，称清酒为“圣人”。所以

“乐圣”的意思是说，使皇帝乐意，而自己也爱喝酒。诗的开头两句的意思是说，自己的相职一罢免，皇帝乐意我给贤者让了路，我也乐意自己尽可喝酒了，公私两便，君臣皆乐，值得庆贺，那就举杯吧。显然，把惧奸说成“避贤”，误国说成“乐圣”，反话正说，曲折双关，虽然知情者、明眼人一读便知，也不失机智俏皮，但终究是弱者的讥刺，有难言的苦衷，针砭不力，反而示弱。所以作者在后两句机智地巧作加强。

前两句说明设宴庆贺罢相的理由，后两句是关心亲故来赴宴的情况。这在结构上顺理成章，而用口语写问话，也生动有趣。但宴庆罢相，事已异常；所设理由，又属遁词；而实际处境，则是权奸弄权，恐怖高压。因此，尽管李适之平素“夜则宴赏”，天天请宾客喝酒，但“今朝几个来”，确乎是个问题。宴请的是亲故宾客，大多是知情者，懂得这次赴宴可能得罪李林甫，惹来祸害。敢来赴宴，便见出胆识，不怕风险。这对亲故是考验，于作者为慰勉，向权奸则为示威，甚至还意味着嘲弄至尊。倘使这两句真如字面意思，只是庆贺君臣皆乐的罢相，则亲故常客自然也乐意来喝这杯酒，主人无须顾虑来者不多而发这一问。所以这一问便突兀，显出异常，从而暗示了宴庆罢相的真实原因和性质，使上两句闪烁不定的遁辞反语变得倾向明显，令有心人一读便知。作者以俚语直白写这一问，不止故作滑稽，更有加强讥刺的用意。

由于使用反语、双关语和俚语，这诗蒙有插科打诨的打油诗格调，因而前人有嫌它过显不雅的，也有说它怨意不深的。总之是认为它并未见佳。但杜甫《饮中八仙歌》写到李适之时却特地称引此诗，有“衔杯乐圣称避贤”句，可算知音。而这诗得能传诵至今，更重要的原因在事不在诗。由于这诗，李适之在罢相后被认为与韦坚等相善，遭诬陷株连，被贬后自杀。因而这诗便更为著名。

（《唐诗鉴赏辞典》，上海辞书出版社，1983 年）

常　建

宿王昌龄隐居

清溪深不测，隐处唯孤云。松际露微月，清光犹为君。茅亭宿花影，药院滋苔纹。余亦谢时去，西山鸾鹤群。

这是一首山水隐逸诗，在盛唐已传为名篇。到清代，更受“神韵派”的推崇，同《题破山寺后禅院》并为常建代表作品。

常建和王昌龄是开元十五年(727)同科进士及第的宦友和好友。但在出仕后的经历和归宿却不大相同。常建“沦于一尉”，只做过盱眙县尉，此后便辞官归隐于武昌樊山，即西山。王昌龄虽然仕途坎坷，却并未退隐。题曰“宿王昌龄隐居”，一是指王昌龄出仕前隐居之处，二是说当时王昌龄不在此地。

王昌龄及第时大约已有三十七岁。此前，他曾隐居石门山。山在今安徽含山县境内，即本诗所说“清溪”所在。常建任职的盱眙，即今江苏盱眙，与石门山分处淮河南北。常建辞官西返武昌樊山，大概渡淮绕道不远，就近到石门山一游，并在王昌龄隐居处住了一夜。

首联写王昌龄隐居所在。“深不测”一作“深不极”，并非指水的深度，而是说清溪水流入石门山深处，见不到头。王昌龄隐居处便在清溪水流入的石门山上，望去只看见一片白云。齐梁隐士、“山中宰相”陶弘景对齐高帝说：“山中何所有？岭上多白云。只可自怡悦，不堪持赠君。”因而山中白云便沿为隐者居处的标志，清高风度的象征。

但陶弘景是著名阔隐士，白云多；王昌龄却贫穷，云也孤，而更见出清高。清人徐增说："惟见孤云，是昌龄不在，并觉其孤也。"这样理解，也具情趣。

中间两联即写夜宿王昌龄隐居处所见所感。王昌龄住处清贫幽雅，一座孤零零的茅屋，即所谓"茅亭"。屋前有松树，屋边种花，院里莳药，见出他的为人和情趣，独居而情不孤，遁世而爱生活。常建夜宿此地，举头望见松树梢头，明月升起，清光照来，格外有情，而无心可猜。想来明月不知今夜主人不在，换了客人，依然多情来伴，故云"犹为君"，"君"指王昌龄。这既暗示王昌龄不在，更表现隐逸生活的清高情趣。夜宿茅屋是孤独的，而抬眼看见窗外屋边有花影映来，也别具情意。到院里散步，看见王昌龄莳养的药草长得很好。因为久无人来，路面长出青苔，所以茂盛的药草却滋养了青苔。这又暗示主人不在已久，更在描写隐逸情趣的同时，流露出一种惋惜和期待的情味，表现得含蓄微妙。

末联便写自己的归志。"鸾鹤群"用江淹《登庐山香炉峰》"此山具鸾鹤，往来尽仙灵"语，表示将与鸾鹤仙灵为侣，隐逸终生。这里用了一个"亦"字，很妙。实际上这时王昌龄已登仕路，不再隐居。这"亦"字是虚晃，故意也是善意地说要学王昌龄隐逸，步王昌龄同道，借以婉转地点出讽劝王昌龄坚持初衷而归隐的意思。其实，这也就是本诗的主题思想。题曰"宿王昌龄隐居"，旨在招王昌龄归隐。

这首诗的艺术特点确同《题破山寺后禅院》，"其旨远，其兴僻，佳句辄来，唯论意表"。诗人善于在平易地写景中蕴含深长的比兴寄喻，形象明朗，诗旨含蓄，而意向显豁，发人联想。就此诗而论，诗人巧妙地抓住王昌龄从前隐居的旧地，深情地赞叹隐者王昌龄的清高品格和隐逸生活的高尚情趣，诚挚地表示讽劝和期望仕者王昌龄归来的意向。因而在构思和表现上，"唯论意表"的特点更为突出，终篇都赞此劝彼，意在言外，而一片深情又都借景物表达，使王昌龄隐居

处的无情景物都充满对王昌龄的深情，愿王昌龄归来。但手法又只是平实描叙，不拟人化。所以，其动人在写情，其悦人在传神，艺术风格确实近王、孟一派。

（《唐诗鉴赏辞典》，上海辞书出版社，1983 年）

常 建

题破山寺后禅院

清晨入古寺，初日照高林。竹径通幽处，禅房花木深。山光悦鸟性，潭影空人心。万籁此俱寂，但余钟磬音。

《题破山寺后禅院》是唐代诗人常建的名篇。

“破山”即江苏常熟虞山。“破山寺”即兴福寺，是南齐郴州刺史倪德光施舍宅园改建而成的佛寺。“禅院”是僧人参禅修行的所在。“后禅院”即谓禅房在兴福寺后院。这诗是诗人游寺入后院的即兴题赠之作。诗中赞叹其地幽深，其境空寂，令人清心悦情，悠然有出世皈佛之想。它的思想内容，在今天已无多可取；但在封建时代，却颇激起士大夫的共鸣，有历史的典型意义。它的艺术成就，历来受到称道。唐代殷璠编选《河岳英灵集》，列常建诗于首位，评曰：“建诗似初发通庄，却寻野径，百里之外，方归大道。所以其旨远，其兴僻，佳句辄来，唯论意表。”并举本诗“山光”二句为警策。宋代欧阳修则欣赏“竹径”二句，认为造意极工（见《题青州山斋》）。连它的体裁也颇受注意。由于它首联对仗而次联不对，因此有人认为不合律体；但清人黄生却坚持以为律体，并备为律体一格，称之“换柱格”（《唐诗摘钞》）。可见它的诗歌艺术颇有独到处。但本文要说的却是它在语言技巧上的一个特点，即诗中运用双关语，巧妙而不造作，几无斧凿痕迹，以至于容易被忽略。试结合全诗，略说如下。

首联破题，看来平淡无奇。大意是说，清晨走进古老的兴福寺，初升的太阳照耀着高高的山林。此两句容易使人想起曹植的名句“高台多悲风，朝日照北林”(《杂诗六首》其一)，觉得风格相近而古朴有兴象。通常解释也多指出“高林”显示寺在山林。其实，“高林”一词，六朝以来已有形容隐逸遁世之义。《列子·黄帝》载梁鸯驯鸟兽语：“故游吾园者，不思高林旷泽；寝吾庭者，不愿深山幽谷；理使然也。”谢灵运《石壁立招提精舍》：“绝溜飞庭前，高林映窗里。禅室栖空观，讲宇析妙理。”“高林”本意是高高的树林，而一以晓谕隐士逸民的习性，一以描写佛寺禅室的胜境，都与隐遁有关。又，佛家称僧人聚集处为“丛林”。《大智度论》说：“僧伽，秦言众。多比丘一处和合，是名僧伽。譬如大树丛聚，是名为林。”因此“僧聚处，得名丛林”。诗人《潭州留别》：“宿帆谒郡佐，怅别依禅林。”李绅《杭州天竺灵隐二寺》：“近日尤闻重雕饰，世人遥礼二檀林。”“禅林”“檀林”都是取义“丛林”，指僧人聚居的佛寺。因此，本诗的“高林”，含意其实双关，既指高高山林，又指遁世高僧聚居的所在。从题咏佛寺禅院的角度看，这样平淡含蓄地称道，既得体合礼，又不造作，容易为寺僧欣然会意。

次联点题，写进入后禅院。大意是说，穿过竹林小路，通往寺院深处，在花草树木中，便是僧人修行的禅房。此二句见出禅房所在的后院，幽深优美。其造意深受欧阳修赞叹。但欧氏所见本，“通”作“遇”。他说：“吾尝喜诵常建诗云‘竹径遇幽处，禅房花木深’，欲效其语作一联，久不可得，乃知造意者为难工也。晚来青州，始得山斋宴息，因谓不意平生想见而不能道以言者，乃为己有。于是益欲希其仿佛，竟尔莫获一言。”(《题青州山斋》)“遇”是偶然相见。欧氏所理解的意境，侧重于对某种优美境界的发现和领悟；他所赞叹的是常建的艺术表现才能。所以他的见解亦自成理。但是从宋代以来，多数学者认为作“通”较是。“通”是走过、穿过的意思。句意显示诗人漫步走去的神情，表示平常自然的行动，并无特定目的，亦无意外发现。

从全诗看，诗人着意于写无意中欣然有得，致力于用平淡语写即景即兴，因此，作“通”似较合本意。

三联写后禅院风光景象和感受，堪称此篇警策。大意是说，远望山林风光，看到鸟儿自由自在，感到符合它们的天性，使诗人心情喜悦；近临水潭，清澈澄净，照见自己的形影，使心中杂念顿时消除。一般地说，这样的理解也合诗意。但这里也有两个双关语：“悦”和“空”。“悦”兼含佛家语“禅悦”之义。《华严经·净行品》：“若饭食时，当愿众生，禅悦为食，法喜充满。”《维摩经·方便品》：“虽复饮食，而以禅悦为味。”旧疏：“禅定怿神，名之为悦。”僧人修行，静坐敛心，思虑澄净，谓之“禅定”；由此获得精神解脱的愉快，即称“禅悦”。隋、唐人常用“悦”指“禅悦”，如隋炀帝《与释智𫖮书》：“法门静悦，戒行熏修。”柳宗元《晨诣超师院读禅经》：“澹然离言说，悟悦心自足。”皆其义。本诗所谓“悦鸟性”，以鸟的自由自在的天性得到解放为悦，因此“悦”字含意与“禅悦”同。“空”兼用佛家语义。《大智度论》：“观五蕴无我无我所，是名为空。”《维摩经·弟子品》：“诸法究竟无所有，是空义。”佛家以觉悟空义为进入最高境界“涅槃之门”，谓“空门”。所以佛门又称“空门”。唐人诗如韦应物《书怀寄顾处士》：“别从仙客求方法，曾到僧家学苦空。”曹松《书翠岩寺壁》：“入郭非无路，归林自学空。”皆其义。本诗所谓“空人心”，即指清涤尘俗杂念，“空”字含意与佛家悟空义同。由此可见，此二句在写后禅院令人情悦心净的风光景象时，同时表露着获禅悦而悟空义的感受。

末联结出主题。大意是说，世界一切音响，到此地全都寂灭，人们只听见礼佛唱经、一心修行的声音。一般地说，其寓意显然可以理解为：世人到此，万念俱消，不由皈佛。而其实，“寂”字即双关佛家语“寂灭”。佛家语“涅槃”是梵语音译，其意译即“寂灭”。《无量寿经》：“诚谛以虚，超出世间，深乐寂灭。”意谓佛徒修行达到最高境界，便超脱人世一切境界，进入无生无灭的空门。南朝及唐人常用

“寂”表示“寂灭”之意。如梁萧统《东斋听讲诗》:“至理乃悟寂,承稟实能仁。”唐李华《润州鹤林寺故径山大师碑铭》:“境因心寂,道与人随。”皆其义。所以此二句旨在表示诗人在此地领略到了佛家最高境界的美妙,完全忘却了人世的一切。这无疑是对佛宇胜境和寺僧修行的高度礼赞,而艺术表现上则平淡从容,含蓄自然。

综上可见,本诗的构思是包含着因游佛寺而赞佛门的用意的。一方面,诗中记述了游程和感受,清晨入寺,阳光灿烂,穿竹林,入后院,见禅房,欣赏风光景象,感到清净自在,聆听礼佛唱经的声音,幽静,优美,愉快;另一方面,诗中含蓄得体地赞美佛宇胜境和寺僧修行,称道这所古寺聚居高僧,禅房幽胜,后院风景令人获禅悦,悟空义,万念都消,意欲皈佛。而把这两方面内容联结在一起表现出来的技巧便是妙用双关语。诗中除了点明“古寺”“禅房”“钟磬音”外,主要用平常语双关佛家语“高林”“悦”“空”“寂”来含蓄表现。而由于艺术熟练老到,自然浑成,读来仿佛觉得只用平常语道即景即兴。倘使不注意这一点,大体上也能理解诗意。但在唐代,佛家常用语往往是士人口头禅,从上引唐人诗例中也可看到这种情形。因此,唐人对此诗的双关用意,自能理会欣赏。今天的读者,倘使注意这一点,显然也可增进理解,有助欣赏,别获一种趣味。

原题:语带双关　别具情趣——说常建《题破山寺后禅院》

(《字词天地》,1983 年第 1 期,湖北人民出版社)

王昌龄

箜篌引

卢溪郡南夜泊舟，夜闻两岸羌戎讴。其时月黑猿啾啾，微雨沾衣令人愁。有一迁客登高楼，不言不寐弹箜篌。弹作蓟门桑叶秋，风沙飒飒青冢头。将军铁骢汗血流，深入匈奴战未休。黄旗一点兵马收，乱杀胡人积如丘。疮病驱来配边州，仍披漠北羔羊裘。颜色饥枯掩面羞，眼眶泪滴深两眸。思还本乡食牦牛，欲语不得指咽喉。或有强壮能咿嚘，意说被他边将仇。五世属藩汉主留，碧毛毡帐河曲游。橐驼五万部落稠，敕赐飞凤金兜鍪。为君百战如过筹，静扫阴山无鸟投。家藏铁券特承优，黄金千斤不称求。九族分离作楚囚，深溪寂寞弦苦幽。草木悲感声飕飗，仆本东山为国忧。明光殿前论九畴，簏读兵书尽冥搜。为君掌上施权谋，洞晓山川无与俦。紫宸诏发远怀柔，摇笔飞霜如夺钩。鬼神不得知其由，怜爱苍生比蚍蜉。朔河屯兵须渐抽，尽遣降来拜御沟，便令海内休戈矛，何用班超定远侯。史臣书之得已不？

唐代卢溪郡即辰州，为中都督府，今属湖南湘西土家族苗族自治州。王昌龄约在天宝三载(744)贬龙标尉。龙标即今贵州黎平，唐代原属辰州，开元十三年(725)析为巫州，在辰州南。此云“卢溪郡南夜泊舟”，当是赴龙标途中，或在龙标尉任期所作，为天宝时期作品。诗中叙述一位北方胡族贵胄发配南方边州的悲惨遭遇，抒写诗人对边政的见解和感慨，很有时代特点，也表明诗人对边塞政治的认识的变化。

这首诗的结构清楚。首先点出时地，其次写“迁客”的悲惨遭遇，末述诗人的边政见解，诗的主题思想是批评揭露扩边，主张实施怀柔。因而迁客遭遇是诗的主要题材，诗人着力描述的典型，既以揭露扩边的错误和罪恶，并以反证怀柔的正确和功德。在结构的表现形式上，采取泊舟偶遇、闻曲相问的记述，最后以一句历史性的责问结束，“史臣书之得已不?”史官可不可、能不能、敢不敢把这一页边政的真实历史写出来？这就明确点破这诗的主旨就在揭露当时边政的真实。从这一点看，对于了解盛唐边塞诗和了解王昌龄边塞诗来说，这诗都是相当重要的。

诗中写迁客，分两层。先写他弹奏箜篌的悲伤神情和乐曲内容，显示他的北方胡人身份，说明了他被发配来这南方边州的具体原因。然后叙述他的身世遭际，介绍他世代归唐的胡部首领身份，申述他有功边塞并获唐朝封赏的世袭特权，指控边将对他挟私寻衅，制造战争，以致九族分离，发配南边。实际上是揭露边将迫害归顺的藩属胡部，破坏边塞的安定和睦。显然，描述弹奏，重在抒情，有虚拟；叙述身世，意在揭露，是纪实；从而使这一迁客形象具有高度典型意义，深刻反映唐玄宗开元中期以后的边政败坏的历史真实。

唐玄宗在开元中已有“吞四夷之志”，边将久任，边帅遥领，并形成一将“专制数道”的兼统局势。造成边将凭借重权，下则挑惹边衅，穷兵黩武以扩充实力；上则诳报军情，诬良为贼以邀功求赏。因此，不少归顺的藩属胡部有时无辜遭害。王昌龄在卢溪遇见的流放当地的北方胡部首领人物的悲惨遭遇，就是当时朝廷这种错误政策造成的。诗人不但对这些受害者表示同情，并敏锐地认识到迁客遭遇所反映的边政症结，是他已有认识的必然表露。所以诗中接着就叙述自己的边政见解。也就是以大唐帝国的威望,实行怀柔政策,避免战争,减少边防,达到边塞安靖,四夷归心,天下太平。

应当承认,怀柔政策实质上也是不平等的民族统治政策,但从当时的历史条件看,用实力感化的怀柔来反对穷兵黩武的扩边,是符合各族人民和睦相处的愿望的,因而是进步的。而从诗人一贯主张任用良将镇边以解决边塞战争,发展到明确主张的怀柔反对扩边,既是当时形势变化的真实反映,也是诗人的一种思想变化和提高。因此,考察和评论盛唐边塞诗和王昌龄边塞诗时,应当注意到这一特征的变化。诗人常建的《塞下曲》“玉帛朝回望帝乡”、李颀的《古从军行》等,其实都是同一思想倾向的作品。

(《百家唐宋诗新活》,四川文艺出版社,1989 年)

王　维

九月九日忆山东兄弟

独在异乡为异客，每逢佳节倍思亲。遥知兄弟登高处，遍插茱萸少一人。

这是王维十七岁写的一首思念家乡亲人的绝句。其中名句“每逢佳节倍思亲”，久已为人们习用的成语，道尽人所共有的思亲心态。但这诗的整体，思念真切而不浮泛，神姿洒脱而不伤感，具有怀抱理想的青年士子的乡情特色，富于盛唐独有的时代精神。

农历九月九日重阳节，传统习俗是亲友聚会，登高游览，饮菊花酒，插茱萸草，延年益寿，祛病消灾，所以是佳节。青年王维为了求取功名，独自离开在华山以东的家乡蒲城（今山西永济），作客他乡，本来就不免乡思。在重阳佳节这天，他的乡思亲情加倍激发，是十分真切自然的心态。诗的前二句直截了当地说出这一心情。这是人情之常，共同心态，有普遍的典型性，但却不是诗人此刻独有的深情，独到的妙笔。

诗的妙笔在后二句。从思念对象着眼，设想对方正在思念自己，构思巧妙，手法新鲜，而且意蕴丰富，含蓄不尽，更为典型地显示着青年诗人情深气象，充满信心。首先是情深。家乡亲友许多，诗人最深情思念的是朝夕相处的同辈兄弟，料定大家在这重阳佳节都会聚集起来登高畅游，并且肯定会想到自己。这等于说，此刻兄弟们想念自

己，自己也正想着大家，可见情深。其次是气豪。诗人想象兄弟们聚会，兴高采烈，攀登高处，待到一个个插茱萸香草的时刻，一定特别真切地感觉到少了我这个好兄弟。这不仅扣住重阳佳节的题目，更显示出青年兄弟们在家乡纵情恣意，无忧无虑，而反衬出自己在异乡为异客的拘束，从而更表现出向往纵情快游的心情，所以情怀豪放。第三是充满信心。联系前二句倍加思亲的一般常情来看，后二句的深情自豪，就在表明自己深信，虽然与家乡兄弟离别，但心却紧紧相连，因而精神上并不孤独，更不伤感，反而自觉充实，自然洒脱。所以读完这诗，并不令人倍加情伤，而是充满信心，乐观展望，振奋奔赴前途的激情。

初唐青年诗人王勃有名句云："海内存知己，天涯若比邻。"(《送杜少府之任蜀川》)抒发了知己朋友在仕途奋斗中的勉励深情，反映了初唐时代青年士人的乐观信心。王维这诗则生动有致地表现出盛唐时代青年士子离乡别亲、奔赴仕途的满怀豪情，其特点便是单纯天真，热情自然。"每逢佳节倍思亲"是自然的，"遍插茱萸少一人"也是自然的。懂得自然而然，便是赤子天真。所以有异乡的不习惯，却无思乡的感伤；有思乡的欢乐情，却无怀乡的惆怅。这是一首生动真实的盛唐青年的思乡诗。

(《历代抒情诗分类鉴赏集成》，北京十月文艺出版社，1994 年)

王　维

秋夜独坐

独坐悲双鬓，空堂欲二更。雨中山果落，灯下草虫鸣。白发终难变，黄金不可成。欲知除老病，唯有学无生。

王维中年奉佛，诗多禅意。这诗题曰“秋夜独坐”，就像僧徒坐禅。而诗中写时迈人老，感慨人生，斥神仙虚妄，悟佛义根本，是诗人现身说法的禅意哲理之作，情理都无可取，但在艺术表现上较为真切细微，传神如化，历来受到赞赏。

前二联写沉思和悲哀。这是一个秋天雨夜，更深人寂，诗人独坐在空堂上，潜心默想。这情境仿佛就是佛徒坐禅，然而诗人却是陷于人生的悲哀。他看到自己两鬓花白，人一天天老了，不能长生；此夜又将二更，时光一点点消逝，无法挽留。一个人就是这样地在岁月无情流逝中走向老病去世。这冷酷的事实使他自觉无力而陷于深刻的悲哀。此时此刻，此情此景，他越发感到孤独空虚，需要同情勉励，启发诱导。然而除了诗人自己，堂上只有灯烛，屋外听见雨声。于是他从雨声想到了山里成熟的野果，好像看见它们正被秋雨摧落；从灯烛的一线光亮中得到启发，注意到秋夜草野里的鸣虫也躲进堂屋来叫了。诗人的沉思，从人生转到草木昆虫的生存，虽属异类，却获同情，但更觉得悲哀，发现这无知的草木昆虫同有知的人一样，都在无情的时光、岁月的消逝中零落哀鸣。诗人由此得到启发诱导，自以为觉

悟了。

后两联便是写觉悟和学佛。诗人觉悟到的真理是万物有生必有灭,大自然是永存的,而人及万物都是短暂的。人,从出生到老死的过程不可改变。诗人从自己嗟老的忧伤,想到了宣扬神仙长生不老的道教。诗人感叹“黄金不可成”,就是否定神仙方术之事,指明炼丹服药祈求长生的虚妄,而认为只有信奉佛教,才能从根本上消除人生的悲哀,解脱生老病死的痛苦。佛教讲寂灭,要求人从心灵中清除七情六欲,是谓“无生”。倘使果真如此,当然不仅根除老病的痛苦,一切人生苦恼也都不再觉得了。诗人正是从这个意义上去皈依佛门的。

整首诗写出一个思想觉悟即禅悟的过程。从情入理,以情证理。诗的前半篇表现诗人沉思而悲哀的神情和意境,形象生动,感受真切,情思细微,艺术上是颇为出色的;而后半篇则纯属说教,归纳推理,枯燥无味,缺陷也是比较明显的。

(《唐诗鉴赏辞典》,上海辞书出版社,1983 年)

王　维

《辋川集》绝句三首

鹿柴[1]

空山不见人，但闻人语响。返景入深林，[2]复照青苔上。

〔注释〕

①鹿柴：辋川地名之一。柴（zhài）：同“寨”，木栅栏。王维将他晚年在辋川别墅和裴迪唱和、吟咏当地景物的五绝各二十首结成《辋川集》，这些诗写景虽有特色，但情调大多消极、低沉。这是其中的第五首，写深林傍晚的景致。②返景：落日的返照。景：阳光。

竹里馆[1]

独坐幽篁里，[2]弹琴复长啸。[3]深林人不知，明月来相照。

〔注释〕

①这是《辋川集》中的第十七首，写一种孤清境界，反映出作者的消极心情。②幽篁（huáng）：深密幽暗的竹林。③啸：打口哨。古代高雅之士，好为长啸以抒情。

辛夷坞[1]

木末芙蓉花,[2]山中发红萼。涧户寂无人,纷纷开且落。

〔注释〕

①这是《辋川集》中的第十八首。辛夷:即木笔树。坞中有辛夷树,故名。②木末:树梢。芙蓉花指辛夷花。芙蓉与辛夷花色相近,故称。

盛唐诗人王维是唐代山水诗一大家。同时,他又是唐代山水画南宗一派的大师。他的优秀的山水诗画作品,往往融化诗画艺术为一体。宋苏轼说,王维的画,“画中有诗”,王维的诗,“诗中有画”。(《书摩诘蓝田烟雨图》)中肯地指出了王维山水诗画的这个艺术特点。从王维的山水诗看,他后期在辋川别业居住时吟咏辋川山水的作品,这个艺术特点更为突出。

王维生于唐中宗长安元年(701),在唐肃宗上元二年(761)去世,主要活动在唐玄宗开元、天宝时期(713—756),经历了大唐帝国从鼎盛向衰败的转折年代。唐玄宗开元时期,政治清明,经济繁荣,国家富强,天下太平。但到开元后期,唐玄宗罢免以正直著称的宰相张九龄后,让口蜜腹剑的权奸李林甫执政十九年,接着又宠用杨贵妃的从兄杨国忠当宰相,政治日趋腐败黑暗,终于在天宝十四载(755)年底,爆发了安禄山叛乱战争。唐朝政治形势发展的历史转折变化对王维的思想和生活产生直接的影响,并且明显地表现在他的诗歌创作中。

开元九年(721),王维二十一岁,考中了进士科,做了太乐丞,是个管理宫廷庙堂音乐的官员。后来虽然因为他管下的艺人触犯禁忌,牵连他贬官济州司仓参军,到今山东茌平县管理一个小州的粮物,政治上受挫,思想上受压抑,但是他的政治志向和生活态度仍是

乐观开朗，积极进取的。开元二十二年(734)，张九龄任宰相，提拔王维到朝廷担任谏官右拾遗，然后又提升他为监察御史。这时期的王维兴奋乐观，充满信心，对张九龄深为敬仰感佩。但是，就在这一两年中，李林甫阴谋排挤了张九龄。开元二十四年(736)，张九龄罢相，李林甫执政。明年，张九龄贬官出长安，为荆州长史。从此，“朝廷之士，皆容身保位，无复直言”(《资治通鉴》卷二一四)，统治阶级上层出现了一种明哲保身、清高自全的政治风气。王维也因此心情沮丧。他写诗给张九龄，表示自己想退出官场。然而他终于没有退出官场，因为他一是怕得罪李林甫而遭到祸害，二是他的兄妹婚姻大事未了，三是弃官归耕的清贫生活他过不了。于是他选择了一条“无可无不可”的“身心相离”的生活道路。一方面，他继续在朝廷做官，与权贵应酬来往，保持富贵的地位和待遇，过着优裕的生活；另一方面，他不参与实际政事，不与奸佞同流合污，保持清高的品格和情操，追求内心的平静。天宝以后，他是“中岁颇好道，晚家南山陲”(《终南别业》)，“晚年惟好静，万事不关心”(《酬张少府》)，信奉佛教，潜心佛理，常常住在山林别墅里，游览风景，吟咏山水。因而他的诗歌创作，大致可以张九龄罢相贬官为界，分成前后两个阶段。前期作品思想比较积极，关心现实，乐观进取；后期显然倾向消极，超脱现实，清高隐逸。他的山水诗名篇，多数属于后期作品。

王维在长安郊县山区有两所别墅。大约先在终南山置了一所，叫“终南别业”。后来又在蓝田县(今属陕西)蓝田山的辋谷买下了一个庄园，叫作“辋川别业”。据说，这个庄园本来是初唐诗人宋之问的，里面有二十个风景点，如华子冈、文杏馆、斤竹岭、鹿柴、竹里馆、临湖亭、欹湖、金屑泉、辛夷坞等，岗岭湖泉，佳树好竹，船坞鹿场，规模可观。王维很喜欢这个庄园，晚年常常住在这里，有时请一二知己来游览风景，吟诗唱和，而且还在厅堂上作了壁画辋川图，自题诗道：“宿世谬词客，前身应画师。”他死后，辋川别业就舍给佛门作寺庙，名叫"清源寺"。王维后期山水诗的名篇，不少是歌咏辋川山水的，例如《辋川别业》《积雨辋川庄作》《辋川闲居赠裴秀才迪》等。而其中最著名、最有代表性的作品，就是《辋川集》。

《辋川集》是王维自编的唱和小集，有小序说明其中收集的是诗人与好友裴迪歌咏辋川别业风景的唱和之作，每个风景点各赋一首五言绝句，计王维二十首，裴迪二十首。集中作品的编排，大致按照辋川名胜分布和游览路线先后次序。总的说来，王维《辋川集》二十首绝句都是即景抒情的精美小诗。它们在思想上的共同特点是抒写隐逸山林的情怀志趣，清高超脱，适意自在，追求一种摆脱世俗杂念的精神境界，体会佛教空寂无欲的禅悟愉悦。在艺术上的共同特点是针对各具特征的风光景象，运用各种诗歌技巧和手法，表现各处风景的神似的形象，抒写诗人感受到的各处风景的美妙情趣，构成一种独特的意境。由于辋川别业各处风景特点是诗人十分熟悉的，这种清高超脱的生活情趣是诗人衷心喜爱的，因而这些绝句写来得心应手，挥洒自如，充分发挥了他的艺术造诣和才华。从诗人主观看，从当时历史看，应当承认它们的思想性和艺术性是结合得相当好的。但今天看来，它们的思想内容显然比较空泛，比较消极，因为它们的艺术成就相对地显得很突出，往往令人欣赏它们出色的艺术表现，惊叹于诗人高度的艺术才华。这里举其中的三首诗，即《鹿柴》《竹里馆》《辛夷坞》，进行分析介绍。

先介绍《鹿柴》：

空山不见人，但闻人语响。返景入深林，复照青苔上。

"鹿柴"的"柴"，不读"木柴"的"柴"，而与"山寨"的"寨"通假，是木栅栏的意思。"鹿柴"是牧养驯鹿的木栅栏鹿圈。这里是指辋川别业的一个风景点，大概曾经是牧养驯鹿的山林。可以想见，牧养驯鹿的山林，其风景特点是居民稀少的深山老林。诗人正是抓住这个特点来写的。前二句写山。这是从鹿柴的宏观景象，抒写诗人的感觉和感受。"空山"其实不是空无一物的，有深林，也有人，只是由于山

大林深人少，在鹿柴外面望去，看不见人影，因而令人觉得这山空空荡荡，十分寂静。又由于它空荡寂静，因而鹿柴里面只要有一点声音，有人说话的声音，音响就能传播很远，鹿柴外面的人也听得见，就像从寂静的空谷里传出声响一样。这说话声响的作用，固然表明有人活动，却更显得这里极为寂静，居民稀少，反而加深了空荡寂静的感觉。后二句写林。这是从鹿柴的微观景象，抒写诗人的感觉和感受。“返景”是夕阳的光辉。夕阳射入幽深的山林，又是照在青苔上。这个“复”字，意味着太阳一天到晚都照在青苔上，这深林地面上到处长满青苔，很少有人来过。这就比前二句进了一层，鲜明地表现出鹿柴与世隔绝、人迹不到的环境特点，含蓄着诗人对这隐逸胜境的深情喜悦，仿佛达到了真正空寂的境界。整首看来，这诗的主题是歌咏鹿柴的风光景象，而主题思想则是抒写诗人主观感觉和内心感受，赞美一种清高超脱的情操，追求一种空寂无欲的境界。

宋代刘辰翁评论这诗说：“无言而有画意。”(《刘须溪诗话》)意思是说，诗中没有用抽象语言来说明诗意，但是有图画般的艺术形象，含蓄着诗意，这一评论指出了这诗的艺术特点，但还不够具体。如果进一步分析，可以看到，这是一幅传神的写意画，并非逼真的写生画。正像唐代画分南北二宗一样，这幅写意画是淡墨渲染，并非北宗的着色山水。这诗的语言平淡朴素，取景似不经意，结构仿佛随想，而手法技巧运用自如，不花力气。前二句“空山不见人，但闻人语响”，几乎是脱口而出的大白话，是平常人们望着一个幽静山谷往往会有的感觉，不禁涌起的感受：多么空，多么静，一个人也看不见，一点点声音却听得见。诗人的本领正在于把这种感觉和感受说了出来，生动准确，恰到好处。后二句“返景入深林，复照青苔上”，其实也一样，是用平常的语言生动准确地说出古代清高之士十分熟悉的一种感觉和感受：意味着时光悠闲的夕阳，标志着环境幽僻的深林，显示着来往稀少的青苔，多么美妙的隐逸地方。这诗的取景和结构，好像只是用镜头自远而近地摄取了两个画面，然后把这一远一近的两个画面衔接起来，形成自然的跳跃，没有什么过渡，也不花什么工夫。但是它们之间有内在联系，起衬托作用。全诗点出山林的“空”“深”有光有声，唯独不点出“静”，不说破诗人“晚年唯好静，万事不关心”的“静”，而这个“静”就是含蓄全诗、贯串前后的空寂境界。正是为了含蓄这个“静”的空寂境界，诗人在前二句用音响反衬幽静的表现手法，如同南朝诗人王籍的名句“鸟鸣山更幽”（《入若耶溪》）一样；后二句用光照反衬幽深的描写技巧，如同南朝诗人谢灵运的名句“谷幽光未显”（《从斤竹涧越岭溪行》）一样。而总的看来，这诗美妙的艺术情趣和效果，就在于用生动准确的平淡语言，说出人们熟悉的感觉和感受，激发读者的生活体验，启发读者从自身体验中感受到、想象出这鹿柴的风光景象。因而，诗人并不具体描写鹿柴风景，读者也不能如实地想见鹿柴景物，但却觉得似曾相识，可以想象，领略到更为生动而丰富的山水情趣。这就是写意山水的特点，神似艺术的魅力。

下面看《竹里馆》：

独坐幽篁里，弹琴复长啸。深林人不知，明月来相照。

“竹里馆”是辋川别业一处憩息休养的住房。顾名思义，便可想见它是坐落在竹林深处的。和《鹿柴》一样，这诗不描写竹林和建筑，不描写具体风景，而是以竹里馆为主题，抒写一种情趣和境界。但这诗的艺术构思与《鹿柴》不同。如上所述，《鹿柴》写外在景观的感觉和感受，而这诗则直接写居住在竹里馆里的乐趣。显然，这是针对这两个风景点的特点而来的，鹿柴是养鹿的，竹里馆是住人的。所以这诗前二句写住在竹里馆里的生活情状。“幽篁”是说幽深的竹林。大意是说，一个人独自住在这幽深的竹林里，弹弹琴，吹吹口哨。不难体会，言外是说，这样的生活是多么自在愉快。但这二句也可以引出另一种完全相反的体会：这样的生活是多么孤独清冷，没有知音，没有生气。魏晋诗人阮籍《咏怀诗》第一首就说：“夜中不能寐，起坐弹

鸣琴。……徘徊将何见？忧思独伤心。”可见这二句的情状是鲜明的，但倾向是未定的。因此，后二句就写这种幽独生活的乐趣。大意是说，在幽深竹林里弹琴长啸，没有人知道，更没有知音，但是天空的明月却不但知道，而且知音，她会用明亮的月光照耀你，照顾你。这就清楚说明，这里没有人间知音的乐趣，但却可以体会夜空明月的多情知音，别有一种乐趣。实际上，这二句是议论，“人不知”是明确的否定判断，“来相照”是拟人的赞美叙述。因此倾向明确地表示诗人喜欢前二句的生活情状，同时说明了喜欢的原因，从而完整表达了主题思想，赞美一种超脱人间的清高情操，追求一种毫无物欲的空寂境界。比之《鹿柴》，这诗的思想更为接近佛教的意境。

从“诗中有画”的艺术特点看，这诗所构成的图画显然与《鹿柴》颇不类同。《鹿柴》的画面只有山林风景，没有人物，人在画外。而这诗的画面却不但画中有人，而且以人物为中心，竹林、房屋和那多情的月亮，都是背景和环境。诗中并未具体描绘这样一幅月下竹林琴啸图，因而人们想象这幅画的具体构图是会各不相同的。但是这首诗却明确规定了人物和景物的关系。首先，这诗是以抒写竹里馆的生活乐趣来显示它的风景特点和环境作用的。前二句叙述生活情状，突出一个“独”字，独自一人，独自弹琴，独自长啸。弹琴和长啸是古来清高隐逸之士的一种特征的娱乐，一种情操的表现。因而这“幽篁”显示出是隐蔽的环境，幽深的风景。事实上，这里除了竹子，还是竹子，人在其中，与世隔绝，恰是一个幽独单纯的隐居胜境。后二句议论隐居乐趣，发挥一个“知”字，“人不知”而明月知，乐在其中。因为孤独而企求人间知音，结果会带来不获知音的苦闷烦恼。如果索性处在“人不知”的环境里，也就断绝了企求知音的苦闷烦恼，反而空无所念，更理解夜空明月的多情纯洁，光明无私，从而获得自在愉悦，平静充实。这就接近佛教的“禅悦”。因此，这隔绝人世而不蔽天空的竹林，就显示出美妙的作用，同时启发读者想象那明月竹林的景象。总起来说，诗意是抒发人所感受体验到的隐居生活乐趣，其中的画就只能以人物为主。其次，由于上述原因，诗中只有“幽篁”“深林”二语点到竹里馆处于幽深的竹林，此外没有对竹里馆景物作任何具体描写。而“幽篁”“深林”二语在诗中都是状语。“幽篁”只点明地点，“深林”则兼有点名地点和说明原因的两层作用。这就从语法上规定了竹林以及没有指明的房屋，都只居于背景和环境的地位。所以，与《鹿柴》相比较，这首歌咏馆舍风景的小诗，具有更为突出的神似艺术的特点，直接抒写人的生活情状乐趣，更加得意而忘言，得神而忘形，除了幽深的竹林、多情的明月之外，读者几乎不能想见竹里馆的具体景状。然而也正因如此，这幽深的竹林和多情的明月，虽然没有具体描写，却给人以深刻印象，让人感到自有情趣。

再看《辛夷坞》：

木末芙蓉花，山中发红萼。涧户寂无人，纷纷开且落。

“坞”是船坞，停船的地方。“辛夷”是植物名称，古时又叫“木笔”，是木兰的一种，落叶灌木或小的乔木，早春时开大花，花瓣外面紫色或桃红色，内面呈现白色，所以诗中形容它像长在树上的芙蓉花，即荷花。“辛夷坞”也是辋川别业里的一处风景点，大概是个两岸长着辛夷的船坞。因而这诗抓住这个景观特点来抒写自己的感受。前二句写辛夷花。“木末”是说树梢。屈原《九章·湘夫人》中说：“搴芙蓉兮木末。”形容找错对象，白费心思，就像荷花长在水中，却到树梢上采摘一样。这两句说辛夷花就像长在树梢上的荷花，红色的花苞在山中开放。这是赞美辛夷花具有荷花那样美好的品貌，但有自己的天赋和个性，生长在树上，开放在山中。同时，说“木末芙蓉花”，也有反用《湘夫人》语的意味，含蓄指点，木末芙蓉花是有的，这不就是吗？不过她不在沼泽江湖，而在山里。但也幸好不为人知道，所以她在山中盛开，没有人采摘。这就过渡到后两句。后两句写辛夷坞。“涧户”就是说辛夷坞，是在山中涧水里建筑的停船的地方，看上去像

住户人家,其实是不住人的,寂寞安静。因而船坞周围的辛夷花并没有人培植,也没有人采摘,自在地开放和凋落,乱纷纷的,却自有生气和快意。反过来说,假使这里不是船坞,而是住家;假使辛夷花不是长在山中,而像荷花那样长在湖泊池塘,那么就会有人培植,也会有人采摘,就不能自在适意地生长开放,也不能自然而然地枯萎凋落。那就是另一种生活,另一种命运。可见这诗的主题是歌咏辛夷坞,而主题思想则是赞美这样一种寂寞无为的隐逸情趣,向往一种超脱人世的自在境界,可以说达到了佛教的意境。所以明代胡应麟说这诗进入禅境,读之"身世两忘,万念皆寂"(《诗薮·内编》)。

从题材实质看,这诗其实是古代诗歌中屡见不鲜的观花感时的叹命之作。它的艺术手法也是传统的比兴寄托,将花比人,抒写感慨。如果与前两首诗比较,那么不难看到,《鹿柴》是赞美一种境界,《竹里馆》是抒写一种乐趣,而这诗则欣赏一种命运。从思想实质看,这境界、乐趣和命运,其内容是相同的,都是清高超脱,空寂无欲,解脱人间羁绊,根除尘世烦恼。因而都接近而进入佛教的思想境界。从艺术表现看,这三首诗都是抓住各处风景特点,采取不同的手法技巧。鹿柴是养鹿的山林,竹里馆是住人的竹林。而这里则是停船的花坞,最耀眼的景象就是长满辛夷花,而其处境却是山中坞旁。所以诗人敏锐地抓住这个景观特点,用他擅长的传神写意的艺术手法,结合通首的比兴寄托,平淡含蓄地用诗歌语言写成了一幅山中花坞图。比较起来,这幅画好像接近写生,构图层次清晰,山中,坞旁,辛夷花有的开放,有的凋落。它与《鹿柴》一样,画中无人,但却有主角辛夷花。因而它又与《竹里馆》相似,抒写一种生活乐趣,不过是通过山中坞旁的辛夷花表现出来。显然,巧妙运用传统的比兴手法,使这诗中的画面有花无人,而其实花即是人。因此它的艺术情趣和效果是,诗人既没有着力描绘辛夷花的美好品貌,读者也没有止于欣赏辛夷花的清香美丽,而被诗人引入那"纷纷开且落"的命运遐想中去,领会那隐逸自在的情趣意境。这其实也是一种神似的艺术，可谓因花而入神，得神而忘花。所以刘辰翁评这诗说："其意不欲着一字，渐可语禅。"

从上面三首诗的分析，可以看到，以《辋川集》绝句为代表的王维山水诗，虽然在思想和艺术上各有特点，但总的成就是艺术高于思想的。事实上，历代诗论对王维山水诗的思想评价是每下愈况的，认识日趋切实，评价渐渐下降。唐代，从王维生前到身后，对他的山水诗始终给以全面的好评。从同时诗人杜甫称他为"高人"，赞美他的诗歌"最传秀句寰区满"（《解闷》），到晚唐诗论家司空图说王维诗"澄澹精致，格在其中"（《与李生论诗书》），都肯定他格调高雅。但到宋代，虽然一般评论也肯定王维诗是李白、杜甫以下，"当为第一"（许𫖮《彦周诗话》），但其实往往褒中有贬。蔡绦说得明白："王摩诘诗深厚闲雅，覆盖古今，但如久隐山林之人，徒成旷淡也。"（《西清诗话》）朱熹批评最尖锐，指出王维在安禄山乱中不能死节，认为"其人既不足言，词虽清雅，亦萎弱少气骨"（引自《诗人玉屑》）。主要针对他的山水诗中隐逸自在的思想情调，存在超脱空寂的倾向，风骨不多。显然，对王维诗歌思想的理解比较具体切实了，而给他的评价则不高了。到了明代和清代，就不但认为王维诗歌隐逸超脱，更明确指出其具有佛教思想倾向。明代李梦阳直截说"王维诗，高者似禅，卑者似僧"（《空同子·论学上篇》）。清代徐增称王维是"人才"，诗歌"于理趣胜"，"精大雄氏之学，句句皆合圣教(指佛教)"（《而庵说唐诗》）。这类评论虽然与严羽《沧浪诗话》以来用佛教参禅来评论诗歌艺术的思潮有关，但也说明他们对王维诗歌的思想内容的评价，有更多贬薄意味，实质是说他近乎佛徒说教。今天看来，像《辋川集》这类山水诗的思想内容，当然应当一分为二地给予恰当的评价，一方面仍应肯定这种清高超脱、隐逸空寂的思想，在过去封建时代具有消极反抗的意义，是一种洁身自好的道德情操，因而曾经令人敬慕而有一定的精神魅力。同时必须看到它的实质是逃避现实，脱离现实，今天既失去了现实的教育意义，也不再具有那种令人敬

慕的魅力。因而，这类作品的艺术成就显得更为突出，其意义和魅力都来自它们的高度艺术成就，是古代诗歌的一种艺术珍品，成为古代山水诗歌艺术的一种典范。

王维山水诗在古代诗歌史上始终占有突出的地位，产生深远的影响，主要在诗歌艺术方面。大家知道，田园山水诗是从东晋南朝开始发展的。陶渊明的田园诗是用平淡的语言，白描的手法抒写田园躬耕的生活情趣，艺术上主要是写意的。谢灵运山水诗名句和谢朓山水诗的艺术特点是通过描写山水景象，表现出欣赏大自然山水的情趣，仍有巧构形似之言的倾向。初唐沈佺期、宋之问的山水诗已有相当完整的情景交融的作品，但比较讲究骈丽和声律。到唐玄宗开元年间，"声律风骨始备"（唐殷璠《河岳英灵集序》），诗人辈出，杰作泉涌，山水诗艺术也进入新的阶段，陆续出现一批以神似艺术、写意山水达到情景交融的优秀作品，如王湾《次北固山下》、崔颢《黄鹤楼》、孟浩然《夜归鹿门歌》等。就在这样的艺术土壤和创作风气的培育滋养中，富有艺术天才和造诣的王维茁壮成长，在诗歌艺术上取得创造性的成就，尤其在山水诗创作上，占有盛唐山水诗主要代表诗人的历史地位，被清代神韵派奉为宗师。

王维山水诗的艺术成就和历史贡献，主要就是写意于山水，神似的艺术。唐代殷璠说，王维诗"词秀调雅，意新理惬。在泉为珠，着壁成绘。一句一字，皆出常境。"（《河岳英灵集序》）。苏轼说是"诗中有画"。宋代人说是"有声画"。其实都指王维诗的主要艺术特点，就是独到的意境和如画的形象。众所周知，绘画艺术形象是直观的，并且完全通过直观形象表达思想感情，不作任何语言说明；而诗歌艺术形象则不是直观的，并且可以用各种手法和抽象语言说明思想，表明感情。因此，所谓"诗中有画"，实质要求诗歌作品用诗歌语言达到绘画那样几乎可以直观的形象效果，无须用语言作任何说明。这也就是晚唐诗论家司空图所说的"不着一字，尽得风流"（《二十四诗品·含

蓄》)。宋代诗论家严羽用佛教参禅来比喻论述诗歌创作艺术,主张“无迹可求”的兴趣,追求“不可凑泊”的妙悟,好像“空中之音,相中之色,水中之月,镜中之象,言有尽而意无穷”(《沧浪诗话·诗辨》),其实也是同样的观点。此后经明代公安派的“性灵”说,到清初王士禛的“神韵”派,无不是这种诗歌艺术理论的继承发展。只是由于各个时代不同思潮的影响,因而严羽归宗于杜甫,王士禛则明确宗奉王维。如果把理论和实践结合起来考察,那么应当承认,王维山水诗的艺术成就是突出的,达到了艺术典范的高度。但同时也应当看到,正像王维山水诗存在脱离现实的根本弱点一样,过分强调“诗味”,讲究“妙悟”,追求“神韵”,以至于脱离具体形象的真实性,势必导致脱离现实的创作倾向,甚至陷入唯天才论的错误。所以明代杨慎指责王维“谈名理如此,岂减晋人邪”(《杨升庵文集》),近乎魏晋玄学。陆时雍认为像王维诗歌艺术那样“离象得神,披情著性,后之作者谁能之?”以为“非诗道之正传”(《诗镜总论》)。而神韵派首领王士禛也承认,像《鹿柴》这样的作品好像佛教的一个宗派曹洞宗参禅一样,“不犯正位,须参活句。然钝根人学渠不得”(《师友诗传续录》)。可见像《辋川集》绝句这样的山水诗,既要肯定它们的艺术成就,研究其中的创作经验,同时也要看到历史赋予的局限和不足。

(《北京广播电视大学作品选讲(六)》,北京出版社,1986 年)

王　维

积雨辋川庄作

积雨空林烟火迟，蒸藜炊黍饷东菑。漠漠水田飞白鹭，阴阴夏木啭黄鹂。山中习静观朝槿，松下清斋折露葵。野老与人争席罢，海鸥何事更相疑。

这首诗是诗人闲居田园的即景之作。“辋川庄”是王维晚年常居的一所山庄别墅，在陕西蓝田终南山下。这是一所大庄园，有山林，有水田。王维中年信奉佛教，虔诚修养，斋食参禅，不关心现实政治，追求自我道德完成。这诗便是写辋川山庄接连几天雨后的生活观感，抒发佛家禅悟的体会，领会与世无争的愉悦。由于它即景抒情，融情于景，有出色的山水田园描绘，入微的禅悟体会，因而备受称道，被誉为唐诗压轴之作。

诗从积雨写起。首联写山庄农民生活情景。连天下雨，山林积水，无人活动，格外空寂，只见一缕缕炊烟缓缓升起，更显得缺少生气。农民在新垦农田排除积水，家里为他们准备饷午饭。这是积雨给山庄农民生活带来的一点变化。次联写山庄自然景物。迷蒙的水田里飞出了水鸟白鹭，阴凉的夏天树木深处传来黄莺儿歌唱。积雨给水鸟带来欢快，使鸣禽更觉凉快。这是禽鸟对积雨的反应。三联写自己的山中生活情景。诗人来山庄是为了习静灭虑，事佛参禅，信守斋戒，清饮素食，积雨对他无多影响。雨停了，诗人也出来散步，欣

赏朝开暮落的木槿花，在松树下歇息，顺便折取一点野菜。这时节，这生活，使他体会了一种精神愉悦。末联用两个典故写这种愉悦。上句用《庄子·寓言》载，杨朱出门到老子那里求教，旅途中投宿，主人一家对他十分尊敬，给他让座；受老子教诲回来，又在这家投宿，主人对他不礼，抢了他的座位；这是因为往日趾高气扬的架子消失了，变得非常谦卑。下句用《列子·黄帝》载，海边有个少年，天真善良，海鸥飞来与他游玩；后来他父亲叫他捕捉海鸥，有了加害之心，海鸥也对他疑虑戒备，不飞近他了。这里用来表示自己隐居奉佛，超然物外，参禅斋戒，心情愉悦，体会到杨朱接受道家思想后的转变心境，自信会解除世上一切疑虑，所以说自己变了，人们没有什么可戒备自己的了。

从思想上看，这首诗的主题是山庄积雨后的生活即景抒怀，主题思想则是抒发佛家禅悦和道家清德。佛家的四大皆空与道家的返归自然，在诗人的思想感情里融为一体。作为佛徒，作为隐者，他都体会真谛，获得至乐，道德自我完成了，所以他精神愉悦。实质上，这是一种消极的人生观念和处世态度。但是在当时，即唐玄宗天宝年间的政治现实中，这种人生处世却有一定积极意义，保持自身清高，抗拒奸佞专政。在诗人主观意识上，其实并不自卑，也不伤感，而有自信的高扬情怀。所以这诗的思想情调并不低沉。

从艺术上看，诗人熟练运用律体形式，精确提炼诗歌语言，抒写了对眼前生活情景的真实细致的内心感受。诗人笔下的情景并非客观的描摹，而是内心感受到的情景。景因情来，情从景出，所以情景交融，而见其人。积雨是山居生活一种自然现象，对人们生活和禽鸟都会带来变动，引起反映。但是不同思想感情的人反映并不一样。王维是位朝官、名士、佛徒兼隐者，而且是杰出的诗人、画家。来到辋川别业，他摆脱了仕途烦恼，保有佛徒隐者的胸襟，接触的是农民、山林、水田和禽鸟；他的艺术才能得以自如地发挥，恰到好处地表现他内心感受最深刻之点。这诗并无特别精心的构思,只是写积雨后即目所见的感受。先是山林景象和农民活动,次为水田树木和水鸟鸣禽,前半构成积雨后山居生活的宏观环境,其特点是,常情容易引起厌烦的积雨,在山里并无异常的反应;虽然有点潮湿低压,却仍然各得其所的自在生活,仿佛更添了一些生气。空寂与音响,平静与活动,互为因果,相映成趣。这是诗人眼里的山庄,也是他生活的环境。他感到惬意,更有体会,所以敏锐抓住积雨景观的主要特征,出色表现它的主要情致,描绘出一幅山庄积雨的图画,显示出一位优雅惬意的诗人形象。然后便直抒胸臆,使画意的诗情更为显豁,使诗人的形象更为鲜明。他从木槿花看破人生,进山原为参禅;折野菜足以果腹,奉佛本须戒斋;与道家一样回归自然,毫无机心。他自觉置身物外,因而看人与禽鸟也欣然自在。出色的积雨山林田园的描绘,正由于诗人入微的佛理道义的体悟,这是它艺术成功、意境高妙的主要原因和主要特点。至于说它的名句"漠漠"二句,抄袭了唐诗人李嘉祐五言名句而加上"漠漠""阴阴"(李肇《国史补》),或者说它好就好在加了此二叠词(见叶梦得《石林诗话》),则是推陈出新和修辞技巧问题。如果不是由于王维这样感受到积雨山林田园的情致,即使用了李嘉祐这两句五言,也不一定会选择这两个叠词。这是显而易见的创作情理。

(《中国古代山水诗鉴赏辞典》,江苏古籍出版社,1989 年)

王　维

《渭城曲》和《鸟鸣涧》

盛唐诗人王维是一位富有天才的艺术家。他不但能诗，而且善画，还精通音乐。作为一位优秀的诗人，他十分擅长用诗歌语言把大自然和人世间的美妙色彩、音响、光线表现出来，借以抒发内心的感受，表现出高度的艺术才华。然而，王维优秀作品的成功，首先取决于他对生活的熟悉和深入，因此他艺术才华能够得到很好的发挥。这里，介绍他的两首著名的绝句，即《渭城曲》和《鸟鸣涧》。

先介绍《渭城曲》：

> 渭城朝雨浥轻尘，客舍青青柳色新。劝君更尽一杯酒，西出阳关无故人。

题目原作《送元二使安西》。“元二”是他的朋友。“安西”指安西都护府（是唐代中央政府为统辖西域地区而设置的），统辖唐代西域龟兹、焉耆、于阗、疏勒四镇，治所在今新疆库车。这是元二出使的地点。“渭城”原来指秦代都城咸阳的故城，遗址在今陕西咸阳市东北，东汉时已并入长安县。这里实际是指唐代长安城郊外渭水岸边，是诗人饯别元二的地点。这诗的主题就是饯别，抒发怜惜慰勉的诚挚友情。唐代很多诗是可以歌唱的。王维这首送别诗十分真实动人，道尽老朋友远别时的情意，深受唐代人的爱好，广为传唱。因而人们就用这诗第一句开头“渭城”二字，称它《渭城曲》。例如中唐诗人刘禹锡在《与歌者何戡》一诗中说：“旧人唯有何戡在，更与殷勤唱《渭城》。”就是唱这首诗。又因为这诗的第四句说“西出阳关无故人”。“阳关”是汉代设置的关隘，是汉、唐出入西域的交通门户之一，故址在今甘肃敦煌西南古董滩附近。唐代人唱这首诗，后两句要重复唱多遍。所以又称它《阳关曲》，并把它的曲子叫作《阳关三叠》。例如中唐诗人白居易《对酒》一诗中说：“相逢且莫推辞醉，听唱《阳关》第四声。”就是指重唱后两句到第四遍。由此也可看到，这诗在唐代就极为流行，深入人心，尤其是在士大夫之间。

在古代士大夫的生活中，朋友相逢又离别是常有的事。初唐诗人王勃送他朋友到四川去做官，就说：“与君离别意，同是宦游人。”仿佛情怀豁达，而其实心里总有点不好受。南朝作家江淹写作《别赋》，专门描写各种各样的离别，一开头就说：“黯然销魂者，唯别而已矣！”有情而离别，总是不免伤情的。所以古来送别的诗歌作品很多。但是，这首《渭城曲》似乎特别动人似的，究竟有什么独到之处呢？从结构看，前两句写送别的时间、地点和景色；后两句写临别的劝酒和叮咛。诗的大意是说：

“渭城早晨下了一场小雨，轻轻地沾湿了地上的浮土。旅馆外面，渭水岸边，青青的杨柳显得色泽格外清新。请你再喝一杯酒吧，你向西旅行，走出了阳关，就碰不见老朋友了。”看来好像平平常常，并无令人拍案叫绝的惊人语，也没有特别使人伤情的缠绵话。然而这诗动人心弦处，就在十分真实的平常。诗中所写的此景此情，凡是情谊深挚的老朋友，到了临行一刻，大约莫不如此。

南朝以来，故友离别往往在临行前夕饯饮，通宵达旦。南朝离别诗的名篇常常着力抒写这一夜把酒促膝的依惜哀伤之情。南齐诗人谢朓《离夜》写道：“离堂华烛尽，别幌清琴哀。……山川不可尽，况乃故人杯。”梁代诗人何逊《临行与故游夜别》写道：“夜雨滴空阶，晓灯暗离室。相悲各罢酒，何时同促膝。”他们的感情是真实的，也动人，但情怀伤感，情调低回。临到天明分手，话也不说了，酒也不喝了，只留下不尽的哀伤。王维这诗不然。从前两句可以想见，诗人饯宴元二，其实也在昨夜。不过他不写昨夜客舍离堂的依惜种种，而直截就写早晨走出旅馆，送元二登程的时刻。这一开头就显示出诗人的情怀和诗歌的情调与众不同。

这是一个多么美的春天早晨。老天好像格外照顾远行的客人，特为下了一场小雨，压一压浮土，净一净柳叶，使车马走动起来不会扬起灰尘，使人们分手时刻一派愉快气氛。唐代人送行，有折柳相赠的风俗。所以这颜色清新的杨柳仿佛打点好了，准备欢送。在前两句节物景色的描述中，流露着诗人内心的一种惬意的感受，大自然滋润大地，温暖人间，多么体贴入微。正是在这故人分别的时刻，布置了这样一个慰勉人心的美好环境。他的朋友此行担负着朝廷使者的重任，虽然旅程遥远，分别长久，但却是光荣的使命，应当自豪，应当欢送。正由于这样的情怀和感受，因而诗人在临分手之际，深情歌唱这美好的春天早晨，赞美这春风化雨、物象更新的天意恩泽，描绘出一幅色泽鲜明，格调清朗而情深意长的渭城朝雨图。与那半壁江山里的南朝诗人的情绪相比，这大唐鼎盛年代的士大夫的胸襟便显得开阔多了。这差别，是时代精神的表现。

分手的时刻到了。尽管喝了一夜酒，谈了一夜心，但当分别时刻，总觉得仍有许多话要说，总希望朋友再留一会儿，然而又什么话也说不了。诗人体会这种心情，熟悉这种心情。因而斟满一杯酒，说了两句话，就是后两句诗。这两句很平常，很自然，但是出自真情，意蕴丰富。“劝君更进一杯酒”，是一句平常的敬酒话。但由于在这特定的分手时刻，因而情态复杂微妙。尤其是这个“更”字，既表明此前已经喝了许多杯酒，好像强调表示这是分手前的最后一杯，喝了这一杯，你就走吧，所以说“再喝一杯酒”。但这“更”字又含有连续不断的意味，显示着诗人依惜故人的情绪，这酒其实何止一杯，而是喝了一杯又一杯，仿佛是说“再喝一杯，再喝一杯吧”。而使这一句的情态具有特定情境的特征表现，则是因为末句“西出阳关无故人”。这一句

点出元二的去向，显示出他征途遥远，前途孤独，含蕴着诗人的亲切友情，诚恳关怀，但情态却是豪爽痛快，与前两句的情怀感受相一致。诗人的神气仿佛可见。他举杯劝酒，非干不可，昂首说道，你这一出阳关，就见不到老朋友，也喝不到老朋友的酒！你就痛快地喝吧！显然，较之南朝诗人“相悲各罢酒”的不尽哀伤，王维这杯深情的酒是励志鼓气的酒，其气概是不可同日而语的。因而到中唐仍为白居易深深感叹，“相逢且莫推辞醉，听唱《阳关》第四声”。这也可见那“更进一杯酒”是要痛饮到酣醉方休的。于此可以理解，后两句之所以十分动人，就因为诗人用这样平常的语言，真实地道尽故人离别的复杂心情，使曾经此情此境的人们感到亲切，非常熟悉，激发共鸣，深深感动。

明代诗人李东阳说，作诗必须“以辞达意”，“辞能达意，可歌可咏，则可以传”。他指出这诗的末句是“盛唐以前所未道。此辞一出，一时传诵不足，至为三叠歌之，后之咏别者，千言万语，殆不能出其意之外。必如是，方可谓之‘达’耳”(《麓堂诗话》)。大意是说，这诗成功的原因有三方面，一是诗的内容有新意，是盛唐以前诗人所没有说过的；二是诗的内容有典型性，是高度概括的结果，使后来诗人难以突破；三是诗的艺术形式很好地表现了诗的内容，可以吟咏歌唱，可以传诵流播。应当说，这一评论是中肯的，指出了诗人高度艺术才华之所以能充分发挥，是由于诗人熟悉生活，深入体会，能抓住这一主题的时代特点和典型意义。

下面，介绍《鸟鸣涧》：

人闲桂花落，夜静春山空。月出惊山鸟，时鸣春涧中。

这首五言绝句是组诗《皇甫岳云溪杂题五首》中的一首，是王维山水诗的名篇之一。“皇甫岳”是诗人的朋友。“云溪”大概是皇甫岳的庄园。从本题其余四首所咏看，有《莲花坞》《鸬鹚堰》《上平田》《萍池》，有船坞，有水坝，有田地，有池塘，有山有水，种地植莲，水禽游鱼，是一个风景优美、颇具规模的山中庄园。“鸟鸣涧”便是云溪中的

一处风景点。这诗是诗人游览鸟鸣涧，抒写观感的作品。显然，这诗与《渭城曲》的主题和主题思想都不相同。《渭城曲》抒写春天早晨，渭水岸边，送别故人，思想情调豪爽开朗，充满对朋友的深情和慰勉。这诗则抒写春天夜晚，山中涧旁，欣赏景致，思想情调超脱惬意，流露着诗人内心的自我满足。如果从主题的现实性和诗人的倾向性来看，则这诗显然超脱现实，倾向隐逸，不如《渭城曲》积极。因此，比较起来，这诗的艺术美和诗人的艺术才华显得更为突出，更有魅力。然而，从诗歌创作方法看，这诗其实和《渭城曲》是一脉相承的。

初读这诗，给人的感觉是，诗人仿佛不甚经心地抒写观赏眼前景物的一种感受，诗歌语言好像不大讲究锤炼。它的大意是说：

“当人的心情闲适时，桂花好像都凋落了。在夜深人静时，春天的山谷仿佛变得空寂了。而当月亮升起时，那山鸟却被惊动，使这春夜的山涧里不时地传出几声鸟鸣。”

它的确只是用简洁流畅的语言，说出自己对这春夜的鸟鸣涧的内心感受，平淡自然，恬静优雅。所以宋代刘辰翁评论这诗说：“皆非着意，语调并高。”指出这诗的特点是，诗人并不有意地用力刻画，但是语言和格调都高。从封建士大夫的观点看，这一评论无疑是恰当的。而今天看来，则对它的思想和艺术都要具体分析。

显然，这诗抒写的是一种清高超脱，自我满足的精神境界。这个风景点名曰“鸟鸣涧”，是以山涧动听的鸟鸣为其诱人的特点的。从常人的兴趣看，当然喜欢春日的白天，春花盛开，春鸟鸣的时节。但诗人与众不同。他最欣赏的鸟鸣涧的绝妙处，却是春夜万籁俱寂，明月升起的时刻，那偶尔传来的一声两声鸟叫，方最动听。因为他觉得这种境界最清静，最空寂，无为无欲，摆脱人间一切烦恼，所以精神上最愉悦，最满足。诗的前两句就是抒写这种精神追求的美妙境界。第一句写“闲”，就是要求清静无为。“闲”到什么程度？要感觉“桂花落”，达到空寂无欲的高度。“桂花”即木樨，花香浓郁，有春季开花

的，有秋季开花的，还有四季飘香的。这里说“桂花落”，并不指春季开放的桂花真的凋落，而是说盛开的香花对清静无为、空寂无欲的人没有诱惑力，好像凋落一样。所以第二句写“静”，就是要求客观环境清静。“静”到什么程度？要使人感觉“春山空”，达到客观世界空寂的高度。夜阑人静，万物都寂，而其实都存在着，生长着，繁荣着，并不“空”。但诗人却要求这春山寂静得好像真是一无所有的空谷。总起来说，前二句就是写诗人所喜爱的主观精神境界和客观生活环境，其特点是主观上无为无欲，客观上清静空寂。

从这样的要求出发，鸟鸣涧的春鸟欢鸣的魅力，也就难以吸引诗人。因此，后二句写鸟鸣涧最动听的鸟鸣，反而是夜间一两声惊叫，其妙处在于启发诗人的“闲”的觉悟和春山的“静”的性能。第三句写“惊”，是美妙的闲静被破坏的一种反应。耐人寻味的是，月出是平常，而正常的自然现象，本来不是什么惊动万物的异常现象。在古代，明月也往往视为惹人情思的一种景物。但是，这里受月出惊动的却不是有情感的人，而是无知的山鸟。并且从下句可以理解，这山鸟是错把月亮当太阳，以为天亮了，就叫了起来。所以最后一句就写“鸣”，说明这春夜山涧有时听到一两声鸟鸣，是无知的山鸟发生错觉的结果，是一种惊叫。换句话说，后两句含意是，山鸟夜鸣是不正常的，而春山夜静是正常的，但这一两声不正常的鸟鸣却能显示出正常的寂静，使有知之士更能领会闲静的美妙，悟到其中的真谛。所以明代胡应麟说这诗是进入了“禅宗”，抒发佛教禅悟的体会，“读之身世两忘，万念皆寂”。应当说，这种超脱现实的清高思想，这种身心空寂的佛门境界，虽然在封建社会的特定背景下，具有某种反抗黑暗，不苟污浊的意义，但毕竟是软弱的，实质是消极的。

从艺术上看，因为是表现内心感受，所以不描写具体景物，不追求形似巧妙，不再现鸟鸣涧的风景，也不拘束它的景观特点。它通过自然景物的特征：色彩、音响、光线、气味等表象，运用比喻、衬托等技巧手法，表现出神似的艺术美，构成一种自在的意境，令人感觉鸟鸣涧春夜的清幽，领会忘却杂念的空寂。桂花，春山，月出，鸟鸣，各有具体的特征的表象。桂花飘香，春山秀绿，月出光明，鸟惊鸣叫，可以闻到，看到，听到，特征鲜明，为人们所熟悉。诗人不描写这色香声光，而是用来表现闻不着、看不见、听不到的内心活动，使之成为可以意会，可以理解，或者可以想象的。但是，这种表现又不是以物喻物的简单比喻关系，而是巧妙发挥诗歌特点，错综运用手法技巧的。例如“桂花落”是形容“人闲”的感受，看来似是简单比喻，其实眼前是春夜，桂花正开，而夜间桂花并不出色，但香气扑鼻。因此“桂花落”的含意是香而不香，不落而落，表现人的主观精神所追求的一种境界，是一种感受，并非实际景象。“春山空”与“夜静”之间的关系也是这样。再如后两句是描述语，说明山鸟为什么夜鸣，但与前两句的“闲”“静”关联，起着“鸟鸣山更幽”的反衬作用，令人更觉得寂静，从而启发人们思索其中的含意。正因如此，所以这诗动人的并非客观景物，而是诗人的精神境界。从这个意义说，这诗的艺术取得独特成就，仍然由于诗人的感受深入，使他的艺术才华发挥自如，得心应手，进入化境。

总起来说，王维诗歌素以形象如画，意蕴丰富著称，艺术成就很高，因而他作品中表现出来的艺术天才也往往令人惊叹，留下深刻影响。从创作方法看，艺术上的天才和造诣终究只提供了表现出色的优越条件，而决定艺术成功的根本原因却是诗人对时代、生活的认识和体验。王维这两首诗，也许可以作为一种例证。

（《中国历代文学名篇欣赏（唐诗）》，贵州人民出版社，1987 年）

王　维

山中与裴秀才迪书

近腊月下，景气和畅，故山殊可过。足下方温经，猥不敢相烦。辄便独往山中，憩感配寺，与山僧饭讫而去。

北涉玄灞，清月映郭。夜登华子岗，辋水沦涟，与月上下。寒山远火，明灭林外。深巷寒犬，吠声如豹。村墟夜舂，复与疏钟相间。此时独坐，僮仆静默，多思曩昔，携手赋诗，步仄径，临清流也。

当待春中，草木蔓发，春山可望。轻鲦出水，白鸥矫翼；露湿青皋，麦陇朝雊，斯之不远，傥能从我游乎？非子天机清妙者，岂能以此不急之务相邀？然是中有深趣矣。无忽。

因驮黄檗人往，不一。山中人王维白。

唐代著名诗人王维，富有艺术天才，不但能诗，而且善画，还精通音乐。宋代大作家苏轼说过，王维的画是“画中有诗”，王维的诗是“诗中有画”(见《书摩诘蓝田烟雨图》)。他的散文也写得很好。这里，向大家介绍他给一位好友的一封信，就是《山中与裴秀才迪书》。

这封信大约写于唐玄宗天宝年间(742—756)。唐玄宗从开元二十四年(736)罢免了以正直著称的宰相张九龄以后，就把朝政委任给口蜜腹剑的奸相李林甫。从此大唐王朝的开明政治日益变得腐败黑暗，许多比较正直的士大夫渐渐采取了明哲保身的态度，不再直言敢

谏了。王维就是其中的一个，用他自己的话来说，便是“晚年惟好静，万事不关心”（《酬张少府》）。他在政治上消极冷淡，思想上清高超脱。但是为了避免得罪奸相，也为了保持舒适安逸的生活，他仍在朝廷做官，不过并不认真办理政务，常常到长安远郊的山中别墅休息游玩，吟咏诗歌，研究佛教，过着亦官亦隐、半官半隐的生活。起先他在终南山有所别墅，叫“终南别业”。后来他在蓝田县蓝田山的辋谷购置了一所别墅，是个相当大的山林庄园，里面有一二十处风景优美的名胜。因为地处辋水流域，所以取名“辋川别业”。这已是天宝年间的事了。他常常邀请亲朋好友到辋川别业来游玩。裴迪就是他曾经邀请来辋川别业游玩过的一位诗交好友。他们两人曾一起游览吟咏了辋川别业的许多名胜，王维还把他们唱和的诗歌编成一集，取名《辋川集》。这封信邀请裴迪再来辋川一游，所以信里称蓝田山辋川别业为“故山”，意思是说裴迪从前来过的这个山林。

但是，当时裴迪的身份境遇和王维不同，王维在天宝年间已经做了朝廷的官，又是著名的诗人、画家。而裴迪只是一个被地方推举到京城来考试的才人，并且没有考中，所以称他“秀才”，这是唐代对才人的一种通常称呼。裴迪由于考试不中，一方面体验到朝廷政治的黑暗不公平，同时也深感自己无力的地位。因此他要努力考试，追求仕进，做官从政，改变地位，争取有所作为。王维对裴迪这种处境和心情是理解的，既同情，又敬重，但并不认为是必要的。他不止一次劝过裴迪，“酌酒与君君自宽，人情翻覆似波澜”，“世事浮云何足问，不如高卧且加餐”（《酌酒与裴迪》），要裴迪对人情世故，也就是对当时政治采取超脱的态度。可见这一对好友，在不满天宝年间的政治状况和社会风气上，有一致之处；而在境遇、态度上又不尽相同，尤其是在出仕退隐的抉择上，存在着分歧。

了解了王维和裴迪之间的一致和分歧，便比较能够切实地理解王维为什么要写这封信，它的主题思想是什么，也就能够更好地欣赏

它的艺术特点和成就。

全文可分三段。

第一段大意是说：

“接近腊月了，风景气候都还谐调畅快，你住过的这个山林，很值得再来一游。但是你正在用功温习经书，鄙意可不敢烦劳你来。因此我得便就自己到山上去了，路上在感配寺休息一会儿，与寺里僧人一起吃了晚饭，就离开了。”

这一段主要是含蓄地表示，对裴迪不能来辋川别业同游，深为遗憾。耐人寻味的是，王维不敢邀请裴迪同游辋川别业的原因是裴迪要温习经书。王维并非对温经的行为怀有反感，而是对裴迪温经的目的表示异议。唐代长安的科举考试，一般是在每年春天进行，所以应试的才人通常在前一年冬天加紧准备。裴迪是个没有考中的才人，要再考一次，所以在冬天全力温习经书，准备明年春天参加考试。也就是说，裴迪温经的目的是坚持求官的道路。对此，王维是了解的，但并不赞同，却也不好反对。所以只能婉转地告诉裴迪说，本来很想请你一起到辋川去的，现在就一个人去了。显然，从思想实质看，这一段是对自己和好友在出仕退隐抉择上发生分歧，内心深为遗憾。

第二段是写王维到达辋川时的情景，大意是说：

“我朝北渡过了苍苍的灞水，回头看着一轮皎洁的明月映照着蓝田县城。入夜，我到了山里，登上华子岗，一望辋水，微波荡漾，水里的月影上下跳动，一派清幽幽的景象。寒冬的山上，远远地有几点火光，忽隐忽现地闪烁着，好像在山林那一边。村落的深巷里，传来寒夜的狗叫声，回响像豹子吼似的。村子里还有人在夜里舂米，又夹杂着山中寺庙传来的几声钟鸣。这时，我独自坐着，僮仆也不作声，我多么想念从前和你一起在山中的生活，手拉着手，吟咏诗歌，在小路上漫步，对着清清的流水。”

这一段有三个层次。作者先写自己离开蓝田县城，顺利渡河，月光明亮，心情舒畅。然后写他到达辋谷口的华子岗。过了华子岗，大概就到王维隐居的别墅“辋川别业”了。这时，他登高四望，只见一派山村景象，别有一种情味。从常情来说，寒冬天气，山里更冷，作者点出了“寒山”“寒犬”，但他主要不是写寒冷，而是在写一种空寂的境界。辋水微波，月影上下，远山林外闪烁几点火光，这是写山水夜景，优美生动，多么空旷，又多么寂静。深巷狗叫声，村里舂米声，以及断续的寺庙钟声，这是写山村人境，绘声传神，又何等恬适。这正是王维深为惬意的环境。因此，第三层就写他在此时此刻格外希望有个知音在一起，交流体会，共享其乐。而这种内心的满足和精神的愉悦，僮仆显然不能理解。但裴迪是曾和他一起步登华子岗吟咏唱和的，所以他不禁想念那令人留恋的生活。不难体会，这一层回忆是蕴含着深深的遗憾的，对裴迪因为温经而不能同来，感到非常可惜。这就进一步写出了他们的分歧，更表现着对好友的关心。从思想实质看，这一段是企图以自己到辋川时的感受和体会，用知己好友的深挚情谊，激起裴迪来游的兴趣，动摇裴迪仕进的志趣。

第三段是正式提出邀请裴迪在明年春天来游辋川，大意是说：

“看来要等到明年春天了。那时，草木蔓延生长，春天的山林可以欣赏观望。轻快的鲦鱼游出水面，白色的鸥鸟展翅飞翔，露水湿润着青青的河滩，清晨的麦田里野鸡在鸣叫。这样的时节也不远了。到那时节，你果真能到山里来跟我一起游玩吗？如果不是因为你是一个天赋志趣清高的人，我难道能用这样不急的事情来邀请你吗？假使是这样的，那么我请你到山中一游，其中就有很深的意趣了。希望你不要疏忽了。趁着卖黄檗的人进城，请他就便给你捎这封信。其他不一一问候了。山里人王维书。”

这一段最可咀嚼。王维知道，使裴迪放弃考试，不求仕进，是不大可能的。所以他把话头一转，退一步提出要求：邀请裴迪在明年春天来游。然后他热情地描绘春天辋川的山水田园。他特意集中描绘春天早晨的景象，春山草木，水鸟游鱼，田野鸣禽，写得清新活泼，生机蓬勃，富有展望，令人神往。显然，这是一种热爱生活的人都会喜欢的境界，不必像上一段写夜过华子岗的感受那样，必须是隐者才能体会得到。按常情说，这一邀请，裴迪应该乐于接受的。然而王维却特地问一句："到那时节，你果真能到山里来跟我一起游玩了吗？"他担心裴迪在明年春天不一定能来。这是为什么？就因为裴迪在温经准备明春参加考试。从当时考试以后的一般情况看，应试的进士们有两种可能性。如果考中了，榜上有名，那就是"春风得意马蹄疾，一日看尽长安花"，荣耀不凡，哪里还会有兴趣到寂寞山中一游呢？假使考不上，名落孙山，就可能"失意容貌改，畏途性命轻"（孟郊《下第东南行》），伤心回乡，也许没有心情到山中吟咏唱和了。王维这担心，不是没来由的，裴迪就曾经因为落第而悲伤思归过。所以这一问，是对裴迪的提醒，也是一种亲切巧妙的激将。这就是说：只有保持清醒超脱，不热衷功名，不计较得失，裴迪才一定能够在明春考试以后到辋川来游。当然，王维是真诚希望裴迪清醒超脱的。因此接着再委婉地反问说："如果不是因为你是一个天赋志趣清高的人，我难道能用这样不急的事情来邀请你吗？"这里有两层意思：一是说裴迪的天性不适合于不清高的事情；二是说隐逸游玩当然是闲适行为，不如温经、考试、做官、从政之类事情紧急。这就是说，对于士人来说，仕进本来是要紧的事情，但是在当时朝政腐败黑暗的形势下，急于仕进却未必清高美妙。因此王维最后还要强调指出，其中有很深的意趣，提醒裴迪不要疏忽大意，应当慎重考虑，这"很深的意趣"，实质是指仕进隐退的抉择。这点，从信末王维的署名可以得到说明。王维在自己名字上冠以"山中人"三个字不是可有可无的，楚辞《九歌·山鬼》说："山中人兮芳杜若。"它明确表现了山中隐逸之士的高洁情怀。可见从思想实质看，这一段借邀请裴迪明春来游，含蓄深长地劝诫裴迪对黑暗的朝政要保持清醒头脑，采取超脱态度，不要急于求仕，不要计较考试的得失。

总起来看，这信的主题是王维在辋川别业思念、关心正在城里准备考试的好友裴迪，预约裴迪明春来游，而主题思想则是提醒裴迪正视朝政的黑暗现实，劝他采取清高超脱的态度，与王维一样走上实质是归隐的道路。应当说，这种清高超脱的隐逸道路，实质是消极的。但在天宝年间的政治形势中，这种道路显然表示不甘与腐败黑暗的权贵势力同流合污，反映一部分正直的士大夫的消极反抗，有一定的典型性和进步意义。因此，这信在思想上并不令人感到消沉，而有一种不屈的精神和诚恳的热情，并在艺术上表现为一种含蓄深长的意境。

这信的显著的艺术特点是诗情画意，形象优美，才华焕发，文采灿然。但是，更为突出的成就是，王维描写山水田园景物，虽然有层次，有技巧，但他并不追求逼真的形似，而注重写意的神似，抓住特征，构成意境。其中最精彩的两节，显然是写辋川冬夜景象和春晨景物。例如写辋川冬夜景象，作者选取登华子岗四望的角度，先写俯视辋水，再写远眺山林，概括出辋川山水夜景，然后写山村人境，从深巷写到村里，再用远处寺庙钟声来点染概括出冬夜人静的山村气氛，山水村落，前后远近，层次清晰自然。而写大自然山水是用视觉，用光用色；写人境的村落则用听觉，用声用响；有声有色，可见可闻，技巧出神入化。这精湛的描绘，不但形象富有特征，而且启发读者想象。水波见出微风，远火衬出空旷，犬吠如豹而其实格外宁静，几声钟鸣更显得非常悠扬。空旷寂静的山林和恬适的山村，凝聚着作者对隐居生活和理想归宿的理解、向往和深情，同时也在言表话外蕴含着对朝市生涯和富贵进追的不满和厌弃。实质上这是一种抉择，表明作者喜爱这样一种生活，而并非完全断绝生活热情。正因如此，作者在描绘春天早晨的辋川景物气象时，充满生活热情。山林清新，水禽活泼，雨露滋润田野，雉鸣洋溢春情；视角远近交映，笔墨大中有细，生

动有致，天然成趣，流露着作者的情怀展望，吸引着读者神驰向往。显而易见，这一冬一春、一夜一晨的辋川山水田园的描绘，都是作者表达主题思想的素材和凭借，而不是作者要表现的对象。作者对山水田园的如诗似画的精湛描绘，目的是在抒写他对生活、对理想、对知己好友的深长情意，因此既表现清高的志趣，也构成含蓄的意境，富有情趣，耐人寻味。

如果从艺术表现上看，这信的主要特点就是含蓄。它是通过神似的山水田园景象，表现作者的生活理想和情趣，表达它的主题思想，一般不用抽象的语言来加以说明的，颇有“不着一字，尽得风流”的妙处。但这毕竟是一封信，是散文，与抒情诗有所不同。作者如果在信中完全不点到主题思想，势必会含糊朦胧，令人费解，烦人猜测，因此，信中有三处是点到了主题思想的。其一是点出裴迪正在温习经书，意味着他积极准备考试，显示出他们之间存在分歧；其二是点出裴迪曾经与自己共游辋川，吟咏诗歌，表示他们是知己好友，有一致的情怀；其三是点出裴迪是一个天赋志趣清高美妙的人，说明王维对裴迪是了解的，理解的，信任的，并且抱有希望。正因有这三处点到主题思想，所以对辋川冬夜和春晨的景象描绘，就能够含蓄深长而题意明显地表达主题思想，不含糊费解。当然，即便是这三处的点到，也是力求婉转，并不直接点破，也不需要点破。因为这信是写给知己好友，信中点到的事情，裴迪一读便懂，无须道破；同时，像温习经书，考试求仕，仕进隐退这类事情，是唐代士大夫熟悉的，不必啰嗦。所以作者在信中用相当显豁的反问语句，稍加旁敲侧击，裴迪当然心领神会。这对唐代以及封建时代的读者来说，也是不难意会的。而对于今天的读者来说，不免要作适当的解释，但是在了解了这信的背景和有关的知识，克服了阅读的困难后，显然会更加觉得这信写得含蓄有味，别有一种情趣。

（《北京广播电视大学作品选讲（六）》，北京出版社，1986 年）

李　白

长干行

妾发初覆额，折花门前剧。郎骑竹马来，绕床弄青梅。同居长干里，两小无嫌猜。十四为君妇，羞颜未尝开。低头向暗壁，千唤不一回。十五始展眉，愿同尘与灰。常存抱柱信，岂上望夫台。十六君远行，瞿塘滟滪堆。五月不可触，猿声天上哀。门前迟行迹，一一生绿苔。苔深不能扫，落叶秋风早。八月胡蝶来，双飞西园草。感此伤妾心，坐愁红颜老。早晚下三巴，预将书报家。相迎不道远，直至长风沙。

“长干行”又作“长干曲”，是乐府杂曲歌旧题。“长干”的语意是指江南水乡的高冈，适宜居住。诗中所说“长干里”便是古代金陵(今江苏南京)城南的里巷。《长干曲》古辞是船家女唱的情歌。初唐诗人崔颢《长干行》四首是沿袭古辞创作的水乡船家男女对唱的情歌，但侧重于表现女子担心男子远出变心。李白这首《长干行》实际上也是沿袭古辞而敷衍创作为船家思妇的闺怨诗。它出色地表现了思妇的艺术形象，真实生动，缠绵悱恻，富有个性特征，历来传颂。成语“青梅竹马”“两小无猜”便从此诗来。

这诗拟思妇自抒闺怨。前十四句回忆过去。她与丈夫从小同里邻居，青梅竹马，两小无猜。十四岁成婚，羞颜未开；十五岁情笃，誓同生死。这是表明夫妻恩爱，根深蒂固，坚贞不渝。后十六句抒写闺

怨。丈夫出门远行，上三峡，过险滩，使她提心吊胆，百无聊赖，经夏至秋，蹉跎青春，朝思夜盼，亟等丈夫归来的音信，急切要见到丈夫。这是表现少妇的离愁别绪，春闺怨望。整体地看，曲题古辞具有的船家风情几无，但水乡江畔人家生活特色明显，而诗人着力表现的是少妇的闺怨春愁，思想感情真实细致，艺术形象鲜明突出。

少妇的自述，是对出门不归的丈夫倾诉爱情，实际上是空房独宿的思妇内心独白，所以抒情特点是真实无拘，细致入微，挚爱深怨，生动泼辣。回忆过去，少妇几乎陶醉沉浸于爱情幸福之中。诗人选择了三个时期的三个典型生活情景。一是儿童时天真无邪，两人折花、骑竹马、弄青梅，一起游戏得那么愉快。二是新婚时当了新媳妇，却老是害羞，低头面壁，娇憨矜持，让新郎官不知所措，想起来多么有趣。三是婚好情笃，信誓旦旦。用了两个典故。“抱柱信”是说，古代有个痴情男子叫尾生，在桥下等候约会的女子，女子失约，大水冲来，尾生宁死守信，抱住桥柱等着，直到淹没。“望夫台”是说，古代有妇女登上高台盼望丈夫归来，丈夫终于未归，此妇化为石头。这里，少妇深信丈夫誓愿，同生共死，就像尾生那样，自己根本没有想过丈夫会久出不归，以致自己要上高台盼望。通过这三个典型情景，表现出少妇的性格特征和爱情基础：单纯善良，开朗多情，深信丈夫的品质，珍惜自己的爱情。正由于这样，当丈夫真的远行未归，就激起她抑制不住的悲伤。

抒写闺怨，少妇确乎爱得深挚，怨得真切，充满了失落感，巴不得丈夫立刻回到身边。诗人集中描述了四个时刻的四种典型心情。一是丈夫远行途中的担惊受怕。思妇知道，溯江上三峡，到瞿塘峡，过滟滪堆，正是夏天五月。谚曰“滟滪大如襆，瞿塘不可触”，夏水潮涨，更加危险。所以《巴东三峡歌》说：“巴东三峡猿鸣悲，猿鸣三声泪沾衣。”丈夫途中一定也很悲伤思家。二是丈夫离家后，自己空闺独守，无心走动，怕触景生情，更添苦恼。所以门前路上滋生苔藓，不知不觉堆满落叶，才发现秋天来了。三是仲秋季节偶然发现一双蝴蝶飞来，触发年华蹉跎的感伤，突然害怕丈夫万一不归，自己的青春消逝，幸福失落，越发焦急起来。四是急切盼望丈夫立即归来，只要给个回家的音信，她就立刻沿江而上，赶远道去迎候。通过这些闺怨心情描述，进一步表现少妇的思想性格和忠贞爱情：单纯，所以软弱；多情，所以善感。从担心变成害怕，从害怕产生焦急，仿佛丈夫真可能不归，幸福将从此失去，因而火烧火烤似的要获得丈夫音信，要立即见到丈夫。丈夫就是她的幸福，她的一切。丈夫未归，她的自我失落了；丈夫归来，她的生活重新幸福。她的爱情因而愈加忠贞、坚定、勇敢，甚至显得豪气，懂得怎样争取青春、爱情和幸福。离别怨望的体验使她成长了。

李白是盛唐著名浪漫诗人，但这诗却是写实的，继承发展了汉代乐府的叙事写实的传统，形式不拘，注重内容。它是五言古体，句式整齐，用韵自由，首尾上下句押韵，通篇四次转韵，随内容而变动。它的主要特点和成就是完整表现了这位少妇的艺术形象，真实揭示她的幸福和不幸都依托于命运的安排，深刻反映了封建时代妇女的社会地位和历史状况。所以今天读来，依然动人，激起同情，启发思索。

（《历代抒情诗分类鉴赏集成》，北京十月文艺出版社，1994年）

李　白

古风(其十五)

燕昭延郭隗，遂筑黄金台。剧辛方赵至，邹衍复齐来。奈何青云士，弃我如尘埃。珠玉买歌笑，糟糠养贤才。方知黄鹄举，千里独徘徊。

这是一首以古讽今、寄慨抒怀的五言古诗。诗的主题是感慨怀才不遇。

前四句用战国时燕昭王求贤的故事。燕昭王决心洗雪被齐国袭破的耻辱，欲以重礼招纳天下贤才。他请郭隗推荐，郭隗说：王如果要招贤，那就先从尊重我开始。天下贤才见到王对我很尊重，那么比我更好的贤才也会不远千里而来了。于是燕昭王立即修筑高台，置以黄金，大张旗鼓地恭敬郭隗。这样一来，果然奏效，当时著名游士如剧辛、邹衍等人纷纷从各国涌来燕国。在这里，李白的用意是借以表明他理想的明主和贤臣对待天下贤才的态度。李白认为，燕昭王的英明在于礼贤求贤，郭隗的可贵在于为君招贤。

然而，那毕竟是历史故事。次四句，诗人便化用前人成语，感讽现实。“青云士”是指那些飞黄腾达的达官贵人。《史记・伯夷列传》说：“闾巷之人欲砥行立名者，非附青云之士，恶能施于后世哉！”意思是说，下层寒微的士人只有依靠达官贵人，才有可能扬名垂世，否则便被埋没。李白便发挥这个意思，感慨说，无奈那些飞黄腾达的显贵

们，早已把我们这些下层士人像尘埃一样弃置不顾。显贵之臣如此，那么当今君主怎样呢？李白化用阮籍《咏怀》第三十一首讽刺魏王语“战士食糟糠，贤者处蒿莱”，尖锐指出当今君主也是只管挥霍珠玉珍宝，追求声色淫靡，而听任天下贤才过着贫贱的生活。这四句恰和前四句形成鲜明对比。诗人在深深的感慨中，寄寓着尖锐的揭露和讽刺。

现实不合理想，怀才不获起用，那就只有远走高飞，别谋出路，但是前途又会怎样呢？李白用了春秋时代田饶的故事，含蓄地抒写了他在这种处境中的不尽惆怅。田饶在鲁国长久未得到重用，决心离去，对鲁哀公说：“臣将去君，黄鹄举矣！”鲁哀公问他“黄鹄举”是什么意思。他解释说，鸡忠心为君主效劳，但君主却天天把它煮了吃掉，这是因为鸡就在君主近边，随时可得；而黄鹄一举千里，来到君主这里，吃君主的食物，也不像鸡那样忠心效劳，却受到珍贵，这是因为黄鹄来自远方，难得之故。所以我要离开君主，学黄鹄高飞远去了。鲁哀公听了，请田饶留下，表示要把这番话写下来。田饶说：“有臣不用，何书其言！”就离开鲁国，前往燕国。燕王立他为相，治燕三年，国家太平。鲁哀公为此后悔莫及。（见《韩诗外传》）李白在长安，跟田饶在鲁国的处境、心情很相似，所以这里说“方知”，也就是说，他终于体验到田饶作“黄鹄举”的真意，也要离开不察贤才的庸主，去寻求实现壮志的前途。但是，田饶处于春秋时代，王室衰微，诸侯逞霸，士子可以周游列国，以求遂志。而李白却是生活在统一强盛的大唐帝国，他不可能像田饶那样选择君主。因此，他虽有田饶“黄鹄举”之意，却只能“千里独徘徊”，彷徨于茫茫的前途。这末二句，归结到怀才不遇的主题，也结出了时代的悲剧，形象鲜明，含意无尽。

《古风》五十九首都是拟古之作。其一般特点是注重比兴，立意讽托，崇尚风骨，气势充沛，而语言朴实。这首显然拟阮籍《咏怀》体，对具体讽刺对象，故意闪烁其词，但倾向分明，感情激越，手法确似阮

诗。这表明李白有很高的诗歌艺术素养和造诣。但从诗的构思和诗人形象所体现的全篇风格来看,这诗又确实保持着李白的独特风格。如上所述,首四句是咏历史以寄理想,但手法是似乎直陈史事,不点破用意。次四句是借成语以概现实,但都属泛指,读者难以猜测。末二句是借故事以写出路,但只以引事交织描叙,用形象点到即止。总起来看,手法是故拟阮籍的隐晦,而构思则从理想高度来揭露现实的黑暗,表现出李白那种热情追求理想的思想性格,和他诗歌艺术的一个主要风格特征。

(《唐诗鉴赏辞典》,上海辞书出版社,1983 年)

李 白

登广武古战场怀古[①]

秦鹿奔野草,[②]逐之若飞蓬。项王气盖世,[③]紫电明双瞳。[④]呼吸八千人,[⑤]横行起江东。赤精斩白帝,[⑥]叱咤入关中。[⑦]两龙不并跃,[⑧]五纬与天同。[⑨]楚灭无英图,汉兴有成功。按剑清八极,[⑩]归酣歌《大风》。[⑪]伊昔临广武,连兵决雌雄。[⑫]分我一杯羹,[⑬]太皇乃汝翁。战争有古迹,壁垒颓层穹。猛虎啸洞壑,饥鹰鸣秋空。翔云列晓阵,[⑭]杀气赫长虹。拨乱属豪圣,[⑮]俗儒安可通。[⑯]沉湎呼"竖子",[⑰]狂言非至公。抚掌黄河曲,嗤嗤阮嗣宗。[⑱]

〔注释〕

①广武:古城名,故址在今河南荥阳东北广武山上,有东、西二城。西汉高祖三年(前204)项羽屯东城,刘邦屯西城,壁垒对峙。②秦鹿:用"逐鹿"的典故,指秦王朝的天下。《史记·淮阴侯列传》:"秦失其鹿,天下共逐之。"③项王:称西楚霸王项羽。气盖世:气势压倒天下。语出项羽《垓下歌》:"力拔山兮气盖世。"④双瞳:传说项羽眼珠有两个瞳孔,异常有神。⑤呼吸:一呼即来的意思,形容极有号召力。八千人:指随项羽起义的八千江东子弟。⑥赤精:刘邦是感赤龙而生,自称是赤帝之精。斩白帝:《史记·高祖本纪》载:刘邦为亭长时,夜行经丰西泽中,遇大白蛇当道。刘邦乘醉拔剑斩之。后有人还其地,见老母哭,曰:"君子,白帝子也,化为蛇当道,当为赤帝子斩

之。”刘邦起义，遂建赤旗以为号召。⑦叱咤：发怒大喝。关中：指函谷关以西地区，以秦都咸阳为中心。⑧两龙：古以为天子是真龙，并世不能有二龙，两龙并世必然相斗。此指刘邦和项羽。⑨五纬：即金、木、水、火、土五行星。与天同：《史记·天官书》：“汉之兴，五星聚于东井。”“五星聚”是汉兴的祥瑞，故说与天意相同。⑩按剑：《庄子·说剑》说，“天子之剑”一用，“匡诸侯，天下服矣”。此用其事，说刘邦按天子之剑，统一天下。八极：指天下最边远的地区。⑪歌《大风》：汉高祖十二年（前195）刘邦回到家乡沛县，大宴乡亲父老。酒酣，刘邦击筑而歌，有“大风起兮云飞扬”句，后世以谓《大风歌》。⑫连兵：兵刃相连，指正面交锋。决雌雄：《史记·高祖本纪》载，楚、汉在广武相持，项王欲速决，谓汉王曰：“愿与汉王挑战，决雌雄。”汉王笑谢曰：“吾宁斗智，不能斗力。”⑬“分我”二句：广武相持时，项羽派人告刘邦说：“今不急下，吾烹太公。”刘邦说：当初我与项羽一起受命怀王，“约为兄弟。吾翁即若翁，必欲烹而翁，则幸分我一杯羹”。此用其语。⑭“翔云”二句：赫，显现。长虹，即白虹，指日晕外射的白光。古人迷信，以为云列成阵或白虹显现，都是表示战争的天象。这是渲染当年的战场气氛。⑮拨乱：治平乱世。豪圣：指能应天顺人，平定天下的大圣。⑯俗儒：谓墨守成规的迂腐的儒生。⑰沉湎：沉思遥想。呼“竖子”：《晋书·阮籍传》载：阮籍“尝登广武，观楚、汉战处”，感叹地说：“时无英雄，使竖子成名！”⑱嗤嗤：嗤笑。

咏怀古迹一类作品，实质是借古迹以抒胸怀，以发议论，首先要以思想内容取胜。倘无见地，便乏新意，不耐寻味。这首怀古诗即借楚、汉对峙的古战场遗迹，评论乱世英雄项羽、刘邦的成败，阐述拨乱反正的经验，指出“拨乱属豪圣”的规律。诗人的见解其实与司马迁略同。但由于诗人不受儒家传统观念的约束，也比较超脱世俗的功利观念，因而既肯定项、刘的成败，又不以成败论英雄，而从天意、智力、功业三者结合的角度比较分析，赞扬刘邦兼有豪杰和圣人的素质，指出只有这样的豪圣才能完成治平乱世、统一天下的历史任务。这就比司马迁所说不合传统要求的“大圣”的论述，显然透彻明确，而与阮籍鄙薄刘邦的观点根本相反，更不同意同情项羽英雄失败、嫌恶刘邦智诈权术等偏见迂论。因此，本诗的史论观点虽不免历史局限而拘于英雄史观及天命论，但应当承认，在当时历史条件下却是独到的，杰出的，具有辩证精神。

在艺术上，咏怀古迹一类诗往往具有叙事诗的结构，而充满抒情诗的实质。它既要叙述古迹有关的历史人事和眼前景象，更要抒发诗人自己的情怀和感触，这就要求诗人运用多种的表现手法，选择恰当的历史素材，提炼精美的诗歌语言，铸成不同的艺术形象，错综而层次清楚地表达主题思想。李白这首怀古诗相当完满地具备这样的艺术特点。

这是一首五言古体，整体结构犹如乐府歌行，有头有尾，夹叙夹议，从秦亡开始，讲到阮籍的感慨。安排得当，层次井然。全诗可分前后两大段：自首句到“归酣歌《大风》”，概述秦亡后的楚、汉兴亡成败历史；从“伊昔临广武”至结束，缅怀广武古战场楚、汉相峙的历史。前一段又分四节：首二句概括秦亡而形成的群雄逐鹿的乱世局面；然后每四句一节，先说项羽起兵江东，次说刘邦直入关中，再说楚败垓下，天下一统。后一段分三节：“伊昔临广武”四句一节，是说当年广武战场上楚、汉的战略特点，项羽斗力，刘邦斗智；然后第二句一节，先就眼前古战场遗迹景象，想见当年楚、汉相峙的战争形势和气氛，再说刘邦胜利的原因，批评阮籍见解的迂腐。显然，这样的层次安排是经过精心构思的。萧士赟说它“语意错乱，用事失伦”，怀疑它“非太白之诗”。这只能说是一种臆断。

运用多种手法，通过鲜明形象，以完成整体结构，表达主题思想，是这诗的一个显著的艺术特点。前段基本采取叙述方式，而首二句用“逐鹿”典故和“飞蓬”比喻，便简括而飞动，写出乱世气象，起调激扬；次写项羽率八千子弟兵起于江东，取项羽神貌和声势，写出他不可一世的气概，褒意盎然；再写刘邦起义和入关，取剑断白蛇和五星连珠的神异祥瑞，突出他承奉天意的幸运，含意微妙；然后写楚、汉成败，论断明确，意在赞美统一大业，所以用“天子剑”和“大风歌”两个典故，表现刘邦大功告成的天子形象。后段基本采取评述方式，而“伊昔”四句用春秋笔法，摘要实录，各取一点，鲜明突出：项羽斗力，急于决战；刘邦斗智，竟出谬言。然后分别承接这两个特点，巧作安排，写了后两节。斗力决战，便有一系列战争行动，因而诗人借以引出眼前古迹景象，勾起当年战场气氛的想象。“战争”二句，用描写和想象、勾勒和渲染，完成了登临即目和遥想当时的双重任务。斗智机变，说出“为天下者不顾家”的权诈之言，可谓灭绝亲情，大逆不道，为正人君子所不齿，因而引出诗人对拨乱的论断，带来他对阮籍的嗤笑。“拨乱”六句，用评论和笑谈，点明主题思想，批评世俗观点，也完成了双重任务。可见诗人是从整体结构出发，在井然的层次安排中，采取不同手法，写出特征鲜明的不同形象，以一连串形象来完成表达主题思想的任务的。

对现实的超然态度，对历史的洞然见识，对诗歌艺术的卓然才能，构成了这首怀古诗洒脱超逸、豪放豁达的独特风格；也使它充满了乐观开朗的情绪，具有抒情诗的实质。广武古战场的历史遗迹，其特殊意义在于提供了历代兴亡之际的乱世英雄的镜鉴。因而前代志士仁人、作家诗人登临广武或遥想此役，都不免思绪纷纷，感慨万千。但他们往往即今想古，怀古叹今，更多的是寄托生不逢时的感伤。司马迁《史记·项羽本纪》已对刘邦施以皮里阳秋的鞭挞，而阮籍则拘于一见，忽视历史的必然，发出褒贬偏颇的感慨。至于后来苏东坡批评李白误解阮籍所指，以为“竖子”当指“魏、晋间人”，不指刘邦(见《东坡志林》)。这也是一种不必要的折中之论。其实李白在这诗中所抒发的是一种超脱世俗拘束的历史必然之论。在他看来，秦亡是必然的，毫不足惜；项羽是英雄，但他失败是必然的，不必惋惜；刘邦是英雄，但他成功的原因不在他的才智或权诈，而是由于天意，由于“拨乱属豪圣”，是历史的必然，无须称颂“英图”，也不要嫌恶权诈。重要的是拨乱反正，他治平了乱世，统一了天下，完成了千秋功业，所以是豪杰，是圣人。恰是时势造成英雄，并非如阮籍所叹“时无英雄”。正是出于这种历史必然的“天意”的英雄观，诗人嗤笑阮籍的偏颇之见。显然，李白对于这种历史必然的现象，并无更进一步的理解，因而归之于天。而这位天上仙人，却是以洞察天意的立场和角度来认识这广武古战场所曾发生的历史人事的。因此，这诗的情调不是感伤的，忧恻的，而是开朗的，乐观的。诗人的自我形象是清醒的，聪明的。他侃侃而谈，神采飞扬，仿佛独立广武山上，指点当年战场，畅想兴亡成败，以至于笑对阮籍，调侃古人。诗人抒写自己这样的情怀感想，是要启发人们这样来认识历史，对待现实；洞察天意，超脱世俗，自然开朗地生活，豁然乐观地展望未来。由于诗人卓越的艺术才能，得心应手地通过一系列鲜明形象，生动饱满地表现他的情怀感触，加上画龙点睛的警醒论断，故这首诗读来令人感受到一种睿者的智趣和诗人的快意，不禁抚掌而称绝。

（《李白诗歌鉴赏集》，巴蜀书社，1988 年）

李　白

翰林读书言怀呈集贤诸学士

晨趋紫禁中，夕待金门诏。观书散遗帙，探古穷至妙。片言苟会心，掩卷忽而笑。青蝇易相点，《白雪》难同调。本是疏散人，屡贻褊促诮。云天属清朗，林壑忆游眺。或时清风来，闲倚栏下啸。严光桐庐溪，谢客临海峤。功成谢人间，从此一投钓。

唐玄宗天宝元年至三年(742—744)，李白在长安为翰林学士。当时在皇城里设有两个学士院。一是集贤殿书院，主要职务是侍读，也承担一点起草内阁文书的任务；另一是翰林学士院，专职为皇帝撰写重要文件。两院成员都称学士，而翰林学士接近皇帝，人数很少，所以地位高于集贤学士。李白是唐玄宗诏命征召进宫专任翰林学士的，越发光宠，有过不少关于他深受玄宗器重的传闻。其实皇帝只把他看做文才特出的文人，常叫他进宫写诗以供歌唱娱乐。他因理想落空，头脑逐渐清醒起来。同时，幸遇的荣宠，给他招来了非议，甚至诽谤，更使他的心情很不舒畅。这首诗便是他在翰林院读书遣闷，有感而作，写给集贤学士的。诗中说明处境，回答非议，表白心迹，陈述志趣，以一种潇洒倜傥的名士风度，抒发所志未申的情怀。

首二句破题，点出处境。说自己每天到皇城里的翰林院，从早到晚等候诏命下达任务，颇像东方朔那样“稍得亲近”皇帝了。“金门”指汉代皇宫的金马门，是汉代宫中博士先生们会聚待诏的地方。《汉

书·东方朔传》记载,东方朔“待诏金马门,稍得亲近”。李白暗以汉武帝待之以弄臣的东方朔自况,微妙地点出自己荣宠的处境,实质滑稽可悲,不足羡慕。

接着,诗人就写自己在翰林院读书遣闷。宫中秘藏是难得阅览的,于中探究古人著述的至言妙理,如果有所体会,即使只是片言只语,也不禁合拢书卷,高兴地笑起来。诗人表面上写读书的闲情逸致,实际上暗示这快意的读书恰是失意的寄托,反衬出他在翰林院供职时无聊烦闷的心情。

于是,诗人想起了那些非议和诽谤。东方朔曾引用《诗经》“营营青蝇”的篇什以谏皇帝“远巧佞,退谗言”,他也以青蝇比喻那些势利的庸俗小人,而以《阳春白雪》比喻自己的志向情操。李白觉得自己本是豁达大度、脱略形迹的人,而那些小人们却一再攻击他心胸狭隘,性情偏激。显然,诗人十分厌恶苍蝇的嗡嗡,但也因为无可奈何而觉得无须同他们计较,以蔑视的心情而求得超脱。跟上四句所写快事中蕴含不快相反,这四句是抒写在烦恼中自得清高,前后相反相成,都见出诗人的名士风度和志士情怀。

但是,实际上诗人的心情是烦闷的,失意的。因而他即景寄兴,抒发往日隐游山林的思忆和向往。诗人仿佛在读书时偶然望见屋外天空一片晴朗,又感到一阵愉快,随之想起了山林的自由生活。有时清风也吹进这令人烦闷的翰林院,他不由得走到廊下,靠着栏杆,悠闲地吟叹长啸。这四句也是写翰林院的闲逸无聊生活,但进了一层,提出了仕不如隐的想法,明显地表露出拂意欲归的意向。

最后四句明确地申述志趣和归宿。说自己像严子陵那样不慕富贵,又如谢灵运那样性爱山水。入世出仕只是为了追求政治理想,一旦理想实现,大功告成,就将辞别世俗,归隐山林了。显然,诗人正面抒写心志,同时也进一步回答了非议和诽谤,从而归结到主题“言怀”。

这首诗多排偶句，却流畅自然，在表现手法和艺术风格上，明显汲取了汉代《古诗》那种“结体散文，直而不野，婉转附物，怊怅切情”(《文心雕龙·明诗》)的长处，而有独创，富个性。全诗以名士的风度，与朋友谈心的方式，借翰林生活中的快事和烦恼，抒泄处境荣宠而理想落空的愁闷，表露“达则兼济天下，穷则独善其身”的本志。它娓娓而谈，言辞清爽，结构属赋，立意于兴，婉而直，浅而深，绵里藏针，时露锋芒，在唐人言怀诗中别有情趣。

(《唐诗鉴赏辞典》，上海辞书出版社，1983 年)

李　白

妾薄命

汉帝重阿娇，贮之黄金屋。咳唾落九天，随风生珠玉。宠极爱还歇，妒深情却疏。长门一步地，不肯暂回车。雨落不上天，水覆难再收。君情与妾意，各自东西流。昔日芙蓉花，今成断根草。以色事他人，能得几时好！

《妾薄命》是乐府杂曲歌旧题。今存最早歌辞是建安时代曹植的两首六言诗。其后，南朝作者颇多。它们的主题都是歌咏妇女命薄，但诗中妇女身份不同，有宫廷嫔妃，有闺中思妇。李白此诗的主题类同，但实际是一首咏史诗，歌咏汉武帝皇后陈阿娇的故事，感讽贵妇薄命的根本原因在于以色事人，议论风发，讥刺锋利，对薄命独见深刻，于无情处有新意。

汉武帝第一位皇后便是“金屋藏娇”成语故事的主角陈阿娇。她是武帝表妹，先被选中为太子王妃，随武帝即位为皇后，十几年宠贵至极。后来武帝宠幸卫子夫，陈皇后嫉恨至极，几次要杀死卫子夫。武帝大怒，忍无可忍，便铲除皇后周围近幸，让她退居长门宫。她虽然用黄金请司马相如写了《长门赋》，希望感动武帝，但武帝已经绝情而无情，最后废除她的皇后尊位。李白这诗即歌咏其事，但不涉《长门赋》。

这诗八韵十六句，每四句一韵一节。前二节叙事，夹叙夹议；后

二节议论，有刺无美。首节叙述金屋藏娇，突出阿娇宠贵至极。在武帝眼里，阿娇的一切都极其美好，不仅要筑黄金屋贮藏她，更觉得她像九天之上的仙女，咳嗽唾沫随风落地，都成了珍珠美玉。把不洁夸张为珍贵，这荒诞便是讽刺。次节叙述退居长门，指出两个原因，一个结果。客观原因是人的宠爱有终极，到了极端，终要衰歇；武帝宠爱阿娇已达荒诞极端，必然逐渐减少。主观原因是失宠产生的嫉妒越深，只会使宠爱之情越加淡薄，日益疏远；阿娇嫉恨卫子夫，使武帝恼怒厌恶。结果便是绝情而无情，让她进冷宫，车驾几步远，也不肯看她一回。如实描述事实的极端行为，便是夸张暴露真实，一种巧妙讽刺。两节合起来，实质上叙述了汉武帝对陈阿娇从极端宠爱到极端无情，阿娇从极端宠贵到极端冷落。诗人用不同的夸张手法，真实揭示这种帝后最尊贵的夫妇关系，实质是宠与被宠的关系，阿娇不过是武帝金屋里的美女，手掌里的玩物，没有真正爱情，一点不必嫉妒。所以诗人对此热讽冷嘲，颇有感慨。

三节便是感慨这种没有真正爱情的尊贵的夫妻感情。正因为阿娇的贵宠取决于武帝，所以武帝一旦绝情不宠，这夫妻之情便像天上降落的雨，地面泼洒的水，回不了九天，也收不回来，只得听任四处流散。而其实，降雨泼水的武帝依然高高在上，冷落被弃的阿娇便认命东西流散。诗人的取喻设比是有倾向的，同情在阿娇这边，含蓄表现着贵妇注定的薄命。因此末节明确议论阿娇薄命的特点和根由。“芙蓉花”即荷花，这里有谐音双关的用意，“芙蓉”谐音“夫容”，丈夫爱的是容貌。如今色衰，爱根断绝，便弃如枯草。所以诗人明确论断，靠着美貌服侍他人，这样的情好不会长久，指出阿娇薄命的根由，也告诫了天下妇女。值得寻味的是，诗的结尾用了一个成语典故。《说苑·权谋》载，战国楚共王有个宠臣安陵缠，以颜色美壮得宠。谋士江乙对他说：“以色事人者，华落而爱衰。今子之华有时而落，子何以长幸无解于王乎？”教了他一套固宠的权术，使他被封为安陵君。

这里诗人刺眼地用“以色事他人”,而不是顺理成章地用“以色事夫君”之类,显然是有意暗示,贵为皇后的阿娇,其薄命的根由实与宠臣相同。反之,宠幸的显贵的命运亦然。这样,阿娇仅有的一点同情可怜,也变成可悲而并不值得可怜。在诗人看来,不论女色以及男宠,以色得宠便都是他人手中玩物,命薄必然,可悲而不可怜。“妾薄命”这一老主题的新见地在此。

整体地看,诗人之所以借最尊贵的皇帝皇后夫妻故事来议论讽刺,还有更深一层的寓意,激发天下男女自觉自尊自重自主,不要以色事人,以色求荣,自甘玩物,丧失人格,荣枯由人,空叹薄命。贵为皇后的陈阿娇尚且不免玩物的命运,则下层妇女命运更不堪设想。所以诗人对天下妇女的可悲命运,怀有深沉的怜悯同情。然而更使他感慨的是人们并不认识悲剧根由,更可悲的是像阿娇那样嫉恨同样命运的同类人物,因而诗人以超然飘逸的态度,用极端的夸张,写极端的事例,热嘲冷讽,以古叹今,暴露天下男女宠幸的可悲运遇,劝诫人们弃富贵而全尊严,破虚荣而保人格。这其实就是诗人自己的人生态度和思想情操。用他的名句来说,就是“安能摧眉折腰事权贵,使我不得开心颜”。

(《历代抒情诗分类鉴赏集成》,北京十月文艺出版社,1994 年)

李　白

江夏赠韦南陵冰

胡骄马惊沙尘起，胡雏饮马天津水。君为张掖近酒泉，我窜三巴九千里。天地再新法令宽，夜郎迁客带霜寒。西忆故人不可见，东风吹梦到长安。宁期此地忽相遇，惊喜茫如堕烟雾。玉箫金管喧四筵，苦心不得申长句。昨日绣衣倾绿樽，病如桃李竟何言。昔骑天子大宛马，今乘款段诸侯门。赖遇南平豁方寸，复兼夫子持清论。有似山开万里云，四望青天解人闷。人闷还心闷，苦辛长苦辛。愁来饮酒二千石，寒灰重暖生阳春。山公醉后能骑马，别是风流贤主人。头陀云月多僧气，山水何曾称人意。不然鸣笳按鼓戏沧流，呼取江南女儿歌棹讴。我且为君槌碎黄鹤楼，君亦为吾倒却鹦鹉洲。赤壁争雄如梦里，且须歌舞宽离忧。

唐肃宗乾元二年(759)，李白在长流夜郎途中遇赦放还，在江夏(治所在今湖北武汉武昌区)逗留的日子里，遇见了长安故人、当时任南陵(今属安徽)县令的韦冰。在唐肃宗和永王李璘的夺权内讧中，李白成了牺牲品，蒙受奇冤大屈。现在刚遇大赦，又骤逢故人，他惊喜异常，满腔悲愤，不禁迸发，便写成了这首沉痛激烈的政治抒情诗。

诗一开始，便是一段倒叙。这是骤遇后对已往的追忆。安史乱起，你远赴张掖，我避地三巴，地北天南，无缘相见。而当叛乱初平，

肃宗返京，我却锒铛入狱，披霜带露，长流夜郎，自觉将凄凉了却残生。想起长安旧交，此时必当随驾返朝，东风得意，而自己大约只能在梦中会见他们了。谁料想，我有幸遇赦，竟然又遇见无望相会的长安故人。这实在令人喜出望外，惊讶不已，简直不可思议，茫然如堕烟雾。李白是遇赦的罪人，韦冰显系被贬的官员，在那相逢的宴会上，人众嘈杂，彼此的遭遇怎能说得了、道得清啊！从开头到“苦心”句为一段，在概括追叙骤遇的惊喜之中，诗人寄托着自己和韦冰两人的不幸遭遇和不平情绪；在抒写迷惑不解的思绪之中，蕴含着对肃宗和朝廷的皮里阳秋的讥刺。这恍如梦魂相见的惊喜描述，其实是大梦初醒的痛心自白。爱国的壮志，济世的雄图，竟成为天真的迷梦，真实的悲剧。

诗人由衷感激故人的解慰。昨天的宴会上，衣绣的贵达为自己斟酒，礼遇殊重。但是，他们只是爱慕我的才名，并不真正理解我，而我“病如桃李”，更有什么可讲的呢？当然，“桃李不言，下自成蹊”，世人终会理解我的，我的今昔荣辱，就得到了故人的了解。前些时听到了南平太守李之遥一番坦率的真心话，使人豁开胸襟；今日在这里又得闻你的清正的言论，真好像深山拨开云雾，使人看到晴朗的天空，驱散了心头的苦闷。从“昨日”句到“四望”句这一段，诗人口气虽然比较平缓，然而却使人强烈感受到他内心无从排遣的郁结，有似大雷雨来临之前的沉闷。

最后一段，笔势奔放恣肆，强烈的悲愤，直泻而出，仿佛心头压抑的山洪，暴发了出来，猛烈冲击这现实的一切。人闷，心闷，苦痛，辛酸，接连不断，永远如此。我只有借酒浇愁，痛饮它二千石。汉代韩安国身陷囹圄，自信死灰可以复燃，我为什么不能呢？晋朝山简镇守襄阳时，常喝得酩酊大醉，“复能乘骏马，倒着白接䍦”（《世说新语·任诞》），别是一番贤主人的风流倜傥之举。而李白喝的是苦闷之酒，孤独一人，自然没有那份闲适之情了，所以酒醉也不能遣闷。还是去遨游山水吧，但又觉得山山水水都像江夏附近著名古刹头陀寺一样，充斥那苦行的僧人气，毫无乐趣，不称人意。那么，哪里是出路，何处可解闷呢？倒不如乘船飘游，召唤乐妓，鸣笳按鼓，歌舞取乐；把那曾经向往、追求的一切都铲除掉，不留痕迹；把那纷争逞雄的政治现实看作一场梦幻，不足介怀；就让歌舞来宽解离愁吧！诗人排斥了自己以往自适的爱好，并非自暴自弃，而是极度苦闷的爆发，激烈悲愤的反抗。这最后十四句，情调愈转越激烈。矛头针对黑暗的政治、冷酷的现实。

“我且为君槌碎黄鹤楼，君亦为吾倒却鹦鹉洲”，是本篇感情最激烈的诗句，也是历来传诵的名句。“黄鹤楼”因神仙骑鹤上天而闻名，“鹦鹉洲”因东汉末年作过《鹦鹉赋》的祢衡被黄祖杀于此洲而得名。一个令人向往神仙，一个触发不遇感慨，虽然是传说和历史，却寄托了韦冰和李白的情怀遭际。游仙不是志士的理想，而是失志的归宿；不遇本非明时的现象，却是自古而然的常情。李白以知己的情怀，对彼此的遭际表示极大的激愤，因而要“槌碎黄鹤楼”，“倒却鹦鹉洲”，不再怀有梦想，不再自寻苦闷。然而黄鹤楼槌不碎，鹦鹉洲倒不了，诗人极大的愤怒中包含着无可奈何的悲伤。

这诗抒写的是真情实感，然而构思浪漫奇特。诗人抓住在江夏意外遇见韦冰的机缘，敏锐觉察这一意外相遇的喜剧中隐含着悲剧内容，浪漫地夸张地把它构思和表现为如梦觉醒。它从遇赦骤逢的惊喜如梦，写到在冷酷境遇中觉醒，而以觉醒后的悲愤作结。从而使诗人及韦冰的遭遇具有典型意义，真实地反映出造成悲剧的时代特点。诗人是怨屈悲愤的，又是痛心绝望的，他不堪回首而又悲慨激昂，因而感情起伏转换，热烈充沛，使人清楚地看到他那至老未衰的“不干人、不屈己”的性格，“大济苍生”“四海清一”的抱负。这是诗人暮年作品，较之前期作品，思想更成熟，艺术更老练，而风格依旧，傲岸不羁，风流倜傥，个性突出，笔调豪放，有着强烈的感情色彩。

（《唐诗鉴赏辞典》，上海辞书出版社，1983 年）

高　适

营州歌

营州少年厌原野，① 狐裘蒙茸猎城下。虏酒千钟不醉人，胡儿十岁能骑马。

〔注释〕

① 厌，同“餍”，饱。这里作饱经、习惯于之意。

唐代东北边塞营州（治所在今辽宁朝阳），原野丛林，水草丰盛，各族杂居，牧猎为生，习尚崇武，风俗旷放。高适这首绝句有似风情速写，富有边塞生活情趣。

从中原的文化观念看，穿着毛茸茸的狐皮袍子在城镇附近的原野上打猎，似乎简直是粗野的儿戏，而在营州，这些却是日常生活，反映了地方风尚。生活在这里的汉、胡各族少年，自幼熏陶于牧猎骑射之风，养就了好酒豪饮的习惯，练成了驭马驰骋的本领。即使是边塞城镇的少年，也沉浸于这样的习尚，培育了这样的性情，不禁要在城镇附近就旷放地打起猎来。诗人正是抓住了这似属儿戏的城下打猎活动的特殊现象，看到了边塞少年神往原野的天真可爱的心灵，粗犷豪放的性情，勇敢崇武的精神，感到新鲜兴奋，十分欣赏。诗中少年形象生动鲜明。“狐裘蒙茸”，见其可爱之态；“千钟不醉”，见其豪放之性；“十岁骑马”，见其勇悍之状。这一切又都展示了典型的边塞

生活。

构思上即兴寄情，直抒胸臆；表现上白描直抒，笔墨粗放，是这首绝句的艺术特点。诗人仿佛一下子就被那城下少年打猎活动吸引住，好像出口成章地赞扬他们生龙活虎的行为和性格，一气呵成，不假思索。它的细节描写如实而有夸张，少年性格典型而有特点。诗人善于抓住生活现象的本质和特征，并能准确而简练地表现出来。整首诗洋溢着生活气息和浓郁的边塞情调。在唐人边塞诗中，这样热情赞美各族人民生活习尚的作品，实在不多，因而这首绝句显得可贵。

（《唐诗鉴赏辞典》，上海辞书出版社，1983 年）

高　适

赋得还山吟送沈四山人

还山吟，天高日暮寒山深，送君还山识君心。人生老大须恣意，看君解作一生事。山间偃仰无不至，石泉淙淙若风雨，桂花松子常满地。卖药囊中应有钱，还山服药又长年。白云劝尽杯中物，[①]明月相随何处眠？眠时忆问醒时事，梦魂可以相周旋。

〔注释〕

①白云：用南朝刘梁人陶弘景故事。南朝时，陶弘景隐于句曲山，齐高帝萧道成有诏问他“山中何所有？”他作诗回答：“山中何所有，岭上多白云。只可自怡悦，不堪持赠君。”

当时名士沈千运，吴兴(今属江苏)人，排行第四，时称“沈四山人”“沈四逸人”。天宝年间，屡试不中，曾干谒名公(见《唐才子传》)，历尽沉浮，饱尝炎凉，看破人生和仕途，五十岁左右隐居濮上(今河南濮阳南濮水边)，躬耕田园。他明白说道：“栖隐非别事，所愿离风尘。……何者为形骸？谁是智与仁？寂寞了闲事，而后知天真。”(《山中作》)在“终南捷径”通达的唐代，他倒是一位知世独行的真隐士。

约于天宝六载(747)秋，高适游历淇水时，曾到濮上访问沈千运，结为知交，有《赠别沈四逸人》叙其事(见刘开扬《高适诗集编年笺注》)。

这首送沈还山的赠别诗，以知交的情谊，豪宕的胸襟，洒脱的风度，真实描绘沈千运自食其力、清贫孤苦的深山隐居生活，亲切赞美他的清高情怀和隐逸志趣。诗的兴象高华，声韵悠扬，更增添了它的艺术美感。

诗以时令即景起兴，蕴含深沉复杂的感慨。秋日黄昏，天高地远，沈千运返还气候已寒的深山，走向清苦的隐逸的归宿。知友分别，不免情伤，而诗人却坦诚地表示对沈的志趣充分理解和尊重。所以接着用含蓄巧妙、多种多样的手法予以比较描述。

在封建时代，仕途通达者往往也到老大致仕退隐，那是一种富贵荣禄后称心自在的享乐生活。沈千运仕途穷塞而老大归隐，则别是一番意趣了。诗人赞赏他是懂得了人生一世的情事，能够对俗士视为畏途的深山隐居生活，怡适自如，习以为常。汉代淮南小山《招隐士》曾把深山隐居描写得相当可怕："桂树丛生兮山之幽，偃蹇连蜷兮枝相缭。山气巃嵸兮石嵯峨，溪谷崭岩兮水曾波。猿狖群啸兮虎豹嗥，攀援桂枝兮聊淹留。"以为那是不可久留的。而沈千运在这样的环境里生活游息，无处不到，显得十分自在。山石流泉淙淙作响，恰同风吹雨降一般，是大自然悦耳的清音；桂花缤纷，松子满地，是山里寻常景象，显出大自然令人心醉的生气。这正是世俗之士不能理解的情趣和境界，而为"遁世无闷"的隐士所乐于久留的归宿。

深山隐居，确实清贫而孤独。然而诗人风趣地一转，将沈比美于汉代真隐士韩康，调侃地说，在山里采药，既可卖钱，不愁穷困，又能服食滋补，延年益寿。言外之意，深山隐逸却也自有得益。而且在远避尘嚣的深山，又可自怀怡悦，以白云为友，相邀共饮；有明月做伴，到处可眠。可谓尽得隐逸风流之致，何有孤独之感呢？

最后，诗人出奇地用身、魂在梦中夜谈的想象，形容沈的隐逸已臻化境。这里用了一个典故。《世说新语·品藻》载，东晋名士殷浩和桓温齐名，而桓温"常有竞心"，曾要与殷浩比较彼此的高下，殷浩

说:“我与我周旋久,宁作我。”表示毫无竞心,因而传为美谈。显然,较之名士的“我与我周旋”,沈独居深山,隔绝人事,于世无名,才是真正的毫无竞心。他只在睡梦中跟自己的灵魂反复交谈自己觉醒时的行为。诗人用这样浪漫的想象,暗寓比托,以结束全诗,正是含蓄地表明,沈的隐逸是志行一致的,远非那些言行不一的名士可比。

综上可见,由于诗旨在赞美沈的清贫高尚、可敬可贵的隐逸道路,因此对送别事只一笔带过,主要着力于描写沈的志趣、环境、生计、日常生活情景,同时在描写中寓以古今世俗、真假隐士的种种比较,从而完整、突出地表现出沈的真隐士的形象。诗的情调浪漫洒脱,富有生活气息。加之采用与内容相适宜的七言古体形式,不受拘束,表达自如,转韵自由,语言明快流畅,声调悠扬和谐。它取事用比,多以暗喻融化于描写隐居生活的美妙情景之中,天衣无缝,使比兴形象鲜明,而又意蕴丰腴,神韵惟妙,呈现着一种饱满协调的艺术美感。大概由于这样的艺术特点,因而这诗尤为神韵派所推崇。

(《唐诗鉴赏辞典》,上海辞书出版社,1983 年)

杜　甫

月　夜

今夜鄜州月，闺中只独看。遥怜小儿女，未解忆长安。香雾云鬟湿，清辉玉臂寒。何时倚虚幌，双照泪痕干。

唐玄宗天宝十五载(756)，杜甫辗转逃难到鄜(fū)州(今陕西西安鄠邑区)，安置了家小，听说唐肃宗在灵武即位，便立刻只身离家投奔肃宗，一心要参加平叛的行列。然而不幸，途中被安禄山部俘获，押解长安。这首五言律诗便是在困陷长安时写作的。诗中怀念妻儿，伉俪情笃，体贴入微；形象如见，动人于今。

诗人被俘解长安在夏历八月，所以这个月夜是中秋月圆之夜，是传统习俗全家欢聚团圆赏月之夜。而此刻，国家战乱，长安失陷，自己报国未成，沦落敌手，所以分外思念避难鄜州的妻儿，深深理解妻子今夜的心情。这诗的构思便从这样艰难乱离的处境和心情出发，通篇是心中理解、思念、想象妻子今夜望月企盼的情景。它虽然是第一人称抒情，却更像用第三人称刻画，妻子的形象鲜明突出，艺术的构思新颖独创，而诗人自我形象则居于叙述者地位。他的深情挚爱，既表现为充分的理解，更流露出入微的体贴，别有一种含蓄深沉的情味。

首联破题，直截说妻子今夜在鄜州只得独自赏月。也就是说，这情景与自己在长安一样。诗人看来异常平静，似乎十分安然。但是

一个“只”字却道尽诗人心中的辛酸感伤，包涵了一切歉意慰语。命运既然如此，遭遇就只能这样，其他都不必说了。然而事实上诗人本来可以留在鄜州与妻儿一起生活的。造成今夜不能共赏月圆，是由于他一心要离家报国。这一层，他妻子是很清楚的。因此，次联便委婉地说了歉语，要求理解，并且深信妻子完全理解。表面看，这联只是说儿女年幼，还不懂得思念长安的心情。实际上，这是诗人对妻子说，自己离家的原因就是思念长安，小儿女还不懂，妻子是理解的。对诗人来说，长安是家乡，更是朝廷所在、国家京城。思念长安，寄托着诗人爱国之心和忧国之情。所以这委婉的歉意，深沉含蓄地透露出诗人表面平静心情中的激动不安，只是为了国家命运而只得不计个人遭遇。这是前二联的诗意所在。也正因如此，诗人更加珍惜思恋妻子。

三联便用优美的语言抒写妻子今夜望月企盼的情景。夜深了，雾气袭人，月光清冷，头发湿了，手臂凉了，妻子一定还在思念自己。这情景凄凄切切，诗人心里是辛酸苦涩的。他因此更热爱妻子，要用优美语言赞美她，所以雾气芳香，月光皎洁，都衬托出妻子美好形象。他也因此更体贴妻子，要以深情叮嘱关切她，所以云鬟湿了，玉臂寒了，都表现出诗人挚爱心情。而正由于这联凝聚着诗人深情和才思，因而成为称道不绝的名句。末联以团聚的心愿作结。“虚幌”指窗帘，显示诗人想象妻子倚窗企盼，所以便接着说自己盼望早日回家，一起赏月，让月光双照夫妻，照干离别思念的泪痕。“何时”的疑问，“双照”的盼望，既与首联“今夜”“独看”相应，更含蓄着理解“忆长安”的不尽忧伤，只有国家平安之日，才是泪痕照干之夜，所以在国家战乱未息之时，独看流泪之情无可自禁，无可奈何。

整体地看，这诗的抒情特点是在深情的思念中表现出体贴和理解。体贴入微由于理解妻子的爱情，理解使诗人更真挚地体贴妻子。正因为他理解妻子，所以他深信妻子理解自己。这一抒情特点决定

了诗的构思和风格，通篇倾诉诗人对妻子今夜情景的料想，整体形成一种深情理解的叙述风格，完整地表现了妻子的艺术形象，抒发了诗人的思念，饱含着爱国忧国的情怀。

（《历代抒情诗分类鉴赏集成》，北京十月文艺出版社，1994年）

杜　甫

北　征

皇帝二载秋，闰八月初吉。杜子将北征，苍茫问家室。维时遭艰虞，朝野少暇日。顾惭恩私被，诏许归蓬荜。拜辞诣阙下，怵惕久未出。虽乏谏诤姿，恐君有遗失。君诚中兴主，经纬固密勿。东胡反未已，臣甫愤所切。挥涕恋行在，道途犹恍惚。乾坤含疮痍，忧虞何时毕！

靡靡逾阡陌，人烟眇萧瑟。所遇多被伤，呻吟更流血。回首凤翔县，旌旗晚明灭。前登寒山重，屡得饮马窟。邠郊入地底，泾水中荡潏。猛虎立我前，苍崖吼时裂。菊垂今秋花，石戴古车辙。青云动高兴，幽事亦可悦。山果多琐细，罗生杂橡栗。或红如丹砂，或黑如点漆。雨露之所濡，甘苦齐结实。缅思桃源内，益叹身世拙。坡陀望鄜畤，岩谷互出没。我行已水滨，我仆犹木末。鸱鸟鸣黄桑，野鼠拱乱穴。夜深经战场，寒月照白骨。潼关百万师，往者散何卒。遂令半秦民，残害为异物。

况我堕胡尘，及归尽华发。经年至茅屋，妻子衣百结。恸哭松声回，悲泉共幽咽。平生所娇儿，颜色白胜雪。见耶背面啼，垢腻脚不袜。床前两小女，补绽才过膝。海图拆波涛，旧绣移曲折。天吴及紫凤，颠倒在裋褐。老夫情怀恶，呕泄卧数日。那无囊中帛，救汝寒凛栗。粉黛亦解苞，衾裯稍罗列。瘦妻面复光，痴女头自栉。学母无不为，晓妆随手抹。移时施朱铅，狼藉画眉

阔。生还对童稚，似欲忘饥渴。问事竞挽须，谁能即嗔喝。翻思在贼愁，甘受杂乱聒。新归且慰意，生理焉得说！

至尊尚蒙尘，几日休练卒？仰观天色改，坐觉妖氛豁。阴风西北来，惨淡随回纥。其王愿助顺，其俗善驰突。送兵五千人，驱马一万匹。此辈少为贵，四方服勇决。所用皆鹰腾，破敌过箭疾。圣心颇虚伫，时议气欲夺。伊洛指掌收，西京不足拔。官军请深入，蓄锐何俱发。此举开青、徐，旋瞻略恒、碣。昊天积霜露，正气有肃杀。祸转亡胡岁，势成擒胡月。胡命其能久，皇纲未宜绝。

忆昨狼狈初，事与古先别。奸臣竟菹醢，同恶随荡析。不闻夏、殷衰，中自诛褒、妲。周、汉获再兴，宣、光果明哲。桓桓陈将军，仗钺奋忠烈。微尔人尽非，于今国犹活。凄凉大同殿，寂寞白兽闼。都人望翠华，佳气向金阙。园陵固有神，扫洒数不缺。煌煌太宗业，树立甚宏达。

唐代伟大的现实主义诗人杜甫为我们留下了一千四百多首诗歌。这些诗歌广泛而具体地描写了唐王朝从盛到衰的转折时期社会各方面的现实，构成了一幅极为丰富多彩、引人入胜的历史画卷，获得了“诗史”的崇高评价。诗人也被人们誉为“诗圣”。他的诗歌不仅在思想内容方面成就很高，在艺术上也继承和发展了《诗经》、两汉乐府以来古代现实主义诗歌创作的优良传统，达到一个新的高峰，至今仍然值得我们借鉴。毛主席给陈毅同志谈诗的信中说：“诗要用形象思维，不能如散文那样直说，所以比、兴两法是不能不用的。赋也可以用，如杜甫之《北征》，可谓‘敷陈其事而直言之也’，然其中亦有比、兴。”毛主席所举的《北征》，便是杜甫的一首很有艺术特点的长篇叙事诗。

《北征》写于唐肃宗至德二载(757)闰八月，正是唐王朝发生安禄

山叛乱的第三个年头。由于唐玄宗骄奢淫逸,政治腐朽,养痈遗患,安禄山在天宝十四载(755)叛变,从范阳(今河北涿州)向京城长安(今陕西西安)进扰。半年之间,官军溃败,潼关失守,京城陷落,皇帝逃难,烽火遍地。叛军每到一处,对各族人民进行野蛮的屠杀,遭到唐王朝爱国官兵和各族人民的一致反抗。天宝十五载(756)七月,奉命留守的太子李亨在灵武(今宁夏灵武西北)自行即位为肃宗,尊唐玄宗为太上皇,草创朝廷,建立制度,举起平叛的旗帜,立即得到广大爱国官兵和各族人民的拥护,成为人心归向的希望所在,实际掌握了唐王朝政权,并使战争形势开始好转。经过一年奋战,到了杜甫《北征》时,形势根本好转;郭子仪收复河东,唐肃宗到达凤翔(今陕西凤翔),回纥族出兵相助;而叛军内讧不已,分崩离析。在杜甫写成《北征》之后一个月,长安收复,肃宗回到了京城,胜利在望,中兴可盼。这就是《北征》的历史背景。

在这动乱的年头里,杜甫个人也是历尽艰辛,饱尝忧患。当潼关失守、皇帝逃难时,家住奉先(今陕西蒲城)的杜甫,带着一家老小逃难到鄜州(今陕西富县),把家小安置在鄜州城东南三十里的羌村,然后为了参加平叛,只身投奔肃宗。不幸,他在途中被叛军俘虏,押往叛军盘踞的长安,一直困陷到第二年四月。在长安,他目睹叛军残害人民的惨象,看见叛军猖狂得意的凶相,深切体会到百姓亟盼平定叛乱的急切心情。因此他一脱身就直奔凤翔,"麻鞋见天子",参加了平叛行列。肃宗拜他为左拾遗,当了个谏官,职责是倘若皇帝有遗失疏忽之处,就给皇帝进言,提供参考。然而不多久,发生了肃宗罢免宰相的事,杜甫因持异议,触怒了肃宗,被抓起来问罪。幸亏新任的宰相救了他,才免了罪,让他复职上朝就班。不过,肃宗因此讨厌杜甫,两个月后批示放他回家探亲,让他离开朝廷。于是,杜甫在这一年闰八月初一辞别朝廷,离开凤翔,回鄜州羌村探亲。到家以后,写了这首诗记述这次旅程。因为鄜州在凤翔东北,所以题目叫《北征》。

《北征》是五言古诗，共一百四十句。这首长篇叙事诗很像一篇用诗歌体裁写的陈情表，似乎是在职官员左拾遗杜甫向肃宗皇帝上表汇报自己在探亲路上及到家以后的见闻感想。它的结构自然而精当，笔调朴实而深情，通篇充满了忧国忧民的情思和中兴国家的希望，以诚恳严肃的态度正视和反映了当时的政治形势和社会现实，表达了人民的情绪和愿望。因为这首诗很长，下面分段来谈谈它的主要内容。

第一段写他蒙恩放归探亲和辞别朝廷时仍然忧虑国事的情怀。开头就像奏章上表一样，写明自己辞别朝廷回家的年月日："皇帝二载秋，闰八月初吉。"就是说在肃宗即位的第二年闰八月初一这一天。接着叙述自己在国家危难形势下回家探亲，心情不安。然后写道：

> 虽乏谏诤姿，恐君有遗失。君诚中兴主，经纬固密勿。东胡反未已，臣甫愤所切。挥涕恋行在，道途犹恍惚。乾坤含疮痍(yí)，忧虞何时毕！

意思是说，自己虽然缺少谏官的风度和才能，但还是担心你皇帝有什么遗失疏忽之处。你诚然是使社稷中兴的君主，治理国家固然谨慎努力，不过安禄山叛乱尚未平息，臣下杜甫对此满怀忧愤，深为关切。我伤心地恋恋不舍地离开了皇上暂住的地方，但一路上心里总是恍惚不安。如今天下创伤斑斑，我心中的忧虑怎能了结！诗人虽然离开朝廷了，但是他的心却始终挂念国家和人民的患难，依然在为皇帝分忧。他自称"臣甫"，用奏章上疏的字样，仿佛仍在左拾遗的职位上对着肃宗进言，可见他的本意大概是想给肃宗看的。

"乾坤含疮痍，忧虞何时毕！"痛心山河破碎，深忧民生涂炭。这是全诗反复咏叹的主题思想，也是诗中主人公——诗人自我形象的主要特征。

第二段写归途所见景象和引起的感慨。在这段中，诗人着意描写了三种景象——田野、山色、战场，构成了一幅乾坤疮痍、人民辛酸的历史风情画卷，抒发了诗人的无限忧虑和希望。先写田野所见：

> 靡靡逾阡陌(qiānmò)，人烟眇(miǎo)萧瑟。所遇多被伤，呻吟更流血。回首凤翔县，旌旗晚明灭。

诗人步履沉重，慢慢地穿过田野小道，只见人烟稀少，萧瑟凄凉，偶尔遇上几个人，也大多是身披创伤，有的还在流着鲜血。诗人回头看看凤翔，只见那城头上的旌旗，在夕阳残照中，忽明忽暗地飘动着。这是田野所见的战争创伤，也是动乱年代的苦难现实。在他不堪回首的凤翔一望之中，又包含着多少辛酸、忧虑和希望！接着，写自己走上山冈，忽然又从百感交集中一转而变得豁达高兴起来，插入一节山间秋色的描绘：

> 菊垂今秋花，石戴古车辙。青云动高兴，幽事亦可悦。山果多琐细，罗生杂橡栗，或红如丹砂，或黑如点漆。雨露之所濡，甘苦齐结实。缅思桃源内，益叹身世拙。

意思是说，这山间的菊花是今年秋天开放的，但这山石上留着车轮印迹。年代却很古远了。诗人望着蓝天的云彩，觉得颇能引起高雅的兴致；想想山居隐逸生活，也确有令人喜悦的趣味。山里野果虽小，但数量却很多，杂七杂八地生长着，里面还有可吃的橡栗，有的像朱砂那样红，有的像点了生漆那么黑。老天降落雨露来滋润草木，不分甜的苦的，都让它们结出果实。想起从前有人在桃花源里避乱隐居的生活，觉得自己的身世遭遇就越发相形见绌了。这里，似乎诗人在惬意地观赏，其实是写思想上两种处世态度、两种生活道路的斗争，委婉微妙地透露着对唐肃宗的不满。山居隐逸，伴云赏菊，清高风雅，古已有之。但是杜甫没有选择这种逃避现实的生活道路，他缺少这种情趣。真正使他动心的是途中所见的野果橡栗。因为他处于下层，生活贫穷，曾经采摘橡栗充饥，所以见了这么多这么好的橡栗，感到亲切喜悦，也觉得辛酸苦涩。他深深感慨人生的遭遇如同野果，

雨露滋润虽然一样，但果实苦甜却有不同。桃花源人避乱隐居，自己却要离家赴难，这两种生活的甘苦不可比拟。杜甫舍巧取拙，自甘其苦，却被肃宗嫌弃，让他离职回家，这怎能不使他感慨万端呢？然而，尽管他埋怨肃宗不知他所抱有的一片忠诚，却仍然对肃宗满怀希望。在这段结尾，他是这样写夜过战场的：

夜深经战场，寒月照白骨。潼关百万师，往者散何卒。遂令半秦民，残害为异物。

意思是说，深夜里走过战场，月光下白骨纵横，寒气森森。诗人不禁想起安禄山攻打潼关时的悲惨情形。当时，唐王朝在那里拥兵百万，结果却一战溃败。叛军攻入潼关，直驱长安，使关中人民惨遭残害，大量伤亡。前事不忘，后事之师。诗人经过的虽然并非潼关战场，但他在这里特别提出这次惨败，主要目的无非是寄希望于肃宗，要他从中吸取教训，以免重蹈玄宗覆辙。这一大段，从田野景象起，用夜过战场结；以回首凤翔示意，借潼关溃败作鉴；描写的是归途景象，陈述的是国民忧患，抒发的是政治感慨，而出现在我们面前的是一个忠心耿耿、忧国忧民的封建士大夫形象，也就是诗人自己。

第三段写到家后与妻子儿女团聚的情景。在这一段中，诗人主要采取细节描写手法，着重描写两个娇女幼稚天真、不懂世事艰难的憨态，表现出家境的穷困和乱离中团聚的悲喜交集的心情。诗人是这样描写她们的衣着的：

床前两小女，补绽才过膝。海图拆波涛，旧绣移曲折。天吴及紫凤，颠倒在裋褐(shùhè)。

意思是说床前两个小女儿，穿着缝缝补补才刚过膝盖的衣服，是用旧绣拼凑起来的。海景波涛的图案，东一截西一块，歪歪斜斜，曲曲折折；水神天吴和紫色凤凰，都头尾颠倒地缝在衣服上。这副模样，在当官的父亲眼里，真是哭笑不得，辛酸尴尬。杜甫总算给妻儿带来了一点布帛，还有一点胭脂铅粉，可以使妻儿穿着打扮得整齐些。但是，这两个小女儿是怎样梳妆打扮自己的呢？

学母无不为，晓妆随手抹。移时施朱铅，狼藉画眉阔。

她们早晨就学着母亲梳妆起来，随手乱抹，左涂右画，弄得满脸胭脂铅粉，还把眉毛画得阔阔的。这样可爱的胡闹情景，使诗人一腔辛酸化为生聚的欣慰："新归且慰意，生理焉得说！"他暂且不管生计的穷困了。这里，生动细致的细节描写，不单勾勒出娇女的憨态和表现出家境的穷困，同时也写出了此时此地诗人自己的另一种处境和性格——一个艰难养家、爱怜妻儿的平凡的当家人的形象。

写到第三段，北征之行已经说完，这首诗似乎可以结束。但是，杜甫意犹未尽，在"恐君有遗失"的思想指导下，他不把自己对形势的估计、对国事的忧虑和对肃宗的希望全部写出来是不会安心的。因此，在第四段，诗人写了当前形势好转，对借兵回纥表示忧虑，希望以官军为主力收复失土；在第五段，写叛乱发生后，朝廷已经清除了奸臣，援引历代史实，表示自己相信肃宗一定不负人民期望，使国家兴旺发达起来。这两段都是夹叙夹议，大致上叙述是实录其事，议论则是建议和展望。例如第四段写借兵回纥：

阴风西北来，惨淡随回纥。其王愿助顺，其俗善驰突。送兵五千人，驱马一万匹。此辈少为贵，四方服勇决。所用皆鹰腾，破敌过箭疾。圣心颇虚伫，时议气欲夺。

这是当年的时事。这年九月，西北回纥部族首领怀仁可汗，派遣其子叶护及将军帝德等率领精兵四千余人来到凤翔，帮助唐王朝平叛。对此，唐肃宗抱很大希望，而朝廷舆论却不大赞同，但又不敢表示异议。诗人一方面实录其事，肯定了回纥的助顺，赞扬了回纥部族善战，表明并不根本反对的态度；但是他又有所担忧，所以用"阴风""惨淡"以表明自己的倾向，同时希望肃宗认识到"此辈少为贵"，委婉

地劝他要慎重处理。这里,有纪实,也有建议。

在体制风格上,第四段像用诗体写的上疏,而第五段又接近于对皇帝的赞颂。这样的写法和安排,显然有全诗结构上的考虑。作为一篇准备给皇帝看的汇报观感、陈述政见的作品,按照封建时代的礼数要求,以赞颂形式作结,是顺理成章的。诗的最后两句"煌煌太宗业,树立甚宏达",期望肃宗重建唐太宗的辉煌业绩,使唐王朝中兴发达起来,这与开头两句"皇帝二载秋,闰八月初吉"相应和,表示这篇作品贯穿着对肃宗皇帝的希望。

《北征》所用的艺术表现手法,总的是用赋,所谓"敷陈其事而直言之也"。在赋、比、兴三种手法中,赋是直接叙述,比较明快;比、兴都是间接表达,比较委婉。《北征》是叙事诗,又是政治诗,既要通过叙事来抒情达意,又要明确表达思想倾向,因而主要用赋的手法来写,是自然而恰当的。事实上,如前面所说,它很像一篇陈情表,慷慨陈词,长歌浩叹,然而谨严写实,指点有据。从开头到结尾,对所见所闻,一一道来,指事议论,即景抒情,充分发挥了赋的手法的长处。但是为了更形象地表现思想感情,也由于有的思想不宜于直接道破,诗中又多用比、兴手法。不过,杜甫在这诗里所用的比、兴手法,不是简单的一物比一物和此物兴他物,往往并不直接说出被比和兴起的事物。例如第二段中写登山赶路所见的景象:

前登寒山重,屡得饮马窟。邠郊入地底,泾水中荡潏(yù)。猛虎立我前,苍崖吼时裂。

大意说,诗人在秋凉天气中登上重重山冈,不止一次见到当年饮马的泉眼。邠州郊野好像进入地底,泾水在其中奔流。忽然之间,仿佛见到一只猛虎站在面前,青苍的山崖似乎在猛虎怒吼时震裂开来。这是实景描写,表现出诗人"道途犹恍惚"的心情,其中显然含有比兴的意味。但这六句中,三种景象的比兴又不尽相同。"寒山重""饮马窟"容易令人想到秦汉的"饮马长城窟",兴起人们对于边塞和战争的联想。对于“邠郊”“泾水”，诗人只是直写其状；但是“入地底”“中荡潏”的形容，又突出其势态，使自然地形静中有动；这种描写似乎有所寄托，却又令人可以意会而难得说明。至于突兀而来的“猛虎”“苍崖”，究竟是诗人实遇猛虎，还是形容峻岭似虎，前人解释已经不一，诗人又不说破用意，读者只能从这惊险的形象中自行领会了。诸如此类，诗人运用比兴手法，既使叙事具有形象，意味深长，不致枯燥；又使语言精练，结构紧密，避免行文拖沓。

总之，在当时的历史条件和政治形势下，杜甫能够正视现实，反映真实，写出《北征》这部作品，表现了当时人民的情绪和愿望，是有进步意义的。应当说，它的思想内容基本上是好的，艺术形式也取得了与内容一致的较高成就。但是，杜甫不免有阶段的局限性和时代的局限性。诗人的形象毕竟是一个忠于封建王朝的士大夫的形象，他把国家和人民的希望全部寄托于唐肃宗，又对唐玄宗有所美化。“乾坤含疮痍，忧虞何时毕”，表露着杜甫的博大胸怀；但他只能是为大唐帝国的创伤而忧虞不已，不可能触及封建制度的病根。“煌煌太宗业，树立甚宏达”，的确是诗人的崇高理想；但也仅止于此，不可能看到比唐太宗鼎盛时期更为美好远大的社会前景。然而我们不必苛求古人，就杜甫所处时代来说，他是站在前列的一位伟大的诗人。

（《阅读和欣赏（古典文学部分）》，中国广播电视出版社，1987 年）

杜　甫

月夜忆舍弟

戍鼓断人行，秋边一雁声。露从今夜白，月是故乡明。有弟皆分散，无家问死生。寄书长不达，况乃未休兵。

唐肃宗乾元二年(759)，关中地区饥荒。担任华州司功的杜甫带着妻儿，弃官逃荒，九月到秦州，十月至同谷，十二月入蜀抵成都。逃荒途中，他听说史思明又攻陷洛阳，占领齐、汝、郑、滑四州，不禁十分挂念两个兄弟。安禄山乱起之前，杜甫家居长安郊区，兄弟都在洛阳地区。乱起之后，他听说兄弟一家大小逃难消息，悲伤忧愁，哀叹"两京三十口，虽在命如丝"(《得舍弟消息二首》之二)。这年，他两个弟弟，一在洛阳，一在齐州，都沦陷在史思明占领区，所以杜甫深为忧虑，写了这首诗。

这诗结构简洁明朗。前半写月夜，后半写忆弟。首联写夜，是一个战争状态的秋夜，令人担心，无限悲怆。一阵军营更鼓，断绝行人往来，戒严了；一声雁鸣传来，仿佛身处边塞，秋寒了。次联写月，是一轮渐渐残缺的月亮，更觉凄凉，激发乡愁。农历节气白露在八月中秋节后，天气日益寒凉，露水凝霜，夜色泛白；满月开始残缺，望月思乡，益发觉得异乡的月亮不如家乡明亮。前半合起来看，月夜景象的抒写中，鲜明显露着诗人自我形象，一位战乱避地异乡的难民，满怀国忧乡愁，充耳是战鼓和离声，触目为凄寒景色。

三联写忆，是自觉无奈的痛苦思念，推己及人的聊以自慰。他想念的两个兄弟都逃散了，没有一个在一起，没有一个安定的家可以探问消息。但诗人想到，凡有兄弟的人家都在战乱中离散，都无家可以探问消息，普天下都这样。颈联写问，是明知故问，不得不问。兄弟不知在哪里，家没有了，没有地址的信是永远寄不到的。更何况战乱没有平息，人们还在四散逃生。万般感伤，百无聊赖，只能望月抒情，写诗寄愁。合起来看，后半同样鲜明显露诗人自我形象——一位胸怀博大的仁者，由手足情推及天下人民苦难，忧国忧民。

整体看，这诗有两个明显的艺术特点。一是构思，以国家战乱为背景，为基本出发点，而以兄弟离散、人民苦难为主题，为全诗落实处，通过思念兄弟之情，体现出忧国忧民之怀，忧思情伤，含蓄深沉，自觉而无奈，豁达而不能，令人感慨无尽。二是修辞，以判断句的议论方式抒情述怀，语法简洁，节奏明快，尽是直白，顿挫有力，读来意思明白，寻味使人揪心，字字句句说到痛心伤心处，不堪回味，又不能回避。所以它的语言技巧与诗人自我形象谐调一致。杜诗整体的艺术风格，博大精深，沉郁顿挫，由此诗可见一斑。

（《历代抒情诗分类鉴赏集成》，北京十月文艺出版社，1994年）

杜　甫

咏怀古迹五首(其二)

摇落深知宋玉悲,风流儒雅亦吾师。怅望千秋一洒泪,萧条异代不同时。江山故宅空文藻,云雨荒台岂梦思。最是楚宫俱泯灭,舟人指点到今疑。

《咏怀古迹五首》是杜甫大历元年(766)在夔州写成的一组诗。夔州和三峡一带本来就有宋玉、王昭君、刘备、诸葛亮、庾信等人留下的古迹,杜甫正是借这些古迹,怀念古人,同时也抒写自己的身世家国之感。这首《咏怀古迹》是杜甫凭吊楚国著名辞赋作家宋玉的。宋玉的《高唐神女赋》写楚襄王和巫山神女梦中欢会故事,因而传为巫山佳话。又相传在江陵有宋玉故宅。所以杜甫暮年出蜀,过巫峡,至江陵,不禁怀念楚国这位作家,勾起身世遭遇的同情和悲慨。在杜甫看来,宋玉既是词人,更是志士。而他生前身后却都只被视为词人,其政治上失志不遇,则遭误解,至于曲解。这是宋玉一生遭遇最可悲哀处,也是杜甫自己一生遭遇最为伤心处。这诗便是瞩目江山,怅望古迹,吊宋玉,抒己怀;以千古知音写不遇之悲,体验深切;于精警议论见山光水色,艺术独到。

杜甫到江陵,在秋天。宋玉名篇《九辩》正以悲秋发端:“悲哉秋之为气也,萧瑟兮草木摇落而变衰。”其辞旨又在抒写“贫士失职而志不平”,与杜甫当时的情怀共鸣,因而杜甫便借以兴起本

诗，简洁而深切地表示对宋玉的了解、同情和尊敬，同时又点出了时节天气。“风流儒雅”是庾信《枯树赋》中形容东晋名士兼志士殷仲文的成语，这里借以强调宋玉主要是一位政治上有抱负的志士。“亦吾师”用王逸说：“宋玉者，屈原弟子也。悯惜其师忠而放逐，故作《九辩》以述其志。”这里借以表示杜甫自己也可算作师承宋玉，同时表明本诗旨意也在悯惜宋玉，“以述其志”。所以次联接着就说明自己虽与宋玉相距久远，不同朝代，不同时代，但萧条不遇，惆怅失志，其实相同。因而望其遗迹，想其一生，不禁悲慨落泪。

诗的前半感慨宋玉生前，后半则为其身后不平。这片大好江山里，还保存着宋玉故宅，世人总算没有遗忘他。但人们只欣赏他的文采辞藻，并不了解他的志向抱负和创作精神。这不符宋玉本心，也无补于后世，令人惘然，故曰“空”。就像眼前这巫山巫峡，使人想起宋玉的《高唐神女赋》。它的故事题材虽属荒诞梦想，但作家的用意却在讽谏君主淫惑。然而世人只把它看作荒诞梦想，欣赏风流艳事。这更从误解而曲解，使有益作品阉割成荒诞故事，把有志之士歪曲为无聊词人。这一切，使宋玉含屈，令杜甫伤心。而最为叫人痛心的是，随着历史变迁，岁月消逝，楚国早已荡然无存，人们不再关心它的兴亡，更不了解宋玉的志向抱负和创作精神，以致将曲解当史实，以讹传讹，以讹为是。到如今，江船经过巫山巫峡，船夫们津津有味，指指点点，谈论着哪个山峰荒台是楚王神女欢会处，哪片云雨是神女来临时。词人宋玉不灭，志士宋玉不存，生前不获际遇，身后为人曲解。宋玉悲在此，杜甫悲为此。前人或说，此“言古人不可复作，而文采终能传世”，则恰与杜甫本意相违，似为非是。

显然，体验深切，议论精警，耐人寻味，是这诗的突出特点和成就。但这是一首咏怀古迹诗，诗人实到其地，亲吊古迹，因而山水风光自然显露。杜甫沿江出蜀，漂泊水上，旅居舟中，年老多病，生计窘

迫，境况萧条，情绪悲怆，本来无心欣赏风景，只为宋玉遗迹触发了满怀悲慨，才洒泪赋诗。诗中的草木摇落，景物萧条，江山云雨，故宅荒台，以及舟人指点的情景，都从感慨议论中出来，蒙着历史的迷雾，充满诗人的哀伤，仿佛确是泪眼看风景，隐约可见，实而却虚。从诗歌艺术上看，这样的表现手法富有独创性。它紧密围绕主题，显出古迹特征，却不独立予以描写，而使之溶于议论，化为情境，渲染着这诗的抒情气氛，增强了咏古的特色。

这是一首七律，要求谐声律，工对仗。但也由于诗人重在议论，深于思，精于义，伤心为宋玉写照，悲慨抒壮志不酬，因而通体用赋，铸词熔典，精警切实，不为律拘。它谐律从乎气，对仗顺乎势，写近体而有古体风味，却不失清丽。前人或讥其“首二句失粘”，只从形式批评，未为中肯。

（《唐诗鉴赏辞典》，上海辞书出版社，1983 年）

沈千运

感怀弟妹

今日春风暖，东风杏花拆。筋力久不如，却羡涧中石。神仙杳难准，中寿稀满百。近世多夭伤，喜见鬓发白。杖藜竹树间，宛宛行旧迹。岂非林园主，却是林园客。兄弟可存半，空为亡者惜。冥冥无再期，哀哀望松柏。骨肉能几人，年大自疏隔。性情谁免此，与我不相易。唯念得尔辈，时看慰朝夕。平生兹已矣，此外尽非适。

在盛唐诗坛上，沈千运曾是一位有过影响的诗人，并且在他周围有一些诗味相投的诗人，都爱以自由不拘的五言古体，朴实无华的诗歌语言，抒写真实的人生感受，因而在讲究声律骈俪的宫廷诗风颇为盛行的年代里，成了寂寞冷落的一群。幸亏诗友元结编了一部《箧中集》，保存了以沈千运为首的这个小小流派的颇有特色的诗歌作品。这首《感怀弟妹》便是其中之一。

这诗是诗人步入老年之际的即兴感怀之作。主题是怀念弟弟妹妹，感触却是人生的自然法则和老年的感情寄托。题为"感怀"，即谓有感而怀，感觉自己老了，更加想念弟妹，渴望骨肉同胞团聚。它好像一则杂感，即兴而发，随感而写，读来有点拉杂，咀嚼却有情味，让人觉得诗人感受真切，体会深刻，议论透彻。其实，这是一首阐发人生哲理的抒情诗，抒情之中有血肉，有脉络。血肉是情，是感受体验，

抒情实质感伤;脉络是理,是理智悟性,循理则觉乐观。诗人因情说理,以理喻情,矛盾统一,别具一种诗味。

诗分三段,每八句一段。每段有个中心思想,合起来形成主题思想。首段从春风写到自喜,其中心思想便是自喜老而健在。春风暖和,春花繁荣,但杏花却在东风中零落,可见春风暖和并非春花蓬勃的根本原因,花的盛衰各有自然法则。人的少壮老迈也一样,不必求诸春风之类自然恩赐。所以诗人虽然觉得自己老衰了,但并不因杏花零落而伤感。他爱慕涧水中的磊落山石,挺然不动。人的身体会衰老,但精神上要像涧中石一样,在生活的流水中坚强挺立,经受得起不断的波涛冲击,就可以长寿。这点爱慕和体验,使他乐观自豪。所以他说,自己并不相信神仙不老,也不要求古书上所说的中寿百岁(见《左传》僖公三十二年孔颖达疏),而是看到当时人多短命,自己虽然鬓发白了,却还健康地活着,足以自喜自豪。

中段从游览写到悼念,其中心思想是看透人生必亡。诗人在园林里游览。这片园林是他从前游过的,到处都触发他从前行迹的怀恋。这园林旧主人大概已经去世,园林也另归新主。诗人深为感慨,觉得对于这片自然存在的园林来说,任何人都只是寄宿一时的客人,不可能是永恒的主人,园林不会永远归一人所有。因为人总要死亡,生前占有不能掌握身后归属。所以清代沈德潜评论说:“达人有此旷情,千古愦愦,无人吐出。”(《唐诗别裁集》)称赞“岂知”二句透彻。正由于诗人看破生死,也就识透富贵,因而他为林园旧主人悲哀。旧主人的兄弟算起来还有一半活着,但是这林园并未保住,即使要为死去的旧主人惋惜,也是枉然无用。人已经死了,冥冥之中是没有再生之日的。所以他只是怀着深深悲哀看望着那种植松柏的旧主人的坟墓,如此而已。实际上,这段是借悼念一位已死的富贵朋友的身后境况,来说明生必有死的自然法则和人生哲理,其寓意在进一步申发前段自喜健在的具体思想原因,就是自己不慕荣华富贵,只求磊落生活,因为富贵不仅无常，而且使人夭伤折寿。

后段从怀念写到希望，其中心思想是希望弟妹团聚。诗人从林园旧主人的兄弟想到了自己的骨肉同胞，弟弟妹妹，情不自禁地伤感起来，深为内疚地责备自己。作为长兄，理当照顾弟妹，团聚一堂。但是自己老了，慵懒了，与弟妹有了隔膜。这样的感伤自疚的思念，是人之常情，谁也不免，诗人改变不了。因而诗人在自喜健在、看透人生之后，回归到人情，希望骨肉团聚，朝夕相处，以慰老暮，以度此生。

从后段看，诗人似乎不是彻底的达者，没有彻底看破人生，逃脱不了骨肉之情，而以人情感伤结束。其实这合乎诗人的思想观念，也反映封建时代正直的下层士大夫的人生体验。诗人自喜健在由于不慕荣华，看破生死的实质是识透富贵，因而合乎逻辑的结论便是，人生一世的正常生活应当是作为一个平常的人度过自然的一生，不必离家别亲去追求富贵，本来就该在家乡与亲人一起生活。只是诗人的这一点人生哲理，却是在步入老年之际才体验觉悟的，诗人为之付出了大半生时光，经受了仕途的沉沦，因而虽然可以自慰自豪，没有为未得荣华而悲伤，不曾因追求富贵而夭折，但年华消逝，老暮已至，而弟妹仍未得团聚，所以不免自疚，不免感伤。应当说，这一点人情之常也是在人生常理之中的。从诗来说，惟其常情常理，所以有趣有味。

（《历代抒情诗分类鉴赏集成》，北京十月文艺出版社，1994 年）

元　结

右溪记

道州城西百余步，有小溪，南流数十步，合营溪。水抵两岸，悉皆怪石，攲嵌盘屈，不可名状。清流触石，洄悬激注，佳木异竹，垂阴相荫。

此溪若在山野，则宜逸民、退士之所游处；在人间，则可为都邑之胜境，静者之林亭。而置州已来，无人赏爱。徘徊溪上，为之怅然！乃疏凿芜秽，俾为亭宇，植松与桂，兼之香草，以裨形胜。

为溪在州右，遂名之曰“右溪”。刻铭石上，彰示来者。

唐代诗人、作家元结，其实和大诗人杜甫同辈。但他成名较晚，主要活动在安禄山乱起之后，因而文学史上常把他列为中唐前期的代表诗人，把他看作韩愈“古文运动”的前驱作家，认为他的山水散文已开柳宗元山水游记的先河。

元氏本来是北魏王室鲜卑族拓跋氏。北魏孝文帝拓跋宏下令改姓，从此拓跋氏后裔都姓元。元结的祖辈住在今山西太原。到他父亲元延祖时，家道衰微，迁居鲁县商余山(在今河南鲁山)，隐居躬耕。所以，元结的籍贯是鲁县，青少年时生活清贫。唐玄宗开元二十三年(735)，元结十七岁，方才开始跟随他的一位堂兄——当时著名的儒家学者元德秀，学习经史和诗文。天宝六年(747)，唐玄宗诏令天下

通一艺之士到京城长安考试,表示要广泛搜集天下人才。元结和杜甫都以布衣身份到长安应征考试。但是,当时执政的奸相李林甫害怕民间草野人士可能在唐玄宗面前揭露政治黑暗和人民苦难的真实情况。因此,他耍弄权术诡计,一面指示负责官员,凡是草野布衣之士,一个不录取;一面祝贺唐玄宗说:"民间人才都发掘完了,没有遗漏,足见陛下圣明。"这样,元结第一次到长安谋官,就深刻体验到朝廷政治的黑暗腐败,写了尖锐讽刺的政论杂文《丐论》,便回乡隐居了。他在家乡写作《元子》十卷,模仿《山海经》体制,虚构"昏方"二十国。例如居民身心都是方正的"方国",居民身心都是圆滑的"圆国",子女残杀父母的"恶国",兄弟互相残害的"无鼻国",杀绝自己子孙的"触国",等等,是一部愤世嫉俗的讽刺寓言著作。可惜这部书已经佚失。天宝十三年(754),元结三十六岁,受到当时主持选举的大臣的赏识,考中进士科。但是还没有得到官职,第二年就爆发安禄山叛乱,他带领家族避乱到湖北、江西。到乾元二年(759),他被推荐给唐肃宗,这才正式得到一个虚职的官衔右金吾兵曹参军,暂时代理监察御史,被派到今河南、安徽一带招集义军。从此,忧国忧民的元结,便忠心耿耿地投身于平叛战争,努力安定地方行政,因功得到升迁。从唐代宗广德元年(763)出任道州(治所在今湖南道县)刺史开始,他的晚年主要在湖南、广西地区担任地方长官,做到容州都督(治所在今广西北流),管辖广西、湖南交界地区十四个州的军政。唐代宗大历七年(772),他到长安朝见皇帝,因病去世,终年五十四岁。

元结是一位正直的士大夫,爱国爱民,忧国忧民。贫贱的出身和生活,使他接近下层人民,比较了解民生疾苦,早期写出《贫妇词》那样反映人民苛受租税剥削压迫的诗歌,晚年写出《舂陵行》《贼退示官吏》那样"知民疾苦""为物吐气"的杰作,成为中唐前期现实主义诗歌的主要代表诗人之一。不遇的遭际和仕途的坎坷,使他深刻体验到天宝以后的政治腐败黑暗,早年写出了《丐论》那样辛辣的讽刺杂文,

后期留下了不少寄慨山水的优秀散文。在文学理论上,他要求继承《诗经》的优良传统,提出“极帝王理乱之道,系古人规讽之流”(《二风诗论》),研究从古以来治理国家的历史经验,用诗歌创作来规劝讽谏帝王。他强调文学的思想教育作用,认为作品应该“上感于上,下化于下”(《系乐府十二首序》),使统治者感动,让被统治的人民感化,起到“救时劝俗”(《文编序》)的社会效益。他要求诗歌“道达情性”(《刘侍御月夜宴会诗序》),表现真实的思想感情。因此,他反对追求声韵格律、模仿因袭的形式主义,指斥空虚庸俗的“歌儿舞女”的靡靡之音。元结的诗文是贯彻自己的理论主张的,不但思想内容富有现实性、政治性和爱国主义精神,而且在艺术形式上古朴明快,很少雕饰,诗歌多为古体,散文极少骈体。这里,介绍他的一篇山水散文《右溪记》。

《右溪记》是元结担任道州刺史时期的作品。元结自从事地方军政以来,就显示出从政的才干,颇有建树。他任职三年多,官职虽有升迁,但是实际上却始终只是藩镇幕府下的一个办事官员,并不得志。宝应元年(762),他便辞官到武昌(今属湖北)隐居。过了一年,到广德元年(763),南方几个少数民族部落起义,反抗唐朝官府的压迫,湖南、广西地区局势混乱,于是,朝廷又想起了干练的元结,委任他为道州刺史,希望他安定西南局势。当他启程赴任时,道州城已被攻陷。他抵达道州,已是第二年的五月。但是,大约因为得罪上官和宰相,元结到职不到一年,就被罢免了。然而过了不久,也许由于朝廷找不到合适的人选,又再次任命元结为道州刺史,并且在三年任满之后,提升他为容州都督。他在道州刺史任上,前后大约五年,忧国忧民,敢作敢为,取得出色的政绩,受到人民的拥戴。他在上任时写给朝廷的谢表中说:“今日刺史,若无武略以制暴乱,若无文才以救疲弊,若不清廉以身率下,若不变通以救时须,一州之人不叛则乱将作矣! 岂止一州者乎!”他深刻认识到,在战乱不歇、民生凋敝的形势下,一个地方长官必须制止暴乱,改革弊政,廉洁奉公,爱护人民,否则将激起百姓反对，造成天下大乱。因此，他到任之后，不怕得罪上官，不怕撤职罢官，上表对抗朝廷和藩镇的苛税重役，坚决要求减免百姓负担，安顿贫穷，招抚流亡，鼓励开垦，恢复生产。对少数民族，他亲自到夷寨蛮洞进行优抚，取得信任和友睦，安定了混乱局势。正是在这样艰难的治理道州的工作中，元结更加深刻地体会到朝廷用人政策的腐败和地方长官的职责重大。因此，当他在道州城西附近修筑了一处游憩的园林之后，便借记叙这样好事为题，抒发他的体验和感慨，写了这篇短文。这也就是本文的写作背景。

本文非常精短，总共不足一百五十字。

全文大意是说：

在道州城西面一百多步远的地方，有一条小溪，溪水向南流几十步，就并入营溪。小溪的水，流到两边岸上，沿岸全是一些怪石，歪斜凹凸，盘旋曲折，语言形容不了它们的状态。清清的溪水流来，触到这些怪石，有时倒流下来像瀑布，有时急冲过去像灌水。溪边有许多很好的树木竹子，垂留阴影，互相遮蔽成荫。

这条小溪如果处在山林僻野，那么它适宜于作那些避世的山民隐士游乐的场所；假使处在人们聚居的地方，那就可以成为都市城镇的优美风景区，修筑仁人君子游憩的园林亭台。然而从设置道州以来，却没有人赏识喜爱这条小溪。我在小溪旁徘徊不安，为它的不遇而感到惆怅。因此，我就为它疏通开凿，清除杂草，以便修建亭子房屋；种植了松树和桂树，加上芳香的花草，为它天然美景再增添有益的点缀。

因为这条小溪在道州城的右面，就给它取名叫“右溪”。在石上刻下这篇记述文章，为了对后来的人们显扬这条小溪。

这篇短文其实不是记述旅游观感的游记，而是一篇题记。它记述作者把道州城西附近一条无名小溪，修筑成为一处风景优美的园林，并说明给小溪取名“右溪”的情由。古代的州官县令，在任职期

间,往往愿意为当地人民做一件两件好事,例如修桥铺路、修园筑亭之类,留点德政,传个美名。在事成之后,由自己或者请个名人写篇文章,记载其事,铭刻石上,或者立一块碑。这类记叙文,通称“题记”。本文亦属此类。但是这篇题记写得很有特色,首先由于它立意深远,有一个严肃的发人深省的主题思想。实际上,这是一篇寄慨山水、借题发挥的散文。用前人评论元结散文的话来说,本文所寄托的感慨是“忧道悯世”,忧虑治国的道理在当时不能实行;而在写作艺术上是“辞义幽约”,用简约的语言表达深远的思想。

本文的主题很明确:记述兴建右溪的情由。它的结构紧凑,层次清楚,剪裁干净,毫无枝蔓。全文三段。第一段记述右溪在什么地方,它的自然景物有什么特点。第二段有两个层次,先写右溪自然景物有什么用处,再写作者为什么和怎么样兴修右溪。第三段说明为什么给它取名“右溪”,为什么写作本文和铭刻石上。在写作艺术上,也不难看到,它显著的特点是夹叙夹议,文字简洁。但是,更耐人寻味的是,作者借兴修右溪这个主题,究竟抒发什么感慨,又是针对什么而发的呢?

首先要分析这条小溪有什么特点。在作者看来,小溪的天然景色是优美的,流水怪石,佳树异竹,生动有致,蔚然成趣。但是,如果从平常人的眼光来看,这条小溪的景致也许不那么出色。因为它很小,总长不过几十步;它无名,只是有名的营溪的一条小小支流;它凌乱,溪水漫溢,怪石遍岸,毫无雕饰,不成体统;它隐蔽,被杂树丛林遮蔽隔绝,没有通道。一般地说,在一个穷僻小州城边,像这样一条无名小溪,平常人是难得注意它的,更难得有兴趣穿过杂树丛竹,在潮湿的小溪岸边散步,欣赏凌乱的怪石。这就是说,元结对这条无名小溪的审美观点与众不同。从这一点来说,他是个有心的人,有心留意这样被忽视、被埋没的天然形胜之地。

其次,要分析作者针对这条无名小溪所发的议论。作者指出,像

小溪这样的景物，如果在不同的地方遇见两种人，那么就一定会被发现，被赏识，受喜爱，起作用。一种是位于山林僻野，被避世的隐士赏爱，用作天然有趣的游憩玩乐的场所。另一种是处在都市城镇，遇见了“静者”。这是用《论语·雍也》所载孔子的话：“仁者乐山”，“仁者静”。所以，“静者”是指儒家所说的仁人君子，也就是行仁义的士大夫。这些仁义的士大夫能够发现和赏识这样的小溪景物，把它修筑成一个园林，以供都市城镇士民游乐休息。而现在这条小溪就在道州城西一百多步近的地方，那就应当是修筑园林的好地方。在元结看来，风景这么好，离城这么近，应当容易被发现，也不难兴修起来。但是，为什么自从唐太宗贞观年间设置道州以来，一百几十年当中，竟没有一任州官，没有一个仁人君子注意它，发现它，兴修它呢？为什么这样美好的一条小溪就长久埋没而不遇呢？这就是作者在小溪旁徘徊惆怅的思想原因，就是作者的感慨。

第三，要分析作者兴修小溪的作为。作者并没有停留于发感慨，而是说干就干，立刻动手兴修小溪。水漫两岸，说明水道不畅，所以，要开凿疏通，使流水归溪，两岸干燥。凌乱芜杂，就加以清理，留下佳树异竹，种上松树桂树和花草，再修建亭台，这就使小溪天赋的美好景致更加焕发光彩，成为造福道州居民的一处游乐胜地。这意味着，一个有为的州官，一个仁人君子，不仅要具有赏识天赋才用的心思和眼力，而且要具有疏导开发天赋才用的气魄和才干。

最后，作者特为说明给小溪取名的理由，同时也与本文开头所说相应，显示它本来无名，被并入有名的营溪。如今这条小溪兴修了，取了名字，从此它也就成了有名有用的园林右溪。作者又说明写作本文的目的是“彰示来者”，要使后来的人们都知道这条本来无名的小小的右溪。这就含蓄深长地暗示本文的要旨在于记述一条无名的小溪怎样成为有名的右溪，令人意会到作者的怅然感慨是具有更为深广的寄托的，虽然作者并未把这层含义点破。

从上述分析可以看到,本文通过记述兴修右溪这一主题,其思想实质是感慨名位和才用的仁人君子,呼吁执政要不拘名位,注重实际发现有用之才,使之造福人民。因此,本文写作艺术上更重要的特点是比兴寄托,借题发挥。这条景色优美而长久不遇的无名小溪,在本文的写作构思中,从应用方面看,是被记述的对象;而从思想方面看是作者借以抒发感慨、寄托愁怀的一个形象的比喻。因此,作者如实记述这条小溪的地位和景色时,描写虽然简洁,但是集中而突出小溪的微小、无名、凌乱、阻隔,显示它美好景色不为人赏爱的原因。这就有意无意地令人联想到当时无名无位的下层布衣之士的境遇。而在议论感慨时,又突出小溪的地位和用处,明确点出它的不遇。在记述兴修时,显出作者赏爱、造就的热情和兴奋。这就更容易使读者联想到下层有志之士的希望、期待和向往。如果从作者自身遭遇和他在出任道州刺史期间的思想、经历来看,那么这篇短文的主题思想,显然凝聚着作者对当时朝廷政治腐败、人才压抑、人民遭难的无限感慨。应当说,这篇寄慨山水的精短散文,确属元结的代表作品之一,相当典型地体现着"忧道悯世,辞义幽约"的特征风格。今天读来,不但咀嚼有味,更能使人增长历史知识,受到爱国主义情操的熏陶。

(《中国历代文学名篇欣赏》,贵州人民出版社,1984 年)

孟云卿

伤时二首

徘回宋郊上，不睹平生亲。独立正伤心，悲风来孟津。大方载群物，先死有常伦。虎豹不相食，哀哉人食人。岂伊逢世运，天道亮云云。

太空流素月，三五何明明。光耀侵白日，贤愚迷至精。四时更变化，天道有亏盈。常恐今夜没，须臾还复生。

唐肃宗乾元三年(760)，元结编《箧中集》，纪念和表彰天宝年间诗坛的一个小小的流派。这一流派以沈千运为主要代表，其创作特点是反对"拘限声病，喜尚形似"的形式主义潮流；内容主要是抒发社会道德上的愤世嫉俗，形式则大都为五言乐府古诗；其政治遭遇是"皆以正直而无禄位，皆以忠信而久贫贱，皆以仁让而至丧亡"，实则是一批在野的失志不遇之士。孟云卿便是这流派中的一个。

二十年后，高仲武编《中兴间气集》，于《箧中集》诗人中，独选入孟云卿诗四首，评曰："祖述沈千运，渔猎陈拾遗(指陈子昂)。……虽效于沈、陈，才得升堂，犹未入室。然当今古调，无出其右，一时之英也。"(《中兴间气集》)收至德至大历暮年间诗。可见在中唐前期即大历诗坛上，孟云卿是沈千运以复古反对形式主义的创作流派的主要代表诗人。大历元年(766)，孟云卿初任校书郎，赴南海幕，途经道州，元结有诗并序相送，称之"声名满天下，知己在朝廷"。建中四年

(783)，韦应物在广陵遇见孟云卿，有诗相赠，称他为"翰林友"，盛赞"高文激颓波，四海靡不传"。亦可见出，孟云卿在大历诗坛上已是名闻天下的诗人，颇有影响。因而高仲武不仅选其诗，而且"感孟君好古，著《格律异门论》及《谱》三篇，以摄其体统焉"。唐末张为《诗人主客图》把孟云卿列为"高古奥逸主"，以为中、晚唐一个有影响的诗歌流派的宗主。其评价未必得当，但却沿袭高仲武的观点而来，表明孟云卿诗在中唐以后仍有影响。

然而，经过历史的考验和淘汰，孟云卿诗留下不多。也就是说，把他在唐代生前身后的声名和评价，与历史发展的严峻选择相比较，差距明显。其原因，似可从他的名篇《伤时》和《寒食》的成就特点中管窥一二。

《伤时》二首，始见于《中兴间气集》，不载于《箧中集》，当是安、史乱后之作。题曰"伤时"，显然针对安、史之乱而发。第一首便写战乱的祸害。诗人独立徘徊于战乱创伤的中原郊野，深深哀伤亲故人民无辜惨遭祸害，悲愤感慨这场"人食人"的战乱，而把产生的原因归之于天道的体现。第二首即用天道予以解释。前四句显然以月隐喻杨贵妃兄妹，以满月形容这一伙的贵宠势焰，指出其祸害是擅权乱政，而玄宗则贤愚不分，这就是战乱产生的原因。后四句便以四季运行，天道亏盈，说明战乱产生的必然。但诗人对此缺乏信心，因而结尾又表示担心祸乱可能重演。

内容现实，倾向进步，是这两首诗的明显特点。诗人同情人民，关心国家，哀伤战乱祸害，怨恨政治腐败，是深切的。但对国家前景和祸根消除，却是悲观的。这正是这一批长久沉沦、失志不遇的下层士人的思想情绪的特征。在艺术上，它们是有兴寄的五古，显然继承阮籍《咏怀》、陈子昂《感遇》的传统，坚持复古以反对形式主义的思潮，但无多创新。这就可以理解，这两首诗在唐代由于真实地典型地抒泄了一部分下层士人的思想情绪，因而能激发共鸣，广为传诵。但随着历史发展,认识深化,这两首诗就日益显出不足——思想软弱和狭窄,艺术保守和平板。虽然它们仍不失为可观的作品,但生命力渐弱,不再具有当年的力量。

比较起来,《寒食》的艺术生命力要强些。这是一首七绝:“二月江南花满枝,他乡寒食远堪悲。贫居往往无烟火,不独明朝为子推。”它的主题是叹贫,但诗旨在伤时。江南春满大地,而温暖不及贫穷,恩惠更不到客居他乡的贫士。晋文公为纪念节士介子推而设置的寒食节,对贫士来说,穷困断炊,天天寒食,讽刺寓意是明显的。从艺术上看,它文辞明快,兴寄深刻,思绪悲愤,含蓄有力。诗歌形式上也不拘泥古体,采用了活泼的七言绝句的近体。对孟云卿来说,这诗表现出他诗歌创作道路上的一种发展变化。而历史的选择却恰恰更欣赏这首即兴小诗,尽管它并非孟诗的代表作。

《伤时》《寒食》两相比较,就多少可以理解,为什么这位曾经名闻天下的一派诗歌的代表诗人今存作品不多。有现实性而思想性不高的作品是不能流传久远的;现实性较强、思想性较高而艺术性弱的作品,可以有一时的强烈效果,而艺术生命力往往不强;只有思想内容和艺术形式结合得好的作品,才能获得相应的艺术生命力,经得起历史的严峻考验。

(《百家唐宋诗新话》,四川文艺出版社,1989 年)

刘长卿

登余干古县城

孤城上与白云齐，万古荒凉楚水西。官舍已空秋草绿，女墙犹在夜乌啼。平江渺渺来人远，落日亭亭向客低。沙鸟不知陵谷变，朝飞暮去弋阳溪。

唐代饶州余干县，即今江西余干。“古县城”是指唐以前建置的余干县城。先秦时，其地名作余汗，因境内余水、汗水得名，为越国西界城邑，在安仁江（即今江西境内信江）西北，安仁江上游属楚国，故诗中云“楚水西”。汉代置余汗县，隋代正名为余干县。唐代迁移县治，这个旧县城逐渐荒落。刘长卿这诗是登临旧县城吊古伤今之作，在唐代即传为名篇。这荒落的古城也随之出了名，后有称之“白云城”的，也有修建“白云亭”的，都是附会刘诗而起。

这诗乃刘长卿在唐肃宗上元二年（761）从岭南潘州南巴贬所北归时途经余干所作。诗人被贬谪，是由于为官正直不阿而遭诬陷，因此他深感当时的政治腐败和官场污浊。现在他经历的这一地区，又刚刚经过军阀战乱，触处都见战争创伤，显出国家衰弱、人民困苦的情状，使诗人更加为唐朝国运深忧。这首即景抒情的诗篇，就包蕴着这种感慨深沉的叹喟，寂寥悲凉，深沉迷茫，情在景中，兴在象外，意绪不尽，令人沉思。

这是一座小小的山城，踞高临水，就像塞上的孤城，恍惚还像先

秦时那样，矗立于越国的西边。它太高了，仿佛跟空中白云一样高；也太荒凉了，似乎亿万斯年就没人来过。城里空空的，以前的官署早已掩没在秋天茂密的荒草里，唯有城上的女墙还在，但已看不见将士们巡逻的身影，只在夜间听见乌鸦在城头啼叫。站在城头眺望，平旷的沙地无边无际，令人迷茫；孤零零的夕阳，对着诗人这个远方来客冉冉低落下去，天地显得格外沉寂。在这荒寂的世界中，诗人想起了《诗经·小雅·十月之交》的诗句："高岸为谷，深谷为陵。哀今之人，胡憯莫惩。"古城沧桑，不就是"陵谷变"吗？诗人深深感慨于历史的变迁。然而无知的鸟儿不懂得这一切，依然飞到这里觅食，朝来暮去。

这首诗，即景抒情而又不拘泥历史事实，为了突出主旨，诗人作了大胆的虚构和想象。这城废弃在唐初，诗人把它前移至先秦；废弃的原因是县治迁移，诗人含蓄地形容为政治腐败导致古城衰亡。出于这样的构思，次联写城内荒芜，醒目点出官舍、女墙犹在，暗示古城并非毁于战争。三联写四野荒凉，农田化为平江。末联归结到人迹湮灭，借《十月之交》的典故，点出古城荒弃是因为政治腐败，导致人民离乡背井，四出逃亡。旧说《十月之交》是"大夫刺幽王"之作，诗中激烈指责周幽王荒淫昏庸，误国害民，"下民之孽，匪降自天，噂沓背憎，职竞由人"，造成陵谷灾变，以至"民莫不逸"。结合前三联的描述，可见这里用的正是这层意思。

这是一首山水诗，更是一首政治抒情诗。它所描绘的山水是历史的，而不是自然的。荒凉古城，无可赏心悦目，并非欣赏对象，而只是诗人思想的例证，感情的寄托，引人沉思感伤，缅怀历史，鉴照现实。所以这诗不但在处理题材中有虚构和想象，而且在诗的结构上也突出于表现诗人情怀和自我形象。诗人满怀忧国忧民的心情，引导人们登临这高险荒凉的古城、空城、荒城，指点人们注意那些足以引为鉴戒的历史遗迹，激发人们感情上共鸣，促使人们思想上深省。

方东树评此诗曰:“言外句句有登城人在,句句有作诗人在,所以称为作者。”(《昭昧詹言》)中肯地指出了这诗的艺术特点。

(《唐诗鉴赏辞典》,上海辞书出版社,1983年)

刘长卿

送灵澈上人

苍苍竹林寺，杳杳钟声晚。荷笠带夕阳，青山独归远。

灵澈上人是中唐时期一位著名诗僧，俗姓汤，字源澄，会稽(今浙江绍兴)人，出家的本寺就在会稽云门山云门寺。竹林寺在润州(今江苏镇江)，是灵澈此次游方歇宿的寺院。这首小诗写诗人在傍晚送灵澈返竹林寺时的心情。它即景抒情，构思精致，语言精练，素朴秀美，所以为中唐山水诗的名篇。

前二句想望苍苍山林中的灵澈归宿处，远远传来寺院报时的钟响，点明时已黄昏，仿佛催促灵澈归山。后二句即写灵澈辞别归去情景。灵澈戴着斗笠，披带夕阳余晖，独自向青山走去，越来越远。“青山”即应首句“苍苍竹林寺”，点出寺在山林。“独归远”显出诗人伫立目送，依依不舍，结出别意。全诗表达了诗人对灵澈的深挚的情谊，也表现出灵澈归山的清寂的风度。送别往往黯然情伤，但这首送别诗却有一种闲淡的意境。

刘长卿和灵澈相遇又离别于润州，大约在唐代宗大历四、五年间(769—770)。刘长卿自从上元二年(761)从贬谪南巴(今广东茂名南)归来，一直失意待官，心情郁闷。灵澈此时诗名未著，云游江南，心情也不大得意，在润州逗留后，将返回浙江。一个宦途失意客，一个方外归山僧，在出世入世的问题上，可以殊途同归，同有不遇的体

验，共怀淡泊的胸襟。这首小诗表现的就是这样一种境界。

精美如画，是这首诗的明显特点。但这帧画不仅以画面上的山水、人物动人，而且以画外的诗人自我形象，令人回味不尽。那寺院传来的声声暮钟，触动诗人的思绪；这青山独归的灵澈背影，勾惹诗人的归意。耳闻而目送，心思而神往，正是隐藏在画外的诗人形象。他深情，但不为离别感伤，而由于同怀淡泊；他沉思，也不为僧儒殊途，而由于趋归意同。这就是说，这首送别诗的主旨在于寄托着、也表露出诗人不遇而闲适、失意而淡泊的情怀，因而构成一种闲淡的意境。十八世纪法国狄德罗评画时说过："凡是富于表情的作品可以同时富于景色，只要它具有尽可能具有的表情，它也就会有足够的景色。"(《绘画论》)此诗如画，其成功的原因亦如绘画，景色的优美正由于抒情的精湛。

(《唐诗鉴赏辞典》，上海辞书出版社，1983 年)

刘长卿

穆陵关北逢人归渔阳

逢君穆陵路，匹马向桑干。楚国苍山古，幽州白日寒。城池百战后，耆旧几家残。处处蓬蒿遍，归人掩泪看。

穆陵关在今湖北麻城北面，渔阳郡治在今天津市蓟州区。唐代宗大历五、六年间(770－771)，刘长卿曾任转运使判官、淮西鄂岳转运留后等职，活动于湖南、湖北。诗当作于此时。

当时，安史之乱虽已平定，但朝政腐败，国力衰弱，藩镇割据，军阀嚣张，人民惨遭重重盘剥，特别是安史叛军盘踞多年的北方各地，更是满目疮痍，一片凋敝景象。刘长卿对此十分了解，深为忧虑。因此当他在穆陵关北，陌路遇到一位急切北返渔阳的行客，不禁悲慨万分地把满腹忧虑告诉了这位归乡客，忠厚坦诚，语极沉郁。

首联写相逢地点和行客去向。"桑干"即桑干河，今永定河，源出山西，流经河北，此指行客家在渔阳。关隘相逢，彼此都是过客，初不相识。诗人见归乡客单身匹马北去，便料想他流落江南已久，急切盼望早日回家和亲人团聚。然而等待着他的又将是什么呢？次联借山水时令，含蓄深沉地勾勒南北形势，暗示他此行前景，为国家忧伤，替行客担心。"楚国"即指穆陵关所在地区，并以概指江南。"幽州"即渔阳，也以概指北方。"苍山古"是即目，"白日寒"是遥想，两两相对，寄慨深长。其具体含意，历来理解不一。或说"苍山古"谓青山依旧，

而人事全非，则江南形势也不堪设想；或说“苍山古”谓江南总算青山依旧，形势还好，有劝他留下不归的意味。二说皆可通。“幽州白日寒”，不仅说北方气候寒冷，更暗示北方人民的悲惨处境。这二句，诗人运用比兴手法，含蕴丰富，令人意会不尽。接着，诗人又用赋笔作直接描写。经过长期战乱，城郭池隍破坏，土著大族凋残，到处是废墟，长满荒草，使回乡的人悲伤流泪，不忍目睹。显然，三、四联的描述，充实了次联的兴寄，以预诫北归行客，更令人深思。

这是一篇痛心的宽慰语，恳切的开导话，寄托着诗人忧国忧民的无限感慨。手法以赋为主而兼用比兴，语言朴实而饱含感情。尤其是第二联“楚国苍山古，幽州白日寒”，不唯形象鲜明，语言精练，概括性强，而且承上启下，扩大境界，加深诗意，是全篇的关键和警策。它令人不语而悲，不寒而栗，印象深刻，感慨万端。也许正由于此，它才成为千古流传的名句。

（《唐诗鉴赏辞典》，上海辞书出版社，1983 年）

顾　况

囝

囝生闽方，闽吏得之，乃绝其阳。为臧为获，致金满屋；为髡为钳，如视草木。天道无知，我罹其毒；神道无知，彼受其福。郎罢别囝："吾悔生汝！及汝既生，人劝不举。不从人言，果获是苦。"囝别郎罢，心摧血下。隔地绝天，及至黄泉，不得在郎罢前。

《囝》是《上古之什补亡训传十三章》的第十一章。《上古之什》是假托为《诗经》补充亡逸诗篇的一组四言诗，因此形式体制都模仿《诗经》，每章有小序，有自注。囝的原序是："囝，哀闽也。"自注："囝，音蹇。闽俗呼子为'囝'，父为'郎罢'。"诗的内容其实并非写上古生活，而是揭露唐代闽中即今福建地区吏治极端残暴，公然掠夺当地少年，阉割为奴隶，贩卖牟利。其深刻的现实性一目了然，揭露当时吏治灭绝人性的罪恶，令人发指。按照小序的意思，诗人显然以为这仅属闽中人民所受的酷吏迫害，并不视为唐代政治的普遍弊端，更不以为封建制度的必然产物。但是实际上，这诗的深刻意义恰在其艺术形象反映了封建统治的野蛮残暴的本质。

诗以第一人称自叙方式抒写，实际上创造了囝的血泪控诉的艺术形象。全诗二十二句，可分两段。前半十一句控诉闽吏罪恶，后半十一句哭诉父子永别。从诗人主观看，诗的主题思想就是控诉闽吏

罪恶，揭露闽囝厄运，反映当时地方吏治的一个黑暗侧面。但是从诗的艺术形象看，则它的主题思想并不局限于具体罪恶和局部地区人民的悲剧命运，而是通过囝的控诉，揭露了封建统治下的底层人民的奴隶地位和非人待遇，反映了封建统治的野蛮残酷的一个本质方面。

前半控诉闽吏罪恶，实际上是囝作为一个人，要求获得人的合理生存。前三句直接指责闽吏强暴掠夺人口，残酷阉割为奴隶。次四句控诉闽吏把阉奴视同非人，贩卖致富，任意处置。再四句怨天恨神，斥为无知，待遇不平。天道造物，神主祸福，理当对人无私，不偏不颇。但是有人遭受非人的祸毒，而让制造非人祸毒的人得到福禄，岂非天神无知不公吗？这是囝从自身遭遇深刻体验到的认识，是从人道的要求来怀疑天道神道，从而触及并反映了封建统治的非人道的本质方面。后半哭诉父子永别，实际上是囝作为人子，要求获得人的家庭的合理生活。前六句是父亲诀别囝的悔恨，实质是揭露底层贱民自身的合理生存毫无保障，因此根本不该生儿育女。“人劝不举”的“人言”，便是曲折说明贱民早已有此体验，贱民生下来便注定奴隶的厄运。囝的遭遇只是证明囝父侥幸心理的幻灭。后五句是囝自知从此与父亲诀别，不但生不能为人子，并且死也改变不了奴隶命运。这就进一步触及并反映了封建等级统治的极其野蛮残酷的本质。而值得注意的是，诗人在表现囝控诉自己非人的厄运的同时，如实表现出郎罢和囝对于闽吏如此野蛮残暴的压迫残害，却无从也无力反抗，更无法改变。因此，这遭受非人待遇的囝及其郎罢的充满血泪的愤怒控诉，同时满含绝望的悲哀，令人窒息。所以从整体看，从历史看，这诗的艺术形象所表现、所包含的真实性、深刻性，都超越诗人主观揭露地方弊政、同情边远贱民的思想范围，实质上反映了封建统治的本质罪恶，表现着人道主义的要求。

从艺术创作方法看，这诗采取了传统的纪实的方法，于史为实录，于诗及乐府为采风观风。其特点便是如实记载其事。而写成仿

《诗经》的四言诗，便是明确表示意图反映民情。因此，它在艺术表现手法和语言技巧上的特点明显，一是以其事实为主，抓住要害，简洁如实，恰如史官记事一般，诗人只是对囝的控诉作了剪裁整理，使其事明，使之合诗的形式。二是语言朴质，如同说话。由于仿《诗经》和限于四言，因此有明显仿古痕迹，但由于实录，因而又以提炼当时口语为主，并且特地采取了方言称谓。而正因这两个主要特点，这诗在表现囝及郎罢的形象时，更显得神情如现，有血有肉，比较生动。这些也是古典诗歌现实主义传统创作方法的一些特点，应当说，这诗虽属仿古之作，却相当成功地推陈出新，因而成为顾况的代表作和传世名篇。

（《诗词曲赋名作鉴赏大辞典》，北岳文艺出版社，1989 年）

韦应物

自巩洛舟行入黄河即事寄府县僚友

夹水苍山路向东，东南山豁大河通。寒树依微远天外，夕阳明灭乱流中。孤村几岁临伊岸，一雁初晴下朔风。为报洛桥游宦侣，扁舟不系与心同。

唐德宗建中四年(783)，韦应物从尚书比部员外郎出为滁州(治在今安徽滁州)刺史。他在夏末离开长安赴任，经洛阳，舟行洛水到巩县入黄河东下。这诗便是由洛水入黄河之际的即景抒怀之作，寄给他从前任洛阳县丞时的僚友。

诗人顺洛水向东北航行，两岸青山不绝，渐渐地，东南方向的高山深谷多了起来，而船却已在不知不觉中驶入黄河了。于是诗人纵目四望黄河景物。这是秋天的傍晚，滚滚黄河与天相连，天边隐约可见稀疏的树木在寒气中枯落。夕阳映照在汹涌的河水中，忽亮忽暗地闪烁不定。那种清廓的景象，使他想起了几年前在伊水边看到的那个孤零零的村落，自经安史之乱，残破萧条已甚。往事不堪回首，而眼前雨霁晴展，北风劲吹，只见空中有一只孤雁向南飞去。此刻，诗人的心情如何？他告诉洛阳的僚友们说，他的心情就像《庄子·列御寇》中说的那样："巧者劳而知者忧，无能者无所求。饱食而遨游，泛若不系之舟，虚而遨游者也。"他觉得自己既非能干的巧者，也不是聪明的智者，而是一个无所求的无能者，无所作为，无可忧虑，就像这

大河上的船，随波逐流，听任自然，奉命到滁州做官而已。显然，这是感伤语，苦涩情。他的僚友们会理解他的无奈的忧伤，不言的衷曲。

唐德宗从建中元年即位以来，朝政每况愈下，内外交困，国库空虚，赋税滥征，军阀割据，民不聊生。韦应物了解这一切，为之深深忧虑，然而无能为力。此次虽获一州之任，亦是荣升之遇，有可作为之机，但他懂得前途充满矛盾和困难。因此只能徒具巧者之才，空怀智者之忧，而自认无能，无奈而无求。也许他的洛阳僚友曾给他以期望和鼓励，增添了他的激动和不安，所以他在离别洛阳之后，心情一直不平静，而这黄河秋天傍晚的景象更引起他深深的感触，使他无限伤慨地写下这首诗寄给朋友们。

这诗写景物有情思，有寄托，重在兴会标举，传神写意。洛水途中，诗人仿佛在赏景，实则心不在焉，沉于思虑。黄河的开阔景象，似乎惊觉了诗人，使他豁然开通，眺望起来。然而他看到的景象，却使他更为无奈而忧伤。遥望前景，萧瑟渺茫：昔日伊水孤村，显示出人民经历过多么深重的灾难；朔风一雁，恰似诗人只身东下赴任，知时而奋飞，济世于无望。于是他想起了朋友们的鼓励和期望，感到悲慨而愧疚，觉得自己终究是个无所求的无能者，济世之情，奋斗之志，都难以实现。这就是本诗的景中情，画外意。

（《唐诗鉴赏辞典》，上海辞书出版社，1983 年）

韦应物

长安遇冯著

客从东方来，衣上灞陵雨。问客何为来？采山因买斧。冥冥花正开，飏飏燕新乳。昨别今已春，鬓丝生几缕？

冯著是韦应物的朋友，其事失传，今存诗四首。韦应物赠冯著诗，也存四首。据韦诗所写，冯著是一位有才有德而失志不遇的名士。他先在家乡隐居，清贫守真，后来到长安谋仕，颇擅文名，但仕途失意。约在大历四年(769)应征赴幕到广州。十年过去，仍未获官职。后又来到长安。韦应物对这样一位朋友是深为同情的。

韦应物于大历四年至十三年在长安，而冯著在大历四年离长安赴广州，约在大历十二年再到长安。这诗可能作于大历四年或十二年。诗中以亲切而略含诙谐的笔调，对失意沉沦的冯著深表理解、同情、体贴和慰勉。它写得清新活泼，含蓄风趣，逗人喜爱。刘辰翁评此诗曰："不能诗者，亦知是好。"确乎如此。

开头两句中，"客"即指冯著。灞陵，长安东郊山区，但这里并非实指，而是用事作比。汉代霸陵山是长安附近著名隐逸地。东汉逸士梁鸿曾隐于此，卖药的韩康也曾隐遁于此。本诗一二句主要是说冯著刚从长安以东的地方来，还是一派名士兼隐士的风度。

接着，诗人自为问答，料想冯著来长安的目的和境遇。"采山"是成语。左思《吴都赋》："煮海为盐，采山铸钱。"谓入山采铜以铸钱。

“买斧”化用《易经·旅卦》:“旅于处,得其资斧,我心不快。”意谓旅居此处做客,但不获平坦之地,尚须用斧斫除荆棘,故心中不快。“采山”句是俏皮话,打趣语,大意是说冯著来长安是为采铜铸钱以谋发财的,但只得到一片荆棘,还得买斧斫除。其寓意即谓谋仕不遇,心中不快。诗人自为问答,诙谐打趣,显然是为了以轻快的情绪冲淡友人的不快,所以下文便转入慰勉,劝导冯著对前途要有信心。但是这层意思是巧妙地通过描写眼前的春景来表现的。

“冥冥花正开,飏飏燕新乳”。“冥冥”是形容造化默默无语的情态,“飏飏”是形容鸟儿飞行的欢快。这两句大意是说,造化无语而繁花正在开放,燕子飞得那么欢快,因为它们刚哺育了雏燕。不难理解,诗人选择这样的形象,正是为了意味深长地劝导冯著不要为暂时失意而不快不平,勉励他相信大自然造化万物是公正不欺的,前辈关切爱护后代的感情是天然存在的,要相信自己正如春花般焕发才华,会有人来关切爱护的。所以末二句,诗人以十分理解和同情的态度,满含笑意地体贴冯著说:你看,我们好像昨日才分别,如今已经是春天了,你的鬓发并没有白几缕,还不算老呀!这“今已春”正是承上二句而来的,末句则以反问勉励友人,盛年未逾,大有可为。

这的确是一首情意深长而生动活泼的好诗。它的感人,首先在于诗人心胸坦荡,思想开朗,对生活有信心,对前途有展望,对朋友充满热情。因此他能对一位不期而遇的失意朋友,充分理解,真诚同情,体贴入微,而积极勉励。也正因如此,诗人采用活泼自由的古体形式,吸收了乐府歌行的结构、手法和语言。它在叙事中抒情写景,以问答方式渲染气氛,借写景以寄托寓意,用诙谐风趣来激励朋友。它的情调和风格,犹如小河流水,清新明快,而又委曲宛转,读来似乎一览无余,品尝则又回味不尽。

（《唐诗鉴赏辞典》,上海辞书出版社,1983年）

韦应物

滁州西涧

独怜幽草涧边生，上有黄鹂深树鸣。春潮带雨晚来急，野渡无人舟自横。

这是一首山水诗的名篇，也是韦应物的代表作之一。诗写于唐德宗建中二年(781)诗人出任滁州刺史期间。唐滁州治所即今安徽滁县，西涧在滁州城西郊野。这诗写春游西涧赏景和晚雨野渡所见。诗人以情写景，借景述意，写自己喜爱与不喜爱的景物，说自己合意与不合意的情事，而其胸襟恬淡，情怀忧伤，便自然流露出来。但是诗中有无寄托，寄托何意，历来争论不休。有人认为它通首比兴，是刺“君子在下，小人在上”；有人认为“此偶赋西涧之景，不必有所托意”。实则各有偏颇。

诗的前二句，在春天繁荣景物中，诗人独爱自甘寂寞的涧边幽草，而对深树上鸣声诱人的黄莺儿却表示无意，置之陪衬，以相比照。幽草安贫守节，黄鹂居高媚时，其喻仕宦世态，寓意显然，清楚表露出诗人恬淡的胸襟。后二句，晚潮加上春雨，水势更急。而郊野渡口，本来行人无多，此刻更其无人。因此，连船夫也不在了，只见空空的渡船自在浮泊，悠然漠然。水急舟横，由于渡口在郊野，无人问津。倘使在要津，则傍晚雨中潮涨，正是渡船大用之时，不能悠然空泊了。因此，在这水急舟横的悠闲景象里，蕴含着一种不在其位、不得其用

的无奈而忧伤的情怀。在前、后二句中，诗人都用了对比手法，并用“独怜”“急”“横”这样醒目的字眼加以强调，应当说是有引人思索的用意的。

由此看来，这诗是有寄托的。但是，诗人为什么有这样的寄托呢？

在中唐前期，韦应物是个洁身自好的诗人，也是个关心民生疾苦的好官。在仕宦生涯中，他“身多疾病思田里，邑有流亡愧俸钱”（《寄李儋元锡》），常处于进仕退隐的矛盾。他为中唐政治弊败而忧虑，为百姓生活贫困而内疚，有志改革而无力，思欲归隐而不能，进退两为难，只好不进不退，任其自然。庄子说：“巧者劳而知者忧；无能者无所求，饱食而遨游。泛若不系之舟，虚而遨游者也。”（《庄子·列御寇》）韦应物对此深有体会，曾明确说自己是“扁舟不系与心同”（《自巩洛舟行入黄河即事寄府县僚友》），表示自己虽怀知者之忧，但自愧无能，因而仕宦如同遨游，悠然无所作为。其实，《滁州西涧》就是抒发这样的矛盾无奈的处境和心情。思欲归隐，故独怜幽草；无所作为，恰同水急舟横。所以诗中表露着恬淡的胸襟和忧伤的情怀。

说有兴寄，诚然不错，但归结为讥刺“君子在下，小人在上”，也失于死板；说偶然赋景，毫无寄托，则割裂诗、人，流于肤浅，都与诗人本意未洽。因此，赏奇析疑，以知人为好。

（《唐诗鉴赏辞典》，上海辞书出版社，1983 年）

新秋夜寄诸弟

两地俱秋夕，相望共星河。高梧一叶下，空斋归思多。方用忧人瘼，况自抱微疴。无将别来近，颜鬓已蹉跎。

诗人晚年初到江南，出任滁州太守。在一个初秋之夜，独坐郡斋，忧心民生疾苦，怀念中原兄弟，写了这首五古思乡诗。它表现出一位忧国忧民的政府官员的矛盾心情。国事与亲情，为国与为家，都使他忧虑，诗人无力解除，深深自责内疚；而老病交至，更使他不胜伤感。这诗以五律格调写古体，对仗清丽自然，不讲声韵格律，披露胸襟，抒发忧伤，朴实诚恳，淡雅澄静。

诗的结构简洁自然，像与兄弟促膝谈心。前半写离愁归思。这是秋天夜晚，明月隐没，银河中天，子夜时分。诗人想念兄弟，料想兄弟此时也一样思念自己。人处两地，彼此不见，但四时相同，星空与共，手足情亲，思念盼望是相通的。夜深人静，万籁无声，高高梧桐树飘落一片枯叶，触动诗人的乡愁归思。独坐在空空的书斋里，独自远离故乡亲人，像这一叶飘零，更撩起叶落归根的思绪。他多么想回家乡。诗人在即日即时的秋夜景象中，寄以苍茫飘零的兴象，仿佛淡淡哀愁，却是深深孤独，满怀归思中有不尽的惆怅，无力而无奈。

后半便写忧虑民生，思归而不能归。他正担任这个江南穷困山区的地方长官，为人民疾苦（瘼，mò）发愁。他身体弱，生了病（疴，

kē,旧读 ē),一时没有复原。他希望兄弟们谅解,自己虽然离别到任不久,公事还不多,但是青春已过,老了,力不从心。其实他不过进入中年,身体虽弱,尚未届老。那么他为何要叹老呢?为什么心多归思而又不下决心辞官归田呢?因为他同情人民疾苦,不忍丢下百姓回家去。他要竭其绵薄,尽其职责,为国为民,勉为其难,做个好官。所以他归思中不尽的惆怅,并非由于他个人利害而不能回家,主要出于志士的忧国和仁者的忧民,故自责自疚。

思归而不能,忧民而无力,虽然他勉为其难,尽心尽力,却清醒知道国家动荡,前景黯淡。所以这诗的修辞技巧圆熟,语言精练清雅,而艺术成就和特色主要是兴象高远,抒情真挚。天地这样广大,四时无情运行,星空如此灿烂,万物悄然衰落,他深深感到自己的渺小无力,孤独寂寞,老了,弱了,挽回不了什么,改变不了什么,只能尽心尽力减少一点人民的痛苦。他希望兄弟们谅解,其实也是勉为其难的强自解慰。他觉得只有这样,良知良心才得以稍为安宁。这是此诗动人感人处,也是构成它艺术特色的原因。

(《历代抒情诗分类鉴赏集成》,北京十月文艺出版社,1994 年)

韦应物

寄李儋元锡

去年花里逢君别，今日花开已一年。世事茫茫难自料，春愁黯黯独成眠。身多疾病思田里，邑有流亡愧俸钱。闻道欲来相问讯，西楼望月几回圆。

这首七律是韦应物晚年在滁州（治在今安徽滁州）刺史任上的作品。唐德宗建中四年（783）暮春入夏时节，韦应物从尚书比部员外郎调任滁州刺史，离开长安，秋天到达滁州任所。李儋，字元锡，是韦应物的诗交好友，当时任殿中侍御史，在长安与韦应物分别后，曾托人问候。次年春天，韦应物写了这首诗寄赠李儋以答。诗中叙述了别后的思念和盼望，抒发了国乱民穷造成的内心矛盾和苦闷。

在韦应物赴滁州任职的一年里，他亲身接触到人民生活情况，对朝政紊乱、军阀嚣张、国家衰弱、民生凋敝，有了更具体的认识，深为感慨，严重忧虑。就在这年冬天，长安发生了朱泚叛乱，称帝号秦，唐德宗仓皇出逃，直到第二年五月才收复长安。在此期间，韦应物曾派人北上探听消息。到写此诗时，探者还没有回滁州，可以想见诗人的心情是焦急忧虑的。这就是本诗的政治背景。

诗是寄赠好友的，所以从叙别开头。首联即谓去年春天在长安分别以来，已经一年。以花里逢别起，即景勾起往事，有欣然回忆的意味；而以花开一年比衬，则不仅显出时光迅速，更流露出别后境况

萧索的感慨。次联写自己的烦恼苦闷。显然,“世事茫茫”是指国家的前途,也包含个人的前途。当时长安尚为朱泚盘踞,皇帝逃难在奉先,消息不通,情况不明。这种形势下,他只得感慨自己无法料想国家及个人的前途,觉得茫茫一片。他作为朝廷任命的一个地方行政官员,到任一年了,眼前又是美好的春天,但他只有忧愁苦闷,感到百无聊赖,一筹莫展,无所作为,黯然无光。三联具体写自己的思想矛盾。正因为他有志而无奈,所以多病更促使他想辞官归隐;但因为他忠于职守,看到百姓贫穷逃亡,自己未尽职责,于国于民都有愧,所以他不能一走了事。这样进退两难的矛盾苦闷处境下,诗人十分需要友情的慰勉。末联便以感激李儋的问候和亟盼他来访作结。

显然,这首诗的艺术表现和语言技巧,并无突出的特点。有人说它前四句情景交融,颇为推美。这种评论并不切实。因为首联即景生情,恰是一种相反相成的比衬,景美而情不欢;次联以情叹景,也是伤心人看春色,茫然黯然,情伤而景无光,都不可谓情景交融。其实这首诗之所以为人传诵,主要是因为诗人诚恳地披露了一个清廉正直的封建官员的思想矛盾和苦闷,真实地概括出这样的官员有志无奈的典型心情。尤其是“身多疾病思田里,邑有流亡愧俸钱”两句,自宋代以来,甚受赞扬。范仲淹叹为“仁者之言”,朱熹盛称“贤矣”,宋代黄彻更是激动地说:“余谓有官君子当切切作此语。彼有一意供租,专事土木,而视民如仇者,得无愧此诗乎!”(《䂬溪诗话》)这些评论都是从思想性着眼的,赞美的是韦应物的思想品格。但也反映出这诗的中间两联,在封建时代确有较高的典型性和较强的现实性。事实上也正如此,诗人能够写出这样真实、典型、动人的诗句,正由于他有较高的思想境界和较深的生活体验。

(《唐诗鉴赏辞典》,上海辞书出版社,1983 年)

李　端

鸣　筝

鸣筝金粟柱，素手玉房前。欲得周郎顾，时时误拂弦。

筝是古代一种弹拨乐器，即今称“古筝”。“鸣筝”谓弹奏筝曲。题一作“听筝”，则谓听奏筝有感，就听者立题。从诗意看，以作“鸣筝”为有味。这首小诗写一位弹筝女子为博取青睐而故意弹筝出错的情态，写得婉曲细腻，富有情趣。

前二句写弹筝美人坐在华美的房舍前，拨弄筝弦，优美的乐声从弦轴里传送出来。“柱”是系弦的部件。“金粟”形容筝柱的装饰华贵。“素手”表明弹筝者是女子。后二句即写鸣筝女故意弹错以博取青睐。“周郎”指三国吴将周瑜。他二十四岁为将，时称“周郎”。他又精通音乐，听人奏曲有误时，即使喝得半醉，也要转过头去看一看演奏者。所以时谣说：“曲有误，周郎顾。”（见《三国志·吴书·周瑜传》）这里以“周郎”比喻弹筝女子属意的知音者。“时时”是强调她一再出错，显出故意撩拨的情态，表示注意到她的用心不在献艺博知音，而在其他。

清人徐增分析这诗说：“妇人卖弄身份，巧于撩拨，往往以有心为无心。手在弦上，意属听者。在赏音人之前，不欲见长，偏欲见短。见长则人审其音，见短则人见其意。李君（称李端）何故知得恁细。”（《而庵说唐诗》）其见解相当精辟。

此诗的妙处就在于诗人通过细致的观察，抓住了生活中体现人物心理状态的典型细节，将弹筝女子的微妙心理，一种邀宠之情，曲曲写出，十分传神。诗的写法像速写，似素描，对弹筝女形象的描写是十分成功的。

（《唐诗鉴赏辞典》，上海辞书出版社，1983年）

戎 昱

咏 史

汉家青史上，计拙是和亲。社稷依明主，安危托妇人。岂能将玉貌，便拟静胡尘。地下千年骨，谁为辅佐臣。

中唐诗人戎昱这首《咏史》，题又作《和蕃》，最早见于晚唐范摅的笔记小说《云溪友议》“和戎讽”条。据说，唐宪宗召集大臣廷议边塞政策，大臣们多持和亲之论。于是唐宪宗背诵了戎昱这首《咏史》，并说：“此人若在，便与朗州刺史。”还笑着说：“魏绛（春秋时晋国大夫，力主和戎）之功，何其懦也！”大臣们领会圣意，就不再提和亲了。这则轶闻美谈，足以说明这首诗的流传，主要由于它的议论尖锐，讽刺辛辣。

这是一首借古讽今的政治讽刺诗。唐代从安史乱后。朝政紊乱，国力削弱，藩镇割据，边患十分严重，而朝廷一味求和，使边境各族人民备罹祸害。所以诗人对朝廷执行屈辱的和亲政策，视为国耻，痛心疾首。这首讽喻诗，写得激愤痛切，直截了当，一针见血。

在中唐，咏汉讽唐这类以古讽今手法已属习见，点明“汉家”，等于直斥唐朝。所以首联是开门见山，直截说和亲乃是有汉历史上最为拙劣的政策。次联便单刀直入，明确指出国家的治理要靠英明的皇帝，而执行和亲政策，实际上是把国家的安危托付给妇女。三联更鞭辟入里，透彻揭露和亲的实质就是妄图将女色乞取国家的安全。

诗人愤激地用一个“岂”字，把和亲的荒谬和可耻，暴露无遗。然而是谁制订执行这种政策？这种人难道算得辅佐皇帝的忠臣吗？末联即以这样斩钉截铁的严峻责问结束。诗人以历史的名义提出责问，使诗意更为严峻深广，更加发人思索。此诗无情揭露和亲政策，愤激指责朝廷执政，而主旨却在讽喻皇帝作出英明决策和任用贤臣。从这个角度看，这首诗虽然尖锐辛辣，仍不免稍用曲笔，为皇帝留点面子。

对于历史上和亲政策的是非得失要作具体分析，诗人极力反对的是以屈辱的和亲条件以图苟安于一时。由于“社稷依明主，安危托妇人”一联，击中了时政的要害，遂成为时人传诵的名句。

（《唐诗鉴赏辞典》，上海辞书出版社，1983年）

李　益

过五原胡儿饮马泉

绿杨着水草如烟，旧是胡儿饮马泉。几处吹笳明月夜，何人倚剑白云天。从来冻合关山路，今日分流汉使前。莫遣行人照容鬓，恐惊憔悴入新年。

《过五原胡儿饮马泉》是中唐边塞诗人李益的代表作，也是中唐七律的名篇。诗题一作《盐州过胡儿饮马泉》，又作《盐州过五原至饮马泉》。唐五原属盐州，当今内蒙古五原。《新唐书·地理志》载，盐州在“贞元三年(787)没吐蕃，九年(793)复城之”。可见在中唐时，这是唐和吐蕃反复争夺的边缘地区。这首诗就是抒写诗人在春天经过收复了的五原时的复杂心情。它富有时代特色和个性特点。清人方东树说：“此等诗，有过此地之人、有命此题之人、有作此题诗之人之性情面目流露其中，所以耐人吟咏。”(《昭昧詹言》)确属如此。

李益，字君虞，陇西姑臧(今甘肃武威)人。他在《从军诗序》中说：“君虞长始八岁，燕、戎乱华。出身二十年，三受末秩；从事十八载，五在兵间。故其为文，咸为军旅之思。自建中初故府司空巡行朔野，迨贞元初又忝今尚书之命，从此出上郡、五原四五年，荏苒从役。其中虽流落南北，亦多在军戎。”根据这段自述，参考其他材料，我们可以较为确切地了解李益的有关经历和写作《过五原胡儿饮马泉》的具体背景。

诗人的童年可能是在家乡陇西姑臧度过的。在他八岁时，安、史乱起，西北边区吐蕃等族大肆侵扰，诗人离开了家乡。到唐肃宗上元年间，他的家乡陇西便为吐蕃占据。据《唐诗纪事》载，他在唐代宗大历四年(769)中进士。但此后二十年中，仕途颇不得意，只得到过三个职位低下的小官，如郑县的县尉。因此他另谋出路，投奔藩镇，充当了十八年幕僚，经历过五次战争，长期从军南北。其中，他印象最深、难以忘怀的是两度远出北方塞外。一次是在建中初随从"府司空巡行朔野"，一次是在贞元初受"尚书之命"。"府司空"指李怀光，唐德宗建中元年(780)至三年(782)兼朔方节度使(见《新唐书·方镇年表》)；因诗人和他同姓，故攀称"府"，又因他曾任御史大夫，故尊称"司空"。"尚书"指刘济，唐德宗贞元元年(785)继其父刘怦为幽州节度使，"累加检校兵部尚书"(见《旧唐书·刘济传》)，故称。这两人是中唐著名藩镇，但在抗御吐蕃等北方各族侵扰方面，都颇负声威，各有功绩。诗人对他们既怀知遇之恩，也曾有所期望。但李怀光所辖朔方在西北，刘济的幽州在东北。而"上郡"即唐绥州(治所在今陕西绥德)，与盐州五原都归朔方节度使统辖(见《旧唐书·地理志》)。所以诗人"出上郡、五原"当在建中初随李怀光时，似不在贞元初从刘济幕时。《过五原胡儿饮马泉》大约就是此行所作。

诗人是在战乱的年代中成长起来的。在多年仕途失意、从军南北的经历中，对于唐朝在平定安、史之乱后的国力削弱，朝政紊乱，藩镇割据，边患严重，他深有体验，感到忧伤和失望。在他心中，国难、乡愁和个人前途都是紧密相连，难以分割的。在建中初，唐德宗即位，把租庸调赋税制改革为两税制，还想把运转、租庸、青苗、盐铁诸使的财权都收归户部，并派遣黜陟使巡察各地，同时任命李怀光为四镇、北庭行营等节度使以镇守北边，确保京畿。这些加强中央集权的措施，表明唐德宗本想有所作为，振足一番。正是在这样的年头，诗人恰在唐德宗倚重的李怀光幕中。李怀光原是郭子仪的裨将，深受

信用，成为朔方军掌握实权的将领。在充任御史大夫等朝廷监察要职期间，他以“清勤严猛”著称，“虽亲戚犯法，皆不挠避”。在镇守原州时，吐蕃不敢南侵（见《旧唐书·李怀光传》）。可以想见，诗人在多年失意失望之后，在朝廷有振足趋势之际，遇见这样一位幕主，是会有所感奋，抱以期望的。当时，诗人三十三岁了，中进士已十一年，距安、史之乱则达二十五年之久。他对朝廷、藩镇和边患有了充分的认识，于国难、乡愁及个人前途也久怀踌躇了。因此，当他有机会随从李怀光来到五原这个塞外前沿地区，临近那被吐蕃占据的家乡陇西，他的心情是激动的，复杂的，百感交集。这就是写作《过五原胡儿饮马泉》的具体背景。

诗的首联是说自己在春天来到五原。对广大的西北边塞，诗人是熟悉的，满怀乡土之情。诗人看到五原的春天，杨柳拂水，丰草满目，风光迷人如故，含情脉脉。然而曾几何时，它却沦落为胡人饮马的地方，成了一片战场。旧注说“胡儿饮马泉”是地名专称，在唐丰州(今内蒙古包头西)城西鹏鹈泉；显然不合。其实“饮马泉”的意思如同“饮马长城窟”的“饮马窟”，是泛指可供饮马的水泉洼地。这里说“胡儿饮马泉”，就是指五原这片水草丰盛的土地，曾被吐蕃占据，故云“旧是”。这“旧是”二字，既含有庆幸收复的欣慰，更透露着抚今追昔的感慨和国难乡愁的忧思。

次联是写夜宿五原的见闻。诗人长期从军，熟悉边塞形势和军旅生活。此刻，旅宿塞外，明月当空，正勾起客子乡愁，却听得军号声断续传来，想必是哪里发生军事行动，不知是哪些壮士正在英勇卫国。“笳”是胡笳，古时军中号角。“倚剑白云天”是化用伪作宋玉《大言赋》“长剑耿耿倚天外”语，以赞叹守边卫国将士的高大的英雄形象。诗人用“几处”“何人”的不定语气表示感叹，用月夜笳声显示悲凉气氛，用倚剑天外形容英雄气概，构成一种蕴含着忧伤的赞叹情调，微妙地表现出五原一带形势依旧紧张，感慨边防实则尚未巩固。

三联是写离开五原，继续上路。通往塞外的道路是遥远的，艰苦的。到了塞外，回顾过来的历程，“冻合关山路”，冰天雪地，关山艰阻，道路坎坷，无限感慨。如今继续上路，瞻望前途，“分流汉使前”，寒冰解冻，春水疏畅，在朝廷使节面前，显现出希望和信心，也流露着诗人心中的兴奋和喜悦。不言而喻，这里有寄托和期望。从五原继续前进，越益临近被占的陇西，诗人的家乡。如果坚持前进，那就意味着可望收复全部失地，恢复大唐帝国全盛的声威，诗人也可以凯旋返乡了。所以这二句写征途的顾往瞻来，寓意却在委婉地希望朝廷乘胜前进，坚持收复失地，巩固边防，重振国威。有人说，“汉使”是诗人自指，似未为是，诗人“出身二十年，三受末秩”，并未充任使职。这个“汉使”，当指李怀光。诗意即在委婉地表示对李怀光，也是对朝廷的期望。

末联以自己经过五原的体会作结。诗人久经军旅，多历战场。这次经历五原，仅是又一次体验了自己熟悉的战乱边患。在这个意义上，五原这个战场，这个“胡儿饮马泉”，恰似一面历史的镜子，能照见诗人多年从军的憔悴面容，从而反映出唐朝政治紊乱、国家衰弱的面貌。但是，正因为诗人积累了太多的失意、失望的体验，所以他不愿再用五原这面镜子来对照自己失去的青春，不愿回顾已往。同时，也因为诗人觉得眼前正浮现希望，有点信心，所以他又怕正视国力犹弱、边防未固的现实，担心朝廷和藩镇重蹈覆辙，失去对前途的希望。这种患得患失、忐忑不安的忧虑和伤感，使诗人宁愿保持这微弱而美好的希望。所以他不从正面抒写自己的体会，而是巧妙地采用不要让行人临水镜鉴的讽劝方式，委婉曲折地表达对李怀光和朝廷的期望和忠告：不要重蹈覆辙，不要让昨天的悲惨历史挫伤今日的爱国士气，不要辜负天下人民的希望。

总起来说，这首诗就是写经过五原这个“胡儿饮马泉”的感慨，抒发诗人心中郁结的国忧、乡愁及个人失意的复杂矛盾的思想感情，反

映出中唐时期边塞形势的真实面貌。显然，同盛唐时期边塞诗那种激昂高扬的爱国情调相比，李益这首诗虽然也满怀爱国热忱，但是实质上忧伤重于欢欣，失望多于希望，情调大相径庭。这是不同时代的使然，恰表明这首诗富有中唐的时代色彩。也正由于诗人热忱爱国，因而明知前途难测，希望微茫，却仍然要给人以欢欣和希望，激起爱国热情和信心。这是诗人思想感情的使然，充分表现出这首诗的个性特点。因此，这首诗独具一格，欢而不乐，伤而不哀，明快而婉转，悠扬而低回，把复杂矛盾的思想感情表现得和谐动人，含蓄不尽。

《过五原胡儿饮马泉》是一首七律。在中唐，律体已为文人习用，格律技巧一般都较圆熟，也形成了某些固定的套式。这首诗在艺术上的成就和特点，主要不在格律技巧，而在善于把格律的束缚变为创作的有利条件，成为含蓄地表现复杂思想感情的恰当形式，使内容和形式达到谐调一致。尤其在诗的构思、形象摄取、手法运用等方面，能结合格律约束的特定形式，表现得概括集中，典型突出，耐人寻味，恰到好处。

在诗的构思上，诗人就律体的八句四联，紧扣“过五原”这一主题，抓住五原收复未久的形势特点，每联写一个层次，依次写来到五原、旅宿五原，离开五原以及此行体会，完整地表现了这次旅经五原的过程。但诗人不是具体描述这个过程，而是通过这个过程中印象深刻的观感进行表现的。这样，诗人所着力抒写的是心中复杂矛盾的思想感情，集中表现诗的主题思想。在具体抒写观感时，诗人又巧妙地通过典型形象的摄取和不同手法的运用，把复杂矛盾的思想感情错综地交织进去，含蓄地表现出来。分开来看，首联写五原风光，次联写战场形势，三联写征途历程，末联写历史镜鉴，各有侧重方面。联结起来，这四联八句构成一幅中唐边塞形势的历史画卷。它以“过五原胡儿饮马泉”为画题，把从冬经春、从关内到塞外的历程，把收复失地的欢欣和边防未固的忧伤，把衷心赞美守边将士和委婉讽谏朝廷藩镇，把昨天的教训和今日的瞻望，把自己的种种失意和希望，总之，把国难、乡愁以及个人遭遇的许多感慨，都组织到这受格律约束的短小画幅上面。因此，它“耐人吟咏”。应当说，这样的构思是精心的，婉转的，也是集中的，成功的。

摄取典型形象，运用多种手法，以表现丰富而深刻的诗意，是这首诗的突出的艺术特点，也是艺术上取得成功的重要原因。如上所述，这首诗就是发感慨。但诗人不是用抽象的议论发感慨，而是运用多种手法，借助各种具体情景发感慨。全诗八句，除首句用一个描写句赞叹春天草原风光外，其余七句句式略同：前二字如“旧是”“几处”“何人”“从来”“今日”“莫遣”“恐惊”等，或判断，或设疑，或感叹，或祈使，表示不同动态或语气；后五字则都是一个描写具体情景的词组，从“胡儿饮马泉”至“憔悴入华年”，莫不如此。然而句式略同，情景则异。这每个具体情景又都是各有一定典型性的鲜明形象，含有丰富而深刻的意思，令人意会而不予点破。连同首句在内，总共八个典型情景，有如电影镜头连续映出八个画面，形象跳跃，留有读者想象余地，思想衔接，引导读者渐入其境。首联是一幅迷人的草原风光，伴之以“胡儿饮马泉”的战场气氛，特征突出地展现五原全景；次联从“胡儿饮马泉”引出此时此地的所见所闻，月夜笳声，倚剑天外，进一步引入战争环境，渲染出边塞紧张形势；三联从守边将士的英雄气概引出边塞战争的历史演进过程，概括叙述昨天冰天雪地的艰难险阻和今日春暖解冻的疏畅情景，把次联的一时一地的具体观感加以开拓深化；末联又把历史的顾往瞻来引作镜鉴，扣住“胡儿饮马泉”，使现实的和历史的感触汇集到“行人”也即诗人自我典型化了的个人身上，以收束全诗。这是一种构思精致而又含蓄婉转的表现手法。与此同时，诗人又利用律体属对的特定形式，巧妙而恰当地运用今昔对比（如首联、三联）、互文见义（如次联）、旁敲侧击（如末联）以及明喻暗讽等多种手法，力求使诗意表达得体，显而不露，引人咀嚼，发人思

索。正由于诗人是借助具体情景发感慨,因而它的语言明快而清丽,情调虽然也有感伤低回,而声调却是悠扬的。

明人胡震亨说:“李君虞生长西凉,负才尚气,流落戎旃,坎壈世故,所作从军诗,悲壮宛转,乐人谱入声乐。至今诵之,令人凄断。”(《唐音癸签》)这是对李益边塞诗的总评,大体正确中肯。尤其是概括李诗基本情调为“悲壮宛转”,描述其艺术效果为“令人凄断”,更属灼见。移于《过五原胡儿饮马泉》也是确切适当的。如果说这一评论稍有欠缺的话,也许是忽视了李益的爱国热忱和思想认识对他诗歌创作的重要作用,而只限于一般地强调了“负才尚气”和政治失意方面。应当看到,李益边塞诗的成就,不仅由于诗人熟悉边塞生活,有深刻体验;也不仅由于诗人有较高的艺术素养,熟练掌握诗歌艺术技巧;更由于诗人有一腔爱国热忱和较高的思想认识。否则,他很难拥有较高的艺术概括能力,也就难以通过典型概括,把丰富深刻的内容熔铸于精美谐调的形式。《过五原胡儿饮马泉》为其显例。

1980 年 9 月于北京大学

(《唐诗鉴赏集》,人民文学出版社,1981 年)

李　益

竹窗闻风寄苗发司空曙

微风惊暮坐，临牖思悠哉。开门复动竹，疑是故人来。时滴枝上露，稍沾阶下苔。何当一入幌，为拂绿琴埃。

李益和苗发、司空曙，都列名“大历十才子”，彼此是诗友。诗题曰《竹窗闻风寄苗发司空曙》，诗中最活跃的形象便是傍晚骤来的一阵微风。“望风怀想，能不依依”（李陵《答苏武书》），因风而思故人，借风以寄思情，是古已有之的传统比兴。本诗亦然。这微风便是激发诗人思绪的触媒，是盼望故人相见的寄托，也是结构全诗的线索。此诗成功地通过微风的形象，表现了诗人孤寂落寞的心情，抒发了思念故人的渴望。

诗从“望风怀想”生发出来，所以从微风骤至写起。傍晚时分，诗人独坐室内，临窗冥想。突然，一阵声响惊动了他，原来是微风吹来。于是，诗人格外感到孤独寂寞，顿时激起对友情的渴念，盼望故人来到。他谛听着微风悄悄吹开院门，轻轻吹动竹丛，行动自如，环境熟悉，好像真的是怀想中的故人来了。然而，这毕竟是幻觉，“疑是”而已。不觉时已入夜，微风掠过竹丛，枝叶上的露珠不时地滴落下来，那久无人迹的石阶下早已蔓生青苔，滴落的露水已渐渐润泽了苔色。多么清幽静谧的境界，多么深沉的寂寞和思念！可惜这风太小了，未能掀帘进屋来。屋里久未弹奏的绿琴上，积尘如土。风啊，什么时候

能为我拂掉琴上的尘埃呢？结句含蓄隽永，语意双关。言外之意是：钟子期不在，伯牙也就没有弹琴的意绪。什么时候，故人真能如风来似的掀帘进屋，我当重理丝弦，一奏绿琴，以慰知音，那有多么好啊！“何当”二字，既见出诗人依旧独坐室内，又表露不胜埋怨和渴望，双关风与故人，结出寄思的主题。

全篇紧紧围绕“闻风”二字进行艺术构思。前面写临风而思友，闻风而疑来。“时滴”二句是流水对，风吹叶动，露滴沾苔，用意还是写风。入幌拂埃，也是说风，是浪漫主义的遐想。绿琴上积满尘埃，是由于寂寞无心绪之故，期望风来，拂去尘埃，重理丝弦，以寄思友之意。诗中傍晚微风是实景，“疑是故人”属遐想；一实一虚，疑似恍惚；一主一辅，交织写来，绘声传神，引人入胜。而于风着力写其“微”，于己极显其“惊”“疑”，于故人则深寄之“悠思”。因微而惊，因惊而思，因思而疑，因疑而似，因似而望，因望而怨，这一系列细微的内心感情活动，随风而起，随风递进，交相衬托，生动有致。全诗构思巧妙，比喻惟肖，描写细致。可以说，这首诗的艺术魅力实际上并不在以情动人，而在以巧取胜，以才华令人赏叹。

（《唐诗鉴赏辞典》，上海辞书出版社，1983 年）

李 益

洛 桥

金谷园中柳，春来似舞腰。何堪好风景，独上洛阳桥。

诗题“洛桥”，一作“上洛桥”，即天津桥，在唐代河南府河南县(今河南洛阳)。当大唐盛世，阳春时节，这里是贵达士女云集游春的繁华胜地。但在安、史乱后，已无往日盛况。河南县还有一处名园遗址，即西晋门阀豪富石崇的别庐金谷园，在洛桥北望，约略可见。诗人春日独上洛阳桥，北望金谷园，即景咏怀，以寄感慨。

它先写目中景。眺望金谷园遗址，只见柳条在春风中摆动，婀娜多姿，仿佛一群苗条的伎女在翩翩起舞，一派春色繁荣的好风景。然后写心中情。面对这一派好景，今日只有诗人孤零零地站在往昔繁华的洛阳桥上，觉得分外冷落，不胜感慨系之。

显然，诗的主题思想是抒发好景不长、繁华消歇的历史盛衰的感慨，新意无多。它的妙处在于艺术构思和表现手法所造成的独特意境和情调。以金谷园引出洛阳桥，用消失了的历史豪奢比照正在消逝的今日繁华，这样的构思是为了激发人们对现实的关注，而不陷于历史的感慨，发人深省。用柳姿舞腰的轻快形象起兴，仿佛要引起人们对盛世欢乐的神往，却以独上洛桥的忧伤，切实引起人们对时世衰微的关切，这样的手法是含蓄深长的。换句话说，它从现实看历史，以历史照现实，从欢乐到忧伤，由轻快入深沉，巧妙地把历史的一时

繁华和大自然的眼前春色融为一体,意境浪漫而真实,情调遐远而深峻,相当典型地表现出由盛入衰的中唐时代脉搏。应当说,在中唐前期的山水诗中,它是别具一格的即兴佳作。

(《唐诗鉴赏辞典》,上海辞书出版社,1983 年)

李　益

立秋前一日览镜

万事销身外，生涯在镜中。惟将满鬓雪，明日对秋风。

这首诗，当是诗人失意时的即兴之作，深含身世之慨和人生体验，构思精巧，颇有意趣。

失志不遇的悲哀，莫过于年华蹉跎而志业无成，乃至无望。如果认定无望，反而转向超脱，看破红尘。在封建士人中，多数是明知无望，却仍抱希望，依旧奔波仕途，甘受沦落苦楚。李益这诗即作是想，怀此情。

明天立秋，今天照镜子，不言而喻，有悲秋的意味。诗人看见自己两鬓花白如雪，苍老了。但他不惊不悲，而是平静淡漠，甚至有点调侃自嘲。镜中的面容，毕竟只表现过去的经历，是已知的体验。他觉得自己活着，这就够了，身外一切往事都可以一笔勾销，无须多想，不必烦恼，就让它留在镜子里。但是，镜外的诗人要面对明天，走向前途，该怎么办呢？他觉得明天恰同昨日。过去无成而无得，将来正可无求而无失。何况时光无情，明日立秋，秋风一起，万物凋零，自己的命运也如此，不容超脱，无从选择，只有在此华发之年，怀着一颗被失望凉却的心，去面对肃杀的秋风，接受凋零的前途。这自觉的无望，使他从悲哀而淡漠，变得异常冷静而清醒，虽未绝望，却趋无谓，置一生辛酸于身外，有无限苦涩在言表。这就是此诗中诗人的情怀。

诗题“立秋前一日”点明写作日期,而主要用以表示本诗的比兴寓意在悲秋。“览镜”,取喻镜鉴,顾往瞻来。前二句概括失志的过去,是顾往;后二句抒写无望的未来,是瞻来。首句,实则已把身世感慨说尽,然后以“在镜中”“满鬓雪”“对秋风”这些具体形象以实喻虚,来表达那一言难尽的遭遇和前途。这些比喻,既明白,又含蓄不尽,使全篇既有实感,又富意趣,浑然一体,一气呵成。

(《唐诗鉴赏辞典》,上海辞书出版社,1983年)

李　益

春夜闻笛

寒山吹笛唤春归，迁客相看泪满衣。洞庭一夜无穷雁，不待天明尽北飞。

这首《春夜闻笛》是诗人谪迁江淮时的思归之作。

从李益今存诗作可知他曾到过扬州，渡过淮河，经过盱眙(今安徽凤阳东)。诗中“寒山”在今江苏徐州市东南，是东晋以来淮泗流域战略要地，屡为战场。诗人自称“迁客”，当是贬谪从军南来。诗旨主要不是写士卒的乡愁，而是发迁客的归怨。

这首诗是写淮北初春之夜在军中闻笛所引起的思归之情。前二句写闻笛。此时，春方至，山未青，夜犹寒，而军中有人吹笛，仿佛是那羌笛凄厉地呼唤春归大地，风光恰似塞外。这笛声，这情景，激动士卒的乡愁，更摧折着迁客，不禁悲伤流泪，渴望立即飞回北方中原的家乡。于是，诗人想起那大雁北归的传说。每年秋天，大雁从北方飞到湖南衡山回雁峰栖息过冬。来年春天便飞回北方。后二句即用这个传说。诗人十分理解大雁亟待春天一到就急切北飞的心情，也极其羡慕大雁只要等到春天便可北飞的自由，所以说“不待天明尽北飞”。与大雁相比，迁客即使等到了春天，仍然不能北归。显然，这里蕴含着遗憾和怨望：迁客的春光——朝廷的恩赦，还没有随着大自然的春季一同来到。

诗人以恍惚北方边塞情调，实写南谪迁客的怨望，起兴别致有味；又借大雁春来北飞，比托迁客欲归不得，寄喻得体，手法委婉，颇有新意。而全诗构思巧妙，感情复杂，形象跳跃，针线致密。题目“春夜闻笛”，前二句却似乎在写春尚未归，所以有人“吹笛唤春归”，而迁客不胜其悲；后二句一转，用回雁峰传说，想象笛声将春天唤来，一夜之间，大雁都北飞了。这一切都为笛声所诱发，而春和夜是兴寄所在，象征着政治上的冷落遭遇和深切希望。在前、后二句之间，从眼前景物到想象传说，从现实到希望，从寒山笛声到迁客，到洞庭群雁夜飞，在这一系列具体形象的迭现之中，动人地表现出诗人复杂的思想感情。它以人唤春归始，而以雁尽北飞结，人留雁归，春到大地而不暖人间，有不尽的怨望，含难言的惆怅。

王之涣《凉州词》云：“羌笛何须怨杨柳？春风不度玉门关。”这是盛唐边塞诗的豪迈气概。李益这首诗的主题思想其实相同，不过是说春风不到江南来，所以情调略似边塞诗，但它多怨望而少豪气，情调逊于王诗。然而这正是中唐诗歌的时代特点。

（《唐诗鉴赏辞典》，上海辞书出版社，1983 年）

窦叔向

夏夜宿表兄话旧

夜合花开香满庭，夜深微雨醉初醒。远书珍重何曾达，旧事凄凉不可听。去日儿童皆长大，昔年亲友半凋零。明朝又是孤舟别，愁见河桥酒幔青。

亲故久别，老大重逢，说起往事，每每像翻倒五味瓶，辛酸甘苦都在其中，而且絮叨起来没个完，欲罢不能。窦叔向这首诗便是抒写这种情境的。

诗从夏夜入题。夜合花在夏季开放，朝开暮合，而入夜香气更浓。表兄的庭院里恰种夜合，芳香满院，正是夏夜物候。借以起兴，也见出诗人心情愉悦。他和表兄久别重逢，痛饮畅叙，自不免一醉方休。此刻，夜深人定，他们却刚从醉中醒来，天还下着细雨，空气湿润，格外凉快。于是他们老哥俩高高兴兴地再作长夜之谈。他们再叙往事，接着醉前的兴致继续聊了起来。

中间二联即话旧。离别久远，年头长，经历多，千头万绪从何说起？那纷乱的年代，写一封告嘱亲友珍重的书信也往往寄不到，彼此消息不通，该说的事情太多了；但是真要说起来，那一件件一桩桩都够凄凉的，教人听不下去，可说的事却又太少了。就说熟人吧。当年离别时的孩子，如今都已长大成人，聊可欣慰。但是从前的亲戚朋友却大半去世，健在者不多，令人情伤。这四句，乍一读似乎是话旧只

开了头;稍咀嚼,确乎道尽种种往事。亲故重逢的欣喜,人生遭遇的甘苦,都在其中,也在不言中。它提到的,都是常人熟悉的;它不说的,也都是容易想到的。诚如近人俞陛云所说:“以其一片天真,最易感动。中年以上者,人人意中所有也。”(《诗境浅说》)正因为写得真切,所以读来亲切,容易同感共鸣,也就毋庸赘辞。

末联归结到话别,其实也是话旧。不是吗?明天一清早,诗人又将孤零零地乘船离别了。想起那黄河边,桥头下,亲友搭起饯饮的青色幔亭,又要见到当年离别的一幕,真叫人犯愁!相逢重别的新愁,其实是勾起往事的旧愁;明朝饯别的苦酒,怎比今晚欢聚的快酒;所以送别不如不送,是谓“愁见”。这两句结束了话旧,也等于在告别,有不尽惜别之情,有人生坎坷的感慨。从“酒初醒”起,到“酒幔青”结,在重逢和再别之间,在欢饮和苦酒之间,这一夜的话旧,也是清醒地回顾他们的人生经历。

窦叔向以五言见长,在唐代宗时为宰相常衮赏识,仕途顺利平稳。而当德宗即位,常衮罢相,他也随之贬官溧水令,全家移居江南。政治上的挫折,生活的变化,却使他诗歌创作的内容得到充实。这首诗技巧浑熟,风格平易近人,语言亲切有味,如促膝谈心。诗人抒写自己亲身体验,思想感情自然流露,真实动人,因而成为十分难得的“情文兼至”的佳作。

(《唐诗鉴赏辞典》,上海辞书出版社,1983 年)

畅　当

登鹳雀楼

迥临飞鸟上，高出世尘间。天势围平野，河流入断山。

唐代鹳雀楼在蒲州(今山西永济西)城西黄河中流的小岛上。楼高三层，登临观赏中条山、华山和黄河水，气象恢宏，尽收眼底，甚畅胸怀。所以是唐代诗人游览胜地，抒情状景，颇传佳作。虽然其楼不存，但千百年来，盛唐诗人王之涣《登鹳雀楼》脍炙人口，“欲穷千里目，更上一层楼”，久为励志的格言。而在唐、宋，中唐诗人畅当此诗，也曾以“能状其景”(沈括《梦溪笔谈》)而与王诗齐名，颇有独特的意趣和时代的风貌。

这诗抒发清高出世的意趣和情恋山河的胸怀。看来飘逸，其实矛盾，诗人面临人生的抉择，蕴含着深刻的慷慨。前二句写登楼的感受。远看飞鸟好像在自己下面，自己仿佛在高高天空中，超脱尘世，自在无拘，飘然欲仙。但这是视觉的反差，自知的错觉。诗人心里明白，此刻在楼上可以自视清高，实则恰恰相反。第二句一作“高谢世人间”，正表示超脱尘世只是主观愿望。后二句写观赏的感想。中条山脉西接华山山脉，形势恰好包围中原田野，而黄河水就从华山断口流了进来，灌溉中原田野。这是宏观描写，好像从高位以广角镜头摄取全景，轮廓分明，气势阔大。诗人发现，这似乎是老天的有意安排，高山成为中原天然屏障，大河就为肥沃中原田野。天意深微，山河情长，诗人彷徨了，从鹳雀楼升天成仙呢，还是下楼走向中原山河田野？所以，诗意在象外。

畅当主要生活在安史乱后的中唐前期。唐代宗大历七年(772)擢第后，仕途淹滞，有志不骋，"拙昧难容世，贫闲别有情"(《天柱隐所重答韦江州》)，也曾隐居，清高自持。但他经历战乱，忧国情深，"举目关山异，伤心乡国遥"(《九日陪皇甫使君泛江宴赤岸亭》)，关切祖国命运，热爱大好河山。因而他虽有出世之想，却深怀山河之恋，意蕴慷慨，指向世尘，郁愤时政，不关天意。所以从艺术上看，这诗虽有"能状其景"的巧妙表现手法，但主要特色却是融情于景，在雄壮阔大的景观中溶化诗人仕途的愤懑和家国的忧伤，含蓄慷慨，尽在象外，耐人吟味，引人深思。

(《中国古代山水诗鉴赏辞典》，江苏古籍出版社，1989 年)

孟　郊

秋怀(其二)

秋月颜色冰，老客志气单。冷露滴梦破，峭风梳骨寒。席上印病文，肠中转愁盘。疑怀无所凭，虚听多无端。梧桐枯峥嵘，声响如哀弹。

孟郊老年居住洛阳，在河南尹幕中充当下属僚吏，贫病交加，愁苦不堪。《秋怀》就是在洛阳写的一组嗟伤老病穷愁的诗歌，而以这第二首写得最好。在这首诗中，诗人饱含一生的辛酸苦涩，抒写了晚境的凄凉哀怨，反映出封建制度对人才的摧残和世态人情的冷酷。

诗从秋月写起，既是兴起，也是比喻寄托。古人客居异乡，一轮明月往往是倾吐乡思的旅伴，“无心可猜”的良友。而此刻，诗人却感觉连秋月竟也是脸色冰冷，寒气森森；与月为伴的“老客”——诗人自己，也已一生壮志消磨殆尽，景况极其不堪。“老客”二字包含着他毕生奔波仕途的失意遭遇，而一个“单”字，更透露着人孤势单、客子畏惧的无限感慨。

“冷露”二句，形象突出，语言精警，虚实双关，寓意深长。字面明写住房破陋，寒夜难眠；实际上，诗人是悲泣梦想的破灭，是为一生壮志、人格被消损的种种往事而感到寒心。这是此二句寓意所在。显然，这两句在语言提炼上是十分引人注目的。如“滴”字，写露喻泣，使诗人抑郁忍悲之情跃然而出；又如“梳”字，写风喻忆，令读者如见诗人转侧痛心之状，都是妥帖而形象的字眼。

“席上”二句写病和愁。“印病文”喻病卧已久，“转愁盘”谓愁思不断。“疑怀”二句，说还是不要作无根据的猜想，也不要听没来由的瞎说，纯是自我解慰，是一种无聊而无奈的摆脱。最后，摄取了一个较有诗意的形象，也是诗人自况的形象——枯桐。桐木是制琴的美材，取喻于枯桐，显然寄托着诗人苦吟一生而穷困一生的失意的悲哀。

史评孟郊“为诗有理致”，”然思苦奇涩”(《新唐书·孟郊传》)。前人评价孟诗，也多嫌其气度窄，格局小。金代元好问说：“东野(孟郊字)穷愁死不休，高天厚地一诗囚。”(《论诗绝句三十首》)即持这种贬薄态度。其实，并不公允。倒是讥笑孟诗为“寒虫号”的宋代苏轼，说了几句实在话：“我憎孟郊诗，复作孟郊语。饥肠自鸣唤，空壁转饥鼠。诗从肺腑出，出辄愁肺腑。”(《读孟郊诗二首》)孟诗确有狭窄的缺点，但就其抒写穷愁境遇的作品而言，其中有真实动人的成功之作，有其典型意义和艺术特点。这首《秋怀》之二，即其例。

(《唐诗鉴赏辞典》，上海辞书出版社，1983 年)

早春呈水部张十八员外二首

天街小雨润如酥，草色遥看近却无。
最是一年春好处，绝胜烟柳满皇都。

莫道官忙身老大，即无年少逐春心。
凭君先到江头看，柳色如今深未深！

中唐作家、诗人韩愈，二十岁来到长安，二十五岁考中进士科，三十五岁正式做了朝廷命官，此后虽然几度贬官，离开过长安，但结果都是回到京城供职。算起来，他一生五十七岁，有三十来年住在长安。到晚年，他在长安城内的靖安里拥有一所中等规模的宅院。院落正中是一座高大堂屋，东厢也是一座堂屋，西厢房稍为小些。庭院里有七八棵藤萝攀缘的大树。东堂面对着远山，旁边是一溜松树连着一个亭子，亭子外面是瓜菜地。西厢房旁边的槐树、榆树，枝叶扶疏，荫凉遮屋，早晚听着树上鸟儿鸣叫，很有山谷幽居的风味。可见这位倡导“古文运动”的文坛风云人物，对于山水园林也是很有兴致的。他在长安住了这么多年，公余闲暇，和朋友一起游览吟咏，留下了一些歌唱长安风光的诗篇。其中最引起兴味、为人喜爱的，却是一首七言绝句的小诗。这就是《早春呈水部张十八员外二首》的第一首。为了全面了解诗意，欣赏艺术，这里把两首绝句一起介绍，而着

重于第一首。

这两首绝句是韩愈晚年的作品，写于唐穆宗长庆二年(822)的早春二月。这年，诗人五十六岁，官居吏部侍郎，掌管着京城以外的全国地方文官的人事，责任重大，公务繁忙。从实现志向、施展抱负来说，他的心情似乎颇可得意。然而，由于近几年的政治经历和体验，他却很有些不满情绪。六年前，即唐宪宗元和十二年(817)，他随从宰相裴度平定淮西的军阀，凯旋而归，升任了刑部侍郎。那时，他确是意气昂扬，踌躇满怀，很想一施身手有所作为的。然而，那位“中兴”皇帝唐宪宗却由于平定了军阀割据，国家得到巩固，天下好转起来，逐渐沉醉于歌功颂德，被外戚、宦官及奸佞们包围，而把中兴的功臣名将裴度、李愬等疏远搁置在清闲的职位上。元和十四年(819)，唐宪宗隆重迎奉佛祖释迦牟尼的一节指骨。韩愈大胆地上本劝阻，得罪了这位皇帝，被贬到岭南去做潮州刺史。经过裴度等人说情，他在一年以后调回长安担任国子监祭酒，相当于今天的大学校长。不久，唐宪宗去世，穆宗即位，任韩愈为兵部侍郎，派他去镇州安抚地方势力。长庆二年，他从镇州回来，就调作吏部侍郎。这六七年来，他基本上生活在上层统治集团当中，看见和体验到了大唐王朝从中兴开始转向腐败，奸佞活跃，忠良冷落。所以他情绪不高，胸怀不满。在和裴度的诗歌唱和中，他一再表示，自从国家巩固之后，他们这些有功之臣、有志之士，就是“林园穷胜事，钟鼓乐清时。摆落遗高论，雕镌出小诗”。意思是说，他们应该游山玩水，欣赏美景，饮宴娱乐，欢享太平，把高调都收起来，写写精巧的小诗。也就是说，他们是被供养起来，无所事事了。这就是韩愈写作这两首绝句时的背景、处境和思想情况。

诗的题目是“早春”。“水部张十八员外”，是韩愈志同道合的多年好友张籍。张籍也是中唐著名诗人，排行十八，当时在长安担任水部员外郎的官职。他们两人常在一起游玩，常有诗歌来往。这两首

绝句，实际上是韩愈用诗歌写的一则小笺。就题材而论，这是在早春二月，长安城下了一场小雨，激发了韩愈的感慨和游兴，就写了这两首诗约请张籍到曲江岸头探春。但是由于他把即日的长安早春风光写得清新优美，含蓄深长，发人联想，耐人咀嚼，因而读者就把它作为写景抒怀的山水诗来欣赏，不大理会它的诗笺性质。试先读这两首诗：

第一首：

> 天街小雨润如酥，草色遥看近却无。最是一年春好处，绝胜烟柳满皇都。

这一首是抒写长安城里的早春风光。“天街”，是指京城的街道。“酥”，在古代专指牛奶羊奶炼制的奶油酥酪，跟今天的黄油酥类同。“烟柳”，形容暮春满天乱飞的柳絮。“皇都”，即谓京城长安。诗的大意是说，长安城里刚下过小雨，街道湿漉漉的，滋润饱满，土地松软，像黄油酥似的。街道上车马行人很少，远远地看去，地上隐隐泛出一派青青的草色，仿佛春草萌发了。然而当你有心走近去踏青探春，却是一星星草芽也不见，似乎一点点春意也没有。诗人认为，长安城每年的春天里，这样的早春风光是最美好的。虽然实际上，长安城里花木最繁荣的时节在暮春三月，人们游春也都在暮春时节。但诗人却认为长安城里的暮春风光，满城柳絮飞舞，到处弥漫如烟雾，其实并不可爱。所以他断然肯定，长安的春天，早春比暮春优美得多。

再读第二首：

> 莫道官忙身老大，即无年少逐春心。凭君先到江头看，柳色如今深未深！

这一首便是紧接上首所写美好的早春风光，风趣含蓄地邀请张籍在早春时节同游曲江。“官忙”，就是说自己做了吏部侍郎，公务繁忙。“身”是“自己”的意思。“凭”是拜托的意思 。“君”是称呼张籍。

“江头”，指长安城南的游览胜地曲江岸头，也是唐代长安人春游最热闹的地方。这首诗的大意是对张籍说，你不要以为我做了大官，公务繁忙，年纪老了，就没有年轻时那样喜欢追求春光的心情。其实我还是很爱在这早春时节去寻求长安的春意的。所以我想拜托你先到曲江岸头去看一看，那里的杨柳发青了没有？柳色深不深？春意浓不浓？显然，诗人的意思是说，如果你张籍觉得曲江柳色已深，春意已浓，那么我们就一起到曲江游春。但是，上一首已经明白说过，“草色遥看近却无”，草色不但不深，简直一点也没有。那么，曲江柳色跟天街草色同在长安城里，自然也是谈不上深浅的。可见诗人要张籍探看曲江柳色的含义，并不在了解事实上的柳色深浅，而是在征求张籍是否同意他对长安春光的看法，有没有兴趣在这“草色遥看近却无”的早春时节同去探春，一起领略这长安最美好的春光。

从诗的大意来看，这是有机结合的一组小诗。它的主题就是写长安的早春风光，邀请张籍一起游春。但是细加玩味，诗人是用比兴的方法抒写长安早春风光的，在议论长安早春与暮春的优劣中，显然有所寄托，有所讽嘲。换句话说，通过赞美早春、约请游春的主题，诗人所抒发的情怀和所追求的意境，以及由此唤起读者的生活联想和感情共鸣，是含蓄深长，蕴藉丰富的。因此，必须具体分析一下，诗人眼底笔下的长安早春风光，有什么特点，好处在哪里；同时比较一下，他为什么如此嫌弃长安的暮春景象。

众所周知，长安是大唐帝国的京城。达官贵人的车马，游侠娼妓的活动，充斥长安城的大街小巷，从早到晚，来来往往，十分繁华，却也是甚嚣尘上，乌烟瘴气，没有一刻清静，没有一处洁净。中唐的长安，其实更为奢华，更为恶浊。与此相对照，“天街小雨润如酥，草色遥看近却无”，这早春的长安城，这小雨过后的街道上，显得多么清新、安静，分外朴素，洁净，甚至于可以放眼遥看远处的地面，确实令人心旷神怡，真想到街上漫步散心。从这个角度看，诗人情怀清高，诗的意境闲雅。也不难理解,他对于暮春长安柳絮乱飞、游人嘈杂那种乌烟瘴气的繁华热闹,自然是感到厌恶的。这是对诗人心目中的长安早春的千种理解,也是一个特点,一层好处,然而并非主要的特点和最大的好处。

如果细心想一想这两句诗所写的具体景象,那么可以发现,实际上诗人并没有在天街上看到一点青青的春色,看到的只是雨后行人稀少的清静洁净的街道。这样的早春风光,从自然物候上说,充其量只是春已临而未见,草欲萌而未生。那么,诗人究竟在赞美什么呢?春意又表现在哪里呢?诗人热情赞美的春意,不表现在客观可见的草木萌生上,而表现在诗人的胸怀、感受和预见上;不表现在已然上,而表现在趋势上。所以他看到的是雨后的天街,敏感的却是大好的春光。小雨轻轻降落人间,不知不觉地,土地受到饱满的润泽,种子得到及时的滋养,虽然春草还没有萌芽出土,而诗人却深深感受到了大自然造化万物的喜悦,所以说"天街小雨润如酥"。他仿佛觉得草籽孕育成熟,要出生了,敏感地看到远处地面上,好像呈现出一派青青的草色,所以说"草色遥看近却无"。显然,这样的感受出自志士仁人的情怀,这样的预见从济世拯物的意境而来。这种博大胸怀和高尚意境,恰如盛唐大诗人杜甫《春夜喜雨》抒写的那样:"好雨知时节,当春乃发生。随风潜入夜,润物细无声。"寄托着对造化的感激,圣贤的期望,理想的追求,人民的向往。寓意深长,耐人寻味。杜甫喜雨,最喜在春雨及时滋润万物;韩愈赞美早春,爱它最大的好处就在早春气候为草木繁荣而滋润大地,它自身却不沾春色。因此,他热情赞美早春"最是一年春好处",而同时断然肯定早春比暮春优美得多。从这一点来理解,那"烟柳满皇都"的长安暮春景象,不但含有嫌弃它的奢华恶浊风气的讽刺,更意味着盛极衰来的深沉感慨:当满城柳絮、草木繁荣的极盛时节来到,美好的春天也就开始消逝。不言而喻,这里寄托着诗人政治生活的经历和体验,含蓄着对大唐帝国从中兴向衰败的不满和喟叹。

由于诗人在早春的抒写中，寄托着志士的情怀，追求着济世的意境，因此第二首邀请张籍探春的主题，同样寓有兴寄。简单地说，第二首所流露的情怀，所表现的意境和上首是一样的。不过由于改成直接跟张籍交谈的语气，带点老朋友之间诙谐打趣的情调，因而显得粗放，似乎浅显。其实，正因为他们是常常来往的知己好友，所以张籍很了解韩愈的思想情绪，懂得韩愈所谓"官忙身老大"的含义是有所不满，理解他的"逐春心"是表示壮志不减当年，更明了探看曲江柳色深浅的意思，就是邀请共游早春，抒怀遣闷。清代词人朱彝尊说这诗是"粗卤中却有逸致"，确属中肯之论。

从艺术上看，本诗最突出的特点是，以气势充沛的语言，借特征鲜明的形象，发挥犀利的议论，寓以深刻的哲理，所以典型集中，精练含蓄，富有启发性。韩愈的诗歌素有"以文为诗"的评论，认为他写诗有散文化的倾向。但这是两首短小的绝句，散文化并不明显，相反，散文化却使它的语言增添了一种特色：语意明确，而气势充沛。这两首绝句都是叙述、议论的语气，而以判断句为多。如第一首，除第一句是描述句，第二句便是判断性的描述句，第三句、第四句都是斩钉截铁的判断句，所以通首文气明确有力，不容置疑。但是诗歌毕竟不同于散文，更不是议论文。所以诗人采用比兴的方法来抒写自己的情怀和追求的意境。这就是借助于长安早春风光的具体形象，比喻寄托自己的思想感情。如上所述，诗人笔下的长安早春风光的特征是鲜明的：雨后清静洁净的街道，不沾春色而洋溢春意。他把早春跟暮春作比较，正因为要更鲜明地突出早春的特征和好处，从而更好地表露情怀，衬出意境。如果从创作动机和艺术构思来看，则正是由于他对唐王朝从中兴到衰败趋势的感慨不满，激发了他对长安早春风光的特殊感受。他深感大唐国家急需明君贤臣、志士仁者出来挽救颓势，同时又觉得历史兴亡、盛极衰来的发展规律严峻无情。他强烈希望忠贤得用，"挽狂澜于既倒"，十分痛恨奸佞当道，使国家走向衰落。因此，早春小雨的润泽，土地受到滋养，种子得到发育，预示着明天的大好春光和繁荣前景，这正符合诗人的情怀和理想，使他深受感动，由衷地热情赞美。联想到那在繁荣中消逝的暮春，他不禁厌恶，予以贬薄。从这个角度看，这诗虽以早春为题，有吟咏山水的形式，而实际上是借题发挥，议论性很强，有浓厚的哲理诗的风味。

事实上，本题第一首诗在宋代深受好评，很有影响，不少宋代诗人都有这种寓理于景的精美的哲理小诗。其中常为引用比较的，是苏轼的《赠刘景文》：

> 荷尽已无擎雨盖，菊残唯有傲霜枝。一年好景君须记，最是橙黄橘绿时。

诗题一作《初冬》。“刘景文”是苏轼的朋友刘季孙。他们两人都是反对王安石变法的保守人物。这首绝句便是用南方深秋初冬的物候，抒发同道共勉的情意。诗的大意是说，荷花枯落了，没有荷叶像伞似的为它挡雨；菊花也凋残了，它的枝干却还挺立着傲视寒霜。到了这初冬时节，仿佛没有什么好景可看了。但诗人认为不然。他对刘景文强调指出说：你要记住，一年当中最好的景物就在冬天。当香橙结出黄澄澄的果实，橘树也挂满青绿饱满的橘子的时候，那景物才是最好的。显然，苏轼在凋零的冬天里瞩目于黄橙绿橘，看到佳树结出丰硕的珍果，是寄托着事业、理想的信念，表露着志士的情怀，诗的意境是高尚的。它的题材虽然是初冬，而不是早春，但用以表现思想感情的方法却跟韩愈这诗相同，后二句的语句也相当近似。所以宋人胡仔说这两位诗人的这两首诗“意思颇同而词殊，皆曲尽其妙”（《苕溪渔隐丛话后编》）。由此也可见到，韩愈这首小诗在思想内容上有着时代的和个人的特点，在艺术形式上也有着独特的风格和独到的成就，确实是一首百读不厌的隽永佳作，为唐诗发展别开蹊径，对宋代哲理诗有着显著的影响。

（《中国历代文学名篇欣赏（唐诗）》，贵州人民出版社，1987 年）

韩　愈

八月十五日夜赠张功曹

纤云四卷天无河，清风吹空月舒波。沙平水息声影绝，一杯相属君当歌。君歌声酸辞且苦，不能听终泪如雨。“洞庭连天九疑高，蛟龙出没猩鼯号。十生九死到官所，幽居默默如藏逃。下床畏蛇食畏药，海气湿蛰熏腥臊。昨者州前槌大鼓，嗣皇继圣登夔皋。赦书一日行万里，罪从大辟皆除死；迁者追回流者还，涤瑕荡垢清朝班。州家申名使家抑，坎轲只得移荆蛮。判司卑官不堪说，未免捶楚尘埃间。同时辈流多上道，天路幽险难追攀。”君歌且休听我歌，我歌今与君殊科：“一年明月今宵多，人生由命非由他，有酒不饮奈明何？”

韩愈，字退之，是中唐时期一位杰出的散文家。他写了许多优秀的散文作品，这是历来公认、没有异议的。但是对于他的诗歌作品，评价却颇有分歧，不恭之词甚多。例如宋代著名作家苏轼对韩愈的为人和文章都十分敬佩，唯独对他的诗歌颇不以为然，认为“退之于诗本无解处，以才高而好尔”（见陈师道《后山诗话》）。说韩愈对于诗歌本来就一点也不懂，只因为他的才学很高，所以写了好诗。宋代另一位著名诗人黄庭坚也说过：“诗文各有体，韩以文为诗，……故不工尔。”（同上）他认为诗歌和散文各有自己的体裁，韩愈用写散文的方法写诗歌，所以就不会精通了。宋代还有个故事：在宋英宗治平年间，

有四个文人——沈括、吕惠卿、王存、李常在一起谈论韩愈的诗歌，沈括说："退之诗，押韵之文耳，虽健美富赡，然终不是诗。"（见惠洪《冷斋夜话》）说韩愈的诗歌只是押韵的散文而已，虽然写得漂亮有力，学识丰富，但是终究不是诗。吕惠卿反对说："诗正当如是，吾谓诗人亦未有如退之者。"（同上）说诗歌正应当是韩愈所写的这个样子，他认为诗人还没有比得上韩愈的。接着，王存赞成沈括，李常同意吕惠卿，四个人舌战一场，结果谁也说服不了谁，只好不了了之。诸如此类，从宋代起，不一而足，莫衷一是。

毛主席给陈毅同志谈诗的一封信中，对上述争论，简明扼要地作出了实事求是的论断。他说："韩愈以文为诗，有些人说他完全不知诗，则未免太过，如《山石》《衡岳》《八月十五酬张功曹》之类，还是可以的。"事实上，在韩愈以文为诗的作品里，确有好诗，如毛主席所举的三首，便是历来一致肯定的。既有好诗在，便不可笼统地加以否定，也不能武断地说韩愈不懂诗，而应当对具体作品进行具体分析，作出恰当的评价。这里，我们介绍其中的一首，即《八月十五日夜赠张功曹》。

《八月十五日夜赠张功曹》写于唐顺宗永贞元年(805)的中秋节之夜，是赠给他的一个老朋友张署的。张署的官职是功曹参军，所以称他"张功曹"。这首诗的背景比较曲折。大约在写此作品的两年前，即唐德宗贞元十九年(803)，京城长安地区农业遭受严重灾害，人民生活很苦。但是长安的行政长官却对朝廷隐瞒病情，同时又对人民加紧勒索，逼得百姓破产，四处逃亡。韩愈和张署当时都担任监察御史，职责是监督考察中央和地方官员的施政情况，向朝廷汇报和提出建议。他们亲眼看见了长安人民惨遭天灾人祸的情形，就如实向朝廷作了汇报，并建议宽免长安地区这一年的赋税，等到来年收成好转，再行征收。不料他们这一番忠君尽职的好意，却得罪了德宗皇帝，立即被贬官调离长安。韩愈被贬到连州阳山（今广东阳山）当县令，张署到郴州临武（今湖南临武）当县令。在唐代，这是两个南方边

远的穷僻小县,可见他们受的处分是很重的。过了一年多,贞元二十一年(805)的春天,唐德宗去世,顺宗即位。按照封建老规矩,新皇帝上台,例行大赦,以示恩典。所以韩、张二人也蒙受宽赦,被叫到郴州(今湖南郴州)待命。但是,当时管辖郴州的湖南观察使由于和韩愈、张署政见不合,从中作梗,横加阻挠,宽赦命令迟迟没有下文。一直等到秋天八月,顺宗让位,宪宗上台,他们再次遇赦,这才得到了新的任命,但还是不让他们回长安去官复原职,只是酌情调动一下职务和官所,派他们到江陵(今湖北江陵)分别担任法曹参军和功曹参军。由于冤屈没有得到昭雪,他们心中仍然充满不平和忧虑。接到任命几天之后,就是中秋节,韩愈便写了这首诗赠给张署。

这是一首政治抒情诗。它的主题在于抒发对政治遭遇的不平和对朝政国事的忧虑的复杂心情。如果平铺直叙地把他们的遭遇和忧虑写出来,那很有可能是一首冗长而凌乱的作品。韩愈没有这样写。他巧妙地运用赋的方法,通过记述他们在中秋之夜祝酒唱歌的情景,让张署唱一支辛酸悲苦的歌来表现他们的遭遇和忧愤,而由自己唱一支乐天知命的短歌结束,这样,只用了三段诗歌就集中而有层次地表现了这个复杂的主题。下面,分段来作介绍。

第一段是个引子,只有四句:

> 纤云四卷天无河,清风吹空月舒波。沙平水息声影绝,一杯相属君当歌。

意思是说,清风吹散了夜空的微云,银河也不见了,只有月光像水波一样舒展开来;河沿的沙滩很平,河里的流水很静,没有一个人影,没有一点声响,我敬你一杯酒,你要唱一支歌。这个平静、轻快而又略带隐忧的引子,既点出了中秋之夜,描绘了清风明月的好景,也引来了张署忧愤不平的悲歌。

第二段主要是记述张署的歌词。

开头“君歌声酸辞且苦,不能听终泪如雨”两句,先写作者自己听

歌的感受，说张署的歌声辛酸，而且歌词悲苦，韩愈等不到听完，就忍不住泪下如雨了。显然，这并非赞叹张署的歌声动人，而是要表明作者怀有强烈的同感，他们有着相同的遭遇和体验。从第三句起，是张署的歌词，一共十八句，可以分成三个小节。每六句一节，分别讲一段遭遇。

第一节：

> 洞庭连天九疑高，蛟龙出没猩鼯号。十生九死到官所，幽居默默如藏逃。下床畏蛇食畏药，海气湿蛰熏腥臊。

这一节是写张署追述当时与韩愈一同南迁的艰苦旅程和他到达贬官任所临武县的情形。一路上，他们渡过了洞庭湖，翻越了九嶷山。洞庭湖波涛连天，蛟龙出没；九嶷山峻岭高耸，野兽号叫；真是历尽艰险，九死一生，到达临武县，算是捡了一条命。张署上任之后，满怀忧虑，整天默默深居在县衙门里，好像一个躲藏的逃犯一样。那里的生活环境也太可怕了：到处是蛇，吓得他不敢下床；哪里都有人养蛇做蛊药，连吃饭也怕中毒；而且水汽极大，泥土潮湿，地下的蛰虫散发出腥臊味，臭气熏天。韩愈插述张署这一段遭遇，极力渲染其苦，——生活苦，心情更苦，如坠苦海，难以生存，无法有所作为——不言而喻，处于这种情形下，该是多么盼望早日离开这个地方。这就为下一节写皇恩大赦的欢欣鼓舞作了准备。

第二节：

> 昨者州前槌大鼓，嗣皇继圣登夔（kuí）皋。赦书一日行万里，罪从大辟皆除死；迁者追回流者还，涤瑕荡垢清朝班。

唐代的礼法，皇帝颁布大赦令之类好消息的时候，衙门前要敲大鼓一千声，聚集百姓，然后宣读。所以这里说，昨儿个州衙门前敲起了大鼓，宣布太子即位继承父皇大业，贤明的大臣们也都登上自己的职位了。大赦的文书下达非常快，一天就走了一万里。赦令说，犯有死罪的统统免除死刑；贬官的追回恢复原职，流放的返还原地；皇上将改革政治，清理在朝的百官。在这一节里，韩愈没有具体描写张署听到大赦消息后怎样的欢欣鼓舞，只写他听到了消息，让他复述了赦书的内容。然而在叙述中，他那充满希望、欣喜若狂的神态跃然纸上，笼罩着他的愁云惨雾顿时被驱散了。这一节的高扬格调，和前一节的低沉情绪，形成了强烈的对照，构成了一个巨大的波澜，同时也为下一节的顿遭挫折作了准备。

第三节：

> 州家申名使家抑，坎轲只得移荆蛮。判司卑官不堪说，未免捶楚尘埃间。同时辈流多上道，天路幽险难追攀。

这一节写因“使家”阻挠，赦免落空，愤恨不平，怨天尤人。唐代的行政组织，县的上级为州，州的长官叫刺史，人称“州家”；几个州归一个朝廷派出的使节大臣管辖，叫节度使或观察使，俗称“使家”。张署是郴州临武县令，他的宽赦，由郴州刺史申报湖南观察使。因为湖南观察使的压制，所以张署就倒了霉，没有恢复原官，只调到江陵府当个功曹参军。功曹参军的官位比他原职监察御史低下多了，而且唐代法律规定，参军一类官吏犯有过失，要跪在地上挨鞭打的。所以张署觉得新的任命使自己的委屈无法说了。一些和他同时贬官的人都向长安进发，官复原职，为什么我张署偏偏如此不幸？这只能归之于恶人当道，仕途艰险，我张署是追攀不上了。张署的歌词就这样怨天尤人地结束了。他诉说了遭遇的辛酸悲苦，抒发了愤愤不平之情。然而，又没有说尽，因为现实的遭遇已经如此，未来的前途又将如何呢？张署相当悲观，说不下去，只能留给韩愈来解答，因而诗歌也就自然地过渡到了应该结尾的最后一段了。

第三段是韩愈的话：

> 君歌且休听我歌，我歌今与君殊科：“一年明月今宵多，人生

由命非由他，有酒不饮奈明何？”

前两句是表态，也是行文的过渡。意思是说你的歌暂且停止吧，现在来听我唱支歌，我唱的歌与你唱的可不一样。后三句是韩愈的歌词，大意是说，一年当中数今夜的月亮最好，人生的遭遇是命中注定的，不关其他，今夜有酒不喝，就对不起这么好的月光了。韩愈以乐天知命来劝慰张署不要怨天尤人，用良辰美酒来排遣张署的悲愤不平，其实也是聊以自慰自勉而已。于是，这首诗以月光开始，又以月光结束，从一个平静、轻快、略带隐忧的调子唱起，经过低沉、高扬、顿挫的旋律变化，转到一个诙谐轻松的调子，就唱完了。

这首诗的思想内容反映了封建社会中下层士大夫的遭遇和情绪，当时有一定的积极意义，今天也仍有一定的价值。在艺术上，这首诗用的是赋的方法，通过叙事来抒发思想感情。它不仅在构思上很有特色，把复杂的思想感情表现得集中而典型，有层次，有变化，前后照应，上下衔接，却又自然流转，不留斧凿痕迹；而且在叙事中有情有景，有比有兴，更有抒情人物形象。例如，诗的开头写清风驱散微云，明月舒光如波，结尾又点出明月今夜最好，月光不宜辜负。这一起一结，放在当时唐宪宗上台、贤明大臣登位的政治背景上看，说明韩愈心中确实怀有希望，因此，这里不只是写景寓情，也是比兴，有寄托的。从前有人说这首诗“用意在起结，中间不过述迁谪量移之苦耳”（查慎行《十二种诗评》）；又有人认为它的写法是“虚者实之，实者虚之”（汪琬《批韩诗》），意思是说，清风明月是虚写，贬官遭遇是实写，清风明月的寓意是通过贬官遭遇来落实的，贬官遭遇的不平是借助清风明月来消除的。这些阐明比兴含义的说法是有一定道理的。又如，诗人只是通过张署的歌词，就把张署的一会儿消沉、一会儿兴奋、一会儿怨恨的神情，逼真地显现出来，使我们如见其人；而诗人自己的乐天知命的短歌，以及在诗中的叙述，也同样使他豁达豪放而有点诙谐不恭的形象，声影俱在。所以，如果说这样的诗只是押韵的散文而已，诗的作者完全不懂诗，的确“未免太过”，令人难以信服。

但是，这首诗确实也有以文为诗的问题。《八月十五日夜赠张功曹》是一首感情强烈的抒情诗。如前所说，它通篇用赋的表现手法，笔调接近叙事的散文，尤其是记述张署歌词的一段，铺陈其事，抑扬顿挫，如流水奔泻，一气呵成；只是由于作者构思巧妙，安排妥帖，而且感情强烈，传神逼真，使读者受到感动而不大注意它像不像散文罢了。其次是它的结构布局，吸取了古文章法。从前有人就说它是“一篇古文章法，前叙，中间以正意苦语重语作宾，避实法也”（方东树《昭昧詹言》）。大意是说，这篇古文章法，前面只是叙述，中间所写遭遇痛苦感情很重的话语，才是真正的意思，但作者是把它当作客人的言词写出来的，这是避免自己直接出面的一种手法。值得注意的是，这首抒情诗采取叙事方式，又汲取了古文章法，却不露痕迹，不显眼。这是因为在具体描述中富有形象性，又没有抽象议论，所以读者往往不会留意也不容易觉察其中用了古文章法。第三，这首诗的比较显著的散文化现象，是有点直说的味道。例如：“判司卑官不堪说，未免捶楚尘埃间。同时辈流多上道，天路幽险难追攀。”这几句作为散文中人物的道白是不错的，但作为诗中的歌词，就显得不够凝练了。综上所述，这首诗虽然有以文为诗的现象，但运用得比较恰当，比较自然，有助于抒情写意和表现人物形象，因此它已经成为一个艺术特点，一种诗的风格。这个特点，这种风格，未必是典范或样板。但是应当承认，它确确实实“还是可以的”。

（《阅读和欣赏（古典文学部分）》，中国广播电视大学出版社，1987年）

韩　愈

进学解

国子先生晨入太学，招诸生立馆下，诲之曰："业精于勤，荒于嬉；行成于思，毁于随。方今圣贤相逢，治具毕张，拔去凶邪，登崇俊良。占小善者率以录，名一艺者无不庸。爬罗剔抉，刮垢磨光。盖有幸而获选，孰云多而不扬？诸生业患不能精，无患有司之不明；行患不能成，无患有司之不公。"

言未既，有笑于列者曰："先生欺余哉！弟子事先生，于兹有年矣。

"先生口不绝吟于六艺之文，手不停披于百家之编。记事者必提其要，纂言者必钩其玄。贪多务得，细大不捐。焚膏油以继晷，恒矻矻以穷年。先生之于业，可谓勤矣。

"抵排异端，攘斥佛老。补苴罅漏，张皇幽眇。寻坠绪之茫茫，独旁搜而远绍；障百川而东之，回狂澜于既倒。先生之于儒，可谓有劳矣。

"沉浸醲郁，含英咀华，作为文章，其书满家。上规姚姒，浑浑无涯；周《诰》、殷《盘》，佶屈聱牙；《春秋》谨严，《左氏》浮夸；《易》奇而法，《诗》正而葩；下逮《庄》《骚》，太史所录，子云、相如，同工异曲。先生之于文，可谓闳其中而肆其外矣。

"少始知学，勇于敢为；长通于方，左右具宜。先生之于为人，可谓成矣。

“然而公不见信于人，私不见助于友。跋前踕后，动辄得咎。暂为御史，遂窜南夷；三年博士，冗不见治。命与仇谋，取败几时？冬暖而儿号寒，年丰而妻啼饥。头童齿豁，竟死何裨？不知虑此，而反教人为？”

先生曰：“吁，子来前！

“夫大木为宋，细木为桷，欂栌侏儒，椳闑扂楔，各得其宜，施以成室者，匠氏之工也。玉札丹砂，赤箭青芝，牛溲马勃，败鼓之皮，俱收并蓄，待用无遗者，医师之良也。登明选公，杂进巧拙，纡馀为妍，卓荦为杰，校短量长，惟器是适者，宰相之方也。

“昔者，孟轲好辩，孔道以明，辙环天下，卒老于行；荀卿守正，大论是弘，逃谗于楚，废死兰陵。是二儒者，吐辞为经，举足为法，绝类离伦，优入圣域，其遇于世何如也？

“今先生学虽勤而不繇其统，言虽多而不要其中，文虽奇而不济于用，行虽修而不显于众。犹且月费俸钱，岁靡廪粟；子不知耕，妇不知织，乘马从徒，安坐而食。踵常途之促促，窥陈编以盗窃。然而圣主不加诛，宰臣不见斥，兹非其幸欤！

“动而得谤，名亦随之。投闲置散，乃分之宜。若夫商财贿之有亡，计班资之崇庳，忘己量之所称，指前人之瑕疵，是所谓诘匠氏之不以杙为楹，而訾医师以昌阳引年，欲进其豨苓也。”

在文学史上，中唐时期的韩愈和柳宗元，都是“古文运动”的领袖，“唐宋八大家”的巨匠。柳宗元死后，韩愈为他写墓志铭。其中说到，柳宗元政治上遭受挫折，却成就了他的文学事业。其实，韩愈自己也是这样。他十八岁到长安，四试进士，才得及第；三考博学鸿词科，名落孙山。然后他两次投奔藩镇，取得校书郎的官衔，算是正式进入官场。此后，他大半岁月充当文官，一任史官，四任教授，当了三年朝廷大手笔，当了几年京城、洛阳的闲官。他也两任县官，其中一次是因为关中灾荒，他要求朝廷减免百姓赋税，得罪执政，贬到阳山(今广东阳山)当县令。他还两任州官，却是因为劝阻唐宪宗迎接佛祖释迦牟尼一截指骨遗骸进宫，触怒皇帝，远贬潮州(今广东潮州)当刺史，一年后调任袁州(今江西宜春)刺史。他的最高官职兵部侍郎、吏部侍郎倒确实是由于参加平定军阀有功而取得的，但为时不长，可见他一生忠心耿耿为中兴大唐帝国、巩固封建统治而努力奋斗，但朝廷只把他当文才，要他多写文章，少管朝政。他的历史功绩和成就，主要还是领导了“古文运动”，在思想上复兴儒学，排斥佛老，以全面恢复、巩固儒家思想统治，为封建国家的统一服务，在文学上倡导古文，反对骈文，从活的语言中提炼出新的书面文学语言，促进了散文及诗歌的发展。他的政治建树，其实颇不足道，而文学成就很杰出，尤其是散文的写作和创作。这里，介绍一篇反映他自己政治遭遇的奇文《进学解》。

《进学解》写于唐宪宗元和七年(812)，韩愈已经四十五岁了，但仕途仍然不得志。两年前，他因为担任河南县令，要整顿当地驻军的纪律，法办欺压百姓的士兵，得罪了顶头上司，被调到长安任职。元和六年，到长安担任兵部属下的职方员外郎，负责管理边塞城镇、四方地图等档案资料，是个闲官。他都闲不住，甚至管到地方上去。他有事经过华州(治所在今陕西华阴)，听说有个县官犯法，华州刺史只把他调到另一个州去当司马。韩愈认为这是包庇，就告发到朝廷的监察机关。经过调查，推翻前案，重新把那个县官贬到一个边远小县当县尉。这件事，韩愈管对了，朝廷却有人嫌他多事，让他第三次到唐代最高学府国子监里去当博士，相当于今天的教授。这一系列遭遇，加上四五年清苦无聊的博士生活体验，使他不禁愤愤不平，满腹牢骚。于是，他写出这篇奇文，进行诡谲讽谏，发泄牢骚不平。

这是一篇辞赋。韩愈采取这个体裁，有两个用意。一是显示他写作本文的目的和态度就是抒泄不平和讽谏嘲弄。从汉代东方朔的

《答客难》、扬雄的《解嘲》开始，辞赋中便有一类专门发牢骚的作品，其特点就是借自嘲以讽喻。本文即如此。对于古代文人作者及读者来说，一读便知韩愈这一用意。另一个用意是可以虚构创作。汉代辞赋原有创作性质，其结构往往是主客问答，而这主人和客人大多属于子虚乌有之类的虚构人物。本文也这样。但是韩愈实际上是写他自己的遭遇不平。为了使本文的寓意便于显豁，所以他索性来了个现身说法干脆写一个国子学博士先生和他的一个学生的辩论，让读者容易意会到这位博士先生就是现任博士韩愈自己。因此，这篇辞赋既用传统的问答对话结构，又有所灵活变化。全文三段，先是国子先生教诲，其次是学生责难先生，最后是先生批驳学生。它的结构一目了然，而文章的奇妙就在教诲、责难和批驳之中。

本文题目《进学解》，意思是关于学生进学校学习问题的辩解。第一段开宗明义，写这位博士先生把学生叫来，教诲一番。他主要讲了三点：第一，指出“业精于勤荒于嬉，行成于思毁于随”，学业的精良是从勤奋得来的，而被玩耍荒废；品行的完成是从思考得来的，而被惰性毁掉。按照儒家的观点，学生上学的任务是学习文章业务和道德品行，所以先生强调学习态度必须勤奋和思考，反对嬉笑玩耍和因循随便。第二，着重指出当今朝廷圣贤，政治英明，爱惜人才，“爬罗剔抉，刮垢磨光”，无微不至。第三，告诫学生只要一心求精求成，不必担心前途会遭遇什么不明察和不公平。显然，先生要求学生努力学习是一番好意，但是强调学生有幸赶上大好年代，前途一派光明，是否切实，是否真心，却引起学生的怀疑和异议。他的话还没有说完，有个老学生就笑嘻嘻地说了：“先生，你骗我们啊！”这就转入了第二段。

第二段写这个老学生全面叙述分析了他的先生的学业品行的成就和政治生活的遭遇，指责先生的教诲自相矛盾，自欺欺人。首先，学生就按照先生提出的要求，来衡量先生自己的成就，指出先生学习业务是十分勤奋的，攻读儒家经典和诸子百家，一年到头，一天到晚，贪多务得、细大不捐；先生对于发扬儒家学说是很有功劳的，努力排斥异端佛老，“回狂澜于既倒”，不遗余力；先生的文章写得太好了，继承发扬了从《尚书》《诗经》《楚辞》到司马相如、扬雄的一切优良传统，“可谓闳其中而肆其外”，内容博大精深，文辞波澜壮阔；先生的品行可以说完成了，年轻时就敢作敢为，壮年后更是处世得当。这就是说，先生的文章学业和道德品行是完全合乎先生自己的要求的。如果按照先生所说的，正赶上了好年头，那就应该仕途通达，志业有成，生活富贵了。但是事实怎样呢？学生接着就描述了先生的实际遭遇处境，大意是说，先生“公事得不到人家信任，私事得不到朋友援助，仕途上前跌后倒，动不动就遭祸。当了短时期监察御史，立刻就被流放到南方边远地区。做了三年国子学博士先生，却长时期看不见有什么成绩，命运和仇敌联合起来跟你作对，你总共失败了多少回？即使是比较暖和的冬天，你的孩子仍因为衣服单薄而哭着喊冷；就是遇上了丰收的年成，你的妻子也因为粮食匮乏而啼泣挨饿。你的头发秃了，你的牙齿掉了，这样到死，对你有什么好处呢？你自己不想想这些，却反来教育别人干什么？”显然，学生这一通指责，并非否定先生道德文章的成就，也不是挖苦先生衣食不继的窘境，更不是批判先生诱导学习的好意，而是以先生之矛攻先生之盾，用先生自己学而无用、怀才不遇的事实，来揭露先生所谓朝廷爱惜人才的不实之词，其讽刺矛头则是指向朝廷的。这正是先生的弱点，问题的要害，因而先生赶紧大喝一声，把这个老学生叫到面前，予以批驳。这就进入了第三段。

第三段就写先生对学生的批驳，发了一通绝妙的高论。首先，他用类比说明各人有各自的分工和专长。他指出，把大小木材分别用在建造房屋的各种结构部位上，这是工匠的工夫。把各式各样药材收集备用，这是医师的本事。而选举考察不同的人才予以适当任用，

这是宰相的职责。言外就是说,学生有学生的本分,不该议论朝廷执政用人的短长。其次,他举出两个正确对待遭际不遇的典范。一个是孟轲,他发扬光大孔子的学说,走遍天下,却老死在旅途上,终于没有得到任用。另一个是荀卿,他坚持儒家思想的正统,结果受到谗害,从齐国逃到楚国,最后罢官死在兰陵。先生认为,士大夫的遭际不遇,应当与这两位大贤作比较。他们的道德文章足以成为经典,赶上圣人,而遭际是如此不遇,但他们却没有什么不满和不平。这就是说,学生的议论缺乏自知之明,也不了解他先生的实际情况。所以接着,他就对自己的道德文章和生活遭际,作了一番自我贬薄的解剖。大意是说,"我的学业虽然勤奋,但是不成系统;理论虽然不少,但是不得要领;文章虽然突出,但是不切实用;品行虽然端正,但是不算出众。我就是这样一个平庸的人,却还是要每月花费国家的俸钱,每年消耗仓库的粮食。我的儿子不懂耕田,我的媳妇不懂织布。我出门骑马,还有随从,回家就安安稳稳坐下吃饭。我只忙忙碌碌地走老路,照章办事,参看古旧文书,偷取陈词滥调。虽然我是这样的官,但是圣明皇帝不惩罚我,执政大臣不责骂我,这难道不是我的幸运吗!我虽然一举动就招来诽谤,但是名声也随着诽谤而来。我虽然被安置在闲散的官位上,但这个职分对我是合适的"。显然,这番自我贬薄是针对学生的责难而发的,是为了证明他所谓朝廷爱护人才的看法是符合实际的,出自亲身体验,并不虚伪。同时也表明先生是有自知之明的。因此,最后就反过来批评学生的责难是计较名位利禄,忘却自己身份,乱挑执政毛病,是一种幼稚无知、荒唐可笑的错误,就像责问工匠为什么不把小木料当大木料用,医师为什么不把利尿的药当补药用。言外也就是说,先生认为,学生根本不应该责问宰相为什么不把先生当贤材来任用,因为先生实在是个庸才。这就十分巧妙地点出了本文的主题:宰相为什么不重用这位国子先生?

通观全文,可以看到本文论述了师生之间一场小小的辩论,针锋

相对，寸步不让，嬉笑嘲弄，生动有趣。双方的原则是一致的，这就是“业精于勤荒于嬉，行成于思毁于随”，学生应该这样要求自己的学习。但是，如果学生勤奋学业，完成品行，造就成有用的人才，是否一定能够“学而优则仕”，受到朝廷执政的公正明察的任用，得到光明的前程呢？也就是说，在认识、估计朝廷用人的现实情况和学生成才后的前途问题上，双方的观点是分歧的、对立的。因此，这场辩论的实质问题是两个：有司考察人才究竟明不明？有司任用人才究竟公不公？先生认为有司是明察而公正的，学生不必担心；学生就以先生一生遭遇为典型例证，认为有司对先生的学业品行并不明察，任用并不公正，因而先生遭遇坎坷，生活窘困，这样的前途并不令人羡慕；先生就对自己作了解剖，认为有司对自己的考察任用是明察公正的，是合理得当的。由于双方都举这位博士先生为例，而博士先生的考察任用是由朝廷执政的宰相决定的。因此，这场辩论没有得出的结论——究竟朝廷执政用人明不明，公不公——既留给读者来判断，更有意要让宰相的决定来加以证明。韩愈写作本文的妙用，其实在此。据记载，一位宰相读了这篇奇文，大为赞赏，就把韩愈从国子学调任史馆修撰，负责编撰大唐帝国的历史。又因为当时规定，史馆修撰必须由登朝官担任，所以又授予比部郎中的官衔，相当于今天的司局长，有资格上朝站班。从此，韩愈正式成为朝官，挤入上层，荣升一大步，后来也不大叫屈了。可见这篇奇文的效果是出色的、成功的，当然也是幸运的。

这篇文章的奇妙，主要就是现身说法，诡谲讽谏，反面文章正面做，正正反反，真真假假，虚虚实实，好像作文字游戏，却倾向鲜明，是非分明，明眼人一读便知。本文所写这场辩论是虚构的，师生二人也是虚构人物。这个老学生虽然主要是为说出先生的真实遭遇处境而设置的，然而这位博士先生却是韩愈自己的化身，当时下层士大夫的一个真实典型。事实上，本文中的先生和学生都是表现文章外的作

者自我形象，表现着韩愈当时的遭遇处境和思想性格的两个方面。学生的形象是正直诚实、大胆无忌的，说老实话，讲真情况。作者通过学生的评论，表现出一个怀才不遇的学者志士的形象，抒发了压抑不平的愤慨，反映出朝廷用人不明不公的真实情况，与先生的言论和自剖形成鲜明对照，构成强烈讽刺，使矛头明确指向朝廷。先生的形象是言不由衷，强词夺理，自相矛盾，滑稽可笑，但是并不令人痛恨，甚至叫人同情。因为这位先生并非讽刺对象，而是作者借以讽谏的一个手段，正像学生也不是歌颂对象，而是作者表现自我的一个手段一样。然而先生的形象有两方面意义。一方面表现出当时官场上确实存在的一类庸碌无为、随遇而安的官僚，为了保持既得的名位利禄，不得不违心地歌颂升平，粉饰太平。他们是庸俗可笑的，却也是辛酸可怜、屈辱可悲的。另一方面借以讽谏朝廷，揭露用人不明不公所造成的后果。因此，先生的话有真有假，有正有反，颠三倒四，自相矛盾。讲到原则和典范，他说的是正面话，也有真心话，但讲到朝廷用人和自身遭际时在说反面话，是违心的。这就巧妙地反映出当时的真实情况是原则不能实行，典范不起作用，用人不明不公，才学不获施展。先生一本正经说的话，都只能从反面来理解。这样，就像安徒生童话《皇帝的新衣》一样，学生像童话里的天真儿童那样说出了真相，先生却像童话里的愚蠢皇帝那样安然自得地出丑。结合起来看，本文揭露了一个值得深思的事实：学生眼里那位怀才不遇、辛酸屈辱的学者志士，由于朝廷用人不明不公，已经变成眼前这位庸俗无为，随遇而安的博士先生，一个小小的官僚。有用的人才被埋没，被扼杀，这就是用人不明不公的严重后果，也就是本文诡谲讽谏的主题思想。

本文在艺术上还值得注意的是推陈出新。除了继承发展了汉赋借自嘲以讽谏这一传统文体和手法外，本文在铺陈排比和语言提炼上，也是继承汉赋成就而有所创造的。作者充分注意内容的要求，发挥铺陈排比这一修辞技巧的特点，使文章气势充沛而情趣盎然。例如第二段形容先生在学习勤奋、有功儒学、文章杰出、人品完足四方面成就时，便用铺陈排比表现出充沛的气势，显现高大的形象。第三段用类比说明分工和专长时，又用木材、药材来铺陈排比，便增强庄而不恭的诙谐情趣。与此同时，作者注意从生动口语中提炼简洁的书面语言，也很出色。除了“业精于勤荒于嬉，行成于思毁于随”已成至理名言外，例如“刮垢磨光”“贪多务得”“细大不捐”以及“含英咀华”“头童齿豁”等，至今仍然是人们常用的成语。单从艺术方面看，本文的成就也是杰出的。韩愈的再传弟子，晚唐古文作家孙樵十分推崇本文，认为它“拔地倚天，句句欲活。读之如赤手捕长蛇，不施鞚勒骑生马，急不得暇，莫可捉搦”(《与王霖秀才书》)。此论有点夸张，但是指出本文语言活泼生动，令人爱读，却是中肯的。

(《中国历代文学名篇欣赏》，贵州人民出版社，1984 年)

刘禹锡

秋词二首

自古逢秋悲寂寥，我言秋日胜春朝。
晴空一鹤排云上，便引诗情到碧霄。

山明水净夜来霜，数树深红出浅黄。
试上高楼清入骨，岂如春色嗾人狂。

这两首诗的可贵，在于诗人对秋天和秋色的感受与众不同，一反过去文人悲秋的传统，唱出了昂扬的励志高歌。

诗人深深懂得古来悲秋的实质是志士失志，对现实失望，对前途悲观，因而在秋天只看到萧条，感到寂寥，死气沉沉。诗人同情他们的遭遇和处境，但不同意他们的悲观失望的情感。他针对这种寂寥之感，偏说秋天比那万物萌生、欣欣向荣的春天要好，强调秋天并不死气沉沉，而是很有生气。他指引人们看那振翅高举的鹤，在秋日晴空中，排云直上，矫健凌厉，奋发有为，大展宏图。显然，这只鹤是独特的、孤单的。但正是这只鹤的顽强奋斗，冲破了秋天的肃杀氛围，为大自然别开生面，使志士们精神为之抖擞。这只鹤是不屈志士的化身，奋斗精神的体现。所以诗人说，“便引诗情到碧霄”。“诗言志”，“诗情”即志气。人果真有志气，便有奋斗精神，便不会感到寂寥。这就是第一首的主题思想。

这两首《秋词》主题相同，但各写一面，既可独立成章，又是互为补充。其一赞秋气，其二咏秋色。气以励志，色以冶情。所以赞秋气以美志向高尚，咏秋色以颂情操清白。景随人移，色由情化。景色如容妆，见性情，显品德。春色以艳丽取悦，秋景以风骨见长。第二首的前二句写秋天景色，诗人只是如实地勾勒其本色，显示其特色，明净清白，有红有黄，略有色彩，流露出高雅闲淡的情韵，冷然如文质彬彬的君子风度，令人敬肃。谓予不信，试上高楼一望，便使你感到清澈入骨，思想澄净，心情肃然深沉，不会像那繁华浓艳的春色，教人轻浮若狂。末句用“春色嗾人狂”反比衬托出诗旨，点出全诗暗用拟人手法，生动形象，运用巧妙。

这是两首抒发议论的即兴诗。诗人通过鲜明的艺术形象表达深刻的思想，既有哲理意蕴，也有艺术魅力，发人思索，耐人吟咏。法国大作家巴尔扎克说过，艺术是思想的结晶，“艺术作品就是用最小的面积惊人地集中了最大量的思想”，因而能唤起人们的想象、形象和深刻的美感。刘禹锡这两首《秋词》给予人们的不只是秋天的生气和颜色，更唤醒人们为理想而奋斗的英雄气概和高尚情操，使人们获得深刻的美感和乐趣。

（《唐诗鉴赏辞典》，上海辞书出版社，1983 年）

白居易

凶　宅

长安多大宅，[1]列在街西东。往往朱门内，房廊相对空。枭鸣松桂枝，[2]狐藏兰菊丛。苍苔黄叶地，日暮多旋风。[3]前主为将相，[4]得罪窜巴庸。[5]后主为公卿，寝疾殁其中。[6]连延四五主，殃祸继相钟。[7]自从十年来，不利主人翁。风雨坏檐隙，[8]蛇鼠穿墙墉。[9]人疑不敢买，日毁土木功。[10]嗟嗟俗人心，甚矣其愚蒙！但恐灾将至，不思祸所从。[11]我今题此诗，欲悟迷者胸。[12]凡为大官人，年禄多高崇。[13]权重持难久，[14]位高势易穷，骄者物之盈，老者数之终。四者如寇盗，日夜来相攻。假使居吉土，[15]孰能保其躬？因小以明大，[16]借家可喻邦。周秦宅崤函，[17]其宅非不同。一兴八百年，[18]一死望夷宫。[19]寄语家与国，人凶非宅凶！

〔注释〕

①长安：唐代京城，今陕西西安。②枭(xiāo)：鸱(chī)枭，猫头鹰一类，古以为恶鸟，鸣叫带来凶兆，家败人亡。③旋风：古时以为鬼魅来临的迹象。④前主：与下文“后主”，并指凶宅原来先后主人。⑤窜：贬黜流放。巴：今四川东部地区。庸：今湖北西北地区。⑥寝疾：卧病。殁：死。⑦钟：聚焦。⑧檐隙：房檐出现裂缝。⑨墙墉：墙根。⑩土木功：指房屋建筑。⑪祸所从：产生祸殃的原因。⑫悟：使……觉悟。⑬年禄：长寿和富贵。⑭“权重”六句：意思是说，一个人长久

掌握重权是力不胜任的，不断追求高位总有到头的时候。待到权位极重至高，便自满而变得骄傲起来，同时人也老了，寿命也到头了。这样的大官，倘使还不知止，仍继续追求更重更高的权位，滋长骄气，企图长生，则权、位、骄、老四者便如强盗似地袭击他们自己，结果自取灭亡。⑮“假使”二句：是说如果让大官住在风水吉利的地方，但由于上述四种袭击，他们依旧不能保障身体性命的安全。⑯“因小”二句：是说大官家宅致祸的事由，可以说明国家治理兴亡的道理。⑰崤(xiáo)：崤陵，即崤山，主峰在河南灵宝东南。函：函谷关，在河南灵宝东北。周代、秦代都置都关中，据崤山、函谷关的险要形势，扼制关东，所以说以崤函为宅，“宅”喻建都。⑱一兴：指西周和东周，总共八百六十多年。⑲一死：指秦始皇和二世，总共十多年。望夷宫：秦皇宫名，秦二世被害于此。

这是一首讽喻诗，大约是白居易中年居官长安时所作。它主题明确，思想犀利，语言通畅，用意深长，是与《新乐府五十首》同一时期、同一风格的作品。

中唐时，长安城里有一些贵官居住过的深宅大院，变成荒废的空宅。因为早先一个个主人都遭厄运，家败人亡，所以这些宅第被视为风水不吉利的凶宅，再无贵官敢买来居住。这是封建上层一个富有特征的社会现象。诗人熟悉这些凶宅主人的厄运，敏锐透视表面现象，深刻揭示厄运原因，尖锐指出：“人凶非宅凶。”诗的主题思想不仅在于破除风水迷信，更在于深刻揭露封建大官僚变得腐败的一种内在规律，抒写诗人对国家命运的深切忧虑。大官僚为了长久保持既得的权位利禄，因而竭力防备他人争夺倾轧，又怕自己寿命不长，便钩心斗角，争权夺利，骄横跋扈，迷信长生，结果反而心劳力殚，自取灭亡。换言之，这些权重位高的大官僚不再为国为民，而是保权保命，唯私利是谋。诗人借题发挥，进一步指出，国家犹如大宅，倘使一

国之主也是这样只求保住一己天下的长存,则国家命运将同凶宅,短祚而亡。殷鉴不远,周代、秦朝的不同命运便是历史证明:周代八百年,而秦始皇意图万世,却落得二世而灭。显然,这一发挥,寄托着诗人对宪宗皇帝的殷切期望:既要审察权臣谋私,更要吸取历史教训。抓住一种典型的社会现象,深入挖掘它的政治意义,提到国家命运高度来认识,含蓄而尖锐地向朝廷和皇帝提出劝诫,这正是《新乐府》挖掘提炼主题思想的一个显著特点。

此诗的结构简洁明了。前半描叙凶宅的现象和情由,后半议论凶宅的实质原因和引申发挥它对国家的讽喻。它保持着古诗传统的叙事议论方式,而把叙事和议论按照逻辑结构分别集中起来,先叙述事情,再分析议论。这样,与《新乐府》相比较,它的政论性和散文化的艺术特点显得更为突出。这类政论性、散文化的讽喻诗,由于摆事实、讲道理的逻辑结构,加之语言浅显易晓,因而事理明白,较少启发含蓄,诗意韵味不多,容易流为押韵的论述散文。但这首《凶宅》虽有政论性、散文化的明显特点,却仍不失为一首有诗意韵味的好诗,有启发,也含蓄。这是由于诗人高明的表现手法和老到的语言技巧,兼有事理明白、意味深长的优点。具体地说,有下述三点。

其一,叙事抓住特征和要点,生动准确,并揭示矛盾,提出问题,启发思索。前半叙事可分四个层次。首四句交代凶宅是长安贵官住过的大宅。次四句写凶象。“枭鸣”“狐藏”是恶禽凶兆,但“松桂枝”“兰菊丛”却是佳树香草,清高栖所。“苍苔黄叶地”是无人来往的寂寥,而“日暮多旋风”则是鬼魅活动的迹象。这就包含一个问题:如此好处所,为什么竟成了恶禽鬼魅盘踞地?再八句写验证。十年来,一个个贵官宅主接连遭殃,有的贬黜,有的病死,都不得好下场。看来宅中似乎确有恶禽鬼魅作祟,可证宅第风水不吉利。再次四句写恶果。贵官不敢买来居住,大宅荒废,听任毁坏。这就是说,结果是人遭祸殃,宅也被毁。如果说祸害由于宅凶,那么宅毁又因何来?除非真有鬼,否则不可解。前半叙事到此为止,在生动准确的描述中,步步深入地提出问题,归结到人祸宅毁,不由宅凶,仿佛有鬼。但是,真是鬼魅作祟吗?

其二,议论尖锐深刻,概括精辟,警世醒时,发人深省。后半议论,也可分四层。“嗟嗟俗人心”六句承上启下,明确指出凶宅现象是世俗愚昧无知的表现,明白表示写作本诗是为了启发觉悟。其次六句分析贵官心理,指出祸因。诗人撇开风水和鬼祟之见不谈,直接分析宅主贵官的身份特点,又长寿又富贵,便表明祸因其实在于贵官自身。接着就高度概括出这类长寿富贵的大官自身有四个致祸的因素:重权,高位,骄傲,年老。有味的是,诗人是从自然的观点,仿佛客观地指出一种必然的存在,未予置评。一个人的力量有限,朝廷的高位也有极限,事物太满就要骄横,人的自然发展终归衰老。这是警诫,提醒大官注意,应当自觉地正视,正确地对待。再次四句便作结论,用譬喻和反问指出,遭祸的贵官宅主们不自觉、不正确地让这四个祸因在自己身上发作,结果自招祸殃,自取灭亡。诗歌写到这里,就主题“凶宅”而言,议论已足。但诗人忧思更深,由家及国,引导人们关心国家命运,期望皇帝重视历史经验。所以末八句因小明大,借家喻国,指出思想愚昧的危害的严重性,举出周、秦兴亡的历史镜鉴,指出根本问题是“人凶非宅凶”。精警有力,结出主旨。

其三,构思精深,手法多样,技巧熟练,修辞讲究,引而不发,恰到火候。从上二点分析可见,诗在叙事议论集中的逻辑结构中,对整体的艺术构思是深思熟虑的。它每一层次是按事理逻辑安排的,但每一层次内容怎样表现和表达,显然多所斟酌,颇为讲究。有的平实叙述,有的着力形容,有的明白无误,有的耐人琢磨,有的正说,有的反问,遣词造句,既合古体,又不平板,读来有味。其中贯串全诗,最为突出的手法技巧便是“盘马弯弓引不发”,一层层叙事中包含着一个个问题,一层层议论中又提出了一个个问题,层层回答,层层提问,最

后得出结论:“人凶非宅凶。”这就有启发思索的效果,意味不绝的情趣,发挥了孟子作文引而不发的妙用,产生了诗意韵味,使政论性、散文化变为诗歌的一个艺术特点,而不流为押韵散文。

总起来说,这首讽喻诗首先以社会内容的现实性和思想见解的深刻性取胜,其次以高明的艺术手法和老到的语言技巧见长,因而它所体现的诗人自我形象是一位砭时深刻的爱国士大夫,一位造诣很高的成熟诗人,有自己独特的艺术风格,切实中肯,精警清雅。

(《白居易诗歌赏析集》,巴蜀书社,1990 年)

白居易

得行简书闻欲下峡先以此寄

朝来又得东川信，欲取春初发梓州。书报九江闻暂喜，路经三峡想还愁。潇湘瘴雾加餐饭，滟滪惊波稳泊舟。欲寄两行迎尔泪，长江不肯向西流。

唐宪宗元和十二年(817)，白居易贬官江州(今江西九江)司马的第二年，接到弟弟白行简来信说，要在明年春天到江州探望白居易。这时，白行简在东川节度使幕府任职，住在梓州(今四川三台)。来到江州，水路必经长江三峡；出峡后，或经由湖南，或沿江而下。所以诗人接到信，一则以喜，一则以忧，便写了这首七律给白行简，表现出深挚的兄弟情谊。这诗大概接信便读，读后便写，写了便交给东川信使带回的。所以题称“先以此寄”，而诗就像一封匆匆草就的书柬，一气呵成，亟表情意，实话实说，不暇润色。因而诗人虽然才思敏捷，技巧圆熟，但提炼不多，痕迹显然，却也给此诗带来真率自然的优点，别有情趣。

诗的结构就是书简的结构。首联报答来信收到，知道白行简打算在明年春初从梓州来。从“又得”可知白行简不久前已来信说过探望白居易之事，此信是确定来江州日期。这接连来信，落实行期，使白居易深深激动，知后大喜一阵，但很快又想到路途遥远险阻，想到途经三峡，越想越担心，所以说“想还愁”。颔联接着“愁”字再三叮嘱，一路保重。“潇湘”是湘水、潇水合流一段的通称，古人通称以潇湘流域代称湖南地区，认为是潮湿多瘴气的地方，容易得病，所以要白行简保重身体，“努力加餐饭”（《古诗十九首》之一）。“滟滪”是滟滪堆，原在今重庆奉节东南瞿塘峡口，瞿塘峡是三峡的第一峡。长江下行到滟滪堆，便进入三峡，是一段险程，所以要白行简注意安全，在惊险波浪中稳稳停靠好船。末联的含意原属书信结尾套语，亟盼迎候，书不尽意。但是诗人用了勉强而笨拙的极其夸张的修辞，使诗的情味更加丰富。仿佛可见诗人激动得张口结舌说不出话，双眼流下两行热泪，急切地要迎候白行简到来；泪水流进长江，江水却无情东流，更急得他目瞪口呆。显然，诗人是故意这样修辞的，有点诙谐幽默，却更真实亲切。白行简能够想象他哥哥获信的情景，激动流泪，亦喜亦忧，千言万语都说不出来，急切盼望兄弟早日会面。这一结，更见出他们兄弟的深情理解。

概括起来，这诗的内容一般，近乎常人常情的絮絮叨叨，其动人在情真谊实，其别致在直率自然。首联报知来信，简括明了；中两联叙述喜忧和叮嘱，对仗技巧熟练，语言半文半白，类似流水快板，“闻暂喜”对“想还愁”，“加餐饭”对“稳泊舟”，脱口而出，不多斟酌，意思明白，词语未工；末联故作夸张，纯属口语，流畅明快，饶有趣味。所以总起来看，它的艺术特色是直抒胸臆，直白真情，以心情取胜，不以语精，形式是七律，气质如七古。

（《历代抒情诗分类鉴赏集成》，北京十月文艺出版社，1994 年）

白居易

赠内

漠漠暗苔新雨地，微微凉露欲秋天。莫对月明思往事，损君颜色减君年。

这是白居易写给妻子杨氏的诗。白居易晚婚，在唐宪宗元和三年(808)三十七岁时才成婚，妻子是朋友杨虞卿的从妹，很年轻。诗人四十多岁贬官江州司马时有《赠内子》说："白发方兴叹，青娥亦伴愁。"自己因白发而兴叹，妻子却仍然乌丝秀发，故亲昵地称她"青娥"。这首《赠内》大约也是江州期间所作。杨氏娘家在长安靖恭里，是名门"靖恭杨家"。嫁白居易后，除了因白母去世在下邽(今陕西渭南)守丧两年多之外，其余时间都跟白居易住在长安。所以在江州的时候，杨氏深怀乡愁。直到元和十四年，白居易从江州到忠州(今四川忠县)赴刺史任，船行三峡，杨氏依然满怀乡愁。当时，诗人有七绝《舟夜赠内》道："三声猿后垂乡泪，一叶舟中载病身。莫凭水窗南北望，月明月暗总愁人。"与这首《赠内》时空特色不同，但诗意相同，都是劝慰妻子节减乡愁，保重身体。比较起来，上诗显得直露，此诗直而不露，情致深微，更为动人。

前两句写时令气候，景中有情，情深入微，体贴知己，淡而有味。这是江州的夏末之夜。刚下过雨，地上湿漉漉的，庭院少有人来往，地面滋生苔藓，看上去模糊灰暗一片。虽然还是暑夏，但江州傍江，

夜晚露水很盛,微微有点凉意,好像就要进入秋寒天气。这是写景,更是感受,显出北人在南方水土不服,弥漫着浓厚的异乡气氛。雨露滋润苔藓,天地使人落寞,不因雨后新晴而开朗,不为暑夏清凉而快意,只觉得景色黯淡,天气寒凉。这种情景,令人忧郁,乡思重重,自然而然,诗人完全理解。何况来到此地,更由于贬官,在人事待遇上的冷遇歧视是不可避免的,与这异乡气候一样使人压抑。诗人对妻子倾听这样的感受,既表示理解妻子的“月明月暗总愁人”,解不了愁;往事虽然欢愉,不能改变现实冷遇歧视,“贫中有等级,犹胜嫁黔娄(古代赤贫隐士)”(《赠内子》),目前日子还算过得去。从长远着想,保重身体最重要。往昔的欢乐和眼前的忧患都要超脱,未来的岁月像过去和现在一样是夫妻相依为命,共同度日的。所以这两句直言劝喻,不仅表现为坦率诚恳,更体现着休戚与共的夫妻体贴之情,等于说,不要这样愁思忧郁地折磨自己,看你都变老了,要伤身折寿的,写出诗人为爱妻担心发愁的神情,掏心挖肝似急切。

总起来说,这诗的动人由于夫妻爱情深挚,体贴入微;艺术特色便是写体己话,真实而精练,直率又含蓄,不委婉也不夸张,所以是直而不露,淡而有味,耐人吟咏。

(《历代抒情诗分类鉴赏集成》,北京十月文艺出版社,1994 年)

白居易

大林寺桃花

人间四月芳菲尽，山寺桃花始盛开。长恨春归无觅处，不知转入此中来。

白居易曾谪贬江州（今江西九江）司马。天下闻名的庐山，正在江州附近，白氏经常去游历，写下不少咏山中景色的诗篇。大林寺是庐山胜景之一，这首绝句写诗人初夏游山寺时所见所感。

庐山海拔 1400 多米，山高气压低，气候寒冷，当平原春尽的时候，这里的桃花正临风吐艳，迎来春天。“人间四月芳菲尽，山寺桃花始盛开。”诗一上来就把“山寺”与“人间”对举，给了我们一个印象：这山寺似乎不属人间，而在人间的对面——仙乡。据说，人间之外别有仙乡，仙乡有四时不谢之花，八节长青之草。这当然纯属想象。但想象往往是人们长思结想的幻影。春天早已归去，大林寺依然盛开桃花，看来，这里是春天永驻的地方。

历代诗人惜春、留春、觅春，曾有不少佳句。黄庭坚“春归何处？寂寞无行路。若有人知春去处，唤取归来同住”，写的便是“长恨春归无觅处”的意境。诗人们这样热爱春天，为它的归去惆怅寻觅，不只是春天气候宜人，花繁草茂；还因为，春天孕育了人间的希望与大自然的生机。大林寺的桃花之所以引起白居易的诗情，也正由于这桃花显示了春光不老，春意长存，希望与生机永远不会熄灭这样一层

深意。

这首诗一、二两句叙事点题，三句暗承一句，惆怅春归难觅，写出常情；四句暗承二句，转见春光永在，翻出奇境。诗的聚光点全在一个结句。这结句给人这样一种感觉：仿佛在诗人面前，突然出现了春之女神庄严倩妙的形象；又仿佛日日系心、久久寻觅不见的瑰宝，忽然光彩夺目地呈现在眼前。这个结局还有另外一种意趣：白居易引为惊喜的意外发现，其实是完全虚妄的。春天一去，不到来年不会归来，白居易却自以为自己发现了奇迹，眉飞色舞地写下了得意的诗句——“不知转入此中来”。这看起来似乎幼稚，其实正见出诗人的童心。用气象学、植物学的知识来解释“山寺桃花始盛开”，稍有常识的人都能办到，用“春天原来转到了这里”来描绘顿悟的感情，刻画那一瞬间的心理状态，只有诗人有此能耐，具此天真。

前面说过，这首诗写于白氏贬谪江州的时候。结合诗的写作背景去寻绎，我们还会发现这首诗的另一个特点——积极乐观的精神。白居易在江州，名为“司马”，实为罪囚。他曾用天涯沦落、泪湿青衫的诗句，描绘过当时凄惨的处境。但今天，他突然发现，大自然对于他如此深情，一年中给了他两度春光。在慨叹“行路难，不在水，不在山，只在人情反覆间”(白居易《太行路》)的时候，一线春风吹动了他的心扉，他找到了失去的心理上的春天，看到了生命的“芳菲”永无穷尽。诗人这种在困厄中仍然积极乐观的精神，洋溢于字里行间，这就大大提高了这首小诗的格调。也许，这就是白居易为什么又叫“白乐天”的原因吧？

原题：春光不老　春意长存——析白居易《大林寺桃花》

(《湖南教育》，1983 年第 12 期)

柳宗元

冉　溪[1]

少时陈力希公侯，[2]许国不复为身谋。[3]风波一跌逝万里，[4]壮心瓦解空缧囚。[5]缧囚终老无余事，[6]愿卜湘西冉溪地。[7]却学寿张樊敬侯，[8]种漆南园待成器。

〔注释〕

①冉溪：一名染溪，柳宗元寓居改称之为愚溪，在今湖南零陵西南。②少时：青少时。陈力：《论语·季氏》载古史官周任说："陈力就列，不能者止。"是说施展能力，就职做官，没有能力的人就不要来，此用其意，自谓青年时凭才能入仕。希公侯：是说希冀建功业以取封爵。③许国：献身国家。为身谋：替自己谋私利。④风波一跌：指"永贞革新"失败，诗人遭受政治挫折。逝万里：指诗人被贬为永州司马。永州在唐代属南方边远地区，遥距京城万里。⑤壮心：即指首联所说献身国家、建功立业的志向抱负。瓦解：喻粉碎。空：徒然，只落得。缧(léi)囚：被束缚的罪犯。诗人因罪被贬，是罪官身份，故以此自称。⑥终老：到老死。无余事：没有什么事可做。⑦卜：卜宅、卜居，算卦看风水，寻找吉利的住地。湘西：湘水的西南。冉溪位于湘水西南。⑧"却学"二句：《后汉书·樊宏传》载，西汉末，樊重善于经营农商，曾经为了制作器物而先种植梓树漆树，当时被人嗤笑。后来梓、漆长大成材，全都有用，连那些笑过他的人也都来索取。东汉光武帝即位，

他儿子樊宏为高官重臣，建武十八年（42），光武帝经过樊宏家乡，曾祠樊重墓，追封樊重为寿张侯，谥号敬，称寿张敬侯，此用其事。南园：泛称将来冉溪住所的园田。这两句是说，自己虽然无事可做，但愿学习樊重，务农植树，培育器材，从头开始做些有益的事情；同时也寓有自己要重新努力成器的意思。

这诗大约作于唐宪宗元和四年（809），诗人初临冉溪，有意移居而尚未确定地点。这时，诗人已贬到永州四年，受挫折而激愤的痛苦心情已趋沉静，被束缚而无聊的贬官生活也已习惯，决心要在逆境中磨炼，争取重新起用，成为大器。这诗便是这种境遇的反映，这种志意的表白。它直抒胸臆，磊落慷慨，沉郁激扬，质实文雅，自有浩然正气，充满爱国情操。

诗前半总结过去，后半愿望未来。对过去，诗人自问无愧，但有隐痛。所以首联慷慨自陈一片爱国献身之心，不掩自豪之情。而次联则比较委婉曲折。上句用比喻来写自己的政治挫折，喻指的事件是明显的，一看便知是指"永贞革新"失败而自己遭贬谪。但对"永贞革新"的褒贬，则是含糊的。"风波"是旅航中常见的自然现象，起因在天不在人。人们遭遇风波是不幸的，但在所难免。至于失足跌落水里，甚至飘逝遥远，当然是遇了大风波，遭到大不幸。然而这又能怪谁呢？如果是说诗人自责无能，则开头就说过他是"陈力就列"的，凭才能做的官。倘使说他错了，则下句明确说自己一片爱国壮志被粉碎，只落得被捆绑做了罪人，说不尽忠悃冤愤。可见，结论只有一个，即怪这场风波。这里，诗人对这场政治风波，不辩其是非，不予以褒贬，却只说这风波中的失足者是爱国的，无辜的。这就清楚表明，诗人故意含糊，避免直接表态，而实际上并不以为"永贞革新"是错误的，更不认为自己参与了这场革新运动是有罪的。所以总起来看，首二联回顾往事：一场政治风波粉碎了自己的爱国壮志，扼杀了自己的报国才能，使自己变成了一个无辜而无聊的罪人。从此他几乎不可能为国家再有所作为了。

那么诗人是否就消沉了呢？他对未来，承认逆境，但要有所作为。所以第三联说罪臣将一辈子无所事事，政治上不可能有作为，因此他要在冉溪寻找一块归宿的胜地。从封建士大夫常情看，这便是准备退隐山水、逍遥自在了。从诗人处境看，这也是顺时应势、不得已而为之。但诗人不如是想。所以末联一转，却说自己虽然住到冉溪来，但不是隐逸逍遥，却是要学汉代的樊重。樊重是个平民，一生不仕，也不是隐士，而是辛勤经营农业商务的地方名流。他们的经营方式看来很傻，却是踏实而有远见。譬如为了制造器物而自己种植梓树和漆树，他耐心地不辞辛劳和等待，不怕世人讥笑，只专心一意培植树木成材。结果那些笑他的人都来求他取材。不仅如此，他还培养了一个成了大器的儿子樊宏，在东汉光武朝成了重臣，以至皇帝也敬重这位育出英才的父亲，在樊重死后多年，追封他为侯。不难理解，柳宗元自知罪官其实与平民类似，既然政治上无所作为，那么像樊重那样踏实做些植树育人的事情，同样可以为国家作出有益的贡献。当然，诗人未必有意于培养一个做大官的儿子，谋求自己身后封侯。但是他愿意做樊重这样的傻人呆事，却是磊落自信的。如果说本诗首联说的是他青年得意时的豪情壮志，那么末联就是表明他壮年失意时的有为雄心。首尾呼应，结出诗的主旨：个人宦海浮沉不测，此生陈力许国不渝。

苏轼说过，柳宗元诗接近陶渊明，其特点是“外枯而中膏，似淡而实美”(《评韩柳诗》)。此评强调柳诗内容真实丰美，形式质朴平淡，比较中肯，也适用于此诗。读了这诗，可以深感诗人一颗悬悬爱国之心，一片拳拳报国之情，坚持理想，坚守志操，自信自豪，不折不移。而以他一生言行来衡量，这诗抒写过去，真实可信；其未来岁月，的确是如诗中所说的志愿做了。其植树事业虽未见实绩记载，但育人成

材，则史有明言："江岭间为进士者，不远数千里，皆随宗元师法。凡经其门，必为名士。"(《旧唐书》本传)所以这诗的艺术特点，最主要的一点就是真实。它的构思精到、表达精确、语言精练等特点，都由真实而来。

(《柳宗元诗文赏析集》，巴蜀书社，1989年)

柳宗元

始得西山宴游记

自余为僇人，居是州，恒惴慄。其隙也，则施施而行，漫漫而游，日与其徒上高山，入深林，穷回溪。幽泉怪石，无远不到。到则披草而坐，倾壶而醉。醉则更相枕以卧。卧而梦，意有所极，梦亦同趣。觉而起，起而归。以为凡是州之山水有异态者，皆我有也。而未始知西山之怪特。

今年九月二十八日，因坐法华西亭，望西山，始指异之。遂命仆人，过湘江，缘染溪，斫榛莽，焚茅茷，穷山之高而上。攀援而登，箕踞而遨。则凡数州之土壤，皆在衽席之下。其高下之势，岈然洼然，若垤若穴，尺寸千里，攒蹙累积，莫得遁隐。萦青缭白；外与天际，四望如一。然后知是山之特立，不与培塿为类。悠悠乎与颢气俱，而莫得其涯；洋洋乎与造物者游，而不知其所穷。引觞满酌，颓然就醉，不知日之入。苍然暮色，自远而至，至无所见，而犹不欲归。心凝形释，与万化冥合。然后知吾向之未始游。游于是乎始，故为之文以志。是岁，元和四年也。

唐代杰出作家、诗人柳宗元，是一位思想进步、立志改革的爱国之士。从唐德宗贞元九年(793)进士及第后，他便积极参与政治，广泛交游，显示出渊博的学识和出众的才华。唐顺宗永贞年间，王叔文集团执政，展开激进的政治改革，柳宗元是这一集团的主要成员之

一。但是这场改革触犯了大官僚、宦官、藩镇集团所代表的大地主阶层利益,仅仅进行五个月,即告失败。柳宗元因此被贬谪永州(今湖南零陵)充当司马。十年后,即唐宪宗元和十年(815),他才被调任为柳州刺史(治所在今广西柳州);四年后,在柳州去世。

柳宗元在政治上遭受重大挫折之后,并未消沉,仍然坚持爱国的精神,追求进步的理想。因此在永州、柳州的十四年中,他依旧关心现实政治和民生疾苦,并且研究历史和哲学,总结经验,探讨理论。在文学上,除了创作优秀的诗歌外,他的散文尤为杰出,在当时即负盛誉,留下许多不朽的名篇。他和韩愈一样积极倡导古文,写作古文,因此文学史上把他和韩愈并列为"古文运动"的领袖人物,影响很大。据韩愈说,当时衡山、湘水以南地区许多进士都慕名向柳宗元求教作文,有的不远千里而来。凡是经过他指导的文人作者,文章都有法度可观。他的散文成就是多方面的。这里,介绍他在山水游记方面的一篇代表作,就是《始得西山宴游记》。

《始得西山宴游记》写于唐宪宗元和四年(809)。自从王叔文集团政治改革失败以来,柳宗元由于"罪谤交积,群疑当道"(《寄许京兆孟容书》),一直被朝廷所不容,他也无从辩明那些不实的诽谤,因此压抑苦闷,心情孤愤。经过永州三四年贬谪生涯的磨炼和对遭遇挫折的痛苦思索,他又振作起来,他一方面对唐宪宗平定军阀割据的胜利感到庆幸,内心要求再度用世,情绪较为平和而趋于振奋;另一方面也对仕途官场的世态炎凉和庸俗风气,有了清醒的认识,抱着超脱的态度,胸襟更为开阔,而志向更为远大。因此,在写作本文的这一年,他虽然仍处逆境,但思想上坚定,精神上乐观。如果朝廷不能用他,他"但当把锄荷锸,决溪泉为圃以给茹,其隙则浚沟池,艺树木,行歌坐钓,望青天白云,以此为适",而"时时读书,不忘圣人之道。已不能用,有我信者,则以告之"(《与杨诲之第二书》)。他准备过躬耕自适的生活,但仍要为国家社会而读书传道。正是在这种心情和态度下,他写出了这样一篇山水游记，并且在此之后，到元和七年(812)，又陆续写出七篇，总共八篇。通常把这八篇游记视为一组，称为“永州八记”，而以本文为第一篇，并以为有开宗明义的作用。

下面先读作品。全文可分两大段。

第一段大意是说：

“自从我成为罪人，就住在这个永州，常常担心害怕。在公余闲暇的时候，我就疲疲沓沓地出门走，散散漫漫地到处逛，整天跟我的朋友登上高山，走入深林，沿着曲折的溪水漫步，直到尽头。凡是幽深的泉水，奇怪的山石，不管多么远，没有不去的。每到一处，我们就铺一点野草坐下，拿起酒壶就喝得醉倒。醉倒了，就互相枕着躺下。躺下了，就做梦。心里最想念什么，梦里就向往什么。梦一觉醒，就起来。起来了，就回家。这样，我以为凡是这个州里山水景物有不寻常的，都是我看到了的。然而，我却一点也不认识西山真正不凡而特出的优越之处。”

这一段概括叙述作者贬谪永州之后，游西山之前的几年当中，是以怎样的心情，怎样游玩山水，又得到了什么收获。一开头，作者直接说明自己是获罪贬来永州，是个生怕不慎加罪的罪人，心情是压抑的，苦闷的。接着，写他闲散地游山玩水，搜奇穷幽，到处醉梦，觉醒而归。这样的游山玩水，其目的显然是排遣苦闷，其特点是逃避现实的逆境束缚，企图借以忘却挫折和痛苦，获得一时的自我麻醉，其实思想依旧被挫折和痛苦所束缚，无所改变，所以是消极的，被动的。山水景物并没有使作者在精神上得到慰藉，也没有在思想上受到启发。而作者自己也并不要求山水景物来解除他的苦闷。因此，他几乎游遍永州山水，但是他的压抑苦闷却依然如故，解脱不了，甚至做梦都是旧梦。同时，他也不能真正理解山水的优美境界。所以最后说他“未始知西山之怪特”。这里含蓄着一个问题：究竟应该怎样游山玩水才能够解脱苦闷，才能够真正理解山水境界呢？这样也就自

然而富有启发地把文章引渡到下一段。

第二段的大意是说：

“今年九月二十八日，我因为坐在法华寺的西亭上，望着西山，才开始指着它，觉得它不寻常。于是我就叫仆人准备，渡过湘江，沿着染溪，砍伐丛树杂木，焚烧荒草枯叶，开通道路，直到山顶为止。我攀援着登上山顶，席地而坐，伸直两腿，痛快自在，就觉得附近几个州的土地田亩，都在我的座席之下。它们高高低低的形势，看上去好像小山谷小水洼，仿佛小土堆小窟窿，尺寸之间，包容千里，纠集拥挤，层叠累积，但却看得清楚，没有什么躲避隐藏得了的。远眺青天萦绕白云，一直延长到天边，四面观望都一样。然后我方认识到这座西山的屹立特出，跟小土堆是不可类比的。它如此远大，与大自然的元气同在，因而它没有什么边际限制；它这样广阔，与造物主一起交游，因而它不知道有什么穷困不遇。这时，我举杯痛饮，摇摇晃晃地醉倒了，竟不知道太阳已经落山。醒来的时候，苍天出现暮色，从远处而来，到了眼前却看不见。而我却仍然不想回家。我的心好像凝结似平静，我的身体仿佛解除了束缚，与大自然万物浑然化为一体。这样，我认识到自己从前其实没有真正游过山水。

“真正游玩山水是从这次游西山开始的。所以我写这篇文章记载下来。这一年是元和四年。”

这一段叙述了发现西山、游玩西山的过程和收获，回答了上段末句所留下的问题，正式开展主题，表达了主题思想。“西山”其实并不远，就在永州城西湘江对岸两里地。“法华寺”在永州城里东山上，“西亭”是柳宗元自己修筑的。可以想见，他是常游法华寺，常到西亭，也常常望见西山的。大概因为常见面不以为怪，所以从前并未发觉西山有什么特殊可观之处。作者发觉西山怪特是偶然的。但这偶然的发觉，有着必然的客观因素。这一段开头说明，这一天是夏历九月二十八日，正是深秋入冬季节，天高气爽，草枯叶落，万物肃杀，一望开阔。而从城里的东山上望见城外的西山，正如俗话所说，此山望见那山高，突出地觉得西山特别高大。当然，更重要的是作者当时的心境正向往远大目标，因而他的游兴格外被激起。这就显示出他这次西山之游，一开始便与以前的游玩山水不同。山水不再是一种逃避逆境、摆脱苦闷的方式和场所，而成为一个自觉注意、追求探索的对象和目标，作者不是对之漠不关心，而是心向往之的。接着，写游西山的情绪和行动，也与以往很不一样，不是闲散的、消极的、被动的，而是兴奋的、积极的、主动的；也不是一味导幽探僻，找个没人的地方饮酒醉卧，而是披荆斩棘，攀援登高，直达顶峰，探索究竟。并写登上山顶后的见闻观感和心情行为，这与以往更不相同。从前是到深山幽谷，要与世隔离，视野局限于草木泉石，站不高，看不远，由于作者无意欣赏，只是逃避，虽然一次次变换地点，但思想感情无所变化。这一回，他站在西山顶上，目光远大，心胸开阔。下界的世俗形态，清楚地呈现眼底，多么渺小；大自然的美妙境界，和他融合一体，何等广大。这时，他真正体会到精神束缚解脱了，思想苦闷驱散了，因而痛快畅饮，深情陶醉了，甚至乐而不愿归去。显然，以往那个被挫折和逆境束缚的柳宗元，在这里又成为一个志向崇高、目光远大的柳宗元，真正领会到了山水的优美境界和莫大乐趣，觉悟到“吾向之未始游”，文章也就结束了。最后几句是个结尾，说明写作本文的目的和写作时间。

读了全文，可以理解它的主题是两种游玩山水的比较，主题思想是抒发作者处于逆境的坚定追求，寄托他的远大志向，表现出他的高尚的思想情操。它很像一篇游西山的思想收获小结，告诉人们游山玩水的正确态度和真正乐趣，启发人们思索人生前进道路上应该具备的正确态度和理想追求。换句话说，作者通过两种游山的比较，引导人们在遭遇挫折、身处逆境时，不要因为压抑苦闷而逃避现实，应当高瞻远瞩，正视现实，坚持志向，提高思想。正是这一主题思想决定本文在艺术上有独特的成就。

从写作技巧看，本文的显著优点是结构简洁，剪裁得当，对比鲜明，

描写生动,语言精练,这是一读便知的。从山水散文的创作方法看,本文最主要的特点是用象征性的比兴手法,抒写真实的感情和寄托深刻的哲理。通篇来说,这是一篇记叙文,而在记叙两种游山的情形和体会时,运用了古代诗歌创作的比兴手法,含蓄得体地抒情述理。因而在艺术上把浓厚的抒情性、深刻的哲理性和美妙的象征性结合在一起,形成一种兴寄高尚、富于启迪的意境,这是本文的特色和成就。

本文的思想感情是深沉而复杂的,表现却是含蓄而明朗的。前后两段抒写了色彩不同的两种感情,在结构上有鲜明的对比作用。但是贯串起来,则是写出了一个思想变化、觉悟提高的过程。前一段是用追叙口吻,不胜感慨地写出过去的那种逃避一时、麻醉一时的游山,带着压抑苦闷而去,依旧带着苦闷压抑回来,思想上毫无收获。这是回忆,更是检讨,然而作者是以无奈而惆怅的态度来否定那过去的,因为那不是他本心愿意的自觉行为。所以作者用十分简捷明快的语言描述了一个过程,而突出显示他内心的苦闷和行动的无聊。后一段则是记叙笔调,高兴振奋地写出这次游西山,自觉追求身心解放的过程和收获。他带着登高的目标而去,得到远望的收获而归。此时他仍是个罪官,仍处于逆境,只因改变了以往那种自我束缚于挫折和痛苦之中的态度,所以作者的心胸就显得开阔。他用酣墨浓笔,描述他所见的远大,所感的广阔,色彩鲜明,形象有力,突出地显示他精神的升华。他解脱了压抑和苦闷,充满了乐观喜悦,甚至真正地陶醉于这浩大的天地之中。在这前后两段描述中,作者的笔触始终饱含感情,顿挫抑扬,回荡起伏,因而具有浓厚抒情的特色。而在这两段的前后对比、互相衬托之中,写的虽是游山,表现的却是思想,含有人生哲理的探索,因而又具有深刻的哲理性。

本文的抒情性、哲理性,主要是用比兴寄托手法表现出来的。作者在写两种游山情形时,在创作构思、结构取材、遣词造句等方面,都相当注重纪实和寄兴的结合,使之具有言此及彼的联想作用。整体地看，游山玩水的具体目的是散心遣愁，而实质寓有人生追求的寄托。因而本文对于山水景物并不着重描写刻画，只是简括特点而已。前一段突出游幽僻山水，实质是寻找一种隔绝现实的屏障，后一段集中写出“西山之特立”，实质是追求高于世俗的境界。因此在游山的作者和被游的山水之间，实际上是一种若即若离的比喻关系，发人联想。具体地说，后一段主要写了一个登高远瞩，心胸开阔的完整过程和实践体会。作者积极攀登到西山顶上，便与西山一样特立，能够俯视下界，仰望远天，体会到西山与元气同在，与造物交游，极其广阔，无所拘束，以至于“心凝形释，与万化冥合”。这特立的西山形象，寄托着作者所追求所觉悟的思想境界，也体现着作者自己的形象，从而抒发了感情，表达了主题思想。应当说，这种象征性的比兴寄托手法，在本文中运用发挥得很美妙，是一个独到的成就。

最后，还应当提到，本文以及“永州八记”在我国古代山水游记散文创作中，具有重要的历史地位。在此以前，山水游宴作品大多是用诗歌、韵文、骈文写作的。比较流行的是以赋诗为主，再为诗歌写一个序言，简略叙述山水游宴的情况。这类山水作品实际是诗序，并不独立，而且大多是骈文。在柳宗元以前，元结有不少用古文写作的山水散文，但大多是为铭赞作的说明性序言。完全独立地用古文写作山水游记散文，在思想和艺术上，在数量和质量上都取得突出成就，奠定并开拓了古代游记散文创作领域的主要作家，就是柳宗元。因此，本文以及“永州八记”，作为他的山水游记散文代表作，更具有开创性的重要地位和作用。

（《中国历代文学名篇欣赏》，贵州人民出版社，1984 年）

柳宗元

游黄溪记[1]

北之晋，[2]西适豳，[3]东极吴，[4]南至楚、越之交，[5]其间名山水而州者以百数，[6]永最善。[7]环永之治百里，[8]北至于浯溪，[9]西至于湘之源，[10]南至于泷泉，[11]东至于东屯，[12]其间名山水而村者以百数，黄溪最善。

黄溪距州治七十里，由东屯南行六百步，至黄神祠。[13]祠之上，[14]两山墙立，[15]如丹碧之华叶骈植，[16]与山升降，其缺者为崖峭岩窟。[17]水之中皆小石，[18]平布黄神之上，[19]揭水八十步，[20]至初潭，[21]最奇丽，殆不可状。[22]其略若剖大瓮，[23]侧立千尺，[24]溪水积焉。[25]黛蓄膏渟。[26]来若白虹，[27]沉沉无声，有鱼数百尾方来会石下。[28]

南去又行百步，至第二潭。石皆巍然，[29]临峻流，[30]若颏颔龂腭。[31]其下大石杂列，[32]可坐饮食。有鸟赤首乌翼，大如鹄，[33]方东向立。[34]

自是又南数里，地皆一状，[35]树益壮，石益瘦，水鸣皆锵然。[36]又南一里，至大冥之川，[37]山舒水缓，[38]有土田。[39]始，黄神为人时，[40]居其地。

传者曰：[41]黄神王姓，[42]莽之世也。[43]莽既死，[44]神更号黄氏，[45]逃来，择其深峭者潜焉。[46]始莽尝曰："余黄、虞之后也。"[47]故号其女曰"黄皇室主"。[48]"黄"与"王"声相迩而又有本，[49]其所以传言

者益验。[50]神既居是，[51]民咸安焉，[52]以为有道。[53]死乃俎豆之，[54]为立祠。[55]后稍徙近乎民。[56]今祠在山阴溪水上。[57]

元和八年五月十六日，[58]既归为记，[59]以启后之好游者。[60]

〔注释〕

①黄溪：唐代属永州，在今湖南零陵地区，源出宁远北阳明山，西经零陵，北合白江水，入湘江。②之：到。晋：古晋国地，今山西西南部，位于永州北面。③适：到。豳（bīn）：古豳国地，今陕西、甘肃边区，位于永州西北。④极：最远到。吴：古吴国地，今江苏省境，位于永州东北方向。⑤楚：古楚国地，今两湖地区。越：古越国地，今浙东、福建一带。楚、越都位于永州东南方向。⑥名山水而州者：以山水著名的州。“州”是唐代行政区划的一级名称，略等于今“地区”一级。以百数：数以百计，有好几百个。⑦永：即指黄溪所在的永州，治所在今湖南零陵。最善：指山水最佳。⑧环：围绕。永之治：永州的治所。⑨浯（wú）溪：在永州境，源出湖南祁阳西南松山，东北流入湘江，此溪本无名，唐代元结爱之，命名“浯溪”。⑩湘之源：湘江源出广西兴安，此指唐代永州属县湘源，今广西全州。⑪泷（shuāng）泉：未详，当在永州；一作“龙东门”。⑫东屯：黄溪畔的村庄名；一作“黄溪东屯”。⑬黄神祠：黄溪居民所立神祠。“黄神”事见下文。一本无“神祠”二字，则当连下文“祠之上”为名。⑭祠之上：即篇末所说“今祠在山阴溪水上”。祠堂在山的北面，傍黄溪。⑮墙立：像墙壁似矗立。⑯“丹碧”二句：是说两山盛开红花绿叶，并行种植，随山势高低起伏。“华”，同“花”。“骈”，并驾齐驱。⑰其缺者：指两行红花绿叶中间断缺处。崖峭：峭立突出的崖石。岩窟：岩壁上的孔穴。⑱水：指黄溪。小石：一无“小”字。⑲“平布”句：是说水中小石看去好像平铺在黄神祠的上方。⑳揭水：撩衣涉水而行。㉑初潭：第一个水潭。㉒殆：几乎。状：形容。㉓其略：指初潭的大概轮廓。剖大瓮

(wèng):对劈开的大陶缸。㉔侧立:斜靠着。千尺:潭在山上,喻其高。㉕积焉:黄溪水贮在潭里。"积"一作"即",则谓就流入潭中。㉖黛:古代妇女画眉用的颜料。膏:油脂。渟(tíng):水停止不流。这句形容潭里溪水乌光油亮。㉗"来若"二句:形容下句所说鱼群游来情景。沉沉:形容潜游水下;一作"沉之"。㉘方:刚才。会:聚焦。㉙石:指第二潭边的山石。巍然:高大的样子。㉚临:面对。峻流:谓黄溪从高而下的急流。㉛颏(kē):下巴尖。颔(hàn):下巴。龂:同龈(yín),牙根。腭(è):牙床。这句形容潭边山石的形状。㉜杂列:杂乱摆列;一作"离列",则谓成行排列。㉝鹄(hú):天鹅。㉞东向立:面朝东站立。㉟一状:一个样子,无多变化。㊱锵然:流水声铿锵。㊲大冥之川:大而幽静的河。㊳舒:指坡度小。㊴土田:开垦的耕田。㊵为人时:还是凡人、尚未成神的时候。㊶传者:叙传黄神生平事迹的人。㊷黄神王姓:是说黄神本来姓王。㊸莽:指西汉末擅政篡汉、自立新朝的王莽。世:后嗣。㊹既死:死后。王莽卒于新朝地皇四年(23)。㊺更号:更改姓氏。㊻深峭者:深山险崖的地方。潜:潜居藏身。㊼"余黄"句:《汉书·王莽传》载,王莽擅权摄政后,曾宣称自己是黄帝的后裔,虞舜的嗣息。㊽"故号"句:《汉书·外戚传》载,王莽的女儿是汉平帝的皇后。平帝死后,王莽摄政,尊其女为皇太后。王莽立新朝,又改称其女为安定公太后,他想叫女儿改嫁,再改称她为"黄皇室主",表明她的身份是新莽的公主,与刘汉断绝关系。㊾声相迩:语音相近。有本:有根据,即指王莽自称黄帝后裔及其女改称事,可作改姓黄的根据。㊿"其所以"句:是说因为有上述根据和原因,所以黄神是王莽后裔潜逃而来的传说越来越被认为确实可信。验:证实。51是:这里,指黄溪一带。52咸:都。安焉:安全住在这里。53以为有道:认为是黄神有道德,给黄溪人民带来太平。54俎(zǔ)豆:古代祭祀时盛放祭品的案盏,这里用作动词,祭祀的意思。之:指黄神。55为立祠:替黄神建立祠堂。56"后稍"句:是说后来把祠堂从黄神潜居处迁建到比较靠近黄溪居民区。即上文所说在东屯南六百步处。㊼山阴：山的北面。㊽元和八年：公元 813 年。㊾既归：回家后。㊿启：开导。

这篇游记作于唐宪宗元和八年(813)。这时，作者贬谪永州已入八年，对再获任用早已不抱希望。他钻研历史，著述写作；探赏山水，接触民情，思想日益切实，心情也显得平和。著名的"永州八记"大约就在此前几年中写的，而这篇标明"游……记"的山水散文，是最富有游记散文的特点的。仿佛专程游览，专文记游，他显得兴致勃勃，情思泉涌，指点说道，确乎要"以启后之好游者"。然而，景因情移，物由人迁，欣赏爱好都表现出、流露着作者的思想情怀。这篇游记含蓄着作者独特的感受和体会，倘使寻味咀嚼，自有别一番情趣，另一种启迪。

这篇游记具有后来几乎成为一种公式的结构：地点——风景——人文。第一段介绍本文游览点所在，甚为夸张地强调天下山水以永州最佳，永州山水以黄溪最佳，文笔排比参差，叙述反复渲染，就是要出奇制胜，吸引读者。中间三段便是写景。作者把读者带到黄溪的东屯村，先在黄神祠欣赏黄溪胜概全貌，再沿溪上山，经初潭、第二潭，来到黄神当年隐身处，一路指点领略奇丽景物。末段就写黄神来历事略的传说，是此地仅有的值得一道的人文古迹。最后附记写作年月及目的。今天看来，这样的游记结构已属一般化的了。但从游记散文发展历史来看，当时却是开拓，尤其开拓于景奇、人奇、情奇和作者见地的独特杰出。

唐代的永州是南边僻远地区，高山深水中异族杂处，闭塞落后。所以黄溪其实是未开发的落后山区，而作者誉为"最善"。从封建士大夫常情看，似属探奇赏幽的畅情山水的快意夸语。但作者并不作泛泛语，而是切实而精心地描述了景致，要以实服人，以胜夺人。写山，曰“墙立”，曰“骈植”，铸词精练，而陡峭之势，丰茂之态，如见目前。述水，则水石似铺祠上，初潭剖瓮高挂，游鱼“来若白虹”，怪石临流欲饮，无不形象生动，想象奇妙，而水清流净，不言而喻。而奇鸟独立，有望东方；登临绝境，恍入桃源，“山舒水缓，有土田”，是人境，非仙界。值得玩味的是，这循溪登山、探奇赏幽的游程，便是当年黄神逃亡藏身、筚路蓝缕的路程。

黄神何许人也？篡汉的逆臣贼子王莽的后裔。王莽遗臭万年，子孙深受其累，不得不改姓隐名，逃亡到这穷僻深山来。这不过是个绝境中谋生存的逃亡者，然而他却是先作者而发现领略了这幽胜的一人，并开垦了一片土田。善良的人民深信他就是逃亡的王莽后裔。但是稍加品味，不难发现，作者记述这一传说的态度相当客观，不如上文写景那样用情，并一再申明传说如此，人民深信，而作者自己不施一字评论。也不难理解，对有识者来说，这一传说是荒诞不经，乃至不屑挂齿的。其有死，便是凡俗，非神仙；既是王莽潜逃子孙，便当缄口，却又透露身世，任凭传播；王莽自诩黄、虞之后，是逆贼篡位的奸谋，岂能以为有本；黄、王两姓，士大夫怎会混同一家？所以作者实录传说之词，其实便是不予置信。然而黄溪人民却深信，并以为他带来太平，“以为有道”，为他立祠，尊他为神，正显出人民朴质善良，观其行而不究其根，视其自身作为而不问其他。不过，他们的深信而不究不嫌，也更显出此地穷僻闭塞，文化落后，人民无知愚昧。作者从这传说中既感到人民善良朴实，也感到他们无知愚昧，更感到其原因是穷僻落后。所以作者采取史家实录笔法来记述这一传说，其是非曲直，见仁见智，由读者自取，既得当，也更有意味。

总起来说，作者在唐代永州的穷僻山区发现了一处山水胜地，由衷地赞美它，精心地描写它，希望后来人共赏它。可以理会，山水不以穷僻而不善，穷僻山水可以“最善”，重要的是要有知者发现欣赏。作者在这个穷僻山区还听到了一个传说，见到了一种风气，先前有过一个藏身求生的逃亡者来到这里，开垦了土田，带来了安居开发的气息，虽然传说他身世荒诞，但人民却尊敬他，纪念他，以至于神化他。不难理解，政治逆境使他来到这个穷僻地方，而最初开发的贡献使他获得人民尊敬，人不必处逆境而无道，逆境中人可以“有道”，重要的是他的实际行为对人民是否有利。由此可见，山水人物都有境遇的顺逆知否，但山水有善景，人物以道行，则虽在穷僻，处逆境，被曲解，亦终不掩而垂世。然而穷僻闭塞，愚昧落后，毕竟是黄溪不为人知、黄神不免曲解的原因。也许正因如此，所以作者要骋才情，大书特书，断言黄溪这个穷僻地区的山水风景是天下最美的，并且实录黄神传说，借以肯定黄神这个有故逃亡的人是有道的。这就是他“以启后之好游者”的思想情怀，不仅仅是让后世单纯赏景，更不是猎奇。

（《柳宗元诗文赏析集》，巴蜀书社，1989 年）

柳宗元

童区寄传

柳先生曰：越人少恩，生男女，必货视之。自毁齿已上，父兄鬻卖，以觊其利。不足，则取他室，束缚钳梏之，至有须鬣者，力不胜，皆屈为僮。当道相贼杀以为俗。幸得壮大，则缚取幺弱者。汉官因以为己利，苟得僮，恣所为不问。以是越中户口滋耗，少得自脱。惟童区寄以十一岁胜，斯亦奇矣。桂部从事杜周士为余言之。

童寄者，郴州荛牧儿也。行牧且荛，二豪贼劫持，反接，布囊其口。去逾四十里，之墟所卖之。寄伪儿啼，恐栗为儿恒状，贼易之，对饮，酒醉。一人去为市，一人卧，植刃道上。童微伺其睡，以缚背刃，力下上，得绝，因取刃杀之。

逃未及远，市者还，得童大骇，将杀童。遽曰："为两郎僮，孰若为一郎僮耶？彼不我恩也。郎诚见完与恩，无所不可。"

市者良久计曰："与其杀是僮，孰若卖之？与其卖而分，孰若吾得专焉？幸而杀彼，甚善。"

即藏其尸，持童抵主人所。愈束缚牢甚。

夜半，童自转，以缚即炉火烧绝之，虽疮手勿惮。复取刃杀市者。因大号，一墟皆惊。童曰："我区氏儿也，不当为僮。贼二人得我，我幸皆杀之矣！愿以闻于官。"

墟吏白州，州白大府。大府召视儿，幼愿耳。刺史颜证奇

之，留为小吏，不肯。与衣裳，吏护还之乡。

乡之行劫缚者，侧目莫敢过其门。皆曰："是儿少秦武阳二岁，而讨杀二豪，岂可近耶！"

中唐大作家柳宗元的优秀散文，大多是在他参与改革失败，贬谪永州以后写作的。他说过，他写作文章并非为了取得名誉，而是为了"辅时及物"，帮助把现实政治贯彻到社会实际中去，也就是为了政治改革。但由于他的改革失败，成了罪人，不能再从事改革，也不能把他的"辅时及物之道"向朝廷提出来，因此他要写作文章，使他的改革思想能够留传于后世。出于这一目的，他写作文章不但注重思想内容，而且强调艺术形式。他说："言而不文则泥，然则文者，固不可少耶！"(《答吴武陵论非国语书》)就是说，只有思想而没有艺术，这样的文章是难以流传久远的，所以必须重视文章的艺术性。正是在这样的写作思想指导下，柳宗元在永州、柳州写作的散文都取得了高度的成就，富有创造性。"永州八记"打开了古代游记散文历史的崭新一页，《三戒》《蝜蝂主》发展了古代寓言创作的优良传统，在传统散文的写作上也同样取得了出色的成就。

柳宗元的优秀的传记散文除了鲜明的现实性和政治性外，有两个比较突出的特点。一个是创造性地继承发展古代传记散文的优良传统。像《段太尉逸事状》《童区寄传》这类完全记述真人真事的作品，他坚持古代史传的"传信传著"的写作原则，要求真实而显著，事实确凿，态度鲜明。同时他又很注意选择典型情节，表现明确的主题思想。而像《宋清传》《种树郭橐驼传》《梓人传》一类有虚构成分的作品，更显然具有创造典型人物的创作性质。一方面保持传记主人的基本言行事实的真实性，同时又根据主题思想的需要加以适当的剪裁安排。这就不免与具体事实有所距离，但却使人物更为典型，思想更为明确。自觉地使真人真事的传记人物具有典型意义，自觉地把具体的真人真事加以提炼编排成为带有虚构成分的典型形象，这都是对古代史传散文传统的创造性发展。

由于贬谪永州的遭遇处境，柳宗元远离政治斗争中心和上层统治集团，故他难以了解上层人物的情况，而更容易接触下层及底层的生活实际。因此，他的优秀传记作品的另一个突出的特点是眼光向下而矛头向上，从下层及底层中发现优秀人物，讴歌他们的优良品质、高尚情操、杰出才能和勇敢精神，借以批判上层统治者的黑暗腐朽。他的传记主人，除了《段太尉逸事状》中的段秀实是个大官外，其余都是封建士大夫眼里的卑贱人物。宋清是长安街上卖药的商人，郭橐驼是个种树的果农，梓人杨潜是个营造建筑的工匠，区寄是南方边远地区少数民族的一个少年。按照封建传统观念，医、商贾、百工都不算良家，都是贱民。而在"严华夷之辨"的儒家思想里，少数民族是受歧视的。所以，作为一个封建时代的作家，能够而且敢于歌颂卑贱者以批判尊贵者，这一点就是十分杰出、非常可贵的。

这里，向大家介绍其中的一篇，就是《童区寄传》。全文可分两大段。第一段大意如下：

"柳先生说，越族人缺少感情，生下儿子女儿，一定把他们当作商品一样看待。儿女到七八岁换牙齿的时候，父亲和兄长就把他们卖掉了，就贪图这样的收益。如果自家儿女少，不够出卖的，就抢别人的儿女，把小孩捆绑起来，手脚戴上镣铐。甚至有的长了胡子的成年人，也因为力量单薄打不过人家，而被绑走屈服地当了奴仆。在路上互相抢人厮杀，已经成为越族人的一种习俗。一些长得健壮、个子大的人，就凭借着这点而去捆绑掠夺那些弱小的人。当官的汉人却利用这种习俗为自己谋私利，只要自己能够得到奴仆，那就放任越人去抢劫厮杀，而不闻不问。因此越人地区的户口渐渐消耗减少。年龄小而能够使自己摆脱这种被抓、被卖命运的，只有一个叫区寄的小孩，他只有十一岁，却取得胜利。这真够不寻常啊！这件事是桂部从事杜周士告诉我的。”

这一段是传记本文前的一个评论性的小序，就像汉代司马迁《史记》中的《游侠列传》《滑稽列传》的传记本文前的序言一样，主要在于说明立传的目的和用意。开头的“柳先生说”，是柳宗元的自称自道。这也是司马迁《史记》开创的体例，用来明确表示作者对传记主人提出小结性评价。不过通常都是在传记本文之后，作为小结的开头。现在柳宗元把这个体例变通一下，移在传记本文之前，作为小序的开头，读起来有点突如其来的感觉，显然是为了引起注意。这就是说，从古代史传散文的传统体例来看，这一段小序兼有小结的作用，是对史传惯例的一种灵活运用的变通，在结构安排上便有创新，不拘一格，既保持传记主人事迹叙述的完整性，又使全文结构简洁明了。因此，在这一段里，作者把传记主人事迹以外的必须向读者交代的事情，用评述的语气，先一一交代清楚。

首先，作者评述了古代越族人的一种野蛮落后的习俗风气，这就是残忍地把亲生子女当商品出卖，凶暴地抢劫少年儿童来贩卖，以至于依仗暴力来抢劫成年人，强迫他们当僮仆出卖。对古代越族人来说，这是历史造成的不幸。因此作者的评述，采取明确批判的态度，同时又是着重于客观事实的介绍。其次，作者尖锐指出统治这一地区的汉人官僚的错误和由此而产生的后果。他们不但对上述野蛮习俗不予治理，不努力移风易俗，反而利用落后以满足私利，长久放任发展，其后果是越族人口越来越少，不利于越族繁荣，也不利于大唐帝国的巩固。显然，作者是从封建国家利益出发的，对于汉人官僚的腐败丑恶是深为愤慨的。然后，作者便在上述背景下，满怀同情而不胜感慨地说明少年区寄抗暴事迹的重要意义，既引出了传记主人，又作出了评价。最后，简明交代本文材料的来源。“桂部”指唐代桂管观察使的部属。桂管观察使是朝廷派驻管理今广西、广东、湖南交界地区军政的大臣，治所在今广西桂林市。“从事”是观察使幕府属下

的办事官员。“杜周士”是作者的朋友。从下文说到的刺史颜证来看,区寄抗暴的事迹应当发生在唐顺宗永贞元年(805)到唐宪宗元和五年(810)之间,因为颜证是在这六年担任桂管观察使兼桂州刺史的。本文的写作时间则不能确定,可能在这几年或稍后几年中,也可能在元和十年(815)柳宗元担任柳州刺史以后,因为柳州(治所在今广西柳州市)就是桂管观察使管辖的一个州。

总起来说,第一段的主要内容是交代传记主人区寄事迹发生的具体背景和政治意义,介绍了区寄卑贱幼弱的身份,只是唐代南方少数民族的一个十一岁少年。这一交代是必要的。在唐代,桂管地区属于南方边远落后地区,古代越族又是比较落后的民族,人们对他们的情况并不了解。如果不把具体背景交代清楚,那么区寄事迹的意义就比较单纯狭隘,只是表扬一个英勇机智的少年反抗人贩子的强暴邪恶,而作者从国家利益出发,着眼于治理边远落后地区,揭露批判大唐官僚的腐败丑恶,这一深刻的主题思想就不能体现出来。如果把这一具体背景安排在传记本文中穿插叙述,则不但费力,而且可能脉络不清,主题思想不够明显。因此,从写作上看,把背景先交代清楚,又把意义和评价先指点明白,变通史传的传统体例,在结构安排上便显得集中而简洁,文章气势也更为充沛有力。这样,下文就可以完整地叙述区寄的事迹,为区寄立传。

第二段便是区寄的传记本文。大意是说:

“儿童区寄,是郴州的一个放牧打柴的小孩子。他正在一边放牧,一边打柴的时候,两个强盗把他绑架了,倒背着双手捆起来,还用布团塞住他的嘴,带到四十里外的一个乡下集市上去出卖。区寄假装小孩子一般啼哭,害怕得发抖,就像一般孩子那样。这两个强盗以为他容易对付,就对坐着喝起酒来,一直喝到醉。后来,一个强盗去做出卖区寄的交易,一个强盗躺着,把刀插在路上。区寄悄悄地看到那个强盗睡着了,就背对着刀,把反绑双手的绳子靠在刀刃上,用力上下摩擦，割断了绳子，就拿起刀把强盗杀死了。但是他还没有逃远，那个去做交易的强盗回来了，抓住了区寄。这个强盗对区寄的行为大为惊恐，要杀死区寄。区寄马上告诉这个强盗说：‘做两个人的奴仆，哪里比得上做你一个人的奴仆呀！那个人对我不好，如果您的确有成全我的好意，那么我就没有什么不能为您做的。’

“这个做交易的强盗盘算了好久，念叨说：‘与其杀了这个奴仆，还不如卖了他。与其卖了他而两个人平分，还不如我一个人独吞了。幸亏杀了那个人，太好了。’

“于是，他就把那个强盗的尸体藏起来，抓着区寄到买主那里去。他把区寄捆绑得更加结实了。半夜里，区寄转过身来，把捆绑的绳子凑到炉火上，烧断了，虽然手烧伤了也不怕，又拿起刀杀死这个做交易的强盗。这时，区寄就大哭大叫起来，整个集市都被他惊动了。区寄对大家说：‘我是区家的孩子，不应当做奴仆，这两个强盗绑架了我，幸亏我把他们都杀了。我愿意把这件事报告官府。’

“集市官吏就把这件事报告给州官衙门，州衙门又报告给观察使府衙门，府衙门就把区寄叫来一看，发现他只不过是一个年幼老实的小孩子罢了。桂州刺史颜证认为这孩子不平常，要留他下来当个小吏，但区寄不肯。颜证便送他衣裳，派官吏护送他回家乡。从此，区寄家乡那些干绑架小孩勾当的人，都对区奇另眼看待，没有一个胆敢走过他的家门，都说：‘这孩子比那个敢刺杀秦始皇的秦武阳还小两岁，却能用计谋杀死两个强盗，这样的孩子怎么可能接近呢！’”

这一段就是区寄的传记本文，集中而完整地表现了区寄的抗暴事迹和英雄形象。作者选取生动具体的情节，既写出了区寄被劫、智杀、报官、还乡的全过程，又突出了区寄机智、勇敢，正直、深厚的少年性格特征，而且还点到桂州刺史颜证对他的赞赏，写到他智勇抗暴行为对歹徒所起的威慑作用。如果孤立地读这一段，也许只能认为作者表扬、树立这样一个少年英雄，就是为了激发弱者起来反抗强暴邪

恶。但是,根据作者在第一段清楚交代的背景和明确指出的意义,作者是站在国家利益的立场上,把区寄事迹作为一个典型事例,要求朝廷及行政长官正视边远地区少数民族落后的习俗,改革汉人官僚黑暗腐朽的政治。也就是说,从全篇来看,区寄事迹是主题,并非主题思想。作者讴歌抗暴,是为了激扬大义。因此,这一段的主要写作特点,其实继承发扬着古代史传的优良传统,笔法《春秋》,语含褒贬,在实录其事之中,蕴藉着作者的同情和感慨,耐人咀嚼,发人深思。

这一段结构紧凑,层次清楚,重点突出,含义深长。首先,作者在一笔交代了区寄是个放牧打柴的穷孩子之后,详尽地描述了他被劫和智杀二盗的事情。这是一场弱小反抗强暴的斗争,却也是光天化日之下的一场暴行。强盗依仗暴力抢劫儿童,贩卖人口。区寄以智慧和勇敢,为人身自主自由而斗争,幸而取得胜利,其实仍是弱者。这两个强盗,一个是自恃强暴,轻视幼弱,麻痹大意,酒醉被杀;一个是利令智昏,贪婪愚蠢,低估对手,熟睡被杀。他们之间并未进行正面的力量的拼搏。值得深思的是,强盗为什么如此无法无天?而这个十一岁的穷孩子又为什么这样成熟?就因为抢人斲杀已成为一种习俗,就因为当官的汉人只顾牟取私利而放任不管,就因为从小生长此地的区寄熟悉被抢劫、被贩卖的奴仆的悲惨命运。他的智慧勇敢是被压迫而锻炼出来的,所以他的反抗从一开始被抢劫时就是自觉的。

其次,作者突出地记述了区寄惊动集市的人们和他对人们说的一段话。不难看到,区寄的话的要点,正是作者在第一段所指出的症结:一是他“不应当做奴仆”,应当有人身自主的权利;二是他的胜利是碰了运气,其实并没有保障;三是他要报告官府,要求引起重视。因此他要大哭大叫惊动人们,更要理直气壮地震动官府。实质上,区寄从自身遭遇而提出的这三点,是越族人民的要求和呼吁,严正而合理,迫切而强烈。他要麻木的人们觉醒,要昏庸的官僚清醒。然而,他的要求、呼吁，终于落空了。

接着，作者简括地描写了官府的反映。一方面写出从小吏到官僚的级级上报，其反映竟认为区寄“只是一个幼小、老实的小孩子罢了”，表现出麻木不仁、无动于衷，流露着鄙薄和厌烦。另一方面突出长官颜证的不同态度，留区寄作为小吏，送他衣裳，保护他回乡。这里要注意一个“奇”字，就是认为区寄不平常。柳宗元在第一段也指出区寄不平常，着眼于这个十一岁的孩子竟能战胜强暴而解救自己，摆脱屈为奴仆的命运。而颜证则只看到区寄才能不平常，并不理解区寄要求改变越族地区那种野蛮习俗和痛苦命运的强烈愿望，因此区寄不接受颜证的青睐，拒绝留在颜证幕府当官吏。跟第一段的评价相比较，可以理解，柳宗元对于颜证不了解区寄的心情和希望，不认识区寄抗暴行为所体现的政治意义，是不无遗憾的。

最后，作者写了区寄的胜利对于家乡歹徒们的影响。歹徒害怕区寄，是怕他的智慧勇敢，怕他不畏强暴，敢于斗争，善于斗争。他们觉得这样一个孩子是绝对不可接近的，甚至不能走过他的家门。但是歹徒害怕的只是这一个区寄，越族地区得到安全的也只有这一个区寄。除此之外，一切依旧如故。歹徒仍旧肆无忌惮，习俗仍旧野蛮落后，越族的儿童以及弱者仍旧被抢被贩卖。区寄抗暴的胜利，仿佛一颗石子偶然投入一潭死水，波动几时，复归死寂。不过，在有志有识之士的眼里，看到了生机和希望。倘使越族人民都像区寄一样无畏地起来抗暴，如果歹徒感到越族儿童及弱者都那样智勇无畏，那么前景势必翻然改观。但是，当官的汉人没有一个看到、想到这个生机和希望，就因为他们只顾利用落后来图谋私利，而不顾越族人民的痛苦，不顾大唐帝国的大义。而柳宗元看到、想到这一切，所以他要为区寄立传，写这样一篇传记文章，并且要一改传统体例，开篇就是“柳先生说”，指出意义，引起注意。

文章读完了。作者给读者留下一个问题：唐代这个十一岁越族

少年抗暴的胜利，究竟是个喜剧呢，还是悲剧？作者既表明了自己的观点，又以史官严肃态度实录其事，其目的不但是要歌颂这位英雄少年，更要激发人们深思。

（《中国历代文学名篇欣赏》，贵州人民出版社，1984 年）

李　贺

老夫采玉歌

> 采玉采玉须水碧，琢作步摇徒好色。老夫饥寒龙为愁，蓝溪水气无清白。夜雨冈头食蓁子，杜鹃口血老夫泪。蓝溪之水厌生人，身死千年恨溪水。斜山柏风雨如啸，泉脚挂绳青袅袅。村寒白屋念娇婴，古台石磴悬肠草。

中唐诗人李贺的《老夫采玉歌》是一首杰作。它的主题是现实社会的具体矛盾，而创作方法却是浪漫主义的。恰好，他的前辈诗人韦应物有一首《采玉行》，主题基本相同，其创作方法则是现实主义的。因此，用以比较，更便于了解《老夫采玉歌》在思想、艺术上的特点和成就。

韦应物《采玉行》是这样的：

> 官府征白丁，言采蓝溪玉。绝岭夜无家，深榛雨中宿。独妇饷粮还，田荒舍南哭。

“白丁”是封建社会里没有官籍、不能免役的平民壮丁。“蓝溪”在今陕西蓝田县蓝田山上。蓝田采玉，古来闻名，而以蓝溪所产的水碧尤为佳品。这首诗就是揭露官府抓白丁服劳役采掘蓝溪水碧，造成役夫人家生活、生产困难。它宛如一部纪录影片，选拍了官府征丁采玉、役夫岭雨林宿、役妇送饭返家痛哭田荒等三个镜头，如实地再现出采玉劳役所造成的苦难情形，有倾向却不加评论，让事实说话，

由读者评判。它显然具有现实主义创作方法的特点。

韦应物是中唐前期的诗人，也是一位关心国计民生的官员。他把这个采玉劳役看作一项弊政，写这首诗的目的是供朝廷了解民情，希望加以革除。这是《诗经》、两汉乐府所创的现实主义诗歌传统的态度和方法。因此，诗人态度谨严，头脑冷静，有节制，讲分寸，不触及采玉劳役的罪恶实质，也不追求诗歌艺术形式的精美，只是写得简明扼要，具体如实，以反映情况，引起重视。在诗中，他只说到征白丁是为了采玉，但并未点破采玉是为了满足统治者的淫奢；只写出役夫在役所生活非人，家里生活困难，田地荒芜的情况，而未去揭露役夫被迫冒着生命危险入水采玉的悲惨情形。在诗人看来，征白丁，服劳役，入水采玉，都合理合法，但要爱惜民生，顾及农时。如果不顾农时，不惜民生，以致扰民害农，则为弊政，应予革除。正因为诗人这样忠于封建职守和法制，限制着他对采玉劳役的罪恶实质的认识，约束着他对人民惨受压榨的同情，所以这首诗虽然还可一读，但并不深刻，也不甚动人。

李贺《老夫采玉歌》则大不同。其词曰：

> 采玉采玉须水碧，琢作步摇徒好色。老夫饥寒龙为愁，蓝溪水气无清白。夜雨冈头食蓁子，杜鹃口血老夫泪。蓝溪之水厌生人，身死千年恨溪水。斜山柏风雨如啸，泉脚挂绳青袅袅。村寒白屋念娇婴，古台石磴悬肠草。

“步摇”是古代贵妇人的一种华贵首饰，插在云髻，一步一摇，故称。这首诗每四句一转韵，写一种情景，说一层意思。诗人爱憎鲜明，尖锐激烈，抓住采玉劳役的罪恶实质，着力写出役夫的深沉的冤恨。诗中不写一般的“白丁”，独取“老夫”为诗的主角，以想象、夸张的手法，用非凡的素材，绘奇谲的情景，求艺术的真实，而不拘于细节的如实。所以神灵禽鸟，山水风雨，似乎都被暴政所激怒，都为役夫鸣不平，引起人们同情。它显然具有浪漫主义创作方法的特点。

看来，《老夫采玉歌》可能是受了《采玉行》的启发而用同一主题

再创作的。若然，则李贺对这一主题的认识和提炼，可谓青出于蓝。李贺是中唐后期的青年诗人。约在韦应物去世的那年，即唐德宗贞元六年(790)，李贺才降生人世。他一生二十七岁，政治上穷困不遇，只当过一名奉礼郎。而他生活的年代，恰是中唐封建统治阶级内部政治斗争甚为激烈的时期，一种谋求改革弊政的思潮弥漫朝野。唐顺宗时发生"永贞革新"的惊心动魄的宫廷政变，李贺十六岁。随即便在史称"中兴"的唐宪宗元和年间度过了青春的十年。不难想见，他是受到那股改革思潮的感染的。他虽然文才著名，而地位低微，生活接近下层，思想情绪是压抑不平的。所以，他从采玉劳役这一主题中，敏感到的不只是扰民害农，而是由人民被残酷压榨，进而追溯到统治者的荒淫罪恶。他写这首诗的目的，主要不为朝廷观风，而是要倾诉他满腔愤慨，揭露这天怒人怨的罪恶，激发人们的同情和抗议。晚唐诗人杜牧曾说过，"荒国陊殿，梗莽丘垄，不足为其怨恨悲愁也"(《李贺集序》)，倒是接触到了问题的实质。他的创作态度和方法，显然更接近屈原所创的浪漫主义诗歌传统。

诗的开头四句，单刀直入地揭露了采玉劳役的罪恶实质和严重后果。诗人并不是一般地否定采玉的劳动，而是明确地反对"琢作步摇徒好色"，尖锐指出其所以罪恶是由于统治者荒淫无道，好色而误国。这就把采玉劳役与中唐政治腐败的根源联系起来，而不是就事论事，仅仅看作一项弊政。他写这一罪恶劳役使"老夫饥寒龙为愁，蓝溪水气无清白"，揭露出人神俱愁，风气混浊的状态，赋予了社会典型的意义。中间四句，怒不可遏地控诉这一罪恶所造成的血泪冤恨。诗人具体描写了老夫被置于非人的生活境地之后，出奇地用意深情浓的微词"蓝溪之水厌生人，身死千年恨溪水"，启发人们去思索谁是真正的罪人，去追究罪恶的根源。最后四句，满腔同情地描写老夫入水采玉的悲惨情景，生命系于一根飘摇的绳索，心却悬念着茅屋里的娇儿，真是人命不绝如缕，岌岌可危啊！这样就更概括地描绘了老夫

的典型形象，更细致地挖掘了老夫心理的特征，从而更进一步地揭露了统治者对役夫惨无人道的压榨，给人们以难忘的印象，激发人们的关切和抗议。由上可见，因为诗人意在通过老夫采玉这一主题，揭露现实政治的腐败，控诉统治者荒淫无道的罪恶，所以他的诗冲击着封建义理法制的桎梏，写得鲜明，尖锐，真实动人。

李贺富有艺术才能，勤奋刻苦，追求创新。他的成功的作品，大多从历史、神话、传奇的题材中炼取主题。《老夫采玉歌》是他少数以现实社会生活为主题的作品之一，但在艺术上仍运用浪漫主义创作方法，体现出诗人独具的颖脱奇丽的风格。它既保持着现实生活的基本事实，又表现出社会典型的艺术真实，艺术上是成功的，有独创性，尤其在构思、手法、语言等方面较为突出。

《老夫采玉歌》是一首叙事诗。叙事诗的构思，一般以事为主，或顺叙追述，或夹叙夹议。从这首诗的层次看，大致由采玉劳役的目的写起，然后写役所生活至入水采玉，也是一种顺叙的形式。但由于诗人是把采玉劳役作为揭露中唐政治腐败的社会典型事例来写的，因此诗的构思类似逻辑的演绎，着重于抨击罪恶，抒发愤慨，而不求完整地叙事。诗一开头就是义愤填膺地发议论，直截了当地先下了结论，点出罪恶实质，揭示恶果，然后描述罪恶造成冤恨，最后写老夫入水采玉。这样构思的显著特点是以论为主，以事为证，以情贯之。所以它虽是一首叙事诗，却有着浓厚的政治抒情诗的色彩。

手法新颖，想象出奇，是这首诗的又一特点。一般地说，驱使神灵禽兽作为表现手段，描写山水风雨以渲染感情色彩，都是浪漫主义诗歌常用的手法。所以诗中“龙为愁”“杜鹃口血”“斜山柏风雨如啸”之类，手法不为突出。奇特的是，诗人巧用拟人手法，在字里行间为蓝溪本来清白无辜的品格辩雪冤屈。在他笔下，役夫死于蓝溪这一客观事实，竟像是让污染了的蓝溪和枉死了的役夫结下千年不解的怨恨。这个超越常情的想象，不但增添了诗的浪漫情趣，更诱人寻味其中的含意，把冤恨巧妙地指向罪恶的统治者。

这首诗的语言，精美而警拔。李贺作诗，首先注重捕捉艺术形象，然后努力用精美的语言加以表达，并不以雕琢字句为能事。他的诗歌，往往有奇句，富于气势和文采，形象生动，感染力强。但随着诗的主题不同，每首诗还各有具体特点。这首诗意在警世发人，所以选词炼句力求明确醒目。例如“琢作步摇徒好色”“蓝溪水气无清白”，意思明确，语气痛切，而“徒好色”“无清白”更是突出要害，一针见血。又如“杜鹃口血老夫泪”，把杜鹃的动人传说和役夫的悲惨境遇精练地融为一体，以相映衬，启发联想，而著以“血”“泪”这样惊心动魄的字眼，动人肺腑，令人鼻酸。在“蓝溪之水”二句，于水用“厌”，于人用“恨”，炼字准确生动。至于“泉脚挂绳青袅袅”“古台石磴悬肠草”，正是诗人擅长的手法，以景寓情，因而语言显得格外精警动人。

杜牧曾概括李贺诗歌在思想、艺术上的三个特点：一是“《骚》之苗裔，理虽不及，辞或过之”；二是“能探寻前事，所以深叹恨今古未尝经道者”；三是“求取情状，离绝远去笔墨畦径间，亦殊不能知之”（《李贺集序》）。这一评论，主要针对李贺以历史、神话、传奇一类为主题的作品，但也适用于《老夫采玉歌》。应当承认，从现象上看，杜牧指出的这三个特点是中肯的。在今天看来，这三个特点恰是李贺敢于突破传统的可贵之处，也是他能够取得创新成就的重要原因。正如《老夫采玉歌》之于《采玉行》，假使李贺也像韦应物那样恪守封建的义理和法制，那就不能触及统治者的罪恶，无须探究罪责和根源，又何以描写老夫采玉的悲惨情景。那样，他也就不能取得艺术上创新的成就，反倒只能雕琢字句了。至于李贺与屈原之间的源流关系，是历史的辩证发展的必然。屈原无疑是伟大的浪漫主义诗人，李贺也确属屈原诗歌传统发展而来。历史上一种优良传统的继承发展，总是要求内容与形式的不断革新。否则，即使是优良传统，也会变为束缚，形成保守。诗歌艺术的发展，其实亦然。也许，把杜牧的话的次序倒转一下，于李贺更为恰当。这就是说，其诗为“《骚》之苗裔，‘辞’虽不及，‘理’或过之”。因此，他才能“探寻前事，所以深叹恨今古未尝经道者”；也敢于“求取情状，离绝远去笔墨畦径间”，然而并非“殊不能知之”，而是可知的。《老夫采玉歌》即其一例。

原题：愤怒的激情　浪漫的艺术——李贺《老夫采玉歌》赏析

（《唐诗鉴赏集》，人民文学出版社，1981 年）

杜　牧

赠别二首

娉娉袅袅十三余，[①]豆蔻梢头二月初。
春风十里扬州路，卷上珠帘总不如。

多情却似总无情，唯觉樽前笑不成。
蜡烛有心还惜别，替人垂泪到天明。

〔**注释**〕

①娉娉袅袅(pīng pīng niǎo niǎo)：美好纤弱的样子。

这两首七言绝句是杜牧早年在扬州时题赠给一位少女歌伎张好好的。第一首写张好好的美，第二首写与张好好分别的悲伤。它们可以各自独立成一首主题诗，合起来则表现出诗人心中依恋的一种苦涩的爱情，反映着封建士大夫一种畸形的、矛盾的、悲剧的爱情追求。

第一首写诗人心中的好好的美。她这样年轻，十三岁出头，还是个发育未成的小姑娘。她这样美好，娉婷玉立，轻盈窈窕。她多么像一朵含苞待放的豆蔻花，挺秀在早春二月的枝梢上。这美妙的比喻，形象生动地表现着诗人内心的爱怜和遐想。豆蔻是草本植物，形态像芭蕉，含苞未放时，茎干抽长；春末夏初开花，几十朵花聚簇一支，像

株花穗;每朵花一个花蕊两个花瓣,连理成双。南朝诗文里往往用豆蔻花比喻男女比翼成双的爱情。这里取它含苞待放的神姿,娉娉袅袅,美妙贴切。但是诗人用意还有期望和遐想,期待她成熟开放,希望获得爱情,连理成双。所以他特为取豆蔻花苞作比喻。正因为这比喻神似形象,含意美妙,所以形成了成语“豆蔻年华”,称道美丽少女。

好好是个歌伎。唐代扬州是江南一大繁华都会,歌楼舞榭,栉比鳞次,成为轻薄男子寻欢作乐的地方。杜牧年轻时在扬州,也是个风流冶游的青年士大夫,不乏艳遇。所以后二句以风月场老手口吻,奚落扬州青楼妓女,觉得在扬州十里长街上,青楼林立,妓女成群,卷帘卖笑,一个也比不上好好。诗人的钟情,直率而不无轻薄,称美而含有怜惜。他爱怜好好是个纯洁美丽的少女,他可惜好好不免青楼卖笑的歌伎命运。据说,他因此把好好安置为官府乐伎,以免青楼卖笑,临别题赠了这两首诗。

第二首写离别好好的悲伤。诗人爱好好,但是贵贱有别。杜牧是高官子孙,好好是低贱乐伎,成不了伉俪,到头是分离。诗人的钟情是真实的,甚至是深挚的。但是命运的安排也是确定的,而且是无情的。诗人可以把好好从私伎变为官伎,从市井青楼搬入官府教坊,但只是使她成为士大夫的娱乐工具,改不了她的身份,变不了她的命运。他的美妙的爱情遐想,其实是苦涩的无情捉弄。他为好好的命运深深悲哀,对自己的多情感到迷惘。

前两句便写多情的迷惘和无情的悲哀。此刻,成了官伎的好好正陪着这位多情诗人饮酒,心爱的人就在身边,美妙的遐想可望实现。诗人觉得自己爱怜好好是真诚的,与对待青楼妓女不同。但他感到迷惘。为什么自己真诚多情总是好像无情似的,得不到爱情的幸福欢乐?面对眼前理当高兴的这杯酒,只觉得欢笑不出来。其实诗人清醒知道这爱情是无望成功的。所以“笑不成”语义双关,既是笑不出来,更是觉得好笑苦笑。这爱情明明是终归“不成”的,自己却还如此真诚多情,不好笑吗?不是只能苦笑吗?

后二句便道破这不成的爱情,为好好命运,为无情的离别,深深悲伤。他们的相遇和钟情,终究只是爱情邂逅,真诚而短暂,多情却无情。就像夜晚照明的蜡烛,真诚有心,给人以光明,牺牲自己,充满悲伤,始终在流泪。仿佛它知道自己陪伴着注定分离的恋人,好像它与恋人们一起为离别而伤心依恋。天亮了,蜡烛熄灭了,泪也流尽了,恋人分别了,不知何日再相逢。这是好好的歌伎命运,这使多情诗人到头只得无情。这“替人流泪到天明”的蜡烛,赢得了天下有情人的爱惜同情,这两句诗令人难以忘怀,至今成为名言。

这两首绝句真实、生动、深刻地抒写了封建时代一个多情士人对于沉落歌伎的美好少女的爱慕怜惜,反映了封建社会在男女爱情遭遇上的不合理、不自由的一个侧面。作为一个爱美的青年士人,诗人的爱情是真诚的;作为一个高贵的世宦子弟,诗人的爱情是受束缚的,是压抑的,不自由的。不顾高贵身份,冲破封建藩篱,追求幸福爱情,还是矜持高贵,恪守名教,放弃爱情,在这两种选择中,诗人内心和行为是矛盾冲突的。心里爱好好,实际却在玩弄好好,最后放弃了爱情。因而这种爱情追求是畸形的,矛盾的,悲剧性的。

如果不拘于诗的具体背景,只把这两首诗当作独立的作品,那么它们的主题的特殊性并不明显。人们可以被它们唤起爱情遭遇中的美好向往,或者痛苦离别,或者邂逅,或者迷惘。因为诗人抒写的爱情细腻真实,感受深切,典型生动。前首构成千种美的意境,后首表现一种苦涩迷惘情绪,它们的艺术形象所激发的生活联想和感情共鸣,虽然间隔在爱情的两类心态中,却留下了想象驰骋的空间。所以分开来,这也是两首很好的爱情诗。

(《历代抒情诗分类鉴赏集成》,北京十月文艺出版社,1994年)

杜　牧

送杜觊赴润州幕

少年才俊赴知音，丞相门栏不觉深。直道事人男子业，异乡加饭弟兄心。还须整理韦弦佩，莫独矜夸玳瑁簪。若去上元怀古处，谢安坟下与沉吟。

杜觊是杜牧的弟弟，从小近视眼，体弱多病，但耿直好学，深受哥哥杜牧的爱护。杜牧担任监察御史分司东都时，因为杜觊生病，曾经辞官来照顾他，可见兄弟情谊笃厚。唐文宗太和八年(834)宰相李德裕罢相，出为浙西观察史，辟杜觊入幕府，“试协律郎，为巡官”(杜牧《杜君墓志铭》)。润州即浙西观察使治所，在今江苏镇江。这诗便是送杜觊赴李德裕幕府的临别赠诗，慰勉关切，情深谊长。

这是一首律诗。首联点出赴幕主题，“丞相”即指李德裕，此时刚刚罢相。唐人习惯，凡曾任相，都可尊称为“丞相”。诗人称赞弟弟年轻有为，得到李德裕赏识，跨进丞相门栏，成为李的幕僚，理所当然，情所相宜。这两句赞得豪放，也得体。“赴知音”一语，平易中见分寸，所谓“士为知己者死”，既称道弟弟有士节，又赞颂李德裕识人，幕主和幕僚，知音投合，相得益彰，所以丞相门栏虽然高深，也就“不觉深”。

中二联叮咛告诫，一片兄长心肠。首先告诫仕途事业，虽然为人幕僚，服务幕主，但要正直持道，要有男子汉大丈夫气概。其次关心健康，要保重身体，作客他乡，努力加餐饭，记住当哥哥的一番心意。

第三叮嘱处事得当，要沉着镇静，不急不缓，恰当稳妥。《韩非子·观行》说，西门豹性急，“故佩韦以自缓”；董安于性缓，“故佩弦以自急”。诗人觉得弟弟年轻，涉世不深，处事不多，所以叮嘱他注意，既要防止急躁，也要警惕拖拉，韦箭和弓弦都要配备。最后切戒骄奢，不可一味追求功名富贵。“玳瑁簪”指华贵的发簪，男子用来束发加冠，这里表示高官华饰，炫耀功名富贵。总之，一再叮咛，反复唠叨，虽属老生常谈，却是人生仕途须知。在诗人心目中，杜觊终究是个年轻人，心爱的弟弟，所以这二联没有倜傥的豪气，只有兄长的友爱，语重心长。

末联假托杜觊代为凭吊东晋名相谢安，以寄哀歌，以表愿望。“上元”是地名，即唐代江宁县，在今江苏南京。东晋谢安以淝水一战，名垂青史。他虽然常怀归隐东山之志，但终生志愿却在北征以恢复晋朝一统天下，并在病逝前上疏陈述战略部署。可惜当时权臣擅政，谢安壮志不酬。死后葬在上元。杜觊赴润州幕，距上元不远，水旅方便。所以杜牧要他在旅游上元时，替他到谢安坟前代为凭吊，表示他对谢安的崇敬。不难理解，实际上这是委婉曲折地对李德裕表达敬意和希望。晚唐军阀割据，党争激烈，李德裕雄心勃勃，锐意改革，常怀平定割据、天下清一的壮志，但被排挤，出镇浙西，胸怀遭际类似当年谢安，所以“与沉吟”不只是说要与杜觊一起写诗凭吊赞扬谢安，而是与学习“赴知音”相呼应，对李德裕致意，愿与弟弟一起跟随李德裕壮志，流露诗人倜傥本色，既不为离别伤悲，显出高情雅兴，更有深远寄托，耐人寻味。

这首诗读来似乎是一气呵成的律诗，实则字斟句酌，掂轻量重。满怀兄弟友爱，深为兄弟着想，不但写给杜觊，并且致意李德裕，而且考虑到时势人情，既合身份，又得大体，语调明快，寓意委婉，一片深情，一番苦心，所以豪而不放，直而婉转，风格独特，咀嚼有味。

（《历代抒情诗分类鉴赏集成》，北京十月文艺出版社，1994 年）

李商隐

无　题

来是空言去绝踪，月斜楼上五更钟。梦为远别啼难唤，书被催成墨未浓。蜡照半笼金翡翠，麝熏微度绣芙蓉。刘郎已恨蓬山远，更隔蓬山一万重。

这是一首爱情诗。有说它寓有政治寄托的，不外是香草美人、君臣男女的比喻，但无史实确证，也就说不清楚怎么回事。既然诗人自己命题为“无题”，表明他或有所避忌，或者确乎连自己也觉得迷惘，理不出个头绪。不过，众所公认，这诗的具体主题是爱情，而且写得十分真实，非常出色，以至于被假道学、伪君子们斥为狭邪冶游之作。所以它实质是一首爱情诗，真实地抒写了一种无望而濒于绝望的痛苦爱情。

这诗的艺术构思富于独创，通过梦醒后对梦境的追寻回想，抒发执着而无望的爱情。首联写梦醒的情景。诗人甜蜜地做了一夜美梦，觉醒了，原来是一场梦，无限惆怅和空虚。所以开头就爆发绝望的悲鸣，梦中的约会是空话，梦中离别了的情人更是杳无踪迹，根本找不到。眼前只见楼头月亮西沉，耳中听得钟声报时，正是五更，夜尽了，天快亮了，梦也该醒了。然而这是多么美好的梦，诗人多么希望梦想能够实现。

次联便写梦境的回想和梦想的追求。梦中诗人与情人相会了，

又远别了，痛苦哭泣也唤不回来，留下再会的约定。觉醒了，梦想是虚幻的。但是，诗人爱慕的情人却并非子虚乌有，梦想正由于苦恋积思而来，因此他抑制不住激动，立刻就挥毫写信，希望实现与情人的相会。他太激动了，连墨也没有磨浓，字色惨淡。信写成了，但是寄到哪里，怎么寄呢？诗人无从措手了，清醒起来，回头看看帐帷床铺，苦涩朦胧地思恋着美好的梦。

三联是美梦也是梦醒的思恋幻想。烛光照来，笼罩半个帐帷，闪耀出金线织成的翡翠鸟，麝香熏染，渗透一点床褥，轻笼着精绣的美丽的芙蓉花。这里所写的精美的闺房，当是诗人所思念的女子的住处。此时诗人可能忆起了同她的欢会。

末联就写爱情梦想无望实现，濒于绝望。传说东汉刘晨曾与阮肇一起入天台山采药，遇见仙女，缱绻半年，辞别回家。后来再去寻求仙女，便找不到了。“蓬山”即传说在东海的蓬莱仙岛，指仙女所在。诗人自觉不如那位幸运的刘晨，比之刘晨与仙女之间的相距遥远，自己与情人之间更是阻隔万重，极其遥远，根本无路可通，无望接近。信是永远寄不到的，梦想是不可能实现的，爱情濒于绝望，应当决心了结。但是多情软弱的诗人不堪绝望，却是斩不断，理还乱。他没有坚决谴责情人的无情，而是多情地相信情人的有情，所以他怨恨的是几乎不可逾越的万重阻隔。信念犹存，追求不渝，阻隔难越，两心相通，用他另两首《无题》的名句来说，便是“身无彩凤双飞翼，心有灵犀一点通”，他是要“春蚕到死丝方尽，蜡炬成灰泪始干”的。

总起来看，诗人自我形象是鲜明的，多情软弱，挚爱不渝，明知无望，痛苦追求，无力突破，甘受折磨，具有封建时代士人的性格特征。而他所追求、梦想的那位美好情人的形象却是朦胧的。她是诗人眼里的西施，那么美，那样迷人，但却高不可攀，望不可即，似贵人，像仙女，仿佛对诗人曾经垂青钟情，却神幻莫测，来去无踪。她给人以美丽而高贵的朦胧感觉，或者隐约印象，难以唤起具体形象的联想，不

能想象出她究竟是怎样的女性.然而却能激发起这类无望的痛苦追求的情绪共鸣,撩人情丝,令人迷惘,缠绵不绝,惆怅不尽。诗人痛苦追求的是理想的美,虽然有不得不隐晦的难处,有无法逾越的阻隔,或者自己也说不清楚的隐衷。正因如此,这首《无题》以及其他多数《无题》诗往往使读者从具体的爱情追求进入理想追求的更为广阔的艺术想象空间,不仅为天下有情人喜爱,也受到许多志士仁者的欣赏。

(《历代抒情诗分类鉴赏集成》,北京十月文艺出版社,1994 年)

刘 驾

弃 妇

回车在门前，欲上心更悲。路傍见花发，似妾初嫁时。养蚕已成茧，织素犹在机。新人应笑此，何如画蛾眉？

这是一首古体弃妇诗，集中表现弃妇在上车离开夫家的临别之际的悲思哀绪。它善于构思，精于提炼，语言浅显，刻画细致，叙事传神，意蕴讽刺。针对丈夫的轻薄，批评世风的庸俗，在弃妇的哀怨中表现出诗人对她的同情赞美。所以清人沈德潜评论说："见妇之不当弃也，怨而不怒。"（《唐诗别裁集》）

首二句写临别时刻的悲怨涌起，显出弃妇身份。"回车"是被遣发回娘家的车子。地点在夫家门前。此刻是要上车而尚未登车之时，弃妇心里更加悲哀。神情在"欲"字、"更"字上突现出来。被弃早经确定，悲哀积存心头，指斥不义，诉说怨恨，全都无益，她该绝望了，冷淡了，甚至麻木了。但是临当此刻，真的被赶出这个家门，自己被彻底抛弃，她满腔哀怨不禁一齐涌上心头，痛感不幸，极觉不合理，强烈而清醒。诗人接着便写这样的不幸不合理的哀怨觉醒。

三四句写不幸，自叹命薄如花，怨恨丈夫轻薄。路边春花开放，是眼前实景，也是传统比兴，女子如花，盛衰随时，折取由人。弃妇看见路边花开，想起当初刚嫁丈夫时的自己，也是红颜似花，所以被丈夫娶来。如今春花仍开，而自己被弃，不免叹息命薄，更恨浪子无情，但是觉醒恨晚,苦果自食,悔不当初。

五六句写不合理,有德却被不义抛弃。小农经济,男耕女织,分工合作,丰衣足食,夫妻相爱,家庭和睦,这是封建道德观念。弃妇回顾有成未竟的养蚕织素,自问恪守妇道,勤劳持家。虽然丈夫缺德薄情,她却苦心尽力,顾全这个家庭,维护道德体面。然而浪子并未回心,今日终于被弃,所以她深深不平,觉得太不合理。总起来看,这四句显示出弃妇其实不老不丑,而是一位年轻美好、勤劳持家、知礼守德的少妇。那么丈夫为何如此绝情不义呢?

末二句便巧妙回答了被弃原因,讽刺嘲笑,机智有趣。那位新媳妇知道弃妇竟有这样的悲怨不平,大概一定要笑她太不合时髦潮流了。养蚕织素,劳碌吃苦,哪能比得上坐在闺房里画画眉毛,梳妆美容呢?这就是说,被弃的原因就是丈夫好色不好德,只要漂亮女子,厌弃勤劳妻子。这新人洋洋得意的庸俗浅薄,与弃妇哀怨不平的清醒自重,恰成对照,分明而有趣。贤德被弃,不才得宠,美丑不分,是非颠倒,这一切都由于好色不好德,由于道德沦丧,世风庸俗。这也就是这首弃妇诗的主题思想。借弃妇的感讽时世,从哀怨中见美见刺,使得意者显露丑态,这便是诗人构思的意图,也是这首诗的艺术特点。

(《历代抒情诗分类鉴赏集成》,北京十月文艺出版社,1994 年)

陆龟蒙

野庙碑

碑者，悲也。古者悬而窆，用木。后人书之以表其功德，因留之不忍去，碑之名由是而得。自秦汉以降，生而有功德政事者，亦碑之，而又易之以石，失其称矣。余之碑野庙也，非有政事功德可纪，直悲夫甿竭其力，以奉无名之土木而已矣！

瓯越间好事鬼，山椒水滨多淫祀。其庙貌有雄而毅、黝而硕者，则曰将军；有温而愿、皙而少者，则曰某郎；有媪而尊严者，则曰姥；有妇而容艳者，则曰姑。其居处则敞之以庭堂，峻之以陛级。左右老木，攒植森拱，萝茑翳于上，枭鸮室其间。车马徒隶，丛杂怪状。甿作之，甿怖之，走畏恐后。大者椎牛，次者击豕，小不下犬鸡鱼菽之荐。牲酒之奠，缺于家可也，缺于神不可也。一日懈怠，祸亦随作，耄孺畜牧慄慄然。疾病死丧，甿不曰适丁其时耶！而自惑其生，悉归之于神。

虽然，若以古言之，则戾；以今言之，则庶乎神之不足过也。何者？岂不以生能御大灾，捍大患，其死也则血食于生人。无名之土木不当与御灾捍患者为比，是戾于古也明矣。今之雄毅而硕者有之，温愿而少者有之，升阶级，坐堂筵，耳弦匏，口粱肉，载车马，拥徒隶者皆是也。解民之悬，清民之暍，未尝怵于胸中。民之当奉者，一日懈怠，则发悍吏，肆淫刑，驱之以就事，较神之祸福，孰为轻重哉？平居无事，指为贤良，一旦有大夫之忧，当报

国之日，则佪挠脆怯，颠踬窜踣，乞为囚虏之不暇。此乃缨弁言语之土木尔，又何责其真土木耶？故曰：以今言之，则庶乎神之不足过也。

既而为诗，以纪其末：土木其形，窃吾民之酒牲，固无以名；土木其智，窃吾君之禄位，如何可仪！禄位颀颀，酒牲甚微，神之享也，孰云其非！视吾之碑，知斯文之孔悲！

在晚唐文坛上，有一批现实主义诗人作家，用匕首投枪般的讽刺诗歌杂文，尖锐揭露抨击垂亡的唐朝黑暗腐朽的政治。尤其是他们的短小精悍、锋芒犀利的杂文，文学史上一般称为讽刺小品文，成就突出，很有特色，深受鲁迅赞赏，誉为“一塌糊涂的泥塘里的光彩和锋芒”(《南腔北调集·小品文的危机》)。这里向大家介绍其中一位代表作家陆龟蒙的一篇代表作品，就是《野庙碑》。

陆龟蒙，字鲁望，自号江湖散人，甫里先生，长洲(今江苏苏州)人。他曾被推举为进士，但是没有考中。从此回乡隐居在松江(今属上海)甫里，吟诗作文，撰著论述。他和晚唐另一位著名诗人皮日休是知己朋友，当时并称“皮陆”。他性情清高，不交流俗，喜欢饮茶。自己经营种植茶园，因此比较接近下层，比较了解农业和农民疾苦。他对腐朽垂亡的大唐帝国不抱幻想，对混乱恶浊的官场风气深为激愤。冷眼相向，冷嘲讥刺，鞭辟入里，不留情面。因而他的讽刺杂文具有犀利而冷隽的独特风格，又有现实性、政治性、知识性和趣味性的明显特性，发人思索，耐读不厌。《野庙碑》便是这样的一篇绝妙的讽刺杂文。

本文的题目便发人兴味，叫作《野庙碑》，是为一座不知名的乡野神庙撰写的碑文，使读者很想知道这座野庙究竟是所怎样的神庙，作者究竟要做什么文章。全文三段，最后附诗一首。

第一段大意是这样的：

“‘碑石’的‘碑’，意思是‘悲哀’的‘悲’。古时候原来是用木板把

棺材吊起来，再放进墓穴。后世人在这块木板上写字，用来表彰墓主的功德，因此就把这块木板留下来，不忍丢掉，‘碑’的名称由此而得来的。自从秦代、汉代以来，活在世上而有功德政绩的人，也给他树碑，而且又把木板改为石块，这就不符合它名称的原意了。我给这座乡野神庙立碑，并非由于庙里的神祇有什么功德政绩可以记载，就是因为悲哀那些农民竭尽其力来供奉一些没有姓名的泥塑木雕的偶像罢了。”

这一段叙述碑的由来和作者为野庙立碑的原因。开头就显出杂感的特点，好像在拉杂地漫谈自己的感想，而其实寓有严峻的讽刺。作者从“碑”的原义谈起。古代有一种用同音词解释词义的方法，叫作“声训”。“碑石”的“碑”和“悲哀”的“悲”，字音相同，所以作者认为“碑”的原义就是悲哀。然后，他叙述碑的沿革，说明碑本是落葬下棺的木板，后来发展成为记载死后功德的木碑，从而证明碑的作用是悼念死者，以寄哀思。接着，他指出，把木板改成石块，用来为活人歌功颂德的石碑，是秦、汉以后的变化，是不合原义，并不相称的。据说，秦始皇东游到峄山，一帮儒生为他在山石上铭刻功德，这就是给活人树碑的开始。因此，通过谈论碑的由来，实质是说明树碑是记载死者的功德，寄托生者的悲哀的，不应该用来为活着的人歌功颂德。这同时也就表明，作者给野庙树碑，并不是为活人歌功颂德，而只是为抒发悲哀。那么，他悲哀什么呢？所以最后就直截了当地说明，野庙里的神祇只是一些没有名姓的泥塑木雕的偶像，他们没有什么功德可以记载，但是，农民却愚昧迷信地供奉祭祀他们。这就是作者深感悲哀的事情。换句话说，本文的目的就是要告诉人们，农民供奉祭祀着一群根本不值得供养祭祀的神鬼偶像，这是十分可悲的。应当说，这是一个严峻而深刻的主题。但是，为什么会产生这种可悲的现象呢？

第二段就回答这个问题，大意是说：

“浙东一带百姓喜好祭祀神鬼，山上水边有很多不正当的祭祀。

那些庙里的神鬼相貌，有的雄壮而刚毅，黝黑而魁梧，就叫他将军；有的温和而忠厚，白皙而年青，就叫他某某郎官；有的老妇人，神情尊重，就叫她姥姥；有的少妇人，容貌艳丽，就叫她姑姑。他们住的地方，庭堂宽敞，台阶高峻，两旁是高大的古老树木，树干密集，枝条如拱，女萝藤条依附在它们身上，猫头鹰之类凶鸟在上面筑巢。庙里还有许多木雕泥塑的车马仆从，杂七杂八，奇形怪状。农民创造了这一切，农民又害怕这一切。每逢重大祭祀就杀牛，中等祭祀就宰猪，小一点的祭祀也起码要用鸡狗作供品。像鱼豆、肉食酒浆这类供品，农民平时吃不上，但是供奉鬼神却是不可以少的。农民相信，如果有一天祭神稍为松懈怠慢一点，灾祸就立刻降临。所以，老人小孩都提心吊胆地喂养着祭祀用的牲畜。假使村里有人生了病，或者死了人，农民不认为这是恰好碰到的，却怀疑自己的命运是由神操纵的。”

这一段生动具体地谈论农民怎样和为什么迷信神鬼，说明自己的悲哀。显然，这里有批评，有嘲弄，但作者的态度是严肃的，对农民充满同情。首先，作者明确指出唐代浙江东部山区农民“好事鬼”“多淫祀”，是不正当的祭祀，是错误的行为。然后，他以嬉笑挖苦的口吻，颇不恭敬地指点那些被农民恭敬供奉的男女偶像，令人觉得荒诞而有趣，但并不使人对他们深恶痛绝，相反，作者对这些生动偶像的雕塑艺术，却有点欣赏。接着，一针见血地指出：“农民创造了这一切，农民又害怕这一切。”就因为农民以为自己生老病死，命运灾祸，都掌握在神鬼偶像手里。所以他们忍饥挨饿，提心吊胆，畜牧牺牲，竭尽全力，供养这群他们自己创造的偶像，生怕祭礼疏忽受灾遭殃。不难看到，作者对此不胜感慨，痛心而同情，并不挖苦嘲弄，既写出农民愚昧迷信，更显出他们善良驯服，读来令人心酸悲恻。因此，实际上，这一段是把第一段指出的可悲事情进一步具体地形象地揭露出来。也就是说，农民用尽血汗供奉的这群偶像，不但根本不值得祭祀，而且它本身就是农民自己的创造。这是耐人寻味，发人深省的。

试想，如果农民能够认识到、觉悟到这一点，那么这群土木偶像就只能供人观赏，农民也就获得精神上、经济上的一种解放。但是，作者深深悲哀的是，当时的农民几乎不可能认识到这一点。就题论题，文章到此可以结束了。但是，作者本意是借题发挥，所以还要议论开去。

第三段就是借题发挥，大意是说：

“虽然浙东农民是这样做的，但是按照古时候祭祀神鬼的礼俗来说，就不合事理了。不过，如果用当今的情况来看一看，那么这些无名的土木偶像几乎就不值得怪罪了。为什么呢？因为古时候祭祀，岂不是为了死者有功德，他们生前抵御了大灾难，对抗了大祸患，所以死后受到活着的人们用牺牲品祭祀。那些无名的土木偶像，不配与抵御灾难、对抗祸患的人相比，这不合古时候祭祀的事理。当今庙堂上，像野庙里那些雄壮而刚毅、黝黑而魁梧的将军，是有的；像那些温和而忠厚、白皙而年轻的郎官，是有的。他们登上台阶，坐在高堂上筵宴，听着音乐，吃着美食，出门坐车马，随从一大群，其实都是野庙里的将军、郎官之类泥塑木雕的神鬼，对解除人民的痛苦，医治人民的病痛这些事，他们从来不曾放在心里。但是，对于供奉却不放过。如果有一天老百姓对他们表现得稍微怠慢一点，那他们就会派遣凶狠的差吏来找你算账。他们滥用刑罚拷打百姓，逼迫百姓纳贡。这跟那些泥土捏的、木头刻的鬼神对百姓的祸害，究竟哪个轻，哪个重呢？平常在国家没有发生变乱的时候，这些武将文官就被看作贤良，一旦国家发生变乱，应该忧虑，报效国家的时候，他们却逃避艰难，脆弱胆怯，一个个困顿颠扑，狼狈逃窜，或者当个保命的囚犯俘虏。这些人乃是戴着官帽，说着人话的土木偶像，又何必管他们是否真土木偶像呢？所以说，用当今的情况来看一看这些无名的土木偶像几乎就不值得怪罪了。”

这一段借题发挥，其实只是把唐末的文官武将，跟野庙里的土木

偶像加以比较分析，结论是，当时官僚是戴官帽、说人话的偶像，比真的木土偶像更恶劣。不言而喻，他们更加不值得受人民供奉。从思想内容看，这一段是本文立意所在，是主题思想的阐发。作者以农民迷信愚昧供奉野庙的无名偶像作比喻和衬托，揭露唐末国家官僚机构的腐朽，目的是使人们认识到，大唐王朝已经败坏沦落为一座乡野神庙，文武官僚是一群不如无名神像的偶像。不难体会，作者认为大唐王朝及其文武官僚机构已经腐朽透顶，不能寄予丝毫希望。这就深刻地传达了唐末农民起义暴发的时代脉搏，抒发了要求推翻腐朽王朝的人民情绪。正因如此，这一段的态度和笔锋明显与上一段不同，议论尖锐透辟，讽刺辛辣无情，不是嬉笑热嘲而是怒骂鞭挞，单刀直入地揭露这群活着的官僚像无名神像一样毫无功德政绩，却更为凶恶地压榨人民，更虚伪，更无耻，更罪恶，更令人愤慨。文章到此，主题思想说透，就结束了。

最后是一首诗，大意是说：

“泥捏木刻的鬼神，偷吃我百姓的酒浆和牺牲，这本来就名不正；像土木鬼神一般的上智们，盗窃我国君的俸禄和爵位，这又当何论？达官贵人们的俸禄厚，爵位高，土木鬼神们的祭酒薄，供品少，对他们这不同的供品，谁又能说错了呢？看看我树立的这块‘野庙碑’吧，就知道其中的悲哀和忧愁有多大。”

按照碑文的传统格式，文末要用韵语诗歌来作个小结。这首诗就是这样，明确点出本文的主旨不在指责无名偶像，而是揭露官僚腐败；不在反对正当祭祀礼俗，而是悲愤国家腐朽。这首诗既鲜明表现作者进步的立场，也表现他的局限。陆龟蒙毕竟是封建时代的一位进步的士大夫，实质上不可能反对封建帝国统治制度，也不可能根本批判神鬼迷信，所以他的锋芒主要指向李唐这一家王朝，尤其是无情鞭挞唐末腐败的官僚。但他并不反对封建帝王统治，他批判农民迷信而产生的不正当的神鬼祭祀，并不批评正当的祭祀。虽然如此，由于作者所处的时代不同，本文的思想仍是进步的，具有高度的现实性和鲜明的政治倾向，这是应予充分肯定的。

从艺术上看，这是一篇用传统碑文体裁写的杂感。或者说，本文是用杂感形式来发挥讽刺艺术力量的。因此，它不但具有杂感所要求的现实性、议论性、知识性和趣味性，更具有文学艺术上的典型性和形象性。具体地说，它大体上有以下几个特点。

首先是冷眼旁观，谈古论今，思想深刻，笔锋犀利。作者对于大唐帝国官僚是冷眼旁观的，冷淡、清醒、客观、无情。他这篇文章并不要给朝廷进谏，而是要说给有识之士以及黎民百姓听的，所以他像聊天似地谈古论今。他从碑的原始沿革谈到为野庙立碑，又从野庙供奉的土木偶像谈到农民被自己创造的无名偶像束缚压榨，再从古代祭祀谈到当时养官，等等，见解深刻，笔锋尖锐，鞭辟入里，抓住实质，逐步阐发主题思想，抒发作者的悲愤感慨。

其次是热嘲冷讽，说东道西，痛心愚昧，痛恨腐朽。作者对不同讽刺对象抱着不同的态度，所以全面而有说服力。他对人民的愚昧是痛心的，所以施以有情的热嘲，抒发深情的悲哀。对那些无名的神鬼偶像则以嬉笑的嘲弄，指指点点，这个黑大个儿叫将军，那个白面书生是郎官，尊贵的老太婆就是姥姥，漂亮的少妇人就叫姑姑，仿佛在欣赏雕塑艺术，令人发噱。而对文官武将，就是严峻的揭露，无情的冷嘲，尖锐的讽刺，凌厉的怒骂。但是，嘲弄讽刺的方式仍是从谈论中随时投射，好像说东道西，拉杂不拘。本文各个段落，层次之间并无严密的逻辑结构，需要谈论什么，就开个头谈起来，转过去。

第三是知识丰富，议论风发，左右逢源，得心应手。一开头谈碑，就把碑的原始沿革谈得头头是道。接着说浙东农民滥祀，就把滥祀风气和农民心理说得了如指掌。讲古代祭祀，两句话便概括讲出要领；论当时官僚，用几笔就勾画出典型嘴脸。这表明作者知识丰富，了解透彻，所以发出议论，都能抓住要点，讲出妙处，显得左右逢源，

得心应手，读来脉络清楚，增长见识，自然有味。

第四是比喻恰当，描写生动，语言活泼，形象鲜明。从表现手法看，本文其实抓住一个典型的比喻来做文章，就是把唐末腐朽帝国官府比作一座野庙，官僚就像野庙里的土木偶像，人民和帝国官府的关系，就像人民和野庙的关系一样，人民创造了它们，反而又害怕它们。但是两者之间有一点差别，就是活着的官僚比土木的偶像更凶恶，祸害更大。总起来看，作者用“古文”的语言，以夹叙夹议的方式，生动活泼地描写出了几类鲜明形象，即野庙的土木偶像，忠厚愚昧的农民形象和唐末官僚的罪恶形象。

最后便是本文风格特点，嬉笑怒骂，严肃冷隽，引人入胜，发人深省。作者和读者杂谈感想，启发开导，摆事实，讲道理，爱憎是分明的，但感情的表现形式却是复杂的。第一段，作者徐徐说来，娓娓动听，引人兴趣，而说到以野庙碑抒发悲哀，仿佛一拍惊木，令人震动。第二段，作者好像话分两头，另表一枝，嬉笑嘲弄，而说到“农民创造这一切，又害怕这一切”，骤然一转，痛心叙述，辛酸悲恻，令人点头称是，陷入深思。第三段，作者突发议论，两番转折，进入主题，鞭挞怒骂，激人愤慨。末尾用诗明确点出主题思想，说破大悲哀。这一层层叙述议论，逐渐使读者深入理解作者的思想感情，可以想见作者严肃沉重、感慨激愤的神情风度，形成独特风格，产生艺术效果，达到启发教育的目的。应当说，在晚唐文坛上，这篇杂感是杰出的有代表性的作品，在今天也仍有认识意义，可资杂文写作的借鉴。

（《中国历代文学名篇欣赏》，贵州人民出版社，1984 年）

陆龟蒙

怀宛陵旧游

陵阳佳地昔年游，谢朓青山李白楼。唯有日斜溪上思，酒旗风影落春流。

这是一首山水诗，但不是即地即景之作，而是诗人对往年游历的怀念。宛陵是汉代设置的一个古县城，隋时改名宣城(今属安徽)。它三面为陵阳山环抱，前临句溪、宛溪二水，绿水青山，风景佳丽。南齐诗人谢朓曾任宣城太守，建有高楼一座，世称谢公楼，唐代又名叠嶂楼。盛唐诗人李白也曾客游宣城，屡登谢公楼畅饮赋诗。大概是太白遗风所致，谢公楼遂成酒楼。陆龟蒙所怀念的便是有着这些名胜古迹的江南小城。

清人沈德潜很欣赏这诗的末句，评曰："佳句，诗中画本。"(《唐诗别裁集》)此评不为无见，但其佳不止在描摹山水如画，更在于融化着诗人深沉的感慨。通观全诗，前两句是平叙宛陵旧游的怀念，说自己从前曾到陵阳山的那个好地方游历，那里有谢朓、李白的游踪遗迹。后二句是回忆当年留下的最深刻的印象：傍晚，在句溪、宛溪旁缓步独行，夕阳斜照水面，那叠嶂楼的倒影映在水中，它那酒旗仿佛飘落在春天流水中。那情景，最惹人思绪了。为什么惹起思绪？惹起了什么思绪？诗人没有说，也无须说破。前两句既已点出了诗人仰慕的谢朓、李白，后两句描摹的这幅山水图所蕴含的思绪感慨，不言而

喻，是与他们的事迹相联系的。

谢朓出任宣城太守时，很不得意，“江海虽未从，山林于此始”（《始之宣城郡》）。李白客游宣城，也是牢骚满腹，“抽刀断水水更流，举杯销愁愁更愁”（《宣州谢朓楼饯别校书叔云》）。然而谢朓毕竟还有逸兴，李白更往往是豪游，青青的陵阳山上，那幢谢朓所筑、李白酣饮的高楼，确令人思慕向往。而自己一介布衣，默默无闻，虽然也游过这陵阳佳地，却不能为它再增添一分风韵雅胜。于个人，他愧对前贤；于时世，他深感没落。因此，回想当年旧游，只有那充满迷惘的时逝世衰的情景，给他难忘的深刻印象。这就是西斜的落日，流去的春水，晚风中飘摇的酒旗，流水中破碎的倒影，构成一幅诗意的画境，惹引无限感慨的思绪。由此可见，这首怀念旧游的山水诗，实质上是咏怀古迹、感时伤世之作。

这首诗的艺术特色显然在于炼词铸句，融情入景，因而风物如画，含蓄不尽。前二句点出时间、地点，显出名胜、古迹，抒发了怀念、思慕之情，语言省净，含意丰满，形象鲜明，已充分显示诗人老到的艺术才能。后二句深入主题，突出印象，描写生动，以实见虚，在形似中传神，堪称“画本”，而重在写意。李商隐《锦瑟》中“此情可待成追忆，只是当时已惘然”的那种无望的迷惘，在陆龟蒙这首诗里得到了十分相似的表露。也许这正是本诗的时代特色。诗歌艺术朝着形象地表现某种印象、情绪的方向发展，在晚唐是一种相当普遍的趋势，这诗即其一例。

（《唐诗鉴赏辞典》，上海辞书出版社，1983年）

于武陵

劝　酒

劝君金屈卮，满酌不须辞。花发多风雨，人生足别离。

这是一首祝酒歌。前两句敬酒，后两句祝辞。话不多，却有味。诗人以稳重得体的态度，抒写豪而不放的情意，在祝颂慰勉之中，道尽仕宦浮沉的甘苦。

"金屈卮"是古代一种名贵酒器，用它敬酒，以示尊重。诗人酌满金屈卮，热诚地邀请朋友干杯。"不须辞"三字有情态，既显出诗人的豪爽放达，又透露友人心情不佳，似乎难以痛饮，于是诗人殷勤地劝酒，并引出后两句祝辞。

从后两句看，这个宴会大约是饯饮，送别的那个朋友大概遭遇挫折，仕途不利。对此诗人先作譬喻，大意说，你看那花儿开放，何等荣耀，但是它还要经受许多次风雨的摧折。言外之意是说，大自然为万物安排的生长道路就是这样曲折多磨。接着就发挥人生感慨，说人生其实也如此，就要你尝够种种离别的滋味，经受挫折磨炼。显然，诗人是以过来人的体验，慰勉他的朋友，告以实情，晓以常理，祝愿他正视现实，振作精神，可谓语重心长。

于武陵一生仕途不达，沉沦下僚，游踪遍及天南地北，堪称深谙"人生足别离"的况味的。这首《劝酒》虽是慰勉朋友之作，实则也是自慰自勉。正因为他是冷眼看人生，热情向朋友，辛酸人作豪放语，

所以形成这诗的独特情调和风格，豪而不放，稳重得体。后两句具有高度概括的哲理意味，近于格言谚语，遂为名句，颇得传诵。

（《唐诗鉴赏辞典》，上海辞书出版社，1983 年）

罗　隐

柳

> 灞岸晴来送别频，相偎相倚不胜春。自家飞絮犹无定，争解垂丝绊路人？

这首咏柳七绝是写暮春晴日长安城外、灞水岸边的送别情景的。不过它不是写自己送别，而是议论他人送别；不是议论一般的夫妻或亲友离别相送，而是有感于倡女送别相好的缠绵情景。而这一切，又不是以直写的方式出现，而是运用比兴的手法，托物写人，借助春柳的形象来表现，因而较之一般的送别诗，这首咏柳诗在思想和艺术上都很有新意。

诗题曰“柳”，即是咏柳，因而通篇用赋，但又有比兴。它的比兴手法用得灵活巧妙，若即若离，亦比亦兴。首句即景兴起，赋而兴，以送别带出柳；晴和的春日，灞水桥边，一批又一批的离人，折柳送别。次句写柳条依拂，相偎相倚，比喻显豁，又兴起后两句的感慨。“相偎相倚”，写出春风中垂柳婀娜姿态，更使人想见青年男女临别时亲昵、难舍的情景。他们别情依依，不胜春意缠绵。然而他们不像亲友，更不类夫妻，似乎是热恋的情侣，还仿佛彼此明白别后再无会期，要享尽这临别前的每刻春光。明眼人一看便知，这是倡女送别相好客人。后二句，感慨飞絮无定和柳条缠人，赋柳而喻人，点出暮春季节，点破送别双方的身份。诗人以“飞絮无定”，暗喻这种女子自身的命运归宿都掌握不了，又以“垂丝绊路人”，指出她们不能、也不懂得那些过路客人的心情，用缠绵的情丝是留不住的。“争”通“怎”，末句一作“争把长条绊得人”，语意略同，更直接点出她们是青楼倡女。总起来说，诗意是在调侃这些身不由己的倡女，可怜她们徒然地卖弄风情，然而诗人的态度是同情的，委婉的，有一种难名的感喟在其中。

在唐代，士子和倡女是繁华都市中的两种比较活跃的阶层。他们之间的等级地位迥别，却有种种联系，许多韵事；更有某种共同命运，类似遭遇。《琵琶行》里那位“老大嫁作商人妇”的长安名妓和身为“江州司马”的长安才子白居易，有着“同是天涯沦落人”的类似遭遇和命运。在这首《柳》中，罗隐在有意无意地嘲弄他人邂逅离别之中，流露一种自我解嘲的苦涩情调。诗人虽然感慨倡女身不由己，但他也懂得自己的命运同样不由自主，前途“可能俱是不如人”（罗隐《嘲钟陵妓云英》）。所以在那飞絮无定、柳丝缠人的意象中，寄托的不只是倡女自家与所别路人的命运遭遇，而是包括诗人自己在内的所有“天涯沦落人”的不幸，是一种对人生甘苦的深沉的喟叹。

这首诗句句赋柳，而句句比人，暗喻贴切，用意明显，同时由比而兴，引出议论。所以赋柳，喻人，描写，议论，笔到意到，浑然融合，发人兴味。在唐人咏柳绝句中，亦自独具一格。

（《唐诗鉴赏辞典》，上海辞书出版社，1983 年）

罗 隐

感弄猴人赐朱绂

十二三年就试期，五湖烟月奈相违。何如学取孙供奉，一笑君王便着绯。

“弄猴人”是驯养猴子的杂技艺人。据《幕府燕闲录》载，黄巢起义爆发，唐昭宗逃难，随驾的伎艺人只有一个耍猴的。这猴子驯养得很好，居然能跟皇帝随朝站班。唐昭宗很高兴，便赏赐耍猴的五品官职，身穿红袍，就是“赐朱绂”，并给以称号叫“孙供奉”。“孙”不是这个人的姓，而是“猢狲”的“狲”字谐音，意谓以驯猴供奉御用的官。罗隐这首诗，就是有感此事而作，故题曰《感弄猴人赐朱绂》。

昭宗赏赐孙供奉官职这件事本身就很荒唐无聊，说明这个大唐帝国的末代皇帝昏庸已极，亡国之祸临头，不急于求人才，谋国事，仍在赏猴戏，图享乐。对罗隐来说，这件事却是一种辛辣的讽刺。他寒窗十年，读书赴考，十试不中，依旧布衣。与孙供奉的宠遇相比，他不免刺痛于心，于是写这首诗，用自己和孙供奉的不同遭遇作鲜明对比，以自我嘲讽的方式发感慨，泄愤懑，揭露抨击皇帝的昏庸荒诞。

诗的前两句概括诗人仕途不遇的辛酸经历，嘲笑自己执迷不悟。他十多年来一直应进士举，辛辛苦苦远离家乡，进京赶考，但一次也没有考中，一个官职也没有得到。“五湖烟月”是指诗人的家乡风光，他是余杭(今属浙江)人，所以举“五湖”概称。“奈相违”是说为了赶考，只得离开美丽的家乡。反过来说，倘使不赶考，他就可在家乡过安逸日子。所以这里有感慨、怨恨和悔悟。后二句便对唐昭宗赏赐孙供奉官位事发感慨，自嘲不如一个耍猴的，讥刺皇帝只要取乐的弄人，抛弃才人志士。“一笑君王便着绯”，既痛刺唐昭宗的症结，也刺痛自己的心事：昏君不可救药，国亡无可挽回，有许多忧愤在言外。

显然，这是一首嬉笑怒骂的讽刺诗。诗人故意把辛酸当笑料，将荒诞作正经，以放肆嬉笑进行辛辣嘲骂。他虽然写的是自己的失意遭遇，但具有一定典型意义；虽然取笑一件荒唐事，但主题思想是严肃的，诗人心情是郁愤的。

《唐诗鉴赏辞典》，上海辞书出版社，1983 年）

韦 庄

台 城

江雨霏霏江草齐，六朝如梦鸟空啼。无情最是台城柳，依旧烟笼十里堤。

这是一首咏怀古迹的抒情绝句。诗题“台城”，一作“金陵图”。台城是六朝宫禁古迹，原是三国东吴的后苑城，又叫“苑城”。东晋改为皇城，此后为南朝宋、齐、梁、陈四代的皇城。中央政府的台省机关也在这里，所以叫“台城”，故址在江苏南京鸡鸣山南乾河沿北。这诗便是唐末五代之际诗人韦庄咏叹六朝皇城遗址，抒写大唐衰微的感伤，情景交融，深入浅出，含蓄不尽，富有特色。

江南暮春的一天，诗人站在金陵城里一个高处，纵目这六朝都城的风景，凭吊那六朝兴亡的遗迹。他看到了大自然春色依然，六朝繁华不复存在。远望城外，江上细雨蒙蒙，江边草色青青，长得茂密整齐，一种欣欣向荣的春色自在。而举目四望，金陵城里显得寥落，六朝都城的繁华早已像梦一样消失，只听得春鸟还在空自啼叫，仿佛流露一点故国的哀思，他向六朝皇城所在望去，只见六朝种植在台城御河堤上的杨柳依旧垂条飘絮，烟雾弥漫，笼罩着似若犹存的辉煌宫阙。诗人不尽怅惘，感到自然无情。但他想到的不只是大自然草木无情，而是历史兴亡的无情；蕴含着诗人对大唐帝国垂亡的现实及前景的不胜哀伤。

这诗在构思和表现上，含蓄深长地吸取融汇了前人诗意，借以寄托自己的哀伤,因而它散发着浓厚的历史气氛,含蓄着沉重的兴亡喟叹。前两句从“江雨霏霏”写起,后两句写台城杨柳。虽然这是写春天节物,但这“霏霏”的形容和杨柳的情态,容易使人想起《诗经·小雅·采薇》的末章:“昔我往矣,杨柳依依;今我来思,雨雪霏霏。行道迟迟,载渴载饥。我心伤悲,莫知我哀。”因而可理会诗人心中也怀有“莫知我哀”的悲伤。同样,前两句“江草齐”和“鸟空啼”,也令人想起盛唐诗人李华的名篇《春行寄兴》:“宜阳城下草萋萋,涧水东流复向西。芳树无人花自落,春山一路鸟空啼。”它与本诗所写地点不同,但所取的景和所抒的情,多么相似。因而也可理会诗人从金陵景象所感受到的那种“芳树无人花自落”的寂寥冷落。而后两句诗意则与中唐诗人刘禹锡的名篇《杨柳枝》相近:“炀帝行宫汴水滨,数株残柳不胜春。晚来风起花如雪,飞入宫墙不见人。”隋炀帝行宫和台城都是前朝皇宫遗迹,汴水柳和台城柳也都曾是御柳。而“十里堤”内便是台城,所以“烟笼十里堤”,其实便是“飞入宫墙不见人”。不过刘诗把“无情”含蓄在明快的情景里,而韦庄则点出“无情”,对情景描写却比较含蓄,这也许是一种巧妙的化用,或者并无联系,但诗意都同样在抒写亡国之鉴的感慨。总之,这诗在艺术构思和形象摄取上是汲取融合了前人艺术成果,表现了所见景象,含蓄着心中哀伤,情景交融,深入浅出,耐人寻味,发人思索。

这诗大约作于唐亡之前,诗人在感情上仍旧希望大唐不亡,但事实上看到战乱割据的形势,思想上认识到帝国覆亡的前景。因而他咏叹台城,无意于总结六朝亡国教训,而伤情于这半壁江山的六朝亡国之后的寂寥,感慨于江山依旧而兴亡无情。这是一种无望的希望,有情的无情,清醒的迷惘,麻木的痛心,深感大唐的命运好像一个破了的梦,因此心情沉重,思绪迷惘,不尽哀伤。

(《诗词曲赋名作鉴赏大辞典》,北岳文艺出版社,1989 年)

温庭筠的《商山早行》和韦庄的《台城》

大唐帝国到了宣宗朝(847—859),已经风雨飘摇,垂亡伊始。自此六十年,经历懿宗、僖宗、昭宗及哀帝,宦官擅权,大官僚党争,军阀割据,政治混乱,剥削苛重,阶级斗争激化,农民起义不断发生。乾符元年(874),唐僖宗刚登上傀儡皇帝宝座,王仙芝农民起义暴发。第二年,黄巢揭竿而起,农民起义战争如怒潮汹涌。十年后,黄巢起义虽然被镇压,但藩镇割据形成,依然战乱不歇,唐朝名存实亡。因此,天祐四年(907),唐哀帝让位给朱全忠,梁代建立,而四川的王建立即自称蜀帝,从此正式开始五代十国的分裂历史。生活在这样一个战争纷乱的时代,许多正当中青年的志士仁者、诗人作家,从关切大唐帝国的危亡命运,渐渐变得看破兴亡,淡漠处之。有的施以尖刻讥刺,有的为百姓呼喊,有的躲进山林,也有愤怒投身农民起义的。而相当多的人则悲哀失时不遇,忧伤祖国分裂,从个人前途到国家命运都感到梦幻破灭,迷惘无望,濒于绝望。这里介绍这个时代的两首山水诗,都是抒发这种梦幻破灭的哀伤情绪的。

先介绍温庭筠的《商山早行》。

温庭筠是晚唐词的开拓者和奠基人,同时也是晚唐一位著名诗人。他大约生于唐宪宗中兴年代,在黄巢起义之前去世。当他成长为青年时,正是大唐帝国垂亡伊始的年代。他才思敏捷,精通音律,能诗擅词。但他常常讥刺权贵,触犯忌讳,因而长久被排斥,受压抑。他二十八岁才举进士,但屡试不中。四十八岁才获得一个县尉职务。

此后当过幕僚，做过国子监助教，一生坎坷不遇。

这首《商山早行》是诗人离开长安，路过商山时作的。“商山”在唐代商州，今陕西商县东南。从路程看，此行不是走向他的家乡山西太原，而是出长安，南渡灞水，经蓝田，由商州通往山南东道的驿路，前途是邓州、襄州、隋州。因此，这次旅行可能是他获得第一个官职隋州隋县（今湖北隋县）尉后，离京赴任。这时他已经四十八岁。三十来年中，他几次进长安考试谋仕，结果得到这个小小的九品吏职，而且是朝廷对他的一种惩罚。这个小官并不是他考中后任命的。这四进长安，他考了几年，仍旧不中。他对考场弊端已很熟悉。大概出于愤恨和反抗，他不仅在考前替人代作考试文章，而且在考场里暗中代作试赋，据说救过好几个考生的急。结果，他自己名落孙山，还被人告发扰乱考场。由于他才学太高，名声已著，执政不好处置他，因此索性给他一个小官，不让他再参加考试，叫他离开长安。表面看来，不通过考试，就授给官职，好像是一种特别荣耀，而其实是一种贬谪。所以当时有个朋友赠诗说：“凤凰诏下虽承命，鹦鹉才高却累身。”大意就是说他虽然应当接受朝廷的任命，而其实是因为才高而害了自己。从这诗所寄托的思想感情看，大致与他这次离开长安的境遇相合。

诗是这样的：

> 晨起动征铎，客行悲故乡。鸡声茅店月，人迹板桥霜。槲叶落山路，枳花明驿墙。因思杜陵梦，凫雁满回塘。

诗人路过商山，歇宿在驿站旅馆里。次日清晨，他就上车赶路。“征铎”是指车马的铃铛，走动起来叮当作响。“客行”是指诗人自己这次旅行。他的故乡是太原，到长安便是作客他乡。如今离开长安，却不回乡，而是朝相反方向走。所以车马动，铃铛响，触动他心中的乡愁，意识到离开家乡更远了。车马走动了，他悲伤地观看这山中驿站的景象。几声晨鸡报时的鸣声，几间驿站旅馆的茅屋，天边挂着一片将

落的残月,前面有一座铺满寒霜的板桥,留着几行刚刚走过的路人足迹。多么宁静,又多么寂寥,好像秋天的景象,散发着一股清寒的凉意。然而走出驿站,走上山路,却只见满路是枯落的槲树叶。槲树是一种落叶乔木,但它的落叶是在春天新叶生长后再枯落的。所以这槲叶满路,并非秋天景象,而是春天物候。诗人恍然若悟,就回头再看那身后的驿站,这才发现那旅馆墙外盛开着枳花,一片洁白,分外鲜明,真是春天了。眼前疑似春情秋意,使他感伤地想起刚刚离别的长安生活。“杜陵”是长安城南的郊县,原是汉宣帝陵墓所在,唐代是贵族杜氏世居的地区,也是穷困士人安家的地方。诗人杜甫在这里住过,温庭筠也在这里住过。他在《鄠杜郊居》中写道:“槿篱芳援近樵家,垄麦青青一径斜。寂寞游人寒食后,夜来风雨送梨花。”他失意不遇,穷居杜陵,也体会到春天里的寂寞寥落,但那时他仍要追求功名,怀有梦想,所以说“杜陵梦”。正因为有追求,所以既体会寂寥失意,却也保持热情,感觉春天温暖。那时的境遇心情,仿佛与那弯曲的池塘里的一群群野鸭大雁一样,遥远地飞来栖落,就是为了追求春天的阳光和温暖。而现在呢?他没有说,也无须再说了。他走上了仕途,但追求的热情已经淡漠,昔日的梦想已经破灭,心里只觉得寂寥,更无望于前程的荣耀,所以眼里习惯于清寒的秋意,而对身处繁荣的春天却感到惊讶,觉得意外。

从上述内容可以看到,这诗的主题便是商山早行的观感,主题思想则是抒发诗人坎坷仕途的悲伤,功名的梦想已破,前途的追求无望,分外寂寥,异常迷惘,所以乡愁满怀。应当说,这诗有时代特点和现实意义,表现了晚唐一部分下层士大夫的思想情绪,从而反映出这个战乱动荡时代的一个侧面。这种思想情绪显然是悲观的,消极的,但并不颓废。而从艺术上看,更是真实的,典型的,生动而形象。它的突出的特点是构思的巧妙和写景的传神。通过商山早行来表现诗人坎坷仕途,是这诗构思的基础。借所见所感以寄托自己仕途境遇

和心情，决定了这诗写景的特点。用传统的术语来说，这是赋而比也，通首兴寄。但从艺术构思看，诗人利用了山里气候节物稍晚的特点，在诗里如实地描述了商山驿春天早晨的节物景象，却传神地抒发了自己寂寥迷惘的心情，实际上是清醒地在写一种错觉。因此它的山水描写产生一种如实而传神的艺术效果。北宋诗人梅尧臣说："作者得于心，览者会以意，殆难指陈以言也。"他举出这诗的第二联"鸡声茅店月，人迹板桥霜"为例，认为这联写景，"则道路辛苦，羁愁旅思，岂不见于言外乎?"(引自欧阳修《六一诗话》)就是指这种艺术效果说的。对温庭筠来说，他是如实描绘了一幅商山驿站春晨小景，没有用抽象的语言点破这幅小景的寓意。但是这幅小景毫无春天气息，只有袭人的清寒，一派秋天的寥落，却是诗人和读者心里都明白的。当读了第三联之后，就更能理解诗人的构思用意。这一联也是如实而传神的。他清醒地描述了一种有特征而特殊的物候。一般说，落叶是秋天景象，而这槲树落叶却是春天信息。他正是从这仿佛秋天景象中得到了春天的信息，恍然若悟地想到驿站满含秋意的景象其实也出现在春天里，因此回头一看就发现了盛开的枳花。可见这一联是用具有特征的形象的物候来点破上一联的错觉，既避免用抽象语言说明，更加深了寂寥迷惘情绪的渲染，同时也增添了诗歌的情趣。而从回顾驿站联想到杜陵梦的回忆，在情理结构上也相当自然圆转。至于对仗工整，语言清丽等形式技巧特点，是显而易见，不必多说的。

下面介绍韦庄的《台城》。

韦庄也是晚唐著名词人，西蜀花间词派的主要代表作者之一。他出生于唐文宗开成元年(836)，在蜀高祖武成三年(910)去世。少儿时住在长安、下邽(今陕西渭南东南)，后来搬到杜陵。成年后曾经应试不中。他四十岁那年，黄巢起义暴发。五年后，黄巢攻长安，他正在长安应举，耽误了一年多，到洛阳。然后南游浙江、江苏、安徽、江西等地。五十八岁再进长安应试落第。明年中进士第，授校书郎。

此后在唐朝做过幕僚、谏官。唐昭宗天复元年(901),入蜀为掌书记,从此仕蜀。王建称帝建蜀,他任宰相。三年后去世,谥号文靖。

韦庄比温庭筠小二十岁左右,他的一生是在唐朝垂亡至覆灭的时代度过的。当他成人后,见到的是奄奄一息的大唐帝国。但作为一个封建士人,他仍然希望帝国好转。他经历了黄巢攻克长安的战乱之后,到洛阳写了《秦妇吟》,既反对农民起义,也揭露军阀祸乱。军阀李克用攻长安,唐僖宗出逃,他想从江南到中原去投奔唐僖宗。因而他年近花甲仍进长安考试,做了七年唐朝的官。然而他终于对唐朝绝望了,他六十二岁投奔了他曾反对过的军阀,并且做了蜀代开国宰相。他的《秦妇吟》广为流传,因而人称他为"秦妇吟秀才"。但到晚年,他却闭口不提此诗,并且禁止子孙提起,成了他的心病。可见他在对唐朝绝望之前,长期以为军阀割据战乱是帝国危亡的祸根。因而当他游金陵(今江苏南京)时写作了这首《台城》,对六朝兴亡深为感慨。

诗题《台城》,一作《金陵图》。"台城"是六朝宫禁古迹。它本来是三国时吴国的后苑城,所以又叫"苑城"。在东晋改建为皇城。东晋和南朝宋、齐、梁、陈四代的皇宫在这里,中央政府的台省机关也在这里,所以叫"台城"。它的故址在今江苏南京鸡鸣山南乾河沿北。这诗咏怀的古就是六朝帝都皇城。诗是这样的:

> 江雨霏霏江草齐,六朝如梦鸟空啼。无情最是台城柳,依旧烟笼十里堤。

这是江南暮春的一天,诗人站在金陵城里的一个高处,纵目这六朝都城的风景,凭吊那六朝兴亡的遗迹。他看到了什么?又想到了什么?

诗人看到了大自然春色依旧,六朝繁华不存在。他远望城外长江,江上细雨蒙蒙,江边草色青青,长得茂密整齐,一种欣欣向荣的春色自在。而四望这金陵城里,却显得寥落,从前六朝都城的繁华气

象，早已像梦一样消失，只听得春鸟还在空自啼叫，好像流露一点故国的哀思。他向那六朝皇城所在望去，只见那六朝种植在台城御河堤上的杨柳，依旧垂条飘絮，烟雾弥漫，笼罩着仿佛犹存的辉煌宫阙。这情景使诗人不尽怅惘，感到最为无情。但诗人心里想到的不只是大自然草木无情，而且是历史兴亡的无情，蕴含着诗人对大唐帝国垂亡的现实和前景的不胜哀伤。因此，这诗在构思和表现上，含蓄深长地吸取和融会了唐代人熟悉的前人诗意，借以寄托自己的哀伤。

这诗的构思，明显化用了《诗经·小雅·采薇》中的诗意。《采薇》末章写道："昔我往矣，杨柳依依；今我来思，雨雪霏霏。行道迟迟，载渴载饥。我心伤悲，莫知我哀。"它写一个服役出征的士兵自述战后归来的哀伤。他出征时是春天，回来时是冬天。但这"杨柳依依"和"雨雪霏霏"不仅是节物标志，更是比兴的抒情形象，满含哀伤。这是古代士人熟知的著名篇章。这诗的前两句以"江雨霏霏"写起，后两句写台城杨柳，虽然是写春天节物，但这"霏霏"的形容和"依旧"的情态，容易使人想起《采薇》的末章，并且领会诗人心中怀有那种"莫知我哀"的悲伤的。同样，前两句"江草齐"和"鸟空啼"的情景描述，也令人想到盛唐诗人李华的名篇《春行寄兴》："宜阳城下草萋萋，涧水东流复向西。芳树无人花自落，春山一路鸟空啼。"虽然这两首诗所写实际地点不同，但是，所取的景和所抒的情，多么近似。因而也可理会诗人望见金陵城里的景象，心里感到那种"芳树无人花自落"的寂寥冷落的感慨。而后两句诗意与中唐诗人刘禹锡的名篇《杨柳枝》相似。刘诗写道："炀帝行宫汴水滨，数株残柳不胜春。晚来风起花如雪，飞入宫墙不见人。"隋炀帝行宫和六朝的台城都是前朝皇帝遗迹，汴水柳和台城柳也都曾是御柳，而"十里堤"内便是台城，所以"烟笼十里堤"和"飞入宫墙不见人"的含意其实一样。不过刘诗把"无情"含蓄在明快的情景抒写中，而韦庄这诗则点出"无情"，而情景描述却比较含蓄。这也许是诗人一种巧妙的化用，而诗意则同样都在抒写亡国之鉴的感慨。总起来说,这诗在艺术构思和摄取形象上是汲取融化了前人艺术成果,不仅表现了他看见的景象,而且含蓄着他心中的哀伤,情景交融,深入浅出,富有特色。

中唐以来,咏叹六朝遗迹,抒写亡国教训,讽喻唐朝记取,是诗歌中往往可见的主题。刘禹锡就有一首《台城》:“台城六代竞豪华,结绮临春事最奢。万户千门成野草,只缘一曲《后庭花》。”主题思想是讽喻唐朝记取六朝帝王荒淫豪奢的亡国教训。其特点是以古讽今,态度明朗,议论明快,因为诗人既看到政治腐败,又要求改革,痛切希望挽救帝国的危亡。这是中唐时代的使然。到韦庄的时代,尽管诗人感情上仍旧希望帝国不亡,但事实上看到战乱割据的现实,思想上认识帝国覆亡的前景。因此他咏叹台城,无意于总结六朝亡国教训,而伤情于这半壁江山的六朝亡国之后的寂寥,感慨于祖国江山依旧而历史兴亡无情,这是一种无望的希望,有情的无情,清醒的迷惘,麻木的痛心,因而心情沉重,不尽哀伤。这是晚唐时代的使然。和温庭筠所处年代相比较,韦庄生活年代的大唐帝国形势已经无望,因而不难看到,《商山早行》和《台城》虽然都是抒写一种梦幻破灭的迷惘哀伤,但温庭筠主要是个人梦想的破灭,而韦庄则是对大唐帝国的命运,感到好像是一个破了的梦,因此情绪更迷惘,更哀伤。这是晚唐政治形势发展的使然,也是晚唐时代情绪的一种真实的反映。

(《中国历代文学名篇欣赏(唐诗)》,贵州人民出版社,1987 年)

苏　洵

管仲论

管仲相桓公，霸诸侯，攘戎狄，终其身齐国富强，诸侯不叛。管仲死，竖刁、易牙、开方用，桓公薨于乱，五公子争立，其祸蔓延，讫简公，齐无宁岁。

夫功之成，非成于成之日，盖必有所由起；祸之作，不作于作之日，亦必有所由兆。则齐之治也，吾不曰管仲，而曰鲍叔；及其乱也，吾不曰竖刁、易牙、开方，而曰管仲。何则？竖刁、易牙、开方三子，彼固乱人国者，顾其用之者，桓公也。夫有舜而后知放四凶，有仲尼而后知去少正卯。彼桓公何人也？顾其使桓公得用三子者，管仲也。仲之疾也，公问之相。当是时也，吾以仲且举天下之贤者以对。而其言乃不过曰：竖刁、易牙、开方三子，非人情，不可近而已。

呜呼！仲以为桓公果能不用三子矣乎？仲与桓公处几年矣，亦知桓公之为人矣乎？桓公声不绝乎耳，色不绝乎目，而非三子者则无以遂其欲。彼其初之所以不用者，徒以有仲焉耳。一日无仲，则三子者可以弹冠而相庆矣。仲以为将死之言，可以縶桓公之手足邪？夫齐国不患有三子，而患无仲。有仲，则三子者，三匹夫耳。不然，天下岂少三子之徒？虽桓公幸而听仲，诛此三人，而其余者，仲能悉数而去之邪？呜呼！仲可谓不知本者矣。因桓公之问，举天下之贤者以自代，则仲虽死，而齐国未为

无仲也。夫何患三子者？不言可也。

五霸莫盛于桓、文。文公之才，不过桓公，其臣又皆不及仲。灵公之虐，不如孝公之宽厚。文公死，诸侯不敢叛晋。晋袭文公之余威，犹得为诸侯之盟主者百有余年。何者？其君虽不肖，而尚有老成人焉。桓公之薨也，一乱涂地，无惑也，彼独恃一管仲，而仲则死矣。

夫天下未尝无贤者，盖有有臣而无君者矣。桓公在焉，而曰天下不复有管仲者，吾不信也。仲之书，有记其将死，论鲍叔、宾胥无之为人，且各疏其短。是其心以为是数子者皆不足以托国。而又逆知其将死，则其书诞谩不足信也。吾观史鳅以不能进蘧伯玉而退弥子瑕，故有身后之谏。萧何且死，举曹参以自代。大臣之用心，固宜如此也。国以一人兴，以一人亡。贤者不悲其身之死，而忧其国之衰，故必复有贤者，而后可以死。彼管仲者，何以死哉！

唐宋的散文巨匠，史称“八大家”。而苏洵和他的儿子苏轼、苏辙，就占了三家。以通材而论，苏洵不如他的儿子；但拿政论来说，苏轼、苏辙就比不上他们的父亲了。清代人评论他们三人的政论说，苏洵“长于纵横捭阖”，风格像先秦诸子，主要是他能“痛切时事，陈安危利害之故”；而苏轼则“大放厥辞”，苏辙较为含蓄收敛。早在南宋，就有传说说苏洵常常一个人挟着一部书反复诵读，他的儿子读不到。有一天，苏轼和苏辙偷偷地拿来一看，原来是战国纵横家的《战国策》。这类评论和佳话，都表明苏洵对政论散文很下功夫，很有成就。这里便向大家介绍苏洵的一篇政论文章，题目是《管仲论》。

管仲是春秋时代赫赫有名的政治家。他是齐桓公的宰相。在他的努力辅佐治理下，齐国成为春秋时代一个强大的诸侯国，齐桓公成为天下大小诸侯的盟主，历史上著名的春秋五霸之一。对齐国和齐桓公来说，管仲是不容置疑的贤相和功臣，勋望卓然，青史垂名。但

是，苏洵这篇评论管仲的文章，却不谈他成功的治国经验，而是尖锐指出他犯了重大政治错误，以致在他死后，齐桓公被奸佞害死，齐国大乱。文章指出，管仲没有在死前“举天下之贤者以自代”，没有安排好自己的接班人，是根本性的重大错误。显然，苏洵是以古论今，借题发挥，因为这个问题在北宋当时具有深刻的现实意义。

苏洵主要生活在宋仁宗时代。当时，北方契丹、西夏的势力强大，严重威胁北宋王朝的安全，北宋内部，大官僚、大地主、大商人肆意兼并剥削人民，阶级矛盾尖锐，农民不时起义。在这民族矛盾、阶级矛盾日益激化的形势面前，北宋统治阶级内部要求改革的主张，日益强烈，于是在庆历年间出现了以范仲淹为首的政治改革。但由于触犯了大官僚中的保守势力，这场相当温和的改革也很快失败了。苏洵是支持改革的。他目睹这场改革的开展和失败，觉得范仲淹失策于不能容忍小过。他看到北宋朝廷的大官僚保守势力根深蒂固，一时难以铲除，如果既不能铲除，又不能容忍，势必增加阻力，树敌过多，导致改革失败。为了使改革得以开展，必须十分谨慎而妥善地对待他们。他认为在不妨碍大事的原则下，要“忍其小忿，以容其小过，而杜其不平之心，然后当大事而听命焉”(《上富相公书》)。意思是说，对这类官僚谋取小集团私利的过错，要有所容忍，以免增强不满情绪，然后在面对国家大事时，就可以使他们听命了。这是以容忍来争取妥协，但这并非苟且求合，苏洵明确指斥这类官僚是“小人”。正是因为他对当时朝廷政治形势是这样估计的，所以他深感举贤荐能，增强贤能实力，确保朝政归贤能执掌，是政治改革的根本保证。而《管仲论》所发挥的主题思想，实质便是如此，是针对当时的政治现实而发的。为了具体了解《管仲论》的思想内容和写作艺术，下面分段介绍。全文不到一千字，可分五段。

第一段是先摆历史事实，大意是说：

“管仲担任齐桓公的宰相，使齐国称霸诸侯，排除了异族的骚扰，到他去世之前，齐国始终富强，诸侯不敢叛乱。管仲死后，三个奸佞小人竖刁、易牙、开方当了权，结果齐桓公被他们作乱害死，齐桓公的五个儿子争夺君位，祸乱蔓延不绝，到齐简公即位之时，齐国没有一个年头是安定的。”

在这段简括的叙述中，作者充分肯定了管仲生前治国的成功，严厉批判他死后产生的祸乱，而在这生前死后的对比中显示出：齐国有管仲就富，没有管仲就大乱。不言而喻，摆事实是为了讲道理，从中总结经验教训。但是，作者并不点出他要谈什么经验教训，必须读了下文才知道。这是孟子常用的一种写法，所谓“引而不发，跃如也”，启发思索，逗人兴味。

第二段便开始发议论，大意是说：

“功业的完成并不是在完成的时候才算成功，而一定是在开始的时候就具备取得成功的原因；祸乱的发作也不是在发作的时候才成祸乱，而一定是开始的时候就显出造成祸乱的征兆。所以齐国的成功，我不以为由于管仲，而是由于推荐管仲的鲍叔。说到它的祸乱，我也不以为由于竖刁、易牙、开方这三个小人，而是由于管仲。为什么呢？因为竖刁、易牙、开方这三个人固然是祸害他人国家的人，但要看到那个任用这三个人的人，是齐桓公。按理说，有虞舜这样的明君，然后才懂得必须流放四凶那样的恶人；有孔子这样的圣人，然后才懂得必须铲除少正卯那样的奸佞。而那个齐桓公是个什么样的人呢？从这一点来看，那个使齐桓公能够任用那三个小人的人，就是管仲。当管仲卧病时，齐桓公问他，谁可以当宰相。面对这个问题，我以为管仲将会推举天下的贤能来回答齐桓公。然而管仲的回话，只不过说，竖刁、易牙、开方这三个人，行为不合人情，不可亲近他们，如此而已。”

跟上一段相比较，这一段议论出人意料。上段表明齐国全靠管仲，是一世大功臣；这段仿佛说齐国坏在管仲身上，竟是千秋大罪人。这种大起大落，开阖抑扬，就是纵横家的手法，令人一惊，叫人注意他指出的严重问题。这就是要举贤，强调宰相的职责在于推荐贤能，而

管仲的失职就在死前没有推荐贤能替代自己。从写作技巧上看，这一段开头就有省略，作了剪裁。因为上段已表明管仲的功绩，所以这段开头不再重复说明，而是直接从管仲怎么当了宰相来发议论。大家知道，在齐桓公争夺君位时，管仲原是他的政敌的谋臣。后来齐桓公战胜，把管仲俘虏了。由于齐桓公主要谋臣鲍叔的极力推荐，管仲才被任用，并当了宰相。作者是根据这段历史，才强调指出齐桓公一世的成就，首先应归功于鲍叔。因为没有鲍叔的推荐，管仲当不了宰相，有管仲当宰相，才有齐国的功业。所以作者说，“功业的完成”，“一定是在开始的时候就具备了取得成功的原因”。实际是说，成功的原因是举荐贤能。同样，管仲去世之前，应当推荐贤能替代自己，但他却没有安排好，这就造成齐国没有贤相的局面，给小人以可乘之机，留下祸根。所以作者说，“祸乱的发作”，“一定是在开始时就显出造成祸乱的征兆”，实际是说，祸乱的根由在没有举荐贤能。因此，作者认为管仲对此应当负责。不过，管仲毕竟是大臣，那位君主齐桓公难道不是应负主要罪责吗？他究竟是个怎样的人物呢？作者把这个问题先提一笔，留到下文再说，以便再起波澜，而在安排上也很恰当。

第三段就从齐桓公和竖刁等人来分析。大意是说：

“唉！管仲以为劝齐桓公不要亲近奸佞，他就果真不用那三个人了吗？管仲跟齐桓公相处好多年了，也应当了解齐桓公的为人了啊！齐桓公生活糜烂，耳目从未断过声色娱乐。如果不是那三个人，他就不能满足他的声色欲望。他起初没有重用那三个人，只是因为有管仲在，一旦管仲去世，那么这三人就可以弹冠相庆了。管仲以为他临死的忠言就能束缚齐桓公的手脚了吗？其实，齐国并不害怕有那三个人，而是怕没有管仲。如果有管仲，那么这三个人只不过是三个庶民而已。假使不是这样，那么天下像这三个人之流的人，难道还少吗？退一步说，即使齐桓公听从管仲的劝告，铲除了这三个人。但是，天下其余的这流人，管仲能把他们全都除掉吗？唉！管仲真可以说是个不懂根本的人了。假如他趁着齐桓公征求他意见的时机，推举天下的贤能来代替自己，那么管仲虽然死了，但齐国还不会形成没有管仲的局面。说起来，那三个人有什么可怕的？管仲不提他们，是可以的。”

这一段中，作者首先明确指出齐桓公是个贪恋声色而不能自制的君主，必须有一位贤相辅佐；其次透辟说明竖刁这类小人，防不胜防，但只要有贤相在，掌握住国家政权，这类小人并不可怕。这就从防患的角度，从反面的情况，进一步论证了管仲死前没有举贤自代是一个根本性的失策，同时也是反证了举荐贤能是国家盛衰的根本大事，是贤相的重大职责。文章到此，对管仲的批评已经相当全面，但是历史教训却不止此，主题思想尚未发挥充分。所以作者还要推宕开去，把眼光从齐国扩展到春秋五霸。

第四段就是比较齐桓公和晋文公的不同经验教训。大意是说：

“春秋五霸，最强盛的是齐桓公和晋文公。晋文公的才能不比齐桓公高，晋文公的大臣们也比不上管仲。晋文公的孙子晋灵公的暴虐，更不能和齐桓公的儿子齐孝公的宽厚相比。但是，晋文公死后，天下诸侯不敢反叛晋国。晋国承袭晋文公的余威，还能保持天下诸侯的盟主地位达一百多年。这是为什么？因为晋国后来的君主虽然不像晋文公，但是晋国还有一批老成的大臣在。而齐桓公死后，齐国就一败涂地，毫无疑问，这是因为齐国只靠管仲一个人，然而管仲却死了。”

这一段齐、晋的比较，主要说明一点：国家的治理，完全靠一个贤相是不能长治久安的，必须要有一批“老成人”。他所说的“老成人”，是指晋文公在世时造就的一批贤臣。他们个人才能比不上管仲，但在晋文公死后，他们都已是成熟的政治家，集体的力量足以弥补不足，可以保证国家政权不落在奸佞手里。因此，即使晋灵公比齐孝公更不肖，但晋国却保持了一百多年的强盛。这就是说，为了国家长治久安，不但要有杰出的明君贤相，而且要有成批的贤能，这就必须坚持不懈地举贤荐能，壮大贤能的力量，牢固掌握国家政权。应当说，

作者站在封建国家立场上提出的这一思想见解，有胆有识，深谋远虑，独具卓见。尤其是他着重针对国君不肖的情况，强调举贤荐能，具有深刻意义。这也是他深为感慨之处。因此，在文章结束时，他还要予以强调一下。

最后一段就是明确指出在没有明君的情况下，举贤自代，安排好接班人，是贤相的重大职责。大意是说：

“天下没有贤能的时代是从未有过的，而那种有贤能大臣而没有英明君主的时代，却是有的。当齐桓公在世时，如果说天下已不再有管仲那样的贤能，我是不相信的。《管子》这部书里有管仲将死时的记载，说到管仲评论鲍叔和宾胥无的为人，并且分别列出他们的缺点，这是因为管仲心里认为这几个人不能承担国家的重托。但是书里又写到管仲预料自己快要死了，可见这书荒诞不经，是不足信的。我看到，卫国贤大夫史鳅因为不能推举贤者蘧伯玉执政，不能让小人弥子瑕退出朝廷，所以他留下遗嘱，叫儿子把自己的尸体放在窗外，以此对卫灵公进谏。汉朝宰相萧何快死时，推举了曹参代替自己。一位大臣的用心，本应如此。一个国家靠一人兴旺，又因此人死去而衰亡。这种情形下，贤者不会为他自己的死而悲伤，他担忧的是国家的衰亡。所以一定要有贤能替代自己，而后他才可以去世。但是那位管仲，怎么可以就那样死去了啊。”

这一段是作者最精心构思，也是最深切关注的。除了再一次强调贤相必须荐贤自代外，作者还曲折而同情地暗示管仲并非不想安排好自己的接班人，而是深知齐桓公不会接受他的举荐的。比较明显的暗示，就是作者在举《管子》的记载以表明管仲对举贤自代的人选是有考虑的，但是接着作者却又含糊地说《管子》这部书不可信。其实，读过《管子》的人都知道，管仲在预料自己快死时，还谈到了隰朋。管仲说：“隰朋的为人，一举一动都要量力而行，量技而为。”然后又叹息道；“老天降生隰朋，是要他做我的喉舌。现在我这个躯体要死了，他这个喉舌怎么能生存呢？"管仲这番话是对齐桓公说的，用意显然是要齐桓公重用隰朋，但是又料定齐桓公不会用隰朋，所以采取感叹方式来试探一下。不难理解，隰朋是管仲心中想要举以自代的贤能。而这段故事，作者自然是知道的。可见作者在这里故意含糊其词，是用了曲笔，有所避忌。因此，作者接着举了两个举贤成功的事例，史鰌是死后尸谏被纳的，萧何是死前推举成功的。这一方面表明大臣的举贤应竭尽全力，另一方面也意味着要君主纳贤是不容易的。从这类曲笔微词来看，作者最后一句感慨，其意不在责备，而是惋惜管仲不能安排好接班人，就这样死去，是十分遗憾的。所以前人评论说，"责管仲最深切，意在言外"。就是指管仲有不能荐贤自代的难处。

总之，这是一篇针对北宋当时政治现实的历史人物评论文章。从写作艺术上看，正如前人所说，它具有孟子散文的法度，立论严峻，见解深刻，思路清楚，逻辑周密，又有纵横家的捭阖，大起大落，曲折反复，出人意料，逗人兴味。宋代吕祖谦说它"句句的当，前亦可学，后不可到，此篇义理的当，抑扬反复，及警策处多"（《古文关键》）。这一评论是中肯的。通观全篇，开头概述历史，简洁扼要，是可以学到的。最后一段的精心构思，苦心斟酌，则需要相当高的思想学识和才能技巧，得用大力气学习。至于中间三段，正反纵横，抑扬开阖，反复深入，要求思想见解深刻犀利，遣词造句精警醒目，所以"警策处多"，这原是写好政论的应有努力。因此，作为一篇政论佳作，《管仲论》确有可资写作借鉴的经验。而从思想内容上看，本文虽然在作者当时的历史条件下堪称深谋远虑，但是历史条件也对他有约束和限制，使他只能为封建国家的利益深谋远虑，而实际上往往是行不通的，因为他终究不能触及封建制度的本质。这也是过去时代主张改革的作者的一般局限，是不可避免的。

（《中国历代文学名篇欣赏（唐宋文）》，贵州人民出版社，1985 年）

苏　轼

书《孟德传》后[1]

子由书孟德事见寄。[2]余既闻而异之,[3]以为虎畏不惧己者,[4]其理似可信。然世未有见虎而不惧者。则斯言之有无,[5]终无所试之。[6]

然曩余闻忠、万、云安多虎,[7]有妇人昼日置二小儿沙上而浣衣于水者。[8]虎自山上驰来,妇人仓皇沉水避之,[9]二小儿戏沙上自若。[10]虎熟视久之,至以首觝触,[11]庶几其一惧,[12]而儿痴,[13]竟不知怪。[14]虎亦卒去。[15]意虎之食人,[16]必先被之以威,[17]而不惧之人,[18]威无所从施欤?[19]

有言虎不食醉人,[20]必坐守之,以俟其醒。[21]非俟其醒,俟其惧也。有人夜自外归,[22]见有物蹲其门,以为猪狗类也,以杖击之,即逸去。[23]至山下月明处,则虎也。是人非有以胜虎,[24]其气已盖之矣。[25]

使人之不惧,[26]皆如婴儿、醉人与其未及知之时,[27]则虎畏之,无足怪者。[28]故书其末,[29]以信子由之说。[30]

〔注释〕

①《孟德传》:苏轼弟苏辙的作品。传中记述退伍士兵孟德,曾逃隐秦州深山,屡次遭遇猛虎而未被害。孟德体验到,凡猛兽之类,都能辨识人的气味。人走近它百步,它往往伏而怒吼,声震山谷。孟德

不怕。一会儿，它跳起来，像要搏斗，但距离十几步就停止了，来回走动，孟德依然不怕。不一会儿，它就离开了。苏轼此文便是针对这一体验而题在《孟德传》后的。②子由：苏辙的字。书孟德事：即指《孟德传》。③既闻：指读后知道孟德不怕虎事。异之：觉得此事异常。④不惧己者：指不怕虎的人。⑤斯言：这个说法，指“虎畏不惧己者”。⑥终：终究。试：验证。⑦曩(nǎng)：从前。忠：忠州，今四川忠县。万：万州，今四川万县。云安：今四川云阳。⑧浣(huàn)：洗。⑨仓皇：惊慌匆忙。沉水：没进河里。之：指虎。⑩自若：神色不变，若无其事的样子。⑪至：甚至于。觝触：同“抵触”。这里形容虎用头碰撞孩子。⑫庶几：估量意图，差不多的意思。其一惧：使孩子们一下就害怕起来。⑬痴：谓孩子天真无知。⑭怪：骇怪，奇怪害怕。⑮卒：终于。⑯意：想来。⑰被之：使人受到。威：威力。⑱不惧：不怕虎。⑲无所从施：没有施展威力的地方。⑳醉人：喝醉酒的人。㉑俟(sì)：等待。㉒归：回家。㉓逸去：逃走。㉔有以胜虎：有胜过虎的本事。㉕气：气势，精神状态。盖之：压倒虎。㉖使：假使。人：泛指人们。㉗其未及知之时：人们尚未知道遭遇的是虎的时候，即指上段所述误以虎为猪狗之类。㉘无足怪：不值得奇怪，即谓正常而可理解。㉙其末：指《孟德传》的后面。㉚信：证实。

这篇题跋，实际是思想短评性质的杂感。它借题发挥，叙事析理，仿佛东拉西扯，却有精辟见解，并且寓意深刻，耐人寻味。

本文是写在《孟德传》后面的。既有传文在前，其内容无须重复，一句话交代便了。但是作者借《孟德传》中什么事情来发挥什么议论，则须明确，所以第一段主要提出主题：孟德的体验，证明了”虎畏不惧己者”，但是世上真能“见虎而不惧者”很少，大多怕虎。因此，如果要使人们相信孟德的体验，尚需举出平常人信服的事例，并要说出一番道理，否则不足以证实“虎畏不惧己者”为真知。

作者举出三类事例，分两层说理。事例一是天真小孩不怕虎，二是老虎不吃醉汉，三是错觉虎为猪狗的人赶跑了虎。这三类都是平常人，但却都在一定条件下无视虎威，客观上表现出不怕虎。这一定条件便是孩子的无知，醉汉的不知，错觉者的未知。他们不怕虎都由于不知是虎，是不自觉的。但是，为什么平常人不自觉地不怕虎能使虎畏而退却呢？是不是不怕虎的人真能打败虎呢？为了说明此中道理，作者把三个事例分两层叙述议论。

第二段写多虎地区发生过孩子不怕虎而使虎退走的事。其中特别写出带孩子的妇人见虎骤来，仓皇沉水，显然表明妇人知虎吃人而惧虎威，点出“世未有见虎而不惧者”；同时，具体生动地描述了孩子天真无知而游戏自若，虎以头碰撞孩子而企图使其畏惧，结果发现无效而离去，点出孩子的不惧是由于痴而不以为怪。耐人寻味的是作者的议论，认为虎吃人之前，先要施威吓人；如果人不怕虎威，不受威胁，虎就不敢吃人，因为它没有了施威的对象。也就是说，不管人不怕虎是否自觉，关键在于使虎不得施威，吓不倒人，要不示弱，敢对抗。

接着，第三段便写老虎不吃醉汉。醉汉无视虎威，由于神智不清醒，不必多说。所以作者直截说破“以俟其醒”的表面现象，指出虎不吃醉汉的原因是“俟其惧也”，看看虎威是否有效。而夜归者错把老虎当猪狗，一打就跑，则显然进一步揭示虎其实怕人奋起打击，表明它并不确信人必怕它，心里无数。因此，作者就针对虎的这种实质空虚的心理，明确指出，人并不一定具有打败虎的力量和本事，人使虎畏的原因是在精神气概上压倒了虎。这就进一步把上段所说不使虎威得施而使虎退的道理说透说明确了；同时也证实了“虎畏不惧已者”这一真知对平常人同样有效验，只是不自觉而已。这就引出了本文的主题思想。

表面看，本文的主题思想似乎就是针对平常人怕虎的一般心理，以天真小儿、昏然醉汉及错觉未知者的不自觉蔑视虎威而使虎畏退的事例，证实“虎畏不惧己者”同样适用于平常人，从而鼓励世人要自觉蔑视虎威，不畏强暴，敢于对抗，首先要在精神上压倒这类庞然大物。所以篇末说，假使人都不怕虎，“则虎畏之，无足怪者”。文章似已圆满结束。但是试想，倘使较量实力，猛虎当然比一个平常人强暴，作者也说明了这一客观事实，生活实践中虎吃小儿的惨剧也不乏事例，那么苏轼为什么强调人的精神力量，强调人的自觉、自信精神气概可以压倒虎的强暴呢？其实，本文的主题已经寓示一个人所共知而往往忽视的事实：人是有思想、有智慧、有精神的，而猛虎毕竟是兽类。所以本文更深刻的寓意在于启发善良的人们在精神意识上自觉起来，自信是胜过兽类的强者。如果从古代习惯的虎狼喻暴虐的文化观念看，那么这篇仿佛就事论事的闲聊杂感，对于古代人士不难引起种种生活联想，激起更多更深刻的共鸣。事浅而理深，言尽而意长，所以它耐人寻味，百读不厌。

（《苏轼诗文赏析集》，巴蜀书社，1994 年）

苏　辙

武昌九曲亭记

子瞻迁于齐安，庐于江上。齐安无名山，而江之南武昌诸山，陂陁蔓延，涧谷深密，中有浮图精舍，西曰西山，东曰寒溪，依山临壑，隐蔽松枥，萧然绝俗，车马之迹不至。每风止日出，江水伏息，子瞻杖策载酒，乘渔舟乱流而南。山中有二三子，好客而喜游。闻子瞻至，幅巾迎笑，相携徜徉而上。穷山之深，力极而息，扫叶席草，酌酒相劳。意适忘反，往往留宿于山上。以此居齐安三年，不知其久也。

然将适西山，行于松柏之间，羊肠九曲而获少平。游者至此必息，倚怪石，荫茂木，俯视大江，仰瞻陵阜，旁瞩溪谷，风云变化，林麓向背，皆效于左右。有废亭焉，其遗址甚狭，不足以席众客。其旁古木数十，其大皆百围千尺，不可加以斤斧。子瞻每至其下，辄睥睨终日。一旦大风雷雨，拔去其一，斥其所据，亭得以广。子瞻与客入山视之，笑曰："兹欲以成吾亭耶？"遂相与营之。亭成而西山之胜始具。子瞻于是最乐。

昔余少年，从子瞻游。有山可登，有水可浮，子瞻未始不褰裳先之。有不得至，为之怅然移日。至其翩然独往，逍遥泉石之上，撷林卉，拾涧实，酌水而饮之，见者以为仙也。盖天下之乐无穷，而以适意为悦。方其得意，万物无以易之；及其既厌，未有不洒然自笑者也。譬之饮食，杂陈于前，要之一饱，而同委于臭腐。

夫孰知得失之所在？惟其无愧于中，无责于外，而姑寓焉。此子瞻之所以有乐于是也。

苏辙和他哥哥苏轼，都是北宋散文大作家。他们从小一起读书，长大一起考中进士，做官以后，仍是枝株相连，沉浮相随，荣辱与共，终生不渝，真是手足至亲，知己深情。在坎坷的仕途上，他们互慰互勉，留下了不少优美动人的作品。苏辙的《武昌九曲亭记》便是其中之一。

这篇亭记大约作于宋神宗元丰五年(1082)，当时苏轼贬官到黄州(今湖北黄冈)已经三年。苏轼贬官黄州，是由于一次文字狱，即所谓"乌台诗案"。这是苏轼做官以后，在新、旧党争中遭遇的一次重大挫折和打击，使他对朝廷复杂的政治斗争不抱希望，深为厌烦，政治态度从积极变为消极，超然洒脱，以适意为乐。但是，他内心并不平静，仍然希望能为国家和人民做点切实有益的好事。不过，在贬官黄州期间，一方面因为沉沦下僚，职务闲散，无可作为；另一方面因为打击沉重，心情不快，无意作为；所以，他常常游山玩水。即使如此，他还是做了一点好事。重建武昌(今湖北鄂城)九曲亭便是一例。苏轼这种思想矛盾，他的弟弟苏辙是很了解和理解的。

三年前，当苏轼因为"乌台诗案"入狱，横受折磨，以为生命不保，曾在狱中写诗给苏辙说："是处青山可埋骨，他年夜雨独伤神。与君世世为兄弟，又结来生未了因。"用来生结缘向苏辙诀别，心情惨痛沉重。当时，苏辙在狱外营救苏轼，向朝廷请求用自己的官职为苏轼赎罪。结果，苏轼出狱后贬到黄州充任团练副使，苏辙也因此贬到筠州(今江西高安)当个酒官。他们兄弟两人在河南分别，各赴贬所。不到半年，苏辙就到黄州探望他哥哥。苏轼惊喜交集地写了一首诗，诗结尾两句说："早晚青山映黄发，相看万事一时休。"意思是说，他已老了，天天和青山做伴，对于人间万事都看透了，不再关心。那时，他住

在黄州城南郊的临皋亭，距长江不远，常常渡江到对岸武昌的樊山(即西山)和寒溪游玩。苏辙来黄州，就和苏轼一起到那里游玩。苏辙写诗道："西山隔江水，轻舟乱凫鹭。连峰多回溪，盛夏富草木。杖策看万松，流汗升九曲。苍茫大江涌，浩荡众山蹙。"意思说，渡江到樊山、寒溪游玩，虽然吃力，但很有兴味，尤其是登上樊山九曲岭，一览长江和众山，更觉得情怀开阔。他显然是在劝慰他哥哥以山水的快意来排遣胸中的不快。然而苏轼的诗却说："层层草木暗西岭，浏浏霜雪鸣寒溪。空山古寺亦何有，归路万顷青玻璃。我今漂泊等鸿雁，江南江北无常栖。幅巾不拟过城市，欲踏径路开新蹊。"并且自己作注说明："路有直入寒溪，不过武昌者。"在他看来，樊山、寒溪的景色并不见佳，古庙、长江的风物也了无生气；他只是由于谪居闲散，无所事事，因而常常渡江来回游玩；又因为厌烦世俗，不愿接触官场所在的城市，所以特别喜欢这里开辟有一条绕避武昌城的小路。这就是说，他选择这种游山玩水的生活是不得已的，因为他只能如此，而不是甘心这样。他更坦率地告诉他弟弟说，如果真要超脱，那么"何当一遇李八百，相哀白发分刀圭"。最好遇见家乡四川的那个神仙李八百，希望他可怜我年老而分一点神仙妙药给我，让我成仙。所以，苏辙对苏轼在黄州的生活和心情是很了解和理解的。也由此，三年后，当苏轼重建的武昌樊山九曲岭上的九曲亭落成时，苏辙欣然写了这篇亭记。

在这篇亭记中，苏辙亲切地叙述了苏轼重建九曲亭的起由和经过，生动地描写了苏轼在黄州的游踪和情怀，委婉地表达了他对苏轼的劝慰和希望，而主要是借以显露出苏轼的为人品格和思想情操，赞扬他处于逆境而并不消沉的乐观精神。所以本文立意谋篇，简洁明快。全文三段，就是以重建九曲亭为题材，依次说明：苏轼谪居黄州三年，为什么喜欢到武昌樊山游玩？为什么他要重建九曲亭？又为什么他建成九曲亭时感到最快乐？他感到快乐的思想实质是什么？

明代茅坤说这篇文章“情兴心思，俱入佳处”。其论不为过分。因为苏辙很熟悉、很理解他哥哥，又有共游樊山的亲切体验，所以他愿人们都了解、同情、尊敬他哥哥。实际上，记亭为了记人，叙其事就是要扬其人，历来如此，本文也是这样。

下面，分段介绍全文。

第一段大意是说：

“苏轼调动官职来到黄州，住在长江边上。黄州没有出名的山岭，而长江南岸，武昌县的一些山岭，高下险阻，连绵不断，涧水山谷，深邃幽密。山上有佛寺，西边是西山，东边是寒溪。这里，靠着高山，对着深谷，隐蔽在松树、栎树的密林里，清净寂静，隔绝世俗，车辙马迹到不了此地。每当风歇日出的晴天，长江水波平息，苏轼就拿了手杖，带了酒，乘打鱼船横渡长江到南岸去。山里有几位先生，好客而喜欢游玩。他们听说苏轼来了，就头戴一幅方巾，笑盈盈地迎接他，一起手挽着手，自由自在地上山去了。他们一直走到深山，气力耗尽就休息，扫一扫落叶，坐在草地上，斟一杯酒，互相慰劳，称心如意，忘了回去，往往就住在山上。正由于这样的乐趣，苏轼在黄州住了三年，而并不觉得时间耽搁很久。”

这段叙述苏轼谪居黄州期间爱游樊山，是因为黄州无名山，而樊山风景独好，并且有好客而喜欢游玩的伴侣在那里，玩得称心如意。一般地说，这样写法，也符合写作亭记的通例，先交代亭子所在风景和建亭人的情况，而且文笔简练优美。但是细加品味，便可领会到第二层含意，有言外之音。苏轼陷于“乌台诗案”曾惊动朝野，所以他谪居黄州的遭遇可以略而不提，也不便多说，用一个“迁”字点到，明眼人一读便知。当官的不务公事，不住城市，偏要搬到远郊江边来住，可见心情不佳，这也是一笔提到即可，无须累赘。但是，古代失志失意、不苟流俗的仁人智者的生活态度并不相同。孔子说过，“仁者乐山，智者乐水”，“仁者静，智者动”。思想性格不同，生活态度和方式

也不同。作者立意于描写他哥哥的品格情操,所以这段着重叙述樊山的特点和苏轼的游兴,突出表现樊山隔绝世俗、车马不到的深僻,强调苏轼专爱这样的胜境。这是忠实写出苏轼当时的思想情怀,恰如苏轼所说:“幅巾不拟过城市,欲踏径路开新蹊。”苏辙在这段里,具体地形象地显示出,苏轼在黄州是以一种超脱的态度,过着一种适意的生活。正是为了点出这一层含意,作者在这段末尾含蓄地说:“正由于这样的乐趣,苏轼在黄州住了三年,而并不觉得时间耽搁很久。”把这几句话反过来读,就是说,如果没有这样的乐趣,那么苏轼在黄州生活一定烦闷,三年时间会觉得太久了。不难体会,这结尾是与开头的“迁”字相应,委婉而巧妙地起着画龙点睛的作用。由此也可以说到第三层含意。从全篇的立意看,这段虽然没有明白说出“适意为悦”的主题思想,但实则通过具体叙述所表现出来的,就是这一点。因此,前人评论这段说:“虚含后半‘适意为乐’意。”

第二段大意是说:

“然而要登西山,就要穿行在一片松树、柏树之间,走过一条九曲的羊肠小道,然后才获得一块稍为平坦的地方。游人到这里一定要休息会儿,靠着奇形怪状的山石,在茂密的大树下遮阴,俯视长江,仰望高山,旁览溪水峡谷。天空的风云变化,山林的阴阳向背,都呈现在周围。这里有个废弃的亭子,它留存的基础很狭小,坐不下几个游客。亭子旁边有几十棵古老树木,都是百围粗、千尺高的大树,用斧子是砍不倒它们的。苏轼每次到这里,总要斜眼瞄着这些古树很长时间,好像在打什么主意。有一天,刮起大风,打雷泼雨,连根拔掉了其中的一棵。清理一下这棵树所占据的地盘,就可以扩充修建那个亭子了。苏轼和朋友们进山察看了这个情况,笑着说:‘这是老天要用这个办法来成全我修建亭子呀!’于是他们一起经营修建亭子。亭子建成了,西山优美景物开始完备了。在这个时候,苏轼感到最快乐。”

这段叙述苏轼建成九曲亭的经过和他获得了最大快乐。显然，这段的前半是一层意思，说明重新扩建九曲亭的必要和存在的困难；后半是一层意思，叙述天助苏轼实现了建亭的愿望，使他获得最大的快乐。总起来看，这段好像只是在记述建亭的事情，苏轼在天功相助下做成了一件好事，所以他感到最快乐。但在所记建亭过程中，有两点引人注意，也耐人寻味。其一，扩建的困难并不是平常人工所能克服。相传旧亭原是三国东吴的孙权所建，到北宋历时九百来年，久已废弃，而无人兴修。积重难返，越久越难。亭旁古树，自然生长，根柢深厚，盘踞扩张，占满这小块平地，挤得亭子毫无伸展余地。这就是说，扩建亭子必须铲除古树，而平常人不能胜任其事的。也就是意味着，对这样的事情，即使有心人，却也无能为力．而苏轼常常看着这些大树，好像在打主意，但也只能是整天这样看着，不见行动。这表现出苏轼就是这样一个有心而无力的明白人，知其徒劳，所以不勉强，听之任之。其二，亭子能够建成，实际是天助人力。没有老天帮忙，拔掉一棵大树，让出地盘，亭子是建不成的。苏轼说得明白：这是老天成全了他。因此，他就积极行动，建成了亭子。这同样表现苏轼是个明白人，知其可为而为之。从消极旁观到积极经营，转变的关键是天助，而思想实质则是明白天理，听从自然，不夺天功，也不失时机。从这一点看，九曲亭建成的时候，他最快乐，但使他感到快乐的真正原因却不是建亭的具体事功，而是天遂人愿的精神满足。对苏轼来说，他只是顺自然，借天助，完成了一桩快意的事情而已，既不贪天之功，也不图谋私利。这就是本段的实质内容。

第三段大意是说：

“从前我年轻时跟着苏轼游玩，遇见可以攀登的山，可以浮游的水，苏轼没有不是撩起衣裳走在头里的。倘使不能达到目的，他会整天不愉快。而当他轻松愉快地一个人去游玩时，在山石泉水之间自由自在，采采树林里的花草，拣拣山涧边的野果，舀一杯泉水来喝，看见他的人会以为他是个神仙。天下的乐趣是无穷无尽的,而他只要称心如意就愉快了。当他觉得自己称心如意的时候,任何事物都不能取代他的快乐。等到他感到已经满足的时候,又从来没有不是洒脱地笑话自己的。这好比人的吃喝,各种饮食杂乱地摆在面前,其实重要的只是吃一个饱,然后就统统化为粪便排泄掉。有谁知道自己从哪里得到了什么,又从哪里失去了什么呢?只要自己问心无愧,而别人对自己也无可指责,那就让这些得失暂且寄托在心里。苏轼在建成九曲亭时觉得快乐,其原因就是如此。"

这段是发议论,阐述苏轼感觉快乐的思想实质就是"适意为悦",只要称心如意就愉快。在发议论之前,作者亲切地回忆了苏轼平素在游山玩水时的表现,说他的性情就是爱游山玩水,游兴一直很大,而当他称心如意地游玩时,却又显得十分洒脱超然,以至于像个不食人间烟火的神仙。这节回忆,既表现作者对苏轼上述行为能够理解,感到亲切,又是文章从叙事到议论的过渡,但还有一种婉转的辩解作用,就是强调苏轼游樊山、建九曲亭都出自一贯的性情爱好,并非由于贬官失意,排遣不满,希望不要误会。这是作者考虑苏轼处境而精心斟酌的一笔。然后便阐述苏轼乐观精神的思想原因。作者认为苏轼追求的称心如意,主要是精神上的一种满足,同时又能不使满足成为一种负担和束缚。因此他一不计较具体功利的得失,二不要求持久永恒的满足。作者把这种要求比作饮食。如果认识到饮食的主要目的是吃饱,并且知道饮食终归要成为排泄物,那么就不会计较饮食的好恶得失,也不会产生贪婪的食欲。人生乐趣也是这样。如果认识到生活就是乐趣,那就不会计较得失,也不会产生贪欲。因此,苏轼要求自己问心无愧,他人对自己也无可指责,也就可以达到称心如意的愉快境界了。这样,作者就把苏轼爱游樊山和重建九曲亭这两件事,从人生哲学的高度,说明了苏轼感觉快乐的思想原因,赞扬了他清高超脱的品格情操。同时,也能使人们理解苏轼在不幸、不利的逆境中保持乐观精神而生活愉快的原因。文章到此便圆满结束了。

显然，这篇亭记的主旨是褒扬苏轼。但是，作者自己的形象也不时闪现出来。这不仅由于插入一段回忆，点明作者和苏轼的至亲关系，还由于本文从构思到措辞，处处表露他对苏轼的深切理解和体贴关心。因此，在艺术上精心炼铸的同时，在思想上也是谨慎斟酌。一方面，他要借建成九曲亭这件好事来发扬苏轼处于逆境而乐观有为的精神，也以此表达自己对苏轼的劝慰和期望；另一方面，他又担心这种表彰会给苏轼带来政治上的加害。因此，在构思上，他采取正面叙事议论的方式，结构简明，剪裁省净，平实而不求创新，只是从实到虚，归纳说明。在措辞上，力求叙述客观，议论明确，也是尽量平实稳妥，可谓词达而已矣。而实际上，他既不能完全回避苏轼的失意处境，又不能遮饰苏轼内心不平的情怀，因此，如上所述，在叙事中他不得不运用委婉曲折和意在言外的传统表现手法，在议论中又采取逻辑跨度较大的推理方式。这样，就形成了本文的独特风格，简洁明快而又委曲婉转，直叙而有曲笔，矛盾而又统一。其原因就在于作者有不得不回避之处。而正因如此，却使这篇亭记产生含蓄动人、耐人咀嚼的艺术效果。当然，这种艺术手法正如本文所赞扬的“适意为悦”的思想一样，在历史上曾是可取的，而在今天则显然不大适用了。

（《中国历代文学名篇欣赏（唐宋文）》，贵州人民出版社，1985 年）

陆　游

秋夜将晓出篱门迎凉有感

三万里河东入海，五千仞岳上摩天。遗民泪尽胡尘里，南望王师又一年。

这首绝句作于南宋光宗绍熙三年(1192)，时陆游六十八岁，罢官闲居故乡山阴(今浙江绍兴)乡下已经四年。

宋钦宗靖康元年(1126)冬天，金人的军队冲进都城汴京(今河南开封)，掳去徽宗、钦宗两个皇帝，北宋从此灭亡了。徽宗的儿子赵构逃到长江以南，以临安(今浙江杭州)为首都，另建南宋王朝，过着苟且偏安的生活。金人在其占领区内实行残暴的种族歧视政策，人民深受民族压迫和阶级压迫的痛苦，年年盼望南宋出兵北伐，救他们于水火之中。但是，南宋统治集团辜负了人民殷切的期望，也辜负了爱国志士力主恢复故土的决心。诗题告诉我们，一个酷暑初收的秋夜，天色将明未明，老诗人满怀着山河破碎、人民涂炭的伤痛，对南宋君臣文恬武嬉、醉生梦死的愤慨，怎么也睡不着，于是走出篱笆外边去吹吹凉风。他迎风遥望北方，仿佛金人占领区内的山河，那些痛苦呻吟的人民，一齐浮现在眼前。他百感交集，写下了这首小诗。

诗的前半写北国山河的壮丽景象，后半写金人占领区内人民的酸楚心情，感情强烈，风格悲壮，是老诗人用血泪写就的名篇。

先看诗的前两句。“三万里河”指黄河，“五千仞岳”指西岳华山，

两者都在金人占领区内。诗用平起首句不入韵的变格(七言绝句以首句押平韵为正格,不押韵的为变格),以对偶句式开篇,劈空而起,气势雄伟。黄河长不过一万多里,却说“三万里”,华山高不过两千米,却说“五千仞”(仞,古代长度单位。东汉以后,一仞约两米,“五千仞”接近万米),这是用夸张手法,极写北国山河的壮美。“摩”是“迫近”之意,“上摩天”即朝上直逼天空,也是夸张写法。由于运用了夸张手法,仿佛一个剧的大幕刚刚升起,导演就在观众面前陡然树立高大无比、威严肃穆的巨人形象;又仿佛这黄河、华山不只是以其三万里长、五千仞高标绘在地图上,还具有奔腾咆哮、直奔东海的声势;拔地而起,上逼苍穹的气魄。这正是国家尊严凛不可犯的象征。但此刻,华山蒙上了耻辱的灰尘,黄河失去了往日的光彩;那么,在它们庄严肃穆的形象里,又怎能不饱含愤怒的感情?这愤怒之情,正是诗人自己感情的写照。

再看诗的三四句。“遗民”指江山换代之后仍然怀念前朝的人民,“王师”即指南宋王朝的军队。这两句描绘出金人占领区内人民的悲惨形象。“泪尽”的“尽”字含有深沉强烈的感情。自从北宋亡于金人,北方人民在异族统治下已经呻吟了六十多年。眼泪流了六十多年,哪能不“尽”?但是,即使流尽了泪,眼枯见血,他们依然巴巴地望着南方。“胡尘”是胡人马队溅起的飞尘,借指金兵。这里,诗人又给我们描绘了另一幅图画。画的近处是一大群翘首南望、满怀家国之痛的遗民;远处,作为背景,则是一队队奔驰而过的金人骑兵,风驰电掣,溅起滚滚飞尘。用“胡尘”作为“泪尽”的背景,诗情更为沉痛。

结句用一“又”字,拉长了时间的距离。金人占领区内的人民天天盼望,年复一年,结果总是一场空。诗人极写人民的希望,实际上是表明他自己的失望,而悲愤的感情,也正从这希望与失望之间流露出来。

但失望终究不同于绝望。诗人赞美山河,为北方人民大声疾呼,目的还是使南宋当权者触目惊心，激起他们去收复失地的决心。他不是临死前还希望有一个“王师北定中原日”吗？这“又一年”的“又”字不是有无穷的可能性吗？这首绝句，以“南望王师”的“望”字为诗眼，表现了这位爱国诗人希望、失望而终不绝望的千回百转、复杂沉痛的心情。

原题：希望失望　终不绝望——读陆游《秋夜将晓出篱门迎凉有感》

（《湖南教育》，1984 年第 4 期）

顾炎武

又酬傅处士次韵二首(其二)

明末清初的大学者、大诗人顾炎武,是一位热爱祖国的有志之士。明代崇祯末年,他还是一个青年学生,就参加了以“兴复古学”为名的叫作“复社”的团体,反对宦官权贵。清兵入关,他拥戴南明王朝,投身抗清武装斗争。抗清失败,明亡以后,他离开江南,奔走北方,考察山川地理,了解经济资源,暗中联络明代遗民,准备恢复抗清斗争。他发出了“国家兴亡,匹夫有责”的著名呼吁,自己身体力行地为之奋斗一生。在学术史上,他开创了清代的考据学,成就卓越,是一位大学者。在文学史上,他留下了四百多首诗歌,是一位杰出的诗人。清代诗论家沈德潜评他的诗歌是,“词必己出,事必精当。风霜之气,松柏之质,两者兼有”(《明诗别裁集》)。说顾炎武诗歌语言新鲜独创,运用典故精到妥当,有凛然无畏的精神和坚贞不屈的品质。这里,介绍他的一首七言律诗,是《又酬傅处士次韵二首》中的一首。

清康熙二年(1663),顾炎武来到山西太原,继续从事地理考察和秘密联络的活动。在这里,他结交了一位著名的人物,就是诗题所称的傅处士。“处士”是对有才有德的平民的一种敬称。这位处士姓傅,名山,字青主,号公佗,山西人。他也是一位抗清的志士,不过反抗的态度和方式与顾炎武不同。他没有拿起武器,而是在明亡以后就隐居了,穿着红衣服,住在山洞里,孝养母亲,研究哲学,据说还卖药行医。因而在明末清初的思想史上,傅山也占有一席地位。清顺

治年间，由于他坚决不与清朝合作，几乎被迫害致死。顾炎武来到山西，就与他交往，结为知己。他们志同道合，情意相投，互相诗歌酬答。我们介绍的这首诗，就是顾炎武再次用傅山诗作的原韵而写的和诗。诗是这样的：

清切频吹越石笳，穷愁犹驾阮生车。时当汉腊遗臣祭，义激韩仇旧相家。陵阙生哀回夕照，河山垂泪发春花。相将便是天涯侣，不用虚乘犯斗槎（chá）。

诗中用了一系列典故。为便于理解，下面逐联进行解释。

首联上句“清切频吹越石笳”，用西晋刘琨故事。“越石”是刘琨的字。“笳”指胡笳，原是古代北方民族吹奏的乐器，后来用作军队的号角。西晋末年，中原大乱，异族入侵，国土沦亡。刘琨在这民族危难时刻，接受朝廷委任，到并州做刺史。他辗转战斗，到了已成废墟的治所晋阳（即山西太原），努力坚守了十年。有一次，晋阳被异族重兵围困，毫无出路。刘琨就借着月光，登上城楼，发出凄厉的长啸，使异族士兵凄然叹息。半夜里，他又在城楼上吹奏胡笳，致使异族士兵起思乡之情而抽泣落泪。到凌晨，他又吹起了胡笳，竟使周围的士兵放弃包围，纷纷撤退回去了。顾炎武用这个故事来赞美傅山抗清的志节，表示对他的斗争方式深为理解。傅山处于孤立无援窘困无计的形势下，著书立说，吟诗作文，就像当年刘琨在晋阳围城中发出凄切的胡笳悲音一样，目的是要求清兵撤回到他们的故土去，恢复大明王朝。下句“穷愁犹驾阮生车”，是用魏末晋初阮籍故事。“阮生”即指阮籍。曹魏后期，阮籍反对司马氏篡魏的野心，又看到司马氏残酷镇压异己，内心十分苦闷，因而沉饮佯狂。他常常一个人驾车出外游逛，漫无目的，不走大路，放马乱跑，直到无法通车的穷途末路，往往恸哭而返。顾炎武用这个故事来抒写傅山穿红衣、住山洞之类的佯狂行为，说明他就像当年阮籍穷途恸哭一样，是以佯狂表示反抗。总起来看，首联就是用刘琨、阮籍的故事，针对傅山抗清的行为和矛盾苦闷的心情,含蓄深沉地表示了诗人的同情、理解、赞美和敬佩。

次联上句“时当汉腊遗臣祭”,用西汉陈咸故事。“腊”是古时年终祭祀众神的一种礼俗,当旧年将去、新岁即来之际,向神祇报功感德。“汉腊”原意指汉朝的礼俗,这里相对清王朝而言,指明朝的礼俗。“遗臣”是前朝遗留的臣民,这里指陈咸。西汉末年,王莽篡位,改立新朝,征召陈咸为大臣。陈咸称病不肯就职,并且叫他三个儿子一起辞官回乡,闭门不出。当时王莽把汉朝礼制习俗改了很多。陈咸一家仍旧遵用汉代礼俗,不用王莽那一套。有人问陈咸这是为什么,陈咸说:“我先人岂知王氏腊乎!”意思是说,祭祀是恭敬祖先的,祖先根本不知道王莽,怎么会接受王莽那套礼俗?如果不忘祖先,就不能用王莽礼俗。“遗臣祭”就是指陈咸闭门坚持汉朝礼俗,表示不忘祖先。这里,顾炎武用这个故事,不仅是表示赞扬傅山的气节,而且表示在当时形势下更加要坚持和保持明代礼俗,牢记祖先的功德。所以说“时当汉腊遗臣祭”,认为在这个年终腊祭时节,凡是明代遗臣都要在家里祭祖祀神。下句“义激韩仇旧相家”,是用秦末汉初张良故事。张良是战国时韩国贵族后裔,父祖五世为韩国丞相。秦灭韩时,张良仅二十岁,还没有做官。为了报灭韩的国仇,张良破家财以求刺客,在博浪沙锤击秦始皇,没有成功。后来就隐姓埋名,向黄石公学习兵法。终于参加起义,辅助刘邦推翻了秦朝。顾炎武用这个故事的含意也不专指傅山抗清事迹,主要在于表示,在当时形势下特别要激发遗民志士的斗志,这样就能像当年张良一样,刺杀不成,仍不灰心,而能坚持下去,发奋立志,直到取得成功。

第三联上句“陵阙生哀回夕照”,化用了唐代诗人李白的名词《忆秦娥》的词意。李白词的下阕说:“乐游原上清秋节,咸阳古道音尘绝。音尘绝,西风残照,汉家陵阙。”大意是说,在秋高气爽的时节,登临长安城南的游览胜地乐游原,遥望秦代都城咸阳通往长安的古道,并没有得到什么变迁的消息,而只看见长安城外汉代帝王的陵墓,长

安城里汉代帝王的宫殿，寂寞凄凉地坐落在秋风里，夕阳下。李白词抒发国家兴亡、历史变迁的感慨。顾炎武化用它的词意来表示对盛明王朝的悲凉怀念。这也可能是实写诗人到过北京城，瞻仰凭吊了明十三陵，从而深深激发了兴亡之感和悼明之情。下句“河山垂泪发春花”，化用了唐代诗人杜甫的名篇《春望》的诗意。杜甫诗说：“国破山河在，城春草木深。感时花溅泪，恨别鸟惊心。”这是杜甫在安禄山占领的长安城里写的。大意是说，大唐帝国被安禄山叛乱战争破坏了，但是山河还在，长安城里虽正是春天，但是人民离散了，只有草木长得很兴旺。想到国家的形势，诗人对着繁荣的春花也会迸溅忧伤的眼泪，由于离别的怨恨，诗人听见鸟鸣也会感到心惊肉跳，生怕亲人会有不幸。杜甫这诗是抒写国破家亡的战争离乱的怨恨的，顾炎武用它的诗意来表示自己的愁怀，由于明朝已亡，因此对着春花开放的大好山河，更加伤心落泪。

末联上句“相将便是天涯侣”化用唐代诗人王勃《送杜少府之任蜀川》的名句“海内存知己，天涯若比邻”，表示傅山和诗人同心同德，情深谊长，所以即使相隔天涯，一旦结交，携起手来，互相扶助，便是知己朋友，亲密伴侣。下句“不用虚乘犯斗槎”，用了一个神话传说。“槎”是木筏。“斗”指北斗，这里泛指天空。相传天河和大海是相通的，听说魏、晋时，住在海岛上的居民，有人每年八月都乘着木筏来往于天河、大海之间，从不失约误期。这里用这个传说，是接着上句的意思，表示像傅山和诗人这样的友侣，是无须约定再见的日期的，更不必长途跋涉地去专程聚会，相信以后一定会见面的。这样，全诗便以歌咏深厚的同志情谊而结束。

很显然，这是一首倾向鲜明、鼓舞斗志的政治抒情诗。它的主题思想就是赞美傅山的气节，抒写斗争的艰难和对胜利的展望，歌唱他们之间的同志情谊。在结构上，起承转合，顿挫抑扬，层次清楚，紧凑而完整。这是本诗在艺术上一个明显的特点。但这诗最突出的艺术

特点是用典精当，形象鲜明。这固然是由于诗人学识渊博，艺术造诣较高，但更主要的原因是诗人有鲜明的立场和爱憎，透彻了解时势，十分熟悉傅山和遗民们的思想情绪，因而他能够得心应手地运用历史知识，精当地表达思想感情。

这首诗一句一个典故，共用了四个历史故事，三个前人诗词语意，一个神话传说。前四句着重在叙事说理，所以紧扣当时的政治形势和傅山的思想矛盾，不仅都用了改朝换代之际的志士故事，而且每个典故都根据明确的用意而突出其中一点。首句用刘琨故事，突出“越石笳”，这就把傅山隐居不仕、研究哲学、吟诗作文的抗清意义和特点，含蓄生动地表现了出来。次句用阮籍故事，突出“阮生车”，这就把傅山佯狂行为的反抗意义和矛盾苦闷，意味深长地表现了出来。第三句用陈咸故事，强调“时当汉腊”。第四句用张良故事，强调“义激韩仇”。这些都明确地抓住故事含意中的一点，根据诗人的用意，突出地表现出来。后四句着重在抒情叙谊，所以主要化用前人诗意。李白和杜甫诗都是在长安写感慨的，这里用来表现对明王朝的眷念和对大好河山的热爱，所以说“生哀”，写“垂泪”。而王勃诗句原是写长安送别友人的，这里用来表现志士分别，点出“天涯侣”，显示大丈夫的四方之志，是很有气概的。至于末句用神话传说，可谓是一点余韵，有些诙谐意味，等于说，“你我之间就不用预定上天会面的日期了吧！”这是严肃中的轻松，沉痛里的一笑，也是壮士的豪放，同志的亲昵。

这诗是写给傅山的，因此傅山的形象很鲜明。而这诗又是抒写同志情谊的，因此诗人的自我形象也很鲜明，这是个诗人、学者、志士的形象。他在与傅山促膝谈心，既痛心已往，又寄希望于未来，读来神情跃然，如在目前。而最为动人的是他那对祖国的一片丹心和对战友的无限深情，处处体现出他那“风霜之气，松柏之质”，凛然无畏，坚贞不屈。诗人与傅山相见，已是五十岁的人了，傅山已五十六岁。

这时，南明王朝已经覆灭了两年，正是遗民心中一息希望也将熄灭的黑暗沉闷的时刻。诗人对他的同志战友抒发了这样情意深长的胸怀，无疑是要点燃遗民心中的光明，坚定信念，鼓舞斗志，坚定在黑暗中走向光明的前途。因而全诗充满了悲凉慷慨的情调，蕴含着不惜牺牲的精神。真情实意，感人至深。

应当指出，腐朽的明王朝的覆灭是不可避免的，而清王朝的建立也有深远的历史原因。那些明末遗民，他们大多痛恨明王朝的腐朽，而又痛心它的沦亡。由于历史的局限，他们不可能认识到明清易代的历史变迁中更深远的原因，更不可能预见到清代在中华民族大融合过程中所起的历史作用。因此，我们在阅读欣赏顾炎武这首诗的时候，应当理解这难免的历史局限和复杂的历史变迁。

原题：爱国情深　同志谊长——浅析顾炎武《又酬傅处士次韵二首》之二

（《阅读和欣赏（古典文学部分）》，中国广播电视出版社，1987 年）

故乡情　赤子心

——读夏完淳《别云间》和张煌言《甲辰八月辞故里》

公元 1644 年，李自成率领农民起义军入北京，崇祯皇帝在煤山自尽，明王朝就告结束。但是不久，清兵入关，攻进北京，李自成退到陕西，清代顺治皇帝登基。逃到江南的大官僚们，一个个扶立明室诸王，建立起小朝廷。福王朱由崧在南京，鲁王朱以海在绍兴，唐王朱聿健在福州，桂王朱由榔在桂州，都举起了抗清的旗帜，历史上统称南明王朝。从福王在南京即位起，到 1661 年桂王被捕，前后十八年。这十八年中，广大士民，纷纷组织军队，奋起反抗清朝统治者，前仆后继，悲壮激烈，出现许多可歌可泣的感人事迹，涌现一批坚贞不屈的英雄人物，留下大量反映这一斗争的优秀诗篇。夏完淳的诗《别云间》和张煌言的诗《甲辰八月辞故里》就是其中的两首。

夏完淳，字存古，号小隐，松江华亭(今上海松江)人，生于明崇祯四年(1631)，卒于清顺治四年(1647)，在世十七年。他父亲夏允彝和老师陈子龙都是明末一个反宦官权贵的团体几社的组织者和领导人。夏完淳自幼受到很好的文化教育，九岁就能吟诗作文，由于受到父亲、老师的熏陶，因而当清兵进京时，他年仅十四岁，就跟随老师陈子龙在太湖起兵抗清。陈子龙兵败，他又投入另一支军队当参谋。不久又失败，他漂泊长江下游，从事抗清活动，不幸在家乡松江被捕入狱，押解南京，英勇就义。他短促的一生，留下了许多诗文。尤其是在被捕入狱、押解南京时期，他慷慨高歌，吟咏不绝，结成《南冠草》

诗集，这些诗作充分显示出这位青年英雄的大无畏气概，这首《别云间》就是其中的一首。诗是这样的：

> 三年羁旅客，今日又南冠。无限河山泪，谁言天地宽。已知泉路近，欲别故乡难。毅魄归来日，灵旗空际看。

“云间”是松江的古称。“别云间”就是告别家乡松江。这诗大概是诗人在狱中得知要被押解南京时写的。它是律诗，结构自然而完整，一联一层意思，层层递进，浑然一体。由于思想感情慷慨激越，中间两联对句用流水对，读来一气呵成，因而更像不受格律拘束的古体。

首联破题，点明告别家乡，概括诉说了自己三年抗清的经历。从顺治元年(1644)诗人从军太湖起，到顺治四年 (1647)回乡被捕，大约三年。这三年中，诗人离家从军，作客他乡，所以说“羁旅客”。下句说回到家乡就被捕，又成了囚徒。“南冠”是成语。《左传》成公九年记载，晋国诸侯在军府看见一个戴着楚国冠帽的俘虏，问道：“那个戴着南方冠帽而被绑着的人是什么人?”军府官员答道：“这是郑国送来的楚国俘虏。”后来就用“南冠”作为囚徒的一个代称。这里是诗人自指。从下句的“又南冠”，可以体会上句的“羁旅客”并不是一般表示旅居他乡作客，而是蕴含着诗人失志的激愤。所以这一联的实际含意是说，三年来，离家抗清没有成功，回到家乡又被逮捕，诗人心里十分悲痛。

第二联的两句都用了前人诗意。上句“无限河山泪”用晚唐诗人温庭筠《东归有怀》诗意。这首诗的最后两句是：“无限高秋泪，扁舟极路岐。”意思是说，在这高爽的秋天里，我却流不尽伤心的眼泪。我坐着一叶扁舟，漂泊他乡，走尽人生的歧路，如今回来了，想不到家乡竟是这样寥落萧条。夏完淳在这里化用这两句诗意，而把“高秋泪”改为“河山泪”，意境更为悲壮阔大。诗人在三年抗清战斗中，看到大好河山惨遭蹂躏，流不尽痛心的眼泪，而回到家乡，竟又陷入魔掌。所以下句就借用中唐诗人孟郊一句诗“谁言天地宽”，抒发满腔激愤。盛唐诗人岑参有一联歌颂疏通运河功德的名句：“万里江海通，九州天

地宽。"(《送张秘书》)。在中唐时,诗人孟郊因仕途不遇而发牢骚说:"出门即有碍,谁谓天地宽。(《赠崔纯亮》)。夏完淳借用孟郊诗的语意,而赋以爱国的内容,意思是天地本来是宽广的,而如今却被分割,变得遍地坎坷,道路艰难,显得非常险窄。所以诗人故意反问道,谁说天地是宽广的!也就是说,大好河山已经不复以往。诗人心里十分沉重。

第三联"已知泉路近,欲别故乡难","泉路"是指到地下黄泉的路,就是说自己将被杀害。诗人视死如归,所以上句只是平静地表示自己早已知道这件事,并不为难,也不难过。而使他为难的是,此刻他多么希望见一见乡亲父老,看一看故乡水土,但这是不会被允许的。更使他难过的是,他有一件心事要托付给家乡人民,而这样的机会已经没有了。所以他说"难"。这"难"字有两层意思,一是困难,做不到,一是难过,不好受。因而这一联的实际含意是说,诗人希望在就义之前,把心事托付给家乡人民,但是不可能了,因此他心里十分难过。

末联"毅魄归来日,灵旗空际看",写诗人对故乡人民的期望,诗人深信故乡人民一定会记住自己的英勇儿女,并为他祈祷招魂的。屈原《九歌·国殇》有两句话:"身既死兮神以灵,魂魄毅兮为鬼雄。"这原是楚国祭祀为国牺牲的阵亡将士的,诗人在上句化用这两句话,意思是:他死后刚毅的魂魄将化为鬼雄,坚持战斗。下句的"灵旗",原是古代一种用于征伐的旗帜,这里指抗清的战旗。下句的大意是说,诗人希望自己魂归故乡的那一天,能够在遥远的天边就看到抗清的战旗在故乡的上空高高飘扬。这就是诗人的期望,诗人的遗愿,也是这首诗的主题思想。

从上面的分析可以看到,这位十七岁的青年诗人有着何等崇高的气节情操、大无畏的英雄气概和惊人的艺术才能。这正是他令人敬仰和缅怀的重要原因。

张煌言,字玄著,浙江鄞县(今浙江宁波鄞州区)人,生于明万历四十八年(1620),死于清康熙三年(1664),在世四十五年。他在明朝

灭亡前一年受乡举，但还没有进京考试，清兵就攻陷北京，他也就投身抗清斗争。他先到绍兴拥戴鲁王。浙东失守，他以舟山群岛为根据地，辗转战斗于长江口、浙东沿海至福州、厦门一带，积极联合南明各支抗清队伍。清顺治十三年(1656)，他与郑成功会师，并肩战斗了两年。郑成功到台湾后，他坚持在舟山一带。由于清政府力行迁界，隔绝海岛间的联系，他被迫避居在一个小岛上。最后由于叛徒出卖，他被捕入狱，经过家乡鄞县，押解杭州，英勇就义。在拥戴鲁王以后，他成为南明王朝一个重要大臣，官至桂王刑部尚书。在十九年抗清战斗中，他出生入死，历尽艰险，鞠躬尽瘁，深受抗清将士爱戴。由于清政府严禁刊登传播他的著作，抄本流传也不很广，因此直到近代，在光绪二十七年(1901)，才由章太炎把他的诗文集刊行问世。这里介绍的《甲辰八月辞故里》，是康熙三年(1664)诗人在故乡鄞县的诀别之作，共两首，第二首是这样的：

> 国亡家破欲何之？西子湖头有我师。日月双悬于氏墓，乾坤半壁岳家祠。惭将赤手分三席，拟为丹心借一枝。他日素车东浙路，怒涛岂必属鸱(chī)夷！

诗中用了一些典故，因此也逐联解释。

首联“国亡家破欲何之？西子湖头有我师”，意思是说，明朝亡了，家也破了，我要到哪里去？我又能到哪里去呢？把我押解到杭州去吗？正好，那杭州的西湖岸边，有我的老师。言外之意是，我的所作所为就是学习他们的，他们是我的老师，能够得到他们一样的归宿，与他们在一起，我感到光荣和自豪。就点出了押解地点杭州，表明了自己的态度，这就是学习西湖边上的先烈。

次联就写诗人引以为师的先烈：“日月双悬于氏墓，乾坤半壁岳家祠。”一位是于谦，一位是岳飞，他们的坟墓祠堂都在西湖岸旁。“于氏”即于谦，是明朝著名的爱国政治家，后被诬陷致死。于谦是杭州人，后人为他筑坟在西子湖头。这里，张煌言用“日月双悬”来形容和赞颂他的业绩。“日”“月”二字加在一起是个“明”字，诗人用双关技巧，寓指于谦对明王朝的忠诚。下句的“岳家祠”指岳飞。这里用“半壁乾坤”来形容，既指南宋王朝的半壁江山，也有南明王朝的寓意。显然，岳飞也是诗人心目中的楷模。诗人引以为师的这两个人物，都是壮烈而死的英雄，所以这里还包含着诗人准备从容就义的决心。

第三联“惭将赤手分三席，拟为丹心借一枝”，写自己希望安葬在西湖岸边。“赤手”是空手的意思，表示自己无所贡献。“席”是席位，这里喻指一块墓地。西湖岸边本来就有于谦、岳飞两人的墓，现在张煌言希望死后也埋葬此地。这就要分占一块墓地。这样共有三人的墓，所以说“分三席”。“拟为”是打算给的意思。（有的版本是“敢为”。）“一枝”是用《庄子·逍遥游》“鹪鹩（jiāoliáo）巢林，不过一枝”的语意，表示所占微小。这里说“借一枝”，是表示自己只要在西湖边上占一块小小的墓地。这两句的大意是说，很惭愧，我无所贡献，却希望安葬在西湖边上，想和于谦、岳飞一样占有一席，这不过是为了表示我的一片丹心，只要把我葬在那里就满足了。

最后一联“他日素车东浙路，怒涛岂必属鸱夷”，归结到告别乡亲，表明遗志。这一联用了两个典故。上句“素车”，用后汉范式、张劭故事。他们是知己朋友。张劭死的那天夜里，范式梦见张劭来请他赴丧送葬。范式醒来，立刻赶去，但是送葬开始时尚未赶到。当人们准备把张劭的灵柩安放墓穴时，发现灵柩搬不动了。过了一会儿。只见远处一辆白马素车飞驰而来。张劭的母亲说：“这一定是我儿子在等范式来。”果然，范式赶到，执礼安葬，灵柩也搬动入穴了。这里用来比喻故乡亲友。句意是说，诗人相信在他安葬的那天，故乡亲友一定会从浙东赶到杭州来，为他送葬。下句用战国时吴国大夫伍子胥故事。“鸱夷”是古时一种皮革口袋。传说，伍子胥临死时说过，他死后，把他的双眼挖出来，挂在吴国城东门上，让他看着吴国被越国灭亡。吴王夫差听了大怒，就把伍子胥尸体整个装在一个鸱夷里，

抛进钱塘江。后来越国攻打吴国,伍子胥就托梦告诉越国军队:挖开三江口,水灌吴国都城。越国军队就祭祀伍子胥,伍子胥的鬼魂竟兴风作浪,大水灌开吴国东门,越国军队进去灭了吴国。这里反用这故事,“鸱夷”即指伍子胥鬼魂,意思说,钱塘江的怒涛未必只属于那个伍子胥的。言外是说,诗人深信,钱塘江怒涛将是诗人的,他的就义必将激起浙东人民的抗清怒涛,把抗清斗争坚持下去。这就表明了诗人的遗志,也完成了诗的主题。

从以上的分析,可以看到这首诗的主题,实质上与夏完淳《别云间》一样,都是诀别故乡,表明遗志。不过,夏完淳当时还是一个不大知名的青年,而张煌言则是南明王朝的重要大臣,军事将领。张煌言被捕后,清政府也待他如礼上宾,并容许他接见来客。《甲辰八月辞故里》这两首诗,等于是发表宣言。当时他已到老壮之年,对自己生前身后事,都有许多话要说。因此他写的这两首七律,各有侧重。第一首主要写“义帜纵横二十年”的生前事,第二首主要写“怒涛岂必属鸱夷”的身后志。比较起来,夏完淳《别云间》的思想感情要单纯一些,表现手法要明快一些,张煌言这首诗的思想感情就显得复杂深刻一些,艺术表现也曲折深微一些。诗人慎重地借杭州的于氏墓、岳家祠作为寄托,明确地表示已作好了牺牲准备,含蓄地号召故乡人民坚持抗清复明斗争。在夏完淳、张煌言的心目中,祖国的命运是和明王朝联系在一起的。这是历史的局限,也是可以理解的。

(《阅读和欣赏(古典文学部分)》,中国广播电视出版社,1987 年)

谈龚自珍的《病梅馆记》

《病梅馆记》是清朝杰出的思想家和文学家龚自珍的一篇代表作。这篇文章共分三段。

第一段只有一句话：

> 江宁之龙蟠，苏州之邓尉，杭州之西溪，皆产梅。

举出这三个著名的梅花产地，表明了本文所要议论的主要是市场上出售的盆景梅花。

第二段可分三小节。第一段说：

> 或曰："梅以曲为美，直则无姿；以欹为美，正则无景；梅以疏为美，密则无态。"

意思是说，有人认为：梅花的美，在于主干曲折，栽植歪斜，枝条稀疏；否则便没有姿势，不成景物，缺乏情态，就不美了。

这一节，作者概括地引述了传统的品评梅花的审美理论。不过，作者在这里并非要批判栽培梅花的园艺，而是托譬寓意，借题发挥。他突出强调这些，是有意要使读者容易觉察这种论调的荒谬。

第二段说：

> 固也，此文人画士心知其意，未可明诏大号以绳天下之梅也；又不可以使天下之民斫直、删密、锄正，以夭梅、病梅为业，以求钱也。梅之欹、之疏、之曲，又非蠢蠢求钱之民能以其智力为也。

意思是说，当然，那些鼓吹上述论调的文人画士们心里明白，这种论调的用意是不能光明正大地颁布文告、下达命令以公之于天下的。他们也不能用这种论调使天下人都砍掉梅花的正直主干，删掉茂密枝条，锄掉正栽根株，不能使天下人都把夭折梅花、戕害梅花当作职业来赚钱。况且要使梅花歪栽得成个景物，稀疏得略具情态，曲折得有点姿势，也需要一定的才智和能力，这不是只急于赚钱的蠢人所能做到的。

这一节主要是说，梅花天性要求正直地自由生长，而文人画士们却要加以束缚、歪曲、戕残，使之病态发展。这种用心既不符合梅花本性，也不能为天下善良的人们所接受。

第三节说：

> 有以文人画士孤癖之隐明告鬻梅者：斫其正，养其旁条；删其密，夭其稚枝；锄其直，遏其生气，以求重价，而江、浙之梅皆病。文人画士之祸之烈，至此哉！

意思是说，有人把文人画士们隐藏在内心的独特嗜好，挑明了告诉卖梅花的人：砍掉梅花正直的主干，专养旁出的枝杈；删除茂密的枝条，折断新生的细枝；锄去直生枝干，遏制发展的气势；用这样栽培出来的梅花去取得高价。而其结果是江苏、浙江两省的梅花都被摧折成病态。文人画士造成的祸害，竟到这样剧烈的地步！

这一节，作者进一步具体地揭露文人画士戕害梅花是蓄意的。

第三段写开辟病梅馆的原因和感慨自己力量之不足。这一段包括两小节。第一节说：

> 予购三百瓮，皆病者，无一完者。既泣之三日，乃誓疗之，纵之，顺之。毁其瓮，悉埋于地，解其棕缚。以五年为期，必复之，全之。予本非文人画士，甘受诟厉，辟病梅之馆以贮之。

意思是说，我买了三百盆梅花，都是病态的，没有一盆完好的。我为

这些病梅伤心哭泣了三天。于是发誓要治疗她们,使她们解放,给她们自由。我把花盆打碎,全埋在地里,解开束缚梅花的棕绳。我立下五年的期限,一定要使这些病梅恢复、健全起来。我本来不是文人画士,甘愿受那些人的咒骂憎恶。我开辟了一个病梅馆来贮养这些病梅。

这一节写开辟病梅馆的原因。“三百盆”“三日”,都不是实数,而是形容其多,表示梅花受害极其深广,自己的悲伤极为沉痛。作者深刻了解:要使病梅恢复完美,只有解除束缚,顺其天性,让她们自由成长。

最后一节说:

> 乌乎!安得使予多暇日,又多闲田,以广贮江宁、杭州、苏州之病梅,穷予生之光阴以疗梅也哉!

意思是说,可惜我不知道怎样才能够使自己有更多的时间,又有更多的土地,用来大量贮养南京、杭州、苏州的病梅,尽我一生的光阴来治疗病梅啊!

读完了作品,可以看到这篇记叙方式的小品,其实是一则政治寓言,它的寓意显豁,主题鲜明。作者以花比人才,而梅花则喻被摧残的人才;以文人画士的品梅论调比封建阶级的统治思想,而其残害梅花的方法则喻封建阶级摧残人才的手段。作者打碎花盆,删除束缚,使病梅顺其天性,随意生长,显然是在呼吁去除各种桎梏,让人才健康成长。这也就是作品的主题思想。

龚自珍生于清高宗乾隆五十七年(1792),在清宣宗道光二十一年(1841)去世。他出身于封建官僚家庭,自幼接受经学教育,在几位著名经学家的教诲下长大。然而腐朽昏庸的封建统治,沉闷窒息的社会风气,苦难深重的人民生活,使他震惊,使他愤慨。他成为一个离经叛道者,成为一个开一代风气的资产阶级启蒙思想的先驱者。他看到清王朝统治下,“官吏士民狼艰狈蹶,不士不农不工不商之人

十将五六。又或餐烟草，习邪教，取诛戮，或冻馁以死，终不肯治一寸之丝、一粒之饭以益人”。他看到全国“各省大局，岌岌乎皆不可以支月日”。他认为这是一个“衰世”，迫切需要一批不同于官场“朽才”的人才出来维新政治，改良社会。他目睹劳动人民过着极其贫困的生活，受着敲骨吸髓的剥削，而统治阶级及其文人学士，不问民生疾苦，只自趋炎附势，唯唯诺诺，帮闲帮忙帮凶。他终于转向人民，期望着、预言着人民革命的到来。正因为龚自珍是这样一个资产阶级启蒙思想的先驱者，成了封建阶级的贰臣逆子，所以他为清王朝统治集团所厌弃，屡试不第，三十八岁才中进士，做了几任闲职文官，一生仕途抑郁。就在写作《病梅馆记》这一年，他以养亲为理由，辞职回乡。而过了两年，他便在江苏丹徒的云阳书院暴病去世。

龚自珍辞职养亲，是同清王朝决裂的行为。就在他辞职返乡的这一年，他写下了三百五十五首绝句，编成了著名的组诗《己亥杂诗》。其中有射向腐朽王朝的支支利箭，有同情苦难人民的沉重哀伤，有回忆坎坷一生的无限感慨，还有对着垂死的封建社会发出风暴来临的呼唤：

> 九州生气恃风雷，万马齐喑究可哀。我劝天公重抖擞，不拘一格降人才！

他渴望风雷在九州滚动，万马在大地奔腾，震荡一潭死水，冲破沉闷空气，解放思想，发掘人才，让祖国生气蓬勃，兴旺发达，繁荣富强。《病梅馆记》也就是在这一年，在这样的思想和处境下写的。

应当指出，《病梅馆记》的主题思想，实质是资产阶级民主主义和人道主义思想。作者用梅花比喻正直，要求自由生长，呼吁解放人才等，其阶级内容显然比较模糊笼统，而且不免流露封建士大夫清高自负以及轻视人民群众的思想。但是，在作者生活的年代，欧洲列强虽然已是发达的资本主义国家，无产阶级斗争事业也已兴起，其革命理论则尚未成熟。而在闭关自守、与外界隔绝的天朝帝国，封建制度虽然腐朽,终究尚未入墓;封建国家机器仍有力量,封建思想更是根深蒂固地统治着人们的头脑,禁锢着人们的聪明才智。因此,在当时历史条件下,龚自珍敢于针对封建思想统治,提出解放思想、解放个性、解放人才的主张,不仅符合人民利益,具有进步意义,而且是革命的思想。

《病梅馆记》在艺术上也很有特色。它像一篇记叙小品,又像一篇杂文短评,而实际是一则政论寓言。《病梅馆记》的写作特点,首先是内容切实,主题鲜明,不说空话和废话。全文三百多字,按句号计算,总共十七八句。文字简洁,句句讲梅,处处论人,没有一句题外话,没有一处发空论。其次是形象生动,寓意贴切,毫不牵强和隐讳。第三是结构紧密,议论精辟。第一段点题,一句话了结。第二段揭露,端出谬论,层层剥皮,针针见血;指出祸害,发人深省。第三段表明决心和希望,坚决无畏,情深意长。总之,龚自珍的散文作品是重内容而不拘形式,求形象而不讲辞藻,说理透彻,文字简洁,而《病梅馆记》便是他的一篇代表作。

(《语言文字广播讲座》1979 年第 24 期)

词有实指　释义防疏

——细探“岁暮井赋讫，程课相追寻”

南朝宋诗人鲍照《拟古八首》的第六首，是常受称引的名篇。其词曰：

> 束薪幽篁里，刈黍寒涧阴。朔风伤我肌，号鸟惊思心。岁暮井赋讫，程课相追寻。田租送函谷，兽藁输上林。河渭冰未开，关陇雪正深。笞击官有罚，呵辱吏见侵。不谓乘轩意，伏枥还至今。

这是借古讽今的作品。诗中所用典实多属汉代故事，借以抒写诗人自己的困苦生活和政治压抑。前四句写贫困耕作，次四句写赋役重压，再四句写服役痛苦，末二句写失志悲慨。全诗主题明确，语言明快，并不难懂。但其中“岁暮”二句，一般解释是，“井赋”指田赋，“程课”指定期的税；二句大意是说，年终刚交完田赋，紧接着又催逼定期的税。看来，此说颇通。但细加琢磨，似有未妥，尚容斟酌。

先说“井赋”。这是一个成词，出自《周礼·地官司徒》“小司徒”条：“乃经土地，而井牧其田野。九夫为井，……四县为都。以任地事，而令贡赋，凡税敛之事。”据汉、唐旧注，此述诸侯国营建各级行政区划，以管理耕种、征收、服役及纳税之事。“井”指“井牧其田野”，谓行政区划；“赋”指“而令贡赋”，谓征收服役。因此，“井赋”一词在南朝至唐，多指王侯采邑的贡赋，并不泛指“田赋”。如梁简文帝《为子大心让当阳公表》：“遂复早建茅社，夙闻井赋，爵列五等，绶参四色。”唐李峤《为皇太子请加相王封邑表》：“划以山川，优其井赋。”皆其义。本诗“井赋”含义，其实亦同，是指贵族门阀和军国地方的赋役说的。东晋、南朝门阀大土地所有制发展，除王侯爵邑和州官食禄外，南奔的门阀“侨立郡县”，占有土地，开垦水田，产业收入都归私门，不送国库。齐永明二年（484），王敬则建议征收会稽边带湖海的塘田赋税，一律“送台库”。竟陵王萧子良便反对，认为“塘丁所上，本不入官，良由陂湖宜壅，桥路须通，均夫订直，民自为用”。“今郡通课此直，悉以还台，租赋之外，更生一调”（《南齐书·王敬则传》）。所谓“塘丁所上，本不入官”，即指岁收交纳私门，不交官府，当是“井赋”之属。又南北对峙，南朝郡州往往拥兵，即所谓“军国所需”，除滥征兵役外，“其军国所须杂物，随土所出，临时折课市取，乃无恒法定令”（《隋书·食货志》）。这类赋役实质属于地方勒索，倘使以州牧当诸侯例，则亦可谓“井赋”之属。总之，“井赋讫”只指完毕一种负担，即地方的赋役，包括田地产物（或折直钱财）和各种劳役，都不指国家规定的赋税徭役。

再说“程课”。“程”是限期完成的工程，泛指有期限的役事。“课”的本义是考试检查，引申为督促施行。因此，用于督民耕种征税，又引申为“田税”“税收”的意思；用于驱夫劳作，服役，又引申为“服役”“差役”的意思。两晋占田制，男七十亩，女三十亩；同时又规定“丁男课田五十亩，丁女二十亩”（《晋书·食货志》）。这“课田”是指一个男女劳力必须耕作交税的最低限额，类似责任田的限额。这“课”字便是督责的意思。晋武帝表扬汲郡太守王宏“勤恤百姓，导化有方，督劝开荒五千余顷，而熟田常课，顷亩不减”（《晋书·王宏传》），即谓原有耕作纳税的田亩数额照常，“课”义在租税。《宋书·自序》：“时营创城府，功课严促。（沈）亮又陈之曰：经始城宇，莫非造创，基筑既广，夫课又严，不计其劳，苟务其速，以岁月之事，求不日之成。比见役人，未明上作，闭鼓乃休，呈课既多，理有不逮”。“方涉暑雨”，

"颇有逃逸"。"若得少宽其工课,稍均其优剧,徒隶既苦易以悦,加考其卒功,废阙无几"。这是批评筑城劳役催逼过严。其中"功课""夫课""呈课""工课"的"课"字都指督促工役,语义在劳役,其实即是"程课"的意思,即完成有期限的工程劳役。而《隋书·天文志》载,隋文帝开皇二十二年改年号为"仁寿",因为白天变长,并且下令"此后百工作役,并加程课"。这"程课"指劳作时间的规定。由此可见,"课"字在两晋南朝的常用词义有两点可注意:一是用作法定的征调,属于国家规定的制度范围,不用于地方或私门;二是所含具体内容随文而定,或指赋税,或指劳役,并不只指赋税。若是,则本诗"程课"似理解为国家的赋税徭役较合。

据上所述,可见"岁暮"二句并非笼统地揭露赋税剥削重重,没完没了。而是指当时像诗人那样的寒门庶族的下层百姓,也是身受门阀、州郡和国家的重重剥削。具体地说,此二句意谓年终刚完成地方的赋役,紧接着又要完成国家的赋役,限期又很严。从下文看,这"程课"不仅限期交纳赋税,而且限期送交国库,以供上用,所以还要服徭役,出工运输。从全诗来看,诗旨主要抒发寒门庶族的贫困压抑的不平,所用手法虽是以古讽今,但其生活根据是当时门阀统治的现实社会,锋芒所指是门阀贵族。因此,诗人遣词叙事并不泛指,则读者释词析义似亦不宜泛谈。上引一般说法固然可通,但失于笼统,似为未确,容易忽略诗人本意主要针对门阀、州郡压迫寒门庶族的特点。当然,本文所见亦未必是,无非"疑义相与析",试作探讨而已。

(《字词天地》,湖北人民出版社,1984 年)

“推敲”的故事

古人作诗，常常是一边在心里想着诗句，一边就在嘴上低声诵读出来，所以叫作“吟诗”。唐代有个诗人，名叫贾岛，作诗十分刻苦认真，每一句诗，每一个字，他都反复修改，努力做到表达得准确生动。传说他一天到晚总是念念有词，苦苦吟诗，因此历史上称他为“苦吟”诗人，还流传着一些关于他的“苦吟”故事，其中有一个“推敲”的故事，很有意思。

据说，这是贾岛在唐代的京城长安（今陕西西安）参加考试期间发生的事情。有一天，贾岛骑着小毛驴上街游玩，忽然想出了两句诗：“鸟宿池边树，僧推月下门。”意思是说，在池塘边的树上，鸟儿已经休息了，只有一个和尚在月光下推着门。这是描写一个非常安静的月夜，表现一种十分寂寞的情景。当贾岛再三吟诵这两句诗时，觉得把其中的“推”字改成“敲”字，似乎更加生动一些。但他一时还确定不了，于是，他就在驴背上一遍又一遍地吟诵着“僧推月下门”“僧敲月下门”，同时还用手模仿着“推”和“敲”的动作，翻来覆去地加以比较。他完全忘记自己是骑着小毛驴在街上走着，而小毛驴也等于没有人管一样，载着贾岛朝前乱走。

事有凑巧，就在这时候，来了一个大官。在封建时代，大官出门，鸣锣开道，前呼后拥，威风十足，老百姓必须老远就躲避，躲迟了就是犯罪。可是这位贾岛苦吟入了边，嘴里手上还在“推”啊“敲”啊，没有发觉前面来了大官。小毛驴还照样朝前走，这下就闯了祸。大

官的卫兵们一拥而上,大声吆喝,七手八脚,拉住毛驴,把贾岛揪下驴来,立刻押他到那个大官的马前去问罪。这才使贾岛从苦吟中惊醒了过来,知道自己闯了祸。所以他见到那个大官,老老实实地把自己因为作诗而要确定“推”“敲”二字的情形,具体地说了一遍,希望那个大官能够宽恕他。

幸好,那个大官就是唐代著名的文学家韩愈,也是个诗人。他很爱护人才,尤其喜欢那些肯勤奋学习的青少年。他听了贾岛所说的情形,知道贾岛撞了他的车马,是由于认真作诗入了迷。因此他不但没有问罪,反而停下马来,兴致勃勃地和贾岛一同吟诵起来,帮助贾岛确定用“推”字还是用“敲”字。后来,韩愈断定说:“‘敲’字好多了。”这样,贾岛就把“僧推月下门”改成“僧敲月下门”。

这就是“推敲”的故事。我们现在常用的成语“推敲”,就是从这个故事来的,意思也是指对字句进行分析比较,反复考虑,努力要求表达得准确生动。

(《北京少年》1978年第10期)

思辨是学术永恒的活力

——《古典诗文心解》整理后记

这部文集汇辑了倪其心老师古典文学方面的专题论文与作品赏鉴。倪老师1956年毕业于北京大学中文系，留校任教不久，就协助吴小如先生编纂《先秦文学史参考资料》《两汉文学史参考资料》。林庚先生主编《魏晋南北朝文学史参考资料》，他也参与了部分工作。这几部“资料”，选注皆用功甚深，至今仍是文学史学习的重要参考。改革开放后，倪老师的学术研究进入黄金期，在古典文学和古典文献学方面都有丰富的创获。这部文集中的作品，大多写于20世纪80年代以后；倪老师《汉代诗歌新论》这部专著之外的作品，基本汇集于此。李更老师和她指导的研究生亢杰，为搜集这些文章付出了很多心血。如今一编在手，倪老师在古典诗文研究方面的思考与建树，有了相当全面的呈现。这不仅让许许多多的老读者可以更好地重温倪老师才情飞扬的文字，也让学界和社会，有机会深入理解倪老师为推进古典文学研究所做出的贡献。

倪老师的研究集中于汉唐，这是中国古典诗文成就最高的两个时期。倪老师的研究，有着开阔的视野。对于两汉文学，他有专著《汉代诗歌新论》通论其演变；对于三国两晋南北朝，他在讨论玄学与文学、文选学等核心问题的同时，对这一时期大量的经典作家与文本，进行了深入解析；在隋唐文学方面，他反思唐诗分期、探索唐诗的注释与阐释，思考唐代文学的范式探索，同时也留下许多精彩的诗文

品鉴。汉唐文学研究，一向深受注目，名家云集，然而在这千岩竞秀之中，倪老师的思考风神独具。他有着冷静的思辨，用科学精神深化古典文学的探索；他更有透彻的体悟，抉发古人心灵的幽微。

一、科学而系统的思辨

倪老师是极其注重思辨的学者。他认为诗文虽然是饱含情感体验的艺术作品，但只有通过科学而系统的研究，才能真正深入其精髓。在谈到自己的治学体会时，他说："文史学科是社会学科，高层次课题是一定范围和条件下的规律性研究"；不要"跟着感觉走"，不要凭空构想空中楼阁。（《工作和治学》）阅读倪老师的研究，会感受到科学精神的深刻浸润。北大是新文化运动发源地，五四运动提倡"德先生"与"赛先生"；对科学精神的推重，在北大的学术传统中有着深刻的体现。一百年来，科学是否适合人文历史和文化艺术的研究，不断有人质疑，但事实上，人文研究中的科学精神，不是简单照搬自然科学理论，而是发扬尚实证、讲逻辑、注重反思这样的科学态度。倪老师所期望的科学研究，也正着眼于此。

这部文集中的讨论，都是以注重实证为其出发点，无论是字义的训释，还是诗文史实的考辨，都是持论坚实，尤其注重搜集充分的文献证据，力避臆测之论。《读近人注释唐诗志疑》中许多令人信服的见解，正是充分实证的结果。倪老师认为，学术研究要力避一般性的论述，要在大量占有资料的基础上，通过深入钻研而使结论跨越前人。在没有电脑检索的三十年前，搜求资料，坚持实证，无疑意味着比今天更加艰苦的努力。

倪老师在实证基础上的思考，更有一种强烈的反思气质。他很早就对文学史许多流行的框架和模式提出质疑。在《天宝诗风的演变》中，他指出把盛唐诗歌简单归结为山水、边塞两个诗派，以及李白

和杜甫的浪漫主义与现实主义两种取向,这一流行的叙述模式有着明显的缺陷。这既不适用于天宝诗坛,也概括不了开元时期诗歌发展的特点和成就。在细致勾勒天宝诗坛独特时代氛围和诗人情绪的基础上,他提出了对天宝诗风演变的新认识。尤其值得关注的是,他进一步反思了通过“流派”来认识文学史的局限:“在古代金字塔结构的封建社会里,处于不同阶层和地位的诗人,生活感受和体验并不等同。又由于古代社会经济发展缓慢,社会信息传递滞留,因而他们的创作在反映时代变化的敏捷和步调上并不一致,表现在创作趋势上便显得错综起伏。这种现象,看起来似乎是不同流派的结果,其实并非如此。唐玄宗天宝年间的诗风演变,便是这样。”这里的思考,不仅质疑了关于天宝文学的传统认识,而且提出了方法论的反思,诗人的创作交流有着复杂的形态,简单用“流派”的视角,很难呈现其中的曲折。《关于唐诗的分期》一文特别指出:“推动整个诗歌前进发展的,并非只是居于主流的诗人和流派,而是所有不同倾向不同成就的诗人流派的运动结果。整个诗歌发展和成就,又并非各个诗人流派运动和成就的简单总和,而是一个矛盾冲突、此起彼伏、互补长短、消化融化的发展过程。”这篇文章围绕对“流派”的反思,进一步质疑流行的“四唐”说,提出了唐诗分为三个阶段的新认识。

科学的反思,不是简单否定既有观点,而是要深入审视各种观点所赖以形成的思想基础。《不悬而悬的悬案——漫谈〈古诗十九首〉写作年代及五言诗体的成立》是一篇极有反思气质的文字。《古诗十九首》流传既广,论者亦多,关于它的写作年代,文学史上似乎已经形成了公认的结论,然而倪老师认为这些结论仍然是疑点颇多,不足论断。他认为断定《古诗十九首》作于东汉后期的说法,其实并无资料可作证据,而是针对南朝人的说法,“提出一个假定,根据一种通例,进行一系列推论得出的结论”。

他所说的“一个假定”是指《古诗十九首》“体格韵味都大略相

同”,因而假定其为一个时代所做;“一种通例”是指诗歌时代风格形成变化的规律,每一时代的诗歌都有自己独特的风格;“一系列推断”是指首先,认为西汉避讳,东汉不避西汉帝讳,以及《十九首》写到洛阳,推断《十九首》只能是东汉产品;其次,“只能以各时代别的作品旁证推论”,认为以班固《咏史》与古诗“冉冉孤生竹”相比较,“风格全别”,“其他亦更无相类之作”,断定“冉冉”篇不可能是傅毅之作;第三,“东汉之期——明(帝)章(帝)之间,似尚未有此体”,一句话排斥了这时期写出古诗的可能性;第四,“安、顺、桓、灵以后,张衡、秦嘉、蔡邕、郦炎、赵壹、孔融各有五言作品传世,音节日趋谐畅,格律日趋严整。其时五言体制已经通行,造诣已经纯熟,非常杰作,理合应时出现。”因此,“大概在西纪 120 至于 170 约五十年间”,《古诗十九首》便出现了。在厘析了流行观点立论基础之后,倪老师直接指出:“不难看到,这一系列推断中,没有一个直接证据,全部都是‘旁证推论’,而主要是依据上述‘通例’作理论推断,认为理当如此,并未回答事实怎样的问题。”

这段相当有力的质疑,从假定、通例、推论三个层次,揭示了《古诗十九首》写作年代通行认识的不可靠。倪老师进而指出,传统立论的不可靠,还在于忽视了《古诗十九首》在流传过程中集体加工的痕迹和成分。他特别提到清人朱彝尊曾怀疑文选楼学士对原诗有过加工作伪,认为这虽然有片面武断之处,但朱彝尊看到了古诗在流传过程中存在集体加工的现象,则合乎实际。今天,学界对先唐诗文文献流传中的文本变异,有了深入的关注,而在 80 年代,这样的关注还十分罕见,更很少从这样的角度去反思文学史的既有论断。倪老师不仅有如此自觉的反思,而且显示了清晰而严密的反思逻辑,这样的思辨素养和科学追求,十分引人注目。

真正的反思,不能迷恋清晰的结论,更不能在证据不足的情况下,刻意追求定论。倪老师在质疑了现有观点后,并没有为《古诗十

九首》的写作年代去寻找新的结论，在他看来，缺少足够的证据，这个问题只能“阙疑”。对于渴望标准答案的读者，倪老师的文章可能经常不能满足他们的期待；但对于喜欢思辨的读者，这样的思考却会带来许多启迪。

善于反思，往往会对“有限性”体会最为强烈。任何方法都是有限的，任何视角也都有其局限。没有任何一把钥匙可以打开全天下的锁，学者要不断去反思这些有限性，去探索最恰当的思想方法。倪老师对此的体会是十分深切。他经常说，锁要一把一把地开，从实际出发，具体问题具体分析，采取不同的具体方法；“治学是有方法的，但万验的灵方是没有的”，治学不能犯“万能症”。谈到治学的心得，他期望青年人记住这样一句老话：“失败是成功之母”。这并非是劝年轻人不怕困难的泛泛之论，而是一位不断反思、不断挑战自我的学者的肺腑之言。有承认自己无知、不怕失败的勇气，才有深入反思的力量。

倪老师的反思，经常是与一种系统性的综合视野相联系。他善于对研究课题做综合而系统的思考，文集中关于玄学与文学之关系的讨论，对《文选》与文选学关系的梳理，对唐诗历史演变的观察等等，都是综合多种历史因素的系统观察。在《知人论文 具体分析——谈谈怎样分析古代散文》这篇文章中，对古代散文艺术不同层次的观察，同样体现了很强的系统性。文章提出古代散文的结构一般都有文体结构、思想内容结构、艺术形式结构三个层次，不同的层次有不同内涵；散文的形象性在抒情文、说理文、叙事文中也各有其表现。条分缕析的讨论，切中古典散文艺术之肯綮，很清晰地为学习者指示了体会散文艺术的门径。在《谈古典文学研究的结构问题》中，他提出古典文学研究要有一个整体的结构观念，要实现多角度、多方位、多层次的研究。他进而从基础工程和上层结构两个方面，对研究方向做出梳理。实证学风与理论思考，在研究中当如何运用，其

间是否存在矛盾，这些问题，如果从综合性、系统性的视野出发，通过良好的研究结构配置，会获得更恰当的疏解。这篇完成于三十多年前的文章，在学术日益专业化、学者普遍各抱一隅的今天，可以让读者获得多方面的启发。

对古典文学做科学而系统的研究，这是倪老师的理想。五四运动提倡的赛先生，一直是推动古典文学研究现代化的重要力量。独立思考、求真务实、讲求逻辑、注重系统，这是科学精神对文史研究最积极的影响。改革开放后，古典文学研究进入繁荣发展的新时期，其间研究水平的不断深化，在很大程度上，和科学思辨的加强息息相关。这不仅让学者走出了以往僵硬比附政治的迷途，也让新的思考摆脱一切成说的束缚。科学性、系统性的加强，积极推进古典文学研究向纵深发展。倪老师充满思辨气质的研究，对于反映这样一个学术变化的大趋势，是很有代表性的。

二、深入的体悟

对科学精神的追求，并没有削弱倪老师感悟艺术的飞扬才情。这部文集中许多品评诗艺的文字，今天读来仍是如此生动。对于艺术的好坏，倪老师从不做模棱两可之说、面面俱到之论，他认为曹丕《燕歌行》"不甚动人"，"诗人写的是闺怨，看来似乎深入细致，缠绵悱恻，然而稍加咀嚼，总有一种理性的逻辑在驱使这位思妇的感情活动"；又论陆机《悲哉行》"诗人主观上要求情、理、意、辞面面俱到，结果陷入不谐调的凑合，情也不深，理也不透，意不全新，辞不尽美"；李益《竹窗闻风寄苗发司空曙》"并不在以情动人，而在以巧取胜"；左思《招隐士》"在精神上、气概上有一种动人的力量，并不以山水自然客观形象的美妙迷人和精致的描写艺术取胜"。又云陆机《从军行》构思出于理智，并非来自生活体验的激动。这些点评都极具锋芒与个性。

除了这些性情生动的点评，阅读文集最难以释卷的，是感叹才士之命运，抉发其内心幽微的文字。在分析刘向、刘歆父子时，他说："刘向是位认真的学者，刘歆也曾经是认真的学者。他们都曾认真地从封建文化积累中探索科学文化的真理，认真地对自己时代的政治、文化提出严正的批评。刘向是认真吞食了努力失败的苦果，刘歆则获得了误入歧途的恶果。"(《典籍·天人之际·学者的困惑——西汉学者刘向刘歆父子的故事》)字里行间，对刘向、歆父子在时代风浪中沉浮的曲折命运，有深长的慨叹。又如对被世人传为"才尽"的江淹，他说："江诗的自我形象显露着矢志理想和直觉敏感，还有自负高明以及自命倜傥，透着青年的诚挚和锐气，思想单纯而并不深刻。……为了家庭的温饱，他不能信佛奉道，不可清高隐逸，必须谨慎从儒，只得混迹官场，认命天生无才，自觉光华已尽……这究竟是才尽的笑剧呢？还是才士的悲剧？"(《江郎才尽与才士悲剧》)

对才士命运的深切体会，让倪老师对玄学思潮中的人物放诞，有了十分透辟的观察。他说任诞全真的阮籍："他经历了政治、思想从比较开明活跃到黑暗专制的变化转折年代，壮志热情被压抑了，才智胆识被压制了，道德情操被扭曲了。他是正直的、高尚的、聪明的，但是软弱。像一株在悬崖缝隙里生长的瘦弱青松，躯干虬曲，高高偃蹇，在寒风严霜里显得低了头，弯了腰，然而坚强生存下来，仍是一株青松。"(《"礼岂为我设也"——阮籍为什么任放不羁》)如此深入心曲的体悟，在这部文集中，可谓俯拾皆是。

倪老师的人生之路颇为坎坷，改革开放后，他虽然迎来学术的春天，但人生最好的年华已经一去不返。在分析韦应物《新秋夜寄诸弟》时，他说："天地这样广大，四时无情运行，星空如此灿烂，万物悄然衰落，他深深感到自己的渺小无力，孤独寂寞，老了，弱了，挽回不了什么，改变不了什么，只能尽心尽力减少一点人民的痛苦。"这是

在分析诗中的诗人,又何尝不流露着读诗人自己的心声!

但是,倪老师没有在慨叹中徘徊。倪老师教过的许多学生,都感到在他身上,有一种永远年轻的力量。对于韦应物《长安遇冯著》"冥冥花正开,飏飏燕新乳"一联时,倪老师的分析非常别致,他说这两句诗人描写繁花正开,燕子刚刚哺育了雏燕,是为了劝导冯著不要为暂时失意而不快不平,勉励他相信大自然造化万物是公正不欺的,前辈关切爱护后代的感情天然存在,要相信自己正如春花般焕发才华,会有人来关切爱护。如此别致的解读,折射了倪老师内心对新生力量的赞美,对未来的信心。美好的未来要在进取中追求,在分析柳宗元《始得西山宴游记》时,倪老师认为西山之游所以特殊,就在于登西山是诗人积极主动的探索,山水不再是一种逃避逆境、摆脱苦闷的方式和场所。正是通过积极的攀登,诗人感到精神束缚解脱了,思想苦闷驱散了。这个别开生面的阐发,也可以让人感受到阐释者内心的力量。

无论是深刻的思辨,还是抉发幽微的体悟,倪老师古典诗文研究所带给读者的,是以心传心的启发。记得每到毕业季,倪老师经常在同学们的毕业纪念册上,写下"好学深思,心知其义"的寄语。这次编辑文集,我建议用"心解"来命名倪老师的文集。在跟随倪老师攻读硕士学位时,每一次向倪老师请教,都会听他海阔天空谈很久,很多意见都是让我不要迷信各种成说,当然也包括他自己的见解。每一次谈完,我都不免有一种不知所措的茫然,但慢慢体会到,真正应该走的路,就是自己的路。很多受过倪老师教诲的同学,都有类似的回忆,倪老师会和大家无拘无束地闲聊,有时在研究室,有时在教学楼,有时就在校园相逢的小路上,没有多少人还能记得他聊过什么,但都记得那一番畅聊所带来的快意与激励。

岁月匆匆,倪老师离世已近二十年,然而他笔下的文字,依然生气淋漓,依然带着以心传心的力量。人寿有限,未若文章之无穷。倪

老师的受业弟子,都非常关心这部文集的编纂。李更老师、马辛民老师搜求整理,做了许多工作。感谢北京大学中文系、北京大学出版社的大力支持,感谢责编王应老师的悉心编辑!相信这部“心解”,能为更多读者带来心灵的启迪,这是对倪老师最好的怀念。

刘宁 谨记

2022 年 5 月于中国社会科学院文学研究所

图书在版编目(CIP)数据

古典诗文心解：上下／倪其心著 .—北京：北京大学出版社，2022.6
ISBN 978-7-301-32620-6

Ⅰ.①古… Ⅱ.①倪… Ⅲ.①古典诗歌－诗歌研究－中国－文集
②古典诗歌－诗歌研究－中国－文集 Ⅳ.① I206.2-53

中国版本图书馆 CIP 数据核字(2021)第 207542 号

书　　名	古典诗文心解（上下） GUDIAN SHIWEN XINJIE （SHANGXIA）
著作责任者	倪其心　著
责任编辑	王　应
标准书号	ISBN 978-7-301-32620-6
出版发行	北京大学出版社
地　　址	北京市海淀区成府路 205 号　100871
网　　址	http://www.pup.cn　　新浪微博：@ 北京大学出版社
电子信箱	zpup@pup.cn
电　　话	邮购部 010-62752015　发行部 010-62750672 编辑部 010-62756449
印 刷 者	北京中科印刷有限公司
经 销 者	新华书店 650 毫米 ×980 毫米　16 开本　60.75 印张　850 千字 2022 年 6 月第 1 版　2025 年 5 月第 3 次印刷
定　　价	210.00 元（上下）